国家出版基金项目
国家“十三五”重点图书出版规划·重大出版工程项目

国家社会科学基金重点项目
“新中国文学传媒史料综合研究与分类编纂”最终成果

山东大学“双一流”建设暨学科高峰计划专项资助项目

国家"十三五"重点图书出版规划项目

国家重大出版工程项目

国家社会科学基金重点项目

新中国文学史料与研究丛书

新中国女性文学史料与研究

卷一

李　玲　谢玉娥　主编

南京师范大学出版社

图书在版编目（CIP）数据

新中国女性文学史料与研究. 卷一 / 李玲，谢玉娥
主编. — 南京：南京师范大学出版社，2023.11
（新中国文学史料与研究丛书 / 黄发有总主编）
ISBN 978-7-5651-5064-7

Ⅰ. ①新… Ⅱ. ①李… ②谢… Ⅲ. ①妇女文学—文
学史—中国—当代 Ⅳ. ①I209.7

中国版本图书馆 CIP 数据核字（2021）第 270990 号

丛 书 名	新中国文学史料与研究丛书
总 主 编	黄发有
书 名	新中国女性文学史料与研究·卷一
主 编	李 玲 谢玉娥
策划编辑	张 春
责任编辑	陈 晨
出版发行	南京师范大学出版社
地 址	江苏省南京市玄武区后宰门西村 9 号（邮编：210016）
电 话	（025）83598919（总编办） 83598319（营销部） 83598332（读者服务部）
网 址	http://press.njnu.edu.cn
电子信箱	nspzbb@njnu.edu.cn
照 排	南京凯建文化发展有限公司
印 刷	南京爱德印刷有限公司
开 本	710 毫米×1000 毫米 1/16
印 张	66.5
字 数	1200 千
版 次	2023 年 11 月第 1 版
印 次	2023 年 11 月第 1 次印刷
书 号	ISBN 978-7-5651-5064-7
定 价	280.00 元（全二卷）
出 版 人	张 鹏

总　序

黄发有

新中国文学已经走过 70 余年的光辉历程,新中国文学的历史化与经典化成为学术界普遍关注的一个焦点问题。史料的发掘、整理与研究工作是实现历史化与经典化目标的基础。在中国史学研究领域,贵古贱今观念根深蒂固,今人写今史的可信度常常遭到质疑。当代人记录当代史确实有明显的局限,作者可能因个人利益或个人好恶而失之公允,无原则溢美或刻意贬抑现象一直存在,难以避免。但当代人作为所处时代的见证者,又有得天独厚的优势。当代人对当代史的言说与评判,因为身处其中,所以可以在场地接触原始材料,使得这些材料得以保存并流传。正如梁启超所言:"此时作,虽不免杂点偏见,然多少尚有真实资料可凭。此时不作,往后连这一点资料都没有了。"[1] 当代研究遵循的基本原则是详今略远,也就是说尽量记载或使用研究者熟悉的信息,但并不意味着只做跟踪性的观察与记录,还应当思考所处时代与前代的历史关联,以及所在地域与周边区域的空间互动模式。正因如此,史料的多元化对于建构当代史有不可忽略的学术价值。呈现当代文学的真实图景,应当从多角度、多层面进行考察和还原,利用多重证据来建构连续的逻辑链条,对于历史和史料中的难点、疑点,都必须对材料进行考证,去伪存真。章太炎在《中国通史略例》中主张治史者应当扩大史料来源,博采古今中外各种资料,以弥补古史的不足。因此,文学史研究首先要尽量全面地占有史料,在此基础上去芜存精、择善而从,避免断章取义、先入为主。当代研究并不急于下结论,而是应当以开放性的视野,一方面为同时代文学留下鲜活的记载,在经过初步筛选的基础上,对历史进程进行描述和判断;另一方面为后人研究今史提供尽可能丰富的历史依据。

当代文学研究与现实生活保持密切的关联,"当代性"是其魅力所在,也是

---

[1]　梁启超:《中国历史研究法》,上海人民出版社 2014 年版,第 168 页。

其活力之源。当代文学研究不能自外于大时代,不能切断文学与现实对话的通道。基于此,一些学者和评论家认为当代文学的历史化是画地为牢,自断生机。必须指出的是,保持当代文学研究的思想锋芒与艺术敏感,不应以牺牲规范性为代价。如果没有必要的学术限度与理论边界,放弃自己的学术本位,将文学研究作为直接评判社会与介入现实的工具,其针对性与有效性都难以保证,很容易沦落为夸夸其谈、无的放矢的空论。当代研究的主体与研究对象过于贴近,往往有千丝万缕的利益关联或者重重顾虑,容易受到外部的干扰。当代研究的一个突出问题是史料意识较为薄弱。一些学者认为当代研究不必在史料的钩沉辑佚上浪费功夫,甚至不存在史料问题,因为当代的材料随处可见,不仅纸面材料俯拾皆是,还有形态各异的活材料环绕四周。事实上,中国当代文学研究并不单纯是当下文学研究,像"十七年"已经是半个世纪以前的历史,大量资料在"文革"中散佚,不少公开出版物也已难觅其踪。与此同时,近年推行无纸化办公,在这一潮流的裹挟下,早年的许多纸质材料被大宗销毁。因此,当代文学史料的保存、发掘与整理显得十分迫切,对不同类型史料的旁推互证与综合运用,在当代文学历史化的进程中更是具有方法论意义。

一、常规史料与稀见史料

当代史料漫无边际,在信息不断膨胀的语境中,当代人往往会忽略对同时代史料的保存与挖掘。而当代史料的剔除与散佚,也大多在同时代发生。对于当代研究者而言,搜集同时代的公开史料并不困难。但是,要系统搜集印数极少的内部出版物(内部报刊和内部图书)、民间出版物(民间报刊和自印文集)、会议简报、油印讲稿等,却有极高的难度。至于独此一份的手稿、日记、书信、档案资料、手抄本、检讨材料,以及稿签、审稿意见、稿费单等原始书证,更是可遇不可求。而且这些纸质材料的材质较为脆弱,同时代人不搜集的话,就会彻底消失。在电子媒体迅速崛起、印刷媒介走向衰落的语境中,纸质史料的保存与流传会变得更加困难。正如梁启超所言:"时代愈远,则史料遗失愈多而可征信者愈少,此常识所同认也。虽然,不能谓近代便多史料,不能谓愈近代之史料即愈近真。"[1]

就内部刊物而言,像中国作家协会的会员刊物《作家通讯》、中国文联的

---

[1] 梁启超:《中国历史研究法》,上海人民出版社 2014 年版,第 39 页。

内部刊物《文艺界通讯》经常会刊发中国作家协会、中国文联的工作动态、工作计划、领导讲话、会员来信等并不常见的材料,具有较高的史料价值。《文艺报》主办的内部刊物《文艺情况》是了解新时期初期文坛乍暖还寒的精神气候的一个窗口,其信息来源广,信息量大,转发了不少内部刊物的重要资讯。20 世纪五六十年代的《作家通讯》尤其珍贵,刊物明确规定"会员刊物,不得外传",印量有限。各地作家协会和文联也大都创办了内部刊物,譬如中南作协的《中南作家通讯》、山东作协的《创作与学习》和《山东作家》、黑龙江作协的《创作通讯》、北京作协的《北京作协通讯》、河南作协的《河南作家通讯》等等,这些内部刊物发表的文稿较为芜杂,但要了解这些地方的作家协会的发展轨迹、运行情况以及当地文学状况,其中的材料具有独特价值。至于民刊,在 20 世纪 80 年代以来的中国诗歌发展史上发挥了重要作用,像《今天》《非非》《他们》等民刊为朦胧诗、新生代诗歌的生长与成熟提供了不可轻视的精神滋养。"文革"之前和"文革"时期为了"反帝反修",曾经出版过一批"黄皮书"和"灰皮书",这些内部出版物作为反面教材,当时仅供批判之用。这些出版物不是当代文学的直接研究对象,但不少知青作家和朦胧诗人在追忆自己的阅读史时经常会提到这些图书,朱学勤甚至认为它们是"80 年代点燃新启蒙思想运动的火种"①。而"文革"后期广泛流传的手抄本,则是中国当代文学版本发展过程中的一种特殊现象。我个人收藏了一份油墨印刷的材料——1985 年《雨花》杂志和江苏双沟酒厂联合举办"文学与酒"笔会的讲话记录稿,还附有"双沟散文奖"启事,时任《雨花》主编的叶至诚、双沟酒厂厂长兼党委书记陈森辉和作家茹志鹃、刘心武、陈登科、田流、顾尔镡都有发言,这为研究 20 世纪 80 年代文坛遍地开花的笔会、文学与企业的联姻提供了生动的佐证。还有一些史料,譬如检讨材料,以前没有引起文学研究者的重视,近年开始有年轻学人关注"检讨"这一特殊年代的精神现象,并以此为窗口,观察文学环境的变化与作家人格的变异。《郭小川全集》收录的作家个人的检讨材料,还引发了知识界与出版界关于全集编纂中文献收录范围的讨论。在近年出版的陈平原编选的《王瑶与现代中国学术》一书中,收录了王瑶在"文革"期间的检讨文章。这些变化表明,研究界对于特殊类型的稀见材料,存在一个逐渐接纳的过程,其文献价值也日益受到重视。

当代文学史上的稀见史料能够弥补公开史料的不足,但稀见史料往往显得零散、破碎,发挥的往往是局部性的补遗、去蔽作用,罕有那种能够影响总体性

---

① 朱学勤:《书斋里的革命:朱学勤文选》,长春出版社 1999 年版,第 59 页。

判断的重大发现。不应忽略的是,研究者对一些重要史料的发掘和运用,很可能打开新的角度,扩大学术视野,提升一个研究领域的水平。比如在考察当代文学史上的历次文代会时,往往除了会议文集和当事人的日记、书信、回忆材料,研究者很难详细了解会议进程与讨论情况。而根据一些代表的回忆文字中的线索,搜集当时的会刊、会议简报和会议通知等原始材料,如第一次文代会的会刊(《文艺报》试刊)和第三次文代会、第四次文代会、中国作协第四次会员代表大会(以下简称"作协四大")的会议简报,可以发现,这些材料不仅有补充作用,而且是还原当时历史场景的关键材料,能够帮助研究者了解文艺会议的丰富性和复杂性。由于第一次文代会、第四次文代会、"作协四大"等重要会议被不少文学史家视为划分文学史分期的标志性事件,因此这些会议的原始材料是考察当代文学的制度模式和运行机制的重要史料。第一次文代会、第四次文代会不仅建立制度规范、规划未来,还对以往的文学发展进行历史总结。因此,同步介绍会议进展的会刊和简报是把握当代文学重要的历史节点及其逻辑关系的依据。形成系列的稀见史料的发现、整理和考察,能够为开辟新的研究领域带来新的可能性。譬如中国当代文学版权研究一直是一个备受冷落的领域,一方面文学版权研究要求研究者对当代文学史和知识产权都有较为深入的了解,另一方面研究者必须掌握充分的原始材料。足够数量的原始稿费单据和相关文件的发现与公开,必将推动当代文学版权制度研究的开展与深入。陈明远的《文化人的经济生活》《知识分子与人民币时代》以深入浅出的方式,考察稿酬、版权制度的变化对作家的文学生产、生活模式的影响。不无遗憾的是,他的著作中引用的绝大多数是二手材料。

借鉴人类学、社会学的田野调查方法,保留重要的当事人的口述史料,这是发掘当代文学稀见史料的又一重要途径。"当前中国史学的发展有两大趋势:一是田野调查引起史学研究者的关注;二是口述史的兴起。这两者标志当代史学研究的视野从单纯的文献求证转向社会、民间资料的发掘,这是历史学进入21世纪的重要倾向。"① 我在访问《当代》原主编何启治时,他想起秦兆阳曾经复印了一份关于《九月寓言》的十条意见给他,将近三个月后,他在书房的角落里找到了这份意见,又复制了一份给我。当然,口述史料也有其局限性,一是当事人的记忆不尽准确,二是当事人可能会因为某些主观意愿而有所避讳、粉饰乃至歪曲。因此,在运用缺乏旁证的口述史料时,要特别慎重。

---

① 刘志琴:《口述史与中国历史学的发展》,《光明日报》2005 年 2 月 22 日。

综上，当代文学史料研究应当将公开史料的深度研究与稀见史料的发掘整理有机地结合起来。文学史料是文学史研究的依据，新史料往往会修正旧结论，别开生面。但稀见史料毕竟有限，人文学者的看家本领应该是从常见史料中发现新问题，得出新观点。正如严耕望所言："新的稀有难得的史料当然极可贵，但基本功夫仍在精研普通史料。新发现的史料极其难得，如果有得用，当然要尽量利用，因为新的史料大家还未使用过，你能接近它，最是幸运，运用新的史料可以很容易得到新的结论，新的成果，自是事半功倍。""真正高明的研究者，是要能从人人能看得到、人人已阅读过的旧的普通史料中研究出新的成果，这就不是人人所能做得到了。不过我所谓'说人人所未说过的话'，决不是标新立异，务以新奇取胜，更非必欲推翻前人旧说，别立新说。最主要的是把前人未明白述说记载的重要历史事实用平实的方法表明出来，意在钩沉，非必标新立异！至于旧说不当，必须另提新的看法，尤当谨慎从事，因为破旧立新，极易流于偏激，可能愈新异，离开事实愈遥远。这是一个谨严的史学家要特别警戒的！"①

二、全局性史料与局部性史料

面对浩如烟海的文学作品和纷繁复杂的文学事件，当代文学史研究的主要任务是删繁就简。研究主体面对中心与边缘、主流与支流、内部与外围的多元互动，往往会重点关注文学的中心、主流与内部，抓主要矛盾，追逐焦点话题。在这种观念的影响之下，当代文学史料研究领域同样看重中心的、主流的、内部的史料，而边缘的、支流的、外围的史料却受到冷落和遮蔽。在当代文学史研究中，为了逻辑线索的清晰，研究者难免会为了凸显观念而剪裁史料，对史料进行一种主题先行的阐释与解读，甚至扭曲真相，篡改史料。

有鉴于此，当代文学史料的全局性与局部性的关系，应包括三个方面：一是关键史料与边缘史料的关系，二是整体性史料与地方性史料的关系，三是外围史料与学科内部史料的关系。在中国当代文学史料研究中，局部性的文学史料经常被忽略，这使得文学史研究偏重归纳疏于分析，对文学发展的丰富性和复杂性的揭示也有明显不足。不少研究当代文学总体走向的论著，往往只选择若干代表性作家或代表性作品为典型案例，以此为据得出普遍性结论。这种研究思路必然带来严重的缺失：首先是以偏概全，其次是高度同质化，以主要的历史线索

---

① 严耕望：《治史三书》，上海人民出版社 2011 年版，第 21—22 页。

串联若干核心作家和核心作品,结论大同小异,了无新意。比较阅读多种当代文学史论著,不难发现大多数研究者习惯采用抽样分析的方法,观察文学主潮,解读具有全国性影响的作家作品,关注中央级的文学机构与文学媒介,漠视地方性的文学现象和边缘性的作家作品。当然,一个研究者毕竟精力有限,有所放弃才能有所追求,抓大放小、主次分明是一种普遍性的学术选择。可是,对于一个成熟的学科而言,如果没有人去关注地方性、边缘性、局部性的话题与现象,学术版图不仅不完整,而且容易形成一种固化的学术盲区。地方性、边缘性、局部性的文学问题是文学史研究的基础,基础不牢固必然导致结论的不可靠。缺乏扎实的史料支撑的全局性判断,很容易留下逻辑漏洞,不仅在逻辑上不严谨,而且会动摇立论的基础。

在文学实践和文学研究中对于局部性问题的忽略乃至盲视,可谓根深蒂固。但是,如果这一现象得不到改善,乃至变本加厉,则很容易加剧文学发展的畸轻畸重和文学生态的失衡,伤害文学的多样性和丰富性。在文学的地域分布方面,北京、上海等中心区域的文学声音被无限放大,而边缘区域的文学景观往往被弱化乃至遮蔽。在文体关系上,文学创作界和文学研究界的关注焦点都聚集于小说领域,尤其是长篇小说创作。很多以"中国当代文学""新时期文学""新世纪文学"为考察对象的论文,在列举代表性案例时,往往只提到个别重要小说家的代表性作品,在对一些影响较大的长篇小说进行简约评述后,就草率地得出结论,至于诗歌、散文、戏剧等文体居然一字不提。在文学制度方面,中央与地方的关系是核心问题,因为在"十七年"时期奠基的文学体制中,从上到下的垂直管理是其鲜明特色,如中国文联、全国文协(中国作协)在各地设立下属的分支机构,进行业务指导,发挥基层组织的辐射带动作用,落实文艺政策。洪子诚认为:"从50年代初开始,逐步建立了严密而有效的文学管理干预体制。在这一体制下,作家的文学活动,包括作家的存在方式、写作方式,作品的出版、流通、评价等被高度组织化。这种'外部力量'所施行的调节、控制,在实施过程中,又逐渐转化为大多数文学从业者(作家、文学活动的组织者、编辑和出版人)和读者的心理意识,而转化为自我调节和自我控制。"① 值得注意的是,当代文学的研究一直重视中央层面的制度调整和政策变更,却忽略了中央与地方的互动模式,而不同省市之间各方面的差异基本上被忽略不计。

就局部与全局的文学关系而言,区域性文学研究一直是当代文学研究的

---

① 洪子诚:《当代的文学制度问题》,《中国现代文学研究丛刊》2015 年第 2 期。

薄弱环节。当代文学史编纂在处理地方性史料时,也往往会有明显的偏向,譬如会重点关注京津沪等直辖市以及山东、江苏、浙江、陕西、湖南等文学大省的史料,对一些边缘省份的史料基本上忽略不计。区域性文学史往往以所在区域为中心,譬如一些省市的文学史将所在区域切割出来,却忽略了所在区域与周边区域的关联,更为重要的是很少涉及所在区域与中心区域或国家文艺环境、文艺政策的互动,使之成为不受辖制的一块"飞地"。区域文学史则往往不作区分地罗列居留者和长期外迁的本籍作家的文学成就,这就使得区域性文学史成为以所在区域为中心的文学光荣榜,并不涉及所在区域文学的发展过程、生产模式和文学环境。

　　当代文学研究还存在一个薄弱环节,即文学史研究和文学评论缺乏有机的融合。一方面,文学史家更注重整体性把握,将总体走势的判断和逻辑框架的建构作为主要目标,突出大事、大家、名著的文学史意义。由于当代文学史著作绝大多数采用集体编写的方式,一些主事者不仅对于边缘性、地方性、局部性问题缺乏深入了解,而且对于一些大事、大家、名著一知半解。这样,先入为主的总体逻辑和丰富的文学世界之间就难免产生龃龉之处。不少当代文学史对作家的评判,也习惯用单一标准来衡量复杂的文学存在,排座次的做法较为盛行。另一方面,文学评论家热衷于追逐当代文学的动态进程,以文本解读为主要方法的作家作品研究在文学评论中占据主导地位。当代文学评论不乏具有真知灼见的文字,以智慧的光芒和灵悟的穿透力,引领我们进入文字艺术奇妙的世界。必须指出的是,这样的文学评论毕竟是少数,更为常见的是粗疏的作品梗概和流水账式的读后感,根本与综合评判的文学史视野无涉。在文学表扬盛行的批评生态中,只见树木不见森林是一种常态,一些评论者为了凸显评论对象的不凡,还会刻意以树木取代森林。个案研究和宏观把握的脱节,使得全局性问题与局部性问题难以沟通,文学史家在吸取文学评论的学术成果时必须进行必要的过滤与清理。另一个值得注意的现象是,不少专注于文本解读或个案研究的学者,在对局部问题进行挖掘时,沉浸于琐细之中,被细枝末节所淹没,缺乏一种全局性的眼光。也就是说,在整体性视野的观照之下,即使局部性问题也有可能具备窥斑见豹的价值。否则,对一个作家、一部作品的评判就可能脱离具体的文学史语境,产生偏差。

　　相对于整体的历史语境而言,政治、社会、文化史料是全局性史料,文学史料成了局部性史料。纯文学的观念在当代文学研究中一直占据重要地位,有不少文学史家在编纂当代文学史时,也把纯文学摆在最为重要的位置。文学史研究不仅应该关注文学艺术的发展历史,还应该关注文学外部环境的变化,即政治、社会、文化的发展过程和基本状况。譬如新时期初期,科技界、教育界、思想界的拨乱反正,与文学界的拨乱反正相互呼应,形成联动效应。1977年的全国出版工作会议和1978年的全国科学大会、全国教育工作会议,在议题设置上就和1978年中国文联第三届全国委员会第三次扩大会议、1979年第四次文代会一脉相承。当然,文学史的外部考察并非脱离文学的空泛分析,离弦说箭确实会导致研究的不及物现象,言不及义,但文学的艺术世界并不是封闭的、稳定的,它跟其他文化场域会发生错综复杂的关系,而且会在变化的时空中形成开放的、动态的结构。外部现实的刺激是推动文学艺术调整、革新的动力,而文学的回应一方面会塑造文学与现实的关系,另一方面会影响其艺术选择。在"纯文学"标准的过滤之下,那些通俗的、草根的、跨界的写作者及其文字就难以进入研究视野,很多这方面的史料自然被屏蔽在门外。将文学文本与人、社会隔绝开来,容易造成研究视角的狭窄,研究内容显得琐细、重复,缺少开阔的人文情怀。在宏观把握中国当代文学的总体发展趋势时,政治对文学的影响是无法忽略的维度。在文学一体化的格局中,文学进程与政治进程高度重合。因此,中共党史史料具有重要的参考价值。延安文艺座谈会、党的十一届三中全会等重要会议都对当代文学史走向产生了重大影响,在讨论当代文学史的分期时,党史的分期是重要的参照系。党政领导人在党政会议和历届文代会上的讲话,对当代文艺政策和当代文学制度建设具有指导性作用,当代文学史著作在牵涉这些问题时大都套用党史的评判,缺乏更为深入和细致的研究。

总之,全局性史料与局部性史料的相互参证,其学术目标是使得全局性研究落到实处,而不是凌空蹈虚、大而无当,同时拓展局部性研究的格局,在微观分析中寄寓大胸怀,避免坐井观天。只有摆脱割裂思维,强化系统思维,才能对当代文学相互关联的各个方面及其功能、结构进行系统把握。

三、纸面史料与电子史料

随着媒介技术的飞速发展,电子史料在人文学科研究中的地位蒸蒸日上。在近年国家和省部级重大科研项目中,专题史料的数据库建设成为重点支持的方向。电子史料确实为学术研究带来极大便利,一方面可以汇集海量信息,另一方面可以快捷、精准地检索。

这些年,"大数据"的概念成为学术界频繁使用的热词,似乎做史料整理与研究的不和大数据沾点边就严重落伍了。尽管这些年我个人一直在当代文学传媒研究中探索量化方法与定性研究的有机结合,但也清醒地意识到,人文学科和自然科学、社会科学都有明显的差异,不能不加区别地照搬自然科学的数据处理技术与方法。在人文科学研究中,研究者掌握的文献应当是经过打磨的、有温度的材料,我们了解其来龙去脉,熟知其适用范围与局限性。如果忽视纸面材料,把电子史料和大数据作为学术利器,这些冷冰冰的材料就很难有机地融入整体的逻辑框架,而且很可能犯常识性错误,贻笑大方。

随着中国知网、龙源期刊网、维普网、万方数据知识服务平台等数据库的建立,当代"过刊"的利用率日益降低。各类图书馆为了解决馆舍紧张的矛盾,降低运行成本,大量剔除复本,将这些刊物转入不对外开放的保留书库,或者干脆把它们封存在偏远区域的书库里。事实上,对于认真的期刊研究者而言,仅仅依靠电子文献,根本无法了解期刊的全貌。这些数据库在收录期刊文献时,往往只收录正文文本,撤除了目录、广告、按语、插页等副文本,增刊、专刊、子刊的信息更是整体缺失。至于超星、读秀等主要收录图书信息的数据库,同样存在类似问题。一方面,作为综合性数据库,文学方面的信息不全,缺乏专业眼光;另一方面,这些数据库在收录一种图书时,大多数只收录一种版本。对于研究版本流传的学者而言,这些数据库的利用价值极为有限。当纸质文献转换成电子文献时,由于技术方面的限制,也会产生一些错讹乃至乱码。

21世纪以来网络文学的崛起,使得电子史料在当代文学研究中扮演日益重要的角色。值得注意的是,大多数汉语网络文学草创期的网站、网页已经消失得无影无踪,现在学术界在研究早期的网络文学创作时,依据的往往是转化成纸质出版物的网络文学史料。不应忽略的是,大多数网络文学作品的网络版本和纸质版本都有较为明显的差异。由于网络小说的篇幅过长,网络语言风格和纸媒的语言文字规范也有明显差异,网络文学的纸质版本大都经过大幅度的压缩和改写。遗憾的是,现在已很少有研究者愿意花力气去追根溯源,不少以网络文学为研究对象的研究生学位论文经常会引用十多年前的网络文献,事实上这些页面早就不存在了。近几年,欧阳友权、邵燕君及其团队通过与文学网站的合作,有意识地复制并保留部分珍贵的早期网络文学文献,这种工作难能可贵。但是,相对于海量的信息总量而言,能够保存下来的毕竟是少数。网络文学文献规模庞大、内容驳杂,更新速度惊人,因此,单纯依靠网络文献显然不可靠。

因此,在媒介格局急剧转换的背景下,当代文学研究既要充分利用电子史料的技术优势与整合性数据,又不能过度依赖电子资源。一方面,尽管随着网络文化的发展,电子文献在当代文学史料中的份额一定会逐渐增多,但只要印刷媒介依然存续,其价值就无法被完全替代,同时手稿一类的史料也具有唯一性;另一方面,新的文献形式也有其潜在的弱点与局限性。达恩顿在《阅读的未来》一书中说:"我们今天要解决的问题远远不止莎士比亚的文本的问题,它们还出现在各种形式的传播工具中,其中就包括互联网,在这个领域,电子文本脱离了印刷品的支持,电子邮件留下的痕迹可以被轻易抹去。""由于代码依附的媒介被废弃,数字空间里的文档也许会丢失。硬件和软件更新换代的速度令人苦恼。除非解决这个阻碍数字存储的拦路虎,否则'孕育数字化'的文本无法保证其安全性。"①

尽管纸质文献一再被预言注定会遭受被抛弃的命运,但纸张的耐久性和印刷文明的生命力超越了许多质疑者的设想。图书馆是稳定的城堡,网络是开放的信息空间,它们之间的关系应该是相互补充,而不是替代性的覆盖。拓展新媒介的空间,不必以废弃旧媒介作为代价。

四、创作史料与接受史料

当代文学史料研究一直以作家史料为核心,而各种文学组织、期刊、出版机构、文学社团的史料只是起到补充作用,没有受到足够的重视。以作家、作品为核心的研究对象,这是文学史研究在长期实践中形成的学术传统。重视研究文学的创作与生产,却忽略了文学的传播接受;重视研究作家的创作活动,却忽略了作家的非创作活动对其审美趣味和人格结构的影响,忽略了普通读者和文学史家、文学评论家、编辑家、翻译家等专业读者对文学环境的塑造。艾布拉姆斯在《镜与灯》一书中认为,文学活动由世界、艺术家、作品和读者四个相关要素构成,但在文学研究中,读者尤其是普通读者的声音长期被忽略和漠视。德国的姚斯在 20 世纪 60 年代提出接受美学的构想时,重点突出在文学研究中被长期忽略的读者的价值与意义,目标是建构以读者为本位的文学史框架。姚斯认为:"一种过去文学的复归,仅仅取决于新的接受是否恢复其现实性,取决于一种变化了的审美态度是否愿意转回去对过去作品再予欣赏,或者文学演变的一个新阶段出乎意料地把一束光投到被遗忘的文学上,使人们从过去没有留心的文学中找到某些东西。"② 也就是说,文学接受不仅对同时代的文学创作产生影响,

---

① [美]罗伯特·达恩顿:《阅读的未来》,熊祥译,中信出版社 2011 年版,第 148、38 页。
② [德]H. R. 姚斯等:《接受美学与接受理论》,周宁、金元浦译,辽宁人民出版社 1987 年版,第 44 页。

接受风尚会牵引创作的审美趣味与市场定位,而且受众的选择还是文学传统赓续与翻新的推力,以时代的光束重新照亮旧时代晦暗的文学角落。

在近年的学术发展中,涌现了一些研究当代文学的审美接受的论著,但细细梳理,不难发现其引述的绝大多数是作家、评论家等专业读者的评述,普通读者的表达仅限于部分报刊摘录的"读者来信"。由于受到史料的限制,所谓的"审美接受"基本是文学圈内部的循环,普通读者寂寥的声响也已经被多重筛选和过滤,其结论的可信度和学术价值自然大打折扣。编辑家研究也是当代文学研究的一个薄弱环节,编辑家身居幕后,其贡献本来就容易被忽略。在当代文学的发展进程中,巴金、靳以、赵家璧、丁玲、秦兆阳、韦君宜、丁景唐、何其芳、李清泉、张光年、范用、崔道怡、龙世辉、章仲锷、张守仁、何启治、范汉生、李小林、李子云、周介人、徐兆淮、何锐、李敬泽、程永新、宗仁发、林建法等编者都留下了各自的历史印痕,但学术界对他们的编辑实践的研究极为有限,对文学编辑史料的搜集与整理更是少人问津。文学编辑是文学史上惯性的失踪者,对文学编辑的研究除了表示对这种职业和文学角色的尊重,更为重要的是把编辑研究作为一种视野和方法,梳理作家与读者、作品与社会、文学与市场、艺术与政治等错综复杂的文化关联。编辑作为"守门人",是作用于文学身上的各种力量的交汇点,他们既可能是推动文学传承与创新的"播火者",也可能是执行权力和商业指令的"居间人"。从 20 世纪 80 年代中期以来,从先锋文学、新写实小说、新现实主义、新体验小说、新状态文学、新市民小说,到"60 年代出生作家""70 后""80 后""90 后",其命名与策划都活跃着编辑的身影。对编辑与文学之间关系的深入考察,能够将创作研究与接受研究有机地融合起来,进而揭示当代文学生产与消费的深层机制。

当代文学传媒与当代文学传播研究是近年新兴的学术热点。值得注意的是,不少研究者在选取文学期刊、文学图书、报纸文学副刊、文学网站作为研究对象之后,其研究思维和研究方法并没有作出相应的调整与转换,往往沿袭学术惯性,对选定范围的作家作品进行一番解读和分析之后,草率地下结论。这样的研究依然以创作研究为焦点,与传播、接受缺乏深入的关联。文学研究以文学为核心的研究对象,但在研究者的视野中,不能只看见作家作品。就文学媒介而言,它们以文学为主要的传播内容,但不应忽略的是,文学媒介还有媒介的特性,譬如其技术特征、传播途径和商业倾向,这些特性并不是可有可无的,它们以其内在的力量改塑文学的价值取向、文体形式和语言风格。报刊的崛起是五四文学现代转型的重要推动力量,网络的快速普及已经在悄然改变 21 世纪中国文学的基本格局。随着不同媒介之间的频繁互动,传播内容的专属性日渐弱化,通用性被不断强化,以印刷媒介为主阵地的文学发展不断地调整自身的形式结构与审美特性,力争在跨媒体传播中有更加广泛的适应性。

近年来,当代文学研究的史料来源发生了明显的变化,以网络为大本营的电子史料影响日隆,原来被高度倚重的报刊史料的重要性正在下降,尤其是报纸史料逐渐淡出不少研究者的视线。在现当代文学研究领域,近现代报纸副刊在文学转型中曾经呼风唤雨,五四时期的四大副刊一度成为研究热点,但当代的报纸文学副刊研究一直是一个相对生僻的研究领域。一方面,当代具有代表性的报纸副刊存续时间较长,像《人民日报》《光明日报》《文汇报》《解放日报》《羊城晚报》《天津日报》《今晚报》《北京晚报》等报纸的文学副刊都在当代文学史上刻下了深深的印痕。由于原始报纸史料的搜集和查阅费时费力,研究者要从庞杂的史料中发现问题、厘清线索就有一定难度。另一方面,网络媒介的崛起正在改变媒体格局,报纸的地位和影响都在被边缘化。报纸文学副刊作为一种衰落的媒体形式,对研究者的吸引力也在下降。在这样的大背景下,报纸史料在当代文学研究中的出现频率急剧降低。编年史和年谱研究的兴盛是 21 世纪以来当代文学研究的新现象。值得注意的是,在已经出版的编年史和各类年谱中,报纸史料没有引起研究者的足够重视。与图书、期刊相比,报纸的出版频率最高,以最快的速度报道时事变化。大多数的文学图书和文学期刊,其主体内容是文学作品,较少反映文学环境、文学事件的起伏与新变。因此,编年史和年谱要真实地还原文学创作和文学发展的历史进程,报纸史料是不能忽略的重要凭证。譬如一些文学活动发生的具体日期,在不少论著中都有出入,甚至在同一篇文章或同一部著作中前后不一致,自相矛盾。之所以会出现这些问题,主观原因是研究者照录材料,缺乏必要的比照和考证。在文献来源方面,报纸史料的缺失使得当代文学的编年研究不够细致,在细节上显得粗疏。对报纸史料的深入开掘,不仅是深化、细化编年研究的重要途径,而且是推动当代文学历史化的基础工程。

从传播接受角度来看,当代文学还有多重空间可以持续开掘,比如当代文学史上的文学评奖、文学教育、文学的跨媒体传播、文学的跨语言跨文化传播等问题都还没有得到充分而深入的研究,较为常见的是印象式文字和重点问题、重要个案的研究成果,而且这些方面的史料也没有引起足够的重视。文学评奖是文学评价的重要一环,对文学作品的传播接受和文学的经典化都会产生重要影响。在当代文学评奖研究中,诺贝尔文学奖、茅盾文学奖、鲁迅文学奖和新时期初期的全国性文学评奖都受到重点关注,但总体上显得浮泛,大多流于过程描述和现象分析,而行业性和地方性文学评奖、媒体机构主办的文学奖、民间文学奖则饱受冷落。由于一些奖项的评奖过程并不透明,评说者依据的多为媒体报道、评委和当事人的回忆文字,一些材料说法不一,夹杂着猜测和传闻的成分,结论也就不够结实。文学教育是文学流传的关键平台,当代文学教育研究牵涉到文学史的定位和作家作品的地位,牵涉到教师、学生对当代文学的理解方式,牵涉到与当代文学有关的课程设置与教材编选。遗憾的是,这些方面的研究亟待拓展与深入。相对而言,现代文学教育的研究先行一步,研究成果也渐入佳境,譬如民国大学与新文学的关系、民国校园文学刊物与文学社团研究,都在史料积累的基础上开展了扎实的学理分析。当代文学教育研究的浮泛与薄弱,与文学教育史料发掘与研究工作的停滞状态密切相关。至于文学的跨媒体传播,随着媒体格局的迅速改变,覆盖的媒体越来越多,从报纸文学副刊、期刊、图书到影视、网络、手机,从图画书、影视作品到网络游戏、动漫,问题日益复杂化。应当反思的是,这方面的研究依然聚焦于文学改编,不少研究者还在纠缠改编作品是否忠实于原著。在跨媒体风尚的影响下,文学创作、接受的方式和文学作品的特性都被注入新的元素,文学在社会、文化中的角色位移也已悄然发生。也就是说,面对新问题的不断涌现,研究者应当优化知识结构,注意搜集并解读越来越多的新材料。所谓的新材料,既指时新的材料,也包括新介质、新形式的材料。当代文学的跨语言跨文化传播也是近年来受到学界重视的一个领域。在当代文学的对外传播过程中,海外汉学家是重要的文化桥梁,夏志清、竹内好、普实克、葛浩文、马悦然、王德威等汉学家都是学术界重点关注的研究对象。当代文学的海外传播涉及的语言、国家众多,具有较高的学术难度和挑战性。目前开展较好的是当代文学在英语世界和东亚汉字文化圈的传播接受研究,其他方面相对滞后。尽管中外学术文化的交流日益密切,但史料问题依然是一大困扰,使得这一领域的研究难以深入。一方面,海外原始史料的获取殊为不易;另一方面,由于语境不同或者研究者的外语水平有限,对于史料和研究对象的误读也较为多见。

五、史料多元化与当代文学研究相互参证的方法与意义

当代文学研究一直包含两个方面:一方面是致力于还原历史、总结历史的当代文学史研究,另一方面是跟踪当代文学进程、及时评判新人新作新现象的当代文学评论。专注于文学评论,可以攻其一点不及其余,可以埋头于文本细读,但是,从事当代文学史研究应当有相对开阔的视野。梁启超在《清代学术概论》中

认为顾炎武"所以能当一代开派宗师之名者","在其能建设研究之方法而已","约举有三":一曰贵创;二曰博证;三曰致用;在"博证"中说:"论一事必举证,尤不以孤证自足,必取之甚博,证备然后自表其所信。"① 对文学评论成果的整理、甄别与反思是当代文学入史的基础工作。文学评论成果鲜活、丰富,其不足是随意、庞杂,不仅不同评论家对同一个作家或同一部作品的评判会有差异,同一个评论家在不同场合、不同时期对同一个作家或同一部作品的评价也会有所变化。由于政治、社会、文化环境的变化,像《组织部新来的青年人》《改选》《草木篇》《红豆》《美丽》等曾经遭受冷遇乃至批判的作品,在 1979 年成为"重放的鲜花";而一度炙手可热的《金光大道》《大刀记》《桐柏英雄》《海岛女民兵》《李自成》等作品逐渐淡出读者的视线。正因为以跟踪、观察为己任的文学评论容易受到主观性的干扰,被时代潮流所裹挟,文学史研究在把文学评论转化成历史评价时,一方面应当还原当时的历史现场;另一方面应当保存那些姿态各异、观念悬殊的材料,在辨析考证的基础上进行独立判断。

史料的多元化并不是简单追求史料在数量上的增长,而是将史料作为一种视野与方法,通过史料的多元化,扩大史料来源,拓宽当代文学的研究视野,挖掘当代文学的丰富性和复杂性。相互参证,一方面是指不同类型、不同来源史料的相互比对和相互补充,另一方面是指不同研究视角、研究方法的相互碰撞和交叉互动。陈寅恪对于王国维的"二重证据法"有极高评价,他这样评价王国维的学术成就及其方法论意义:"一曰取地下之实物与纸上之遗文互相释证","二曰取异族之故书与吾国之旧籍互相补正","三曰取外来之观念与固有之材料互相参证","皆足以转移一时之风气,而示来者以轨则"。②

史料的多元化是学科综合化、研究方法多样化的基础。20 世纪 90 年代以来,文化研究在当代文学研究中日渐盛行。文化研究突破了狭隘的学科壁垒,通过文学材料考察与文学相关的社会、政治、文化问题,使文学研究突破了象牙塔的限制,更为广阔地介入现实。人文精神讨论产生了广泛影响,正是以文学研究者为主体的一次学术转向。但当代文学领域的文化研究也有明显的局限性,那就是信马由缰、大而无当,以虚构的材料进行实证分析,以主观臆想取代调查分析。深入的文化研究需要宏阔的学术视野,研究主体应综合运用社会学、历史学、哲学、经济学、新闻传播学、政治学等相关学科的知识和方法,以跨学科的

---

① 梁启超:《清代学术概论》,东方出版社 1996 年版,第 12 页。
② 陈寅恪:《王静安先生遗书序》,《王国维遗书》,上海古籍书店 1983 年印行,第 1—2 页。

互动认知进行立体交叉的多元透视。必须指出的是,如果研究者仅仅在论著中嵌入一些不同学科的知识碎片和新潮概念,在分析和论证中依然是轻车熟路地解读个别作家和个别作品,这样的文化研究显然是花哨而肤浅的。文化研究要有广度,更为重要的是要有深度。而广度和深度的重要支撑就是多元互证的史料。也就是说,研究者不能对相关学科一知半解,对其理论和方法的借鉴,不是简单的知识搬运,而是对其史料也有深入的了解。不同来源史料的互补互证是不同学科的理论方法有机融合的坚实基础。

史料的多元化是学术创新的坚实基础。学术研究要有创见,研究者要有新思维与新方法,这样才不至于陷入重复劳动和低水平运转的怪圈,才能避免学术研究的同质化。以作家研究为例,讨论莫言的小说叙事必然提及其儿童视角,源于马尔克斯与福克纳的外来影响更是烂熟的话题;研究晚年的郭沫若,他与陈明远的通信尽管充满争议,甚至被视为"伪史料",但在不少论著中仍然是支撑论证的核心证据;余华、苏童、格非等作家总是被套在"先锋"的框架中进行阐释,而他们的个性只是"先锋"的一个侧面;铁凝、王安忆、迟子建等作家创作的独特性,往往被笼统地归结为"女性意识";"60后""70后""80后""90后"作为代际研究的主流话语,已经逐渐沦落为一种万能的标签……因此,史料的多元化也是对研究主体自身的约束,使得研究者无法随意地下判断。相对而言,以作家作品为对象的文学评论,所依据的研究材料比较单纯,材料的有限性导致视野的局限。而且,面对同一部文学作品的评价,不同评论家的观点可能会有较为明显的分歧,这一方面是批评主体审美趣味的差异所致,另一方面是批评标准不够客观所致。应当注意的是,批评主体与批评对象过分贴近也容易带来偏见与盲区,譬如批评家与作家的私人关系,批评家隐秘的功利目的,都可能对艺术评价带来不同程度的干扰。在对文学史上一些充满争议的作家进行定位时,文学史家面对互相矛盾的声音,就必须对代表性材料进行筛选、比照,并在独立、科学的史识烛照之下,作出相对客观的判断。

六、丛书编选说明

史料的发掘、整理与研究是一个开放性的过程,前辈学者已经作了许多卓有成效的努力,后来者必须站在他们的肩膀上向上攀登。鉴于此,我们组织国内知名专家、学者编撰了这部四十五卷本重大出版工程《新中国文学史料与研究丛书》。丛书注重对原始史料的整理、校勘、辑佚与考辨,力图在史料多元化与当代文学研究的相互参证中,系统呈现新中国文学70年的历史发展与研究面貌,以期进一步继承和发扬优秀文艺传统,繁荣、发展新时代社会主义文艺事业。

丛书共分为23个专题,分别为文学史、文艺会议、文学思潮、小说、诗歌、散文、戏剧、报告文学、文学评论、文学期刊、文学出版、文学副刊、文学的影视传播、网络文学、女性文学、民族文学、儿童文学、文学评奖、文学翻译、台湾文学、港澳文学、文学的海外传播以及稀见史料。各专题主要通过导论、关键词、专题史料与研究、编年简史,部分专题还选编了目录索引等,对新中国文学史料进行深入的历史发掘与学术建构。

丛书编选的首要目标是对史料的溯源性呈现。入选文献选取的版本为初版本或定稿本;关键词、编年简史和文章题解类似于路标,提供基本信息,为寻找史料者引路,并不作倾向性过于明显的阐释,让研究者在阅读原始文献后作出自己的独立判断。

丛书注重对文学史料的综合展示与分类编纂。不同的作家、学者在面对同一篇文献时,考察的角度和获取的信息都可能有所不同,见仁见智。譬如一位作家可能发表过小说、诗歌、散文、儿童文学等不同文体、文类的作品,也可能跨越了多个代表性的文学潮流,面对这样的作家,我们无法把他归纳到单一的框架中,但研究者可以从不同的窗口观察他。从逻辑层面来说,单一体系的分类最为明晰,但文学本身具有丰富性和复杂性,统一标准的分类必然削足适履。基于此,本套丛书的分类有多条线索,譬如时序、思潮、制度、区域、文体、文类、媒介等等。在编选过程中,我们对于每一篇文献都进行过充分考量,但每一篇文献的信息并非只有一个面向,不少文献有多义性特征。分类当然有标准,但我们不愿意强化类别之间的界限意识,我们尊重史料的本来面貌。限于体例与篇幅,丛书的编选工作不免有遗珠之憾,对此我们会在今后的修订中不断加以完善。

"百花齐放,百家争鸣"是推动新中国文学发展与繁荣的长期性方针,新中国文学遍地开花,在新的媒介格局中新中国文学史料的形态也日益多样化。本套丛书让史料说话,用史实发言,多角度、多层面地展示新中国文学的伟大成就。

出版说明

为全面呈现新中国成立以来各个历史阶段文学史料与研究的状貌，从文学史料的角度观照历史、总结经典，我们组织国内现当代文学界的知名学者，编纂了这部体现新中国 70 年文学发展历程与光辉成就的《新中国文学史料与研究丛书》。

本丛书的编选标准与范围、编纂体例、编辑原则如下。

一、按文学史、文学思潮、文学传播形式、文体和文类研究的体系，共分 23 个专题 45 卷，对新中国 70 年的文学史料进行发掘、搜集、整理和研究，力求为当代文学研究和文学史编纂提供全面、系统、权威的史料文献，有利于促进文学评论和文学研究的学术提升，推动当代文艺的健康发展。

二、搜集整理对新中国 70 年（1949—2019）文学发生、发展、变革产生较大影响的代表性史料文献，注重对原始史料的注释、校勘、辑佚和辨伪，将史料研究与理论研究相结合，立体考察和剖析多元化的文学史料与文学发展之间的深层关联。

三、选收史料范围包括有关文学问题的重要文件、政策法规，党和国家领导人以及文艺界知名人士的重要报告、讲话，有关文学评论、文学论争、文学研究的著作和文章，各类有典型意义的编者说明、书评序跋、书信日记，以及稀见文学报刊资料、文艺会议简报与其他第一手文献等，反映当代文学发展和研究的全景，促使新中国文学史料与研究变得更为丰富和完善。

四、编纂体例包括导论、关键词、专题史料与研究、编年简史、目录索引、编后记。各专题的"导论"重在阐述新中国 70 年文学发展的总体状貌与史料编选的原则、方法。"关键词"主要解释代表性的文学概念、文艺组织、社团流派、文学作品、媒体机构等。"专题史料与研究"分辑编选，各辑"导语"概述所选文献史料的特点，每篇附"题解"交代选文出处、版本流变、内容特点与文献价值等。"编年简史"着重记录文学发展的重要事件和文学现象，以编年史的形式还原文学现场。部分专题编选了"目录索引"。"编后记"对编选情况进行了简要说明。

五、"专题史料与研究"原则上按辑分类,各辑主要依文章的发表、出版时间为序,少数专辑的目次按照文学史发展线索分类后再按时间先后排列。

六、所选篇目除稀见史料外,原则上按最初发表和出版的版本排印,少量重要政策文献及领导人讲话选收公开出版的修订本。各版本作者按初次发表时的姓名照录,若涉及笔名,一般在相应文章"题解"中说明。选录文章,个别有删节者,或在篇题中加注"节录"二字,或在"题解"中予以说明。

七、为尊重文献史料原貌,收录时除将繁体改为简体、竖排改为横排,对明显的字词、标点讹误予以规范外,一般原文照录,不作改动。对于脱落或辨识不清的文字,用"□"在文中标明。对于原文少数典实存疑或需考辨说明的,以页末"编者注"的形式呈现。

八、对于一些具有特定时代风格的字词用法、表述方式等,一般遵从原文。如年代、数字、称谓、译名,以及汉语演变过程中曾一度出现的"的、地、底、得","象"与"像","作"与"做","份"与"分","那"与"哪","甚"与"什","采"与"彩","其它"(其他)、"刻划"(刻画)等。对 21 世纪以后的选篇,则酌参现行出版规范加以校订。对选篇中的文献著录,按编辑规范与篇内统一原则,酌情进行了技术性处理。

本丛书是国家社科基金重点项目最终成果,先后入选国家"十三五"重点图书出版规划重大出版工程项目、国家出版基金项目。丛书的发掘整理、文字考订、编辑出版等工作汇聚了国内外诸多现当代文学研究者的智慧与心力,得到了很多专家、学者的指导、支持与帮助,在此我们一并致以衷心的感谢!

本丛书所选录的史料文献主要用于教学与研究工作,因所录史料涉及面广,虽经多方查找,尚有少量作品未能与作者取得联系,敬请相关作者或著作权继承者与我们联系,以便及时奉寄稿酬并致谢忱!

我们期待这套丛书能够充分展示新中国 70 年波澜壮阔的文学创造与发展历程,但由于新中国文学 70 年史料宏富广博,其中难免有疏漏之处,诚请有关专家与广大读者批评指正。

南京师范大学出版社
2020 年 12 月

导　论
新中国女性文学主潮

李　玲

新中国女性文学 70 年的发展历史中,女作家对女性自我生命、对男性世界、对宏大历史的认识和表达都形成了既呈现鲜明时代特征又独具个人风格的多彩丰姿。这一时期的女性创作,既在对时代政治话语的深度介入中拓展了女性主体的内涵,也在疏离时代政治话语中建立了个体的独立意识;既在对男性世界的理解、包容中丰富了女性的心灵世界,也在对男权传统的激烈批判中维护了女性的主体性;既在对女性内在情感、欲望的多角度认同中张扬了女性生命存在的合理性,也在对乡土与都市、历史与现实的多方位审视中展示了女性充沛的心灵力量。新中国 70 年来的女性文学,既与中国社会政治的发展变革形成深刻的互动关系,也敏锐地感应着当代女性主义思潮的思想启迪,更是生长在这一片土地上的一大批女作家真诚探索自我生命奥秘、热切关怀社会人生所结出的硕果。

一、前 30 年:在革命意识形态框架内书写女性的主体意识

新中国成立是一个翻天覆地的历史巨变,新中国前 30 年(1949—1978)的文学一方面承担起为新时代作证的历史使命,另一方面又延续着文学关怀人性的超越性功能。这一时段的女性文学,既回应时代巨变,书写女性成长为革命主体的历程,又汲取革命伦理中的性别平等资源,书写女性在家庭内外争取平等地位的新风采,同时还在遵从革命意识形态的前提下关怀女性的多重心理。

（一）女性成长为革命主体

书写女性成长为革命主体的女性文学代表性作品,是杨沫 1958 年出版的长篇小说《青春之歌》、宗璞 1957 年发表的短篇小说《红豆》和丁玲 1978 年创作的短篇小说《杜晚香》。

《青春之歌》和《红豆》两部作品都既以革命伦理统摄家庭中父母与子女的

伦理关系、统摄男女情爱伦理,又在一定程度上保持了革命伦理与情爱伦理之间的张力;所不同的是,《青春之歌》的革命化程度要远远大于《红豆》,而《红豆》则保留了更多超越意识形态的浪漫激情。首先,《青春之歌》和《红豆》中女主人公走向革命的外因皆是党组织的引导,《青春之歌》中引导林道静的是卢嘉川、林红、姑母、江华等一批前赴后继的优秀共产党员,《红豆》中引导女大学生江玫的则是同屋的党员萧素。这些党员既有坚定的革命信念,又有舍己为人的个人道德,作品由此完成了政治信念先锋性与个人私德崇高性合一的革命叙说。其次,《青春之歌》和《红豆》女主人公走向革命,又都有着深厚的家庭因素,从而昭示出 20 世纪 50 年代文学重视革命血统传承的思路。《青春之歌》中,林道静的生母是被地主霸占并被迫害而死的农村姑娘。母爱匮乏的林道静,站在代母控诉的立场上,仇视父亲和嫡母所代表的大地主、大资产阶级。阶级仇恨,是林道静走向革命的原动力,又保证了林道静阶级血脉的合法性。林道静走向革命的历程,正是她反叛父亲和嫡母的阶级、走向生母的阶级的历程,这一艺术构思相当严谨地演绎了阶级本质决定政治立场的先验论,也展示了新中国女性文学中阶级立场统摄性别立场的特点。《红豆》中的江玫,父亲是进步的大学教授,在白色恐怖的年代里因"思想有毛病"而屈死,母亲在关键时刻"痛说家史",江玫于是坚定了留在新中国干革命的决心。《红豆》把进步知识分子纳入革命传统中,可见其注重革命传统的立场较为宽松,有别于那种只认工农血统的极左出身论。再次,《青春之歌》和《红豆》都在革命的大框架内保留了或多或少的浪漫激情。《青春之歌》一开场以赞赏的态度描绘林道静那全身素净、"异常俊美"的女学生形象,后来又以认同的态度书写林道静与卢嘉川之间那既含蓄又热烈的恋爱激情,作品由此在革命的大框架内保留了后来"样板戏"中荡然无存的浪漫情调,继承了 20 世纪 30 年代左翼文学中恋爱与革命相兼容的传统。《红豆》中,女青年江玫先是沉浸在恋爱的幸福中,但最终还是与不革命的男朋友齐虹分手,这一历程与《青春之歌》中林道静先沉浸在与余永泽的浪漫爱中,而后又脱离不革命的余永泽何其相似,然而,两部作品对游离于革命之外的浪漫爱的叙述态度却大相径庭。《红豆》在叙事立场上,尽管赞同江玫的分手选择,从而保证了革命高于爱情的原则,但是并没有因此就像《青春之歌》那样让女主人公否定之前的爱情。江玫和齐虹虽然政治立场水火不相容,但是二人的爱始终都是真挚、热烈、无私的,分手后,"孤独的江玫的浓重感情仍然留恋着过去"[1],《红豆》由此展示了

---

[1]　伊默:《在感情的细流里——评短篇小说〈红豆〉》,《人民日报》1957 年 10 月 8 日。

对疏离革命的爱情的珍惜态度;而且,《红豆》还通过对江玫和齐虹在文学、音乐、科学领域深深共鸣的诗意化描写,表达了对超越意识形态的东西方文明境界的热爱。正由于"投身革命与个人情感生活,在小说中没有被处理成完全一致"①,《红豆》建构了革命原则与浪漫爱以及更广泛的人类文明之间的丰富张力空间。

　　丁玲 1978 年创作的短篇小说《杜晚香》,处在前 30 年和后 30 年的历史交界点上,书写了杜晚香由贫寒的农家女成长为共产主义事业"排头兵"的历程,其女性意识呈现出复杂多元的特点。② 首先,《杜晚香》肯定女性在组织面前柔顺忠诚的品格,其意识形态立场更接近前 30 年的文学,而有别于之后"伤痕—反思"的文学主潮。其次,《杜晚香》在对待男女性关系上呈现出男权化的价值倾向。志愿军丈夫回到家中,"晚香知道他是'同志',她的心几乎跳出来了。她不再把他看成只是过日子的伙伴,而是能终身依靠的两个有着共同理想、共同语言的神圣关系的人","……他同她没有话说,正像她公公她婆婆一样",可是,她"并没有反感,有时还不觉得产生出对他的尊敬和爱慕,她只是对自己的无能,悄悄地怀着一种清怨……"这正如刘慧英和秦林芳所分析的:她"意识到无爱的痛苦时,她又无法全面否定这种靠传统纽带联结着的生活","最终把'怨恨'转向了自己"③;《杜晚香》"表现出了非常传统、非常陈旧的男权观念"④。再次,《杜晚香》肯定了女性从容坚定的个性气质,这又是对女性主体精神的有益建构。在意识形态的忠诚话语下面,作品褒扬的是杜晚香无论在何处都"安详自若,从容愉快的神情",是杜晚香热心帮助别人的"宽大的胸怀",是杜晚香把集体利益看得高于个人利益、家庭利益的无私情怀。这些又有别于对待性关系上的屈从品格,而表现出女性主体内在的精神力量。

　　(二) 女性成长为平等的性别主体

　　在男女平等的层面上解放妇女,自晚清以来一直是中国社会是否实现现代转型的考察指标之一,更是新中国的国家基本政策之一。妇女解放有两个基本面向:一个是妇女参与公共生活;另一个是妇女自主地安排自己的生活,尤其是获得婚姻自主权。1957 年发表的三篇女作家创作的短篇小说,从不同角度表达了妇女追求平等、解放的心声。韦君宜的小说《女人》呼唤男女工作机会平等。

---

① 洪子诚:《中国当代文学史》,北京大学出版社 1999 年版,第 143 页。
② 《杜晚香》1978 年创作,1979 年发表,由于其价值观更接近前 30 年的创作,故归在这一时段阐释。
③ 刘慧英:《走出男权传统的樊篱》,生活·读书·新知三联书店 1995 年版,第 55 页。
④ 秦林芳:《丁玲〈杜晚香〉:政治功利与道德诉求的聚合》,《文教资料》2007 年 12 月号下旬刊。

女主人公林云"希望领导上不要把我当作一个负责干部的老婆,而当我作同志",她不愿意放弃原来的工作,不愿意调到丈夫宋诚身边去专门照料他的生活,"因为自己愿意工作,愿意像别人一样"。林云还反驳女友马素的观点说:"是个女人,就认输了吗?"李纳的小说《女婿》,与歧视离异女性的世俗偏见针锋相对,写一个离过婚且带着孩子的女性秀姐,自信乐观,找到了志同道合的伴侣。柳溪的小说《我的爱人》抒写护理员淑贞对在抗美援朝中致残的军人其华的真挚爱情,小说在遵从社会主义意识形态的前提下肯定了女性主动追求爱情的权利。

(三)革命意识形态下女性人性的丰富性

既遵从革命意识形态,又避开宏大历史的正面场景,而着重表现人物尤其是女性的丰富情感世界,这一时期最富有代表性的女作家是茹志鹃。她1958年发表的短篇小说《百合花》,从"我"的视角看通讯员和新媳妇,既表达了军民团结如一家的鱼水深情,又抒发了朦胧而含蓄的异性间的情愫。女文工团团员"我"和新媳妇这两个女性人物,与男通讯员之间,既是显在的同志/军民关系,也是朦胧的异性关系。《百合花》通过"我"的眼光,刻画了通讯员腼腆憨厚、勇于自我牺牲而又未免急躁、单纯的男青年形象,塑造了新媳妇羞涩腼腆且又善良无私、情深义厚的女青年形象。《百合花》因诗意地糅合了显在的革命主题和朦胧的情爱主题,而成为中国当代文学史上一朵永不凋谢的"百合花"。茹志鹃1960年发表的短篇小说《静静的产院里》中,"新法接生员"谭婶婶面对新来的年轻医生荷妹,先感到不是滋味,而后通过自省,完全接纳了新人,并积极向新人学习。作品固然在进步论的大框架下赞赏谭婶婶、潘奶奶等人不断更新自我、追赶时代脚步的发展意识,但也并没有把人初步接触新生事物时的抵触情绪简单地判定为恶的力量,而是一方面既从进步论的立场出发把这些抵触心理界定为需要克服的旧情绪,同时又能充分理解人都难免有固守旧习惯、不愿意被年轻一辈冒犯的心态,《静静的产院里》由此衍生出了关怀历史进步洪流中人的情感复杂性的现代人文精神。

二、新时期之初:政治反思与性别建构相交织

从1978年到1985年的新时期之初,中国女性文学敏锐感应时代变革,与男性创作一起承担起了政治反思的功能,呼唤人道主义、个性解放等文明开放的价值观,显示了文学在社会文化转型过程中的先锋性;同时,又在男女关系思考

方面展示出独特的女性视角,既抒发女性的爱情渴求,品藻男性人物,建构男女心灵相知、相濡以沫的理想爱情境界,也倾诉女性寻找理想"男子汉"而不可得的失落,抒写女性在自我气质认同方面的焦虑。

(一)男性形象建构:思想解放、爱情忠贞的理想男性与玩弄权术、思想浅薄的负面男性

新时期之初的女性文学,往往把政治探索和男女情爱思考交织书写,把对宏大历史的关切和对男性世界的想象融合在一起,在品藻男性人物中熔铸了拨乱反正的政治需求,宣扬人道主义立场、经济体制改革立场,既充满敬意地塑造了一系列思想解放、爱情忠贞的理想男性形象,也表达了对玩弄权术型男性的鄙视、对思想空洞型男性的失望。

首先,戴厚英1980年出版的长篇小说《人啊,人!》和张洁1981年出版的长篇小说《沉重的翅膀》,都从政治反思与道德评判相结合的立场出发,把男性人物分为正、反两类。正面男性都是思想开放、坚持人道主义与马克思主义相结合的立场的共产党人,他们还兼具善良、忠贞、无私等美好品格;反面男性都是固守极左路线、好整人、热衷于玩弄权术的政治投机者,他们在私德上也兼具自私、虚伪、冷酷的特质。正面男性所代表的政治理想有两个维度:一个维度是面向前30年的历史进行反思,从而吸取历史教训,在当下坚持人道主义立场;另一个维度是面向当下社会经济体制僵化的问题进行现实反思,坚持搞改革,坚持以人为本。《人啊,人!》中的何荆夫即代表了前一个维度。他20世纪50年代在大学学习时被划为右派,而后在社会底层流浪了20年,但是他始终没有忘记研究人性论、人道主义问题,新时期复出时,他已经完成了一本著作《马克思主义与人道主义》,成为时代的思想先锋;在男女关系上,他对女主人公孙悦一直怀着忠贞不移的纯洁爱情;在友情方面,他善良无私、包容博爱,善待情敌赵振环,宽恕当年参与批判自己的人。《沉重的翅膀》中的重工业部常务副部长郑子云,则代表后一个理想维度。他既是一个坚定的马克思主义者,又有着务实肯干的精神,他支持走改革之路的厂长,抵制官僚主义和特殊化,信守"关心人,尊重人,相信人"的人道原则;与之相对的反面人物部长田守诚则玩弄权术、阻碍改革。《沉重的翅膀》写出了经济体制改革的迫切性,也揭示出改革因触动许多官僚的既得利益而举步维艰的状况,具有浓重的悲剧氛围。《人啊,人!》和《沉重的翅膀》这两部长篇小说,将对宏大历史走向的思考与对男性人物的品藻融为一体,既体现了女作家敏锐把握社会发展趋向和时代思想脉络的历史意识,也表现了女作家评判男性品格的标准包含着政治思想和伦理道德两个维度。对照新时期

之初思想界的人道主义与异化问题之争，对照中国社会经济体制改革的艰难历程，可以说，新时期之初的女性文学在承担宏大历史责任方面起到了时代先声的作用。

杨绛 1980 年创作的散文集《干校六记》，在反思前 30 年历史教训问题上与《人啊，人!》《沉重的翅膀》展示了相似的价值观。《干校六记》从被改造者心理体验的角度来否定六七十年代的知识分子改造运动，所记虽然是"大背景的小点缀，大故事的小穿插"①，却仍然有深刻的历史关怀，笔墨也显得隽永蕴蓄。所不同的是，《干校六记》并不介入新时期的社会现实，而是在回忆性书写中展示知识分子的独立人格。

其次，新时期之初的女性文学，在寻找男子汉的失落中，表达了对思想空洞型男性的失望，大胆地张扬女性的精神优势。张洁 1979 年发表的短篇小说《爱，是不能忘记的》、1982 年发表的中篇小说《方舟》和张辛欣 1980 年发表的中篇小说《我在哪儿错过了你?》中，都有一个思想空洞、精神上根本不能与文中优秀女青年相匹配的男青年。《爱，是不能忘记的》中的乔林，俊美得像古希腊的雕像，但是，"逢到我起意要对他来点智力测验，一定逼着他说出对某事或某物的看法时，他也只能说出托儿所里常用的那种词汇：'好!'或'不好!'"于是，作为女朋友的"我"不由得感到"深刻的寂寞"。《我在哪儿错过了你?》中的李克是一位循规蹈矩的"完美的好人"，同样也不能满足女主人公"我"的精神共鸣需求。《方舟》中梁倩的丈夫白复山不仅同样缺少深刻的思想，而且还多了一份品德上的卑劣。这三部作品都偏重于主观抒情，女主人公、叙述者、隐含作者立场合一。作品以俯视的态度塑造这些思想空洞的男性形象，表达了对具有精神深度的男子汉的呼唤。这些作品的情爱立场具有两个特点：一是以女性为主体审视两性关系，而不是把女性作为陪衬男性的"红袖添香"式或"揾英雄泪"式的附属性存在；二是在女性爱情标准中树立了超越世俗的精神性内涵。

（二）女性形象建构：或参与宏大历史，坚守思想前沿；或疏离政治，坚守个体职责

首先，新时期之初的女性文学在女性形象塑造中熔铸了女性参与宏大历史的责任意识。戴厚英、张洁的小说中，女性人物也分为正面和反面两类，二者形成鲜明对比。正面女性人物主要有两个特点。第一个特点是与正面男性人物形象一样，坚持人道主义精神，坚持经济改革，在新与旧尖锐对立的历史进程中代

---

① 钱锺书:《干校六记·小引》,《杨绛作品集》第 2 卷,中国社会科学出版社 1993 年版,第 3 页。

表了时代发展的正确方向;与正面男性人物不同的是,她们往往并不是思想正确的阵营中具有引领性功能的核心人物,而是男性引领性人物的同道者。作为同道者,她们虽还没有达到与核心男性人物同等的思想高度,而对他们表现出一定程度上的仰望姿态;但同时,她们又不是核心男性人物的追随者,而具有比追随者更为独立的身份特征与人格特点。《人啊,人!》中的女主人公孙悦,从"文革"经历中悟出了必须超越整人的斗争思路,这种思想并非来自男性的启蒙,却又与何荆夫的人道主义思想不谋而合。《沉重的翅膀》中的女记者叶知秋,在坚持经济改革、注重人道关怀问题上,与改革派副部长郑子云思想一致;但她并非郑子云的下属,而具有独立的职业身份。这样的艺术构思,既体现了女作家关于女性参与宏大历史、参与政治的自觉性,又体现了面对宏大历史时,女性既渴望得到强大男性力量支撑,又希望保持女性独立人格的心态;也说明这些文本的历史反思立场大于性别反思立场,因为作品中具有独立人格意识的女性人物,并不审视同一思想阵营中的男性人物。正面女性的第二个特点是具有脱俗的精神气质。她们无论长相漂亮不漂亮,气质上一般都本色自然、不矫揉造作,更有着不注重个人利益、追求超世俗精神境界的特点。《人啊,人!》中的孙悦、《沉重的翅膀》中的叶知秋、《方舟》中的荆华都属于这类精神内涵丰富的女性。与此相对,这些作品中的反面女性人物一般具有如下全部特点或部分特点:第一个特点是无政治见解,行动只受利益驱使,斤斤计较,习惯于借助权威男性的势力对其他人颐指气使;第二个特点是装扮精致但格调庸俗;第三个特点是因精神空虚无聊而难以成为优秀男性人物的心灵知己。《人到中年》中的马列主义老太太秦波,《人啊,人!》中的陈玉立、冯兰香,《方舟》中的钱秀瑛,《沉重的翅膀》中的夏竹筠等,都是这类庸俗女性。

其次,新时期之初的女性文学,还在女性形象塑造中表达了超越政治意识形态的人生探索意识。这表现为两种形态,一种是颂扬女性知识分子坚守职业岗位、疏离政治的独立意识,另一种是在女性日常人生书写中表达个性解放的需求。谌容 1980 年发表的中篇小说《人到中年》,塑造了在时代变迁中从容淡定、恪守职业操守、超然于世俗功利外的女医生陆文婷的形象。陆文婷身兼职业和家庭的双重重担,尽管有丈夫倾心相守,仍然不堪重负。作品赞赏知识女性不卑不亢的精神气质,向往夫妻相知相爱的理想婚姻图景,并在不直接质问男权的过程中提出职业女性负担过重的社会问题。铁凝 1983 年发表的中篇小说《没有纽扣的红衬衫》则以赞赏的态度塑造了一个有着独立思考能力的高中女生安然的形象。

（三）抒发女性的多重爱情心理：平等意识，爱情渴求

以舒婷的创作为代表的新时期之初的女性诗歌既关注宏大历史，也书写爱情，其爱情书写包含平等意识和爱情渴求两个主要维度，而其爱情渴求中既有女性渴望得到男性庇护的小女生心态，也有女性庇护男性的母性情怀。在《致橡树》中，舒婷发出了"你有你的铜枝铁干，像刀，像剑，也像戟；我有我的红硕花朵，像沉重的叹息，又像英勇的火炬"的平等宣言，这鼓舞了 20 世纪 80 年代初平等意识觉醒的女性。《神女峰》中，舒婷则抒发了"与其在悬崖上展览千年／不如在爱人肩头痛哭一晚"的女性被爱的渴求。《会唱歌的鸢尾花》中，抒情女主人公问"我可以要一株真正的圣诞树吗／上面挂满／溜冰鞋、神笛和童话／焰火、喷泉般炫耀欢乐／我可以大笑着在街道上奔跑吗"，由此，作品在爱情理想的建构中抒发了生命自由生长的渴求。而在《赠》中，"如果你是火／我愿是炭／想这样安慰你／然而我不敢"，则抒发了女性渴望给予男性温存的深情。杨绛的系列散文《干校六记》则在知识分子被无可奈何地下放干校、接受劳动改造的大背景下，表达了妻子处处庇护丈夫的成熟的母性心态。其中第五章"冒险记幸"中，默存到杨绛所在的连队一起吃年夜饭，"天色已经昏黑，我怕默存近视眼看不清路——他向来不会认路——干脆直把他送回宿舍"。

这一时期的女性文学还初步表达了女性在情爱中的欲望。林子 1958 年创作、1980 年发表的诗歌《给他》是这一方面的代表作。但是，对女性情欲的深入而大胆的探索，则要在新时期后期思想更为解放的年代里才出现。

（四）女性气质层面上的自我怀疑与自我确认

张辛欣 1980 年发表的小说《我在哪儿错过了你？》和张洁 1982 年发表的小说《方舟》探讨了女性的"雄化"问题，表达了由女性气质本质界定所引发的不同焦虑。张辛欣面对男性要求女性保持柔美气质的问题，对女性自我产生了怀疑，而又心有不甘。张洁则固守女性气质应当柔美的立场，以女性"雄化"这一无可奈何的结果，作为控诉男权社会的证据。

张辛欣的小说《我在哪儿错过了你？》中的女售票员"我"是个富有才华的业余女编剧，与航海系毕业的业余导演"他"心心相印，但是，他以已逝的前女友"……很要强，然而文静……"作为参照物，评判"我"是个"男性气质过多的女性"，要求"我"说："我希望你改改你的性格，凭着女性本来的气质，完全可以有力量……"这一男性对女性阴柔气质的要求，引起了女性人物"我"内心中的剧烈冲突。文本最终在女性是否应该回归阴柔气质这个问题上形成了复调性：一方面，女主人公"我"暗暗为自己的男性化辩护，认为这是艰辛的生活逼出来的，

既事出有因,也并无不妥;另一方面,"我"在深深的思念中又不免深受"他"的立场的影响,不禁为自己的不够阴柔文静而感到焦虑。

张洁的小说《方舟》以惋惜的态度表达了"男人的雌化,和女人的雄化,将是一个不可避免的、世界性的问题"。叙述者借丈夫白复山的眼光审视女导演梁倩,感受到梁倩干瘪、没有"女人味",并在心中暗暗感叹:"她怎么活得这么憋屈、这么窝囊啊!"但是在价值评价上隐含作者的态度却与男性人物截然相反,不同于白复山鄙夷中含着一点怜悯的男性立场,叙述者和隐含作者对梁倩失去"女人味"只有心疼、怜惜。梁倩的内心独白也表达了自己对柔美女性气质的向往,但是女性失去"女人味"、女人"雄化",在《方舟》中并没有成为女性自卑自贬的因素,反而成为女性控诉男权社会、控诉男性人物的有力证据。"她这是怎么了? 像个歇斯底里的老寡妇。她从前不是这个样子。上哪儿再找回那颗仁爱的、宁静的心啊,像初开的花朵一样,把自己的芳香慷慨地赠给每一个人。像银色的月亮一样,温存地罩着每个人的睡梦。她多么愿意做一个女人,做一个被人疼爱,也疼爱别人的女人。不,她不愿意雄化。究竟是什么在强迫她?"《方舟》把女人"雄化"归咎于男性乃至于整个社会不能担当起爱惜女性、庇护女性的责任,因此,《方舟》坚守女性气质应当柔美的本质主义立场,这一信念在文本中并没有成为囚禁女性、限制女性的条条框框,却生成了控诉男权的批判性力量。

三、新时期后期:情欲的多重书写与对男性世界的审视

1985 年以后的女性文学无论在作品数量还是在思想艺术深度方面都有蓬勃的发展。直面情欲,将情欲确认为男人和女人作为主体性存在不可剔除的内涵,王安忆、铁凝、林白、陈染、徐小斌、虹影等女作家都对此进行了多维度的探索。1986—2000 年这一时期的女性文学,对男女关系、母女关系也进行了更为深入的书写,从而丰富了当代女性文学的人性理解内涵。

(一) 情欲书写之一:将非理性冲动纳入主体的范畴

20 世纪 80 年代,弗洛伊德的心理分析理论在中国广泛传播,这触发了人们对潜意识的认知。与之相应,这一时期的女性文学,正视情感、理性、欲望之间的张力,把欲望与情感、理性一样确认为合理的自然人性,尤其注重探索情爱的非理性特征。小说家王安忆、铁凝,诗人翟永明、伊蕾、海男、唐亚平,散文家叶梦是这一领域的代表性人物。

王安忆 1986 年发表的中篇小说《荒山之恋》,细致描写了一对婚外情男女

的殉情故事。小说的核心主旨既不是歌颂爱情的崇高,也不是批判社会对爱情的压制,而是深深理解情与欲均不受理性控制的特点。性格文静被动的男小提琴手,热爱妻子和女儿,不料却沉浸于婚外情而不可自拔;性格开朗主动的女打字员本想在挑逗男性中逢场作戏,没想到却在游戏中滋生出生死不渝的真挚爱情。他们情与欲高度融合的恋情,有着理智无法控制的冲动性,隐含作者深深理解人性中的这一股激情。王安忆1989年发表的中篇小说《岗上的世纪》则在欲望与情、理完全背离的张力中,探索情欲这一不可被理性规训、不受情感羁绊的强大的本能力量,将它接纳为生命主体建构的重要组成部分。女知青李小琴欲以身体换取回城指标,农民小队长杨绪国与她发生关系后却不守承诺,李小琴状告杨绪国,杨绪国被羁押、批斗,释放后,他再度去找李小琴,二人连续七个夜晚沉浸在高度和谐完美的性关系中,体会生命的欢乐。小说中,男女双方强大的情欲力量,并没有改变他们的情感,没有改变他们的理性,因而作品始终没有在价值判断层面上认可农民小队长以权力消费女知青的行为,作品也没有让这一对男女之间建立起相爱的情感,也就是说作品并没有颠覆理性、颠覆情感,而是在超越理性、超越情感的层面上探索和理解性本能的强大力量,并把性本能上升到关乎生命自由境界的重要元素来认识。

铁凝1986年发表的中篇小说《麦秸垛》,探索了人的理性、情感、欲望既相互对立又相互交织的多种复杂状况,铁凝既赞赏理性、情感,也理解欲望,《麦秸垛》中这三者之间有时是一致的,有时又是互相冲突的。男知青陆野明对女知青沈小凤的欲望,不仅违背他的理性,也与他的情感背道而驰,然而,他却只有通过满足这名不正、言不顺的欲望才能最终克服它。这是铁凝对人类欲望方式的一种独特想象。铁凝并没有站在道德立场上批判陆野明的欲望对他自己感情、理智的背叛,并没有以人必须控制自己欲望的责任意识来要求陆野明,而是理解他只能通过满足本能欲望才能最终超越它而回归到灵肉合一的情感境界中。女知青杨青对陆野明的爱有两个特点。第一个特点是,既包含着对异性的控制,也包含着对情欲的控制,然而这两种控制不仅没有让男性人物感到不适,反而更加契合陆野明的内心需求。第二个特点是,既潜藏着以替代方式满足自身情欲的隐秘愿望,又有着超越自我爱欲、包容男性脆弱的圣母情怀。陆野明与沈小凤在麦秸垛偷情,这固然使深爱陆野明的杨青感到痛苦,但在杨青的隐秘欲望中,沈小凤却又未尝不是替杨青完成了杨青绝对不允许自己去做的事;作品想象陆野明回归杨青身边,则体现了铁凝对女性包容男性不羁情欲的圣母情怀的认同意识。此外,铁凝1988年发表的长篇小说《玫瑰门》对女医生宋竹西与庄坦、大旗、叶龙北三个男人的性爱叙述,2000年出版的长篇小说《大浴女》对尹小跳与陈在性关系的描述,也都从不同角度展示了铁凝对情欲作为自然人性的理解、认同。

　　新时期后期的女性诗歌和散文,一方面将爱欲等女性生命体验纳入女性的主体范畴中,由此深化和丰富女性的生命意识,另一方面则出现了许多直接反思男权传统的作品,由此女性诗歌、散文展示出比舒婷这一代诗人的诗歌更为独立不羁的女性主体意识。"太阳为全世界升起! 我只为了你/以最仇恨的柔情蜜意贯注你全身/从脚至顶,我有我的方式",翟永明1983年开始创作、1986年正式出版的组诗《女人》中的《独白》篇,抒发了女性对男性爱恨交织的炽烈情爱。伊蕾1987年发表的组诗《独身女人的卧室》,塑造了一个既幽闭自傲又呼唤男性同居的抒情女主人形象。叶梦的散文《紫色暖巢》《生命中的辉煌时刻》《失血的灵肉苍白如纸》则分别想象了自己出生、怀孕、生育的场景,以诗意的笔调表达了珍惜女性生命原欲的立场。林丹娅的散文《遥望祖母之名》则以女性认同的立场书写了祖母苦难而又坚韧、平凡而又神奇的一生。

　　(二) 情欲书写之二:女性成长经历的"个人化"写作

　　20世纪90年代以林白的《一个人的战争》、陈染的《私人生活》、虹影的《饥饿的女儿》为代表的女性成长经验的"个人化"写作,一方面,延续了80年代中后期王安忆、铁凝等女性创作理解本能欲望的思路,将性经验纳入女性成长体验的核心位置;另一方面,她们又往往在反抗群体压抑的思路上守护女性个体幽闭的生命经验。这一类在题材上着眼于女性内在生命体验、在价值观上守护个体性存在的成长小说,迥异于《青春之歌》等表现女性为社会理想而奋斗的革命成长小说。

　　林白1994年发表的长篇小说《一个人的战争》中,第一人称叙述者在描述中审视、分析女大学生多米与轮船服务员"矢村警长"、与电影厂导演N等男性人物的情爱经验。已婚轮船服务员"矢村警长"的诱惑,带给多米的是一段没有爱但也没有多少精神伤害、只有肉体痛楚的初夜经验,而诱骗之所以"没有受到更多的阻力",根本原因在于"一是我的英雄主义(想冒险,自以为是奇女子,敢于进入任何可怕事件),一是我的软弱无依"。男导演N不负责任的性爱态度,使"我"不仅经历了刻骨铭心的相思、任人摆布的流产,还有这段经历过去之后的遗忘。"这么快就把N忘了使我感到吃惊,我真正体会到了爱情的脆弱多变,我曾经坚信,我是可以为N去死的",由此"我"得出结论:"我爱的其实是自己的爱情。"这里,《一个人的战争》关注的焦点并非是探究或者批判男性世界,而是探索女性在情爱中的生命体验。这些女性情爱体验,无论是痛楚的还是欢欣的,无论是越轨的还是合规的,无论是主动的还是无力的,在林白看来,都无关对错。真挚的女性体验本身,在《一个人的战争》中被赋予了值得认可的生命意义。

陈染1996年出版的长篇小说《私人生活》与林白的《一个人的战争》一样,也同样执着于对女性情爱体验的探究,不同的是,《私人生活》还兼有对外部世界的省察、对抗,因而展示出更多女性主义批判立场和精英认同立场。《私人生活》所涉及的异性情爱体验,既有女性无爱的纯粹肉体的觉醒,也有灵肉合一的浪漫爱。女主人公倪拗拗之所以愿意接受T老师的诱惑,是因为"她想在这个男人身上找到那神秘的、从未彻底经验过的快感,她更喜爱的是那一种快感而不是眼前这个人"。在小说中,T老师曾一直刁难"我"。这些刁难,在"我"的体验中代表着一种权威性的男权压迫,而在T老师自己的体验中则是男性无法控制对女学生爱欲所导致的扭曲行为,作品在倪拗拗与T老师这一组关系的想象中,既深入探究了女性欲望觉醒的体验,还控诉了男权压迫和满足了女性自恋等多重心理需求。与之相对照,《私人生活》在倪拗拗与挚爱男友尹楠的关系建构中,则建构了灵肉合一的性爱经验,书写了男性肉体美在女性心中所引起的震撼感。在倪拗拗眼中,尹楠躯体"散发出来的洁白而柔嫩的光耀,简直把我照射得头晕目眩"。《私人生活》还以倪拗拗的眼光审视伊秋与西大望的性关系,与倪拗拗、尹楠这一对知识精英的完美情爱相比,大众阶层出身的伊秋和西大望的性爱则显得粗鄙,作品在此生成了精英阶层的身份认同意识。

虹影1997年发表的长篇小说《饥饿的女儿》中,女主人公六六青春时期的情感饥渴与其性意识的觉醒相伴而生,小说不仅表现了她伴随着寻父意识的师生恋,而且细致地表现了女性在流产过程中的身心痛苦。

(三)情欲书写之三:确认女性同性爱的合理性

1986年到2000年的女性文学,不仅书写异性间的情欲,还探索同性爱欲,拓展了情欲书写的范围。陈染的《私人生活》、徐小斌的《羽蛇》是这方面的代表作。首先,这两部小说都书写了成熟女性与未成年女性之间的同性爱,而且把这种情与欲兼具的同性爱作为庇护未成年女性健康成长的美好生命经验。《私人生活》中,成年女性禾寡妇的家,是未成年少女倪拗拗逃离父母矛盾、获得身心慰藉的温馨家园。在倪拗拗的第一人称叙述中,优雅的禾寡妇给予"我"肌肤之亲,使"我"产生了"极为美妙的眩晕",而这"美妙的感觉自然是来自于我那青春期的肌肤的某种模糊的饥渴"。徐小斌1998年出版的长篇小说《羽蛇》中,羽是一个得不到母爱的女孩,女演员金乌的家成了她的避难所。金乌启蒙了羽的性意识。金乌刻意安排的同性爱场景,还有引导羽释放压抑的生命能量,使她迈开成长脚步的功能。同性爱和异性爱,在《羽蛇》中都以神奇玄幻的方式参与了女主人公羽的生命成长历程。其次,这两部小说想象了不同风格的理想女性形象。《私人生活》中的禾寡妇是一位具有满族贵族血统的优雅的边缘女性,这体现了陈染追求贵族趣味、注重情调、自觉疏离社会中心意识的精英文化趣味。禾寡妇最终因火灾而死的命运,也表达了陈染偏于悲观的命运感。《羽蛇》中的金乌没有年龄,"永远是个风姿绰约的妇人",无论在处理现实事务方面还是在掌控异性情爱和同性情爱方面,都无所不能。想象出金乌这一超越时空、超越一切障碍的永恒的理想女性形象,说明徐小斌在关于女性能力和魅力方面表达了天马行空式的浪漫幻想。

（四）在审视中理解男性世界

在这一时期女性文学的男性形象塑造中,女作家对男性世界表达了复杂多元的态度。她们有时侧重于理解男性作为有血有肉的人的长处和短处;有时则通过书写女性在两性关系中所受的伤害,激烈批判男权文化传统;有时则将这两种立场相交织起来。她们的写作姿态,有时是站在女性立场审视男性世界,有时则以超性别立场探究男性心理。

以超性别视角审视男性世界的代表作,有方方的中篇小说《风景》,池莉的中篇小说《烦恼人生》,王安忆的中篇小说《叔叔的故事》、长篇小说《长恨歌》。《风景》和《烦恼人生》均发表于 1987 年,是"新写实小说"的代表作。《风景》状写底层市民粗粝的生活状态,在貌似"零度"的叙述中熔铸着对底层男女之粗莽人性的审视和理解。《烦恼人生》则细致状写已婚中年男性印家厚一天中的琐碎生活和情绪流动,在貌似"零度"的叙述中熔铸着女作家对男性内心烦恼的深切理解,也传达了女作家对男性美好人性的期待。王安忆既能从男性人物自身的生存逻辑出发深入探究男性心理,又能出乎其外地洞悉他们的道德缺陷,做到男性人性批判和现代人道同情的统一。她 1990 年发表的中篇小说《叔叔的故事》中,主人公"叔叔",是一位受难之后复出的著名作家。作品以晚一辈男性的旁观者视角和全知的第三人称视角相结合的方式展开叙述,审视"叔叔"返城后急于脱离苦难记忆、向生活寻找补偿又唯恐脱离时代文化主流位置的焦虑心理,对"叔叔"的如下双重心理缺陷都既有犀利的批判,也有深深的悲悯:一重是凭借自己的名望不断猎获各类年轻女性的性爱渴求心态,另一重是不愿对儿子负责任的父爱缺失心态。王安忆 1995 年发表的长篇小说《长恨歌》中,富家子弟康明逊虽与曾是"上海小姐"的王琦瑶心心相印,却因王琦瑶做过阔人的外室、不合大家族的择媳标准,便对王琦瑶表白说:"我没有办法。"他只与王琦瑶偷情,却不承诺婚姻,也不对私生子负责。作品追溯其童年生命创伤,深入剖析出他因自己是妾生的孩子、自幼"挤在犄角里求人生"而逐渐形成了"倚强凌弱"的生存态度。《长恨歌》对康明逊有真爱却无担当的弱质心理,投注以理解人性弱点的同情态度。

铁凝则较多地从女性视角包容男性世界。她的长篇小说《玫瑰门》《无雨之城》和《大浴女》中,都有一个年轻女性与年长男性的情爱故事,但是前后三部作品对男性人物的态度则表现出从完全理解、接纳到有所审视、批判的变化,她的性别立场由此呈现出从以无边的母性情怀为主到女权意识有所觉醒的发展历程。1988年出版的《玫瑰门》中,青年女画家苏眉欣赏新时期复出的文人叶龙北不谙俗规、超越俗见的个性,作品尊重他对苏眉的精神之爱,也理解他与宋竹西、玉秀等女性的肉体关系。1994年出版的《无雨之城》中,职场女性丘晔爱上老画家杜之,欣赏他不谙世事的率真个性,相信他那带着自欺欺人性质的艺术天赋,也包容他的性无能。这两部作品中,叙述者既洞悉年长男性人物并非完人,又理解、接纳他们并不完美的个性。与《玫瑰门》《无雨之城》不尽相同的是,2000年出版的《大浴女》中,青年知识女性尹小跳虽然也同样爱上了年长的电影导演方兢,但叙述者却在深入剖析方兢四处猎艳行为中蕴含的补偿苦难、贪恋青春的"讨要"心理时,以谴责的态度揭示了他夹杂在真实爱恋之情中的自私、无赖品格;《大浴女》在情节设计上,让尹小跳最终看清方兢的虚荣、卑琐后坚定地终结了这一段恋情。这些都说明铁凝这一时期较之前增强了对男性世界审视、批判的态度。

迟子建的创作同样地多从女性角度理解男性世界。她的作品深深理解女性在日常生活中所遭受的生命伤痛,但这一般并不走向对男权的敏锐批判,而以接纳男性世界的不完美为基调。短篇小说《亲亲土豆》叙述了乡村夫妻秦山、李爱杰相亲相爱、生死不渝的动人故事,尽管《亲亲土豆》也在对比中穿插叙述了另一对夫妻之间不和谐的生活图景,同情底层女性王秋萍一边辛苦打短工,一边照料中风丈夫却屡遭詈骂的悲苦命运,但并没有强烈谴责那患病的丈夫。短篇小说《逝川》中的老接生婆吉喜年轻时是一位集美貌、品德、才能于一身的乡村女性,然而,不仅她心仪的男人胡会不娶她,而且全村的男人也都只欣赏她,并不愿娶她,因为他们觉得她"太能"了,担心"男人在你的屋檐下会慢慢丧失生活能力的"。作品让吉喜发出"我有能力难道也是罪过吗"的心声,从而质问了男性不能接纳美好女性的婚姻观。《逝川》的叙述重点是吉喜在人生孤寂中的酸楚感受,她始终对胡会保持着似怒实爱、本质上是怨而不怒的情感。

（五）激烈批判男权传统

站在女性受害者的角度批判男权文化,在这一时期的女性文学创作中形成了蔚然大观的局面。这一时期女性文学中的男权批判,或侧重于追溯社会文化结构中的性别不平等性,或侧重于揭示男性人物的个性缺陷,都脱离了前一历史时期政治反思立场统摄性别反思立场的局面。

铁凝1989年发表的中篇小说《棉花垛》、陈染1996年出版的长篇小说《私人生活》、张洁1998年出版的长篇小说《无字》等作品,都在批判男性人物之恶时兼而追溯他们所依仗的社会威权。《棉花垛》将历史反思与男权批判相结合,在对小臭子境遇的叙述中,批判男性人物的冷酷无情,颠覆了特定时期某种历史的正义性,由此开启了中国当代"女性新历史小说"的书写传统。《私人生活》在评判倪拗拗父母间的矛盾、审视T老师对倪拗拗的压迫时,清晰地指出倪拗拗父亲的男性威权和T老师的班主任威权是权力压迫得以产生的根本原因。《无字》控诉顾秋水对叶莲子、胡秉辰对吴为的种种伤害,在审视具体人物个性的同时强调社会结构中男性优越的社会地位具有决定性的作用。《棉花垛》《私人生活》《无字》中,男性在意识形态方面的合法身份,不再成为女作家审视男权文化时所要顾忌的政治因素;男性在社会权力结构中所形成的身份优势,则成为女作家着意要解构的不平等秩序。

与之略有差异的是,徐坤1997年发表的短篇小说《厨房》、萨娜1998年发表的中篇小说《你脸上有把刀》则更多地在商业化语境中书写女性在男女关系中所受的伤害,这种伤害性的力量被强调为男性人性本身的缺点,这些人性缺点固然与男权文化心理积淀不无关联,却与社会身份优势没有直接关联。《厨房》中的成功女性枝子不幸遇到一个只想逢场作戏的艺术家松泽,无法获得自己所期待的家庭幸福。类型化的花心男性松泽,是枝子的赞助对象,在社会权力结构中并不占身份优势。《你脸上有把刀》中的丈夫金林因妻子史红十分优秀而深陷进对婚姻的担忧中,他在胡乱猜疑中打了妻子一耳光,最终逼得史红只好放弃事业回归家庭,史红最终因极度压抑自我而变成一个冷漠、乏味的胖女人。《你脸上有把刀》探索并批评了男性在脆弱中的嫉妒心、占有欲。

四、新世纪以来:女性写作中的乡土、都市以及历史

不同于新时期后期女性文学向内探索的趋向,2000年以后的女性文学把视野投向广阔的乡土世界和都市打工阶层,也投向历史深处的女性主体。

（一）重建乡土中国：虚构与非虚构

新世纪的女性文学以非虚构和虚构两种方式重述乡土中国故事，既多方面关注农村社会变化、关怀众生的生命状态，从而表现出女性文学广阔的超性别视野和敏锐的当代意识；也分外关怀女性命运，深入书写农村女性所面临的种种生存困境，探索她们丰富多样的内心世界。

多方面关注当代农村社会变化、关怀农村众生相的代表作是梁鸿2010年发表的非虚构文学《中国在梁庄》、范小青2007年出版的长篇小说《赤脚医生万泉和》、葛水平2004年发表的中篇小说《喊山》。《中国在梁庄》以返乡者视角观照当代中国现代化剧变中的乡村梁庄，描绘其中的众生百态，既写出农村中行政权力与家族力量相交织的权力结构特点，也写出乡村因环境被破坏、因年轻人普遍外出打工而发生的种种令人担忧的新变化。无论是简要回望20世纪五六十年代以来的乡村历史，还是详细描述现实中的权力关系冲突、生态环境恶化、家庭伦理关系改变等现象，《中国在梁庄》所关注的重点始终是村民们的生存状态。在价值立场上，作品对乡村环境被破坏到不宜人居的程度感到深深地忧伤，对各种边缘人的喜怒哀乐有着深切的同情，无论他们是勤勉而无奈的劳动者，还是父母不在身边的留守儿童，还是因精神压抑而自杀的妇女，还是思维不正常的疯子。作品还对那些努力抵制不公正现象的正直行为表达了赞赏之情。

新世纪女性文学对乡村女性生存状况和精神状态的探索也达到了一个新的高度。方方2001年发表的中篇小说《奔跑的火光》、林白2004年发表的长篇小说《妇女闲聊录》、乔叶2008年发表的中篇小说《最慢的是活着》、马金莲2014年发表的短篇小说《1987年的浆水和酸菜》、付秀莹2016年发表的长篇小说《陌上》、李娟2017年出版的散文集《遥远的向日葵地》是这一方面的代表作。《奔跑的火光》和《最慢的是活着》，尽管题材各异，却有两个共同特点：第一个共同点是把农村女性命运思考与男权文化批判结合起来，这说明新世纪女性文学对乡土中国男权文化根深蒂固的现实有着深刻的洞悉；第二个共同点是人物形象生动、立体，在深切同情农村女性命运的同时，也写出了她们性格中长处、短处兼具的人性丰富性，这说明新世纪女性文学对女性人性理解达到了一个新的高度。例如，《最慢的是活着》中的奶奶重男轻女、相信迷信，孙女"我"在童年时代因此饱受歧视；"我"成年后终于明白，奶奶百般挑剔"我"，其实是缘于她对自己的不满意；在与晚年奶奶渐趋亲密的相处中，"我"对青年守寡的奶奶的情感世界有了更深的理解。奶奶和"我"的性格均立体丰富。

（二）打工叙事与理解底层女性的生命状态

20 世纪 90 年代以来,大量农民离开家乡到城市打工,打工文学应运而生,而到新世纪打工文学才大量涌现并发展成熟。女性文学中的打工叙事,关注打工妹的内心世界,常常将她们的谋生方式与她们的情爱体验交织起来书写。打工妹在一定程度上脱离了传统的乡村社会,获得了新的自由,也承担着社会阶层不平等的压力,面临着个体的孤独困境。与之相呼应,女性文学中的打工叙事,就没有像女性文学中的乡土叙事那样集中批判社会文化结构中的男权力量,而是侧重于同情打工者的生存困境、理解打工者的精神世界。

魏微、邵丽的创作关注女性性工作者,从生存艰辛、道德状况、内心尊严层面理解这类底层女性。魏微 2003 年发表的短篇小说《大老郑的女人》以房东小女孩的视角看商人“大老郑”所包养的乡下女人,着重凸显她行为举止上的良家妇女特质和她支撑乡下家庭的生存艰辛,作品的主题并不是控诉社会,而是努力从道德上理解这一类亦良亦娼的女性以付出身体和情感来慰藉男性并获取自身生活资源的谋生方式。邵丽 2004 年发表的短篇小说《明惠的圣诞》中,高考落榜女生明惠化名圆圆到城市边打工边卖淫,努力积攒钱财,后被老板李羊群包养,尽管李羊群对她十分体贴、尊重,但是她还是在一个圣诞聚会中体会到自己永远无法融入李羊群所属的都市世界和文化世界。作品从明惠的内心波澜入手,理解这一类底层女性好强而又绝望的心灵世界。这两篇作品中,包养女人的大老郑、李羊群,都被刻画成厚道、善良的男人,而不是压迫女性的男权力量,作品由此也疏离了男权批判主题,而在理解女性性工作者的同时,表达了理解男性世界的善意。这里,疏离男权批判主题,并非是向男权妥协,而是在女性文学批判男权的路径之外,另走一条理解男性的路径。批判男权与理解男性世界原本是可以并存的。

除集中关注女性性工作者这一特殊群体外,新世纪女性文学的打工叙事,也着意书写普通打工女的人生哀乐。王安忆 2000 年发表的长篇小说《富萍》写乡下姑娘富萍到上海后脱离原来订的婚姻,自主选择对象,成为棚户区糊纸盒的一员。作品欣赏富萍倔强性格中所展示出的女性自主意识。裘山山 2007 年发表的小说《野草疯长》在对一名打工女三段婚恋的叙述中,熔铸了向男性世界投注深情与批判男权文化等多重思想。小说中,打工女“我”爱上打工男松林,“我”怀孕后松林承诺与“我”结婚,不久却突然消失。“我”虽然痛苦,但既没有自轻自贱也没有怨恨他,作品在抒发女性人生伤痛的同时表达了女性对男性的深情;而在“我”之前的短暂婚姻中,赵推销见“我”生的是女孩,立刻就抛弃了“我”和孩子,作品由此也批判了男权思想。迟子建 2005 年发表的短篇小说《世界上所有的夜晚》则以深切的同情书写了底层人的种种生活苦难。2008 年出版的《郑小琼诗选》则抒发了打工者的忧伤、生活的痛苦和希望。盛可以 2003 年发表的长篇小说《北妹》以年轻姑娘钱小红不拒绝性关系但拒绝卖淫、坚持以打工谋生的经历,赞赏女性不卖身以维护自己尊严的理想,然而作品又以男性欲望的视角来描述钱小红的丰乳翘臀,由此在反抗男权文化的性消费观念与迎合这一观念之间显得矛盾重重。

（三）都市女性:飞扬的个性与焦灼无力的生命状态

新世纪女性文学的都市女性书写,既以浪漫的姿态张扬当代女性的独立意识,也着意理解女性在世俗生活中的生命状态。

张抗抗 2002 年出版的长篇小说《作女》和潘向黎 2004 年发表的短篇小说《白水青菜》都赋予笔下当代都市女性以突破自我人生困境的强大力量。《作女》颠覆"作女"一词原有的贬义,以赞赏的态度塑造了以卓尔为代表的一群不安分守己、天生爱折腾的京城白领作女群像,肯定了女性遵从内心感受、不受理性规训、不循规蹈矩、不顾忌世俗观念的感性生活态度。"你能使我对生活永不厌倦",是作品中男性人物郑达磊对卓尔的赞美词,也是作品对女性不羁的生命激情的礼赞之语。"'作'使我的人生有声有色","'作'就是不断的放弃和开始",这些小标题都展示了作者张扬个体生命意识、抵御世俗羁绊的生命观。《白水青菜》从日常生活情调和独立自强意识两方面建构女性主体性。一罐看似素淡、实则醇厚的白水青菜汤,是女主人公为丈夫精心熬制的佳肴,也是女主人公简朴而精致、内敛而温婉的个性的象征物;遭遇丈夫中年出轨的困境,女主人公在不动声色中放下家务去烹饪学校任教,留给丈夫一个清澈幽深且又带着寒意的目光。

鲁敏 2008 年发表的中篇小说《墙上的父亲》、金仁顺 2011 年发表的短篇小说《梧桐》和孙频 2017 年发表的中篇小说《松林夜宴图》、周晓枫 2006 年发表的散文《桃花烧》则更着意书写当代女性焦灼的生命状态,理解她们的生命无力感。《墙上的父亲》在对日常生活困境的书写中理解母女三位女性灰色的生命状态。作品中,父亲早亡给家庭带来了经济压力,于是,母亲在操持家务中逐渐形成了以省钱为乐的思维定式,大女儿王蔷努力要通过婚姻改善家庭生活条件,小女儿王薇沉浸于吃的感官享受,还染上了到超市偷小物件的心理疾病。《松林夜宴图》则更多地从形而上的追问和历史关怀的角度表达当代人的精神困境,作品剖析青年女画家李佳音追寻画家罗梵足迹的内心渴求和追问外公画作

《松林夜宴图》的内涵,从而探索个体孤独的精神困境与本能欲望、艺术追求之间的隐秘关系。《桃花烧》则抒发了少女在不对等的爱情中的痛苦体验。

（四）历史书写中的多重主体

继20世纪80年代以来凌力、霍达、王旭峰、叶广芩、迟子建等女作家的历史书写之后,新世纪的女性文学继续在历史书写中探索人性,展示了女性文学介入宏大历史叙事的广博胸襟。

宗璞的《野葫芦引》、铁凝的《笨花》、蒋韵的《心爱的树》从不同角度重述抗战以降的中国现代历史,在个性化的历史叙事中弘扬多彩的民族精神。宗璞的4卷本长篇小说系列《野葫芦引》的第1卷《南渡记》于1988年出版,第2卷《东藏记》、第3卷《西征记》、第4卷《北归记》均在新世纪出版。《野葫芦引》以超性别视角塑造了抗战时期几代爱国知识分子的群像,在民族精神建构中弘扬知识分子舍身为国、坚贞不屈的风骨。老一代文化人吕清非在日本侵略者胁迫他当汉奸之时,毅然杀身成仁;中年知识分子秦巽衡、孟樾、澹台勉、李涟等大学教师,在日寇进逼之际深明大义,一路南迁到昆明,他们在艰苦的生活中淡泊明志,坚守教学和科研岗位;青年知识分子卫葑、澹台玮、孟灵己等人在祖国需要的时候毅然投笔从戎,澹台玮牺牲在战场上。但这部系列小说也存在着思想大于形象的艺术缺憾。铁凝2006年出版的长篇小说《笨花》则把河北地域风土人情、家族历史与中国近现代历史结合起来书写,刻画了农民出身的军阀向喜勤勉精明与质朴正直相结合的个性。蒋韵2006年发表的中篇小说《心爱的树》则把自由恋爱主题、宽恕仁爱精神和士人风骨熔铸在"大先生"与女学生梅巧的婚恋叙述中。严歌苓的长篇小说《第九个寡妇》《陆犯焉识》《芳华》则在新中国前30年的历史背景上书写寡妇王葡萄、知识分子陆焉识以及一群文工团团员的日常人生,彰显人性之美。

迟子建2005年出版的长篇小说《额尔古纳河右岸》和萨娜2013年出版的长篇小说《多布库尔河》分别书写了鄂温克族和鄂伦春族由原始部落社会向现代转型过程中的民族历史。两部作品均以挽歌式的态度表现原始部落万物皆有灵、人神一体的原始思维,表现萨满文化传统,赞美少数民族人性中的爱与美,也直面他们生活中的死亡与悲伤。

五、小　结

新中国70年的女性文学创作成果丰硕,不同代际、不同文化背景、不同生活际遇、不同心灵结构的当代女作家们,敏锐感应当代中国历史变革所提出的丰富思想命题,积极吸纳东西方文化关于人的生命存在的哲学、心理学资源,追问女性自我生命存在的意义,探索男女关系的多重奥秘,思索自我与广阔社会之间的关联方式。新中国 70 年尤其是新时期以来的女性文学成就,也与同时代学者积极推介女性主义理论、在文学批评中肯定女性创作中的主体意识有着密切的关系。

新中国 70 年的女性创作,因时代变迁、作家个性差异而呈现出如下三方面的发展脉络。

一是在女性主体与宏大历史关系探索方面。前 30 年的女性文学基本上是在革命意识形态框架内展开,女性主体与时代政治保持一致;新时期之初的女性文学则承担了特定时期反思历史、呼唤改革的时代使命,于是,个体在社会历史意识层面上是进步还是落后的区别,就成为这一阶段女性文学品藻男女人物的重要价值尺度。新时期后期,女性文学一方面继续保持着对宏大历史的关切,另一方面则在脱离时代政治羁绊、探索生命内在之谜、确立个体独立于宏大历史之外的存在意义方面有着长足的发展。到了新世纪,女性文学对宏大社会历史的关切不再以政治生活为中心,而在乡土中国建构、底层社会关怀、都市众生态观照与民族历史书写方面展示出面貌多样、价值观多元的局面。

二是在女性主体与男性世界关系探索方面。前 30 年的女性文学一般在不对抗男性权威和社会权威的同时,强调男女平等的妇女解放原则。新时期初期的女性文学既对思想内涵丰富、道德品质坚贞的理想男性投以敬仰的目光,也以女性为主体评价男性人物。女性创作既否定庸俗市侩型男性,也对思想空洞型男性不满,而热切呼唤理想的男子汉。新时期后期的女性文学则在理解和包容男性世界方面展示了女性广博的胸襟、深邃的人性理解力,也在批判男权文化方面显示了女性深刻的社会洞察力、自觉的主体意识。新世纪的女性文学在理解男性与批判男权相结合的道路上继续前行。

三是在女性主体与自我的关系方面。前 30 年女性文学中的女性主体意识,以革命的进步性为核心内涵,同时也或多或少地流露出浪漫爱意识、平等诉求等。新时期初期的女性文学中,女性主体内涵建构一方面沿着思想开放、人格高洁的角度展开,另一方面则萌发出在前一个时期被压抑住的个性解放思想。这一时期的女性文学还表达了对女性阳刚与阴柔气质认同方面的焦虑。新时期后期女性文学的主体意识则表现出向内深化的特点,女作家们把女性对异性和同性的情欲以及其他非理性心理均纳入女性主体内涵中,肯定女性成长过程中的各种隐秘体验。新世纪女性文学的主体意识则更多地表现为女作家对广阔社会人生的多角度把握。

六、本书选编情况说明

本书"导论"论述了新中国 70 年的女性文学主潮,归纳了女性文学因时代变迁而形成的不同风貌。

"关键词"分为三部分。第一部分"基本理论"收入本时段中国女性文学所涉及的几个最基本的理论概念。第二部分"组织、刊物与教材"收入本时段中国女性文学发展中最富有代表性的组织、刊物与教材。第三部分则按照体裁收入女性文学代表作品,包括"长篇小说""中短篇小说""诗歌""散文·纪实文学""戏剧",各体裁内部按作品发表的时间顺序排列。因无作家词条,故作品词条中也融入了对作家的简要介绍。词条既介绍作品的主要内容,也简要地进行价值评价,揭示其文学史价值。

"专题史料与研究"中的选文分为五辑。第一辑"基本概念及相关问题探讨"分四部分,每部分选入较早的、有代表性的文献史料,以期反映新时期以来女性文学研究与批评的理论成就、有关争议及进展。第二辑"女性文学史研究"选入有关二十世纪中国女性文学、"十七年"及新时期以来各时段女性文学、女性写作的综合性研究文献或章节,从不同角度探寻女性文学的历史流脉和阶段特点,同时选入对少数民族女性文学、军旅女作家、网络女性写作的有关论述。第三辑"女性文学的文体研究"侧重诗歌与小说,涉及女作家创作的主体意识、审美表达、叙事话语等方面。第四辑"作家、作品个案研究与批评"选录在当代女性文学史上产生了较大影响的,或各时期代表性作家、作品的评介及访谈文章,以个案研究展现女性文学丰富、多元的发展态势。第五辑"女性文学研究及学科建设"首选两篇书评,对女性文学研究的代表性著作——孟悦和戴锦华的《浮出历史地表》、刘思谦的《"娜拉"言说》作了具体评价,对与学科建设相关的女性文学学术研讨会、女批评家群体、教材出版、女性文学研究的理论创新等问题,本辑都有关注。以上各辑围绕中心议题遴选,力图将那些具有较强代表性和较高学术价值的史料提供给读者。但限于编者水平和该书的篇幅字数及体例,对大量的文献史料在一遍遍阅读、斟酌之后只能忍痛割爱,最后确定的近百篇选文,仅是众多学人研究成果的一个缩影。

"编年简史"以时间为序,简录在当时发表、出版的有一定影响、有代表性的文学作品和学术论著,以及全国性的女性文学学术会议等重要会议和评奖活动,与女性文学相关的重要事件等。因丛书设有"文学评奖"卷,本卷标明的获奖作品主要是获茅盾文学奖或国际文学奖的作品。此外,因丛书设有"台湾文学""港澳文学"卷,有关内容不再录入。行文中,中短篇小说作品一般不再注明"中篇"或"短篇",移民海外的作者国籍也从略。

附录的"中国现当代女性文学研究与批评著作目录辑要(1979—2019)"分为两部分,第一部分"理论及综合研究"按出版时间排列,第二部分"作家及作品研究"按作家的出生年代排列,研究同一作家的著作则按出版时间排列。

目　录

关键词

一、基本理论

二、组织、刊物与教材

三、重要作品

专题史料与研究

第一辑　基本概念及相关问题探讨

一、女性/妇女文学、女性主义文学

第二辑　女性文学史研究

关键词

一、基本理论

女性文学/妇女文学

女性文学/妇女文学是有关女性文学的基础性概念。其中,"女性文学"概念出现于"五四"新文化运动前后,与启蒙主义密切相关,是"人的文学"的有机组成部分。20 世纪 80 年代,随着"五四"新文学传统的复苏,"女性文学"概念再度浮出历史地表。对"女性文学"概念的讨论集中于 1985 年至 1995 年,评论者和创作者们主要围绕性别与创作主体、题材、风格之关联展开各自的阐述。如今,一般采用刘思谦的界定,即"女性文学"广义上指一切由女性创作的文学,狭义上指以"五四"新文化运动为开端,具有现代人文精神内涵的,以女性言说、经验、思维和审美为主体的文学。女性主体性在场与否,是界定狭义女性文学的标准。具备女性主体意识的女性文学所表达的生活思考、情感态度、语义系统,均有别于传统男性中心色彩的文学。"女性文学"概念的再提出,标志着新时期女性的性别身份意识自觉、主体性的觉醒,也显示出妇女问题、性别维度对当代文学创作的独特影响。

"妇女文学"概念一度与"女性文学"概念内涵相通。"十七年"文学中,"妇女文学"的概念承载了社会主义妇女观,因而多关心底层女性,主张妇女应在阶级和民族的解放中解放自己。当前的批评实践中,人们多以"妇女文学"指称传统女性的创作或广义上的女性文学。　　　(王帅乃)

身体写作

身体写作出现于 20 世纪 90 年代,是与"女性写作"话语关系密切且备受争议的文学现象。它的出现主要以上海、北京和广东为主要阵地,得益于市场和媒体的推动。第一阶段的代表作家为陈染、林白,第二阶段为卫慧、棉棉,后续还有春树、木子美等。

一般认为该概念由葛红兵于 1997 年在《个体性文学与身体型作家——90 年代的小说转向》中正式提出。起初对该现象的研究也包括对韩东、朱文等男性作家的关注,但后来研究者多将目光限定在女作家身上,后期更窄缩到卫慧、棉棉等几位更多聚焦于性写作的女作家,她们认为身体写作主要是女性性经验的写作。

女作家们的身体写作以女性自然肉身及其欲望、"她们"的感觉和想象为写作对象和修辞方式,直率书写女性被压抑到无意识领域中的各种经验,以及她们通过对身体的探索来确证自我。这种写作对男性中心的"性政治"有着较大的"革命性",也是对"文革"时期将个人身体作符号化压制及其禁欲文化的有效击破,更张扬着文化学意义上"疯癫"之于"秩序"的颠覆力量。但身体写作的局限性也很明显:一是在男权和商业文化的合谋下,女性身体的"坦白"或走向主动的"性炫"和"性诱",或被市场不可避免地扭曲为满足窥淫的消费品;二是仅限于自我生活经验和自恋性的身体写作将女性角色的自我认知局限在了本质主义的窠臼中,使她们不能突破单一的肉身局限而获得多元成长的可能。只有在女性躯体与女性的主体相统一时,女作家才可能以主体的眼光对身体进行审美阐释。中国当代女性身体写作的理论和实践深受法国女作家埃莲娜·西苏"阴性书写"(ecriture feminine)观念的影响。　　(王帅乃)

性别诗学

"性别诗学"(gender poetics)概念的出现是新世纪前后女性文学研究发展的一个重要标志。它既继承了20世纪80年代以来中国女性主义文学批评所强调的两性平等的价值立场,又着意强调对文学进行性别研究的价值立场并非单一的女性立场,而是男女两性主体间对话的立场。"性别诗学"概念的出现,既受"社会性别"(gender)概念的影响;又是中国当代女性文学研究在价值观上追求两性平等、反对性别霸权,在研究范围上不仅关注女性创作也关注男性创作的必然结果。林树明和叶舒宪分别于1995年和1999年使用"性别诗学"概念倡导文学研究的性别价值尺度。2000年,林树明在论文《性别诗学:意会与构想》中首次对性别诗学概念作出了较为深入的阐释,强调要在文学研究中引进性别批评的立场,要坚守两性平等的价值观。刘思谦2005年的论文《性别:女性文学研究的关键词》和李玲2006年的论文《主体间性与中国现代男性立场》都从倡导两性主体间对话的价值角度呼应了林树明的观点。2005年至2006年,万莲子的论文《性别:一种可能的审美维度——全球化视域里的中国性别诗学研究导论(1985—2005大陆)》从继承中国文化传统资源与对接世界女性文学发展方向的维度上,探讨性别诗学理论的本土化问题。2009年,王艳峰、吴炫的论文《我国性别诗学的兴起原因与存在的问题》则对"性别诗学"概念提出质疑,担心它可能会消解女性主义文学批评中所包含的反男权、反父权的思想锋芒。2011年，林树明在论文《一石激起千层浪——关于性别诗学批评的思考》中回应王艳峰、吴炫的批评，强调性别诗学对女性主义是继承关系而非颠覆关系，并进一步阐释性别诗学的内涵，认为"性别诗学以性别价值取向为基本分析要素，把社会性别作为社会身份的重要组成部分，将性别意识作为文艺研究的基本坐标，对文学艺术中的性别因素做诗学层面的解析、研讨"。

（李玲）

"小女人散文"

"小女人散文"指表现中产女性都市生活和思考的散文。20世纪90年代初期萌蘖，世纪之交时淡褪，1995年世界妇女大会期间受到诸多读者和评论家瞩目。它出现在上海、广州、北京和成都等经济发达、思想开放包容的城市，以报纸副刊为主要发表阵地。其作者大部分是六七十年代出生的职业女性，代表作家有上海的素素、南妮，广东的黄茵、黄爱东西、张梅，山东的石娃等。

该概念的提出，一说源自黄爱东西的《小女人者》，一说源自马莉的《夕阳下的小女人》，二者都与传统性别话语中的"小女人"之意存有偏差。这些女性写作者经济独立且有一定的文化追求，并利用媒体工作的阵地发表作品。其散文大多为篇幅精短的小品随感，有着强烈的自白特征。

学界和评论界对"小女人散文"的价值多有争议。批评者认为，部分作品中"欲望"的表达过多地依赖于物质的陈列和消费，在哲理思考上开掘不深，没有真正超脱大众文化的局限；关注对象只涉及都市白领女性；女性形象虽风情万种却仍未摆脱本质主义对"女性"的界定。肯定者则认为，"小女人散文"毕竟为都市题材作品提供了新的写作样式；覆盖了都市白领女性生活的各方面，将琐碎的生命体验以知性化的方式写出；并指出"小女人"之称虽然难免陷于男权话语陷阱的尴尬，但也借着概念"误认"而获得了传播的广度，其实质是性别下位者对主流意识形态中以"大"为旗帜之事物的解构和嘲讽，是对"五四"之个体精神的一种继承。

（王帅乃）

二、组织、刊物与教材

中国当代文学研究会女性文学委员会

中国当代文学研究会女性文学委员会成立于 1995 年,是中国当代文学研究会所属的专业委员会,由有志于女性文学教学与研究的专业人员自愿组成,其宗旨是在中国共产党的领导下,坚持男女平等的基本国策,在遵守国家法律法规的前提下开展多元开放的学术交流,关注女性的文学创作和研究,关注性别与文学文化的关系与状况。委员会自成立以来,在中国当代文学研究会的业务指导和监督管理下,每两年组织一次全国性学术研讨会,聚集组织社会各界研究力量开展学术活动,就社会发展进程中女性文学/社会性别领域在教学、研究等方面实践中出现的新问题、新现象、新经验、新趋势开展理论研究和学术探讨,为女性文学/社会性别研究的教学和研究人才的成长搭建平台。至 2021 年中国女性文学学术研讨会已举办 15 届,有力地促进了本领域的学术交流,推动了研究的深入。 (韩旭东)

《上海文论》"女性文学批评"专栏

1989 年第 2 期的《上海文论》推出一期"'女权主义'文学批评专辑",这成为"女性文学批评"专栏的先声。1990 年第 1 期的《上海文论》首次出现"女性文学批评"专栏,而后该专栏成为《上海文论》1991 年和 1992 年的常设栏目,由上海社会科学院文学研究所的陈惠芬主持,随刊出过 11 期。孟悦、戴锦华、朱虹、王绯、林树明、王逢振、花建、陈志红、李小江、陈晓兰、陈顺馨、邵燕君等学者在上述专辑或专栏中发过文章,这是当代中国性别研究学者的首次集体发声,内容包括对"女权主义"的定义和展望、相关作品的文学批评、相关文艺理论的译介等。20 世纪 80 年代,包括"女权主义"在内的西方文艺理论大规模进入中国,女性解放亦是社会关注的焦点。该专栏立足于本土的文学实践,在借鉴西方文论的基础上,努力确立中国"女权主义"文学批评的根本立场和态度,打破"女权批评无理论"的偏见,同时与 1988 年《上海文论》设立的"重写文学史"专栏呼应。其影响范围已不仅限于 20 世纪八九十年代的女性文学创作与批评，更直接参与了当代中国人文精神的构建。

（曹晓华）

《中国女性文化》

《中国女性文化》（*Chinese Women's Cultural Studies*）创刊于 2000 年 10 月，由首都师范大学中国女性文化研究中心主办，总第 1 辑、第 2 辑由荒林、王红旗主编，总第 3 辑至第 21 辑由王红旗主编，总第 22 辑开始艾尤接任主编，这是中国学界第一份由女性创办、以女性文学和性别文化为研究中心的学术性刊物。

《中国女性文化》倡导平等和谐的性别理念，根植中国母体文化，立足全球视野，探索女性主义理论与实践的本土化路径，着力搭建海内外女性文学、性别文化研究和实践经验的交流平台，建构推动两性互相尊重、共同发展的性别文化新体系。

该刊涵盖性别理论、文学批评、影视艺术、文化研究、媒介传播等不同研究领域。自 2020 年改版以来，刊物以"理论探索与批评""文学专题研究""文化专题研究"等栏目为核心，聚焦于女性文学与性别研究的前沿问题，探讨女性生存与两性发展的实践经验，对女性的历史与现实问题，进行全方位、多角度的剖析，并且注重理论与实践相结合，融前沿性、思想性、学术性与可读性为一体。

（艾尤）

《中国女性主义》

《中国女性主义》（*Feminism in China*）2004 年创刊，至 2010 年完成终刊，共出版 12 辑，均由荒林主编、广西师范大学出版社出版。该刊从第 6 辑开始入选"十一五"国家重点图书出版规划项目。

《中国女性主义》是第一本以女性主义学术研究为主题的学术丛刊，设立"女性主义在行动""女学""女性主义关键词""女性主义教育学""女性主义文本细读""女性主义视窗""女性主义群落""女性主义学术文化沙龙""女性主义数据存档"等栏目，凝集海内外学人，共同关注各国各地区女性主义文化生长现实，参与人类文化版图重构。其中"女性主义文本细读"和"女性主义视窗"，着重研究女性文学、影视和艺术作品。

《中国女性主义》探讨女性问题，关怀两性的和谐发展，并最终关注"人"这一永恒命题。它以历史与当下、译介与本土化、理论和行动的结合为切入点，学理与时尚兼具，以"微笑着的中国女性主义"体现女性主义对于完整性的理想，启迪对于人类的责任和对于自然界的责任。

（荒林）

《南开学报》"性别视角下的中国文学与文化"专栏

《南开学报》(哲学社会科学版)2005年第2期开设"性别研究:中国文学与文化"专栏,次年更名为"性别视角下的中国文学与文化",延续至今。每年3期定时刊发,特邀主持人为南开大学教授乔以钢。栏目旨在从特定的角度拓展学术视野,从性别视角对中国文学文化进行贯通古今的考察,推动具有中国本土特色的性别诗学的建设。多年来,该栏目围绕中国文学创作的性别内涵、性别视域中的文学文化现象、女性批评与性别理论译介、男作家的女性想象、性别话语的内在审美尺度以及性别研究的理论和方法等展开深入探讨。其中刘思谦、林树明、董丽敏、李玲等人的论文就女性文学概念、女性主义批评、性别理论本土化、女性文学主体性等问题表达的学术见解影响广泛,一批优秀论文被《新华文摘》《中国社会科学文摘》《中国现代、当代文学研究》等期刊转载。　　　(韩旭东)

《女作家学刊》

《女作家学刊》由北京语言大学阎纯德教授创办并任主编,李玲、赵冬梅任副主编,于2020年10月出版第一辑(创刊号),刊名由茅盾先生于1983年题写。乐黛云、张炯、盛英三位资深学者担任该刊荣誉顾问,张抗抗、吴义勤、白烨、乔以钢等知名作家、学者担任顾问、编委。《女作家学刊》是迄今为止唯一一份专门以女作家为研究对象并刊发女性文学研究论文的学术刊物。该刊以海纳百川的学术精神面向国内外,以发表对中国现当代女作家深入研究的学术论文为主,兼及中国学者和外国汉学家对中国古今女作家和女诗人的研究,同时也适当发表一些中外女性文学理论的对比研究,以促进中国女性写作和中国女性文学研究的繁荣发展。《女作家学刊》由作家出版社出版。该刊常设栏目有:名家论坛、名家研究、女性文学史论坛、著名作家研究专栏、作家作品论、作家创作大讲堂、作家访谈、台港澳及海外华文女作家研究、女诗人研究等。　　(赵冬梅)

《翼》

《翼》于1998年5月在北京创刊,并延续至今,是当代诗坛最有影响的女性诗歌刊物之一。最初创办者有周瓒、穆青、翟永明等,后期陈思安任执行主编。至2021年,《翼》共出版诗刊9期,"大翼如此"系列别册6种,以及电子诗刊若干。在《翼》创办之初,学者们认为,20世纪80年代"女性诗歌"的热潮有被高估甚至被类型化的趋势,因此他们尝试提供了一个园地,集合"零落的、随时会被淹没的"女性声音。《翼》倡导探索性和包容性并重的办刊方针,以关注女性诗歌写作的总体面貌和考察女性书写的特征为切入点,并在此基础上建立女性写作的共同体。创办二十多年来,《翼》共推出女性作者百余名,尹丽川、唐丹鸿、蓝蓝、丁丽英、周琰、曹疏影、宇向等当代知名女诗人均先后成为该刊的主要供稿人。在近几年的特刊中,李琬、方李靖等"90后"女诗人也得到关注。《翼》不仅刊载原创诗歌,也以较大篇幅刊登译诗和诗歌评论,对阿特伍德、皮扎尼克等欧美女诗人的作品多有译介。近年来,《翼》在诗歌与戏剧的跨界实践上亦多有探索。　（李倩冉）

《女性文学教程》

　　《女性文学教程》为普通高等教育"十一五"国家级规划教材,由乔以钢、林丹娅主编,国内多所高校从事女性文学教学和科研的学者撰稿,河北教育出版社 2007 年 10 月出版;经修订,高等教育出版社 2017 年 5 月发行第 2 版。该书吸收学术前沿成果,面向高校课程教学需要,系统阐述女性文学及相关概念、基本属性与特点,以中国现当代女性文学创作为重点梳理女性文学的发展脉络,兼及中国古代、海外华文、欧美及亚非拉的女性文学创作,同时介绍女性文学研究的理论方法以及中国女性文学的研究实践,启发学生从性别角度丰富对文学文化现象的思考。该书出版后,入选国家新闻出版总署第二届"三个一百"原创图书出版工程（文学研究类）,获评中国当代文学优秀成果奖。　（韩旭东）

三、重要作品

（一）长篇小说

《工作着是美丽的》

　　《工作着是美丽的》上卷于 1949 年出版,上下卷合集于 1979 年浙江人民出版社出版。小说以女性知识分子投身革命改造"旧我"为主题,有浓厚的自传色彩,主人公李珊裳深受"五四"思想影响,留学法国后又在抗日的烽烟中奔赴延安,经历了情感纠葛和婚姻不幸后,最终在时代风雨的磨砺中成长为一个坚忍执着的革命者。通过对李珊裳这一人物的塑造,作品一方面展现了新女性追求精神独立的勇气与执着,另一方面也揭示了女性在传统与现代、自信与自卑、坚强与软弱的左冲右突中所遭受的苦痛挣扎,以及女性挣脱男权藩篱的艰难与无奈。作者试图以具有社会政治色彩的笔墨来表现重大的、富于时代气息的知识分子改造的主题,同时又以女性特有的细腻笔触使作品保持了作家独有的艺术个性,在时代的"夹缝"中找到了一种适合自己的独特的文学表达方式。作者陈学昭(1906—1991),浙江海宁人,除了《工作着是美丽的》之外,还有《纪念的日子》《倦旅》《天涯归客》等作品。

(凌媛媛)

《青春之歌》

长篇小说《青春之歌》于1958年由作家出版社出版。作为中国当代文学史上第一部描写女性革命知识分子成长的长篇小说,此作一经出版便作为"十七年"时期的红色经典而流传于世。小说具有浓厚的自传色彩,主人公林道静的经历和作者杨沫的亲身经历极其相似。小说以1931年"九一八"事变到1935年"一二·九"运动为故事起止时间,讲述了主人公林道静从小资产阶级知识分子一步步成长为坚定的无产阶级革命战士的复杂

历程。小说在一定程度上沿用了20世纪30年代左翼文学"革命+恋爱"的叙事模式,将林道静曲折的成长经历与其和余永泽、卢嘉川、江华等人的爱情纠葛交织在一起,由此构成故事行进的基本脉络;但同时,小说又在很大程度上对"革命+恋爱"的模式有所突破,更突出展现了女性主体建构的主动性及其与革命主体合二为一、同步建构的必然性。因此,《青春之歌》既可以看作是一部女性知识分子的成长史,同时又是一部以女性视角展开的有关20世纪30年代中国社会变迁的革命史诗。作者杨沫(1914—1995),原名杨成业,笔名杨君默、杨默等,湖南湘阴人。除了《青春之歌》之外,杨沫其他重要的作品还有长篇小说《东方欲晓》《芳菲之歌》《英华之歌》等。

(董丽敏 于宁)

《人啊,人!》

长篇小说《人啊,人!》1980年由广东人民出版社出版,描写20世纪50年代中期起,三名大学同学的命运浮沉与情感纠葛。女大学生孙悦信守承诺而嫁给同学赵振环,但她心中深爱的却是何荆夫。何荆夫因为坚持独立思考而被打成右派。"文革"期间,赵振环抛弃孙悦和女儿。"文革"结束后,何荆夫关于马克思主义与人道主义之关系的精辟见解深深吸引了

孙悦。此时赵振环想与孙悦破镜重圆,孙悦宽恕了赵振环,但决定与何荆夫走到一起。《人啊,人!》因及时回应和表现了当时思想界关于人道主义与异化问题的激烈论争,遭受严厉批判,却也为作者赢得了声誉。作者戴厚英(1938—1996),安徽颍上人,1960年华东师范大学中文系毕业后一直在上海工作。戴厚英擅长将革命与爱情、友情交织起来,以新中国的政治运动等为历史背景,探问理想追求的歧路与正道,思考政治与人性之间的复杂关系。其还著有长篇小说《诗人之死》《空中的足音》《往事难忘》,中短篇小说集《锁链,是柔软的》,散文集《戴厚英随笔》等。 (李玲)

《隐形伴侣》

长篇小说《隐形伴侣》发表于《收获》1986年第4—5期。小说讲述了两个杭州知青肖潇与陈旭在北大荒结婚又离婚的故事。肖潇一开始将真诚与正义的理想寄托在恋人陈旭身上,但逐渐发现了他的虚假,并与之离婚;但后来肖潇为了离开北大荒也写了官样文章,编造了更大的谎言,并最终被陈旭点破。至此,她终于意识到自身的"隐形伴侣",那就是单纯、美好的外表之内所包含的虚假与谎言,小说中一再出现的"谎花"正是谎言的象征。小说将一个女性个体对真实自我的精神分析式探求,建立在明确的历史政治语境之中,它意在揭示:谎言大行其道的年代,说真话就会受到惩罚。这一题旨正与新时期的时代文化氛围息息相通。小说在叙述形式上尝试了有关潜意识、无意识、梦境、幻觉、隐喻、心理活动等的多种写作方法,在作者的创作历程中具有里程碑意义。作者张抗抗(1950—),生于杭州,长居北京。其代表作还有长篇小说《情爱画廊》《赤彤丹朱》《作女》等。

(杨海燕)

《少年天子》

长篇小说《少年天子》最初由北京十月文艺出版社于1987年出版。皇太极去世后,爱新觉罗·福临即顺治皇帝继位。福临采取"文德绥怀"策略,但遭到朝廷内部满族王公贵族的反对。顺治十一年(1654年),福临在举行第二次大婚婚礼时,对幼弟博穆博果尔的福晋乌云珠一见钟情,孝庄太后迫于无奈而成全了他们。福临微服出访并杀了谨贵人的侄女,谨贵人由此迁怒于乌云珠。康妃所生的三阿哥玄烨染上天花,谨贵人秘密地把三阿哥的肚兜给乌云珠所生的四阿哥穿上,四阿哥由此染上天花而亡。郑成功在南方高举义旗,对此,福临先是惊慌失措,后是不顾一切地要御驾亲征,最后因德国神甫汤若望出面劝阻作罢。福临独断专行,以简亲王济度为首的王公大臣拟将其废除。孝庄太后与亲臣安郡王岳乐联手采取行动,挫败济度等发动的政变。福临因终日处于满汉矛盾之中,便在乌云珠病逝后出家;最后,在郑成功失败后病逝。随后,玄烨登上皇位。小说结构宏大而又严谨,线索清晰且主次分明,全方位地描写了清初上层社会尤其是皇帝与大臣及宫廷内部后妃之间的矛盾冲突,展示了清初各社会阶层成员的生活、精神与命运。《少年天子》获第三届茅盾文学奖。作者凌力(1942—2018),生于陕西,长居北京。其重要作品还有《暮鼓晨钟——少年康熙》《梦断关河》等。

(廖四平)

《玫瑰门》

《玫瑰门》1988 年发表于《文学四季》创刊号,是铁凝的首部长篇小说。小说讲述了庄家以司猗纹为代表的三代女性的生命历程和她们之间相互依存又对立的复杂关系。司猗纹生于官宦之家,受新思潮影响参与学生运动,因恋人投身革命和家人施压,无奈接受了包办婚姻。丈夫的冷漠与自私使司猗纹在性与爱中感到极大的压抑,性格逐渐由开朗走向阴暗,甚至逼迫公公与自己性交来表达心中的仇恨。外孙女苏眉在目睹了外婆司猗纹在时代剧变中为把握自我命运而自虐与虐人的恶行、姑婆"姑爸"的惨死以及舅妈竹西不顺的婚姻后,对女性命运深感困惑与痛楚。《玫瑰门》在叙述上借助成年苏眉与童年眉眉的对话完成了对"女性的自我质询",既对女性的时代困境予以关切,又直面女性的人性阴暗面,具有深刻的自省意识,是新时期反映女性觉醒意识的重要作品。作者铁凝(1957—),祖籍河北赵县,出生于北京,第十四届全国人大常委会副委员长,中国文联主席,中国作家协会主席。其还著有小说《大浴女》《永远有多远》等。 (陈梦雅)

《穆斯林的葬礼》

长篇小说《穆斯林的葬礼》连载于《长篇小说》1987 年总第 16 期和1988 年 2 月总第 17 期,1988 年 12 月由北京十月文艺出版社首次出版。小说中,作为穆斯林的男主人公韩子奇与梁家长女梁君璧结合后重振家业、名冠京华。抗日战争爆发后,韩子奇带着玉器珍品与妻妹梁冰玉远赴海外,其间两人暗生情愫并生下私生女韩新月。回国后面对梁君璧的诘难,梁冰玉留下女儿自己远走他乡。新月长大后考入大学,与班主任楚雁潮产生爱情,却因回汉两族的宗教壁垒受到梁君璧的强烈反对。韩新月红颜薄命,在身世与爱情的双重打击下,因心脏病不幸逝世。多年后梁冰玉归家,一切早已物是人非。《穆斯林的葬礼》是新时期文学和当代民族文学中第一部表现回族人民生活的长篇巨著,深刻揭示了中国穆斯林在华夏文化和伊斯兰文化的撞击与融合中所形成的独特心理结构,真实地展现了奇异而古老的民族风情,以及回汉民族文化融合的独特生命力。《穆斯林的葬礼》于1991年获第三届茅盾文学奖。作者霍达(1945—   ),回族,北京人,作家、国家一级编剧,曾任全国政协委员、全国人大代表。其还创作有《不要忘记她》《红尘》《渔家傲》《万家忧乐》等中短篇小说、剧本及报告文学。   (马瑞)

《洗澡》

长篇小说《洗澡》1988年由生活·读书·新知三联书店出版。小说开头借余楠婚外恋的故事引出了"文学研究社"成立的因缘,继而所有人物悉数登场。知识分子的人性弱点在"文学研究社"的利益纷争和后来的"洗澡"运动中展现得淋漓尽致。许彦成、姚宓是其中难得不随波逐流之人。二人因为相似的志趣互相吸引,却因为许彦成早有夫人杜丽琳,这段恋情陷入了道德与情感的矛盾中。但很快因为"洗澡"运动的到来,"文学研究社"中的知识分子经过思想改造,被遣散到不同的高校单位,许、姚二人的恋情不了了之。小说反映了一个历史的横截面,"没有主角",但精致的结构、收放自如的语言展现了杨绛高度的文体意识和高超的讽刺艺术。2014年,作者在小说《洗澡之后》中为《洗澡》中姚、许二人的恋情续写了结局,这部续作当年入选"中国好书榜"。作者杨绛(1911—2016),本名杨季康,江苏无锡人,中国社会科学院外国文学研究所研究员,作家、学者、翻译家。其还创作有《将饮茶》《我们仨》等散文作品。   (陈浩文)

《野葫芦引》

多卷本长篇小说《野葫芦引》由《南渡记》(1988年版)、《东藏记》(2001年版)、《西征记》(2009年版)、《北归记》(2019年版)组成,创作历时30余年。《南渡记》讲述了北平明仑大学的师生因抗战爆发而被迫南迁内陆的故事;《东藏记》聚焦于展现明仑大学在大后方的建设过程以及大学教授的日常生活;《西征记》书写了战争进入相持阶段,青年师生们投笔从戎并随远征军入缅作战的历史场景;《北归记》描写了抗战胜利后,小说人物重返北平的人生遭际与时代变迁。《野葫芦引》以西南联大为历史原型,通过雅致的语言、恢宏的架构以及经典的家族叙事展现了战争中高校知识分子的命运浮沉与悲欢离合,揭开了此前被遮蔽的历史记忆，重构了当代文学的战争想象。小说的第二卷《东藏记》曾于2005年获得第六届茅盾文学奖。作者宗璞（1928—），原名冯钟璞，原籍河南省唐河县，毕业于清华大学外语系。其代表作还有《红豆》《弦上的梦》《三生石》等中短篇小说。

（景欣悦）

《无性别的神》

长篇小说《无性别的神》1994年由中国青年出版社出版。西藏德康庄园的二小姐央吉卓玛遭受种种不平和新变后，对自我产生疑惑，产生了反叛旧观念、追求平等的思想，怀恋和向往自在的氛围。小说通过对这一心路历程细腻、清晰、完整的揭示，表达了作家呼唤众生真正平等，呼唤人性真正相通，呼唤人间真正博爱，呼唤各民族文化相互交融，期盼西藏尽快摆脱落后、保守、封闭的社会形态与文化观念而迈向现代化的向往与追求。该作不仅是作者的代表作，也是西藏文学20世纪90年代最为重要的转型之作，1997年获第五届全国少数民族文学创作"骏马奖"。作者央珍（1963—2017），西藏拉萨人，藏族，1981—1985年就读于北京大学，曾任《西藏文学》副主编、《中国藏学》副主编。央珍另有作品集《拉萨的时间》，2018年11月由浙江文艺出版社出版，收入了其生前发表的相关作品及文字，基本体现了她30年来的创作风貌。

（陈思广）

《一个人的战争》

长篇小说《一个人的战争》最初发表于《花城》1994年第2期。小说以回忆的视角，细致入微地呈现了女孩林多米的成长经历和自我世界，具有自传性色彩。林多米聪慧、敏感而高傲，对戏剧、诗歌、电影等文学艺术有着天生的喜爱，虽饱经波折，却始终保持对未知世界的探索和对爱的渴求。小说从女性的自我认识和自我感知入手，触及了女性的同性之爱以及身体、情欲等隐秘的内在体验，准确地捕捉了女性成长经历中身体的困惑和精神的焦虑，对男权文化和都市生活空间进行了深刻的反思。小说以大胆的感性描写和细致入微的心理探索成为中国大陆女性写作的重要文本，作者也被认为是"私人化写作"的代表人物之一。作者林白（1958—），广西北流人，还著有长篇小说《万物花开》《妇女闲聊录》《北去来辞》，中短篇小说集《同心爱者不能分手》《子弹穿过苹果》等，曾获华语文学传媒大奖年度小说家奖、老舍文学奖长篇小说奖等。

（刘阳扬）

《长恨歌》

长篇小说《长恨歌》1995 年连载于《钟山》杂志第 2 期至第 4 期，同年由作家出版社出版单行本。小说讲述了出身上海弄堂的女中学生王琦瑶被选为"上海小姐"，在上海滩的繁华旧梦中她先是做了某大员的外室，后来上海解放，大员遇难，王琦瑶又重新回到弄堂，与富家子弟康明逊相识、相恋，却未能相守。此后的 30 年里她的身边如过客般出现过好几个男人，甚至在天命之年还与一位跟自己女儿年龄相仿的"老克腊"有过一段忘年恋，但最终因为金钱被青年"长脚"残忍杀害，魂归离恨天。《长恨歌》将时代的沧桑变幻同个人的命运多舛相联系，在历史性维度中，书写了女性疏离宏大历史的日常生活，刻画了王琦瑶既顺从命运又敏感好胜的人生态度，反诘了女性尤其是都市女性的命运以及角色问题；同时借城市与市民阶层日常生活的书写，建构了作者心中的上海弄堂精神。《长恨歌》于 2000 年获第五届茅盾文学奖。作者王安忆（1954— ），生于江苏南京，中国作家协会副主席、上海市作家协会主席、复旦大学教授。其代表作还有《雨，沙沙沙》《小鲍庄》《发廊情话》等中短篇小说，《天香》《富萍》等长篇小说。

（马瑞）

《茶人三部曲》

《茶人三部曲》是中国第一部反映茶文化的长篇系列小说，包括《南方有嘉木》（1995 年版）、《不夜之侯》（1998 年版）、《筑草为城》（1999 年版），作者从 1990 年起笔历时十年创作完成，2000 年其凭借前两部作品获得茅盾文学奖。作品采用家族小说叙事形式，以"绿茶之都"杭州的茶人世家"杭氏家族"为中心，以中国近现代史为时间轴线，以 1863 年太平天国运动失败、太平军撤退杭州城起笔，止于 1998 年杭州国际和平馆揭幕，描绘了杭氏茶人家族一百多年来的兴衰起落与六代人的命运沉浮，并赋予不同人物以不同的茶性面貌，彰显了中国传统文化深蕴的茶性精神。近现代中国江浙地域社会风云变幻的历史风貌，在小说中也得以充分再现，这展现了作者严谨翔实的历史知识和大规模书写中华历史文化的笔力。作者王旭烽（1955— ），生于浙江平湖，毕业于杭州大学历史系，参与筹建中国茶叶博物馆，任浙江省作协副主席。其还创作有《走读西湖》《爱茶者说》等散文作品。

（郑筱诗）

《饥饿的女儿》

长篇自传体小说《饥饿的女儿》1997 年 5 月于台湾尔雅出版社出版，

2000年在四川文艺出版社出版。女主人公六六出生于极端贫穷的家庭，自小得不到亲情温暖。18岁时，她得知自己私生女的身世。六六不断寻找精神的归宿，最终在历史老师身上寻找到"缺失的父爱"。但历史老师自杀，她高考落榜，开始逃离家庭，过着纸醉金迷的生活。多年后归家，看到依然"没有亲切感"的家人后，她再次踏上远方的路。小说围绕一个18岁少女的身世之谜，在双重视角下展开叙事。一是以个人化的视角，用私生女六六的身份叙述了女性独特的生命体验。二是以全知全能的视角统摄时代的故事，穿插了"我"的家史和历史老师在"文革"时期的遭遇，写出了那个年代人们经受的各种苦难，展示了一个家庭、一个地方、一个民族在特殊时期的遭际。小说把握了女性私人故事和社会历史的张力。作者虹影（1962—　），生于重庆，1991年移居英国，现居北京。其代表作还有长篇小说《孔雀的叫喊》《阿难》，诗集《鱼教会鱼歌唱》等。　　（崔新玲）

《采桑子》

长篇小说《采桑子》各章陆续发表于1997—1999年的《小说》《上海文学》《人民文学》《十月》等刊物，并于1999年结集出版。作品带有个人经历色彩，以作者先祖纳兰性德

《采桑子·谁翻乐府凄凉曲》的词牌、词句为小说及各章节名，借九个相关又游离的故事，描写了一个满洲贵胄之家20世纪的衰败史，编织起金家及其子女的命运图卷，实现了在离散语境下，重寻精神故园的"我族凝视"，以及对中国传统文化的世纪回望。金府众人人生轨迹与时代变迁交织在一起，构成对满族历史文化、中华传统文化的辩证与重层反思，折射和烛照出百年中国走势，包含了作者对20世纪激越历史和市场经济改革下现代性对人的异化的思辨和对本土化转型的思考。作品堪称当代满族文学和京味儿文学的代表。其中，《梦也何曾到谢桥》2001年获第二届鲁迅文学奖。作者叶广芩（1948—　），北京人，满族，中国作协第九届全委会名誉委员，西安市文史研究馆馆员。其另著有长篇小说《乾清门内》《战争孤儿》《状元媒》，小说集《去年天气旧亭台》等。

（汪亭存）

《无字》

长篇小说《无字》（第一部）原载于《小说界》1998年第3至4期，12月由上海文艺出版社出版。《无字》（共三部）由北京十月文艺出版社于2002年1月出版。《无字》透过女作家吴为的人生历程，描摹了整个20世纪中国社会的风云激荡。小说叙述了

叶莲子与顾秋水、吴为与胡秉宸两代人的婚恋，勾连了女性家族史与男性革命史两条脉络，建构出了一个以女性家族叙事为主线、以宏大历史叙事为副线的内在结构。这一结构一方面揭示出以坚毅、忠诚形象示人的男性们在私人生活中对女性的霸凌、背弃及其精神上的空虚怯懦，颠覆了宏大叙事以显露其背面；另一方面则展现出女性对于苦难的承担及其代际传承，以弥补被宏大叙事遮蔽的那一部分。小说没有停留于对男性的简单批判，而是深度分析了男性暴力的历史成因与转嫁过程，将主旨提升至对历史、人性的叩问，谱写了一曲 20 世纪的精神悲歌。《无字》曾于 2005 年获得第六届茅盾文学奖。作者张洁（1937—2022），原籍辽宁抚顺，生于北京，曾被誉为"女性文学的旗手"（陈思和语）。其代表作还有《沉重的翅膀》《方舟》《祖母绿》《爱，是不能忘记的》等小说。　　（周文晓）

《羽蛇》

长篇小说《羽蛇》最早刊载于《花城》1998 年第 5 期。女主人公羽因"命硬妨男孩"而成为家中的边缘人，她在 6 岁时失手杀死弟弟，招致了母亲与外祖母长久的怨恨。被母爱抛弃的羽，先后将爱的激情投向女演员金乌和男性人物圆广、烛龙。罪感与孤独虽使羽逐渐自闭，却也在她的心灵深处形成了一个超越世俗的秘密神祇，赋予她以羸弱之身承受他人苦难的神性力量。小说的故事时间跨度是从清末至 20 世纪 90 年代，以太平天国、现代革命、当代政治等为历史背景。女性人物若木和玄溟既是父权制的受害者也是执行者，作者在这一类形象的塑造中，表达了对父权制的批判和对女性之恶的反思。羽、金乌这类始终保持着灵性与激情的女性，则体现了作者的理想情怀。《羽蛇》具有自觉的女性意识，以瑰丽的语言、奇诡的想象构筑小说的树状迷宫，用神话和现实相交织的方式建构起一部内蕴神秘性与智性的女性历史。作者徐小斌（1953—　　），生于北京，还著有《双鱼星座》《敦煌遗梦》等小说。

（袁田野）

《牵手》

长篇小说《牵手》由人民文学出版社于 1999 年出版。《牵手》以改革开放之初的社会现实为背景，讲述了夏晓雪与钟锐的婚恋故事。晓雪为支持钟锐的工作，放弃了自己的事业，但生活的琐碎与沟通的缺失使得两人渐生嫌隙，而后钟锐更在职业重挫的冲击下，与年轻漂亮的王纯发展出了一段婚外情，并与晓雪展开了离婚拉锯战。在这一过程中，医生姜学成、富商沈五一等人亦相继出现在晓雪的生活中。一连串的矛盾冲突后,钟锐疲惫不堪,心生悔意,晓雪则在婚姻与事业的双重打击中逐渐清醒、成长,开始了新的学习和工作。小说深入婚恋内部与日常生活细节,细致探讨了婚恋危机产生的原因,显示出在特定的变革时代中,社会婚恋观念、女性自我意识等面临的挑战,以及女性自我成长的可能性,描绘出一幅当代都市女性生活群像图。作者王海鸰(1952—),山东人,善写现代婚恋故事,且与影视业联系紧密。其代表作还有《大校的女儿》《不嫁则已》《中国式离婚》《新结婚时代》等小说与影视剧剧本。

(周文晓)

《上海宝贝》

长篇小说《上海宝贝》于1999年由春风文艺出版社出版。小说采取第一人称的叙事方法,以女作家倪可为叙事中心。其中国男友天天与她心灵相通,却性无能;德国男友马克身家丰厚,且具有超强性能力。倪可在两者之间徘徊,最终天天因吸毒死亡,马克返回德国。小说隐喻了20世纪末的最后十年,在西方文化强势入侵下,作为民族主体以及女性主体的个人在中西文化冲突中无所依傍、失去方向的身心状态。小说出版后饱受争议:一方面,小说的性话语本是对后殖民寓言

的象征,即以男女性爱关系来投射中西文化的冲突,但这一文本策略过于放纵,退回到了身体叙事本身;另一方面,小说在销售、宣传中进行了极尽夸张的商业炒作,"美女作家""卫慧、棉棉之争"等放大了文本问题,激化了社会情绪。最终,小说被限制发行。作者卫慧(1973—),上海人,有《卫慧作品集》等。

(臧晴)

《歇马山庄》

长篇小说《歇马山庄》最早发表于《当代》1999年第5期。丈夫国军因在交合中受惊吓而成为性无能,妻子月月伺候服汤药也无济于事。月月偶然结识了无根无底的程买子,产生了婚外情,却被婆婆抓获。月月执意离婚,被国军写信报复,丢了教师的工作。已成村干部的买子,从现实考量出发,与卫校毕业回村的林小青结了婚。月月顶着村人的嘲笑与压力,执意要生下她同买子的孩子;但真正厘清了情感的奥义后,月月拒绝了买子复合的请求,并最终决定把孩子引产掉,去打工来赡养母亲。经历了一场情感巨变,月月终于找到了自身存在的意义和价值,她对爱情的坚持追求,与林小青为了实现人生设计肆意向男人敞开身体的选择一样,都给传统乡村秩序带来了冲击,体现出变革时代乡村女性主体意识的萌发与滋长。

小说获第二届中国女性文学奖。作者孙惠芬（1961— ），辽宁庄河人，现居大连，代表作还有《歇马山庄的两个女人》《上塘书》《吉宽的马车》《秉德女人》等中长篇小说。 （程亚丽）

《大浴女》

长篇小说《大浴女》于2000年由春风文艺出版社出版。"文革"时期，尹小跳的父母被下放到苇河农场劳动，母亲章妩逃离农场后出轨并生下尹小荃，引发了尹家两姐妹的不满。尹小荃在意外中丧生，这使负有看护责任的尹小跳陷入长久的自责中。小说以此为主线，交织了尹小跳与方兢、陈在等的爱情故事，以及与唐菲、孟由由、尹小帆等的女性情谊。尹小跳最终挣脱情爱与精神的负累，走入心灵花园，实现了升华。作者铁凝，小说取名自法国画家塞尚的同名作品《大浴女》，聚焦于女性充满艰辛的成长经历与情感历程，关注女性独特的生命体验，以及女性的自我审视与蜕变。小说对男女情爱的书写，大胆地展现出女性的生命原欲，并对两性关系进行再思考。同时，小说中丰富的女性人物群像，既包纳了铁凝的多种生命想象，也熔铸了对复杂的女性关系的现实观照。 （许杨）

《作女》

长篇小说《作女》2002年由华艺出版社出版。张抗抗的这篇小说以赞赏的态度塑造了以卓尔为代表的一群不安分守己、天生爱折腾的京城白领女性形象，肯定了女性遵从自我内心感受、不受理性规训、不循规蹈矩、不屈从外部权威、不顾忌世俗观念的感性生活态度。小说中，35岁的单身女人卓尔为了去南极，不计经济压力，辞去杂志社的稳定工作，不料却没有得到去南极的候补名额，而后卓尔应聘天琛集团广告部，恰巧公司老板郑达磊就是卓尔闺蜜陶桃的男朋友。卓尔遭遇女同事嫉妒、男同事性骚扰，但被郑达磊委以重任。卓尔全身心投入到工作中，成功策划了轰动京城的"天琛之晨——我是我自己"大型公益广告活动，但她却因活动的商业化性质而感到沮丧。深夜，已与陶桃分手的郑达磊探访卓尔，向她告白说"你能使我对生活永不厌倦"，而后在性关系中卓尔占据了强势。次日卓尔远行到不知何方，郑达磊常常惦记她。《作女》彰显了对抗世俗偏见、对抗男权的女权主义价值观。 （李玲）

《拯救乳房》

《拯救乳房》于2003年6月由人民文学出版社出版，是国内第一部以小组治疗术后的患者心理为题材的长篇小说。该小说叙述了离异女性程远青在国外修得心理学博士学位后，归国成立了乳腺癌康复期病人的心理小组的故事，该小组聚集了8位身份、性格、经历迥异的乳腺癌患者。在程远青精心安排的小组活动中，每位成员都展露了自己千疮百孔的身心受难史，她们在直面人生中逐步完成了精神的涅槃。拯救"乳房"实为拯救"灵魂"，作者借助通俗小说的外壳传达出要直面人生困境、坦然面对生死、保持精神主体的独立和完整，以及如何建构女性主体性等严肃主题。小说以"死亡盛典"作结，将死亡平常化，把死亡当作成长的最后阶段，体现了作者"向死而生"的生命观，达到了一种超越生死的诗意境界。作者毕淑敏（1952—　），祖籍山东，生于新疆，内科主治医师，心理学家，北京作协副主席。其还创作有《红处方》《血玲珑》《预约死亡》等中长篇小说。

（马万里）

《北妹》

长篇小说《北妹》发表于《钟山》2003年秋冬卷。小说以钱小红从湖南乡村到广东S城的漂泊历程为主线，聚焦于"北妹"这一来粤打工者群体。"北妹"们既是城市边缘人，亦遭受乡土社会的排挤，是经济上的无产者，也是"被侮辱和被损害"的第二性。她们混乱而艰辛地在发廊、歌厅、工厂、酒店等场所谋生，受到各色男人的骚扰和城市女人的猜忌。女主人公钱小红拥有一对丰乳，这是她身为女性忍受屈辱的缘由和标记，也是她蓬勃生命力的根源。她有个性、有原则，常以不以为然的性态度与辛辣的语言反抗男权所带来的压迫。小说终结于钱小红在经历李思江堕胎结扎、朱丽野被奸杀等事件后，拖着因病增生的乳房，艰难行进在城市中。《北妹》包含了底层关怀、身体写作、正视女性欲望等多重主题，还展示了作者对自由及其限度的深刻思考。作者盛可以（1973—　），湖南益阳人，2002年开始小说创作。其代表作还有中篇小说《取暖运动》，长篇小说《水乳》《无爱一身轻》等。

（高心悦）

《额尔古纳河右岸》

长篇小说《额尔古纳河右岸》创作于2005年，以鄂温克族"最后一个酋长的女人"为叙述者，以温婉哀伤的情感基调回顾鄂温克族近百年的生活，展示鄂温克人曾经兴盛的民族文化与人口式微、文化日渐衰落的现实。生活在中俄边疆森林中的鄂温克人，以驯鹿和狩猎为生，信奉萨满。他们享受着风雪雨露的滋润，与自然为伴，却也备尝艰辛，要与狼、黑熊等野兽搏斗,要与雷电、严寒、瘟疫抗争。小说在对"我"温柔坚实的叙述中描绘出鄂温克人的生死苦难与爱恨情仇,也展现出鄂温克人不屈不挠的民族精神与纯真质朴的心灵。鄂温克人不仅要与自然抗争,也要在现代文明的种种挤压下改变传承了数百年的传统习俗以求生存。作者站在少数民族文化守成的立场上对以汉族文化为主的中心话语提出了质疑,呼吁现代文明给少数民族文化的传承保留空间。2008 年,《额尔古纳河右岸》获得了第七届茅盾文学奖。作者迟子建(1964—),出生于黑龙江省大兴安岭地区漠河市北极村。其作品大都以东北地区为背景,地域文化色彩浓郁。她擅长用诗性的语言建构故事,并以温情的姿态展开叙述,追寻人性中的美与善。其代表作品还有《北极村童话》《雾月牛栏》等小说。

(李程林)

《第九个寡妇》

长篇小说《第九个寡妇》由作家出版社于 2006 年 3 月出版。小说讲述了中原地区一位名叫王葡萄的寡妇在土地改革时期藏匿地主公爹的传奇故事。王葡萄以童养媳的身份成长在公爹家,在纷乱的年代奋力掩护公爹尽孝。作为寡妇的王葡萄坚忍、包容且魅力十足,以原始的、纯粹的、强烈的情欲与不同的男性偷欢,彰显了女性最本能的力量以及人性的美好。作品时间跨越 20 世纪 40 年代至 80 年代,通过女主人公的传奇经历完成了对宏大历史叙事的解构,在"一女多男"的叙事结构中赋予王葡萄的形象以正面光彩,这使得小说显示出巨大的民间活力和人性力量,表现出创作者的民间写作立场。《第九个寡妇》是作者的代表作及转型之作,曾获"第三届《当代》长篇小说 2006 年度专家五佳奖"。作者严歌苓(1958—),上海人,还创作有短篇小说《天浴》《少女小渔》,中篇小说《白蛇》《金陵十三钗》,长篇小说《扶桑》《一个女人的史诗》《小姨多鹤》《陆犯焉识》《芳华》等。 (郭聪)

《赤脚医生万泉和》

长篇小说《赤脚医生万泉和》由人民文学出版社于 2007 年出版。主人公万泉和小时候得过脑膜炎,木讷迟钝,却善良仁爱,在非常年月里阴差阳错地当上了后窑村的赤脚医生。万父是村里精明过人的一代名医,万泉和在父亲面前自觉卑微、渺小。身体的病残和父辈巨大的权威,似乎注定了万泉和阴郁的秉性。但小说开始不久,父亲就被踢伤,几乎成植物人。万泉和于是力不从心地承担起后窑村身体和生命守护人的职责,磕磕碰碰,甚至纰漏不断。作者以诙谐又深情的讲述方式,展现了 20 世纪后半叶现代性向古老乡村暴风骤雨般地渗透、突进的特征,万泉和的存在意味着对这种渗透、突进的弱化与缓冲。这弥合了历史的裂隙,成全了历史的绵延。范小青刻意选择万泉和这样特别的阴性形象来承载这段乡村历史,以此表达对"乡土中国"这一渐行渐远的文化母体的无限依恋,也体现了新世纪女性小说超越性别的写作立场。作者范小青(1955—),江苏省作家协会主席,长居苏州。其小说代表作还有《裤裆巷风流记》《女同志》《城乡简史》等。 (王宇)

《我们家》

长篇小说《我们家》原名《段逸兴的一家》,发表于《收获》2012 年第 5 期。小说的叙述主体是患有"疯病"的段逸兴,以爸爸要为奶奶庆祝八十大寿为叙事主线,在筹办寿宴的过程中,爸爸与妈妈因为情人产生的家庭矛盾、大伯与家人间的积怨、家族中的新旧秘密都爆发了,直到寿宴前一天各方冲突达到顶峰,并戏剧性地因爸爸心脏病突发而归于平静。《我们家》中,小说经常在过去和现在间闪回,其中构建出的"平乐镇"也正处于时代变迁中,传统与现代并存,虽没有超出一般文学作品中对小镇生活的想象与书写,却充满着迷人的地域特色

与生活热度,是中国城镇化进程的一个写照。作者颜歌(1984—),原名戴月行,四川成都人,2000 年开始在"榕树下"发表小说,早期创作以青春书写为主,2008 年左右开始用四川方言进行文体试验,尝试构筑自己的文学空间"平乐镇"。颜歌还著有长篇小说《异兽志》《五月女王》,短篇小说集《平乐镇伤心故事集》等。 (崔琦)

《茧》

长篇小说《茧》发表于《收获》2016 年第 2 期。小说叙事随着李佳栖和程恭两位主人公的"双声部"叙述而逐步展开,两位主人公年少时发现祖辈"文革"时期的秘密——一根插入程恭爷爷头部的钉子造成了李、程两家命运的巨大差异,甚至影响了第三代的命运。李佳栖困于"寻父"的执念,找不到自我存在的意义;程恭通过伤害流浪狗与李沛萱,完成了由受害者后代到施害者身份的转换。他们都是历史的伤口。《茧》书写了作者对祖辈和父辈历史的想象,思考了历史伤痕对个体命运的影响,以及"80 后"该如何面对历史的"罪"与"罚",在一定程度上回应了批评家们对"80 后"作者缺乏历史意识以及无力书写历史的批评。作者凭借《茧》荣获第十五届华语文学传媒大奖 2016 年"年度小说家"称号。作者

张悦然（1982—　），山东济南人，现任中国人民大学文学院讲师，"80后"作家代表人物。其还著有长篇小说《誓鸟》《水仙已乘鲤鱼去》，短篇小说集《我循着火光而来》《十爱》等。

（崔琦）

《陌上》

长篇小说《陌上》发表于《十月·长篇小说》2016年第2期，2018年获第三届施耐庵文学奖。《陌上》采用以点连线、以线勾面的散文化叙述方式，通过村支书建信、皮革厂厂长大全以及围绕在他们身边的女人们一荣俱荣、一损俱损的命运，揭示了隐匿于乡村日常生活中的政治生态、资本势力、家庭权力结构的复杂关系。小说中，芳村女人虽不由自主地被裹挟进妇姑勃谿、抚育后代的传统生活方式中，但旧式伦理道德的崩解却使她们得以释放人性的欲望，她们在半推半就的身体交换中，谋求物质利益与情感抚慰的统一。芳村是繁荣与没落并存的乡土中国的缩影，小说剖析了身处传统与现代、乡土与城市、欲望与理性夹缝中的农民阶级的心理。作者付秀莹（1976—　），河北无极人，任职于《小说选刊》编辑部，善于以清新隽秀的笔调刻写21世纪中国社会转型时代的乡村风俗，尤以展现价值观念嬗变中的乡土伦理冲突和女性生命经验

见长。付秀莹代表作还有《爱情到处流传》《旧院》《他乡》等。　　（马婧）

（二）中短篇小说

《女人》

短篇小说《女人》创作于1956年，1980年收入四川人民出版社出版的《女人集》。小说借助女主人公林云所面临的家庭/事业的选择困境，来反映1949年后女性参与社会工作和留守照顾家庭之间的矛盾问题。小说既批判了男性社会权威不尊重女性个人意志、剥夺女性的人生选择权，亦否定了女性为了安稳的家庭生活放弃了经济和精神独立的选择。小说还借助林云与丈夫关系的探讨，进一步提出了对"怎样的两性角色和婚姻关系最合理"这一问题的思考，认为良好的夫妻关系应该是同志关系，它抛却了两性关系中明确的男/女性别身份，在新的婚姻关系中表现为配偶之间互相尊重与平等互助。作品寄望女性借此摆脱自身"客体""他者"的地位，获得一种对抗男权立场的性别话语的力量。通过《女人》中所探讨的女性性别角色和两性关系的合理状态，我们可以获得对20世纪50—70年代中国妇女研究的另一个视角。作者韦君宜（1917—2002），原名魏蓁一，曾任人民文学出版社社长、总编辑。除了

《女人》，其还著有《月夜清歌》《母与子》《思痛录》等作品。 （陈闽璐）

《女婿》

短篇小说《女婿》发表于《人民文学》1957年第4期。李纳以敏锐的直觉捕捉着社会变革时期女性精神面貌、价值观念的变化，以纪大娘与女儿秀姐的婚姻观做新旧对比，表现了新政权重构人与人之间新型关系的作用。纪大娘万分担忧离婚的女儿后半生孤单，但秀姐并不是一个自怨自艾的弃妇，而是一个拥有自信与乐观精神、力争要做自己命运主人的自立自强的女性。她不仅不屈服于命运，还勇敢地摆脱了陈腐婚恋观的束缚，大胆地去追寻自己的所爱，并最终为自己赢得了尊重与幸福。《女婿》从一个侧面反映了婚姻法在保护妇女权益、提高妇女的地位、提高婚姻质量方面所起的积极作用。作者李纳（1920—2019），云南省石林彝族自治县（原路南县）人。李纳从小生活在一个歧视女性的环境里，童年是在压抑与痛楚中度过的，但她从未停止过反抗命运，从未停止过对女性生存境的思考。她擅长将目光聚焦于普通女性，描写她们的情感世界，发掘她们的心灵美。李纳还著有《爱》《明净的水》《两个社主任》等作品。 （陈闽璐）

《红豆》

短篇小说《红豆》发表于《人民文学》1957年第7期。宗璞的小说《红豆》以其对于爱情主题的大胆处理、细致入微的心理描写以及诗意化的叙事风格，在当时独树一帜。小说描写了女主人公江玫在时代大潮中一步步走向革命、完成自我蜕变的艰难历程，细致地描绘了其包括爱情在内的曲折经历。小说对江玫奔向革命这一与时代共振的行动选择表示赞赏，也在对爱情诗意化的描写中潜隐地表达了对私人情感的眷恋之情。小说以"红豆"带来的记忆为开端，以相同的红豆发夹被女主人公江玫放下为结束，折射了江玫从意识到身份所发生的巨大变化。与"红豆"意象相伴随的，还有代表女主人公隐秘内心世界的"夹竹桃"意象，其变化从侧面暗示了角色内心觉醒的过程。小说的时代性特征相当清晰可辨。 （刘悦尔）

《我的爱人》

短篇小说《我的爱人》发表于《人民文学》1957年第Z1期。小说讲述了护理员淑贞在护理因朝鲜战争而致盲的军人其华的过程中，渐生情愫进而决定与其结婚的故事。小说以感情作为故事发展的主线，主人公"我"始终保持着女性自我的主体性，在爱情面前,并没有因为对方身体残疾而产生任何的犹疑和退缩。"我"的勇敢和坚定,打破了传统中国女性置身爱情中的被动地位,继承了"五四"时期女性独立、自主追求心中所爱的勇敢姿态。小说以极其细腻的女性口吻,将爱情来临时的懵懂、紧张、渴望、沸腾等多重身体感觉淋漓尽致地呈现于读者面前;作品还采用对话、心理描写、环境烘托等写作手法,既将人物关系、人物内在的心理活动准确流畅地表达出来,又为小说增添了浓厚的生活意趣,使得小说呈现出充满希望的明朗的基调。作者柳溪(1924—2014),原名纪清佚,河北献县人,曾任天津市作家协会副主席。其还创作了长篇小说《功与罪》《战争启示录》等。　　　　　　　　　　(于宁)

《百合花》

短篇小说《百合花》1958年3月发表于《延河》杂志。小说着重塑造了三个角色:憨厚且富有牺牲精神的通讯员,羞涩善良的农村新媳妇,以及豪爽开朗的女文工团团员"我"。通过铺陈行军、借棉被、救伤员等一系列事件,作品以清新俊逸的细腻笔触成功描绘了解放战争时期军民之间"肝胆相照、生死与共"的鱼水情谊。诸多细节的精细刻画,展现出了人物丰富多样的个性特征,并在特定的战争

氛围中营造了浓郁的诗意。小说以"百合花"作为标题,意蕴深厚。"百合花"代表了媳妇对于新生活的期许,代表了战争时代军民相互扶持的情感,担当了可以超越陌生人之间交往障碍的中介物。由此,《百合花》因指向性别意蕴又超越性别框架的意象设置,在很大程度上具有了超越特定历史情境的普遍性审美价值。作者茹志鹃(1925—1998),浙江杭州人,其小说代表作还有《静静的产院里》《剪辑错了的故事》等。　　(刘悦尔)

《姑娘的心事》

短篇小说《姑娘的心事》原载《文艺红旗》1960年1月号,于《人民文学》1960年第2期刊载。作品讲述了一位倔强、好强、不甘心于本职工作的"小姑娘"成长为主动给工友擦车的年轻女工的故事。由于自己的工种不能参与工厂的技术竞赛而烦恼,构成了姑娘的第一重"心事";宁愿承受家人的误会也要瞒着家人为工友擦车打气,构成了姑娘的第二重"心事"。从第一重"心事"到第二重"心事",既是小说矛盾的解决过程,又是姑娘思想成长的过程。她逐渐意识到,主动为工友擦车打气是一份值得骄傲的工作,平凡的工作岗位也是在为社会主义做贡献。小说结构别致精巧,心理描写真实细腻,细节描写生动。作者

草明（1913—2002），原名吴绚文，广东顺德人，曾在鞍山炼钢厂、北京第一机床厂体验生活。作为新中国工业文学的拓荒者，草明的作品刻画了诸多丰富的工人形象。他还创作了长篇小说《火车头》《乘风破浪》《神州儿女》等作品。　　　　　（凌媛媛）

《万妞》

短篇小说《万妞》发表于《人民文学》1961年第6期。詹家养父母抚养革命遗孤万妞多年，为了让万妞接受教育，成长为更加有用的人才，詹老爹决定将万妞送到部队子弟小学读书，这引来詹大妈的强烈反对，两位老人进行了一场"送与不送"的拉锯战。万妞是革命烈士的后代，也是新中国建设时期的希望，无数个万妞沿着父母的脚步，继续为国家建设贡献力量。小说表现了人民军队和普通百姓之间的炽热情谊。小说在承载充实的政治内容之余，又以独特的女性视角从大历史叙述中体察出细腻的人性光辉。詹大妈这一女性形象既充满了母性的光辉，又显现出底层农妇的勤俭持家等诸多中国传统女性的美好品质。作者菡子（1921—2003），原名罗涵之，又名方晓，江苏省溧阳市人，新四军老战士，曾任《收获》《上海文艺》编委。其还著有小说集《纠纷》《前方》，散文集《前线的颂歌》等。　　　（于宁）

《杜晚香》

短篇小说《杜晚香》发表于《人民文学》1979年第7期。小说描写了女主人公杜晚香在中国共产党的教育和引导下，凭着吃苦耐劳的精神和宽厚从容的品质，在一个又一个全新的环境中，通过劳动证明了自己存在的价值，由一个命运坎坷的孤女成长为劳动标兵。小说以第三人称的全知视角叙事，通过杜晚香这位在新中国成长起来的劳动妇女的成长史，反映了新中国时期女性有别于"五四"启蒙时期女性的生存经验与生活实践。作品以顺应政治意识形态诉求、盲视女性在两性关系中的不平等处境的方式来探索女性的自我价值，并通过凸显女性温柔沉静的传统气质，来软化人物个性发展与时代政治诉求相结合的生硬之处，褒扬了一种在任何环境中都能从容自如、坚韧不拔而又乐观向上的女性品质。在作品接受史上，《杜晚香》因其意识形态和两性关系方面的柔顺化倾向而受到研究者们的质疑。作者丁玲（1904—1986），原名蒋伟，字冰之，湖南临澧人。其在新时期的代表作还有散文《"牛棚"小品》等。

　　　　　　　　　　　　（王冠桐）

《人到中年》

中篇小说《人到中年》发表于

《收获》1980 年第 1 期。中年眼科医生陆文婷在连做三场手术后突发心肌梗死住进医院。昏迷状态下，陆文婷回忆了自己从童年以来的人生经历。步入中年后，陆文婷的生活压力愈来愈大，医院的工作完全挤压了陆文婷的生活时间，使她无暇顾及家庭，最终陆文婷不堪重负而病倒。病愈后的陆文婷失去了对生活和工作的热情。小说采用过去和现在两种时空互相交错的叙事结构，真实地书写了处于昏迷状态下的陆文婷一系列的心理活动，塑造了一位兢兢业业的眼科医生的形象，展现了以陆文婷为代表的一批中年知识分子的生活困境和精神危机，同时也反映了知识分子生活待遇和社会地位亟待提高这一社会问题。该小说曾获中国作家协会第一届全国优秀中篇小说一等奖。作者谌容（1936— ），原名谌德容，曾任中央人民广播电台对外部翻译、编辑等。其代表作品还有长篇小说《万年青》《光明与黑暗》，中篇小说《永远是春天》《赞歌》《太子村的秘密》等。　　　　　　（杨心悦）

《心香》

短篇小说《心香》发表于《当代》1980 年第 2 期。师范学院艺术系毕业生岩岱到大龙溪村寻找创作题材，偶遇乡村哑巴少女亚女，就此创作油画《溪边》，获得成功。两人互相爱慕，但岩岱无法接受亚女"有缺陷的艺术品"的现实而离开。四年后，岩岱以"补充"右派的身份到大龙溪村插队改造，亚女对他真诚如初。一天，为了能让岩岱吃上饭，亚女用瓦壶舀了村食堂的粥，被当作贼，亚女不堪屈辱，跳崖自杀。岩岱痛悔不已，在灵魂深处为亚女燃着一炷心香。小说沿用了中国现代文学中知识分子男性对乡村女性的启蒙叙事方式，以乡村女性的高贵、美好，反衬知识分子男性的自私、怯懦、凡俗，书写"无尽人生爱与美"。小说以第一人称方式叙事，瓦壶意象贯穿全文，语言优美，具有一种健康、醇厚的韵味。《心香》获 1980 年全国优秀短篇小说奖。作者叶文玲（1942— ），浙江玉环人，长篇小说《无梦谷》《三生爱》也是其具有代表性的作品。　　　　　　（房萍）

《一个冬天的童话》

短篇小说《一个冬天的童话》发表于《当代》1980 年第 3 期。小说具有强烈的自传色彩，以哥哥遇罗克的光辉指引作为贯穿全文的主线，用七节的篇幅讲述了"我"和"我的家庭"在阶级斗争中的艰辛遭遇；以"我"与赵志国的无爱婚姻、与维盈无疾而终的恋爱经历为副线，用四节的篇幅讲述了"我"的婚恋故事，从而阐释了"心灵中要求的精神生活是抹不掉的"这一主题。小说发表后，这两条主次分明的叙事线索引起了泾渭分明的褒贬评价。其政治叙事的部分因批判极左政治路线给人带来的巨大创伤，受到普遍肯定；其婚恋叙事部分却受到"思想不健康"的质疑。作者遇罗锦（1946—　　），北京人。作者两年后又发表小说《春天的童话》，可以看作是对《一个冬天的童话》的改写，即基本删去了遇罗克的经历及他影响"我"的内容，增加了"羽珊"即"我"在婚恋中的坎坷经历。这一改写扩大了文本的隐私性内容。小说发表后再次引起争议，刊发该作品的《花城》编辑部也做出自我批评。

（臧晴）

《我在哪儿错过了你？》

中篇小说《我在哪儿错过了你？》发表于《收获》1980年第5期。小说中的"我"是电车女售票员，也在偷偷写话剧；而"他"是一名航海系毕业生，却因历史问题无法到海上去，受朋友之托在做话剧导演。两人因挤车相识，因排练话剧相知。"他"是"我"心中完美男子汉的形象，但"我"却把握不住"他"是否喜欢"我"而最终错过了"他"，并将这种错过归结于自身"女性气质"的缺乏。小说采用第一人称的个人型叙述，在内心独白和回忆之间不停切换，深入刻画了女性

彷徨、犹疑的矛盾内心。作者20世纪80年代的小说集中思考了两性在社会与婚姻中的地位、女性气质与个人发展的悖论等问题，其作品具有强烈的女性意识，表现了现代知识女性在转折时代对于自我发展的热烈渴望与决绝姿态。作者张辛欣（1953—　　），北京人，现居美国。其代表作还有中篇小说《我们这个年纪的梦》《在同一地平线上》《最后的停泊地》等，纪实文学《北京人——一百个普通中国人的自叙》《独步东西》《流浪世界的方式》等。

（杨海燕）

《方舟》

中篇小说《方舟》发表于《收获》1982年第2期。张洁的小说《方舟》表现的是荆华、梁倩和柳泉三个中年知识女性的生活苦难和精神创痛，以及她们在职场、婚姻和社会中遭遇的种种性别不公与不义。小说中的方舟既是女性逃离男性压迫的避难之地，又是自我救赎、互相慰藉的女性情谊的乌托邦。它是"痛苦的理想主义者"张洁用语言制造的一块女性飞地。作品将三个出身有别、职业各异、性格不同的知识女性连在一起，因为她们共同的不幸均"因为你是女人"。张洁似乎将所有的女性苦难都加诸这三个女性身上，但与一般男性作家制造的女性苦难美学不同，她们并非

逆来顺受的传统女性形象,而是独立坚韧、具有强烈主体性意识的现代女性。张洁作品具有鲜明的女性主义立场,其虚伪自私、卑劣猥琐的男性造像,揭露了男权社会的文化霸权。

(杨海燕)

《四个四十岁的女人》

短篇小说《四个四十岁的女人》发表于《百花洲》1983 年第 6 期。故事发生在"省妇女保健院傍晚的庭院"里,柳青、钱叶芸、蔡淑华和魏玲玲四个女性在阔别二十多年后重聚到一起,回忆年少时期,又讲述了各自这二十多年的经历:蔡淑华在"如何平衡家庭与事业"中徘徊;钱叶芸的婚姻坎坷不幸;魏玲玲被公认为拥有"幸福家庭",她却感觉到自己价值的缺失;上学时是"四人圆心"的柳青,至今未婚又身患重病,但却感受到最真切的"爱",对此生无悔。小说以四人当下的状态为主线,穿插叙述其年少时期,在鲜明对比中,写出女性"人到中年"面对的现实与精神困惑,惋惜她们理想的失落,并在结尾为女性的未来发问,体现了对女性的人文关怀。小说曾获 1983 年全国优秀短篇小说奖,并被改编为影视剧。作者胡辛(1945—),原名胡清,江西南昌人,南昌大学中文系教授。其代表作还有长篇小说《蔷薇雨》,长篇传记文学《陈香梅传》等。

(陈心怡)

《你别无选择》

中篇小说《你别无选择》发表于《人民文学》1985 年第 3 期。小说以荒诞的笔法刻画了某音乐学院大学生的校园生活。富于乐感的作曲系学生李鸣退学不成,被窝成为他暂时逃避现实世界的私人空间。室友马力嗜书如命,却对学习任何功课都毫无兴趣。马力和"只对擦洗感兴趣"的小个子先后离开众人的生活圈,但他们遗留下来的床铺和功能圈都被大家完好保存。小说笼罩在无序却强有力的音阶中,考试又使嘈杂中止。故事结尾,孟野的现代派作曲作品赚得观众热泪,却无缘国际大赛。原因不仅在于苍白瘦弱的石白在贾教授的权威洗脑下撰文批评其为法西斯音乐,还在于妻子因无法占据孟野全部心灵而向校方控告他所引发的风波。小说刻画出新旧思潮交替时期,80 年代青年在传统与现代两种力量拉扯下的迷惘和苦闷。这部具有先锋特质的小说于 1985 年获全国优秀中篇小说奖。作者刘索拉(1955—),生于北京,毕业于中央音乐学院作曲系,曾旅居伦敦与纽约。其代表作还有《蓝天绿海》《寻找歌王》《迷恋·咒》等小说。

(张彤)

《山上的小屋》

短篇小说《山上的小屋》发表于《人民文学》1985年第8期。小说没有明确的时间背景，人物身份也模糊不清，以"我"、小妹、爸爸、妈妈一家两代人之间的对话为主要内容，从"我"的视角观察孩童和成人两个对立的世界。山上的小屋是"我"向往之处，它时而存在，时而消失，这反映了"我"对"家"即现实生活环境的不满和逃离。小说在个人感官感受化的叙述中呈现"家"的梦魇，其中并不存在亲情，只有窥视、猜忌和互相伤害。小说以荒诞变形、错乱恐怖的外部环境，反映人物焦虑、阴郁甚至变态的心理，突出了人性的丑陋和生存的悲剧。作品极具前卫姿态，作者以极端的精神状态、强烈的感官刺激和非逻辑的叙述手法，颠覆了男权中心话语指定的女性文学的审美趣味，表达了她对现实生活个人化的独特把握。作者残雪（1953— ），本名邓小华，原名邓则梅，生于长沙，长居北京。其代表作还有《黄泥街》《苍老的浮云》《突围表演》《边疆》《最后的情人》等中长篇小说。　　　　　　（于安琪）

《小城之恋》

中篇小说《小城之恋》发表于《上海文学》1986年第8期，与《荒山之恋》《锦绣谷之恋》合称"三恋"。王安忆的小说《小城之恋》定位于人的生命欲望受压抑的"文革"时期，小城剧团中一对勤于练功的青年男女，在长期接触中萌生出禁忌之爱。然而两人却在敌人与恋人两种模式中反复转换，对外他们争吵打骂，私下却又受到情欲驱使，陷入既眷恋又痛苦的状态。最后女人在意外怀孕后彻底净化，独立承担起母亲的责任，而缺乏担当的男人却逐渐走向堕落。《小城之恋》落脚于"性"的文学创作母题，"性"成为人物相互沟通与宣泄自我的方式。小说以敏锐的洞察力，捕捉人物细微的心理变化，既反映出封闭年代对情欲的压抑，以及由此衍生出的变态关系，又表现了男性主体意识缺失以及母亲身份带给女性博大的力量等主题。　　　　　　（许杨）

《烦恼人生》

中篇小说《烦恼人生》发表于《上海文学》1987年第8期。小说主人公印家厚是武汉某钢铁厂的操作工，被种种的现实琐碎逐渐消磨掉了年轻时的文学梦想和生活激情。面对女徒弟雅丽的示爱，他不敢回应但是却开始思念知青时代的女友。当一天结束，身心俱疲的印家厚最终在妻子做的饭菜的香气中领悟到，任何浪漫的生活最终总要回归到"生活"二字，而生活才是人生的主旋律，也正是生活将他与他憔悴枯槁的妻子永远地联结在一起。以工人印家厚的一天为中心，《烦恼人生》展现了20世纪80年代普通工人的现实问题、生存焦虑与人生困境。作为"新写实主义"风格的代表作品，《烦恼人生》将关注点复归于普通人和日常生活，作者用客观化的艺术手法提炼生活而不对其进行过多的修饰。作者池莉（1957—　　），湖北仙桃人，现居武汉。其"新写实主义代表作"的"人生三部曲"还包括《不谈爱情》《太阳出世》。　（姜晓寒）

《双鱼星座》

中篇小说《双鱼星座》最早刊载于《大家》1995年第2期。徐小斌的这篇小说描述了女主人公卜零身处逼仄的夹缝地带，丈夫把她物化为家务机器和性的筹码，男上司对她骚扰不成，便给她处处设障。即便如此，卜零仍保有对爱情的纯真幻想，当遇到同是双鱼星座的年轻司机石，她心中压抑已久的生命热情便突破囚牢，自我意识也由此觉醒。为了梦想中的爱情，她甘愿付出一切，却发现自己只是石的众多玩物之一。至此卜零才意识到，唯有逃离男权空间，才能实现自我救赎。最后她逃往具有母系族群遗风的边寨。小说中对男性人物的塑造，对结尾处复仇情节的安排，都体现了

对父权制的批判以及对男权话语的颠覆。此外，小说还借助镜像、梦境、预言等神秘隐喻呈现女性人物从"自我迷失"到"回归自我"的成长之旅，形成了对女性意识的诗性表达，丰富了女性主义写作的内容。　（袁田野）

《伴你到黎明》

中短篇小说集《伴你到黎明》1997年由经济日报出版社出版，包含《爱又如何》《恨又发何》《如戏》等篇目。该文集九篇小说均聚焦于计划经济向社会主义市场经济转型期的都市女性，通过她们在世俗社会的冷暖沉浮折射出都市的情与欲。同题短篇小说《伴你到黎明》描述了女主人公安妮辞职后为谋生存加入私营追债公司，结识了狠辣的索债人章朝野，最终又见证了他温情侠义的一面。作品中，各色人物带着金钱、权力、情爱等现实欲求逐一登场，呈现出挣扎但又不乏生命力的生存状态。在市场冲击导致的新旧观念的碰撞中，女主人公们面临家庭与事业的双重打击，往往濒临幻灭、彷徨失措，但也总能捕获真挚感情的诗意闪光，使她们不至于绝望，呈现出欲望主体的精神追求。作者的都市写作作品通俗易读、情节丰富，注重表现女性的情感心理与切肤之痛，在反映时代痼疾的同时呼唤真善美的价值观。作者张欣（1954—　　），

江苏海门人,1984 年从部队转业后长居广州。其代表作还有中篇小说《黎曼猜想》,长篇小说《浮华城市》《谁可相依》等。

(高心悦)

《厨房》

短篇小说《厨房》发表于《作家》1997 年第 8 期。女主人公枝子曾为事业而抛雏别夫,成为商界明星后,却萌生出回归家庭、回归厨房的渴望。这时,作为出资方的枝子因单身男画家松泽作品的灵气而心动,便想通过在松泽家的厨房为他准备生日宴以示真爱。然而,松泽不过是个在男女关系中逢场作戏的浪荡子,他在热烈的亲吻中体会到枝子性、爱、婚姻融为一体的情爱渴求后,便巧妙中断情爱游戏,于是枝子归家的心愿无法实现。小说聚焦于具有象征意味的厨房空间,以细腻的笔法展开丰富的感官描写和男女心理刻画,同情女性爱情失落、归家不得的忧伤。《厨房》从反面续写"娜拉走后怎样"、现代妇女解放的女性文学母题,肯定了女性在事业、爱情、婚姻、情欲方面的多重追求。《厨房》曾于 2001 年获第二届鲁迅文学奖。作者徐坤(1965—),辽宁沈阳人,长居北京。其代表作还有《狗日的足球》《遭遇爱情》《热狗》等中短篇小说。

(许杨)

《清水洗尘》

小说《清水洗尘》发表于《青年文学》1998 年第 8 期。迟子建的这篇小说以礼镇的年节风俗"放水"为中心,当地人们每年腊月二十七洗一次澡。主人公天灶是一个 13 岁的小男孩,自 8 岁起,每年负责家人"放水"时的烧水、倒水任务,而自己每年皆就着家人用过的水洗澡。13 岁这一年,天灶决心要用一盆清水独自洗澡,但遭到来自奶奶、父母亲及妹妹天云的阻力。小说中还穿插了"蛇寡妇"请父亲修澡盆的情节。文本描述的是天灶"清水洗尘"的实现过程,表层的"阻力"最后化解为温情。祖孙、手足、邻里在表面的冲突之下暗含着人性美好的深情,亦可谓"消费时代"的别样风景。《清水洗尘》曾于 2001 年获第二届鲁迅文学奖。

(王振滔)

《你脸上有把刀》

中篇小说《你脸上有把刀》首发于《十月》1998 年第 1 期。女主人公史红是一位事业成功的商界女性。她相貌出众,气质不凡,热爱诗歌。一张不明来历的约会小纸条,引起了丈夫金林的猜忌,这成为二人婚姻危机的导火索。面对丈夫的猜忌和频频献殷勤的商界阔佬,史红最终选择了放弃自己的事业和爱好,把情感和精力全部投放在孩子和家务身上。但是丈夫却用出轨来报复心中的假想敌，史红也用精神的冷暴力还以颜色，憎恨与冷漠的背后是感情的死亡。小说用质朴而富于哲理性的语言，以清晰的女性意识批判了来自男权的压迫，表达了对女性生存境遇的极大关怀，揭示了当代女性在面临婚姻、事业中的困惑时的无奈与隐忍。中短篇小说集《你脸上有把刀》获全国第八届少数民族文学创作"骏马奖"。作者萨娜（1960— ），达斡尔族，内蒙古自治区作家协会副主席。萨娜擅长以小说的形式来追溯民族的历史，探索以萨满为标志的精神渊源，如长篇小说《多布库尔河》、短篇小说《达勒玛的神树》等。 　　　　　　　（斯琴）

《永远有多远》

　　中篇小说《永远有多远》发表于《十月》1999 年第 1 期。铁凝的这篇小说以"第一人称"的旁观者叙事的方式，讲述了仁义而欠姿色的北京女孩白大省的悲剧命运。白大省从未得到恋人真正的情爱，郭宏、关朋羽、夏欣等男友一一离她而去，最后郭宏回来，不是因为爱，只是因为她是个可以利用的好人。在亲情关系中，白大省无私奉献，却没有得到同等的回报。好人白大省一直奉献自我，而她的梦想却是要变成西单小六那类富有魅力

的性感女郎，但这注定无法实现。文末多次出现的"永远有多远"，是呐喊，是悲叹，也是反思。作品既为白大省的命运感到不平，又对白大省的不觉悟有所批评，由此谴责了不能善待仁义女性的男女人物，也表达了对女性命运的深切关怀；同时，小说还涉及北京城市书写、市场经济背景下的仁义陷落等多重主题。《永远有多远》曾获第二届鲁迅文学奖与第一届老舍文学奖。 　　　　　　　　（许杨）

《淡绿色的月亮》

　　中篇小说《淡绿色的月亮》发表于《收获》2003 年第 3 期。小说在"公/私"对话的双重结构中讲述了都市女性芥子对丈夫桥北和警察谢高的"道德拷问"。矫健强壮的丈夫在虚弱的歹徒面前妥协，能力突出的警察向列车劫匪投降，具有"精神洁癖"的芥子对此进行了不依不饶的追问，作品由此彰显了人性的力量与尊严，凸显了文学的"神性"品质。小说既有鲜明的女性主体精神，又从狭窄的"身体叙事"中突围，在开阔的现实生活中发掘普遍的人性意义。《淡绿色的月亮》入选"2003 年度中国小说排行榜"，2017 年被改编成电影《夜色撩人》。作者须一瓜（1963— ），原名徐苹，福建人，现居厦门。她擅长透过侦探叙事拷问复杂的人性，由此展示

精神追求的向度,探寻存在的意义。其代表作还有中篇小说《雨把烟打湿了》《第三棵树是和平》,长篇小说《太阳黑子》《双眼台风》等。　（周师师）

《大老郑的女人》

短篇小说《大老郑的女人》发表于《人民文学》2003 年第 4 期。小说以 20 世纪 80 年代末的南方小城为背景讲述大老郑的故事。大老郑是做竹器生意的外地人,因敦厚能干而深得房东一家的信任和喜爱。大老郑的女人并非其妻,而是与他同居的乡下女人。房东在得知这女人是个暗娼后,向大老郑下了逐客令。小说在古老安静的小城风物与时代变迁的开化风尚的交织中,以诗意的抒情化笔调对转型期的社会进行了细腻而伤感的描绘,对城市化进程中乡村女性生存状态的变化进行了意味复杂的书写。大老郑的女人非城非乡、半良半娼这一身份与小城被外地人入侵的空间变化一样,都是过渡性和杂糅性的产物。《大老郑的女人》获得 2003 年度人民文学奖和第三届鲁迅文学奖。作者魏微(1970—　　),原名魏丽丽,江苏沭阳人,1994 年开始写作,现长居广州。其代表作还有长篇小说《一个人的微湖闸》(又名《流年》),中短篇小说《化妆》《乡村、穷亲戚和爱情》《姊妹》《家道》《胡文青传》等。　（曹霞）

《白水青菜》

短篇小说《白水青菜》原刊于《作家》2004 年第 2 期,获第四届鲁迅文学奖。小说中的女主人公受过高等教育,拥有众人羡慕的“白金家庭”,婚后做了全职太太,专心相夫教子。每天劳累回家的丈夫总能吃到一碗“白水青菜”汤,只是他不知道这简洁醇厚的滋味背后是妻子一整天的精心熬制。平静的生活被丈夫的出轨打破了,妻子没有绝望崩溃,只是调整了生活的重心和目标。婚外情的新鲜感过去后,丈夫重返家庭,却发现一切已经变了:汤不再是以前的汤,妻子也已重返职场。小说中的妻子一改“全职太太”给人的依附与弱势的印象,宣告了现代知识女性“家里家外”的独立、冷静与智慧,并且以“速度与激情”时代少有的从容与笃定、古典与优雅展示了自己别样的魅力。作者潘向黎(1966—　　),福建泉州人,幼时随家人移居上海。《白水青菜》是潘向黎的短篇小说代表作,其另有小说集《轻触微温》《我爱小丸子》,长篇小说《穿心莲》,散文随笔集《茶可道》《万念》《梅边消息:潘向黎读古诗》等作品多种。　（齐红）

《喊山》

中篇小说《喊山》发表于《人民

文学》2004 年第 11 期。单身男子韩冲在后山用雷管炸獾，误致外来户腊宏死亡。经村支书协调，韩冲需赔偿，并负责照顾腊宏妻子和儿女三人的生活。在韩冲的悉心照料中，腊宏妻子"哑女"对韩冲萌生了爱慕，同时，"哑女"不"哑"的真相也浮出水面。原来"哑女"曾是被拐卖的少女，是被逼装哑，而腊宏则是身负杀妻命案的逃犯。警察突然现身岸家坪，韩冲因心虚将自己误炸腊宏的事件和盘托出，因此被拘留。韩冲爹探监归来，告诉"哑女"韩冲要她说话。"哑女"开始说话，同时也恢复了本名红霞。小说以晋东南特色的语言以及北方乡村的风俗，展示出乡村生活残酷与拙朴、张扬与静默的真实质地，揭示出现代性阙如的文化空间中乡村女性身体与精神的双重权利被剥夺的生命悲剧，以及人性良知对生命沉疴的化解和对信仰的拯救。《喊山》获第四届鲁迅文学奖。作者葛水平（1965—　），山西沁水县人，山西省作家协会副主席。其还创作有中篇小说《甩鞭》《地气》，长篇小说《裸地》，散文集《河水带走两岸》等。　　　　　　　（金春平）

《明惠的圣诞》

短篇小说《明惠的圣诞》发表于《十月》2004 年第 6 期。乡村姑娘明惠高考落榜后，化名"圆圆"在城里一家洗浴中心从事灰色工作。后来她遇到了很有修养的文化人李羊群，李羊群给了她优渥的物质生活，也尊重她，但明惠总觉得生活中缺了什么。一个圣诞夜晚，李羊群和朋友们一些不经意的轻慢举动，终于让明惠彻底明白了自己的位置，午夜时分她悄然自杀了。李羊群整理遗物时才明白圆圆原来叫"明惠"，但他始终不明白她为何要自杀，因为他不明白"圆圆"的外表下掩盖的是一颗"明惠"的心，这颗心其实拥有和他自己以及他的朋友们一样的质地。小说叙事节制、不动声色，却不经意间质疑了一个著名命题："焦大不爱林妹妹"。并不是所有的焦大都不爱林妹妹，明惠就是一个渴望拥有和林妹妹一样的诗和远方的"焦大"。贵族精神并非只属于贵族阶层。小说在 2007 年获得第四届鲁迅文学奖。作者邵丽（1965—　），河南周口人，河南省作家协会副主席。其还著有《王跃进的生活质量问题》《刘万福案件》《城外的小秋》等作品。

　　　　　　　　　　（王宇）

《心爱的树》

中篇小说《心爱的树》发表于《北京文学》2006 年第 5 期。五四运动后，16 岁的女学生梅巧以能继续上学为条件，嫁给了长自己 30 多岁的大先生，而后生育了四个子女。大先生的学生席方平与梅巧情投意合、暗生情愫，二人私奔。抗战中，大先生拒做日伪县长，避乱中与乡野女子大萍结为夫妻。大女儿凌香以求学为名寻母。三年困难时期，凌香在父亲的默默支持下，不断接济梅巧。"文革"前大先生身患绝症，在凌香的安排下，大先生和梅巧在火车站重逢，往事随风而逝，二人心中弥漫的唯有温暖与恩情。小说在传统伦理与现代观念的潜在冲突的叙事中，以诗意唯美的语言、精致内敛的结构，展示出梅巧等对"个体现代性"的热烈向往，终究被大先生的温雅、至善、信诺、宽宥、仁爱、悲悯等儒士风范和君子人格所包容和蕴化，作品将高洁的人格视作现代性的蛊惑褪色之后的精神归宿。《心爱的树》获 2007 年第四届鲁迅文学奖。作者蒋韵（1954—　），河南开封人，山西省作家协会副主席。其还创作有《隐秘盛开》《行走的年代》《你好，安娜》等长篇小说。

（金春平）

《野草疯长》

短篇小说《野草疯长》发表于《作家》2007 年第 8 期。小说叙述者"我"是一名美容师，偶遇打工男松林，相互喜欢。同居中，"我"逐渐向松林倒叙自己的沧桑往事。"我"本是小镇姑娘，遇到见识广的有趣男人赵推销，便找理由离开了"肚里太没货"的老实人黑牛。"我"和赵推销不如意的婚姻因"我"生的是女孩而彻底破裂。"我"将过去坎坷的人生经历和已经怀上松林孩子的事实和盘托出，松林听后虽表示不介意"我"的过往经历，却突然消失，留下纸条说自己还没有做好结婚的思想准备。"我"回到母亲身边疗伤，并最终决定要找回自己被送走的女儿，做个负责任的母亲。《野草疯长》理解底层女性的爱情渴求，同情女性爱情受挫的精神伤痛，也赞赏女性要对孩子负责的人生态度。作品语言生动，体现了对底层打工女性的深切关怀。作者裘山山（1958—　），浙江省嵊州人，中国作家协会全委委员，曾任四川省作家协会副主席。其代表作还有小说《我在天堂等你》。

（姜晓寒）

《墙上的父亲》

中篇小说《墙上的父亲》发表于《钟山》2008 年第 1 期。父亲和长辫子的女人看完夜场电影后遭遇车祸，自此成为挂在墙上的照片。母女三人蜷居在 19 平方米的小单间里，与邻居共用污水横流的公共厨房和臭不可闻的公用厕所。母亲精明算计、苦苦经营，先后和三个男人保持暧昧关系从而获得生活便利，想尽办法维持三口之家。物质和父爱的缺乏给女儿的成长覆上了阴影，姐姐王薇欲以婚姻为跳板将一家人从苦海中打捞出来,妹妹则对食物充满了变态的热爱且有偷盗劣习。小说描写了母女三人16年来经受的生活磨难与煎熬,展示出她们为了寻求物质富足而不得不做出妥协与牺牲的矛盾心理。《墙上的父亲》是作者"无父"类家庭小说的代表作,作品揭示了女性物质贫乏与情感缺爱的生存困境与伦理挣扎,从人道主义价值立场表现出对女性的悲悯。作者鲁敏(1973—),江苏东台人,江苏省作家协会副主席。其还创作有长篇小说《六人晚餐》《奔月》,短篇小说《白围脖》《逝者的恩泽》《惹尘埃》等。

(王琛璠)

《最慢的是活着》

中篇小说《最慢的是活着》发表于《收获》2008年第3期。《最慢的是活着》从"我"出生写起,以奶奶去世作结。前半部透过一系列生活细节的描写,揭示出"我"与奶奶的矛盾与对立,二人之间横亘着时代的河流,似乎永远都无法抵达对方。及至借友人之口道出"她对待你的态度就是在对待她自己"后,叙述才急转直下:过往的隐秘逐渐浮现,奶奶古板、冷硬的外表下掩盖着同样鲜活、深刻的性别体验,这使得"我们"不仅走向了和解,更走向了认同;而其衰老与死亡的临近更驱使"我"回归生命本身来审视人类。

人性中恒常的一面成为渡河之舟,穿越时代的喧嚣,联结起了"我"与奶奶。作品将目光投向了女性群体的生命经验与代际传承,获得了一种女性"心灵小史"的意味。《最慢的是活着》曾于2010年获得第五届鲁迅文学奖。作者乔叶(1972—),原名李巧艳,河南省修武县人,河南省作家协会副主席。其代表作还有《认罪书》《我承认我最怕天黑》《打火机》《旦角》等小说。

(周文晓)

《1987年的浆水和酸菜》

短篇小说《1987年的浆水和酸菜》发表于《长江文艺》2014年第8期。小说以"我"这个孩童为叙述主体,从浆水和酸菜这两种家常食物临时短缺讲起,细细描写了奶奶如何挑拣菜叶、串起、晾干、卧浆水。在等待食物制备好的过程中,奶奶嘴硬心软、二奶奶来借浆水的懒惰以及爷爷一家之主说一不二的形象被娓娓道出。家长里短中透着的善良温情,与勤劳的妇女、快乐的儿童一起组成了1987年西部乡村的日常生活图景。小说用温情的笔调、质朴的笔触写出了西部乡村生活艰苦中的温暖与珍贵,关注到西部乡村女性的生存状况:她们善良忍让,是维持正常生活秩序不可或缺的人物,却像浆水一样朴素不起眼,很容易被忽略。小说《1987年的浆水和酸菜》曾获得第七届鲁迅文学奖。作者马金莲（1982—　），回族，宁夏西吉县人。其小说创作多以女性视角出发，书写西海固的风土人情与乡村生活琐事。她还创作有中篇小说《长河》《父亲的雪》《碎媳妇》，长篇小说《马兰花开》等。　　　　（崔琦）

《松林夜宴图》

中篇小说《松林夜宴图》发表于《收获》2017 年第 4 期，2018 年获第五届郁达夫小说奖提名奖。晚年的外公对美食的饕餮之欲正是他被错划为右派后关于饥饿的身体记忆的投射，"我"则在大学毕业被分配回闭塞的小县城后经历了爱情和艺术理想的双重破灭，在宋庄做流浪画家。两代人的命运在"我"收到外公遗作《松林夜宴图》后产生共鸣，不论是子一代面对市场经济和金钱的困惑，还是父辈被迫卷入历史的困顿，都在不同境况中面临相通的精神疑难和理想危机。小说通过观照两代人的精神世界，回溯当代人背负的历史债务。作者孙频（1983—　），山西交城人。其前期的中、短篇小说多书写社会转型期"不合时宜者"的精神谱系和底层生存困境，尤以刻画边缘化女性群体的心理见长，具有显著的地方性。《松林夜宴图》是作者转型的代表作，此后她的创作都沿着该小说的脉络有意识地将个人命运放置在时代和历史的隐秘夹缝中加以探索，其代表作还有中篇小说《鲛在水中央》《我们骑鲸而去》，小说集《疼》《盐》《裂》等。　（马婧）

《梧桐》

小说集《梧桐》由太白文艺出版社 2017 年出版。小说《梧桐》描述了一对城市母女琐碎的亲情纠葛。自父亲去世后，女儿惠真一直希望母亲玉莲能重获幸福，她通过直呼母亲名字的方式帮助她摆脱他人之妻的身份，重新找回自我。但在玉莲与退休教授朴永浩相恋后，惠真又开始为即将失去老家与母亲而悲痛，为母亲的未来而担忧。母女二人因此爆发矛盾，最终以母亲与恋人"私奔"、女儿主动解开心结并向母亲赠予婚纱告终。虽然争执得以解决，但玉莲与朴永浩的恋情却因二人旅行过程中的不合而无疾而终。小说以梧桐树下的古旧院落构建出人物的生活场域，充满了古典之美。在《梧桐》中，世俗的亲情与爱情都并非纯粹无瑕，而是暗含着猜疑、龃龉与现实的无奈，但在无数细小的情感波动与人生波折中，生命之美亦由此萌发。小说发掘捕捉了女性细腻的感情世界，并对日常生活进行了艺术性呈现。作者金仁顺（1970—　），吉林白山人，朝鲜族，毕业于吉林艺术学院戏剧系。其还著有中篇小说《爱情

冷气流》,散文《仿佛一场白日梦》,影视作品《绿茶》等。　　　　（高心悦）

（三）诗　歌

《给他》

组诗《给他》(11首)创作于20世纪50年代,发表于《诗刊》1980年第1期。诗作采用西方十四行诗的形式,透过热恋少女的内心独白,大胆袒露出对爱情的渴望与礼赞。抒情的女性主人公褪去时代的政治色彩,从自我的生命体验出发,勇敢表达对异地情郎的爱恋,从而展现出青春的激情与活力。诗人借助大量新颖独到的意象群落,如《只要你要》中的"手臂""嘴唇""常春藤""百合花"等,营造出至真至纯的甜蜜诗境。诗作中对男女双方两情相悦的期盼,以及身心合一的渴求,突破了对传统女性观念的束缚,彰显出独立自信的女性精神。组诗《给他》构建了一个私人化、理想化的爱情世界,在20世纪80年代发出肯定女性欲望与世俗情感的有力呼唤,由此超越了时代局限,获得浓郁的现代气息。组诗《给他》曾获得1979—1980年全国中青年诗人优秀诗作奖,为作者带来"中国的白朗宁夫人"的美誉。作者林子(1935—　　),本名赵秉筠,江苏泰兴人。其代表作还有诗歌《唱给母亲的歌》《在思索中》,散文《摇篮曲》《眼睛》等。　　（卢军霞）

《双桅船》

诗集《双桅船》由上海文艺出版社于1982年2月出版,曾获中国作家协会颁发的全国首届新诗优秀诗集奖。该诗集共收入《致橡树》《祖国呵,我亲爱的祖国》《双桅船》《献给我的同代人》《这也是一切》等47首诗作。这些诗作既有作者对国家、民族、时代等宏大主题的个人化表达,也有关于爱情、亲情、自我、生命等主题的独特抒写,都体现出一种较为自觉和鲜明的现代女性意识。从抒情方式和艺术风格看,《双桅船》中的诗作一方面借鉴了19世纪浪漫主义诗歌的表现手法,另一方面又受何其芳、蔡其矫等中国现代诗人的启发,二者相互融合,在诗歌语言、形式、情境等层面生成一种突出的艺术个性。总体而言,这些诗作艺术质量较为整齐,既有女性作者特有的细腻情思和鲜活想象,也有介入现实和反思当下的思想锋芒。它们不仅展示了作者诗歌写作的实力,也为当时的朦胧诗写作实践提供了一种有力的文本支持,进而丰富了当代汉语诗歌的艺术探索。作者舒婷(1952—　　),本名龚舒婷,福建泉州人,厦门市文联主席。《双桅船》是舒婷的第一部个人诗集,此外,她还著有《会唱歌的鸢尾花》《始祖鸟》等诗集以及《心烟》《真水无香》等散文集。

（伍明春）

《黑色沙漠》

《黑色沙漠》组诗创作于 1985 年,1986 年 6 月起陆续在《现代诗报》《诗歌报》和《深圳青年报》发表。包括序诗在内,组诗共 12 首,全部以"黑色"作为命名的关键词:《黑色沼泽》《黑色眼泪》《黑色犹豫》《黑色沙漠》《黑色睡裙》…… 在"黑色"的掩护与遮蔽之下,作者关于女性生命欲望的书写获得了更轻松的姿态:黄昏将尽,黑夜到来,洞穴里的蝙蝠盘旋于拱壁,翅膀扇动的欲望是"无边无际的漆黑",这样的时刻完全可以"约一个男人来吹牛",或者"找一个男人来折磨"……这些基于女性视角的反叛与宣泄带有游戏姿态和亵渎意味,但性别隐痛与生存困境并未消失。正是在每个人"都像上帝一样主宰我"的暗黑历史之后,诗歌借另一种"暗黑"进行了反击,"魔力的施展永远借助于夜的施展"——《黑色沙漠》组诗的独特与锋利正在于此。作者唐亚平(1962—),四川通江人,贵州电视台高级编辑。其代表诗集还有《荒蛮月亮》《月亮的表情》《唐亚平诗集》等。

（齐红）

《诗人之恋》

诗集《诗人之恋》由广州花城出版社于 1986 年出版,共包含诗歌 50 首,分为"妙龄时光""紫色的窗户""永恒的纪念""故乡 旅伴 思絮"四个部分,代表篇目有《初恋》《"大女"的心律》等。在《诗人之恋》中罕有女性大胆的自白或对躯体经验的袒露,而是多以朴素的笔调与梦幻的深情书写女性爱的话语。同时,作者亦深感女性之困,在爱情幻想与冷酷现实的两难间,往往生发出带有宿命悲哀的慨叹。但是,这些诗也表现出坚守自我、超越困境的一面。如在《老处女》中,借男性话语定义的贬义词"老处女"表达女性在困囿中的追求与执着;在《高原上的向日葵》中,以超越性别特征的抒情体验书写人的价值。从短诗精心打磨的结构,到长诗肆意挥洒的想象,诗集的创作实现了突破女性困境的飞渡。作者张烨(1948—),笔名一梦,上海人。其代表作还有诗集《彩色世界》《绿色皇冠》,散文集《孤独是一支天籁》等。

（高心悦）

《独身女人的卧室》

《独身女人的卧室》组诗发表于《人民文学》1987 年第 1、2 期合刊,包括《镜子的魔术》《土耳其浴室》《窗帘的秘密》等在内的 14 首诗,表现空间都是"卧室",场景分别有"暴雨之夜""星期日""小小聚会"等,穿行其间的女性主人公气场强大,她寂寞孤独却又高傲自信,情感方面绝不苟且,她宣称自己"不能属于任何人",而是"一个自由运动的独立的单子","一个具有创造力的精神的实体",她追求并坚持个体的自由,即使是"众多的目光如刺我鲜血淋漓"。诗歌直率、坦荡,直击女性物质与精神双重"被围困"的现实,表达了女性对自由的强烈渴望。《独身女人的卧室》中的意向极具冲击性,每一节都以"你不来与我同居"作为收束,使得组诗成为20世纪80年代女性主义诗歌的标志性宣言。作者伊蕾(1951—2018),原名孙桂珍、孙桂贞,生于天津。其还著有诗集《女性年龄》《叛逆的手》《伊蕾爱情诗》等。 　　　　　　　(齐红)

《女人》(组诗)

　　组诗《女人》写于1987—1988年,《人民文学》1988年第2期发表了其中的11首。诗中的"女人"形象笼统,面容模糊,神色迷离,但情绪浓烈绵密,表现出强烈的倾诉欲望,诗歌将女人的身心动荡、忧思迷惘传达得细微、幽深。因此,《女人》组诗更像是女性群体(而非个人)发出的"生命的呓语":嘈杂、神秘、歧义横生,却又在真切与亲切处引发共鸣。作者海男

(1962—　　),原名苏丽华,生于云南省永胜县,现居昆明。海男介入了多种艺术体裁的创作——诗歌、散文、小说、绘画,但她不止一次地强调自己对诗歌及语言本身的迷恋。某种意义上来说,《女人》组诗的写作目的不是"经验"本身,而是探索与实验,是海男以"语词"建构个体与世界关系的一个开始——换句话说,海男乐于在女性的身体经验中重组话语,找寻自己与周遭发生关联的蛛丝马迹,并由此确证一种存在感。 　　　(齐红)

《女人》

　　诗集《女人》1988年3月由漓江出版社出版,收录的诗歌分为"女人"和"短诗选"两部分。"女人"曾于1986年以组诗形式发表于《诗刊》和《诗歌报》,一度惊艳了20世纪80年代的诗坛。诗集中站立着一个焦灼、热情又多心灵疼痛的女性主人公,她要探问并参透关于女性生命的种种,却又常常止步于这一性别群体经由文化形塑后的矛盾与神秘。她追问"怎样的喧嚣堆积成我的身体?"(《渴望》)最终又自信而笃定地认同这种复杂与神秘本身:"我,一个狂想,充满深渊的魅力……"(《独白》)女性独特的生命经验和诗歌奇诡的语词共同构成了极其个性化的艺术文本。作者翟永明(1955—　　),四川成都人,

1981年开始发表诗歌作品,1998年于成都开设"白夜"酒吧文化沙龙,策划举办了一系列文学、艺术、影像活动。诗集《女人》是翟永明诗歌最具代表性的一部作品,此外,翟永明还有诗集《在一切玫瑰之上》《终于使我周转不灵》,散文随笔集《纸上建筑》《白夜谭》等作品数种。 （齐红）

《心象》

诗选集《心象》由人民文学出版社于1991年2月出版。这部诗选分为"心象""短诗(1980—1988)""选自《寻觅集》及其他""选自《诗集(1942—1947)》"四辑,共收入诗作105首,涵盖了作者从20世纪40年代到80年代创作的作品。其中《心象组诗》《金黄的稻束》等作品是作者的诗歌代表作。不论是早期作品,还是中后期作品,都呈现出一个鲜明的特点,即通过对日常人事或物象的诗意化处理,使之内化为一种具有哲思意味的"心象"。作者通过刻画"门""雄狮""黑的树林""云""那个字""无声的话""听不见的琴弦""看不见的鲸鱼"等一系列似是而非、似非而是的诗歌形象,向我们展示了爱情、欲望、时空、记忆等投向"心象"的或轻或重、或明或暗的面影,从而使这些难以驾驭的复杂主题得到一种细致的、落到实处的表达。作者郑敏(1920—

2022),福建闽侯人,其还著有诗集《诗集(1942—1947)》《寻觅集》以及诗论集《诗与哲学是近邻》等。

（伍明春）

《山鬼故家》

诗集《山鬼故家》由人民文学出版社1997年出版。该诗集分为上下两卷,分别为《不要玫瑰》和《野土》,共收入62首诗作。其中《不要玫瑰》《寂静何其深沉》《山鬼故家》《野土九章》是灰娃的代表性作品。这部诗集所收录作品的艺术水准较为齐整,其抒写主题主要呈现为抒情主体指向内心的一种自我对话。这种对话一方面为曾遭受严重精神疾患的作者提供了一条自我治疗的有效途径,另一方面也隐约构成对那个非人时代的一种否定。诗歌语言典雅而不失轻盈,意象的选择和经营颇具匠心,形式的实践丰富多元,体现了一位具有自觉探索意识的诗人在诗艺各个层面的追求和作为。诗歌紧贴坚实的大地,追问身体和精神的双重疼痛,逼视时代和人性的茫茫黑夜,具有一种鲜明的废墟意识和深渊意识,流露出某种通灵者的独特气质。作者灰娃(1927—),原名理召,陕西临潼人。《山鬼故家》是其第二部诗集,其还著有诗集《野土》《灰娃的诗》以及自传《我额头青枝绿叶》等。

（伍明春）

《我的纸里包着我的火》

诗集《我的纸里包着我的火》由沈阳春风文艺出版社于1997年出版，收录了作者1980—1996年的诗作，其名称出自诗作《白纸的内部》最后一句。这首诗中，抒情主体一开始呈现为"心平气坦"的家常状态："一日三餐/理着温顺的菜心"，而后以"米饭的香气走在家里/只有我试到了/那香里面的险峻不定"揭开生活的真相，并以"我的纸里/永远包藏着我的火"宣喻了主体不驯从的态度。王小妮擅长在短诗中把握瞬间感受，善于从平凡生活中，提取到既是个人体验又是普遍道理的东西，较之典型的"女性经验"而言更为开阔，这在《等巴士的人们》《一块布的背叛》等诗中均有体现。王小妮诗歌的阶段性变化并不明显，且疏离于当代汉语诗歌风格变迁的潮流。王小妮（1955—　　），吉林长春人，1985年以来长居深圳和海南。王小妮自1988年自印诗集《我悠悠的世界》开始，就确立了相对成熟的个人风格，即通过"我"与周围日常物象的直接触碰、对话和变形，来表达对人世的洞悉和潜隐的批判。除诗歌之外，王小妮亦创作有小说《1966年》，随笔集《上课记》等。　　（李倩冉）

《出梅入夏》

诗集《出梅入夏》由胡亮编选，由北岳文艺出版社于2015年出版，收录了陆忆敏1981—2010年的诗作和6篇对其诗歌的评论文章。作品语言含蓄幽婉，但对于女性存在、人生的态度却坚定果决。《对了，吉特力治》中，以欧文·斯通《马背上的水手》里的吉特力治小姐为灵感，指出环绕于尘世的各种教条和藩篱；《美国妇女杂志》中又明白地宣告"我站在你跟前/已洗手不干"。20世纪80年代中期的诗集思考了"死亡"议题，相比于翟永明等人在死亡书写中携带的尖锐和暴烈，作者对死亡的体认更为坦然随和，比如"可以死去就死去，一如/可以成功就成功"（《可以死去就死去》），"死亡肯定是一种食品/球形糖果圆满而幸福"（《死亡是一种球形糖果》），"我不再醒来，如你所见、温柔地死在本城"（《温柔地死在本城》），"她的尸体以及灵魂/都是沿街出售的紫色浆果"（《Sylvia Plath》）等。此外，诗中自我与世界的距离、语言的音乐性也值得关注。作者陆忆敏（1962—　　），上海人。陆忆敏创作期不长，重要作品多写于20世纪80年代。（李倩冉）

（四）散文·纪实文学

《一只木屐》

散文《一只木屐》发表于《上海文学》1962年7月号。作者冰心（1900—

1999),原名谢婉莹,福建长乐人,长居北京。1951年8月,冰心及家人从日本返回祖国。在日本横滨码头,夜色苍茫下,冰心倚伏在船栏上,看到离船不远的水面上漂着一只被海水泡成黑褐色的木屐,这掀起了冰心阵阵思绪。她想起过去几年居留在日本的生活,想起初到日本时空虚、沉重的长夜,想起在每一个不眠的夜晚听到的咯噔咯噔的木屐声。这木屐声,不像从前听过的引人憎恨的日本军靴声,也不像日本官员、绅士的皮鞋声,而是悲哀憔悴的、痛苦愤怒的、忧郁彷徨的、奋战斗争在苦难生活中的日本劳动人民清空又坚实的脚步声。这木屐声,让冰心感到踏实,燃起对未来的希望。冰心用"木屐"象征日本劳动人民,赞颂了他们在苦难中的坚强性格和不屈精神,抒发了对日本劳动人民的热爱和崇敬,表达了为中日友好事业奋斗的志向。此外,冰心1949年以来的代表作还有散文《樱花赞》《我请求》,小说《陶奇的暑期日记》等。　　（刘嵘）

《干校六记》

散文集《干校六记》发表于1981年,由生活·读书·新知三联书店出版。杨绛的这部散文集仿《浮生六记》的体例,分为《下放记别》《凿井记劳》《学圃记闲》《"小趋"记情》《冒险记幸》《误传记妄》六篇,记述了杨绛

和丈夫钱锺书在河南息县明港干校期间的生活。杨绛这部作品作为"大故事的小穿插",所记皆从衣食住行、夫妻之情、朋友之谊出发,语言时有微讽,整体风格含蓄节制,常能在不动声色的叙述中表达作者对荒诞时代的批判和对知识分子悲剧的同情。由于独特的语言风格和美学境界,《干校六记》被认为不仅接续了中国传统散文的文脉,还开启了新时期散文文类觉醒的先河,可以说是"中国当代散文史真正美学意义的开端"(范培松语)。《干校六记》曾于1989年获全国优秀散文(集)奖。　　（陈浩文）

《女孩子的花》

散文《女孩子的花》发表于《福建文学》1986年第7期。传说水仙花的两种花由一对夫妻化成,男名"金盏",女名"百叶"。"我"在种下水仙后,暗暗以花开的种类占卜自己未来孩子的性别。因痛惜女性在情感与社会现实中遭受的苦难,"我"希望能诞下男孩。但事与愿违,水仙最终开出"女孩子的花",并在梦境与现实中均以决然如刀的姿态自焚而死,"我"亦因此醒悟:怜惜女子命运、不愿其诞生也是一种"伤害女孩子的事"。《女孩子的花》展现出浓厚的女性意识,以"百叶"般沉默颔首的姿态对女性在男权世界所受的磨难进行了温和的抗辩,

同时传达出对爱情的肯定、对理想男性的期许以及对女性柔情之美的欣赏。散文以细腻的笔调书写女性的内心世界,通过传说、梦境渲染,以真幻交织的形式铺陈叙事。结尾戛然而止,以充满忧伤的余韵展现出深切反思。作者唐敏(1954—),原名齐红,原籍山东,生于上海,1959年随父母迁居福州。其代表作还有散文《怀念黄昏》《心中的大自然》等。 (高心悦)

《月亮·生命·创造》

散文集《月亮·生命·创造》1993年由北京十月文艺出版社出版,收录了《今夜,我是你的新娘》《创造系列》《不要碰我》等作品多篇。作者崇尚"创造",她敏锐地把女性从初潮、交媾、生育的个体生命体验,上升为自我创造的精神层面,显示出强烈的现代女性意识与生命意识。具有象征意味的诗化语言展示了文本的美感,而独特的"月亮"意象以及神秘的"巫性思维"则构筑了散文的灵魂。其中,《创造系列》挑战了传统散文的禁区,传达了生命创造之美。《我不能没有月亮》则描述了退缩与自我封闭,充斥着抗争与宿命的矛盾,造就了散文透脊入髓的孤独气质。作者叶梦(1950—),湖南益阳人,湖南省作家协会名誉主席,曾获得首届中国当代女性文学创作奖。其散文创作开掘自我性灵,抒写内宇宙与个人生命体验,具有强烈的探索精神与先锋意识。此外,叶梦的代表作还有散文集《灵魂的劫数》《遍地巫风》等。

(刘春勇 黎晶)

《走过西藏》

《走过西藏》系列散文是描写藏族地区人民的生存状态与精神世界的长篇纪实性散文,囊括了《藏北游历》《西行阿里》《灵魂像风》等作品的采写内容,1994年结集并由作家出版社出版。《走过西藏》融入了作者大量真实的生活经历与发现,视野宏阔、情感真挚、语言优美而有力度,全景式地记录了西藏的雪山、庙宇,严酷的自然环境,苍凉而不乏神秘色彩的历史和传说,在浓厚的宗教气氛之余彰显了藏族人民坚韧、刚强、质朴、奋斗不止的精神,以及别具特色的人生情态。《走过西藏》系列散文具有强烈的西部地域色彩和独特的人文情怀,作者在关注西藏自然、人文景观的同时,倾注了女性细腻而敏感的情感,因而书写出深刻的生命感悟。该部散文为西部文学乃至整个新时期的中国文学增添了新鲜的元素和意义。作者马丽华(1953—),生于山东济南,1976年进入西藏,曾任《西藏文学》编辑。其还创作有报告文学《青藏苍茫》,散文集《终极风景》《苦难旅程》,诗集

《我的太阳》,长篇小说《如意高地》等作品。

(郭聪)

《桃花烧》

散文《桃花烧》发表于《散文》杂志 2006 年第 1 期,写一个成长期的少女,爱上了一个处在人生秋季、宠辱不惊的中年人,少女爱得如痴如狂,而中年人却漫不经心。这种不对等的爱使少女极其痛苦。文中的女人最终回归母性,并从母性中找到了自我人生价值的支撑点,这是女性情欲无可奈何的出路。作品表达了对女性情欲出路的悲观及绝望,暗示在无法实现男女平等的文化语境里,女性情欲的满足只能是一种奢望。作者周晓枫(1969—),北京人,长期担任文学刊物编辑。她的散文以耳目一新的意象、出人意料的修辞语言,书写女性成长的疼痛,直面女性隐秘的伤口和欲望。其散文代表作还有《你的身体是个仙境》《巨鲸歌唱》《幻兽之吻》等。其中《你的身体是个仙境》着重探讨了女性与生俱来的那些生物特性——月经、乳房、生育等给女性带来的各种心理创伤。

(刘永丽)

《中国在梁庄》

长篇非虚构文学作品《中国在梁庄》原名《梁庄》,发表于《人民文学》2010 年第 9 期。作者在对梁庄人进行实地采访之后,采用口述实录、访谈、资料收集、现场调查等社会学方式,记录了故乡梁庄在近 30 年来城市化进程中发生的变化:环境污染、农民工进城、夫妻分离、医疗养老、留守儿童、性的问题等。这一系列问题无不直击着农民最深切的痛苦。《中国在梁庄》凝结着作者作为"梁庄女儿"的回忆和忧思,同时又将女作家的书写扩展和深化为公共性的表达,通过理性而扎实的思考展现着以"中原"为代表的"乡土中国"的当代景观。这是一段追忆和实录,也是一份抵抗遗忘的"证词"。《中国在梁庄》获得"2010 年度人民文学奖""《亚洲周刊》2010 年度非虚构类十大好书""第七届文津图书奖"等奖项。"梁庄系列"还包括长篇非虚构文学作品《出梁庄记》和《梁庄十年》。作者梁鸿(1973—),河南邓州人,中国人民大学教授。其代表作还有长篇小说《神圣家族》《四象》等。

(曹霞)

《遥远的向日葵地》

散文集《遥远的向日葵地》于 2017 年由花城出版社出版。这部作品是作者关于新疆边地生活的又一次书写,也是她关于自然与人、生存与死亡的再思考。"我妈妈"在乌伦古河南岸种下了 90 多亩的向日葵地,如大部分耕种者一样,她试图在荒凉又广袤的土地上播种丰收和希望,但天灾、地贫、病虫害,再加上鹅喉羚的啃食,向日葵几乎颗粒无收。"我"是这种生活的当事人,又是一个可以随时逃离的"观察者",只是在一次次离开之后,"我"仍然愿意重返葵花之地——它荒凉、空旷,却也安全、阔大,蕴含生机。万物有灵,生息与共,于贫瘠中发现丰富的诗意,在卑微处看见明亮与高贵,作者的生态伦理观和写作艺术在这部散文中得到了充分的体现。《遥远的向日葵地》曾获第七届鲁迅文学奖散文杂文奖。作者李娟(1979—),籍贯四川乐至,生于新疆生产建设兵团。其散文代表作还有《阿勒泰的角落》《我的阿勒泰》《走夜路请放声歌唱》《羊道》等。 (齐红)

《协和大院》

纪实文学《协和大院》2019 年 12 月由人民文学出版社出版。本书以协和大院所在的北京外交部街 59 号院为聚焦点,从个人视角展开记述和议论,亲身见闻与史料文献交相映衬。前 6 章着力钩沉协和大院百年历史变迁,之后 12 章转为人物志与风物志,对协和大院众多名医和干部的事业成就、时代遭逢以及他们后辈子弟的成长经历,给予了列传或拼图式的呈现。协和大院标志性建筑群今昔景观的对

比描写和感触省思,贯穿始终,各章所述人事统摄于一个稀有而自足的城市空间聚落,尽显作者直面现实的忧患情怀和批判意识。作者韩小蕙(1954—),籍贯河北抚宁,生于北京,光明日报社高级编辑。其代表作还有《悠悠心会》《有话对你说》《欢喜佛境界》等散文集。 (李林荣)

(五)戏 剧

《田姐与庄周》

川剧《田姐与庄周》原创于 1984 年,源于《大劈棺》庄周试妻的故事,女剧作家把现代意识注入旧戏,使之成为一出探索新戏。女主人公原是一位"谨守纲常顺人事"的妇人,每日里伺候修道的丈夫庄周。这种平静的生活,因翩翩佳公子楚王孙到来,两人同行看庙会而发生改变;被吹皱一池春水的田姐,生出"神女楚襄会巫山"之意。修道完毕的庄周在郊野路遇扇坟少妇,心生悲悯,为其作法弄干坟茔。庄周感慨之余,不免对美貌妻子的忠心生出怀疑。他假死,变身为楚王孙,试探妻子真情。经不起假冒的楚王孙的情爱引诱,田姐陷入痛苦挣扎,手执利斧,劈棺取脑。得知自己被戏弄之后,田姐上吊而亡。此剧在现实与幻象交织变换之中,用意识流手法表现了女主人公激烈的内心冲突,追求抽

象的哲理思辨所带来的人生启迪。作者徐棻(1933—　)，生于重庆。1949年进入解放军文工团，1961年入职成都市川剧院，成为川剧史上第一位女编剧，曾荣获全国优秀剧本奖、曹禺戏剧文学奖等。其川剧代表作还有《燕燕》《马克白夫人》《欲海狂潮》《死水微澜》《目连之母》《尘埃落定》等。

（苏琼）

《搭积木》

无场次话剧《搭积木》发表于《剧本》1988年第6期。此剧的舞台时空有较大随意性，角色只有两组三口之家："她""他"和11岁儿子"毛毛"，"松松妈""松松爸"和儿子"松松"。夫妻之间的日常争吵构成主要情节。没有"第三者"，两个好人"她"和"他"就是无法在一个空间里和睦相处，家已成为禁锢个体的因牢。两人之间的关系危机，带给孩子的是如同搭积木般建立起来的易碎家庭，样子漂亮却不堪一击；然而两人的表面却是平静的，吃饭睡觉、上班下班，平凡无奇，司空见惯。戏剧的张力于此产生。这是一出典型的写实主义戏剧，从女性视角出发，描写婚姻中两性的共同处境。作者沈虹光(1948—　)，生于江苏南通，曾是湖北省话剧团演员、编剧，曾任湖北省文联主席，曾获中国文联"德艺双馨"艺术家称号、

"文化部优秀话剧艺术工作者"荣誉称号。其创作的优秀剧目还有话剧《寻找山泉》《同船过渡》《幸福的日子》《临时病房》《我的父母之乡》等。

（苏琼）

《芸香》

实验话剧《芸香》1989年首演，获上海文化艺术节优秀成果奖；此后英文版 Ye-Zi(《叶子》)在美国圣路易上演，引发轰动。《芸香》讲述了一个耸人听闻的故事：一个种了一屋子芸香的老太太，用斧头砍死了不忠的丈夫。表面上，此戏诡异、浪漫，带有暴力、情色成分；实则，它是剧作者对誓言、时间与爱切身体验的寓言式表达，可称为"女性境遇剧"。女人叶子、男人阿果代表恋爱中的青年男女，葛老太是老去了的叶子，"瞎眼"则是一个隐喻。当叶子坠入爱河、相信他爱的誓言时，她成了色盲；当她嫁给他时，眼睛彻底瞎了；当她砍死不忠的他时，眼睛奇迹般复明。爱是盲目的，轻信诺言的女人如同盲人；只有与心爱者分手，才能看清真相。《芸香》运用人的各种感官推动剧情发展，其引发的共鸣融入了女剧作者深入骨髓的体验与思考。作者徐频莉(1953—　)，生于上海，当过云南知青、上海戏剧学院教师。其代表性剧作还有独幕剧《夜深沉》《老林》，话剧《血亲》，以及中国

首部 3D 全息多媒体话剧《上海往事——阮玲玉》。　　　　（苏琼）

《德龄与慈禧》

话剧《德龄与慈禧》1998 年 11 月首演，表现了西洋文化与中国传统文化的冲撞、对抗与交融。清光绪三十一年（1905），古老的东方帝国处于内忧外患、风雨飘摇之中，是奋起变革旧制度，还是固守陈规腐套，宫廷内部分成两派：以太后慈禧和皇后隆裕为首的保守派势力强大，以光绪皇帝为首的革新派势单力薄。残酷的政治对决，被冒失而天真开朗的少女德龄改变。这位在西洋长大的外交官之女，18 岁入清宫当慈禧的侍女兼翻译官。她把西洋生活方式带进宫廷，为慈禧打开了国际视野，改变了她的政治理念。剧终之时，慈禧批复了变法奏章，令德龄出宫跟她的爸爸裕庚出使西洋，考察君主立宪，制定新法，改行新政。此剧将女性塑造成历史主体，剧中人物个性鲜明，达到了历史与艺术、虚构与真实的统一。作者何冀平（1951—　），生于北京，祖籍广西，曾任北京人民艺术剧院编剧，1997 年加入香港话剧团，曾获中国首届"文华"奖、中国曹禺戏剧文学奖等多项奖励。其代表性话剧作品还有《天下第一楼》《烟雨红船》《明月何曾是两乡》《甲子园》等。　　　　（苏琼）

《生死场》

话剧《生死场》改编自萧红同名小说，此剧重构了人物关系与情节，小说"散漫的素描"被凝练成一个个具有戏剧冲突的紧张事件的集合，通过赵三—王婆、二里半—麻婆、成业—金枝两个家庭三组男女的故事，呈现了 20 世纪 30 年代初生活在哈尔滨附近一个村庄里的东北农民悲惨的生存状态。剧本以"生的愚昧"开端，以"死的重生"结束，凝练了小说含糊多义的主题，把全体村民引到抗日主线上；改变了小说原著散文化的语言风格，台词粗野直白，干脆利落；营造出富于质感的乡土气息与地域特征。舞台表现追求朴素粗犷且有力度的造型特征，放大了贫穷农民对生与死司空见惯的冷漠麻木，形成强烈的视觉冲击与精神震撼。小说附着在愚昧农民身上的对女性的残忍与罪恶，被国家民族大义荡涤干净。作者田沁鑫（1968—　），生于北京，著名编剧、导演，中国国家话剧院院长，20 世纪 90 年代末以来最具影响力的女性戏剧人之一，曾获中国曹禺戏剧文学奖、文化部的"文华"编剧奖和导演奖等。其主要话剧作品还有《狂飙》《赵氏孤儿》《红玫瑰与白玫瑰》《四世同堂》《青蛇》《北京法源寺》等。　　　　（苏琼）

专题史料与研究

第一辑
基本概念及相关问题探讨

导语

本辑分四部分,每部分以选文发表时间为序。

第一部分选入吴黛英、李小江、王侃等关于"女性/妇女文学"的论述,张抗抗的著名演讲《我们需要两个世界》,陈惠芬对女性文学的思考《找回失落的那半:"认识你自己"》。有关概念阐释中,朱虹、刘思谦强调其"主体性"和"历史性与现代性内涵",李玲对"女性文学主体性"作了专论,孙绍先、金文野对"女性文学"与"女性主义文学"作了辨析。

第二部分选入王安忆、铁凝、张抗抗、戴锦华等部分女性作家、批评家和研究者对"女性写作"的感悟和体会,以及对"女作家的自我""一间自己的房间""个人化写作"等问题的探寻。

第三部分是林树明对当代我国女权主义文学批评的评介,刘慧英将"女权/女性主义"作为"重估现代性的基本视角"的理论见解,张岩冰、陈志红、王春荣、屈雅君、贺桂梅、林丹娅、荒林、王宇、郭冰茹、刘钊等关于女性/女权主义文学理论、中国女性主义文学批评与本土化等问题的论述。

第四部分呈现了陈染、降红燕对"超性别意识"的思考,林树明关于"性别诗学"的构想和王艳峰等对"性别诗学"兴起原因与存在问题的关注。

新时期以来,中国女性文学研究与批评总体上呈现为一种动态、开放,在争议与反思中稳步行进的态势。

一、女性/妇女文学、女性主义文学

新时期"女性文学"漫谈

吴黛英

　　不管人们承认与否,近几年来在中国的文坛上,一个前所未有、人数众多的女作家群已经形成,它恰如异军突起,大有与男作家并驾齐驱的势头。从女作家的创作情况来看,比较复杂。因为出身、经历、年龄、职业、性格、情趣等主客观条件的差异,她们的作品也是千姿百态、各有千秋。但由于共同的女性生活经验,又使她们的作品在观察和反映生活方面在不同程度上显示出与男性作家不同的特点。这些女作家的作品,尽管称不上流派,也很难归入一个文学品种,但作为一种客观存在的实体,在当代文学领域,仍然具有独特的价值。所以有的评论家称之为"女性文学"(或"妇女文学")。这种提法,在国外实际上早已有之,但含义却不尽相同。有广义的,泛指一切女作家的作品;也有狭义的,专指那些从妇女的切身体验去描写妇女生活的作品。这说明了,女性作家的共同特点已几乎消除了国家的界限,成为一种世界性的文学现象。

　　我国的女性文学出现较晚,与之相联系的文学批评也刚刚在初创阶段,有许多问题还有待于在发展中研究。

题解　本文原载《当代文艺思潮》1983 年第 4 期。在当代中国内地文坛,将"女性文学"作为一种学术现象进行专门探讨,始于吴黛英此文。作者有感于新时期"一个前所未有、人数众多的女作家群"的崛起,有感于她们在观察和反映生活方面显示出与男作家不同的特点,因此沿用国内外已有的提法,发表了《新时期"女性文学"漫谈》。文章分析了"女性文学"繁荣的社会条件和文学自身发展的因素,认为新时期"女性文学"充分体现了女性的心灵之美和文学之美,具有独特的美学价值。该文发表后引起关注,"女性文学"成了学界持续探讨、争议的一个话题。后来,作者又发表了数篇有关女性文学的论文。

一

我国新时期"女性文学"的崛起,是一个复杂的历史现象和文学现象,它是多重因素作用的结果。它的兴起,固然可以用新中国妇女地位的改善、文化程度的提高得到某种解释,但这一说法并不能成为以往二十多年女作家寥若晨星这一现象的注脚。显然,真正的决定因素在生活的深层而不在表面。

有的评论者把目光转向了"十年动乱",指出,正是深重的民族苦难,把许多人"推向了社会底层,推向了社会斗争的漩涡",而这些苦难"在柔弱敏感的女性心灵中,也许会发生更强烈的反响"①。这一说法显然已经开始接触问题的实质,找到了新时期文学繁荣的社会原因,但它仍然没有区分出"女性文学"兴起的特殊条件。

如果不是对妇女抱有偏见,如果对于妇女的命运还表示关心和同情的话,那么,任何一个人都不能否认这样一个事实:正是妇女身受的苦难和妇女的新觉醒,直接促成了新时期"女性文学"的繁荣。

一九一九年的"五四"运动,曾一度猛烈冲击了封建的传统观念,为中国妇女的解放带来了福音。然而当时觉醒者太少,要以她们的微薄之力去解放那还在苦难的深渊里挣扎的不觉悟的姐妹,也只能是幻想。后来,在中国共产党的指引下,广大妇女虽也跟随男子走上了解放的道路,但多半也是出于自发的反抗,对于妇女自身的命运没有明确的自觉意识。正如青年女作家航鹰在小说《前妻》中感慨的那样:"几千年封建文明的堆积层实在是太厚太厚了,'五四'以来几十年的开垦,实在是太短太短了……"建国以来,虽然在我们的宪法上明文规定着男女公民在政治、经济等方面的平等权利,但这种法律上的平等,由于我国长期以来法制的不健全,在许多方面实际上是名存实亡、形同虚设的。在我国,男子占支配地位的情形仍未根本改变。这是因为,任何一个时代妇女地位的高低,都受着社会生产力发展水平和文明程度的制约。应当看到,比起旧中国的妇女来,当代中国妇女至少已在劳动上赢得了与男子基本平等的权利,这显然是一种历史的进步。但是,由于我国现阶段生产力水平还相当低下,大部分劳动还是主要靠笨重的体力支出,这样,身单力薄的女子在社会生产中不能不处于次要地位。另外,目前我国家务劳动社会化的程度很低,大部分仍需家庭承担,这样,

---

① 见《当代文艺思潮》1982 年第 3 期,张维安文。

历来主"治内"的妇女,不得不把许多精力耗费在繁琐沉重的家务劳动上。因此,妇女无论在社会上还是在家庭中,都面临着比男子更多的困难和障碍,有时甚至受到歧视。不过,中国妇女历来有贤惠顺从、吃苦耐劳的传统美德。所以,这一切事实上的不平等往往都被妇女默认和忍受了。然而,也正是妇女的这种顺从和不觉醒,给十年动乱期间回潮的封建势力钻了空子,从社会上的歧视妇女到家庭中的典妻卖女,一时之间,中国妇女真有回到中世纪的牢笼里去的恐怖。直到近几年,农村中的买卖婚姻,城市中的溺杀女婴,还时有发生。中国妇女解放的步履蹒跚沉重,仍在徘徊不前。

但是,历史毕竟不能倒退,随着"四人帮"的垮台和思想解放运动洪流的冲击,中国妇女也表现了新的觉醒。从政治、经济、文化等各个方面都涌现了一批自觉争取和维护妇女权利的积极活动者。其中,最先觉醒的是女知识分子,而最积极最活跃的是女文学家。女性文学正是在这样的历史背景下应运而生的,从某种意义上可以说,它又是新时期妇女解放运动的先驱和喉舌。

凡新时期涌现的女作家,几乎都以各种方式,从不同的方面表现了中国妇女的这种新觉醒。有趣的是,这种新觉醒,在不同的女作家笔下,呈现出不同的色彩,甚至体现出不同发展阶段的特点。这是因为,我国尚处在新旧交替时代,妇女解放运动也呈现出比较复杂而多层次的特点。起点较低的恐怕要数描写男子对女子始乱终弃这一类题材的作品,这几乎是几千年的传统题材了,基本上没超出反封建的范畴。值得注意的是当代女作家写这一类题材的作品较少(大多出自男作家之手)。这一现象说明,女作家已不希望她们笔下的女主人公只是一个被侮辱、被损害的、乞求同情和哀怜的形象(尽管生活中仍不乏这一类现象),而有了较之于旧时代的妇女更高的生活追求,并希望在精神上获得与男子平等的地位。

但是,我们也不能不看到,中国妇女长期以来由于处于屈辱地位,形成了思想性格的两重性:一方面是对一切外来压迫的强烈的反抗性;另一方面则是抗争中的软弱性和对男子的依赖性。从相当一部分女作家的作品看,在貌似提倡妇女解放的主题之中,往往隐藏着某种对男性的依赖心理。最典型的是遇罗锦的《一个冬天的童话》和《春天的童话》。这两篇东西尽管内容不尽相同,格调也有高下,但两者都表现出作者内心的深刻矛盾。她笔下的女主人公往往既想反抗男子的粗暴占有,同时又渴望男子的强有力的保护,于是对于男性表现出两种截然不同的态度:或是病态的反抗与报复,或是无条件地顺从。社会舆论往往看不到她笔下女主人公性格上的矛盾和分裂,往往只对其性格的某一方面下判断,或是寄予深切的同情,或是愤怒地斥责,这显然都是不够全面的,而且没有触及事物的本质。

"女性文学"中所表现出来的中国当代妇女这种双重性格和复杂心理,往往连青年作家也不能免。张抗抗的《北极光》描写了女主人公芩芩对生活伴侣前后三次严格的选择,这种对理想的爱情的执着追求,原也无可非议,但我们仍可以从芩芩希望找到一个"能在她最需要的时候支持她的爱人"这一目标本身,隐约感觉到潜藏其中的软弱性和依赖性的因素。

倒是比她年长得多的张洁,显得比较清醒和刚强。这位已过了"不惑之年"的女作家,虽然也偶有激情来袭,但更多的是对女性本身力量的挖掘和探求。她的中篇小说《方舟》,可以看作是当代中国文学中女性的自我意识体现得最强烈、突出的代表作品。作者以饱蘸泪水的笔,写下了三个不同职业和性格的离婚妇女的辛酸和悲哀,对于社会旧势力加给妇女(特别是离婚独身妇女)的不公正待遇,提出了愤怒的抗议。作品的题词是这样一句话:"你将格外地不幸,因为你是女人。"这句话,提纲挈领、笼罩全篇。但作者并没有停留在这消极的呻吟和悲叹之中,而是通过形象本身,向广大妇女展示了一条自我解放的道路。作者在作品的后半部发出了这样的议论:"女人,这依旧懦弱的姐妹,要争得妇女的解放,决不仅仅是政治地位和经济地位的解放,它要靠妇女的自强不息,靠对自身存在价值的自信和实现。"这是针对妇女本身的弱点提出的奋斗方向。与此同时,张洁还塑造了另一类女性形象(如千娇百媚的女翻译钱秀瑛之流),对她们以媚态取悦于男性的奴性进行了无情的嘲讽,表示了极大的鄙视。《方舟》这部中篇小说可以说高度集中地反映了当代妇女的命运,也是当代文学中第一次最鲜明地提出了妇女必须通过自强奋斗争得自身解放这一思想的作品。笔者认为,把《方舟》列为当代女性文学的开山力作,一点不为过。

可喜的是,社会毕竟前进了,发生在老一辈妇女身上的悲剧,到了年轻一代,已较少重演的可能了。如果说,在以张洁为代表的中年一代妇女的心上,还较多旧传统的阴影,那么,在今天二、三十岁的青年身上,已较少这种旧的因袭。一方面,她们较少老一辈妇女逆来顺受的"美德",而更多地具有反抗性和独立性,另一方面,她们也有足够强大的精神力量来抵御旧的习惯势力。张洁理想中的新的境界和新的生活,已开始在年轻的女作家笔下相继出现,如王安忆的《金灿灿的落叶》、陆星儿的《啊,青鸟》等。其中,以张辛欣的中篇小说《在同一地平线上》最典型,也最富于现代色彩,它描写的是一对青年夫妇因为各自要求在事业上有所发展而离异的故事。反映家庭与事业的矛盾,这在当代女作家笔下也屡见不鲜,但象张辛欣这样的处理方法似乎还绝无仅有。小说中的女主人公不仅不安于当助手、做后勤,为了事业,她甚至不惜与不支持自己的丈夫离异(尽管对他仍深深爱恋)。这一形象具有一定的复杂性,她已完全是一个现代社会的女性,一个具有很强的独立性和进取精神、然而又多少被现代社会的生活异化了的、带有一定男性特征的女性。尽管这一形象由于在某些方面违背女子的天性,显得不合情理,未必会征服多少读者(特别是男读者),但她所显示的那种前代女性少有的战胜自己、冲向社会的勇气和力量(前代女性只有在争取爱情和保护儿女时才有极大的勇气),对于热心社会工作,有志于大众事业的青年女性,具有一定的鼓舞和激励作用。

由此看来,新时期女性文学表现出来的女性自觉意识程度并不一致,作者的认识水平和作品格调也不很平衡,从总的发展状况看,还不很令人乐观。尽管如此,新时期女性文学仍然不愧是当代中国妇女的一面光辉的旗帜。我们可以注意到,新时期的许多女作家都曾大胆地触及某些神圣的禁区,进行过多方面的探索,这些曾引起过部分读者的非议甚至攻击(其中也包括一部分女读者)。但是,这些女作家并无退缩之意,正象舒婷在她的诗作《献给我的同代人》中所写的那样:

> 为开拓心灵的处女地
> 走入禁区,也许——
> 就在那里牺牲
> 留下歪歪斜斜的脚印
> 给后来者
> 签署通行证

作为妇女中先知先觉者的女作家们,为今天妇女的进一步解放,不仅付出了辛勤劳动的心血与汗水,而且付出了巨大的牺牲,——包括对女性最为珍视的名誉的牺牲,这种勇气和牺牲精神,往往只有开拓者才具有。

二

新时期女性文学的兴起,除了社会条件之外,还有文学本身发展的因素。

从世界范围来看,女作家的创作历史并不很短,如果从古希腊的女诗人萨福算起,也已有两千多年的历史,但因为古代女作家及其作品数量太少,一直没有引起人们足够的重视。只是到了现代,随着妇女地位的日益提高,女作家在文学中的影响越来越大,才逐渐引起人们的注目和研究。第一个总结出女作家创作特点的是英国现代女作家弗吉尼亚·伍尔芙,她在著名的演说《自己的一间屋》中指出,妇女的特殊生活条件决定了她在观察世界和分析性格方面的特点以及这种特点决定了她在创作中最适合采用的体裁。此后,欧美各国对于女性文学的批评和研究风行一时,而各国的女性文学也在评论界的促进下日益走向成熟。

我国女性文学的形成,如果追根溯源,当推到"五四"时期。当时,由于新思潮的影响,一批勇敢无畏的女青年首先冲出封建家庭,争取受教育的权利,其中不少人后来执笔为文,为中国女性文学写下了光辉的第一页。其中有冰心、庐隐、丁玲、冯沅君、肖红、冯铿、李伯钊、陈学昭、凤子、草明等等,她们都曾在中国现代文学史上留下过自己的足迹。但是,因为人数尚少,且女作家命运多蹇,不少人在与旧社会的抗争中或早夭,或回到家庭。因此,"五四"时的女性文学的盛况也只是象流星一般转瞬即逝。

建国以后,虽然女作家的作品也有一定的数量,但由于"左"的干扰,较少能够显示女性的特点,其成就反不如"五四"时代。

新时期的到来,给文艺提供了繁荣的契机,正在走向成熟的中国当代文学,也结束了十年的停顿和非正常发展,按着本身发展的规律,开拓着自己前进的道路。这时候,文学界出现了一个奇特的现象:许多不同时令的花朵同时开放,老、中、青三代作家同堂,出现了作家与作品高度集中的局面。而新时期的女性文学也正是在这种特殊的历史条件下迅速地积聚了自己的力量,扩大了自己的阵营,作为一支独立的力量崛起于文艺新潮之中。

不过,应当指出的是,新时期的女性文学之所以逐渐为人们承认与首肯,并不仅仅在于女作家及其作品数量越来越多,主要原因是,随着创作实践的日益丰富,这些新崛起的女作家们已基本摆脱文学中男子传统的束缚,在创作中日益显示出独特的女性风格。这种独特风格并不与当代文学主流相违背,它恰恰与当代中国的文艺主潮息息相通,与民族文学的传统血肉相连,成为当代中国文学的不可或缺的重要组成部分。

我们应当看到,在现代科技飞速发展的今天,文学正朝着两极发展:一是在宏观上反映更加广阔的外部世界;二是在微观上则要把握更加细微的内部世界。由于男女在生活视野、心理素质与思维方式等方面存在着明显的区别,因此,对社会生活的宏观把握和反映往往是男性作家的特长,而对人的内心世界的微观把握和反映,则更加适合于女性作家。

新时期女性文学对内心的开拓,概括起来,大约有以下几个方面。

首先是表现人的内在感情变化的细微程度日益提高。女性较之于男性,本来在感受外界信息方面,更加敏锐而且细腻。往往是一缕轻风,一点细雨,都可能掀起她们内心的轩然大波。而且,她们常常能凭直觉感受到发生在其它人心灵深处隐隐颤动的神秘变化。这种心理特点常使女作家们醉心于表现人物(特别是女主人公)的内心情绪变化,而不是象男作家那样更多地把注意力放在引起情绪变化的外部原因上。青年女作家王安忆就曾明确地表示,她所要极力表现和传达的是主人公心里的"微微一颤,轻轻一动",而不在乎她的睫毛是长是短,脸形是圆是尖。她的短篇小说《雨,沙沙沙》,就十分准确地捕捉和表现了女主人公雯雯在感情上产生的一种微妙变化和对爱情的朦胧追求。作者十分巧妙地把淅淅沥沥、迷迷蒙蒙、若有若无的细细雨丝和主人公内心飘忽不定、难以言传的心理变化和谐地交织在一起,使无形的内心变化找到了某种外在的表现形式。

其次,女性文学对内心的开拓还表现为向更深的层次进军。随着社会生活的日益复杂多变,人的内心世界也日趋复杂,而人类在探索外部世界的同时,对自身的探索也日渐深入。到了当代,人们已不满足于仅仅触及心灵的表层,而是努力探究深层的奥秘,这在当代文学作品中已司空见惯。而女性文学的独特贡献在于对女性心理的深入剖析。因为女性在精神活动方面的特点是多被动、静态的活动,较少能动、动态的活动,正如罗丹所说的:"妇女多半是静静地忍受痛苦。"[1] 因此,女性的心理活动往往潜藏在心灵深处,难以觉察。以往虽也有男作家描写女性心理成功的例子(如托尔斯泰笔下的安娜的心理活动),但毕竟不如女性作家描写得那般细致、深入、真切。近几年来这方面影响较大的作品象张洁的《爱,是不能忘记的》,心理描写就很成功。它向读者揭示了一位中年妇女的特殊的爱情生活,挖掘了她那在内心深层被压抑了的激情和难以表达的痛苦。作品以其真诚和大胆坦露人物内心而震动了文学界,并波及社会,引起了一场大争论。这场争论,尽管至今未曾平息,但作品将以其对内心的新开拓而被载入当代文学史册。

随着笔触的日益深入,新时期的女性文学也开始光顾无意识(潜意识)领域。戴厚英的《人啊,人!》,谌容的《人到中年》、《玫瑰色的晚餐》,宗璞的《我是谁?》、《蜗居》等都写了人的梦境或幻觉,接触到了人的潜意识领域。潜意识是

---

① [德]海伦·娜称蒂兹:《罗丹在谈话和信札中》,转引自《文艺论丛》第 10 期。

人的精神的冰山埋藏在水下的部分,它是个人一生的精神积累和某种集团、社会意识的复合体。对于人类这一意识深层的科学研究目前尚待深入,而作家们的探究无疑是有益的。从近几年小说创作情况看,被评论界认为运用过"意识流"手法的,女作家数量多于男作家。茹志鹃、谌容、宗璞、张洁、戴厚英、王安忆、张抗抗等都曾在不同程度上作过这方面的尝试。有的评论者把这种有益的尝试看作是对西方"意识流"小说的简单模仿,恐怕这结论下得过于武断。女作家在这一领域的探索与成就,大约与女性较强的直觉能力和半封闭式的精神视野有关。难怪西方的意识流小说刚刚出现时,有人就把它与女性联系起来,称之为"女性现实主义"。这种联系,恐怕不是偶然的。

由此可见,当代中国文学向内心的深入开拓,使女性文学得以扬长避短,内外契合,获得了前所未有的良好的生长条件。这是新时期女性文学初步繁荣的又一重要因素。

三

近年来,根据有关部门调查,占人数比例不大的女作家,却拥有人数众多的读者群(包括一大部分男性读者),而且这些读者往往具有较高的文化修养和审美趣味。这一现象的产生,原因是多方面的,但其中有一条不可忽视的重要原因,那就是女作家的作品往往具有与男作家的作品不同的美学价值。

关于女性的心灵之美和女性文学之美,早已有人注意到了。李大钊就曾认为,"男子的气质包含着专制的成份很多,全赖那半数的妇女的平和、优美、慈爱的气质相与调剂,才能保住人类气质的自然均等"[①]。鲁迅也曾在给许广平的一封信里指出过女性文学的特点,他说:"我所谓'女性'的文章,倒不专在'唉,呀,哟……'之多,就是在抒情文,则多用好看字样,多讲风景,多怀家庭,见秋花而心伤,对明月而泪下之类。"

新时期的女性文学,可以说是充分地体现了女性的心灵之美和文学之美的。它一方面以丰富的情感、温柔的笔调,打动人的心灵,另一方面又以其空灵、超脱的韵味和魅力,深深地吸引着广大读者,给当代文坛带来了一股清新、优美的气息。

女性文学之美,在内容方面多表现为歌颂崇高的思想、美好的心灵和高尚的

---

① 李大钊:《妇女解放与 Democracy》。

行为。因为女性的形象思维能力较之于男性更强，因此更富于想象力，她们常常超脱现实，生活在理想的精神王国之中。同时，女性的气质又使她们对于美特别敏感。所以，有人说，女性的心灵就象一座熔炉，生活在这里得到了过滤和净化，淘汰杂质，留下来的是美的结晶。这一类纯净的作品在女性文学中比比皆是。航鹰的短篇小说《明姑娘》，写的是一位盲姑娘的故事，在写作中，作者略去了残废者生理上的痛苦、缺陷和丑陋，通过想象和夸张，把内在美和外在美集于明姑娘一身，使之成为美的化身。即使是反映爱情生活的作品，女作家也极少有低级趣味的描写。这不仅与民族传统有关，而且与男女两性间在爱情上的不同境界有关。英国现代美学家李斯托威尔曾对此有如下论述："深陷在爱情之中的女人，非常美妙地把生理上的欲望与她所爱慕的男人那种炽热的感情揉合在一起，从而达到了一种和谐。这种和谐，是那种具有更为粗野、更为狂暴的本性的男人很少能够企及的。"① 这一论断虽然难以为一般男子所接受，但已为现代生理学和心理学所证实。这两种不同的爱情心理反映在文学中，就形成了重感官和重精神的两种不同趣味和格调。一般说来，女性作家追求的是两者的和谐统一或是更加偏重于精神。譬如张洁的《爱，是不能忘记的》鼓吹的就是一种柏拉图式的、超凡脱俗的精神恋爱。张抗抗《北极光》中女主人公芩芩理想中的爱情，也是建立在互相理解基础上的，并不低俗。而陆星儿的描写婚外爱情的《美的结构》，追求的是人与人之间的一种精神相知、心灵相通的美好的关系和结构，而且女主人公的行为很高尚，在发现所爱者已有妻室时悄然离去。以上作品尽管遭到了部分读者的非议，但因格调较高，较少世俗的铜臭和浊气，因而获得了更多读者的赞赏。

女性文学之美，往往还表现在意境的优美上。中国艺术历来十分讲究意境，但意境之高低、浓淡、深浅却因人而异，若从审美角度看，按我国传统美学分法，又有"阳刚"与"阴柔"之区分。女作家的作品一般来说更具"阴柔"之美。其审美特征正如清代著名散文家姚鼐所总结的那样"其得于阴与柔之美者，则其为文如升初日，如清风、如云、如霞、如烟、如幽林曲涧，如沦如漾，如珠玉之辉，如鸿鹄之鸣……"② 这种阴柔之美，在西方一般被称作"优美"，但对于优美的理解却不尽相同。有的认为，优美是在有生命的物体身上精力消耗的节省；有的把它看作是在于外界的运动中感知到了某种轻巧；也有的把它归之于人的感性方面与

---

① ［英］李斯托威尔：《近代美学史评述》（蒋孔阳译）。
② 姚鼐：《复鲁絜非书》。

精神方面所取得的和谐,等等。如果仔细分析,这些看起来并不一致的理解却与女性的生理和心理特点有某种内在的一致,娇小、轻巧、柔弱、圆润、温和、和谐……诸如此类的特点,往往在女性身上体现得最为充分。

纵观新时期女作家以及她们的作品,除了极少数表现出男性的气质(如青年散文作者王英琦、话剧《秦王李世民》的作者颜海平)以外,绝大多数都或多或少地体现了阴柔的审美特征。那些"多讲风景",多写"秋花"、"明月"的小夜曲一般的作品,它们往往在女性作家的笔下显得更加柔和温雅,令人心醉神迷。

即使是那些出自女性手笔的鸿篇巨制,也与男作家的大不相同。譬如同是描写新时期经济改革的重大题材的作品,张洁的《沉重的翅膀》与蒋子龙的《乔厂长上任记》等作品就显示了由于性别不同带来的明显区别。蒋子龙的作品对人物多作粗线条的大笔勾勒,显得刚健、粗犷、气势宏大。而张洁的《沉重的翅膀》在人物刻划上则多细腻的心理描写和内心感受的抒发。因此,在她的笔下,这部描写广阔社会生活的交响乐,却始终回响着一支柔和优美的心灵的主旋律,别具一番韵味。

此外,女作家的作品,又如鲁迅指出的那样,"多用好看字样",换句话说,也即指女性文学比较注意语言的美。我们知道,女作家在反映社会生活时,多喜欢撷取美的部分,在创作中,生活又经过进一步的净化,变得美而又纯。因此,在反映美的生活时,女作家们必然要努力寻找比较能反映事物美的特征,同时又能唤起读者美的联想的字、词、句。这一类例子真是不胜枚举。而且,不同的作家还往往显示出不同的语言色彩和风格,所谓"语言的美"也并不是千篇一律的。老作家冰心曾经对自己早年的创作作过如下的总结,她认为自己的作品在去国之前是文字多于情绪,而去国之后则情绪多于文字。因此,同是美的语言,因作者的生活感受的不同,侧重点不同。生活积累较少、感受并不很丰富的年轻作家,往往多在语言文字本身下功夫,因此作品显得气象峥嵘、色彩绚丽;而阅历丰富、文字功夫也渐入炉火纯青程度的中、老年作家,语言文字大多比较平淡,注重内在的神韵和言外之"意"。

综上所述,正是美的内容、美的意境、美的语言,构成了美的"女性文学",而女性文学的独特的美学价值,将引起越来越多的人们的注意。

新时期的女性文学,已经取得了可喜的成绩。但是,我们也不能不看到,当代女作家的人数与男作家相比,还是很不平衡的。而且,从反映的社会生活面来看,还比较狭窄,即使是描写妇女生活的作品,也多局限在知识妇女的圈子里。这当然与整个民族的文化水准和妇女解放的程度有直接关系,是不必苛求于作者的。从发展的势头看,可以预见,随着我国社会主义物质和精神文明水平的不断提高,当代女性文学的阵营将越来越壮大,祖国的文艺星空必将出现女作家群星灿烂的美好景象。与此同时,我们也期待着有关女性文学的文艺批评的形成和发展。

1982.12 *初稿*

1983.1 *二稿*

为妇女文学正名

李小江

　　打出"妇女文学"这个旗号，首先在评论界就难免遭受非议。有人说：哪里有什么妇女文学？如果要设立这样的名目，那也就要有相应的"男子文学"了。就连以《女子文学》为名的杂志，在创刊号的扉页上也不得不声明："文学可以分为男女么？答曰：不能。文学就是文学，岂有城乡之分、男女之别、工商之异"，不敢理直气壮地树起"妇女文学"的大旗。其实，文学作为一门学科，并不是铁板一块，它象其他学科一样，也是可以分门别类的。以文学形式而分，有小说、戏剧、诗歌、散文……；以作品题材而分，有军事文学、工业文学、乡土文学……；以写作对象和作者而分，有儿童文学、农民文学、黑人文学……。文学的分类，不管以形式还是以内容为别，都是为了解析文学这一复杂现象，研究文艺创作中的具体问题，从带有规定性的分析回归综合的文学总体，从多样化的统一中探出创作和审美的基本规律。作家的创作天地是广阔而自由的，尽管如此，他们也总是要在一定的文学类别中确定自己的用武之地。那么，对文学评论来说，文学类别的划分就更为重要，可以说，文学就是在评论中类别化、具体化、理论化的。划分类别，可以鲜明不同文学种类的具体特点，对创作和欣赏都能起到辅助和引导作用。

　　以美国的"黑人文学"为例，它的产生已有一百多年的历史，此间，并没有什么"白人文学"与之抗衡。因为长期以来，西方的传统文学就是以白人为中心、为对象的，似乎文学本身就是它的正统领地。"黑人文学"的崛起，是社会进步在文学领域中的反映，它标志着黑人——作为一支新的社会力量，在精神上、在

题解　本文原载《文艺新世纪》1985 年第 3 期。将"妇女文学"作为一个学术概念专文提出，在当代中国内地首见于李小江此文。作者认为只要是出自女子手笔、描写女性生活题材的文学均可以看作妇女文学，它在内容和艺术风格上也独具特色。文章以美国"黑人文学"为例，论述了妇女文学的历史、命运、文学地位和意义以及现当代妇女文学在世界范围内的崛起，指出妇女自己去表现自己的生活，不仅仅是一个文学上的现实主义问题，还含有深远的社会意义。

社会上的觉醒。黑人文学是黑人作家自己去再现黑人生活的文学,它的产生和发展,有效地填补了世界文学中国别文学和民族文学的空白,大大丰富了文学的表现内容。

妇女文学也是一样,它的命运和黑人文学非常近似。不同的是,它的历史更为悠远,它在文学中的地位更具有普遍意义。从文学的发展史上看,它在世界范围的崛起,主要是在现当代,这是和各国妇女解放运动紧紧联系在一起的。之所以这打出"妇女文学"的旗号,并不是要和传统文学分庭抗礼,而是试图召唤起一支新的文学队伍——妇女作家群,以女子特殊的生活体验和女性的创作风格,去有意识地丰富以男作家为主体的传统文学。近两百年来,在世界各国,伴随着妇女解放运动,妇女创作已成为一种普遍现象。在我国,半个多世纪来,许多女子在中国现当代文学中作出了卓越贡献。她们的文学实践和艰辛探索,为今后的妇女文学创作、评论和研究提供了宝贵的经验,奠定了坚实的基础,使"妇女文学"这面旗帜得以在这块基石上树立。

什么是妇女文学?如果要做出一个学术的定义,可以说,只要是出自女子手笔,描写女性生活题材的文学,均可以看作妇女文学。严格地讲,有些女子的创作,象英国女作家克里斯蒂的侦探小说,虽是出自女子之手,因为主题与妇女无关,便不能看作妇女文学;又如挪威著名剧作家易卜生的《玩偶之家》,虽然揭示了妇女问题,因为不是女子的创作,自然不在妇女文学之列。妇女文学除了在作者队伍和题材上的特点外,在创作内容和艺术风格上也独具特色。

妇女文学在创作内容上有两个基本的主题:一是妇女问题,一是情感生活。妇女问题也可以理解为妇女生活的基本面貌和主要追求。在封建时代,妇女的生活内容和精神追求是婚姻、家庭和爱情。当时的女作家的创作,主要描写家庭生活中的妇女,突出表现了封建社会中妇女对包办婚姻的反抗和弃妇的哀怨。法国大革命以后,世界妇女解放运动拉开了序幕,妇女文学中才开始正式出现妇女问题。法国近代著名女作家史达尔夫人,在小说《柯林娜》(1807年)中最早反映了知识妇女的精神面貌;英国女作家盖斯凯尔夫人在《玛丽·巴顿》(1848年)中,最早提出了妇女劳工问题;法国杰出的浪漫主义女作家乔治·桑,在她的一系列作品中宣扬妇女自由恋爱;著名的勃朗特姐妹中的小妹安思·勃朗特,在《昂格尼丝·格雷》(1847年)中真实地描述了家庭女教师的屈辱——这些问题在当时欧洲的妇女生活中都是很有代表性的。在我国,近代女作家的优秀代表当推秋瑾。秋瑾以诗文向沉睡的中国呐喊,她的笔锋具有鞭笞之力,在民族存亡的意义上揭示了半殖民地半封建的中国社会中的妇女问题。

妇女文学中另一个经常出现的主题是情感生活,它突出了对爱情的追求,又不限于爱情生活。妇女文学中的情感生活是丰富多彩、特别女性化的。它精细地描述了少女始初萌动的恋情、少妇对家庭生活的感受,和中年妇女成熟而复杂的精神生活;有兄妹之情、慈母之心和忘我的爱情,也有职业妇女在社会生活中的各种感触。在情感生活方面,各民族的妇女文学表现出极大的共性。显然,这个主题是在妇女生活的历史环境中产生、培养和发展起来的。长期以来,妇女局限于家庭,受重重伦理规范和封建制度约束,社会能力无从施展,便在家庭天地中深化了情感生活,并且已经凝聚在女性气质中,从古一直延续至今。

妇女问题和情感生活这两个主题,在男子传统文学中有所表现,但并不突出,而在妇女文学中,它们却是绚丽夺目的基本的主题。创作主题影响到创作方法。在妇女文学中,围绕着以上两个主题,在创作方法上也表现出两种基本倾向。

一种倾向是正面描写。许多女权主义作家在作品中诉诸妇女问题,是以塑造新女性形象为主要手段。更多的女作家,则是通过再现妇女屈辱的生活境遇去反映妇女问题的。她们笔下的女性大多是弱者,在压迫中艰难求生,却终于不能生。描写她们忍辱负重却依然保持忠贞、善良的心灵。作者在她们身上倾注了无限的同情,意在唤起社会的广泛同情。

中国评论界有人评论张洁的创作,指出她的作品偏重正面描写,作者下意识地和反面人物保持一定距离,因此总是不能深入反面人物的心灵。这个现象其实并不限于张洁的作品,在绝大多数妇女文学中都有反映,就是在诺贝尔文学奖获得者拉格洛夫(瑞典)、温塞特(挪威)那里,这种现象也屡见不鲜。正面描写作为一种主要创作方法在妇女文学中出现,很难用是非、长短标准去判断。这种倾向影响了作品的深度和广度,因缺乏"反面的真实"而失真,但它却能诉诸一种强大的道义力量,在净化人的心灵世界上起重要作用。

妇女文学的另一个主要创作方法是心理描写。心理描写并不是妇女文学的独创,它从传统文学中借鉴而来,却成为妇女文学中的主要创作方法。在男性传统文学中,有许多擅长心理描写的艺术大师,象司汤达、列夫·托尔斯泰。特别是托尔斯泰,曾被冠以"心理现实主义"的开拓者。其实,托尔斯泰长于心理描写,是以人的丰富的心理活动,去深化人的性格,他的立足点依然是"社会的人",而不单纯是"精神的人",在他笔下,心理描写是作为一个创作手段而不是作为创作原则出现的。真正的"心理现实主义"是以现实主义为手段,全面地再现人的内心世界,它的表现对象是主观性的心理活动,不再是客观环境中的典型人物。值得注意的是,现当代各国妇女文学中,不约而同地表现出"心理现实主义"的创作倾向,她们有意识地开拓和深化人的精神世界和情感生活,把内心活动当作一个客观的世界展现在读者面前。通常的情形是,在男性作家笔下,心理活动是丰富人物性格、推动情节发展的一种手段,在女作家作品中,展现心理世界和情感生活却是创作的直接目的。

当然,妇女文学还远远没有摆脱男性传统文学的影响,它似乎只是在某一些既定的领域中发挥自己的特长。这种现象无可非议。传统文学留下了丰富的文学遗产,它是全人类的共同财富,也是妇女文学赖以起步的基石。传统文学中塑造了众多优美的妇女形象,从不同的方面反映了封建时代的妇女生活,弥补了中断的妇女文学留下的空白,同时,又孕育了新生的近代妇女文学。但是,任何事物一旦脱离母体,就将沿着个性发展的轨道前进。妇女文学也是这样,它在发展中鲜明了自己的个性特征,敦促评论界树旗,对妇女文学中特有的现象和规律给予科学的考察。

目前,在世界范围内,妇女文学正在和已经形成了强大的阵容,不管评论界是否认可,它已经客观存在了。今天,在美国任何一家大一点的书店,都设有"妇女研究"、"妇女文学"专柜,图书馆有专门的分类,大学里开设了妇女文学课程,并出版专刊。在日本,家庭主妇从事文学创作已蔚然成风,引起了社会的普遍关注和好评。她们自己创立了妇女文学奖,鼓励女子写出高质量的作品。最近几年,几乎每一届日本文学大奖中,都可以看到女作家的名字。

中国的妇女文学,从五四运动至今出现过两次创作高潮,成为现当代中国文学的重要组成部分。第一次是在二十年代到三十年代末,在反封建的社会浪潮中诞生了一批优秀的女作家。她们在文坛上并没有独树一帜,只是以它独特的女性色彩丰富和活跃了现代文坛:冰心的创作流露出慈母的温情;庐隐在作品中倾吐了爱的欲望;萧红的字里行间迸发对生的渴求;丁玲借莎菲女士之口,发出了新女性的呐喊……总的看来,这一时期的妇女创作,中心是反封建,是少数觉醒的知识妇女在精神上的自我拼搏——不是那么有力,不是那么震撼人心,但它们毕竟是妇女自己去反映自己的生活和感受,在中国现代文学史上放射出女性文学之光。

中国当代妇女文学的崛起,是在粉碎"四人帮"以后。社会上普遍的思想解放,给文艺界带来了勃勃生机。由于冲出了"重大题材"论、反"中间人物"论等教条主义框框,打破了重重创作禁区,以"琐碎的"妇女生活和细腻的情感世界为主体的妇女文学才得以破土重生。1978 年以后,女作家空前活跃,她们在日益壮大的创作声势中,在经济建设和社会改革中,有意识地表现妇女生活,突出妇女问题,使中国妇女文学产生了一个空前的历史飞跃。

1979 年,张洁的《爱,是不能忘记的》问世,在社会上引起很大反响。文中涉及的爱情问题带有鲜明的"妇女意识",可以看作是当代中国妇女文学的开篇。在这部短篇小说中,作者敏感地揭示了婚姻与爱情相分离的痛苦和矛盾,预见性地提示了大龄未婚女青年问题。这两个问题在当时众说纷纭,褒贬各异,几年后却相继成为中国社会上比较突出的妇女问题。《爱,是不能忘记的》尽管在思想和艺术上还有许多可斟酌之处,但它对妇女精神世界的探索却是值得肯定的。作品强烈地反映出中国当代知识妇女的精神追求,这个主题在张洁以后的作品中经常出现,并影响到其他女作家,逐渐成为中国当代妇女文学中的重要主题。

中国当代妇女文学的第二个重要主题是职业妇女问题。以谌容的《人到中年》为代表,揭示了中国当代中、青年职业妇女所承负的三重责任:工作、丈夫和孩子;再现了她们生活和精神上的矛盾和冲突:家庭与职业,爱情与事业。陆文婷是中国当代职业妇女的典型。她对工作恪尽职守,对丈夫无限眷恋,对孩子满怀慈爱,她想做一个好医生、好妻子、好母亲——三重责任都强烈地要求她献身,加上社会环境的艰难,经济生活的窘迫,她竭尽全力,却终于力不从心,倒下了,在死亡线上挣扎——尽管情操是高尚的,结局却是悲剧性的。陆文婷这个形象很有代表性,在她的性格中,隐含着中国妇女忠贞坚忍的传统品质,又表现出当代妇女对事业和感情生活的执着追求。

中国当代妇女文学中,大多数作品是反映职业妇女生活和知识妇女的精神追求。这和女作家的社会层次有关,她们本人几乎全是职业知识妇女,在现实生活中有许多切身的感受。她们的创作是在妇女文学主题上进行新的开拓。在社会生活天地中探索妇女解放的新课题。她们已经使女主人公不再纠缠在家庭和传统观念上,而是返回头来,在深远的社会意义上探讨女性的价值,把既做"人"又做"女人"的现代标准,作为新的女性的基本楷模。职业妇女身上充满了矛盾,她们是平凡的社会劳动者,又是责无旁贷的家庭主妇,即便是学者、厂长,也摆脱不了油盐杯盘之累和抚育孩子的责任。面对重重矛盾和多种责任,她们喊不出豪言壮语,也不能弃家一走了之。她们正在艰苦的跋涉中,身体力行地探索妇女解放的出路,推动着当代世界妇女解放的实际进程。

妇女自己去表现自己的生活,这不仅仅是一个文学上的现实主义问题,它还含有深远的社会意义。在妇女文学中展现出来的妇女世界(物质的和精神的,社会的和情感的),不仅具有艺术上的审美价值,它还具有呼唤社会、觉醒妇女的认识价值,从妇女文学所表现出来的社会画面到情感生活的各个角落,去考察女性生活的特殊规律;从女性创作心理到审美心理的特殊感受中,探索女性美学的特点;从女性文学和男子传统文学的比较中,探索差异和共性,以丰富人类共同创造的总体文学——这也就是妇女文学研究工作的特殊使命。

妇女从事创作,在文学界已是普遍现象。这个现象本身,已经自觉不自觉地树起了妇女文学的旗帜。在这面旗帜下,培养新芽,扶植新人,是妇女文学评论的重要任务。目前,在妇女文学创作中,普遍存在一些带有共性的问题,比如:她们的创作内容过于拘泥于个人的生活经历,往往作出以偏概全的判断;非学者化倾向尤其突出,直接影响到作品的思想深度;由于题材的狭窄和思想深度问题,也由于女性生活本身的局限,许多女作家的创作生涯难以持久,很难保持创作上的青春……造成这些问题有社会的原因,也有女性特殊因素。妇女文学评论和研究有责任弄清这些问题,扬长避短,帮助女作家在创作道路上不断前进。

我们需要两个世界

张抗抗

在西柏林参加这个妇女文学讨论会,很高兴。但我希望,我首先是以一个作家,然后才是以一个女作家的身份发言。

并不是说我不喜欢作为一个女人。尽管在我三十五年的生活经历中,饱尝了种种女人的艰辛,我仍然庆幸父母没有把我创造成一个男人。当我感觉到自己内心的那种强烈的女性意识的时候,我为自己感到自豪。

但即使在我们国内,书籍报刊每逢介绍我们的时候,总是强调说:这是一位女作家。好象唯其因为我是女性,我才能被称为一个作家。这种特殊的身份让人产生不愉快的联想。就象伤残人运动会上,人们欢呼伤残运动员同正常人一样跑步是一项奇迹,虽然他们跑得并不快,但正因为大多数观众认为他们根本不会跑,也不应该跑,所以他们了不起。我想这种赞扬在心理上是不平等的。因为,只有对一种显然是出乎意料的事才值得如此大惊小怪。七十年代末,中国女作家崛起,使得各阶层的男子大为惊叹,许多人纷纷研究女作家涌现的性别优势,好象女作家的成功有什么不可思议的秘诀。而人们在谈论男性作家的时候,从不特别声明说这是一位男作家,似乎男人成为作家是天经地义的事,他们生来就应该是作家。这里有一个差点被我们忽略了的前提,在座的各位朋友们,我们什么时候才能够不需要在一块被特别划分出来的空地上自然而然地体现我们的价值,也不需要向读者特别指明我们的性别来引起他们的兴趣,而是任其自由

题解 本文原载《文艺评论》1986 年第 1 期,是张抗抗 1985 年 6 月参加在西柏林举行的国际女作家会议时的发言。这是中国女作家"就妇女文学问题发表自己比较全面而系统看法的第一个"(吴黛英)。张抗抗认为她的作品并不属于"妇女文学"的范畴,强调"妇女文学真正的责任在于提高妇女",主张把女作家所写的关于女人和男人以及整个社会生活的作品统称为妇女文学,提出了"我们需要两个世界"的著名论断。《文艺报》8 月 10 日发表了该发言摘要。《文艺评论》将本文和吴黛英的文章同期发表,特向读者推荐:"张抗抗去年在西德参观访问时,对妇女问题和女性文学直言己见。对女性文学有创见的吴黛英读到有关材料,以书信方式和张抗抗进行探讨。……颇值得一读。"张抗抗关于"两个世界"的论述被研究者广为引用。

选择我们的作品时,我们才获得了与男作家同样的平等权利。

我的开场白太长了。

开场白似乎好象在故意拖延时间。因为我不知道以下我应该谈些什么。对于妇女文学,老实说,我没有什么研究。没有研究的主要原因是我还没有来得及很好地关心它。感谢这次讨论会使我有机会接触这一个关于我们自己的题目,并且有可能在今后的日子里开始对它发生兴趣。

我不太清楚欧洲关于妇女文学的概念,仅仅是指女作家的作品,还是一切有关妇女的题材和所有反映妇女生活、包括男作家描写妇女的文学作品?如果仅仅是前者,那么妇女文学的含义就太狭窄了。因为,这是一个男人和女人共同的世界,男人笔下的妇女形象恰是女人塑造自己的一个不可缺少的补充。托尔斯泰的《安娜·卡列尼娜》、《复活》;联邦德国作家伯尔的《无主之家》、《丧失了名誉的卡塔琳娜·勃罗姆》;奥地利作家茨威格的《一个女人一生中的二十四小时》等优秀作品,都深刻地揭示了女性永久的痛苦和追求。所以我理解妇女文学是一个范围广阔的领域,在这里浸透了男人和女人共同体验到的妇女对生活的一切爱和恨。

我没有更多的发言权,因为我尽管塑造了许多青年妇女的形象,但我认为我的作品似乎并不属于"妇女文学"的范畴。

严格说,中国当代文学的森林中尚未长出"妇女文学"这一棵大树,中国还没有形成妇女文学的主潮。

这个看法只代表我个人。

因为中国的当代文学中,很少有作家专门去诉说妇女的苦难、单纯讲述女人的经历和心理历程,或者着重反映妇女们某一方面亟待解决的社会问题。茹志鹃写过《家务事》、《儿女情》等描写妇女生活的小说;她的女儿王安忆写过纯情少女雯雯的梦想;张洁写过《爱,是不能忘记的》;乔雪竹写过反映劳动妇女婚姻自主的《北国红豆也相思》;还有问彬的《心祭》,写一个孤独的寡母希望改嫁给青年时期的恋人,却由于得不到孩子们的理解,终于郁郁死去的故事。但是象这样的小说为数不多。

谌容的中篇《人到中年》,主人公是一位女医生,可实际上反映的是中国中年知识分子的苦恼。

我的中篇《北极光》,写一个青年女子婚前的烦恼,实际上写的是我们这代人对生活的态度。

这是一个奇怪的现象,女作家们的注意力似乎都没有集中在她们自己的问题上。当代文学也没有出现在千百万妇女中引起轰然回响的作品。

一种解释是：比起世界上其他国家，现代中国妇女的地位已经得到了比较确定的保证，早在五十年代，妇女就纷纷走出厨房参加了工作，建立了"双职工"的家庭结构。目前中国女职工已占全国职工总人数的三分之一。这种家庭由夫妇双方共同承担家务劳动，男人做饭带孩子甚至洗尿布也是较为普遍的事情。在农村，妇女一般只要付出与男人同样的劳动，就可以得到相同的报酬。职业妇女在婚后、生孩子后的工作和工资，都有绝对的保障。旧中国束缚妇女的第四根绳索"夫权"，在许多家庭中已转化为"妇权"，许多家庭婆媳不和大多因为儿媳说一不二。在我出生之后，我的生活中从未见到过萧红三十年代小说中所描写的、受到欺压的童养媳，也很少见到被醉酒的丈夫毒打和虐待的妻子。我所遇到过最触目惊心的事，是在我中学时代下乡劳动时，生产队长的妻子，怀孕八、九个月，还在冰冷的河水里洗菜。她偷偷告诉我，如果这次她生下的又是女孩，婴儿就要被扔到河里溺死。在中国农村，重男轻女是普遍的习俗，买卖婚姻还时有发生。封建时代不死的幽灵还在四处游荡。但是无论它遗留下来的阴影复盖面有多大，中国妇女那个受苦受难的时代是结束了。她们以主人的姿态走进了社会的各个阶层，从事各种活动。她们中间已有越来越多的人凭藉自己的聪明才智加入到科学家、艺术家、实业家的行列中去，并取得显著的成就。从总体趋势来看，妇女问题已向较高级的阶段即精神领域转移。所以既无不堪忍受的压迫，也无深切的悲苦怨仇，就不会有反抗的呼号和血泪文字。在这个确立了妇女的合法权益的制度下，一个旧的浪潮退下去了，一个新的浪潮还未涌上来。也许我们的妇女文学正处于这样一个间歇时期，呈现出一种暂时的稳定与平静。

但这种解释显然还不能令人满意。

我自己就不满意。

我清楚我以往的创作。我想寻根究底。我发现了一个属于我自己的秘密。

我的作品中写过许多女主人公，但如果把她们统统改换成男性，我作品所表现的思想感情和矛盾冲突在本质上仍然成立。

因为我写的多是"人"的问题。是这个世界上男人和女人所面临的共同的生存和精神的危机。十年内乱中对人性的摧残、对人的尊严的践踏、对人个性的禁锢、思想的束缚、一九七八年以来新时期人的精神解放、价值观的重新确立……这些对于关系到我们民族、国家兴亡的种种焦虑，几乎吸引了我的全部注意力，它们在我头脑中占据的位置，远远超过了对妇女命运的关心，我这样讲绝对没有排斥妇女文学的意思，我只是认为，在相当长的一段时间内，这种作为男人和女人共同的苦恼还会是一个相当突出而又迫切有待解决的问题。由此我们可以看出：妇女的解放不会是一个孤立简单的"妇女问题"。当人与人之间都没有起码的平等关系时，还有什么男人与女人的平等？所以我们如果总是站在一个妇女的立场去看待社会，正象中国古诗所说，"不识庐山真面目，只缘身在此山中"。那个社会只是平面的和畸形的。

我的作品在中国国内受到许多青年的欢迎，男青年也从我的作品中发现自我、认识自己。有一个男青年在读了《北极光》以后给我写信说，他觉得芩芩身上的那种追求精神写的是他。我相信不认识我的女青年，也不会因为我是个女作家才读我的书。而且我的名字听起来根本就是一个男孩子。

这些说明了什么？朋友们，我就是想说，女作家完全可以有一个广阔的天地。妇女文学这个游泳池对于我们来说实在是太小了。我们完全可以到大海里去游泳。

所以，优秀的妇女文学也是给男人们看的。它帮助男人们了解女人那颗丰富易感的心灵，也因此认识他们自己。

但这个说法还不能使我完全满意。

关于当代妇女文学在中国的命运，还有一个更大的秘密。这就是苏联《奇怪的女人》这样的作品虽然没有出现在中国，却触动了中国许许多多知识妇女（包括男子）的原因。并没有什么人明令禁止作家们去反映这类题材，而是充满着这个社会的那种封建的道德标准、陈旧的习俗、风气、舆论，制约着作家的神经和思路，使这个现代妇女的感情生活领域至今仍是一块无形的禁区，一个难以攻占的堡垒。

事实上，正如我前面谈到，大量的知识妇女正日益要求得到更多的学术发言权、国家和企业的管理权，希望人们首先把她们作为一个有用的人而不是传统意义上的女人看待。她们不愿意通过丈夫体现自己的价值，而希望自己的个性在工作及与人的交往中充分展现，希望自由地发表自己的独立见解，按自己愿望去做事情，成为丰富的、全面发展的人。于是，她们对于夫妇之间的感情生活，有了更高的要求，希望丈夫对自己的个性有更多的尊重，也愿意扩大社交，同更多的男人建立友谊来提高、充实自己，她们在过去与未来之间不断调整焦距，寻找自己新的位置……由于这一切从女人的自我出发产生的行动，便带来了一系列的新问题。离异、分居、独身等新兴的多种生活方式，破坏了以往稳固平和的家庭结构，又一次向实际上依然是男子为中心的社会提出了挑战和反抗，引起了社会的惊慌。这恐怕也是世界性的潮流。她们赋予爱情新的生命、新的内涵、新的乐趣。传统家庭模式不断受到冲击，而爱情却在生长和强化。中国妇女在过去可以忍受无爱的婚姻，而现在却走向不受婚姻和传统舆论束缚的爱情，到底哪一种更为道德呢？在座的朋友们的答复我想是不言而喻的。可是，我却暂时不会去写这样的小说。许多人都不会。因为这意味着我们将把宝贵的时间投入到一场无休止的争议和辩论中去。也许，目前中国的当代文学，最敏感的并不是暴露文学，而是"妇女文学"。要写出这个时代真实的妇女文学，我们还需要做必要的等待和准备。

这也是现代妇女面临的不幸。可悲的是：在一个愚昧落后的社会里，妇女的解放总是最先遭到妇女们的反对。因为传统的意识往往在妇女头脑中沉淀得更加深厚。

于是，问题最后回到，我们女作家——妇女的代言人，怎样认识妇女本身。

历史上以及当代世界上许多优秀的文学作品，都对妇女倾注了深切的同情，塑造了众多的善良、美丽、聪慧而命运悲惨的妇女形象，也有许多作品颂扬了女性勇敢的叛逆、反抗精神。这里我不想再重复这个大家熟悉的话题。

我经常想起《斯巴达克思》中的充满着爱和狭隘报复心理的爱芙姬比达。

还有我们当代文学《人到中年》中那位不学无术、仰仗夫权、自命不凡的马列主义老太太。

无疑，她们也是女人的一个组成部分。

即使是那些优秀的妇女，也具有人类各种弱点。如果我们在作品中回避这些，就会使我们的女读者在认识上发生误差，对自己的不足视而不见，把社会对妇女的偏见的责任一概推给男子，这不但没有维护妇女利益，反而给我们带来不利。

毫无疑问，历史、自然和社会对妇女是不公正的。这种不公正不仅仅表现为男尊女卑、大男子主义的传统意识，还表现为大多数妇女在几千年的封建压迫下，由于遗传和生存适应等自然规律的碾磨而形成的心理缺陷。许多妇女缺乏自强自爱的坚韧意志，难以摆脱自己的依附性和惰性，对于家庭、丈夫孩子的兴趣总是大于对自身的智力开发……如此种种，便成为许多男人轻视妇女的理由。我们就是在这样一种恶性循环中爬行。如果我们真心希望唤起妇女改变自己生活的热情，那么我们在作品中一味谴责男人是无济于事的。我们应当有勇气正视自己，把视线转向妇女本身，去启发和提高她们（包括我们女作家自己）的素质，克服虚荣、依赖、嫉妒、狭隘、软弱等根深蒂固的弱点。只有当我们用自己的劳动证明了我们的价值，才能有力地批判男性中大量存在的大男子主义、自私、狂妄、粗暴、冷酷等痼疾,也才能真正赢得男人们的尊敬。

妇女文学真正的责任在于提高妇女。提高妇女的自我意识将是长期而艰巨的。

我想举一个例子,一次有一群男女大学生激烈地讨论问题,其中一个女生责怪男生说:"你们真没有大丈夫风度,也不让着我们点儿。"——这就是弱女子意识。她缺乏足够的自信,只能依靠对方的让步,来获取胜利,这种以不平等心理去换取的平等,决不是真正的平等。正如一些慷慨的男士总要表现出"保护妇女"的姿态,而大多数妇女也很乐意接受这种"恩惠"。她们并没意识到,当她们把自己作为"弱女子"去乞求保护的时候,她们就如同旧势力希望的那样贬值了。最可怕的不是社会轻视妇女,而是妇女总把自己当成完美的弱者。

不能说男人和女人谁比谁更好或更坏。他们都有各自的和共同的问题。不要把男人和女人绝对对立起来。事实上,生活中同性之间的矛盾往往比异性之间的矛盾更为严重。

我们需要两个世界。

我们必须公正地揭示和描绘妇女所面对的外部和内部的两个世界。所以,如果能够把女作家所写的关于女人和男人以及整个社会生活的作品,统称为妇女文学,它的内涵和外延就会更加广泛和深刻。

我的发言本该结束了。请允许我讲完最后几句并非题外的话。

七十年代的中国历史上,妇女的地位曾突然变得"至高无上"。大批女钻井队员、女消防队员、女矿工应运而生。出现在文学作品中的她们,都是些浓眉大眼、气势汹汹、只谈革命不谈爱情、不爱红装爱武装的男性化的人。这样的形象被当成妇女解放的标志。实际上却是一次更大的倒退。这是对于人性的严重歪曲,对女性的精神侮辱。如果扼杀大自然赋予我们的女性美和女人柔韧温婉的天性,无异于扼杀我们的生命。中国几乎经历了一个没有女人的时代。教训沉重而惨痛。而生活在今天这样一个开放的时代的妇女,她们比任何时候都更珍视自己的女性特质。她们并不一定非要和男子做同样的事情,而是要以与男子同样的自信和才能,去做适合她们做的事情。她们决不仅仅希望同男子一样,而是要更象女人,与男子有更大的不同,比男子们更富于魅力。她们需要事业、成功和荣誉;也需要爱情、孩子和友谊。她们同一切陈规陋习的斗争将旷日持久。

当然新的问题总是层出不穷。事业和爱情难以两全其美,事务和工作的矛盾日益突出。献身于科学文化事业的妇女,不容易寻觅到满意的伴侣,因为男子们更愿意选择能够为他们服务的贤妻良母。有成就的中年妇女,承受着照料家庭和事业竞争的双重负担,智力上优势的强度和持久度也总是低于自己逐渐上升的生理劣势。这种不公正是上帝的错误,我们所能做的只是努力把这种劣势变为优势。以我们的优势去战胜和改变劣势。我们只能以自己加倍的勤奋和努力,以我们潜在的力量,使男人们不仅在口头上,而是真正在行动上承认妇女参与管理这个世界的权利。

只有当不再需要用三八国际劳动妇女节来提醒男人们尊重妇女的时候,妇女才有自己真正的节日。

女性世界和女性文学

——致张抗抗信

吴黛英

抗抗同志：

你好！最近，我有幸看到了你在西柏林举行的妇女文学讨论会上的发言稿，很受启发，也感到意外的高兴。因为近年来我一直对妇女文学问题很感兴趣，也写过一、两篇有关这方面的十分幼稚肤浅的文章。而你的这个发言，尽管明确表示不甚赞同妇女文学这个提法，但字里行间却表现出强烈的女性意识，可以说是近年来我国女作家就妇女文学问题发表自己比较全面而系统看法的第一个。这个发言，对我来说，无疑是一份极为宝贵的研究资料。

可能因为作家与批评者观察生活和思考问题的出发点常常不尽相同，对于你发言中的某些看法，我不敢苟同，但也未必能提出正确的、有说服力的论点和论据。我只是想，凭借《文艺评论》提供的这块争鸣园地，就这些问题，大胆、坦率地与你这位已经誉满国内外的作家进行一番讨论，意在通过这次讨论，能把对妇女文学的认识引向深入。

你在发言一开始就对妇女文学的提法表示了疑义，这是有道理的。因为，至今为止，国内外流行的妇女文学这一概念，其外延和内涵一直比较模糊。不过，总的来说，大致有广义的和狭义的两种。广义的泛指一切描写妇女生活的文学作品（也包括男作家的此类作品）。如我国近年来有一个新创办的杂志《女子文学》，其宗旨就是"女子写，写女子"（也发表男作家作品），可以视作广义的妇女文学。而狭义的一般指女作家的作品，有的定得更为严格，限定只有由女作家

题解　本文原载《文艺评论》1986 年第 1 期。作者以通信的方式对张抗抗有关妇女文学问题的看法作了回应。吴黛英赞同狭义的"妇女文学"概念，认为"女性文学"更突出了性别特征。文章就中国当代妇女文学的发展现状，《人到中年》《北极光》等作品是否属于"妇女文学"，妇女解放与人类解放的关系，女作家及妇女文学对妇女解放应有的责任等问题，与张抗抗进行了坦诚的交流，得出"我们这一代女性有责任在提高自己的同时，也去努力提高广大妇女群众"的共识。

创作的,描写妇女生活,并能体现出鲜明的女性风格的文学作品方能归入妇女文学。这几种分法是从不同角度和层次划分的,各有道理。我个人赞同狭义的概念,并认为,与其用"妇女文学"这一提法,不如改用"女性文学"。(这一概念如是从国外引进,翻译时似应为"女性文学"更妥。)虽然仅是一字之差,但侧重点不同,后者更突出了性别特征。我可能在这方面太狭隘了,过于执着于两性间的差别而忽视了它们之间的相互联系。但我以为,既然称之为"女性文学",就应有较为严格的规定,它是相对于"男性文学"而言的(国内外也已有此提法,并已有所研究),应是能体现出鲜明女性特征的文学作品。当然,我不否认,作为人类的两种不同性别的群体,确有许多可以相通甚至完全相同的地方,否则就不能共称为"人",但他们之间又确确实实存在着某种差异(包括生理、心理及由此派生的)。随着现代科学技术的发展和人类对自身认识能力的日益提高,各国对两性间差异的研究也更加深入。生理学、心理学等学科的分类已很细,其中也包括按性别分类的学科,如妇女心理学等。男女两性由于生理和心理上的某些不同,必然导致他们在感知世界、认识世界以及改造世界能力诸方面的差异,并由此派生出诸如思维方式,行为方式等多方面的差别。这一点,目前已为公众所接受,因为生活实践和科学研究已提供了这方面的有力证据。正是基于以上认识,我曾翻阅了有关科研资料,并借助于自身作为女性的感受体验,试图从女作家的创作中寻找和探究"女性文学"的若干特征。(见《文艺评论》1985 年 4 期)尽管这种研究显得粗浅狭隘,甚至被某些人视为毫无价值,但毕竟对两性间的生理、心理差异如何投影在文学创作上这个问题作了初步探讨。令人欣喜的是,在评论界,已有人开始对此注意,也有了为数不多的几个知音。估计在不久的将来,对女性文学的讨论和研究将会日渐深入。

另外,从文学作品的分类来看,自古以来,就有多种分法。除了按体裁、题材、艺术形式等对文学作品进行基本分类之外,还有许多其它分法,如按纵的时间年代和历史时期划分的(象中世纪文学、文艺复兴时期文学、古代文学、近代文学、现代文学……),或按横的空间地域分的(如欧洲文学、亚洲文学、中国文学……)。到了现代,伴随着新的艺术形式的层出不穷和文学研究的深入,对文学作品的分类也越来越细。仅新时期文学,人们就可以从各个角度加以划分,如所谓的伤痕文学、反思文学、改革文学、知青文学等,是从题材角度分的;乡土文学和现代文学,是从表现手法角度划分的;海洋文学、森林文学、草原文学等,则是从作品所着力表现出来的自然环境特色来界定的……如此等等,不一而足。这些划分都未必十分科学、合理,但经过社会的约定俗成,也都已被接受。更重要的是,通过这种越来越细的、多层次、多角度的交叉分类,我们对文学的研究也更加深广,并趋于立体化,同时也更加有利于我们对新时期文学作总体的宏观把握。正是从这个意义上,男性文学和女性文学也不失为一种按作者性别(更准确地说是按作品表现出来的性别意识和性别特征)来对文学作品加以区分的分类法。所以,从英国女作家维吉尼亚·伍尔芙在一九二九年的一次演说中提出要创造一种女性的文风以来,尽管有不少人从这样那样的角度加以反对,但女性文学的提法却已被普遍接受。这次西柏林召开的妇女文学讨论会就是一个有力例证。

你在发言中还肯定地认为,中国当代文学的森林中尚未长出妇女文学这棵大树,并以谌容等作家及你自己的创作为例,加以证明。我不否认,在建国之后直至一九七六年,这二十多年间,确实未形成女性的文学盛况。但进入新时期以来,由于大批女作家的崛起,女性文学虽然尚未长成参天大树,但也已枝叶丰茂,正在走向繁荣了。绝大多数女作家都从自身体验出发,创作出了大量反映妇女生活、探索妇女命运的作品(这是广大读者有目共睹的,不必一一列举了)。其中,也不乏"在千百万妇女中引起轰然回响的作品",如张洁的中篇《方舟》和航鹰的中篇《东方女性》,都曾在广大女读者中引起过强烈反响甚至心灵的震撼,尽管这两位作家的妇女观并不相同。

即使在你认为并非反映妇女问题的作品中,我也十分容易地感受到了渗透其间的女性意识和作家有意无意地表现出来的妇女切身问题。谌容《人到中年》的主题,并不象你所总结的那样单纯,仅仅是反映了中国中年知识分子的苦恼,这篇作品之所以引起社会的轰动,在于其蕴含的丰富的社会、历史的信息以及成功的艺术典型。我们且不谈它反映了当代中国知识分子的命运和各种社会矛盾,写出了民族性格和民族心理在陆文婷身上的积淀和投影,仅就陆文婷因过分劳累猝然倒下这种事本身,就可看到我国当代知识妇女普遍面临的家庭和事业的尖锐矛盾。另外,全篇所刻意描写的陆文婷在病重期间的心理感受和情绪变化,是那样细腻、优美、柔和、深挚,这些,都表现出鲜明的女性特点。

至于你的中篇《北极光》,尽管你以为它不属于妇女文学之列,而写的是我们这代人对生活的态度,并以许多男读者的积极反响为例。实际上,古往今来,几乎没有过单为女读者或男读者所创作的作品。正如你在发言中所说的,妇女文学也决不单单给女性看的。大凡优秀作品,由于蕴含的信息量比较丰富,可以给人以多种感受和启示。鲁迅评《红楼梦》的一段话想来你也一定很熟悉(恕不转引),他的意思是说,不同的读者以不同的角度去读《红楼梦》,会获得不同的感受。你的《北极光》写得内涵较深,且有一定的象征寓意,使作品超越了一般小说的情节模式,而获得了对人生的探索这一更高层次的意义,这就使正在从各个方面探索人生的青年都能产生较为强烈的共鸣。但芩芩的追求又显然带有她自身鲜明而又强烈的女性特点。打个不恰当的比喻,她的追求是安娜式的,而不是列文式的。(他们的追求代表了男女两性在不同方向上的对人生的探索。托尔斯泰的原意可能也在此。)因此,你的《北极光》曾不止一次地被我作为新时期"女性文学"的代表作品之一加以分析和研究。

在发言中,你还探究了自己所以对妇女文学不甚注意的原因。你认为,这个世界上男人和女人面临着共同的生存和精神危机,特别是十年内乱时对"人"的问题的思考,几乎吸引了你的全部注意力,所以你一直无暇顾及妇女命运问题。你有一条看起来似乎很有说服力的道理:"当人与人之间都没有起码的平等关系时,还有什么男人与女人的平等?"而我的看法正与你相反。我认为,妇女解放是人类解放事业中不可或缺的重要组成部分,而且,它往往成为社会解放的某种先导,如考察各国妇女运动史,这类例子比比皆是,恕不赘述。究其原因,也很简单。因为女性较之于男性,受压迫更深,而且在两性之间,自夫权制以来,女性一直受到男性的奴役。这并非我的杜撰,而是许多社会学家包括马克思主义者早已证实了的。从时间顺序和因果、逻辑关系上看,妇女解放是人类解放的前提(同样,男女平等也是实现人与人平等的前提),而不是它的后果。只有当妇女首先解放了,随之,作为妇女统治者和压迫者的男性也最后解除了来自异性的反抗威胁,获得自身的解放,(尽管两性的"解放"含义不尽相同)因此,没有妇女的解放,人类的解放只是一句空话。正是从这个意义上,傅立叶首先提出了"妇女权利的扩大是一切社会进步的基本原则"这一论断,得到了恩格斯的肯定和赞许。

我想,如果你想通了这个道理,就会强烈地意识到自己作为一个女性作家对我国妇女解放运动的责任,从而自觉地为妇女利益而斗争。令我感到高兴的是,你在发言最后部分突出地强调了作为妇女代言人的女作家的职责,并明确指出"妇女文学的真正责任在于提高妇女。"这就有力地证明,尽管你声称自己不怎么关心妇女命运,实际上,你始终没有抛开你的女性意识,而且并非对妇女命运漠不关心。不过,你的关心,不象别的作家,更多地体现在同情和理解上,而主要表现为对相当多的同性自我轻视的焦虑甚至不满,颇有点"哀其不幸,怒其不争"的意思。

确实,现在是到了中国女性正确地认识自己,了解自身所具有的种种长处和弱点,以使自己进一步从形形色色的束缚中(包括外在的和内在的)解放出来的时候了。你的见解是深刻的,你的焦虑与不满甚至要比同情、抚慰更有价值,这对我很有启发。以前,我一直较多地从外部去探讨妇女受歧视受压迫的宏观原因,而较少从内部挖掘其主观因素,甚至由于自身的狭隘和偏爱对女性的某些弱点作了较多的美化,这对读者实际是有害无益的。在实际生活中,也是如此,当遇到种种因性别造成的不利条件时,我就常常怨天尤人,一味谴责社会和他人,实际上这也是弱者意识的表现。这种积淀在心理深层的潜在的弱者意识,在大多数妇女身上不同程度地存在。我们这一代女性有责任在提高自己的同时,也去努力提高广大妇女群众。我作为你的一名忠实读者(有时也是一个颇为挑剔的批评者),迫切地期待着你能早日写出这一类作品来。

这封信本应到此打住,但看了你发言结尾的并非题外话,又忽发联想,很希望与你共同探讨,故又添了这条蛇足。你对中国七十年代社会上出现的女人"男性化"现象持激烈的反对意见,这我很赞同。但我以为这只不过是在特殊历史条件下人为造成的,如果生活迫使我们不得不向"男性化"发展时,我们又该怎么办? 这是我近年来一直颇感苦恼的理论问题,同时又是一个实践问题。现代社会剧烈的竞争(包括知识、能力、体力等方面,并非指经济意义上的),往往使我们不知不觉地在某些方面日益男性化起来,譬如进取、好胜、强悍等原本属于男性的一些性格特征已在越来越多的女子身上体现出来。张辛欣是女作家中比较早意识到这一点的,她曾在一篇文章中谈到过自己的矛盾心理,"作为一个女性分析自己,我深知自己的软弱和渴望依靠的天性。但是,在社会生活中,你必须完全依靠自己的力量不断往前走"。她的中篇小说《在同一地平线上》比较鲜明地体现了这种思想,作品女主人公在家庭与事业发生尖锐矛盾时毅然选择了后者而舍弃了前者,这种选择完全可以视为是男子式的。

对于这种社会现象到底怎么看? 评论界有不同见解。有人认为,这是历史的进步,是妇女解放和社会发展的必然趋势,也有人把它看作是西方女权运动的末路,是一种违反天性的畸形的病态。我以为,这种现象的出现只是暂时的,它是一种对妇女压迫的矫枉过正,是在恢复女性本来面目过程中的必经阶段。值得注意的是,东西方在当代都出现了这一类社会现象。在西方,受过教育的中产阶级妇女也大多面临这样抉择——要么成为家庭主妇、消费的奴仆;要么同时担当起两项工作的重担。西方社会把后一种既操持家务又有职业的妇女叫作"超级妇女",在这类"超级妇女"身上,也出现了某些类似男子的性格特点。这种相似现象表明,东西方的妇女解放运动出现了同步前进的某些迹象,它对于考察妇女解放运动的发展趋向和某些规律提供了依据。从这一现象,我们是否可以得出这样的结论:只有通过这种英雄式的抗争,女性才能争得与男性真正平等的地位,而后,才有可能在男女平等的前提下,恢复女性的本来面目(即所谓女子的天性)。我以前曾把这种男性化看作是现代社会对女性的异化,现在我仍持这种看法,不过更深了一层。我以为,这种异化比起尚束缚在家庭中,处于人身依附状态的家庭奴仆式的异化,是不同形态,甚至是不同性质的异化,前者比起后者来,又高了一个层次,升了一个阶段,即使仍是异化,毕竟距离人性的复归更近了一步。因此,这种男性化很可能是妇女解放过程中的一个必不可少的环节。这个结论真有点耸人听闻,可能难于为人接受,但生活自有它钢铁般的逻辑。

从发言的结束语,我看到,我们俩的看法又达到了一致,你凭艺术家的直觉也已意识到了这一点,并毫不犹豫地作出了自己的选择,以我们的优势去战胜和改变劣势。这一选择,充分显示出一位强者对生活的自信。

拉拉杂杂写了许多,文笔枯涩又多说教,大有裹脚布之味。只因对此问题十分关注,所以不惮浅陋,冒昧请教。抱歉。

祝

笔健!

吴黛英

一九八五年九月二十五日

找回失落的那半："认识你自己"

——关于女性文学的思考兼及人类意识的提高等等

陈惠芬

在漫长的人类历史中，"认识你自己"，这也许是最富诱力和永恒性的命题了。早在人类还不得不以全力适应外部自然的时候，一种对自身的内向观察就已经伴随着那种对世界的外向观察；但无庸置疑的，人类对自我真正自觉深刻的认识，却只有在不断摆脱了对自然的依附和自身牢笼——对人类一部分的妇女的偏见——的束缚的条件下才能实现。

这里，妇女被作为明确的一项而提出，固然首先和妇女的现实、历史处境有关，但更和妇女在人类文明整体框架中的作用有关。无论过去还是今天，男性显然都无须特意强调自身的价值。他们的作用和地位经由历史的权威已牢牢镌刻在人类全体的心灵中，而人类对自我的"发问"通常也正是在既成的男性传统上产生的。但妇女被作为一种与历史发展无关的成分忽略不计，却已约定俗成为社会深刻的"无意识"，妇女的特殊性往往被淹没在一般的社会、历史或人类文化的思考中。然而妇女并非可以轻视或忽略。人类因两性而构成一个完整的整体，人类的生活必然地也只有两性共同的努力才能完整。如果说在历史的发展中，为了文明艰难的发展，人类曾经是以自我的"牺牲"和妇女的"失落"

题解 本文是《当代文艺思潮》1987 年第 2 期"当前女性文学探讨与争鸣"专栏中的首篇，文章从人类文明曾经以妇女的"失落"为代价，而对妇女的认识必然最鲜明地体现了人类自我意识的程度这一论题出发，从自然、历史、文化、心理学、社会科学等方面论述了女性文学存在的独立性依据，认为女性文学从根本上是人类生活和自我意识觉醒的产物，女作家日益把对社会人生和女性特殊生活经验的追求和体会变成一种文学，向文坛注入了新的审美质素。文章强调只有社会对女性的生活和精神都变得真正宽容了，才有望女性全力创造出足以构成高峰和精品的巨著来；指出作为女性文学核心的"妇女意识"本质上也是跨越种族、历史和国家而存在的。

为代价的,① 那么,随着人类生活意识的发展和提高,必然也带来文明框架的重新审视和妇女作用的再认识。事实上也是,人类自有意识以来,就一直进行着不倦的探索。不仅探索人与自然、人与社会的关系,也探索两性之间互存互利的自然关系和社会关系。这一探索的初始形态曾以人类童年时代那稚拙而日后再不可企及的想象力在从希腊神话到印度宗教的一系列"创世原型"中留下了深刻的烙印。而人类的文化越往后发展,这种包括两性关系在内的探索就越变得精细深刻和突出重要。"男女之间的关系是人与人之间直接的、自然的、必然的联系……,因而,根据这种关系就可以判断出人的整个文明程度。"② 由于历史特殊的演化,妇女的身心面貌已经客观上成了人类进化的一面镜子,人类从妇女的发展中看到了自己作为"人"的成长;换而言之,对妇女的认识必然也就最鲜明地体现了人类自我意识的程度。历史发展到了今天,面对着人类生活的又一关口和严峻处境,人们显然已经逐渐意识:由于历史将妇女排斥在外,人类既成的文明是不完整的;只有在一切领域里挖掘包括妇女的身心潜力在内的人的一切创造力,才能使现有的文明和人类的发展变得完善和顺利起来。于是,在自然科学领域里提倡男性思维和女性思维的结合,在史学和思想的范围内发掘女性的影响,在政治决策中注意到左脑型(男性型)和右脑型(女性型)的差别和互补,以及经济活动中女性管理学的开拓等等,便日渐在世界范围内应运而起。

在一切"女性的觉醒"中,女性文学无疑具有最为悠久的传统和令人瞩目的阵容。当历史将女性无情地排斥在一切社会活动之外的时候,女性却用文学"保存"了自己;而当女性解放终于蔚为时代风气、发展到一个更高层次的时候,女性则更以文学而"发现"自身。时至今日,由于西方女权运动的影响和我国近年女作家创作的崛起与加入,女性文学可以说已经在世界范围内奠定了基础。然而,不是在女性地位似乎最为确定、影响最为广泛的地方,它同时、却也理所当然地遭受了人们严格的疑问:仅仅作为"女权运动"的回声,这一思潮究竟在多大程度上获得了"文学"的本性和独立? 而要作为文学的一个独立分支而存在,

---

① 人类的自我意识虽然在诞生之初即已萌发,却是在对自然较大程度的控制后才明显发展起来的。在很长一段时间里,人类不得不因自然沉重的牵引而"放弃"了自身的思考;而人类对自然控制的自由度往往又会在对妇女的态度上鲜明地表现出来。如马克思曾经引证过的:若干万年前男女之间之所以产生了第一次分工,即一方——男性承担了主要谋取生活资料的职能,从而成为社会生产力也是社会财富和权力的代表;另一方——女性则自然承担了从事全部家庭劳动的职能,并由此而从社会活动中分离出来,造成地位和权力的失落,正是因为当时社会生产力水平的限制,加之"自然分工"的选择而使然。这时,人类对自然的关系是非常不自由的,反映在自身上,其表现之一就是对妇女"压抑"的开始。

② 马克思:《1844 年经济学—哲学手稿》。

又到底具有多少心理、文化的乃至文学本身的依据?

这样的疑问西方和东方同样存在。但这一疑问比单纯的"男性傲慢"更值得作出反应。虽然可能的思考并非即能为这一思潮找到严整的理论和有力的原则,但也是有助于"原则"的建立和人类及女性文学的自我认识的——这里,"认识你自己",正是对全体和每一个个体而言。

诚然,对于一种"同一性"的认同,无论如何是要依据广阔的背景的。不仅需要已有创作的呈现,而且还要有更为深刻的能够不断构成"新的呈现"的把握。但就此而言,女性文学不难在自然、历史或心理学与社会科学的范围内找到有关"同一性"的有用线索。

首先,从自然根源的角度而言,人类是由从生物学角度区分为男性和女性的两部分人组成,如达尔文《人类的起源及性的选择》中所指出:"人身上两性之间的差异比大多数猿猴类更为明显。"女性和男性在发生学、解剖学和生理学上有着明显的不同。现代医学研究证明,性别的分化在胚胞里即已开始,二十三条染色体中的一条向胚胎提供决定性别的基因。但这一基因提供的差异不仅包括第一性征和第二性征,而且涉及生殖之外的整个身体器官的功能。据有的学者说,这种两性分化很可能不单是器官上的差异,而是组织的、细胞的、分子的差别。同样,女性和男性在解剖学方面的差异也不仅仅是数量(身体、体重)的差别,这些差异涉及到身体的构造及其特殊的造型;而两性在生理学上的差异则直接关系到所谓"人的生命活动的主要职能"实现的力度和速度。值得注意的是,两性在自然生命形式上的差异决非仅仅具有生物学的意义;我们之所以关注两性自然生命的差别,也无非在于说明,心理活动的实现和自然生命的结构有关。如感情产生的基础就是在神经系统中完成的一定的生理过程。感情在功能上是同人体的所有器官(血液循环系统、内分泌腺、肌肉等)的活动状态联系在一起的。正因为此,感情才能表现人经过大脑皮层的某种生命反应。我国心理学家潘菽则曾更明确地指出:"整个人体都是心理的器官。"① 因而,女性和男性在自然形式上的差异不能不先天地影响到心理结构模式或功能上的差异。如现代心理学研究所提供的,男性一般逻辑推理能力较强,女性语言表达能力较好;男性的平衡感觉能力较强,而女性的色调感受力和触觉则较男性更为敏锐……,如此等等,都和两性的种系发生与生理特点(脑结构分布、神经类型和机体觉等)不无关系。

生理和心理的这种关联还为心理活动的另一个重要事实——运动的扩散和

---

① 《心理科学通讯》1982 年第 1 期。

普遍化所证实。法国心理学家里波指出："动力活动渗透于整个心理。"他引用詹姆士的话说："每当一个印象伴有意识时,刺激起来的(意识)流就传播到整个大脑,并且震动所有运动器官,甚至是内脏器官。"这是一种来自低级或高级运动中心(而不是直接来自外界刺激的)通过输出通道而起作用的运动觉,然后由感觉神经再传到大脑并决定一种感觉。这在智力活动和情感活动中都是如此。① 女性由于在生理构造上与男性不同,其运动觉的产生和传导想必也与男性有所不同。而这一不同在文学中却也并非无可窥探。吴尔芙的话就某种程度揭示了这一差别的存在。她指出:"一个男人思维的分量、速度和她自己太不相同了,她根本无法从他那儿剽窃有重大价值的任何东西。"② 奥斯丁虽然不如吴尔芙那样斩钉截铁,但也委婉地、却更早地表达了与此相同的看法。她在给侄儿的信中说:"你那强有力的、男子气的、生气勃勃的素描,充满了变和光彩,我拿它们怎么办? ——我能把它们加进我那一块(两寸宽的)象牙上去吗?"③ 我们当然还应注意到为数不少的当代女作家,她们的笔力正在变得越来越强悍。然而即便如此,你也不难明显地感觉到,她们那几乎伴随着"强悍"同时而来的疲惫焦躁、气喘吁吁和依然潜流般存在的如水柔情的回旋荡漾与男性天然沉稳、厚重的生命节奏的差别?

当然,使女性足以产生创造一种"同一性"文学冲动的心理背景,更主要的还是在社会的历史文化中形成的。这里,"女权运动"以及不同背景、不同程度的妇女解放运动对"同一性"的促发有着直接和不可磨灭的功绩(如美国妇女文学就是女权运动的直接产物,我国新时期女作家创作的兴起显然也和妇女解放程度的提高密切有关),却本质上根源于更深刻的历史过程。在历史的发展中,女性由于生活方式和处世态度的不同,已经产生了一种不同于男性的心理结构(但即使在这里,女性自然属性的作用也仍然没有消失,相反则更生动地显示了人的自然本性是如何在与社会的交互中起作用的),一切女性解放的社会运动不过进一步的唤醒和提高了这一结构的内在特性。因此,女性文学的产生虽然和"女权运动"有关(尤其在西方),却不是这一运动的简单回声。如同方兴未艾的妇女解放运动本质上是人类生存方式的又一次变革,女性文学也根本上是人类生活和自我意识觉醒的产物,是美丽丰富的人类精神之一。而"女权运动"的社会树上之所以能结出"文学的"果实来,乃在于历史已经孕育了它的意识内核。

---

① 转引自《艺术创造的心理条件》,《美学》第 4 期。
② 《美国当代文学》(下)第 480 页。
③ 《奥斯丁研究》第 12 页。

不难理解,是劳动生产最终形成并发展了人类的感觉器官和心理结构;女性作为人类一部分的心理的构造必然也是在这一过程中被孕育和发展的。但这里应当补充或强调的是:并非仅仅使用工具和制造工具的物质资料的生产制约了人类心理的发展,人类自身的生产及由此而来的变化也同时建构着人类——尤其是女性的心理。恩格斯指出:"根据唯物主义观点,历史中的决定性因素,归根到底是直接生活的生产和再生产。但是生产有两种,一方面是生活资料即食物、衣服、住房以及为此所需的工具的生产;另一方面,是人类自身的生产,即种的繁衍。一定历史时代和一定地区内人们生活于其下的社会制度,受着两种生产的制约。"① 遗憾的是,长期以来,我们对这一基本理论尚缺乏全面完整的理解,往往片面地强调前者、否定后者;而到了"左"倾思潮泛滥的时候,则连前者也被"阶级斗争"所取代了。实际上,两种生产的关系是至为密切的,在生产方式起决定作用的地方,自然的"存种"的要求也同样在发生作用。而马克思和恩格斯也从来没有因为强调经济和社会的决定作用而否定人的自然生命活动。相反,倒恰是他们明确地指出了必须将人的社会属性和自然属性联系起来思考:"任何人类历史的第一个前提无疑是有生命的个人的存在。因此,第一个需要确定的具体事实就是这些个人的肉体组织,以及受肉体组织制约的他们与自然界的关系……任何记载都应当从这些自然基础以及它们在历史过程中由于人们的活动而发生的变更出发。"②

以这样的观点为指导,我们就不能不关注到女性的心理形成和人类自身的生产及由此而来的历史境遇密切有关。不难想见,自有人类以来,女性就承担了包括抚养子女的全部劳动在内的"自身生产"的重任。在人类早期这一艰苦而崇高的自存活动中,女性由于孕育和哺乳活动的关系而最早萌发和体会了人类的感情(人类最早的感情是母子感情,这某种程度可以在"恋母情结"的神话原型中得到印证。诚然希腊神话中同时也已有"恋父情结"的出现,但因为"知其母不知其父"的历史阶段的存在,"恋母"必然地是先于"恋父"的),加之女性的活动范围客观上比男性更多更早地洞穴化和人间化,便日益发展了身心中柔和的部分,初建了敏感细腻的心理结构。而日后女性传统地位失势的"世界性失败",则又从两方面影响女性心理的形成。一方面,父权制和私有财产的产生,使得女性的自然属性成为被奴役的对象,女性日益沦为生育的工具和家庭的

---

① 恩格斯:《家庭、私有制和国家的起源》。
② 《马克思恩格斯全集》第3卷第23页。重点号为引者所加。

奴隶,生活视野明显受抑,这一过程在女性的心理上留下了深刻的烙印;另一方面,正由于被完全排斥在社会活动外,便很难说幸耶是不幸地,却客观上免遭了更多的"感情异化"①,而因被社会排斥而来的能力得不到施展,精神无所依托的苦闷和压抑,也使女性自觉不自觉地在家庭生活和感情生活中全力"抛出"自己与"实现"自己,从而又深化和构筑了女性的心理结构,诸如深刻的情感能力和独特的见事方式等等。某种心理学认为,② 人的大脑在历史中不断进化,长期的社会(主要是种族的)经验经过无数代人、无数次的重复,会在人脑结构中留下生理痕迹,形成各种无意识的原型,它们不断向下遗传,成为人人生而有之的"集体无意识"。某一特定社会历史下形成的集体无意识,包括许多特殊的传统象征或原型,它们在组织思想和动作时就象一幅幅构架和印模。由此,我们不难肯定,女性生活的这一过程也已经凝结在女性的精神气质和深层心理中,成为她们——女性的"集体无意识"。宏观而论,女性总体的历史生活通过遗传基因的作用而积淀在女性个体的深层心理——无意识活动中;微观而论,个体往往由于后天——现实的触发而唤醒这一深层无意识心理。

以上分析诚然还只是一种假说,但不仅科学并不和假说绝缘,而且我们还不难找到一定的例证而充实这一假说。如六十年代,国外心理学家曾对两性在梦境内容上的差异作过统计和研究。结果发现,女性在梦中的视野小于男性,女性的梦多发生于熟悉的室内环境中,男性的梦则多在室外发生,且多数奇异陌生。女性在梦中的活动规模也小于男性。男性多数梦到集体的行为或团体的活动,女性的梦则多常涉到某一个人(或自己)的遭遇。③ 虽然这只是一个"梦的分析",但如果我们意识到梦与我们人类生活的关系,那么便不难从中窥探到人类心理形成的某些踪迹。女性由于历史活动和男性不同,其所具的"集体无意识"便也有所不同。"心理类型"的创始人云恩则从另一方面指出了女性心理的独特性:"若就情感无可争辩地是女性心理学的一个比思维更为明显的特殊性来说,最显著的情感型也是发现于女子之中的……我能想到的这种类型的事例,

---

① 女性比男性较少感情的异化,这不难理解。正如在资本的发展中,工人事实上比那些操纵别人、控制生产的人所遭受的异化程度要小些。阿恩海姆曾就人的感受力指出:"对表现力的这种敏锐感知,在大多数成年人当中都由于经常习惯于以科学的标准和实用的标准来看待事物反而被大大削弱了,而在某些原始人和儿童中还保留着。"(《艺术与视知觉》)同样,在历史的过程中,女性由于较男性而少社会功利与"逻辑"的濡染和训练,势必也更多地保留了人类原始而敏锐的天性以及在生存竞争中日益丧失的淳朴感情。

② 此处系指云恩的心理学理论。

③ 据(香港)周丁浦生的《心理学与日常生活》。

几乎没有例外,都是妇女。"①

　　作为一门研究人的心灵的科学,心理学所揭示的通常具有"依据"的价值,但因其严密而抽象的要求,往往又不能提供更多的、具体的例证。相比之下,文学所能显示的心理事实就要丰富得多。事实上,也正是在女性文学本身的范围,女性独特的"集体无意识"才较一切领域表现得强烈而生动。以我国新时期文学为例。比如,同样处于"文化"的冲突中,面临着现实严峻的挑战,女作家的选择明显地不同于男作家的思考。她们思考民族的命运,但主要不是回过头去寻找——如当今那些热衷于"寻根"的男作家所做的那样,而更热切于现实的矛盾和变化;要说她们也关注文化,却显然更有兴于打捞"当代文化"。这一倾向和女性"集体无意识"的传统有关。如果说男性由于既往历史主动者的地位而熔铸了在传统文化的反顾中企想将来的心理品格,那么,女性的"光荣"和心理意向则不在往昔。一般来说,她们更适于寻"梦"而不自觉于寻"根"。历史虽然也曾给予她们"辉煌"的时代,但毕竟又给予她们更多的屈辱。一种强大的"无意识"在不自觉中制约着她们不能从往昔去汲取"诗情";同时她们不用启发也就能明白,只有生活不断的发展才能给女性带来更大前途和进一步解放的可能,虽然起步之初常常比往昔更为矛盾重重。因此,尽管处于过渡的时代,现代生活的紧张给女性、尤其是职业妇女的生活带来了尖锐的矛盾,她们却始终执着于"现在",憧憬着"将来",无论路上多么艰难,都决不回头,勇敢地背负着历史沉重的十字架前行。于是,我们在当代女作家的笔下便很少看见对远古历史传统的缅怀或寻根问源(当然不是完全没有,王安忆的《小鲍庄》等就是一个显著的例外。但即便这样,你也不能说其中就完全没有"大哥哥"的"引诱";不过这种"引诱"正恰契合了她天然融洽于日常琐屑和"似水流年"的天性罢了。同样,张辛欣继《北京人》之后的"运河行",也难免和风气的"诱导"有关),而那种对现实的感应和感受以及奋力的追求却渗透在诸多细腻又"强悍"的当代女作家(中外皆是)的一系列创作中。②

　　再如,作为文学史一般事实的女性作家往往执着于爱情的探索,也和女性

① 《现代西方心理学主要派别》第413页。
② 如被评论界褒为富有"男性力度"的谌容——恰恰是她最早感应了当代职业妇女的生存紧张——的《人到中年》、张洁《方舟》、张辛欣《在同一地平线上》、陆星儿《写给未诞生的孩子》,以及更年轻的女作家黄蓓佳、刘西鸿的《请与我同行》和《你不可改变我》等等。美国当代女作家欧茨最近出版的《玛利亚》也颇有代表性。据作者自白:"此书的原意是象征追求一种智力解放的愿望。玛利亚经过一个无性别之分的阶段,正是我们这一代妇女的实验。"可见,女性不惜自身的"改变"(所谓"雄化")而全力于现实的追求,是有共同性的。

"集体无意识"的印模有关。不难想见,在历史的重压下,女性的历史生活十分悲惨,往往在普遍的阶级压迫之外,还要遭受两性关系上的极大屈辱——事实上阶级压迫和性压迫也不是可以绝然分开的。正是在这样的关系上,恩格斯指出:"最初的阶级压迫是和男性对女性的压迫同时产生的。"这种不幸的生活处境自然地便使女性不自禁地把一切生活的成败都归之于爱情——两性关系的成功与失败,如黑格尔所说:"女子把全部精神生活和现实生活都集中在爱情里和推广成为爱情。"唯其如此,也唯其女性在爱情追求上的自由度和实现度客观上是社会进展的标志,能够从深层次上反映出社会由经济、政治和意识等所构成的文明的总状态。因而,女性往往便自觉不自觉地以身试"变"——以自身爱情的状况而测试社会解放的程度;也正因此,每当社会变动来临之际,这一测试就变得越为频繁和敏锐。与此相连,"生育工具"的原始心灵创伤则往往又使她们——女作家执着于"情"而不屑于"性"。虽然"性"根本上也是人的一部分。

女性特殊的"集体无意识"模型还表现在女作家的"家庭"为构架的小说中。这一传统自十九世纪初奥斯丁开创以来,至今仍在发生着,并越来越具有重要的作用和影响。司各特当年评论奥斯丁的作品说:"它们属于几乎是在我们的时代才刚刚出现的那一类虚构作品,它们所刻画的人物和事件比过去的小说规律所容许的更为直接地取材于日常生活的潮流。"① 但今天这已成为女性文学的一个十分突出和自然的特点。从我国新时期文学来看,女作家创作最突出的成就也就是开拓了自己的小说天地。她们跟随于广泛的社会人生,但尤以"家庭"为核心,通常由家庭而关注到生命的延续(童年、结婚、生育)和生命的间断(离婚、人流、死亡),社会的心理和道德以及重大的风尚往往通过一些家庭细节、日常琐事反映出来。而即使是直接描写社会重大的变革,"家庭"也仍是一块不能放弃的阵地。② 她们之所以会有这样的"构架",乃是因为,在漫长的夫权社会里,女性只是从周围家庭生活的环境中认识自己,女性特殊的心理结构,无论是深刻的情感能力还是独特的见事方式都主要是在家庭范围内发展起来的。母亲和姐姐把"家"的观念传授给了她,家就是她的"内在"自我。少女时代家成了她梦想独立的基础,而日后即便通过其它途径获得了自由,她也仍不能放弃家庭这个处所。在外部世界里,她总是感到不安全,仍然需要一个自我躲避的观照的场所。那里——"家"正是她象征性的内在世界,她习惯在那里寻找内心的安宁和

---

① 《奥斯丁研究》第 385 页。重点号为引者所加。
② 如张洁《沉重的翅膀》。

生命自由表现的感觉。这是一种深刻的"无意识",无论女性本身是否自觉到,都会或隐或显地表现出来。于是,王安忆才会那样自如地走进本不熟悉的张家少奶奶特殊年代的日常生活里去——丈夫、公婆、小姑,洗衣、买菜、做饭,"耗损"了高雅的端丽十年的青春;而张辛欣那恨庸俗甚于一切的女描图员终究也在八平方米的小屋里重建了理想的模式。至于陆文婷,如果她不是一个好妻子、好母亲,倒或可免于事业和家庭撕裂般的矛盾和痛苦……。相比之下,张洁的梁倩、荆华们最没有家庭的"羁绊"和温情了。但她们的"方舟"归根到底不还是那自我封闭的"家"——"寡妇俱乐部"?可叹的只是,即便在世界的这一隅,她们也仍然未能获得所渴望的"安全感"。

作为一种非自觉的意识生成,女性心理(包括集体无意识在内)之所以并不闭锁而往往成为打开女作家心扉的钥匙,这不是偶然的,乃在于它们本质上是一种自然——历史的成果。它们既蕴含了"人性"的奥秘,积淀了人类的历史,就必然作为"人"的一部分而起作用。而如果我们将目光重点落到历史的角度来,那么还将发现,它们往往一方面烙印了历史的曲折,一方面又经由了历史的孕育和扬弃。"人们自己创造自己的历史,但是,他们并不是随心所欲地创造,并不是在他们自己选定的条件下创造,而是在直接碰到的、既定的……条件下创造。"① 可以说,人类的两性——女性和男性正是在"类"的总命运的制约下,通过分工而发展了各自的、从而也是人类整体的精神能力。如上所举,女作家大都由家庭而社会,善于在一粒砂中看世界,且注重感情生活;相比之下,男作家则更关心社会历史,善于从宏观上把握事物的复杂关系等等,显然都和历史上两性生活的主动与被动、开放和封闭有关。却客观上显示了人类把握世界的不同途径和方式,是人类丰富的精神能力在不同性别群体上的体现,对于人类生活和自我意识的提高都是需要和不可或缺的;实际上,两性不同的心理趋向也总是互为补充和补偿的。正如女性对男性的理解通常很难多于对男性的了解,同样,由于历史限制和现实地位的原因,当代即使是最富同情心和理解力的男性事实上总的说来也未能充分理解女性的具体处境和对世界的独特意识。然而女性意识的发掘却不仅仅和女性自身的解放有关,也和人类自我意识的深化发展有关。

以上,我们从女性心理的独特性角度,兼及人类精神的完整而分析了女性文学的存在基础,却似乎仍未能免对人们要求"文学"独立性的疑问。实际上,一旦我们揭示出女性创造"同一性"文学的心理背景乃是一种特殊的生命活动和

---

① 马克思:《路易波拿巴的雾月十八日》。

历史生成,便也同时发掘了它作为"文学"的独立性。它显然符合这样的一种要求:"……生命之实际感觉过程,时时交织着紧张和变动、流动和缓慢,各种欲望的驱使和引导,特别是我们自我的有韵律的继续……从最敏锐的感受到最复杂的感情,便正是它所能表现的。"① 诚然,在语言手段等一些有关文学构成的基本方面,女性文学并没有创造一套不同于既成传统的符号系统,但这显然不能够也不必要。艾略特当年曾不相信英语中会有一种美国文学单独存在,结果却落下了永久的话柄;同样,如果以为如此就可否定女性文学的存在,便也有些冒险。我们不能要求女性文学完全从"零"开始,因为,向完整的人、合乎人的本性的人的自身的复归,必然地、也只能是以"保存了以往发展的全部丰富成果"为前提的;何况在既成的男性传统中本来就蕴含了女性的影响和代价。② 但公平而论,乔治桑的女性热情(勃兰克斯认为:"即使在她的热情的女性弱点里,也自有其伟大"),勃朗特姐妹探索"精神人格",曼斯菲尔德会心于生活的偶然性和日常磨难,弗吉尼亚·吴尔芙的"意识流"小说……凡此等等,对文学"寻找自身",难道不是一种有益的注入和求索? 就我国文学的发展而言,构成新时期文学重要审美基础的关注普通人的生活、强调生活应有的亲切性和日常发生的事故,以及情节的淡化、小说诗化等等,显然也和"女性美学"的渗入不无关系。从张洁的心态小说和讽刺慧黠,到张辛欣的心理现实主义,再到王安忆的"日常美学",等等,无不说明,由于女作家日益把对社会人生和女性特殊生活经验的追求和体会变成一种文学,她们实际上已经向文坛注入了一种新的审美素质。

当然,我们也无须讳言,女性文学虽然引人瞩目却至今还没有形成一套完整的理论和产生足以与传统文学高峰媲美的惊世之作。但这和女性自身的局限无根本关系,而和社会历史的限制直接有关;而与其说是一个应当理论解释的问题,也无宁说更首先是一个实践问题。只有在自由的行动中才能理解文化的精髓,在行动的自由中丰富自由的精神,从而走向艺术的创造和高峰。在一切创造的活动中,再没有比自由更重要的了。正是在这样的意义上,西蒙娜·德·波娃

---

① 苏珊、朗格:《艺术问题》。重点号为引者所加。

② 即便是在女性生活最为封闭的年代,女性也以自己的身心,不仅在物质上而且在精神情感上促进了人类男性发展。这时,和男性在社会范围发生直接精神交流的便是地位最低下的妓女,她们提供文学所表现的题材内容,也无形中发散了女性独特的情感能力和见事方式。男性传统中客观上已经渗入了女性的因素,正因为由此,人类精神之一的女性精神和文学风格在女性自身遭受深刻压抑的时候才能够通过那些气质上比较接近于女性的男性之手稍稍地表现出来;而如同男子真正的力量在于男性气概中杂糅着些许女性温柔——男性的品质绝对地集中于一个人身上,这种极端的片面性会令人望而生畏——一个伟大作家的精神中必然也同时具有着"男性"和"女性"的倾向。

的反问激烈而不无价值："如果梵高身为女人,情况又会怎样? ……且不说画家的生活方式,也不说他在阿勒斯的孤独,仅说经常出入于咖啡馆和妓院给梵高提供的艺术灵感,就是女人永远体会不到的。"① 女性文学的一种较为明确的形态而存在不过是近世纪的事,但其成长却遭到了传统巨大的、无时无刻的压抑。只有社会对女性的生活和精神都变得真正宽容了,我们才能期望女性能不为文学外无谓的干扰分散注意,而全力创造出足以构成高峰和精品的巨著来。

今天,在经历了反复的挫折之后,民主和谐已经成为学术界普遍追求的境界。然而,在女性文学上如果还是停留于表面的"女性第一"的"绅士"作风,而缺乏真正平等的理解和对待,那么,"宽容"就仍不免是值得疑惑的。在文学日益成为女性所追求的目标而社会上男性中心意识依然强大的今天,女作家很容易就受到社会传统的影响和牵制。一方面,面对传统内在的"轻蔑"和种种奇怪的眼光,女作家很少能承受心理的压力而不或自卑或愤激地矢口否认性别对自身的影响的;② 另一方面,男性传统(在我国,这一传统往往又和理论的"正统"性联系一起)居高临下的褒扬和引导也对女作家的创作具有潜隐的牵引力(相比之下,往往还更有力)。女作家大都以突出的才情在创作之初即为社会注目;但女作家往往也就在被接纳肯定的同时因不自觉的"受宠若惊"而丧失自我。她受到奉承认可,便无形中拘束起来,感到必须谨慎处之,唯恐举止不当,觉得应该用"谦虚的善意"为她在文学上的荣誉争得更有力的支持。她注意在作品中准确地表现出人们对她的期望,不要触动社会传统的某些神经,不要"小家子气"、"女性气",要有"男性力度",要"开阔"、要"深刻"……,却无意中失去了自己。这也许就是为什么一些颇具才华的女作家在有了所谓的创作发展后倒日渐失去了自己鲜明的个性;"成熟"的创作反不及最初的一些创作有特色的原因之一吧。当然,女作家并不是一下子就这么"深思熟虑"的。她们先是受到种种"暗示"却不以为然,但当她们的"任性"几次三番地在传统巨大的南墙上碰了壁,受到社会有形无形的抵御、嘲笑和冷淡等后(在一切社会的反应中,冷淡其实是最令女作家受不了的。嘲讽或可激起她们的"反击",冷淡却能使她们"不战而退"),她们便开始确认听从"引导"迎合"潮流"的必要。这种"知情达理"

---

① 《第二性》,西蒙娜·德·波娃著,李小江译,《海外书摘》(3)。

② 这不难理解,正如《美国当代文学、妇女文学》专章的作者伊丽莎白·詹威所指出,因为"过去'妇女文学'向来是个贬义词,今天的女作家摈弃这种称呼,这是为了防范人们会自然而然地贬低她们的工作。任何领域的严肃的专家都不喜欢被划分为不属主流,却用主流的标准衡量的旁支附系"。我国新时期女作家大都反对在作家前冠以"女"字,实在的也是出于这样的敏感和担忧。张辛欣则还以为说作家而又连带到"女"字,"这颇有当今看女子踢足球的意思",但无论如何,这本身就是一种十分强烈的女性意识。

的谦恭似乎给女作家的创作带来了成功,却根本上是对女性才能和精神的束缚。女作家应当"突破"自己,象男性那样主动、积极,勇于开拓,有广阔的世界,但一个女人,如果她仅仅力争做得象个男人,她就永远不会成为一个真正的创造者。

人类总是在不断的寻找和发现中充实自己。时至今日,在当代人类日益迫切的自我反思中,女性精神及其文学如果不是唯一需要寻找的,必然也是不可忘却的。这里,需要社会真正的宽容和理解:不仅能够对合乎传统的"女性优美"加以欣赏,也应当能够对不合"常规"的"女性焦躁"赋予可能的宽容和理解;不仅能够指出女性"超越自我"的重要,而且也应当能够意识对传统观念中所谓"女性弱点"的一定条件下重新审视的必要。① 女性文学正在艰难的发展中,它不为传统所容,但社会的发展却会给它提供更好的契机。人类需要自我认识,人类的进化和世界的"一体化"也并不会消灭两性之间应有的差别,而只会为两性更合理的发展提供更为有利的条件——何况,在一切"走向世界"的潮流中,女性文学本身就是一个能有独立自足性的、一定类型的总体文学。这是由世界各国女性共同的身心状况和历史遭遇决定的;作为女性文学核心的"妇女意识"本质上也是跨越种族、历史和国家而存在的。"女小说家只有在勇敢地承认了女性的局限性后,才能去追求至善至美②;人类也只有在找回了失落的那半"自我"后,才能去创造更美好的未来。

一九八六年十二月一日—七日于昆明温泉

---

① 如女性在现实的追求中往往分外强烈地表现出来的对"理解"的渴望,以及对心灵"依靠"的寻找,常常被评论界居高临下地看作几千年来"弱女子"潜意识的浮露。其实,每一个人的心中都有一块软弱的、需要他人相助的地方;而细究起来,在所谓的"女性软弱"中,不也曲折地蕴含了人类寻求人与人之间真正亲密理解、默契信赖的永恒的追求?
② 《美国当代文学》(下)第481页。

从女性文学到女性主义文学

——兼与钱荫愉等人商榷

孙绍先

　　《当代文艺思潮》1987 年 2 期发表了一组探讨女性文学的文章,其中钱荫愉的文章《她们是全部世界历史的产物——文学创作中妇女地位问题的再反思》、亦清的文章《一个充满活力的支点——也谈"寻找男人"的女性文学》,直接涉及了笔者的文章《文学创作中妇女地位问题的反思》(见《当代文艺思潮》1986 年 4期)的某些观点。但他们文章的出发点是全部人类文化积淀下来的两性差异,并认为这种差异最终源于人类两性个体的生理差异。因此,女性文学应该发掘女性自身意识与独特价值。对此,我不敢苟同。

　　追溯五千年来的世界文明史,女性的软弱,依附是显而易见的。钱文、亦文以及同期发表的陈惠芬文章(《找回失落的那半:认识你自己——关于女性文学的思考兼及人类意识的提高》)等等都认为这种现象是由女性的生理特征加上社会文化的歧视共同造成的。这是个不能不明的重大前提条件,我们的分歧均由此而来。

　　强调女性性别的特殊性,当然也就默认了男性性别的人类代表资格,再联系世界文化中的女性形象,只能得出女性是劣等性别或者为避免触目起见,称为"第二性别"、"特殊性别"等等。从这个划定的特殊文化圈子里去探讨女性意识不啻是划地为牢之举。

　　我们必须清楚地区别生理性别与文化性别,而许多人则把两者混为一谈,

题解　本文原载《当代文艺思潮》1987 年第 5 期。1986 年,《当代文艺思潮》发表了孙绍先的《文学创作中妇女地位问题的反思》,文章认为"妇女题材的文学从它诞生的那天起一直到现在都还只是寻找男人的文学",此论引起研究者极大关注。次年,陈惠芬、亦清、钱荫愉等就有关问题发表自己的见解或进行商榷,孙绍先在本文中作了回应。其中,就两性差异问题、妇女在文明史上软弱和依附地位形成的原因等,提出了不同的看法。他强调必须清楚地区别生理性别与文化性别,二者不能混为一谈,也没有必然的联系;提出拓展研究视野,从女性文学走向女性主义文学,后者是以探讨女性问题为中心的作品,不管其作者性别如何。1987 年,作者出版了《女性主义文学》一书。

或者简单地把它们归结为因果关系。事实并非如此。

人类两性个体是有一定的生理差别,但是这种差别仅仅具有解剖学意义,换句话说,男女两性的生理差别不过表现为诸如身高、体重、骨骼、肌肉,毛发、皮肤等方面,而这种差异不仅存在于两性之间,也普遍存在于种族之间和同性别的个体之间,因此,拿破仑的军功与他的身高毫无关系,这一点我们谁也没有疑问,但是推及女性,许多人(包括女人)却大摇其头。陈文甚至含糊地引证医学家的猜测(未具名姓)认为男女两性的生理差别不仅限于解剖学,而可能是细胞、内分泌等基础条件的不同。可是仅仅我们知道的医学常识就足以对此提出反证。男女两性不仅会患上各种相同的病症,而且也可以用同一种对症的药物治愈(生殖系统病症除外),医生从未因性别关系而改变处方和治疗方案。在人体器官异体移植中,也未碰见性别障碍。相反,同胞兄弟、母子、父女等直系血亲的重要器官移植反而容易成活,而同性别无血缘关系的移植者却要产生排异反映。

为了进一步看清生理性别与文化性别之间的关系,我们不妨把目光再延伸一点。在人类史前文明中存在过一个带有普遍性的母系社会这一点已经得到出土文物和大多数历史学家、社会学家、考古家的证实。最近在我国辽西山区发掘出来的牛河梁遗址中发现了夸大生殖器官的女裸像,这种对始祖母的崇拜在世界各地都有发现,在非洲、澳洲的土著部落中仍有母系文化观念存在。在漫长的母系文化时期,女性占了主导地位,而男性则处于从属地位。女性至少享有如下特权:① 子女的监护权。② 食物、财产的分配权。③ 祭祀、社交活动的组织权。④ 氏族内部纠纷的调解仲裁权。⑤ 火种的保护权。这些权力对原始人来说都是神圣的或至关重要的。如果我们从文化性别角色出发,大概只能得出女性性别严重退化这一谁也不信的结论吧?人类自身的生理进化是极其缓慢的,女性这期间的生理变化完全可以忽略不计。即使以今日着短裤怡然自得于公共场所的女子与一百年前三寸金莲垂头低目足不出户的女子相比,其心态的巨大变化又怎能从生理上找到原因呢?从地域的角度看,各民族的文化性别角色都不相同,当五十年代法国青年女性身着"三点式"泳衣漫步海滩时,中国女性却连穿裙子都顾虑重重。这当然也不是中国女性与西方女性的生理有什么不同。女性的心态举止基本上受其文化传承和环境的制约。因此,出身教养、职业、社会地位,更能说明女性心理的形成变化。崔莺莺在吐露心曲时,瞻前顾后、遮遮掩掩,而红娘却心直口快、牵线帮忙,这不能不与相国之女和丫环的身份相关。只要某个女性周围的文化环境对其丧失了控制能力,她的行为必然走向男性化。因为只有人类共同的天性,而没有男人的天性和女人的天性。这种文化性别背离是几千年父系文化积淀的结果。怎么能把在不正常的文化背景下形成的女性心理说成是天性呢？

文化性别的认同，早在婴儿期就开始了。男童女童的玩耍方式、举止行为在周围人的授意下就已经开始了文化意义上的性别背离。枪，棍棒舞弄在男童手里，无人为怪，反而常常招来喝彩，而到女童手里，就会遭致周围人的斥责。"真没个小姑娘样！"这是她们常常听到的责难。只有她们抱起洋娃娃时，大人的脸才露出满意的笑容。人类较之其它动物有个超长的儿童期，这使得传统文化总是具有相当大的惯性，给文化观念的更新带来重重困难，也正因为如此，才使许多人把后天文化因素误认为是人的天性。今天，人的社会化程度已经达到如此地步，以致我们差不多忘记了自己自然人的身份。从下面这个事例中，我们可以看出文化性别的强大附着力。在医学中，有一种被称为"假两性人"的先天生理畸形症。他（她）们的基因性别与体貌性别刚好相反（人的性别取决于染色体基因），在他（她）们降生时误被当作相反的性别抚养。可是令人奇怪的是，这些"假两性人"均较顺利地完成了不真实的性别角色体验，而未感到什么不适。当后来检查发现时，这些"假两性人"反而不能再重返自己的真实性别，强迫的结果是导致精神障碍，甚至引起患者自杀。只好将错就错。可见，人类的生理性别和文化性别之间根本没有必然的联系，人类的性别背离是人类文明史的最大悲剧。今天，当性别背离的物质条件改变、社会因素减退时，我们终于看到了全球性的男女性别溶合趋向。男女的心理意识在接近，男女的艺术审美情趣在接近，男女的举止行为在接近，男女的服装在接近，男女的发型在接近，男女的美容手段在接近，男女的体育运动水平在接近，……，至于职业，已经不存在性别禁区，无论是最新的科学探险，还是最古老的男子健身术都有女性的身影，前者如航天员，后者如摔跤、举重等。但是，我们没有忘记传统文化的巨大压力，相当多的女性还处于麻木之中。

我们在文学创作中倡导女性意识，不是为了将这种父系文化圈内的女性特点诗化，而是为了在将来逐步消除这种意识，因此我们不能再仅仅从女性的角度提出问题、或者把研究的目光只盯在女作家的创作上，而应该以人类的历史的角度出发，整体地把握父系文化圈内的女性问题。"女性文学"的概念由于使用混乱已经使人费解，它究竟是指女作家的文学活动还是指以女性为重心而不计较作者性别的文学作品？在多数情况下，它显然指的是前者。在中外文学史上有许多男性作家率先喊出了两性平等的口号，并以其杰出的艺术创作震动了亿万读者的心。古希腊戏剧家欧里庇得斯的大多数作品都反映了妇女问题，特别是他的《美狄亚》对女性的艰难处境和火山爆发式的反抗复仇作了震撼人心的刻划。其后,西方著名的男作家还有斯威夫特、笛福、易卜生等,也在为女性的屈辱地位奔走呼号。中国的李汝珍、鲁迅、茅盾、老舍等人,在为女性伸张正义方面,其言辞之切,愤慨之深只在女作家之上。相反中外文学史上都有不少女性作家为父系文化所同化,其作品几乎是父系文化观念的翻版。因此,我们应该拓展我们的研究视野,从女性文学走向女性主义文学。后者的研究对象是以探讨女性问题为中心的作品,不管其作者性别如何。

无论是中国还是西方,父系文化的演变都有了差不多五千年的历史,我们今天的人类文明称之为父系文明并不过分。想一想我们的先哲们、我们思想文化伟大奠基者们(不用说他们都是男性),对女性持何种态度。孔子、孟子毫不掩饰对女性的轻蔑态度,柏拉图、亚里士多德羞于谈到女人;想一想与文明史伴生的宗教,基督教、伊斯兰教以上帝和安拉的名义诅咒女性,佛教也把女人和色欲视为邪恶。想一想我们须臾不可离开的语言,汉语、英语、法语中有多少对女性的歧视性称谓。几千年来女性在这种文化背景下,怎能不迷失自我呢?今天,父系文化仍然是世界的主导文化,虽然它已经丧失了专制的性质并在逐步弱化,我们的女作家就是在这种文化背景下成了社会化的人。因此,我们常常觉得她们思维见短、眼界狭窄,流露出太多的女人气。有些评论家把这当成女作家的长处,有些女作家也刻意如此追求,企图造就一个由女作家、女评论家和女读者群构成的女性文学网络,同男人的社会文学相抗衡。这是一种新的封闭心理,是女性传统心理的表现。女作家应该用自己的作品促使两性文化心理的接近与理解,女作家有一个超越性别界限的任务。这方面的佼佼者首推王安忆。

我在上篇文章中着重谈到了妇女题材文学作品大都集中在婚姻爱情问题上。限于篇幅没有深究其背后的社会历史原因,在此简单陈述如次:父系文化切断了女性与社会的联系,把她们的身心禁锢于家庭之内,强迫她们遵守这一不合理的性别分工。女性退入家庭,不仅丧失了社会出路,还不可避免地面临着被财产化的厄运。在父系文化的专制时期(西方的中世纪,我国汉唐以后至清中叶),女性基本上被财产化而成了男人的附属品。在父系文化看来,女性这桩财产的特殊价值就在于生育子女和满足男子的性需求,除此之外,她们一无是处。既是财产,当然就只能由物主个人享用,于是就要求女性单方面的贞操观念。女性的价值高低主要取决于女性容貌,这是她们超越封建等级制的唯一出路,于是众多的女性只能把自己一生的安宁幸福寄托在一个无法预卜的男人身上,"一朝选在君王侧",成了她们排解不开的梦想。正因为如此,我们看到历代文学作品的女主人公几乎都是无可挑剔的美人。美貌，这是女性在男权社会的立身之本，男性可以大言不惭地声称"书中自有颜如玉"。然而，由于这种美貌不属于女性自己，又是她们烦恼哀怨的原由，"红颜命薄"的感叹，"楚王爱细腰，宫中多饿死"的悲剧，"含情欲说宫中事，鹦鹉前头不敢言"的处境，都是女性须要付出的惨痛代价，这种沉重的婚姻心理负担一直延续到今天的女性。琼瑶的作品之所以能颠倒如此之多的少女，不过是她编织了扑朔迷离的婚恋梦想。女性习惯于把婚姻放在首位，而男性大都把事业放在第一位。当然，这个责任并不在女性，而在于根深蒂固的父系文化观念。至今，女性的价值仍然是相貌第一位，知识第二位。知识女性、女强人的婚姻悲剧越来越突出其症结不就在于此吗？

女性主义文学是方兴未艾的世界性文学潮流，但这个阵营旗帜杂陈，口号各异。激进者发誓要重建母系社会，把男性踩在足下，她们声称，男性在退化、女性在强化。这种复仇心理，可以理解，但不足取。保守者，则主张在远离父系文化的地方编织发掘女性文化意识，创造完全属于女性的小天地，以求得女性的自我保护。这是对父系文化的妥协（值得注意的是，这是我国大多数女性作家、评论家的态度）。走向男人的世界，实现"双性人格"则是我所赞同的主张。既然，男女两性的生理差别并不足以影响文化性别的背离，那么，我们有理由相信，人类总体的文化性别鸿沟会趋于消失。男性女性化，女性男性化，不是什么令人不安的社会现象。钱文担心，如果女人都变成大树世界会显得多么单调。这种顾虑是不必要的。男女文化性别总体差异的消失，并不意味着也不可能是人类个体间差异的消失。因此，伊甸园里还会有大树、花丛和小草，只不过大树中有女人，也有男人，小草里有男人，也有女人，人类的个性反而因为性别束缚的消失更趋于自由化、多样化。这是我们期望于女作家、女评论家，男作家、男评论家的选择！

（请参阅拙著《女性主义文学》，辽宁大学出版社出版）

1987 年 6 月 8 日于辽大四舍

妇女文学

——广阔的天地

朱　虹

　　"妇女文学"是个很广泛的概念,包括好几个层次,它的含义伸延得很远,引起的联想很多。

　　从广义上讲,古往今来文学名著中那些不朽的妇女形象——古希腊悲剧中的克利泰姆奈斯屈拉、莎士比亚的戴斯得蒙娜、古典主义的费尔德拉、18 世纪的克拉丽莎、现实主义小说中从托尔斯泰的安娜到多丽思·莱辛的安娜……都是对女性心灵的探幽,均可以归于妇女文学的辽阔领地。这些妇女形象内涵无限丰富,现代女权主义批评家从她们身上总能不断发现新的意义。弗吉尼亚·吴尔夫不是说过吗,谁看了《阿伽门农》能不与杀夫的克利泰姆奈斯屈拉认同? 而长期被当作顾影自怜感伤主义者的克拉丽莎竟在男性女权主义批评家牛津大学的特里·伊格尔顿的解剖刀下显出了反抗型女性的原形。

　　19 世纪末 20 世纪初,随着欧洲各种社会改革运动的兴起,西方女权运动进入高潮,"女人问题"尖锐地提上日程,挪威易卜生的《娜拉,或玩偶之家》象一颗炸弹,打破了西方资本主义社会在性压迫问题上虚伪的缄默。英国梅里狄思的《自我中心主义者》是对一位陶醉于自我的男人的绝妙写照,也是男性作家自我嘲讽的杰作。H·G·威尔士的《安·维罗尼加》描写了一个英国女权主义知识妇女成长的过程,有很高的典型意义。还有那个在女人手里总是倒楣的乔治·吉辛,竟然还能以作家的胸怀在《多余的女人》一书中带着理解、同情与尊重去

题解　本文原载《外国文学评论》1989 年第 1 期,原为朱虹、文美惠主编的《外国妇女文学词典》(漓江出版社 1989 年 7 月版)一书的前言,于刊物发表时,段落组织和写法有改变,乃选用此文。著名外国文学研究专家、翻译家朱虹是我国新时期妇女文学研究的先行者,1981 年在美国访学期间她就向国内读者正式介绍了美国的妇女文学,提出妇女文学的批评标准是"妇女意识"。这篇《妇女文学——广阔的天地》对妇女文学及相关问题作了进一步思考,强调真正意义上的妇女文学最核心的东西是女人的主体性,只能由女性自己去实现。(有关资料见:朱虹《美国当前的"妇女文学"——〈美国女作家作品选〉序》,载于《世界文学》1981 年第 4 期;朱虹选编《美国女作家短篇小说选》,中国社会科学出版社 1983 年版)。

写单身女人的困境。肖伯纳则更是站在当时先进的立场上在《圣女贞德》等剧本和著述中探讨妇女问题。他们是男性中的有识之士,自觉地提出了现代资本主义社会男女不平等和性压迫问题。然而,尽管所有这些男性作家笔下的作品无论从文学角度还是从妇女解放的角度看都颇有意义,但就象《复仇记》缺了王子一样,这些作品缺了一个最核心的东西,那就是女人的主体性,因而还不是真正意义上的妇女文学。

纵观漫长的文学历史,缺少女人主体性的文学要表现女性,出现了何等的偏执呢? 奥斯丁的《劝导》中有一段对话,男的一方说:"所有的历史书都不说你们的好话;还有所有的故事,无论是诗歌还是散文……"女主人公安·艾略特反驳道:"请不要引经据典吧。男人自己讲自己,自然占了我们的上风。他们受的教育程度比我们高得多,笔拿在他们手里……"笔拿在男性作者手里,记录男人的丰功伟绩:将军的征战,政客的阴谋,朝代的更迭,疆土的开发,英雄的史诗,骑士的游侠,商人的冒险……。至于女人,女人是按男人的想象或愿望而塑造的。这种程式化的妇女形象问题早已是文论中的老生常谈。她们都是从男人的眼光、从与男人的关系角度描写的:如"洋娃娃"之类,从狄更斯那些"娃娃新娘"到我们的"小白鸽";如"被男人唤醒"之类,从童话中的"睡美人"到我们的经"老革命"点拨而走向革命的女青年。英语中有 butterfly,相当于汉语中的"花瓶";法语中有 femme fatale,相当于汉语中的"祸水"、"狐狸精"。当代美国的阿尔比和因大男子主义而屡遭讨伐的诺曼·梅勒笔下都有 domineering bitch,相当于汉语中的"母老虎"。西方文化中有引诱亚当吃禁果的夏娃,我们当代小说电影电视中不乏拖老干部后腿的夫人和女儿。中外古今,尽管历史条件、民族特点不同,男性作家的想象却有惊人的相似。文学历史是不是象整个人类的文明史一样,被写成"他的"故事,而没有"她的"一份呢?

自然,女性并不是沉默的半边天,真正意义上的妇女文学也理所当然只能由女性作家自己实现。生活中维护人权、文学艺术中确立人性如果是真的而不是假的,那么必然意味着妇女文学中女人主体性的存在。弗吉尼亚·吴尔夫早就说过,妇女小说是女人写女人问题的小说。玛丽·伍尔斯通克拉夫特(英国空想社会主义者葛德文的妻子,他们的女儿玛丽·葛德文后来成为诗人雪莱的妻子)在法国大革命中提出事实上不包括妇女的"自由、平等、博爱"的口号不久后,就抛出了她那著名的《为女权一辩》,于是被公认为英国最早的女权主义作家。有的学者更追根溯源,挖掘出比玛丽·伍尔斯通克拉夫特早半个世纪的玛丽·阿斯泰尔,她在英语文学中率先指出社会上男女不平等及妇女在家庭中的屈辱地位,自己终身未嫁;玛吉丽特·福勒,美国19世纪女权主义的思想领袖,在《十九世纪的女人》一书中全面提出美国女权问题的各个方面,思想的、经济的、两性关系……她是当时进步思潮、超验主义思想团体的成员,亲身参加过意大利1848年革命;法国的乔治·桑蔑视男性中心的文化强加给女人的精神枷锁和行为规范,她以同样的挚诚把信仰贯穿于行为与写作之中。若往前数外国文学中女作家的"第一",有第一个以文为生的职业女作家阿芙拉·班恩、第一个黑奴出身的女作家菲里斯·惠特莉、北美大陆第一个公开发表作品的女作家、诗人安·布雷德斯特里特、第一个发表自传的女人纽卡瑟尔公爵夫人、第一个发表游记的女人萨拉·坎布尔、第一个发表书信的女人蒙太古夫人,她们都是妇女文学的开拓者。

那么这些女作家们都写些什么呢?正如纳伯柯夫笔下动物园的猴子,一旦会画画,就要画笼子的铁杆,女人拿起笔当然就要述说自己的痛苦与怨恨,述说作为女人的经验与感受。英语文学中第一个女权主义小说家玛丽·伍尔斯通克拉夫特写的第一部小说就叫作《女人怨》。

英国当代作家巴巴拉·匹姆在《卓越的女人》中曾问:"女人站在洗碗池前想些什么呢?"真的,一个女人如果意识到自己的潜力而又不得不日复一日、年复一年地对付洗碗池里的脏碗污碟,她是难免充满愤怒与挫折感的。看看张洁的《方舟》,谁还能怀疑,这是中外妇女的共同感受?而在广义上说,很多女人都是"站在洗碗池前"构思作品的。艾米莉·勃朗特愿意写作,但不得不去削土豆;奥斯丁一边写作一边提防有人推门进来;盖斯凯尔夫人在餐厅里写作屋里四扇门向外敞开,以便随时应付家务。可以想象,在这样心情下写作,难免会流露出当代妇女评论家概括的那种女性特有的愤懑与敌意。生在南非的激进派女权主义作家、思想家奥利夫·施莱纳在《非洲农场的故事》中塑造了英语文学中公认的第一个真正意义上的女权主义形象。超凡脱俗的卓越女性林达尔在很大程度上是作者的代言人,她追求女性的自由与尊严,为此付出生命的代价。曾经爱过她的两个男人在她的墓前悼念她,她的生和死、她的人格激励并教育他们,使他们在精神上超越了自己。

女人的孤独、寂寞、愤怒、怨恨、幻灭,集中到一点就是要求实现自我,要求发展,反对男性中心的文化强加于她们的角色。这种要求常常通过"一间屋"的比喻表现出来。"一间屋"在弗吉尼亚·吴尔夫的笔下是写作的空间。引申出去,它也是生存的空间,发展的空间。妇女写的小说早在弗吉尼亚·吴尔夫之前就采用了这个比喻。美国最早的一位表现妇女意识的作家凯特·肖班在《觉醒》

中描写了一个少妇的"觉醒"。当艾德纳·邦提里耶意识到自己作为一个女人的独立存在时,她的第一个行动就是走出丈夫的家门,自己租下一间住房。有各种义务缠身、被各种角色压抑的妇女都向往有自己的一间屋。奥利夫·施莱纳的《男人与男人之间》和萨拉·格兰德的《贝丝的书》、当代加拿大作家艾丽丝·蒙罗的《办公室》、英国多丽思·莱辛的《19 号客房》,美国许多当代小说,乃至中国张洁的《方舟》,女人似乎都用一个声音说话,就是要求"自己的一间屋",它是物理的空间,也是心理空间。男性把世界当作自己的舞台,而女性只要求"一间屋",这两下对比,不是耐人寻味吗?自杀的女诗人西尔维亚·普拉斯的唯一一部小说《钟罩》中,女主人公总是想象自己扣在一个钟形的坛子里。美国当代作家吉恩·斯塔福德的《贝特丽丝·特鲁勃拉德的故事》里的女主人公贝特丽丝甚至连一间屋也不求;为躲避丈夫的纠缠和吵闹,她装聋作哑,因为无处可躲,便躲进了自己的内心。

妇女文学表现的妇女形象并不总是受难者,女作家也歌颂真挚的爱情,但这种爱情是基于把女人当人平等相待才能实现的。天才的黑人女作家那拉·吉尔·赫斯通在《她们的眼睛望着上帝》中突出了这个主题,当前此书被认为是美国最伟大的爱情小说。女作家也歌颂女人的力量——深重灾难才能显示出的女性的伟力:M·H·金斯敦的《女战士》、沃克的《紫颜色》只是突出的例子。还有托尼·莫里逊的《至亲至爱的》,作者诉诸神话,唤起鬼神,借以宣扬女人的伟力。女作家歌颂母爱,以亲身体验写出母性的伟大,也写出作为女人和母亲两种身份的矛盾,这是一切女性的共同经验。如近两年美国畅销的一批高层次的小说就都从不同角度探讨了这一主题,《男人与天使》、《好妈妈》是代表作。同时,这些作品也向人们提出了一个最显而易见的问题——为什么迄今为止的文学作品中大量歌颂征战掠夺、杀戮,而极少涉及母性这个关系到人类繁衍的大事?还有女性之间的互相支持,姐妹、女友之间的真挚感情,为什么历来只有女作家写的最真切,比如多丽思·莱辛的《好邻居》。

另外,正象男性作家总要写他们眼中的女人,女性作家自然也要塑造她们眼中的男性。且不管这种塑造里是否也暗含偏执,女作家跳出感伤的窠臼,敢于拿威严的男人开心,这起码是女性意识的觉醒。更不用说这些塑造里表现了多少女作家的智慧。多亏从简·奥斯丁直到"当代的奥斯丁"巴巴拉·匹姆,有一批女作家妙笔生花,文学的天地里才生出多少滑稽可笑的男性形象供我们娱乐。巴巴拉·匹姆曾在人类学研究所工作,她用实验科学家观察原始人的眼光观察男人,由着他们出洋相;而简·奥斯丁不仅写出了盲目自大狂者的永恒典型柯林斯先生(《傲慢与偏见》),而且在身后发表的书信体中篇小说《苏珊夫人》中让坏心眼的苏珊夫人最后嫁给一个讨厌的笨蛋,这是她能想象的对女人的最严厉的惩罚!

按照美国女权主义批评家伊莱恩·肖华尔特的说法,妇女文学的领地常常是一片沙漠,被奥斯丁的高峰、勃朗特姐妹的峭壁、艾略特的山脉和吴尔夫的小丘从四面团团围住。事实上这片领土上还有无限丰富的宝藏。除了我们熟知的那些留下名字的女作家外,我们还不能不想到一大批"影子"作家。英国诗人华兹华斯的姐姐多萝塞·华兹华斯只因留下一部日记才有幸被人们记住。世上不知还有多少多萝塞仍被埋没着。多萝塞的日记记录了她对大自然的观感,也记录了她自己的日常生活,写到她如何从早到晚操持家务,有一次顺便提到"威廉(指诗人威廉·华兹华斯)自然是什么都不干的"。柯尔律治的妻子玛丽、卡莱尔的妻子简、费茨杰拉尔德的妻子彩而达虽说各自情况不同,但都是有才气有见识的女人,然而,生活在丈夫的影子底下,始终不能出头。英国小说家玛丽亚·艾之渥斯的许多作品是在父亲的指令下修改的,当时的评论便把功劳归于她父亲。而现在,倒是那些没有受到老头子干涉的作品站住了脚。

那些有所成就的女作家是冲破种种阻力——怀有敌意的评论、社会偏见、窒息创造性的家务劳动——而功成名就的,比起那些盘踞主流文学中的男性作家,她们寥若晨星。而那些在男性中心的文化中被埋没、被扼杀的作家是一支更庞大的影子部队。假如这些女性的才华都能施展,所谓的主流文学传统也许就是另外一个样子。现在,这永远只能是一个大写的"假如"。

妇女文学的这一片宝藏自然还应包括主流文学之外的一大片更广阔的天地,女作家们在那里有声有色地施展才干,各显异彩,并宣泄着自己的思想、情绪。以英语中的小说形式为例,女作家在19世纪以来盛行的通俗小说中一直占据优势。霍桑指斥她们为"舞文弄墨的女人",萨克雷在书评《时髦的女小说家》中讽刺她们,甚至女作家乔治·艾略特也轻蔑地提到那些"无聊的女士小说家写的无聊的小说"。然而,现在新一代的批评家正是从这些女作家的作品中看到女权意识的大胆流露。她们不仅在小说中提出妇女教育、就业、政治权利、社会地位等众所周知的问题,而且通过当时被斥为"有伤风化"的那些部分和成分更深刻地揭示了妇女的内心,如畅销的《奥德里夫人的秘密》、《东林庄园》都是例子。长期以来被认为只不过是提供刺激的拉德克利夫夫人的哥特式小说中的恐怖与悬念,在今天一些批评家看来也都是女性心理的折射;至于那些蜿蜒的长廊和黑暗的密室,其意味更是不言而喻。乌托邦小说与科幻小说有时以最尖锐的形式,最大胆的想象表现女性的理想。美国夏绿特·珀金斯·吉尔曼的

《女儿国》写了一个女性的乌托邦:在那里,战争、掠夺、剥削都消失了,作为奴役女性形式的家庭也消失了,至关重要的养育后代的工作是集体的事业,女人重获自己的人性。美国科幻小说作者厄苏拉·勒·奎恩在著名的《黑暗的左手》中也写了一个幻想世界:人类是单性的,没有性的分工,因此也消除了两性的对立。加拿大作家玛吉丽·阿特伍德在《侍女的故事》中则构思了一个截然相反的境界,作者把男性中心的文化推到极端,在一个男性的恐怖世界里,女人,除了少数妓女供男人娱乐以外,统统沦为繁衍后代的工具。生活在民主德国社会主义制度下的克里斯塔·沃尔夫的《自我尝试》虚构了一个女科学家自愿通过实验改变性别的故事,实验成功了,但女主人公发现她失去了人的感情!于是,她重新去作女人,哪怕是受歧视的"第二性"。这正如《多余的女人》中的一个角色说的:"感谢上帝我们是女人,现在这种世道,我们宁可做女人!"不仅通俗小说、科幻小说,而且侦探小说也能成为表达女权思想的媒介。女权主义学者、教授加罗琳·海尔勃伦在哈佛大学文学系短期任教后没有得到续聘,她认定这是出于性歧视,便化名阿曼达·克劳斯写了轰动一时的侦探小说《死在执教岗位上》,狠狠地报复了歧视女性的老哈佛。

妇女文学,包括了严格意义上的女权主义作品和广义的表现妇女意识的作品,成为一个独立范畴,当然是以性别在文艺创作中的烙印为前提的;而性别在文学中的影响与作用,根据"存在决定意识"的原则,又是以男性和女性社会存在的不平等、以男性为中心的文化为前提的,因而是符合唯物主义观点的。如果取消性压迫这个大前提,妇女文学的独立范畴就难以成立。不过那样一来,我们就离开了脚下的现实土地而升入一个神话世界了。

"女性文学"的内涵和视野

王 侃

"女性文学"的内涵

严格地说,"女性文学"直到九十年代才成为中国文学界、学术界一个类型化的话题与课题。随着"女性"或"妇女"从意识形态上和理论上被抽象出来,也随着"大写的人"的文学框架的解体,"女性文学"成为在文学中进行再抽象后的新的理论范畴。这个概念坚执地认定性别因素在文学中的质的规定性。它不仅意味着对一种确乎存在的文学样式的命名,同时也是这种样式在种种一体化文学原则下的壮丽地浮现。毫无疑问,这与女权/女性主义的导入是直接关联的。

但遗憾的是,"女性文学"一直未得到必要的界定,以致总是不尴不尬地处在一种"无边"的状态。对女性文学的偏见、误解以及话语上的许多抵牾,盖源于"女性文学"一般地是个没有内涵的外延,是个空洞的身份,是个无物之阵。所以便难怪有人对女性文学的实在性提出否定性的"怀疑与追问"①。大多数人在操持"女性文学"这个概念时都采用了避实就虚的后现代式的随意,一种貌似轻灵实则轻浮的游戏手腕。虽然女性主义一般地被认为是一种解构理论,然而实际上,女性主义在理论的根部却与后现代主义大异其趣②。

题解 本文原载《文学评论》1998年第6期。鉴于"女性文学"概念界定的歧见乃至混乱,本文作者对其内涵和视野在学术上予以清理,指出"女性文学"并不是一个由"题材"框定的范畴,它首先是指女性作为书写主体的写作实践;强调"女性文学"对摆脱男性中心语言、赋予女性本真经验以表述形式的目标追求,它在本质上是一种挑战性的文学行为,是以与世抗辩作为写作姿态的一种文学形态,改变了并还在改变着女性作家及其文本在文学传统中的"次"(sub-)类位置,体现着一种批判性的精神立场;认为"政治文本"与"性别文本"既分立又"互文"的双文本现象,构成了中国二十世纪女性文学的主体性内容。

① 参见《怀疑与追问》,赵勇著,载《文艺评论》1996年第6期。此文后又再次刊发在《文艺争鸣》1997年第5期的"女性文学专辑"。

② 后现代主义在认识前提上对"人类解放"这样的伟大叙事持怀疑态度,在后现代话语中,诸如阶级性、民族性等与"人类解放"相关的概念统统失效。而以解放妇女为己任的女性主义则必须坚持不完全放弃伟大历史叙事,不放弃对于社会宏观结构的分析。

　　一个新领域的产生，意味着是对原有规范的一次逸出。在菲勒斯中心的文化里，由于女性是作为否定项存在的，因此，"妇女虽然总是被符号、形象和意义所代表，但由于她们也是这一社会秩序的'否定'，所以在她们身上总有某种东西是过剩而无法代表的。对立的双方……不断地为获取意指优势而争斗"①。当妇女身上的"过剩部分"在特定的历史语境下获得了文学表达，就会成为从既定的文学传统中逸出的部分。这种"过剩"，既可以指认为是以逃逸姿态表示的叛逆性、革命性，也可以因为"过剩"（多余的、可有可无的）而成为不屑之物。"女性文学"在很多时候很多场合，都往往被认为是男性主体的既定文学传统在某种历史语境下出于大度而给定的一个席位。

　　最明显的例子，莫过于许多人认为，男性作家在切入妇女题材时，曾经创造了并且今后仍可以创造出比出自女性作家手笔更真实、更丰满的妇女形象，譬如曹雪芹的"金陵十二钗"，鲁迅的子君和祥林嫂，茅盾的"时代女性"，曹禺的繁漪，甚至于刘恒的菊豆以及苏童的诸多"红粉"；更不必提莎士比亚的克里奥佩特拉，雨果的爱斯梅拉达，左拉的娜娜，托尔斯泰的安娜。这些"经典"的妇女形象，程度极深地抵达了作为历史与社会无意识的女性经验，同样深刻地传导出女性的欣悦与痛苦，欲望与心寂，以及那种当哭告无门、走投无路甚至"无处告别"②时在某种废墟上飘荡的沉重而无声的呐喊。所有这些都可以作为例证，即女性经验并非如其所宣称的那样是不可窥见的黑洞，不仅如此，它还是一种可被任意"操作"的对象：女性作家可以，男性作家也可以。这样一来，人们便发现，"女性"或女性经验，本身并不构成文学性，并不提供鲜明的区别，以显示"女性文学"与主流或既定文学传统的裂痕。文学看来依然是无"性"的，最起码不会是女性的。男性巨擘的成就，尤其显出女性作家的贫弱：人们在冰心那里只读到了抽象的母性与无性的童年；淦女士关于恋爱自由、婚姻自主的绝决和策划私奔的冲动，基本上还只是"本文经验"，一种想象性的解决，她只不过愈加证明小说（fiction 虚构）真的只是 fiction 而已；丁玲的莎菲固然惊世骇俗，但亦如人所指出，莎菲也不过是茅盾的"时代女性"侧畔的一个淡痕而已，一如这个世界的语言、宗教、文学都不过是男性力比多机制的投影；而到了张爱玲那儿，更只剩下悲观的宿命论与对救赎之可能性的彻头彻尾的绝望。

　　当然，我们不能指望从某些已成定势的标准出发能对"女性文学"作出合理

① 《当代女性主义文学批评·前言》，张京媛主编，北京大学出版社 1992 年 1 月版，第 3 页。
② 陈染小说名。

的价值判断:这些标准等着试图标新立异的女性作家与她们的"女性文学"一道接受它的招安。实际上,女性作家并不对那些伟大的男性作家怀有敌意,甚至当他们涉入女性固有的题材范围时。许多女性作家一开始是从这些男性作家那儿学习写作的。女性作家所要做的只是警惕。要警惕女性经验所经由的话语方式,以及可能无限期延续的被"代言"的历史。桑德拉·M.吉尔伯特(Sandra M Gilbert)和苏珊·格巴(Susan Gubar)的《阁楼里的疯女人》①是一个最富象征意味的意象:那个生活在秩序之外黑暗之中的女人,贝尔塔·梅森小姐,她的一切,包括身份,都是罗切斯特给出的。这就是我们在实践与本文中所看到的男权机制,以及由这种机制所产生的文化与意识形态下的"经验世界"。必须看到这种"给出"所造成的扭曲、变形和失真,以及这里面的人为与恶意的因素。女性通常只能在男性本文中发现异化程度不一的他者,而看不到完整而真实的自己。

因此,"女性文学"并不是一个由"题材"框定的范畴。男性作家对女性题材的操作并不意味着男性作家可以依据此本文介入女性文学。在我看来,"女性文学"首先是指女性作为书写主体的写作实践,"现在是妇女们用书面语和口头语记载自己的功绩的时候了"②。它意味着话语权力的争夺。妇女被拒斥在文学史之外,说到底是因为妇女一直被拒斥在写作之外。其次"女性文学"是指最先由埃莱娜·西苏(Helene Cixous)倡议的一种可以使妇女摆脱菲勒斯中心语言的女性写作,一种无法为既定文学传统所规范、所封闭的——然而并不意味着它不存在的——异质本文。在这个意义上,西苏说,"写作乃是一个生命与拯救的问题","写作永远意味着以特定的方式获得拯救"。③

目前,社会对妇女写作表面上已作出了文化承诺,但是,表面化的写作权力的分享,一方面可能使人容易忽视女性作家继续遭受的语言和心理压力,另一方面,女性为争取能握住笔杆的艰难历程在多数人的记忆里成为淡痕。"女性文学"所以成为新的论题,因为它曾经是历史地表下的无意识范畴。但并不是越来越多的人自觉明晰地意识到这一点:在中国,那些确曾存在过的女性文学天才,每每被既定文学史封杀在青楼与闺阁里,成为永远的无名氏。李清照、朱淑真的成就,是妇女文学能力的一种强烈表达,但李清照和朱淑真只是也只能作为

---

① 《阁楼里的疯女人:妇女作家与十九世纪的文学想象》,[美]桑德拉·M.吉尔伯特、苏珊·格巴著,美国耶鲁大学出版社 1979 年版。
② Helene Cixous,"The Laugh of Medusa",New French Feminisms,New York,Schocken Books,1981.中译文参见《当代女性主义文学批评》,第 194 页。
③ 《从潜意识场景到历史场景》,[法]埃莱娜·西苏著,载《当代女性主义文学批评》,第 219 页,第 223 页。

奇观(spectacle)而为文学社会与文学史所认可,她们是男权秩序一道不慎的裂隙(断不是宽容的见证),由于历史之手的涂抹而使之在距离之下产生花纹般的装饰效果。历史的虚幻性由此可见;它构成了人与现实的一种想象关系,即一种意识形态。弗吉尼亚·伍尔芙不无凄怀也不无激愤地假设莎士比亚有一位极富天资的妹妹,"她与他一样富有冒险精神和想象力","她才思敏捷,具有她哥哥那样卓著的才华,象她哥哥一样热爱戏剧"。但她与无休止的家务、不幸的婚约以及无处不在的欺辱和偏见搏斗得遍体鳞伤,直到穷途末路。"谁会去测度纠结在一位妇女的躯体内的诗人之心的热量和破坏力呢?——在一个冬夜她自杀了,被埋在一个交叉道口现在成了象山和卡斯尔外面的停车场。……我想,如果某个莎士比亚时代的妇女具有莎士比亚的天赋,故事大概就是这么个样子。"① 作为共通的精神体验,女性作家曾经遭遇和仍旧面临这样的历史性困境。

因此,当后来的莎士比亚的姐妹们终于能从写作实践中浮现出来时,写作使她们的生活出现了拓疆似的延伸。在中国,以女性为主体的写作实践,与对这一主体位置的争取一样有着强烈的"夺权"色彩:它是新时期中国妇女运动的诱导方式,并成为当下妇女运动的主导形式②。写作之于女性,既作为存在方式而具有本体论意义③,同时作为我们这个时代唯一的后革命景观,提示着一种挑战性的文学行为。

获得写作权意味着女性/女性经验从此可以获得"形式",从黑暗中浮现出来。这样,写作便成为女性进行自我救赎的途径,通过写作唤醒并恢复她们的历史意义。但写作权的获得仅仅意味着一个显性的表面化的主体位置的获得,这个位置远不足以支撑"女性文学"这样一个文学和历史范畴。我们必须进一步探究深层主体(或曰本体),即语言本身。德尔·史班德在《男人创造语言》一书中指出,男性优越的神话是父权社会的规则创造的。人们借助规则赋予世界意义,并生活在规则之网中。男人制定了所有的规则,而其中,语言无疑是最主要的一个。④ 几乎所有的语种,男性都是规范与标准,换言之,无论国度、历史

---

① 《女权主义文学理论》,[英]玛丽·伊格尔顿编,胡敏、陈彩霞、林树明译,湖南文艺出版社 1989 年 2 月版,第 82—83 页。

② 参见《新时期妇女运动与妇女研究》,李小江著,载《性别与中国·平等与发展》,李小江、朱虹、董秀玉主编,生活·读书·新知三联书店 1997 年 6 月版。

③ 池莉说,写作"首先是一种个人生活","我以写作为个人的生活方式","我与外界的唯一通道就是写作"。参见《写作的意义》,载《池莉文集》第 4 卷,江苏文艺出版社 1995 年 8 月版,第 230、246、236 页。王安忆等都有相似的言论。

④ 参见《女权主义文学批评述评》,康正果,载《文学评论》1988 年第 1 期。

变迁,男权话语一直就是语言本身。"当她鼓足勇气,想表示自己的愤怒,想对他们的侮辱进行回击时,却发现这个世界根本就没有供她使用的语言! 没有供她捍卫女性自己、发泄自己愤怒的语言。所有的语言都是由他们发明来攻击和侮辱第二性的。所有的语言都被他们垄断了。"① 英语中,history(历史)一词实际上是 his-story 的拼贴,这样,历史本身成为男性经验的呈现,并作了语言规定。妇女总是处在语义的反面,并在形式上处于后缀与从属②。男人具有普遍性与自足性,而女人只能相对而存在。西蒙娜·德·波伏娃写道:"定义和区分女人的参照物是男人,而定义和区分男人的参照物却不是女人。她是附属的人,是同主要者(the essential)相对立的次要者(the inessential)。他是主体(the Subject),是绝对(the Absolute),而她则是他者(the Other)。"③

语言具有相对于个人的先在性,语言又相对于女性这一群体而先在。身陷语言的囚牢,女性作家的写作显示出异乎寻常的艰难性。某种意义上讲,女性写作本身就是一场"突围表演"。这场表演使女性写作呈现出多种多样的姿态。但有一种姿态是被女性写作或女性文学所摒弃的,即那种回应、配合、追逐男性话语的写作姿态④。它是源自女性内部的分裂力量,从理论到实践上都强化着男权意识形态对女性施加的历史性压力。因此,严格意义的"女性文学"必须体现出女性对男性逻各斯中心主义的颠覆,对语言给定的位置纠偏,对作为语言本身的男权话语拆解并对语言进行重构。"这是一次将谬误归咎于诗父的重要修正,是逃脱感恩义务的一次突然倾斜或闪避"⑤,是对一切先在性的重写,是对"影响的焦虑"的纾解。如前所述,女性写作应该且必须是一种挑战性的文学行为。

这种挑战是从这样两个看上去似乎是矛盾的方面展开的。一是对世界的介入。西蒙娜·德·波伏娃说:"真正伟大的作品是那些和整个世界抗辩的

① 《狗日的足球》,徐坤著,载《遭遇爱情》,长江文艺出版社 1997 年 8 月版,第 192 页。
② 英语 man 既指男人又指"人"(human being),而 woman 则永远是"第二性"。很多表示妇女职业身份的名词都是在表示男性的名词之后加上词尾构成的,如 actor 或 poet 加上-ess,方构成 actress 或 poetess。近代之前的中国,便从来不曾有"女性"这一抽象名词,妇女身份随男性而定,分别为女儿、妻子、母亲等。
③ 《第二性》,[法]西蒙娜·德·波伏娃著,陶铁柱译,中国书籍出版社 1998 年 2 月版,第 11 页。
④ 如班昭著《女诫》,就是男权话语的一次"萃取",是对妇女生命的一次强力钳制。另外,有论者指出,中国当代文学中,八十年代,航鹰的《东方女性》、戴晴的《飞去来》、陆星儿的《美的结构》、王小鹰的《一路风尘》等小说被认为是"女性对男权复归的配合","作为一种'默契'和配合,她们却不约而同地为男性的欲望要求、逢场作戏而开脱"。参见《神话的窥破——当代中国女性写作研究》,陈惠芬著,上海社会科学出版社 1996 年 11 月版。
⑤ Harold Bloom,A Map of Misreading,London:Oxford University Press,1980,P13。

作品。……但要和整个世界抗辩就需要对世界有一种深切的责任感。这是一个男人的世界,在这个程度上来说妇女是不负责任的。"① 对世界的介入,对世界责任的承担,是女性对历史的进入,是对由语言给定的"后缀与从属"位置的一种反动。因此,这一类女性写作体现着充分的使命感,涉及包括妇女问题在内的各种各样的社会命题,是女性/女性主义之"人类性"的重要表现。伍尔芙在1929 年谈及英国妇女作家在文学中的转变时说:

> 英国妇女,从一种动摇不定、含糊暧昧的难以捉摸的影响,转化为一名选举人,一个挣工资者,一位负责的公民,这种变化使她在她的生活和艺术中都转向非个人化。她和外界的各种关系,现在不仅是感情的,而且是理智上的、政治上的。那个宣判她必须通过她的丈夫和兄弟的眼光或利益来斜着眼睛间接地看事物的陈旧的社会体制,已经让位于个人的直接的、实际的利害关系,此人必须为她自己采取行动,而不仅仅是去影响他人的行动。因此,她的注意力,就从过去局限于住宅的、个人的中心,转向非个人的方向,而她的小说,自然就具有更多的社会批评和更少的个人生活分析性质。②

二十世纪的中国女性作家,从秋瑾、丁玲、萧红,到茹志鹃、刘真、菡子,到张洁、王安忆、池莉,都有曾经或毕生致力于"非个人"的、社会性的文学使命。王安忆写道:"这是一个多灾多难的世界,人类尚有许许多多的问题没有解决,就在我发言的时候(注:这是王安忆 1986 年 11 月 4 日于上海金山举行的"中国当代文学国际讨论会"上的发言),就有成千上万难民流离失所,沙漠吞并着绿洲,战争还在进行,地震威胁着人们,妇女正为平等呼号……而我如此关注着个人的内心斗争,绝不意味着我对这一切回过头去。"③ 池莉则说:"我的准则是为人民而写,我的希望是能沟通更多的人的心,我的目的是让我们都生活得更好一些。"④介入式的写作,是女性作家在面对人类共通话题时交出的"超性别"立场的答卷,是与历史之手的一次交握。

---

① 《妇女与创造力》,[法]西蒙娜·德·波伏娃著,载《当代女性主义文学批评》,第 156 页。
② 《妇女与小说》,[英]弗吉尼亚·伍尔夫著,瞿世镜译,载《论小说与小说家》,上海译文出版社 1986 年 5 月版,第 57 页。
③ 《面对自己》,王安忆著,载《漂泊的语言》,作家出版社 1996 年 2 月版,第 443—444 页。
④ 《关于汉味》,池莉著,载《真实的日子》,江苏文艺出版社 1995 年 8 月版,第 228 页。

挑战的另一方面是对世界的叛逃。这种叛逃决不仅仅是女性在本文中的"出走";在张爱玲看来,这种"出走"只不过是一个"苍凉的手势"而已。挑战性的叛逃,是对男权话语场的逸出,是对他律的生命轨迹的叛逆,是对男性意识形态的直接抗辩或交锋。这里既有对于男权社会中妇女命运的基于真正人道立场的辨析,也有以个人名义传导的女性经验以对抗和烛照在男性本文中被歪曲被掩蔽的女性形象,更有窥破男性神话后的渎神似的狂欢。张爱玲从早期的《金锁记》到后来的《五四遗事》,以一种无与伦比的透彻识破了男权社会里先定的、永恒的性别模式;王安忆在"三恋"里第一次展露了女性作家对于性表达的自由观念,将"欲望"的表达从莎菲式的"精神"转向"物质",从形而上"硬着陆"为形而下,并在《叔叔的故事》里作了一次精彩的渎神表演;陈染以《私人生活》凸现被所谓的"公众话语"淹没的女性生命本真,展露无法为男性语言所进入的潜意识场景,以边缘姿态维护女性经验的纯洁性;徐坤在《游行》中则以更深刻的方式完成了对类型化的男权形象的全面解构;林白则以"自己嫁给自己"的宣言对"性政治"作了深刻的切入……

写作,作为女性救赎途径的可能性,便在于此。

应该看到,众多的女性作家中,有许多人既采取了介入的状态,又采取了叛逃的姿态,这取决于她们面对世界不同的侧面和方向时所应采取的立场。但不管如何,这里面的共通性的内容是容易发现的。

从她们业已提供的文本样式看来,她们对观点、调式的创设,她们的想象方式,她们的本文构成,以及语言组织,都体现出别具一格的异质性,是对既定文学传统的超越,也是对既定文学格局的震荡。

不妨再对"女性文学"作一次概括性的认定,即"女性文学"是由女性作为写作主体的,并以与世抗辩作为写作姿态的一种文学形态,它改变了并还在改变着女性作家及其本文在文学传统中的"次"(sub-)类位置:它对主流文化、主流意识形态既介入又疏离,体现着一种批判性的精神立场。

中国女性文学批评应具的视野

在二十世纪中国文学特别是"文革后"的文学视野里,女性的"缺席"与"缄默"已成历史陈迹。女性作家的群体涌现以及性别意识在文学文本中的贯彻和张扬,构成了对男性文学以及以男性为主体的文学传统的现实强大的消解之势。

八十年代中后期,随着对西方女权/女性主义(Feminism)①文化、文学理论的译介,以及中国知识女性在国家/社会权力结构中主体位置(subject position)的不断调整,使对中国二十世纪的女性文学研究第一次得到了真正意义上的性别定位。这种"定位"已经对当下的文学与文学批评造成了深刻影响。相当一批的学者(主要是女性学者)表现出对女性主义文学批评的积极与热情投入,并与为数已众的女性作家一起,携手成为在整个思想与实践领域反对将女性"他者化"(other)的先锋力量。

尽管女性主义文学批评的理论基础相当芜杂,但各路各派在批评实践中却具相当一致的目的性,即"它不仅要阐述女权主义的批评原则,以此确认妇女的文学和社会经验的正确性,而且需要系统阐述一种理论态度,以此对全部文学进行探索研究;它不仅要发掘一个已被遗忘的文学史,同时也要对现存的全部文学史进行重新解释"②。对于文学及文学批评,尤其是当下文学及批评来说,还有比这更宏大的"背景"吗? 女性主义作为一种批评手段,正释放着巨大的阐释能量。例如,女性主义倡导的"对抗性阅读"使我们有可能发现文学中妇女的陈规形象(如天使与恶魔的二分法)所蕴含的歧视与扭曲意味,使我们能看到金陵十二钗"尽管在文本中不断说着话,但那不过是曹雪芹的代笔。在曹氏这个杰出的'代言人'面前,十二钗集体地充当了'沉默的他者',……是会说话的失语人。……分明是在抗争不美满婚姻并争取女性享受权力的潘金莲却被'代'成了一个千载淫妇,而被长久地钉在文学史的耻辱柱上。这真是一个毫无道理的冤案"③。通过女性主义的导引,人们已经能识破但丁的俾德丽采和歌德的玛甘泪所象征的女性神话的虚妄性,即她们的归宿不是天堂就是坟墓。此外,基于女性主义立场的文学阐释使我们能充分意识到男性批评的局限所造成的女性文学文本丰富语义的丧失,以及男权标准怎样对文学文本进行了歧视性的误读,如沃尔特·艾伦就认为勃朗蒂在《简·爱》里表达了"妇女最普通的性欲幻想之一:希望得到征服,而且被一个极端蔑视妇女的人所征服,这样便使受支配的事实

---

① Feminism 一词,在中国先后有两种译法,即"女权主义"和"女性主义"。前者求"平权",后者重"差异",是 Feminism 在不同发展阶段的不同表述。海外有关的华人学者认为,这两种译法都存在偏颇与局限,"女权主义"太求政治色彩,容易掩去其他,而"女性主义"则性别意味过浓,无法传达 Feminism 在发展中日益加重的政治涵义。权宜之计,女性主义成了眼下与国际"接轨"后的通用术语。本文一般采用"女性主义"这一术语,在某些时候则与"女权主义"通用,不作区别。

② 《女权主义文学批评》,D.德莱弗著,胡明弘译。载《当代西方文学理论导引》,罗里·赖安、苏珊·范·齐尔编,四川文艺出版社 1986 年 11 月版,第 283 页。

③ 《herstory:陈染的〈私人生活〉》,邵建著,载《作家》1997 年第 2 期。

变成妇女的自尊"①。同时,"虽然一些妇女作家也被文学传统所承认,例如简·奥斯丁、勃朗蒂姐妹、乔治·艾略特和弗吉尼亚·伍尔芙也被认为是伟大的作家,但是她们作品中关于性别的方面却受到压抑或边缘化了"②。15 年前中国文学批评的语境里,批评家们显然也不知如何对待和评价陈染的《私人生活》、林白的《一个人的战争》,最有可能出现的做法会是对这些著作的压制和拒绝,它们将因为某种"美学标准"的原因而不可能放进规范作品从而进入大学的文学课程,这些本文中最有价值和意义的部分将因为缄默而至于最终被湮没。由此可见,女性主义的批评立场或批评话语,对于文学尤其是对于女性文学的阐释具有至为关键的重要性。

西方女权/女性主义(Feminism)文学理论/批评作为女权/女性主义重要的文化标记并作为一门学科,出现于 60 年代后期。但作为背景而起的女权运动则是一个具有宏大历史跨度的政治运动,它最起码可以追溯到 20 年代(以英国妇女获得完全选举权为代表),甚至更早。40 年后,随着 60 年代美国黑人民权运动与反越战运动的历史波澜,女权运动从最初的响应形式直至成为一个时代的文化与政治旗帜,此时的女权运动或女性主义显然有了更为充足的历史经验与对女性传统更为深邃的洞察。但与此同时,无论美国、英国,抑或是欧洲大陆,女权主义由于公民权的改革而褪去了革命的实践色彩;它脱离了社会活动而进入了文化反思,并经由经院模式的重铸。女权/女性主义文学理论/批评便藉此而生。女权/女性主义以妇女解放为终极目的,它的理论锋芒具体地指向"性政治"。在这里,"政治"是指一种权力关系。而"权力是特定时间、特定社会的力量关系的一般模式","是人们给特定社会的复杂的战略关系的命名"。③

诚如人们一再从好莱坞发现的:在那里,电影业成了男性欲望工厂,电影是一种纯粹的男性视域,女性则处在其中被欲望化眼光窥视、选择、摆布。全部的好莱坞就是一整套女性被挑选、被操纵、被观赏的文化/权力机制和历史活剧,一个男权话语场,而具体到电影本文,女性则直截了当地被指认为是"色情的能指"。文学也不例外的是一个"语言好莱坞",一个遍布性别歧视场景的历史舞台。女权/女性主义文学理论/批评必须就此作出迎头批判,并将妇女在政治、经济和社会方面所受到的所有压力予以揭示。可以想见,女权/女性主义文学

---

① Walter Allen,The English Novel,London:Phoenix House,1954,P179。
② 《当代女性主义文学批评》,第 5 页。
③ 《超越结构主义与解释学》,[法]德赖弗斯、P. 拉比诺著,张建超、张静译,光明日报出版社 1992 年 2 月版,第 242、244 页。

理论/批评作为一种自我宣传,正致力改变摆布妇女的既成社会准则,可以说,女权/女性主义文学理论/批评包括了文学与社会、与文化之间的复杂关系,"女权主义对文化的批评,严格地说来,对妇女几乎是生死攸关的事情"①。

正是在这一点上,女权/女性主义文学批评毫无疑问地首先是一种政治或意识形态批评。从某种意义上说,女性主义就是一种以性别为"形构"(formation)的政治话语。托里尔·莫瓦说,作为一种革命的批评形式,正是政治"给与女权主义批评以特性"②。60年代女权运动最大的特点,可以用当时颇为流行的一句口号来概括,即"个人问题是政治问题"③。这句口号对以前从未考虑过将自身与社会结构密切联系起来的妇女极具煽动性,它提醒妇女,即使在私人生活中也存在不平等的权力结构,从而引导那些一向对政治问题漠不关心的广大妇女对社会、对政治加以关注。美国著名女作家艾德里安娜·里奇回顾自己早期在错综复杂的社会关系中摸索、徘徊并试图发现和证实其中的内在联系时说:"我想我从这个时候起我开始感到政治不是一件与己毫不相干的事情,它处于我自身内部,而且还是我的环境实质。"④ 女性主义批评自始至终都是泛政治化的。在它看来,文学作为一种权力话语,其政治上的纯洁性是可疑的,与之相应的既有的文学批评与文学理论也是可疑的。因此,作为女性主义运动的文化成果,女性主义文学批评责无旁贷地将政治作为批评的第一向度。它一方面要揭示文学作为权力话语在政治上的疑点,同时也要使批评本身成为面对政治的批判话语。也就是说,女性主义文学批评是一种既解构又自我证实的"双重书写"。

在这里,需要指出的是,女性主义特别是源于白人中产阶级的西方女性主义理论并不具有普泛的适用性。女性主义理论在其发展中除了流派分化,还出现了"国际性"与"民族性"的甄别。它的国际性,在于女性主义致力于妇女解放的目标共同性,而民族性则在于各民族妇女可以根据自己特定的文化及社会经济条件制定自己的首要目标和战略。⑤ 女性主义理论从一开始就不是一个封闭的、静止的系统,相反,缺乏系统性正是它的存在方式。系统性的缺乏既导致了

① 《女权主义文学批评》,D.德莱弗著,胡明弘译。载《当代西方文学理论导引》,罗里·赖安、苏珊·范·齐尔编,四川文艺出版社1986年11月版,第283页。

② 《性别/本文政治》,托里尔·莫瓦著,载《女权主义文学理论》,第347页。

③ 《二十世纪的美国文化》,庄锡昌著,浙江人民出版社1994年版,第196页。

④ Adrienne Rich,When We Dead Awake:Writing as Revision,in On Lies,Secrets,and Silence,New-York:Norton,1979。

⑤ 参见《妇女与发展:理论、实践与问题》,仉乃华著,载《西方女性主义研究评介》,生活·读书·新知三联书店1995年5月版,第214—215页。

女性主义理论的局限性,也导致了它的开放性。随着后现代背景的降临,解构兴趣的普遍兴起,精神分析、后结构主义、符号学等诸种理论在姿态开放的女性主义理论内部兼容,通过对"局限性"的解构,使女性主义呈现为多种以"差异"为前导的理论形态。这其中最引人注目,并且对于我们来说也是最具认识与实践价值的,便是"第三世界女性主义"(Third World Feminism)理论。

第三世界女性主义对"女性"这一概念的本体性与普遍性意味表示怀疑,认为"女性"是一个意义不断被"延宕"的概念,源自白人中产阶级女性立场的西方女性主义唯本论的"女性"概念无法传达来自不同立场的妇女在经历上的深刻差异。由此,她们进一步认为,男女不平等及妇女受压迫、歧视的根源问题应该放在当今世界的权力结构中来分析。分析表明,第三世界国家在国际秩序中所处的被统治地位以及第三世界国家中不平等的权力结构是妇女受压迫和歧视的重要根源。社会性别体制作为一种不平等的分化人群的权力结构,虽有其独立性,但又是与其他的社会权力分配结构如阶级、民族、种族等相互联系、浑然一体的。第三世界妇女必须将争取自身解放的斗争同民族斗争、阶级斗争等多种反对压迫性社会关系的斗争联系、结合在一起。相应地,第三世界女性主义的任务便是研究分析第三世界妇女反对殖民主义、帝国主义、阶级压迫、性别歧视、种族主义等多种斗争的历史及其相互关联,而不仅仅是性别差异。

就现代中国社会的性质而言,中国的妇女解放就是一种多重的"解构"努力。中国现代女性文学书写一旦进入到这样一种话语动作中,就必然会在两个基本向度上展开书写的文本形态,一是以"莎菲后"的丁玲为代表的对反抗民族压迫与阶级压迫的文学书写。由于是对国家政治意识形态话语的直接讲述,姑将这种书写文本称为"政治文本"。二是以张爱玲为代表的渲染性别意识、直接面对父权话语并进行批判的文学书写。因其显在的性别表征,姑可称之为"性别文本"。这两种书写/文本,既分立又"互文",构成了现代中国女性文学整体性景观,并奠定了二十世纪中国女性文学书写的基本格局或模式。

中国现代女性作家的群体写作,大致始于 20 年代。作为知识女性,她们大多出身"世家",受过高等教育。当是时,在欧洲,女权主义运动正处在第一个高潮,国内,易卜生的《玩偶之家》正演得如火如荼。在这样一种中西交契的时代语境下,女性作家很快从娜拉那儿得到了女性自我意识的印证,并很自然地对娜拉进行了自我认同。在她们的文本中,"走出"是与一种基本欲望相一致的针对男权秩序的解构性话语。但是,当"娜拉"们在文本里不断"出走"的时候,越来越多的祥林嫂和"芦柴棒"则因为走投无路而终至抛尸荒野。鲁迅在小说

《祝福》中对祥林嫂,夏衍在报告文学《包身工》中对上海日本纱厂的女工的现实命运的揭示说明,"娜拉"只是一个限定性的指涉,因此,"娜拉"的解放(假如真能解放)并不等于妇女解放。尽管从"娜拉"立场出发的女性有其历史合理性与相对的独立性,但从更宽泛更现实的立场看,"女性话语"还应当兼容诸如"民族"、"阶级"、"革命"、"起义"、"战争"、"大众"这样的政治意识形态话语,以弥补在进行批判言说时不时露出的话语"黑洞"。所以,中国现代女性书写到了一定的历史阶段(大革命失败、中央集权的专制统治的建立、阶级矛盾的激化与民族危机的爆发)就会出现分流,形成既互相区别又可互相参照的多样化的书写样式和文本形态。这当中,考察和分析丁玲文学书写的转型是很有意味,并且是很能说明一些问题的。"莎菲"时期的丁玲的性别/主体意识较之同侪女性作家,其强烈与自觉程度均有过之而无不及,她的主体/个性意识在其一生的创作中都是极为鲜明夺目的,并成为丁玲的魅力所在。很难想象,象她这样的作家会突然地、不假思索地放弃自己的个性立场,被动地成为国家政治意识形态的话语通道。实际上,当她进入"政治文本"书写时,正是对女性意识更为宽泛也更为完整的领域的进入。考察"莎菲后"丁玲的作品可以发现,在丁玲那里,政治文本(《田家冲》等)与性别文本(《我在霞村的时候》等)是交替出现的,并间或在同一作品中"互文"(《太阳照在桑干河上》就是一个典型的范例)。对于丁玲及"类丁玲"的女性作家来说,书写"政治文本"绝不是一种生存策略、一种技术性的"修辞"策略,而实在是一种基于女性立场的批判策略。八十年代后期的学术上对丁玲的贬抑,其偏颇之处即是对丁玲从事政治文本书写的否定,认为是"女性主义批判锋芒消失"。这种偏颇显然源于非女性主义或狭隘女性主义立场,是缺乏分析的,由此延伸开来的对"政治文本"的贬抑也是片面的、缺乏历史洞察的。试想,假如"政治文本"一旦真的被逐出"女性话语"并被从我们的批评视域中拭去(相同的情况也可以假定于"性别文本"),那么,当我们站在今天这个特定时期对中国女性文学作世纪回眸时,除了一眼难尽的语言废墟以及密密麻麻的话语漏洞,还有多少"女性文学传统"可供我们梳理、分享和追逐呢?

"十七年时期""五四"的传统被割裂,国家浮躁地"跃进"了对资本主义这个虚设对手的声讨中。国家文化政策的失误,使始于"五四"的女性文学传统遭到严重破坏,女性文学部分地丧失了话语权力,最直接的后果是"性别文本"的基本缺失。另一方面,由于中国在新组合的国际秩序中遭到了蛮横的打击和排挤(朝鲜战争、苏联的"围剿"、麦克马洪线之争、核威慑、冷战),就使得菡子对朝鲜战争的书写,刘真、茹志鹃对战争记忆的讲述,以及她们对社会主义中国在特定历史时期焕发出来的勃勃生机的讴歌,都具有女性意义上(不完全是意识形态意义上)的合理性。"十七年"普遍地被认为是女性文学的低潮期,但在作历史清算时,不应归咎于女性作家对"政治文本"书写方式的选择。是"性别文本"的缺失造成了女性文学整体性上的"黑洞"。

"文革后"的中国女性文学书写仍然是两种文本的分流与整合。这一时期的日新月异的中国,让妇女命运也日呈斑斓的底色。一方面,城市知识女性在日渐宽松的权力秩序中开始了对"同一地平线"即平等的追逐(张辛欣:《在同一地平线上》),主体意识空前饱满(刘西鸿:《你不可改变我》),边缘写作也得到了权力话语的"合法化"认可。另一方面,更多的乡村妇女则仍在父权的象征秩序里"轻轻地呼吸"(蒲宁语),在相对贫乏的物质环境里无暇于生命意义的形而上的探询;大批的女工在没有工会保护的三资企业里遭受跨国资本主义及其买办的欺辱与剥削。妇女解放的命题在中国仍然是极具差异性、层次性的。这个问题的解决,仰赖于两个策略性的前提:1. 缩小城乡差别;2. 国家有足够的能量去解构现在的不平等的国际权力秩序。这两个前提归结起来就会指向"改革"这样的意识形态话语。这说明,这个时期中国妇女面对压迫所作的努力,可以并且应该与国家的主导意识形态达成共识,并与之签署新的"文化协议"(protocol)。这一时期许多女性作家与男性作家一起,汇入到了"民族寓言"的写作中去。象张洁,在《方舟》中讲述不幸、受难和自我拯救这样的性别(女性)话语主题的同时,又在《沉重的翅膀》里进行"改革题材"的书写。可见,"政治文本"与作为边缘写作的"性别文本",再次成为中国女性文学的双刃剑。如果说这一时期的女性文学书写较之以往有什么差异的话,那便是丁玲式的双重书写已不再是个别现象。

既分立又"互文"的双文本现象,构成了中国二十世纪女性文学(女性书写)的主体性内容。作为必然要求,女性主义文学批评就有对这一现象施以"双重关注"的义务,这才是正确的批评视野。

性别/政治的双重设置是女性主义基本的也是最重要的批评策略。随着女性主义理论的不断发展,其中的政治涵义也不断加重(而不是象一些批评者误以为的那样正在减弱)。但是,一些女性主义文学批评者却对政治讳莫如深,有的则坦白地表露出对"政治色彩"的厌恶。

政治性的弱化,使得女性主义批评对女性作家的"边缘写作"持一种畸形的赞赏姿态。我将这种"边缘写作"称为"小品写作"。因为,在这种赞赏性姿态的后面,就意味着女性作家一旦涉入"重大题材"或"中心题材"的写作,就会遭到"女性主义立场消失"的责难和诘驳。换句话说,"重大题材"或"中心题材"的写作被一般性地认为是男性写作。由题材而划定写作的性别形态,其荒谬性不言自明,并已有批判在先。在这里,我想说的是,西方女性作家在争取写作权利的时候,也曾遭到过男性作家基于男优女劣的性二元论而投射过来的怀疑与歧视的眼光,即使女性作家已经争得写作权并获得可观成果时,也仍然被认为只能从事较低级的文体和题材的写作。美国学者白露(Tani Barlow)在对"五四"文学话语作分析时尖锐地指出:"女性"是受西方男性统治文化影响而产生的中国文学话语中的一个比喻,在将它引进中国话语的同时,中国知识分子也巩固了这个词在达尔文进化论和蔼理斯(Havelock Ellis)性学中固有的贬义,如"女性"的被动、柔弱、智力上的无能、生理上的低能,等等①。对女性的这些歧视观念,通过男权话语被女性"内化",并进一步衍为女性文学的审美特征,制约了女性作家对题材的自由选择。我对于"边缘写作"不持贬义,相反,持有某种基于均衡性考虑的坚实的肯定态度。我只是警惕,源于这"边缘"的边缘,来自女性/女性主义文学批评内部声音,如不惊醒,将会有利于对腐朽的性二元论的男优女劣观念的无形的支持。

中国的许多女性作家如张洁、王安忆、刘索拉等,皆在多种场合屡次否认自己是女权/女性主义者。我的看法,1. 这些作家对待"女性主义"的认识上考虑到了自己的中国立场,而不是有些论者认为的那样是由于对"女性主义"的无知,或是对女性主义心存"曲解"。这些作家在这个问题上作出了基于自身现实处境的认知判断。2. 因此,这些作家所立足的女性立场与批评者所认可的(或自以为是的)女性立场存在了很大差异。实际上,女性作家在对女性主义认知的深度上,某种程度地超过了操持"女性主义"武器的批评者。这再一次提醒我们,在运用西方视点观照中国文学的时候,切不可削足适履,甚至丧失原初立场。

---

① Tani Barlow,Theorizing Woman,Funu,Guojia,Jiating in Genders。载《社会性别》1991 年 3 月号,德克萨斯州大学出版。

女性主义文学论略

金文野

在 90 年代以来的文学批评视野里,"女性主义文学"一直是备受关注的创作现象,几乎成为文学研究中的显学。但是毋庸讳言,由于缺乏严格的符合学术规范的内涵界定,致使"女性主义文学"一直处于身份不明、十分暧昧的"无边"状态。不仅如此,还由于在概念的使用上普遍存在的诸如以"女性文学"取代"女性主义文学",以"女性意识"取代"女权意识"的无序现象,更造成了理解上的隔膜和紊乱。凡此种种,某种程度上已经成为影响女性主义文学理论探讨正常开展的"症结"。有鉴于此,以西方女性主义文学及其理论为参照,并在认真考察 20 世纪中国女性主义文学创作实绩的基础上,对"女性主义文学"及其相关概念的内涵进行充分而全面的界定以及对概念间的相互关系进行逻辑梳理,就不仅显得非常必要而且十分迫切。

1. 女性主义与女性主义文学

女性主义文学无疑与女性主义有着内在的渊源关系。"女性主义"(Feminism)的概念源自西方的女权运动,它同时还有女权主义、男女平等主义等多种释义,泛指主张性别平等、男女平权的各种社会文化思潮。"女权主义强调女性的权利,是基于现实社会是以男性权利为中心的这一基本事实。女权主义思想是人类在追求自由、平等历程中必然产生的,女权主义是人权运动的一个阶段、

题解 本文原载《文艺评论》2000 年第 5 期。鉴于"女性文学"与"女性主义文学"、"女性意识"与"女权意识"等概念在使用上的混同和理解上的紊乱,作者参照西方女性主义文学及其理论,结合 20 世纪中国女性主义文学创作实绩,对"女性主义文学"及其相关概念进行了逻辑梳理和全面论述,指出中国虽不曾产生过独立的女权运动,但现实中男女之间人格和权益上的不平等正是女性主义文学产生的最内在的动因,此外,女权意识——女性从自觉的女性性别立场出发,以反叛传统性别秩序、建构女性主体人格和性别诗学为价值追求的思想艺术倾向,是"女性主义文学"不可或缺的"关键词"。有关问题,作者在其博士学位论文《中国女性主义文学论纲》(复旦大学 2001 年)中作了详细论述。

一个部分。当宽泛的人权论不能解决现实无处不在的男性对女性的权力主宰，当人们(首先是女性)意识到两性的不平等事实上是人类社会中比阶级的不平等更普遍、更长久的一种关系时，便产生了女权主义思潮。"①19 世纪中叶以后，这种思潮伴随各国妇女解放运动的发生发展而逐渐成为世界性潮流，并成为女性主义文学产生的重要历史背景和思想来源。在中国，女性主义文学创作的两次勃兴就都与西方女权运动和女性主义文化思潮的深刻影响有着千丝万缕联系，一次是在五四时期，另一次在新时期。诚如贾植芳先生所指出的，"不同于欧美的独立的女权运动，在 20 世纪中国，女权运动一直附属于政治、思想革命"②。的确，相对于五四时期反封建和个性主义的宏大壮阔的革命乐章，妇女解放的呼声仅只是其中的一个声部；相对于新时期思想解放和人道主义的时代强音，女权意识的张扬也不过是点缀其间的低吟浅唱而已。中国不曾产生过独立的女权运动的事实，很容易使一些人想当然地推出中国不存在女性主义文学的结论。而事实上这种推论是相当武断的，因为"中国无女权运动作女性文学的强大政治和社会背景，这并不意味着中国不存在男女之间人格和权益上的不平等"③，而这男女之间人格和权益上的不平等正是女性主义文学产生的最内在的动因，也是其所关注和表现的最根本的内容。因此，中国女权运动的从属性并不必然导致女权叙事的彻底丧失，只是相应决定了中国女性主义文学难以形成主导性创作潮流，而总是处于潜隐或边缘状态，总是在边缘和角落发出反叛和自救的"呼喊与细语"。比如在五四时期以反封建和个性解放为主题的宏大叙事中，关注女性命运的女权话语也依稀可辨，"陈衡哲、冰心、庐隐、冯沅君、凌叔华、石评梅等等都对女性身份、女性地位等女权问题投入了很大的关注"④，陈衡哲的《洛绮思的问题》和冰心的《西风》揭示了女性在婚姻与事业中的两难处境；冯沅君的《隔绝》《隔绝之后》和《旅行》描写了女性对包办婚姻的拼死反抗和对自由恋爱的大胆追求；庐隐的《秦教授的失败》和凌叔华的《女儿身世太凄凉》展示了一夫多妻制中女性的悲剧命运；石评梅的《弃妇》暴露了封建婚姻对女性生命的摧残和毒害。此外，同期白薇的《炸弹与征鸟》，谢冰莹的《女兵自传》《巧云之死》也都表现出鲜明而极富个性的女权倾向。"五四个性主义落潮后，偶然间出现的丁玲，将现代中国的女权主义叙事提到一个'纯粹'的水平"，"如果说五四时期的女权叙事尚属于为表现人道主义和个性主义而'不自觉'的行为，那么

---

① 张忆：《现代以来的女权主义叙事》，《文艺报》1999 年 3 月 1 日。
②④ 贾植芳：《谈 20 世纪中国文学中的女权母题》，《文艺理论研究》1997 年第 1 期。
③ 刘慧英：《走出男权传统的樊篱》，生活·读书·新知三联书店 1995 年版，第 14 页。

丁玲的创作,则体现出真正独立的女权主义思想"①。丁玲从早期的《梦珂》、《莎菲女士的日记》、《暑假中》、《阿毛姑娘》、《庆云里中的一间小房里》,到中期的《母亲》、《我在霞村的时候》、《不算情书》、《三八节有感》等,都堪称女性主义文本的典范之作,至今仍代表着中国女权主义叙事在思想和艺术上所达到的最高水准。而三四十年代诞生于沦陷区的女权主义叙事如张爱玲的《霸王别姬》、《金锁记》,苏青的《结婚十年》、《蛾》及梅娘的《蚌》、《鱼》、《动手术之前》等,因体现了女权思想与文学审美的高度融合而更显别具一格,堪称女性主义文学的精品。

与五四时期相仿佛,新时期文学的女权意识也是借助个性主义和思想解放的主题得以表现的。张抗抗的《夏》、铁凝的《没有纽扣的红衬衫》、刘西鸿的《你不可改变我》,均展示了富于个性和自我意识的新一代女性强烈的叛逆精神;张洁的《方舟》、张辛欣的《在同一地平线上》、遇罗锦的《春天的童话》,刻画了陷入婚姻困境的女性试图把握自身命运的挣扎和探索;而舒婷的《致橡树》、《神女峰》则体现了女性对自身价值和命运理性思考的新高度。这些作品无不内在传导出作家渐趋明朗的女权倾向。到80年代中后期,以唐亚平的《黑色沙漠》、翟永明的《女人》、伊蕾的《独身女人的卧室》等为代表的女性主义诗歌,以王安忆的"三恋"、《岗上的世纪》为代表的女性主义小说和以叶梦的"创造系列"为代表的女性主义散文,猝然间擦亮了女性被遮蔽、尘封已久的性别,女性以欲望主体的身份强行介入被男权视为禁忌的女性情欲世界,构成了对传统性别秩序的最赤裸裸的挑战。以此为转折,90年代以林白《一个人的战争》、陈染《私人生活》、徐小斌《双鱼星座》、海男《我的情人们》以及徐坤《狗日的足球》等为代表的女权叙事开始潜入女性意识的深处,试图在文化层面上对两性权力关系进行深层文化反思和独特审美观照,呈现出对传统男性霸权文化实施颠覆和解构的强劲态势。

2. 女权意识与女性主义文学

认真梳理和分析20世纪中国女性主义文学的创作实绩便不难发现,从女性立场出发的反男权叙事以及由此而形成的浓厚女权意识是这些作品所体现出来的共同特征和精神内核。这里所谓的女权意识,指女性从自觉的女性性别立场出发,以反叛传统性别秩序、建构女性主体人格和性别诗学为价值追求的思想

---

① 张忆:《现代以来的女权主义叙事》,《文艺报》1999年3月1日。

艺术倾向。显然,女权意识的核心不在取男权而代之的女性霸权主义,而在于"争取女性失落的权利",[①] 反抗性别歧视的女性反抗主义。因此,我们可以称女性主义文学是女作家创作的充分体现女权意识的文学。

女权意识无疑是女权运动、女性主义文化思潮以及女性主义文学思潮的核心要素和基本内容,也理所当然地成为"女性主义文学"的内涵中至关重要不可或缺的"关键词"。然而在迄今为止几乎所有试图对女性主义文学这一创作现象所作的概念界定或描述中,论者们都不约而同地极力回避使用"女权意识"而莫名其妙地看好相当中性和弱化的"女性意识",将女性意识视为女性主义文学的绝对"要素"。其实在通常意义上,女性意识作为一种性别立场仅仅意味着对女性性别身份的强调,而并不具有明确的价值判断和鲜明的意义指向,就是说,具有女性意识的作品并不必然就意味着是属于女性主义的作品,正如罗瑟琳·科渥德所言:"如果只因一本书将妇女的体验放在中心地位,就认为它具有女性主义的兴趣,这将陷入极大的误区。"[②] 因此,单纯以女性意识的有无作为衡量和判断是否属于女性主义文学的标准和尺度,必然导致女性主义文学的内涵界定越发扑朔迷离令人费解。事实上,女性主义文学的理论研究和批评实践中普遍存在的对"女权"、"女权意识"的刻意回避和盲目排拒已成为一种颇耐人寻味的研究现象。细究起来,这种现象的发生其深层根源主要在于传统文化中以"男尊女卑"、"三从四德"等为核心内容的男权意识根深蒂固无所不在的深刻渗透和影响,正是在这种男权文化的长期熏染、浸淫之下,不光男性社会对女权充满蔑视和敌意,甚至连女性自身也对女权怀有莫名的偏见而缺乏正视的勇气,思想新锐且颇具女权倾向的许多女性作家、评论家诸如张洁、张抗抗、王安忆、李子云、崔卫平等等,她们有的甚至对"女性文学"的提法都讳莫如深,更拒绝承认自己是女权主义者,[③] 便是明证。而产生这种现象的最直接原因则在于对"女权"内涵的片面、肤浅、僵化的理解,即仅仅将女权理解为在社会、政治层面上对男女平等的争取和追求,并依据这种男女平等在社会、政治层面上的非常局部、表层的有限实现而轻率地想当然地怀疑、忽略乃至取消女权存在的现实合法性。然而事实上,男女平等不仅仅指社会、政治层面上的平等,还必然包括文化、观念

① 刘慧英:《走出男权传统的樊篱》,生活·读书·新知三联书店 1995 年版,第 211 页。

② 张京媛主编:《当代女性主义文学批评》,北京大学出版社 1992 年版,第 76 页。

③ 参见《张洁答香港记者问:谈女权问题与"女性文学"》,《当代文学研究资料与信息》1989 年第 12 期;张抗抗:《我很怀疑中国是否有女性文学》,《文艺报》1988 年 5 月 28 日;陈思和、王安忆:《两个 69 届初中生的即兴对话》,《上海文学》1988 年第 3 期;李子云:《她们正在崛起》,《小说评论》1988 年第 5 期;崔卫平:《我是女性,但不主义》,《文艺争鸣》1998 年第 6 期。

层面上的平等,就是说,女权所极力对抗和试图改变的是所有造成女性无自主性、附属性和次性地位的权力结构、文化传统和社会习俗,以争取享有身为人类的完整权利。但就中国的历史传统和现实境况而言,这两个层面上的平等尤其是后者,都远未实现,因此,女权的现实存在及其对传统性别秩序的反叛将是一个不容忽视和排拒的长期的历史过程,对这一历史过程的艺术表现和审美观照也必将构成文学发展史上的一项重要内容和价值独具的意义层面。概而言之,体现在女性主义文学创作当中的女权意识主要包涵相互关联密不可分的两个价值层面,"在文化层面上,它将是对女性解放的不断追求,对女性主体意识的不断确立,对女性意义世界的不断建造;在艺术层面上,它将是女性个体经验的不断展开,女性审美自由的不断拓展,女性艺术形式规范的不断丰富"①。这种独特的价值取向使得女性主义文学创作无论在思想内容抑或在艺术形式上都体现出颠覆性和反叛传统的鲜明特征并显示出独具而独立的美学品格——擦亮性别、反叛男权的女性主义性别诗学。

3. 女性文学与女性主义文学

在 80 年代以来的文学探讨和批评运作当中,"女性文学"一直是最具争议性、歧义最多的一个文学概念,这主要表现在对其内涵所作的不同界定及概念的盲目、无序使用上:有人定义为女作家专门表现女性生活的作品;有人认为凡是反映女性生活的作品均系女性文学,不限作者性别;也有人认为凡是女作家创作的都属女性文学,不限题材内容;还有人界定为女作家创作的、充分体现女性意识的作品。其中后一种界说影响最大,同时产生的歧义也最多,造成了相当的逻辑紊乱和理解上的困惑。主要表现是,其一,这里所谓的"女性文学",事实上在具体批评实践中至少有两种意义指向,一是泛指女作家创作的一切作品,也即一般字面意义上约定俗成的"女性的文学",如目前中国唯一的一部《二十世纪中国女性文学史》(盛英主编,天津人民出版社 1995 年版)就持此义;一是特指具有女权意识,女权倾向的女性主义文学,这时两个概念已悄然发生了奇妙的同义转换,正如有的论者直接在文章中所申明的"本文中'女性文学'与'女性主义文学'同义"②概念混用,用同一概念指称两种不同的文学现象或用两个不同的

---

① 海莹、花建:《FEMINISM 是什么? 能是什么? 将是什么?》,《上海文论》1989 年第 2 期。
② 王侃:《当代二十世纪中国女性文学研究批判》,《社会科学战线》1997 年第 3 期。

概念指称同一种文学现象,歧义和混乱自然在所难免。其二,作为女性文学核心概念的"女性意识",主要应指女性性别意识和女性自我意识,如前所论,它仅仅意味着对女性性别身份和性别立场的强调,其本身并不具有明确的价值判断和意义指向,因此,若以之作为"女性主义文学"的必要条件,显然既暧昧又乏力;而若以之作为"女性文学"的必要条件,那么很多女性意识相当弱化、淡化的作品诸如《青春之歌》、《百合花》等等将处于既非女性文学又非男性文学的无可命名的尴尬境地。凡此种种,都暴露了女性文学及其相关概念的命名上所存在的理论裂隙和逻辑"黑洞"。

　　事实上,女性文学与女性主义文学是既相联系更相区别的两个概念。"女性文学"顾名思义是与"男性文学"相比较而言的,二者的根本差别显然不在文学形象的性别,而在作家的性别,在于男女作家的"性差"上。"性差不仅是生理差,还是生活差、心理差、审美差、作品差。"① 因此我们称女性文学是女作家创作的所有作品;而女性主义文学只是无限广阔而丰富的女性文学世界中的一种类型或一个意义层面,它以体现女权意识为主要价值取向。自然,除女权意识而外,女性文学还必然包涵其它的意义层面,如有侧重表现阶级意识,如丁玲的《太阳照在桑干河上》,写农民与地主之间殊死的阶级较量;有的侧重表现革命意识,如杨沫的《青春之歌》,写小资产阶级知识分子对革命的向往和追求;有的重在表现政治意识,如叶文玲的《心香》,写极左政治对美好人性的践踏和戕害;有的重在表现社会意识,如谌容的《人到中年》,写社会生活中中年知识分子的精神重负和生存困境;也有的重在表现平民意识,如方方的《风景》、池莉的《太阳出世》,写平民百姓的日常生活、喜怒哀乐,等等,不一而足。必须指出的是,在异彩纷呈的女性文学艺术空间里,女性主义文学与非女性主义文学虽有着不同的审美追求和意义定位,但都是对无限广阔的社会、历史和人生的艺术反映和美学观照,因此,单从价值判断上看,二者并无高下优劣之别,那种以女性主义文学贬抑甚至取代非女性主义文学,以《莎菲女士的日记》否定《太阳照在桑干河上》的观点都是极为机械而片面的。不过相比较而言,在女性文学的百花园里,带有浓厚个性主义和自由主义色彩的女性主义文学只能是少数,并因其文学探索的先锋性和前卫性而注定要招致来自主流和男权的双重挤压,因此其生长和发展都将加倍地艰难,唯其艰难更显其探索的价值和存在的意义。

---

① 　王春荣:《新女性文学论纲》,辽宁大学出版社 1995 年版,第 12 页。

女性文学这个概念

刘思谦

女性文学这个概念再次浮出于文学研究界已有 20 余年的历史了[①],20 年来它不断受到诘难与质疑,至今也没有取得普遍认同。这是一种命名的尴尬。一个普遍的经常被问起的问题是所谓的女性文学与男性文学的问题:文学也有性别吗? 既然出来个女性文学,那是不是也应该有个男性文学? 无独有偶。20 世纪 30 年代谭正璧写《中国女性文学史话》,就遇到过何不另编男性文学史的讽刺,张若谷编《女作家》杂志,也有人讥讽他何不另编一本《男作家》而只取悦于女性? 看来,这个问题已经问了半个多世纪了,看样子还会继续问下去。面对这个问题,女性文学研究界表现出令人难堪的失语状态。

这是因为这个问题触及到了两千多年来历史的盲点和性别意识的误区,不是三言两语所能够解释清楚的。记得在 80 年代中期,伴随着女作家创作的繁荣和"女性文学"这个概念的出现,报刊上围绕着什么是女性文学这个问题出现了热烈的争论。据谢玉娥编纂的《女性文学研究教学参考资料》所载,大体上有这样几种界定。一种意见是只要是女性写的就是女性文学(不言而喻男性写的就是男性文学),这是一种非常便捷的按性别分类的方法。第二种意见是按性别加题材加风格的分类,即女性文学是女性所写的表现女性生活体现了女性风格

题解 本文原载《南开学报》(哲学社会科学版)2005 年第 2 期,是在乔以钢教授主持的教育部哲学社会科学研究重大课题攻关项目"性别视角下的中国文学与文化"启动后,《南开学报》特邀其主持的"专题研究:性别与中国文学、文化"专栏发表的首篇文章。针对长期以来"女性文学"概念的歧义,作者刘思谦先生(1933—2022)进行了深入探讨,认为现有阐释忽略了这个概念的历史性与现代性内涵,只有在人类文明由传统的母系制到父系制再到近现代由传统的父权社会向现代自由民主社会的转型进程中,才可能出现属于女性自己的文学,强调女性主体性是女性文学概念的基本内涵。因此,"女性文学是诞生于一定历史条件下的以'五四'新文化运动为开端的具有现代人文精神内涵的以女性为言说主体、经验主体、思维主体、审美主体的文学"。这一界定被乔以钢、林丹娅主编的《女性文学教程》所采用。

① 据考察,"女性文学"这个概念继 30 年代之后再次浮出于 80 年代初期,首次出现在吴黛英的《新时期"女性文学"漫谈》,发表在 1983 年第 4 期《当代文学思潮》上,1985 年第 4 期《文艺评论》上,发表了她的《从新时期女作家的创作看"女性文学"的若干特征》,1986 年第 1 期的《文艺评论》上,又发表了她的《女性世界和女性文学》一文。大体上可以肯定的是,吴黛英是新时期"女性文学"这一概念的始作俑者。

的文学。第三种意见认为女性文学是女性所写的表现女性意识的文学,即分类标准是性别加女性意识。还有一种意见认为虽然为男性所写但由于具有女性意识也应该划入女性文学。这种界定由于概念外延过于宽泛模糊了性别这个前提,我们暂且将其排除在外,而仅对以上三种意见进行梳理辨析。第一种意见把女性文学仅仅看做一种按性别分类的文学,就像青年文学、儿童文学按年龄分类,西部文学按地区分类。而这种分类法遮蔽了女性文学诞生发展的历史条件,遮蔽了两千年的文学史实际上是一种女性主体性不在场的男性文学史这一历史事实,遮蔽了女性文学这一概念的历史性与现代性内涵,没有办法区分现代女性文学与古典女性诗词的区别何在。第二种分类法除了女性所写这一前提之外,着眼于表现女性生活和女性风格。可是人类生活是一个整体,男人和女人结合在一起繁衍生息生生不已构成了人类生存的基本方式,所谓的女性生活与男性生活是无法分割开来计算的,女性自我的"小世界"和自我之外的"大世界",即张抗抗所说的女性文学面对的"两个世界"是联系在一起的。至于风格上的纯净、抒情、感性、细腻等等,不过是按照父权等级制的社会性别观对女性的一种后设的文化想象和文学审美预期,一种男/女二元对立的等级制的思维模式。事实上女性文学可以纯净、抒情、感性、细腻,也完全可以不那么纯净、抒情、感性、细腻,反过来说男性亦如是,并没有一种先验的风格等级平均分派给女性和男性。至于第三种以是否具有女性意识作为分类标准,已经比较接近女性文学的质的规定性了。然而,由于"女性"这个概念本身的暧昧性、歧义性而带来了"女性意识"这个概念的暧昧性、歧义性,究竟什么是女性意识呢?是作为生物性自然性的女人的意识还是作为一个完整的、独立的人的女性意识?仍然需要回过头来对女性意识本身进行界说,方能说清楚女性文学这个概念。最近有一篇论文题目叫做《女性文学中的非女性意识》,该文一方面把女性文学界定为"由女性写作的具有女性意识"的文学,一方面又把种种"非女性意识"诸如种种"与女性意识相对而言的"、"以自己的异化来反异化"、"以传统来反传统"、"张扬女性意识的同时又缺乏女性意识甚至反女性意识"的作品纳入女性文学范畴来论述①,即标题中的"女性文学"概念已经被她(他)悄悄地偷换成了凡女性所写即是女性文学,造成了论题本身概念的混乱和矛盾:既然你所界定的是具有女性意识的才是女性文学,那么表现了种种"非女性意识"的就不是女性文学。"女性文学中的非女性意识"这一逻辑上难以成立的伪论题,从一个方面表现了女性文学

---

① 张细珍:《女性文学中的非女性意识》,《百花洲》2004 年第 3 期。

研究界对自己的学科领域中一些基本概念如"女性文学"、"女性意识"等疏于梳理和辨析以及实践中的矛盾、混乱。

陈顺馨在她的《中国当代文学的叙事与性别》一书中,根据她对"十七年文学"的研究,划分出男性叙事与女性叙事的区别,在于男性是"权威的、集体的、也就是主流的",而女性则是"情感的、个体的、也就是边缘的"。这一区分仅就"十七年文学"而言也是难以成立的,因为实际情况诚如她自己所言,"在主导意识形态的影响下,更多的女作家在叙述故事时自觉或不自觉地采用男性视点",而且"跨生理性别的视点的例子是可寻的"①。对此,我的博士生沈红芳在她的博士论文《女性叙事的共性与个性——论王安忆、铁凝小说创作的契合与差异》中认为,这一论点仍然没有摆脱男/女二元对立的模式,不足以从本质上概括女性文学的特征和两性写作的根本差异。而且,能在多大程度上确定男性的就一定是"权威的、集体的、也就是主流的"而女性的就一定是"情感的、个体的、也就是边缘的"呢? 尤其是 20 世纪 90 年代以来,个人化的多元文化格局开始形成,许多男性作家和女性作家从主流意识形态疏离出来,以个人化的写作立场从边缘解构"权威的、集体的、也就是主流的"宏大叙事,女性的和男性的个人生存状况从历史的重重遮蔽中得到澄明,"情感的、个体的、也就是边缘的"成为许多男性与女性写作共同特征。那么,究竟什么才是女性文学内在的精神实质呢? 论者认为,在一个世纪的女性文学中,贯穿始终的是独特隐秘的女性经验和对女性价值的体认,这才是过去、现在那些仍然或多或少保留着性别无意识的男性作家们所不可能超越、更不可能采用的,也是那些虽"性别为女"却仍然或多或少保留着男权中心意识,自觉不自觉地把自己"他者化"、"客体化"的女作家所未能企及的。独特的、男性所没有的女性经验,与对女性价值的体认,是她对女性文学之为女性文学的界定,这一界定已接触到这一概念的核心,但在措词上仍有待推敲。如独特的女性经验是男性作家由于性别经验的局限和隔膜而不可能采用的,但对女性主体价值的体认这一点,则是超越了自身社会性别局限的男作家也可以做到的。同理,有的女性作家虽身为女性但由于父权意识男性中心意识的内在化而对女性主体价值混沌无觉者所在多有。这种复杂的状况,如何以清晰的语言概括出来,是一个需要斟酌再三的问题。

如何认识女性文学的诞生和如何界定女性文学这一概念,关系到我们对历史的根本看法。也就是说,只有在人类文明由母系制到父权制再到近现代由

---

① 陈顺馨:《中国当代文学的叙事与性别》,北京大学出版社 1995 年版,第 113 页。

传统的封建父权社会向现代化自由民主社会的转型进程中,才可能出现属于女性自己的文学。这是女性文学诞生发展的历史大背景,也是她的必要前提和历史条件。女性文学的产生发展和她的思想内涵,都是历史的和现代的,这在中国就是 19 世纪末 20 世纪初伴随着兴办女学、大学开女禁和人的发现、女性的发现而带来的现代知识女性、职业女性的出现和她们作为人的女性主体意识的觉醒,是现代反封建的民主革命使父死子继、子承父位的父权统治出现了某种断裂,是以维护这种统治为根本目的的意识形态体系出现了一些新兴的异质因素,才有可能在五四新文化运动中出现了我国第一个现代女作家群,出现了现代性的中国女性文学。这是一个漫长的历史演变过程,是女性作家言说主体、经验主体、思维主体、审美主体,在文学中由长期缺席、不在场到逐渐出席、在场的过程。对此,我的一名博士生王萌在她的博士论文《禁锢的灵魂与挣扎的慧心——晚明至民初女性创作主体意识的萌发》中,经过大量的实证考察,认为从晚明开始,女性的创作发生了与以往不同的变化,女性的主体意识出现了朦胧的觉醒,只是它不像"五四"新文化运动中那样鲜明而已。因此可以大体上肯定的是,女性主体意识的觉醒是女性解放的核心问题,也是随之而来的女性文学的核心问题,而晚明至民初的女性创作,则标志着中国女性群体觉醒的序幕已经拉开,也标志着中国女性文学诞生的发展的序幕已经拉开。在这之前,尽管历代文学从来也没有忘记过对女性的描写,尽管文学史上不乏美女、淑女、贞女、贤妻、良母和女才子、女英雄形象,尽管在某些朝代里众多的男作家旁边也点缀着一些女作家的名字,但她们从总体来看是作为男性言说和描写,作为男性欲望的对象化、符号化而出现在文学中的,女性的经验、女性对自己生存处境生存状态的感知和思考被阻挡在文学之外,真实的女性在文学的世界里一片沉默喑哑。正是女性主体性的长期缺席,决定了一部文学史实际上是男性文学史这一历史事实,这也就同时回答了所谓"男性文学"这一莫须有的诘难其实是一个伪问题。女性文学之为女性文学的质的规定性,是女性由被男性言说到自己言说,由"娜拉"被男性代言到"娜拉"拿起笔来自己言说,是女性主体性由在文学中的长期缺席到逐渐出场。把女性主体性作为女性文学的基本内涵,并把"五四"新文化运动中诞生的以人的发现和女性的发现(即周作人所说的"为人和为女的双重自觉")为精神血脉的"五四"女作家群的出现,作为我国女性文学的开端,而把这之前由晚明开始直到晚清和民国初期如秋瑾女侠等的具有朦胧的人文主义觉醒的女诗人们的创作作为中国女性文学的一个长长的序幕,是我的基本的女性文学观。

鉴此,我对"女性文学"这个概念界定如下:

女性文学是诞生于一定历史条件下的以"五四"新文化运动为开端的具有现代人文精神内涵的以女性为言说主体、经验主体、思维主体、审美主体的文学。

在这里,性别是女性文学的前提条件但并不是唯一的条件,也就是说,并非自然性别为女者所写的文学就一定是女性文学。把女性的言说主体、经验主体、思维主体、审美主体引入女性文学这个概念,这就排除了那些虽为女性所写却自觉不自觉地失去了主体性把自己"他者化"和表现出男权中心意识的作品。西方女性主义也曾这样设问:女人写的就一定是女性文学吗? 身为女性就先验地具备了以女性身份说话的条件吗? 她们的回答也是不一定。这是因为女性主体意识是一个有待生成的过程,并非一切生而为女者与生俱来的意识。由于父权制意识形态对女人日复一日年复一年的影响与形塑,女人由依附性的"他者"到主体性的自我的生成,是一个个人化的艰难的思想变革和心灵救赎的过程,现代性的历史进程也并不许诺每一个女人必然的主体意识,所以并不是每一个自然性别为女者所写的文学作品必然是女性文学。有一个最切近的例子即前不久像卫慧、棉棉的《上海宝贝》、《糖》这样的主动地以性别秀来迎合商业文化、消费文化趣味,以丧失主体人格为代价,自己把自己"他者化"的作品,是不能算作女性文学的。诚如有的论者所说,这样的作品"是对美国 60 年代文化的误读","对麦当娜的仿制"、"充满了伪女权姿态"①。

将女性主体在场与否作为界定女性文学的标准,并不如有的论者所说"是一种理论预设"而是对一个世纪以来女性文学兴衰起伏规律的一种理性认知,即女性主体意识主体价值的在场与消遁,实在是关系到女性文学的兴衰与存亡。以丁玲的创作发展轨迹为例,在长达半个多世纪的创作里程中,丁玲由《梦珂》、《莎菲女士的日记》、《在暑假中》到《韦护》、《水》再到《三八节有感》、《风雨中忆萧红》、《我在霞村的时候》、《在医院中》再到《太阳照在桑干河上》、《杜晚香》等,恰恰留下了一条曲折的女性主体意识两起两伏的辙印,是一个女性主体性生成—消溶—再生成—再消溶的过程,勾画出 20 世纪中国的"娜拉"们的主体性在历史演进中艰难曲折的起伏史,同时也是 20 世纪中国女性文学的兴衰史。女性文学和五四以来启蒙主义的人的文学同命运,和人的独立自由人的价值和尊严同命运,和主体性、自我、个人这些人文主义价值理念同命运。这也是我

---

① 周晓扬:《20 年小说思潮》,江苏教育出版社 2003 年版,第 285 页。

为什么在界定女性文学这个概念时,一定要引入历史性和现代性这一内涵,引入主体性这一现代人的价值维度的原因。丁玲在小说《在医院中》,已经意识到了女性主体意识有一个被"消溶"的问题。她的女主人公陆萍在离开医院时想到了"人是要经过千锤百炼而不消溶才真正有用。人是在艰苦中成长"。遗憾的是丁玲没有在历史的演变中经得住"消溶",她的女性主体意识在历史运动的变化中摔着跟斗,有时自觉不自觉地趋同迎合于虚假而空洞的叙事。当历史发展出现了新的转机,当女性文学迎来了一个新的生长际遇时,丁玲老了,她失去了在历史变动中反思自己所经历的创作道路和心路历程的能力,再也写不出《莎菲女士的日记》《三八节有感》《我在霞村的时候》《在医院中》这样的女性文学了。这说明女性文学的发展不仅需要一定的历史条件所开辟出来的话语空间,也需要女性作为独立的个人对主体性的选择、坚守与承担。

这样的以女性主体性为其基本内涵的女性文学是一种什么样的文学呢? 女性文学一个世纪的发展里程,尤其是 20 世纪 90 年代女性文学繁荣与发展,已经向我们呈现出她的一些鲜明特征,女性文学地平线的轮廓日渐清晰:这是一种有性别而又不唯性别的超性别的"人的文学";这是一种从"众声合唱"和权力话语、男性话语的双重遮蔽中抽身而出的在多元化文学格局中属于个人化的文学;这是一种告别了"寻找男子汉"的神话,也告别了单纯的单一的批判控诉男权意识视角,以平等的、平视的人的价值立场审视、反思男人和女人,审视、反思男人和女人的命运和他们真实的生存状态并致力于男人和女人主体性建构的文学。

女性主体性作为女性文学这个概念的核心,同时也是女性文学研究运用性别视角的一种价值尺度价值支点。这并不是先验的和人为的主观设置,而是建立在对人的生命(男性和女性的)价值合理性和女性文学产生、发展规律性的认知。性别问题绝不仅仅是一个可以离开人类历史和社会变迁的单纯的生物自然性问题,或者说,在这似乎是单纯的生物性自然性的性别问题后面,隐藏着历史的和社会的奥秘,隐藏着人类改变自己的命运,要求独立、自主、平等、自由的天然合理的生命诉求。这样的生命诉求,概括来说便是挣脱地狱般的"他者"地位,成为有着自己独立人格尊严的主体性的人。女性文学产生和发展的动力,女性文学的内在肌理,从根本上说便是这样一个在历史运动中女性由依附性的从属性的"他者"到独立的主体性的人的生成过程。正是女性的主体性言说,正是被压抑的女性经验进入文学,改变了女性千年如一日的历史性沉默,是她们抗拒失语、抗拒权力话语和男性话语的双重遮蔽的一种生命方式。这样,作为以女性文学为主要研究对象的女性文学研究/批评,便不能不把女性主体性作为发现、阐释文本意义的一种价值尺度,作为运用性别视角时不可或缺的价值支点。有这样一种价值尺度价值支点和没有这样一个价值尺度价值支点是不大一样的,用阐释学的道理来讲,这是一个阅读者和阐释者的前理解问题,什么样的前理解(包括阅读视角、价值立场、知识储备等,甚至也包括了你在什么意义上使用女性文学这个概念)在很大程度上决定了你对文本意义作出什么样的发现和阐释,决定了你对深藏于文本中的意义或澄明、朗照或误读、盲视。将女性主体性作为一种价值尺度价值支点引入女性文学研究,以这样的价值尺度价值支点审视女性文学或男作家笔下的女性形象,便会有许多过去视而不见的新发现新见解。李玲的《中国现代文学的性别意识》,分上下两编分别审视中国现代男性叙事中的性别意识与"五四"女性文学的性别意识,其价值尺度便是女性的主体性。她对这个价值尺度的表述是"男女两性主体性平等,在主体平等的前提下尊重性别和个体的差异性"①,这也就是我在《中国女性文学的现代性》一文中所提出的"人—女人—个人"这一综合了人的共同性与性别差异性个人差异性的价值论与人性论性别论的综合视角②。用这样的价值尺度审视中国现代文学的性别意识,她发现即使在一些经典性的男性作家的性别意识中,仍然保留着相当顽固的陈腐的消解、压抑女性主体性的性别意识,从而对中国现代文学作出了与前人和同时代人不同的新的整体性评价:"中国现代文学在有限度地同情女性苦难遭际、有限度地褒扬女性主体性、有限度地理解女性使命逻辑的同时,仍然十分顽强地在总体格局上维护着男性为具有主体性价值第一性、女性为只有附属性存在价值的第二性这一不平等秩序。这种价值偏颇不仅出现在鸳鸯蝴蝶派——礼拜六派等通俗作家身上,不仅发生在新感觉派等摩登作家身上,而且也相当普遍地存在于新文学主流作家、经典作家身上,从而使得现代新文学在现代男性启蒙、革命的框架内悄悄背离了两性平等的启蒙原则,而在实际上走向了启蒙的背面。性别意识领域,由此也成为中国现代文学现代性最为匮乏的思想领域。"③ 这是一种相当准确和犀利的对现代文学的新发现新见解,而帮助论者抵达这一新发现新见解的价值之光,便是对女性天然合理的与男性平等的主体性价值的肯定与认同。林幸谦研究张爱玲的两大本专著《荒野中的女体——张爱玲女性主义批评Ⅰ》及《女性主体的祭奠——张爱玲女性主义批评Ⅱ》,所用的价值尺度也是女性主体性。正是由于对女性主体生命价值的体认,对张爱玲

---

① 李玲:《中国现代文学的性别意识》,人民文学出版社 2002 年版,第 13 页。
② 刘思谦:《中国女性文学的现代性》,《文艺研究》1998 年第 1 期。
③ 李玲:《中国现代文学的性别意识》,人民文学出版社 2002 年版,第 118 页。

文本中女性主体言说和只属于张爱玲的女性独特而丰富的女性经验的体悟,作为一位海外男性学者,林幸谦对张爱玲的解读,无论在深度上还是广度上,都超过了国内女学者的水平,成为迄今为止张爱玲研究的厚重之作。全书视野开阔,新见迭出,在张爱玲身处的民族国家革命语境中,全面论述了张爱玲对五四以来女性文学主体性言说的贡献。诚如胡锦媛所说:"本书最重要最不可忽视的贡献在于确定张爱玲文本的压抑主题,指出张爱玲并不盲目追随时代潮流,以阳化的革命女性与国族论述进入主流文学,即以女性在宗法体制的压抑处境来反面控诉宗法父权文化对于女性的歧视与迫害","试图进一步建构'压抑'与'主体'之间的辩证关系,思索分裂的主体/他者如何挪用自身的匮乏与压抑力比多去建构女性文本"[①]。这一切,被论者称之为"女性主体的祭奠",也就是张爱玲作为女性主体面对强大的父权宗法制压抑和强势的主流话语,在夹缝中寻找到持守女性主体性的言说方式。我个人尤为赞赏的是林幸谦对张爱玲这种特立独行的女性主体性言说方式即文本策略的分析,即解读"张爱玲文本中的女性角色,如何在性别焦虑中能够兼顾女性的主体性,以及以何种视角找到颠覆父权的切入点"。例如他指出了"张爱玲文本承受的历史、文化经验,并在这基础上把压抑中的弱势女性纳为叙述主体","在男性家长/父亲的缺席下,女性家长的涌现遂成以女性为叙述主体的无父文本,这可说是张爱玲书写策略中最值得重视的问题之一"[②]。类似这样的论述,已经超出了张爱玲个案的意义而具有了关系到女性文学一个世纪以来起伏兴衰的普遍意义。联系以前其他人创作中的经验教训,自然而然地显示出张爱玲在中国女性文学史上的十分重要的位置。论者还从张爱玲文本的实际出发,综合运用了法国派与英美派女性主义术语,创造了许多新颖而又准确的新术语,如"压抑主题"、"内囿主题"、"铁闺阁"、"儒家疯女"、"闺阁政治"、"无父文本"、"阴性荒凉"、"传统恐惧"等,这些饱含着鲜活的女性经验血肉而又充满着思维活力的学术化概念,令人耳目一新。

最后,需要说明的是,本文所界定的严格意义的女性文学概念,并不意味着为女性文学研究/批评的对象划定一个严格的狭窄的界限。因为这样的以女性主体性为基本内涵的女性文学文本,与女性所写的非女性文本及男性作家写女性的文本,具有相互联系的互文本关系。因此,对这些文本的研究/批评,自然也是女性文学研究/批评的题中应有之义。

---

① 林幸谦:《荒野中的女体》,广西师范大学出版社2003年版,第3页。
② 林幸谦:《女性主体的祭奠》,广西师范大学出版社2003年版,第100—101页。

女性文学主体性论纲

李　玲

　　"把女性主体性作为女性文学的基本内涵,并把'五四'新文化运动中诞生的以人的发现和女性的发现(周作人所说的'为人和为女的双重自觉')为精神血脉的'五四'女作家群的出现,作为我国女性文学的开端,而把这之前由晚明开始直到晚清和民国初期如秋瑾女侠等的具有朦胧的人文主义觉醒的女诗人们的创作作为中国女性文学的一个长长的序幕,是我的基本的女性文学观。"[1] 把女性主体性作为界定女性文学的基本原则,刘思谦无疑抓住了女性文学的核心本质。本文在赞成、认可刘思谦这一概念界定和历史划分的前提下,拟将主体性理论、主体间性理论与叙事学等其他文化、文学理论相结合,进一步探讨女性文学的主体性问题。

一、隐含作者的女性主体性

　　作为确立女性文学内涵的女性主体性,无疑应是专指隐含作者的女性主体性,而非作品中女性人物的主体性或叙述者的主体性[2];而且,此种主体性应是

题解　本文原载《南开学报》(哲学社会科学版)2007 年第 4 期。以女性主体性作为女性文学概念界定的基本内涵和核心概念,渐成研究者共识。在此基础上,作者结合主体性理论、主体间性理论和叙事学等文化、文学理论,进一步深入探讨了女性文学的主体性问题,认为:确立女性文学内涵的女性主体性应是专指隐含作者的女性主体性,而非作品中女性人物的主体性或叙述者的主体性;而且,此种主体性剔除了霸权,实际上是一种主体间性。女性文学应该在女性隐含作者与作品中男性人物、女性人物之间建立主体间的对话关系;在目的论层面上能够守护男女两性的本真存在、追问可能生活的意义,因而能够超越现代性反思语境中的怨恨情结。

①　刘思谦:《女性文学这个概念》,《南开学报》2005 年第 2 期。

②　隐含作者是布斯在《小说修辞学》中提出的概念,"它的形象是读者在阅读过程中根据文本建立起来的,它是文本中作者的形象……它通过作品的整体构思,通过各种叙事策略,通过文本的意识形态和价值标准来显示自己的存在",参见罗钢的《叙事学导论》,云南人民出版社 1994 年版,第 214 页。

剔除了霸权的、经过现代修正的主体性,因而实际上是一种主体间性①。因为"……主体间性并不是对主体性的绝对否定,而是对主体性的现代修正,是在新的基础上重新确立主体性。主体间性也翻译为交互主体性,后一种译法更能体现它与主体性的关系,即不是反主体性,而是主体间的交互关系"②。从表现对象来说,女性文学可以表现张扬女性主体性的生活场景,也可以表现女性主体性沉沦的图景;可以刻画具有女性主体意识的人物,也可以刻画无主体性的女性人物或反女性主体性的男性人物或倒置性承袭男性霸权的女性人物。关键是女性文学在观照各种生活场景和各色人物的时候,必须贯彻尊重女性主体性而并不建构任何霸权的价值立场。这种价值立场以各种方式渗透于文本中,终必是隐含作者的一种文化态度。

关注叙述学理论,区分隐含作者立场与作品中人物立场的差别,可以有效地避免混淆作品价值取向与作品表现对象的失误。有人说,现实生活中女性经常处于无主体性状态中,某某作品不过是真实表现了这一种状况而已,何必一定要苛求作家都去贯彻坚守女性主体性的立场。这种观点首先就陷入了作家有可能纯客观地去表现生活现象和大众生活观念的认识误区中。事实上,价值立场上不偏不倚的纯客观叙述是不存在的。零度叙述不过存在于语言层面上,它使得作者的价值立场显得隐蔽,因而更耐人寻味,并不可能从根本上取消价值判断。所谓客观表现女性无主体性状态,如果不能渗透进否定的态度,就会成为对女性非存在的默许。批评中还存在另一种失误,即根据作品中的某某人物是毫无女性主体意识的人物,就立即判定该作家的性别立场成问题。这显然忽略了作家价值立场与作品中人物价值立场之间可能存在的差别,即忽略了作品的叙述态度这一关键问题。"在强调文学要表现真实的女界人生的同时,一些论者将文学所反映的东西当作生活实事去处置,特别是将人物所表现的性别倾向与作家本人的性别价值倚重等同"③,林树明 1992 年就指出性别批评中存在这一失误,"可经过了十多年的历程,如此简单化的毛病仍存在"④。

女性文学在表现具有女性主体意识的人物或展示女性主体性的生活场景时,隐含作者应该投以赞许的态度;女性文学在表现反女性主体性人物及场景的

① 参看刘思谦的《性别视角的综合性与双性主体性》和李玲的《主体间性与中国现代男性立场》,均见《河南大学学报》2006 年第 2 期。

② 杨春时:《现代性与中国文化》,国际文化出版公司 2002 年版,第 156 页。

③ 林树明:《新时期的女性文学研究述评》,《上海文论》1992 年第 4 期。

④ 林树明:《论当前中国女性主义文学批评的几个问题》,《湘潭大学学报》2006 年第 3 期。

时候,隐含作者应该投以否定的态度。总而言之,隐含作者应该具有明确的守护女性主体性且不建构任何霸权的价值立场。这就涉及到隐含作者的主体性与人物主体性之间的关系问题。既然女性文学应该守护的是隐含作者的女性主体性,而并非作品中人物的女性主体性,那么,这是否与叙述学理论中反复强调要重视人物主体性的观点相抵牾呢?

事实上,叙述学中强调尊重人物的主体性,并不意味着要让隐含作者的主体性退场。叙述学中所强调的人物主体性,有两个层面的意味:一个是技术层面的,意指作家不应该让人物变成作家思想的传声筒,而应该让人物性格具有其自身的内在逻辑性、具有人性的丰富性,总之,应该避免概念化写作;另一个是价值层面的,意指隐含作者应该尊重人物的价值立场,不应该以权威态度评判作品中人物的是非,而应该以对话的态度尊重作品中人物的价值取向。仅仅在叙事技巧方面强调隐含作者应该尊重人物基于其存在的人性丰富性,并不足以对隐含作者的价值立场造成什么冲击,因为这一原则并未真正挑战隐含作者在最高层面上控制作品价值走向的原则;而价值层面上强调隐含作者要以对话的态度而非一元独霸的态度对待作品中的人物,就有可能从根本上挑战了作品中隐含作者的权威地位,这就产生了隐含作者坚守女性主体性何以可能的问题。

然而,当下叙述学从价值建构层面上强调尊重作品中人物的主体性,并非倡导让隐含作者的主体性退场,并非倡导放弃作家的价值立场。首先,叙述学强调尊重人物的主体性,意即强调隐含作者要以对话的态度对待人物,那么,它就不是非此即彼地让隐含作者的主体性退场,而是让人物与隐含作者同时具有主体地位,从而构建出主体间的新型关系,否则对话的前提就不存在。其次,多元主体之间的对话可能产生多元立场,从而避免先验本质对存在的压抑,使得文学中人的存在具备了开放的性质,但也并非倡导走向相对主义和价值虚无主义。以对主体间性关系的理解尊重生命的多种选择、尊重存在价值的多元性质,是文学所应立足的一种基本态度;穿越现实的不完满性,追问可能生活的维度、守护本真的存在,则是文学应该坚持的另一种基本态度。只有这两种基本态度兼顾,文学才能实现探索存在意义的目的。文学作品中人物的某种价值立场能否作为应被尊重的多元价值之一维,应该看它是否具有守护本真存在、追问可能生活的意义。陀思妥耶夫斯基的《罪与罚》之所以让巴赫金赞不绝口,是因为隐含作者并没有以权威的态度武断地判定拉斯科尔尼科夫杀人是绝对的善或绝对的恶。这里,隐含作者尊重人物主体性,理解其内在矛盾,是由于分别根据良心的原则和社会公平的原则,拉斯科尔尼科夫杀死那位放高利贷的老太婆正是恶善兼具的。隐含作者在此并非无价值判断,而是在对拉斯科尔尼科夫内心矛盾的充分理解中既坚守了良心的原则,也坚守了社会公平的原则,并且探问了人的道德困境。隐含作者正是通过尊重人物的主体性而构建自我的主体性,正是在理解人物的价值难题中叩问了何为本真的存在这一命题。由此可见,陀思妥耶夫斯基在创作中实践着的、巴赫金在理论上强调着的尊重作品中人物的价值立场这一原则,仍然是以人物的价值立场符合叩问本真存在为前提的。他们并非无原则地让隐含作者放弃对一切人物立场进行价值评价。《罪与罚》中的"未婚夫"卢仁受到隐含作者的唾弃,因为他极度自私、虚荣。这说明,叙述学中强调隐含作者不应该以权威的态度而应该以对话的态度对待作品中的人物,并不意味着要求隐含作者放弃对人物立场进行价值评判,而是指隐含作者应该通过耐心聆听人物的声音从而不放弃探索本真存在的机会,而当人物的立场损害到本真的存在时,隐含作者仍然应该有明确的否定态度。

这样,当作品中的人物持反女性主体性的立场时,隐含作者就应该理直气壮地对之进行价值否定,因为反女性主体性的立场伤害了人类之一半的尊严和利益,是本真存在的异化。现实中的人总是有缺陷的,男性有时难以超越自我的视阈限制陷入自我中心思维中而站到反女性主体性的立场上,女性有时难以抵抗世俗的价值观而认同反女性主体性的"女奴"立场,隐含作者体谅人性的脆弱与不完全,也仍然应该把此种男性心理和女性心理作为人性的缺点来体谅,也就是说隐含作者在悲悯人性的弱点的时候仍然应该以视之为弱点为前提。这样文学作品对人性之弱点的体谅、悲悯就不至于堕落为纵容乃至于与之同谋的立场上。在张爱玲的《红玫瑰与白玫瑰》中,男性人物佟振保的欲望指向"红玫瑰式"的热情女性,观念上他却认为只应该娶"白玫瑰式"的传统淑女,隐含作者悲悯他欲望与观念分离所带来的内心痛苦、人格分裂,但是这种悲悯是与否定结合在一起的。作品以"坏女人"王娇蕊成长为痴情恋女,并进而成长为母亲的经历反驳了佟振保对"红玫瑰"女性的妖魔化想象。作品中,固然佟振保关于"红玫瑰"式女性的妖魔化想象,在技术层面上始终与王娇蕊的女性成长话语构成交锋的对话关系,两个人物谁也没有改变对方的观念;但在作品的价值层面上,隐含作者则明确否定佟振保的女性偏见,以王娇蕊成长经历的书写完成了作品维护女性主体性的立场。隐含作者既悲悯又否定了男性人物反女性主体性的性别想象模式,作品最终在艺术审美的层面上超越了现实人性的不完美性,守护了本真的存在。

二、女性隐含作者与男性人物

女性文学以守护女性主体性、守护本真存在为指归,就产生了守护女性主体性的隐含作者如何对待作品中男性人物的问题。尽管在人类文明史上,女性主体性曾经长期受男性霸权的压制,但是当下建构女性主体性并非要把男欺女关系改造为女欺男关系,而是应该超越主客二元对立的思维模式,把男女关系理解为主体间的关系,也就是说女性隐含作者应该以主体间的态度对待笔下的男性人物、对待自我。那么,这个女性隐含作者在审视笔下男性人物的时候,就应该避免"唯性别成分论",即应该避免以身份定是非,而应该把作品中的男性人物理解为另一个平等的主体,以主体间性原则审视男性他者并反观女性自我。主体间性原则强调女性文学作品中女性隐含作者与笔下男性人物都是平等的主体,都不是另一方主体霸权压制之下纯客体性的存在物;同时这两个平等的主体在对方目光的观照下又在一定程度上都兼具客体的性质,从而限制了自我主体霸权扩张的可能性,而增添了主体的自我反思性质。这样,女性隐含作者在充分理解笔下男性人物对女性的爱欲时,又应该能够不去迎合某些男性人物纯粹物化女性的情爱想象;女性隐含作者在批判某些男性人物完全以男性需求来阉割女性生命完整性的思维偏执时,又应该能够理解男性在不压抑女性主体性前提下对女性合理的性别期待。总之,女性隐含作者以主体间的关系来把握自我与笔下男性人物之间的关系,应该要既能抗拒男性霸权意识,又应该要能超越女性之我执,从而达到对女性和男性本真存在的共同守护。

女性文学反抗传统男性霸权,在性别关系中追求公平正义。这种反抗具有弱者对抗强权的性质,在当下它实际上又面临着是否包含怨恨气质、是否缺乏高贵的精神向度这一拷问。

尼采把怨恨界定为"颠倒的价值目标的设定——其方向必然是向外,而不是反过来指向了自己",并把它归之于"奴隶道德",认为"一切高尚的道德都来自一种凯旋般的自我肯定,而奴隶道德从一开始就对'外在'、'他人'、'非我'加以否定"①。舍勒进一步阐释说"怨恨的根源都与一种特殊的、把自身与别人进行价值攀比的方式有关"②,舍勒又认为并非所有的比较都指向怨恨,"雅人在

---

① 尼采:《论道德的谱系》,《论道德的谱系·善恶之彼岸》,漓江出版社 2000 年版,第 20 页。
② 舍勒:《道德建构中的怨恨》,《舍勒选集》(上),上海三联书店 1999 年版,第 409 页。

比较之前体验价值；俗人则只在比较中或通过比较体验价值"①，只有俗人"其软弱的次类型将变成怨恨型"②，"怨恨是一种有明确的前因后果的心灵自我毒害"③。由此可见，被界定为负面价值的"怨恨"必须满足如下三个必要条件，首先，它产生于弱者心中；其次，它是一种斤斤计较而又无能为力的态度；再次，它没有终极价值追求。

女性文学在反抗传统男权的时候，女性隐含作者确实常常承载着女性作为弱者的历史重负，在追求与男性同等的主体地位时确实常常陷入无能为力的文化感受中，但是获得主体意识的女性隐含作者却并非"在比较之前"没有终极价值追求。守望男女两性的本真存在、建构男女之间的主体间性关系是女性文学的终极价值追求。此种价值追求恰恰是"在比较之前"体验到的价值。因而女性文学不是在弱者地位上嫉妒男性的强者地位，而是以生命的本真存在、以主体间性关系为价值尺度，既反抗女性自我的无主体性地位，也悲悯男性在君临于女性之上、张扬主体霸权时所陷入的生命异化状态，悲悯男性在其他社会等级关系中可能沦为完全客体的无主体性状态，同时还警惕女性自我克隆男性霸权的可能。总之，女性文学尽管基于文学的象征本性而必然要从生活细节中探求深意，但却不是仅仅在利益上与男性斤斤计较，更完全不是要把男性从霸权主体的地位上拉到无主体性地位上，而是以对本真存在的追问反对一切生命的异化状态，以对主体间性关系的追求反对任何一种性别的主体沦丧与主体霸权扩张。而仅仅处于攀比的怨恨情结中是产生不出女性文学守护本真存在、建构主体间性关系的高贵的精神向度的。

这样，当女性隐含作者面对作品中持霸权观念的男性人物时，其敏锐的批判态度中必然包含着深切的悲悯。对生命的大爱是女性文学的根基。当女性隐含作者面对作品中具有主体间性思维的男性时，其赞赏的态度中必然含着灵犀相通的喜悦。追寻"比较之前"体验到的终极价值，是女性文学的目的论意义。在目的论层面上，女性文学应能超越奴隶道德中的怨恨之气，而具备"与世界和实事本身直接沟通"④的高贵气度。

---

① 舍勒：《道德建构中的怨恨》，《舍勒选集》（上），上海三联书店1999年版，第411页。
② 舍勒：《道德建构中的怨恨》，《舍勒选集》（上），上海三联书店1999年版，第412页。
③ 舍勒：《道德建构中的怨恨》，《舍勒选集》（上），上海三联书店1999年版，第401页。
④ 舍勒：《道德建构中的怨恨》，《舍勒选集》（上），上海三联书店1999年版，第425页。

三、女性隐含作者与女性人物

女性隐含作者不仅要面对作品中的男性人物,还要面对作品中的女性人物。隐含作者与人物即使同为女性,她们之间仍然不是未被分化的混沌的同一体,而是两个独立的主体。她们之间的关系也应该是主体间的关系。

把女性人物视为无主体性的纯粹客体,是传统男权文学的基本立场。"倩何人唤取红巾翠袖,揾英雄泪"(辛弃疾《水龙吟·楚天秋里清秋》),"设想英雄垂暮日,温柔不住住何乡"(龚自珍《乙亥杂诗·少年虽亦薄汤武》)。在这类抒写男性怀抱的作品中,女性对于男性世界来说未尝不是重要的,但是其重要性仅仅在于其工具性。当女性仅仅作为"红巾翠袖"为男性失意英雄营造温柔之乡的时候,她们并没有机会获得同等主体的地位与男性隐含作者进行深层的精神交流。男性隐含作者即使以喜爱之情凝视这些装饰他们梦想的女性人物,其目光由于未曾承载主体间性的内涵而在本质上也不免仍是空洞的、轻蔑的。

把女性人物视为女性隐含作者的同一体,则是女性主体意识初步兴起时期的特征。当女性隐含作者初步睁眼审视男性世界的时候,异性世界给她们带来强烈的异己感。她们体会到女性主体性存在的艰辛,不免希望有复数的"我们"来驱散心中的软弱感。女性隐含作者通过与女性人物合一构成复数的"我们",固然有利于在异己的环境中保存女性主体性之星火,但是未经充分个性化的女性主体意识却也未免难以达到深层探索女性存在的境界。"五四"时期"海滨故人"群女作家庐隐、石评梅、陆晶清的创作中,隐含作者时常与主要女性人物简单同一。《海滨故人》中,隐含作者在精神层次上把自己与感伤的女主人公露沙合为一体,二者之间构不成相互探问的精神张力,构不成主体间性的对话关系,这自然就在一定程度上限制了《海滨故人》往更深处追问女性精神世界的可能性。新时期的女性文学再度兴起时,张洁的《方舟》中,梁倩、柳泉、曹荆华三位女性固然性格各异、经历不同,但是彼此间在缺少深层精神交锋的情况下构成统一的女性同盟,并不审视、探问对方的精神世界,隐含作者对这三个女性人物也同样只是在"你将格外的不幸,因为你是女人"(《方舟·题记》)这单一层面理解其生存艰辛,而没有作为他者去探问她们更深的精神世界、去探问她们之间的关系。隐含作者与笔下人物这几个立场上未经分化的女性构成混沌同一的"我们"的世界,作品也就在一定程度上失去了更深一层辨析女性人性的机会。

女性文学主体意识比较成熟的作品中,女性隐含作者不仅与笔下男性人物而且与笔下女性人物构成主体间的对话关系,而不仅仅是简单的同一关系。在张爱玲的《倾城之恋》中,白流苏出于传统女性生存境遇的限制,只能通过"谋爱"来"谋生"。争取被一个男人所爱、获得太太的名分,是她生存的必要条件。这样,与范柳原的交往中,她无暇关注范柳原的内心激情,对范柳原"我自己也不懂得我自己——可是我要你懂得我!我要你懂得我"的心灵呼唤漠无反应,只是希望能抓住机会成为范太太而不要沦为范柳原的情妇或回上海去当五个孩子的后妈。隐含作者深切理解、悲悯白流苏只能在生存层面上努力、无条件侈谈爱情的生存困境;同时又以男女双方"死生契阔,与子相悦,执子之手,与子偕老"的爱情尺度来观照、否定倾城之前白流苏心中的爱情贫瘠。前者展示了隐含作者理解女性历史命运、现实处境的思想深度,后者展示了隐含作者在情爱问题的理想主义尺度。这样,隐含作者对女性人物既有深层共鸣又有反思审视。由于反思否定与悲悯共鸣这两个层面共在,反思否定就没有流于苛酷刻薄,就不至于在隐含作者与人物之间建立起人格等级的优劣关系;悲悯共鸣就没有流于纵容放任,而能承担守护生命本真存在的使命。这就在女性人物与隐含作者之间形成了主体间的对话关系,而不是简单的同一关系。

在叙事文学中,隐含作者不能在作品中直接现身,他/她总是要在作品中派出自己的代表——叙述者。这就涉及叙述者是否可靠的问题。① 当叙述者可靠的时候,他/她就是隐含作者的忠实代表,其价值立场与隐含作者完全同一;当叙述者不可靠的时候,其价值立场虽然与隐含作者相冲突,但这种冲突、对话是局部的,不可能在整体上颠覆作品的价值走向。隐含作者必然要在整体局面上操控而不是放任自己的代表——叙述者的。这样,女性文学中的叙述者可靠与否,只可能影响作品的艺术特色或艺术水准的高低,而不可能影响作品是否能够守护女性主体性这个价值层面上的问题。艺术特色、艺术水准与价值走向是不同层次的问题,所以,叙述者与隐含作者之间的关系在此存而不论。

另外,本文是在目的论(teleology)层面上探索女性文学主体性建构的问题,是从可能的维度而非现实已然存在的状态探究女性文学的应然性质。已有的女性创作在守护本真存在、建构主体间性方面未必均能达到目的论层面上所要求的完满状态。这并不能瓦解守护本真存在、建构女性隐含作者的主体意识、在女性隐含作者与男女人物之间建构主体间性关系这一系列女性文学的目的论要求。

---

① 布斯把叙述者分为可靠和不可靠的两类,见布斯的《小说修辞学》,北京大学出版社 1987 年版。

二、女性写作

女作家的自我

王安忆

　　我必须要着重地强调女性作家在新时期文学里的极其关键的作用。

　　《爱,是不能忘记的》,在人们中间所引起的激动情绪,至今历历在目。我们还不会忘记,在这之前,关于什么样的题材可进入社会主义文学殿堂的问题,已由《伤痕》掀起的热潮解决;而爱情在人们社会生活中的位置,也以刘心武雄辩的演论争取到手。那么,这一篇迟到的爱情故事,又是以什么理由来激起人们如此热烈的情感?这一个委婉美丽的故事决没有与社会方面产生的冲突,纯属个人生活中的一件小事。私人的小事成为一篇公布于众的小说,这已经夺人眼目了,而事情又远远不止这些。重要的在于这一桩私事并没有与社会政治去凿通关系,而仅仅是与个人的情感发生了联系。多年来我们的文学在一条"集体化"的道路上走到了极端,人人忘我,"个人"仅在受到批评指责的时候方可上升为"主义"。人们再不曾有这样的准备:那就是去接受一桩仅属于个人的心情。这大约是多年以来,个人的、私有的心情在文学中的首次出场。假如说,《爱,是不能忘记的》,其中还有一些关于择偶原则的训戒,还可与社会的集体意识、公共思想挂上钩,那么紧接着出现的那一篇小小的《拾麦穗》,则是更加彻底的属于

题解　本文原载《文学角》1988 年第 6 期。早在 20 世纪 80 年代王安忆就谈到了女性写作问题,对"女作家的自我"及其局限有清醒的认识,明确指出中国男性作家的写作与女性作家是不同的,强调女性作家在新时期文学里的极其关键的作用,她们在使文学回归的道路上作出了实质性的贡献。但由于社会性或生理性的原因,女人比男人更善于体验,也更重视自己的心情感受,自我意识更强烈,而男人们更强化了集体意识。本文作者提到女性作家的自我应当如何达到真实,认为真实的自我与提高的自我之间应有一个理性的距离,即审美的距离,或是批判的距离;认为在一个自我面前,还要有另一个自我的观照,这个观照的自我站得越高,那一个本体的自我便更真实更清晰;并表明作为一个女性作家,自己将努力去做已经意识到的一切。

个人的了。在此应当坦白,我是在读了《拾麦穗》之后,才觉得做一名作家于我来说是有可能的。之前,我对文学充满了畏难情绪。在我心里蓄满了许多情感,我就努力将这些情感与社会的、使命的共同意识去打通关节,结果事事难成。那时,我绝大多数的文学创作便是日记和书信。因此,我曾有几次说过这样的话——"过去我把日记当小说写,如今,我把小说当日记写。"而一部《冬天的童话》则更加走向极端了。《爱,是不能忘记的》与《拾麦穗》固然表达的是个人的东西,但我们无权判断这就是作者自身的故事,我们只能认为这是两个创作的故事。然而《冬天的童话》却是一部真正的作者个人的故事、一部私小说,将文学的个人性推向了极致。再往后,就有了《在同一地平线上》,在此,"个人"终于辉煌上升为"主义",而这才真正唤醒并触怒了一些纯洁的集体主义者。被触怒的人们却并没有觉察到这部作品中的个人主义与那时候其实已经走到很远的女性作家作品中的个人意识联系起来,他们用"达尔文主义"、"存在主义"等等深奥的批评指向它。实际上,应该发生的一切都已经发生了。

在男性作家挥动革命的大笔,与官僚主义,封建主义等等反动、落后、腐朽的势力作着正面交锋的时候,女作家则悄然开辟着文学的道路,将战壕一般隐秘的道路,一直挖到阵地的前沿。这时候,中国的文学便呈现了崭新的却也是古老的面目,不再仅仅作为宣传的工具和战斗的武器,已被允诺了宽限的时间,与已在发生的事情拉开距离,迟到地表达个人的意见与心情,并且日益走向独立,却也失去了狂热的欢呼和显赫的光荣,越来越感到寂寞——文学回到了它本来的位置上。我想说的是,在使文学回归的道路上,女作家作出了实质性的贡献。

抑或是由于社会性的原因,抑或更是由于生理性的原因,女人比男人更善体验自己的心情感受,也更重视自己的心情感受,所以他们个人的意识要比男人们更强,而男人们则更具有集体性的意识。一个失败的男人才会沉溺于爱情,而女人即便成功了,也渴望为爱情作出牺牲。女人比男人更有个人情感的需要,因此便也更有了情感流露的需要。文学的初衷,其实就是情感的流露,于是,女人与文学,在其初衷是天然一致的。而女人比男人更具有个人性,这又与文学的基础结成了联盟。因此,在新时期的文学中,涌现了大量的女性作家。这些女性作家一旦出现总是受到极大的欢迎。她们在描写大时代、大运动、大不幸和大胜利的时候,总是会与自己那一份小小的却重重的情感联络。她们天生地从自我出发,去观望人生与世界。自我于她们是第一重要的,是创作的第一人物。这人物总是改头换面地登场,万变不离其宗。她们淋漓尽致地表达个人的一切,使作品呈现出鲜明而各不相同的世界观,哲学观,情感与风范。也许这一切在中国表现得尤为特异,因中国的女人比别国的女人更长久地被禁锢在狭小的天地里,而中国的男人又比别国的男人更具有为政为道的人生理想。于是,中国的女人的自我意识越加强烈,而男人们也更强化了集体意识。

然而,接下来的问题却是,女性作家赖以发生并发展的自我,应当如何达到真实。我们都知道,唯有真实的才是可贵的,完美的,真理性的。我们大约都读过鲁迅的《幸福的家庭》,尚记得文中的作家是如何描绘他想象的幸福家庭:自由结婚的夫妻,男着洋装,女着中装,一人一册《理想之良人》,餐桌上铺了雪白的布,厨子送上菜——"于是一碗'龙虎斗'摆在桌子中央了,他们两人同时捏起筷子,指着碗沿,笑咪咪的你看我,我看你……"然后说出一串洋文,同时伸下筷子。那贫寒交迫的作家所设计的幸福家庭,纵然很幸福,可却谬误得可笑。有些作品中的自我表现,会使我想起这个幸福家庭。

一个人,是非常容易将自己想象成另一种形象的,而女人又更加倍地多了这种误入歧途的危险。

女人比男人更爱惜自己的形象,或者说是男人比女人要多一种恬不知耻的勇敢。还因女人更重视更能体察她的自我,因而也更爱护自我。她们如同编织人生的理想一般精心地编织着自己的形象,弄到头来,她们竟瞒天过海,将自己都骗了,以为那编织的自我,就是她们的自我,而事实上却不是。一个纯朴的,未受过教育的女人,因没有头脑与智慧设计自己,倒也许还有几分可贵的真实,她们无抑制她们的妒忌,贪婪,凶恶,自卑,丑陋的私心和下流的情欲,却因而能够直率地表露。然而,一个有智慧,有头脑,有教养的女人,犹如女作家那样的,又可能会怎么样地对待她自己的形象?她有没有可能不对自我进行修饰和检点?写到这里,我不由想起了美国犹太作家辛格的小说《女妖》,其中那一位美丽的女人,因为爱护自己以致在做爱时都不能放纵自己了,最后衰竭至死。

我应当说,在我们新时期文学的初期,女性作家们是下意识地在作品中表达了自我意识,使自我意识在一种没有完全觉醒的状态中登上了文学的舞台,确实带有可贵的真实性。同时也应正视,在这一时期里的自我意识,因是不自觉的状态,所以也缺乏其深刻度,仅只是表面的,问题是发生在觉醒和深入之后。

女人希望被人欣赏,被人娇宠,被人爱慕的要求是那样强烈,她们无法忘记她们的观众,她们要求自己出场的时候,表现得好一些。她们下意识却又清醒地根据传统的根深蒂固的审美习惯抑或是时下流行的样式设计着自我。从这一个被谬误与聪敏改造过的自我,能够出发到什么样的境界呢?是更高尚,更深远,还是平庸与浅薄?这是最值得讨论,却也是最难于讨论的地方。我在前面已说过,自我是作品中的第一人物,却也是不出场、或者改头换面出场的人物,那么我们究竟到哪里去找他? 如果找不到他,又如何判断其真伪,由其真伪联系作品的成败而推断出讨论的答案。不过我想,我们可以从成功的作品里溯源而上地推论其自我是真实的,还是谬误的,而这真实或者谬误的自我在作品中起的作用又是如何。我在此能够提供的只有以我之偏见所承认的一些篇目,那就是《呼啸山庄》,《伤心咖啡馆之歌》,《方舟》也可算作一篇。写到此处,我才发觉我将自己带入了绝境,便只能再回过头去说了。

由于具有多愁善感的特质,女人还会有一种将其自我意识扩大的本能,这也是几乎所有浪漫气质的人所容易有的本能,是一种近乎于妄想症的状态。如梁实秋在其三十年代所写的文章《现代中国文学之浪漫的趋势》中所刻薄讽刺的——"离家不到百里,便可描写自己如何如何的流浪"。而女人又比讲究实利的男人更具有浪漫与幻想的气质。她们对外界的参与,要大大少于男人,她们时常地沉浸在自己的内心世界,当她们将自己的心情与体验咀嚼遍了,再回头去重复咀嚼的时候,难免会嚼出一些本来没有的滋味;当她们其实和男人同样蓬勃的创造力被约束在一个比男人小得多的天地里的时候,她们难免会无中生有地创造出幻想;而在她们狭隘的生活场景无法提供她们更多的体验的时候,她们也难免会在少量的内容里掺进一些水分。在此,我更深地感到悲哀的是,如今有许多男性作家也越来越多的陷入这样的困境,使得我们新时期文学越来越具有女性化的趋向。也许他们陷入的理由不同。例如,男人虽不是象女人那样希冀被人宠爱,而他却更渴望被人尤其是女人崇拜,仰慕,时时处处感受到他们是雄伟的男性。当他们确信可以获其一切时,便滋长了虚荣性,这虚荣心使得他们虚枉的幻象更接近真实。他们的生活原本是开阔的,可是成为一个作家的命运却使他们走进了虽然不是厨房,却也是同样封闭的书房,这甚至比厨房还要单调和乏味,连普通的家务琐事都被关在了门外。而清洁的书房却更可以供他们海阔天空地幻想。当男人们将他们过人的蛮力从外部世界转移到内部来的时候,创造谬误的自我便得到了非凡的效果。

在批判了自我的谬误之后,我要进行的批判则是对于自我的不进步。就是说,假如我们已经保持了自我的真实性,接下来的问题则是对自我的提高。真实的自我与提高的自我之间,我以为应有一个理性的距离,也就是审美的距离,或者说是批判的距离。梁实秋在以上提到的文章中有这么一段话,大约可帮助解释:"真实的自我不在感觉的境界里面,而在理性的生活里。所以要表现自我,必要经过理性活动的步骤,不能专靠感觉境界内的一些印象。"困难的也是矛盾的就在于什么是经过理性活动而表达的自我,而什么又是谬误的自我。又似乎是,真实的自我,必须经过理性活动的步骤,否则,便是不真实的了。那么,理性活动中我们应当做些什么?

我们已经听过了不止一个的"做女人难,做出了名的女人更难"那样的不幸的故事。我们先假设这是一个真实可感的作品,作者在其作品中表达的自我也是真实的,结论也是真实的。然而,我们就要提问:做女人难,做男人还难不难呢?做一个出名的女人难,做一个不出名的女人又难不难呢?如果,我们宽容地承认做男人也难,做不出名的女人也难,甚至更难,那么再回过头去考察那万般为难的境遇,是否可发现一些并非由于性别和名望而形成不幸的原委?一些源于其个别的自我本身所造成不幸的原委?这一个造成自身困境的不善的自我,是否更具有真实性,并更高尚。而自我的真实里面毕竟还应当含有真理的意义。真理这个词在我们今日看来,竟是古典得近乎迂腐,而我以为万变不离其宗,古典主义因离我们的出发地最近,也许更接近了事情的本来面目,我愿意保持真理的观念。我们是不是因此可以这样说,如不与自身以外广阔的世界及人生联系起来,对自我的判断也会堕入谬误。在一方面是对自我真实的体察与体验,在另一方面则又对身外的世界与人性作广博的了解与研究,这便可达成真实的自我与提高的自我间审美的距离,理性的距离和批判的距离。这距离应在真实的自我与深刻的世界观之间建立并拉开。

在一个自我面前,还要有另一个自我的观照,这个观照的自我站得越高,那一个本体的自我便更真实更清晰。而这个观照的自我的提高,则有待于我们理性活动的步骤。自我与观照却寄存于作者一人之身,这是一个伟大的困境。

而女人们过于沉溺在自己的情感中,往往身不由己,为感觉所左右,而脱不开身去,拉开一段距离,冷静地审视自我,这便又一次地使其自我陷入谬误的困境。

在此我要说明,我也是一个女性作家,以上所说的一切,我都摆脱不了干系,而我将努力去做我已经意识到的一切。当我坐在空白的洁净的稿纸面前,我要努力忘记我的观众,我要强使自己陷入孤独的绝境,这样我方可自由,我方可静静地面对自己。我还要将我的空白的稿纸想象成神圣的祭坛,不允我献上掺假的牺牲。我不说"上帝在我心中"那样美丽的语言,因我是个没有宗教,没有信仰的浪荡孩子,万万不可亵渎了别人家的圣主。我只说,我在我的心中,我无法对我自己作伪。

写在卷首

铁 凝

这一集是我的文集的长篇小说卷——读者一目了然。

《玫瑰门》是迄今为止我最重要的一部小说。书中的主角都是女人,老女人或者小女人。因此,读者似乎有理由认定"玫瑰门"是女性之门,而书中的女人与女人、女人与男人之间一场接一场或隐匿、或赤裸的较量即可称之为"玫瑰战争"了。

有评论家说我操纵的这场"玫瑰战争"有声有色,为女性心理学和女性社会学提供了新的研究可能。亦有评论家说《玫瑰门》的主人公司猗纹是作者为新时期中国文学画廊贡献的一个富有奇特光彩的新人。我设想这大约归结于我本人在面对女性题材时,一直力求摆脱纯粹女性的目光。我渴望获得一种双向视角或者叫作"第三性"视角,这样的视角有助于我更准确地把握女性真实的生存境况。在中国,并非大多数女性都有解放自己的明确概念,真正奴役和压抑女性心灵的往往也不是男性,恰是女性自身。当你落笔女性,只有跳出性别赋予的天然的自赏心态,女性的本相和光彩才会更加可靠。进而你也才有可能对人性、人的欲望和人的本质展开深层的挖掘。并不是每一次努力都能获得成功,值得欣慰的是你不曾放弃这种努力。

我的一位诗人朋友说过,当一个人坐下来开始写作时,实际上他开始的是对自己的审判,写作本是自我审判之一种。或许这样的说法更适合长篇小说的写作吧。当年写作《玫瑰门》时,我的确怀有这样的心境。我常想,真正的自我审判是不容易的,呈现这样的状态,大概需要作家既忘掉个人,也忘掉读者。

题解 本文选自铁凝的《铁凝文集》第 4 卷,江苏文艺出版社 1996 年 9 月版,是《玫瑰门》的卷首语。铁凝在自己"最重要的一部小说"《玫瑰门》的卷首,提出了在面对女性题材时,她"一直力求摆脱纯粹女性的目光","渴望获得一种双向视角或者叫作'第三性'视角",认为"这样的视角有助于我更准确地把握女性真实的生存境况"。在一次同王干关于小说《笨花》的对话(原载《南方文坛》2006 年第 3 期)中,铁凝专门谈到了"女钟馗与中性写作的魅力",在提到著名戏曲艺术家裴艳玲扮演的独具妩媚气息的钟馗形象对自己的启发时,铁凝重申了这一看法:"我希望超越一切性别的限制,变成一个叙事者。"

到那时自由便会从你灵魂中奔腾而出，它洋溢你全部的喜怒哀乐，照亮你理应明澈的心。这就是文学劳作过程中孤独、艰辛而又幸福的过程，文学的大半魅力正在于此。

《玫瑰门》从出版到今天，六年之间再版五次，使我不能不感谢读者对它的厚爱；也斗胆感谢《玫瑰门》本身，感谢它能够在五彩缤纷、令人眩晕的书的森林里持久地释放出沉着的光泽。

最后我想说，今年是那场史无前例的"文化大革命"三十周年，这使我不断想起波兰一部名叫《麻疯女》的电影中的两句话："从前的一切我可以不再提起，但我却永远不会忘记。"三十年是多么漫长。三十年是多么短暂。从这个意义上看，《玫瑰门》并不是一部旧事重提的书，我想要讲给读者的，也并不仅仅是中国那个特殊时期的妇女生活史。

1996 年元月

记忆与个人化写作

林 白

　　多年来,记忆的碎片总是像雨后的云一样弥漫在我的写作中,它们聚集、分离、重复、层叠,像水一样流动,又像泡沫一样消失,缺乏严谨的结构和公认的秩序。我从未思考过记忆与我的写作之间的关系,我被包裹在语言的气流之中飞升和下坠,感受到彻骨的快乐。

　　记忆反复出现在我的笔下,我慢慢领会到它其实有着两大类,一类是关于某年某月某日某时某个事件的起因、过程与结尾,另一类则是往事的某一个瞬间所携带的气味、颜色、空气的流动与声音的掠过。关于前者的记忆已经通过普遍的叙事进入了新闻报道、公众的传播以及某些以记载事件的过程为己任的小说中,它们是这个时代声势浩大的话语,是这个社会的主流叙事,它们像构成我们这个星球的岩石和泥土一样众多,一样天经地义。看报纸电视使我们很容易被上述集体叙述所充塞,这种集体记忆的标准化和概括性使每个人的记忆都变成同样的记忆。

　　在这种普遍的记忆中,我们自己的记忆在哪里呢? 没有了自己的记忆自己又在哪里呢? 一件事情经过了条理化、秩序化、概念化的固定,呈现出真正的单一、枯萎和平面。这种记忆是沙漠,个人的经验与个人的记忆像水一样流失在沙漠中。它们又像一根绳子,将一个事物的根络、叶茎、枝杈、果核单个地提出来并且想当然地串连在一起,这种方式是残忍和丑陋的,它无视事物的水分,也无视个人的记忆。

　　这种集体的记忆使我窒息,我希望将自己分离出来。将某种我自己感觉到

题解　本文原载《花城》1996 年第 5 期,是林白 1996 年 7 月在瑞典斯德哥尔摩举行的"沟通:面向世界的中国文学"会议上的发言稿。作者是 20 世纪 90 年代女性个人化书写的代表作家之一,文章表达了作者关于个人化写作的观点,认为它是从已被条理化、秩序化、概念化,令人窒息的集体记忆中的分离,是以个人记忆为材料所获得的想象力。个人化写作建立在个人体验与个人记忆的基础上,通过个人化的写作,将那些曾经被集体叙事视为禁忌的个人性经历从受到压抑的记忆中释放出来。作为一名女性写作者,在主流叙事的覆盖下还有男性叙事的覆盖(二者有时候是重叠的)。

的气味、某滴落在我手背的水滴、某一片刺疼我眼睛的亮光从集体的眼光中分离出来，回到我个人的生活之中。只有当我找回了个人的记忆，才可能辨认出往昔的体验，它们确实曾经那样紧地紧贴着我的皮肤。

我所指的个人记忆不是一种还原性的记忆的真实，而是一种姿势，是一种以个人记忆为材料所获得的想象力。现时段的、当下的事物总是使人缺乏想象的空间，一目了然，直来直去，因而无法达到审美。只有眺望记忆的深处，才能看到弹性、柔软以及缝隙。

个人记忆亦是一种个人想象。

在我的写作中，回望是一个基本的姿势，这使我以及我所凝望的事物都置身于一片广大的时间之中。时间使我感怀、咏唱、心里隐隐作痛。在时间的长度中一切事物可远可近，我从容看遍它们的各个角度并一一写出。我的回望有三种情况：看一件在时间中真实发生过的事情，在凝望中抚摸；看一件从未发生过的事情，它只在我的想象中发生，但我却觉得我看到了它，在凝望中感同身受；把自己置身于未来的时间中回望现在，这是使我能迅速找到表达感觉的一种最好方式。对现在现时态的书写往往具有一种日记性，或者叫做日记的姿势，当然日记也有种种不同，流水账与心灵的深入总是有着天壤之别，但是日记天然地缺乏时间的弹性。

如果我要写现在，我常常喜欢把自己放在未来的时间中，眼前的一切变成过去，它们与我之间的时间距离犹如某种神奇的光，使一切焕发光彩。不光是写作，在日常生活中我也常常有这种感觉，在一个普通的场合或者日常生活中，一下往前跨越许多时间，觉得眼前已经是消逝了的生活，里面的人也已经从这个世界消失了，或完全改变了，这使我产生一种目睹华丽的时光凋零的感受。浓缩起来的时间容易使我们看到它的凋零与衰老，就像一朵花的开放很缓慢，但在电影里改变过的时间中我们用一分钟就目睹了这个过程。凋零的时光总是华丽的，在凋零之中它的光影带有永逝不返的意味，它的每一点转动的不同的层次都附带上了无与伦比的美。而平常的时光就在眼前，它们平白、单一、缺乏幽深感。

我对现实缺乏感受力，因而也缺乏判断力。面对现实我总是头脑一片空白，所以它对我总是缺乏美感，即使最美好的时刻也还会有缺陷，那些缺陷一次次地使我感到美只存在于包含着想象力的记忆中。

现在的一切都将被写出，但那必须是在多年以后，或者假设在多年以后。"多年以后"这个词组将所有的事物都投入到巨大的时间之中，它们将不再是原来的样子。

对我来说,个人化写作建立在个人体验与个人记忆的基础上,通过个人化的写作,将那些曾经被集体叙事视为禁忌的个人性经历从受到压抑的记忆中释放出来,我看到它们来回飞翔,它们的身影在民族、国家、政治的集体话语中显得边缘而陌生,正是这种陌生确立了它的独特性。

作为一名女性写作者,在主流叙事的覆盖下还有男性叙事的覆盖(这二者有时候是重叠的),这二重的覆盖轻易就能淹没个人。我所竭力与之对抗的,就是这种覆盖和淹没。淹没中的人丧失着主体,残缺的局限处处可见。个人化写作是一种真正生命的涌动,是个人的感性与智性、记忆与想象、心灵与身体的飞翔与跳跃,在这种飞翔中真正的、本质的人(而不是被任何叙事所瓦解的)获得前所未有的解放。

1996.4.27

逃离意识与我的创作

徐小斌

呼唤与回答

西蒙·德·波伏娃有句名言。她说写作是对一种呼唤的回答。这个呼唤通常在一个人很小的时候就已经听到了。自然,并不是人人都能听到这种呼唤。

说到底,这是一种神祇的呼唤。

很小的时候,因为家庭不睦,我的心灵时时感到压抑和痛苦。一个孩子的痛苦虽不比成年人更沉重,却要尖锐和难以忍受得多。何况,孩子的痛苦中还常常伴随着恐惧。我时时渴望能出现一个爱我、保护我的人,他将驱逐我四周的黑暗,带领我进入天国。对于天国的概念我停留在一篇童话《天国花园》所描述的场景上。那时我常常做一个关于天国花园的梦。花园里的花只有色彩没有阳光,远处站着全身通明透亮的天使。而醒来的时候,我从窗帘的缝隙看见对门邻居家栽种的一棵歪脖子向日葵,在黑暗里它很像是一个戴着草帽的男人阴险地窥视着窗子,我被它吓得哇哇大哭。

我这种无端的哭泣和我的种种行为照例被大人们认为是乖张。我从来不是一个讨人喜欢的女孩,尽管我学习成绩很好,并且在美术、音乐和写作等等方面很早就显示出了天赋。我对成人世界的恐惧和格格不入使我内心闭锁,在我自我封闭的内心世界里终于出现了神。在很长的时间里我只同他对话。我很早就

题解　本文原载《当代作家评论》1996 年第 6 期,是徐小斌当年在美国讲学期间的讲演稿。在文章中作者回顾了自己的经历,感言为"逃离"现实世界而选择了写作是对童年听到的一种呼唤的回答。在小说《双鱼星座》中作者第一次自觉地写了逃离的对象——这个菲勒斯中心的世界。在一篇被视为"中国女性主义写作的一个宣言"的创作谈里,作者写道:"……父权制强加给女性的被动品格由女性自身得以发展,女性的才华往往被描述为被男性"注入"或者由男性"塑造",而不是来源于和女性缪斯的感性交往。……除非将来有一天,创世纪的神话被彻底推翻,女性或许会完成父权制选择的某种颠覆。"作者认为一个真正成熟的女人是不可战胜的,逃离就是永生。

拥有了一种内心秘密。这秘密使我和周围的小伙伴们游离开来，我很怕别人知道我的秘密，很怕在现实中与别人不同，于是我很早就学会了掩饰，用一种无限顺从的趋同性来掩饰。这种掩饰被荣格称为人格面具。这是我的武器，一种可以从外部世界成功逃遁的武器。正是依靠这种武器我度过了我一生中最为痛苦的那些岁月，包括在黑龙江兵团那些难以忍受的艰难困苦。我始终注视着内部世界，以至外部世界的记忆变得支离破碎，就像"没活过"似的。这就是：逃离。我不知道这究竟是一种坚强还是懦弱，更不知道这是一种超越还是一种更大的不幸。

但无论如何我作出了对那种内心呼唤的回答。我选择了写作。写作是置身于地狱却梦寐以求着天国的一种行当。它同我从小选择的生存方式是一致的：它是人类进行着分割天空式的美好想象和对于现实现世的弃绝。没有一个作家敢说他是在真实地摹拟着生活本身，因为这种真实毫无价值，它只需要一个记录员就够了。而写作却是一种每时每刻也难放弃的对生命的观照，它观照着生命也预约着死亡，覆盖着生者也覆盖着死者，它是时空消失之后的永恒存在，它是人类从远古走到今天的宿命和母题。

至于那个神祇的秘密，它将一代又一代地活在孩子们的心里。可惜，孩子一旦成人就把心里那个秘密忘了，而且一点儿也不懂得自己的孩子，一点也没想到那孩子便是自己的过去。而孩子却一直被那可怕的秘密烧灼着，直到成年。这大概就是人类的悲剧所在。

如果有一个成年人记住并懂得孩子的秘密，那么她一定是"得有神助的人物"，她的名字应该叫"作家"。

女孩如何变成女人

我的第二个逃离的原因，来自于由女孩变成女人的成长道路上。我的平凡而怪异的家庭对于一个小女孩来说简直是一场灾难。我的母系家族颇有点来历。在我很小的时候曾经想自杀，我曾经一次次地走向一个靶场，盼望一颗流弹飞来结束我小小的生命。我无数次地幻想在我死后或许能获得生时无法得到的爱。我想象着母亲会为我哭泣，一想到这个我就情不自禁地流下热泪。就这样我长到了十三岁，在我身体发生某种变化的时候我再次想结束自己的生命。因为新的恐惧来临了。我无论如何也不愿长大，无论如何也无法想象自己会走向大街上那些肥臀妇人的行列。我在一篇小说《末日的阳光》中强烈地表达了这种感情,那篇小说写了一个十三岁女孩在进入青春期时的恐惧和困惑——这恐惧与困惑是双重的,因为当时的背景是"文化大革命"。当然,除了恐惧与困惑之外女孩还有着一个完全属于自己的幻想世界:一个幻想中的青年男子:沉默、严肃、富有献身热情,与女孩有着一种纯粹属于青春的、朦胧而纯洁的爱恋。人都是需要自欺的,失去母爱的女孩用一种遥远的情爱幻想来欺骗自己也许是唯一的出路。这种自欺实际上是一种新的逃离,用一种遥远的幻想来逃离现世。但是这种逃离实际上十分残忍:它使我对于朦胧初起的性意识陷入了一种渴望、恐惧与弃绝的矛盾与危机之中。幻想和白日梦是我唯一的享受。一个朋友说我是"浪漫主义最后的一颗棺材钉"——我当时以此为荣。

永远作为第二性的女人

也许我的从女孩到女人的过渡期过于漫长,所以一成为了女人便已历尽沧桑。我真正被抛掷到一个孤立无援的荒岛上是大学毕业、结婚、分配工作之后。那时,我童年的神与少年时幻想的男人都已消逝。我的灵魂常常因为心里空空荡荡而产生一种剧痛。我羡慕周围许多没有灵魂的空心人。我深知没有灵魂便没有痛苦,但是对于我来讲,没有了那种痛苦比痛苦本身还难以忍受。在这时,我发表了《对一个精神病患者的调查》,写一个违反传统思维模式、超越常规的女孩如何与社会现实格格不入,以致被社会视为疯人、被社会与人群摒弃的故事,说到底,这是一部反社会的小说。当时在国内引起了不小的震动。我收到读者来信七百来封。后来我把这篇小说改编成为电影《弧光》,同样引起了很大反响与争议。这部电影在十六届莫斯科电影节获特别奖。

那时我对于西方的女性主义还没有任何了解,但我的小说却暗合了女性主义的某些观点。我的女主人公虽然仍然向社会选择了逃离的方式,却是以逃离的形式在进行着反抗,尽管这是一种消极的反抗,却是带有着一种不屈的精神。你可以践踏我摧残我甚至从精神上戕害我从肉体上消灭我,但我的精神不死,我的精神始终俯视着你怜悯着你蔑视着你摧毁着你。我这篇小说依然没有脱离理想主义的轨道。尽管我的理想主义已经陷入了绝望的困境。

九十年代的中国文学已经被商业主义神话笼罩和淹没了。许多文人下海。八十年代初起一同写小说的朋友做起了捐客收起了回扣炒起了股票玩起了期货与房地产。而本来学财政金融专业的我却彻底摒弃了自己的专业,成了大半个专业作家(之所以说是大半个,是因为我每年还要完成两集电视剧)。和美国作家一样,我也需要一种谋生手段来养活自己,电视剧便是我的谋生手段。我很清楚,电视剧是商品社会的产物,是快餐文化和大众传播,它与纯文学实际上格格不入。于是我小心翼翼地看顾着我的小说。无数次地拒绝高酬电视剧的诱惑。我很明白世间万物都是有取必有舍,在二者不可兼得的时候,我宁肯摒弃金钱而从纯文学写作中获得精神快感与灵魂宣泄。我始终认为自己是在童年时便听到神的呼唤而需要用一生来进行灵魂救赎的人。我失去了很多,但我终生不悔。

《敦煌遗梦》是我在1992年完成的一部长篇。因为爱画画的缘故,我做了很多年的敦煌梦。1991年,我随中国作家参观团去敦煌,敦煌壁画的辉煌,敦煌地域的特殊,藏传密宗的神秘,都令我震惊。回来后,我被一种不可遏制的激情推动着,创作了《敦煌遗梦》。但是小说出来后却多灾多难。因为小说结构的更新,很有一些人难以接受。最终,由《中国作家》发表,北京出版社出书,中国文学杂志社目前已经在同时翻译英文版与法文版。听说在发表时,由于意见的不统一,最后还是由冯牧先生拍的板。后来研讨会时,冯先生还想亲自主持,因当时已经住院,只得罢了。不久后冯先生因白血病而故去,其人虽已作古,我因此事永远对他心存感激。令我欣慰的是,小说很受读者欢迎。一家书店老板告诉我,她四次进书都抢购一空。目前正有一些导演在与我联系,准备把《敦煌遗梦》搬上银幕。我不知道小说改编成电影对小说到底是一种升华还是一种损害,但是有一点是可以肯定的,那就是《敦煌遗梦》有很强的画面感和很凄美的故事,外加一点东方的神秘感,这种故事是没有国界的。

《双鱼星座》与《迷幻花园》是在我在陷入四面楚歌的困境中写的。当我真正深入到这个社会,我才深感伍尔芙在《自己的房间》里书写女人境遇的透彻:"确实,女人如果仅仅生活在男人的小说里,人们完全可以把她视为一个极其重要的人物;一个复杂的多面体。勇敢而又卑贱;艳丽而又污秽;无限美好却又极其可恶;同男人一样伟大,甚至有人认为她比男人更伟大。但这只是小说中的女人。而在现实中,她却被关在屋里毒打,摔来摔去。于是产生了一种十分奇怪的混合现象。想象中她无比重要;事实上却一钱不值。她充斥一部部诗集的封面,青史上却了无声名。在小说中她可以支配国王和征服者的生活;在现实中却得给任何一个其父母可以给她戴上戒指的男子当奴隶。在文学中她嘴里能吐出最富灵感的诗句,最为深奥的思想;在生活中她却目不识丁,只能成为丈夫的所有品。"令人震惊的是,伍尔芙的时代已经过去了半个世纪,这个菲勒斯中心的世界统治仍未有丝毫改变。

《迷幻花园》写一对少女时期的好友，最初通过对方认识自己的特征，犹如"镜像置换"的一对准同性恋者，后来因为一个绝对的男性的插入，两人处在了一种奇怪的分离与重叠的状态中，女性的生命、青春与灵魂永远错位，而那条通向墓地花园的小路，则标识着一个实体的认同空间，也就是两个女人芬和怡所不断迷失和逃往的目的地。作品依然充满着强烈的"逃离意识"。那么，究竟逃离什么呢？在《双鱼星座》中，我第一次自觉地写了逃离的对象——那就是这个世界，这个菲勒斯中心的世界。女主人公卜零在男权社会权力、金钱和性的三重挤压下，在现实中奄奄一息无法生存，她逃离在梦中。在梦中，她用三种不同的方式极度冷静不动声色地杀死了三个男人——权力、金钱和性的代码，从梦中醒来之后，她走向（或曰逃往）她认同的空间：佤寨。这是一个用女人的血泪和生命向男权世界控诉的小说，但是写得极端冷静，女主人公卜零也在经历了一次致命的爱情之后获得了完全的成熟，一个完全成熟的女人是埋藏在男性世界中的定时炸弹，是摧毁男性世界的极为危险的敌人，我在一篇创作谈里写道：……父权制强加给女性的被动品格由女性自身得以发展，女性的才华往往被描述为被男性"注入"或者由男性"塑造"，而不是来源于和女性缪斯的感性交往。……除非将来有一天，创世纪的神话被彻底推翻，女性或许会完成父权制选择的某种颠覆。正如弗洛伦斯·南丁格尔胆大包天的预言：下一个基督也许将是一个女性。

这篇创作谈被一些批评家认为是中国女性主义写作的一个宣言。当多年以前的那个女孩终于长大成人之后，她终于觉醒。自觉地摒弃了用以掩饰自己的人格面具，喊出了属于自己的声音。

枯澹之美

一个真正成熟的女人是不可战胜的。真正美丽的女人是历尽沧桑的女人。我已步入中年，如果能假我以时日，我却并不希望年华的复苏。我三篇随笔中写道：过去了的，不可能重复。而枯澹才是艺术的极致——那是一种很难达到的边缘情境，那是经历过豪华绚丽、弃绝一切脂粉气之后的生命意志，那是一切风景的原初与归属。它是一种高级的美，它具有一种哲人的睿智与诗性的本质。

我渴望平淡，渴望枯澹，渴望枯澹之后的再生。

我的逃离就是永生。没有任何爱情与风景可以使我驻足于世界的某一个点。我将永不疲倦地走下去，也许幕启与幕落的日子会重叠，也许在未来的一片碑林中，找不到我栖身的墓地。

我喜欢这样一首诗:

我一生始终都站立在那

布满一组信号的笔直大道上

那是宇宙中传送最准确又是最无法破译的语言

我是一片银河的云彩

那么深奥 那么错综复杂

以至于 任何光束都要用 15 年才能

从我这里穿过

我是一个仪器 赋在女人的身形中

试图将脉搏的跳动形象化

为了身体的解脱 为了灵魂的拷问

——〔美〕艾德里安娜·里奇:《想起卡罗琳·赫谢尔》

——在漫长的岁月之后,那个女孩终于对童年时听到的呼唤作出了回答。

(本文为作者在美讲学期间的讲演稿)

我的"个人化"

陈 染

近一个时期以来,文坛上一直喧哗着关于"个人化写作"或称之为"私小说"的争论。我一直无力加入甚至逃避争论,因为感到自己"凡事一争论就输了"。还有,我的一位诗人朋友对我说,沉默比毒药更动人。但我还是抑制不住,说几句浅显的话。

到目前为止,我狭窄的阅读范围还未使我获得一个明晰的、准确的关于"个人化写作"或"私小说"的概念,所以觉得时下的讨论显得有些混乱。我曾在《文学自由谈》上读到一篇比较公平的文章,叫做《不谈"私人生活"》,该文作者提到,"认真地说,这种争论是从陈染的长篇《私人生活》出版后才火爆起来的,于是,陈染便一不小心赢得了私人化写作的桂冠,不管陈染接受与不接受,硬是堂而皇之地加冕于她,然而陈染依然是陈染……"

在我看来,"个人化写作"与作家仅仅写个人自己,完全不是一回事。

我的小说涉及的题材往往很"小",不像《战争与和平》之类男性作家更喜欢落笔的世界风云、战争、政治革新之类,这些自然是宏大的。但它的宏大,并不是由于题材本身决定的大与小,这只是一个有关每个个体与公众社会、人性与共性的问题。这一点东方文化与西方文化很是不同,在有些人那里,一直认为宏大的题材才是"大"的,每个人的东西是"小"的。殊不知,人类是由每一个个人组成的。人类在哪里? 人民在哪里? 每一个个人的,不正体现的是人类的、人性的(一部分)吗! 中国文化与西方文化有着完全不同的认识,据有关资料说,中国人倾向于考虑集体的感受,而西方人倾向于集中在个人的体验,如此一来,西方

题解 本文选自陈染《短文小辑》,原载《作家》1997 年第 7 期。作为 20 世纪 90 年代女性个人化书写的代表作家之一,陈染在这篇短文中表达了自己的观点。她认为,"个人化写作"与作家仅仅写个人自己完全不是一回事。长期以来人们一直认为宏大的题材才是"大"的,每个人的东西是"小"的,殊不知,人类是由每一个个人组成的,每一个个人的,不正体现的是人类的、人性的(一部分)吗? 在今天多元的时代,个体之间差异很大,从每一个个体也可提炼出人类面临的共同的问题。长篇小说《私人生活》的"书名题目就是想反动一下我们以往的文学模式"。

人感到恐惧的某些情境对中国人来说可能是快乐的而且是大受欢迎的。美国的一位心理学家曾向被试者提示几组卡通鱼的画面,画面上的鱼没有表情也看不出性别,心理学家要求被试者想象一条鱼或者一群鱼的感觉体验,有一张图显示一条鱼从一群鱼中游开,西方人看到后,以为这表示这条鱼具有自我奋斗的迹象,倾向于积极的态度来思考;而广泛的中国人的解释则是这条鱼被驱逐出了这个鱼群团体,倾向于一种消极失落。另外一张图更加显示了东西方文化完全迥异的观念:一群鱼集体游到一条鱼身边,西方人认为恐惧来临,个体的安全和空间遭到了威胁和侵犯,但是绝大部分的中国人看到的是个体将融入群体的热闹与欢乐。中国传统的观念认为,个人的体验完全可以忽略,安全与快乐关键在于个人消失在群体之中;而西方文化恰恰相反,认为群体是不可能体验任何东西的。

我无意于在这里强调某种文化而忽视另外一种文化观念,我只是想说,作为一个新一代的知识分子,作为一个跳出狭隘地域观念的"国际人",我们是否可以汲取一些尊重个体、尊重个人的空间与权力的观念,起码不要用既往固有的观念压制于新兴或者叫做觉醒的文化!

这里还涉及到一个多数人与少数人的问题,我喜欢克尔凯勒尔的哲学,作为一个嗜好读书之人,我经常从先辈学人那里汲取营养。克尔凯勒尔曾经提到,多数人所体现的有时候是一种平庸状态,他们依靠一种群体的力量,使得个人得以实现,而少数人则不同,他们每一个都有自己真正的见解。后来,我把它比喻成洗澡,浴缸里的爽身泡沫看起来很庞大,但它并不能真正去掉身体上的污垢,真正去掉污垢的倒是那一点一滴的浴液。所以,我觉得庞大并不能说明什么,这是量的问题,而不是质的问题。一百个人与一个人并不能说明什么。

我的长篇小说《私人生活》这个书名题目就是想反动一下我们以往的文学模式。我们知道,王蒙、从维熙那一代我尊敬的作家,在过去的岁月,他们不断在政治风云中跌宕起伏,历史的或外部的生活痕迹已经成为了他们个人的生活,公共的背景就是他们个人的背景,公共的生活就是他们个人的生活,这当然是一笔珍贵的财富。而今天,已是多元的时代,也可以称之为"共识的破裂",对于一个年轻的作家来说,在他(她)的笔下,公共的背景已不能完全地构成每一个人的生存状态,这一个个体与那一个个体差异很大。但是,倘若提炼出来,也同样存在着一些共同的问题,比如孤独意识、空虚感、物欲等等人类诸多的困境。这些个人的个体的,其实是每一个个体所面临的,因此它是十分宏大的。

你可以说,卡夫卡也很"小"。他终生没有离开过他的那个小城,要说"小",

他的视野之"小"、生存环境之"小"、人际之"小",都是极端的。但是卡夫卡的"小"题材里边涉及到人类精神困境的问题。比如他提到一个"地洞",这一种人对现实的恐惧与规避感,使我感到特别投合,尽管我一点也无意与前辈大师类比,在文学的路上我永远是一个学习者。作家徐坤在看了我的长篇小说《私人生活》之后曾撰文说,已往的写孤独的话题,一般都是用男性话语来操作的,比如男性批评家都会提到卡夫卡这样一类作家,但是《私人生活》终于涉及到一个浴缸,写一个女性她只有躺在浴缸这样一个更小的空间里才能得到水一样的温暖,这是一个特别女性话语的表达孤独的方式,女主人公终于发现浴缸,没有比这个更有环抱感、更温暖美好的地方了,将来死也要死在这个地方。

这当然显得很"小",但是它如果升华到一种人类精神状态的层面,反映人类面临的一种困境,它就不再是小的了,而是非常大的东西。

1997.4

女性写作是一种包含了无限可能性的新的文化实践

戴锦华

　　我自己不太喜欢用"女性文学"、"女性诗歌"这样的字样。因为作为"女性论者",我们这样很容易腹背受敌,一方面容易受到攻击,会受到诸如"女性诗歌和男性诗歌有什么不同"、"女性诗歌有什么特殊的修辞"一类的指摘;一方面容易自我限制,好像女性诗歌有些特殊的题材,有些特殊的方式,有些特殊的规定等等。我自己更喜欢用"女性写作"这个概念来谈所有关于女性的文化事件、文学事件。

　　在女性写作中,我非常强调实践的意义。女性写作是一种包含了很多可能性的、具有无限空间的文化的尝试,可以叫做一种文化的探险。这种探险的意义在于,把长期以来没有机会得到表达的女性的经验、视点、对社会的加入、对生活的观察,书写出来。而且我相信这种女性写作还能包涵某些传统男性写作不能达到的空间和可能性。所以我觉得女性写作具有更广阔的空间,具有更多样的可能性,而不是一个特殊的事件,特殊的可以进行界定的文学现象。

　　一个新女性,她的身份和角色必然是多重的。作为每一种角色所完成的这种书写和实践,对我来说都具有意义。当然,对于女作家的写作,和一些男作家一样,如果她们表现出了极大的性别偏见和性别歧视或重复古老的性别偏见和性别歧视,都是一种书写的失败。所以我认为女性写作是新的东西,是年青的东西,但是这并不意味着它是一种特殊的东西,它只是为文学提供了一种更加广阔

题解　本文节选自谢冕、戴锦华等的《诗歌的女性视野——关于〈中国女性诗歌文库〉的多边对话》,原载《中华读书报》1997 年 12 月 17 日,题目为编者所加。作为当代著名的批评家,对文坛流行的"女性文学""女性诗歌"等提法,戴锦华曾多次表示更喜欢用"女性写作"来代替,并非常强调实践的意义。她在同年发表于《莽原》第 6 期的《没有屋顶的房间》中对自己的写作生活及写作态度作了形象、真切的描述:"热爱写作——这处没有屋顶的房间,无法封闭,拒绝封闭。在四壁墙之间,实现着某种间离;在共同的天空下,经历着自己的、或许是共同的命运。"从伍尔夫的"一间自己的房间"到戴锦华的"没有屋顶的房间","女性写作"的思想理论资源经由不同国度、不同时代、不同群体和个体的女性写作者的不断实践,得到了丰富和发展。

可能性的空间。

　　女性写作是一种新的文化实线,《中国女性诗歌文库》的出版则是把这种实践变为一种社会的文化财富和社会的文化现实的努力,这对出版社是一件很了不起的事。图书这些年来在一个急剧的市场化之中,在我看来目前生机和隐患并存,最大的隐患是许多出版者忘记了文化是一个积累的过程,文化是一个必须付出代价的进程,我们承认图书是商品,但出版并不是一个简单的市场行为。《中国女性诗歌文库》显然是一个付出代价的工作,一种致力于文化积累的工作。

发出自己的声音

季红真

在中国封建社会的漫长历史上,女人是没有话语权的。《快嘴李翠莲》即是对这一文化禁忌的形象叙事。"五四"新文化运动,首先冲决的就是这一堤坝。一代先行者办女学、办女报,走上街头讲演,女性写作蔚然成风,第一次空前壮观地汇聚出女性群体的声音。男女平等终于进入了国家意识形态的语言象征秩序。但在此后的历史回旋中,女性的声音逐渐被湮没在极"左"政治大一统的话语霸权当中。整个民族都处于失语的状态。张志新临刑前被割断喉管的经典细节,正是那个残酷时代的文化象征。在随之而来的思想解放运动中,整个民族的话语解放使女性重新获得了话语的权力。但拨乱反正的历史任务,决定了最初的话语仍然是无性或者中性的。甚至在强大的男权话语的胁迫下,少数女性的声音近于痛苦地呻吟。回顾 20 年来的中国历史,男权文化的滔天洪水,至少有两次大的回潮。第一次是在打倒"四人帮"之后,由于对江青的愤怒,而祸及所有略有个性与才华的女人。"十二月党人的妻子",一度成为中国男人集体的阴性灵魂相。迫使一些知识女性,也要以"东方女性美"的遁词,与相应的男权话语相妥协。以至于"你能为我牺牲吗?"成为 80 年代男人求婚的口头禅。第二次则是在 80 年代的中后期,城市改革的全面铺开,国家意识形态瓦解,男人们以空前的想象力开拓着自己的人生疆域,近于西方资本原始积累时羊吃人式的凶猛。而集体无意识中占支配地位的,仍然是对女性的歧视乃至仇恨。"阴盛阳衰"是那个时代男性的普遍喟叹。"女强人"是对所有事业型女人的恶谥。而"侃婆"则是对女性话语能力的极度轻蔑。以至于许多以思想话语(包括写作)

题解 本文选自季红真的文化随笔集《叛逆女神的不归之路》的跋,河北教育出版社 2002 年 1 月版。跋文之前曾在《文学自由谈》2000 年第 2 期上发表,文字略有不同。历史上女性丧失了话语权,到"五四"新文化运动中终于发出自己的声音,其后又经历了流变、消失和复归,这对中国"女性写作"发生、发展的意义,本文作了精当的描述,作者确信女人可以自由地发出自己的声音,而且就文化这样重大的问题发表自己的见解,是时代的巨大进步。

为职业的女性,都承担着巨大的精神压力。有的精神处于崩溃的边缘,有的被迫沉默,有的流亡国外,甚至有的自杀。直到 90 年代,随着市场经济的进一步活跃,文化思想的日益多元,特别是西方现代女权主义思想的传入,女性的话语权才逐渐被社会所认可。

谭湘编辑的这套女学人文化随笔丛书,以女人说话为总题,实在是很贴切。女人终于可以自由地发出自己的声音了,而且就文化这样重大的问题,发表自己的见解,不能不说是时代的巨大进步。特别是在一个商业意识形态日益把女人引诱规范进消费型话语陷阱的今天,编辑一套以思想学术为职业的女性丛书,实在是有胆识的设想。为此我由衷地感谢编辑者和出版社。

这本集子集中了我在 90 年代写的一些文章,少数写于 80 年代,但是从来没有收入集子。第一辑是一组短评,基本上按照写作的年代顺序编排。第二辑是几篇书序与后记,第三辑是一些体例不同的随笔,一并收在这里。如果有读者能耐心读完的话,我将不胜感谢。

打开自己那间屋的门窗

张抗抗

英国女作家维吉尼亚·伍尔夫说:女人要有一间自己的屋。

这间属于自己的屋,自然是女性独立的标志。因为我们首先要有一定的经济实力,将这间屋子租下来或买下来。在这个有锁的房间里,我们身心独处不受打扰,也可随时约会想见的客人;在自己的房间里,我们能够随心所欲做自己喜欢的事情,包括拉上窗帘写作。

自己的一间屋,象征着现代女性所渴望的自由空间。但是,女人拥有了自己的一间屋子后,那是否就是我们全部的生活呢?

按我个人的理解,那间屋子的含义会更立体些。它并不意味着女人要把自己关在里面,并不意味着一种与世隔绝的姿态。它不是一个牢笼,不是一个封闭的禁地。那间屋当然有一扇通往外界的门,可以使我们来来往往出出进进,随时出门走到广阔的田野山川去;那间屋还有一扇巨大的玻璃窗,阳光可以充分地照射进来。若是站在窗前,我们的视线可以望见云彩、飞鸟以及很远的地方。这扇可关可合的门与窗,是女人能够安静地长久地使用这间屋的一个非常重要的前提。

借用这间屋和门窗的关系,我希望自己已经基本上表达了现代女性的生存理想,以及我本人对女性写作的态度。

西方女权主义的发展道路,同中国 20 世纪的女性主义的曲折历程,恰好走了一种倒置的相反的方向。当西方妇女还在争取女性基本权益的初始阶段,新中国的建立,即以立法的形式,保障了妇女就业生育等基本权利。由于对封建

题解 本文原载《百花洲》2002 年第 1 期,同题文章曾在 2001 年 10 月 10 日的《中国青年报》上发表,本文经过加工、扩展,内容更为丰富。文章对英国女作家维吉尼亚·伍尔夫关于女性写作的名篇名言"女人要有一间自己的屋"作了精辟的分析,借用这间屋和门窗的关系,强调女性写作的多样性、开放性,表达了现代女性的生存理想及作者对女性写作的态度。"自己的一间屋"是女性独立的标志,象征着现代女性所渴望的自由空间,女性要敞开门窗,关注自身以外更为广阔的世界。在文学创作中,犹如伍尔夫所言:保持自我比任何别的事情都更为重要。

历史上"男尊女卑"的传统观念的反抗,使我们对"男女平等"的人格地位平等具有强烈的渴望;但是到了70年代,所谓的"男女平等"完全被政治化了,女性的特质被逐步清除,女性承担起男性的角色。妇女在表面上是这种"平等"的受益者,但在实际生活中,在心理上,却是非性化的受害者。

这种抹杀性别的差异、权利与人性的分离所产生的直接后果,造成了中国妇女在很长一段时间内的严重异化。改革开放后,在中国本土逐渐生长起来的女性主义,开始对"男女平等"这种特定历史条件下被扭曲的文化思维与模式,进行了全方位的质疑与挑战,希望找回女性自身的特质。在文学创作上,表现为新一代女性作家对自身情感和心理的重新关注。新时期文学中,那些当时最活跃的女作家们,作为女性意识最早的觉醒者,塑造了一系列新女性的文学形象,为后来的女性文学发展开凿了最初的通道。大家比较熟悉的我的短篇小说《夏》,表现的就是当时处于萌芽状态的女性反束缚意识。

90年代以后的女性文本,开始着力去描述和表现男人和女人"不一样"的那些生命基因。她们从女性立场去判断外界事物、用女性的眼光感知生活、用女性话语表述内心情感。女性作家天生具有非常敏感和细腻的感受力,能够对那些被男性忽略的极为细小的事物作出反应。今天的新锐女作家群体,像春天的花朵一样遍地开放,形成了中国当代文学的一道靓丽景观。80年代之后,被抛在舢板或小舟上的女人,开始在阳光下长驱直入自我与个性的绿岛。作品中的性爱描写,从身体进入精神的层面,被寄予审美的厚望。市场经济正在逐步消解着"父权",但与此同时,顽固的"夫"权却正"变脸"为商业的面孔,现代女性所面对的生存境遇、婚姻和性关系,在女性文本中都展现出更为丰富的姿态。

是性别的差异性让我们回到了女性写作。这种女性的视角,我理解为"自己的一间屋子"。这是一个立足点,也就是说,这间屋子是一个充满了女性色彩的心灵空间。用伍尔夫的话说,"人只需走进任何街道的任何一个房间,便可感到女性的那种极为复杂的力量整个地扑面而来……须知这几百万年以来,妇女一直是坐在屋子里的,因而到此刻连墙壁都渗透着她们的创造力"。所以,当我们打开门窗时,那些微妙细致柔软活跃的女性元素,就会从门窗里飘散开去,使得外面的空气也充满了甘甜的女性气息。如果没有这间屋,我们就没有一个属于自己的视窗,我们会寻寻觅觅无所依傍,我们的目光会散乱无序。女性视角是我们与生俱来的身体感官,更是一种把握人生与文学的独特能力。也可以说,是一种女性潜意识宣泄流通的出口。

但是,新的悖论也无情地随之而至:如果说女人只能并且只应该从事"小女人"或"私人化"写作,岂不是承认文学的宏大叙事只是一种男性写作的特权?如果女性所关怀的世界只有身体和性,只有爱情和自我,那么是否等于印证了历史上男性对女性的歧视,而将男女共有的天下拱手相让了?如果说在商业时代的文化消费中,女人的身体本来就被男性当成一种性工具和性对象,那么,女性的身体写作,是否会成为对"男性窥视"的自觉迎合?

由此将引发更多的问题:女性主义是否是女性写作的唯一选择?女性意识是否应该覆盖女作家关注人生的全部目光?若是女性文学像残疾人运动会那样,建立一种仅供自己欣赏的独立评判系统和标准,又如何去打破以男性为中心的社会秩序?过于狭隘的女性立场所带来的局限性,恰恰会使我们的作品大大减弱对男性的影响度,如果一个女作家能够关注自身以外更为广阔的世界,岂不是将获得更多与男性平等发言的机会?

我们真的需要一种所谓的"主义"来框定女性写作吗?

我曾说过,1985年之前中国没有成形的女性文学,因为女性文学所应当包含的女性性心理、性意识以及各种女性经验,在当时都是不可涉足的禁区。在很长的一个历史阶段,作品中的女性意识是被抑制和贬损的。80年代初的思想启蒙,为中国的女性文学发展扫清了思想障碍;只有当"人"的尊严被重新确立之后,女性文学或女性主义文学从此才有了安身立命之处。到了80年代后期,更多的年轻女作家们,才有可能在一个相对开放的外部环境下,轻松地折返女性自身。这是中国女性文学逐渐走向成熟的一个不可忽略的历史条件。

但这并不意味着,对于女性写作,应当单独建立起一种完全不同于男性写作的评判标准;更不能认为,在文学这个男女共享的领域里,应当割出一块封闭的领地来专供女人游戏。

在我看来,这种划地为牢的文学分类,构成了女性写作的误区。

我想简单地陈述一下自己的写作道路,借此盘点整合自己的思路。

我在1950年出生于杭州的一个知识分子家庭,从小受到良好教育和文学熏陶。我的阅读开始得很早,小学和中学的作文一直受到重视。1966年"文化大革命"开始,学业中断,1969年我离开杭州,到黑龙江省的一个农场"上山下乡"。在农场劳动八年,1972年开始发表关于知青生活的作品,1977年到哈尔滨学习戏剧创作。从1979年至今,发表出版了大约四五百万字的小说和散文作品。

新时期文学之初,十年"文革"留在人们心上的伤痕,促人猛醒催人发问;真实的生活渴望并呼唤着文学真实的诉说,人们试图通过文学寻求人的尊严与价值,文学成为作者与读者共同的精神出路。因而,我的短篇小说《爱的权利》、

《夏》、《白罂粟》，中篇小说《淡淡的晨雾》、《北极光》、《塔》发表后受到比较广泛的注意。从 80 年代中期至 90 年代中期，新时期文学进入了实验阶段，出现了许多带有前卫和先锋色彩的新小说。我在对人性重新认识的基础上写作了长篇小说《隐形伴侣》(1986 年出版)，还有中篇小说《第四世界》、《因陀罗的网》、《沙暴》和短篇小说《流行病》、《无序十题》、《斜厦》等，这些作品吸收并借鉴了一部分西方现代主义的创作方法，试图丰富自己的艺术个性。至 90 年代中期，市场经济逐步建立起以读者的需求为依托的运行机制，中国当代文学的道路被整体性拓宽，文学的多元化格局基本成形，多种文学风格和艺术思潮的作品各领风骚。1995 年我出版了长篇小说《赤彤丹朱》，表现年轻一代对历史的再认识和对中国老一辈知识分子命运的重新思考。1996 年，出版了长篇小说《情爱画廊》，意在表现物质化和商业化时代，人对爱与美、对自由精神的渴求。我的三部长篇小说，可以说反映了我在时代进程中，对社会和自我认识的三个阶段。《隐形伴侣》是对我们这一代人个人身份的清理；《赤彤丹朱》是对体制的反省，对历史的忧患；而《情爱画廊》是面对 90 年代市场的挑战所作出的积极尝试。近两年来，写作中篇小说《残忍》、《银河》以及《工作人》系列，内容扩展至城乡边缘，写作风格回归于平实与朴素……

若是以我的个人体验来探讨这些，我想说的是，在我的生命中，性别苦恼实际上很少对我构成心理威胁，我忽略她是因为我早已超越了那个阶段。我对"女性意识"一直有着本能的认同，那是天然的没有受到破坏的东西，她融合在我的血液中，成为我生命的基本元素，而不是一种防卫或出击的武器。引述一位女性主义学者的话来印证我的分析，那就是：一个从不把男权放在眼里的女性，通常不会成为一个女性主义者。在我的作品中，我的兴趣早已不在男女关系的对峙，以及对男性的"指控"上了，我更关心的是"自由"——这种自由的完全获得，必定与男性世界密切相关，也就是说，只要男性或女性有一方觉得不自由，两性和谐与人的自由就无法真正实现。

需要特别说明的是，我以上的话，决没有对当下的女性文学有任何贬抑的意思。在一个多元文化并存的状态下，女性文学应该是千姿百态的，每个人的创作个性都需要得到充分的尊重和理解。我的忧虑来自于当下的某种性别屏蔽意识，我认为将那些纯粹描述女性生活的作品，当成女性写作的范本，是狭隘的；更不赞成女性批评那种"削足适履"的批评方法，将女性立场这一原本模糊的概念，作为衡量文学作品优劣的标尺。

我比较认同女性写作中应当更为自觉地运用女性视角这一说法——在我们

自己的一间屋子里,安静地思考与自省。用思想的火把光芒,照亮自己灵魂的深沉悲悯以及肤浅虚荣;我们会在作品中说出女人的美丽或是平凡、聪慧或是愚昧对自己究竟意味着什么。然后,拉开窗帘,敞开我们的门窗,让新鲜的风吹进来,让明亮的阳光透进来。我们将走到外面广阔的天地去,用女人的心去感受除了男人和女人的关系之外,人与现实世界的更为复杂的关系;并将我们的眼光放射出去,看到高山、大海和更远的地方。我们将在女人优美的文体与语言表述中,传递出女人深切柔情的社会关怀、人文关怀与人类关怀。我们将在自己的那间屋里,书写男人与女人共同的历史,创造有利于自己和整个世界的文学。

正因为每个女人都按照自己的愿望、审美品格和实际需求,来选择和布置自己的那间屋,所以每个女作家"自己的那间屋",都会呈现出迥然不同的模样。有的房间会寂静无声,有的房间终日里摇滚乐如雷轰鸣;有的房间里挂满了漂亮的衣裙,有的房间或许有收藏陶瓷或是匕首的爱好;有人把墙刷成白色粉色绿色蓝色或是黑色;有人贴壁纸也有人用木板装饰成一个森林小屋。所以,女人在自己的那间屋子里书写的文本,当然是异彩纷呈、风格各异的。因此,我十分赞成伍尔夫所说的:在文学创作中,如果以任何方式有意识地以女人的身份来说话,那么对她来说将是毁灭性的。写作是一种精神活动,在文学创作中,真正主宰着我们的,是艺术个性和艺术创造力。因为个性的差异实际上远远大于性别的差异。我仍愿意用伍尔夫的话来作本文的结尾,她曾这样说:保持自我比任何别的事情都更为重要。

女性写作:通向自我认同之途(节录)

王艳芳

　　女性执笔开始写作,对于其个体而言,究竟意味着什么? 甚者,一个女性以性别意识和性别视角为观照,书写自我的独特经验和体验,对于她的自我和自我以外的世界意味着什么? 戴锦华说:"写作之于我,是一处没有屋顶的房间。它是一种裸露,又好似一份庇护;是一次规避,又是某种触摸。它是一种生活方式,甚至是生命本身的一部分。"① 埃莱娜·西苏说:"写作乃是一个生命与拯救的问题。写作像影子一样追随着生命,延展着生命,倾听着生命,铭记着生命。写作是一个人终人之一生一刻也不放弃对生命的观照的问题。这是一项无边无际的工作……"② 这两位中西女性写作的代表人物关于写作的言说,不约而同地触及同一个最基本也是最深奥的命题:生命。生命的存在依附于每一个体的自我,一旦意识到自我,"我是谁"的认同问题就不可推卸地来到目前,女性从此踏上自我认同之途。在途中,自我认同成为道路和行动的目标,并且,因为总在途中,女性写作的主体随处可获得认同的领悟,不可稍停,无有终点,女性主体是自我认同长途上永恒跋涉的过客。

　　在人的一切精神活动中,自我是其最后的支持者、主动的来源、一切关系的统一交集点。自我于尚未发展的自我意识中开始表现,携带着自我意识存在于人类精神直接指向外物的视线中。罗洛·梅曾说过:自我不仅只是个人所扮演的各种角色的综合,而且是个人了解自我扮演这些角色的能力。它是个体了解

题解　本文选自作者已出版的《女性写作与自我认同》导言部分,中国社会科学出版社 2006 年版。全书共九章,对女性写作研究、女性写作与自我认同、"十七年"至九十年代女性写作自我认同的几种基本模式及衍变,女性写作中自我认同的精神轨迹及叙述形态、女性写作文体与自我认同、女性写作的困境与危机等问题进行了全面探讨。

①　戴锦华:《没有屋顶的房间》,见《印痕》,河北教育出版社 2002 年版,第 9 页。

②　[法]埃莱娜·西苏:《从潜意识场景到历史场景》,见张京媛《当代女性主义文学批评》,北京大学出版社 1992 年版,第 219 页。

并觉察到多面自我的核心,人对自我的看法成为观察他人的衡量标准。① 因此,自我是个体各种行为表现的整合,它为个人提供某种持续、连贯的性质,使个体的成长建立统一。人优越于动物之处在于人有自我意识,能够充分认识到自己存在的处境和地位,去追求和实现有别于动物界的生活,而在此过程中,人类认识并确定了自己的主体性。人的主体性与自我的关系表现为:自我清楚意识到行动及其某些情况属于自我并在自我身上发生。从而,从事写作的行动对于女性主体而言,具有非同寻常的意义:通过创造的方式为主体营造一个自由的心灵世界,从中寻找、探索、验证并实现着现实自我的主体;或者通过书写营造一个虚拟自我的镜像,通过此镜像映照自我的存在。无论如何,自我认同关于自我主体性的寻找和建构是女性写作的重要关切并且是首要关切。它通过女性人物的塑造表达某种特定的认同感,女性的这种对自我和主体的探询和建构来源于她内在的心理和精神需求。

从五四新文学开始的中国女性写作充分表达了现代女性个体的自我认同的变迁模式,尽管这种倾向和轨迹并不绝对整齐划一,毕竟呈现出相对可观的规律性。就 20 世纪女性写作的历史而言,从没有自我,到发现自我、表现自我、寻找自我和自我认同的过程,是一个历史性的发展过程。女性写作中的自我真正出现在五四新文学倡导个人主义和个性解放之后,这一现代意义上的自我实际上就是个人的主体性的自觉。虽然在中国悠久丰厚的传统文学中,不乏女性的自我倾诉和吟唱,其所抒发的哀怨、闲愁等尽管也在某种程度上传达着个人的声音,但是这种个人声音是乖觉的,是沉睡的,是庭院和闺房中的装饰,是固若金汤的男权话语所设定以及施行权威的结果。因而其个人也是依附性的和非自觉的。五四新文学的启蒙带来人的发现,女人也才开始发现自我,一旦当她发现"我是我自己的"独立而自由的个体,她就致力于挣脱既定的束缚和奴役。故,中国现代文学三十年的女性写作可以看作是女性自我发现的历史,女性的言说在于表达挣脱各种有形和无形的束缚的历史过程,自觉地展示女性自我的历史和现状——比起古代文学已经是开天辟地的进步。当然,挣脱束缚确立自我的历史过程不是一蹴而就的,它经历了一次次摆脱与再次奴役的转换和较量,也经历了一朝获得和瞬间失去的尴尬。

当女性写作站在当代文学的起点上时,它已经完成了质变的过程——结束了其关于自我的发现的历史,开始了自我认同和建构的历程。自我的建构必然

---

① 参见〔美〕罗洛·梅《罗洛·梅文集》,中国言实出版社 1996 年版,第 529 页。

地包含着对于自我的种种设定,心理学上的、社会学上的,尤其是女性主义意义上的。在"十七年"文学特殊的政治语境中,女性自我的表达是犹疑的,女性自我的主体性在个人身份和集体身份之间挣扎和游移,不得不借助某种婉曲的身份表达发出个人的主体性声音。女性自我认同的挣扎和游移之后,实现的是个人对集体的认同和政治皈依带来的身份安全感。"文革"十年文学自然是主体缄默的时期,包括女性文学,但随着对"地下"写作研究的进一步深入,证实女性主体的声音也还以另外的形式存在着①,"文革"地下文学对新时期文学的影响是深入而巨大的,新时期文学至少在反思的思想基础、先锋的文学形态和人性的写作立场等三个方面从"文革"地下文学获得启示。新时期之初的女性书写表现为打捞和寻找女性自我的传统,与自我发现的历史表达建立连接,然后在此基础上重建自我,于是 20 世纪 70 年代末 80 年代初的女性写作表现为对男性中心主义的社会价值规范的认同,从寻找自我出发的女性写作在对理想主义、人道主义、英雄主义和牺牲精神等价值形态的倾慕与赞许中,在将女性自我与传统文化中男性中心主义的价值理念合一的过程中,实现了自我的伦理救赎——合一为的是更全面地辨认历史的尘垢,在清洗的过程中将自我离析出来,所以,重建的过程即自我认同的选择和抛弃过程。到 1980 年代中期的女性写作,自我认同的社会价值指向已经由对男性中心主义价值规范的认同走到了新的境地——对自我的性别身份的认同,此性别认同的获得是在对传统男权中心主义文化的辨认和颠覆的基础上进行和展开的,至此女性主体完成了自我的确立。在确立了自我的性别身份的基础上,1990 年代的女性写作开始走上自我建构的历程,通过大量的身体书写文本构建了新的文化认同。

以身体作为资源的写作注定不能进行很久,进入身体也就意味着进入有限,有限很快会告罄。书写者必然引入道德追问,道德追问不是归于道德,而是在追问中入思,经由一个驿站到达另一个驿站。瑞士神学家奥特这样总结思与问的关系:"思立足于它的各个实事,举步向前,一直走向深处,却达不到终点。这种思知道它始终在途中。思总是有预感地、反省地超前定出一个目标或下一个中途目标。但思尚未识得它的目标。倘若撇开死的预感,思并不知道自己途程

① 在很多地下文学作品如《第二次握手》、《波动》、《一双绣花鞋》等纷纷公开出版发行甚至改编成为影视作品的时候,手抄本小说《少女之心》(又称《曼娜的日记》)因其性心理的大胆描写仍被列为"禁书"。一般认为,中国女性主义文学是在 20 世纪 70、80 年代之交受到西方女权主义运动的影响才大行其道,而这篇小说所确立的女性主体的感觉、情绪和写作地位都相当大胆和超前,1990 年代后虽有泛滥的身体写作、欲望化写作等,但影响和冲击力却不能超乎其左。

的终点何在。这种未知源于思根本是一种问。"① 思之途是没有终点的行程,一旦以为抵达目标,思倏然停止,对身体的认同也是这样,"走进身体日久,是一定会觉察到身体的限度。现在,限度已经彰明,它以事实向语言者揭示放弃历史叙事及其超验维度的不可通行。有一个声音在响:仅仅进入身体绝不能救赎身体,不能救赎身体,不能救赎它的狭仄与有限"②。的确,在拯救个人感受性的努力中,肉身经验曾带给人心灵的飞跃,它使得人从政治意识形态的黏连中挣脱,摆脱虚伪和矫饰,回到个人生存的真实。但身体的有限和缺乏超越性以及带给女性写作的"幽闭症"、自恋情结和极端个人化的叙事方式都使身体认同在文化建构的同时,陷入自我的泥淖而不能自拔。

正像女性写作中自我认同的历史所昭示的,身体认同远不是自我认同的最高或终止形态,认同的历史将无限制地向未来延伸,女性写作的历史有多长,认同的历史就有多久。自我认同作为女性写作的内在心理需求和精神追求目标,永远不会被取消。自我只要存在,必然将宿命地追随并寻找着个体的认同趋向和表达,这将是一个永动的过程。当然,自我认同作为价值取向本身,又是变动不居的,不同的时代、女性不同的解放程度决定了她的认同趋向,因此,个体不能一次性永远获取它的认同感,即便在某一时期和阶段她的认同暂时稳定,但事过境迁,随着个人和生存环境的变化,其认同设定也会发生变化,也就是说,个体不可能永久地持续地保有它的自我认同。自我认同的非永恒性和非唯一性决定了女性写作与自我认同的双重困境:女性写作与自我认同的关系好像夸父逐日,夸父不停地向前,距离太阳也似乎越来越近,但太阳却还是在远天,虽太阳不可企及,夸父的步伐却不可终止,人对自我认同的追寻是命定的、不可遏止的,永远在路上。尤其是在当下这样一个被称为后现代幻象的社会镜像中,人对自我认同感的寻求越加迫切,而他的认同指向却愈加难以确定,从而决定了人"永在路上"的命运。但是,女性写作在多个层面对自我的确认和行动并不如希腊神话中的西西弗斯一般做着无意义的循环往复的推石上山的运动,就其在 20 世纪女性写作中展现的状况和形态而言,是女性自我逐次浮出历史地表,并以不同的认同构造在地表之上建立起了螺旋形的上升曲线。

追随着女性写作中自我建构的历史性的发展过程,女性写作的研究也必然呈现出历史性的特征,从自我的发现到自我的表现、从自我的确立到自我的

---

① ［瑞士］奥特:《不可言说的言说》,生活·读书·新知三联书店 1994 年版,第 6 页。
② 艾云:《用身体思想》,江苏人民出版社 2003 年版,第 307 页。

失落、从自我的寻找到自我的认同……自我认同问题可以说是女性写作较为深入的问题层面。因此，女性写作对自我认同的表现关涉到女性生存的本质方面，是女性写作中最为前沿的探索话题；而女性写作中的自我认同研究直接突入女性写作的文本内部，在核心和关键处质问女性写作的本质意义。自我认同不仅仅是研究视角，而且就是问题本身。自我认同的概念不仅应用于心理学、社会学、伦理学和哲学，而且是女性主义文学批评的重要概念。在女性文学创作中，自我认同问题一直以或隐或显的方式存在。这个"自我"，不是指作者，而是指作品中的女性人物，这个女性的"自我"在作品中所表现出来的社会价值、精神价值和审美价值取向就是她的认同表现。这个女性的"自我"和作为作者与叙述者的"自我"之间有一定的关系，也可能关系不大，但无疑存在着价值取向上的某种一致性。女性文学中的自我认同表现为两个层面：一是社会层面，也就是在男性和女性共处的社会文化中，如何认取作为女性的自我的文化身份和价值，关乎女性自我的性别建构；一是个人层面，作为个体，她有着心理学和哲学根源上的"我是谁？""我为什么存在？""我将成为谁？"的本体性追问，关乎自我的主体建构。而且，这两个层面的认同在女性写作中表现为互相渗透和交织的状态。

另外，女性写作中自我认同问题的研究不但可以体现和证明中国女性写作的自觉程度，验证和回答女性写作中"为谁写什么怎样写"的核心问题。而且，自我认同还是女性文学发展的内在动力，通过对女性文学中自我认同问题的确认和辨析，可以发现女性文学发展的外在模式和内在轨迹，明确女性文学中"自我"建构的努力和建构中的局限，在此基础上透视女性写作中的问题症结，并最终希望能够为女性写作困境提供反思的可能和突破的空间。

写作是生命的需要

周瑄璞

德国舞蹈家皮娜·鲍希说，"我跳舞因为我悲伤"。我想套用她的话，我写作因为我忧伤，因为我脆弱。

我们所有的写作都要面对自己的内心，一个作家一生要解决的是内心的问题。面对强大的人生现实和生命无奈，我们的一生和自己在战斗，和内心斗争、挣扎，我们一次次纠结、陷入人性的弱点，由着生命的惯性和需要，像地心引力般将我们坠入痛苦的深渊，一次次艰难地挣扎出来，获得新生，并试图超越它。我们克服一个又一个困难，最终面对一个最大困难，我们解决一个又一个问题，最终迎来一个无法解决的问题：欢乐何其短暂，痛苦才是永恒，时光如逝水，昨日不再来，我们所有人都是时间长河里的过客，无奈的囚徒，试图想抓住什么，但一切都会失去，一切都会流逝，一生中所有荣辱、忧欢，都是在路上。这就是我们写作者要面对的命题、我们的写作要诠释的内容。我们在这个命题之下营造自己的文学天地、审美视角和内心世界。写作，就是面对那个不满意的自己，一点点校正、改进不好的自己。也或者说，作家，就是把自己剖开，给别人看。所谓作家的痛苦，就是剖析自己时候的疼，把那个卑微的、不好的却是真实的自己，打开来给别人看，相信这世上有多数人和你一样，体验着人生的种种失败、暗疾，携带着苦痛和伤疤，而始终抱有梦想。一个人，在生活中，哪怕你可以处处作假，可是写作的时候，你必须真诚地面对自己，裸露心灵，也就是我们说的赤子之心。要相信，"自我即他人"。

题解 本文原载《文艺报》2012 年 8 月 10 日。在这篇随笔中，作家周瑄璞明确表达了自己对写作的感受、理解和持有的态度。她认为所有的写作都要面对自己的内心。女性因生理心理的特点对自身有着更加细微尖锐独特的感受，女作家更是善感，更多于对情感的书写，对身心体验的描摹和追问。作家应该从自身写起，从自我出发，最终面对的应该是整个人类，作家的任务就是站在人类的立场，发出属于自己的声音。作者强调作家要坚守自己内心，构筑自己强大稳定完善的内心世界，时时与外部世界保持一点距离。女作家更是要守护自己内心的独特体验和艺术感觉。衡量作家的只有一个标准：那就是优秀的作品。

女性因生理心理的特点,细腻,敏感,对社会、对人生、对情感、对自身都有着更加细微尖锐独特的感受,女作家更是善感。成长、爱、尊严、绽放、衰落、凋零、孕育、痛楚、撕裂、腐烂、伤害、背叛……种种生命步骤、图景,投射在女性作家身心中,有着更加斑斓多姿、细腻深刻的心灵体验,这就造成了女作家更多于对情感的书写,对身心体验的描摹和追问。

常有人指责女性作家只顾书写个人情感,写小我。我认为,作家应该从自身写起,因为写别人易,写自己难,敢于拿自己开刀,坦白自己的内心,以自身反观他者,才算是写好了人性。没有个人,也就没有社会,没有小我,也就没有大众,没有个性,也就没有人性。我们面对"我们"已经太多太久了,以至于我们认不清"我",胆怯于呈现"我"。

从自我出发,作家最终面对的应该是整个人类,而不是哪个地域哪个体制哪个派别哪个阶层,作家的任务就是站在人类的立场,发出属于自己的声音。

一个在内心和普通人没有区别的人是不适合从事文学艺术的,作家的终极目的不是幸福的生活而是痛苦的思索,你必须永远在思索,永远想知道真相,永远比别人多想一点。世界上大部分优秀作品无不是作家的内心和外部世界对抗的结果,作家要坚守自己内心,构筑自己强大稳定完善的内心世界,时时与外部世界保持一点距离,若即若离。女作家更是要守护自己内心的独特体验和艺术感觉。

当然,衡量作家的只有一个标准:那就是优秀的作品。没有男作家、女作家这样的说法,也不能因为是女性作家就有什么特权或者对自己有降一格的要求。

其实,写作是一种缓慢的痛苦,一场漫无边际甚至没有目的地的内心跋涉。这条路走下去,结果怎样,无法预料。你要做的就是,一旦上路,不管是坦途还是崎岖,不论是风和日丽还是凄风苦雨,都一直走下去,在某种程度上来说,写作之路就是比耐力比承受力,无论快慢,看谁走到最后。一个写作者有多少幸福,就有多少痛苦,有多少光荣就有多少耻辱。写作就是在漫漫长夜里期待光明,寻找温暖,就是在长久的等待、积蓄与寂寞中期待绽放,虽然你知道,那绽放十分短暂,绽放之后,是无奈的衰落和沉寂,我们每个人,终将坠向平淡,终将力不从心,但是,我们还是要让自己走进孤寂,像天真的孩子,一次次试着举起生命的重量,将沉甸甸的苦痛和残酷举过头顶,确认自己抵达过某一个刻度。

所幸作为女性,在我成长和写作的路上,每承受一次打击和苦痛,命运将我抛向的,不是破败、不是绝望、不是仇恨,而是更加的坚强和信念,更加的善良和自省。好像命运赐予我一种自洁能力、爱的能力,始终心怀纯真,更加葆有对生活的热爱与抗争的力量。我深知这种力量,是文学和写作赐予我的。

我喜欢傅雷在《约翰·克里斯朵夫》译者献辞中的话,"真正的光明决不是永远没有黑暗的时间,只是永不被黑暗所掩蔽罢了。真正的英雄决不是永远没有卑下的情操,只是永远不被卑下的情操所屈服罢了"。其实一个写作者,他一次又一次的沉沦、痛苦,就是不断地克服自己身上作为人与生俱来的卑下,不被这种卑下所操控,而始终被人类所向往的那种高贵的情操所吸引着,一点点向她靠近,期待她温暖、明亮而博大的怀抱。

写作是一种特殊的表演

——《残雪文学回忆录》自序

残　雪

我从三岁的时候起就热衷于表演。但是在我小的时候,那种表演是很特别的——我在脑海里进行表演。因此没有任何人知道我所上演的戏剧。

有时候,一个人呆在房间里时,我就开始表演了。我家里起火了,到处是烟,而我外婆生病了,行动不便,我搀扶着她,同她一道跑出了房间。我们两个人多么快活啊!

有时候,在半夜,一只老虎在后面追我。我跑啊,跑啊,跑得喘不过气来。然后我闭上眼睛,对自己说:"跳!"我真的从悬崖上跳下去了。但我知道我不会死。当我醒来时(我总是在关键时刻醒来),我发现我活着。

上小学的时候到了。我的老师是一位很穷的年轻男老师,他的外貌不好看。似乎没有年轻女人乐意嫁给他。我坐在教室里听他的课,但我在走神。我想帮助他,使他快乐。有一天,我写了一篇很漂亮的作文。作文写得如此之好,以致在学校里引起了轰动。人们相互询问:"她是谁的学生?""文老师的学生!文老师的学生!"文老师和我多么快乐,我们去操场上散步。我们说呀说呀……当然这种事在真实生活中并没有发生。

当我长大起来时,那些表演就持续得更久,情节更复杂了。

我直到三十岁才开始写作。那之前我做过"赤脚医生",街道小工厂的工人,还当过代课教师。我成为作家之前的最后一份工作是个体裁缝。我为什么

题解　本文选自《残雪文学回忆录》,广东人民出版社 2017 年 8 月版。原文曾以"写作是一种特殊的表演"为题在《书屋》2017 年第 10 期上发表,本文的题目乃借用,有删节。被誉为先锋派文学代表人物的作家残雪自小就有"表演"的天赋,在正式从事写作后更是得心应手,创作出了许多优秀作品,也充分感受到了写作带来的自信和快乐,60 多岁了依旧充满灵感和生命的活力,想要"身体和灵魂一道起舞",进入到一个文学创作的自由境地。把写作比喻为"一种特殊的表演"是残雪独特的感悟和体会,也给当代女性以启示,写作能激发女性的生命力、创造力,可以改变、升华女性的人生命运,是一种充满魅力、富有创造性的活动。

学习做服装？一个原因是我和丈夫都想赚钱来养活小孩和自己。最主要的原因却是我要更多一点钱来维持我的写作——表演。表演是我从孩童时代开始的理想，我从未有哪怕一瞬间忘记这件事。我丈夫支持我实现我的理想。时间就是金钱。

我们俩同时开始根据裁剪书学习裁剪和缝纫。我们每天从清晨工作到半夜。半年之后，我俩成了裁缝。我父亲的那套房子变成了我们的工场。我们甚至雇用了三个帮手，不久就开始赚钱了。那是 1983 年，在城市里，那时只有少数人干个体户，但我们成功了。

就在我们成功的同一年，我开始在缝纫机上写小说。有一件奇怪的事发生了，这就是，我发现我在写小说时不需要事先思考情节与结构，不论是很短的还是较长的作品都一样。我只要一坐下来就可以写，从来不"考虑"如何写。白天里，顾客来来往往，总是打断我的写作。我的时间是破碎的：十分钟，十五分钟，最多半小时。到了晚上，我那四岁的顽皮的儿子几乎占去了我的全部时间。然而就在这些十分钟，十五分钟，或半小时里，我居然写出了一个小长篇——我的处女作。作品中的情节十分连贯，是一个完美的整体！

我是如此的吃惊，我没料到我能够做到这样：当我想要表演时，我就表演；当我决定停止时，我就可以停止。但事后我又可以随时回到那种意境，这是多么奇怪的事！我想也许我有点像古代的诗人，他们喝着酒，到野外的风景中去写诗。就好像他们想写就能写。但我又不完全同他们一样，因为好像有种逻辑的力量在推动我的笔，我写下的任何词或句子都是"正确的"，不可能犯错误。所有的情节与对话都是那么贴切，那么美，正如我孩童时代的那些表演！同那时的唯一区别是，现在我的表演是更加头脑清醒，内含着更大的决心了。

也许我就像美国的舞蹈家邓肯，我的表演是世界上最自然的事，不需要事先设计。当我不再需要为金钱操心时——那是我创作了五年之际——我就给自己定下了一条规则：每天创作一小时。这个时间通常在上午（有时也在晚上），当我跑完步之后。刚好一小时，不多也不少。无论我是写短篇还是长篇，我总是提笔就写，流畅地写完一小时，之后便不再作任何修改了。在写之前我只需要想一两分钟，第一个句子就会出现。第一句带出第二句，然后第三句……啊，我多么快乐！

写得越多，我越想写。我的小说王国变得越来越大，它的边界向各个方向延伸。我渐渐地明白了，这是灵魂和肉体交融时的舞蹈，这种舞蹈是停不下来的，永远停不下来。我身上所发生的另外一件事是自从我开始正式的表演之后，我的个性发生了大大的变化——我变得越来越明朗了。我一贯热爱世俗生活，而现在，我对生活的爱愈发加深了。每一天的日常活动都变得如此美好：在厨房里做饭，在房间里打扫卫生，洗衣服，帮助儿子完成家庭作业，去菜场里买菜，举着雨伞在雨中跑四公里……我的日常生活获得了完美的节奏，我的身心充满了活力。我感到我过着一种双重的生活。我的日常生活给我的表演生活提供能量，我的表演生活给我的日常生活赋予意义。我深爱这二者，实际上我将这二者看作同一件事的两个方面——直到今天我还是这样看。

有时我会回忆我孩童时代的表演，于是我会问自己：为什么会发生表演？为什么只有它们能给我带来最大的快乐？后来，当我渐渐变老时，我就知道了答案：这是因为我想活得充分，因为我想要我的身体和灵魂一道起舞。我是大自然的女儿，一个如此灵敏的女儿，甚至在不到三岁时就听到了母亲的呼唤——那呼唤来自黑暗的深渊，很少有人能够听到它，而我听到了。当我成年时，这种特殊的能力却给我带来了巨大的责任感和义务感。

在我的写作生涯中，我有过这样的经验：这就是除了我自己以外，还有一些人在他们年轻的时候也听到过大自然的召唤，但他们没有聚精会神地去聆听这种声音，所以他们错过了它，再也听不到它了。举例说，在上世纪八十年代的中国，有几位作家写出了非常美丽的实验小说，但三四年之后，他们都转向了传统的写作。对于一位作家来说，要自始至终全神贯注于这种特殊的表演活动是非常困难的。世俗生活中的诱惑太多了，如今一位著名作家想要获得金钱和名声是很容易的——只要抛弃实验创新，选择现实主义讲故事的老旧方法，或尝试写电影和电视剧。几乎我所有的曾经的同路人都选择了那条宽敞的大路。

然而我相信我自己是不同的。从一开始我就只为理想而写作。那么对于我，理想的生活是什么样的呢？我认为应该这样：每天表演一次，决不无故停演；读美丽的书籍；享受日常生活——性，美味的食物，舒适的衣服，锻炼身体。简言之，我要使我的生活总是快乐，使我的心灵和肉体对于世界充满好奇心。那也意味着我必须保持身体的健康。钱是重要的，因为它能买到时间，延长我的生命（我有严重的风湿病）。但我总是懂得我要过一种值得我过的生活。

我为自己感到自豪，因为我这种表演需要很大的才能和勇气，很少有人能像我这样持续下去。对于我这类作家来说，灵感并不是唯一的，除了灵感，你还得具备一种强有力的理性能力，因为你必须进行一种特殊的思考，这种思考不是通常的推理，我将其称之为"物质性的推理"。也许这听起来有点神秘，但看看我每天的表演以及我孩童时代的表演吧，也许你会获得一些线索。

"物质性的推理"不仅仅是思索,它更是实践。那也是为什么我将它称之为"表演"的原因。在表演的氛围里,当你运动你的肢体时,你的行动遵循着严格的逻辑性,你通过你的感觉体验到逻辑的结构。你越进行实践,结构就呈现出越多的形式。就我的经验来说,假如你渴望看见那种结构,你就必须经常进行操练。如果你对自己放松了,很可能一两年内那结构就会完全消失。这种事发生在我的两三个同行身上。当他们年轻的时候,他们在实验小说的创作方面才能都很高。我想,大自然对于人类是公平的,她总是给予你自己配得上的礼物,而一些人于不知不觉中将它丢失了。

2015 年,我六十二岁了,但我依旧充满了灵感。所以我对大自然充满了感恩。如今,除了一年参加一两次文学活动,我几乎每天写作。写作给我带来强烈的自信,使我的身体保持健康。我感到我的生活正在变成某种音乐。每天早上我睁开双眼,我都看到太阳以不同的方式升起。对于我来说,每一天都是崭新的一天!

白天里,我通常研究西方哲学和文学。到了晚上八点左右,我就表演一次(十年以前我将表演的时间改到了晚上),表演持续一小时(大约写一千字),但有时四十五分钟就够了。我看着笔记本上写下的词和句子(从一开始,我就是将小说写在笔记本上),发现它们是如此的整洁。而在平时,当我签合同或写信封时,我的书写总是很丑陋,而且经常写错。我的所有笔记本上的手稿的字迹都是清晰而又有韵律的,错误极少。它们构成美的整体。当年,在开始的时候,我并不知道我能这样写,是大自然赋予了我这种能力,它让我进行美丽的书写。实际上,我一年比一年老,当我书写时我的手会发抖,但只要开始表演,词语和句子就仿佛听到了召唤,变得充满了活力!

2017 年 3 月

"女性写作"调查实录一(节录)

张　莉

　　金仁顺:女性写作,是个很复杂的话题,在写作的初期,我从来没考虑过性别问题。我更担心的是自己怎么能写好以及是不是有能力持续地写下去。随着作品数量的增加,以及作品被关注和讨论,开始面对并回答"你是否是一个女性主义或者女权主义写作者"这样的问题。我其实更介意另外一个问题,"我到底是一个好作家还是一个差作家?"

　　作为女作家,女性意识自然而然地深埋在我们的写作中,出现在我们作品中的方方面面,我们的视角和格局必然地受到性别的影响,但这些事情和"女性主义""女权主义"未必有关系。除非你想要有关系。

　　好的写作一定是客观的,至少在个人视角和感受上,是真实而且诚实的。好作家在写作中灵魂出窍是基本功,在她写作不同的作品时,灵魂附体到她所构置的人物身上,跟着她或者他,一起生活和思想。就像伍尔芙说的,好作家拥有雌雄同体的能力。

　　人性都是相似的。无论男人还是女人。有些男人的身体里面住着一个女人,而有些女人的身体里面住着一个男人。有些女人性格比男人还要豪放,有些男人的细腻比女人更加极端。所以,女性写作归根结底,跟男性写作没有什么不同。定义和归类,要具体到每一部作品,才能谈得上客观。但有一种特殊情况需要撇清,有些女性写作者,起头就要充分利用自己的女性身份,在写作中有意

题解　本文节选自张莉《她们与我们时代的女性写作——三十四位中国当代新锐女作家的同题回答·调查实录一》,原载《青年文学》2018年第11期。题目为编者所加。多年来,青年批评家张莉致力于关注中国现代女性写作的发生、发展及变革,尤其对21世纪以来的女性写作的变动深感兴趣,由此,在2018年七八月间,她向当代文学现场最活跃、最新锐的30多位"70后""80后"女作家发出问卷,就女性写作及有关问题进行调查,和诸多女性写作者一起进行了一次关于我们时代女性写作者如何理解女性写作的讨论,以期呈现新时代女性写作的真实写作样态,推动当代读者对新一代女性写作者及其性别观的理解。调查共有五个问题,本文选取了张莉整理的几位女作家对第一个问题,即"你认为女性写作的意义是什么,你是否愿意自己的写作被称为女性写作?"的回答实录。

加入女性色彩,以达到某种效果,产生某些影响,这类写作不在我的讨论之列。

乔　叶:几乎每次接受访谈都会碰到一个老问题,你怎么看待女性写作? 也许是对这个问题有一种本能的抗拒,我通常会振振有词地回答:我是不从性别来考虑人物的,男性和女性,大家都是人,大家都有性嘛。我虽然是女作家,但我也写男性人物,他们也不一定就比我的女性人物更不可信。比如,我在《打火机》《拥抱至死》《送别》《说多就没意思了》《锈锄头》等小说里写到的男人们,有不少男性读者反馈说我对男人的事、男人的心理还挺了解的呢。

几年来,我对自己的这个回答相对还算满意。

直到前些时,应邀参与一套短篇小说集的出版,我把自己的短篇小说重新浏览了一遍,有了一个意外的发现:三十来个短篇小说里,其中有二十来个的叙述角度是女性,而这二十来个女性叙述者,其中又有十来个都没有名字,只是"她"而已。不知道为什么没有取名字,肯定不是懒惰。为小说里的人取名字,于我而言是一大享受。那么,要么是没有想到合适的名字,要么就是觉得"她"是最合适的名字,这个发现使得我都想把以"她"为主的小说们全拎出来,给这个小说集定名为《例如她》了。

"用作品说话",是作家们的口头禅。我从来不知道,原来作品还可以这样说话,它们无比诚实地击碎了我曾经一贯的故作姿态。我意识到,号称不从性别来考虑人物,这居然是我试图自欺欺人的谎言。

顿时有了认命之感。生而为女人,这就是我的命。我的写作,也必定在这个命里面。当然,这是我的局限,但也未尝不是我的根基。与其虚弱逃避,不如恳切面对。也许,只有根基越强大,才越可以破局限。

盛可以:女性常常被特别拿出来讨论,就像会议名单在女性名字后面加个括号附注性别,这个括弧的本意是要表示平等,结果反倒显示出不一样。证明女性在实现社会责任和展现社会能量上还有更大的舞台空间,还没有足够多的妇女拥有权力,参与到改变社会与世界的事业当中。男人心中的妇女力量还需要培养;有很多人不愿意承认,不乐意看到妇女比男人强,正如他们不想看到妻子比自己优秀。作家是站在思想前沿的,研究女性作家,女性写作,谈论人的立场,无疑具有积极的价值。

按弗吉尼亚·伍尔芙某次对"妇女和小说"所做的解释,女性写作分两方面理解,一是指女性写作的文本,一是指女性写作这件事。如果说女性写作是指由女性来表达自身经验,我想,突破某种局限恰恰是我追求并付诸实践的。从二〇〇七年《道德颂》之后的作品开始,包括《死亡赋格》《野蛮生长》《福地》,以及九月即将出版的《锦灰》《息壤》(《子宫》),我都试图将妇女问题放置于更广阔的社会图景之下,同时超越女性问题的拘囿,上升到人的立场,人的权利。

女性无疑有自己独特的视角与观察,比如《息壤》(《子宫》)就是直接从子宫切入女性命运,描写那些或因守寡闲置,或因填充钢圈异物终生受折磨,或因某种原因被切除的子宫……。这可能是一部彻底的女人写女人的作品,是所有女性在不同时代背景下的共同遭遇,非私人经验。或许跟成长背景有关,我本能地倾听女性声音,尤其是关注沉如牲口般无助的农村女性。女性问题是人的问题,更是重要的社会问题、世界问题。这一部分没解决,世界就没法美好,人类就无法安生。我不是那种有意识将自己的写作归类,或乐于佩戴标签的作家;作家必须踏破一切边界,我想做一个樊篱之外的人。

黄咏梅:如果女性写作这个称呼中,女性仅仅是一种性别的划分,我觉得无所谓,但这当然不可能,前置的定语就意味着一种既有的定义、定论乃至固定的偏见。就我个人而言,女性跟男性一样,只是一个写作的角度或者视角,是小说中的"她"或者"他"。然而,这种女性立场的想法显然不能实现。历来,女人扮演的是以男性为中心的社会与文化传统赋予她的角色,她通过"自我隐忍"使其生命形态呈现于世。这个根深蒂固的看法至今依然大行其道,男性评论家喜欢用"隐忍""悲悯""善解人意"这样的词汇去表达对作品中女性形象的欣赏,而"野心""刚烈""心机"这样的词汇,往往是用来批判的。他们读到让他们感叹、默许的女性形象,几乎也都是前者。现在我们很流行一个词"女汉子"。这个词在女性看来,是一个夸赞的词,表现一个女人的豪爽、大气;但是,在男人的眼里,"女汉子"就成了一种不男不女的怪物。所以,从这个角度来看,我不愿意我的写作被称为女性写作。

作为一名女性写作者,敏感、细腻的特质使我们跟文学有着天然的接近。我们应该很好地把握这种天性,握好手中的叙述权力,站在女性的角度和立场上,书写出一切关于人类的、时代的、历史的感受,而不应该在女人的某些偏狭的情感里兜圈。

任晓雯:我认为女性写作的意义,和所有人写作的意义一样,非常私人,又具有普遍性。当我试图回答"写作的意义是什么"时,性别因素几乎不在我的思考范围之内。我不太愿意自己的写作被称为"女性写作",因为并没有"男性写作"这个概念。就像我经常被介绍为"女作家",但男作家们不会被特地强调性别,他们被称为"作家"。这听起来像个级别更高的范畴,一下子把"女作家"给囊括了。

作为一名女性,并且从事写作,经常会被问到这样两个问题:一个是,"为什么你很多小说的主角是女性?"另一个是,"为什么你的文笔像个男的?"这两个问题,其实包含了人们对女性写作者的潜在局限性的判断。

事实上,人类只有两种性别,不写男人,就写女人。没有作家是只塑造同一种性别的人物的。而选择自己更为熟悉的性别,作为更频繁的书写对象,也是情理之内的事情。很多中国男作家,都是以男性为小说主角的。他们中的相当一部分人,把作为陪衬的女性形象写得单薄乃至失真。但是没有人问他们:"你为什么写男人多一点,你写女人为啥这么离谱,你会不会想回家去多了解一下你的妻子?"

至于第二个问题,其实就更难回答了。关于什么是"女性化的",一直是个争论没完的话题。我无意抹杀男女间的天生差异,但是我却仍然反对类似"文笔像个男的"的判断。因为跟这样的判断连在一起的赞美词有:硬朗、开阔、冷静、简练、残酷,等等等。而这样的赞美的对立面,很多时候就赠予了女作家。人们喜欢批评女作家自恋、絮絮不清、热爱抒情,等等等。但必须指出的是,很多男作家也是自恋、絮絮不清、热爱大段抒情的。有的男作家甚至自恋到令人发指的地步,仿佛整个世界都在围绕他和他的生殖器旋转。但偏偏就没有人质疑他们:"为什么你的文笔像个女的?"所以依我看,文学最好不要以性别区分,因为只存在两种文学:好的文学和差的文学。

孙　频:说句实话,我现在不太愿意谈论这种关于女性的话题。一个原因是这个社会整体上表现出对女性主义的一种压制和歧视。就拿写作这件事来说吧,在我刚开始写作的时候完全没有去考虑性别写作,也没有考虑过所谓的女性主义,完全是凭着本能在写作,既然是一种原始的本能,那表达的一定是自己当时最想表达的东西。比如我写女性的疼痛,写女性在社会中的挣扎,是因为我看到和感知到了这些东西,所以我愿意把它们写进小说里。我觉得写作对于女性来说其实意义更大,因为在一个传统的男权社会里,女性对自我的认知更艰难、更缓慢,也更无所适从。在这个认知的过程中,必定是充满了怀疑、犹豫、否定、愤怒还有畏惧。我之所以这么说,是因为我在写作的过程中这些感受都会体会到,当然我不能代表全部,但我相信自己的感受起码会代表小部分人。

文学与艺术的力量就是抚慰人心的,就像那些敦煌的石窟一样是需要在黑暗中取火凿洞,一笔一笔画下那些壁画的。但是有时候你表达的东西越真实越会被诟病,一个女性作家的写作尤其容易被诟病,你写疼痛会被诟病是狭隘,你写女性在男权社会中的自我分裂会被诟病为黑化女性,不美不善不是正常人的生活。有些女作家倘若敢写得私人化一点,那便需要很大的勇气和强大的内心,因为你终究要畏惧一些东西,比如别人的揣测和诟病,哪怕它仅仅是小说和艺术作品。这就是为什么几乎所有的女作家都不愿意被扣上女性主义的帽子,因为在目前的价值体系中,这并不是一件光彩的事情,甚至代表着可笑与羞耻。

即使在刚开始写作的时候具有一种自发的女性意识,在后来的写作中这种意识也会逐渐变淡,甚至刻意变成了无性别写作,不希望读者看出自己是女性。所以有时候我会想,这个社会和这个时代究竟给了女性什么。另一个原因是谈论这种话题时我会有一种强烈的虚妄甚至荒诞感,就是你知道说这些都是空的、是起不到作用的,却还在徒劳地诉说,自然会有一种无力感,甚至是自我的厌恶感,个体的力量太微薄也太脆弱。

滕肖澜:我觉得,正如男人中有相对阴柔细腻的性格,女人中也有相对直爽刚硬的性格。写作似乎很难用性别去分类,同样也很难用性别来进行优劣判断。千人千面。更何况是写作这样一言难尽的活动。"女性写作"这个词,在当下很多情况下,好像不是相对于"男性写作",而是范围更小,成了一个特定的分类。就像 T 台上的女模。台下观众有男有女,欣赏台上的性感,这种性感当然不是生活流的,但也不见得是女人味十足的,而是相对小众的,独特的。所以我觉得,现在很多情况下谈到"女性写作",更像是相对于"一般写作"或是"普通写作"而言。稍不留神,便把这个概念边缘化了。形成这种状况的原因很多,也很复杂,一时很难讲清。这也是为什么许多女性作家在一些场合被人问到诸如"你是否觉得自己的写作是女性写作"这种问题时,总是一脸无奈或是茫然。

谈及"女性写作",这概念本身容易让人联想到一些形容词:细腻、婉约、柔美、精巧……但同时也让女性作家警惕,这是否在说我的写作,格局不够大,稍欠力量?而男性作家似乎就没有这种情况,不论他作品的风格如何。就我本人而言,也确实不太习惯自己的写作被称为女性写作。事实上,我身边很多女性作家朋友,写作风格各异,有温婉娟秀,也有犀利大气。与天性使然有关,也离不开后天研习。不能单纯从性别去推断判定。如果"女性写作"等同于"女性作家的写作"，那自然没错，如果"女性写作"是关于女性作家创作过程中的某些共性的提炼与探讨，那又似乎很难把握，真正要花好些心思与功夫。

王小王：女性与男性共同存在在这个世界上，女性写作与女性的存在同样必然，女性写作的意义也与女性存在的意义一样，是为了世界的完整性。从人的角度来讲，女性天然拥有写作的能力与权利，从作品的角度来看，女性的创作古已有之，并给了人类不可忽略的文学滋养。谢无量在中国第一本关于女性文学的著作《中国妇女文学史》中，将女性写作追溯至上古神农时代，这种说法虽然将神话体系与历史考证混淆，过于主观，但是他对《诗经》中的女性创作给出了较为翔实的考据，证明了女性文学的渊流与男性写作一样久长并重要。在全世界范围内，女性写作都经历过男权的贬抑和损毁，但仍无法掩盖那些优秀的女性作家作品的光华。这已充分说明人类对女性写作的需要。女性有别于男性的视角和体验赋予其作品特别的质地和魅力，带给人不同的情感和思考，女性写作与男性写作合二为一，才使文学世界得以完整和丰富。

作为一个女性写作者，前辈女作家们的成就给了我尊严和自信，所以我并不在乎自己的写作被称为什么——"女性写作"这样一个称法是否合适，是否含有轻视和偏见。在此之前我从未考虑过，现在我仔细感受了一下，还是没觉得它会对我造成什么影响，我在乎的只是自己的才华与学识能否支撑自己持续创作，只是能否写出好的作品。被称为"女性写作"也好，还是贴上其他标签也好，那都是别人的事，你自己给自己的标签只应有一个，就是"作家"，这个词的定语无论是男还是女，都是神圣的，对得起"作家"这个身份才应是所有写作者终生所求。

三、女性/女权主义文学理论与批评

评当代我国的女权主义文学批评

林树明

一

近年来,西方女权主义文学批评(Feminist Literary Criticism)对国内文坛产生了较大的冲击,这种冲击不但直接胎生了大量具有女性自觉意识的作品,也孕育了一大批具有女性自觉意识的评论家。

西方女权主义文学批评及其在国内的表现,已日益成为人们关注的一个问题。我国文坛有女权主义吗? 其确切程度如何? 怎样评价文学研究中的性别倾向? 女权批评命运如何? 有人进行了一些理论探索,特别是对"女性批评"作了不少界定。但迄今为止,理论界对我国是否存在女权批评还采取回避的态度,甚至对一些基本概念也含含糊糊,缺乏应有的反应。因此,对这方面的问题应进行一番认真的梳理。

什么是女权主义文学批评,纵观西方各流派,诸如英国的(British)、美国的(American)、法国的(French)、自由主义的(liberal)、激进派的(radical)、马克思主义的(Marxist)、社会主义的(socialist)、黑人的(black)、工人阶级的(working class)、精神分析的(Psychoanalytic)以及女同性恋的(Lesbian)女权主义文学

题解　本文原载《文学评论》1990 年第 4 期,是对我国的女权/女性主义文学批评作出较早评价的一篇文献。作者长期关注西方女权主义批评理论的译介和中国女权/女性主义文学批评的发展,在理论界对国内是否存在女权批评多采取回避态度之时,通过对有关问题的梳理,作出明确的判断,认为女权主义文学批评在我国已形成一股不小的力量,成为一种具有鲜明群体意识的学术思潮。李小江的《夏娃的探索》可视为国内女权主义宣言书,1989 年的文坛可称为"女权批评年"。我国文坛女权新潮的产生有历史的必然性和合理性,我国女权主义文学批评的主潮可称作现实主义——女权文学批评,其在学科建设上具有尝试性和开创性的意义,也存在不足之处。

批评,大致有如下基本原则:(1)批判以男性为主体的传统文化,提倡两性平等,要求妇女在社会上(包括意识形态领域)拥有更多的权利;(2)探讨文学作品中的"女性意识",改善女性形象,研究妇女特有的表达方式,诸如对文学的语言、形象、题材、情节、象征或比喻等构成因素作女权主义的理解,即认为它应与男性中心模式有区别;(3)重新评价文学史,认为原有的文学史是一种父权制话语,发掘被埋没或受冷落的女作家的作品,纠正男性传统对她们的错误理解;(4)关注女作家的创作状况,揭示她们的实际困难,鼓励和帮助妇女与男性竞争,探讨女作家及女读者在评论界的际遇,倡导一种具有女性自觉性的阅读。

根据以上原则,我们来对当前国内文坛的女权主义批评进行一下粗疏的辨识。

二

我国很多作家不承认自己是女权主义者,很多评论家也不承认自己是女权批评家。

但应该看到,女权主义文学批评在我国已形成了一股不小的力量,它象西方其他一些文学批评思潮一样,显著地打进了传统学术领域,且形成了一种具有鲜明群体意识的学术思潮。想否认它的存在是怎么也不可能的了。

回溯新时期文坛,吴黛英、陈惠芬、钱荫愉、赵园、黄梅等人从 1983 年以来就在《当代文艺思潮》、《当代文艺探索》、《文艺评论》、《读书》、《文学评论》等刊物陆续发表了关于女性文学批评的论文,但这些论文中的绝大多数只能视为"女性批评",即肖瓦尔特所称的带有女子气(Feminine)的探讨,也便是说从现有价值规范对女性文学、女性意识进行界定。这种批评在专著方面较有代表性的有陈素琰的《文学广角的女性视野》。这部著作还是温和的传统视角,缺乏女权批评的反叛精神。

李小江的《夏娃的探索》,可算是国内女权主义宣言书。请看:(新中国成立以后)"女人和被压迫人民一起获得解放——社会上有男人也有女人,却没有女性。"① 像西方女权主义者那样,作者寻找"女性",呼唤一种女性研究的诞生。论著从中国妇女的得与失、文学的内容和形式上界定何谓妇女文学,并对女性批评作了严格规定。虽没有大量援用当代西方女权主义者的话语,可它们却如出

---

① 李小江:《夏娃的探索》,河南人民出版社 1988 年版,第 37 页。

一辙:"历史上,'人'的内涵中原是没有女人的。正象英语中用'man'代表'人',汉语中'人'就意味着'男人',男人创造的文明史携带着女人的进步,相反,人对自身的所有规定——政治的、经济的、法的、伦理的、审美的——无不是以男性的意志和利益为中心的。……女人呢? 女人在人类社会生活中'历史性地'失落了。"① 于是文化本身就是男人压迫女人的一种方式。如是对男性传统的猛烈轰击,在西方激进的女权主义论著中随处可见,兹引黑人女作家蒂莉·奥尔森《沉默》中的一段话:"……排斥在外、排斥在外,排斥在国会、仪式、运动、学问、语言之外,却既没有排斥她们的生物学上的原因,也没有经济原因。……所有的一般大学课程——英语、历史、心理学、社会学——几乎都不能帮助年轻妇女理解那种莫名其妙的、磨灭意志的自我怀疑、自暴自弃及丧失信心的本质和根源。"② 何其相似! 共同的批判形成了一股奔湍的激流,西方女权主义批评在当代中国女性的创造性激扬中形成新潮。无怪国内一位女性评论者说:"作为女性文学核心的'妇女意识'本质上是跨越种族、历史和国家而存在的。"③

最为旗帜鲜明的是刘敏在《文学自由谈》(1989 年第 4 期)上发表的《天使与女妖——生命的束缚与反叛》,其副标题便是"对王安忆小说的女权主义批评"。论文内容也与标题契合:"在当今中国,做女人有时往往意味着放弃做人的权利。在这种矛盾面前,女人试图找一条解脱的途径,她们结婚、生育,她们想通过家庭来确认自己的地位,但恰恰相反,反而愈加落入了陷阱。"在大多数"女性批评"都为王安忆的绝大部分女性人物唱赞歌,称颂她的"三恋"打破了传统模式,塑造了"真正的女人"④的时候,刘文石破天惊,宣称王氏的小说除《岗上的世纪》外,皆是一种男性话语,一种父权制叙事模式,她的女性人物是男性意识的投影:"当王安忆写作时,她就不再是'她',而是'他',因为她写作中的符码秩序必须与'他'的社会符号秩序一致,这就是说,社会是男性的,是'他'的。"刘文进而断言,当代大多数作家的写作,都是一种大男子话语,需要重新予以评价。

应该说,西方一些女权作家还没有如此激进,譬如贝蒂·弗里丹、埃伦·莫尔斯、乔伊斯·卡洛尔·欧茨、朱丽叶·克利斯蒂娃等人。上述观点真可与当代西方女权批评的先锋人物,诸如伊莱恩·肖瓦尔特、艾丽丝·沃克、艾德里安娜·里奇、埃莱娜·西苏、M.吉尔伯特和苏珊·格芭等人的见解媲美,完全可视

---

① 李小江:《夏娃的探索》,河南人民出版社 1988 年版,第 15 页。
② 《女权主义文学理论》(胡敏、陈彩霞、林树明译),湖南文艺出版社 1989 年版,第 93—98 页。
③ 陈惠芬:《找回失落的那半:"认识你自己"》,《当代文艺思潮》1987 年第 2 期。
④ 严平:《略谈近七十年来中国女性小说的发展》,《批评家》1989 年第 4 期。

为激进的女权批评,其主旋律是强调性的压迫,在政治上、文化艺术上反对男性中心论。刘文还赞誉王安忆在《岗上的世纪》中表达了女性优于男性、塑造男性这样的意思:"女人比男人强,男人在这里变成了无能的、缺乏的、不能满足的废物。"女权主义的极端人物也只不过如此。

另一篇发表在《批评家》(1989 年第 4 期)上的论文《悲剧性别:女人》也很激进。作者师承西蒙娜·德·波伏瓦,反思男性作家塑造的女性形象。文章指出,纵观新时期男性作家塑造的女性形象,"让人总感到一种说不出的压抑、憋气、茫然、困惑",张贤亮的黄香久是男人恢复性欲的工具,《红高粱》中的"奶奶"也总难摆脱传统男性的心理定势,陆文夫的徐丽莎"追附男性的深刻缺陷",张承志的《北方的河》里貌似倔强的小记者其实也是个附庸,她们都广泛地迎合了以男性为中心的社会和文化的需要,丧失了自身的存在,是一些悲剧角色,"无论是二、三十年代的梅勒、米勒、劳伦斯,还是八十年代的张贤亮、贾平凹、莫言、郑义、刘恒,他们所塑造的女性形象,终摆不脱伊甸园中依附亚当的夏娃的影子,也突不出传统女性的塑造模式"。波伏瓦在她的女权宣言《第二性》中对劳伦斯、斯汤达等男性作家还不乏赞誉之辞,《悲剧性别》可是将中国当代男性作家一网打尽,说他们个个是男尊女卑思想的受害者和传播者。

以上是较为典型的两篇论文。其实,1989 年的文坛可算是女权批评年。最雄辩的便是《上海文论》第 2 期的"女权主义"文学批评专辑。编者在卷首语中说,所以将女权主义打上引号,是认为中国"没有严格意义上的一如西方那样的女权主义",恐人们简单地将其等同。但专辑中的大部分论文其实是地道的女权批评。西方女权主义文学批评也是多元的,没有哪一种流派声称它便代表了所有的女权批评,专辑中的大部分论文至少与西方某种女权批评倾向一致,与本文开篇所界定的四种基本原则吻合。

在专辑中,朱虹的《对采访者的"采访"》、孟悦的《两千年:女性作为历史的盲点》、陆星儿的《女人与危机》、吕红的《一个罕见的女性世界》、钱荫愉的《女性文学新空间》、施国英的《颠倒的世界》以及王友琴的《一个小说"原型":"女人先来引诱他"》等论文,激进地解构男性传统,大有卸胸中之块垒的酣畅淋漓,也有一种欲杀欲割的勇猛劲头。朱虹评《懒得离婚》时愤忿地问道:"大凡男子,是不是都需要女人当听众,而且只要求她们耐心地听";孟悦声称:"在两千年的历史中,妇女始终是一个受强制的、被统治的性别";陆星儿欢呼雀跃于这样的檄文:"所有男人写的关于女人的书都应加以怀疑,因为男人的身份有如在讼案中,是法官又是诉讼人";吕红评《金瓶梅》:传统赋予金、瓶、梅们的"淫"正是她们对封建伪道学的反叛,在她们的"淫"中透露出旺盛的生命力,"表现了某种少见的、女性的主动追求与抗争"。钱荫愉说:"女性要收复她为人类丢失的一切,不仅仅充当生命的源泉、人类的根和父权社会的合作者";施国英评张贤亮:"对封建文化不自觉的认可,造成了张贤亮对男人和女人生存方式价值观评判的偏颇。他的天平不无矫情地倾向于'无人欲、存天理'的理念生命,即以男性传统理想的生存方式,贬低以感性生命为人生内容的生存方式,并把它归结为低于前者的女性唯一所能的生存方式";王友琴指认文学中的"女人先来引诱他"模式,夸大了女性的依附性,与纳妾制和女性不洁观紧紧相连。这样的呐喊是不能用浅唱低吟式的"女性批评"所指代的,它与西方女权主义批评有着理论内核的一致性,是堂堂正正的——女权主义文学批评。

有人认为,西方女权主义是在大工业带来的妇女职业化、经济独立化之后才诞生的,当前我国还未具备女权主义产生的条件,也没有女权批评。本文不同意这种看法。当前我国的知识女性实际上已经职业化,在经济上也具有独立性,正是她们能代表广大妇女展开意识形态领域内的抗争。再说,经济基础与文艺生产本身就具备一种不平衡关系,这已成为公认的事实,女权意识可以超越其经济条件而在文学领域表现出来。我国文坛女权新潮的产生有历史的必然性和合理性,具备一定的政治背景、社会背景、文艺思潮背景及接受心理根源:(1)改革浪潮促进了妇女的思想解放,激扬了她们的参与意识、竞争意识,同时改革带来的新问题,诸如女性求职难、求偶难、女童工及性解放等问题,促使妇女对历史、现实和自身进行深刻反思;(2)新时期以来的文学作品中蕴含的大量的、具有鲜明群体特色的女权意识,丰富和加深了对女性生活本质的认识,加速了对父权制传统的轰击,内在地呼唤一种新的文学批评的诞生;(3)新批评的急遽衰落,结构主义向解构批评的转化,国外女权主义文学批评思潮的涌进,使我国女性文学批评中的敏感分子认清了各种"中性"批评方法的大男子主义倾向,形成建构自己的批评模式的强烈冲动。上述种种原因,使我国的女权批评有较高的起点,跨越了西方妇女争取财产权、子女所有权及选举权的第一次女权运动阶段,直接加入了当代女性质疑科学、哲学和文学艺术等"知识传统"的世界女权主义批评大合唱。

三

我国的女权批评在世界女权大合唱中扮演什么角色,有什么样的特色呢?

西方女权文学批评真可谓五花八门,各式各样。而国内的女权新潮不像西方那样派别繁多,它大致呈两种基本态势:一是注重社会现实人生的观照,将女权思想与现实主义批评原则结合,强调作品内容的真实性、典型性和社会意义;另一种态势是强调文学本文结构的剖析,注重语言符号、情节、叙事角度等形式的阐释,从文学本体作一番女权主义的界定和描述。前一种态势是当前我国女权批评的主潮。

中国女权文学批评这个叛逆是在"说真话"、"写真实"的呱呱声中坠地的,现实主义理论作为一份遗产,为我国大多数女权批评所遵循。无论一些女权主义者声称传统的批评理论(包括现实主义原则)是一种男性逻各斯中心话语也好,还是认为女性弥散的文体与现实主义的线性结构要求相悖,以及断言"女权主义批评是一种反理论的行动,一种对现存准则和判断的抵抗"①也好,我国的女权批评主潮却受到作为传统的现实主义原则的指引和暗示。

本文所指的现实主义原则,可以在莎士比亚、巴尔扎克、狄更斯、司汤达或托尔斯泰式的现实主义、马克思主义现实主义、社会主义现实主义等理论原则中体现出来,其核心有两点:以真实性为基础,以典型人物为归结。

既然大多数传统文学是一种男性中心的话语,掩盖了历史的真实,是"瞒"和"骗"的文学,那末女权批评就应恢复"真实"的本来面目。它挪用现实主义对真实性的要求去反对大多数传统现实主义作品所反映的真实,诸如"反映"、"再现"、"真实"、"真正的"、"现实"、"真正的体验"、"生活逻辑"等术语在论争中频繁出现。作者自身必须是"真实可信的",她应发出真正属于自己的声音,叙述她的经历和感知的整个世界也应具备不加粉饰的真实性。李小江对文学中女性"雄化"、角色紧张等问题的评论,便是现实主义真实性原则的张扬:女性的"雄化"包含着对极左思潮和无性时代的控诉,"我们曾用大量的统计数字,列举出政治和经济的损失,但却很少有人提起它对一代女性的损害",那末,代替这种统计数字的便是文学,有关妇女的文学成为社会学讨论的导火索和先驱。② 这种批评明显地遵循了恩格斯对巴尔扎克的著名评价。对文学中的性别角色紧张的根源,李小江也作了现实主义的理解,认为是由于现实中女性角色发生了变化而男性角色和社会结构并未发生变化所致,因而她吁请作家"通过再现妇女的屈尊的生活境遇去反映妇女问题",真实地介入现实生活,对种种合理或不合理的存在作出自己的反应。

---

① Syoney Janet Kaplan:Varieties of Feminist Criticism, Making a Difference:Feminist Literature, London and New York, 1985, P.55.

② 李小江:《当代妇女文学中职业妇女问题》,《文艺评论》1987 年第 1 期。

对真实性的热切呼唤同样在朱虹的笔下流露出来。她的女权评论力作《禁闭在"角色"里的"疯女人"》充分显示了现实主义原则的旺盛生命力。为了证明男主人公罗彻斯特的伪善，朱文处处引证生活事实与他的雄辩对照，甚尔搬出了律法："'梅森先生愿意给他的女儿三万镑'。这也是一种似是而非的说法。在当时的英国，已婚妇女无权掌握自己的财产，结婚后一切财产归丈夫支配，直到1871 年通过已婚妇女财产法，这种情况才有所改变。"因而罗彻斯特很清楚他就要得那三万镑，并非"没有弄清究竟是怎么回事就跟她结了婚"。朱文强调"现实的真实关系的描写"，在这种具体的现实关系中，真正的受害者是疯女人伯莎。她的一举一动、一言一行，皆是受迫害的妇女的内心流露，火烧床帷、持刀行凶，以至焚毁桑菲尔庄园，完全是有意识的反抗行为，"我们在疯狂的背后，看到了一个女人的争扎、反抗，听到了一个女人凄厉的呼喊"。作者认为，按照生活本身的逻辑，简·爱与疯女人伯莎同是受男性压迫的姊妹，只不过小说所遵循的情节剧式三角关系的公式把她俩摆在了对立的地位。① 只有真的才善才美，当人物就范于僵化陈旧的模式时，他们作为具体的社会关系承担者的思想品格便发生了歧变。

女权主义的呼喊，并未形成对现实主义美学原则的破坏。相反，正是对文学真实性的遵奉才使得女权批评具有打击力量和存在的合理性。诚如著名女权批评家托里尔·莫瓦所说："如果我们理解的女权主义方法或途径是固有的、专门地排他的话，那末，并没有具体的女权主义批评理论。女权主义批评不存在非女权主义批评家未采用的或不可采用的方法或理论。"② 另一位激进的女权批评家安尼特·科洛德尼也说过类似的话："我们的分析所需要的许多工具，将可能大量地来自继承，只有部分是我们自己的创造。"③ 女权主义文学批评的新绿，既由时代所孕育，也保持着传统的血缘关系。在我国更是如此。

纵观近几年国内的女权批评，无不弥漫着浓郁的现实主义气息。重理性、重思想内容、重客观反映和社会效用，这种理论核心的内在一致性，既反映了现实主义美学原则有着顽强旺盛的生命力和开放性，又充分表现出我国女权批评家严肃的艺术态度和挚着的人生追求。文学批评不是一个孤立的文学问题，它涉及了历史、社会和个人生活的一切层面。质疑并揭露中国几千年来男性对妇女的压迫所散布的骗人帷幕，为妇女的真正不平等地位鸣冤叫屈，重建一个真实、

---

① 见朱虹：《禁闭在"角色"里的"疯女人"》，《外国文学评论》1988 年第 1 期。
② 《女权主义文学理论》(胡敏、陈彩霞、林树明译)，湖南文艺出版社 1989 年版，第 347 页。
③ Syoney Janet Kaplan：Varieties of Feminist Criticism, Making a Difference：Feminist Literature, London and New York，1985，P. 54.

坦诚的男女平等相处的社会结构。于是对文学真实性的强调,便成了她们的首要宗旨。有学者奇怪于这种"用父权制式的语言去反对父权制文化"[1]现象,其实这道理并不难明白。

现实主义的另一个重要原则,即对典型形象的要求,同样显著地体现在我国的女权批评主潮中。对真实性的追求是通过典型形象分析来维系的,并且首先是对文化史中的女性形象进行评析。

"文学是生活的形象反映",现实生活的各种品格表现为特定的艺术形象,这种形象的本质特点又再现了制约它们的社会环境和社会关系。从《氓》、《木兰诗》、《杜十娘》中的女性形象,到那些莎菲们、梁倩们、曾令儿们、陆岑岑和榕榕们,到那些陆文婷们、胡玉音和黄香久们,以及那些茶花女、简·爱、娜拉和安娜们,皆是女权批评津津乐道、讥弹品评的典型形象。《禁闭在"角色"里的"疯女人"》一开篇便道明了论文以两个女性形象为契机:"《简·爱》有两个妇女形象,一个是简·爱,还有一个是罗彻斯特的妻子伯莎·梅森,即关在楼阁里的疯女人。"《悲剧性别:女人》其副标题便是"论男性作家所塑造的女性形象"。《当代妇女文学中职业妇女问题》基本上是一个接一个的典型形象分析,通过对李惠新的《老处女》中的老处女盛小妍、张辛欣的《我在哪儿错过了你?》中的女售票员、张洁的《方舟》中的几位寡妇,以及谌容的《人到中年》中的陆文婷等典型的分析,揭示了妇女在现实生活中的艰难处境。追求典型的过程是当代妇女集体的、历史的自我定义过程。李小江的近作《女性在历史文化模式中的审美地位》,完全可改为"文学中的女性形象在历史文化模式中的审美地位",是古今中外文学形象的大汇集。诚如作者所说:"假如女人仍然是蒙昧的、仍然与社会生活分离……无需去触动女性形象在艺术创造中的僭越地位。但如今,正是在现实生活中享有较为优越的社会地位的女人,最早对女性在审美活动中的地位产生了怀疑。在寻找自我的过程中,她们首先是面对着仅存在于艺术史册中的女性形象产生了重重疑虑。"[2] 吕红的《一个罕见的女性世界》,机智地将由先秦到明代的中国文学中的女性形象分为三类:一类虽为女人,但却谈不上拥有自己,是作家理想的负载体,即"空洞能指"[3];第二种即西方的美杜莎式的坏女人,我国一般称为"祸水"、"狐狸精",她们令男人遭殃、倾国;第三类比较接近有血有肉的现实中的女性,如《氓》、《焦仲卿妻》中的女主人公。作者进而剖析了金、

---

① Beverly Lyon Clark: Feminism And Literature, Contemporary Literature, Summer, 1988, P.326.
② 李小江:《女性在历史文化模式中的审美地位》,《上海文论》1990 年第 1 期。
③ 孟悦:《两千年:女性作为历史的盲点》,《上海文论》1989 年第 2 期。

瓶、梅等"淫妇"典型,为之翻案,说她们表现了一个真实而活灵的女性世界。女权批评笔下的各种形象还具备一种"原型"的品格,形成某种固定的含义,获得了象征意义,读者可通过某种潜意识类比,轻易地进行生动的联想,诸如天使/淫妇、玛丽亚、白雪公主、灰姑娘、女娲、西施、妲己、褒姒、飞燕、孟母等形象,都凝聚了一定的价值取向,折射出不同时代的社会面貌和男女两性的心理悸动。

总之,我国的女权批评主潮可说是以真实性原则为基础,从对旧典型的批判与对新典型的呼唤起步的。各种人物形象对于她们来说便是各种文化品格的象征体,作家"用形象和图画说话",女权批评便以形象分析作为理论的出发点去还复生活的真实。注重真实性、典型性这一批评特色还是当前我国文学创作的必然响应,因为"妇女有着什么样的审美希冀,主要由文学作品而不是主要由批评来决定的"①,情节淡化、无典型人物的作品在国内毕竟不是主流。

由上可以肯定,我国女权主义文学批评的主潮可称作现实主义——女权文学批评。它是以女权思想为主旨,以现实主义原则为凭依的一种批评流派。这一特殊而富有生机的批评理论,弥补了西方许多女权批评家"趋向于忽视物质因素"、"不妥协地反实在论"②的弊端。

我国女权批评的非主潮态势在孟悦、刘敏等人的批评中表现出来,朱虹的文章也兼具这种特点。

孟悦在接触女权问题时,吸收了西方文学批评各流派的长处,将符号学、叙事学、原型批评、精神分析学说及解构分析熔为一炉,颇有新意。《两千年:女性作为历史的盲点》对"话语权"、"空洞能指"、"物品化"、"性别错乱"与"性别整合"的阐释真可谓各种批评方法的奇妙结合,颇像西方女权批评中的法国学派,但又避免了它太专注本文的毛病,将历史、阶级及性别因素熔入了本文分析。

女作家张辛欣曾有意无意地提醒人们注意对女作家叙事角度的研究。③ 刘敏对王安忆的批评便是这种分析的大胆尝试。刘敏从王安忆钟爱的第三人称叙事手法入手,分析她身上的传统男性烙印,断言第三人称貌似客观的全知全能视角,本身便是一种大男子话语,作家对它的喜好,正说明了她并未摆脱男性框架的束缚。论点略嫌牵强,但不乏启发意义。无论是国外的普罗普、巴尔特、托多罗夫、热内特及布斯等著名学者,还是我国当代叙事研究的一些同行,都极少将

---

① Syoney Janet Kaplan: Varieties of Feminist Criticism, Making a Difference: Feminist Literature, London and New York, 1985, P. 52.

② Beverly Lyon Clark: Feminism And Literature, Contemporary Literature, Summer, 1988, P. 327.

③ 张欣辛:《两颗心,一片议论》,《收获》1987 年第 4 期。

叙事角度与性别联系起来思考。

上面论述了当代我国女权批评的两种基本态势。两种态势各有自己的长处和局限。目前两种态势有一种相互撞击交触的趋势。可以预料,我国的女权批评很快会呈现一种多姿多彩的局面。

四

我国的女权文学批评,在学科建设上具有尝试性和开创性的意义,同时也留下了一些可以进一步探讨的问题。对于它的不足之处,略陈陋见于下:

(一)多数女权批评只论及性,大谈特谈男女的性爱,表现出一种狭隘性。这种片面性导致女权批评在解构男性的同时也解构了自身。虽然有人在几年前就疾呼要表现妇女的两个世界(一是女性特有的敏感区;一是宏阔的社会大空间),但迄今为止,批评家们在反对"女人是性不是人"的同时,却不自觉地落入了"性的陷阱",好像女人只有性爱可谈。所谓的"女性意识"在很多女权批评家看来,只是爱情上的独立自立而已。女权文学批评应该有一个广阔宏大的阐释空间,它所以领世界学苑之风骚而不衰,最大的优点便是将文化、历史、社会、阶级、政治与性别结合起来思考,避免了其他一些批评方法的狭隘性。女性有没有与男性不同的民族意识、国家意识、阶级意识、人口生态意识、变革意识或和平意识? 在上述领域内男女两性必须等同吗? 是不是女性达到了男性的水准就算妇女解放了呢? 我们很希望有人作出解释。海外学人黄嫣梨在一篇短文《唐代小说的才子与娼妓》中,将男女性爱纳入阶级关系去考察,说唐人狎妓的原因除玩弄女性外,另一个重要因素便是通过妓女巴结权贵之士。[1] 象这样的多维视野值得我们借鉴。

(二)生搬硬套概念术语,缺乏理论深度。许多论著浮躁地援用一些并不科学的概念,其中包括了大量的西方女权批评贬斥的弗洛依德的男性中心原则。诸如"阉割"(西方一些人士指出,既然女孩已接受了阉割的事实,她们怎么还会有被阉割的恐惧呢?)、"性焦虑"、"女性生命原生态"等令人困惑的概念术语频频出现,以至牵强附会,流于简单化。女权批评对于真实的挚着追求怎样与符号学、结构主义、原型批评、精神分析及分解批评有机地结合起来? 怎样挪用父权制话语反对父权制? 是我国女权批评所面临的最迫切问题。

---

[1]　见黄嫣梨:《从诗词看中国妇女心态》,文波书局 1983 年版,第 187 页。

（三）缺乏与男性理论家的对话与沟通。妇女的作品/语言/文化与男性的必须分离吗？这是值得女权批评家认真思考的问题。如前所述,女权批评怎样解释它对男性话语的"盗用"呢？其实,一些男性作家也具备一定的男女平等思想,对女性文学研究也作了一些努力,这应该引起女权批评的重视。这种互不沟通也有男性的责任,当前国内的男性作者或羞于承认借鉴了女权批评,或根本就没有注意到它的存在。在这一点上,国外男性学者比我们敏锐和诚恳①。男女两性均应怀着变革与沟通的愿望,才能达到新的文化高度。但本文并不认为女权批评的"最终目标必然是'男女双性的'（androgynous）"②,消弥了性别差异的文学及批评不是文学的理想境界。无论从文学作品的创造或接受来说,没有性别倾向是不可能的,林林总总的文学作品正因其有鲜明独特的个性特色才保持着顽强的生命力。那末批评也相应地各具特色,"两性共体"或"男女双性"的设想并不符合文学的本质和发展规律。女权批评应该是充分发挥每位批评家个性和潜能的、从女性视角对各种文艺现象进行多维透视的批评。只要不回到女性的声音遭到忽视的时代,女权批评就不会消亡。

当然,对于刚刚起步的我国女权批评来说,缺点在所难免。就是有近三十年历史的国外女权批评也还是一种发展中的理论,"女权主义批评如何在新的批评理论和理论家的关系中确定自身的问题,在欧美时而进行着剧烈的论争"③。我国的女权批评所面临的任务更艰巨。

---

① 例如美国著名男性批评家、《小说修辞学》一书的作者韦恩·C.布斯便坦然承认:"女权批评开阔了我的视野,使我在经典作品中发现了我过去从未察觉到的一些成分,使我有了与过去大不相同的看法"（见《当代美国文学理论》,《外国文学评论》1990年第1期）;美国理论界谁都知道的男性教授弗兰克·伦特里契亚也说自己采用了女权主义观点（见《今日西方文学批评理论》,漓江出版社1988年版,第34—36页）。
② 康正果:《女权主义文学批评述评》,《文学评论》1988年第1期。
③ Syoney Janet Kaplan: Varieties of Feminist Criticism, Making a Difference: Feminist Literature, London and New York, 1985, P.56.

女权/女性主义

——重估现代性的基本视角

刘慧英

在谈论正题之前,先就题目作点说明。Feminism 这个术语于 19 世纪 80 年代首次出现于英文中。[①] 作为理论与实践,它既是一种男女平等的信念,又是一种社会变革的意识形态,"旨在消除对妇女及其他受压迫社会群体在经济、社会及政治上的歧视"。中国对西方这一名词和理论的翻译起始于本世纪初,虽然在一、二十年代出现过多种译法,但使用最广泛的汉译是"女权主义"。80 年代初中国大陆实行改革开放以来,妇女研究界出现了对西方女权主义理论新的兴趣,有人按港台及其他华文文化圈的通行译法为"女性主义",也即"女性性别主义"。目前有人认识到在翻译及阅读的政治背景中两种译词的涵义所存在的问题,而采用了"女权/女性主义"这样一种形式,[②] 本文以此作为规范。

在中国(也许在整个世界范围内亦如此)妇女问题的正式提出与"现代化"一同起步,是一个有目共睹的事实。但由于历史的原因,它始终未被真正地重视过,最多也只是作为一种"边缘"存在。也许是因为父权制文化形态在中国更为坚固、繁复,也许是因为 1949 年以后中国大陆妇女的状况发生了出乎世人、更出乎广大国人(亲身经历了一系列"革命"的男女公民)的意外变化,妇女问题已变成一种被漠视、被悬置、被无限期延宕的话题。

题解 本文原载《中国现代文学研究丛刊》1996 年第 3 期。作者认为,20 世纪 80 年代初的女性文学研究多从生理性别(sex),而未能以社会性别(gender)的眼光来审度妇女与现代化进程的关系,80 年代末以孟悦、戴锦华的《浮出历史地表》为代表的专著的出版打破了这种局面,该著所提供的新的学术视角和鲜明的女性立场给沉寂多年的现代文学研究界带来了新意和震撼。90 年代后越来越多的女性学者向学界以往的"规范"提出了挑战。文章指出,推动中国女性文学批评和研究的关键是西方女权/女性主义理论的"引进","应将女权/女性主义的学术观念作为观照'现代性',尤其是中国现代文学的一种基本视角"。
① 〔英〕瓦莱丽·布赖森《女权主义政治理论引论》,见中国社科院社会学所编《国外社会学》1995 年第 3 期。
② 引自谭兢嫦、信春鹰主编的《英汉妇女与法律词汇释义》(北京:中国对外翻译出版公司,1995 年 8 月)有关"女权/女性主义"条目。

众所周知,长期处于父权制最底层的中国广大妇女是在中国现代化进程中逐渐被解放、被唤醒的,特别是和中国作为一个现代民族国家形成以及民族主义意识形态兴起密切相关。从最早提出的"废缠足、兴女学"的口号至康有为、梁启超关于妇女解放的种种设想和倡导,以及本世纪初关于贤妻良母与"女国民"的热烈争论……无不贯穿着救亡图存的宗旨,也就是说,妇女的解放始终是被看作增强国力、抵御外侮的一种战略步骤。例如,最早提出废缠足的是19世纪中期来华的基于西方基督教文化立场的外国传教士,而中国的有"识"男士之所以与此认同并不遗余力地向民间传播和倡导这一口号,最后使之成为一种被广大国人认可的价值尺度,最根本的依据是:中国由于国力的落后和人种的衰弱(其中妇女缠足是重要的原因)而被先进强大的西方国家所打败,要改变这种被动挨打局面并免遭西方人的耻笑和侮辱,首先必须"强种"——"废缠足"作为"妇女解放"的一个步骤便被提到了议事日程。

与西方女权思潮的发生和渊源不同,中国妇女问题的被提出在很长一段时间内没有女性的直接参与,更准确地说,中国女性的自我意识觉醒得很晚。至本世纪初,妇女刊物和各类女校的诞生此起彼伏,但真正代表女性的声音微乎其微,不要说创刊人、撰稿人、女校的倡办者绝大多数是男人,就是少数女撰稿人或女活动家在关于妇女的各种讨论中也大都与男性发出同样的声音。又如,从本世纪初以来所发生的各次"妇女运动"也可看出,现代史上的中国女性所组织的团体,起因几乎均属维护和争取民族国家的强大和完整,根本性地缺乏争取女性群体自身利益的愿望。如何来估量中国妇女解放进程中男性的作用以及整个民族国家利益对女性命运的"左右",如何来审视中国妇女处于这种"喷薄而出"历史境遇中的"失语"现象,这都是关注中国"现代性"的人们应该而且必须正视的。我相信如果展开深入的研究和探讨这都将是极有趣的问题。

然而,面对这一丰富的话题,长期以来中国现代文学研究界(当然也包括现代思想史和社会史学界)几乎无人涉及。1949年至1976年所造成的"空白"是可以理解的。至80年代初,由于"五四"和新时期两次女性作家群的崛起,引起了为数不多的研究者的兴趣,他们把目光移向了女作家作品、女作家心理轨迹乃至女性笔致等等的"女性特点"。[①] 然而,这些研究受当时文学研究和批评的整体框架束缚过深:研究对象严格局限于1919年至"新时期"这一被指定为中国

---

① 这早已引起某些热心于这门学科中的"学科"的资料工作者的兴趣,详见谢玉娥所编的《女性文学研究教学参考资料》,河南大学出版社1990年版。

现、当代的时限内；其次，对研究对象的把握过于表面化，大多数所谓的女性文学研究都缺乏对作为客体存在的中国现代女性历史和现状的自觉关注，将生理性别（sex）的女性作家作为一个群体来评说，而从未以社会性别（gender）的眼光来审度妇女与现代化进程的关系，他们可以从女性的"天然特性"出发将女性心理在文学创作上所表现出来的种种特色说得头头是道，但却从未对这种由社会和文化建构起来的"天性"本身有何阐释，更未提出丝毫的质疑。这样的"女性文学"研究说到底只能是一种线性思维的循环往复，它们说得再多也无非是在重复同一"声音"：看，妇女也能写出这么出色的作品来。除此而外还有何意义呢？

这种局面在 80 年代末被打破，其关键是西方女权/女性主义批评理论的"引进"，这方面的代表作是孟悦和戴锦华合著的《浮出历史地表》（郑州，河南人民出版社，1989 年版）。这部专著无论是在现代文学研究学科中还是对中国现代化进程中女性状态的观照方面都具有转折意义，但它在很长时间内并未引起国内学界的足够重视和起码反响。据说，大陆学界至今没有发表过一篇专门的书评；《中国现代文学研究丛刊》今年第 2 期登载的书评则为一位日本女学者所写，这是颇耐人寻味的。

也许在纯粹关注中国现代文学史料积累和学科建设的学者看来，这部专著"引进"的西方理论概念过多——从女权/女性主义到各种后现代理论词藻、观点，所涉及的领域颇为纵深，但是毫无疑问它所提供的新的学术视角和鲜明的女性立场却给沉寂多年的现代文学研究界带来了一丝新意和震撼。

令人吃惊的是，主流学界不仅对此著反应冷淡，而且对 80 年代初以来整个女性文学研究成果和进展也似乎视而不见，在 1994 年中国现代文学学会第六届年会上，以总结 15 年中国现代文学研究为总主题的各类报告涉及了中国现代文学研究的方方面面，而唯独对这一方面的研究无人提及（有人做了丁玲研究的专题报告，但只是作为作家研究之一种）。"五四"新文化运动中许多男性启蒙大师倡导男女平等、妇女解放，其言论之激烈，其情感之真挚，深为后人所折服。作为直接受"五四"新文化传统熏陶的现代文学研究界学人，他们认同、维护种种"五四"精神和传统，唯独对此精神和传统十分淡漠，实在令人困惑！

无论主流学界如何漠视女性问题的探讨，无论现存的学术规范如何冷落关于中国妇女与现代化问题的进一步探讨，在进入 90 年代以后已有越来越多的女性学者试图冲破限制而对妇女在现代化进程中的意义和作用展开全面而深入的研讨。笔者近来读到的两本书则显示了这方面的信息：夏晓虹的《晚清文人妇女观》和刘纳的《颠踬窄路行》（均为作家出版社 1995 年 8 月出版）。夏著从晚清社会妇女观的变化出发,梳理了中国进入现代社会后新的思想因素和社会形态的形成;而刘著则从 1900 年这一象征着 20 世纪现代中国苦难和痛楚的年代切入,讲述了当时女性的处境和女作家的写作。如果按照"严格"的学科划分,这两部著作也许都不能被完全划入"中国现代文学研究":从时间上看它们都更侧重"近代"(指 1840—1919 年这一特定的历史年代)——超越了以 1919 年作为中国现代社会起点的习惯性界说;与以往的"女性文学"研究的最大不同之处在于,它们都更侧重讲述女性作为一种文化历史现象处于中国现代社会的尴尬和艰难。我认为这两部专著的可贵之处在于:它们通过对一系列历史现象的梳理勇敢而又令人信服地向学界的以往"规范"提出了挑战。更耐人寻味的是,这两位作者都是在近现代文学界从事了多年研究的女性,可正如刘纳在她的著作后记中所说:"身为女性,我却从来没有从女性角度谈论过什么。"我曾留意搜寻夏晓虹前些年的专著和编著中对妇女问题关注的积累,结果大失所望——在她所编的《梁启超文选》(北京,中国广播电视出版社,1992 年版)中竟连梁关于妇女言论的最著名的《变法通议·女学篇》及《倡设女学堂启》都未收录。可是,在她们步入中年——学术上趋于更成熟和老辣的时候,却专门做起了有关女性的课题,这是一种很值得深思的现象。

我认为,与当初中国妇女问题的被提出相同,推动女性文学批评和研究的关键是西方女权/女性主义理论的"引进"。当然与一百多年前不同的是,这种"引进"不是借助于洋枪洋炮的军事入侵,而是商品经济的"渗透"——它有着一个宏大而复杂的社会、经济、文化背景。虽然,夏晓虹、刘纳与孟悦、戴锦华相比受西方女权/女性主义理论影响的痕迹很不明显,然而这种文化"引进"的背景依旧是很清晰的,读她们的文字,会在不知不觉间感受到那种女性的目光和立场的切入——这是以往的女性文学研究(包括整个现代文学研究)所匮乏的。

无须讳言,女权/女性主义的理论来自于西方,"现代性"的概念也来自于西方,说得更尖刻一点,中国现代化的起步也首先来自西方的压力和逼迫,那么,现代化究竟是一件好事情还是坏事情,我想绝大多数人不会去做那种是非或道德判断。正如现代化打破了中国小农经济的"宁静"和"富足",使中国遭受了主权受侵犯、割让领土的耻辱,同时又使广大国人睁眼看到了外面的世界,并迈入了"现代"的行列;"现代化"一方面解放了女性——她们不再仅仅是男人的奴隶和玩物,她们被赋予了自我意识,获得了种种权益,同时她们又丧失了作为女性的"原本"意义,无法给自身"定位"——既不可能再回到那种全然女性化的位置上去,又对自己"与男人一样"的现状无所适从;她们既为自己摆脱了那种彻头彻尾的奴隶、傀儡的地位而欢欣,同时又为自身所处的变异着的不平衡的文化氛围所焦躁。有关妇女和现代性的研究的本意也许在于寻找我们(指女性和现代性)是如何来的? 我们走过了什么样的道路? 还将向哪里走去等等的问题,我想目前的中国现代文学学科应该能够包容这样一些历史话题和这样一种特定的文化视角吧?

我这里的表述无意混淆现代文学与现代思想史或女性史的学科界线,而仅仅是对现代文学学科长期以来那种"划地为牢"的做法表示不以为然——现代文学研究似乎不仅特指 1919—1949 年的文学。许多女性文学研究专著和论文已经以它们的成果超越了有关中国现代时间上的刻意划分,这从一个侧面回应了有关"二十世纪文学"及近、现、当代文学史打通的论点。

对现代文学研究学科的危机感也许绝大多数人都有同感,也许主流学界所承受的压力更大。危机感如果能转化成一种建设性的动力便是现代文学研究学科的希望所在。笔者的这篇短论无非是想提醒现代文学学界:应将女权/女性主义的学术观念作为观照"现代性",尤其是中国现代文学的一种基本视角,从而使我们的学科更富有活力。

我们自己的女权主义文学理论

张岩冰

　　就像我们不能无视中国没有女权主义运动的背景一样,我们也不能无视女权主义文学批评在当今中国已成蓬勃之势的现状,虽然它在世界格局中属于后来者,它的生长借助了西方世界诞生的女权主义文论的滋润,但它却也不是一个机械的模仿者,中国的研究者们立足于自己的土地,立足于本国的文学现实,进行了自己的研究。同时,这又不仅仅是一个文学理论的问题,它还为整个文化提供了一种对自身进行全新观照的新视角,它审视着整个世界,重铸着人类的历史。

　　肖瓦尔特曾有一篇著名的论文题目叫《我们自己的批评》。我认为在中国出现的女权主义文论完全可以命名为"我们自己的女权主义文论"。在这儿,"自己"包含两重含义:

　　第一,它是指一种女性的目光,即女性的"自己"。女性已经被书写了两千年,她们在历史中以物的样态出现,不肯诉说,也无由诉说自己的痛苦与体验,即使拿起笔,也多半是遵循男性给她们提供的文学和人生规范,重复着男性教给她的话语。伴随着历史的发展,女性意识到了自己的存在,开始书写自己了,然而这时,她们却又面临被故意误读的命运。女权主义文论的出现,使这些女性的书写开始以本真的面目真正地浮出历史地表。与此同时,曾经骄傲无比的男性文化也在这种严厉的女性目光审视下将它的性别歧视的真面目暴露无遗。这种审视,使长期处于对性别歧视熟视无睹的社会悚然一惊,人们不得不面对如何改变这个不合理的社会的问题。

题解　本文选自作者的《女权主义文论》第五章第三节第六部分,山东教育出版社 1998 年 12 月版。标题为原文所有。该书为王岳川主编的"20 世纪西方文论研究丛书"之一,是国内第一本研究西方女权主义文论的专著,全书共五章,在最后一章作者首次提出了建构"我们自己的女权主义文学理论"的命题并作了简要阐释。与之相应,1999 年陈晓兰出版的《女性主义批评与文学诠释》(敦煌文艺出版社)也提出了"建立中国的妇女诗学"的理论主张。

第二,它又是一种中国特色的理论,即民族的"自己"。这种民族化不仅表现在它的批评对象主要是中国文学和中国的文化现象,更重要的是它是中国的女权主义评论者由自身实际体验而来的批评。这种体验来自他们对中国社会的认知,来自他们在中国这块土地上切身体验到的东西,而不是来自对西方女权主义理论的教条主义生搬硬套,不是借他人的酒杯,浇自己的块垒。

在男性作家王蒙为《樊篱》一书所作的序中有这样一段话:"它开始动摇了我们一些习焉不察的传统男权观念,使我们开始把问题作为问题来看,使我们对于许多天经地义源远流长的东西进行新的观照与思考;它表达了智慧的痛苦;它使我们的男性公民恍然大悟地开始思考女性们的严峻处境。"① 不管王蒙的这段话是否有代表性,但它至少告诉我们这样一些事实:首先,在中国,男性(其实是整个文化)对于男权意识"习焉不察"(这也是世界的问题);其次,女性对男权意识的清算,如果不能唤起整个社会对女性问题的重视的话,至少可以使部分男性开始"恍然大悟"。这就是中国的女权主义文学理论的意义所在。

"我们自己的女权主义文学理论"的目的最终是要引起整个社会和文化的革命,这是一条漫长的道路,也是一个艰苦的使命。它已经开始,并将继续下去。

---

① 王蒙:《走出男权传统的樊篱·序》,见刘慧英《走出男权传统的樊篱》,生活·读书·新知三联书店1995年版,序言部分第4页。

他人的酒杯

——中国当代女性主义文学批评阅读札记

陈志红

一种概况的粗略描述

当我们提出"中国当代女性主义文学批评"这个概念的时候,它的背后同时屹立着多重背景。它所携带的信息内涵十分丰富,我们犹如站在一座富矿的入口处,等着将一块块宝藏装进我们的背篓。作为一种新鲜而又充满活力的理论形态,它是如何生成的?它从何而来?又将往哪儿去?它在整个中国当代文学的格局中占据着怎样的位置?在整个中国文艺理论的现代转型中,是否也有着它那奋力而又骁勇的身影?

就在我写作这篇札记的时候,我得知在中国腹地一所大学的中文系,刚刚获批了一个博士点,在它的四个专业方向中,就有一个是"女性文学研究"。这个专业方向的设置意味深长。它起码向我们透露了这么两个表层信息:首先,女性文学已经生长发育成一棵大树独立于文学之林,并为学术机构所承认,而学术机构作为知识权力与权威的表征,它的承认便意味着某种状态的结束和某种状态的开始———一种秩序和平衡的打破及重建;第二,女性文学研究由此而堂而皇之地登堂入室,成为文艺批评体系中的一个分支,开始真正地"浮出历史地表"。

当然,女性文学研究并不等于"女性主义文学批评",前者相对于后者来说,显得中性而温和,而"女性主义文学批评是六十年代末欧美兴起的新女性主义

题解 本文原载《当代作家评论》1999 年第 2 期。作者陈志红(1957—2015)在文章中,以"他人的酒杯"概述了中国当代女性主义文学批评的生成特点,指出其在对西方各种理论流派和女性主义文学批评的双重借鉴中形成了一种新鲜而又充满活力的理论形态,出现了一批令人惊喜的理论成果,其中孟悦、戴锦华的《浮出历史地表》可为中国当代女性主义文学批评的开山之作。女性主义文学批评对于中国文本的富于开拓性的解读,犹如给一间封闭的石屋打开了一扇明亮的窗,从屋外射进的光,照亮了被尘封、被遮蔽的文化和历史。

话语的一部分,是当代西方文学理论与实践中的一支充满活力与生机同时又是自强不息的生力军。女性主义文学批评不仅以文学文本和妇女文学为其研究对象,更重要的是它重新审视西方文化传统的实践。女性文学批评强调写作的政治性,认真研究文学和批评的社会与文化语境,向传统文学史和美学概念提出挑战"①。这是对女性主义文学批评的一种十分简约的介绍,但我们已可由此获知它的话语背景及文化品格。如果说二十世纪以来的西方文艺理论犹如一张巨大的网的话,那么女性主义文学批评就是这张大网中的一个令人瞩目的"结",而且此结与彼结筋脉相连。美国著名的文学理论批评家雷纳·韦勒克在分析二十世纪文学批评的发展趋向时,十分明确地指出,"从广阔的远景来看,大部分的二十世纪文学批评显示出目的和方法上的令人惊异的相似,即使它们没有直接历史的与文化的联系"。这个判断同样适用于西方的女性主义文学批评。

西方女性主义文学批评既是一种纵向的历史过程——它与西方近二百年来的女权运动有着天然的血缘关系,甚至可以认为是这一运动的精神结晶;它同时又是一种横向的理论过程——在解构男性中心的大旗下,集西方二十世纪以来的各种理论流派,如精神分析学、符号学、新马克思主义、解构主义、后现代主义等方法为一体,尤其是进入八十年代以后,女性主义文学批评显示出一种综合与扩展的趋势,开始从一种较为单纯的文学研究转向跨学科的文化批评。作为一种批评流派,西方女性主义文学批评的发生与发展与西方现代文学理论的发展几乎是同步的,它们所面临的问题与困境也有着惊人的相似之处:在展开一个问题的同时,有可能遮蔽了许多问题。西方女性主义文学批评先天的革命性和政治性,使得它们一开始就毫无愧色地实行"拿来主义",可谓"借他人的酒杯浇自家胸中块垒"。美国女性主义批评创始人之一伊莱恩·肖沃尔特(Elaine Showalter,1941—)在她的名篇《荒原中的女权主义批评》一文中,一针见血地指出,"迄至最近,女权主义批评始终没有理论根基,在理论的风雨中它一向是个经验主义的孤儿"。缺乏独有的理论框架和话语体系,是西方女性主义批评的致命缺陷,然而这似乎又是它难以摆脱的宿命。因而在一个相当长的时期里,西方女性主义文学批评基本可以被视为西方种种理论流派的集合体或变体,在这些批评家的阐释文本中,处处可见各种时尚理论的影子。西方女性主义批评家们已经充分意识到了这个问题,伊莱恩·肖沃尔特在分析了女性主义批评的种种困境之后呼吁它"必须找到自己的题目,自己的体系,自己的理论,自己的声音",不能

---

① 见《当代女性主义文学批评》前言,北京大学出版社 1992 年版。

"只靠着大师们的话语为生"。但这的确是一条漫长而艰难的路途。在理论体系和话语已呈爆炸状态的今天,还有什么可能是"单纯的自己"呢？对于西方女性主义文学批评来说,寻找立足点的努力仍在继续,但前面的曙光却极为渺茫。

对西方女性主义文学批评发展轨迹的简单勾勒,有助于我们认识中国当代女性主义文学批评。中国当代女性主义文学批评在生成和发育的过程中,吸吮的几乎是与西方女性主义文学批评相同的乳汁,在理论资源、理论框架、话语形式上,采取的是一种横向移植的方式。可以说,中国当代女性主义文学批评是对西方各种理论流派和西方女性主义文学批评的双重借鉴。

从八十年代初到九十年代中期,不到二十年的时间里,随着中国社会的急剧变化,向西方封闭了四十年的大门终于打开了。而这四十年里,正是西方各种文学、文化理论蓬勃发展并且发生不断转型的时期,对传统和固有秩序的批判和颠覆,作为一种基本的文化品格和思路,贯穿于各种理论流派之中,这固然是西方学术传统所使然,却在无意中暗合了八十年代中国社会的文化和理论渴求。一古脑的"拿来主义"在整个八十年代呈现出近乎疯狂的状态,在文学创作界,甚至有人惊呼,西方走了一百多年的路,我们仅用不到十年的工夫就差不多走完了。其实在理论界,又何尝不是如此？中国当代女性主义文学批评正是在这样的社会和文化背景中登上历史舞台的。从理论形态的生成来说,可以说它完全没有本土根基,它是更彻底意义上的"他人的酒杯"。

这么说,并非要否认八十年代以来西学东渐的成就。相反,正是这种大规模的移植和借鉴,打开了人们的学术视野,加快了中国文艺理论及批评的现代转型,并使其在尽可能的程度上参与全球性的文化对话,而中国当代女性主义文学批评家们积极参与这一充满建设性的文化过程,以她们的灵性和智性,借用他人的酒杯,不仅浇自家胸中块垒,还造出了一席席精美大菜。她们的理论成果,不仅令人惊喜,而且振聋发聩。

过程及现状的分析

1981 年,朱虹的《〈美国女作家作品选〉序》、1984 年《美国当代文学·妇女文学》①,是中国自觉引进女性文学理论的开始;

---

① 此书由丹尼尔·霍夫曼主编、《世界文学》编辑部译,中国文艺联合出版公司出版(内部发行)。——编者注

1986 年,被誉为"西方妇女解放《圣经》"的《第二性——女人》(西蒙·波伏娃著)由湖南文艺出版社出版;

1988 年,被认为是世界新女权运动的第二部重要著作《女性的奥秘》(贝蒂·弗里丹著)由四川人民出版社出版。西蒙·波伏娃、贝蒂·弗里丹分别是公认的西方第一代和第二代女权主义代表人物;

1988—1989 年是中国引进西方女权主义理论的高峰期,这期间《上海文论》以专辑的形式推出了西方女权主义理论,并用"女性主义"替代"女权主义"。在中国文学理论界,女权主义批评与女性主义批评似乎只是一个翻译的问题,即将"Feminism"由最初翻译成"女权主义"静悄悄地转换为"女性主义",甚至可以互换着使用,而在西方女性主义批评中,这二者已发生了质的变化,从女权主义到女性主义,是从外在权力的争取进入到文化建构的阶段,是西方女性主义批评由反抗进入反思的结果。而最早明确使用"女性批评"这个词语的,则是可看成第三代女权主义代表人物之一的伊莱恩·肖沃尔特,她以"gynocritics"作为不同于女权批评(feminist critique)的另一种批评样式提出,就是注意到早期女权主义批评的局限性,在理论上寻找新的出路的企图;

1989 年,第一本进入中国的西方女权主义文学批评专著,玛丽·伊格尔顿主编的《女权主义文学理论》由湖南文艺出版社出版;

1992 年,第一本由中国学者(张京媛)主编的西方女性主义文学批评论文集《当代女性主义文学批评》由北京大学出版社出版;

1997 年,由中国学者(李银河)主编的当代西方女权主义理论精选《妇女:最漫长的革命》由北京三联书店出版。

上述著作的译介,成为中国当代女性主义文学批评最直接和最重要的理论资源。而从八十年代初开始的浪潮般涌入中国的西方各种现代理论,更是被直接或间接借用的武器。

值得注意的是,在中国,操作女性主义文学批评的学者,几乎都是女性。在这一点上中国与西方情况相当。当我们研究女权主义到女性主义的历史发展轨迹时,这一点不应该被忽视。正是在人们习以为常的地方,往往掩盖着最严重的文化歧视和文化侵略,作为人类的"第二性",作为人群中的弱势集团,即使在学术领域,也能时时感到知识与权力、中心与边缘、强势与弱势的矛盾与冲突,在这一点上,女性学者们的切肤之痛,与整个第三世界面对西方世界时的强权和霸权,感觉完全是一样的。因此,他们对现存秩序的颠覆和反抗,有着强烈的原发性,她们在擎着他人的酒杯时,一下就发现了杯中的酒应该浇向何处。在这里,我们可借用一位学者的话作为概括:"一种文化真正的否定和突变必需借助于另一种文化所提供的角度和思想。"①

中国当代女性主义批评家就是这样挥舞着借来的利剑上阵了,当然,她们面对的是本土的历史、本土的文化、本土的文学,在她们独具一格的阐释中,人们发现,原来我们如此熟悉的历史、文化、文学,还可以有完全不同于传统的解读。这里所说的传统,同样可以理解为一种历史过程,它不是一成不变的,相对于当下来说,"当下之前"均可视为传统的一部分。

要研究中国当代女性主义文学批评,起码有两套丛书不可忽略:一套是1989年由李小江主编、河南人民出版社出版的"妇女研究丛书",一套是1995年由王绯、孙郁主编、作家出版社出版的"莱曼女性文化书系",这两套丛书基本代表了中国女性文化研究的水平,而前一套丛书中孟悦、戴锦华合作的《浮出历史地表》,既是中国当代女性主义文学批评著作中的佼佼者,也可视为中国当代女性主义文学批评的开山之作。

在中国当代女性主义文学批评并不浩荡的队伍中,还有以下专著值得关注:

林丹娅的《当代中国女性文学史论》,厦门大学出版社1995年版;

王绯的《睁着眼睛的梦》,作家出版社1995年版;

刘思谦的《"娜拉"言说》,上海文艺出版社1993年版;

陈惠芬的《神话的窥破》,上海社会科学院出版社1996年版;

刘慧英的《走出男权传统的樊篱》,北京三联书店1995年版。

尽管比起汗牛充栋的中国当代文艺理论和批评专著来说,女性主义文学批评的声音显得十分微弱,它甚至还并未获得中国学术界的真正认可(它在学界的地位,完全不像它的异国姐妹那样,可以与现象学、阐释学、接受美学、精神分析、后结构主义、西方马克思主义等重要流派相提并论),但是它对于中国文本的富于开拓性的解读,犹如给一间封闭的石屋打开了一扇明亮的窗,从屋外射进的光,照亮了被尘封、被遮蔽的文化和历史,它告诉我们,"女性问题不是单纯的性别关系或男女权力平等问题,它关系到我们对历史的整体看法和所有解释。女性的群体经验也不单纯是对人类经验的补充和完善,相反,它倒是一种颠覆和重构,它将重新说明整个人类曾以什么方式生存并正在如何生存……女性的真理发露,揭示着那些潜抑在统治秩序深处的、被排斥在已有历史阐释之外的历史无意识。揭示着重大事件的线性系列下的无历史,发露着民族自我记忆的空白、

---

① 见顾海燕:《潜流与变异——九十年代批评现象概析》,《南方文坛》1998年第3期。

边缘、缝隙、潜台词和自我欺瞒。它具有反神话的、颠覆已有意识形态大厦的潜能"①。

这是一段极为精彩和精辟的话。相对于传统文论来说,这无疑是一种全新的角度和方式。而仅从这短短的一段话中,从"颠覆"、"重构"、"历史无意识"、"民族自我记忆"、"边缘"、"秩序"等等话语的使用上,我们接收到的就有结构主义、后结构主义、分析心理学、法兰克福学派的批判理论等等西方二十世纪时尚理论的术语及方法,作者由此表现出的对西方理论的娴熟多少令人有点惊讶,给人的感觉却不是生吞活剥、囫囵吞枣,用王国维的话来说,就是"不隔"。为什么能迅速跨越中西方巨大的文化鸿沟取得相通? 理论与方法的横向移植是否可以无需转换地应用于任何现象和问题? 在西方理论的横向移植中,那种源于本土的特有的历史与文化的特殊性是否很容易就能被放之四海而皆准的普遍性所消解? 这都是些令人兴奋的问题,也不是这篇文章所能回答得了的,暂且搁下。

中国当代女性主义文学批评从起步伊始,就显示出探究本土问题的强烈愿望,纵观上述专著,很容易就发现它们之间的共同点:

首先,切入问题的角度大同小异,都是从历史到现实。从语言、文字、神话、传说、女性写作等文本出发,力图勾勒出一条女性文化的历史轨迹。尽管各人选择的具体文体不尽相同,但得出的结论却惊人地一致。在描述女性文化被空置、被遮蔽这一点上,除不断挖掘出的实证材料之外,不大有新的理论发见。因此,这些专著更多地显示出一种经验描述的特征。相对于西方女性批评来说,其理论含量稀薄得多。但对历史与现实文本的梳理,却显得扎实和脉脉含情。注重经验的描述和体验,在学术方式上是很中国化的。

其次,理论资源上的惊人一致。仅以上述林丹娅、王绯的专著为例(这两部专著几乎是同时出版的,因此它们之间并不存在相互借鉴的关系),引用张京媛主编的《当代女性主义文学批评》一书的地方就不下二十处之多,引用频率最高的是美国女权主义批评家苏珊·格巴的《"空白之页"与女性创造力问题》一文,并以此作为基本的理论框架来解读中国文本,因此她们的著作结构也十分相似,尤其是"空白之页"、"处女膜之纸"、"阴茎之笔"等充满意象的术语频频出现,而"空白"、"话语权力"、"颠覆"、"边缘"、"中心"、"秩序"、"解构"、"菲勒斯(Phallus 阳物、阴茎)中心"等更是作为关键词在著作中贯穿始终,"他人的酒杯"成为进入问题的指路明灯。

---

① 孟悦、戴锦华:《浮出历史地表》,第 4—5 页。

第三,困境及其寻找出路的企图是一致的。中国当代女性主义批评家们似乎从一开始就意识到对西方理论生搬硬套的危险,因此她们强调中西方不同的文化结构和背景,不同的社会历史进程,不同的妇女解放运动特点,但这种种的不同并没有引发出不同的结论。也就是说,在引用西方理论解读中国文本时,她们似乎没有遇到任何障碍,但同时也没有提出更新的问题,因此一种尴尬出现了:中国文本的特殊性几乎被完全消解在西方背景的普遍性中。在西方理论的秩序中被重新解读的中国文本,是否一定更接近于真理本身? 谁是最后的仲裁者? 这种追问容易陷入相对主义,但它的确是中国当代文艺理论(当然也包括女性主义文学批评)必须面对的问题。

寻找出路的努力在同步进行。一处更为艰苦的理论跋涉已初见端倪。当西方的女性主义者们发现男/女二元对立的理论预设的致命局限之后,已经在理论策略上进行了重大修正,一种"双性文化"的理论设想被提出①,这一点已被中国的女性主义批评家们敏锐地注意到了,"女性(包括全体人类)在设计未来的文化蓝图时既应摒弃男权传统的糟粕,又要力避矫枉过正——制造新的不平等和对立",从而提出"建立一种不带偏见的文化的设想","取得一种男女和谐平衡的局面"②。中国当代女性主义文学批评开始逐步走出草创阶段,从较为单纯的阅读批评进入对其使用的理论框架的质疑和反思,开始探讨女性主义在人类文化进程中的价值目标等富有挑战性的问题,"双性文化"与"和谐"的理论构想,也许会在东西方不同的文化资源中找到新的出路。

在中国当代文艺理论与批评的整体格局中,女性主义文学批评几乎可说是边缘的边缘,但是,它给我们提供的话题,却丰富无比,以此为视点,或可窥探到中国当代文艺理论和批评在东西方文化夹缝中摇晃着前进的身影?

---

① 见 D.L.卡莫迪:《妇女与世界宗教》第七章,四川人民出版社 1989 年版。

② 见刘慧英:《走出男权传统的樊篱》。

现代女性文论对中国文论建设的特殊意义

王春荣

在中国文论丰富的宝库中,有一笔珍贵的财富是女学者创造的。所谓女性文论,即是指以文论作者的性别角色身份来界定其对文艺本质等一系列相关问题所阐发的理论观点,并能体现女性理论工作者独特思维特征和言说方式的现象。女性文论是中国文化的瑰宝,我们不应小视这笔弥足珍贵的精神财富。

现代女性文论,对中国文论建设的贡献是重要的和不可代替的。

女性文论的意义和贡献首先是打破了中国文论大一统的局面,它以自己的努力和实绩,使中国文论因此而更具包容性、多样性、和谐性。其次,女性文论改写了因文化偏见而强加给女性的没有头脑,没有灵魂,不善于理性思维的历史。事实证明,女性不仅具有精彩的文学想象力,而且具有独特的思辨力和阐释艺术。再次,女性文论以其清醒的理论思考在总结女性文学创作经验的同时,也能意识到自身的缺陷和不足,切实地将女性写作提升为如沃尔芙所期望的那样,成为"值得被研习的艺术",而不仅仅为批评提供一种新的叙述视角。现代女性文论在挖掘原本就存在着的女性文学传统的基础上,确立了女性文学独特的审美标准,构筑了女性美学的独立体系。

众所周知,不同时代、不同地域的文论家对文艺本质及其相关问题的基本看法可能有共识,但由于文化背景以及生存和思维方式等诸多差异,即使面对同一研究对象也会产生观念的和文本的区别。虽然从生理上说两性差别与生俱来,但是,历史似乎还没有来得及将文论研究依据性别主体加以界说和研究,尽管女性文论古已有之。现代女性文论即指在五四新文化运动和文学革命的语境中

题解 本文原载《光明日报》2002 年 7 月 27 日。文章明确界定:"所谓女性文论,即是指以文论作者的性别角色身份来界定其对文艺本质等一系列相关问题所阐发的理论观点,并能体现女性理论工作者独特思维特征和言说方式的现象。"认为女性文论是一个具有多重内涵层级的概念,比女权主义文论有更大的包容性和延展性,包括女性文艺理论和评论工作者的全部学术著述,不管其研究的具体课题是否关涉女性文学,只要出自女性之手、关涉文艺问题,一概称之为女性文论。同时指出现代女性文论对中国文论建设的贡献是重要的和不可替代的。

诞生,具有鲜明的女性意识和文论构筑意识,既阐发对文艺学基本问题的看法,又致力于女性诗学研究创建的文论现象。

现代女性文论与西方的"女权主义文论"及当下中国文艺批评领域所说的"女权主义文学批评理论"不能划等号。现代女性文论是一个具有多重内涵层级的概念,它比女权主义文论有更大的包容性和延展性。现代女性文论包括女性文艺理论和评论工作者的全部学术著述,不管其研究的具体课题是否关涉女性文学,只要出自女性之手,只要关涉文艺问题,一概称之为女性文论。所以,现代女性文论必有内涵层级可言。首先是一般的基础的层面,并不刻意标示其性别意识和性征,而是以普通的与男性文论工作者同等身份去观照和阐释文艺问题。但是,其切入问题的关节点及文本构成、言说方式及修辞方法仍可显现文论作者的女性化特征。比如新文学开拓者的冰心,她是以"爱的哲学"烛照其近80年的文学创作的,既是问题小说的首席作家,又是小诗潮的领袖人物之一;既是"冰心体"散文的开创者,又是现代儿童文学的开拓者……可当她阐发其文学观念时,却仍然坚持真实观,认为文学既要真实地反映生活,又要表达作家的真情。作为一个爱国民主人士她始终追随党的文艺思想路线,主张文学要有教化、净化作用,提出儿童文学一要"有趣"二要"有益"的"二有"观点。但是,她的学士毕业论文和硕士毕业论文均是以中国古代文学为选题的。特别是她在美国威尔斯利大学攻读硕士研究生时就以李清照词的翻译与研究为题阐发自己的文学观。从中不难看出,冰心所关注的对象是有着与同性的精神契合的,致使她在科研选题上自觉不自觉地关注女性文学创作的历史和经验。"五四"崛起的另一位著名女作家冯沅君在退出创作之后,更是专心致力于中国古典文学的研究,与其先生配合默契,以《中国诗史》、《中国文学史简编》以及《古剧说汇》等几部大作贡献了一个女学者的才学和智慧。苏雪林在由创作转向教学和研究之后,也撰写出版了学术专著《唐诗概论》等。她的《沈从文论》(原载1934年《文学》第3卷第3期)则是《中国文论·现代卷》中仅有的一篇当选的女性文论。该文是较早对沈从文做出全面中肯评价的论文之一。文章从宏观的哲学的高度首先对沈从文创作没有哲学内蕴的见解给予批驳,指出沈的创作正是含蓄地试图以野性精神来冲击我们民族的愚钝,从而唤起民众的激情。事实证明,女性文论是女性经验和情感的智性表达,避免了传统文论中创作与批评对立的弊端。

应当指出的是,在这个层级里时间的概念并不是关键,关键是主体意识中女性意识与主流话语所达成的某种"历史的默契"。在这里,女性立场并没有与主流话语形成对抗,因为在对待中国文化和文学的态度上二者有同一目标,并没有性别利害的明显冲突。所以"五四"时期、三四十年代、十七年直到新时期均有这一层级的女性文论存在。诸如安旗的《李白评传》,马瑞芳的《蒲松龄评传》和《聊斋志异创作论》,陈美兰的《中国当代长篇小说创作论》,刘纳的《嬗变——辛亥革命时期至五四时期的中国文学》,以及李今的《海派小说与现代都市文化》,李晓虹的《中国当代散文审美建构》等等,都属于颇富个性的主流文学批评,同男性学者相比在对象的选择和学术框架的构筑上显现不出更多的性别差异。

总结女性文论第一层级的成果,清晰可见这样几个特点:其一,这些文论的作者,特别是"五四"时期涌现的女学者,大都受过良好全面的专业教育,在国内名校就学,而且或留美或留法,国学功底扎实,也不乏西洋人文精神的熏陶,因而古今贯通,中西交融。她们不约而同地关注中国古典文学,正是在取得西洋文化精神为参照,才对国粹倍觉珍爱。因此,这时的女性文论是中国女性文论最具学养性,知识结构较为全面、合理的阶段。其二,第一层级的女性文论的理论旨向是与主流文论完全一致的,文论作者的学术自觉性和文化意识比较强,其民族文化身份淹没了性别身份,在学术研究方法的选择上,大都采用社会学批评,在文本叙述模式上偏好"知人论世"式或"以诗为诗"式。其三,女性意识以潜隐形态存在在文本深层,而文本的表层特别是言说方式和修辞风格仍可见女性文法特征。虽然从其著作的题目看不出作者的性别身份。但是,从她们广泛的学术视野中总可以看到女作家的创作成就被特别的给予关注。刘纳的《嬗变》对辛亥革命到"五四"前的女性文学的梳理和阐释不失为该书阅读兴趣的热点,填补了这一研究的空白。李今的《海派小说与现代都市文化》全书六章,其中有四章都在探讨女性与中国现代城市文化的生死关联。即使王安忆在复旦大学的小说讲义《心灵世界》虽然不是在某一细微之处着意关涉女性创作,但是作为一个新时期一直处于创作牛势的女作家,她对小说以及整个文学所持的观念和对这一观念的阐发始终都是来自女性创作经验的心灵述说。这些实例都证明了一个观点,即女性写作,无论是文论还是文艺作品,其性别意识和性征是掩饰不住的。

女性文论第二个层级是"女权主义文论",亦称"女性主义文论",即现代女性文论的激进派思想。女权主义文论包括西方女权主义文论和被中国化了的女权主义文论。西方女权主义是女权运动的产物,也是指导女权运动的纲领。但是,中国毕竟没有女权运动,妇女解放是被视为一种社会解放的标志的,没有阶级的解放和社会的变革,妇女的解放只是一句空谈,这是被普遍认可的真理。即使"五四"新文化运动中妇女问题被特别提及,也是作为反封建的突破口,在这场革命中冲锋陷阵的恰恰是男性思想启蒙者,女性在其中既是男性的同盟者,又是直接受益者。因此,女权运动的可能性被一场浩荡的思想启蒙运动所淹没,妇女问题从一开始就并非女权问题。在一个没有女权运动的土地上能够培育女权主义思想,那仅仅是一种不切实际的想法而已。这就是为什么西方女权主义思想只能在时隔半个世纪后不是作为根,而是作为苗被移栽到世纪之交的中国土地上的特殊原因。而这种移植的时机恰逢中国评论界面对具有女权主义思想倾向的女性文学无以阐释的武器之时,其移植的成活率相对就高一些。

中国的女权主义文论兴起于 80 年代初,至 90 年代中期藉 95 世妇会之契机掀起高潮,迄今著述已十分可观。对欧美女权主义文论的译介是中国化女权主义文论的最初推动力,也就是说以朱虹和张京媛等女性文论家为代表,她们所做的工作是将西方女权主义文论的元典这根苗移到了本土。接下来才会有西方女权主义文艺思想与中国的女性创作和女性文学现状的阐释和被阐释的可能,自然和谐地解决好这对矛盾正是中国女性文论构筑的必然和必要的过程。第二方面的成果即是对中国自古以来特别是"五四"时期和新时期的女性文学现象进行女性主义的批评,在批评中纠正被误读和误解的文本,从而发掘和重写女性文学传统。孟悦、戴锦华合著的《浮出历史地表》,刘慧英的《走出男权传统的樊篱》,刘思谦的《"娜拉"言说》,林丹娅的《当代中国女性文学史论》,陈顺馨的《中国当代文学的叙事与性别》等等,在每一位关注女性文学和女性写作者那里都有极为深刻的影响。

现代女性文论第二个层级即女权主义文论的特点更为突出。但是与西方女权主义思想相比,它并没有那种女界革命的激进的政治立场和"人权"意识。她努力寻求的是两性在精神上的平等与和谐。具有鲜明的文化批判的理性精神,而不是简单的性别对抗情绪,也就是说,更着意发掘女性写作和女性文本的伦理道德内蕴,张扬人性和人道主义精神。在审美标准上,力求将现代与传统相结合,而非单纯的"女人尺度"和"女权标准"。这在一些由社会学批评向女性主义文学批评转向的中年女学者中表现得尤为明显。如李小江的《女性在历史文化模式中的审美地位》。刘思谦的《"娜拉"言说》对女性文学采取的是女性批评,以创作主体与文学女性形象的同构现象为关注点,但是她所进行的言说方法却没有显现出过激的态度,而是采用了心理学分析来描述女作家的心路历程,这一方法当然并非女性主义文学批评的专利,也正因此才更见出刘思谦的严谨与深刻。新时期的女权主义文学批评尽管有些生硬甚至尖刻,但是在哲学层面上仍充盈着理想主义的精神,对女性文学所负载的反映人类共性问题和全球性视阈也有所发现。归根结底,中国化女权主义文论对文学本质的认识仍旧是以真善美为最高境界的。

中国的女权主义文论在移植西方女权主义文论的过程中遭遇了传统文化观念和审美定势的抵抗。同时，也暴露了它自身的尴尬和无奈，留下诸多的困惑和思考的空间。这虽说是文论发展过程中之难免，但有一点是非常清楚的，那就是西方的女权主义文艺思想本身就很复杂，其背后总是依赖着某种意识形态，经济的和文化的背景，包括民族问题，种族问题及人权问题等。当我们急于寻找一个现成的武器来战斗时，往往来不及去——探究这武器的奥秘，操作起来总不大顺手，这是难免的。另外，从理论的逻辑关系上看，女权主义文论又与西方现代主义某些理论分支纠缠在一起，多学科交叉所带来的知识结构的不适应，致使西方女权主义理论在本土化的过程中颇多不适应。还有重要的一条就是对象——中国新时期的女性文学并非都是女权主义思想的产物，面对一个虚拟的或者似是而非的对象，其武器的精良与否是无从检验的。作为一种对男权中心话语具有"颠覆"动力的女权主义文学批评，在"颠覆"过程中所获得的和失去的比例究竟怎样分配，恐怕永远都是无解的。

女性文学批评的本土化

屈雅君

女性文学批评理论是从西方引入的理论,它与中国本土文化环境的确存在着不小的差异,这里试作分析。

一、历史背景的差异

"女性主义文学批评"并非一个仅仅与"女性文学"和"女性主义文学"相对应的概念。根据爱莲·肖沃尔特(Elaine Showalter)的概括,女性主义文学批评包含两大任务,其一是女性主义评论(feminist critique),即"女性阅读"研究。它的批判指向涉及到迄今为止的一切文学现象。其二是"女性批评家"(gynocritics),即"女性写作"的研究。主要涉及女性作家及其作品。

但中国高校相当一批中文专业学生,甚至相当一批人文知识分子,常常将"女性主义文学批评"理解为"对于女作家的作品的批评"。究其原因,是中西女性批评两种不同的发展轨迹使然。

西方经典女性主义文学批评历程是先"破"后"立"。20世纪60年代,在新女性主义运动中产生的女性主义文学批评最初是将男性中心社会所创造的整个文学世界作为观照对象。她们从性别入手重新阅读和评论文本,激烈地抨击传统文学对女性的刻画以及男性评论家带有性别偏见的评论。至70年代中叶以后,她们才将注意力转向挖掘、整理女性文学。这种先"破"后"立"的运动轨迹,

---

题解 本文原载《文艺报》2003年3月4日,是较早论述女性文学批评本土化问题的文献。文章认为,从西方引入的女性主义文学批评理论与中国本土文化环境存在着历史背景、意识形态背景和学术背景三个方面的差异,中、西女性主义文学批评的历程呈现出不同的轨迹,西方女性主义批评是先"破"后"立",中国女性文学批评是先"立"后"破",并呈现出积极的、肯定的、建设性的姿态,在总体风格上较为冷静温和,但本土的意识形态独断论使其在质疑男/女二元对立的同时,又在女性文学批评内部构造了新的二元对立思维模式。文章还指出中国女性文学批评在接受西方的理论后不必匆忙追随它的发展路线,要根据自己的优长和不足寻找新的学术生长点。

决定了她们对男性文学史的批判力度,也决定了她们在此后试图建立女性美学体系时,目标清晰、阵线分明。

中国的情形不同,20 世纪初,作为解放"对象"的妇女是同社会中的进步男性站在一起来反对旧的父权社会,而不是作为一支独立的力量反对整个男权社会。反应在文学研究中,学者们更容易从文学中看到女性融入(男权)社会对于历史的正面的、推动意义,却不易看到女性文化自身对于整个文化史质疑的、批判的意义,因而也就难以看到男权文化对历史的不完全书写。1916 年,谢无量出版了他的《中国妇女文学史》,30 年代以后,又有谭正璧的《中国女性的文学生活》、梁乙真的《中国妇女文学史纲》问世。许多报刊杂志刊登了以女性作家创作为研究对象的专门性论文。但这些研究只关注女性作家的作品,而并未将研究的视线放到整个文学领域,而且大部分研究者是男性。

80 年代,从"立"到"破"的路程就更加清晰可见。据笔者掌握的资料,最早向中国介绍西方女性主义文学批评的文章出现于 1986 年。但是新时期妇女文学研究却从 80 年代初期就已开始。当时一批女作家从爱情题材和"伤痕文学"中崭露头角,女批评家们迅速将目光聚集在她们身上。她们的批评都带有鲜明的性别意识。80 年代中后期,当西方女性富于颠覆性的文学批评迅速在我国传播开来时,中国的女性文学批评才真正从建构妇女文学世界进入到以质疑的、批判的目光审视整个文学世界的阶段。

上述原因使得中国女性文学批评呈现出积极的、肯定的、建设性的姿态,它在总体风格上较为冷静温和。与此相应,中国的批评家更容易关注"作为作者的妇女",而对于"作为读者的妇女"研究得较弱。

认识到上述差异,至少有三点意义:第一,中国学者在接受西方的批评理论后,不必匆忙追随它的发展路线,而应根据自己的优长和不足寻找新的学术生长点。像清理批判文学史上男权文化传统的工作,虽然是西方女性主义批评初期目标,但对我们来说却一直是弱项,这方面的工作远未达到应有的深度和力度。第二,有必要借助于新的、来自西方的思想工具,对以往的女性作家作品进行再度梳理,因为由本土自生的性别意识与外来的性别意识之间可能有所不同,在学术冲突之间,相信会有新的发现。第三,有必要在时间的沉淀中对以往女性文学研究和批评进行再反思,以期对本土批评家性别意识发展轨迹有新的认知。

二、意识形态背景的差异

中华民族在世界文化格局中处于很独特的位置。无论是作为倍受西方列强欺侮的民族,还是作为一个相对于西方中心而言处于边缘的民族,我们都很容易培养起弱势人群的心理体验,这正是女性主义能够在中国迅速形成气候的主要原因。但另一方面,无论是作为具有数千年封建专制主义文化传统的民族,还是相对于周边弱小民族而言处于中心地位的民族,若要在我们的女性话语中真正彻底去除"话语霸权",并非易事。回顾 80 年代中期,刚刚起步的中国女性文学批评曾经有过一次关于"妇女文学"或"女性文学"概念的大讨论,当时,对于"妇女文学"的定义颇多,但大多数人认同"妇女文学是由一切具有妇女意识的作家作品组成的"这一说法,并将这一观点坚持至今。这里值得反思的是:首先,一部文学作品是否具有妇女意识或女性意识,只有经过阅读、了解、深入研究之后才能下结论,而且可能有许多不同的结论。女性文学作为一个研究领域,如果没有经过深入研究就事先划定了一个研究范围,其结论便大可怀疑。其次,一部文学作品是否具有女性意识,是由谁来遴选和确定的? 谁有权做出这种判断? 而无论是哪一个个人或集团,都将面对"话语霸权"的质疑。显然,本土的意识形态的独断论很轻松地操控了我们的潜意识,以至于许多人都自认为有资格断言什么是"女性意识"。这样一来,本土女性文学批评在质疑男/女二元对立的同时,又在女性文学批评内部构造了新的二元对立思维模式。

三、学术背景的差异

从学术的延续性上看,西方女性主义文学批评是在反"新批评"的背景下产生的。肇始于 20 世纪 20 年代,盛行于四五十年代的英美"新批评",是文学的"本文研究"走向自觉的标志,也是文学表达技巧研究走向精细和精致的集中体现。但是"新批评"重客观、重技术,特别是它试图切断本文与现实联系的特性,使它与女性主义重政治、重主观倾向的批评理念发生了不可调和的冲突。

但中国本土,却是另一种学术土壤。当代的文学批评受到两种理论资源的滋养。一种是作为传统的,隐性存在的,发展达数千年之久的"知人论世"、"文以载道"的文学观念。它的基本内涵是用文学以外的材料来求证文学,并要求文学承担文学以外的政治和社会教化功能。另一种是以显性方式存在的,五四以来引入,四十年代延安整风以后全面推行的马克思主义的社会历史批评。阶级革命理论填充并诠释了女性主义文学批评的政治方向,而它通过文学以外的广大社会来求证文学的思路又给予女性文学批评方法上的支持。

这样,本土女性主义文学批评的产生几乎不存在从根本上颠覆传统的工具和方法的问题,而更像是批评视点的转移。社会历史批评的许多思维方式、研究方法可以直接为女性批评所用。但这种便利也带来了另一些问题。比如,我们的批评思路相对单一,更多是以社会上的妇女问题诠释文学中的性别问题,或者从文学中的社会性别视角来审视男性中心社会。而从社会性别角度切入文学文本分析的研究却不多见。而如果女性文学批评不能够从文学之所以成为文学的要素着眼,而只是从非文学方面(如人类的、社会学的、政治学的、历史学的等等)打外围战,就很难确立其自身的学术地位。

关注中西女性文学批评学术背景上的差异,有如下意义:

第一,当西方女性主义拼命地反驳"新批评"的时候,对于"新批评"不熟悉或者说不甚熟悉的国人,不必跟从。相反,却有必要补上"本文批评"这一课,以从中选择、获取对我们有益的理论资源。因为学术史上每一次"颠覆"行为从另一个角度都是一种承传行为。有理由相信,只要"叙事"与"价值"之间存在着关联,那么,叙事的思路就能够成为女性主义文学批评的有益工具。

第二,当西方女性批评理论出现新一轮转向时,我们应避免时空的错位。近年来,西方女性主义文学批评开始反省单纯的性别视角的局限性。美国的苏珊·斯坦福·弗里德曼的论文《超越女作家批评和女性文学批评——论社会身份疆界说以及女权/女性主义批评之未来》曾就此问题进行了精细的研究。文章强调妇女学理论应改变单一的性别视角,而应从性别、阶级、民族、种族等多种视角来考察社会身份。这篇文章在当代中国女性文学批评领域引起了很大反响。而我以为这种倾向大值得玩味。的确,80年代中期,当我们最初从社会历史批评走向女性文学批评时,西方女性主义对男人不依不饶的激烈动作给我们的印象多少有点小气。因为马克思主义四海一家的博大胸襟很好地培养了我们的大文化视野。到了20世纪末,当西方女性批评家开始由单一的性别视角向多重视角扩大时,我们中固有的知识结构很自然地认同这种思路。并误以为这种社会身份疆界说与我们以往的熟练地操演的马克思主义社会批评武器大体相当。如果注意到中西方这种学术背景的差异,情形就不那样简单了。第一,从弗里德曼所列举的人物和作家来看,"社会身份疆界说"更适合于那些复杂的文本与作家的个案分析,因为,一种重叠了阶级、种族、性别等多种视角的分析框架,只能用来观照多重身份的作者或人物。第二,弗里德曼的所谓"超越",并非指二元对立思维模式中的"线性"超越,而是一种"叠加"式的超越:"无论在认识上还是政治上,都有不可回避的理由要在用全新的社会身份疆界说改进的女作家批评和女性文学批评的基础上,来继续开展女权/女性主义批评工作。"这显然与我们理解的以大文化视角来超越性别视角不可混同。第三,"社会身份疆界说"不能简单地理解为视野的扩展。作为后现代话语的一部分,它更强调视角的重叠和视线的流动、更注重个别性,并且具有弱化政治性等倾向。这与马克思主义注重视野的整体拓展和视线的稳定性、注重对象的典型性、强化政治性等特点也不能同日而语。20 世纪 80 年代以来,不太擅长西方式思辨,又因政治原因遭到停滞和僵化双重摧残的中国文学理论家和批评家,原本对日新月异的西方学术就感到有点力不从心,而在数量上,地位上,机会上又多处于弱势的女性批评家们,如果再忽略这些差异,就可能造成理解上的多重错位,可能遗漏许多有益的信息,甚至可能将深入复杂的理论简单化、庸俗化,以至于丧失必要的理论成长和思想磨砺的契机。

男性文本：女性主义批评不该忘却的话语场地

王　宇

　　20 世纪 80 年代，尤其是进入 90 年代以来，一方面，女性写作日益繁盛，场面的壮观是前所未有的；另一方面，男权对女性书写也以新文学以来前所未有的态势呈现，从新时期伊始等待在农家女儿手中 20 双痴情的布鞋，到男性精英骄傲地断喝"女人永远得不到她所创造的男人"；寻根文学中作为男人之间利益交换和雄性展演场所的女人的身体，新历史小说中病态、奇艳专供把玩的成群姬妾；最后到 90 年代争相向文化名人自荐枕席的住在现代古都里的女人们和世世代代渴望强奸"活得又苦又贱"的"水做的女人们"……这一切无疑为商业和大众传媒对女性形象的文化消费提供了充分的质料。在学术领域，女性主义作为一种文化思潮不仅"浮出历史地表"，而且已然成为一门"显学"。女性文学批评、研究的队伍日益壮大，论文专著汗牛充栋，仅现当代文学研究领域，每年都有好几部 20 世纪女性文学研究专著问世，论文更是如潮涌水漫，但这一切并不足以形成与男性批评对话的局面。仅就文学史写作而言，按照文学发展的规律，文学研究与文学批评的成果将生成新的文学观念、思想，最终成为修正与重写文学史的基本依据。虽然在 90 年代这样一个"重写文学史"的年代里，所有"重写"的 20 世纪文学史不管是平庸还是优秀的，都会给女性文学留下专门的章节（这是近 20 年女性主义最辉煌的业绩），文学史家争相在自己体例恢弘的王国里慷慨地划出一块地盘，让"写作女性"去"浮出历史地表"，但在更广阔文学史本文腹地，那些"被写作"的女性依旧暗哑在地表之下，她们依然在最古老的意义上被阐释着。迄今为止，还没有一部 20 世纪文学史将女性主义纳入自己的"重写"

题解　本文原载《文艺评论》2003 年第 2 期。作者指出，20 世纪八九十年代以来女性写作日益繁盛，女性文学研究与批评论著不断问世，但迄今还没有一部 20 世纪文学史将女性主义纳入其理论视阈。作者认为当下中国女性主义批评的无力，其中一个重要原因在于女性主义批评自身的局限，作者强调男性文本是女性主义批评不该忘却的话语场地，提出以"社会性别"代替"女性意识"作为话语的核心能指，将会给女性主义批评/研究带来更加广阔的话语空间。

理论配方,哪怕占上很少的份额来考察被作为文学史经典的男性本文。似乎形成这样的一种局面,女性主义批评只限于用来解读女性本文。90年代,女性文学史著作虽然也不断地涌现,但始终处于一种边缘、自说自话地带。从来就没有人将其看成是"重写文学史"这一时代文化景观的一部分,甚至除了从事这一领域研究的女学者、女硕士、女博士外根本无人知晓。这一切都说明了当下中国女性主义批评的无力,它根本无法影响象征能指系统中意义的再生产。当然,造成这一状况的原因是多元的,但女性主义批评自身的局限却是我们不得不面对的现实。

一、"女性主义批评"与"女作家批评"

伊莱恩·肖瓦尔特在《走向女性主义诗学》一文中将女性主义批评分为两种不同的类型。第一种涉及作为读者的女性,研究的对象是关于女性的话语,即对男性本文的重新解读;第二种涉及作为作者的女性,研究的对象是女性话语即对女性写作的研究。① 但90年代以来,特别是90年代中期以来的中国女性主义批评一直偏重于第二种类型,男性作家创作基本上在批评视野之外,女性主义批评被女性文学研究或者说是"女作家批评"所取代。最近这十多年来出现的不下20部这一领域研究专著和大量的论文基本上都是局限在这一研究视域内。仅2000年—2002年上半年现当代文学领域女性主义批评的文章就有一千多篇。其中只有不到十篇的文章是针对男作家的本文,其余的全是对女作家文本与创作的研究。这些研究的文化目标是挖掘女性的文学传统,寻找或深或浅地隐藏于历史或当下的女性文本中的女性意识,确认女性作为独特的性别主体存在的文化意义。这对女性文化建构当然是非常有意义的,但是"孤立地研究女性,会强化这样的信念,男性的历史与女性的历史毫不相干"②。主体是历史文化建构的结果,没有脱离历史文化纯粹的女性自我。

再者,完全撇开男性文本,就女性写作论女性写作,未免陷入"只缘身在此山中"的困境,"因为差异的存在,意义不可能真正独立存在,意义不过是通过潜在的不断指向其他缺席能指的过程建造出来的"③。男性写作实际上为女性

① 参阅伊莱恩·肖瓦尔特编:《新女权主义批评》,纽约兰登书屋1989年版,第128页。
② 琼·斯科特(Joan W. Scott):《性别:历史分析中一个有效的范畴》,见李银河主编《妇女:最漫长的革命》,生活·读书·新知三联书店1997年版,第156页。
③ 转引自陈顺馨:《中国当代文学的叙事与性别》,北京大学出版社1995年版,第38页。

写作意义的阐释提供了重要的语境。比如徐坤女性主义批评专著《双调夜行船》(1999年)就通过比较张宇《疼痛与抚摸》和林白《一个人的战争》两个文本中对女性的"渴望强奸"情结的书写的差异来指认林白书写的意义:在林白的文本中整个事件从头到尾充满了荒诞、戏谑的喜剧色彩,并且很快地被主人公从身体里排除出去。而张宇的书写过于当真,"隆重而庄严地复沓书写",暴露了男性书写对性暴力的迷恋。① 当然这本书主要是研究90年代的女性写作的,只是在最后一章简单地评析了几个男性文本。

正如我们在文章的开头所罗列的,在语言符号系统中女性的被书写、被阐释的命运不仅是历史的、历时的,更是现实的、共时的,它构成女性书写(包括创作和批评)的文化潜本文/文化先在。对这一潜本文的清理与反思对女性文化的建构是至关重要的。省略这环节,女性主义文化建构不仅如沙上建塔而且还将迷失方向。但这一项研究却一直没能得到很好的展开。

当然,近20年来女性主义批评论著中也出现了像陈顺馨的《中国当代文学的叙事与性别》(1995年),刘慧英的《走出男权传统的樊篱——文学中男权意识的批判》(1995年)等将大量男性文本收入批评视域的论著。陈顺馨的研究将论域定在当时的女性主义批评几乎从未涉足的"17年文学"领域,将性别纳入叙事分析中,在互文性的语境中比较男性文本与女性文本的叙事差异(同时陈顺馨并没有机械地按照创作主体的生理性别来区分叙事的性别),不一般性地停留在对"17年"文本社会性别表述的批判上,而是探寻"17年小说"社会性别表述所隐含的权力的关系,并进一步指认这种权力关系与当时意识形态的同构性。从某种意义上说陈顺馨的研究开启了大陆女性主义批评向性别研究方向发展的学术路径。但这种研究思路似乎并未引起女性主义文学批评、研究界太多的注意。这里应该特别提到的是孟悦的论文《性别表象与民族神话》(《二十一世纪》香港,1991年第4期),将性别研究与民族国家主体、阶级权力动作相联系来考察"17年"与"文革"文本。这篇论文对陈顺馨的研究产生很大的影响。刘慧英的论著更多地从批判文学中的男权意识入手来挖掘女性意识。她将男性创作主体对女性的想像归为三种类型,才子佳人、诱奸故事和社会解放。刘慧英论著不仅批判男性文本中的男权意识也批判女性文本中的男权意识,注重女性文化的自审,观点新锐、激进,在当时产生较大的影响。但刘慧英的研究也存在一些不足,首先是文本选择上的随意性,古今中外,信手取来。事实上古今中外的男权

---

① 参阅徐坤:《双调夜行船》,山西教育出版社1999年版,第184—185页。

文化秩序是有很大的差异的,将这些文本抽离出历史语境一般地、笼统地描述、批判它们对女性的异化想像,便无法更进一步追问创作主体为何要这样想像女性? 在性别文化符码背后折射出怎样的一种时代文化精神样态;其次,在文本分析中不太注意区分真实作者与隐含作者以及文本中人物的性别倾向之间的差异、联系,经常将他们看成是一回事。这些不足之处在女性主义批评论著中具有相当的普泛性。

二、对女性主义批评本土话语资源的反思

事实上,造成上述80年代以来女性主义批评局限的原因,在这一话语生成之初就已宿命般的决定了。对当代中国女性主义话语资源的研究做得较多的是对来自西方的理论资源的清理,囿于一种"被动性影响"的研究模式,而对本土的话语资源的耙梳相对比较匮乏。事实上任何一种外来文化都必须在本土文化资源中找到契合点其影响才能发生。本土性别话语资源包括儒家伦理框架中关于社会性别的话语、"五四"启蒙语境中妇女解放话语、1949年以后(我们不妨称这段历史时期为毛泽东时代)"男女都一样"的妇女解放话语以及新时期人道主义性别关怀话语。这些话语系统之间的区别与联系以及这种区别、联系是如何构成我们面对西方形形色色女性主义理论的接受视野? 这一切又是怎样地制约80年代以来文化想像中的社会性别表述? 对这样宏大的课题作充分、展开的研究显然不是这篇小文章所胜任的。这里,仅提供一些对毛泽东时代的妇女解放话语与新时期人道主义语境中的性别关怀话语之间的差异与关联的反思。

1949年以后的妇女解放话语在一定程度上决定了20世纪后半叶的社会性别现实与想像状况,这是新时期女性主义话语的一个理论先在(pre-given)。正因为毛泽东时代是个抹煞性别的时代,所以新时期伊始作为人道主义思潮一个路径的性别关怀,要恢复的便是被抹煞的性别。由于操持这一话语的主要是男性文化精英(女性知识分子曾是这一话语的坚定的同盟者),所以70年代末80年代初在社会象征能指系统中首先要恢复的便是男性的性别。张贤亮的《男人的一半是女人》、《绿化树》等文本正是其文化表征。

性别认同是构成个人认同的基本内容,但在中国文化框架中个人的认同往往是由个人的社会位置来决定,五四语境中个人的解放并不像西方文艺复兴时期那样是抽象的哲学、宗教问题而是实实在在的生存问题,个人生存与民族生存(80年代初何世光小说《乡场上》典型地反映了个人认同与社会位置——经济

227

地位之间的关系）。因此,男性性别的文化内涵是由它在传统父权制文化秩序中所占的位置来决定的。这一位置在 1949 年之后已为国家、政党的权威所动摇,尽管这一权威具有"父性"特征,但是作为个体的男性的性别事实上是被国家政党伦理先验地"阉割"了。李准的小说《李双双小传》中,李双双每每在与丈夫喜旺的冲突中都要搬出村老支书或乡党委罗书记的权威来弹劾丈夫。"17年"文本中几乎所有的正面的女性人物背后都站立着这样的非血缘父亲形象,妇女借助"党父""政父"的权威对抗夫权,使后者不得不让渡对妇女的所属权（当然这种让渡客观上为妇女由家庭模式走向社会模式提供了必要的前提）,《李双双小传》典型地体现了这一男性"性别焦虑",因此,新时期针对极左意识形态的"人道伦理",首先要赎回的是男性这一性别的文化内涵,而这一内涵的修复无疑有赖于女性的性别文化意义重建。人们厌恶透了女性的"男性化",认为这是毛泽东时代妇女解放的产物。让女人活得像女人样,有女人味,或者按当时的命名叫"女性气质",这是 80 年代人道主义思潮中的社会性别目标。但这"女性气质"与传统的男权秩序对女性的文化定位之间到底是一种怎样的关系并没有得到及时的反思,相反的,前者在相当程度上挪用了后者的一些文化表象。

这里必须指出的是,新时期人道主义话语与"五四"人道主义话语在一脉相承的同时又有自己的独特性。"五四"人道主义所针对的是封建的伦常纲纪,"五四"先驱是以妇女问题为突破口争取个人权力,妇女解放理所当然成为"五四"人道主义思潮重要的组成部分。新时期人道主义话语所针对的是"极左"意识形态"革命伦理",它在一定程度上更倾向将 1949 年以后的妇女解放话语指认为是"极左"意识形态的重要组成部分,80 年代人道主义语境中的性别关怀是建立在对 1949 年以后妇女解放话语的反思的基础上的。这是 20 世纪知识分子精英话语第一次反感妇女解放这一命题。

除了针对 1949 年以后抹煞性别差异的妇女解放话语外,新时期性别话语还与人道主义对人性的抽象的理解密切相关,人性更多的是基于生理、心理自然层面上被理解与表述。因此,性别差异在 80 年代语境中得到特别的强调。但性别差异是一把双刃剑,它既可以是女性群体借以建构不同于男性的性别群体意识、自我意识的契机,却也可能为男权对女性的规约与压抑提供新的合法性依据。性别差异的负面意义在相当长的时间内并未引起理论界足够的注意。在当时的文化语境下,女性主义学界尚无法对性别差异做出知性解释（事实上这个问题也一直是西方女性主义理论内部纷争不息的问题）,80 年代初的许多女性本文都反映了解放了的女性在这把双刃剑的宰割下的挣扎与陷落。事实证明,性别差异的正面与负面的文化意义在 80 年代以来文化想像中都得到了淋漓尽致的展现。这一切构成 80 年代知识界面对裂岸涌来的形形色色的西方女性主义理论的接受视野。

60 年代美国女权运动曾猛烈地冲击性别的"生理决定论"(正是性别的生理决定论支持了对女性的低劣文化定位)。但她们对社会性别的文化养成的强调最后却导致完全无视性别形成的生理因素。也许是出于对这场矫枉过正的"冲击"的修正,西方女权主义内部又有人开始质疑这种生理性别与社会性别的二元对立,认为过分强调社会性别而忽视了生物学上的男女差别是对女性身体的否定,这是性别歧视,不是妇女解放。于是,70 年代后半叶一些女权主义者又开始从正面强调女性的生理特质,推崇建立在此基础上的女性文化和价值观。这一思潮被称为"文化女权主义"。显然,80 年代以来的中国知识界对西方女性主义理论的接受很大程度上是在这一思想框架内。[1] 作为 80 年代女性主义话语核心能指的"女性意识"这一概念正反映这样的性别文化诉求。

三、社会性别分析:女性主义批评话语的深化

虽然"女性意识"这个概念在它的提出者——80 年代以李小江为代表的女性学人那里是有着明确的"所指",即指"女性作为一个独特性别群体的社会主体意识"(李小江的原话是"做女人,做全面发展的人"),但在 80 年代以来尤其是 90 年代以来的文化语境中,"女性意识"更多地被理解成是"对自然性别差异的意识"(毕竟我们曾经有过太漫长的无视人的自然存在的岁月),女性的独特性得到了强调而社会主体意识则往往被忽略、湮没。随着社会商品化的过程,尤其是进入 90 年代以后,"女性意识"这一"能指"愈来愈与其原初"所指"分裂,恶性膨胀,为新的男权规约制造意识形态的合法性。与此同时,这一"能指"在产生之初针对非人性的"极左"意识形态所拥有的批判的力度却日益萎缩,其身上所附着的负面的文化含义及其给 90 年代以来的女性文学创作、批评与研究带来的消极的影响日益彰显。比如,女性意识被缩减为独特的女性体验,特别是身体的体验;将女性意识抽离出具体的历史语境进行建构、分析;将女性主义文学批评、研究局限在从女性文本中寻找、挖掘女性意识等等。

---

[1]　参阅王政:《"女性意识"、"社会性别意识"辨异》,《妇女研究论丛》1997 年第 1 期,第 20 页。

为此,我以为以"社会性别"代替"女性意识"作为话语的核心能指将会给女性主义批评/研究带来更加广阔的话语空间。"社会性别"是英文 gender 的意译,也有人将此词翻译成"性别"。gender 一词原指语言中名词和代词的阴性与阳性。前面我们提到了 60 年代美国女权运动对性别的生理决定论的冲击,将性别区分为生理性别与文化性别(社会性别),70 年代上半叶美国女性主义理论界开始用 gender 专门指称女性的文化性别/社会性别,即"由社会文化形成的对男女差异的理解,以及社会文化形成的属于女性或男性的群体特征和行为方式"①。而生理性别指从解剖学角度证实的男性与女性的差异。当然,这并不意味着抹煞生理性差异对社会性别差异的影响,而只是意味着更多地将性别看成一种社会文化身份。随着女性主义对社会性别的发现与强调,社会性别研究成为女性主义理论发展的深化和当下主要的文化脉络。它不仅是西方当下妇女理论的中心内容,女性主义学术的核心概念,而且也是西方学术界重要的普适性的分析范畴(分析域)。90 年代中期(世妇会前后),社会性别这一分析域被引入中国的女性主义学界,用来取代原来的"女性意识",它很快被史学界与社会学界所接受。文学研究界对它的接受相对比较滞后,有些论著虽然题目冠以"社会性别",但实际上并未真正将它作为一个分析域运用于研究,更多的文章依然将"女性意识"这一概念作为研究的"中心能指"。

美国著名的女性主义理论家盖尔·卢宾(Gayle Rubin)提出性/社会性别制度的概念,"性/社会性别制度是社会将生物的性转化为人类活动产品的一整套组织,这些转变的性需求在这套组织中得到满足"②。琼·斯科特(Joan W. Scott)在 80 年代末的那篇著名的论文《社会性别:历史分析中一个有效的范畴》中也指出,"性别是组成以性别差异为基础的社会关系的成分;性别是区分权力关系的基本方式。社会关系组织的变化总是与权力关系的变化同步进行,但变化的方向不尽相同。"③

因此将社会性别作为一个分析范畴引入文学研究意味着:首先我们应当跳出就女性论女性的研究局限,将作为社会表意系统的文学想像(不论是男性想像还是女性想像)中的女性形象作为一个谱系来考察,检视社会性别想像的

---

① 谭兢嫦、信春鹰主编:《英汉妇女与法律词汇释义》,中国对外翻译出版公司 1995 年版,第 145 页。

② 盖尔·卢宾(Gayle Rubin):《女人交易——性的政治经济学初探》,此文收入王政、杜芳琴主编《社会性别研究选译》,生活·读书·新知三联书店 1998 年 8 月版,第 24 页。

③ 廖炳惠:《新历史观与莎士比亚研究》,此文收入张京媛主编《新历史主义与文学批评》,北京大学出版社 1993 年 1 月版,第 253 页。

多元样态及其文化象征意义,将社会性别作为研究社会文化精神的分析工具。

其次,既然社会性别是一种社会关系/制度,那么,对它的考察必须是历史的、具体的,而不能是超社会历史的本质主义的。无论是对男性文本还是对女性文本中的社会性别想像的考察都不能将它抽离出历史语境作一般地、笼统地否定或者肯定,而应当进一步追问这些创作主体为何要这样想像社会性别?这其中不仅有一再被指认的社会文化的原因(比如封建传统男权意识),更有一再被忽视的社会结构、权力分配(包括对物质资源和象征意义资源的控制与支配)的原因。事实上对 20 世纪后半叶的社会性别想像与这一历史时段的政治、经济结构之间关系的研究一直未得到充分的展开。比如,我们只是一再地指认 1949 年以后的妇女解放话语对性别差异的无视,却没有看到,1949 年以后或从更早的革命战争年代开始,意识形态系统事实上呼应了以性别上的支配——从属关系为特征的男性话语,但是,当时的妇女解放话语却一直无法对这一具有父性特征的文化和体制结构形成一种改造的力量,相反的更多的是对这一结构的体认。

也许是出于对庸俗化的社会历史批评的反感,新时期以来的文学研究界一直忌讳这种批评方式。因此,对社会权力的关系结构性认知一直未能进入女性主义批评的视域。在一定程度上存在着将女性主义批评非历史化的倾向。事实上社会性别研究是一种文化研究,要求语境式研究与文本研究相结合,而语境研究是在新历史主义的理论平台上提出的。新历史主义强调"结合历史背景、理论方法、政治参与、作品分析,去解释作品与社会的互动的过程"①,关注"写作语境"、"接受语境"、"批评语境"的研究,这不难看出受社会历史批评方法的影响。我们大可不必因噎废食,完全唾弃这种古老而成熟的批评方法。

再次,社会性别研究还关涉到主体身份的认同(建构)。认同问题是一个重要的现代事件,"在人类生存的丛林中没有同一感也就没有生存感"②。寻求自我身份认同,事实上是整个 20 世纪中国文学最重要的关切。个人与自然、社会、国家、民族、家庭、性别及其它群体的复杂关系构成中国现代认同的重要内容。自我的建立必须借助他者的参与,而两性关系无疑为认同提供最基本的"他者"体系。因为社会性别是表示权力关系的基本的途径和场所,权力的分配(包括对物质资源和象征意义资源的控制与支配)经常以社会性别观念为参照;文化

---

① 琼·斯科特(Joan W. Scott):《性别:历史分析中一个有效的范畴》,见李银河主编《妇女:最漫长的革命》,生活·读书·新知三联书店 1997 年版,第 168 页。
② 埃里克·H. 埃里克森:《同一性:青少年与危机》,浙江教育出版社 1998 年版,第 115 页。

本文中的社会性别想像往往承担着社会本文的"能指"功能,文化表述中的性别焦虑常常是政治、经济、文化焦虑的"移位"。正如我们前面提到的"17年"文本中的性别焦虑正是个体身份焦虑的"移位",因此,社会性别无疑提供了一个考察20世纪这一独特的历史时间里的个人认同的有力的分析域。

总之,社会性别研究将意味着女性主义批评的一个更加广阔的话语前景。

当代女性文学批评的三种资源

贺桂梅

从 20 世纪 90 年代后期以来,女性文学研究界频繁地使用"困境"、"危机"这类字眼来形容自身的处境,女性文学批评丧失了 90 年代前中期那种广受瞩目的冲击力,尤其在关于"个人化写作"的延伸讨论中,女性文学被等而下之地视为"身体写作"或"美女文学",而女性文学批评界却未能对此作出更为有效和有力的回应。在分析这种状况时,很多研究者将问题的根源指认为女性文学过度追随西方女性主义批评,而忽视了中国的"国情"。同时,伴随着全球化过程的深入,国际/国内学术之间的互动也使得女性文学研究界内部发生分歧,"西方"的女性主义理论是否适用于中国"本土"被作为问题提出。批评现状遭遇的困境,批评理论的合法性问题,都使得我们必须重新考察当代女性文学批评所借重的理论资源及其具体的实践过程,从而为当下的处境勾勒出一幅相对明晰的图景。

一、"女性文学"与新启蒙主义话语

"女性文学"是当前研究界普遍使用的一个概念。考察当代女性文学批评的理论资源,首先需要对这一概念进行追问,进而辨析它与具体历史语境中的思想/理论资源之间的关系。"女性文学"(或"妇女文学")这一提法在 20 世纪 20—30 年代就已出现,但作为一个引起广泛争议的范畴,却是出现在

题解　本文原载《文艺研究》2003 年第 6 期。针对 20 世纪 90 年代后期以来女性文学研究界的现状、"西方"的女性主义理论是否适用于中国"本土"等问题,本文作者通过重新考察、厘清当代女性文学批评所借重的三种理论资源,即新启蒙主义话语、西方当代女性主义理论、马克思主义女性话语,及其具体实践过程,为当下的女性文学批评寻求更适合自身情境的解决方案,指出"个人化写作"方式在资源使用上存在偏向性,即在单一的性别视野中忽略了左翼历史的实践,尤其是毛泽东时代的马克思主义女性话语对阶级/性别维度的关注,提出应将女性问题纳入更为开放的历史/现实视野之中,在主体身份多样性之间寻求适度的结合点,以使女性文学批评走出所谓"困境"。

1984—1988 年间①。这是 1949 年后中国（内地）首次从性别差异角度讨论女性与文学的关系，它的提出有着明确的针对性，即针对 50—70 年代妇女解放理论及其历史实践的后果。在毛泽东时代，尽管在社会实践层面上，女性获取了全方位的政治社会权利，成为与男性同等的民族国家主体，但在文化表述层面上，性别差异和女性话语却遭到抑制，女性是以"男女都一样"的形态出现在历史舞台之上，缺乏相应的文化表述来呈现自己的特殊生存、精神处境。正是在这样的情形下，"女性文学"首次将"女性"从无性别的文学表述中分离出来，成为试图将性别差异正当化的文化尝试。

如何界定"女性文学"，在当时即引起了争议，它的具体内涵被人们认为是"模糊"的。对"模糊"这一性质的认知，表明当时的人们希望寻找一个确定的表述，以使"女性文学"与普泛意义上的"文学"或"男性文学"具有相区别的固定品质。形成较为普遍的共识的，是对这个概念做"广义"和"狭义"的区分。"广义"内涵侧重的是文学中的女性形象，"狭义"内涵强调的是作家的性别以及特定的"女性风格"②；或者把"女性文学"规定为女作家的文学作品，由其是否表现"女性生活"来划分"广义"和"狭义"③。这种区分建立在对文学/女性关系的不同层次上，由作家的性别区分，到作品所表现内容或形象的性别区分，最后到作品是否有特定的"女性风格"与"女性意识"，做了或宽或窄的限定。与"广义"和"狭义"的分辨相伴随，"女性文学"逐渐被纳入"两个世界"格局之中。这种说法最早出现在作家张抗抗 1985 年在西柏林举行的国际女作家会议上的发言《我们需要两个世界》④。这篇发言稿提出"女作家的文学眼光既应观照女性自身的'小世界'，同时也应投射到社会生活的'大世界'……在此基础上，顺理成章的结论是：成熟的女性文学应同时面向'两个世界'"。相关的说法还有"内在世界"/"外在世界"、"第一世界"/"第二世界"等。"两个世界"的说法，可以很明显地看到刘再复的"主体论"论述的影响⑤。

值得分析的是，这种说法似乎是在平面地处理"女性"/"人类"、自我/社会、

---

① 相关资料参见谢玉娥编撰：《女性文学研究教学参考资料》，河南大学出版社 1990 年版。

② 吴黛英《女性世界和女性文学——致张抗抗信》，载《文艺评论》1986 年第 1 期。吴黛英同时认为"女性文学"比"妇女文学"这个概念"更突出了性别特征"。

③ 马婀如：《对"两个世界"观照中的新时期女性文学——兼论中国女作家文学视界的历史变化》，载《当代文艺思潮》1987 年第 5 期。

④ 载《文艺报》1985 年 8 月 10 日。

⑤ 刘再复《论文学的主体性》（载《文学评论》1985 年第 6 期）提出"内宇宙"和"外宇宙"的分别，并认为"内宇宙"是人的"灵性"的取之不绝的内在源泉。

女性经验/社会经验,但关于这两者关系的论述却不自觉地透露出一种"等级"关系。如:"女性文学的第二世界,是女作家对外在世界的艺术把握,是女作家与男作家站在同一地平线上,不仅作为女性,而是作为一个人创造出的一种不分性别的新文化"①,或者"应该是女性以女性化笔法用女性化生活来表现超乎女性的全人类生活的一切精神和意义的文学"②等。可以看出,在"女性文学"、"女性意识"之"上"还存在一种"人类"的文学,一种"超越"了性别的文学。这一点事实上构成了"女性文学"的内在悖论。一方面,这一概念的提出,是为了给"女性"的文学提供正当性,但是,当"女性文学"与"人类的文学"并列时,它又必然地处在"次一等"的位置上。而这种悖论的出现,是因为在80年代的语境当中,"女性文学"关于"女性"差异性的表述,受到新启蒙主义思潮的直接影响。"女性文学"的提出和80年代新启蒙主义话语有着直接的关系,或者说,它本身就是新启蒙主义话语的构成部分。新启蒙主义将80年代视为"第二个'五四'时期",它对当代中国问题的讨论是在"救亡(革命)/启蒙"、"传统/现代"的框架内提出的,这两组二项对立式有着同构并互相替代的关系,50—70年代的当代历史被指认为"传统"、"保守"、"落后"的时期,而80年代则在延续"五四"启蒙主题的意义上,成为另一个"现代"时期。这一现代化运动的一个重要指标是"人性"的解放,强调个体的价值和丰富性。但有趣的是,在80年代的中国,作为对"阶级"话语的反拨,"性别"成为标识"人性"的主要认知方式。人们很少从父权制的社会文化结构层面来谈论性别关系,而把女性文学的提倡视为对毛泽东时代的"无性"状态的反拨,以达成"两性和谐"作为目标。女性的独特经验和文学表述,一方面丰富着对于"人性"的理解,同时也丰富着文学的表达。"女性文学"这一范畴的讨论,因此被限制在一种关于"人"、"人类"的抽象想象之中,女性文学的差异被视为"人性"修辞的一部分。

在如何阐述"女性意识"的合法性这一点上,80年代有两种方式:一种是把毛泽东时代与封建时代等同,认为这一时期"似乎是中国当代的女权运动的兴起,是在鼓吹男女之间的平等。然而,骨子里除了'四人帮'的政治用心之外,其实是封建意识的泛滥。封建时代把女性看作'性'的动物,是女性的物本化;这里则把女性看作'神'的抽象物,是女性的神本化。两者殊途同归,都不是把

---

① 王绯:《女性气质的积极社会实现——读〈女人的力量〉兼论女性文学的开放》,载《批评家》1986年第1期。

② 徐剑艺:《论新时期"女性文学"的超越》,载《文艺评论》1987年第1期。

女性看作血肉和灵魂相和谐的人,是彻底的女性主体的异化"①——这种表述,不仅是"五四"复归式的现代想象的重申,而且丰满的人性被理解为"血肉和灵魂相和谐","人性"被充分地自然化了。这使得对"女性"差异性的认知必然导向"生理"和"心理"差异。正是这种新启蒙主义思路影响,"女性文学"的倡导者侧重从生理、心理等"自然"而非"文化"的因素来界定女性,从而把性别差异导向一种本质化、经验化的理解。另一种论证80年代"女性意识"合法性的方式,是首先承认,经历了社会主义革命之后,女性已经获得了"平等"的社会地位,但没有获得与社会地位相匹配的自主意识,因此,倡导"女性文学"和"女性意识",就是以"文化革命"的方式确立女性的主体性和独立意识。"在社会已最大限度地提供与男性同等政治权利的今天,女性要获得真正的女性平等和显示她们生存的价值,她们所面对的已不再是封建道德观念的外在束缚,也不是男性世界的意识压力,而主要的是她们自己的觉醒和自主意识的复萌"②。在这种解释中,女性的政治解放和自主意识的文化解放被区分为两个层次:在前一层次上,中国女性被判定为"解放"的,在后一层次上,中国女性又被判定为"未解放"的。"女性文学"在这样的意义上,被看作是女性发出她们独特的声音、表达其自主意识的"文化革命"的步骤。这就使得关于女性/文学的讨论必然从统一的民族国家话语中分离出来。但由于这种讨论遵循了新启蒙主义话语关于"人"的重新想象,试图在抽象层面上建构一种普泛的"人类"共同的本质,女性文学"必然"地置于"次一等"位置;另一方面,对性别差异的强调由于局限于生理、心理等"自然"因素层面,而不能深入到文化分析的层面,因而无法与"男女有别"的传统性别秩序划清界限。这使得"女性文学"始终处在尴尬而暧昧的处境之中。

"女性文学"及其连带产生的语义形成于80年代的特定历史语境之中,但这一范畴迄今仍被女性文学批评界广泛接受。厘清其与80年代新启蒙运动之间的关系,有助于我们了解这一范畴的独特内涵及其局限性。它设定了一个"男女和谐共存"的、"不分性别的新文化"理想,针对民族国家内部以"阶级"话语建构的主体想象提出性别差异问题,但并没有明确反对父权制和批判男权意识。自80年代后期开始引入的西方女权/女性主义理论,则在一定程度上使女性/文学批评从新启蒙主义话语中分离出来,明确地将批判对象指认为男(父)权制,从而形成了独特的表述体系和话语方式。

---

① 阮忆:《女性文学和女性意识——新时期女性文学断想》,载《文艺评论》1987年第4期。
② 彭子良:《新时期女性意识构成初探》,载《当代文坛》1988年第3期。

二、男(父)权批判和西方当代女性主义理论

80年代中后期对西方女权/女性主义论著的译介,是"西化热"的一部分。有趣的是,西方女权运动"第二期"的四本重要论著(西蒙·德·波伏娃的《第二性》、贝蒂·弗里丹的《女性的奥秘》、弗吉尼亚·伍尔夫的《一间自己的屋子》和凯特·米利特的《性的政治》)中,与文学和文学批评关系最密切的《性的政治》,却翻译得最晚,直到1999年。这本书难以被80年代中国批评界接纳,大约是因为它如此敏锐而激烈地抨击男权制,并且把男/女两性关系纳入"政治"范畴,对于以"两性和谐"为理想的中国批评界,显得过于激进。除了这些专著,不同的杂志都对英美女作家和女性主义理论有介绍。这一时期对西方女权/女性主义理论的介绍主要偏重英美,而另一流脉,法国的女权/女性主义理论的译介则相对较少。这主要因为中国对女性主义理论的接受来自英语世界(尤其是美国女性主义批评)的影响,同时也和英美派注重女性经验的表达,法国派则注重与同期理论(尤其是结构—后结构主义理论)的对话,有着密切关系。80年代中国批评界对于(后)结构主义理论并不十分熟悉,文学批评的主流还停留在前"语言学转型"时期,由于缺乏对法国女性主义理论的上下文的理解,对其接受相对困难一些。即使到1992年,张京媛主编的《当代女性主义文学批评》中较多地收入了法国的埃莱娜·西苏、朱莉亚·克里斯多娃和露丝·依利格瑞的文章,以及80年代以后英美"受到欧洲文学理论的影响"的"后结构主义的女性主义批评"如佳·查·斯皮瓦克等的文章,但在中国批评实践中产生影响的,主要还是注重女性经验和女性美学的表达那一部分。而"女性文学"讨论中已经显露出来的从女性经验角度为"女性文学"特质寻找命名的倾向,也使得中国的女性/文学批评较为倾向于"经验的女性主义"一脉。这事实上已经症候性地呈现出了当代女性文学批评的接受视野。

与西方女权/女性主义理论的引入相伴随,女性文学批评中出现了"女性主义"一词。90年代之前,"feminism"主要被译成"女权主义"。1992年张京媛在《当代女性主义文学批评》中把它翻译成"女性主义",并提出理由:"女权主义"和"女性主义"反映的是妇女争取解放运动的两个时期,前者是"妇女为争取平等权力而进行的斗争",后者则标识"进入了后结构主义的性别理论时代"。但无论是"女权主义"还是"女性主义",在中国语境中,似乎并不是一个受欢迎的词。不仅作家和批评家们拒绝被称为"女权或女性主义者",而且文学批评中

使用这一概念也不多,人们更愿意使用内涵较为模糊的"女性文学"。造成这种情况的原因,是"女权/女性主义"引起的反应常常是"女人霸权"、"女人控制男人"、"反对男人",或种种女性的负面品质。另外的反应是,"feminism"本身就是一个西方的概念,只有产生过独立的女权运动的西方社会才接受这一概念,而中国则未必需要接纳这个"西方"概念。值得一提的是,美国黑人理论家贝尔·胡克斯在她 2000 年的著作《女权主义理论:从边缘到中心》中也谈到美国社会对"女权主义"这一称号的拒斥,"女权主义"被人们当作一种"讨厌的、不愿意与之有联系的东西",说自己是"一个女权主义者",通常意味着"被限制在事先预定好的身份、角色或者行为之中",诸如"同性恋者"、"激进政治运动者"、"种族主义者"等①。——引述这段讨论,我企图说明,即使在西方,对"女权/女性主义"也并非一概接受,中国女性作家或批评家对"女权/女性主义"的回避或拒绝,并不能简单地在中国/西方关系中做出说明,也不能作为"中国"(本土)拒绝"西方"女性主义理论的证明。

尽管对"女性主义"一词的接受有着上述的犹疑,但在文学批评实践中,越来越多的研究者开始借重女性主义理论资源,将"女性意识"的讨论推进到女性主义立场的层面。这种批评实践主要由两个主要部分构成:一是挖掘文学史(尤其是现代文学史)上被淹没、遮蔽的女作家,通过重新阐释她们的作品来建构女性文学的传统;另一是对同期女作家创作的关注和阐释,对其中的女性独特美学做出阐释。而这两种主要的批评方式几乎一致地采取了"女作家批评"。这一方面是延续了"女性文学"讨论时的界定方式之一,即把所有女作家的创作都视为"女性文学";另一方面,90 年代提出的"女性写作"这一范畴,则更将批评的重点转移到女性作家和文学创作的关系上来。"女性写作"一词来自法国批评家埃莱娜·西苏,她关于创作与女性身体关系的阐释,即"写作是女性的。妇女写作的实践是与女性躯体和欲望相联系的"②,引起了评论者和作家们的很大兴趣。从 80 年代中期提出"女性文学"范畴到 90 年代普遍使用"女性写作"概念,其中一以贯之的,是"性别差异"论,即试图将"女性"从统一的主流话语中分离出来,寻求其独特的文学表达传统、特定的女性美学表达方式。80 年代后期西方女性主义理论的引入,在这一特定文化期待视野中,主要被吸收的是其对性别角色文化构成性的揭示,即波伏娃所表述的"一个人之为女人,与其说是

---

① 参见贝尔·胡克斯:《女权主义理论:从边缘到中心》,江苏人民出版社 2001 年版。
② 张京媛主编:《当代女性主义文学批评》"前言",北京大学出版社 1992 年版,第 8 页。

'天生'的,不如说是形成的",从而为女性差异性的阐释寻找更为有效的文化资源。"所有的父权制——包括语言、资本主义、一神论——只表达了一个性别,只是男性利比多机智的投射,女人在父权制中是缺席和缄默的"①,成为对波伏娃的"女人形成论"更有力的解释。90年代初期"社会性别"概念的引入,使得人们对于性别差异的讨论不再限制在"sex",即生理、心理等"自然"层面,而是进入"gender",即性别角色、性别制度等"文化分析"层面。这在一定程度上破解了新启蒙主义话语中的"女性文学"范畴所遭遇的困境。新启蒙主义话语主要从非历史化的抽象"人性"话语的角度来谈论性别差异,它将女性的生理、心理的差异视为文化差异的自然转换,并且认为突出女性差异是为了完善"人性"的丰富性,而非对男权文化的批判。西方女性主义对父权制结构的批判,在这一结构中来解释女性从属、被压抑的位置,使得人们意识到,所谓"大写的人"、"人类"背后的男性属性。将西方女性主义理论应用于中国文学研究实践,影响最大的是《浮出历史地表——现代妇女文学研究》②。它提出,所谓"人类"的历史,就是男性统治女性的父权制结构的历史,并且因为压制女性的事实始终是以"自然"的方式呈现,因此,男性话语和父权制结构也始终是以"人类"的形象出现。20世纪一百年历史中女性并没有能够摆脱她作为"空洞的能指"的命运,随着1949年新的民族国家的建立,女性的历史"走完了一个颇有反讽意味的循环,那就是以反抗男性社会性别角色始,而以认同中性社会角色终"。使女性写作"浮出历史地表",就不仅仅是完满人类的两性,而是对整个父权制结构的颠覆,所有历史和意识形态话语都需要重新解释。正是在这一点上,《浮出历史地表》为女性写作的正当性和必要性提供了有力的解释。

90年代之后,由于1995年第四届世界妇女大会在北京召开这一事件造成的广泛影响,同时也因为"全球化"进程使得女性文学批评与国际学术资源之间产生了直接互动关系,译介西方当代女性主义著作再次形成一个高潮,并且促成了多项国内外合作研究项目和研究成果。这种状况的形成,使得中国女性/文学研究不再如80年代那样仅仅是单方面的引入,而是一个双向互动的过程。正如90年代中国卷入全球化格局之后,已经很难分清何谓"国内"何谓"国外",女性/文学批评也进入到这样一种不能由单一的民族国家视野衡量的情境之中。一个"老"问题被重新提了出来,这就是"西方"的女性主义理论与中国本土文化

① 张京媛:《从寻找自我到颠覆主体——当代女性主义文学批评的发展趋势》,李郁编选《女性主义文学批评文选》,春风文艺出版社1993年版。

② 孟悦、戴锦华:《浮出历史地表——现代妇女文学研究》,河南人民出版社1989年版。

实践之间的适用性问题。一些批评者再次强调了中国历史现实问题的特殊性，及其与西方的女性主义理论的不相容。但问题的实质不在"西方"的理论解决不了"中国"的问题——事实上20世纪中国诸种关于男女平等思想的讨论始终在借重"西方"的思想资源，关键问题在于，不能把讨论框定在抽象的"中国"/"西方"的本质想象之上，而应当深入讨论中国/西方之间的互动中已经构成本土传统的历史实践，在一种开放的视野中，寻求解决本土问题的更有效方式。

三、被遗忘的资源：马克思主义女性话语

90年代前中期，"女性文学"及其批评，开始成为一种引起社会广泛注目的文化热潮。经历80—90年代的转折，80年代统合性的主流意识形态话语趋于分化，新启蒙主义遭到种种质疑。在这样的情境下，"个人"话语已经丧失了80年代处于民族国家内部并在话语象征层面上形成的对抗性关系。颇为有趣的是，正是在这个时期，"个人"话语与"女性"话语有效地结合在一起，成为标识身份政治的主要符码。90年代女性写作中，最为引人注目的一个脉络被称为"个人化写作"或"私人化写作"。陈染、林白、徐小斌、海男等女作家注重个人经历的自传性小说被当成了"个人化写作"的代表作品。在这些小说中，主人公的成长经历被放置在带有封闭性的私人空间当中，比如家庭、独居女人的卧室、个人的性爱经验等。在这些封闭的空间当中，性别身份成为最重要甚至唯一的身份标志，女性成长经验，尤其涉及身体经验，在某种意义上构成90年代讨论女性写作的背景和想象空间。

"个人化写作"被视为"女性写作"的主要形态，既是女性主义理论和文学创作之间的互动，同时也是注重女性差异的女性文学探索的必然延伸。从80年代中期提出"女性文学"，到80年代后期注重反叛父权制社会的"女性真相"，都在指向一种经验化、本质化的女性想象和认知。"个人化写作"对女性成长的性经验的重视，对父权制社会中性别压抑意识的自觉，并有意营构女性主体形象和一种独特的表达风格，正是试图实践一种基于女性独特体验的女性美学。但"个人"与"女性"连接在一起，造成的一个难以解脱的困境是，尽管女性可以呈现被父权制文化所压抑、擦抹的女性经验，但这种关于女性经验的书写仍旧必须在以父权/男权为等级结构的社会/文化市场上流通。也就是说，关于女性差异的表述，固然可以撼动或瓦解大众文化和社会常识系统中关于女性的定型化想象，但由于把"女性"与"个我"、私人性空间直接联系在一起，又在另一层面落入女性

作为父权社会文化的"他者"、"私人领域的女性"等等级结构当中。在"个人"/"私人"维度上对于女性"差异"的展示,事实上没有改变社会性别秩序,而正好满足了后者的想象和需要。这也正是"女"字成为商业卖点的原因。另外一个更值得重视的问题是,"个人化写作"所确立的女性主体想象,在单一的"男人"/"女人"性别维度中谈论问题,而忽视了女性内部的差异。被越来越多的批评者指出的是,"个人化写作"中的女性个体,多是一些"中产阶级"女性。王晓明颇为尖锐地写到:被女性批评者所认为的 90 年代前中期的这次女性"解放","绝对不是面向所有的妇女,下岗的女同胞根本没有这种幸运。时代给予一部分女性自由与自主,给予她们一间自己的屋子,她们不再为柴米油盐而烦恼,……说得直截了当一点,是一部分提前进入'小康'的女性,这样的女性才有时间与兴趣专门研究性别问题,才有可能把性别问题与其他有碍观瞻的事情区别开来"①。

"个人化写作"带出的问题,为我们讨论 90 年代以来女性文学批评在资源引用上的偏向性提供了一个切入点。从 80 年代与新启蒙主义话语的结盟,到 80 年代后期以来对西方当代女性主义理论的借重,当代女性文学批评往往忽略或忘记了,女性解放与 20 世纪(尤其是毛泽东时代)左翼历史实践之间的密切关联。作为一个有着丰富的革命传统和社会主义实践最为成功的国度之一,中国妇女运动和左翼运动始终有着紧密关系。而毛泽东时代施行的一系列保障妇女权益的政策,更确保了妇女广泛地参与社会政治、经济和文化活动,使得妇女的社会地位有了前所未有的提高。但这并不意味着妇女运动与左翼运动的密切协作关系中就不存在问题。中国左翼所持的女性观念基本上属于马克思主义女性主义,强调性别问题与阶级问题的重叠,或者说,民族国家话语以一种同一的主体想象抹去了性别差异的存在。毛泽东最早在《湖南农民运动考察报告》中,认为女性是处在各种封建压制的最底层,但对解放步骤的设想是"家族主义、迷信观念和不正确的男女关系之破坏,乃是政治斗争和经济斗争胜利后自然而然的结果"②,亦即只要政治斗争和经济斗争胜利,妇女解放将是"自然而然"的事情。周恩来也提出了这样的观点:"妇女运动解放的对象,是制度不是人物或性别,不是因我是男子,才来说这种话。事实却是如此。要是将来一切妨碍解放的制度打破了,解放革命马上就成功,故妇女运动是制度的革命,非'阶级'的或

①　王晓明:《90 年代的女性——个人写作》,"文学视界"(http://www. white-collar.net)。
②　毛泽东:《湖南农民运动考察报告》,《毛泽东选集》第 1 卷。

性别的革命。"① 这种以"阶级"问题替代"性别"问题的观念,取消了性别问题被讨论的可能性。"文化大革命"结束之后,80年代中国的女性文化(如果不能够称为"运动"的话)一个核心问题,即是对毛泽东时代妇女政策的批评。这种批评集中于"男女都一样"的妇女政策所掩盖的父权制结构和性别差异问题,女性在被作为一个准男性主体的社会性别秩序当中遭受的压抑得到公开表达,尤其是女性的双重角色(社会角色和家庭角色)问题、文化表达和主体风格上的"女性特质"问题,以及传统的性别观念对女性社会处境和自我认知的规约问题等,成为80年代重新关注性别问题的重点。当代女性文学批评正是在这样的起点上开始建构自身的合法性和独特表述。由于20世纪妇女解放与阶级解放的历史实践有着这样的渊源,当代女性文学批评始终在有意无意之间"遗忘"了自身承受的这份独特的遗产。这使得女性文学批评从80年代以来一个基本的趋向,是过分强调女性话语和阶级话语之间的分离,而将研究重点集中于女性话语从20世纪中国文学整体格局以及左翼话语分离出来的部分。更重要的是,对左翼运动与女性解放运动之间的成败经验的分析也相应被忽略。"个人化写作"对其女性主体的阶级身份的盲视,正是这种遗忘的直接后果。

90年代后,中国社会的变化,尤其是社会阶层结构的重组、资本市场造成的贫富分化,使得"阶级"问题再次浮现于文化视野当中,并在一定程度上构成对女性话语的冲击。但是,需要特别提出的是,以"阶级"身份质疑"女性"身份,并不是中国的特殊问题,而是妇女运动遭遇的世界性问题。60年代西方女权运动,即是从新左翼运动中分离出来的,那些与男性战友并肩战斗在民主运动前线的女性发现,她们同时必须面对男人的压制,因而有了"个人的即政治的"口号,并提出女性必须在反对资本主义和父权制这两个"战场"上作战②。在90年代后中国语境中重提性别/阶级的关系,不是要简单地以"阶级"政治的合法性去否定女性问题——毋宁说,对于这种在男性精英知识界渐成主流的观点,需要予以认真的回应和讨论,而是正视从中透露出的当代女性文学批评对自身历史资源的盲视。正视女性解放与阶级解放的密切协作所形成的这份20世纪中国的独特遗产,需要我们对现代中国的女性解放的历史作更深入细致的考察和辨析,就西方/本土的关系而言,这或许是真正的现代中国的"本土传统";另一方面,将这一历史遗产浮现于当代女性文学批评的现实视野之中,并不是要简单地

---

① 周恩来1926年3月在广东潮汕纪念三八国际妇女节上的讲话(《毛泽东、周恩来、朱德、刘少奇论妇女解放》,人民出版社1988年版,第69页)。注释中说明文中的"阶级",是指男性对女性的压迫。

② 参见罗斯玛丽·帕特南·童:《女性主义思潮导论》第三章,华中师范大学出版社2002年版。

重复过去的经验,而需要在对历史遗产作出反省的基础之上,寻找解决女性问题与阶级(民族)问题更适度的方式,以打开女性文学批评的新视野。

厘清这三种资源,有可能使当下女性文学批评寻求更适合自身情境的解决方案。"女性文学"这一范畴中蕴涵的新启蒙主义式的"人"的想象已经被越来越多的研究者认识,但它关于性别差异问题的讨论,仍足以成为当前女性文学批评的重要参考资源。西方当代女性主义理论为女性文学创作与批评批判父(男)权制提供了有效的理论依据,但由于忽略了妇女运动与左翼运动的复杂历史资源,这种批评往往从单一性别角度考虑问题,而无法更广泛地面对妇女在现实处境中所遭遇的社会/文化问题。将女性问题纳入更为开放的历史/现实视野之中,在主体身份多样性——诸如阶级、民族、世代等——之间寻求适度的结合点,或许是女性文学批评走出所谓"困境"的一种有效方式。

女性话语的文学境遇

林丹娅

为了方便阐述起见,本文把相对于或针对于男权意识形态的、具有一定女性主体意识的性别话语,统称为"女性话语"。在具体阐述中,女性话语将有涉"女性文学"与"女性主义批评"二部分内涵。

一

今天的一个中国知识女性,如果她能够对自己的某种表达进行审视的话,她有可能会、甚而是更着重地在此层面上进行审视:由她表达出来的那些观点究竟来自何方,是出于司空见惯的男性意识下的强势话语,还是真正出于"女性"自己? 这种对自身属性进行文化性别的审视与质疑的行为开始之日,才是真正的女性意识萌生之时。女性意识相对于有史以来存在于人类社会中的男权既成思维范式,无疑具有反叛与挑战的先锋性。她在中国的萌生到今日成为一种越来越趋向广泛的、有异于曾一统天下的男权话语的形式存在,已历经百年发展过程,而现代女性文学便是其主要生成物。换而言之,要考察女性话语在中国的境遇,现代女性文学可提供最有效的研究文本;反之,女性文学亦凭借具有女性意识的话语形态而获得实质性的命名与存在。

20 世纪初的社会变革与新文化浪潮,催生了挣脱旧文化秩序与角色锁链的现代新女性,在此基础上,催发了中国历史上第一次女作家群体介入社会性书写

题解 本文原载《东南学术》2004 年第 1 期。作者通过考察女性话语在中国历经百年的演化过程,认为中国的女性文学批评既是八九十年代女性文学文本批评之需要,又是改革开放、思想解放大气候下产生的一个质疑、挑战男权话语体系的声音,同时还是受世界性的女性主义批评思潮与理论话语启蒙、互动下有机生长的一部分。由于中国社会历史文化沿革具有复杂性,更因女性话语所涉的源远流长,关乎到每一个具体人、具体家庭、具体社会组织的性别文化成分,所以在女性文学的写作、阅读与批评中,存在着错综复杂的情况。因而,举证与分析、辨识与澄清,是女性话语摆脱传统男权话语所造成的困窘境遇的必要工作。

的文学亮相。伴之而显的也是前所未有的女性书写自己的力度、强度与密度。人们可以像感受她们的文学文本形态那样直接感受她们的生活形态、生命形态与心理形态。如果对这一时期前后出现的女性文学文本进行系统考察与梳理的话,会发现她们具有二种显明的话语特征。这二种特征后来也一直贯穿在她们的文学表现中,反映着女性话语在不同时代的不同境遇。一种是以"出走的少女"为表征的、基于寻找自我解放之需求而构成的倾诉式文本,具有"妹妹找哥哥泪花流"之特征。当时,易卜生《玩偶之家》中的娜拉,因其表现出的女性自主性和与旧生活决裂的姿态,正与新文化运动所倡扬的意志自由、个性解放与人格独立等精神导向相吻合,似乎成为中国女性现代性的形象代言。然细察之,娜拉出走的言行虽为新女性所效仿,出走的主题亦为现代女作家所青睐,但她们写的则是一个完全中国化的文本——以少女为主角,以"妹妹找哥哥"为心理依托。首先是出走的"少女"形象,其原型其实更多地是来自中国古典文学中的反规女性:不管是女扮男装代父从军的花木兰,还是女扮男装金榜题名的孟丽君;不管是聊斋志异中那些自主随意的狐精花妖;还是闺阁后园里那些灵魂出窍任情奔放的倩女丽娘们,全都是少女身;再加上新文化运动提出的妇女解放具体目标,如废除缠足,恋爱自由,教育平等,其适应对象正是少女们。以当时出现女作家最为集中的北京女子高等师范学校来说,来这所新式学校就读的大多数女学生身上,几乎都带有同封建家庭奋争过乃至决裂后出走的痕迹。这种痕迹留在名噪当时的庐隐、冯沅君、石评梅、陆晶清、苏雪林等女作家身上,并大量地、鲜明地出现在她们的作品中。如庐隐的代表作《海滨故人》中出现的女学生,她们有的为家庭环境所不容而出走,接受新式教育以谋求生路与自立;有的是为逃避包办婚姻,学校成为她们的避难之所;有的则反而不惜以婚约为条件,换取进入学校的短暂自由与朦胧的希望。她们都有一个潜在的心病与危机,那就是一旦毕业,她们将往何处去? 社会还没有为她们准备好相应的自立位置,她要么嫁人,要么回家,这恰是花木兰杜丽娘式反规少女的翻版:她们的反叛多发生于女儿期,一旦到了嫁为人妇的年龄,所有的精彩都结束了——一个关于女性反规的故事已然无能为继,她们以嫁人回家的形态,回到了传统角色的本分之中,回到了文化成规之中。再者是"少女"们的出走,都有一个心理依托,如孟丽君①式是以女扮男装为依托的,倩女式②则是以爱情男主角的引领为依托,而后者是大多数普通

①　孟丽君是清代弹词作家陈端生的作品《再生缘》中的女主人公。

②　倩女是元代戏剧作家郑光祖的作品《倩女离魂》中的女主人公。

少女反叛家庭出走成功的原因与动力。女作家沉樱以《某少女》这个模糊指称，来命名她的一部表现"出走"主题的小说，很能揭示这二个特点在当时的普遍性及其共性特征。

"某少女"是一位革命时装剧女主角的扮演者，剧中角色对扮演者的影响，正如五四氛围对一个生逢其间少女的影响，这使"某少女"有把自己的人生也"戏"一把的勇气。她给一见钟情的"情人加同志"式的"哥哥"，写了五十八封渴望哥哥带她出走的信。但这哥哥"不过觉得她是个可爱的，天真的小妹妹，说是想把她作为自己的恋人，那是没有这意思的。……于是便下了决心和她断绝了"。对"哥哥"来说，他断绝的只是爱情，但对"某少女"来说，断绝的却不仅是爱情，更重要的是她"出走"的路，她追求新生的希望。所以"某少女"如此哀哀而泣："我的前途是空虚，我的目前是晕眩，我的心已经碎了，我不知什么叫做人生，也不知道我为什么还活着……我只好带着这快将我压毙的沉重的疑问，回到那黑暗的家乡！"[1] 这就是为什么"五四"女作家们笔下的少女们，总会出现"莎菲女士"一样的精神病状。那其实是些正在经受着或预感着自己的"出走"正在夭折的少女们。她们的未来，已被诸如鲁迅的《伤逝》所明明白白展示："出走"成功后的"少女"并没有得到《爱情的开始》之后的理想，她们在《胜利之后》、《喜筵之后》写下的只能是诸如《丽石的日记》、《鸽儿的通信》一类的哀伤，发出诸如《春痕》、《或人的悲哀》之类的悲鸣。把代表着出走不成功的"某少女"，与代表着出走成功的"子君"放在一起看，她们恰好完整地勾勒出"五四"前后"出走"女性的命运：意欲出走的"某少女"们会因"哥哥"的无情，致使出走流产而坠入无望的黑暗；出走成功的子君们，会因"哥哥"的抛弃，而使出走无功而返，重坠绝望的黑暗。"妹妹找哥哥"的依赖性，使"泪花流"成为必然。这种以哥哥作为先进表征，引领妹妹脱苦海的意象，后来成为革命话语中女性解放的模式，比如大春之于喜儿，常青之于琼花，余永泽、卢嘉川之于林道静等。这种具有"少女式"与"依赖性"之特征的反叛，在潜伏着女性个人命运悲剧性的同时，也潜伏着中国女性解放一个更为深层而漫长的命题。

相对于"少女"形象，成年妇女通常是以充任"妻子、媳妇、母亲"之角色作为表征的。现代文学中的妇女形象大致有两类：一类是被压迫与被侮辱的女性，这类形象展示了中国封建宗法制统治下的妇女所身受的苦难与凌辱，代表作品如鲁迅的《祝福》，叶绍钧的《这也是一个人》，柔石《为奴隶的母亲》等等。而另一

---

[1] 以上引言见沉樱小说《某少女》，人民文学出版社 1979 年版。

类就是以"万能的母爱"为表征的、基于反父权制文化秩序之需求而构成的讴歌式文本,它具有"以母亲的名义建塑无名的自己"之特征。"五四"时期,新青年对父权制封建统治造成"祖国/母亲"苦难的不满,对"天地君臣父子"秩序的破坏,首先表现在对家庭父权制的决绝上。反映在文学表现上,就是"母爱"话语的涌现,形成文学儿女们联手抬出"母亲"形象的文本景观。这无疑是新青年反父权专制的一个策略,他们由此获得反叛父权传统最充足的理由与力量,"祖国/母亲"相对于"国家/父权"的专制与现实腐败,便成为儿女们深情怀念、讴歌、渴求、理想的对象。而另一方面,在父权制"国/家"弱肉强食的替代中,"母亲"作为冷酷的、破坏性的"父子之争"中唯一的维系纽带,而具有她特殊的地位与作用。她是"父子"这对矛盾中互相联系、相互转化的一面;是体现生命与情感,和谐与安宁的一面;是具有弥合与重生的一面。因此,这个"母亲"与其他文本中出现的母亲符号所指有所不同:"母亲"不再只是作为被排除在父权宗法统治秩序之外的软弱无能、自身难保的生育机器;也不是一个逆来顺受、被压迫被奴役被侮辱的对象,而是一个可以与不合理的"父"系统治现实构成相互抗衡的理想的力量。在文学表现中,"母亲"常常在儿女们的梦幻与回忆中出现,带来温馨甜蜜生活场景与高度人性化的情感世界,这恰与"父权"秩序下冷酷无情、僵化教条、死气沉沉的现实环境构成鲜明的对比。此类意象以冰心的代表作《超人》为典型:主人公何彬在现实生活是一个冷漠、颓丧、了无生趣的病态青年,但他在由梦幻带来的母亲世界中的表现却判若两人,可见是"母爱"使行尸走肉般的儿子回到血肉与爱心之中,使僵尸般的青年获得拯救与复活的希望。在冰心的笔下,凡被她作为与黑暗现实对比面或对立面出现的人物,一般都具有此类"母爱"之特征:在《两个家庭》和《第一次宴会》里是妻子或母亲;在《别后》里是好朋友;在《斯人独憔悴》里是姐妹;在《最后的安息》、《世上有的是快乐与光明》和《小桔灯》里,则是未成年的孩童。冰心把"五四"时代启蒙话语的一个层面与自己的救世之理念,构成她与其他作家遥相呼应的讴歌母爱的文本。如果从反父权政治的大背景来看,此类文本意在借"母亲"之美善,与"父"之丑陋现实做势均力敌的较量,从而构成对后者的否定;从考察女性话语形成的角度来看,这未尝不是现代女性借"母亲"符号之特定所指,在理直气壮张扬性别团体对社会的不满与谴责的同时,宣扬自己的理想与功用。

具有以上二种特征的文学文本,对于女性介入历史性书写、建构自身话语无疑具有历史性意义,但它们所体现出的局限也显而易见:就"倾诉"式话语本身来说,"字字血声声泪"的告苦与诉虐,必是建立在一个可为倚仗的支持者与解救者存在的心理基础上,这表明此时的女性解放意识仍然存在着的被动性与依赖性;而以"找哥哥"为表征的少女解放,正是以嫁为人妇为标志的"妇女"阶层,无法彻底实现解放初衷的隐患所在。就"讴歌母亲"式话语本身来说,抬出"母爱世界"虽意在与父权现实分庭抗礼,但却不能不沿袭传统文化的价值观与道德规范,来完成对"母亲"角色的审美,这表明此时女性话语中依然存在的、也不能不袭用的男性视角。也正是上述这些缺乏独立性与自主性的局限所在,才使她们在错综复杂的历史境遇中无法避免如此遭遇:当反封建制主流话语被反映民族与阶级矛盾之现实危机的话语所替代后,与人文主义、人道主义、个性解放意识互为一体的女性意识,无疑也被排斥出主流意识之外,女性在历史与文学的双重文本中,对自我角色跃跃欲试的表现与探索明显中止了。这也就是为什么那些能够反映女性意识深化的文学文本,诸如"姬别霸王"式的、解构母爱"金锁记"等反规话语,反而会出自处于时代主流边缘位置上的作家张爱玲笔下的原因。

中国现代女作家第二次群体性写作景观,出现在20世纪的八九十年代(台湾约于七十年代始)。中国大陆的又一次思想解放运动带来社会变革的思潮与实践,也带给女性重写自身的又一次契机。此时全社会性的自审与反思、中心转移、权威消减、边缘置换等诸种文化现象纷至沓来,原以社会政治文化大一统的中心话语为背景,产生在女性文本中的"哥哥意象"无形消解,这也是为什么会在新时期伊始,出现近乎全社会性"寻找男子汉"之话语现象的深层原因之一;而异邦男子高仓健、史泰隆式的所谓硬汉子形象,也正是借此"哥哥缺失"的心理需求才得以风靡一时。20世纪初以来一直伴有依赖"哥哥"情结的女性文本,在此背景下,出现"不见哥哥心里愁"的话语倾向。"寻找男子汉"成为新时期初女性文本的一个显明主题,其代表作如张抗抗的小说《北极光》,作者用可遇不可求的"北极光"意象,作为女主人公孜孜以求的象征,把新时期女性寻求理想对象的心理动态表现得淋漓尽致。但同时,包涵在此意象中的诗化与虚化,却也隐约透露出这种寻求的并非乐观。值得庆幸的是,女性新文化进程与中国社会文化进程一样没有被历史简单重复,女性心理定式铸就的文本形态已渐失现实生活之依托。女性几乎是在当时的思想大变革、时代大转换的特定情景下,在两性共有的困惑与茫然中,但对真理的求索与社会实践的勇气与热情却愈加澎湃的特定情景下,开始"寻找自己"的。从张洁、谌容到年轻的伊蕾、陈染、林白等作家、诗人的笔下,我是谁?我从哪里来?我是什么?我有什么病?……一系列有关女性生命本质、生活状态、生存境遇的问题,在历史与现实之中,在真实与虚构之间,被女性自己所追寻、所探索、所思考、所描述、所呈现。历来在男性话语中"失语"或者说是"附言"男性话语的女性书写,在"不见哥哥"的文化大背景的成全之下,终于看见了自己,并尝试着说出自己的声音。此前"寻找哥哥"的文本,至此逐渐被"寻找自己"的文本所替代。这一步的替代对中国女性来说,无疑是别具重要意义的。因为它可能表征着中国女性摆脱自古而来的依赖性的结束与独立性的开始。中国女性意识从朦胧觉醒的状态中产生的女性话语,至此才获得一种实质性的突破与进展。

反映在文学表现中,自20世纪初绵延而来的前述二种特征有了显著的变化:一是以"母亲形象"为代表的一系列传统女性角色形象,被置放在社会与家庭、文化与心理的结构和关系中重新审视并显示,传统角色尤其是"母亲"角色的美感,女性自己的书写中,表现出一种共性的、同时也多少令人有点发蒙的解构趋向。这种趋向也许从张爱玲笔下的曹七巧就开始了,到了新时期后便大有发扬光大之气象,从写实闻名的方方、池莉到以现代派称雄的残雪;从诗意情怀的铁凝、迟子建到敏思凌锐的蒋子丹、陈染、林白(这份名单几乎可以把新时期以来最负盛名的女作家们都罗列进来)……直至以一篇传记《我有这样一位母亲》重拳出击的李南央,在她们的笔下可以十分清楚地看到传统的审美倾向被具有现代性的审丑意识所取代。这种变化当与女性"自省"意识的自觉与强化有关。她们从习惯性审美的母亲形象上进行"审丑",其深层则意在审视包括自身在内的具有传承性、延续性的女性丑陋本质,从而揭示这种本质构成背后的文化成因。显而易见,审丑意识与话语的形成,才使她们的文学文本真正拥有批判的精神与意义,才使她们拥有摆脱成规塑造与丑陋既定的可能;二是在破除以"哥哥"为文学隐形主角的"男性神话"阴影后,女性寻找并重现自身的过去与现在便成为一种必要与必然。应该说,也只有在这种情势之下,女性寻求自身的解放才可能进展为生命全过程的、具有独立意识的、自觉性主动性的行为。反映在女性文学中,寻找、挖掘、重现、表现女性生存境遇与生活形态,描述身置其间的女性生命状态与心理体验的文本开始出现并有愈演愈烈之势。一种有史以来约定俗成或司空见惯的书写格局被打破。如果说,从前的女性——如果她在写的话,那么她几乎就不能不是一边模仿男性塑造的女性形象在塑造自己,一边却不得不让没有被描述出来的那一部分成为空白的话,那么,今天的女性感应着时代激励多元话语齐生并存的大气候,愈来愈大胆的、愈来愈有意识地尝试对既成女性形象进行"正本清源"式的反塑造。同时,她们还尝试把那曾经是"不能言说"或"不可言说"的那部分,表现在"再现本身"之中①。一些关注灵魂状态、重视内心体验、强调内在感受的女性文本,把被遮蔽的或沉沦已久的性别体验,个体的和集体的,从被覆盖的记忆、被封闭的身体深处唤醒,形成独特的言语形态,冲破习惯性的话语规范与阅读期待,浮出语言,成为今天众声喧哗中一道不应或缺的"自己的声音"。

二

应该看到的是,今天女性话语之成势是与女性主义思潮在中国的传播不无关系。无可讳言,女性主义的理论话语与女性文学的写作实践一样,从她出现的那一刻起,便同样身置于有史以来以男权文化历史为背景的话语一统性的危机与陷阱中。但是,生其中而异其质,在质疑的基础上颠覆与消解男权话语的权威性与不平等性,使女性主义批评获得有别于彼的理论立场与视域。从文学实践来看,但凡有体现社会思潮新动向的文学作品产生,就会有对其做出反应的批评理论的应运而生,从这个意义上来说,中国女性文学批评无疑是中国八九十年代风起云涌的女性写作现象所需要的产物。但她的性质与理论来源又远不止如此简单,她同时还是人类进入能动地探索,并试图改善性别文化这个历史现象所需要的产物——女性主义理论——在中国文学批评领域的实践。显而易见,如果没有有别于习以为常的男性立场、视角、观念与方法的理论话语,就很难识读包括文学在内的人类文化现象中的男权话语体系之"蔽"与"弊",当然也就没有被识读的女性文学。

"女性主义"一词译于英语"feminism",一般用于泛指欧美发达国家中反对性别歧视、主张男女平等的各种思潮。从最初的追求男女平等的"人权"基本诉求与理念出发,"女性主义"逐渐形成了一系列在发展中不断变化的多元理论体系。在当代美国,从理论研究分野上命名的女性主义就有自由主义女性主义、马克思主义女性主义、社会主义女性主义、精神分析女性主义、后现代派女性主义等等。除此之外,与欧美主流文化思潮的全球化趋势一致,在欧美女性主义思潮的全球化趋势中,还有自认可以代表本土与本民族立场与利益的第三世界女性主义。尽管西方女性主义理论经历百年发展,至今似乎仍缺乏(似乎也不追求)

---

① "后现代在现代中,把'不可言说的'表现在'再现本身'之中……后现代寻求新的表现方式,并非要从中觅取享受,而是传达我们对'不可言说'的认识。"笔者在此引用此言,主要是想强调中国后新时期的女性写作,笔者以为含有此种特质。让·弗朗索瓦·利奥塔:《后现代状况》,湖南美术出版社1996年版,第209页。

统一性与一致性,甚至在女性主义内部,也有着持久而激烈的理论论争,但这似乎并不影响她作为一种从根本上有别于有史以来由男权意识形态与社会结构所滋生的哲学观与方法论,对思想、文化、社会、学术各个领域产生广泛的话语渗透与深刻的影响,反而证实了她不拘一格的理论活力与实践生机。比如后现代女性主义理论中存在着两大阵营"本质论"与"构成论"的论争,在不乏激烈中并非是抵消了各自的优长处与影响力,而是在论争的过程中不断地补充、丰富、精致了女性主义理论的内在肌质与肌理,否则,以黛安那·法司(Diana Fuss)为代表的观点,就无法在二者之间发现并总结出它们内在的辩证统一性:本质论中包含着构成论,构成论也离不开本质论。[①] 与女性主义理论的这种在发展中变化、在变化中发展的探索欲求相反,在中国的理论境遇中,这种情形则往往会被认为是缺乏最后定论式的严密体系与完整性,而被怀疑其合理性、科学性,或者说是权威性。这样一种与女性主义理论本身生成期待就存在着南辕北辙的看法,当然无法准确阐析出女性主义理论的意义与价值。以上述例证而言,无论是"本质论"的争取两性平等,还是"构成论"的解构既定社会意识、思维习惯以及男权思想与话语对女性主义的影响,应该说都具有很强的理论性与实践性,这是因为女性主义所关注与讨论的问题始由是人人都涉及其中的具体问题,是人与人构成的社会关系的问题,她的理论就不可能不是政治的理论。

从世界不同国家与地区的"女性主义"发展态势来看,可以说走向成熟的"女性主义"是理论与实践紧密结合的产物。在信息互通、资源共享的今天,欧美"女性主义"话语对世界文化的影响与渗透是不争的事实,但各种"女性主义"对欧美女性主义的传播与借鉴并没有妨碍,甚至还有助于她们根据本地区的社会特征与文化特点,建立自己的理论体系与方法观,以此指导自己改造社会现状的可能性与途径、突破口与侧重点。从萌发的那天起便具有反"权"性质的女性主义(可参照毛泽东曾指出的中国妇女身上的四条绳索:神权、皇权、族权、夫权),具有一个十分重要也十分显然的思维特征:她不会建立,也不会欢迎唯一或者统一的权威理论,她更注重在实践中被实践者不断地自我纠偏与修正,在内部思想的冲突与理论批判中不断补充与发展新理论,丰满多元化的思想体系。在我看来,"女性主义"既不是机会主义的,也不是教条主义的。正因为如此,

---

① 黛安那·法司:《从本质上说》(Diana Fuss, *Essentially Speaking*),见鲍晓兰《西方女性主义研究评介》,生活·读书·新知三联书店 1995 年版。

"女性主义"才可能在不同的国家、地区、民族与种族中,在不同的学科学术领域里,获得自己存在的土壤与生机。

女性主义批评理论,便是以二百多年来西方女权运动与女性主义思潮为背景而产生的。女权运动与在以文学文本为对象的研究中萌发的女性主义思想,有着异乎寻常的互动关系。女性主义者在进行解读历史与现实的文本实践活动时,文学文本常常是她们最为关注的对象。对文学文本的女性主义研究,推动了世界性女性文学的勃兴;而大量具有女性自觉意识的文学作品的产生,更促进了女性主义批评理论的发展。美国著名文学批评理论家乔纳森·卡勒认为,自20世纪七八十年代以来,西方文学批评理论发生了一场深刻的变革,引起文学批评理论的根本的变化,随着文学研究性质的改变,西方出现了三种影响最广的研究方法,以女性主义理论分析性别(sex)和社会性别(gender)在文学和批评各个方面的作用是其中的一种。甚至有学者认为,女性主义是当今后现代主义批评理论的中心。"作为一个流派,女性主义文学批评将性别和社会性别作为最基本的出发点,打破了将男性的眼光看作是放之四海而皆准的神话,彻底动摇了以男性为中心的文学批评传统。同时,女性主义文学批评深深地影响了西方文学批评,它多重角度的批评方法与充满活力的特征,开放了整个文学批评领域固定的疆界,赋予文学研究跨学科的性质和创新意识。"[1] 这个概括要言不烦地道出了女性主义文批的理论功能。的确,女性主义文学批评理论,以一种有别于有史以来男权文化所形成的意识成规与思维定式的全新视角、立场、思维、与方法,审视并描述文学的历史、现状与未来,而由此实践活动所产生的全新哲学观与方法论,波及并影响到人们对其他人文学科的研究,甚至包括对自然学科研究对象与方法论的研究。比如美国理论物理学家、女性主义作家凯勒(Evelyn. Fox. Keller)为代表的学者,便是从女性主义所特有的关注社会性别的视角出发,重新探讨近代科学的起源,以及历史上存在的社会性别意识形态在其发展间所起的作用。[2] 也许正是看到并意识到女性主义文批与理论的现行与潜在的巨大功能,卡勒才会如此热情地描述她:女性主义批评比其他任何批评理论对文学标准的影响都大,它也许是现代批评理论中最富有革新精神的势力。[3]

---

① 刘涓:《"从边缘走向中心":美、法女性主义文学批评与理论》,见鲍晓兰《西方女性主义研究评介》,生活·读书·新知三联书店1995年版,第96页。
② 凯勒(Evelyn Fox Keller)等:《女性主义与科学》,Feminism and Science. Oxford UnivPr (Trade) 1996。
③ 乔纳森·卡勒:《解构主义:后结构主义理论与批评》,On Deconstruction:Theory and Criticism after Structuralism. Ithaca,Cornell University Press,1982。

就中国具体的历史状况而言,"妇女解放"的话语是派生在辛亥革命前后的倒皇思潮与"五四"前后追求民主科学反封建制运动所产生的革命话语中。对文学女性形象的关注,也是派生在这样的一种话语需求中。正如孟悦、戴锦华在考察"五四"时期出现的一批女性形象时所曾敏锐地指出的那样:作为封建剥削阶级的对立面,受难或被扭曲的女性形象是最为鲜明的,她们代表着原来阴属阶层(指阳在上阴在下二元对立中属于被统治一方的弱势群体、阶层)所有苦难深重的一面,所以女性形象在表层意识上作为一种新女性观的观照与审视对象被提出来,而实际则是作为一种反抗、推翻"阳属"统治的同盟力量被提出来的。①显而易见,当矛盾的、敌对的、斗争的双方对象与性质发生转变后,裹挟其中的女性问题、妇女解放议题,就有可能被搁置或牺牲。但在当时,文学中的虚构女性形象与现实女性的不良生存状况与生命状况一体,成为反抗阶级反不良或罪恶现实的最佳案例。这也在一定程度上表明了女性主义思潮(妇女解放思想)、女权运动(妇女解放行为)与文学、文学批评之间可以产生的一种多么密切而互动的关系。但这种密切而互动的关系由于中国国情,没有发展成为本土性的理论资源,从而不仅使批评一直滞后于女性写作,同时也带给西方女性主义理论在本土的特殊境遇。

首先是外来的女性主义与本土女性文学实践之间被怀疑的游离状态。如果我们承认当下的确有"女性话语"存在的话,那么她的理论资源显然更易于被人们认定来自于西方。于是,一个有代表性问题常被人们理所当然地提出:来自西方文化资源的女性主义话语是否与中国女性的历史进程与实际情况相吻合? 由此围绕着"女性主义""女性文学"等概念内涵本身,不仅有诸多争议,甚而怀疑它的存在,进而怀疑是人为划分的。② 这些争议的深层原因,实际上是出自对中国女性意识是否具有主体性自主性的怀疑,从而导致殊途同归的两种看法:一是继续忽略本土女性话语的产生与存在;二是即使承认存在,但也可以把她看作是一种严重脱离国情实际的话语来忽略。而事实上,我们可以看到新时期以来的女作家和她们的文学文本,在二十多年间发生的在叙事意识上的巨大变化。如从张洁的《爱,是不能忘记的》到《方舟》;从王安忆的《雨,沙沙沙》到《长恨歌》;从铁凝的《哦,香雪》到《玫瑰门》;从张抗抗的《北极光》到《赤彤丹朱》……男性意识下的男性话语模式显然被女性意识下的女性话语所逐渐取代。一大批具有

---

① 孟悦、戴锦华:《浮出历史地表》,河南人民出版社 1989 年版。
② 参见南帆、丹娅、荒林对话录:《女性主义——性别之间的战争》,见阿正《世纪对话》,中国社会科学出版社 2000 年版。

鲜明女性主义写作立场、倾向、观念、方法的女作家,如伊蕾、翟永明、唐亚平、海男、斯妤、叶梦、残雪、陈染、林白、徐坤、蒋子丹、方方、徐小斌、池莉等等,与她们的作品一齐涌现。但我们至今仍然无法准确知道,她们与从那时以来主要通过译介进口的"女性主义"之间究竟是怎样一种关系。"女性主义"对中国女性话语究竟有何影响,影响有多大? 也许是基于上面论及的话语背景,大部分女作家,包括女文评家都会下意识地、或有意识地避开或者干脆否认自己与西方"女性主义"之间的关系或者影响。不要说在 20 世纪 80 年代,由王蒙带领出访的我国女作家,在不巧被人问及有关女性文学、女权问题时,"没有一个女作家承认自己关注女权问题……性别问题……更不要说是承认自己是女权主义者了"①,时至今日,又有几个女作家与女批评家会这样承认呢? 在中国特殊的境遇里,要承认这样的问题,实在不是那么简单的。她们似乎更愿意认同这种说法:我是女性,但不主义。承认西方女性主义对她们的影响会带来哪些负面的阅读与认知后果? 脱离中国实际? 嘲弄与冷遇? 被读成"妖魔化"的西方翻版? 女性主义话语的这种尴尬境遇,在其他第三世界国家中也有类似发生。比如在秘鲁,尽管女性主义一词早出现于 1920 年,但女性主义是否是舶来品,是否与拉丁美洲的具体国情格格不入的争议一直存在。与此相反,有一部分女性主义学者则认为,女性主义不是外来的意识形态,这个词与"社会主义"一词一样,没有具体的民族和种族属性。②

还有一种情况是,与国内理论界对 20 世纪西方理论所做的积极回应相比,对女性主义理论的回应显然要微弱得多。譬如在后现代主义批评理论、后结构主义理论、后殖民理论的热介与研究中,对包含其中的女性主义声音就有淡而化之或略而不涉的倾向,本土"性别歧视"意识似乎就直接地反映在诸如此类的学术行为中。③ 于是我们可以看到一些十分有趣的或者说是有意味的现象:一个对"女性主义"话语嗤之以鼻或极为反感的学者,却可能极为沾沾自喜地使用解构主义、后现代主义、后殖民的理论与概念以表明自己的思想先锋、学术前卫、与国际思潮接轨。就如一些人从不怀疑自己是人文主义学者并以此为标榜,但却对"男女平等"的理想怀有根深蒂固的怀疑甚至抵触一样,浑然不觉"如果两性

① 王蒙:《序》,见刘慧英:《走出男权传统的樊篱》,生活·读书·新知三联书店 1995 年版。
② 苏红军:《第三世界妇女与女性主义政治》,见鲍晓兰《西方女性主义研究评介》,生活·读书·新知三联书店 1995 年版。
③ 一些学者已注意到此种现象,如胡玉坤"有感于国内学界对后殖民研究的积极回应及对女性主义声音的忽视"而着意介绍《后殖民研究中的女权主义思潮》,见《妇女研究论丛》2001 年第 3 期。

之间的关系不能平等的话,人文主义传统就是一场笑话"①。而与之相反的另一种情况则是对女性话语做望文生义的、想当然的、甚而是特具男性思维与意识的诠释,然后再给予非难,这是女性话语在文化生活中最常遭遇到的情景。比如上世纪90年代流行文坛而颇受非议的"小女人散文",公众对其"小女人"之解显然与作者原意大有出入。② 而最典型的莫过于在用"身体写作"这个概念来诠释当下女性文学个案时所发生的意义间离、扭曲、甚而南辕北辙。男权中心历史化社会化的"女性问题"言说,不仅不可能就此终结,甚至只会更趋复杂化——从被忽略的空白,到不屑的冷漠,到眼下热闹得呈扑朔迷离状——这是因为对于进入公共空间试图进行任何交流的女性话语来说,在交流过程的任何一个环节上,她们几乎都不可避免地要受到来自历来就是以男性视点为中心的文化所"操作",甚至在这样的过程中,她们本身即同化为操作机制的一部分。误读、曲解、遮蔽、利用、篡改乃至代言……以天经地义的名义,以理所当然的强势。这对女性主义话语在中国的传播、交流与理解,显然更是一重障碍。

中国的女性文学批评实践状况表明:她既是八九十年代中国女性文学文本批评之需要,又是八九十年代改革开放、思想解放、众声喧哗的大气候下产生的一个质疑、挑战男权话语体系的声音,同时她还是受世界性的女性主义批评思潮与理论话语启蒙、互动下有机生长的一部分。由于中国社会历史文化沿革所具有的复杂性,注定了女性寻找自我、追求性别平等的努力,不仅是"最漫长的",同时还是错综复杂的。尽管从文学艺术扩展至社会生活层面上的女性话语,已成一定程度的态势,但正因其虽成势而非定势,更因女性话语③所涉的源远流长,并关乎到每一个具体人、具体家庭、具体社会组织的性别文化成分,在文学文本乃至社会层面的阅读、理解与实践上,都存在着十分错综复杂的情况。曲解与误读、冷置与利用、批评与反批评,陷阱与突围,传统男权话语对女性话语资源的误识、误导与误用比比皆是。举证与分析、辨识与澄清、论证与批判,不仅是当务之需,也是当下"女性话语"摆脱男权话语所造成的窘迫与困难境遇的必要。相对有史以来既成的男权话语体系而言,女性主义话语也许不成"体系",但她

---

① 阿伦·布洛克:《西方人文主义传统》,生活·读书·新知三联书店1998年版,第285页。
② 参见黄爱东西:《男女有别》,陕西旅游出版社1997年版,第419页。
③ 从给各自高校学生开的课程上来看,2001年7月,大连大学举行"妇女/性别研究与高等教育实践"国际论坛,该论坛属于一项国际合作教育项目的部分,其主要目的在于"推动妇女/性别研究的可持续发展和在中国教育/学术领域中的主流化进程"。从来自国内高校各个研究领域与学科的学者身份与报告内容来看,性别研究在历史学、文学、哲学、社会学、政治学、人口学、教育学、心理学、医学等等方面都取得成果,可佐证女性主义话语渗透的情况。

提供了的有别于他类的具有认识论与方法论意义上的崭新视野,是开启、帮助、推动人们更为全面地认识自己的一个有效思路。女性主义话语在中国文学及其他学科领域里的渗透,不仅表明了她的被需要,同时也表明人们改善自我,争取性别平等,更文明地生活的决心。在此背景下,有理由相信,女性话语的中国境遇,将会得到有效的改善。

女性主义批评中国化之反思

郭冰茹

一

如果要为西方女性主义批评理论的中国化进程寻找起点，相信很多研究者都会将其指向一九八一年朱虹为《美国女作家短篇小说选》所写的序言。虽然起点不晚，但相对于同时进入中国学界的其他西方理论和思潮，它在一九八〇年代的影响力并不算大。第一部在国内问世的西方女性主义批评理论的论文集是一九八九年翻译出版的玛丽·伊格尔顿的《女权主义文学理论》①，此后才出现大规模的有计划的对西方女性主义经典文本的翻译和介绍。而国内的女性主义批评实践也跟随理论翻译的进展同步进行，就现有的文献资料来看，大约是从一九八八年开始，《文学评论》、《外国文学评论》、《上海文论》、《当代作家评论》等学术刊物上出现了"女权主义"批评专栏；也是在一九八八年，李小江主编的妇女研究丛书开始由河南人民出版社陆续出版，随后大量关于女作家、女性写作的研究论文占据了学术刊物的众多版面。女性主义批评理论在一九九〇年代的学界轰轰烈烈地上演着，一九九五年第四届世界妇女大会在北京召开更把原本已经热火朝天的女性主义思潮推向了一个新高潮。从某种意义上说，女性主义批评理论在一九九〇年代几乎成为一门显学，它不仅成为全国高校和科研单位人文社会科学领域众多女性学者的理论资源，也吸引了许多男性学者参与其中。

题解　本文原载《当代作家评论》2008 年第 6 期。作者通过考察西方女性主义批评理论的中国化进程，肯定了女性主义批评已取得不小的成就，但在理论建设上停滞不前，提出要正视女性主义理论在西方的产生与在当代中国的接受之间存在着的巨大的语境差异，认识妇女解放与民族/国家解放是两种不同性质的革命。文章认为，当代女性主义批评在批评实践中固守着开掘女性意识、建构女性美学以及批判男权中心的文化立场，其理论预设也为文学研究带来了局限，女性主义批评应该突破为自己设定的束缚，建立起开放的多元化的批评空间。

① 　玛丽·伊格尔顿编：《女权主义文学理论》，胡敏等译，湖南文艺出版社 1989 年版。

而随着对西方女性主义的理论的不断阐发和国内批评实践的不断拓展,女性写作在一九九〇年代也呈现出繁荣的态势。

女性主义批评理论中国化的进程除了在不同时期呈现出质和量的差异之外,对 Feminism 的译法也不同。在一九八九年之前学界多采用"女权主义"的译法,而到了一九九二年已经基本改用"女性主义"①了。这种改变不仅是措辞上的不同,在某种程度上也迎合了西方女性主义理论自身的发展轨迹。法国女性主义理论家朱莉娅·克里斯多娃将女性主义批评的历史分为三个阶段,第一阶段是真正意义上的"女权"阶段,要求女性在象征秩序中获得与男性平等的权力;第二阶段是以性别差异反抗男性秩序,颂扬女性本质;第三阶段则是消解作为形而上学的男女二元对立,在理论建设方面主张开放性地接纳不同的理论观点②。中国学界在一九八〇年代将其译为"女权主义",在翻译和批评实践方面都侧重描摹女性在线性历史、象征秩序以及文化传统中的被压抑被歧视位置,倡导男女平权;而一九九〇年代多选用"女性主义"的译法则更注重在哲学、语言学和心理分析学等方面的理论背景下探讨女性本质以及建立女性文学传统,批评实践中也侧重性别差异和女性性别意识的觉醒与表达。

女性主义批评对中国文学研究的影响是显在的。它为我们提供了一个新的角度来重新审视既定的文化传统和性别规范。在"性别"视角的观照下,文学的社会文化语境得到了重新清理和表达。正如王蒙在评价刘慧英那部著名的女性主义论著时说:"(该书)提出了这些我们视而不见的问题。它开始动摇了我们一些习焉不察的传统男权观念……使我们对于许多天经地义源远流长的东西进行新的观照和思考。"③ 由于拒绝既定的象征秩序强加于己的角色规范,女性主义采取一种否定性的、反秩序的、反异化的精神立场,在这种精神立场的支持下,女性主义批评力图揭示女性受歧视的文化偏见,并且通过对女性文本的挖掘和整理、分析和阅读来创立女性文学史和女性美学体系。事实上,国内的女性主义批评在这方面做了相当多的工作,也取得了很多有价值的成果。比如对陈衡哲、苏雪林、沉樱、陈学昭等诸多被现代文学史忽略的女作家的作品进行了整理和认真的文本解读,对冰心、丁玲等早已在文学史上有定论的作家重新给予女性主义

---

① 玛丽·伊格尔顿主编的论文集采用"女权主义"的译法,而张京媛主编的论文集则采用"女性主义"的译法,见《当代女性主义文学批评》,北京大学出版社 1992 年版;林树明在 1990 年的评论文章中使用"女权主义",见《评当代我国的女权主义批评》,《文学评论》1990 年第 4 期;1995 年出版的学术专著则使用"女性主义",见《女性主义文学批评在中国》,贵州人民出版社 1995 年版。

② 朱莉亚·克里斯多娃:《妇女的时间》,《当代女性主义文学批评》。

③ 见王蒙为《走出男权传统的樊篱》所写的序言,刘慧英著,生活·读书·新知三联书店 1996 年版。

的解读,分析她们文本中女性意识的觉醒,对于一九九〇年代引来颇多争议的书写女性性心理、性体验的文本及时地给予理论上的援助,以维护女性"身体写作"的正当性。此外,不可否认的是,除了完成一种"重写文学史"的努力,女性主义批评在相当大的程度上激活了一些传统的文学批评理论。它不仅给女作家以及女性写作以独特的理论观照,将她们从线性的主流文学史中剥离出来,凸现其特有的价值和意义,也能整合其他的理论资源,比如马克思主义、精神分析学、叙事学、结构人类学、解构主义等,以实现理论方法上的对话和互通。更为难能可贵的是,女性主义批评理论不仅能够通过文本解读提升女性意识,建构女性美学,而且能够指导具体的创作实践,特别是一九九〇年代以后,许多女作家都是带着自觉的女性主义眼光来思考和写作的。

但是尽管取得了不少成就,中国的女性主义批评理论并没有顺利地过渡到克里斯多娃所说的开放的第三阶段,没有在理论建设和批评实践方面创造出多元的广阔的发展空间,而是在对"女权"和"女性"反复论证中陷入了"自我缠绕的迷幻花园",并且最终限制了自身的发展。当下的批评状况似乎是,不仅许多学者、女作家撤离了这片理论领地①,新近的研究成果也几乎是十多年前的原地踏步,除了不断挖掘新的研究对象之外,批评者仍然执著于对女性意识、女性主体性的建构以及女性文本中针对男权文化传统的抗议性书写的解读,而没有在理论建设上有所推进。

女性主义批评理论建设的停滞不前需要我们对其在中国化的进程中遇到和存在的问题进行深入讨论。

二

女性主义理论在西方的产生与在当代中国的接受之间存在着巨大的语境差异,正视这种差异,才能对二十世纪中国文学史中的女性写作作出符合历史逻辑的阐释。西方的女性主义理论原本是建立在社会政治运动的基础上,涉及妇女解放和妇女争取选举权的各种斗争。但在中国,妇女解放运动虽然也是社会

---

① 似乎是意识到了女性主义批评的局限,一些学者虽然没有脱离女性主义理论,但将研究转向了偏于社会学的社会性别研究,比如李小江、李银河、艾晓明等。她们从事了一些具体的工作,包括相关专题的社会调查、妇女口述史的收录整理、建立妇女儿童援助中心等。她们关注艾滋病患者、同性恋者、家庭暴力中的受害人、提供有偿性服务者、有早孕流产经历的未成年人等边缘群体,并且着手在体制许可的范围内帮助这些弱势者维权。她们仍然秉承女性主义者否定性的、反秩序的、反异化的精神立场,并且在行动上继承了西方女性主义者投身社会运动的一面。

政治运动,却从来不是纯粹的性别问题,女性主义理论的引入也不是为了指导具体的女权运动。这显然与中国的具体语境有关。

自晚清始,妇女解放就是民族解放的附属物,不论是维新派倡导"国民之母"、辛亥革命者宣传的"女国民"、新文化运动的先觉者们鼓吹女子的"独立人格",还是共产党人动员女性参与社会革命,其最终目的都是为民族解放服务的。在没有获得主权,没有建立新政府之前,国家/民族解放与女子解放是能够求同存异,并行不悖的,这也是为什么二十世纪初年,有许多女子捐资捐物,甚至自己组建军队以投身革命运动。但是两者之间的差异也是非常突出的,从根本上说,妇女解放和民族/国家解放是两种性质的革命。女权运动需要改变的是社会的伦理秩序,与江山社稷无关;而民族国家运动则要触动社会的政治体制,说到底是一场江山属于谁的斗争。所以当江山一统之后,女权运动要革新既定的伦理秩序,妇女解放与其的差异,或者说矛盾就显现出来了。

以秋瑾为例,这位希望实现民族革命与女界革命并举理想的革命者在具体的革命过程中已然意识到达成民族革命与女界革命的手段是不一样的,前者可以依赖迅猛的暴力革命,后者则需要进行必要而漫长的思想启蒙。秋瑾权衡了两者之间的轻重缓急,最终以民族解放为重,义无反顾地投入到起义的暴力活动中了。显然,她的英勇就义是因为参与和策划武装起义而并非从事了妇女解放运动。

对秋瑾这样投身国家解放并有女权立场的革命者来说,民族解放只是革命的第一阶段,她们希望能够通过民族解放最终获得女性的解放。所以,我们看到,辛亥革命胜利之后,女子作为曾经的革命同盟者立即组建了"女子参政同志会"、"女子同盟会"、"女革命会"等政治团体,她们上书参议院,要求立法保障男女平等,并且享有选举权与被选举权。她们希望通过赢得参政权而干预国家立法以解决女子面临的女子教育、自由婚姻、禁止缠足等诸多问题。

可是对于男性而言,新政权的建立就意味着革命成功,目的达到,他们并不希望改变既定的社会性别规范。于是,我们同样看到,辛亥革命之后,孙中山对"女子参政同志会"(组建者是曾经的同盟会员林宗素)提出女子享有完全参政权的要求时态度摇摆不定;在接见"女子同盟会"代表时,也对其提出的女子参政的权利表示能力上的怀疑,他认为女子要平等参政必须先"增进女子智识、养成高等资格",否则会"紊乱阶级"①。显然,这样的怀疑态度只会在革命胜利后

---

① 孙中山曾面允林宗素日后会赋予女子参政权,但是当这则消息见报后,又因不敢社会保守势力的责难,而否认了此前的言论。如此反复招致"女子参政同志会"的不满。相关史料见 1912 年 1、2 月间《申报》、《天铎报》的相关报道。

出现,当孙中山还领导着同盟会进行反清救国的运动时,他对女会员是热烈欢迎,积极吸收,丝毫不会顾忌女子没有"智识",没有"高等资格"而"紊乱阶级"的。

在共产党领导的民族解放运动中,妇女解放的附属性质更为明确了。早在一九二二年中共第二次全国代表大会上就已经确立了"妇女解放是要伴着劳动解放进行的,只有无产阶级获得了政权,妇女们才能得到真正的解放"的方针,从此"妇女解放即是劳动者的解放"成为一种政治思想共识始终贯穿于这一革命进程中,而革命的胜利也意味着妇女解放运动的胜利。新中国建立后,男女平权获得了宪法的保护,另外从中央到地方都设有各级妇女联合会,通过行政机构保障妇女儿童的合法权益,如此完善的法律保障和组织结构显然使女权运动失去了革命的目标。但是正如秋瑾所意识到的,狂飙突进般的暴力革命并不能代替必要而且漫长的思想启蒙,民族解放的胜利果实也不能轻易地嫁接给妇女解放运动。

也许这正是历史的吊诡之处。一方面,晚清以降虽然没有独立的妇女解放运动和女权运动,但民族解放运动已然包含了妇女解放的部分主张,而前者的胜利也在某种程度上意味着妇女解放目标的实现;另外一方面,亟待启蒙的女性意识和社会生活中男女事实上的不平等在二十世纪的中国累积不断,即使在"妇女能顶半边天"成为当代的一种意识形态之后,妇女的困境与问题也并未终结,这使女性主义理论在当代中国的衍生获得了适宜的土壤。

三

在晚清和五四时期,解放女性的思想主张都是当时思想变革的主要手段,女性也因此成为其受惠者[1]。二十世纪八十年代同样也是要求打破思想禁锢,拨乱反正的时代,其思想改革的力度和广度常令知识分子将其比喻为"回到五四"。胡适那篇著名的《敬告青年》同样也适用于八十年代的"人的觉醒":"我有手足,自谋温饱。我有口舌,自陈好恶。我有心思,自崇所信,绝不认他人之越俎,亦不应主我而奴他人,盖自认为独立自主人格。以上一切操行,一切权利,一切信仰,唯有听命各自固有之智能,断无盲从,隶属他人之理。"[2] 因此很多研究

---

[1]　晚清时期维新党人将女性与"强国保种"联系起来,社会上一度流行着女性为"国民之母"的说法,内忧外患的社会语境是倡导女性解放与彼时思想变革的粘合剂。五四新文化运动的关键词是"个人",这个"个人"虽然没有具体的性别规范,但其针对的传统伦理道德以及旧家庭和包办婚姻的形式无不与女性相关,而从某种意义上说,"打倒孔家店"和婚姻家庭革命正是从女性问题入手的。

[2]　胡适:《敬告青年》,《青年杂志》,1915 年 9 月 15 日创刊,第二卷起改称《新青年》。

者在为新时期女性主义理论的兴起追根溯源的时候,往往借助与历史的对应关系强调其与当时思想启蒙运动的关系,认为人道主义思潮、人的觉醒是女性意识的觉醒以及女性主义理论发展的直接推手。但是我们必须注意到,在八十年代的具体语境中,胡适所说的"他人"已经不是五四时期的伦理道德和婚姻家庭,而是极"左"思潮、迷信权威,这些均与性别问题无关,而伴随这些问题引发的思想解放运动和启蒙运动讨论的也不是女性的解放,而是人的解放。

相应的,八十年代的知识分子,包括女性知识分子首先考虑的都不是女性的问题,而是人的问题。比如张洁《沉重的翅膀》、张辛欣《在同一地平线上》、戴厚英《人啊,人!》等等,而张辛欣、戴厚英的作品引来诸多争议甚至是批判也与性别问题无关,虽然这些文本后来得到了女性主义的解读。与此相关的是很多女作家不愿意被冠以性别的标识,张洁就明确否认自己是女权主义者,并且坚持认为妇女真正的解放有赖于人类社会的全面进步。在她们看来有了性别的标志便意味着失去了广阔的社会视野,放弃了公民的社会责任和知识分子的神圣使命。显然,在八十年代的语境中,女权主义与精英知识分子的人道主义文化立场并不那么合拍。另有一些作家则通过文本表达了对女性主义的怀疑。比如王安忆的《逐鹿中街》讲述了一个投身"性别之战"的女人屡战屡败,突围沦为表演的尴尬;《弟兄们》则描述男人出现后,"姐妹情谊"的脆弱,作家是以自己的观察和思考来质疑女性主义在中国语境中的有效性。

进入一九九〇年代以后,一些女作家开始成为自觉的女性主义者,比如林白在某种意义上就是埃莱娜·西苏所谓"身体写作"理论的文本实践者,而陈染对女性同性恋的书写也可以用艾德里安娜·里奇所谓"女同性恋连续统一体"的理论来分析。她们的写作在九十年代中期影响很大,不仅影响了一批写作者,而且几乎成为当时"女性写作"的代名词。但是,这类极端的个人经验的书写不幸地与市场遭遇,在经过商业化的包装和炒作之后,女性身体和欲望、自慰与自恋成了一部作品的主要卖点,甚至连女作家自己也成了"被看"的对象,陷入尴尬的境地。其实,对个人隐秘经验的书写并非"女性写作"专有,被列入九十年代"私人写作"或者"个人化写作"名下的还有诸多男作家,比如韩东、张旻、朱文等,但他们远没有遭遇到女作家那么多怀疑、批评和质问。而女性主义批评仅仅是借用西方理论来捍卫女性书写个人经验的正当性,却没有触及到批评言论对男女两性区别对待的心理根源,因而在提供理论援助时显得力不从心。

而九十年代中国社会的持续转型,不仅部分地改写了女性写作的文化语境和男权中心的文化结构,而且使性别角色和整个社会的价值规范都以"消费"的名义被重新定义。曾经,美国的女权运动者集会游行,抗议各种名义的选美活动,因为在女权主义者看来,选美本质上是将女性作为任人把玩,任人品鉴的玩物。但是大约从一九九九年开始,在各种选美、选秀活动中接受挑剔眼光的不仅仅是青春美少女,还有更多的青春美少男。在这里,容貌姣好、身材性感的女人和男人都成为大众消费的"玩物"。当娱乐产品成为都市消费的一个重要组成部分后,电视媒体也制造出了越来越多的以供消费的节目和明星。在上海星空卫视那档名为"美人关"的娱乐节目中,我们看到,在台上搔首弄姿,宽衣解带的是男人,而在台下拍手、打口哨、大呼小叫的变成了女人。这样一个性别位置的调换显然更多地服务于娱乐的目的而不带有政治意味。面对此类"选秀"和"娱乐消费"问题,一方面,"女性主义"所竭力争取的性别平等在某种程度上再一次从天而降了;另一方面,女性主义批评变得失语了,她们无法在既定的男女二元对立的思维结构中来阐释这一现象,这不仅凸现了革命性斗争性颠覆性的理论模式的局限,也包容了消费主义对女性的压迫。

此外,由于中国社会结构的复杂性以及中国知识女性在社会中的独特地位,中国的女性主义者有着不同于西方的鲜明特点:她们基本上是人文女性知识分子或女大学生,自身并不处于社会边缘,她们受过良好的教育,并且拥有体面的收入和稳定的职业,她们接受或转向"女性主义"更多是将女性主义作为一种理论工具进行学术研究而并非将其作为目标或者信仰,因而她们的革命性底气不足;同时中国的"女性主义"早已有了既定的妇女解放运动的资源,她们并非持不同政见者,很少遭遇打击迫害,而中国的大学和学科体制、传媒和出版界早已顺水推舟地接纳了"女性主义",因而西方女性主义者的"颠覆性"在她们的中国同仁身上显得有些矫情①。基于国内女性主义者的特殊性,中国学界在嫁接西方理论时难免结出强扭的瓜。

四

在批评实践方面,当女性主义批评固守着开掘女性意识、建构女性美学以及批判男权中心的文化立场时,其理论预设也为文学研究带来了局限。

如前所述,女性主义批评的确为我们提供了一个新的角度来观照历史,审视现实,但是任何一种理论都不可能是万灵丹,当我们从性别角度切入去重新审视

---

① 孙绍先:《"贵族化"的中国"女性主义"》,《天涯》2005 年第 1 期。

既定的文化传统和性别规范时,洞见也可能成为不见。比如,女性主义批评在追溯历史上女性受压抑的文化传统时,往往把《礼记》、司马光《训子孙》、班昭《女诫》、唐长孙皇后《女则》等作为典范文本,但需要注意的是,《礼记》和《训子孙》在规范女人的同时也规范着男人。比如安排"妻受命于家"的同时也要求"夫受命于朝";男女在家里也应各司其位,所谓"男子居外,女子居内,男不入,女不出,男不言内,女不言外"等等。而班昭、长孙皇后都是处于社会政治高层的女性,她们书写女性规范更直接的目标并非为了完善父权制对女性身体、身份,以及屈从地位的教化打造和想象建构,而是为了更好地规范和维护家、国的秩序。因为中国社会的伦理秩序原本就是按照男女、夫妇、父子的次序和规范建立起来的,而两性的对立和矛盾在任何时代都不可能是社会的主导。

在对文学史的研究中,预设的性别立场也会给研究者带来判断上的偏差。比如有学者在论及张爱玲、苏青等女作家在文学史上的缺席,丁玲延安时期的作品不被提及时认为是她们以女性为本位的"独立"话语书写不符合主流文化①,这样的判断显然忽略了作家所处时代的具体语境。因为与张爱玲等同样被排斥的还有同时代的男作家徐讦和无名氏,他们被排斥应该与文学观有关而与性别无涉,而对丁玲在延安时期创作的取舍显然与当时的政治形势有关。有学者在分析五四时期女作家描写同性情谊的文本时,只借助女性主义理论强调女同性恋这种女性结盟的方式表达了反抗传统主流文化,反抗礼教制约下的性压抑的书写策略②,然而同样也需要考虑的是,在五四之女的成长过程中,女校是她们进入社会的起点,出于交往的需要,这些女学生往往会在同学中找到情趣相投的朋友,结成相互体恤的精神共同体。这不仅是她们成长过程中的一个环节,也是她们寻找自我认同的必然途径。

女性主义批评在重读女作家,创立女性文学史方面的确取得了诸多成就,但是如果文学史的功能是按照既定的文学观来确立文学经典,那么现有的女性文学史并没有完成这个使命,因为它们没有确立起自己的文学标准,(这个标准不应该仅仅是反抗男权中心的政治标准,还应该包括建立在女性心理气质上的审美标准),更无法按照这个标准对女作家进行筛选,对其作品进行价值评判。可以说现有的女性文学史基本上是将现代文学史中的女作家按照时间流程逐一介绍,并借助女性主义批评理论分析她们的文本。显然文学史的书写是不能只

---

① 相关论述见赵树勤:《找寻夏娃——中国当代女性文学透视》的前言部分,湖南师范大学出版社 2001年版。

② 相关论述见常彬:《中国女性文学话语流变》中分析五四女性欲望书写部分,人民出版社 2007 年版。

提供充足的史料的。也正是因为没有确立起自己的标准,它为现代女性写作确立了时间的起点,(或从冰心始,或从秋瑾始),却无法在现代文学史的背景中确立其思想原点;它能够细致地解读每位女作家对性别意识的觉醒和表达,对女性命运的感悟和体察,或者对男权中心文化传统的抗议性书写,却不能揭示不同阶段女性写作差异,以及后代作家在哪些层面上是对前辈的继承和超越,在哪些层面上又达不到前辈的高度。从这种意义上说女性文学史更像是一部单篇女作家论的合集。此外,对于那些原本就在文学史上占据一席之地的女作家,比如冰心、丁玲、萧红等,女性文学史的确为我们提供了一种新的解读,但是对于沉樱、苏雪林、袁昌英这样被现代文学史忽略的女作家,她们的全部意义似乎只在于性别,因为女性文学史并没有把她们放置在大的文学背景中考察她们对彼时文学创作的贡献或者她们的创作个性,这便意味着这些女作家的文本只在女性文学史中有意义,这在某种程度上无疑是对女性写作价值和意义的缩小。

此外,值得注意的是,女性主义理论认为存在一种独特的女性文化和属于女性的表达方式,但是女性写作的文体问题却历来为研究所忽视。几乎所有的批评实践都把关注点集中在女性文本的内容层面,通过详细的文本分析来解读女性意识的表达,而女性文本在叙事上的特点,比如叙事人的使用、叙事眼光的选择、叙事视角的确立以及女性文本的抒情风格等与性别的关系并没有得到研究者的重视,这使女性美学的建构缺乏完善的体系。

美国女性主义理论家伊莱恩·肖瓦尔特把女性主义文学批评分为两方面,其一是女权批评(Feminist Critique),注重对作品进行社会历史分析,肯定女性经验的权威性,从而为阅读提供一种新视角;其二是女性批评(Lagynocritique),研究妇女作品的历史、类型、主题、结构、女子创作心理、女子个人或集体的创作生涯轨迹以及女子文学传统的演变和规律①,并且对女性主义批评理论在其发展过程中出现的问题提出了尖锐的批评。在她看来,女权批评想对传统的男性的文学观加以修改和匡正,却反而使其更加依赖这种文学观,同时妨碍了自身理论建设,出现这一问题的原因在于女权批评仍仰仗男性中心的范式来规定自己最基本的准则,所以即使加上一个女权的参照系作为修正也无济于事②;而女性美学的局限性则在于它固执地认为存在一种独特的女性文化,一个女作家必须在创作中强调其性别特征才有艺术价值,因此肖瓦尔特提醒,只要女性美学认为

---

① 具体论述见伊莱恩·肖瓦尔特:《荒原中的女权主义批评》,王逢振、盛宁、李自修编《最新西方文论选》,漓江出版社 1991 年版。

② 伊莱恩·肖瓦尔特:《荒原中的女权主义批评》。

惟独妇女才有资格阅读妇女的文本,女性主义批评就有受孤立的危险,便会无可避免地落入"性别本质论"的窠臼,从而限制自身的发展①。然而,对于这些警示,中国的同行们并没有予以重视。西方从事女性主义理论研究的学者往往不会只将自己的研究领域限定在"女性主义",她们拥有存在主义、解构主义、精神分析学、叙事学等多种理论背景,因而她们具有开阔的研究视野,而中国的同仁们往往凭借感性经验完成批评实践,缺乏在理论上的对话和思辨。

大胆书写女性情欲,得到女性主义批评诸多赞誉的丁玲在一九三〇年写作陷入了困境,因为她已经将青年女子的苦闷铺垫到了极致,相同的主题再写也超不过《莎菲女士的日记》,丁玲最终转向了革命,继续将她的写作事业发扬光大。进行"身体写作"文本实践的林白在一九九〇年代末期也发生了转向,在她的代表作《一个人的战争》之后也开始摆脱那种曾经自我封闭的叙述方式,主动在她与现实生活之间开掘新的通路。如果说女性写作发展到一定阶段便会试图摆脱单一的狭窄性别视角,建立起与现实对话的广阔空间,那么,作为为女性写作提供理论探索的女性主义批评也应该突破为自己设定的束缚,建立起开放的多元化的批评空间。

---

① 具体论述见伊莱恩·肖瓦尔特:《我们自己的批评:美国黑人和女性主义文学批评理论中的自主与同化现象》,张京媛主编《当代女性主义文学批评》。

日常生活价值重构

——女性主义经验批评的中国诗学定位

荒　林

一、女性主义经验批评方法的界定与发展

女性通过对女性文本的阅读，来唤醒女性之间的共同经验，从而产生女性话语共鸣，引发女性话语的再生产欲望和潜能，这是最初的女性主义经验批评方法①。这个基本的方法也是通行的最有生命力的女性主义文学批评方法。

伊莱恩·肖沃尔特是美国著名女性主义经验批评实践理论家。1977 年，她用经验批评的方法写出成名作《她们自己的文学：从勃朗特到莱辛的英国妇女小说家》，提出女性基于她们自己的经验创作文学，构成了不可忽略的亚文化现象。1981 年她在《荒原中的女权主义批评》里再次深刻指出："迄今为止，女权主义批评始终没有理论根基，在理论的风雨中它一向是个经验主义的孤儿。"② 肖沃尔特实际上指认了男权中心的理论话语如风雨一样考验着女性主义批评话语，支撑后者的核心只能是女性的经验。因此，肖沃尔特在她的《走向女权主义诗学》中提出，女性主义的经验批评可以有力切入男性写作研究，通过阅读男性

题解　本文原载《文艺研究》2012 年第 3 期。作者通过对中国当代女性主义文学思潮的考察和女性主义批评的中国经验重估，指出西方女性主义经验批评在阐述中国女性主义文学思潮时遇到困境，提出日常生活价值重构是中国女性主义文学思潮诗学定位之所在。中国当代女性写作执著于日常生活经验表达，有其深刻的本土经验理由和写作策略，因为只有通过日常生活中性别构成的复杂深刻揭示，才能深入揭露其受现代专制力量影响的程度。中国女性主义文学思潮在根本上依赖于对中国女性经验的提取。现代中国，男女平等成为现代化过程中的组织策略之一。在某种意义上，反思现代化所带来的人的状态改变，思考男人和女人现实权力构成、处境及未来关系，关注人类在现代生存中的生命质量和生活价值，是当代中国女性主义的诗学课题。

① 玛丽·伊格尔顿指出，最初女性在没有传统的文学阅读中，唯有通过经验来发现其他女性（见玛丽·伊格尔顿编《女权主义文学理论》，胡敏、陈彩霞、林树明译，湖南文艺出版社 1989 年版，第 1—9 页）。

② 伊莱恩·肖沃尔特：《荒原中的女权主义批评》，《最新西方文论选》，王逢振等编译，漓江出版社 1991 年版，第 256 页。

书写的女性形象,不仅可以发现对于女性经验的排斥、扭曲和疏漏,也可以发现男性对于世界的偏见;女性主义经验批评尤其有助于女性写作研究,不仅能够发现女性建立的话语历史,了解女性话语特色,而且可以从心理学、符号学探求女性写作和精神生产的轨迹①。

女性主义的经验批评虽然也受到争议,被后结构主义女性主义质疑有本质主义倾向②,但是,它对经验差异性甚至流动性的关注,可以使不同种族、国家和地区的女性经验进入女性主义批评话语序列,从而建构多元化女性主义批评理论,并越来越赢得女性主义实践者们的青睐。女性主义希望中心和边缘可以互动式存在,一切边缘的经验可以通过话语表达而进入中心,一切中心话语的权威性可以通过质疑其经验价值而消解。这也包括女性主义批评本身的权威性与边缘经验。如白人女性主义批评对于黑人妇女经验的忽视,使得黑人女性主义批评兴起并改变了女性主义批评的构成③。

陈晓兰把女性主义经验批评方法称为"经验论",认为它是女性主义多元批评的哲学基础。女性主义批评并非统一的理论流派,它以否定、补充、修正男性的理论假定和方法为开端,同时又借用男性的理论和方法,因此呈现多元化特征。但以"经验论"为根本保证,就可以使女性主义批评不同于任何批评流派,不会像20世纪许多流派一样,经历"观念的产生"、"权威人物的出现"、"重新制定文学标准"的高潮,最后被新的流派取代而"过时"④。

张京媛在《当代女性主义文学批评》一书中,也娴熟地运用女性主义经验批评来阐述"feminism"一词在中国语境中的演变。张京媛主张将其译为"女性主义"。理由是"女权主义"和"女性主义"反映的是妇女争取解放运动的两个时期,前者是"妇女为争取平等权力而进行的斗争",后者则"进入了后结构主义的性别理论时代"。在中国女性的经验中,前者是一个解决了的问题,中华人民共和国的法律已经保证了男女平等的权利。而后者则可说是中国当代文化建设的重要课题。女作家们已经创作了大量文学作品来表达男女平等情况下的中国女性处境,她们被男性化的复杂后果,和她们寻找女性气质回归的复杂情绪,改革开放带来的性别竞争,尤其令中国女性需要发现自身的性别优势何在。为了使

---

① 玛丽·伊格尔顿编:《女权主义文学理论》,第332—336页。

② Tania Modleski, *Feminism Without Women: Culture and Criticism in a "Post Feminist" Age*, New York: Routledge, 1991, P. 4.

③ 具体可参见贝尔·胡克斯:《女权主义理论:从边缘到中心》,晓征、平林译,江苏人民出版社2001年版。

④ 陈晓兰:《女性主义批评的经验论》,载《外国文学评论》1995年第2期。

西方女性主义理论话语与中国女性经验相逢对话,张京媛做出了话语权力的选择。"女性主义文学批评的最终目的就是要使这个世界变得更美好——通过阅读与写作的革命。"①

二、女性主义经验批评方法在当代中国的实践与困境

关于女性主义文学批评的经验方法在中国本土语境中的发展,徐艳蕊《当代中国女性主义文学批评二十年》做了较细致的梳理。按照"女性文学"、"女性意识"、"女性主体性"、"女性写作"几个重要词汇在中国出现先后与争议情况,该书有序地呈现出当代中国女性主义文学批评的发展历程。该书认为,"女性意识"是当代中国女性主义文学批评的发端词。它于 20 世纪 80 年代中、后期出现②,便是由于女性意识到了自身经验与男性经验的不同;而具有这种意识的文学便是"女性文学"③。如此说来,当代中国语境中的"女性文学"实际上就是指女性主义文学。

该书通过梳理发现,进行"女性主体性"建构标志着当代中国女性主义文学批评走向成熟。1989 年孟悦、戴锦华《浮出历史地表——现代妇女文学研究》的出版是一个标志。该书的核心观点是,只有通过言说和书写女性经验的真实,才能打破父权象征秩序的迷宫,获得自我成长的突破,获取女性的主体性④。全书借用拉康的"镜像"理论,讨论女性在父权象征秩序中的困境,但解决困境的方法却是女性自身的经验。该书结尾也许过高估计了父权象征秩序对女性主体成长的压抑和阻碍作用。在批评话语与写作话语的对话中,女性经验主体从女儿成长为女人的历程,在后续的历史际遇中实际上被认为没有起到经验智慧对实践应有的作用,这也许是借用男性理论家理论和方法所产生的局限。因为如果承认一个人的特殊主体性有多种多样的形式,女性写作的现代探求即使遭遇压抑和挫折,也不一定由此表明女性主体不复存在,换装的花木兰也不一定表明花木兰丧失了主体性。然而,是什么样的主体性以及以什么样方式呈现主体性,的确是当代中国女性主义文学批评需要破解的难题。

当代中国语境中的女性主体性建构多元而复杂。源于人文主义思想资源的

---

① 张京媛主编:《当代女性主义文学批评》"前言",北京大学出版社 1992 年版。
② 徐艳蕊:《当代中国女性主义文学批评二十年》,广西师范大学出版社 2008 年版,第 19 页。
③ 徐艳蕊:《当代中国女性主义文学批评二十年》,广西师范大学出版社 2008 年版,第 7 页。
④ 徐艳蕊:《当代中国女性主义文学批评二十年》,广西师范大学出版社 2008 年版,第 60—74 页。

批评,认为女人和人的经验是共通的,通过共通经验思考女性经验的独特,是当代中国女性主义文学批评的经验之一。刘思谦的女性文学批评多持此立场。①另外,马克思主义妇女解放理论认为,女性的主体性沦丧只是因为受压迫、被剥夺了社会生活空间,女性完全可以通过参与社会劳动而成为社会主体。然而在文学中,获得了社会劳动者主体身份甚至成功的女性,在生活中却并没有因此而体会到主体的自由和幸福,这是当代中国女性主义文学批评要阐述的另类经验之一。②

女性主义文学批评在三大场域展开:女性的阅读、女性的写作和女性文学史的发现。女性的阅读,是指作为认识世界和体验生命的女性主体的阅读,她阅读和批判男性书写的文学,指出其中女性经验的缺失情况和由此产生的偏见程度。女性的写作,是指作为认识世界和体验生命的女性主体的写作,她书写自己经验的独特与经历人生的成长,记录作为个体生命的自我认识和认识世界的体验,并通过写作建立自己的话语,表达对世界的观点,参与世界对话。女性文学史的发现,则是女性主体对于自己历史的寻找,通过女性文本的再阐释,把历史上遗忘的女性文本找回来,建立它们的话语联系,并重新阐述历史。《当代中国女性主义文学批评二十年》梳理了当代中国女性主义文学批评在这三个场域进行的尝试性工作。③

它在讨论"女性写作"时,用了"作为女性写作的私人/身体写作"限定性表达④。这也体现出作者倾向于对法国女性主义者埃莱娜·西苏身体写作理论的借用,如此就把多元的女性写作简化了,集中到关于私人/身体写作对于女性主体性建构的意义上来。女性生理经验和社会经验交织沉淀,对生理经验特别是性经验的开掘对于重建女性经验主体无疑意义重大,然而发生在 90 年代消费语境的中国情形却如贺桂梅所述:

> "个人化写作"对女性成长的性经验的重视,对父权制社会中性别压抑意识的自觉,并有意营构女性主体形象和一种独特的表达风格,正是试图实践一种基于女性独特体验的女性美学。但"个人"与"女性"连接在一起,造成的一个难以解脱的困境是,尽管女性可以呈现被父权制文化所压抑、擦抹

① 徐艳蕊:《当代中国女性主义文学批评二十年》,广西师范大学出版社 2008 年版,第 87—90 页。
② 徐艳蕊:《当代中国女性主义文学批评二十年》,广西师范大学出版社 2008 年版,第 100—102 页。
③ 徐艳蕊:《当代中国女性主义文学批评二十年》,广西师范大学出版社 2008 年版,第 108—150 页。
④ 徐艳蕊:《当代中国女性主义文学批评二十年》,广西师范大学出版社 2008 年版,第 152 页。

的女性经验,但这种关于女性经验的书写仍旧必须在以父权/男权为等级结构的社会/文化市场上流通。①

一方面,发生在中国 90 年代的私人/身体写作事实,蕴含着丰富复杂的社会变迁信息,包括女性在其中参与、承担及适应商业环境的复杂经历,以及社会民众对于私人日常生活关注的热情。然而,身体写作理论没有能够进行更有说服力的阐述。另一方面,日常生活写作的其他角度仍然深入进行,女性话语生产仍然保持诸多面向的努力。但对于中国女性经验复杂性的难以命名,批评和研究缺乏本土理论支持。这两方面相加或许就是 90 年代后期以来女性文学研究界频繁地使用"困境"、"危机"这类词形容自身处境的原因。② 女性主义经验批评方法,需要与中国经验结合对话的再生,而这种结合对话的再生过程,也许需要返回对当代中国女性写作文本的重新细读。

女性主义经验批评方法所假设的两极经验,有助于批评沿着逻辑的同一律展开,在这种逻辑中,女性写作将建立起女性的文化,即基于女性经验主体对于世界的价值体系。戴锦华在《涉渡之舟——新时期女性写作与女性文化》③、徐坤《双调夜行船——九十年代的女性写作》④中都体现了对这一逻辑的遵循,和由此展开的关于女性写作的文化探讨和文化想象。

在对当代中国女性写作文本进行研究之后,戴锦华透彻地发现了沿着女性经验之路抵达女性文化建设的重重困难:它要面临的不仅是男权文化的壁垒,更重要的是围困女性已久的文化镜城。在这个镜城之中,每一次对目标的逼迫,也许恰恰是一种远离⑤。戴锦华充满思辨的批评语言始终在分析镜城,即男权父权象征秩序制造的女性自我之城,如何成为女性寻找真实自我的阻挠和围城,女性写作参与历史的分解并尝试在间隙中显现隐匿其后的女性经验,女性写作的话语表现为对男性话语栅栏的越界,因此,似乎女性经验确证的最后净土只能是姐妹之邦。而姐妹之邦的精神文化,在都市荆棘中如同安慰的花朵。这样的文化想象,相比文化冒险的艰巨涉渡努力,似乎也使戴锦华对女性主义批评本身的穿透力有所怀疑,她曾用"犹在镜中"来表达自己作为女性主义批评家的境遇⑥。

---

① ② 贺桂梅:《当代女性文学批评的三种资源》,载《文艺研究》2003 年第 6 期。

③ 陕西人民教育出版社 2002 年版。

④ 山西教育出版社 1999 年版。

⑤ 戴锦华:《奇遇与突围——九十年代女性写作》,载《文学评论》1996 年第 5 期。

⑥ 戴锦华:《犹在镜中——戴锦华访谈录》,知识出版社 1999 年版。

她似乎更加确信冒险过程的意义,或者更加喜欢冒险过程本身的智力乐趣,对于女性写作展开的文化想象反而并不是很乐观。戴锦华的当代女性主义文学批评可说是女性写作原画复现式批评,重在对女性写作过程的详尽分析,展示其中充满的话语权力搏斗和技能策略调整,探索写作经验与女性经验合一的动态过程,呈现写作主体和女性主体于实践中建构的艰巨历程。

这种没有坐标的感觉,或者对于价值目标充满疑虑的思考,也体现在徐坤的女性主义批评中。不过,徐坤坚信当代中国女性写作最终会由边缘向中心过渡,这或者由于她本人是作家的缘故,直觉让她相信,只有从渴望西方理论话语认同和提携的梦想中醒来,才能发现当代女性写作对于本土女性主义诗学建构的努力与成就①。

三、日常生活书写:女性主义批评的中国经验重估

当代女作家作为女性群体代言人,深刻丰富呈现了社会巨变时代中国女性的复杂处境和艰巨努力。"中国妇女的解放是以贬抑男性为前提的。男女平等,同工同酬,通过男性经济地位的贬抑而达到男女平等。男性的经济优越感的丧失,则使他们在家庭中的统治地位全面瓦解,他们没有理由自以为是,而谦恭驯服成为他们的天性。""妇女解放成为一项卓有成效的管理策略,妇女无意中成为驯服男性的同谋。"② 这样的男性处境,必然导致中国男性经验的扭曲,甚至对于女性解放的敌意和误解。或者说,由于男性的如此压抑体验,必然深刻影响到本土女性的解放经验。她们的"被解放"是轻易获得了,她们的"解放"却因此格外复杂和纠结甚至于沉重。这或者可以用张洁《方舟》"题记"所写"格外的不幸"来形容。《方舟》中的女性,没有男性欣赏、扶持、关爱,遇到的只有冷漠、嫉妒、不怀好意的骚扰和破坏,男性们不仅是无情无义,且可说是卑劣低下,成为她们日常生活的痛苦根源而不是幸福来源。他们并不强大,但他们是庸碌生活和低级趣味的维护力量。

追问日常生活中男性的遭遇,是中国女性写作关怀的别有深度之处。这在张洁的《无字》中有深刻表述。张洁在书写三代女人的苦难遭遇时,同时书写了导致女人苦难的三代男人的命运。《无字》道出了百年中国男性和女性在追随

---

① 徐坤:《双调夜行船——九十年代的女性写作》"结语"。
② 陈晓明:《勉强的解放——后新时期女性小说概论》,载《当代作家评论》1994年第3期。

现代化过程中的沉重代价——日常生活的丧失;它对日常生活反思之深刻,恰恰在于切入到了日常生活的性别构成。但此处的性别构成不是单纯的男女性别,还有作为强势形象的西方。

当代女性写作执著于日常生活经验表达,而不直接进行女性解放诉求,是有其深刻本土经验理由和写作策略的。因为只有通过日常生活中性别构成的复杂深刻揭示,才能深入揭露其受现代专制力量影响的程度。揭示中国的社会性别改造,需从日常生活领域出发,而中国的日常生活与传统时代的日常生活之不同,在于现代化的压力带来的日常生活方式的改变。

中国人的日常生活已经被组织到现代化的目标之中,男女平等是现代化过程的组织策略之一。男女平等,共同服从于国家民族的现代化宏大目标,这一目标是西方位势给予的。在这样的位势压力之下,中国男性与女性既有被压抑感,又有改变压抑的共同渴望。在此,为了整体的尊严,日常生活的尊严常常处于压抑和紧张的斗争中。这在《人到中年》和《人啊,人!》中都有充分展现。大量的女性书写文本也深入表达了这种高度压抑紧张状态下中国人的处境,如铁凝《玫瑰门》揭露女人们在压抑的生活中展开尖锐的生活政治角斗,池莉《烦恼人生》揭示夫妻们在紧张生活中潜伏的杀机和恩怨,都可说触目惊心。渴望改变日常生活的努力成为一切努力的起点。

因此,重估当代中国女性经验不仅是必要的,也是理解当代中国女性主义文学思潮价值目标的前提。李小江曾用对比的方式描述中西女性经验的差异:"因国度的贫穷和落后,也因她对社会认同的自觉和深切,她实际承受的苦难较之其他国家妇女便愈加沉重。无论最终意义上是解放的还是未解放的,在这个世界上,正因为中国妇女较其他许多西方国家的妇女更早更充分地经历了男女平等的社会生活,她才更深切地体会到平等原则之下女人迥异于男人的甘苦。"[1] 当代中国女性主义文学思潮无疑极具中国经验特色。《人到中年》、《人啊,人!》和《方舟》等小说中,女性人物都经历了男女平等,她们成长于共产主义理想,献身于集体主义事业,人到中年遭遇日常生活困境,或病危之中,或丧失健康状态。她们或者发出李宜宁式的让生活回归平静从容的呼唤(《人啊,人!》),或者希望启蒙新一代男人,最终让男人理解女人的不容易,达到真正的因为理解而平等(《方舟》),或者把幸福寄托于新生活方式的开拓(《人到中年》)。自

---

[1] 李小江:《妇女研究在中国》,李小江主编《华夏女性之谜——中国妇女研究论集》,生活·读书·新知三联书店 1990 年版。

她们开始,当代中国女性写作连续不断探索日常生活领域,并为日常生活经验进行命名与价值张扬。如残雪对日常生活形而上意义的表述,方方、池莉对烦恼人生现实场景的再现,王安忆对日常生活诗意人生的张扬,铁凝从日常生活角度对历史和人性进行的深刻反思,陈染对私人生活政治意义的表达,林白对妇女闲聊历史意义的开掘等等。

在西方研究中,虽然不得不对女性主义进行各种源于"父权"标签的归类,如马克思主义女性主义归于对马恩著作的完善、精神分析女性主义归于对弗洛伊德观点的补遗等等,但强调女性主义不依赖任何父权制思想重建哲学①。中国的女性主义文学思潮,一方面是对中国马克思主义女性主义社会和生活实践的反思,另一方面也获得改革开放之后西方各种女性主义思潮涌入的激活,然而在根本上依赖于对中国女性经验的提取。

四、日常生活价值重构:女性主义经验批评的中国诗学定位

在当代文学的话语序列中,中国现代化的推进,似乎不得不以日常生活的牺牲为代价。由男作家写作的大量革命历史题材小说,英雄人物压根儿不生活在日常生活空间,他们因为不平凡、不日常,才成为英雄。著名的"三红一创"就是证明。而女作家笔下的人物也绝非凡俗之辈。以《青春之歌》为例,摒弃无所作为的日常生活奔向大风大浪的革命生活,正是女主人公的青春之歌。林道静与三个男人的故事之所以被讲述为由小资产阶级知识分子转变为共产主义战士的精神历程,与三个男人教给林道静对待日常生活的不同态度直接相关②。《青春之歌》式女性写作,实际上是女性被宏大革命叙事书写的象征,也是马克思主义女性主义理想实践的文学表现。马克思主义女性主义认为,妇女受压迫的根源是被父权制度分配在家庭生活私人空间而失去了社会公共空间;解放妇女的出路在于让妇女重返社会公共空间,让妇女参与社会劳动和社会政治生活。恩格斯在《家庭、私有制与国家的起源》中指出,妇女解放的先决条件就是"一切妇女重新回到公共的劳动中去"③。在这样的意义上,《青春之歌》的确是当代中国

---

① 罗斯玛丽·帕特南·童:《女性主义思潮导论》,艾晓明等译,华中师范大学出版社 2002 年版,第1页。

② 参见李扬《抗争宿命之路——"社会主义现实主义"(1942—1976)研究》(时代文艺出版社 1993 年版)关于《青春之歌》的分析。

③ 恩格斯:《家庭、私有制与国家的起源》,《马克思恩格斯选集》第 4 卷,人民出版社 1995 年版,第72 页。

女性的现实书写。当代中国解放妇女,首先让妇女参加革命,随后参与社会主义集体劳动,女性的传统日常生活因此而被打开,女性进入了社会公共空间,所以放弃日常生活的过程,正是女性被改造、被解放的过程。

下一步如何呢?显然,江华不可能始终指导林道静,林道静也不可能始终以江华为师。马克思主义女性主义的社会实践在中国的现实检验情况,须由女性们自己来说出。

如《方舟》所发现的,走向社会并受工作历练的荆华、梁倩、柳泉们,已经成长为知识女性群体,拥有独立思考、独立工作的能力。不过,复杂的情况是,她们的独立和成功却无男性欣赏。更加严重的是,她们在追求事业的过程中,外表所呈现出的阳刚之气备受男性歧视,认为她们不像女人的样子。

这样,马克思主义女性主义遇到了挑战:一方面,并非只要离开家庭私人空间,到了社会公共空间,女性就能够获得平等地位;另一方面,既然在社会公共空间同样会遭遇不平等,那么,社会公共空间的男权力量需要全面认识,同样,在家庭中遭遇不平等的程度也值得重新看待。同时,父权制度既然充满了所有空间,女人们的解放策略就可以在不同空间用不同策略展开,而不一定局限于社会公共空间一条道路。也许,多条实践道路的互通,女性在日常生活空间更多优势的特点,有助于策略性地展开女性自我解放。在社会实践遭遇中产生反思,和由这些反思展开的文学想象,便是当代中国女性主义文学思潮丰富多彩的内涵。某种意义上,反思现代化所带来的人的状态改变,思考男人和女人现实权力构成、处境及未来关系,关注人类在现代生存中的生命质量和生活价值,是当代中国女性主义的诗学课题。

《人到中年》以"中年"陷入生命危机、反思生命生活历程的形式,用文学的象征手法,提出了当代中国女性于竞争激烈的现代化过程,需要自我解放、重新看待日常生活意义和重构日常生活方式等诸多复杂深长的母题。任一鸣曾说:"陆文婷在奉献和隐忍中表现出她对自己未能很好地做一个贤妻良母而痛苦、内疚,流露出对传统女性角色的困惑与认同,但是,陆文婷的形象无论从'人'的角度还是'女性'的角度,均体现了主体价值。"[1]

乔以钢指出,"新时期女作家力求走出'启蒙话语'的覆盖,向日常生活经验还原"[2]。事实上,中国当代女性写作不只是向日常生活经验还原,而且同步

---

[1]　任一鸣:《中国当代女性文学简史》,广西师范大学出版社 2009 年版,第 30 页。

[2]　乔以钢:《中国当代女性文学的文化探析》,北京大学出版社 2006 年版,第 30 页。

开始了日常生活的价值启蒙。日常生活的启蒙,首先是美的启蒙。张洁《从森林里来的孩子》、铁凝《没有纽扣的红衬衫》、王安忆《雨,沙沙沙》都可以说是日常生活唯美价值启蒙作品。她们开辟了当代中国女性主义文学思潮日常生活唯美的思想源头。这些作品呈现出另一种现代性,即反思现代化的现代性,追求日常生活品位的现代性,具有关爱生命、以人为本的人道情怀。而对这一思想不断地表述和开掘,就会不断产生女性日常生活话语。

基于关爱生命、以人为本的人道情怀,当代中国女性写作在日常生活话语的生产过程,把性别问题纳入日常生活思考领域,表达了对于中国现代化进程中男性处境的深度关切。如张洁《无字》、王安忆《小鲍庄》和《叔叔的故事》、项小米《英雄无语》,无不是令人叹息的对男性命运的反思力作。他们由于日常生活的丧失而失去生命价值定位,对待自己和女人都残酷无情。这些小说是当代中国女性主义文学思潮对现代化进行反思的作品,深刻呈现了当代中国性别问题与西方性别问题的差异,用作家张洁的话来说是"性沟"。

"性沟"的提出,正是性别经验差异意识的觉醒和启蒙。李小江也注意到女性写作对于中国男性经验的表达。她借用"性沟"一词对男女性别经验的差异进行了历史文化的追溯。在《性沟》①一书中,李小江从生理性到社会性的差异入手,分析了文明社会相对于人的社会性,对人性的自然性、生物性方面的长期忽视,从而导致两性间"性沟"的存在。她认为,所谓的"妇女解放"却让妇女一方面背负着人类自身生产这个不可推卸的义务,另一方面作为职业妇女又失去了历史的母性的庇护,在"男女平等"的表象下划开了一道令人尴尬的"性沟"。李小江的分析批评了中国式妇女解放实践的偏颇,有助于理解当代中国女性主义文学思潮对马克思主义女性主义实践的反思。反思的重点正是对于性别经验差异意义的认识。而日常生活话语体系的形成,也将是"性沟"交流对话的语言桥梁——平等的对话交流,不是要求一致,而是尊重差异。

---

① 生活·读书·新知三联书店 1989 年版。

中国女性文学理论建构的范畴与方法

刘　钊

自 1980 年代以来,中国文学进入思潮迭起、各种批评方法此消彼长的新的发展时期,其中,"女性话语成了这个时代最具冲击力的理论话语之一"①。随着女作家的创作得到更多关注,女权主义文学批评实践不断深入,1998 年,理论界提出建构"我们自己的女权主义理论"②的设想,目的是"从中国当代文论建设的语境,来审视所面对的当代西方文论,同时通过对当代西方文论发生发展的研究,来更新我们自己的文艺理论思维和话语言说的方式"③。在女性文学理论建构、女性意识、女性主义诗学、性别诗学等理论概念相继被提出,女性文学学科建设取得初步成效的同时,理论界对于西方女权主义文论"拿来"后的"焦虑"一直进行自觉的反思,为避免生吞活剥地照搬和仿效,不断调整文学内外的两性关系,探讨建构"本土化"的女性文学理论。这种努力已近 20 年,但它的命名、范畴和方法仍然是可以探究和不可回避的问题。

一、命名:以"中国女性文学理论"为基本术语

尽管自 20 世纪初年"女权"思想传入后,中国就走上了"男女平权"的妇女解放道路,但毫无疑义,女性文学理论建构问题的提出,离不开 1980 年代中后期西方女性主义理论著作的译介与传播。1981 年,朱虹率先引进"妇女意识"作为

题解　本文原载《社会科学战线》2015 年第 12 期。作者从"命名""范畴"与"方法"三个方面探讨中国女性文学理论的建构问题,认为中国女性文学理论建构是当代文论建设的组成部分,应遵循开放多元的原则,总结 20 世纪以来本土性别批评和女性文学史写作的经验与不足,以西方女性主义的思想资源和批评方法为理论参照,以两性平等为价值标准,在接受、借鉴、吸收多种理论与方法的同时,立足于建构文学的性别时间与空间,为中国文论开拓出女性文论的一方天地。

① 　孟繁华:《女性文学话语实践的期待与限度》,《文学自由谈》1995 年第 4 期。

② 　张岩冰:《女权主义文论》,山东教育出版社 1998 年版,第 217 页。

③ 　张岩冰:《女权主义文论·总序》,山东教育出版社 1998 年版,第 2 页。

女性文学批评的标准，① 激发了理论界对于新时期崛起的女作家群体的进一步关注，为后来女性主义理论方法的传入和借鉴奠定了基础。1980 年代中后期，随着西蒙·波娃的《第二性》、弗吉尼亚·伍尔夫的《一间自己的屋子》、玛丽·伊格尔顿的《女权主义文学理论》三部西方女性主义批评经典的中译本相继在中国出版，② 中国的文学批评逐步开辟出以女性主义为思想资源和批评方法的性别研究领域。西方女性主义者们对"理论"有强烈的防范意识。他们认为"'理论'往往是男性的，甚至是阳刚气十足的——坚硬的、抽象的、先锋派的理智性著作"③，中国的情况则不尽然。由于中西方文化背景的差异，中国对于"女权"思想资源以借鉴为主，女性主义者缺少独立生存与自我发展的土壤。女权主义理论在文学领域的接受，注重在文学批评上发挥效用，从学理的角度去阐释中国文学中的女性立场、经验及审美特质。但是，文化的差异造成了理论认识的差异、概念的变异甚至混乱。因此，厘清女权主义、女性主义、性别与妇女文学、女性文学、女性主义文学、性别诗学等诸多概念，为理论命名扫清障碍是必要的。

"女权"是先于"女权主义"出现在中国思想界的。中国最早出现"女权"一词是在 1900 年 3 月《清议报》第 38 号《男女交际论》一文的序言中。④ 1903 年，金天翮的《女界钟》发表，提出"国民之母"概念，在鼓励女子参加革命、追求自由、做"女国民"的同时，倡导女子在"新国民"的成长中承担起胎教、蒙学、相夫教子等方面的责任，实现强国保种的目标，实则对西方"女权"参政议政的内涵进行了中国式的改造。20 世纪二三十年代，"女权"和"女权主义"两个概念开始同时使用。"女权"指涉的是妇女在社会上、政治上、教育上有和男子同等之权利与待遇，"女权主义"在此基础上又增加了"要使妇女从男子的压迫束缚之下解放出来的一种自由主义"⑤。其中，所谓男子的压迫束缚是指封建的"父权制"，与五四新文化运动的"反封建"主题一脉相承。毛泽东在《湖南农民运动考察报告》中将"父权制"具体解释为"政权、族权、神权、夫权"。因而，妇女首先

① 朱虹：《美国当前的"妇女文学"——〈美国女作家作品选〉序》，《世界文学》1981 年第 4 期。

② 西蒙·波娃：《第二性》，湖南文艺出版社 1986 年版；弗吉尼亚·伍尔夫：《一间自己的屋子》，生活·读书·新知三联书店 1989 年版；玛丽·伊格尔顿：《女权主义文学理论》，湖南文艺出版社 1989 年版。

③ 拉曼·塞尔登、彼得·威德森、彼得·布鲁克：《当代文学理论导读》，刘象愚译，北京大学出版社 2006 年版，第 141 页。

④ 须藤瑞代：《近代中国的女权概念》，载王政等：《百年中国女权思潮研究》，复旦大学出版社 2005 年版，第 40 页。

⑤ 徐艳蕊：《当代中国女性主义文学批评二十年》，广西师范大学出版社 2008 年版，第 3 页。

要与男子一道挣脱政权、族权、神权三条绳索的束缚,其后才是面对两性之间的矛盾冲突,这决定了女性在与男性一同追求做"人"的阶段,西方女权主义宣扬的两性对立关系不是中国"女权主义"的核心。1980 年代末至 1990 年代初,随着《浮出历史地表——现代妇女文学研究》、《"娜拉"言说——中国现代女作家心路纪程》①等学术专著的问世,中国文学借鉴女权主义话语,开启了对男权中心文化揭露和批判的女性主义文学批评。与此同时,学界逐渐摒弃"女权主义"而开始使用"女性主义"概念。"'女权主义'——是妇女争取平等权利而进行的斗争。这场斗争同样也没有完结。如果我们强调女性主义中的'性别'一词,我们则进入了后结构主义的性别理论时代。"② 应该说,"女权主义"强调女性在政治上所遭受的歧视与压迫,包含两性对立的政治色彩;"女性主义"则侧重阐释女性在文化领域中所受到的男性中心文化的压抑,侧重于表达女性在文化生存中性别失衡的状态,更符合中国的现实。由此,21 世纪伊始,在国内学术界"女性主义"一词基本上覆盖了"女权主义"。

"人"也是 20 世纪初年由西方引进的概念,它除了生物学意义外还具有社会学意义。"女人"作为性别群体,在辛亥革命前主要有女子、女界、妇人这些称谓。辛亥革命后,妇女和女性先后出现,成为同时使用的常用词语并延续至今。美国学者汤尼·白露认为"女性"一词伴随着五四新文学而诞生,体现了五四知识分子对西方性二元论(sex binary)的接受,"女性"成了一个性学(sexological)范畴。因为它强调了人的生理属性,不是从家庭关系的角度来命名的,如母亲、妻子等,超越了亲属人伦的范畴,这是它反传统的意义所在。"妇女"是作为与"女性"相对抗的马克思主义知识分子引进的中国社会话语,③ "这个今天在中国社会理论中被普遍使用的词语,是 20 世纪 20 年代和 30 年代的发明创造"④。她试图据此强调,"妇女"具有阶级性,不具有性属特征。我国有学者考证,"女性"一词最早见于金天翮的《女界钟》。"近代'女性'一词出现时,是女+性的复合词。依据古汉语'性'之义,'女性'最初之义是指'女之特性',并不突显

---

① 孟悦、戴锦华:《浮出历史地表——现代妇女文学研究》,河南人民出版社 1989 年版;刘思谦:《"娜拉"言说——中国现代女作家心路纪程》,上海文艺出版社 1993 年版。
② 张京媛:《当代女性主义文学批评·前言》,北京大学出版社 1992 年版,第 4 页。
③ 王政:《美国女性主义对中国妇女史研究的新角度》,载鲍晓兰《西方女性主义研究评介》,生活·读书·新知三联书店 1995 年版,第 266—267 页。
④ 汤尼·白露:《中国女性主义思想史中的妇女问题》,上海人民出版社 2012 年版,第 20 页。她认为"妇女"一词出现在 20 世纪二三十年代是不符合事实的。1911 年 5 月《妇女时报》创刊即为证明,此后"妇女"一词逐渐取代了先前的"女"、"女子"、"女界",在报刊中广泛使用,如《妇女杂志》(1915—1931)、《广西妇女》(1941—1943)等。

女子特性之生理基础。"① "女性"作为指称女子的集合名词,1910 年代出现,至 1920 年代中期以后才比较广泛地被使用。

从"女性"的词义由近代到现代的演变来看,其生理属性的确立与"人"的概念的演进相一致,也隐含着社会性和阶级性。一方面,它在 20 世纪二三十年代资产阶级知识分子中间使用,包含着"天赋人权"前提下"男女平权"的人文主义思想;另一方面女性与男性同时出现,"女性"作为一个性别群体的称谓,其隐含的劣势、无能、被动确定了其被歧视和压迫的地位,为女性主义反压迫的诉求埋下伏笔。因此,"女性文学""是诞生于一定历史条件下的以'五四'新文化运动为开端的具有现代人文精神内涵的以女性为言说主体、经验主体、思维主体、审美主体的文学"②。然而,这个概念隐含的资产阶级文化背景剥离了与中国古代妇女创作的联系。20 世纪上半叶,谢无量的《中国妇女文学史》、梁乙真的《清代妇女文学史》和《中国妇女文学史纲》、谭正璧的《中国女性的文学生活》等文学史著述中,③ "妇女文学"得到清晰的体现,它指代传统社会的闺秀、才女创作,反映的是传统社会的妇女生活。她们主要生活在私人领域,创作形式以诗词居多,载道的文章为少,小说创作匮乏,弹词作为韵文与白话相结合的独特的叙事文学样式,在特定的地域间传播。近代社会中的妇女开始摆脱传统的家庭身份,通过写作以独立的精神面貌出现在公共领域,是"女性文学"出现的大前提。

1980 年代中后期"女性文学"这个概念开始普遍使用,但也一直存在争议,焦点是:以作家的性别还是文本的性别作为评定标准。作家的性别是指作家的生物性别而非社会性别,它忽略了对作家创作中性别立场的考量;文本的性别是指反映女性生活、塑造女性形象、体现两性平等创作立场的文学作品,它忽略了作者的自然性别。女性经验在女性的创作和批评中充当了重要角色,任何男作家对于女性经验的描摹都带有"想象"的成分,所以,1990 年代以来,学界大多将"女性文学"界定在写作者的生物性别范畴内,这样也涵盖了古代的妇女文学创作。1987 年,"女性主义文学"概念首次出现,④ 因为它的创作实践和批评时间短暂,不能代表中国古代妇女文学和现当代女性文学的全部内涵,成为与妇女

① 宋少鹏:《清末民初"女性"观念的建构》,《中国现代文学研究丛刊》2012 年第 5 期。

② 刘思谦:《女性文学这个概念》,《南开学报》2005 年第 2 期。

③ 谢无量:《中国妇女文学史》,上海中华书局 1916 年版;梁乙真:《清代妇女文学史》,中华书局 1927 年版;梁乙真:《中国妇女文学史纲》,开明书店 1932 年版;谭正璧:《中国女性的文学生活》,上海光明书局 1930 年版。

④ 孙绍先:《女性主义文学》,辽宁大学出版社 1987 年版。

文学、女性文学并置的一种女性创作形态,但它为女性文学批评提供了不可或缺的理论资源,即:"'女性文学'的命名,内含了女性及女性文学的自我定位,也隐含了女性在当今文化结构中遭到的压抑,以及边缘性别的自我表述和反抗的立足点。女性文学创作和研究,系统、深入地表现了女性的现实生存困境,对于揭示男性对女性的压抑、男性意识对女性意识的遮蔽,唤醒女性的自我意识,关注女性现实地位的实质性下降,有着重要的贡献。"①

因此,女性文学的核心是体现女性人文主义思想的现代性别意识,具有丰富的资源,② 对于"妇女文学"和"女性主义文学"具有较大的包容性,同时规避了女性主义某些偏执的观点和行为,更契合中国的现实。1990 年代以后,"女性文学"概念的使用率逐年增加并明显超过了"妇女文学"和"女性主义文学",表明它已为学界所普遍接受。确立了"女性文学"概念的合理性后,"中国女性文学理论"的命名才得以成立。它以"妇女文学"、"女性文学"和"女性主义文学"三种形态为研究对象,以女性主义理论为参照,又避免陷入西方女性主义文论模式,立足于总结本土女性文学的创作规律,以富有中国特色的文学性别理论为依据阐释中国文学中的性别立场、经验及审美特质,实现与西方理论界的平等对话。③

二、范畴:以社会性别为核心的时间与空间

1999 年前后,"女性主义诗学"与"性别诗学"两个概念几乎同时出现在批评中,在对外国女性主义作家和创作理论的研究中,我国学界使用"女性主义诗学"者居多,这明显是受到伊莱恩·肖沃尔特的《走向女性主义诗学》的启发。"'诗学'这个词与今天所说的文学理论是同义的"④,因此,"女性主义诗学"概念等同于女性主义文论,我国女性文学界选用"诗学"概念而不是"文论",目的是突出女性主义文学的诗性品格,避免因两性对立的文化立场遮蔽研究的文学

① 王卫东、曹静:《关于"女性文学"命题的思考》,《南开学报》2010 年第 4 期。
② 贺桂梅认为,新启蒙主义话语、男权批判和西方当代女性主义理论、马克思主义女性话语是女性文学的三种宝贵资源。贺桂梅:《当代女性文学批评的三种资源》,《文艺研究》2003 年第 6 期。
③ 国外汉学界认识到,"西方(主要是北美)用性别观阅读和讨论中国现当代文学有其自身的历史环境,其中主要的倾向、提出的问题和产生的分歧都受到西方批评理论发展的制约和影响,在很大程度上是跟后者的一种对话"。钟雪萍:《西方女性主义理论与西方中国现当代文学研究》,载鲍晓兰《西方女性主义研究评介》,生活·读书·新知三联书店 1995 年版,第 289 页。
④ 瓦·叶·哈利泽夫:《文学学导论》,周启超等译,北京大学出版社 2006 年版,第 196 页。

范畴,避免文学沦为女性主义的阐释工具。"性别诗学"概念的选用虽然也不乏上述考虑,它的范畴却明显大于"女性主义诗学"。"围绕着'阳物批评'、'男性中心文化'和'父权制社会'这三个关联术语,性别诗学的思考在女性主义文学观、文化观和社会观三方面达成了坚实的默契。"① 显而易见,"性别诗学"将研究对象扩大到男女两性的文学创作范畴,突出了文学的文化批评指归,在批评立场上与"女性主义"别无二致。与此同时,"女性主义诗学"也没有执拗于女作家的创作,同样"引入了性别与社会性别的范畴,将之确立为文学研究的一个重要维度,并将之糅入了对文本、作者、读者与世界等文学构成的基本要素的研究之中,为文学思维方式、价值判断尺度的转换,乃至道德与审美价值本身的变化提供了某种现实的可能"②。二者不约而同地选择了"性别"这个关键词,与社会性别理论逐渐被接受有关,此前在文学研究中已出现了"性别意识"概念。因此,2005 年以来,"性别"逐渐取代了"性别诗学",成为文学研究的关键词。③

性别即社会性别(gender)。它强调男人和女人不是与生俱来的生物学上的性别(sex),而是后天由"文化指定、文化分配、文化强加的"④,文化决定了人的性别取向和性别身份。由于性别是文化塑造的,男强女弱、男主女次、男高女低等一系列先天形成的固有模式被打破,阳刚与阴柔、豪放与婉约、粗犷与细腻等表现性别本质的二元对立思维被拆解。男女平等由此可指称为性别平等,它不仅强调两性之间的平等,也包括排除同一性别群体内部由于性倾向和性别倾向所造成的歧视和压抑。它应用于文学的意义是,在生物性别和社会性别维度上对以往文学理论早已充分考虑到的文学的阶级性、党性、民族性等政治维度加以补充。⑤

时空边界是理论建构的坐标系,中国女性文学的坐标系便是以社会性别为原点建立的。从亚里士多德的《诗学》伊始,文学便确立了时间研究的传统。情节、人物、动作这些内容突出强调的是文本叙事的时间性。1970 年代前后,本雅明、

---

① 叶舒宪:《性别诗学》,社会科学文献出版社 1999 年版,第 3 页。

② 杨莉馨:《异域性与本土化:女性主义诗学在中国的流变与影响》,北京大学出版社 2005 年版,第 9 页。

③ 1997 年,李继凯发表《文学比较与性别意识》(《人文杂志》1997 年第 6 期)、《略谈性别意识和比较诗学》(《艺术广角》1997 年第 3 期)将"性别意识"概念引进文学研究视野。2005 年,刘思谦发表《性别:女性文学研究的关键词》(《洛阳师范学院学报》2005 年第 6 期),2007 年,乔以钢发表《性别:文学研究的一个有效范畴》(《文史哲》2007 年第 2 期),这两篇文章引领了女性文学研究转向文学的性别研究。

④ 沈奕斐:《被建构的女性——当代社会性别理论》,上海人民出版社 2005 年版,第 3 页。

⑤ 叶舒宪:《性别诗学》,社会科学文献出版社 1999 年版,第 3 页。

布朗肖、巴什拉等人的空间化探索促成了文学理论的"空间转向"。① 随后,古伦提出,文学空间是和文本中的时间、人物、叙述者和读者相联系的;弗里德曼认为文本中的作者、读者与社会历史语境之间构成了动态形态。在这样的文学空间观念的启发下,当代女性文学的"空间"概念"一是在女性文学批评话语体系中就男女两性之间关系而做的前置预设,二是关于两性文化角色和相互关系的批评话语的存在,三是由此而衍生的批评之能指/所指体系"②。因而,文学研究的时间与空间应该具备两种范畴。一种是在文本内部的呈现,它是对人物、情节、事件发生发展的线性时间叙事的研究,也是对作者、读者、隐含作者、隐含读者的性别体验、性别观念、性别立场的研究;一种是时代、思潮、流派、群体、种族等整体性文学空间范畴。③ 前者属于叙事学及女性主义叙事学的理论范围,本文对于女性文学理论建构的设想,不排斥叙事学及女性主义叙事学对于女性文本分析的重要性,但着重探讨的是整体意义上的时间与空间范畴。

既然中国女性文学经历了古代妇女文学、现当代女性文学和女性主义文学三种形态,女性文学的理论建构就不应该仅仅局限在现当代文学的时间范畴内。近年来随着研究的不断深入,长久被遮蔽的中国古代妇女文学创作受到关注。西方女权主义理论认为,传统社会中的女作家凤毛麟角,她们的创作又最大限度地受到遏制。但中国的情况也许不同。从1916年谢无量的《中国妇女文学史》问世,到1957年胡文楷出版《历代妇女著作考》,上古至近代数以千计的妇女创作被打捞上来。这足以证明中国古代妇女的创作并不匮乏,这些现象受到国外汉学家和女性主义批评家的关注。以美国学者高彦颐的《闺塾师:明末清初江南的才女文化》为代表的一些著述,揭开了中国古代妇女的隐秘生活,是对以往古代妇女受到文化压抑观点的反拨。④ 古代妇女结成的文学创作团体,如明代吴江叶氏家族的妇女创作、清代袁枚的随园女弟子创作、清末"秋红吟社"等,以及妇女偕行中与男子诗词唱和等活动都为妇女的文学创作提供了动力。因而,缺少对丰富的古代妇女文学创作动机、规律和特点的概括总结,中国女性文学理论将是残缺的。

① 谢纳:《空间转向与当代文学理论建构》,《文艺研究》2009年第2期。
② 乔以钢、洪武奇:《论当代女性文学批评的空间概念》,《文艺理论研究》2008年第4期。
③ 郭辉:《文学空间论域下的文学理论之生成》,《学术论坛》2012年第7期。
④ 高彦颐:《闺塾师:明末清初江南的才女文化》,江苏人民出版社2005年版。江苏人民出版社出版的"海外中国研究丛书·女性系列"汇集专著十余部,从各个不同的视角和学科领域研究中国古代的女性生活和文化处境,对于重估古代妇女的文化地位有突出的价值。

以社会性别为中心的中国女性文学理论空间主要是指以男人和女人两个性别群体为纽带营造出的多维空间。它并不放弃女性主义的基本立场，不是女性主义向男性中心主义的妥协，也不是男性中心主义对女性主义的折中，文化造成的性别压迫、性别歧视、性别对立等观念隐含于创作主体的性别身份之中，因此，性别批评视角不仅可以成为对男性中心文化加以揭露和批判的依据，也为恋爱、婚姻、家庭、性、欲望、身体、父权、阶级、种族及语言表达手法等诸多文学批评主题提供有效范畴和理论方法。① 性别空间建立后对以往女性文学批评的纠正和补充表现在：第一，重新评价男作家创作中曾经扭曲的女性形象，如20世纪初雄性化的女英雄、女豪杰和20世纪末的女强人形象都可从文化语境和社会建构的角度得到合理的阐释。第二，男性形象不再作为女性的对立面出现，也成为文学关爱的对象。"男性文化可以扭曲女性，更易扭曲和伤害男性。"② 所以，男作家、女作家塑造的诸如因精神和身体羸弱而受到歧视的男性形象亦可得到社会性别的合理分析。第三，"社会性别论尽管以女性为主要研究对象，但'性别'这一核心词所关联的对象包括了女性和男性这两个性别，关联着互为参照和互为主客体的人类最基本的关系"③。第四，"性别平等"将开拓出性别伦理的文学空间，将家族、家庭伦理内部的多重人物关系呈现出来，丰富文学的性别空间。

建立开放的文学性别空间"不仅探讨女性的性别特征在文化文学上的独特反映和时代局限性，并且关注由性别、种族、阶级、时代等因素组合而成的两性关系的复杂性与矛盾性……"④，社会性别不是单一文化因素形成的，它和个人隶属的国家、种族、阶级、时代、地域等息息相关，因此，在研究作家、作品、作品人物的社会性别时，应以相互联系、交错、冲突的多元文化信息为线索，展开跨文化的视阈。当下学界对于少数民族女性文学和华裔旅外女作家的创作已十分重视，随着研究者外语水平的提高，国别、宗教与文学关系等更多的跨文化研究领域将被开拓出来。

三、方法：以女性主义文学批评和女性文学史为着眼点

经历了1980年代中期的"方法年"热之后，文学理论界建构中国文论的努力聚焦在方法的探讨上。"以一种特殊形式展现人生、社会、宇宙的丰富性，

---

① 乔以钢：《性别：文学研究的一个有效范畴》，《文史哲》2007年第2期。
② 刘伯红：《对"男女平等的社会学思考"的思考》，《社会学研究》1994年第6期。
③ 刘思谦：《性别理论与女性文学研究的学科化》，《文艺理论研究》2003年第1期。
④ 吕颖：《论女性文学批评学建构的五大前提》，《山东社会科学》2006年第11期。

具有本体论、认识论、价值论意义。以此为文学理论的支撑点,既可以从作者—作品—读者的横向维度上形成创作论、文本论、阅读论;也可以从发生—流变的纵向维度上形成生成论、演化论;还可以从语言学、心理学、社会学、哲学等不同学科出发建立不同的分支学科,由此建构具有极大包容性和理论阐释涵盖面的现代文学理论体系。"① 女性文学几乎在上述全部内容中均能有所深入,以上论述对建构女性文学理论具有方法论上的指导意义。

妇女形象、作为阅读的妇女和作为写作的妇女是英法美女权主义文学批评中概括出来的三种创作类型,在 20 世纪的中国文学中均有实践。无论是古代文学还是现当代文学,妇女形象都是 20 世纪中国文学研究中的重要内容,而且一直未被限制在女作家的创作范畴内。女性主义批评介入后,作为具有中国特色的批评标准,"女性意识"成为评价女性形象的一个标尺。1986 年,钟立的《朦胧的现代女性意识——新时期电影女编导创作思想心理评析》和汪天云、任仲伦的《论当代中国女导演的创作心态》在电影批评中率先使用了"女性意识"概念。这是对 80 年代初朱虹提出的"妇女意识"的发展。李英的《论女性意识》、彭子良的《新时期女性意识构成初探》、乐黛云的《中国女性意识的觉醒》这些较早论证"女性意识"的文章明显受到了女权主义思想的影响和启发,使"女性意识"在文学批评中得到广泛应用。② 借助这一标准,对男作家塑造女性形象的创作动机可以进行重新的审视,通过作品中的男女关系,可以挖掘出他们潜在的男性中心意识或大男子主义思想,揭示男性"集体无意识"的性别"盲区"③。

"女性意识"以女性的主体性为前提,以现代人的现代意识为核心,作为我国新时期文学批评中诞生的理论概念,其理论背景是主体性。主体性是现代性的标志之一,因此它是现代女性文学批评的重要标准,如孟悦、戴锦华以女性创作的主体性挖掘与展示为线索,归纳总结出中国女性受压迫和反抗父权制社会的两个文学主题,她们把女性文学主体性研究放在五四文学发生后的文学历史时期,表现出对女性自我觉醒的启蒙。有人认为古代妇女文学的价值在于"较为侧重女性经验的传达"④,其实,任何时代的女作家都难以剥离自我经验而

---

① 杨坤绪:《现代文学理论的支撑点》,《文艺研究》1989 年第 1 期。

② 钟立:《朦胧的现代女性意识——新时期电影女编导创作思想心理评析》,《当代电影》1986 年第 5 期;汪天云、任仲伦:《论当代中国女导演的创作心态》,《社会》1986 年第 5 期;李英:《论女性意识》,《云南社会科学》1987 年第 2 期;彭子良:《新时期女性意识构成初探》,《当代文坛》1988 年第 3 期;乐黛云:《中国女性意识的觉醒》,《文学自由谈》1991 年第 3 期。

③ 李玲:《中国现代文学的性别意识·序一》,人民文学出版社 2002 年版,第 1—2 页。

④ 徐艳蕊:《当代中国女性主义文学批评二十年》,广西师范大学出版社 2008 年版,第 9 页。

进行创作,现当代女作家与古代女作家的差别在于,除了表达自我的内在经验之外,还有对于外部世界的认识和体验,她们明确地表达"我们需要两个世界"①。不论是 1930 年代丁玲"为'人'不为'女'"的宣言,还是新时期王安忆等女作家宣称自己不是女性主义者,她们都表达了不拘泥于女性自我的狭小天地,展开文学创作大视野的追求。1990 年代中期,陈染、林白等为代表的女作家的"私人化写作"在实践法国女性主义者西苏的"女性写作"理论方面更为深入一步。她们有意识地疏离男性中心社会,自觉地"与世隔绝",以此表达对男性中心社会的不满,展现了女性独立的精神世界。现当代女性创作的特点即是以性别经验为基础对女性主体性的追求,这是塑造女性形象的中心内容,也为女性创作论提供了素材。

作为阅读的妇女是指男作家以妇女为阅读对象而进行的创作。这类创作既是文本论的构成又是阅读论的构成,在 20 世纪初年的妇女期刊中表现比较突出。清末民初创办妇女期刑的宗旨和目的是启蒙女界,即作家创作的潜在读者是女性,他们的写作目的就是供女性阅读,使她们从中增长知识,接受启蒙。这些女性期刊中设置小说专栏,辛亥革命前大多为男性创作,鲁迅、周作人、茅盾、刘半农、周瘦鹃等男作家都有为女性期刊创作的经历。为了使女读者在接受他们的思想灌输时没有性别隔阂,一些男作家甚至假借女性的名字发表作品。这种现象随着女小说家、女翻译家、女政论家群体的出现而逐渐终结。清末民初"作为阅读的妇女"的创作完全出自启蒙的需要,不是女性主义理论的对号入座,却与西方女性主义理论巧合。总体而言,理论界对于女性阅读论的研究不多,需进一步深入。

文学理论"是对文学的原理、文学的范畴和判断标准等类问题的研究,并且将研究具体的文学艺术作品看成'文学批评'(其批评方法基本上是静态的)或看成'文学史'"②。因此,建构女性文学理论的方法,必须从文学史和批评史入手,并侧重于建立以男女平等为基础的性别和谐的判断标准。文学的性别研究是 20 世纪以来中国文学不可分割的部分,在妇女文学史的写作和女作家作品批评方面成就卓著,但也应该看到,女性文学史与批评史存在的某些不足也为理论建构带来了阻力,需要在理论建构中加以弥补。"尽管近代以来已出版过不少《妇女文学史》一类的著述,但由于'性的政治'之视角的空缺,尚无法达致文化

① 张抗抗:《我们需要两个世界》,《文艺评论》1986 年第 1 期。
② 勒内·韦勒克、奥斯汀·沃伦:《文学理论》,刘象愚等译,江苏教育出版社 2006 年版,第 32 页。

批判的理论深度"①。1980年代中后期女性主义文论传入中国后,即使1990年代以后编撰的女性文学史偏重于社会历史批评,虽然在"张扬女性的文化和文学"方面有功绩,但缺乏"解构长期以来社会中占统治地位的男性中心主义的文化和文学"②的自觉意识。而且,以往女性文学史的写作惯例是以作家作品的个案分析为主,对于思潮、流派、社团的女性创作总体风格基本没有涉猎,文学史的编写体例明显落后。以性别批评的评价标准重写古代妇女文学史和现当代女性文学史,加大对女性文体整体风格的挖掘和探究,有利于对女性文学理论的建构。

在女性文学理论建构中不可忽视对于女性创作的文论作品的搜集和整理。"多年来,在本土的中国现当代女性文学研究实践中,有一个值得反思的倾向,即比较多地倚重于具有完整体系的西方女性主义理论,而相对轻视对本土思想文化传统中有关性别问题的理论资源的开掘整理和重新认识。其实,虽然中国不具有像西方女性主义那样有关性别问题的系统理论,但并不等于说在我们悠久的历史文化传统中就不存在对性别问题富于深度的思考和带有一定理论色彩的阐述。"③ 有研究者就1840—1919年间的16种期刊进行搜索,整理出77位女作者的100余篇文论作品。在这77位女性文论作者中,有15位的诗集在胡文楷的《历代妇女著作考》中有所记载,说明她们的文论来自于创作经验。这些文章大多为诗词评论,与妇女文学创作的主要体裁相关,散见于她们的序跋、题记、名篇读后感、杂志发刊词及少量杂文中。④ 现代女作家张爱玲、苏雪林、林徽因等也都有自己的文论思想和作品,学界的整理研究刚刚起步,还有大量的女性文论作品仍然沉寂。⑤ 因此古代妇女文论作品和现当代女作家文论的搜集整理对于女性文学理论的建构十分重要,但这些工作尚未全面开展。

女性学者对于女性文学的评论往往由于相同的性别视角和性别体验而得到与男性学者不尽相同的结论。20世纪上半叶,陆晶清的《唐代女诗人》、陶秋英的《中国妇女与文学》等著作,开启了女性学者群体对女性文学研究的关注。⑥ 20世纪末,女性学者的女性文学研究专著不断涌现,特别是1950年代出生的

① 叶舒宪:《性别诗学》,社会科学文献出版社1999年版,第3页。
② 张玉能:《女性主义文论与当代中国文论建设》,《文艺理论研究》2010年第1期。
③ 乔以钢:《近百年中国古代文学的性别研究》,《中国社会科学》2008年第3期。
④ 王蓓、陈静:《近代期刊中文论作品的女性作者身份概观》,《济南大学学报》2015年第5期。
⑤ 胡明贵:《论中国现代女作家文论存在的意义》,《福建论坛》2014年第8期。
⑥ 陆晶清:《唐代女诗人》,上海神州国光社1931年版;陶秋英:《中国妇女与文学》,上海北新书局1933年版。

一批女性博士生导师,如刘思谦、乔以钢、林丹娅、屈雅君等著述颇多①,在女性文学研究中形成了自己的理论特色,但目前学界还没有对此进行系统的整理,这也是我国的女性文学理论尚无体系的主要原因。1960 年代出生的一批年轻学人立足于撰写女性主义文学批评史,如杨莉馨的《异域性与本土化:女性主义诗学在中国的流变与影响》、邓利的《新时期女性主义文学批评的发展轨迹》和徐艳蕊的《当代中国女性主义文学批评二十年》等,② 她们在写作上放弃了此前比较普遍的对西方女性主义经典的复述,试图为新时期以来中国女性主义文学批评进行分期,探讨了不同时期中国女性文学研究的核心性理论问题,反思男性文学传统,为本土女性文学的理论建设做出了贡献。但是,这些专著的视点拘泥于女性主义文学批评的分期,对各个时期的女性文学批评多进行扫描式的总结,对于我国本土特色的理论提升还不够。从西方女性主义文论发展经验来看,如果缺少本土的女性文论家之间、各流派之间的交流与交锋,本土的文论建构也就需要更长时间的积累。因此,搜集、整理、研究有突出价值的学术论文和著作,撰写女性文学批评史,亦为理论建构不可或缺的补充。

文学理论的建构向来以男性为主体,以往的文学史、批评史向来也以男性著述为权威,这成为女性主义者批判男性中心文化的学术动力之一。社会性别理论指导下建立的性别关系是:"男女两性无优劣高低之别,性别差异是不同性别各有所长的独特表现,不应该以某一性别特征为标准来衡量另一性别。"③ 因此,两性共同反思,打破以男性为中心的性别评价标准,重新确立以两性和谐为前提的文学评价标准是十分必要的。男女平等是男性一贯倡导和支持的启蒙话语,在文学领域也不乏男性作家、男性学者对于女性文学创作与批评的鼎力提携。"性别批评"作为专章内容进入《文学理论》教材,林树明、王侃等男性学者一直活跃在当代女性文学研究领域,他们的支持和贡献是女性文学理论建构的宝贵财富,他们将与女性学者一道实现当代文论建设的突破。

综上,在近代女权思想的影响下,中国的现当代文学批评向来关注女性创作和女性文本的研究,自 20 世纪上半叶开始积累了丰富的中国女性文学批评与文学史写作的中国化经验。20 世纪 80 年代中后期,西方女性主义文学理论引进

---

① 刘思谦出生于 1933 年。——编者注
② 杨莉馨:《异域性与本土化:女性主义诗学在中国的流变与影响》,北京大学出版社 2005 年版;邓利:《新时期女性主义文学批评的发展轨迹》,中国社会科学出版社 2007 年版;徐艳蕊:《当代中国女性主义文学批评二十年》,广西师范大学出版社 2008 年版。
③ 陈方:《性别:多元性的范畴》,《妇女研究论丛》1998 年第 4 期。

并因文化研究的介入而得到不断深入,使本土化的中国女性文学理论建构十分紧迫。在当下的文化语境中,建构中国女性文学理论应该遵循平等、和谐与发展的基本原则,以两性平等为价值标准,在接受、借鉴、吸收文化批评、后现代主义理论、后结构主义、文体学、女性主义叙事学等卓有生机的理论与方法的同时,立足于建构文学的性别时间和空间,为中国文论开拓出女性文学理论的一方天地。

四、超性别意识、性别诗学

超性别意识与我的创作

陈　染

一

我个人以为,真正的现代女性不会用人们通常的准则和标准来判断自身价值,真正的现代女性不以获得多少男人的爱作为自信心的基础。

我的作品中就有不少这样的女主人公,她们看不起某一种自以为了不起的男人。

就整个世界范围而言,目前基本上是男权的世界和规范,由于社会角色、压力以及对手的竞争,男人在整体上比较女人相对而言要虚伪一些,因为他们要更多地去面对去征服这个肮脏的世界。他们更容易在政治、经济、军事等等需要暴虐、残酷、尔虞我诈、巧取豪夺的领域出人头地。我承认,女性高官、大将、大老板比较少,那正证明,至少到目前为止,这些领域基本由男性主宰,甚至需要比赛卑劣。

有时,在恋爱中男人也比女性更多一些虚伪。

看不到这一点,是女人的悲剧。

在我的小说《无处告别》中有一个例子:一个内心情感丰富的女人,终于

题解　本文原载《钟山》1994 年第 6 期,是陈染在牛津大学、伦敦大学、爱丁堡大学、达拉姆大学等以及英中协会的讲稿,曾在《香港作家》第 49 期发表。作者结合自己的作品和创作实践,审视人类已延续数千年的传统性别规范,从女性心理角度出发,强调真正的现代女性不会用人们通常的准则和标准来判断自身价值,真正的爱超于性别之上。她坚信随着爱情越来越脱离原始的繁殖目的,脱离经济物质上的生存依赖关系,历史上约定俗成的那种"爱情"一统天下的历史就会结束,人类有权利按自身的心理倾向和构造来选择自己的爱情,真正优秀的艺术家、文学家有自己内心的情感追求和独立的艺术探索。陈染"超性别意识"的提出引起了文坛的关注。

爱上了一个男气功师,她满怀真情,但最后发现自己只不过充当了气功师的试验品(《独语人》小说集第 109 页至 110 页)。

上面说的是并不很聪明的女性。真正的现代女性心中另有一种悲哀:即优秀的男人太少,找不到对手(优秀的男人其实同样面临这个问题)。但我作为女性作家,我还是从女性心理角度出发。优秀的现代女性,她们不愿只把自己当作一个性工具与男性交融,肉体的接触太初级,太原始,妓女就可以完成。对现代女性来说,太肤浅。不是最深刻的刺激。

我的小说《空的窗》中的女主人公,是个聪明女性,她渴望与男人在肉体结合之中,心灵也深挚地结合。但她得不到满足,于是,她采取闭上眼睛,想象她的情人如何优秀,来满足自己(《收获》1991 年第 1 期)。

由于心理构造和志趣的不一样,男女之间真正彻底的沟通,我觉得是世界上一件很难的事。所以有些现代女性(或男性)不得不在同性那里寻找精神与情感的呼应和安慰。这是人类的悲哀,这是迄今为止人类社会尚未发展成熟的一种标志。

我深深同情这样的女人和男人。

在我的小说中有这样一段描写:

……黛二与缪一曾经有一段时间好得一星期不见面就想念,都曾经发誓不嫁男人……她们躲在黛二家的阳台上,夏日的夜晚无比漫长和深情,她们望着神秘而悠然的苍宇,诉说彼此遥远的往昔。梦幻和苦苦寻索的爱情,来自久远时代的声音慢慢浸透她们的心灵。很多时候,她们为悠长无际的天宇所感动,为对方的人格力量和忧伤的眼睛所感动,泪水情不自禁慢慢溢出。夜晚,她们回到房间里,睡在一张大床上,她们的中间隔着性别,隔着同性之间应有的分寸和距离,保持着应有的心理空间和私人领域,安安静静睡过去。有时,黛二会忽然感到一阵彻骨的孤独,她知道同性之间的情谊到此为止了。但黛二想,无论如何总比一个人睡觉要温暖,毕竟能够感到心灵的交融。

……上述所举例一段,就是同性之间深挚的心灵交流与身体行为的残缺所呈现出的矛盾与痛苦。

二

我的小说中写过不少爱情——异性恋。

但我小说中的爱情,大多是不完美的,痛苦的,人格分裂的,甚至是卑劣绝望的。情场犹如战场,犹如商界,犹如政坛,都被男性化了,成为耍手段、弄诡计、栽害别人、高价出售自己的污浊之地。

我有一篇小说,曾写一个中国的年青女子与一个美国人的性爱生活,她(他)们的物质生活非常美满,性生活也很美妙,在外人眼中这是一对令人羡慕的夫妻。但这个女人依然无法排遣内心的空虚与孤独,她自己也不知道这份空虚与孤独来自什么。

我只在这里把这位女主人公的自我总结,归纳成几句话:

> ……她也为自己的缺憾空虚之感而感到惊异。最后,她总结为爱情的缺乏。她坚信:爱情与做爱、情爱与性爱是互相关联的两回事。

我的女主人公已明白了,爱情、情爱与做爱、性爱是两回事。情爱远远高于性爱,它包含了心灵、思想以及肉体。这才是人类情感中最令人动心不已的东西,是真正能使一个现代女性全身心激动的东西。

超乎肉体之上(不排除肉体)——我一生都在追求这种高贵而致命的爱。从某一侧面来说,它是我创作的动力,是我生命的帝王,是我活下去的一部分理由。但理想与现实相距甚远,特别是我这种带有自然的绝望主义者和温和怀疑主义者倾向的人,非常明白这是一种更多地活在梦想里的生活。而我不相信任何梦想。所以,也许最终会一无所获,失败地逃离人类。

这样的逃离——即追求中的死——并不是一种放弃,而是最后一次追求和努力,最后一声呐喊,我会向这样的女性和男性低下头颅致敬!

那么,情爱来自何方?异性之间肯定会有,同性之间也可能出现。这可以理解——有时同性比异性更容易构成理解和默契,顺乎天性,自然而然,就像水理解鱼,空气理解人类一样。当然,并不是所有的同性都可以沟通。

我的想法是:真正的爱超于性别之上,就像纯粹的文学艺术超于政治而独立。它们都是非功利的,是无实利的艺术。

三

目前中国已有不少精神同性之爱者,特别是在知识上优秀的同性之间——即作家、艺术家、思想者等。

是否可以这样理解:越是思想深刻的女性和男性,越是难于找到对等的异性伴侣,她(他)们忍受着孤独之苦。在我的小说里有不少这样的女主人公。

但是,历史对于人类的性行为,出于繁衍的原始目的,几千年来一直延续着一种约定俗成的规范——男女爱情。所以,一些同性爱者在这个"规范"上受到压抑、歧视,她(他)们徘徊、挣扎。

在今天,中国最新一代知识女性(包括男性)终于摆脱了性爱的甘愿被利用的心态,无论是对于传统的某种规范,还是几千年来延续的性爱的原始目的,她(他)们的内心开始拥有叛逆思想。她(他)们早已厌倦了弗洛伊德的里比多泛性主义,尤其讨厌弗洛伊德的"阳具妒"谬论。

必须承认,缺乏肉体亲密交融的爱情是残缺的,不完整的,甚至是绝望的。但我相信,这种痛苦,是对传统不公正的抗议,因此也是崇高的。

迄今为止的中国传统性行为,是源于人的生命力繁衍后代。因此只有异性爱才被认为是正常的。这个"规范"从当前世界范围看,已正渐渐被打破。我坚信,随着爱情越来越脱离原始的繁殖目的,并渐渐脱离经济物质上的生存依赖关系,当爱情也像艺术一样可以纯粹到不掺杂爱情本身之外的目的时,约定俗成的那种"爱情"一统天下的历史就会结束。

我不是一个追求同性爱的人,也不是一个鼓吹同性爱者。我只是在这里说,人类有权利按自身的心理倾向和构造来选择自己的爱情。这才是真正的人道主义!这才是真正符合人性的东西!

异性爱霸权地位终将崩溃,从废墟上将升起超性别意识。

我的散文《爆竹炸碎冬梦》中有一段,写的就是如何用"超性别意识"来看待一个人:

> ……伍尔夫在《一间自己的屋子》里,曾借用柯勒瑞治的话说:"伟大的脑子是半雌半雄的。"我以为,这话的意思不仅仅指一个作家只有把男性和女性两股力量融洽地在精神上结合在一起,才能毫无隔膜地把情感与思想传达得炉火纯青的完整。此外,我以为还有另外一层意思:一个具有伟大

人格力量的人,往往首先是脱离了性别来看待他人的本质的。欣赏一个人的时候,往往是无性的。单纯地只看到那是一个女性或那是一个男性,未免肤浅……

四

最后,回到艺术,回到写作上来——我上边所说的,不是我个人的心理倾向,更不是我个人的生活,而是作为一个作家观察世界的方式。我努力在作品中贯穿超性别意识。

真正优秀的艺术家、文学家,不会轻易被异性或同性所迷惑,她(他)有自己内心的情感追求和独立的艺术探索。

当然,能否成为一个好作家,还要看她(他)技术上是否有充分的训练与把握能力,以及深厚的思想能力。这也有点像爱情——既有心灵之爱又有身体之爱,才能完美。

当二者不可兼得呢?让我们首先珍视超性别意识,因为它已被人类忘却了几千年,至今大部分人还把它视为可笑。就此而言,我深深同情人类。

1994.4.29 于英国

(此文是在牛津大学、伦敦大学、爱丁堡大学、达拉姆大学等以及英中协会的讲稿。)

关于"超性别意识"的思考

降红燕

1996 年 10 月,在南京召开了由中国当代文学研究会女性文学委员会和江苏省当代文学研究会联合主办的"中国当代女性文学第二届学术研讨会"。"超性别意识"是会上争议得最为热烈的一个话题。它几乎成为这次会议"回顾与重建"主题下最为具体的一个中心议题。会上对"超性别意识"的一系列问题有所涉及,但两天的时间太匆匆,不及作具体深入的分析,本文想就这一概念及相关问题作进一步的梳理和探讨。

一

什么叫"超性别意识"?

就笔者目力所见,这个词是由当代青年女作家陈染先提出来的。1994 年,陈染在《超性别意识与我的创作》一文中明确使用了"超性别意识"这一语汇。在文中陈染首先(也主要是)从爱情谈起:"我的想法是:真正的爱超于性别之上……","人类有权利按自身的心理倾向和构造来选择自己的爱情。这才是真正的人道主义! 这才是真正符合人性的东西!""异性爱霸权地位终将崩溃,从废墟上将升起超性别意识"。结合陈染的创作实际,可以看出,她所谓的"超性别意识"是在为自己的作品做注解。因为陈染作品中不仅写了异性爱,也写了大量同性间的姐妹情谊,如《无处告别》、《潜性逸事》、《麦穗女与守寡人》以及

题解 本文原载《文艺争鸣》1997 年第 5 期,是国内较早对"超性别意识"及相关问题进行梳理和探讨的一篇文献。文章指出,"超性别意识"是针对女性文学而言的,它的所谓"超性别"实际上主要是偏重超越女性性别。"超性别意识"的内涵实质主要是"超越女性意识",而女性意识就是女性的独立自主意识,在目前不是溢满得应该超越了,而是张扬得远远不够。从终极关怀的意义上说,"超性别意识"是女性文学的发展方向;但在目前,女作家们果然能完全超越女性意识吗? 她们是女性中的先觉者、警醒者,如果她们都不再为同性呼喊了,那么女性文学还有什么存在的必要和价值呢? 作者认为,女性文学写作者提出"超性别意识"是突破困境的一种努力。

长篇小说《私人生活》等。不过陈染并不仅仅限于爱情上来使用"超性别意识"这个词,她从爱情又回到了艺术,回到写作:"我上边所说的,不是我个人的心理倾向,更不是我个人的生活,而是作为一个作家观察世界的方式。我努力在作品中贯穿超性别意识。"她接着说:"真正优秀的艺术家、文学家,不会轻易被异性或同性所迷惑,她(他)有自己的内心的情感追求和独立的艺术探索。"① 从陈染的以上表述可以看出,"超性别意识"是要超越单一的性别视角来观察世界、看待生活。

更能传达"超性别意识"思想的是铁凝,尽管她没有使用这个词。铁凝在谈到自己的女性题材长篇小说《玫瑰门》时说:"我本人在面对女性题材时,一直力求摆脱纯粹女性的目光。我渴望获得一种双向视角或者叫做'第三性'视角,这样的视角有助于我更准确地把握女性真实的生存境况。……当你落笔女性,只有跳出性别赋予的天然的自赏心态,女性的本相和光彩才会更加可靠。"② 这段话可以视为解读《玫瑰门》的一把钥匙。在这部铁凝自视为"迄今为止我最重要的一部小说"中,出现的主要人物不论老少都是女性,作品有对女性的赞美,更有对女性的无情暴露和鞭挞。《玫瑰门》已走出我国当代早期女性文学作品中惯常出现的男女性别对抗模式,增强了对女性缺陷的自我审视和批判意识,显示出一种超越女性性别意识的胸襟和气度。

表露过类似看法的还有其他一些女作家,虽然表述方式和措词不尽相同,但中心意思是一致的:写作(创作)应该超越单纯的某种视角,不能只以纯粹的男性或女性目光来看待生活,而要用"双向(第三性)视角"(铁凝),要具有"超性别意识"(陈染)。

"超性别意识"的提出得到了理论批评界的响应和首肯。第二届研讨会上,研究者刘思谦女士在提交会议的论文《女性文学的价值目标》中就明确指出:"女性文学……虽然以性别命名,其内涵与生命的活力是超越性别的,其产生和发展是历史的。"另一研究者盛英女士在会上发言中谈到女性文学的发展方向时,也认为应该是男女互补互动,男性女性双向共建。这样的观点其实也并不陌生,还在 1987 年我国出现的较早的女性文学研究著作《女性主义文学》(确切地说是一本小册子)中,著者孙绍先在考察了中国女性主义文学的历程,指出女性主义文学的困惑并预测女性主义文学的走向时,指出:"女性既不应该继续做

① 陈染:《超性别意识与我的创作》,见《断片残简》,云南人民出版社 1995 年 8 月版,第 124—127 页,原载《钟山》1994 年第 6 期。
② 铁凝:《铁凝文集·玫瑰门·写在卷首》,江苏文艺出版社 1996 年 9 月版,第 1—2 页。

父系文化的附庸,也不可能推翻父系文化重建母系文化。出路只有一条:建立'双性文化'。"① 几年以后,刘慧英女士在其专著《走出男权传统的樊篱》(此书1995 年出版,但在 1993 年写就)中也提出:"我反对女性对男性的依附,我也不赞成男女两性长期处于分庭抗礼的状态之中,我比较赞赏西方某些女权主义者提出的建立和发展'双性文化特征'的设想,它是拯救和完善人类文化的一条比较切实可行的道路。"② "双性文化"和"超性别意识"用词不同,但二者传达的思想大体是一致的。从此看,女性文学研究者对"超性别意识"的提倡并不比女性文学写作者晚。

二

为什么女性文学写作者和研究者都几乎不约而同地想到、提出了"超性别意识"? 或者换句说话,"超性别意识"的提出意味着什么?

"超性别意识"的提出是我国女性文学发展的必然。

"女性文学"可以从两个层面上加以理解:女性文学创作和女性文学研究。从创作实践看,我国真正意义上的女性文学创作是从本世纪初的"五·四"新文化运动后开始的。"五·四"运动中,伴随着文化启蒙,女性意识觉醒,出现了一大批表现女性问题的作家作品。40 年代至建国后"文革"10 年期间,由于众所周知的原因,女性意识处于被遮蔽的隐匿状态。新时期以来,女性文学和整个文学一样复苏,迎来了第二个发展高潮。从理论层面看,我国当代女性文学研究是在对外开放西风东渐的文化语境中发展起来的,具体地说是在西方女权主义文学理论传入我国之后。虽然早在 1928 年,丁玲就发表过《莎菲女士的日记》这样富于极强女性意识的作品文本,但作为一种有意识的研究,则是 80 年代中后期以来的事。1995 年借第四次世界妇女大会在北京召开的东风,我国当代文学研究会女性文学委员会成立,迄今只来得及召开过两次研讨会。

我国当代女性文学创作历程虽不长,作家作品却极为繁富。很多论者都趋向于把我国当代女性文学创作分成三个阶段③:70 年代末 80 年代初;80 年代

---

① 孙绍先:《女性主义文学》,辽宁大学出版社 1987 年 9 月版,第 130 页。
② 刘慧英:《走出男权传统的樊篱——文学中男权意识的批判》,生活·读书·新知三联书店 1995 年 4 月版,第 215 页。
③ 如王干、戴锦华:《女性文学与个人化写作》,《大家》1996 年第 1 期;王光明:《女性文学:告别 1995 ——中国第三阶段的女性主义文学》,《天津社会科学》1996 年第 6 期。

中后期;90 年代以来。第一阶段的代表作家作品有张洁《方舟》、《祖母绿》,张辛欣《我在哪儿错过了你?》、《在同一地平线上》等;第二阶段有王安忆及其"三恋"、《岗上的世纪》,铁凝《麦秸垛》、《玫瑰门》等;第三阶段有陈染《私人生活》,林白《一个人的战争》等;早期的张洁、张辛欣把她们的笔伸向女性的心灵世界,展示了生活于现实社会中的职业女性在事业与家庭中的两难困境,这种困境具体展现为女性与男性之间尖锐的性别对抗。到王安忆、铁凝,则扩展了张洁、张辛欣的表现领域,不只写女性纯精神的心灵世界,也把女性肉体的觉醒带入了文学作品。在她们的笔下,女主人公不再是似乎整天都在进行精神追问的探寻者,而是活生生的有精神向往也有肉体欲望的女人。男女性别对抗已没有张洁、张辛欣那么紧张,发展到 90 代,女性写作呈现出个人化、私语化的特色。陈染、林白、徐小斌等逃避开热烈沸腾、纷纭扰攘的现实社会生活和外在客观世界,潜入自己的内心,抒写自己的情感体验、沉思冥想,并有张洁、张辛欣回避的性心理乃至王安忆、铁凝虽已触及也未偏重的性生理,也即法国女权主义者埃莱娜·西苏所谓的"躯体写作"。在第三阶段女作家的笔下,被凸现聚焦的是女性个体,女性个体成为作品表现的中心和主体,男性被彻底逐出或只作为若有若无的背景出现。

纵观女性文学的发展历程,可以看到,我国当代女性文学创作是活跃、蓬勃的,很多人也在赞扬肯定女性文学,但是女性文学也一直处于一种被质疑和批评的境地。前述所列举的作品几乎没有一篇(部)不在文坛上引起争议。早在《女性主义文学》中,孙绍先就把中国从古至今的女性主义文学概括为"寻找男人"的文学,而新时期从 1979 年到 80 年代前半期(相当于第一阶段)的女性主义文学则处于"嘲弄心理阶段"。甚而至今还有人把张扬女性意识的女性文学说成是"仇男文学"[①],照此理解,张洁、张辛欣的作品成了典型的"仇男文学"文本。从女性心灵的挖掘深度看,王安忆、铁凝显然比张洁、张辛欣还进了一步,对男女性别对抗模式有所超越,但她们也遭到了质疑:"在'三恋'和《玫瑰门》中,我们不仅看不到清丽优美的风格,也看不到那种真诚地发自心灵深处的情感力量对于小说世界的观照和渗透,以及蕴含于人物之中的审美意味。……从某种意义上说,'三恋'和《玫瑰门》是王安忆和铁凝为突破而突破,为深刻而深刻的创作

---

① 王彬彬:《"女性文学"两极》,载《新现象随笔二辑》,中央编译出版社 1997 年 1 月版,第 370—371 页。

心态下的产物。"① 90 年代女性个人化、私人化写作则几乎处在一种被"围剿"的状态下,尽管有人也对林白、陈染的作品持肯定态度(如戴锦华、徐坤),但批评的声音是主潮。有人认为这些作家进行的是"阴影下的写作",作品是"阴影下的作品"②;有人则称之为"怪女人文学"③。中国的女性文学创作一直是在一条布满荆棘的坎坷道路上艰难跋涉,是在一种困境中发展的。女作家们提出"超性别意识"可以视为突围困境的一种努力。

女性文学研究者提出"双性文化",则更多的是对西方女权主义文学理论的移植和借鉴。西方女权主义文学理论和批评是更广泛的女权主义运动的一部分。女权运动自本世纪以来经历了曲折的历程。女权运动的纲领是男女平等,但发展到后来一变成为男女对抗,一些极端的女权主义者几乎成了"反家庭者"、"逃离母职者"和"女同性恋者"等的代名词,这使女权运动走入了歧途。到 80 年代出现的新一代女权主义者则不再强调男女的对立,消弭两性间的冲突、对抗,推进爱、温情,主张走向双性和谐④。(还有论者把 80 代年代以来很多男性对女权主义的批评和女权主义者的自我反思看作是一种男权的回潮⑤。)

这些年来,随着对外开放,西方文化成为我们的一个重要参照系。文学创作上如此,我们几乎把西方要花一百多年走过的文学历程在新时期以来的一、二十年中演练了一遍;文学理论、批评上也如此,在 20 世纪西方文论的各种派别中,从俄国形式主义、精神分析等,英美新批评、结构主义到接受美学、后现代主义文化理论等都被"拿来"了,女权主义文学理论也在"拿来"之列,其中当然也就包括了"双性文化"思想。

三

"超性别意识"的提出有什么意义? 应不应该"超"? 又是否可能"超"呢?

从终极关怀的意义上说,"超性别意识"是女性文学(应该不限于女性文学而是整个文学)的发展方向。女性文学创作是女性为自己沉默了几千年的历史

---

① 唐晓丹:《新时期文坛上的双子星座——简论王安忆和铁凝创作流变中的契合现象》,《当代文坛》1992 年第 5 期,第 6 页。

② 艾英:《我读女作家》,《中华读书报》1997 年 1 月 15 日。

③ 王彬彬:《"女性文学"两极》,《新现象随笔二辑》,中央编译出版社 1997 年 1 月版,第 370—371 页。

④ 参看王岳川:《后现代主义语境中的女权主义批评》,《学习与探索》1993 年第 1 期。

⑤ 张宽:《男权回潮》,《读书》1995 年第 8 期。

发出的呼喊,女性文学研究是挖掘文学史中被埋没掩盖了的女性声音。但是女性文学的终极目标并不是推翻男权统治,把男性赶下宝座,自己再戴上王冠,把"男尊女卑"改为"女尊男卑"。女性文学的终极目标是要达到真正的男女平等,双性和谐。从这个意义上说,"双性文化"是应该提倡的,"超性别意识"也是应该具有的。但是还应该看到,在我国现阶段的情况下,"超性别意识"的提出可以理解,然而不宜把它作为女性文学的创作信条,评论界若拿"超性别意识"来作为衡量作品的标尺,还会在某种程度上压抑女性文学创作,甚至成为横亘在我国女性文学本已艰难的路途中的一个障碍。我的这种看法,是在对"超性别意识"的概念内涵和我国当前女性文学创作情况作进一步辨析之后得出的。

前面已经提到,"超性别意识"的涵义是要超越单一的性别意识,用一种既不同于男性也不同于女性的眼光来看待世界、理解生活。但这只是字面上的,进一步分析可以发现,"超性别意识"是女作家提出的,为女性文学研究者首肯的,是针对女性文学而言的,它的所谓"超性别",似乎是超越男性性别和女性性别,但实际上主要是偏重超越女性性别。在此我们不妨再重温一遍铁凝的那段话:

> 我本人在面对女性题材时,一直力求摆脱纯粹女性的目光。我渴望获得一种双向视角或者叫做"第三性"视角,这样的视角有助于我更准确地把握女性真实的生存境况。……当你落笔女性,只有跳出性别赋予的天然的自赏心态,女性的本相和光彩才会更加可靠。

处处针对"女性"而言,处处强调的是超越女性性别。可见,"超性别意识"的内涵实质主要是"超越女性意识"。

那么,什么叫女性意识?又是否应该超越女性意识呢?

"女性意识"也是一个有很多言说又尚无定评的概念。要而言之,女性意识就是女性的独立自主意识,是认识到女人和男人一样也是人、是人类的另一半的意识。女性意识是衡量一部作品是否为女性文学作品的重要标识。

女性意识的觉醒是人类社会历史发展的必然。人类有史以来的几千年,一直是父系文化占据着统治地位,女人们一直处在历史文化的边缘位置(除了在远古母系氏族社会扬眉吐气过短暂时日外)。英语中"人类"是 human,"历史"是 history,人们一直认为是天经地义,理所应当的。具体到我国,中国妇女所受的压迫更为深重,从"三从四德"、"七出"、"缠足"、"纳妾"等封建纲常和现象中就可以看出女性处在一种怎样水深火热的境地。今天的妇女是大大解放了。

建国以来在"时代不同了,男女都一样"、"妇女能顶半边天"的思想指导下,我国妇女的地位大大提高,男女实现了同工同酬,国家从法律上保障了妇女的经济权益和社会地位。但物质的解放必然带来精神的解放? 社会地位的提高就意味着文化心理的提高吗? 正如戴锦华女士指出的:"中国女性的社会地位很高,但女性意识很低。"① 女性意识在目前不是溢满得应该超越了,而是张扬得远远不够。在广大妇女中的许多人还搞不清楚何谓女性意识,或者说很多人的女性意识还未被唤醒时就谈超越女性意识,这是否太匆忙了些? 也太简单化了些?

行文至此肯定会有人诘问:"超性别意识"并不是外人强加的,而是女性文学写作者和研究者自己提出的,你的观点和她们不是矛盾的吗? 确实如此,但矛盾只是表象。在此还应该对"超性别意识"提出的原因作进一步分析。

女性文学写作者提出"超性别意识",是突破困境的一种努力,也是中国现当代女作家的一种惯有的创作心态在90年代延续的具体表现形式,这种创作心态是女作家不甘于只作为女作家而是女作家。

中国的女性文学和西方不同,就是没有过一个声势浩大的女权运动背景,这注定了中国的女性文学创作从未独立于文学关怀社会的总体格局。王蒙在回答外国女性提问时的一段话可说是中国女作家的一种真实心理的写照:"我们的女作家很多,又都很棒,比男作家还要棒。她们是作家而且是极好的作家,她们领风骚于整个文学界而不限于文学女界;她们不是也不甘心仅仅是女作家哪怕是极好的女作家。"② 从《莎菲女士的日记》到《太阳照在桑干河上》的变化,可以看出丁玲创作历程是从女性意识的显现宣泄走向女性意识的消失隐匿③。新时期的张抗抗、张洁、王安忆都明确表示过不是也不愿被人视为女性主义者,和王安忆有类似的经历和写作背景的铁凝提出"双向视角"也就不足为怪。陈染已不讳言自己是女性主义者了:"我想作为一个女性作家,我的立场、我的出发点,我对男性的看法,肯定都是女性的,这本身就构成了女性主义的东西。"但陈染还有一个看法:"人类是什么呢? 不就是由个人组成的吗?'我'就是人类之一。"陈染认为个人化写作不仅仅是个人的生活:"能够有所呼应的'个人'其实就体现了一种共同性。"④ 也就是说她充满强烈女性情绪,女性体验的个人化写作是全人类的,全人类的自然就是超越性别的。从这一角度看,"超性别意识"

① 见红娟:《以平等的心态书写性别——访学者戴锦华》,《中华读书报》1996 年 2 月 14 日。
② 王蒙:《说〈走出男权传统的樊篱〉》,《读书》1995 年第 1 期,第 57 页。
③ 参看刘慧英:《走出男权传统的樊篱》第五章第二节"从宣泄自我到自我的隐匿"。
④ 见林舟、齐红:《女性个体经验的书写与超越——陈染访谈录》,《花城》1996 年第 2 期。

是女作家们显示自己视野开阔、境界高远的一种自我表白。

但是在目前,女作家们果然能完全超越女性意识吗?她们是女性中的先觉者、警醒者,如果她们都不再为同性呼喊了,那么女性文学还有什么存在的必要和价值呢?在第二届研讨会上,女作家胡辛明确宣称她就是为女人写作的;王晓玉谈到她在创作时很少有"我是女作家"的框子指导着创作,但上帝既把你造成女人,你就必然在写作时投射进女性意识;林白说她受到组委会邀请与会非常高兴,像听到了某种召唤,女性文学对她来说有一种亲切感。那么,抑或"超性别意识"只是女作家们用以防身的一个盾牌、一种理论武器?她们不想也不可能超越女性意识?

女性文学研究者较早对"双性文化"的提倡是对西方女权主义文论的移植,后来对"超性别意识"的首肯则主要源于对90年代我国女性写作的忧虑。

陈染、林白等人的作品确实显示出和早期女作家的不同,那就是"性"的直入作品。在有"洁癖"的张洁的笔下,爱情就是精神之爱、灵魂之爱。《爱,是不能忘记的》中的女作家钟雨和老干部爱得刻骨铭心,但她们连手都没拉过,只等死后灵魂到天国相聚。王安忆、铁凝开始从情爱涉笔性爱,但她们也主要是从心理角度切入。而陈染、林白则坦率、大胆得惊人,什么同性恋、手淫等统统从她们的笔端泻出,这样"让人忧虑的放纵"(谢冕语)当然遭到了一些人的抵制批评。但是如果仅从性描写的角度看,仅在新时期陈染、林白之前(或同时)就有《废都》、《白鹿原》、《丰乳肥臀》等,《一个人的战争》、《私人生活》并没有超过这些作品,这些作品虽也在评论界那里引起争议,但远未达到让人瞠目结舌的程度。人们之所以对后者惊呼只在于作者的性别,女人也敢写性了(岂不是翻了天了)。其实恰恰在这点上,陈染、林白显示了她们对男权文化、男性意识强烈的反叛意识:"性"不应再是男性作家的专有领域,女人和男人一样是人,男作家能写的,女作家应该也能写。从某种意义上说,女作家这种越出规范的举动正是对女性意识的一种张扬。那么,评论界对女性写作是否应该不说宽容大度至少也应客观、公正一些呢?

当然,批评家的批评并非毫无道理。陈骏涛先生一再指出,女性文学真正视野开阔的大手笔、大作品还太少,女性文学需要提升,一己的感情波澜并不能代替大千世界的风云变幻[①]。陈骏涛先生的意见对女性文学存在的不足可谓一语

---

① 　陈骏涛:《"女性文学"刍议》,《光明日报》1995年4月11日;观杨颖:《女性私人小说是否昙花一现》,《中华读书报》1996年8月28日。

中的。具体到女性私人化写作,某些作品确实在接受大众那里造成了一些负面影响,尽管这种影响还可以进一步分析。90年代,整个文学置身于市场化的商业浪潮之中,商业利润在出版者和写作者那里成为一个重要的驱动力,"性"是获利的一个重要因素,而且又是女作家写的,自然更不同一般。因为在传统文化中,女性基本上是作为"性"符号,作为"被看"而存在的,"女作家是被看中的被看"。商业化操作使得陈染、林白们主观上的反叛举动客观上恰恰满足了一些人的窥视欲,这是接受者也是写作者的悲哀。但是作家们在这其中不能说没有一点责任。作为创作者,女作家不能不考虑到大众的接受水平,不能不考虑国情,心中应该有个度,下笔时应有所节制,否则不仅达不到张扬女性意识的目的,反而走向目标的反面,走向庸俗,成为无聊看客的谈资,乃至败坏读者大众的心灵。

性别诗学:意会与构想

林树明

　　性别诗学的崛起,是人类思维日益全面和科学、人们对世界的理解日渐深化的必然结果。无论是西方还是东方,性别问题已成为继阶级问题、民族问题之后的又一突出的社会问题。人性的解放、人学研究的发展趋势必然带领我们从性别视角重新审视人类的语言、思维特点、文类、叙述方式、诠释与批评等方面的意义与发展演变。性别诗学,便是对文艺作品和批评话语作性别向度的理论评析,建构一种面向未来、关注两性新型审美关系的跨世纪意识。

　　随着社会的进步和文艺的发展,女性主义文学批评将会变得更加宽容,形成一种理论和批评上的折衷主义,一步步迈向性别诗学。中国当代文坛关于文学艺术的理论探讨,也处处呈露出性别研究的气息,内在地呼唤性别诗学的诞生。建设当代有中国特色的性别诗学话语,已成为我国广大文艺学、美学工作者一项紧迫而艰巨的使命。

　　值得注意的是,理论界竟然花了这么长的时间才认识到性别视界对于理解文学话语的重要性。这种缺失部分源于如下事实,即占统治地位的 20 世纪西方语言论诗学家们都倾向于把他们自己的话语当作一种"中性"话语,当作一种透明的媒体来理解和运用。女性主义文学批评使文学的"中性"状态受到质疑。正是这种质疑与挑战,促进了新理论的诞生。文学理论的未来不会再无视性别之声。

题解　本文原载《中国文化研究》2000 年春之卷,是作者在 1995 年提出"性别诗学"之后对有关问题的进一步探讨。文中指出性别问题已经成为继阶级问题、民族问题之后东西方又一突出的社会问题,人性的解放、人学研究的发展趋势必然带领我们从性别视角重新审视人类的语言、思维特点、文类、叙述方式、诠释与批评等方面的意义与发展演变,性别诗学便是对文艺作品和批评话语作性别向度的理论评析,建构一种面向未来、关注两性新型审美关系的跨世纪意识。作者认为随着社会的进步和文艺的发展,女性主义文学批评将一步步迈向性别诗学,文学理论的未来将不再无视性别之声,建设当代有中国特色的性别诗学话语,已成为我国广大文艺学、美学工作者一项紧迫而艰巨的使命。"性别诗学"的构想在学界引起了反响和争议。

一

　　性别诗学首先基于这样的哲理立场:不存在抽象的、超历史的人类本质,人们的主体性是由特定的生理/心理/文化符码厘定的,主体性具有性别特征。

　　马克思在批判费尔巴哈的人性观时明确指出:"人的本质并不是单个人所固有的抽象物。在其现实性上,它是一切社会关系的总和。"① 男女两性的社会存在与交往,构成了人们现实而具体的社会关系。正如有学者指出,以往的理论界常常将这种"现实性"理解为客观物质性或"社会的"物质性,而几乎没有注意到它是指现象学意义上的人的感性。② 这必然导致只注重阶级性对人们存在的影响,而无视具体的人的性别倾向性,忽视人与人之间的情感、传情关系。马克思还指出:"动物和它的生命活动是同一的。它就是这种生命的活动。人则把自己的生命活动变成自己的意识和意识的对象。"③ 这种对自己的意识和对对象的意识必然包含性别认同意识,或称"性别化"意识,去掉它,人实际上就不成其为人。而文学艺术活动是为了实现人的精神、意志与情感的自由,"以全部感觉在对象世界中肯定自己"④。恩格斯在批评卡尔·格律恩《从人的观点论歌德》的论著中也明确批判了格律恩离开人的社会属性、人的具体规定性抽象地谈"纯粹的人"、"人的东西"、"人的内容"、"人的诗人"等唯心主义观点,认为被格律恩说成是歌德的"人的东西"的那些品性,实际上仅仅是 18 世纪末 19 世纪初几乎存在于每一个德国人身上的小市民气质,这种"人"不是男人和女人所生的,而是提炼圣父、圣子和圣灵的坩埚中的残渣。在《致保尔·恩斯特》中,恩格斯进一步阐述了历史唯物主义的基本立场,指出了"人"的性别区划还有具体的社会历史内容:"妇女的皮肤是历史的发展,因为它必定是白色或蓝色、黄色、棕色或红色的——因此,她不会有人类的皮肤。妇女的头发是历史的发展——是卷的或波纹的、弯的或直的;是黑色、红黄色或淡黄色的。因此,她也不可能有人类的头发。如果把她身上的一切历史形成的东西同皮肤和头发一起统统去掉,'在我们面前呈现的原来的妇女'还剩下什么东西呢? 干脆地说,这就是雌的

---

① 《马克思恩格斯选集》第一卷,第 18 页。
② 见邓晓芒:《胡塞尔现象学对中国学术的意义》,《江苏社会科学》1995 年第 1 期。
③ 马克思:《1844 年经济学—哲学手稿》,人民出版社 1979 年版,第 50 页。
④ 马克思:《1844 年经济学—哲学手稿》,人民出版社 1979 年版,第 79 页。

类人猿。"① 毫无疑问,男女的性别属性也是一种现实的社会属性。

人们的这种主体规定性,必然要在其社会存在、社会生产实践中体现出来,作为社会生产、社会实践的一个部门的文学艺术,也必然会受其影响和渗透。文学及文化产品必然或多或少打上了创造者或接受者的性别特征,性别规定性是揭示文学艺术本质特征的一个重要范畴。这成了性别诗学得以成立的重要哲理依据和逻辑起点。从我国现有的多种文艺学、美学教材和专著来看,大多以马克思主义反映论作为理论的哲理基础,但这些论著往往只注重人们的阶级本质、时代本质、民族本质等,避而不谈人们的性别特征。这些论著受欧洲传统文学思想再现论的影响,不同程度地忽视了创作主体与接受主体,忽视人们感性存在的丰富复杂性,有其时代的局限性。发展具有中国特色的马克思主义文艺学,首先就得学习马克思主义尊重客观事实和规律的态度,具备不断追求真理的热情,重新审视和评价以往的观念和方法,达到时代的新水平。

从严格意义上的文艺思潮来说,性别诗学是作为新批评、结构主义及解构批评等形式主义或语言论诗学、科学思潮的对立面而出现的。形式主义文论家忽视理论的社会与政治功能,摒弃人的生理/心理/文化构成,具有很大的片面性。80年代以后解构主义的衰退、女性主义批评的持续发展及新历史主义文学批评的勃兴,正表明了人们对主体身份的重视。性别诗学将人作为研究的主要对象,既解析作为"类"的存在的人,也考查个体的人,它在探究人们的文艺创造行为时,结合人们的生理、心理、情感、政治倾向、种族因素等,将其作为具体的、完整的人来考虑,其中,对人们的性别主体性怀有浓厚的兴趣。它首先是把性别特征作为构成本文及阐释本文的基本范畴,作为文化建构中选择主体的文化人格的重要维面。

但它对性和性别的审视是一种联结与建构,能使人们更丰富多元地理解世界和本文。将性别诗学只局限于性别问题是很片面的,作家与读者不仅是由"性别"组成的,他们同时又属于众多的生产与消费群体,具备各种属性。性别诗学既汲取女性主义批评关于性别与性别论争的研究成果,也考虑那些并未探讨"性别"范畴的理论家对诸如阶级、种族、时代及经济等因素进行研究的成果。

譬如,在一些作品中,性别因素便与种族意识密不可分地结合在一起。在多丽丝·莱辛早期作品《老酋长》及《第二间小屋》等小说里,均表现了作者对非洲黑人的同情,同时,也描述了作为一名女性生活在男人传统中的内在困难,同情

① 《马克思恩格斯全集》第37卷,第412页。

弱小,使作家的性别意识与种族意识有了契合点。在托妮·莫里森的《娇女》、《最蓝的眼睛》及《苏拉》等小说里,性别问题与种族问题结合得更加紧密,对种族主义的强烈控诉,完全是通过对黑人妇女生活的细腻陈述来表现的。虽然莫里森曾声称,对于她来说,种族意识强于性别意识,可我们从她的每一部作品甚而每一行文字中,都可体味出浓烈的女性主义气息。《苏拉》这部小说,还被许多人视为激进的女同性恋的经典本文。同时,莫里森也没有忘记告诉我们,美国文学是美国白人男作家显示其观点、天才和权力的领地,种族主义和男权主义是一对双胞胎。

更进一步看,同是女性主义意识,在各民族中的表现也是不一样的。在加拿大小说里,性别意识与民族传统的审美风格结合在一起,像玛格丽特·阿特伍德的《表面化》等小说对原野的迷恋,便产生于加拿大文化传统里酷爱自然、长于表现自然这一长期存在的特色;一些德国女性主义小说赞颂女性主体作为一种精神本质及对内在心灵的倾向,又明显受到德国唯心主义传统的影响;而美国黑人女性文学及当代中国女性文学对大众寓言及女性社会身份的强调,与这些民族的集体主义传统有内在的联系。

因此,性别诗学并不否认性别话语外其他话语的存在,而是将其有机地联系起来思考。它探讨两性角色的复杂性,探讨由性别、种族、阶级、时代及经济等因素所铸成的两性角色和身份之间的交叉和矛盾,探讨性别关系模式在文艺领域的表现。它与女性主义文学批评的区别在于它持一种开放的态度,除了探讨文化及文学领域性别的对立因素外,还考察男人和女人相互借鉴、获取了什么,以及人们的性别特征是怎样表现在文学中的等问题。

二

性别诗学质疑下列流行的男性与女性的风格或定位:

男性:天　阳　雄　理性　精神　宗教　节制　施虐　明确　沉默　粗鲁
女性:地　阴　雌(伏)　直觉　肉体　巫术　色情　受虐　混乱　饶舌
　　　文雅

上述两性特征是男性传统话语的产物。诚如英国当代作家安拉杰·卡特指出,人们的性别特征定位,从儿童时代便开始了。童话世界中的男女便有明显的不平等,其两性关系往往是这样:男人刚毅、勇敢,有虐待倾向;女人柔弱、顺从,有受虐倾向。童话世界中,男人要么杀害女人,要么拯救女人,而女人则相互嫉恨、残杀:《灰姑娘》中的灰姑娘同她的继母与姐妹有着深深的隔阂,《白雪公主》中的白雪公主受继母的迫害,《林中睡美人》中的婆婆企图加害睡美人。在童话里,这种女人间的仇恨往往是为了争夺男人——女儿有恋父情结引起母女不和,姐妹争夺一个王子等等。这是一个女人围着男人转、男人拯救女人的世界。白雪公主被继母毒死,而经男人(王子)一吻,起死回生;灰姑娘受同性虐待,也是经男人(王子)一吻,改变了苦难的命运。卡特认为这些模式实有改写的必要,否则,女性仍是被动的受害者。

将上述两性特征用于文艺批评,便是所谓的"男性性征批评"。批评者对妇女作品的探讨必得出"富于女人气"的结论,或者说女人写的作品仿佛便是女人本身。在这种批评里,女性作品的风格往往是:不定型性、非理性、封闭性、狭隘性、缺乏力度和深度、纤细等等。迄今,"男性性征批评"已遭到女性主义批评的有力批判。文学风格是历史的产物,它随社会的发展而变化。

性别诗学质疑"两性共体"的文学构想。

新时期以来,"两性共体"成了理论界的热门话题,其归纳起来有两种形态:其一是挪用西方"两性共体"的传统概念,直截了当地提出"两性共体"的口号,视之为文学发展的必然方向和理想目标;其二是标举一些所谓的"男性风格"诸如理性、幽默、粗犷、反讽及复杂化等,将女性文学呈现的这类风格视为向男性的趋同,由此证明文学将逐渐表现出男女共享的品格,性别特征将作为累赘而被文学摒弃。

"两性共体"作为文艺学的概念,较早是由弗·伍尔夫提出来的。但伍尔夫的性别观念充满了矛盾,提供了较多的讨论余地。其归纳起来有两点:其一是她的"两性共体"论并不仅仅针对文学表达的特定风格,主要是关涉男女和睦相处的平等思想,针对两性的处世态度,即使历史上主要为男性利益服务的文化更具有民主性,在普世的男女皆享有平等权利的意义上,没有男女的区别;其二是由于男女的经历与体验不同,其文学表现的内容与形式就必然有所差异,女性有她们独具的表现对象与表达方式。

不满于伍尔夫"两性共体"观的含混性,一些女性主义者发展或修改了"两性共体"概念。

法国女性主义理论家埃莱娜·西苏提出了"另一种双性特征"的说法。她认为每个人生来都有男性和女性两种趋向,但"两性共体的陈旧观念",实际上是男性的,它合并了差异,把男女两性的特征压缩成了以男性为主的"整体",旨在投合男人对"他人"即女人的恐惧,是让她们不再向往性别差异的必然标尺。她提出另一种"两性共体",它是复杂多变的,实际上包括了"既不排除差异也不排除某一性别",并"增加了这种差异"。① 她还认为,女人是具备双性特征的,而男人则始终固守着菲勒斯的单一性征,绝少"双性"。她论称妇女比男人更容易"两性共体",她们渴望交流与撞击,没有一系列固定僵化的争斗与隔绝,其写作有很大的包融性,可以吞没和消解男性中心主义,是一种混沌、巨大的"地母之声"。西苏采取了解构主义的策略,消解了男女等级森严的二元对立,同时又不放弃差异与距离,其目的是要打破既定的性别等级秩序,建立一种新型的两性审美关系。

一些女性主义者还对弗洛依德的"双性论"进行了严厉的批判。萨拉·考夫曼在《女人之谜》里指出,弗氏首先在妇女体内植入一种先天的阳性,从而使女孩的双性特征比男孩子更为明显,然后又据此建立了一种倾向于把妇女归于精神病症的双性规范,这种对性差异的抹煞,实质上是恢复、加固了性别等级制。乔纳森·卡纳运用解构批评的方法,巧妙地批判了弗洛依德的"双性论",颠倒了传统的男女二元对立秩序。他指出:

> 为了使女人成为依附的、男性生殖器压抑而衍生的男性稀释物,弗洛依德加诸妇女一种原生的双性(anorigina bisexuality)。如若"小女孩是个小男人",他注定要在她身上变成一个女人,那么她从初始便是双性的,从这一角度出发,弗洛依德提出了女性的问题:精神分析家想了解"一个女人怎么会生下一个双性孩子",没有这种先天的双性,世上便只有两种不同的性,即男人和女人。而只有通过设定这种双性,弗洛依德才能视女性为衍生的、依附的:她首先是一种低级的男性,后来通过对阴蒂(男性)的性压抑,呈现出女性。但这一心理分析的激进学说之一的双性论,却可带来"男人"和"女人"等级关系的倒置,因为最终女性是男女两种模式的综合,以其一"男"一"女"两种性器官成了性的总体样式,反而男人则成了女人的一个特殊变体,成了她的男性生殖器阶段的延伸。犹如弗洛依德所说,既然妇女存在男性与女性两方面的特征,那么将女人视为"男人"的变体,还不如按他的说法,将男人视为女人的一个特殊样式。或许,按德里达的理论看来,

---

① 埃莱娜·西苏:《美杜莎的笑声》,《女权主义文学理论》,湖南文艺出版社 1989 年版,第 407 页。

男人和女人都是原初女人(archi-woman)的变体。[1]

将"两性共体"用于文学领域,特别是国内的一些见解,是指一种"中性文学",即消除了男女性别差异的文学。

如果不从性别角度观照文学,那么任何作品似乎都是"中性"的,这时,文学的民族性、时代性、阶级性等特征可能就凸现出来了。譬如,我们从张洁、谌容、铁凝、郑敏、翟永明等人的作品中皆可寻绎出人们对极左路线的极端鄙斥等问题来。那么,这时的文学观照角度,便不是性别的角度,而是政治或阶级的评价角度。不可否认,男女两性作家都存在各样的文学反映或批评角度,都存在一个超越性别界限、相互借鉴与获取的问题。但这种聚焦点用"中性"去框定是毫无意义的,"中性"总要有所倚重,或者重阶级因素,或者重时代因素,或者重民族或其他什么因素。就连强调对文学进行客观分析的新批评理论家雷·韦纳克也曾说,"在文学中没有中性的事实"。这就像不存在一种"中性话语"去描述西方文化或东方文化,去比较第三世界文学与第一世界文学一样,观照者必然是站在西方文化或第一世界的立场去描述东方文化或第三世界文学;反之亦然。理论依赖于被选供研究的材料和理论家的目的,当材料和目的不同时,得出的结论就不一样了。比起自然科学及其他社会科学来,文学创作、鉴赏或评论的视角的丰富多样性更为明显。而将理论的聚焦点放在性别问题上,那么"中性文学"的存在更是不可能的。男女两性由于生活环境、生理与心理的某些差异,必然导致他们在感知世界、表现世界等方面有所不同。他们的作品会呈现不同的男女社会生活、内心世界及叙述角度、语言风格等等,不同性别的读者对作品的理解也会绽露出一定的性别倾向。男女两性进行文学创作与鉴赏,不是要抹煞各自的性别规定性,而是更细腻更多样地去观照、发展各自的个性特征,去了解"陌生性或不可减少的其他人的他性"[2]。传统男女二元对立等级秩序的消解,并不会产生一种抹煞了差异的一元化审美模式。当然,随着两性间一种新关系的建立,人们的性别观念也将发生变化,男女在个人水平上的差异将比"类"的差异显得更为重要。但这种个人差异,仍包含着微妙而复杂的性别因素。

性别诗学在女性主义运动趋于平和后仍继续存在,但它在近半个世纪内,仍与争取男女平等的政治运动及文学批评息息相关,与其他文艺思潮一样,其发展

---

[1] 乔纳森·卡纳:《论解构》,英文1985年版,第170—171页。

[2] J. 希利斯·米勒:《全球化对文学研究的影响》,《文学评论》1997年第4期。

依赖于整个社会的变革。在当代中国,性别诗学往往呈现出女性主义批评的价值取向。性别诗学的价值取向定位以男女平等相互尊重为前提。

新中国成立以后,妇女的地位得到很大改善,但迄今为止,妇女仍处于"第二性",不少大男子主义性别观念仍毒害着人们。随着改革开放的深入、国门的洞开,将妇女视为"生财之物"的资产阶级两性观时有抬头。全国文盲中女性文盲直线上升,约占成年文盲人口的70%,而中小学女生的辍学率占流失学生总数的80%。拐卖妇女、卖淫嫖娼业从沿海向内地扩展,重婚、纳妾现象有回升趋势,女学生分配难、就业难,妇女就业仍受其性别的局限。包括学校教育在内的文化传媒领域,也存在着程度不等的重男轻女现象。譬如新近发布的中华人民共和国执行《提高妇女地位内罗毕前瞻性战略》国家报告指出"在学校正规教材中,不同程度地存在着对女性忽略或忽视的倾向,据统计,小学1至6年级12册语文课本中,表现人物93个,其中男性81个,女性仅12个",据此而提出2000年前在学校基础教材中,增加女性正面形象的比例,逐步在大学开设妇女选修课。

激进的女性主义文学批评对歧视妇女的男权主义进行了猛烈抨击,它必然给中国的物质文明和精神文明建设带来深刻的影响。我们无意推测女权主义运动在中国发展壮大的可能性,但无论是西方还是东方,无论是第一世界还是第三世界,只要还存在男女不平等现象,便会产生对这种情状的认识和反抗。女性主义批评在我国已有了长足发展,取得了不少实绩。在相当长的时间内,运用女性主义文学批评对传统文化中的男性中心主义进行批判是十分必要的。用西方马克思主义者马尔库塞的话来说,文学艺术虽不能直接改变世界,但它可以为改变那些可能变革世界的男人和女人的内驱力作出贡献。强调自强、自立的女性意识,或者说比较明确甚而偏激地表达女性主义意识,挖掘出女性特殊的精神底蕴和个体的审美表达方式,无疑会使当代中国的女性文学创作与批评更上一层楼,也将会催生更为广泛多样的男女两性社会角色,并取得相应的文化内涵和审美外观,在文化领域取得更高层次和更深意义上的男女平等。这也是性别诗学的目的和任务。

三

任何学科的理论建设都不可能是一蹴而就的。性别诗学概念术语的建构也是这样,有一个漫长的过程。性别诗学的新颖性、开放性,要求一种新的思维方式,一种全方位、多层次的动态考察,其理论形态具有东方美学的松软灵活性。在上述哲理依据、价值定位及社会功能等基础上,性别诗学对文艺的构成、审美特征、发展类型、风格流派等,皆可作性别向度的诗学探讨;对一些子概念,诸如"性别主体位置"(gendered subject positions)、"生理性别"(sex)、"文化性别"(gender)、"性别身份认同"(gender identity)、"男性意识"(masculinity)、"女性意识"(femininity)、"性别化"(engendered)、"性别叙述话语"(gendered narrative discourse)、"性别叙述方式"(gendered narrative style)、"性别定见"(gendered fixes)等的界定,皆孕育着性别诗学发展的契机。

性别诗学是一种跨学科的研究,它旁及人类学、社会学、政治学、语言学、符号学、艺术史、教育史、心理学、生物学、生态学及当代文学批评各流派,方法的开放性,是它的又一特色。性别诗学包括了与性别体验相关的各个不同学科的问题,从而可以接纳日益扩展的跨学科探索的各种成果。性别诗学探讨的对象除文学外,还涉及其他一切文化传媒,包括了对影视、广告、绘画、摄影等诸种文化传媒作出评价,对这些文化产生及传输过程所吸引的如潮的受众加以关注,并作出性别向度的解析。事实上,这样一些文化产品所构成的种种"意象",已成为现代社会大众审美趣味的真正驾驭者。这种文化产业通过机械复制手段大量制作平面化、单一化的"意象",使广大受众成为单向度的人,不少这类产品仍在倾销着性别歧视意识。

在美学层次上,性别诗学倾向于专注感性的审美生成。性别主体的诗意存在,靠内在的直观体验维护和滋润,靠感性个体的审美自由。

性别诗学认为审美经验与美感依赖于全面的、具体的、感性的人的现实存在,注重人的感性维面,特别是性别因素所蕴含的独特诗意,鄙斥否定个体感性存在的资本主义异化方式,反对将人格降为商品的"性化/物化"的生产与交换,恪守自由的属人的自然性与社会性。它将吟唱新型的男人与女人临世,呼唤一种崭新的两性关系,在这种关系下,人人平等自由,审美的需求将是自律性的。性别诗学十分赞赏马尔库塞等人将审美的解放与性别关系联系起来思考,将女性的感性存在上升到审美自由、人类解放的高度来阐发。

马尔库塞论称,丰富的感性是单向度的人解放的必然路径。这种感性的解放,使主体得到审美的升华,"审美之维"正是指向人走向完整的人性回归的维度。人的这种新感性,本质上反抗抑制、专横、暴虐,赞颂美丽、安宁、和谐、游戏,而这样的维度,可由女性来呈现。在这一意义上,他已把女性视为美和艺术的化身,女性生存的原则与秩序便是美的原则与秩序。妇女解放就其超越攻击性需求、超越社会组织和职能的分工而言,已成为一股革命的力量,它的目的旨在改变这个社会结构本身。在这个现存的结构中,不但女人不自由,男人也是不自由的,"男人在丧失人性方面或许更甚于妇女,因为男人不仅受累于传送带和生产线,还要遭罪于'实业社会'的规范与'伦理'的准则"①。正是女性,在根本上包容着和平、快乐和结束暴力的希望。她们与资本主义异化劳动世界分离,较少地被现实原则摧残,更接近感性,比男人更具人性。这正体现了历史的辩证法:"夫权社会创造出女性形象,造就了一种女性的反作用力;而这种女性形象、女性反作用力又成了夫权社会的掘墓人。也正是在这个意义上,妇女执掌着解放的命运。"②

近几年的美学研究,转向了人的独立性,转向了人类自身,它越来越依赖于主体的位置,依赖于特定的语境以及依赖于理论的框架。一些美学论著放弃了那种对美的绝对规律进行抽象探究的老式方式,从而不同程度地向现实靠拢,向东方靠拢。男女两性的审美差异,将是当代美学最令人鼓舞的特征之一。性别诗学将有助于改善人类文化生态和人文环境,部分弥补 20 世纪西方语言论诗学或后现代主义美学摒弃人文因素所造成的缺陷,构成东方美学特有的感性传统的一个新维面。

---

①② 马尔库塞:《审美之维》,李小兵译,生活·读书·新知三联书店 1992 年版,第 149 页。

我国性别诗学的兴起原因与存在的问题

王艳峰　吴　炫

　　自从男性学者林树明在 1995 年出版的《女性主义文学批评在中国》中提出性别诗学的构想以来,性别诗学在我国兴起已有十几年的时间①,新世纪以来不少女性文学研究者譬如刘思谦、乔以钢、任一鸣、万莲子等也在不同程度上响应了性别诗学的提法。其中,万莲子的长文《性别:一种可能的审美维度——全球化视域里的中国性别诗学研究导论(大陆 1985—2005)》分上下两篇分别刊登于《湘潭大学学报》(哲社版)2005 年第 6 期和 2006 年第 1 期上,该文为"性别诗学"产生寻找了中西两方面的理论基础,并着重阐发了其"和而不同"的中国特色及其与女性主义文学批评的关系。任一鸣、刘思谦、乔以钢则主要从女性文学研究的学科建设方面做了回应,其中刘思谦明确提出"性别"已代替"女性"成为女性文学研究的关键词②。性别诗学在我国的兴起有多方面的原因,本文简要地分析一下其中两个主要方面。

一、西方女性主义文学批评的研究重心从"女性"转向"性别"

　　自 20 世纪 60 年代以来,西方的女性主义文学批评经历了四个发展阶段:

题解　本文原载《湘潭大学学报》(哲学社会科学版)2009 年第 6 期。针对林树明有关性别诗学的构想及阐释和国内一些学者的响应,本文作者对性别诗学在我国兴起的原因及存在的问题进行了探讨,指出造成我国的性别诗学提倡者试图以"性别诗学"取代"女性主义文学批评"的深层原因是其共同的人文主义立场,而建构在人文主义基础上的性别诗学仍有坠入父权制陷阱的可能。作者强调在今后的发展中,性别诗学所面临的问题仍然是"性别"立场与"女性主义"立场之间的关系问题,必须时时提防"性别"成为一个"后女性主义"的概念。对此,林树明撰文《一石激起千层浪:关于性别诗学批评的思考》(《当代文坛》2011 年第 2 期)作了积极的回应。

①　首次正式提出"性别诗学"概念并且有比较完整阐释的国内学者是男性学者林树明。林树明早在 1995 年的专著《女性主义文学批评在中国》中已有"性别诗学"的提法。但直到 2000 年的一篇文章《性别诗学:意会与构想》,他才正式提出了"性别诗学"的构想,至于对"性别诗学"的概念做明确的界定,则是在他 2007 年 12 月发表的《女性文学研究、性别诗学与社会学理论》一文中。

②　刘思谦:《性别:女性文学研究的关键词》,《洛阳师范学院学报》2005 年第 6 期,第 1 页。

女性形象批评、女性中心批评、女性主义文学理论的兴起和身份批评。前三个阶段分别从女性主义的立场出发去批判文学中的男权机制、重构女性文学传统和建设基于女性主义的文学理论。在这三个发展阶段中,女性主义文学批评采取了"一分为二"的批评策略,一方面从女性的立场出发去审视、批判将女性"他者化"的男性文学与文化,另一方面又通过挖掘女性文学的历史、女性写作的传统、建构女性主义的理论体系去确立女性的主体地位。换句话说,前三个阶段就挑战传统的所谓的客观、公正的男性批评观而言,已经成功地将"性别"作为一种批评的维度置入文学批评的机制之中。但仔细分析下来,"性别"这个因子虽然已经内在地蕴含于前三个阶段之中,但在具体的操作中对于男性和女性两个性别并非平等对待,而是基于褒扬女性立场的对男性的批判。性别仍未"抽象"出来,也未占据主导地位,在这三个阶段中女性主义"性政治"的立场仍是第一位的。

20 世纪 80 年代中期,女性主义批评界的兴趣转向"性别"。伊莱恩·肖瓦尔特(Elaine Showalter)指出,在美国,"性别"一词是指"被迫带有生理性别差异的社会、文化与心理的结构",而"性别"理论使女性主义批评的对象从"女性"转向了对意识形态的印记和性/性别系统的文学效果的探讨,或者说"探讨因人类的社会干预而构成的人类性爱与繁殖的形式"①。她同时指出,性别理论在历史、人类学、自然科学、文学等领域开展了广泛的研究,在文学领域影响最大的是关于男性同性恋的研究,1985 年夏娃·科索福斯卡·塞奇威克(Eve Kosofsky Sedgwich)的《男人之间:英国文学和男同性恋者的社会欲望》用女性主义批评理论研究了与阶级、种族和作为一个整体的性系统相连的男同性恋的标志,奠定了性别理论对男性的研究的基础。

1995 年 9 月"联合国第四次世界妇女大会"在北京召开以来,中国政府签署的《行动纲领》和《北京宣言》两个文件的精神在国内传播,"把社会性别纳入决策主流"成为各级妇女组织者的奋斗目标,也成为妇女研究者的研究话题。社会性别(Gender)理论开始真正和大范围地为中国社会学、历史学、文学研究者所了解,社会性别理论也开始渗透到各个学科的研究中去。笔者认为,真正促使我国的女性主义文学批评走向"性别诗学"阶段的是对苏珊·斯坦福·弗里德曼(Susan Standford Freidman)的一篇长文《超越女作家批评和女性文学批评——论社会身份疆界说以及女性主义批评之未来》的翻译。文章认为女性主义文学

---

① 张京媛主编:《当代女性主义文学批评》,北京大学出版社 1992 年版,第 264 页。

批评的未来在于超越传统的女作家批评与女性文学批评单一的性别视角,将性别整合到族裔、阶级、民族、宗教等其他社会身份要素中进行批评,而且强调主体身份的复杂性、变动性和矛盾性①。该文在 1998 年作为王政、杜芳琴主编的《社会性别研究选译》的压轴篇目被介绍进来,深刻地影响了中国女性主义文学批评的走向。此前,"性别诗学"的术语虽已提出,并未进入理论的展开与批评实践的实施阶段;此后(大约在 2000 年左右),林树明等人的理论相继提出,相关的批评实践也大量涌现②。此时,女性主义文学批评进入第四个阶段,"性别"才真正替代了"女性"成为女性主义文学批评的关键词。

二、我国女性主义文学批评对理论的要求

我国新时期以来的女性主义文学批评的发展历程基本上遵循了上述西方的女性主义文学批评的四个发展阶段,稍有不同的是在我国女性主义文学理论与身份批评几乎是同时进行的,而"性别诗学"更是集二者于一身,试图建构一种以"性别"为核心概念的女性主义理论形态。如果说西方的女性文学理论是 20 世纪 70 年代中期以来,西方的女性主义文学批评者试图改变对男性理论的修正状态、建立以女性为主体的理论、发出自己的声音的话,我国自 80 年代中后期以来直至"性别诗学"出现之前,我国的女性主义文学批评在新世纪以前基本上处于西方理论的译介与应用西方女性主义理论对本土的文学和文化进行批评的阶段,并不注重本土化女性主义理论的建设。虽然有戴锦华等人提出的文化立场上的女性写作等准理论术语的出现,但缺乏系统的论述。至于陈染提出的超性别意识、林白提出的躯体写作理论也基本上是女性作家关于自身创作的一种思考,还不能算是女性主义理论的自觉建设。

万莲子是第一位勇于承担起以"性别诗学"理论梳理中国近 20 多年的女性主义文学批评实践的学者。在她洋洋 30 万字的博士学位论文《全球化视域里的中国性别诗学研究(1985—2005 大陆)》中,她认为 1985—1995 的女性文学研究和 1995—2005 的女性主义文学批评分别是中国性别诗学发展的塑型发生期和成形发展期,并提出了"性别审美意识形态"作为性别诗学的关键词。她的论文以"性别诗学"为核心概念审视了我国 20 多年来的女性主义文学批评成果,对

---

① 王政、杜芳琴主编:《社会性别研究选译》,生活·读书·新知三联书店 1998 年版,第 423—460 页。
② 如西惠玲在《西方女性主义与中国女作家批评》中利用"社会身份疆界说"对当代小说的解读,刘思谦、乔以钢的大量论文,李玲的专著《中国现代文学的性别意识》等。

具体批评论文、专家专著、审美文本个案进行了仔细分析,并提出了建构中国性别诗学的宏伟设想①。

对性别诗学有着比较系统化、理论化阐述的是林树明,他在 2000 年的一篇文章《性别诗学:意会与构想》中,提出了关于性别诗学具体的构想,之后又具体论述了性别诗学的理论基础、研究对象等,做了学科建设方面的思考。林树明的"性别诗学"理论一方面强调把性别作为与种族、阶级等相并列的一个要素来考察文学的性别特征,这显然受了社会性别理论的影响;另一方面在从性别维度考察文学时,又打算从创作主体、文本、接受主体几个方面进行研究,采用的是传统的文学理论的框架。

我国性别诗学的兴起与西方女性主义文学批评研究重心的转移是一致的,同时也符合了我国女性主义文学批评理论化的需求。但是在上述两方面,性别诗学必须保证其女性主义立场的前提,因此它也必须面对深入的追问,进一步澄清"性别诗学"与"女性主义文学批评"的关系、"诗学体系"与"女性主义立场"的关系,才能明确其未来的发展方向。

(一)"性别诗学"与"女性主义文学批评"的关系

关于性别理论与女性主义批评的关系,伊莱恩·肖瓦尔特从女性主义文学批评的立场出发认为,性别理论的兴起是女性主义文学批评的一个最新发展阶段,它为女性主义文学批评带来了三方面的益处。首先,性别诗学理论认为男女两性的文本都有性别,不仅敞开了女性主义文学批评的研究领域,也挑战了客观、中立的传统文学观。其次,性别理论允许男性以研究者和批评者的身份进入女性主义文学批评。最后也是最为重要的一点是,性别理论把性别作为与阶级、种族相并列的一维成为文学批评理论的核心因素,就让女性主义文学批评登堂入室,取得了合法身份,从边缘走向了中心。同时,她也表示了自己的忧虑,担心性别成为一个"后女性主义"的术语,会取消女性主义强烈的政治色彩②。

我国的性别诗学倡导者如何认识性别诗学与女性主义文学批评的关系呢?在这里,我们不妨引用几位代表性学者的论述加以分析:

> 随着社会的进步和文艺的发展,女性主义文学批评将会变得更加宽容,

---

① 万莲子:《全球化视域里的中国性别诗学研究(1985—2005 大陆)》,暨南大学 2007 年博士学位论文,中国期刊网。

② 张京媛主编:《当代女性主义文学批评》,北京大学出版社 1992 年版,第 265 页。

形成一种理论和批评上的折衷主义,一步步迈向性别诗学。

(林树明《性别诗学:意会与构想》)

从严格意义上说,"女性主义诗学"范围小于"性别诗学",且终有一天它会被"性别诗学"一词所取代……

前者(性别诗学,引者注)客观,更符合学术理性和规范,是纯粹的学术研究命名,女性主义文学是其共同的研究对象,研究主体与客体毕竟有一定的、事实上的距离;后者(女性主义诗学,引者注)则既是研究主体,又是研究客体,容易依据女性文化历史和现实的弱势境遇而带入感情色彩。

(万莲子《性别——一种可能的审美维度》)

与女性主义文学批评不同的是,性别诗学更强调对男性的关注/关怀。

(林树明《女性文学研究、性别诗学与社会学理论》)

从上述引文可以看出,研究者们在性别诗学与女性主义文学批评的关系上形成了两点共识:一、性别诗学最终将代替女性主义文学批评,二、性别诗学更加关注男性性别。这几乎毫无悬念地印证了伊莱恩·肖瓦尔特的忧虑:"'性'将变成一个后女性主义术语……最麻烦的冒险是,在拒绝称自己是女性主义者的同时,批评家们不顾性、种族和阶级之间的等级关系而把'性'作为学术术语。"[1] "解政治化"这个词语对于中国女性主义文学批评20多年来的变化来说可谓"一语中的"。联系到90年代后期我国文学批评界对"性别"理论的接受要比80年代初期对"女性主义"的接受爽快得多的现实,我们是否可以得出这样的结论:相对于"女性主义",我国的文学研究者更喜欢"性别"这个概念。80年代,女权主义理论初入我国时,学术界就有认为中国不需要女权主义的声音,理由要么是认为中国女性已经解放了,要么是因为中国缺乏独立的女权主义运动而不会产生女权主义。这两种看似矛盾的观点背后的深层原因实际上是认为西方女权主义太强调性别对抗而不符合强调"两性的和谐与互补"的中国国情。从概念翻译时的"女权主义"到"女性主义"的变化,再到研究中心从"女性"到"性别"的转移,毫无疑问"女权主义"最初作为西方女权运动产物的鲜明的"性政治"倾向色彩正日益减退。当代"性别诗学"的提倡者们的初衷是倡导两性的

---

[1] 张京媛主编:《当代女性主义文学批评》,北京大学出版社1992年版,第265页。

和谐共处,终极目标是建立一个两性平等、和谐共处的理想社会。他(她)们对于"性别"能够兼顾男女两性的新术语的到来由衷欢迎,因为"性别"可以避免女性主义的偏颇和强烈的政治色彩,"更符合学术理性和规范,是纯粹的学术研究命名",可能减弱学术界对"女性主义"的抵制,更便于登堂入室,作为一门"客观"的学科被认可。如果是这样,女性主义文学批评的消亡和被性别诗学所代替可能是有希望的,只是以取消"女性主义"为最终目的的"性别诗学",对于"女性主义文学批评"而言的意义是什么呢?丧失了"性政治"内涵,就从根本上取消了女性主义文学批评的存在前提,在两性差别存在的现在和未来(与阶级不同,即使到了共产主义社会,性别差异也不会消失),这无疑是行不通的。

在性别诗学和女性主义诗学这两个术语的应用上,已经有学者敏锐地指出了一种令人深思的使用惯例,"我观察现实中使用这两个术语的情况发现,男性学者惯用'性别诗学'(如叶舒宪、林树明、徐岱等),而女性学者倾向于'女性主义诗学'",并认为出现这种现象的原因可能是"性别诗学""更符合学术理性和规范,是纯粹的学术研究命名",而"女性主义诗学""容易依据女性文化历史和现实的弱势境遇而带入情感色彩"①。笔者并不认为男性就不可以研究女性主义文学批评,也不认为男性研究女性主义是与女性研究者抢夺话语权。但是,男性作为"性别诗学"的倡导者、作为"性别诗学"这个术语的惯用者,就让人特别是女性主义者怀疑他们动机的纯洁性。从理论上讲,生理上为男性的学者当然可以在文学研究中站在女性主义的立场上,然而倡导以对"男女两性"特别是"男性"的关注的"性别诗学"来取代女性主义的"两性对抗",使用更加"中性"、"客观"、"学理化"的"性别"概念来代替有"更多感情色彩"的"女性主义",就很难避免女性主义者对其立场的质疑,因为在女性主义者看来,所谓"客观、中性"的研究实际上是父权制立场,是与女性主义立场截然对立的。而且,我国的性别诗学提倡者在呼吁关怀男性和两性和谐的声音下,却往往忽视了"性别理论"的另外一个很重要的来源:对男性自身的反思。提倡"两性和谐"的"性别诗学"如果仅仅是研究重心从对男权的批判、女性意识的张扬转移到兼顾对男性的关怀、女性的反思上来,而不去把男性的写作(包括批评实践)也作为一种性的话语来分析,对于"性别诗学"的特别是男性倡导者来说,无疑是重大缺憾。这是不是从另一个侧面说明"性别诗学"自身有坠入父权制意识形态的可能性呢?

---

① 万莲子:《性别:一种可能的审美维度》,《湘潭大学学报》(哲学社会科学版)2005年第6期,第43页。

造成我国的性别诗学提倡者试图以"性别诗学"取代"女性主义文学批评"的深层原因是什么呢？笔者认为，是这些学者共同的人文主义立场。就像戴锦华所说的"无法告别的十九世纪"，人文主义思想是这些学者们成长其中的重要思想资源，已深深渗透到他们的血液里，成为他们接受任何新的"主义"的潜在背景。在"性别"与"人性"关系的分析上，非常突出地表明了这一点。出生于30年代的刘思谦认为："在西方女性主义文学批评、我国女性文学研究和西方女权主义运动这三个维面之间，显然存在着某种更内在、更牢固，在时间和空间上更长久、更广阔的联系，那便是世界性的人同此心、心同此理的现代人权价值诉求，是由人文主义启蒙思潮所唤起的人的发现与觉醒……"出生于50年代的林树明认为："个体多元的主体性是由三个层面建构的：男女两性所共有的'人性'是元层面，是一种'较抽象的规定性'；由男女性别差异所形成的'类的属性'是中间层面，是一种较具体的规定性；而个体的'个性'是顶层面，是一种更具体的规定性。'人性'层面由经性别的'类'层面转换为个性层面，个性层面又由经性别的'类'层面还原为普遍的人性层面。"出生于60年代的万莲子认为："'中国性别诗学'研究执意于在审美领域不把女性做少数族群'特殊化'处理，而是强调女性是人类的另一半，男女双性作为'人'类，人权首先是主体地位和权利……"①

三位出生于不同年代的学者心目中理想的女性主义文学批评是人文主义的女性主义文学批评，因而他们所要建设的性别诗学更是人文色彩渐浓的性别诗学。笔者认为，这种人文色彩浓厚的性别诗学仍未彻底摆脱新时期以来新启蒙主义的影响。新启蒙主义的理论基础也是来源于西方19世纪的人文主义思想，认为80年代作为对五四启蒙时代的重构，是一个进步的现代时期，而"人性"正是现代化的标志。有学者指出，新启蒙主义设定了一个"不分性别的新文化"理想，很少从父权制的社会文化结构层面来谈论性别关系，也没有明确反对父权制和批判男权意识②。从这个意义上说，我国的性别诗学认为的所谓男女两性所共有的"人性"，实际上仍是男性的"人性"，因此建构在人文主义基础上的性别诗学仍有坠入父权制陷阱的可能。如何处理女性主义反对父权制的立场与人文主义实现共同人性的理想之间的矛盾问题将是性别诗学今后发展过程中所必须面对的问题。

---

① 引文分别引自刘思谦：《女性文学研究学科建设的理论思考》，《文艺理论研究》2003年第1期，第38页；林树明：《女性文学研究、性别诗学与社会学理论》，《贵州社会科学》2007年第12期，第39页；万莲子：《性别：一种可能的审美维度》，《湘潭大学学报》（哲学社会科学版）2005年第6期，第41页。

② 贺桂梅：《当代女性文学批评的三种资源》，《文艺研究》2003年第6期，第13—14页。

（二）"诗学体系"与"女性立场"之间的关系

现在我们讨论一下性别诗学的"诗学"体系，林树明在《女性文学研究、性别诗学与社会学理论》中认为，"性别诗学（gender poetics）属于文艺学中价值论与存在论的范畴，其以性别价值取向为基本分析要素，把社会性别作为社会身份的重要组成部分，将性别意识作为文学研究的基本坐标，对文学艺术中的性别因素做诗学层面的解析、研讨，探讨由性别、种族、阶级、时代、经济、科技及教育等因素所铸成的性别角色与身份之间的交叉与矛盾，挖掘男女两性特殊的精神底蕴和文学的审美表达方式，并试图说明其产生原由，突出文学的'性别性'和两性平等价值"。他同时从学科建设的角度指出，"性别诗学"中的"诗学"指的是一般的"文学理论"，研究内容包括：1."研究性别学如何通向诗学"、"将文学中的性别特性诗学化"，2."研究文学创作主体的性别倾向"，3."研究文学文本的性别问题"，4."研究文学接受中的性别倾向"①。从上述引文可以看出，林树明所要建立的性别诗学，可以理解为一个以"性别"为基本分析要素的建构在"作者—文本—读者"的三元结构框架中的理论体系。

首先，我们需要讨论的一个问题是"理论体系"的建设与"女性主义立场"的关系。英美的女性主义文学批评家最初是反对理论化的，她们担心理论的学院式要求会削弱女性主义的实践与经验的力量。20 世纪 70 年代中后期，当部分女性主义批评家们意识到理论建设也是女性主义文学批评自身发展的需要时，开始了系列理论建设，最为著名的文章即是伊莱恩·肖瓦尔特的《走向女性主义诗学》（*Toward a Feminist Poetics*）。文中，她一方面将以往的女性主义文学批评区分为"女权批评"和"女性批评"两大类，同时强调"女性主义批评的任务是发现一种新的语言、新的阅读方式，它能综合我们的智慧与经验"②。可见，她所说的"女性主义诗学"只是基于女性主义批评实践基础上的总结、分类，并没有把它套入一个理论框架中去。国内，"女性主义诗学"使用较多也影响较大的是杨莉馨的专著《异域性与本土化：女性主义诗学在中国的流变与影响》，她也只是在"文学批评模式与理论话语"的意义上使用它，而没有给它确切的界定。由此看来，即使女性主义批评者认为需要理论的时候，她们仍然认为理论要基于女性主义文学批评的实践经验。她们不去刻意地界定"女性主义诗学"、不为"女性主义诗学"营造一个严密的学术体系，这可能是女性主义批评者和研究者的

---

① 林树明：《女性文学研究、性别诗学与社会学理论》，《贵州社会科学》2007 年第 12 期，第 42 页。

② 伊莱恩·肖瓦尔特：《荒原中的女权主义批评》，王逢振等译《最新西方文论选》，漓江出版社 1991 年版，第 345 页。

一种策略性选择,她们仍认为概念界定这一行为本身就意味着重回父权制文学理论的怀抱之中。女性主义者的观点非常明确,在女性主义理论建设的过程中,可以借鉴、改造甚至移用父权话语,但必须坚守女性主义的立场。

其次,我们需要仔细剖析以下林树明给出的性别诗学的理论框架,看看它在自身理论建设的设想中是否坚守了女性主义的立场。从这个三维构架可以看出,林树明非常明显地借鉴了已有的"世界—作者—读者—文本"的文学理论结构,只是试图把"性别"作为一个分析因子来考察其中所蕴含的性别因素,即"将文学中的性别特性诗学化"的过程。这样的一个理论设想是否坚持了女性主义立场呢?笔者认为可以从两个方面去分析。第一是用来作为分析因子的"性别"是否是女性主义立场的,上文的分析表明,其中的"性别"已不完全是女性主义立场上的"性别"了。第二,这样一个理论系统是否符合女性主义文学批评的方法论。女性主义虽然流派众多,但基本的价值立场仍然是反对父权制,从这一价值立场出发女性主义文学批评在实践中采取了"分而治之"的策略,即批判文学中的父权制现象,张扬女性文学创作中的女性立场。反观性别诗学的理论系统,是希望用客观、科学的方法分析性别因子对于文学理论中其他因子的影响,从这个意义上讲,它恐怕已经偏离了女性主义的立场与方法。

现在看来,性别诗学所面临的与女性主义文学批评的关系问题及其诗学体系自身的问题,归结为一点仍然是"性别"立场与"女性主义"立场之间的关系问题。我们在看到性别理论大大拓宽了女性主义文学批评的研究领域,为女性主义文学批评提供了一条新的发展路径的同时,女性主义批评者还要记住伊莱恩·肖瓦尔特早在20年前就提出的忠告,必须时时提防"性别"成为一个"后女性主义"的概念。

第二辑
女性文学史研究

导语

关于 20 世纪中国女性文学,刘思谦曾在《中国女性文学的现代性》一文中提出了自己的观点,阎纯德以"多元形态"作了概述,郭力认为"生命意识"是一个理论生长点,万莲子指出中国女性文学发展存在着"精英主义"误区,李子云、朱育颖从不同角度分析了女性文学的发生、发展及衍变。

对"十七年"是否有女性文学,王春容的文章作了明确回应。

"新时期"女作家群的崛起受到张维安等的热情关注,李子云高度评价了女作家在当代文学史中所起的先锋作用,季红真以"女性主义"总结了女作家创作的基本倾向,李小江、陈素琰、盛英、金燕玉从不同角度作了论述。对 20 世纪 90 年代的女性写作,徐坤的《双调夜行船——九十年代的女性写作》作了系统论述,戴锦华在《奇遇与突围》中称道,其在性别自觉与文学自觉的双重意义上进入,展现了更为成熟厚重的格局。谭湘充分肯定了女性文学及研究的多元话语格局,同时指出其"隐含着危机"。对"七十年代后"女作家的书写,张屏瑾作了中肯评介。

对于新世纪十年的女性写作,张莉以"社会性别意识的彰显"予以充分肯定,称赞女作家们以丰硕的创作实绩为一百年中国现代女性写作开启了一个新的序幕。对少数民族女性文学、军旅女作家、网络女性写作,黄晓娟、李美皆、徐艳蕊等作了系统考察。

在文艺新潮中崛起的中国女作家群

张维安

每个关心当代文学发展的人,每个文学研究者和爱好者,都在怀着一种惊喜、振奋的心情注视着我国文坛的一个新奇现象:当代女作家正在成群兴起。其数量之多、影响之大、势头之猛,是文学史上不多见的。

一

西方的妇女解放运动比中国发生得要早,但是,文艺复兴以前,我们未曾听说出现过什么有重大影响的女作家。十七世纪英国的阿芙拉·班被认为是"妇女文学"的最早的先驱者,受冷落差不多两个多世纪,最近才被那些"妇女文学"的研究者"发掘"出来。随着资本主义经济的发展,英、法、德、俄、美都先后出现过文学的繁荣时期。可是象英国的勃朗特姐妹、简·奥斯汀,法国的斯塔尔夫人、乔治·桑,柯莱特,德国的敏娜·考茨基等堪称杰出的女作家又有几人? 美国在同一时期的女作家稍多一些,象伊迪斯·沃尔顿、艾伦·格拉斯格、威拉·凯瑟等①也不过有数几个。十九世纪俄国文学一度形成了令世人钦羡的"群星灿烂"的局面,但是在长长的光荣榜上,竟看不到一个有卓越成就的女作家的名字②。

题解　本文原载《当代文艺思潮》1982 年第 3 期。据现有资料,这是"新时期"以来有关女作家群体研究的文章中最早发表的一篇,也是作者张维安先生(1937—1983) 在身患重病期间撰写、生前发表的一篇重要文献。作者对新时期中国女作家成群兴起这一当代文学史上罕见的文学现象投以极大的关注和振奋、惊喜之情,对当代女作家卓越的才华、艺术个性和取得的成就予以充分肯定和高度评价,认为这是当代思想解放运动和妇女解放运动深入发展的标志,对我国当代文学的"中兴",对于文学新潮的发展,发挥了卓越的"酵素"作用。文章着重从新生代女作家们的创作活动来评介女作家对当代文学新潮的发展所起的推动作用,认为她们对时代主题的开拓,在当代文学的形式、技巧的创新,在文学观念的发展变革方面做出了比男作家毫不逊色的贡献,成为推动当代文学发展的巨大动力,其作品有着鲜明的女性特点。
① 　参见朱虹:《美国当前的"妇女文学"》,《世界文学》1981 年第 4 期,第 278 页。
② 　参见《巴纳耶娃回忆录》后记。

我国文学史与我国历时数千年的文明史一样源远流长。曾经形成过周代诗歌、先秦散文、楚汉骚赋、两汉乐府、魏晋五言、唐诗、宋词、元曲、明清小说以及近代诗文戏曲等一次又一次文学高潮。伟大的、杰出的诗人、散文家、小说家、戏剧家数以千、万计。但女作家却如凤毛麟角。蔡琰、班昭，才名卓著，可惜留下的作品不多。唐朝是诗歌的黄金时代，传说"贩夫走卒、伶工妇女"皆能为诗，在《全唐诗》和《唐诗纪事》中也录了一些，但多为奇闻轶事中的"佐料"。妇女诗人在文学中的地位一如她们在社会上的地位。在这些女作者中能与元稹、白居易、张籍、王建等男性诗人比肩酬唱的只有一个薛涛。两宋情况略好，北方出现了被称为"婉约词宗"的大词人李清照，南方出现了《断肠集》的作者朱淑真。她们的作品清词丽句，哀艳动人，成为我国古代妇女的骄傲。明清两代贵族妇女中能够吟诗填词者渐多，好事者所集纳的"闺阁诗集""女性词选"中也颇多载录。这些作品或闺怨春愁，或逢场作戏，只能成为男人们茶余饭后的"谈资"，在封建社会是登不了"大雅之堂"的。其中也有少数佼佼者。一是清代"名噪大江南北"的女词人吴藻。"愿掬银河三千丈，一洗女儿态"，便是她的名句。另一位是革命女杰秋瑾。她既是革命家又是文学家。"浊酒不销忧国泪，救时应仗出群才"。在我国光辉而悠久的文学史上，象易安、吴藻、秋瑾这样的"出群才"，毕竟是太少太少了，不可能构成任何意义上的"作家群"。

"五四"以后三十年间，随着党所领导的民族民主革命的蓬勃发展，女权运动也发展起来。许多觉醒了的妇女冲出封建家庭，打破礼教束缚，走向社会，投入时代洪流，涌现出一批女作家、女诗人。其中成绩卓著、影响较大的有谢冰心、许广平、庐隐、丁玲、冯沅君、肖红、冯铿、李伯钊、陈学昭、凤子、草明、曾克、逯斐、杨绛、葛琴、王淑云等人。其中不少人一直秉笔战斗到今天，她们是现代文学和当代妇女文学的桥梁。她们的文学造诣和成就不愧为当代女作家的先驱者和第一代。其开创之功是不可磨灭的。

人民共和国的成立，标志着我国历史进入了一个崭新的时代。当代文学也以此作为界碑。许多在民主革命中拿起笔的女战士，如韦君宜、杨沫、菡子、袁静、郁茹、董速、林蓝、潘青、莫耶、李纳、颜一烟、安旗、丁宁、柳溪、戈扬等，在社会主义革命和建设的年代写出了她们的成熟之作，成为当代女作家中的第二代。她们不仅以自己的作品增添了我国社会主义文学的光辉，而且从事了大量的组织工作、编辑工作和培养新人的工作，为当代女作家的成群兴起，洒下了她们的辛勤汗水。

在共和国的阳光照耀下，在前两代作家的带动和帮助下，一代文学新人成长起来。茹志鹃、黄宗英、柯岩、刘真、宗璞、季康、葛翠琳、呆向真、李建彤、黄庆云、刘绮、贺抒玉等"文革"前涌现出来的作家,是当代女作家的第三代。她们的瑰丽清新的作品,为当代文学平添了多少春色!后来,极左思潮虽然给她们中的许多人以不同程度的诬害,使她们遭受了苦痛,失去了不少时间,但她们却在革命的曲折中和人生的坎坷里积蓄了感受,增长了才力。一旦拨乱反正,她们便以泉涌般的文思以及中年作家成熟的功力投入当代文学的新潮之中,与许多后起之秀一起成为新时期文学的骨干。

但尤为可观的是近五年来的新生代。

粉碎了"四人帮"以后,中国人民在党的十一届三中全会精神鼓舞下,获得了政治上、思想上的第二次大解放。当代文学也进入了一个新的发展时期。女作家如雨后春笋般随着文学新潮的发展,或破土而出,或拔地而起,或大器晚成,一时新人辈出,形成当代女作家四代同堂、百花竞放的局面。据初步统计,全国作协现有女会员 130 人,其中 60% 是一九七九年以后发展的新会员。北京作协现在共有会员 357 人,其中女会员就有 47 人。绝大多数是近年来吸收的新人。这还不包括许多虽有成就但尚未入会的业余女作者。总之,近五年来涌现的女作家大抵相当于此前半个世纪先后出现的女作家的总和,而且,具有骎骎乎超越之势。这些女作家对于我们这个十亿人口的大国,虽然还嫌太少,比起当代男作家来,数量也远远不如,但是在作品的质量上、影响上,对当代文学的贡献上,却可以说各有千秋。去年(1981 年)中篇小说获奖者的十五个名次中,就有四位女作家。报告文学获奖者的前五名中,有四名女作家。短篇小说评奖中,尽管还存在这样那样的问题,但每年的获奖名单中都有女作家。此外还有不少优秀作者由于种种原因不在获奖者之列。从读者的反映看,一九七九年我国出现过"张洁热",一九八〇年又出现过"谌容热",去年广东又出现了"戴厚英热"。新诗坛上则一度出现"舒婷热"。一九八一年又有所谓"五女闹文坛"的趣谈……这种盛况在我国文学史上难道不是极为罕见吗?

许多女作家一踏上文坛就显示了卓越的才华、丰厚的积累和独特的艺术个性。她们的名字随便列举一下,便是一个长长的名单。其中为广大读者熟悉的作者除了上面提到的《人到中年》的作者谌容,《谁生活得更美好》的作者张洁,《人啊,人!》的作者戴厚英和年轻的女诗人舒婷外,还有《无花果》的作者叶文玲,《盼》的作者戴晴,《星星草》的作者凌力,《风雪茫茫》的作者牛正寰,《爱与仇》的作者珠珊,《求》的作者德兰,《生活的路》的作者竹林,《祖国高于一切》的作者陈祖芬,《夏》的作者张抗抗,《土壤》的作者之一温小钰,《故都春晓》的作者之一黄会林,《沙鸥》的作者之一张暖忻,《金子》的作者田芬,《苗苗》的作者严亭亭、康丽雯,《本次列车终点》的作者王安忆,《湮没》的作者韩蔼丽,《笼鹰志》的作者李玲修,《我的先民,你在哪里?》的作者王英琦,《一封终于发出的信》的作者陶斯亮,《能媳妇》的作者郑九蝉,《金鹿儿》的作者刘航鹰,《灶火的故事》的作者铁凝,《峦城火焰》的作者舒丽珍,《山连着山》的作者李天芳,《小船,小船》的作者黄蓓佳,《公开的情书》的作者靳凡,《一个冬天的童话》的作者遇罗锦,《罪人》的作者王芝瑜,《感情》的作者刘树华,《秦王李世民》的作者颜海平,《美的结构》的作者陆星儿,《北大荒散记》的作者陈瑞晴,《在同一地平线上》的作者张辛欣,《香锦》的作者王小鹰,以及女诗人王小妮、梅绍静、傅天琳、才树莲等等①;此外,在各地报刊上尚有许多女作家不断涌现出来,一时才女云集,蔚为文学史上的奇观!

二

女作家的成群出现,绝不只是扩大了当代作家的队伍、壮大了文学新潮的声势。如马克思所说:"每个了解一点历史的人也都知道,没有妇女的酵素就不可能有伟大的社会变革。社会的进步可以用女性……的社会地位来精确地衡量。"当代女作家的兴起,实际上是当代思想解放运动和当代妇女解放运动深入发展的标志,并对我国当代文学的"中兴",对于文学新潮的发展,发挥了卓越的"酵素"作用。

在此,我不准备对冰心的优美散文、丁玲的《太阳照在桑干河上》、杨沫的《青春之歌》等具有世界声誉的杰作进行再评价,也不打算重复文学史家对"文化革命"以前的许多女作家所写的优秀作品的精当评论,而想着重从近五年来女作家们的创作活动来估量一下她们对当代文学新潮的发展所起的推动作用。

鲁迅说:政治先行,文艺后变。这话是确实的。伟大的"四五"天安门运动以及其后粉碎"四人帮"的斗争,翻开了我国历史的新的一页。以真理标准的讨论为先导的当代思想解放运动把当代文学带到一个新的重要的发展阶段,出现了可与"五四"新文学运动相媲美的当代文学新潮。一个文学新时期的到来,必然要引起文学内容和形式的巨大变化。这种变化一方面表现为一系列带着鲜明

---

① 由于笔者见闻所限,又在重病中,许多书刊未及全面查阅,疏漏者定然不少。又因笔者素来对排座次不感兴趣,因此,名单顺序毫无排名次之意,请有关作者和读者见谅。

时代色彩的文学新主题的出现,另一方面则表现为文学形式、方法的重大发展。在这两个重要方面,我们的女作家和男作家一样做了许多开拓和探索工作,并取得了显著成效。有些时候,有些方面,女作家甚至还走在男作家的前面并作出她们的特殊贡献。

首先,让我们看一下时代主题的开拓方面。

每个文学时代,都会产生与当时社会生活、思想潮流相联系的时代主题。例如文艺复兴时期的人文主义主题,个性解放主题;资本主义上升时期的个人奋斗主题,冒险家、开拓者的主题;俄国十九世纪文学中的反农奴制的主题,多余人主题和民主主义新人主题;现代西方的人的异化主题、人的孤独感主题等等。我国现代文学史上也曾出现过封建叛逆者主题、解剖"国民性"主题,其后又出现过土地革命和农民翻身主题、新旧对比主题、社会主义改造和社会主义建设主题等等。粉碎"四人帮"以后,特别是党中央提出思想要解放、政治要民主、经济要改革的号召以后,新时期文学也出现一系列带有强烈时代感的文学主题。

经历了十年内乱这样的大动乱、大反复、大灾难之后,新时期文学首先面对现实,抚伤思痛,提出了控诉林彪、"四人帮"的封建法西斯主义罪行,记取惨痛的历史教训的"文革悲剧"主题。有人把它叫"伤痕主题",应该说这是不全面的。"文革悲剧"中不仅有人民的创伤和眼泪,而且有斗士的抗争和希求;不仅有敌人的肆虐和陷害,还有自己人的迷信和失误;不仅有对丑恶的暴露,也有对美善的呼唤;不仅有血污和肮脏,而且有火炬和光明。因而用"文革悲剧"概括这一类文学作品的主题更为切合实际。

提到"文革悲剧"主题,我们往往会想到卢新华的《伤痕》和刘心武的《班主任》。这两篇作品无疑有着开辟意义。但是如果我们因此而忽视了茹志鹃的《家务事》、黄宗英的《早》、谌容的《永远是春天》以及老一代女作家丁玲的《"牛棚"小品》、杨绛的《干校六记》等优秀篇什,那就不能深切地感到中国妇女在这场悲剧中付出的巨大牺牲和心中的酸咸苦辣。上述作品都是当代女作家从切身经历中提炼出来的血泪结晶。这些作品以女性特有的细腻、深沉和率真,反映了我国人民、我国妇女在那荒诞、暴虐的年代经受的苦难,同时也写出了中华儿女的崇高品德、优美情操和在斗争中的执着与觉醒。这些内容,当然也可以作为男作家的写作对象,但是要把灾难中的妇女写得这般细微真切、凄楚动人就不那么容易了。这些作品将作为一份珍贵的精神遗产,让我们的后辈子孙永远记住他们的母亲、祖母、曾祖母在开辟理想的道路时曾经历过何等怵目惊心的痛苦和艰难!

继"文革悲剧"的主题之后,随着人们对这场悲剧的历史根源的思索逐步深化,新时期文学又出现了"历史反思"(或曰"民族自省")的主题。《中国青年》复刊不久,就发表了年轻的女作家刘树华的《感情》,这是最早一批以"红卫兵自省"为主题的作品中的一篇。其后,几乎与张弦的《记忆》同时,女作家茹志鹃发表了《剪辑错了的故事》,刘真发表了《黑旗》,把总结历史教训的思考引向了"大跃进"甚至更早的年代。韩蔼丽的《湮没》、张洁的《忏悔》则对五七年"反右"斗争扩大化的历史进行了再认识。作为"历史反思"主题的一个分支,就是对中国农民的特点、命运的再评价和再认识。在男作家高晓声发表《李顺大造屋》、《陈奂生上城》其间,刘真写了《她好象明白了一点点》,对中国农民的命运和党的农村政策的某些方面进行了切合实际的观察和思考。

总结历史教训,目的还是为了改造现实。当代作家在进行形象化的历史反省的同时,也很自然地把文艺的触角伸向现实。党中央代表人民的意志,提出了实现四个现代化的宏伟目标。实现四化的关键是执政党的路线、政策和作风。人民寄希望于我们伟大的党。而官僚主义、思想僵化、特权腐化则是我们党的大敌。因而"主人与公仆"(或曰反官僚主义反僵化腐化)又成为当代文学的一个重大主题。茹志鹃的《草原上的小路》和男作家王蒙的《说客盈门》是较早提出这一主题的两篇优秀作品。这个主题在谌容的《永远是春天》、《关于猪仔过冬问题》以及王蒙的《蝴蝶》中则得到了更为深刻的表现。

极左路线的历史教训和实现四化的迫切需要,把知识分子问题突出出来,因而中国知识分子的地位和命运问题也成为重要的文学主题。黄宗英的《大雁情》是较早地提出这个主题的优秀作品,其后在谌容的《人到中年》里,这个主题被表现得具有撼人魂魄的力量。

当作家把过去的灾难和当前的矛盾放在一个更广阔的视野进行考察和思索时,文学的社会功能也冲破了狭隘的理解。我们的文学真正恢复了"人学"的真面目。许多作品触及到人的尊严感、人的价值观、人的道德、情操美和精神建设。人与人之间的友谊、爱情、人道同情、自我牺牲等主题,社会主义条件下的反封建主题,青年道路、社会犯罪根源等主题也出现了。我们的女作家们在许多优秀作品中都广泛地接触到这些人生课题。而在表现经济改革、四化建设这个主题的作品中,迄今为止,我认为张洁的长篇小说《沉重的翅膀》是所有这类小说中的一篇力作。

她们能凭借女性的直觉,与男作家一起或先或后地提出这些文学主题,无疑是对当代文学、当代思想解放运动的贡献,也是对我国人民的精神文明建设的贡献。其中有些主题在今后一个相当长的时期内还会被别的作家反复表现，多方开掘并在不断丰富和深化中凝聚出时代的典型，创造出更加完美的艺术形式。作为这些主题的最早开拓者的女作家们的功绩是不会被人忘记的。

女作家们在当代文学的形式、技巧的创新，在文学观念的发展变革方面也做出了比男作家毫不逊色的贡献。

"形式、技巧无新旧，关键在内容"，这话当然是有道理的。但是，我们也不能不看到随着文学内容的重大变化，随着一个新时代的到来，文学的形式也是不断发展变化，技巧也是不断丰富和更新的。我国的诗歌形式的发展变化最能说明问题了。宋词，若不是语言、形式的变化就不可能开创一个可以与唐诗比美的新时代。反过来说，形式发展的停滞难道不正是明、清诗歌不景气的一个重要原因吗？近五年来社会生活、思想状况的巨大变化，文学内容的巨大变化，不可能不冲破原有的文学形式，改变旧有的文学观念。这种"突破"和"改变"，完全符合马克思主义关于形式与内容辩证统一、不断发展的原理。

鲁迅在讲到《红楼梦》时说："自有《红楼梦》出来以后，传统的思想和写法都打破了。"我们也不妨做一个概括：当代文学中许多有代表性的作品出来以后，许多传统的思想（指文学观念）和写法（包括表现形式）也都被打破了。

举例来说，我国传统的小说写法颇重视完整的情节和白描手法，人物心理也多通过行动和语言来展示。这些手法当然不会"过时"，但是我们也决不可以此划地为牢。西方文学中那种不重情节重心理的观念，那种以充分细致的心理描写和心理分析展示人物性格的写法，难道就只能成为欧美文学的专利吗？难道不可以"拿来"表现当代中国人丰富复杂的精神世界，从而发展我们的传统吗？当代许多颇有影响的女作家以自己成功的创作实践回答了这些问题。张洁的《忏悔》《爱，是不能忘记的》几乎没有什么情节，更不用说完整的情节，也很少行动描写和对话描写。通篇是心理分析和细节描写。谁能说这样的作品不具有动人心弦的艺术力量呢？谁又能说这是与中国文学的民族传统绝不相容的作品呢？

为了更准确地反映现代生活和现代人们的思想脉搏，为了满足新时代读者的审美要求并适应他们的心理特点，同时也为了丰富发展我们的文学传统使之更有时代特征，我们的先辈鲁迅、郭沫若、巴金、老舍、曹禺以及前辈女作家丁玲等人早已打破了传统写法，在文体、形式、手法技巧等方面作了许多重大变革。文学革新的先驱者的勇气鼓舞了当代的文学革新者。在当代的文学革新者的行列里除了张洁还有许多女作家。她们不仅向中国古典文学的优秀传统学习，向"五四"以来的诸大家学习，向民间文艺学习，向西方古典作家学习，而且还以无产阶级敢于改造一切传统,吸收人类一切优秀文化遗产的勇气,批判地借鉴了西方现代派文学的许多技巧和手法。西方现代派,历来被认为是借鉴的禁区,仿佛无产阶级文学与现代派是绝不能相容的。他们死守着沃罗夫斯基在本世纪初的许多结论,而不去研究玛雅可夫斯基、布莱希特、阿拉贡等无产阶级文学家与现代派千丝万缕的联系。同时,这些同志也忘记了一个马克思主义的基本常识,即文学的语言、形式、手法、技巧是没有阶级性的,地主、资产阶级可以利用,无产阶级也可以利用。女作家宗璞的小说《我是谁?》,就成功地借鉴了卡夫卡的《变形记》。资本主义的非人条件使被压迫的小人物变成了"甲虫"般的低级动物;在林彪、"四人帮"的法西斯恐怖中,被诬害的善良人在众口一词的"大批判"中也失去了自己,变成了被打翻在地的"牛鬼"和"虫豸"。荒诞的形式反映了荒诞时代的真实。女作家谌容在她的许多作品中把革命现实主义精神与现代小说技巧有机地结合在一起。《人到中年》以陆文婷临危时迷离恍惚的思绪和幻觉,联缀了她一生中许多难忘的事件、经历和感触,展示了广阔的社会生活画面和深刻的主题。这种结构手法在传统小说中是极为少见的。喜爱这部小说的读者不妨设想一下,谌容若不是采取了这种与传统手法迥异的"心理结构",怎么能在一个几万字的短短中篇里容纳那么丰富深湛的内容。当我们为作品中人物的命运感叹唏嘘时,谁又会认为这篇的结构不是民族化的呢? 在她的《玫瑰色的晚餐》中,我们看到了运用自如的"意识流"。在《猪仔过冬问题》中,我们在作者对新形势下主观主义和官僚主义的善意讽刺中不难发现:原来一个短篇的主题竟也可以不借助典型人物的塑造去表现,而巧妙的艺术结构却起了决定性的作用。这是结构主义吗? 不,这仍然是现实主义,只是手法有所变化而已。在《真真假假》这个中篇里,我们还可以看到"黑色幽默"派的手法,如何帮助作者把我们生活中家常便饭般单调沉闷的政治学习会,写得那样幽默滑稽,使人在忍俊不禁中,感到生活中存在的某种严峻的事实。美国的"黑色幽默",在谌容笔下成了"红色幽默",美学形式相似,可表达的思想内容却根本不同,因为在幽默、滑稽中,我们还有坚定的信心和改变现状的决心。戴厚英、温小钰在中长篇小说的叙述方式、人称变化、结构手法方面也在进行成功的探索。舒婷则在新诗写法上和美学观念上进行创新。这些探索与革新赢得了读者的赞赏和支持,为当代文学增添了光辉!

综上所述,我们不难看出当代女作家对当代文学的发展、对社会主义文学的繁荣所发挥的卓越作用,这说明当代女作家群已经和男作家一样成为推动当代文学发展的巨大动力。

三

当代女作家的作品有着鲜明的女性特点,并对当代文学作了以下几方面的特殊贡献。

首先,她们从女性作家的独特角度,对爱情、婚姻、家庭作了较多的描写。借助"家务事"、"儿女情",透过家庭生活这个窗口,对许多重大的社会问题、道德问题、心理问题作了广泛深刻的反映。

也许是为了对那些视"家务事"、"儿女情"如敝屣的假大空教条进行挑战吧,茹志鹃同志在粉碎"四人帮"以后,特意用《家务事》、《儿女情》为题写了两篇颇为动人的小说。《家务事》通过一个母亲在"四人帮"法西斯"全面专政"的淫威下,与两个未成年的孩子含泪告别的故事,控诉了那个充满暴虐的黑暗时代。由于这是一个普通的善良的母亲的控诉,其凄惶悲苦之情就更具有痛彻肝肠的感人力量。《儿女情》则是描写一个老干部田井在弥留之际对不听话的儿子既恨又爱的复杂心情。在向这个世界诀别时,她把扬言要交党费的五千元存折终于交给了儿子。这个故事给我们提出了一个发人深思的问题:一个经过战火锻炼的女战士,为什么在生命的终点却被"望子成龙"的封建观念消磨得象个小市民那样平庸?田井作为一个艺术典型,其成就,其深度绝不在《儒林外史》中的严监生之下。

还有韦君宜的《参考消息》、戴晴的《盼》、张抗抗的《爱的权利》等作品,都是透过爱情、婚姻、家庭来反映社会矛盾的有影响的作品。

女作家的独特贡献还表现在她们借助女性的直接体验塑造了各色各样的妇女形象,特别是塑造了当代新女性的形象。其中给人印象最突出的是谌容《人到中年》里的陆文婷。这是一个在生活中大量存在而在艺术中尚未得到充分表现的新人典型。谌容独具匠心的琢磨,使这块蒙尘的玉璞变成当代艺术画廊中一件精美的玉雕。这个形象融中国妇女的传统美德和新时代知识妇女的崇高品质于一身。她以纤弱的身躯肩着超重的负荷,她燃尽生命和智慧的膏油给他人带来光明和温暖;她于宁静淡泊中蕴含着倔强坚毅,她在民主平等的作风中表现了对革命理想的忠贞不渝。作者如果不是凭借女性作家烛幽发微的观察力,如果不是在创作中汇聚了自己长期生活的体验,单靠几个月深入医院生活,是不大可能写出这样一个卓越的当代女性的典型的。

张洁在她新问世不久的那部只有二十六万字的长篇小说《沉重的翅膀》中,

就塑造了女记者叶知秋、"高干夫人"夏竹筠、女理发师刘玉英,可爱的女青年郑园园、女医生郁丽文、女处长何婷以及被极左路线压抑至死的万群等一系列当代妇女的动人形象,作到寥寥数笔情态毕现,一人有一人面目,一人有一人性格。微妙、复杂的心理,历历陈于纸上,充分显示了女作家在描写妇女形象时所表现出来的功力和优势。

当代女作家对文学的贡献还表现在她们凭借母性的光辉,对儿童生活和儿童心理的独到体察。她们中的许多人或从儿童文学起步,或至今还在为儿童写作。老一代女作家冰心,曾以《寄小读者》《再寄小读者》《三寄小读者》中许多优美的散文,滋润着几代少年儿童的心田,使他们认识到人生的艰辛和母爱的温暖,也使他们看到祖国的变化和自然的美丽。柯岩则善于从各种年龄特征的少年儿童的心理特点和欣赏水平出发,从少年儿童的日常生活中发掘富有特征意义的题材,进行巧妙的构思和生动的描绘,给孩子们以情操上的陶冶和思想上的启迪。她的儿童诗、儿童剧以及涉及到儿童生活的报告文学如《特邀代表》、《美的追求者》,表现了一个女作家对儿童心理的独到理解。

当代女作家的作品无不打上女性的烙印。她们把丰富细腻的感情、柔和婉约的风格带到文学作品中来。柯岩说:"我总想在作品中有自己的生活、自己的发现、自己的感情、自己的想象、自己的语言。"这就使她们的作品带上浓郁的抒情色彩。黄宗英、柯岩的报告文学有着诗一样的激情,每个描写对象总是尾随着作者"我"的影子,成为"抒情的报告"。刘真、宗璞、张洁、王安忆、刘树华的小说则是袒露真情的小说。女评论家兼作家的温小钰干脆把这类小说称之为"抒情小说"。她们除了把整个作品浸透自己的感情,还非常善于剖析人物的心理,描写人物的感情。有的竟然能把看不见、摸不着的人物精神活动和抽象感情"外化"到可以捉摸、可以看见的程度。张洁的《有一个青年》、宗璞的《三生石》就是这种写心绝技的实证。

当代女作家作品风格的柔和秀丽、婉约典雅不同于历史上那些闺阁之作。由于群众斗争的磨炼和时代风雨的洗礼,她们的风格既丰富多采,又柔中有刚。温和之中时有炽烈,俊秀婉丽不掩其豪壮、激越奔放。从谌容的《光明与黑暗》、温小钰(与汪浙成合作)的《土壤》、凌力的《星星草》、张洁的《沉重的翅膀》、珠珊的《爱与仇》等作品中我们不难预见,当代女作家的后起之秀中是不乏描摹历史长卷、概括时代风云的大手笔的。

四

当代文学史上为什么会出现这样一种奇观呢？

这首先应该感谢"五四"运动以来，由中国共产党领导的民族民主革命的长期斗争及其历史性胜利。作为当代女作家先驱的 55 岁—80 岁的女作家，与"五四"，与三十年代的"左联"，与四二年延安整风，与"一二·九"运动，与抗日战争，与解放战争无关的是极个别的例外。这说明当代女作家的崛起是以我国民族民主革命的胜利为历史源头的。

新民主主义革命的全国性胜利使中国人民站了起来，也使广大妇女在很大程度上获得了政治解放和经济自主。"娜拉走后怎么办"的问题以社会主义制度的建立这种革命方式取得了根本性的解决。妇女开始摆脱了历史上那种从属的和屈辱的地位，获得了独立的人格。文化教育的普及，使许多妇女具备了成为文化人的可能。即使在少数民族中也出现了不少女作家。最近获得少数民族文学奖的就有《美与丑》的作者益希卓玛（藏）、《骑兵之歌》的作者斯琴高娃（蒙）、《八月》的作者郁长青（满）、《年饭》的作者陈毓珍（黎）、《煎饼花儿》的作者马瑞芳（回）、《写在弹坑上》的作者李甜芬（壮）等。汉族女作家，四十岁上下的人中多数受过高等教育，二、三十岁的人多是"知识青年"，其中有些人还有着厚实的"家学"基础。所以她们往往在处女作中就表现了高度的文化素养。

当代女作家成群涌现的直接原因是中国人民这些年来的艰苦曲折经历和精神上的第二次解放。

五七年以后"左"的错误，十年"文化大革命"，尽管对包括女作家在内的知识分子进行了摧残和迫害，尽管造成了许多家庭和个人的深重苦难，但是正象一切事物都有两重性一样，这些迫害和灾难却把许多人推向了社会底层，推向了社会斗争的漩涡，最后推向了反现代迷信、反"左"倾教条、反"四人帮"的群众斗争，推向了思想大解放。黄宗英说："一九五八年我不下乡，一九七八年就写不出《大雁情》。"谌容则说："作者受难于人民之中，才能写出有益于人民的好作品。"叶文玲、张抗抗、王安忆、刘树华等人则是在上山下乡、插场插队的艰苦磨炼中上完了"社会大学"。这大概也是多数女作家的经历吧。当然我们的男作家也备尝了各种苦味，但是同样的苦味在柔弱敏感的女性心灵中也许会发出更强烈的反响。所以新时代一到来，思想禁锢一打破，她们便群起而呐喊。

现代心理学认为，一般说来女人比男人更长于形象思维，有着更敏锐的直觉能力和更为丰富的感情生活,因而妇女人才多向人生方面发展。在文学、艺术、教育、心理、医学等领域,女性往往比男性有着更广阔的发展前途。只是由于客观条件的限制,才使可能与现实之间存在着相当大的距离。如果社会上的旧习惯势力不对妇女有更多的束缚、压抑,如果家庭的日常生活的重担不似现在这样沉重,如果党的"双百"方针在贯彻中不被歪曲、走样,在我们当今的社会历史条件下,本该有更多的女作家出现。如果说近年来欧美、日本的"妇女文学"是当代资本主义世界人权运动的一翼,那么,我国当代女作家的成群涌现则是社会主义国家经济改革、政治民主、思想解放运动的在文艺上的反映。我国的女作家已成为建设社会主义精神文明的一支生力军。我坚信,随着我国经济改革、政治民主、思想解放潮流的不断推进,随着四化大业的不断进展和逐步胜利,当代文坛定会涌现更多的优秀女作家。她们将同男作家们一起,对社会主义精神文明建设发挥更大的推动作用,并把祖国的文艺星空装点得更加光辉灿烂!

一九八二年三月写于草园。

当代妇女文学中职业妇女问题

—— 一个比较研究的视角

李小江

中国当代妇女文学的崛起,是在一九七六年粉碎"四人帮"以后。七十年代末到八十年代初,短短几年内,女作家空前活跃,成为当代文学之奇观。在日益壮大的创作声势中,她们配合着经济建设和社会改革,有意识地表现当代职业妇女生活,突出新时期的妇女问题,使中国妇女文学产生了一个空前的历史飞跃。

妇女文学在当代突起,有两个重要的社会原因,其一,粉碎"四人帮"以后,社会从极左思潮的束缚下解放出来,女作家也释放出了巨大的创作潜力。长期以来,极左思潮在妇女问题上的突出表现,就是用政治上的男女平等掩盖男女两性的社会差别;用所谓"重大社会题材"、"阶级斗争论",诋毁反映心理深层活动的女性生活题材。就是在女子自己心目中,只要涉及到女子自身的特殊体验,也难免生出一种自省自疚的负罪感。这种状况影响到女子的正常生活,无形中也动摇了女作家创作的主体意识。新时期妇女文学中,女作家开始正视妇女问题的特殊性,并且把这些问题直接反映在文学作品中,成为反对极左思潮的一个重要组成部分,在全社会的思想解放方面起了积极的推动作用。

其二,妇女问题的突出,促成女性自我意识的觉醒。妇女走上社会,肯定了妇女作为人的生存价值,但并不意味着完全解放了妇女。男女平等的法律权益,并没有从根本上消除男女两性的社会差异。这种差异基于生理,源于历史,伴随着妇女向社会领域的扩展和渗透,成为当代触目的社会问题之一。在我国,经过十年动乱,新的妇女问题在"男女平等"的社会条件下接踵而出。诸如:计划

题解 本文原载《文艺评论》1987 年第 1 期。作者从比较研究的角度分析当代妇女文学突起的社会原因,提出了当代妇女文学中的职业妇女问题,结合《我在哪儿错过了你?》《人到中年》等作品,认为当代女作家创作上一个共同旨趣是再现当代职业妇女的现实生活、职业妇女与传统社会的矛盾,她们的探索对文学和社会学具有双重重要的意义。有关"女性雄化"问题,吴黛英曾发表《女性文学"雄化"之我见》,载《文艺评论》1988 年第 2 期。

生育中重男轻女的意识重新抬头、家庭生活中男女之间的精神差距、"秦香莲"问题、第三者问题、老姑娘问题……加之改革中对女职工的自然淘汰,激发了人们对妇女问题的普遍关注,也刺激了知识妇女的良知。正是这些问题,以及妇女在社会中明显的劣势,促成当代女性自我意识的普遍觉醒。在这方面,女作家无疑是觉醒的先驱。

当代中国女作家队伍中,绝大多数是有知识的职业妇女。她们主要来自两个方面:

一方面是"文革"前的"老"大学生,如张洁、谌容、戴厚英、韩蔼丽。她们的青少年时代是在解放初期度过的,接受并执守着五六十年代的道德水准。她们大多完成了正规的高等教育,有较为扎实的知识基础和比较统一的伦理规范。在人生的道路上,她们亲身经历了五七年的反右、三年自然灾害、三年四清运动、十年"文化革命",道路坎坷,命运多舛,人生阅历比较广泛。因此,她们的创作题材也是比较广泛的。

另一部分主要来自"文革"中的下乡知识青年,如张抗抗、张辛欣、张曼菱、王安忆。她们的青少年时代是在十年动乱中度过的,大多数是中途辍学,未能接受正规的高等教育(有些是后来补课)。过早地走上社会以及社会运动对个人命运的直接影响,培养了她们的自立能力和探索精神。她们不象"老"大学生那样有比较统一的人生观基础和道德水准,但奋进和创新精神,却是她们共同的标志。

这两种社会力量构成了当代中国妇女文学的基本阵容,同时也决定了她们创作的基本题材。前一部分人执著于探索人生与社会的关系,一九五七年的"反右"在她们是一个烙着创伤的中心素材(如戴厚英的《人啊,人!》、张洁的《祖母绿》、韩蔼丽的《湮没》),悲怆之中注满温情,受难的灵魂仍然笼罩着理想主义的光环。后一部分人大都有过上山下乡的经历,知青题材在她们便屡见不鲜。只是在她们的作品中,理想主义的色彩明显地淡薄了,更多地直面艰辛的人生。除去生活素材造成的题材差别之外,当代女作家一个共同的旨趣,便是再现当代职业妇女的现实生活。正是在职业妇女题材上,凝聚着两代女作家在女性生活历程中的共同体验和探索。

当代职业妇女的现实生活是以诸多的社会问题面诸于世的。这是因为,妇女参加社会劳动后,性别角色发生了质的变化,而传统的社会结构并没有发生相应的变化,传统的伦理观念仍然执守着旧有的价值尺度,因而激发了职业妇女与传统社会的矛盾。这种矛盾主要表现在两个方面:

首先,是新、旧角色的冲突。对女子来说,所谓旧角色,即家庭生活中的妻子——母亲身份,也称作"家庭角色"。所谓新角色,就是"社会角色",在社会生活中做一个合格的职工、公民。如今,妇女承担了新角色,却不得不继续担负传统角色。女性角色因此呈现出双重性,是进化的。与此相对应的男性角色却没有发生根本性的变化,依然是单纯的、传统的。因此,在当代职业妇女身上,既表现出自身的新、旧角色的矛盾,又表现出女性新角色与男性传统角色的冲突。

接之而来的,便是女性生活的多元化性质。鉴于职业妇女的双重角色,妇女走上社会后,她们肩上的担子不是减轻了,而是双倍地沉重了。这不仅表现在精力支付、时间分配及劳动量的大小上,而且影响到她们的生活性质,使她们不得不平衡多重责任,在多元化生活的夹缝中讨生活、求进取。

职业妇女问题不仅限于中国。第二次世界大战以后,妇女的社会职业化在世界大多数国家已成为普遍事实,因此,职业妇女问题便成为一个世界性的妇女问题。诸如我们在下文要谈到的"女性雄化"问题、角色紧张问题、情感生活问题(将在下篇专题讨论),在世界各国都有不同程度的表现,为宏观视角的比较研究提供了一个可比性前提。有趣的是,这些问题的提出和尖锐的表现,最早是在文学而不是在社会学领域,无意中使得有关妇女的文学成为社会学讨论的导火索和先驱。

"女性雄化"问题

"女性雄化"问题其实是一种社会现象,它是"性别气质转换"现象的一个方面。妇女走上社会以后,一方面是女性对"真正男子汉"的心理呼唤,即"男性雌化"所引起的情感缺憾;另一方面则是社会对女子及女子自身形象扭曲所产生的潜在疑惑。这两个方面,最早都是在文学作品中提出,经过文学评论,而后才逐渐引起社会重视的。

"女性雄化"的艺术形象,六十年代初在美国女权主义作家的作品中就有表现。它作为女子反抗传统角色、在社会上奋斗自强的一个重要组成部分,是为女权主义者所推崇的,并没有当作一个真正的社会问题提出。

世界范围内,在文学中较早提出这个问题的,是苏联男作家、著名的社会问题小说家维利·利帕托夫(1927—1979)。他在一九七八年发表中篇小说《没有标题、情节和结尾的故事……》中,第一次公开提出"性别气质转换"问题。小说写的是一位社会地位高于自己丈夫的女人的经历和体验。就女主人公本人的意愿,很想做一个温柔体贴的妻子,但她在社会上所承担的责任和义务,却不允许她实现自己本能的愿望,因此造成了夫妻关系不和,家庭关系紧张。她的丈夫在她的"雄化"趋势的压力下,不得已地表现出"雌化"倾向。作者对此感到遗憾。他在作品中直接提出:"妇女解放达到目前的水平是不是一件好事? 妇女解放有没有界限? 在妇女的自然使命和她在社会里所担负的某些职责这两者之间,是否会发生冲突?"作者提出了新的妇女问题,但他的同情无疑是在"雌化"的男性一边,于无意中把妇女解放看作"性别气质转换"的祸源。这部小说一发表,相应的文学评论蜂拥而出,一系列反映"性别气质转换"的艺术形象也相继诞生。但在苏联女作家那里,对这个问题却一直持审慎而沉默的态度。她们自己也是夹在双重角色之间,渴望胜任新角色,又不能不正视"雄化"趋势所造成的性别心理创伤,因而进退维谷,难以抉择。

而在我国,这个问题却是由女作家自己最早提出的。在经历了十年动乱和一度出现的"无女性"时代以后,"女性雄化"成为一个潜在的妇女问题,影响着当代知识—职业妇女的爱情生活。它在文学作品中出现,是女作家对自身情感历程和女性生活历程所作的严肃反思的结果。与在苏联文学中的源起不同,它在中国的提出,是和大龄未婚女青年的恋爱、婚姻问题紧紧联系在一起的,无形中成为对扭曲的时代中自我形象扭曲的历史控诉。

新时期文学中,最早在文学作品中隐晦地表现这一问题的,是李惠薪的《老处女》(1980 年)。"老处女"盛小妍是位学医的大学生,生得秀美,原是不缺女性妩媚的。然而,十年动乱中,血统论和残酷的政治风暴遮蔽了她女性的魅力,使得她的爱情生活无以着落、无法正常发展,无奈地步入了"老处女"的行列。将近不惑之年,她得了乳腺癌,"人们说这种病是对于高龄未婚女子,话说通俗了,就是对老姑娘的一种惩罚。因为她们不婚、不育、不肯承担社会义务。天啊,这太不公平了"。作家以一个扭曲的女人的人生,去控诉一个扭曲的时代。尽管坚持"不想廉价出售",却不能不承认,心灵深处有了"很深的裂纹",是"永远不可治愈的创伤"。

继而,张辛欣在一九八一年①发表短篇小说《我在哪儿错过了你?》。小说情节很简单,说的是一个电车女售票员于无意中错过了她爱慕的人。"错过"的原因在人们看来似乎也很平常,但在女主人公的反思中,却对这寻常的原因进行了并不寻常的剖析。

---

① 发表时间应为 1980 年。——编者注

表面上看来，"错过"的原因似乎是因为女主人公被职业习惯磨砺出来的男性化举止。但作者并没有停留在这里，她试图挖掘更深刻的历史原因。通过主人公的回忆，张辛欣写道：十年动乱中，她们上山下乡，和男子一样，"在崎岖、陡峭的山路上挑水、……扛着百余斤的麻袋上垛，……人生最爱美的十年，却在几件蓝衣服来回替换中过来，为了自己渐渐丰满的胸部发愁，故意收拢双肩……"十年动乱结束了，人生的拼搏却仅仅是开始。回城就业以后，"在职业上，在电车上，要和男人用一样的气力；在事业上，更没有可依赖、指望的余地，只有自己面对失败，重新干起！"对此，女主人公几乎是在哭诉："这能怪我吗？假如有上帝的话，上帝把我造成女人，而社会生活，要求我象男人一样！我常常宁愿有意隐去女性的特点，为了生存，为了向前闯！不知不觉，我变成了这样！"按理讲，这种变化反映了女子自立的趋势，是进步的，她们应为自己这种自强的精神而骄傲。可是，恰恰就因为一个让人说是"有些男子汉气的女子，是不会讨人喜欢的"的原因，使这对有情人终于背道而驰。作者因此总结道："现在社会对女性的要求更高些，家庭义务、社会工作，我们和男性承担的一样，甚至更多些，迫使我们不得不象男人一样强壮。"这样看去，在社会生活的压力下，女性气质的转化是不可避免的。这种变化于无声中，是深层的，但却因为得不到相应的社会配合，特别是男性的配合，因而也是更悲剧化的。张洁的《方舟》中写的那几位"寡妇"也是这样，能抽烟，能喝酒，能骂人，虽是知识女性，闺秀气荡然无存。让人同情，却难以让人爱。

男性化的女性形象，在中国当代女作家的作品中屡有出现，不是歌颂，而是隐痛：一边是对"女性雄化"趋势提出的质疑，另一边则包含着对极"左"思潮和"无女性"时代的控诉。一个扭曲的时代结束了，成为历史的教训；一种错误的思潮也过时了，为人所唾弃，但它们所造成的后果却是难以挽回的。我们曾经用大量的统计数字，列举出政治和经济的损失，但却很少有人提起它对一代女性的损害——她们经历了并无青春的青春期，经历了不曾爱美、不曾柔化的生活磨砺。而今，青春和情感的缺憾蛰伏在她们心理的深层结构中，影响到她们恋爱、婚姻，甚至家庭生活。

当然，不可否认，从人类进化的大趋势看，男女两性气质的互相影响和渗透是难以避免的，也未必断然是坏事。男性多一些温情，女性多一些刚毅，对人性的完美大有裨益。这种进化是一个潜移默化、水到渠成的过程。倘若人为施加过分的压力，结果必然是造成人格形象的扭曲和断裂。历史及现实的教训已经很多。只是在我们的女作家笔下，这些教训才凝铸成带有血泪的形象，公诸于世，以求唤起历史的警觉和人的良知。

角色紧张问题

性别角色紧张,是当代所有已婚职业妇女面临的共同问题。它象放射线一样,辐射在妇女生活的各个方面——多一个方面就多一重责任——因而成为当代职业妇女现实生活中的重要问题。这个问题在世界范围广有表现。它也是伴随着妇女解放运动而来,较早走上社会的妇女,较早地触及到这个问题,因此也较早地在文学作品中得以体现。

美国妇女是较早走上社会的。因为长期孤军奋战,缺乏社会支持和家庭赞助,她们的性别角色问题往往以尖锐冲突的形式表现出来,在许多女作家的作品中都有反映。这方面,比较典型的作家和作品,可以说是西尔维娅·普拉斯(1932—1963)和她的《钟罩》。

普拉斯受过高等教育,很早便发表作品。一九五五年大学毕业后,她获奖学金去英国深造。在英期间,与著名诗人台德·休斯结婚。此间,她一边教书、一边写作,同时还要操持家务,深受角色紧张之苦,一度精神失常。一九六三年,她化名发表长篇小说《钟罩》。其中的女主人公艾斯特,就是她自己的现实生活和精神困惑的写照。

艾斯特是一位未婚的知识妇女,文科高材生。大学毕业后,她面临家庭和职业的选择,左顾右盼,拿不定主意,因为这些选择几乎全是舍此即彼、互相冲突的。书中有一段写艾斯特的内心独白,她把不同的生活道路看作无花果树上的果子。作者写道:"无数个丰满的果子,一个是丈夫、孩子和家庭,一个是名诗人;一个是名教授;一个是名编辑;还有无数其他……我坐在树上饿得要命,但下不了决心吃哪一个,吃了一个就等于放弃其他。我看着看着,结果树上的果子干枯了,纷纷落在地上。"女主人公艾斯特欲取不能,欲罢不甘,就象被扣在一个无形的罩子里,最后精神失常了。

在此之前,普拉斯有过一部短篇小说《成功之后》,写的是一个叫艾伦的知识妇女婚后放弃自己的前途,陷入孩子和家庭琐事,而丈夫在她的支持下终于发表了一部作品。当艾伦小心地向丈夫提起,他会不会因此和他的女编导混在一起,丈夫的回答是一阵嘲笑:"我才不干呢!那个丹尼斯·凯是个自作主张的职业妇女——一架道地的柴油发动机。"这里,作者既写出了艾伦的被动处境,又写出了社会对这种处境的认可。由此可以看出,在美国知识妇女面前,毕业与就业,婚前婚后,个人道路的选择确实是相当严峻的。迫于社会压力和传统偏见,妇女在多重角色面前往往不得不有所放弃。这使得一些人选择了独身主义的道路，也使得一些人在角色紧张的重负下身心俱裂。普拉斯就是一例，她最后以自杀(一九六三年)来结束这所有的角色纷争。

比较起来，中国知识妇女有所不同。几十年来，她们一直是在社会和家庭的双重负担下进行着身体力行的艰苦实践。在中国当代妇女创作中，以谌容的《人到中年》为代表，揭示了当代中、青年职业妇女所承负的多重责任，再现了她们在现实生活中的矛盾和冲突。小说主人公陆文婷，就是当代中国职业妇女的典型。

陆文婷是六十年代的大学毕业生，眼科骨干医师。她对工作恪尽职守，尽管行医已占去她许多时间，还始终保持着一颗奋发向上的事业心，渴望在科研上另辟蹊径。作为妻子，她对丈夫无限眷恋，人到中年，依然保持着青春时的爱情。作为母亲，她爱自己的孩子，随时准备为他们牺牲一切。但在现实生活的多重责任面前，她却无能为力，不能不为了重大的社会责任牺牲她对丈夫和孩子的温情。作者用平淡得近乎冷酷的笔调描述了她的日常生活。她就象一只鞭打不停、不知疲倦的陀螺，紧张地转呀、转呀……已经竭尽全力，却终于力不从心，倒下了。陆文婷病倒了，濒于死亡——这是一个象征，象征着多重责任和精神负担通过肉体表现出来的分裂，尽管情操是高尚的，结局却依然悲惨。在这个悲剧性的结局上，突出了妇女角色紧张这一痛感于心却难诉于人的普遍的社会问题。

妇女角色紧张的根源在哪里？我们已经提到，在于女性角色发生变化，而男性角色和社会结构并没有随之发生相应的变化：妇女参加了社会生产，而社会还没有把妇女所必须担负的生育活动和家务劳动当作社会生产的一部分；加上传统的伦理规范对女子人格价值的苛求，使得当代妇女生活呈现出多元化性质。在这里，我们如果把陆文婷作为一个已婚的、有知识的职业妇女作一分析，即可发现，在"妇女"这个概念上加一个实质性的定语，就等于在她的生活中多了一元因素(如图)：

右边的实体线所表示的，是我们在作品中可以看得见的。除此，在她的生活

背景、人际关系上,还有一些我们看不见但也必须由她自己去认真担负的责任(如虚线所示)。每重责任都同样强烈地要求她献身,处理得不好,难免顾此失彼;处理好了,又使人身心交瘁。有些男同志会说,我们也可以画出这样一个图,展示出我们生活的网。不错,人们在社会中生活,就象生活在网中,要受各种因素的制约。但男子的生活中,总有一条拉网的绳,这就是事业(或职业)。做事业在男子象把握着"纲",事业上去了,"纲举目张"。女子则不然。她的人生的网体现出多元化的性质,哪方面处理不好,都可能导致她人生的残破,形成悲剧性的命运。

在展示当代知识—职业妇女的现实生活方面,谌容是很不简单的,她显然是把自己的生活直接带进了作品,因此才能写得这样逼真感人。那么,面对这多重责任,是放弃吗?谌容的结论是相反的。她笔下的陆文婷在身心交瘁中仍然念叨着自己的人生责任。她为生活所累,却不愿就此了结人生。生死线上把她拉回到生的世界的是:"在这世界上,我还有许多事情没有了结,还有很多责任没有尽到。我不能让圆圆和佳佳变成没有妈妈的孤儿,我不能让家杰遭到中年丧妻的打击。我离不开我的医院,我的病人。离不开啊,离不开这折磨人而又叫人难舍的生活!"

陆文婷这个形象很有代表性。在她的性格中,隐含着中国妇女忠贞坚忍的传统品质,又表现出当代妇女对事业和感情生活的双重追求。她们已经不再纠缠在家庭和传统观念上,而是在深远的社会意义上探讨女性的价值。在角色紧张的压力下,她们希冀的不是舍此即彼的选择,而是既此又彼的全面发展。她们是平凡的社会劳动者,又是默默无闻的家庭主妇。即便是厂长、医生,也摆脱不了柴米油盐之累、人世炎凉之苦。她们的生活中充满了矛盾,面对着这重重矛盾和多种责任,她们喊不出豪言壮语,也不能弃家一走了之。在她们的选择中,宁可负重前进,也不愿轻松地退却。

我们的女作家们,抓住了职业妇女这个题材,是在妇女生活这一传统主题上进行新的开拓。从发展的眼光看,世界各国将有越来越多的妇女成为职业妇女、知识妇女。我国也是一样。女作家在职业妇女问题上的探索,把握住了妇女生活的进步的和本质的方面,对文学和社会学具有双重重要的意义。

一九八六年十月二稿于郑州

文学广角中的一个世界

——新时期女性文学论纲

陈素琰

一

倘若女性不能独立,则女性文学也谈不上自立。女性在社会生活中所获得的权力和地位是衡量女性文学存在及其取得成就最重要的条件。中国妇女长期对于男人的依附状态,使中国漫长的文学史中除了极少数的佼佼者具有独立地位(如曹魏时的蔡琰、宋代的李清照)之外,大量的"女性作家"其身份大体非娼即尼或类同于此的同样不具独立人格的诸多"宫怨"的无名作者。长期封建社会中留下的女性作品,多半表达了为获得卑微生活条件而"谄媚男性的目的"。特别是那些诗、词、曲类的诗歌作品,往往为博得男子的称羡而作,"她们在谄媚男性失败时又把文学当作泄怨的工具"①。所以,长时期中国文学中的女性文学始终摆脱不了"谄"和"怨"两个字。这种概括大约并不偏颇。

女性的解放往往为时代的解放提供证明,女性文学的发达,同样是该民族文学发展所达到的自由度的明显反衬。美国当前相当引人注目的妇女文学的繁荣,直接受惠于六十年代后期的女权运动。这一运动是由六十年代初所谓"二等公民"问题的提出而受到重视的,它可直接溯源到一百二十多年前的黑人解放运动。最早的妇女运动,便是妇女争取参加废奴运动的斗争。此后这一运动持续不断,它直接促进了妇女文学的创作和研究的发展。在中国,情况与此有所不同。一九四九年以后,社会采取了有效的措施以改善妇女的状况,这直接导致了女性地位的确立和加强。当然,以男性为中心的观念在中国还是相当稳定的历史潜因,它成为一种障碍,造成全社会乃至女性自身的思维惯性,使中国女性的真正独立仍然是未来的目标。

但中国女性作家的状况毕竟要好得多,因为知识妇女在中国的自我觉醒是先进的,这导致中国社会解放以来女性对文学的参与以及女性文学的兴起。在中国,这个进展是缓慢的,甚而是时进时退的,原因在于文学的长期禁锢以及其它因素对于文学的干扰。一个时代要是热衷于对文学实行从表现内容到表现方式的全面规定和全面限制,就必然使文学消失了一切个性色彩,当然也消失了以性别来对文学进行分类研究的可能性。

新时期文学的繁荣,女性作家的创造性成果之引人注目,为自"五四"以来的新文学历史所仅见。此种局面的出现,自然有赖于文学充分自由发展所造成的自然推进力,但最终的说明,仍然要到这个处于开放与封闭的十字街口的急剧变动的社会中去找。中国人从来也没有象现在这样享有了解世界的可能性——尽管这个可能性是相当脆弱的——但毕竟中国文学从中得到了巨大的好处。文学在长达十年的时间中不断排除干扰所取得的长足进展,直接鼓舞了中国女性作家的参与意识并导致女性聪明才智的充分发挥。

社会的进步(这个进步的主要标志是科学与民主思想的增长)促进了女性意识的形成。"女性意识"在文艺方面的阐释始于英国现代女作家维吉亚·伍尔夫的《自己的一间屋》。在那里,她指出,妇女的特殊生活条件决定了她在观察世界和分析性格方面的特点,而这种特点又决定她在创作中最适合采用的体裁;其次,她又提出应当创造一种女性的文风。所有这些实际上是在摸索着创造一种有自己特点的妇女文学。① 这一论述对于界定当前中国女性文学研究的范畴提供了有益的根据。谭正璧在阐明女性文学史的性质时虽然没有以女性意识来概括,但他强调的内涵与《自己的一间屋》是相近的:"所谓女性文学史,实为过去女性努力于文学之总探讨,兼于此寓过去女性生活之概况,以资研究女性问题者之参考。"②

我们愿意把女性文学的研究放置于女性意识的观念之下进行,即我们首先

---

① 朱虹:《美国女作家短篇小说选·编者序》。
② 谭正璧:《中国女性文学史话》。

确认两性之中女性作家创作的具有不容忽视的独特的性别特征。不少论者都注意到女性的性别本身影响这部分作家的想象力;妇女的特殊感受方式导致女性作家的特殊表达方式,即以女性生活的、情感的、心理的条件所看到的人生万态的艺术呈现——这种艺术呈现也充满了女性特殊的风格和情调,它除了提供有异于男性的特殊的审美价值之外,还给读者、批评家和文学史家以特殊的认识价值,即从中了解那个时代女性对于世界的理性和情感态度。在男人仍然在相当广阔的领域充当主要角色的时代,先知先觉的女性作家担负了表现女性的任务,她们不能不对自身的命运表示关切,因为除此之外,她们不可能有别的期待。因而我们谈论的女性文学就不单单是谈论它的作者是女性,而且在很多时候谈论的是女性如何关心自己,即女性作者心目中的女性。

二

中国女性文学之具有独立的女性意识,萌起于"五四"新文学运动。当时的思想大解放的气氛使女性文学一开始就把文学的理想建立在女性的解放,特别是女性为争取自身婚姻恋爱权利而进行的抗争上。早期新文学中有相当部分的作品对封建主义的节烈观进行了猛烈的抨击,不少是直接表现反抗父母之命的不自由的婚姻而鼓吹自由恋爱,对女性的与生俱来的权利作了最有力的争取。当时不少女性作家的作品,都在恋爱婚姻主题下,包蕴着女性对于社会进步理想的积极的思考。如在庐隐的作品中,正如茅盾所说:"我们也看见了同样的对于'人生问题'的苦索,不过她是穿了恋爱的衣衫。"① 与此相类似,许多女性作家的作品都是这样"穿了恋爱衣衫"的对于人生问题的思考。

"五四"当时或以后的女性作家,在这些关于社会人生思考的作品中,往往融进了作家自身的生活情感的经历,使这类作品具有很强的真实性乃至自传体性质。"由于显而易见的原因,她们不仅特别关注广大妇女的命运,而且在许多人物形象的塑造中还渗透着她们自己的经历和感情色彩。"② 我们可以把冯沅君从《卷施》、《春痕》到《劫灰》看作女性生活的一个完整的表现,而且本身似也具有一个女性青春时代的自传的性质。鲁迅称赞冯沅君的《旅行》:"实在是五四运动直后,将毅然和传统战斗,而又怕敢毅然和传统战斗,遂不得不复活其

---

① 茅盾:《中国新文学大系·小说一集·导言》。
② 王瑶:《中国现代女作家·序》。

'缠绵悱恻之情'的青年们的真实写照。"① 许多人都注意到女性作家往往把自己写进了作品。丁玲的人生理想和追求,一定程度上在她创造的莎菲女士的抗世嫉俗的痛苦的挣扎和奋斗中体现出来。冰心几乎是第一个独立地体现女性意识的作家。她把男人无从理解的特有的女性感受写进了作品。她的作品中女性的氛围最浓郁。《第一次宴会》以及唯有女性才能体会到的《分》,不仅开启了"纯情"文学的闸门,而且展拓了纯女性文学的新美的天地。

战争环境中的文学,一切都被弥漫的硝烟所覆盖,美好和轻松的情趣,包括文学的性差别都让位于艰难困苦中的奋斗。在女作家作品中,妇女题材作品虽不鲜见,但多以妇女的参加战争以及争取政治、经济权利的斗争为基本内容。这个时期的女性作家注意作品的社会意识,女性作家关注的是革命内容的表现,并不特别强调性别的特点以及女性的情感和意念的传达。

从宏观的角度考察,只有到了"五四"新文学运动时期,方才开始了中国具有独立意义的女性文学的时代。从一般地争取女性的权利到表现新女性意识对于文学的渗透是一个女性文学成熟化的过程。这个过程由于受到中国社会长期的战乱的冲击,而延缓下来。在民族存亡最艰苦的年代,审美的需要让位于生存的需要;艺术的价值让位于政治的价值。文学的忽视个别性而注重共有性的表达乃是一个可以理解的趋向,这样的条件宣告了女性文学进入低潮是一个必然。

三

只有在艺术思维相当自由的文学时代中,每个作家的艺术个性才能得到长足的发挥;只有以全社会致力于文学艺术的精神建设的潮流为前导,女性作家的勃兴与竞起才是可能的。一般说来,战乱的环境易于造就男人的功业;而和平建设的环境则易于使妇女充分发挥她们敏感、细腻、周密、温情的特点。这些特点首先借情感的领域——文学艺术的领域以显示它的天才。女性是情感的,文学也是情感的,二者在一个相当宁静的时代社会氛围中得到契合。

五十年代的女性文学依然沿着社会性主题的轨道前进。那时最活跃的一些作家来自革命队伍,她们写出了一批成功的作品。刘真和菡子的代表作品属于战争年月纯正的回音。《长长的流水》和《万妞》都从女性的角度,回述了革命年代里真诚的友爱和血肉的情意,那里留着流水般的眷念和遗憾。茹志鹃的作品

① 鲁迅:《中国新文学大系·小说二集·导言》。

以女性作家特有的风格打破了当时一律化的艺术表现方式,并引发了一场历时颇久的讨论。她的《高高的白杨树》也是基于昔日之眷恋的寻找,不同的是,她的作品体现了女性柔情所造成的细腻、委婉的风格,这在当时便是引起惊异的。茹志鹃是跨时代的作家,她没有停留于往昔的追求,而是表现当年的女性在今日的新姿态和新感情。随后,她把注意力放在了参与和创造新生活的新女性身上,用的依然是体现着女性作家情感方式的特殊风格。五十年代为数不多的女性作家的创作之所以引起社会的关注,正在于此种表现一致主题领域的女性特有的方式,这种方式展现了女性的风格。

以后直至"文革"期间,中国女性文学一直在追求三十年代后期以来一贯的目标,即社会理想的实现。即使是象宗璞那样并非来自解放区的作家也不例外。她的成名作《红豆》之所以引起普遍的注意,在于它通过一个女性在历史转折时期的抉择表现了进入新社会的妇女为追求进步的社会理想而牺牲爱情的情操和行为。这在当时是符合时尚的,也是值得肯定的。

中国文学传统的言志观念在女性文学中也有深刻的渗透。一些动乱结束后出现的有影响的女性作家多半都是受社会理想的鼓舞而开始创作的。张洁感到了一个美好时代美好早晨的到来,她指派那一个迟到的从森林走出的音乐学院考生负起了讴歌这个美好时代的使命。"谁生活得更美好?"这既是张洁小说的篇名,也是这位女作家为自己确定的一个文学主题。对这个问题的回答,当然是包括"有一个青年"在内的那些向往美好生活而具有美好情操的人们。

这是一个特殊的过渡时期,女作家的兴起还只是作为作家的兴起,而不具有明确的女性意识文学觉醒的性质。不仅宗璞的《弦上的梦》,就是更年青的作家如张抗抗,从《爱的权利》到《白罂粟》,艺术灵感的兴奋点总在对于社会进步的讴歌和对人性泯灭的谴责。在一个政治情绪昂奋的时代,作家即使是女性也很少意识到必须以女性特有的方式进行艺术的创造和表现。当然有成就的女作家,总会在她们的作品中自然地体现女性特殊的感受和体验的。谌容在《人到中年》中对陆文婷作为妻子和母亲所拥有的歉疚的表达,以及她对"马列太太"那一类女人因为养尊处优所表现出来的人格变态的体会,无疑发挥了女性作家的心理和情感的优势。但这一代女作家为新时代所点燃的创作激情几乎无一例外地均可从她们的社会理想中找到原因。这种特征不仅渗透在谌容同代人温小钰、戴厚英等人的作品中,甚至在新涌现出来的青年女作家张抗抗、叶文玲、达理(陈愉庆)、航鹰的作品中也能找到。这种情况的形成根源于作家自己的创作理想和原则。如,宗璞自述:"在人生道路上,每个人都不断经过一个又一个十字路口,这本小书若能为徘徊在十字路口的人增添一点抉择的力量,或仅只减少些抉择的痛苦,我便心安。"① 冰心论张洁"一个作家能够写出有益于振奋人们的革命精神,提高人们的道德和审美水准的作品,他或她必然是充分意识到自己对祖国和人民负有重大的鼓舞和教育的责任的"②。

四

文学发展的深入,已不满足于原先已达到的成就。当今时代的特点是封闭不再成为可能,长久的封闭造成了了解大世界的渴求。国门内外的对照唤醒了蒙昧之中的人的觉醒,文学一旦回到人的情感世界,而且获得表现人和人性自身的广大自由,这一趋势首先唤起的是女性作家的激情。人们在过去视为荒漠的地域发现了水和绿洲,过去的"无意义",如今变成了令人兴奋的丰富。敏感而情感丰富的有影响的女作家们,在先前取得成就的地方纷纷向前作了跨越,这就是由社会理想向着情感理想的跨越。茹志鹃把两只《丢了舵的小船》放置于一个暴风狂卷的恶浪之上:在茫茫大海里,它们依恋而又孤独,濒临危机而又无法相助,政治的谴责被超越了,这里进行的道德思考以人类共有的情感为基础,是在确认情感的合理性的前提下,感到了道义和责任的巨大痛苦。从《剪辑错了的故事》、《草原上的小路》到《丢了舵的小船》,茹志鹃根基于社会理想的追求没有改变,但她的思考的热点已有了转换。即过去是无足轻重的命题,如今却变得无比庄严和神圣了。宗璞继为动乱时代的历史反思创作了一系列短篇之后,又以中篇的大篇幅写出《三生石》。在那里,对艰难环境中生死相依的爱情和友谊的强调超过了以往的怅惘的和愤怒的社会谴责,表明作家对人生体察转向更深入的层面。

也许张洁的追求最为大胆,因而效果也最惊人。她从原先那些"谁生活得更美好"的思考出发,发掘了一个新的领域,那便是"什么是不能忘记的"? 两句问句,体现了张洁作为一位女作家的锐敏与聪颖。开始是《拾麦穗》那个奇怪的女孩子和那个更奇怪的卖灶糖老头子之间究竟发生了什么事? 张洁的新追求令不少喜爱她作品的读者和批评家摇头。一种无所寄托之中对于未来的憧憬,使这些年龄经历迥异的悲苦的人们追求着虚幻的真爱。张洁此刻所器重的情感

---

① 宗璞:《宗璞小说散文选·后记》。
② 冰心:《张洁小说剧本选·序》。

理想的追求造成了传统批评惯性和欣赏惯性的惶惑，人们没有悟到，文学的价值观已悄悄发生变化。

此后张洁一发不可止息，她的《爱，是不能忘记的》把过去最受蔑视的心灵隐私的角落化为摧心裂肝的呼唤。人们被她这种抗世嫉俗的而又是刻骨铭心的情感呼唤弄得焦灼不安。但作家既已迈步，就不准备收回。此后，《波希米亚花瓶》、《未了录》等一系列强调人类情感理想的纯洁和高尚的作品问世，奠定了这位女性作家的独特的思想艺术风格以及她在中国文学史上可以预期的毋庸置疑的地位。张洁《漫长的路》几乎就是这位女性作家觉醒的新的艺术宣言："人类早晚有一天会摆脱一切虚伪的桎梏，洗掉千百年来积留在自己身上的污秽，恢复生命在开始创造的时候，那种纯朴的、自然的面貌。但是通往那个境界的路有多么远，又有多么长啊！"她们知道路是漫长的，但既已作出抉择，剩下的就是迈开步子。

五

中国新文学运动数十年间已把大部分精力投放于客观实际，特别是对社会运动的反映再现。如今由于时代的走向开放而直接唤醒了人的独立观念和作家的主体意识，这样，女性作家情感理想的实现就成为兴奋的中心。女性个性的张扬以及对中国数千年男尊女卑传统的反叛情绪的女性自尊自强心理情绪的表现，导引中国现阶段女性文学进入了一个新的境界。这便是新的历史条件下的基于性别的差异而进行的独立的人格和情感的实现。女诗人舒婷最早传达爱情观念的《致橡树》提出女人不是作为攀援的凌霄花，而是作为并肩而彼此独立的树站在一起。张辛欣的《在同一地平线上》以及陆星儿作品中的女大学生，都表达了独立的女性所拥有的全部痛苦，事业的、情感的。在男人认为琐屑的一角天地，女人们却可能发生一场天崩，这种情感末梢的神经，唯有女性作家能够把握。在《惠安女子》中，舒婷以女人特有的体贴表达了男人所难以察觉裹在美丽外表下的旷古哀伤。程乃珊则捕捉到了大都会里生长的妇女特有的心理和情感特性。

古国极漫长的对于女性的幽闭与歧视，造成如今女性觉醒后的特有的愤激。在《没有纽扣的红衬衫》中，铁凝让安然用女中学生的反抗世俗的目光和行为，传达女性觉醒之后的激愤。与此相同，张抗抗的《夏》，张洁的《方舟》均具有极痛苦的挑战意味。在"方舟"那个飘浮着特殊氛围的"寡妇俱乐部"里，所有的屈辱、痛苦和愤怒都印证着作家为这个中篇所作的题辞："你将格外地不幸，因为你是女人……"

但中国的现实总使那些对女子个性张扬抱有热情的人们失望，因为对中国社会来说，最迫切的还不是精神领域的追求，而是实际状态的困顿和焦灼。现实的状况讽刺了那些飘浮的遥远的目标，美好的花朵并不长在所有的枝头上。一个满世界里找爱和同情，或是找高雅和华贵的作家，特别是怀着情感的饥渴而要在混浊中寻找爱与美的人们注定了要承受百倍的痛苦。尽管舒婷一开始就祈求人的相互理解，但这种祈求却在久远的麻木中不被理解，于是在她的诗中几乎随处都遇见充满感伤情绪的慨叹，因为她几乎随处都遇见由一道道卑琐的目光组成的"一堵堵冰冷的墙"。张洁几乎在愤激之中生活和写作。她一心怀着美好的愿望，可是她却看到了诸多的不美好。《方舟》的"寡妇俱乐部"里住的是几个几乎被逼疯了的变态的女人，她们的痛苦是中国觉悟的知识女性的痛苦，她们依然受着无形的几重的逼迫。妇女本来不应有过多的期待，但是一种久远的积重产生了反弹的力量。这批挣扎出厚厚土层的觉悟者，在沉重的中国社会，却有着过分的热情向着"应该有"的生活呼吁理解，呼吁尊重，呼吁情感。这种超前的情感理想与滞重的现实碰撞溅起了兰悠悠的悲哀的火花，几乎所有的觉悟的女性的灵魂，都被这黯淡的光惊呆了，她们只能喃喃地喊着绝望的声音——"我的痛苦变为忧伤，想也想不够，说也说不出。"（舒婷：《雨后》）于是，中国那些现代女性的文字和声音不能不被无尽的血泪和沉重的叹息所浸透。她们的作品几乎都染上了哀愁。我们面对的依然是一个感伤的女性文学时代。

六

只有深知中国的历史积重和今日的土壤，才会彻悟这种历史的负荷与超前理想的撞击所产生的悲剧，一切的过于优雅的追求，对于这个古老民族都是一种不可理解的"摩登"，在这个近于冷酷和麻木的现实面前，那种充满浪漫主义色彩的专注的情感追求，以及尊重、自主、自立都是显示出一种与实际格格不入的贵族气。在中国，这一切都是奢侈的，于是一种无所谓等待，也无所谓追求的情绪，就支持了一个新的文学艺术潮流。其实在《你别无选择》中，刘索拉已经创造了这样的文学环境，那里看不到那种执着和高雅，有的只是充满平民气甚至是嬉皮士精神的鄙俗。那里的女性比"寡妇俱乐部"的成员更痛苦，但也更"轻松"，因为她们"别无选择"。也许只能选择剪子之类的工具，"她喜欢用剪子这个工具,它可以把任何东西在一会儿时间就毁掉。自己看不上的手稿,男性的情书,新做的连衣裙,还有被冲出来的胶卷……"因追求过切而失望,心里想着高雅和美好,但却满眼鄙俗。这种无情现实所造成的打击,比什么都沉重。

现在一种更加冷静的文学思考在悄悄滋生。既然先前的一切追求都不同程度具有了嘲讽意义,那么以荒诞的眼光看出一个荒诞的存在便是可取的了。陌生的残雪在进行这样的争取。她所看到的世界是她的前行者看不到或很少看到的。她和她的父母都熟悉的那所《山上的小屋》,她把它搞得完全变样了,甚至朝夕相处的父亲也"用一只眼迅速地盯了我一下,我感觉到那是一只熟悉的狼眼。我恍然大悟。原来父亲每天夜里变成狼群中的一只绕着这栋房子奔跑,发出凄厉的嗥叫"。不仅父亲,不仅母亲,还有屋里的陈设、井台、井底的剪子,一切都出了毛病,一切都显得荒诞不经。"小说记录了一个人的精神裂变。一种非常态和非理性地对于现实的把握,呈现出一种变形的、虚幻的、夸张的外观图象,而图象本身又反射出这样的精神病变的真实,也就是说,我们将从病态的意识行为中寻找出曲折深奥的动因——一种对于恶的诅咒。"①

残雪是继刘索拉之后更具现代意识的女性作家。她的作品除《山上的小屋》还有《苍老的浮云》、《阿梅在一个太阳天里的愁思》等令人惊异的作品。她继续在发掘那一件又一件该诅咒的恶,这样的工作所创造的快感远胜那种缥缈风筝般的虽然完美但却显得遥远的召唤。"你母亲就有疯病,你是遗传的。我从前还打算种葡萄呢,那蟋蟀几乎要了我的命。我一回忆往事就出冷汗,发夜游症,我母亲老说我患了迫害狂。"这种通常被认为是语无伦次的语言,在残雪的《苍老的浮云》中几乎通篇都是。这当然不是写实的,但却表达了另一层面的真实。当生活发生了颠倒,或是人们感到了颠倒,那么,对于人生的非常态的揭示便是有意义的了。这是青年女性所做的,却是她们的前辈所不能做的。

陈染也是这样的一位,她现在还是大学生。她以开开玩笑,说说脏话的方式画出了"世纪病"患者的异常心律。她有意挑衅似的刺激,简直令传统观念的守护者不能忍受。"一提左轮手枪自杀什么的都让我'兴奋',就如同我说脏话一样感到一种刺激的快乐。最初我说脏话时,只是为了潇洒一下,那时说得很吃力笨拙,后来越说越神,瘾也就来,有一阵,我若不说出那么个要命的×,心里的痒处就好象没法解决。"她们是在有意地用鄙俗来嘲讽那不着边际的贵族化。她们想告诉人们:传统的审美趣味、那种想象性的追求是不存在的,只有目前这种

① 《探索小说集》,程德培、吴亮评述。

带着粗野的刺激才是真实。还是这个陈染,在她的《人与星空》中,有意地让我们无意中看到大学生那"简直就是一个世界"的小小的课桌面,那上面有一段即兴式题词:

> ——人干嘛活着? 没劲!
> ——那就死吧。
> ——干嘛活着没劲就死?

这段对话充满荒诞感。但从这些荒诞中,我们却发现某种异乎寻常的肃穆之感。应该说,其间充满了严肃而深层的思考——透过那些大大咧咧的有点玩世不恭的方式。《人和星空》写下了如下的警句:"我不禁对他敬仰起来,起码他知道自己是谁。我呢? 压根儿就没找着过自己。"

寻找失落的自己,而又总是失落,这就是世纪人的悲哀,也是文学,更是女性文学的悲哀。有着悲哀的不仅是年青一代女性作家,还有宗璞(如她在《泥沼中的头颅》中所表现的)。也有始终追寻着美之灵光给一切都涂上理想的光泽的张洁,她也看到了丑陋和肮脏。她不得不用颠倒的方式来表现这个颠倒的世界:

> 她究竟是丁小丽,还是处女膜?
> 他究竟是想娶丁小丽,还是想娶丁小丽的处女膜?
> 他爱的是丁小丽,还是丁小丽的处女膜?

不仅"丁小丽糊涂了",应该是所有醒着的人都糊涂了。

女作家在当代文学史所起的先锋作用

李子云

  目前在中国大陆的文坛出现了女作家创作的第二次高潮。它不仅表现在女作家的数量上和她们作品的艺术质量上,而且,还表现在她们的一些作品在当前中国文学所起的先锋作用上。在打破小说的某些传统的规范,开拓小说所表现的内容范围与更新小说的形式方面,某些女作家起了很大的作用。其中最主要者,就是她们首先将小说从传统的表现方式——即,通过描写外部现实世界,描写人与人之间的关系,来表现人物的性格及其命运,转为以展现人物的内心世界为主的表现方式。以人物的心理活动过程进行结构,小说的事件与人物经历已不再按照固定的时空顺序及因果逻辑展开,而是通过人物思想感情的流动引发出这一片断或那一片断。这种不同于传统的写法是由女作家开始的。当然,在男作家中也不是没有采取这种艺术方法的。例如,几乎与某些女作家开始运用这种方法的同时,王蒙在他的《夜的眼》、《海的梦》几篇作品中,也进行了类似的尝试,不过,其中的变化只具有局部的性质。《夜的眼》中写的是由客观现实的巨大变化所引起的主人公的万千思绪,而这种种思绪仍属外部世界的直接投影。《海的梦》虽侧重描写了人物的主观世界,但在写法上仍未脱离传统诗文的借物抒情的格局。继之,在有些男作家的笔下也出现了一些以心理活动进行结构的优秀之作。但那都是后来的事了。因此,可以说,在中国最早采用这种艺术方法的应该说是女作家。

  首先运用这种新的艺术方法的作家是五十年代即已成名的宗璞。1978 年

题解 本文原载《当代作家评论》1987 年第 6 期,系作者李子云先生(1930—2009)赴美讲学时的一次讲演稿。文章高度评价了女作家在当代文学史所起的"先锋作用"——在打破小说的某些传统的规范,开拓小说所表现的内容范围与更新小说的形式方面走在中国当代文学的最前列。宗璞首开心理小说之先河,张洁开创了一条通往中国当代知识妇女内心深处的道路,张辛欣、残雪、刘索拉等进行了更广泛的运用。残雪是中国大陆第一个将精神失常的人的心理状态引入文学作品的作家,刘索拉第一个向人们展示了 20 世纪 80 年代出现在中国大陆的迷惘一代的心理状态。自她们开始,小说从表现知识分子特别是知识妇女的遭遇转向表现他们的内心世界,在当前中国大陆的小说中独树一帜。

开始崭露头角的中年作家张洁采用这种方法写成的作品数量较多,引起了文坛与读者更大的注意。其后,一些青年女作家,如张辛欣、残雪、刘索拉等,将这种艺术方法做了更为广泛的应用。她们先后打开了一个又一个心理领域:知识分子心理领域、知识妇女心理领域、精神异常者的心理领域、当代某些玩世不恭的青年人的心理领域。在当前中国大陆的流派纷呈的小说中,这类小说独树一帜,形成为一种极有特色的文学现象。

这面文学旗帜为什么由女作家首先树起?其原因也许可以分为两个方面,其一是,一般说来,妇女在气质上比较敏感而内向,感受性强而遇事又往往隐忍于内心,这为女作家进行心理分析与深入表现人物的心理活动,提供了有利条件;其二则可能是中国的封建道德规范要求女子三从四德、逆来顺受、不苟言笑、不准任何正常的人情人性有所流露,于是,在中国长期的封建社会中,妇女只能将她们的不能形于色的思想、感情郁结于内心,因而,一旦人为设置的藩篱被冲破,长期蕴藏于心底的喜怒哀乐喷涌而出,形诸笔端,来势格外汹涌。上面谈到的几位女作家的这类表现心理活动的小说即可说明这一点。她们虽然也写到女性之外的人物心理,但是引人注目发生较大影响的作品大都是以表现女性的内心感受为主的。

开心理小说之先河的是宗璞的《我是谁?》(1979年4月)。就题材来说,它没有脱离当时方兴未艾的"伤痕小说"的范围(即表现"文化大革命"给人们带来的伤害),并且带有浓厚的政治色彩。它表现了一位极有成就的女教授,在发现丈夫忍受不住"四人帮"的迫害愤然自杀的当天,精神上承受不住这突然的打击,奔向校园投湖自尽的事件。但是,宗璞在处理这个题材的时候,完全摆脱了传统的叙述方式。小说没有按部就班地交代教授夫妇在"文化大革命"中间所受到的凌辱,也没有采用插入某些回忆倒叙的方法,而是根据女教授韦弥在投湖自杀前的心理活动进行结构,展开描写。小说从韦弥推开厨房门、看到悬挂在暖气管上的丈夫,发出一声撕裂人心肺的尖叫、精神进入半疯狂状态切入,然后集中笔力表现,她奔出门外直到投身湖内这一路上的思想意识的流动。批斗会上震耳欲聋的口号声;头天丈夫在发现自己毕生研究的心血、比他自己生命还宝贵的手稿被当成废纸焚烧时的反应;1949年和丈夫一起从太平洋彼岸飞回炮火尚在纷飞的北京,飞机寻找降落地点时的心情;多少年来在现在吊着丈夫尸体的小厨房,与年轻人在学术上交换意见的情景……互不连贯地在她脑际交替闪现。关于人物与外在世界的联系,宗璞仅仅写到她奔向湖畔的路上遇到一个狂热的造反派和一个还不懂事的五六岁的娃娃。造反派重重地踢了跌倒在地的韦弥一脚，大骂一声："别装蒜，你这牛鬼蛇神……"小娃娃则在认出她之后，吓得"转身就逃，一面回头喊着：'打倒韦弥……'"这简单的两笔所起的作用，还不仅限于烘托当时的气氛，更重要的还在于，它们成了导致韦弥精神彻底崩溃的最后诱因。她对自己产生了怀疑，向自己提出：我是谁？我究竟是什么？我是牛鬼蛇神？我是青面獠牙毒害孩子的魔鬼？

我是谁？我——人的本质是什么？这是亘古以来争论不已的哲学命题。中国古代大哲学家庄周梦为蝴蝶，醒来之后就曾提出过究竟是我梦蝴蝶还是蝴蝶梦我的问题。在西方现代哲学、文学中，它更是一个热门的话题。当然，宗璞在这里所提出的这个"我是谁"的问题，不同于在日益膨胀的物的世界中人对自身价值所产生的怀疑。它要表现的是当人的尊严被强暴的外力所摧毁之后，知识分子所发出的疑问，并寻求所以变我"非我"的原因。

宗璞是第一个打开了知识分子一向深闭的内心世界的大门、表现了知识分子内省精神的作家。然而，在她的采用这种写法的作品与五四以来的中国新文学传统之间，仍然存在明显的联系。尽管她由外部描写转入内心揭示，以人物心理活动进行结构，但是对于人物的心理，她侧重表现的仍是与社会政治生活密切相关的那一部分。这也很自然，十年以前，在中国大陆上政治运动不断，知识分子的命运以及个人生活几乎都与政治密不可分。因此，在知识分子的心理状态中不可能不留下大起大落的政治变动的痕迹。宗璞后来几篇采用超现实主义手法的《蜗居》、《泥沼中的头颅》，全部运用变形、象征等技巧，其内容仍然具有强烈的政治色彩。它所象征隐喻的仍然是不正常的政治环境对于人的心智的巨大伤害。

在采取以揭示人物内心世界为主的手法的同时，在内容上又摆脱了直接表现社会政治问题的，则是由张洁的《爱，是不能忘记的》开始的。《爱，是不能忘记的》曾在当时中国文坛上引起过那样大的争论，不少西方的同行对此感到不可理解。这样一个古老的故事，一位离了婚的作家，与一位有妻室的男子苦苦相爱了一辈子，不但没有能够结合，甚至连手都没有握过一次。两人终生在一起度过的时间也没有超过二十四小时。这种没有一次肌肤之亲的爱情，在西方读者看来，纯属一种柏拉图式的爱情，那应该属于祖母一代的故事了。是的，正因为在中国大陆，封建思想残余未曾全去，封建道德力量仍在压制着男女之间的感情。因此，小说中所表现的那种感情压抑的痛苦得到众多读者的共鸣，同时也受到一些封建卫道者的猛烈抨击。这是引起社会上尖锐争论的原因。若从文学本身方面来讲,它所以引起广泛注意则可归结为以下两点:其一,它与宗璞的《我是谁?》几乎同时开创了文学从表现外部到走向表现内心的一条道路,这也是一篇没有完整的情节,以展示女主人公内心矛盾为主的小说;其二则是从它开始,打破了文学无不直接表现政治、政策方面的重大问题的单一局面。小说开始涉及伦理、道德、人性各个领域。特别是打破了几十年来不允许接触有关人性问题的禁忌。因此,尽管这篇小说在艺术处理上存有明显的欠缺,诸如在描写上缺乏节制、带有感伤主义色彩等等,但是,它在更新艺术方法和开拓题材范围方面都做出了自己的贡献。

和宗璞等中年一代女作家一样,张洁也具有历史使命感。她还写出过一些反映中国当前重大社会问题并且产生很大影响的作品,如《沉重的翅膀》,但是,比之其他中年女作家,她将更多的注意力凝聚于探讨现行道德准则与人性之间的关系及矛盾等问题上,反映了妇女在人性觉醒之后对于传统道德束缚的反抗。当然,在这类小说中,她所采用的基本上都是不注重情节、事件的连贯性,而侧重显现人物内心活动的表现方法。如果说宗璞开辟了揭示当代知识分子心理状况这块园地,那么,张洁则深入开掘了中国当代知识妇女的内心世界。在她这一类小说中,最重要的当推《方舟》。在她这个诺亚方舟上载着三个或者离了婚,或者虽未离婚却已分居的三个独身女人。这是三个性格不同的、或刚强或软弱的女性。然而不论她们的性格如何,她们在事业上或者个人生活都充满不幸。在事实上仍以男子为中心的中国社会里,女人在事业上所面对的问题要比男人复杂得多。她们经常会受到男性的上司或合作者的轻视。而在家庭生活中,将妻子当作传宗接代的或享乐的工具的情况也不是个别的。这个中篇小说所写的就是在这两方面屡受挫折的三个年轻妇女的内心历程。与《爱,是不能忘记的》不同之点是,这三位妇女不再像那位女作家那样在感情上实行自我禁锢。正当的人性要求已在她们心中苏醒,她们开始为维护个人尊严和实现个人价值而进行苦斗。尽管小说在人物处理上有过份情绪化、过于愤世嫉俗的倾向,在处理某些与男性的对立问题上也有简单化之处。但是,也许正因为情绪经过了夸张与强化,因而,她们不甘心于被动地位、企图甩脱那像网一样地纠缠在自己身上的种种束缚、争取主宰自己命运的努力,得到了更为集中而充分的表达。

于是,张洁的作品开创了一条通往中国当代知识妇女内心深处的道路。

与张洁的表现女性心理小说相互衔接并有所发展的则是张辛欣。她先写了几篇为妇女鸣不平的短篇小说，呼吁改善妇女的劳动条件、尊重她们真挚的感情等等。从 1981 年开始，她连续发表了《在同一地平线上》、《我们这个年纪的梦》（1982 年）、和《最后的停泊地》（1985 年）三个中篇小说。这三个中篇小说则通过不同角度表现了在事业与爱情方面都不如意——特别是在爱情方面极不如意的知识妇女的心理状态。张辛欣也同时是写社会性很强的作品的能手，比如她1985 年集中发表了一百多篇《北京人》（与桑晔合作）。它们是以实录方式记述了目前正在进行社会改革的中国的普通人的生活状况。它们在国内外都产生了很大影响。她的这类作品我们在此从略不谈。这三部中篇小说则提出了比之《方舟》中的主人公更为年轻的、具有女权主义倾向的妇女的心理经验。由于年轻，因此，她们更少传统道德、世俗习惯的顾虑，比之《方舟》中的女主人公，她们洒脱得多了。正象《在同一地平线上》这个题目所点破的，张辛欣的这些女主人公们要求与男子站在同一地平线上，她们把男子当作自己的竞争对手，而不再把他们看作自己的统治者。她们不再是张洁笔下的那种虽然偶尔也撒泼骂人，而其实不但不能挣脱身上的枷锁，还自己划地为牢的循规蹈矩的小媳妇儿。她们不再把传统道德规范放在眼里，她们开始主动向男人主宰的世界挑战。《在同一地平线上》采用的虽是男女轮流为叙述角的写法，其实它主要表现的是女方自我意识觉醒的过程。男主人公是作为女主人公的衬托而存在的。小说处理人物心理的细致之处在于，它不仅表现了女方为维护自己的独立性与男方所展开的冲突，同时还层层深入地表现了她内心中的自我冲突。她并没有摆脱女人天性中对于男子的某种依赖的心理——从事业、日常生活到感情上她都需要男人的强有力的支持。但是，已经觉醒的独立意识又迫使自己不肯放弃某些权利。于是，出现了非常有趣的结尾，男女双方经过反复协议之后，准备去办离婚手续的时候，互相预祝对方能遇上温顺的妻子或体贴的丈夫。但是，这时她心中所想的与嘴里所说的话全然不同，"她既满腹委曲地责怪他过去对自己关心不够，但又很想伸过手去，把手指插到那乱蓬蓬的头发里，慢慢地把它们梳拢顺……"这正是她内心矛盾的集中表现。

这三部小说表现的都是刚刚挣脱出，或正在挣脱出弱者的被动地位的女性的心理矛盾：理智与感情、自立的要求与柔弱的天性之间的矛盾，以及那种寻求一种真挚而可信赖的爱情却不可得的痛苦心情。《我们这个年纪的梦》中那位年轻主妇，对于那日复一日无限重复的排队买菜、洗衣烧饭、和邻居不断发生磨擦的乏味的生活，感到极度厌烦而不可忍受。她失望、愤怒，她找不到出路，只能在"寻梦"当中求得解脱。她突然想起童年时代和一个小男孩同游山洞的往事。

这件依稀可辨的梦变成了她唯一的感情寄托。这不免让人想到美国女作家的短篇小说《爱与死》。只是奥茨的故事中的那位中产阶级的绅士，在梦幻破灭之后又回到了他原来的生活轨道上去了。而她，在发现她梦想中的小白马王子可能就是那个她最讨厌的邻居的时候，她无法再容忍自己的生活处境了。在《最后的停泊地》中，张辛欣则另换了一个角度，表现了一位已经摆脱了家庭羁绊的女演员，在茫茫人海中，寻找不到一个可以寄托自己爱情的对象而感到的孤独与绝望。

张辛欣这三篇具有内在联系的小说，以极其坦率的态度袒露了争取人格独立、渴望获得建立在相互理解与尊重的基础上的爱情的女性屡次挫折的心灵历程。

宗璞、张洁、张辛欣在中国大陆当代文学中的前卫作用，就在于自她们开始，小说从表现知识分子，特别是知识妇女的遭遇转向表现他们的内心世界。

残雪则开辟了另一领域，那就是展现精神异常者的梦魇、下意识的心理状态。自从她在1985年以《山上的小屋》引起文学界的惊讶之后，迄今为止，她所发表的十几篇小说，写的几乎清一色是精神变态者。这些人物都缺乏安全感，神色诡异，行动乖戾，永远处于一种随时准备自卫的戒备状态。在她的所有小说中，各个人物之间都处于极其紧张的相互对立、相互仇视的关系之中。不但邻居、同事彼此充满敌意，就连父母子女也不例外。从那位精神病患者的眼光看来，母亲的笑是虚假的，父亲窥视自己的眼睛竟然像狼的眼睛一样发出绿光，而他目光所及之处，不仅让人感到发麻，还会发出一粒粒小疹子来（《山上的小屋》）；女儿在父母之间进行挑拨离间，父母每晚到窗下密谋如何算计女儿（《苍老的浮云》）。于是，残雪的女主人公们觉得自己永远处于他人的监视之下，隔墙有耳，不断传来喊喊喳喳的声音，到处有人窥探，小说中反复出现人物赤身裸体的镜头，这大概是暗示个人隐私权被剥夺的心理反应。真实的感觉与幻觉全部搅和在一起，无从辨别真伪。而在这个世界里，人与人不能并存，人倒是可以和苍蝇、老鼠相安无事。在《苍老的浮云》里，女主人公直到临死还用肉干来喂老鼠。这些精神异常的人对于正常的自然现象：那明亮的太阳、花的香气、果实的成熟……，反而感到不能容忍。小说的叙事者不是站在正常人的立场来描写这些精神异常者的心理状态和行为，叙事者与小说主人公的立场合一，叙述者本身就站在精神异常者的立场来叙述这些不正常的感受与心理反应。这就更加强了那种神秘乖张的气氛。尽管如此，神经健全的读者也能从那些反常的行为与心理状态中获得某种联想与共鸣,感受到它所暗示与隐喻的内容。有的小说题目本身,就饱含着象征意义,如《山上的小屋》、《苍老的浮云》、《黄泥街》。"浮云"原是没有固定形体、飘浮不定的东西。残雪笔下的人物就都是一些"总想给自己一个明确的规定"而不能,于是徒劳无功地挣扎了一辈子的人。他们就象那些无法掌握自己的命运、不断改变着自己的形状、刚一出现即已苍老、转瞬就从天边逝去的浮云。"黄泥街"则象征着残雪所有小说的共同的环境背景:阴暗、潮湿、处处垃圾、遍地泥泞。残雪小说所展示的这个世界看来古怪、荒诞,不过,仔细加以品味,人们就会感到它与现实世界具有某种共同之处。它是荒诞的社会现实所造就的反常的人对于这个社会现实所作出的夸张的和变形的反映,比如人们很容易联想到十年"文化大革命"及其之前的一段历史时期。那时人们都无法主宰自己的命运,人们都处于无个人秘密可言的处境之中,人人互相戒备,连在梦里都惴惴不安。残雪就这样通过失常的精神状态夸张而变形地表现了特定历史时期的正常人的心理状态。只是,从她已发表的十几篇小说看来,内容过于重复,人物的类型、心理状态、环境气氛有嫌单一。但是,无论如何,残雪是中国大陆第一个将精神失常的人的心理状态引入文学作品的作家。

年轻的刘索拉则开拓了又一个艺术表现领域。在她发表于 1985 年的处女作《你别无选择》中,第一次出现了如塞林格的《麦田守望者》主人公那样的年轻人。由于对于传统的为人处世原因发生怀疑,感到厌烦,他们做出种种违反常规的骇世惊俗的行动。这种类型的年轻人在中国大陆文学中前所未见。像前述那几位在艺术创作上先走一步的作家一样,刘索拉也是在她这篇小说之后,似乎为了补足未曾尽意之言,紧接着又发表了一系列格调相近的小说,如《蓝天绿海》、《寻找歌王》。

刘索拉小说的主人公都是音乐学院的学生和刚走出校门的作曲家或歌星。艺术家往往是最敏感的人,而音乐家又是艺术家中最敏感、感情最丰富、行为最少为规范所约束的人。在物质条件落后的中国大陆,音乐学院的学生大部分出身于经济条件较优裕的家庭。说当前青年人中的"精神贵族"出于他们中间也许并不过份。他们不仅思想上最不安份,而且也最有条件放荡不羁、玩世不恭。刘索拉所写的这些受过正规音乐训练的歌星、作曲家比之张辛欣笔下的那些藐视传统的人物具有更彻底的反叛性。他们是一批恃才傲世、对于世俗观念全无顾忌的年轻人。张洁、张辛欣所创造的叛逆者无论多么洒脱,都还与传统的伦理道德、人生目标、价值观念具有千丝万缕的联系。这些传统约束,不仅是她们与外界社会冲突的对立面,而且也是形成她们内心矛盾的一个根源。因为她们自己毕竟还没有从这种沉重的束缚中完全解放出来。而对于刘索拉的人物——至少是对于《你别无选择》中的人物来说,旧的价值标准对他们已经不起作用了。但是,他们还没有建立自己的价值尺度,从而形成一种价值标准消解的状态。他们这种精神状态与残雪小说中的人物也不相同。残雪笔下的人物都是心灵受尽残伤、精神上发生畸变而难以康复的人物。刘索拉的这些人物则一个个都那么生气勃勃,连她的笔调都那么轻松自然,即使在她写死亡、写生离的时候也仍然保持轻快。只有没有经过斫丧的年轻人才能做到这一点。

这些震动中国大陆文坛的反传统的年轻人,什么都不在乎。他们既不在乎自己事业的成败,在他们心里也无所谓神圣的东西。每个人各行其是。尽管如此,这些音乐工作者还是与《麦田守望者》的年轻人不同。他们不能做到象他那样彻底地无所事事、游手好闲。他们虽然在某种程度上表现了玩世不恭,然而,九九归一,大家最终还得各就各位,"别无选择"地去参加考试、参加作曲比赛,甚至一辈子也走不出音乐这个圈子。是的,就大多数情况而言,中国的年轻人的命运大多是被规定的,很少有进行自我选择的机会。而在刘索拉创造出来的这批人物的"别无选择"的命运中,却包容了它更多的自我选择。因为即使将他们从目前的位置上释放出来,让他们重新选择,他们所选择的大概仍是音乐。因此,刘索拉所谓的"选择",并非职业的选择,而是对于传统、习惯、一切约定俗成的东西的反抗。

尽管刘索拉的人物是中国文坛上在背离传统的道路上走得最远的人。但是,如果细心地加以剖析,就能发现在她的许多人物的内心深处仍隐隐存在着一些无法解决的矛盾。他们虽然象摔掉破鞋一样抛弃了传统准则,但是他们仍然摆脱不掉苦闷、仍然感到一种无所依属的不安。在《你别无选择》中,无论是整天赖在床上不起来的李鸣,还是整天"砸"钢琴的森森,都不知道应该如何处置自己。在《蓝天绿海》中,这种心理矛盾表现得更加明显。流行歌手在演出前不断打电话给老师,每次电话的对话都是重复的,后来几次她几乎对着话筒都发不出声来。更值得注意的是她发表于1986年的《寻找歌王》,其中主人公的内心矛盾更加表面化了。虽然她仍以一贯的调侃、自嘲的态度来对待信念、理想,但在调侃、嘲笑当中却流露了自我怀疑的情绪。这位女歌手以极其强调的形式表示金钱、物质与感官的享乐是她生活中的最高追求目标,但是她又无法忘情于披荆斩棘、孤独地辗转于崇山峻岭之间去寻找民间乐圣"歌王"的旧日情人。当年她陪着他寻找"歌王"时无法忍受的那种艰苦的生活,但在她享受着现代的奢侈生活时,那时的生活却又回到她心中。因此,她既无法随同情人走向"歌王"所在的、为浓雾所笼罩的深山老林之中,又无法进入演唱流行歌曲的舞台的那片强烈的白光之中。她处于两难境地。她想追回从自己灵魂中逃逸出去的东西,她觉得人活着总要有什么东西来支撑着。但那东西是什么,她说不清。国内有的年轻朋友认为这篇作品表现了刘索拉向传统的价值观念复归的倾向,我则不以为然。我觉得这是旧的价值体系崩溃、瓦解之后,寻找新的价值标准的一种焦躁心情的表现。这似乎不能简单地归之为复旧,而更可能是经过选择、鉴别之后企图重建一种新的准则的表现。从小说所显示出的蛛丝马迹看来,那大概是一种更朴实、更符合人的天性的准则。刘索拉第一个向人们展示了八十年代出现在中国大陆的迷惘的一代的心理状态。

以上对走在中国当代文学潮流最前列的女作家作了一个简单的介绍。她们中间,有的人首先从描写人与社会、人与自然的外部关系转向探讨人的内心世界;有的开始对精神变态、梦魇、潜意识发生兴趣;有的则对旧的价值标准产生疑问。这些作品与现代西方文学显然有着某种联系,或者受到某些西方文学作品的影响。但是,从其反映的内容看来,这些作品仍然是中国所独有的。她们对于"我是谁?"的深思、对于释放被禁锢的人性的呼吁,以及对于所揭示出的不正常状态所造成的人的精神畸变,都是在中国特定的社会条件下才能产生的。这些呼吁与要求都是为反封建的不彻底性、十年"文化大革命"中封建残余思想的泛起,以及目前实行改革开放政策的社会生活产生急遽变化等条件所决定的。尽管当前中国有些作家、评论家激烈主张文学作品的内容远离现实,希望作家淡化作品的社会内容,但是,从这些走在文学新潮前面的女作家作品看来,它们可以不直接写社会现象,不直接写社会变化过程,可以从人的精神衍变的角度切入,然而,人的精神状态毕竟与外在物质世界有一定的联系,并由它所决定的。对于个人命运、人的价值、人的尊严的思考都脱离不了特定的社会条件。再加上中国作家传统的使命感——即使是那部分坚决不承认使命感的作家,有时就像刘索拉拼命宣称已经与"歌王"决裂一样,实际上仍摆脱不掉存在于潜意识内的社会责任感。因而,这些女作家所写的这部分以表现人的内心世界为主的心理小说,仍然折射着中国的社会现实。

1987 年 8 月 1 日

女性主义

—— 近十年中国女作家创作的基本倾向

季红真

这里所谓的近十年女作家并不是指近十年所有从事文学写作的女作家,而主要是指在这个时期开始写作生涯且影响较大的作家。

如恩斯特·卡西尔所说,"人是符号的动物",而最大的符号形式就是文化。最体现这个时代人文潜能的,显然是这个时代所造就的女作家,研究她们创作的基本倾向,是可以发现一时代文化的变异与发展的。

一

近十年是"五四"以后,又一个女作家大批涌现且异常活跃的时期。经历了太过长久的压抑,承受了太多的苦难,当文学以个体人的重新发现,构成对"神"的对抗时,女作家的大批涌现就多少带有顺理成章的意味。女性的敏感与坚韧,女性的细腻与博大,甚至女性特有的偏狭,都宜于女性文学的发生与发展。何况新中国的妇女,多少是带点强制性地走出了家庭之后,承受着比任何一个时代与国度的妇女都更为沉重的负荷。权力总是意味着责任,男女平权的代价,是女性彻底丧失了男性的庇护,"半边天"成为一个时代对女性标准的文化规范。实际上,在一个有着漫长封建社会历史的国度,当人们首先是基于现代生产的需要而

题解 本文原载《萌芽》1989 年第 10 期。作者以"女性主义"概括新时期十年中国女作家创作的基本倾向,显示出与现代意义的"女权主义"的区别。文章认为,张洁、谌容、张抗抗、张辛欣、王安忆、铁凝等对婚姻伦理和爱情题材的关注,反映了女性本体意识的觉醒;《人到中年》《杨月月与萨特之研究》《方舟》《在同一地平线上》等作品对中国妇女现实处境的揭示,消解了"男女平等"意识形态神话;《爱,是不能忘记的》《思念你,桦林》《冬天的童话》等作品显示出女性心理的深度;女作家以朴素的直觉为优势的感知方式,女性本体的自觉、精神的生长,在总体上所体现的温馨、博大、宽容、柔韧,使"女人渴望把自己从男人中区别出来,使自己的天性得到发展,并由此面对世界"。作者认为这是一个良好的开端,其意义不限于女性自身,而是整个社会文化的。

接受"男女平等"神话的同时,又多多少少是以男权为中心的传统文化心理,来阐释这一神话的。这样,中国妇女一方面比任何国度的妇女都更彻底地远离自然的家庭结构,同时,又无形地处于男权社会的精神压抑之中。加上极左政治所造成的一个时代人性的普遍压抑,除了基本的生理特征之外,男女两性在文化上的边界是相当模糊的。

随着人性觉醒的普遍要求,女作家的大批涌现首先意味着女性本体的自觉,一个富有说服力的证明,是婚姻伦理成为女性作家的第一个敏感区。张洁的《爱,是不能忘记的》掀起的轩然大波,席卷整个两性社会,如果比较同一时期男女两性作家,在同一主题范围内不同的创作特点,将会有一些特殊的发现。即使只限制在女性作家的范围,我们也不难发现,当时独领风骚的是在这个题材领域中获得充分自由的作家。张洁《方舟》等三个中篇,将她对女人在婚姻伦理关系中现实处境的思索发挥到了极致。谌容在写《人到中年》这一类关注普通社会问题的作品之后,写了《杨月月与萨特之研究》、《错,错,错!》,并且引起普遍的关注。这两部作品前篇以女性为本位且借助女性的视角,后篇转换为男性的角度,在这有意识的角度调整中,反映了作者对婚姻伦理的理智态度。张抗抗由《爱的权利》这一男女两性共同的主题,发展到《夏》、《淡淡的晨雾》、《北极光》这类的女性本位作品,正反映了女性本体回归的过程。

这些人到中年或人近中年的作家,由于早年社会规范教育的文化定向作用,常常自觉不自觉地进行自我掩饰。因为曾经有过的失落,回归对于她们才至关重要。

然而对于更为年轻的女性作家来说,这个过程在创作中几乎是不存在的。她们的女性意识从一开始就几乎是裸露着的。譬如,张辛欣的第一篇小说《我为什么错过了她》①,她自己解释为表现"少女初恋的情绪"(见张辛欣自传《往事知多少》),一开始就带有人性普遍扭曲中女性本体失落的惆怅,淡淡的愁绪正是女性本体意识萌发的标志。又如王安忆在与整个时代一起反思浩劫起因、写下一系列儿童文学作品的同时,真正引起注目的是《雨,沙沙沙》这样表现爱情心理的作品。龚巧明的《思念你,桦林》,铁凝的《没有纽扣的红衬衫》,张曼菱的《有一个美丽的地方》,马悦的《红发卡》,都可以引出同样的结论。

女性本体意识的觉醒,其意义显然不限于女性本身,当女性作家以越来越裸露的自我意识登上文学殿堂的同时,显然也有不少男性作家忙于自我发现。

---

① 张辛欣在自传《往事知多少》中提及她的第一篇小说为《在静静的病房里》。——编者注

女人们开始寻找男子汉的时候,男子汉们自然不会无动于衷。张贤亮的《男人的风格》、张承志的《北方的河》等等,与上文提到的许多女性作家的作品一起,构成这一时期文学由抽象的人性要求而发展为男女两性各自的自我发现。这个过程,显然是由女性作家所带动的。两性社会既然是人类生存的基石,男女两性各自的重新发现,就是文化变异的一个信号。

二

两性关系,除了繁殖生命与延续种族的基本内容之外,其它因素都是社会文化规范的结果,中国女性本体意识的发展,在近代是随着近代西方工业文明的东渐而发展起来的。即使在今天,中国妇女在审视自身命运,寻找理想境界的时候,也主要是以西方文明为参照系的。然而,无论东方还是西方,都属于文明社会的范畴。假设再引进一个参照系,对两性关系的本质就会有新的结论。根据一些文化人类学家的考察,在一些原始部落中,女人生产之后要由男人们坐月子。这虽然没有任何实际的必要,在文明人的想象之中,其状必如公鸡生蛋一般滑稽可笑。而功能学派人类学家则指出,这作为一种仪式,是为了帮助男子在心理上适应父亲的角色。再一个显而易见的事实是,假设没有近代产业革命对劳动力的大量需求,妇女走出家庭,至今怕也是一句空话。因此,真正理想的境界是不存在的。

从这个角度,看中国女作家本体自觉的过程,不难发现她在打破(或曰颠覆)了一种意识形态幻觉之后,往往又自设一些新的幻觉,无意识地掩饰起她的真实的自我形象。幻觉之一是一些女作家认为自己的不幸,是由男人们造成的。甚至在一些学术理论文章中,也将女性的自我意识简单化地阐释为仇恨男人。因此,近十年女作家创作的真正价值,并不在于她们重新建构的意识形态幻觉,而首先在于她们所揭示的中国妇女的现实处境。

谌容的《人到中年》率先揭示了中国当代妇女,在角色人格的冲突中不胜重负的困境。陆文婷几乎拥有一个中国妇女可望拥有的一切:令人羡慕的工作、纯洁的初恋、体贴的丈夫、活泼可爱的一双儿女。即使如此,社会职责与家庭职责的双重重担,却使她心力交瘁。谌容显然是一个理智型的作家。她在婚姻关系上特别强调两性之间的协调,这在《杨月月与萨特之研究》、《错,错,错!》两个中篇中,发挥得更为充分。除此之外,在《人到中年》这部作品中,理智的态度还使她特别顾及到男性心理的承受力。陆文婷具备一个中国传统女性最突出的特点,吃苦耐劳温柔娴静。于是女性读者在她身上看见了自己的现实处境(当然绝大多数人比她还不如),男性读者在她身上看到了自己的女性理想。这是这篇小说获得轰动效应的重要社会心理根源。

如果说情感领域是女性的主要战场的话,陆文婷显然是一个胜利者。而张洁作品中的多数女性则都是失败者。《方舟》中的三个女性都经历了婚姻的破裂。两个在事业上有所成就,但都以丧失健康与女性的魅力为代价,在形体上就显得十分丑陋。柳泉则略胜一筹,有一个寄托情感的儿子。她既需要承担抚育儿子的职责,又要在社会生存中时时防备异性的侵犯与舆论的中伤。走出家庭之后,无所依傍无所庇护的孤独,使这个形象带有中国当代妇女现实处境的象征意味。

更年轻一代的女作家对女性本体困境的理解,就带有更多形而上的特点。譬如,张辛欣的《在同一地平线上》中的女主人公,处于这样两难的境地,要求发展自己的艺术爱好,就势必失去丈夫的欢心;要满足丈夫的要求就要放弃自己对事业的追求。而且,一旦放弃事业,又势必与丈夫拉开精神的距离。最终仍免不了要失去他。想作为一个好女人而不可得,这构成了张辛欣早期作品中,女性命运悲剧的基本矛盾。尽管她事实上并没有丧失女性的本来意识,始终把情感的实现放在第一位,然而却终于不得不承诺别无选择的悲剧命运。这一代中国妇女显然比上一代妇女面临更为艰难的现实,求学、求职、求偶等一系列人生抉择,都充满了各式各样的竞争,这是她们的自我意识更强,也更多悲观色彩的重要原因。

随着商业化浪潮的冲击,女性的本体面临着另一种失落的可能性。刘索拉在《寻找歌王》中,表现了在纯粹的精神创造价值观与物质中心的享乐主义价值观之间,无以认同的矛盾境地。并且直述出女性独有的困惑:"当然,女人与时装是画与画框,也不知道是哪位好心人说物质是为女人创造的,身为女人,有一种荣幸,可再加上一千种烦恼时,倒真不如注射点雄性激素。"也可能从来不曾失落,这一代女作家,她们对两性之间天赋差距的敏感是非常普遍的。王安忆在《女人与男人,女人与城市》这篇文章中,全面地论述了女人与男人由生理到心理的天然差异,这差异决定了男人与女人之间不可避免的矛盾,以及女性注定的悲剧命运。由此,她"……不禁觉得生命是一桩很累的负荷物,性别也是一桩很累的负荷物。可是,每一个人都那么庆幸生存,每一个男人与女人都暗暗庆幸自己性别的所属,为这性别迎接并争取着非它莫属的欢乐。这就是自然,无论有多少不合理,也唯有承认了"。这一结论显然带有宿命的悲凉,也因此而超越了中国妇女的特殊性,进入共同人性的范畴。

无论是从社会层面上,还是从心理层面,或者是从哲学本体论的层面上;无论是女性在本体失落后寻找回归的道路,还是面临新的失落而产生恐惧,或者是平静地承诺了天赋的两性差异;女性对自身处境的审视,都意味着"男女平等"神话的瓦解,或者说真实的生存本相,使"男女平等"这一意识形态幻觉彻底消解。

三

女作家的创作除了揭示了中国妇女(乃至女人)的处境之外,再一个重要的价值,即是显示了女性心理的深度。尽管这种显示常常是被意识形态的幻觉掩蔽着,作家本身并不完全处于自觉的状态。但也是由于这种近于无意识的自然流露,才更可以看出时代的文化在女性心理中的积淀。

最典型的现象是关于爱情的描写。弗洛伊德对人类恋爱心理的分析,人在恋爱的时候是容易把对象理想化,特别是初恋的时候。这与中国人所谓"情人眼里出西施"是一个意思,都是指一种将自我对象化的精神现象,用荣格的术语,就是异性灵魂相。然而"白马王子"的古老神话,置换到不同国度与时代女作家的作品中,其变形的效果就非常明显受到文化的制约。

在近十年女作家的作品中,年龄的差异常常带来明显的文化分野。譬如,张洁笔下的女知识分子,比较容易爱上我党的老干部(《爱,是不能忘记的》中的钟雨,《沉重的翅膀》中的叶知秋);而王安忆、张辛欣、刘索拉这一代人笔下的女性通常是爱上艺术家的。两代女作家的阳性灵魂相的差异,显然反映了两个时代不同的文化时尚。前者重视政治品格,后者重视个人才份。张洁笔下的女主人公一般排斥同龄的异性,而易于钟情于年事稍高的男子;而青年一代的女作家则常常属意于同龄的异性。前者所爱对象大多温文尔雅、极有教养,且尊重女性,带有略为古典的绅士风度,可以看作是一种文化精神的化身。青年女作家的男主人公则更朴野有生气。譬如,龚巧明的《思念你,桦林》中,女画家所爱慕的对象是一个身材健美、性情朴实,长年生活在自然环境中的林业工人。这首先反映了两代作家对性的不同态度,前者意味着性的闪避,后者则更多性的吸引;其次则反映了价值观念的差异,前者重视文化的认同,后者则重视自然人性的实现。遇罗锦的作品则是一个例外,由《冬天的童话》中甲字型脸的白面书生到《春天的童话》中的老干部,都是文化的认同,只是其中经历了一个价值观念的转换。

在女性自然的生命过程中,显然还包括一些更为细致的心理特征。女儿性、妻性、母性构成了最基本的区分。近十年女作家的作品中,普遍地表现出女儿性,排斥妻性,母性则或被排斥或处于压抑之中。张洁笔下的女主人公在对年长者的爱恋中,除了意识层文化认同的因素之外,显然还包括无意识层恋父的心理倾向,这正是寻求庇护与娇宠的女儿性的自然流露。这与她在《拾麦穗》等一系列童年生活的散文中所流露的倾向是一致的。张抗抗《夏》中的岑朗,以着泳装的小照送异性朋友,按作品中直述的动机,是向男女授受不亲的封建礼教挑战,实际上则是被压抑了的女性意识的自然流露。渴望吸引异性的注意,这实在也是女儿的天性。张辛欣《在同一地平线上》中,女主人公的抉择显然是排斥妻性的最好例子。残雪的《阿梅在一个霉雨天的忧思》①中,女主人公对丈夫与儿子近于厌恶的描写,也是对妻性乃至母性的排斥。最典型的例子是遇罗锦的《冬天的童话》,女主人公看到新生儿葫芦形的脑袋时所产生的厌恶,依照她本人的解释,是由此想到了自己在没有爱情的婚姻中所蒙受的耻辱,实际上更深刻的心理根源是拒绝母亲的角色。

王安忆前期作品中,主人公由期待"白马王子"的出现而产生的寂寞与惆怅,正是十足的女儿性。而其在"三恋"中则有明显的发展。《小城之恋》的女主人公在性的蒙昧中,毫无心理准备地做了母亲,她能在周围人们的鄙视中带领一双儿女平静地生活下去,显然在于母性的觉醒。虽然在爱情的领域中,她是一个失败者,但却在母爱的自我实现中获得精神心理的平衡。作者在平静地讲述这个故事的时候,显然包括了自己对女性本体意义的感悟,是被压抑了的母爱在作品中的替换形式。她的《荒山之恋》虽然也以平静的中性语调叙述,但对那男子之妻的描写,则明显地透露出对女性命运中妻性原始悲哀的理解,以及由此引发出的悲悯与崇敬。她虽然并不排斥妻性,但却在圣洁的悲悯与崇敬中,流露出本能的恐惧。作为一个女性作家,王安忆的幸运在于,她的心理获得了非常正常的发展,女人的天性在她的作品中,才能得到充分的表现。再一个例子,是铁凝,她从《没有纽扣的红衬衫》、《麦秸垛》到最近的《玫瑰门》,都以女性为本位,表现性的普遍压抑时,特别表现了女人本体中原始母性的被压抑状态。安然(《没有纽扣的红衬衫》)与《玫瑰门》中的女主人公都从小承担了部分母亲的职责。安然不顾社会习俗的限制,爱恋着一个有残疾且独身带着孩子的男人,这种自我牺牲的精神,也是被压抑了的原始母爱的置换变形。《玫瑰门》中的女主人公,在

---

① 此处文章的名称应为《阿梅在一个太阳天里的愁思》。——编者注

经历了情感的波动之后,在生产时感受到自我毁坏的快感。这种自虐的倾向,是对母性自我实现的极端渴望,正反映了母性的受到的压抑。

女儿性与母性显然都是女性的本质属性,而妻性则是社会文化规范的结果,对妻性的普遍排斥,显然与女作家对女性现实处境中角色冲突的观察与体验密切相关。如果注意到同一时期男性作家在自己的作品中对丈夫角色的排斥(如张贤亮《男人的风格》中的陈抱帖),以及原作表现出来的阴性灵魂相(如张承志《黑骏马》中的索米娅与白发老奶奶,其实就是两个基本的女性原型,前者是女儿性,后者则是母性),正好相反相成,反映了文化变异时期的性关系的失衡。

四

女人就其天性来说是内倾的,如罗丹的雕塑《夏娃》,在头部内倾的姿势中,表现了女性对内在生命的珍视。近代以来,女人有了更为广阔的生活天地,但这种天性并没有改变。一个女人无论她的外部阅历有多么丰富,实际上她都生活在自己的内心世界中。随着女性意识的本体自觉,近十年女作家在表现自己的处境与内心世界的时候,再一个重要的意义,就是发展了女性的感知方式。

女性作家通常不擅长说理,她们喜欢按照心灵的逻辑,表达自己对生活独特的理解。因为近十年女性作家创作起始于女性的本体自觉,这使她们在感知方式方面充分发挥了自己的优势。张洁的许多作品,譬如《爱,是不能忘记的》、《沉重的翅膀》,就其所表达的社会伦理思想与行为科学的论辩及其方式,无疑都是其作品中最糟糕的部分,而其情绪所体现出来的心灵深度是男性作家所根本无法企及的。在这个向度上,充分发挥女性感知方式的优势,还可以举出如下作家:张辛欣、刘索拉、残雪等。她们对主体感知内容,非凡的夸张能力,对小说艺术的发展作出了贡献。张辛欣式的内心独白,刘索拉式非逻辑的叙事与对话,残雪梦魇一般的呓语,都表现出以心灵为主要世界的女性感知自身与世界的独特方式。

与这些极端发展自己的本体体验的作家相反,另外一些女作家则以朴素的直觉,在另一个向度上发展着女性独特的认知方式。由于外部所受的限制大大多于男人,使她们的内在感官异常发达,直觉大大地高于男人。这种直觉一经获得理性的导引,在艺术还原方面,常常有着男性作家不可企及的优势。女性作家中最成功的作品都充分地发挥了直觉的作用,譬如,铁凝的《麦秸垛》,在文化人类学的学科背景与性心理的基本视角中,充分发挥直觉的作用,在艺术上臻于天衣无缝的浑然一体,氛围的营造与意象的暗示,都统摄在首尾一贯的个体感觉之中。

这种以朴素的直觉为优势的感知方式,使一些女作家具有极高的整合能力,而使其作品带有神话式思维的抽象品格。最典型的是王安忆。她的作品大多喜欢采用自然时序完成故事叙述,这种时间形式对于分析她的作品至关重要。这既近于普鲁斯特式对人生过程的理解,也无意中重合于人类整体认知发生的过程。作为王安忆掌握世界的基本方式,借助自然的时序,使她的艺术直觉深入到民族生存的基本处境,创作出《小鲍庄》,这样明显地带有神话式寓言效果的作品。而其"三恋"中的所有故事,也是抽象了的一个男人与一个女人的故事。

与女性的认知特征一起发展的显然还有女性的精神。由于女性的本体自觉,女性的精神也自觉或不自觉地生长起来。尽管每一个人所表现的方式不一样,但总体上所体现的温馨、博大、宽容、柔韧,不是作为意识形态的幻觉,而是作为源自女性生命本体的精神素质,而给文学以滋养。

五

由以上四个方面,我们似可得出这样的结论,近十年中国女作家的创作,就其基本的倾向来说,是女性主义的,而不是现代意义的女权主义的。女人渴望把自己从男人中区别出来,使自己的天性得到发展,并由此面对世界。

这是一个良好的开端,也是一个并不太高的起点。由于社会与自身的双重限制,中国女作家中尚没有生产西蒙·波娃式,以"性解放"为中心的女权思想即使有些端倪,也并没有获得良好发育的条件。更没有出现象杜拉的《情人》那样,赤裸裸地袒露自我的作品。西蒙·波娃式的女权思想,显然带有明显的意识形态幻觉,而杜拉式袒露自我的松弛状态,也只有在相当开放宽容的社会文化环境中才能出现,否则,似乎谁也不愿意冒成为众人阴暗心理牺牲品的风险。

这也许构成了一个遗憾,但也可能是幸运,在爱滋病蔓延全世界的今天,"性解放"不再是具有先锋标志的文化思潮,一种更具有世界观意义的女性意识正在形成。而就这方面来说,由女性的本体自觉开始的中国当代女作家的创作中,特别是在尚保留着明显的古典主义特征的女性主义倾向中,是从不生萌芽和胚胎的。譬如,王安忆在《女作家的自我》一文中,明确宣告世人:"如不与自身以外广阔的世界及人生联系起来,对自我的判断也会堕入谬误。在一方面是对自我真实的体察与体验,在另一方面则又对自身外的世界与人性作广博的了解与研究,这便可达成真实的自我与提高的自我间审美的距离,理性的距离和批判的距离。这距离应该在真实的自我与深刻的世界观之间建立并拉开。"当多数女作家开始意识到这一点的时候,中国女性文学的前景将是非常可观的。

女性主义作为近十年中国女性主义作家创作的基本倾向,其意义显然不限于女性本身。就象我们在行文中一再涉及过男性作家的创作,互为各自的一半,这世界原来本是由女人与男人共同创造的。当女性开始向世界观的高度行进时,男人当有更多的勇锐;当男女两性由共同的蒙昧走向觉醒,由彼此的敌对开始寻求和谐,由排他的性别体验开始世界观的建构,作为起点的女性主义,其意义就是整个社会文化的。

也是女性文学,也有鲜明特色

——"十七年"女性文学论

王春容

1

在女性文学研究中,有一种观点认为"十七年"似乎没有女性文学,至少从主体意识到创作实际都未能显示出鲜明的女性文学特征,作为女性文学创作队伍的女作家群也没有形成……

的确,"十七年"没有像"五四"以后和新时期那样形成女性文学的高潮。但事实是,"十七年"不仅存在女性文学,而且成绩也很可观,并且在经历了萌发、受挫、发展几个阶段以后,女性形象的塑造、文学的艺术表现以及女作家的创作个性诸方面均展示出独有的风姿。就在新中国成立前夕,丁玲、草明、陈学昭等就分别以自己的中、长篇小说预报了当代女性文学的早春信息。《太阳照在桑干河上》、《原动力》,从农村到矿山、从农民到工人、从华北到东北广泛反映了中国共产党领导的新民主主义革命崭新的历史风貌。《工作着是美丽的》(1949 年 3 月,上卷,大连新中国书局)更直接描写了一个"五四"时代的中国女性,跨越几个时代、为争取职业地位而奋斗不已的精神,从而"表露大时代的一个小角落或一个小小的侧面"①。如果说这些作品酝酿、创作于四十年代末,仍属现代文学史的收尾之作,而《火车头》(草明)、《土地》(陈学昭)、《跨到新的时代来》

题解 本文原载《辽宁大学学报》(哲学社会科学版)1992 年第 4 期,作者王春容即王春荣。针对女性文学研究中出现的"'十七年'似乎没有女性文学"的观点,本文作者通过对该阶段作家作品的分析,得出了明确的结论:"十七年"不仅存在女性文学,而且成绩也很可观。五十年代中期女性文学已初见成果,贯彻"双百"方针的过程中出现了一批触及时弊、探索人性人情的作品,如柳溪的《爬在旗杆上的人》、宗璞的《红豆》、刘真的《英雄的乐章》等。五十年代末和六十年代初,出现了《百合花》《青春之歌》《乘风破浪》等力作。"十七年"女性文学整体的外在特征首先是鲜明的时代性,具有开阔的视界和表现上的力度感,是中国女性文学史不可分割的发展阶段。
① 《工作着是美丽的·前记》。

(丁玲)、《为了幸福的明天》(白朗)等,却是真正跨到新时代的文学,成为女性文学萌发之作。其中《火车头》就题材和人物而论,具有开工业文学之先的功绩。此外,还有不少短篇小说、散文、通讯特写、儿童文学等。如《我和小荣》(刘真,小说,1955 年),《曾大惠和周小荔》(郁茹,儿童文学),《和平博物馆》(菡子,散文,1954 年),《妇女劳动模范果树荣》(柳溪等,1951 年),《前进的脚迹》(韦君宜,散文集,1954 年),《平凡的事业》和《你追我赶》(黄宗英,电影)……总之,至五十年代中期,女性文学已初见成果,尽管此时女性文学的自觉性、独立性并不十分明显,可从女作家的创作热情、实绩已不难看到女性文学正在自在之中成长着。

紧接着,在贯彻"双百"方针的过程中,文坛出现了一批触及时弊和探索人性、人情的作品,就在这股现实主义深化的势头中颇有几位文坛巾帼,如柳溪、宗璞、刘真等,她们作品的气势、笔致绝不在须眉之下。柳溪(笔名:耿简)的《爬在旗杆上的人》(《人民文学》1956 年 5 月号)以合作化运动为背景,刻划了一个打击群众积极性、压制批评的官僚主义者朱光的形象。宗璞的《红豆》(《人民文学》1957 年 7 月号)则以全国解放前夕女大学生江玫与齐虹的爱情悲剧,揭示了在爱情与政治信仰发生冲突时的人生抉择的主题。刘真的《英雄的乐章》(《蜜蜂》1959 年第 12 期),以主人公"我"的回忆向人们诉说了一对革命青年——清莲和玉克的友谊与爱情,浓郁的人情的,悲壮的激情共同谱写了一曲动人的英雄乐章。但上述作品,无论是触及时弊,还是描写情爱,在 1957 年的反右斗争前后,无一例外地受到批判和否定。这正是女性文学第一次蒙受的挫折。

50 年代末和 60 年代初,在"左"倾思潮受到遏制,文艺政策重新得以调整之时,女性文学同整个当代文学一起迎来了丰收景象。有的作家作品即使在当代文学的整体格局中也不愧力作,成为畅销书、出口书、教课书。长篇小说有杨沫的《青春之歌》(作家出版社,1958 年 1 月),草明的《乘风破浪》(作家出版社,1959 年 9 月);短篇小说有茹志鹃的《百合花》(《延河》1958 年 3 月号)、《高高的白杨树》(《收获》1959 年 3 月)、《静静的产院》(《人民文学》1960 年 6 月号),叶文玲的《无花果》(1958 年),刘真的《长长的流水》(《人民文学》1962 年 10 月);报告文学有黄宗英的《特别姑娘》和《小丫扛大旗》;艺术散文则有冰心老的《樱花赞》(《人民文学》1961 年 6 月号)、菡子的《幼雏集》(中国青年出版社,1958 年)和《初晴集》(上海文艺出版社,1962 年);柯岩的儿童剧《双双和姥姥》(上海文艺出版社,1959 年)、《"小迷糊"阿姨》(诗、剧合集,作家出版社,1960 年)等等。这些作品在内容、形象、格调等方面日益显示出女性文学的特征。此时,中国当代女作家,已经以其丰硕成果自然形成了引人瞩目的群体。从"五四"新文学运动走来的女作家和新中国成长的女作家共同组成一支独具风貌的女作家队伍,在当代文学史的"十七年"中占据了重要位置。"文革"十年,女性文学同中国当代文学一道遭受了空前的浩劫。历史的经验告诉我们,女性文学的命运永远同中国文学的命运息息相关;即使在女性已经取得了应有的政治、经济、文化地位以后,文学仍需要经受来自各种思潮的冲击和考验。

在我们描述了"十七年"女性文学发展历程和创作实绩之后,便不难得出这样的结论:本时期女性文学同样是中国女性文学史不可分割的发展阶段。它既是"五四"女性文学优良传统的新果,也是 40 年代女性文学的直接延伸。恰恰是这独有的风姿把它与"五四"时期、与新时期女性文学区别开来,呈现出女性意识的隐"性"化,而作品特色显"性"化的矛盾状态。

2

"信仰是我们的太阳",叶文玲诗一样的语言道出了"十七年"女作家乃至全体作家的精神追求。正是这种强烈的执著的精神追求,从主观上堂而皇之地掩饰了女性作家的性别文化意识,造成了本时期女性文学创作中女性意识的隐"性"化特征。在政治上,女作家们坚信共产主义,努力做马克思的忠实信徒;在人生追求上,"渴望过一种高尚而有意义的生活"[1],视"工作着是美丽的";在文学上,她们自觉地把毛泽东的《在延安文艺座谈会上的讲话》作为指南,时时牢记"二为方向",念念不忘"自我改造",辛勤笔耕,从不放松,更不放任自我,将"小我"彻底地、真诚地融入"大我"之中。丁玲、草明这样亲耳聆听过《讲话》的作家如此,新中国培养的叶文玲也如此;旧社会住过育婴堂的茹志鹃如此;书香门第出身的宗璞也不例外。"我渴望做一个战士,渴望参加共产党。为革命去奋斗,变成了我生活的唯一目标。"[2] 在新生活、新时代面前杨沫与男性作家一道共享一个响亮而自豪的名字:战士! 人民的代言人! 构成她们创作心态的是历史责任感、时代紧迫感,以及个人的报恩、偿还情债等因素。所以,她们的创作视界开阔,人物形象社会内涵丰富,就是作品的命名也那么有力度,如《乘风破浪》《火车头》(草明)。假如说女作家主体意识中还有什么不满足的,一是对

---

①② 杨沫:《青春是美好的》。

自己:尚未改造好,还存在资产阶级、小资产阶级思想,还需要抓紧克服,早日成为纯粹的共产主义者。二是对先烈:总觉得愧对先烈,无数先烈未能同自己一样享受新生活,自己又没有尽快的把他(她)们的事迹再现出来,以慰英灵。因此,女性意识的隐"性"状态,突出表现为"改造情结","忏悔意识"。

的确,社会主义革命的第一步,就是要清除旧社会遗留的污泥浊水,旧的生产关系要变革,作家要抓紧世界观改造,这是社会变革的需要,也是创作的需要,女作家自然也不例外。但她们在世俗偏见、"左"倾思潮两面夹击之下,"改造情结"却愈结愈牢,以至于直接影响了创造力的发挥。几乎每个女作家都曾有一段以改造抑创造的悲剧经历。

茹志鹃,以《百合花》成名,以描写女性细微的心理见长,她的"清新、俊逸"的"百合花风格"一形成就得到评论家和读者的赞赏。即使新时期女性文学高潮期,像茹志鹃这样有个性特征的女作家也不多见。然而,在"十七年"中,受到冲击后,作家便为莫须有的错误做了无端的忏悔,把个性(也可以说是女性文学特征)当作失误来做自我反省:"自己的创作题材一度越写越离自己近,越写越小,身边事,儿女情,代替了革命斗争的火热生活。为什么人的问题模糊了,淡忘了。我用手里这支笔,去为自己追求的所谓艺术上的高峰而奋斗了。从世界观到创作都出现了曲折。"① 作家一再强调自我改造,以大我代替小我,乃至于进入忘我境界,最终听到的却仍然是最严厉的指责:"书里充满了小资产阶级情调,作者是站在小资产阶级立场上,把自己的作品当作小资产阶级的自我表现来进行创作的。"② 作家对这种批评也采取认同态度,并诉诸行动,对原作做了多处重大修改。许多读者和评论对这种修改是存疑的。《青春之歌》主旨是要写一个三十年代的知识女性怎样经过反复考验,终于成长为一个共产主义战士。假如林道静一出场就是个响当当的"战士",还谈什么改造?诚如茅盾先生所述:"应当承认:作者在描写林道静身上的小资意识,并且描写这种小资意识的瓜蔓纠缠、藕断丝连的时候,是有意为之而不是作者本人的小资产阶级意识在无意中暴露出来。为什么说作者'有意为之'?因为作者既然要描写一个小资产阶级知识分子的思想改造就不能不着力地描写小资产阶级思想意识在人的行动中的表现及其顽强性;着力描写这些,正是为了要着力批判这些。"③ 但事情并未就此了结,如果说五十年代末,杨沫写林道静还"敢于把有缺点有毛病的小资产

---

① 茹志鹃:《毛主席给我手里这支笔》。
② 郭开:《略谈对林道静的描写中的缺点》。
③ 茅盾:《怎样评价〈青春之歌〉》。

阶级知识分子当成主人公,写出她们复杂的内心世界,敢于写人物的感情,写人物的思想矛盾[1],而到了七十年代创作《东方欲晓》时,却不敢大胆正面表现抗战中的成长人物,"一边写一边嘀咕,东躲西闪,缩手缩脚",怕"抓辫子,打棍子",把写完了的十章来个大改写,"把原来的主人公改成次要人物,把原来的次要人物改成主人公,把好事尽量往他一个人身上堆。书写完了,'四人帮'也被粉碎了"[2]。这个例子实在够典型,也够悲哀的。致使作家心理障碍越来越厚重,创造思维也变得迟滞、呆板、趋时。千百年封建文化给女性的精神压力并未因社会解放而随之彻底消失,女性深层心理的天然自卑感像幽灵一样在加剧客观环境促成的"改造情结"、"忏悔意识"。

一个时代有一个时代的文学。表现在创作上,"十七年"女性文学整体的外在的特征首先不是女性化,而是鲜明的时代性。"写大规模的群众运动,多带劲啊! 写党的总路线受到广大群众热烈拥护时,有多痛快啊! 我就是这样写了《乘风破浪》"[3];"在这样一个伟大的时代里,社会风貌的新变化,新人,新事,新的思想,新的感情,新的矛盾,这一切都使我热情难抑,心潮逐浪,我努力去认识,去挖掘这个时代的主题,这个时代中人们独有的精神面貌,这个时代特有的人与人的关系"[4]。从这些自述中不难看出"十七年"女作家自觉并乐于表现的不是单纯的"女性世界",而是描写大规模群众运动,反映时代风貌,塑造工农兵英雄形象。

草明在这方面成就最为突出,继《原动力》、《火车头》之后,又创作了《乘风破浪》。不到十年时间,作家竟出版了三部工业题材的中长篇,这不仅在"十七年",即使在整个当代文学史上亦属少见。《原动力》叙述了解放前夕东北某水电站工人在党的领导下,尽快恢复被国民党反动派破坏的设备,恢复生产的过程。书名一语双关,作家不仅描写了工人们创造了一切生产、生活所需的原动力,也艺术地点出他们自身就是社会文明的原动力。《火车头》以解放后沈阳某铁路工厂为背景,反映了工人阶级在恢复生产过程中的斗争和生活。书名仍是双关语义,将工人阶级的先锋作用比作"火车头"。《乘风破浪》则反映了一个钢铁联合企业在五十年代中后期尖锐复杂的斗争生活。三部作品均以作家所熟悉的大工业企业的生产、生活为题材,在广阔的背景和激烈冲突中塑造了工人阶级的群像。老工人孙洪德(老孙头)的主人翁精神,青工李学文倔强的性格、高度

---

[1][2] 杨沫:《在文艺工作者座谈会上的发言》。
[3] 草明:《深入群众生活的点滴体会》。
[4] 茹志鹃:《〈百合花〉·后记》。

责任心和创造力,李少祥那近于完美的时代英雄形象,以及一系列女性形象,充分展示了新中国第一代工人的新风貌。三部作品生动形象地记录了中国产业工人成长的足迹和社会主义工业企业改革的历程。

像她这样一位个人情感生活经历坎坷的女性作家,并不为个人的小小悲欢所困扰,超越自我,把创作视点一下子投向这样一个连男性作家把握起来都深感吃力的重大题材,实在是难能可贵的。

即使在题材选择上惯于从小处着手,比较集中地反映妇女问题、妇女形象的茹志鹃,其创作首先体现的仍是时代性、社会性特征。《百合花》、《三走严庄》、《高高的白杨树》、《静静的产院》等短篇,总的主题也是要揭示一种博大的时代精神,宣传一种新思想、新观念。新媳妇、收黎子、张爱珍、荷妹等,都是妇女形象,可她们要么是战争中支前模范,要么是建设新农村的劳模,或是掌握新科学技术的新青年。作家力求把她的人物置于社会环境、公共关系中作为时代的主人加以表现。杨沫的《青春之歌》更具有鲜明的时代性和历史纵深感。刘真的儿童文学《我和小荣》所描写的环境也充满着悲壮的气氛,残酷的战争年代的小英雄形象塑造得也很有力度。

"十七年"女性文学这种开阔的视界和表现上的力度感,恰是"五四"时期和新时期女性文学创作中试图追求而又未能达标的长处。博大宽厚的女性文学不但不应该排斥这一社会性、时代性较强的"第二视界",而且应以能在"第一视界"(纯女性世界)和"第二视界"同时作战为高境界。

3

女性文学批评离不开对女性意识的考察。

但这种考察却应该注重创作实践,而不应仅仅听其"宣言"。"十七年"的女作家几乎没有什么公然宣扬女性意识的言论,也不像新时期某些女作家作品不时地流露出女性的哀怨和对立情绪。"十七年"女作家在自觉追求时代性、社会性时,却并未能掩饰住特有的女性笔致、女性风格。如同人的性别不可改变一样,女性意识也是压抑不住的,"改造情结"、"忏悔意识",或无"性"化、隐"性"化,终归抹煞不了与生俱来的性别文化特征。崇高的信仰绝不排斥正常的人性发展,崇高的文学也不因阴柔的女性美而减色。

"十七年"女性文学在题材的选择和处理上的特点是:小、近、软。所谓"小",即从大时代着眼,却从"小插曲"、小场景、小人物着墨。所谓"近",即如刘真所说"什么东西离自己的心情近,自己最想写,最想说,就写什么"①。"软",即把重大的、"硬性"题材以女性的和婉笔致将其中和。如郭沫若对草明《原动力》的评价:"以女性的纤细和婉,将材料所具有的硬性中和了。"② 事实上,这一特点完全可以概括女性文学在题材的选择和处理上的共性。由于长期的封建道德规范,男性中心文化的束缚,女性生活的天地非常狭窄,心理压抑、目光短浅、对外部的大千世界怀着距离和恐惧感。即使没有这种心理,客观环境也常常制约着女作家的视野。宗璞受过良好的文明教育、出身书香门第(其父是著名学者冯友兰,其姑母是与冰心同时崛起的女作家冯沅君),但她却乐于在书山中徜徉,在书海中遨游,其生活圈子也不大,笔下的人物(如《红豆》中的江玫、《三生石》中的梅菩提)几乎就没走出过燕园。历经过战争考验的茹志鹃、杨沫、柯岩、刘真等女作家,也大都是文工团员,做战地宣传、救护工作,虽也有千辛万苦、出生入死的磨难,但也不能在前沿与敌人肉搏、血战。所以同样是战争题材,在男性作家可能更有条件并乐于从宏观上把握,尽量展示战争的全景镜头,创造那种金戈铁马的非凡气势。而在女作家笔下战争却另有风采。如峻青和茹志鹃,同写解放战争,《黎明的河边》和《澄河边上》就形成鲜明对照。前者场面残酷,险象环生,笔调冷峻,洋溢着强烈的革命英雄主义,战争的火药味很浓。后者则把激战的场面推到背景位置,激战只能从隐约的炮声听到,残酷只在伤号身上看到。作品着力表现的不过是一桩"借被子事件",大战中的小插曲。作家倾注心血的是那些最能体现军民关系的细节:枪筒上的野菊花、撒满百合花的被子、小通讯员肩上的破洞、乃至新媳妇硬挠挠的发髻。同样,刘真的《英雄的乐章》英雄张玉克近十年的战斗经历也不是正面再现,而是以"我"为叙述视角,以"我"和玉克深沉的情爱发展线索为中心表现出来。玉克屡建战功,激战的场面不是本人轻描淡写的说说,便是由一同参战的人转述。当"我"在演出后,请他谈谈杀敌立功的故事时,他竟然说"'打仗'二字是用血写成的,你叫我的心休息一下吧"。于是一对热恋中的情人不再谈"打仗",而是充满了生活热情,憧憬着未来的幸福。"英雄的乐章"未必都要用血谱成,也可以用泪谱成(玉克与清莲相见时不止一次地流出爱情的热泪),可它仍不失为战争这部交响乐中的一个和声。在女作家的视野里,即使和平时期,"家务事,儿女情"也为她们所熟悉,所乐于表现。

在女性形象塑造方面长于心理描写,以情造型,形象丰满感人。短自

---

① 刘真:《回顾我的创作道路》。
② 转引自草明:《写〈原动力〉的经过》。

《红豆》，长至《青春之歌》，都有这样的特色。《红豆》中的革命女青年江玫和追随国民党的男青年齐虹的形象就是在江玫的情绪心理中凸现出来。江玫的思绪从两颗当年藏在大学宿舍的墙洞里的红豆展开，细细地回叙了二人缠绵悱恻的恋情，同时也理智地剖析着这份爱情背后隐藏的人生观、社会观的根本分歧。在这场人生抉择的感情战中包含着鲜明对立的政治分野，也纠缠着难以割舍的人性。作家准确地把握了两种不同人生追求的青年之间情爱与信仰的冲突，令人信服地塑造了战士的形象，也照见了另一个自恃清高、自私自利、仇视人类的丑恶灵魂。杨沫在塑造林道静形象时，也同样是以战士的激情和女性的柔性细腻地展示了人物思想转变的过程，令人信服地看到林道静怎样从一个小资产阶级知识分子成长为革命战士。林道静被置于三十年代严峻的斗争环境中经受着炼狱的考验，同时还要在与余永泽、与卢嘉川、与江华三种不同方式、不同含义的爱情苦海中挣扎。单是和余永泽的情感也不是一次了断，而是伴随着林道静思想的逐渐成熟，层层解决，合情合理。女作家在开掘她的人物的情感世界时那种细微逼真的笔致确实令人惊叹。这种细微和逼真来自于她们对女性情感世界的切身体验。诚如冰心老在评论茹志鹃时所指出的："茹志鹃是以一个新中国的新妇女的观点，来观察、研究、分析解放前后的妇女的。她抓住了故事里强烈而鲜明的革命性和战斗性，也不放过她观察里的每一个动人的细腻和深刻的细节，而这每一个动人的细腻和深刻的细节，特别是关于妇女的，从一个女读者看来，仿佛只有女作家才能写得如此深入，如此动人！"① 就对女性心灵世界的探幽而言，"十七年"女作家的笔力比哪个阶段的女作家也不逊色，甚至更热情、稳健。

"十七年"女性文学女性风格也十分鲜明。她们以社会主义现实主义为创作原则，也创造了如诗如画的美文，为"十七年"文学平添了一抹彩霞。冰心老的《小桔灯》《樱花赞》作为美文精品自不待说；菡子、丁宁、丁玲的散文深沉含蓄、情意绵长；柯岩的儿童诗、剧，母爱温馨、童心常绿；黄宗英最早为女知青立传，文笔细致、抒情浓郁；宗璞典雅深邃，书卷气重；刘真朴实无华，情真意切；叶文玲结构单纯，文字清新；就是柳溪、草明，其豪放之中也深蕴着女性的情调。至于茹志鹃的风格，茅盾准确地概括为"清新、俊逸"；海外有的作家甚至认为了解大陆小说风格，不谈茹志鹃，等于没有看到"风格"。

因此，我们的结论是——"十七年"女性文学放眼时代，着手于"红豆"，谱写的是"青春之歌"和"英雄乐章"，呈现着"百合花"风格，结出的却是"无花果"！

---

① 冰心：《"一定要站在前面"——读茹志鹃的〈静静的产院里〉》。

大陆新时期女作家的崛起和女性文学的发展

盛　英

在改革开放、现代化浪潮席卷中国大陆的今天,女性文化浪潮方兴未艾。70年代末、80年代初以来,大陆妇女报刊雨后春笋般涌现,妇女学术团体逐个组建,妇女学、妇女史、女性人类学、女性主义文学批评等女性学科也形成了一个研究系统。新时期女作家群的崛起以及女性文学的发展,正是这股澎湃的女性文化浪潮最突出的部分,可谓绚烂夺目的浪头与浪花。

一

新时期女作家群同历史上女作家群相比,具有自己鲜明的两大特色:

第一,"五世同堂"、队伍壮观。比起"五四"来,新时期女作家不再是逐个逐个地从地平线升起,而是一群又一群地拔地而起。一方面是老作家们从劫难、沉默、愤懑中走将出来,重整旗鼓,拿起搁置多年的笔,为新时期文学奉献硕果。不少人还进入了创作盛期,攀登文学更高峰巅。另一方面,也是更值得欣慰的方面,则是 70 年代末、80 年代初以来,每隔三、五年总要涌现一茬女小说家、女诗人、女报告文学家、女散文家、女剧作家,她们密密扎扎地活跃在各类文学样式的创作中,有的还开文学潮流或流派之先河,充当文学先锋。

"五四"元老冰心,是世纪同龄人。她的新时期创作,是继她"五四"后的又一高峰。1978 年,她以《三寄小读者》开始创作"返青";1980 年,当她发表散文《我的童年》和小说《空巢》后,则全面地恢复了创作青春。她发出"生命从八十

题解　本文原载《理论与创作》1993 年第 5 期。作者充分肯定、高度赞扬了新时期女作家群的崛起和女性文学的发展,认为这是中国大陆改革开放、现代化浪潮中涌起的女性文化浪潮最突出的部分,具有鲜明的两大特色:一是"五世同堂"、队伍壮观;二是女性意识不断增强和发展,追求"人的自觉"与"女人的自觉"的统一。女作家们在创作题材上拥有 "两个世界",审美上显出多元发展态势,展示了女性文学艺术上丰厚的潜能和广阔的前程。

开始"的誓言。十多年来,她的短篇小说《空巢》、《远来的和尚》和《落价》分别荣获全国优秀短篇奖和百花奖;而她的散文则进入炉火纯青的境界。结集的有《晚晴集》、《记事珠》、《闲情》、《关于男人》等。1987 年 5 月,当邓颖超看望她,赞许她"老而弥坚"的时候,她回顾了自己创作的酸甜苦辣四个阶段,自称晚年作品具有辣性。这个"辣"字,无外乎包含两层意思:一,老辣,即她总以"涵融万有而天和"的虚静之心对待人生;二,是辛辣,即出于忧国忧民之情,她再三呼吁社会各方关心、重视教育、文化和科学事业,期待德先生和赛先生能真正在中国扎下根来。

"左联"旗手丁玲,自 1979 年她的错案得到纠正后,从北大荒重返北京城,并开始了活跃的文学活动。80 年代,她写了许多歌颂、回忆先烈的文字,写了旅美散文和许多评论文章;她还创作了《杜晚香》、《牛棚小品》、《在严寒的日子里》(部分章节)等小说、散文作品。1987 年,她的遗作长篇回忆录《魍魉世界》、《风雪人间》也得以发表,这两部回忆录记叙了她在三十年代和北大荒时期的曲折经历。丁玲自二十年代发表《莎菲女士的日记》以来,直至 1986 年逝世,她以直面人生的现实主义精神、巨大的生活激情和多样的审美探索,为现代小说发展作出了杰出的贡献。

抗战时期成名的女作家、女诗人,在新时期大多活跃而充满生机。如韦君宜这位参加过"一二·九"爱国运动的老人,在主持全国最大的文学出版社——人民文学出版社工作的同时,一直以惊人的毅力和速度从事创作。80 年代,她完成中篇小说集《老干部别传》,散文集《似水流年》、《故国情》,长篇小说《母与子》;中篇小说《洗礼》荣获全国优秀中篇小说奖。韦君宜的创作主题,常常是对历史的反思和人性的洗礼。她反思"以阶级斗争为纲"的日子对人性弱化、钝化和野化的悲剧,从而由人性的畸变折射历史倒退的情景;她还呼唤良心、智慧、爱和美快快回到年轻人和女人心田,呼唤真理、家庭和母爱彼此交汇与融合。又如杨绛,她在 40 年代以写喜剧剧本著称,而到了新时期,则以纪实性散文《干校六记》轰动文坛。《干校六记》把她自己和老伴钱钟书在"五七"干校接受改造的经历在蕴而不露的幽默中,娓娓叙来,呈现一代学人所遭遇的人格污辱以及他们心底的悲鸣。以《干校六记》为题的散文集荣获全国散文集大奖,并名列榜首。她的人物传记体散文,如《记钱钟书和〈围城〉》、《回忆我的姑母》、《回忆我的父亲》等也大受欢迎,它们已结集为《将饮茶》。80 年代末,杨绛又推出长篇力作《洗澡》,该作幽默风格未变,诙谐、滑稽、戏谑之笔愈发引人入胜。小说勾勒了五十年代初知识分子在所谓思想改造运动中的众生相以及他们的心态。杨绛从来追求超脱的人生态度,她的自尊并不表现于争胜好强,相反,她不求人们"勿忘我",也不去"赛牡丹",她愿"万人如海一身藏",在清静默默中致力于自己愿意做的事情。除文学创作外,她还是位文学翻译家,《堂·吉诃德》的译著,使她荣获西班牙"智慧国王阿方索十世勋章"。她还是位治学严谨的学者,撰有评论集和专著《春泥集》和《关于小说》等。象她这样学者型女作家,到目前为止还不算多,因而受到了格外的敬重。其他两位"九叶派"女诗人陈敬容和郑敏,在新时期同样也超越着自身。陈敬容为现代诗与传统诗的结合开辟了新境;郑敏融哲理、意象、视觉形象于一体,为中国式现代主义诗潮作出了不可磨灭的奉献。

五十年代成名的宗璞、茹志鹃、刘真、黄宗英、柯岩、杨沫等,在新时期也都已成为五六十岁的老太太。她们努力跟上时代步伐,开掘创作潜能,不少人成为新时期文学的中坚力量。如宗璞,她出身书香门第,精通中外文学,具有很高文化艺术修养。在新时期,她不仅为人们奉献了中篇《三生石》和长篇《南渡记》这样的文学精品,还率先把西方现代派技巧引入小说。短篇《我是谁》在刻写大学教师韦弥灵魂分裂时,忽而表露她"人"的思维,忽而呈现她"动物"的行为;荒诞、变形手法的运用,使此作成为新时期这方面的艺术先例。另一短篇《泥沼中的头颅》,通过失去了手脚和身躯的头颅,同泥浆、泥流、泥峰搏斗的历程,礼赞敢于震神威灵的人性,整体性象征手法的运用,使小说寓意深长而悠远。又如柯岩,在50年代是位儿童剧团的编剧,以写儿童剧、儿童诗著称。但到了新时期,她却使出十八般武艺的本领,活跃于各个领域。她首先以政治抒情诗《周总理,你在哪里》名震神州。尔后,她写出了报告文学名篇《船长》、《美的追求者》等;写出了传记文学《永恒的魅力——一个诗人眼中的宋庆龄》;写出了长篇小说《寻找回来的世界》和《他乡明月》;还写了很多电视剧、儿歌和文学评论文章。"五四"以来,女作家兼通各个文学门类的"通艺"现象较为普遍。柯岩则是新时期的突出代表之一。

在新时期成长起来的女作家,更是一支颇具规模的队伍。她们大致是这样构成的:

(1)新中国自己培养起来的女大学生,如小说家张洁、谌容、凌力、霍达、戴厚英、程乃珊、胡辛,诗人林子,散文家李天芳、郭建英、陈慧瑛、梅洁,报告文学家陈祖芬等。

(2)60年代至70年代潜入生活底层的"知青",她们全都从工厂、农村、兵营走向文学殿堂。如小说家竹林、张抗抗、王小鹰、陆星儿、乔雪竹、王安忆、铁凝、方方、池莉、范小青、张辛欣,诗人舒婷、伊蕾、王小妮、李小雨,散文家王英琦、唐敏、斯妤等。她们不少人后来都进了大学,通过各种形式进修从而提高了素质。

(3)自学成才的奋斗者,如小说家叶文玲、残雪、航鹰,戏剧文学家白峰溪、许雁,报告文学家李玲修,散文家新凤霞、叶梦,传记文学家石楠,诗人傅天琳等。

(4)60年代才出生的新生代,如刘西鸿、迟子建、孙惠芬等。

有意味的是,在新崛起的队伍里,还有一些对文学创作偶尔为之,但却名震遐迩的作者,如写短篇小说《心祭》的问彬,年过半百后才列队的传记文学家朱仲丽和长篇小说家德兰等都是突出的例子。此外,还有一批夫妻作家、演员作家、记者作家等。到目前为止,这支“五世同堂”的娘子军,参加全国和各地作家协会的女会员已达千人以上,倘若把业余写作的女作者也加上的话,那么,“成千上万”的冠词必将置于这支浩浩荡荡的女性文学大军前边。新时期女作家群是支格外活跃和生机勃勃的队伍,它是女性文化建设的生力军。

第二,新时期女作家群的另一个特点,则在于她们女性意识的不断增强和发展。

在现代文学史上,女作家们的女性意识、性别自认状况不甚一致,大致存在两种女性观。一种以陈衡哲、冰心为代表,她们看重和钟爱女性的性别特征,认为妇女应该将“为人”与“为女”统一协调起来。30年代,陈衡哲专门撰文,像瑞典女权理论家爱伦凯一样,强调“母职”,视“母职”为“民族的命脉”。她认为男女平等不等于“女子男子化”,女人“从一个性奴隶的地位超升到一个主人翁的地位”,就应使“为人”“为女”两重人格趋于平衡发展。在她看来,一个女人的“性人格”对其生命史的影响极其重大和深刻,倘若忽视女性特征,会带来畸形的、残缺的人生。冰心,也十分重视人格的完善和心理的健康。因而,她童年时代曾女扮男装,象个“小军人”和“野孩子”,但进入少女时代后马上恢复了女装,并有意识地置身于少女群中。冰心自述:“十岁以前的训练,若再继续下去,我就很容易变成一个男性的女人,心理也许就会不健康。”40年代,冰心在著名的《关于女人》中就专门颂扬女人美质,视女人为真善美的象征。另一种女性观,则以丁玲、冯铿为代表。她们富于强烈的时代使命感,认为女作家应引导广大妇女由女性小我迈向社会大我,走向社会,走向大众,因之不宜强调女性感情生活,甚至可以遏止女人气息。冯铿20年代小说《红的日记》的女主人公就只选做人的资格,而坚决不当女人。30年代《大公报》名记者杨刚也自称是个“有男人,不做男人的女人;有孩子,不能做孩子的母亲”的人。1929年末,丁玲因不满于文坛上存有的对女作家的轻佻之举,毅然拒绝《真善美》杂志"女作家专号"的约稿,她冷傲地说:"我卖稿子,不卖女字。"她们基于不屈服于女性屈辱卑微的地位,基于服从于社会革命和民族、人民解放大业,几乎都将女性特征掩盖起来,将"女"字消融于"人"字,或消融于时代、社会、阶级意识之中。这两种不同的女性观,在漫长的历史过程中一直相持着、冲突着,只是由于强大的意识形态作用,突现性别特征的观念没能形成巨浪洪流。相反,取消性别界限,不甘于"女"字、不屑于"女"字的观念却成为一种集体无意识。

新时期,随着人们从"四人帮"统治的梦魇中苏醒过来的时候,女作家们同大家一起呼唤人性和人情,人道主义思潮催使她们由对爱和美的寻觅,逐渐地使自己的女性意识得以复位。张洁铭记《爱,是不能忘记的》,她率先使爱情题材从单纯的政治文化模式中走将出来,进入到更高人性追求中,她鼓励妇女们不要羞于讲述自己的精神需求,去追逐有爱的婚姻和属于自己的幸福。林子从箱底翻出了年轻时代给爱人的情话,用《给他》的诗名公开发表,以表示自己作为女性视爱情为生命的真挚感情。铁凝用一位少女身穿一件没有纽扣的红衬衫所发生的故事(见小说《没有纽扣的红衬衫》),显示女性爱美的天赋,批评那种看不到女性美意义的传统偏见。女作家们在追忆和反思极左时代女性性征失落和异化的过程中,找回了女性自我。这时,女作家们还自觉地抵御女性气质的"雄化"趋势,表达了女性对自我全面性的追求。张洁、张辛欣都以自己的作品,如《方舟》、《我在哪儿错过了你?》,向社会诉说女人为适应生存需要,无奈隐去女人特征的苦衷。她们直接喊出女人不准"雄化","愿意做一个女人,做一个被人疼爱,也疼爱人的女人"的心愿。散文家王英琦则以个人经历,直诉了孤身一人浪迹天涯的痛苦,她怕这种过硬、过强的生活会影响她女性本能生命的成长,因而她渴望恋爱、结婚、生育;后来,当她找到了爱人和孕育了小生命的时候,她作为女人的喜悦和自豪就散发出一种撼动力。女作家们自觉地强化女性天性和气质,正是她们"女人的自觉"在不断生长的表现。这样的性别自认,使很多女作家再也不羞于女作家称谓,尤其一大批年轻女作家,她们对自己的性别自视甚高,纷纷表示不管整个社会"不让女人意识到自己是女人",但活,要"活出个女性的样子来"(唐亚平语);写,要写出"女性独特的生存方式生存状态的生命过程"来(铁凝语)。她们的宣言和创作实践都证实了女性意识在新时期的生长与发展。

1990 年 12 月 5 日,冰心为《妇女研究》杂志题词"一个人先要想到自己是一个人然后想到自己是个女人或男人"。她的话正道出了新时期女作家对"人的自觉"与"女人的自觉"相统一的向往和追求。只是基于近现代历史文化的积淀,新时期不少女作家依然不屑于女作家称谓,把"女性文学"的提法看作"是一种深层心理结构上女性自卑感的表现"(张抗抗语);她们还是不愿突出"女"字,认为"成为人,你自然就有了成为女人的一切"(李小雨语),倾于人的自觉,而忽略、轻薄女人的自觉。然而,一旦她们将两者交融于一体的时候,那么,女性意识就会发生质的变化,性别内质将使其人格更加高尚,又富有女性风采和魅力。比如舒婷,当她写《致橡树》时,她突现女人的独立和尊严,强化女性伟岸而立的人的自觉。而当她成为母亲后,则将伟大人格与伟大母性交织一起,期待儿子成为搏击人生的人。散文《以忧伤的明亮透彻沉默》中这么写道:当我"必须和儿子分手的时候,我仍然有勇气说:我在防洪堤上,/留下一个空出来的岗位,/让所有轰击过我的波涛,/也冲击你的躯体吧,/我不后悔,/你不要回避!"又如谌容《人到中年》的陆文婷,是位好医生,但她抱憾于没有当好人母、人妻;而《献上一束夜来香》里的齐文文,则较好地实现了女人的全面性,她既不屈于世俗偏见的压力,真诚地赋善良与爱于一位老同事,又活得洒脱而富现代气息。她的文化心理构成富有弹性,丰润而鲜活。新时期女作家随着女性意识的复位、生长和发展,已逐渐地将"人的自觉"与"女人的自觉"及其统一作为自己的女性观,并由此极大地促进了女性文学的拓展与提高。

二

大陆女性文学随着女作家女性意识的提高和扩展,性别特征也相应得以发展。然而,女性意识始终脱离不开人类性和社会性,女作家对社会人生的观照,同样不可能抽象地女性化。题材方面她们拥有的是两个世界:外在世界和女人自身世界;审美方面,她们则或倾于传统或倾于西方呈多元态势。大陆女性文学正植根于现实而又面向未来,迅速而健康地向前发展。

题材方面。新时期女作家同"五四"以来的女作家一样,总以"时代女性"的姿态,主动热情地参与社会,创作仍然偏胜于社会性范围。然而,随着时代和思想的开放,女作家们毕竟以反映女性生活与命运、呈现女性价值与生命为己任,她们或以并行,或以交叉的方式观照女人的外在世界和自身世界,创作题材方面日益重视和钟爱女性自我及其精神成长。她们到底使女性题材姓了"女"字。

(1)爱情与性题材。自张洁和林子冲破爱情题材的禁区后,女作家们一时热衷于爱情题材创作。她们或礼赞如诗、如梦、如光的爱情,或批判极左政治、贫困生计和封建意识对爱情的摧残,或描写爱情与事业的冲突,或提出爱情的困惑,或在爱情里寻找失落了的女性气质。这类作品一方面以爱情折射外部社会,一方面则真切地表达了女性自我的感受和体验,女人们都期待在爱情中保持女性的独立尊严,并完成自我实现的人格理想。张抗抗的《北极光》、陆星儿的《青鸟》、李惠薪的《老处女》、乔雪竹的《寻麻崖》、王安忆的《金灿灿的落叶》、谌容的《错,错,错!》等都是这方面的名篇。

八十年代中期后,一部分年轻女作家勇敢地将爱情题材引向"性"领域,她们或用明笔或用暗喻,直接地呈现感官形象,涉及性心理和性行为本身。王安忆《岗上的世纪》、丁小琦《另外的女人》将女人对性生活的投入作了物质性的叙描,亢奋、迷狂而富肉气。向娅的纪实文学《女十人谈》是一份大胆而冒险的性心理调查报告。伊蕾《独身女人的卧室》、翟永明《黑色沙漠》等诗作,也无所顾忌地袒露性意识,并由此揭示女人艰难而倔强的生存状况。铁凝长篇小说《玫瑰门》则对性变态作了冷峻剖析,达到了令人震颤的地步。散文家叶梦的《灵魂的劫数》还将一个女人如何克服性羞涩感和性罪恶感的心理过程公布于众。她们貌似从形而上向形而下,但其实质却在灵与肉的结合部,更为直接和深入地表现女人精神性与物质性的双面;有的还将感官形象与抽象思考自然地融溶一体,使性题材并不因为偏于肉感而投低了格调;相反,它们大多因贴近女性生命而张扬了女性意识,深邃而隽永。性题材的渐次递进,对于具"洁癖"意识的中国现代女性而言,不能不说是一种冲击和超越。它冲击着中国妇女的传统文化心理结构,又超越了"五四"以来女性文学"性爱"的圣洁模式,为在更真切意义上的女性文学的发育与发展,奠定了基础。

(2) 女性处境和命运题材①。"五四"以来的女性文学,总是在揭示女性不幸境遇的过程中,控诉社会对妇女的压迫与欺弄,并为自己姊妹寻觅现实的活路和出路。因此,女人与社会,女人与革命的题材占据绝对优势。新时期女性文学同样以披露女性处境为重,但题材旨能却倾向于提高女性自觉,发展女性文化空间方面,女人的人生、女人与男人、女人与女人、女人与自我的题材有较大幅度的上升。它们或铺展女人在男性中心社会统治、制约下受压抑和受凌辱的悲剧性人生画面,如戴厚英《锁链,是柔软的》、叶文玲《青灯》、谌容《杨月月与萨特之研究》等,对深受传统重压苦苦挣扎的女人人生都作了颇具思考性的揭示:它们或直接同欺弄女性的神道、兽道——包括一切压抑女性的习俗、势力、文化进行

---

① 此处根据文意,"女性处境和命运题材"前补序号(2)。——编者注

较量,宣泄对男性世界的怀疑、不满乃至愤懑。张洁《方舟》、竹林《女性——人!》、陆星儿《天生是个女人》等,几乎都存有消解男性中心文化的苗头和倾向,女权意识在悄然地生长和蔓延:它们或以空前的自省意识和自强精神,对女性自我进行剖析,对女人与女人的关系进行审视,从而在更高层次上发展女性文化精神。新时期初期、中期,张辛欣的《在同一地平线上》、陆星儿的《青鸟》、张洁的《祖母绿》和许雁的剧本《哦,女人们》等都对当代女性精神成长经历作出富有魅力的记录;九十年代初,陈丹燕的《吧女琳达》和毕淑敏的《女人之约》等,则对在商品潮流、金钱世界里的女性——她们的自我撕裂、女人对女人的压抑制约,作了富有深度的出色描绘。这一切都使女性精神天地不断地得到伸张和调整、思索和警觉。新时期女性文学题材无论就历史比较而言,还是从当前发展而论,它一直在健康地发展,即使在 90 年代纯文学整体性疲软情况下,它也没有衰微下去,相反,依然保持着良好势头,这不能不令人欣喜与震惊。

审美方面。新时期女作家或以独特的艺术探索精神,或以审美形态的重大嬗变表现艺术上的进取。她们的审美发展展示了女性文学艺术上丰厚的潜能和广阔的前程。

(1)女性审美的敏锐性。新时期审美,大致是在经历了伤痕文学、反思文学和改革文学后,才真正进入艺术经验更新和艺术自身探索的。然而,女作家的艺术探索往往表现出某种超前性。女诗人舒婷 70 年代后期初登文坛时,就以她忧伤而美丽的爱情诗、朦胧诗征服了一代同龄人:她那古典浪漫情调和现代诗手法的融溶,使她成为传统诗潮的最后一位诗人,而又开创了新诗潮的先河。宗璞也是在伤痕文学时期,运用西方现代派荒诞、变形手法,从而开辟出新的审美思路和想象。

80 年代中期后,女作家们常常领一种思潮或一个流派之先,而表现出艺术的大气候。在纪实文学领域,张辛欣与桑晔合作,首先推出口述实录文学《北京人》,不仅掀开中国改革开放初期社会心理全景,还使新新闻主义在大陆萌生,直接推进了纪实文学的异军突起。在新潮小说领域,刘索拉和残雪,一个以黑色幽默,一个以超现实主义震惊了文坛。在散文领域,一批女作家冲破了固定的"景—情—理"或"物—人—理"模式,使散文审美变得开放、随意、美丽和流动。苏叶、叶梦、曹明华等年轻散文家的作品都以真情为生命,以自由为法则,不拘一格的文体摆脱了匠气,为散文革新作出了可喜的成绩。

(2)女性审美的嬗变性。新时期女作家的审美,随着思潮流派的更迭,审美个性也发生重大变化。她们大多由抒情的诉说转向冷峻的审视,由审美转为审丑。这种变化又大多发生在个体审美方面。

享有崇高荣誉,获得过长、中、短篇小说和国外大奖的张洁,她的审美嬗变尤为明显。创作初始,《森林里来的孩子》那悠扬的笛声,《爱,是不能忘记的》那晚霜般瑰丽的情思,到80年代中期,却渐渐变成了《方舟》里寡妇俱乐部的喧嚣和牢骚话,变成了《他有什么病》中硕大处女膜吹动时所发出的呱哒呱哒的响声;再到80年代末,《只有一个太阳》那普遍的理想主义则一下演化为普天下的邪恶和私欲。感情上由向善变成向恶,语调上由纯美变得恶声恶气,张洁在短短十余年时间犹如经历了18世纪到20世纪由浪漫主义迈向现代主义的历程。

王安忆在生活里很恬静,但却爱在文学思潮的风口弄潮。她自述:"我写小说最根本的变化是由自我倾诉到创造存在物的变化。"她自雯雯的情绪天地走将出来后,确实从青春自叙传式的倾诉,转变为对都市生活日常美学的创造和对原欲世界的性心理分析。从《雨,沙沙沙》到《小鲍庄》,到"三恋"(《小城之恋》、《荒山之恋》、《锦绣谷之恋》),再到《叔叔的故事》等,她由主观抒情转而为客观审视,又由对人性的物质性透视进入到形而下和形而上相结合的穿透。对"存在物"的创造,已使她从一个涉世不深的小姑娘变成了一位对人性世界解剖自如的"医生"。尽管她的小说常给人以冗长、琐细之感,但其种种新的发现与穿透却深刻而新颖。

对女性题材倾注了特殊感情的铁凝,她自《哦,香雪》、《没有纽扣的红衬衫》到《麦秸垛》、《棉花垛》、《玫瑰门》,再到《孕妇与牛》、《笛声悠扬》,艺术上经历了由优美到冷峻再到温馨的循环。她有杰出的艺术直觉,常能使人物、故事、氛围统一在心理意想之中,艺术整体给人以天籁感。她尽管由写少女的天真之美转入写恶妇的生存状态,但生命情调却将人性的正负融化在恬美和凄美间,青春之花与恶之花同样给人以艺术享受与撼动。她尽管从写民族文化心理的惰力,回归到写农村与大地,爱情与母亲,但经过冷静冶炼的热情,使她显得老练而成熟。而更为可喜的是,她没有完全失却古典式的天真。

此外,不少女作家,如张抗抗、范小青、方方、王小鹰、黄蓓佳、斯妤等,她们艺术触角大多由单纯变为复杂;克服了早期创作诗意化倾向,变得更其冷峻与深刻。她们或由主观抒发转向冷峻审视,或由淡淡哀伤变得辛辣幽默,或由真情纯情的浪漫主义情调演化为披露恶劣生态和荒芜人性的新写实主义流派;或由传统审美方式变为现代审美方式。艺术嬗变使整个女性文学呈现多元态势,并预示着更加灿烂的明天。

诚然,女性审美也存在不平衡状况。有的女作家沉溺于自我感觉世界,又不善于对感情流动作曲折呈现,结果作品成为自己感情世界的粗糙发泄物,乏于高远之想。有的女作家,急于把对生活的感受上升到理性高度,不惜损害艺术内在构成和消解生活本身的丰富性,结果既没有达到理性超越,又坠入意念化、模式化泥淖。女作家学养素质的提高,仍然是迫切而严重的任务。

(本文系作者于 1993 年 5 月在香港举行的"海峡两岸女性文化传播者研讨会"上的讲演稿)

女性话语的消失和复归

李子云

　　大陆不少从事中国现代女作家研究的评论工作者,都观察到这样一种现象,那就是,通过她们的作品可以看到,自五四以来中国妇女的自我意识的觉醒经历了一个十分曲折的过程。一个在觉醒之后又失落,然后再重新复归的过程。随着五四新文学的兴起,第一批现代女作家诞生。其中大多数人的作品都是着力表现了女性意识由昏睡状态转向苏醒。产生了一批带有女性独特色彩的作品。但是,这类作品未及苗壮发展,就受到一系列的挫折和打击,自三十年代开始销声匿迹了近半个世纪,直到 1978 年才从被压抑的状态解脱出来,此后,女性的声音才逐渐增强,其作品在新时期文学中占有了重要的地位。

　　这一曲折过程堪称独特,然而经过仔细观察则又发现它的产生并非偶然。除去妇女意识、女性文学的发展有其发生、发展、趋向成熟的规律之外,还有两个十分重要的原因。其一是,中国妇女运动一直依附于由男性主宰的社会政治运动,从未具有独立的性质;其二是,中国的新文学从诞生开始,就与政治密切关连。主流文学始终坚持为政治服务的方向。因此,每当执政者出自民族战争、阶级斗争的需要而牺牲民主、自由、个性解放精神的时候,妇女权益的主张和女性话语也就消失了存在的可能性。直到 1978 年,民主的呼声复起,文艺为政治服务的规定被打破,女性话语才能再度破土而出。

　　五四时期,女作家创作曾经出现过群星灿烂的局面。第一代女作家们是在

题解　本文原载《作家》1994 年第 1 期,是当代著名文艺评论家李子云(1930—2009) 1993 年 12 月赴台北参加"中国文学四十年讨论会"时提交的论文。文章从女性话语的发生、消失又重新复归,考察了不同时期中国女性文学的状况,认为出现于五四时期的第一代女作家还没有具备真正的独立意识,20 年代的丁玲是第一位表现了女性自我意识觉醒的女作家;30 年代之后直到 1978 年,女性话语几乎全然消失,但其间也出现了肖(萧)红、张爱玲、宗璞等几位极具个性的女作家;1980 年前后女性话语重新出现,首先关注妇女自身问题的是名闻一时的"三张"——张抗抗、张辛欣和张洁,之后王安忆和铁凝集中表现了妇女在性的方面所感受到的压抑和所进行的反抗;当商品经济大潮兴起之际,以陈丹燕、刘西鸿、张欣为代表的一些女作家在写流行小说时强调了女性的自立自尊。作者认为当代大陆女作家创作的一个共同特点是取中性或双性立场。

五四的反封建、主张民主、呼吁个性解放、男女平等的精神的启迪召唤下,拿起笔来的。因此,她们从一开始,就是在男性先驱者的引导下,将抗议锋芒直接指向封建礼教,她们从最切身的问题出发,反抗包办婚姻,主张婚姻自主、恋爱自由。尽管在这个方面她们有时表现得比男作家更激烈、义无返顾,但是由此也暴露了自己先天的弱点。她们对于妇女的真实处境和在社会上所存在的根本性的问题还缺少理性的认识。她们只反"父"权,却未及"夫"权。她们所奋力争取的只是由自己来选择一个足以相托终身的伴侣,却还没有意识到还必须摆脱对于丈夫的依附。因此她们还没有具备真正的独立意识。在这一点上,还是男作家中的有识之士先走了一步。自民主启蒙运动开始,许多男性思想家都提出过男女平等,妇女解放。鲁迅则在《伤逝》中明确地提出了没有工作权利,经济上得不到保障,男女平等、妇女独立不过是水中的幻影。中国的"娜拉"走出了父兄主宰的家庭,所进入的不过是由她自己选择的另一个夫权制的牢笼。女性的悲剧命运仍不可免。

在二十年代,第一个也是唯一的对这个问题产生怀疑,敏感地觉察到除去"父"权压迫之外两性之间仍存在不平等、妇女除去一般的个性解放问题另存在一些有异于男性问题的女作家,是丁玲。她写于二十年代末和1930年的一系列作品《韦护》、《莎菲女士的日记》和《1930春上海》等,都对此提出了质疑,这几篇小说的女主人公都摆脱了家庭的控制,独身来到大城市读书。她们本人思想解放、行为大胆。她们自由地结交男友。尽管她们恋爱的对象很不相同,但是,不论他们是浪荡的纨绔子弟,还是社会主义革命者,一场又一场的轰轰烈烈的恋爱都没有结局。纨绔子弟不过是逢场作戏自不必说,革命者在事业与爱情发生矛盾的时候,他们往往视女伴为拖累,绝情地弃她们而去。丁玲的女主人公们在经历了迷惘、绝望之后,醒悟到把生命的价值全部押在爱情上,将自己全盘托付给任何人都是危险的事。可以说丁玲是第一位表现了女性自我意识觉醒的女作家。另外,在她的作品中还出现了两个值得注意的特点。她第一次表现了"五四"十年中那些具有大家闺秀风范的女作家们所不敢触及的性爱的要求,这是一大突破。其二是,她的作品预示了中国民主主义革命运动其实仍以男人为主导,无论是在其过程当中,还是在成功之后,女性仍处于屈从被赏赐施舍的地位。

后来事实的发展,证实了丁玲的预感。开始即成为结束。女性意识和女性主义文学都还没来得及进一步成长,在三十年代,就被打断了,连同丁玲本人也放弃了这条创作路线。自此之后,女性意识重新受到抑制,女性话语几乎全然消失。可以说,直到1978年这段长长的时间内,只听到过三两声出自女性的微弱的叹息。

这一状况的出现，也有其必然性。自五四运动开始，妇女运动始终从属于社会政治运动。文学与社会政治结下不解之缘逐渐成为一种传统。进入三十年代，民族危机空前严重。抗日救亡成为全民族一个最紧迫的问题。个性解放、男女平等诸问题在此民族存亡的关头都退居后位。一切服从抗战需要。文学为当前政治服务的作用更加被强调。大多数作家都肩负起唤起群众共赴国难的重任，救亡的声音成为文学的主流。由丁玲发出的女性的呐喊立即被声势浩大的战争的号角声所压倒。同时，左翼力量兴起。在建立工农政权的根据地，虽则推行了男女平等的政策，动员妇女劳动生产、鼓励妇女参加社会工作，但是，对待妇女和对待知识分子一样，都是以改造成为工农为前提。知识分子失去文人品格，妇女失去性别特点。在文艺上则从为政治服务进一步推行为工农兵服务。1949年之后，大陆对于这些基本政策不仅没有进行调整，反而越演越烈。这些措施对于妇女的独立提供了一些根本性的保障，比如，城市妇女几乎全体就业，而且月工月酬；1949年之后进一步从法律上规定了妇女与男子在政治、经济上享有同等权利，大陆妇女轻而易举地得到西方妇女奋力争取上百年才得到的选举权。但是，这些措施又要求妇女从事应由男人担负的某些繁重的体力劳动。在战争时期，甚至要求她们也扛枪打仗。即使到了和平时期，也以一系列无形的规定迫使妇女从感情方式到服饰举止方面，都以男人为标准，向男人取齐。因而，这种"平等"是以排斥和摒弃妇女本身的性别特点为代价的。在文艺方面的为工农兵服务的政策在1949年之后则更推向极端。从为工农兵服务演绎成只能写工农兵，最后发展为只能表现火热斗争中的工农兵英雄形象。在"文化大革命"期间，在所允许存在的八个样板戏一部诗和一本小说中，妇女都是一些既无丈夫也无情人的叱咤风云的英雄符号。在这种社会风尚的威慑下，妇女只能或自觉或被迫地隐匿起自己的性别特征。女性话语无从出现。这种畸形的状况一直持续到1978年才出现转机。

当然，在这长长的五十年过程中，也有几位极具个性的才女在某种特殊的条件下，冲破了这种限制发出了几声或委婉或强悍的、或隐蔽或张扬的叹息。她们是，三十年代的肖红，四十年代的张爱玲或五十年代的宗璞。肖红是一位曾经得到过左翼阵营肯定的作家，她的作品所取题材应该说与左翼文学所倡导的路线相一致。《生死场》和《呼兰河传》写的都是日本入侵前后，东北的穷乡僻壤的村民们的蚂蚁不如的生活。只是她以女性的视角，对于当地的妇女给予了深切的关注。她从切身的感受出发，表现了妇女在村民们共同承受的压力之外，更多一层由于男人们的粗暴与冷漠所造成的压力。她的作品的魅力来自由于得不到理解和感情遭受践踏而产生的那种凄凉、寂寞和无助感。这种感情的流露也不为左翼文学所见容。茅盾在《呼兰河传》的序中,就为肖红当时"所感到的苦闷和寂寞"和这一情绪投射在《呼兰河传》上的阴影深感惋惜。在很长一段时间内,肖红的作品在大陆受到冷淡。

张爱玲的作品是一个特殊时期特殊条件下的产物。柯灵对于这一点分析得最为精当。他说,"偌大的文坛,哪个阶段都安放不下一个张爱玲;上海沦陷,才给了她机会。日本侵略者和汪精卫政权把新文学传统一刀切断了,……天高皇帝远,这就给张爱玲提供了大显身手的舞台。……张爱玲的文学生涯,辉煌鼎盛的时期只有两年(1943—1945),是命中注定:千载一时,过了这村,没有那店"。张爱玲就是在当时的主流文学力量撤出上海之后,作为一条漏网之鱼,在当时文学和后方文学发生断裂的夹缝中出现的。她百无禁忌地写了一群从来没在新文学作品中唱过主角的女人。她们都是十里洋场上的没落的半商半宦人家的小姐和少奶奶们。她写了她们百无聊赖的调情、偷情,写了她以各种陈腐的"爱情"手段来钓取金龟婿,写她们为了巩固自己的身份地位取媚丈夫,排除异己。人物和故事都散发着行将死亡的腐朽气息。如果她将叙述停留在故事层面,这些作品可能滑向通俗小说。她当然没有就此为止,她将笔触伸向了她们的内心深处,深入地揭示了她们在被当作性服务和传宗接代工具时所遭受的屈辱,和在为了自卫而进行的相互倾轧与相互残杀中人性扭曲和沦丧的过程。这种心理变态和人性异化,在以往的作品中还没有哪位作家做出过如此淋漓尽致的刻划。她以女性的视角,女性的思维方式和表达方式,叙述了某一类女性的悲剧。由丁玲开创的女性话语再次出现。但她创作的鼎盛期也只有两年。一方面,她本人没有再创作出如《金锁记》、《倾城之恋》那样震撼人心的作品,另一方面,主流文学回归上海之后,女性话语就又失去了立足之地。

宗璞写于1956年的《红豆》,那可真是女性的极其微弱,也是最后的一声叹息了。她不过是写了一个女大学生,在1949年社会大变动的时候,为了革命割舍了爱情(与丁玲小说男革命家弃别女友刚刚相反)。但她后来无意间发现两人定情之物红豆。物是人非,不由生出怅惘感慨之情。就是这一点怅惘之情在1957年也引来了一场大批判。以宣扬资产阶级情调的罪名,它被批得体无完肤。自此,女性的声音彻底归于沉寂、不复出现。

当然,在这长长的五十年间,并不是完全没有出现过女作家。不过从数量上来说,只能说是寥若晨星罢了。而且,这些为数不多的女作家们,无论在取材还是叙述方式方面,都与男作家一样,表现战争、阶级斗争,歌颂战斗英雄和劳动模范,鲜见性别特征。只不过笔致委婉一些罢了。这不是女作家的过错,主流意识形态压抑着整个社会的妇女意识,女作家何能独外。

物极必反。凡不合理的事物走向极端其不可容忍性就会更为彻底地暴露出来。其离全面崩溃的结局也就为期不远了。1976 年"四人帮"一倒台,他们精心建立的空中楼阁随之纷纷土崩瓦解。人们从长期的噩梦中惊醒过来,对过去进行了清算。被八个样板戏统治了十年的文艺界一马当先。不论是文学,还是戏剧首先找回的是现实主义传统。特别是在当时群众还找不到正常的表达自己意见、发泄感情、进行控诉的方法的时候,文艺成为宣泄群众情绪的最主要的渠道。新老作家一拥而上,充分利用、发扬现实主义创作方法的批判功能。他们通过小说,提出了形形色色的社会问题,由此产生了所谓"伤痕文学"(描述"文革"留在人们的肉体和灵魂上的伤痕)、"知青文学"(以知识青年上山下乡的苦难经历为题材)、"反思文学"(对"文革"之前历史发展所作的思考)等等。妇女问题自然不会领先提出。大难之后大家首先考虑的是事关全民生死存亡的带有共同性的问题。女作家也参加了这场控诉与批判,而且表现得不比男作家逊色。这是由于大陆女作家长期以来参加社会工作,甚至介入政治,因而造就了许多女作家具有和男作家同样宽阔的视野和社会责任感。另外,女性比较敏感,遇事常常不计后果,因此在这场批判中,时时冲在前面,显得格外英勇而且奋不顾身。如宗璞的《弦上的梦》、《我是谁?》;茹志鹃、刘真、谌容的《剪辑错了的故事》、《黑旗》、《永远的春天》等等。

这一过程并不很长。大约从 1979、1980 年开始,新起的女作家就对妇女的生存境况提出疑问,在沸腾驳杂的喧哗声中,女性的声音出现。当然,这种怀疑也是从社会对女性的压抑引起,然后逐步深入到人性领域。比之五四时期,女作家这次所提出的问题的范围要宽广得多,所进行的思考也深刻得多。经受了几十年自上而下赐予的妇女解放,她们切身体会到,实际上她们仍处于与法律规定并不一致的"第二性"的地位。尽管她们曾经得到过部分的经济独立,但是由于整个社会仍然以男性为中心,权力仍掌握在男性手中。因之,不论在社会上还是在家庭中,事实上男女之间还存在种种不平等。诸如由于性别歧视而带来的女性实现自我价值的障碍,男性加诸女性的性骚扰、性虐待,以及利用旧的伦理道德观念强制妇女禁欲,使她们长期处于性压抑状态,等等。女作家从表现妇女对社会的反抗、主张她们的社会权利,一路开拓下去,直到表现她们对人性压抑的反抗,主张她们舒展她们的自然天性的权利。自认应和男性平等的女性的人的意识全面觉醒。女性话语就在这样的背景下重新出现。

在论述女性话语的复归和发展之前,先简单介绍一下当代大陆女作家的一个重要的甚至可以说是共同的特点,即她们秉承了几十年来关怀社会,并且不仅专注于妇女的命运进行写作的传统,因此,即使在种种外部的约束被打破之后,许多出色地揭示了女性困境的女作家,仍不时有取中性立场的佳作问世。可以说她们都具有两副笔墨,双性立场。今后这种特点可能逐渐淡化,但在近十几年来这种特点是相当明显而易见的。甚至一些在发掘女性意识方面具有代表性的女作家都不愿意被称为女作家。张抗抗、张洁和王安忆都公开表示过这一点。我想这是由于她们不愿意从性别来引起读者的特别注意,或得到某种照顾。此外她们具有与男作家平等进行竞争的自信心。

首先关注妇女自身问题的是名闻一时的三张:张抗抗、张辛欣和张洁。她们几乎是连袂出现,并共同连续地提出了一系列人们普遍感觉到、经常萦回于脑际的问题:人,女人究竟有没有追求爱情的权利?保持婚姻家庭生活的和谐必须以女方的屈就为前提是否合理?女性在发展自己的事业方面是不是由于性别歧视仍然受到压制?张抗抗的题为《爱的权利》、张洁的题为《爱,是不能忘记的》的小说,提出的就是长期以来被当作资产阶级专利品的爱情是不是属于人的不可剥夺的权利。这个简单的问题和这两篇小说的写法,今天看来都给人以恍若隔世之感,但在当时却引起了广泛的共鸣和轰动的反应。由此可见妇女们的爱的权利被压抑得多深又多久!这是妇女第一次站出来主张她们的基本权利。

与此同时,张辛欣提出了多年以来被视为当然的将女性改造成男性是否合理的问题。她在《我在哪儿错过了你?》中,以一位业余爱好剧本写作的公车女售票员为主人公。她爱上了一个业余剧团的导演。但是她的职业迫使她每天在拥挤不堪的车上挤上跳下,大声喊叫,加上当时只能穿"没有腰身的驼绒领蓝布短大衣"、"蹬一双高腰猪皮鞋",从外形到举止,她几乎都丧失了女性的特点。这使导演望而生畏。通过这位女主人公的遭遇,张辛欣直截了当地提出了质问,是谁使她们变得如此粗粝?不正是主导这个社会的男人吗?但是,当她们被"改造"成这副模样时,他们为什么又将她们推向一旁?在这里,张辛欣切入了问题的本质,从表面上看,这个以男子为中心的社会将女性提高到与男性平等的位置上,其实,这种平等仅仅体现于要求女性参加繁重体力劳动上,哪怕它违反了社会分工和妇女的劳动保护。实际上,这些男人并不能接受男性化的女人,他们仍要求她们兼有温柔、体贴、善解人意、无私奉献等等传统美德。特别是当她们独立意识觉醒,企图摆脱对他们的依附,成就一番自己的事业的时候,他们不但不给予支持,反而感到不可容忍,甚至予以压制、打击。在这种相悖的要求下,妇女处于两难地位,即不可能继续扮演传统的贤妻良母的角色,争取自己事业的发展依然困难重重。张辛欣接连发表的,具有内在联系的三个中篇《在同一地平线上》、《我们这个年纪的梦》和《最后的停泊地》,集中地表现了外表呈现某种程度的男性化,妇女意识开始觉醒,渴望实现自我价值,但又不情愿失去丈夫的抚爱和支持的女性的内心矛盾和痛苦。《在同一地平线上》的男女主人公插队返城之后,都想在事业上求得发展,夫妻矛盾立即出现,丈夫要求妻子自我牺牲,全力支持自己。敏感的女主人公不禁发出如下的感慨:"他只打算让我爱他,却没有想到爱我、关心我。""他只要得到家庭的快乐和幸福,而我却要为此付出一切。"而"等到我自己什么没有了,无法和他在事业上、精神上对话,我仍然会失去他"。不安于"贤内助"地位的妻子于是不断地追问,那么,"我呢? 我上哪儿去了?"张辛欣十几年前提出的这个问题,至今仍是一些自我意识觉醒的妇女在家庭中所面对的主要矛盾。事业和家庭难以两全的情况,对于今天的妇女来说仍然并不少见。

张辛欣侧重从家庭关系的角度表现这问题,张洁则对这一问题给予更为广阔的展现。她的作品不限止于家庭范围内,同时反映了那些有抱负的知识妇女在社会上的遭遇。她的主人公们比张辛欣笔下人物在年龄上要大上十岁甚至二十岁,她们的阅历更为丰富,她们碰的壁、吃的苦头和受到过的打击更多更重。因此她对性别歧视的抗议显得更为激烈。她也写了一系列以这个问题为主旨的作品,如《祖母绿》、《波希米亚花瓶》等等,其中以《方舟》最具代表性。这部小说中的三个女主人公是同窗好友,都有很强的事业心。但是,三个人无论在家庭生活中还是事业上全都困难重重。她们个个都家庭不幸。她们从丈夫那里从来没有得到过温情和关切,得到的只是形式不同的性凌辱。面对这一群丈夫,她们满怀愤懑地喊出:"妇女并不是性(工具)而是人!"

在工作上,她们也受到种种刁难。生得漂亮的女翻译经常受到来自男性同事特别是男性上级的性骚扰,如加拒绝,必遭报复。才气横溢的女导演,却对自己的摄制组调遣不灵。不是因为她没有能力,而是因为她是女人。男人是不愿意接受女人指挥的。于是,她们开始认识到,无论是丈夫、情人还是同事、上级,没有一个男人喜欢一个具有独立精神的女人。妇女要取得真正的解放,绝不能满足于现行法律的保障,"还需要以充分的自信和自强不息的奋斗来实现自身存在的价值"。

张洁在表现妇女所面临的这些问题时,虽有时不免失之偏激,其主人公有时甚至表现出某种歇斯底里的倾向。不过,在那一阶段,张洁是对妇女处境认识得最为清晰的一个。

继张辛欣、张洁之后,许多女作家多方面展现当前妇女遭受的种种困扰。在王安忆和铁凝集中表现妇女在性的方面所感受到的压抑和所进行的反抗之前,大多数作品环绕着传统伦理道德对妇女的迫害予以展开。比如妇女再婚问题、贞操问题。宗璞的《核桃树的故事》、问彬的《心祭》都是以或优雅或质朴、或含蓄或直截了当的方式表现了从一而终的道德观念带给失去配偶的妇女的压力,从而造成的悲剧。陈洁的《大河》则让人们看到,时至八十年代,在某些闭塞的地区,妇女的贞操仍被视为事关名节的大事。她以极端的手法叙述了一位年轻的中学女教师在被怀疑失贞之后所遭到的种种人身污辱和最后被逼上绝路的过程。这篇小说的新意在于,女主人公投身于大河,并不是为了证明自己的清白,而是对周围那帮卫道者的无聊、伪善感到无可忍耐,对他们加给自己的人身污辱表示抗议。这纸控诉传统道德加诸妇女的迫害的檄文,读来令人感到毛骨悚然。

这一类型的小说还有很多,在此不能一一例举。最后我只再提一下竹林的长篇小说《女性——人》。从题目即可明白小说的题旨,那就是,给女性以人的地位。这部小说通过一家三代妇女的命运,隐喻中国妇女命运的无限轮回。外祖母、母亲都曾叛逆家庭,企图独立,但都失败了。为了抚养女儿,母亲暗中卖淫,刚解事的女儿发现之后愤而离家出走,到边远地区插队落了户。当她经历了长期的磨练后,为了生活——和母亲一样为了生活不得不委身于她并不爱的男子。就在委身的一刹那,她发现,她在重复母亲当年走过的道路。这个故事再次证明,经济上的独立对于妇女来讲仍是头等重要的大事,如果失去这种自立的能力,她们仍将陷于千古以来那种万劫不复的轮回。

王安忆和铁凝开辟了另一个新的领域。她们将注意力从妇女与社会的矛盾转向女性自身,转向研究妇女在人性领域中,特别是在性的方面所受到的压抑和反抗。丁玲当年只不过描定到两性之间的吸引。王安忆、铁凝则从妇女的性的意识、性的欲望觉醒一直写到如何化为行动。可能由于男作家张贤亮已在这方面打了头阵,同时也因为它们问世的机缘凑巧,因而原本属于犯大忌、理应引起轩然大波的事得到了缓解。按照王安忆的说法,她的某些引人注目的作品,往往在别人冲锋陷阵之后,才悄然出现。没有受到口诛笔伐之苦,却获得了战斗胜利的成果。王安忆、铁凝的这类作品若与张贤亮的《绿化树》、《男人的一半是女人》等同类作品相比,就更清楚地显示了性别立场的区别。张贤亮作品中的女主人公都是竭尽全力为男人进行奉献而牺牲自己。她们出卖自己肉体换取粮食维持他们的生命。她们利用自己的肉体恢复他们的性机能。她们对于终于被抛弃的命运毫无怨言。女人没有自己,她们活着为的是男人。她们的价值在于为男性献身。王安忆和铁凝在她们一系列小说中表现得则截然相反。她们的女主人公主张自己的权利,包括在性方面的权利。她们一反过去作品在表现性的问题上,女性只能被动接受,女性只能为男性享乐提供服务的写法。

王安忆的三个中篇小说《小城之恋》、《荒山之恋》和《岗上的世纪》中描述的都是女主人公从不解事的小女儿一直到进入少女阶段性意识觉醒的过程。主人公们的具体情况虽有不同,但有一点是共同的,那就是当她们的性的要求一旦觉醒之后,便势不可挡。无论她的主人公是愚昧的还是受过教育的,也无论她们与性伴侣之间的关系是覆盖着美丽的面纱,还是以赤裸裸的粗陋、原始甚至畸形的面貌出现。当她们的欲火被燃烧之后,她们都失去羞耻感、失去节制力量、不计后果、自虐而又互虐,就在互虐当中获得快乐。王安忆这几篇作品所以引人注目,还不仅仅在于女作家第一次直接描写了性,而在于她由此提出了性不是男人的专利,性欲也是女人与生俱来的自然天性之一。女人也有权利在这方面得到满足,从中享受到欢乐。在女作家笔下第一次出现了不仅在性关系方面采取主动,而且在双方生死问题上也掌握了主动权的、如此强悍的女人。

铁凝在《麦秸垛》和《玫瑰门》中,虽也着重将性爱作为人性的一个重要组成部分来表现,但她又没有将它与社会关系完全脱离。她认为这是人类亘古以来不变的一种欲望,她让两性关系不断以类似的形式重复出现。《麦秸垛》着重表现的就是在一个封闭的环境里,两性关系在很长期里几乎是以同样的形式不断重复。同时,她还认为人的这一本性毕竟也受到社会的一定的制约。随着时代的不同它将产生一定的变化。《玫瑰门》通过三代妇女——外婆、舅母、外孙女,着重表现了在不同的社会条件下妇女在性关系上所做出的不同反应。作者以"玫瑰门"来象征女性的生殖器官,以"这一年的春天特别玫瑰"来形容外孙女的性意识的萌动。那么,这部书所写的男女之间进行的一场一场的较量就可称之为"玫瑰战争"。她将这种"玫瑰战争"处理得有声有色。且不论她的这些女主人公们战绩胜败,但她们也像王安忆笔下的那些女人们一样,个个富于主动进攻精神,即使失败也从不气馁。

王安忆、铁凝笔下出现了一群不低头认命的女人。她们已经不是张洁作品中那种怨天尤人、怒气冲天却又缺少实际的抗争办法的女人,她们也不是陈洁作品中那种满心愤慨而又无可奈何只能以死进行抗议的女人。她们理直气壮地主张自己的权益,为了维护权益哪怕粉身碎骨也在所不惜。当然,这样的人物得以出现首先在于作家本身的性格和魄力,同时,也毕竟也还需要允许作家如此进行表现的环境。这种环境是这几年才出现的。这里,我还想重复一句,王安忆、铁凝仍然承继了新文学运动以来女作家的某些传统,她们虽然在表现女性问题上有了很大的突破,但是,她们的许多作品,都超越性别立场,关注人类共同面对的问题,诸如人的处境、人的本质及由来、现代人的孤独感等等,这种"双性"的观点,使她们即使在表现妇女自身的问题和表现男女之间的性时,并未将它们简单地处理成男欢女爱的"杯水风波"而是从人性、人的欲望和人的生存状态的角度进行了深入的挖掘。因此它们很少有脂粉气,而具有一种凛然的气概。

当然也有一些女作家从女性的视角,专注于开掘女性的感性世界。这类作家有影响的不是很多。目前比较活跃的有林白、陈染。他们大多成长于"文革"结束之后。她们对政治风雨、社会变革一律不感兴趣。她们的兴趣集中于表现爱情的波澜,尤其是在那种婚姻失败、家庭破碎的环境中成长起来的女儿和她们的母亲的心理状态。这些人物大部分心理畸形、感情变态。尽管这部分女作家都采用比较现代的手法,注重形式和语言,但由于他们所着意渲染的这些人物的感受和情绪过于私人化,加以内容常重复,语言有嫌矫揉做作,因而作品未能达到打开这部分带有特殊的人物的内心世界的效果。

在当前大陆商品经济兴起之际,倒是有一类作品值得关心大陆妇女现状的研究者注意。那就是女作家对于商品经济大潮带给妇女的冲击和所引起的社会变化做出迅速反应的通俗化的作品。到目前为止,此类作品大都接近通俗小说。商品大潮兴起,经济规律发生变化,过去给予妇女某些权益保障的政策性措施开始黯然失色。妇女境况随之发生变化。女人长期被抹煞的性别特征不仅得以恢复,而且在女人身上得到强调。一部分成为商品,成为男人可以买到豢养的宠物。但是,也有一部分女人彻底从男性的恩赐施舍中解放出来,不论从经济上,还是从性爱上都摆脱了对于男人的依附,并和他们进行平等竞争。对于前一类女人,文学作品加以反映的还不多,影响较大的有陈丹燕的《吧女琳达》。关于后一种女人,自从1985年开始进入了刘西鸿的小说《你不可改变我》、《黑森林》之后,已经经历了一段发展过程。她们由幼稚变得老辣。当前写这类女人最具代表性的是张欣。她们写的大部分是驰骋商场的年轻女人。"你不可改变我"概括了大部分这种类型女人的性格特点。她们为人处事果断坚强,一反过去妇女的前瞻后顾、优柔寡断的传统。她们不论是对于职位还是爱情、家庭,哪怕是亲生女儿,都拿得起放得下。商场中的锻炼使得她们的价值观念起了极大的变化。她们的价值取向是绝对的个人主义。除去一个利字,对于其他一切都看得很透很穿。这类作品有甜酸苦辣的情节,有宾馆餐厅夜总会等豪华场面,有商场上你死我活的斗争,只是所有的描写都停留于事物的表面上。这一切都让人想到香港亦舒的作品,包括语言的节奏。只是这些作品中的倩女俊男们,都还没有具备显赫的家世背景。灰姑娘也很难遇到白马王子。想起家就得靠自己奋斗。在这类流行小说中,值得注意的是女作家所强调的这种自立精神,和在自立背后存在的自尊精神。有时在利与自尊发生矛盾的时候,作者宁可让她们弃利而取自尊,不让她们出卖自己。这也许可以说是大陆一些女作家在写流行小说时的一种女性立场吧?

理性与激情

——对近年中国女性文学的几点思考

谭 湘

女性"浮出历史地表"与男性"站在同一地平线上""与往事干杯",接着开始了"致命的飞翔",然而,飞往何处? 中国女性文学向何处去?

一

有必要廓清几个概念。

我之"女性文学",一般意义上讲,应为女性作家写作的文学作品,包括小说、诗歌、散文、理论评论和文化随笔,等等;严格意义上讲,应当是由女性写作的具备较鲜明或成熟女性意识的女性文本。

我之"女性意识",含文学和文化两个层面。就文学层面讲,应当是自觉的独有女性视角、女性经验、认识和体验的语言范式;就文化层面讲,应当是以"非暴力"、"同情感"、"平等及和谐意识"等等为主要标志的女性特征,对抗和解构以父权制为主要标志的传统男性霸权文化,建构男女两性真正意义上的"平等·和谐·进步"的社会文化模式之意义和追求。

我之"女性主义",则是指在对抗、解构乃至颠覆男性霸权文化之话语和叙事过程中,一种从女性性别出发的女性立场,它不同于西方的"女权主义",虽兼有社会政治色彩,但其主要涵义是文化的,文学的。

题解 本文原载《作家报》1998 年 9 月 17 日。作者谭湘(1958—2016)对中国女性文学进行了考察,认为中国女性文学、女性文学研究之多元话语格局的存在和其枝繁叶茂,已成为不争的事实,但其后面隐含着危机,一种女性主义的或非女性主义的激情掩抑了所有理论建构中不可或缺的理性。作者提出"加强理性,加强智性,加强科学性,重建女性话语之意义群落,庄严女性的责任,是丰盛和维护中国女性文学来之不易局面和成果的根本策略"。文章分析了妇女社会政治层面的解放与文化层面解放的关系及文化的关键作用,强调中国文化的深层结构远比所有女性主义者想象的程度强大的多,加上商业化进程对人的扭曲,女性主义以寻找和重建话语体系为突破口,旨在解构颠覆男性霸权文化的文学努力,非一朝一夕。

这其中,"女性文学"虽然在许多情况下,因坚持其女性视角而表现为"以血代墨"的所谓"身体写作",但正如《战争与和平》《约翰克利斯朵夫》《红楼梦》《白鹿原》等所有男性写作的被称作"史诗"的作品,他们充分男性经验和个人成长史之展现,却并不意味着就是展览、裸露男性的"身体";"女性文学"不等同于"性文学",亦不是"隐私文学",更不是以抒写、暴露女性"身体"为目的的文学。恰恰相反,那些以亵渎女性或渲染两性肉体关系、性过程、性场面,旨在刺激和诱发人们生理感官的"色情文学",正是传统男性霸权文化对女性工具化、非人化、轻侮、把玩、狎妓心态的直接后果。

还应当说明的是,"女性意识"及"女性主义"并不一定是女性的专权,并不是针对某个具体男性的文化策略,男性同样可以在文化和文学层面上确认之,坚持之;换句话说,争取人类另一半在文化层面上的理解、共识乃至同盟,是女性主义者的奋斗目标之一。并且,"女性意识"和"女性主义"本身具有某种"不确定性",它是一个文化过程,它随着人类对于主客观世界的认识,对于人类文化的不断开掘,而丰满、完善和成熟;而作为一种概念,"女性主义"正象"女权主义"这个词,将随着更人道、更合理、更完满人类理想社会形式的实现,结束其历史使命。因此,我们在这个意义上,承认女性主义的某种乌托邦性质,——它先于现实社会政治层面,能够在话语中成立。

二

稍稍留意于中国当代文学尤其是近年文学写作现实的人,都可以脱口说出一长串创作成绩卓著的女性作家的名字:王安忆、铁凝、张抗抗、方方、池莉、残雪、徐坤、徐小斌、陈染、林白、范小青、毕淑敏、迟子建、斯妤、翟永明、蒋子丹、王小鹰、马丽华……亦可以随意举出一大批作品:《长恨歌》《玫瑰门》《情爱画廊》《双鱼星座》《一个人的战争》《私人生活》《暗示》《左手》《出售哈欠的女人》《丹青引》《我爱比尔》……她们的名字和作品一再在新时期诸如"新写实""新状态""新现实主义""先锋文学""新生代"等等文学命名中被反复例举或者独领风骚;而中国的女性文学研究,则在不太长的时间内,从对包括上述作家作品在内的"个案诠释"之体察、感悟,转移到试图建构中国女性文学的理论尺度,从生吞活剥引进借鉴和摹仿西方的名类繁多的女性主义观念理论,发展到终于各就各位,以一种更清醒更科学更切近中国女性写作现实的态度,开始了更健康更自信的女性文学历程。

就女性文学而言,从八十年代关注与写作追求两性平等的"在同一地平线上""方舟""致橡树",到九十年代开拓与肯定"与往事干杯""致命的飞翔"女性"身体语言"的性别经验抒写,到重新对"黄泥街""黑夜意识"颠覆男性霸权话语的再确认,到"厨房""暗示"女性立场的困惑、迷失和展望,关注点的变化,证明和记录着女性文学理论与情怀的发展与成长,中国女性文学、女性文学研究之多元话语的格局之存在和其枝繁叶茂,已经成为不争的事实。

然而,如火如荼的背景后面隐含着危机,我们注意到,在中国女性文学的发展过程中,伴随着女性意识的觉醒和强劲,一种女性主义或非女性主义的激情,部分掩抑了所有理论建构中不可或缺的理性,隔膜了女性文学与更大范畴对话沟通的关系,加重了现实文化层面的曲解、误会乃至敌视,亦客观丧失了在"人道主义"意义上曾经共同的男性同盟军。星星还在天上,女人的白夜已经开始。

加强理性,加强智性,加强科学性,重建女性话语之意义群落,庄严女性的责任,是丰盛和维护中国女性文学来之不易局面和成果的根本策略。

三

在中国女性主义的发展过程中,非理性的"激情"并非唯女性所独有。事实上,任何性别一方,执着一己的激情的一端,都会把自己引入陷落的泥淖。

首先,在社会政治局面,全社会的长期沉醉于"妇女能顶半个天""男女都一样""不爱红装爱武装"乃至"公关小姐""女强人"之"妇女解放"的神话,把文化等同于社会政治,误认为中国妇女社会政治层面的解放即等同于文化层面的解放,误认为一提"女性文学",即是两性对抗,是一个性别集团对另一个性别集团的压迫与施虐,或者视"女性主义"是"无事生非",是"洪水猛兽";或者以中国农村、政界等男女两性极端的例证,混淆中国"女性主义"文化执着的界限。

说明这样一个问题我们无法也不应该回避本属社会政治层面的中国历史及现状。在新中国成立以后的相当长历史时期内,中国女性在政治上翻身是共产党施政的基本国策:政府机构被强制规定纳入一定的女性比例;女性和男性一样享有受教育的权力,选举和被选举的权力,工作的权力,同工同酬的权力,选择配偶的权力,结婚与离婚的权力,并且,在计划经济体制下,除了少数官僚阶层,中国的城市男性并没有在经济上与女性拉开距离显出多高的生存优势。因而,中国当代女性较少甚至没有经受封建主义乃至西方某些国家妇女正在蒙受的屈辱和历史,中国的绝大多数家庭呈现的是"冷也好,热也好,活着就好""凑凑合合"

"其乐融融"的假象,直到改革开放社会转型的近几年,这假象才被打破,女性因其性别在商品经济大潮中受到了建国以来最强烈的冲击。"下岗女工"几乎成了一个固定名词,"三陪""包二奶""男尊女卑""三纲五常"等早已被扫进历史垃圾堆的许多陌生的词汇又一股脑涌现出来,并在一些大众报刊变相兜售,甚至出现了以"三纲五常"等封建主义观点质疑中国革命女杰秋瑾的文字。

这里面不乏经济杠杆的作用。有句民谚说"男人有钱就变坏,女人变坏就有钱",经济地位决定一个人的精神状态和生存状态,在以"有闲"和"无闲"标志生存状态的竞争激烈的社会,缠绵悱恻的"爱情"只能是有闲阶层的奢侈品。一个风云于商场每日在看不见的刀光剑影中喘息的男人,会伸手几十万打发一个有碍于生意让他感到累的靓妞;一个时刻挣扎于商海不进则退不生则死被男人视为对手忘记性别的女人,同样也能为绝情一个可能对事业构成伤害死磨烂缠的俊男而割巨金了断。商业化进程大工业社会将人变成机器,阉割扭曲人灵与肉的双重功用,人们耳闻目睹的现实故事远比作家的文字叙事生动甚至激烈的多。

但是,我们在这里强调和想讨论的是,文化的关键作用。因为,正是由于文化自身所具有的属性和毛泽东同志生前发动的"无产阶级文化大革命"的失败,使性别的两端面对同一个问题一同走入误区:一方面,是男性一端,尤其是在没有太多政治和经济优势可言为生计苦苦挣扎的部分文化男性那里,由于数十年来始终没能在"妇女解放"这面旗帜下公然"反动"或者"直起腰来",他们对女性主义的声音不仅质疑甚至敌意,他们对卷土重来的封建主义父权制文化,对其文化最先给女性的打击和规定表现出若隐若现的欣喜;和其感觉相呼应的,是将女性工具化、非人化的文字在市场上时有出现,有时甚至成为热销的"卖点"。另一方面,是女性一端,曾有的历史和激烈的社会变革下,知识女性的反思表现为某种性别激情,新时期文学之初她们几乎不约而同的选择了以传统女性"美德"否定既往的"中性"形象的策略,这一选择和否定,应当说,在客观上,或多或少的,成为后来现实中部分女性丧失自我丧失经济双重人格再度沦为男人性别依附的"帮凶"。

乃至我们重新捧读恩格斯"妇女解放的程度,是任何一个社会进步的标志",捧读秋瑾"人生在世,当匡济艰危,以吐抱负,宁能米盐琐屑终其身乎?""女子更须培养学识,求自由,不当事事依靠男子""恢复女子应享之权力与应尽之义务,实行男女平权,导女界生活与正轨"等等一个世纪的言论,竟不禁升腾起历史轮回文化怪圈的感慨,——中国文化的深层结构远比所有女性主义者想象的程度强大的多!

堪称可贵的,是少数女性书写者和女性主义者,她们以先行者的姿态,始终坚持在没有话语没有立场的性别尴尬之中,苦苦摸索,不屈不挠。她们"突出重围"的努力,除上述我们提到的已经取得的成就,业已取得了积极的经验:女性立场和话语的寻找和建立,远不是女性独有经验、历史的坦露与抒写,女性与女性之间的女儿、妻子、母亲这些共同的角色和体验,以及结构主义、后结构主义、叙事学、精神分析等等现成的理论,或者几次、几十次让人耳目一新的释诠所能解决了的。一大批没有经过文化转换的"脑袋"(男性的和女性的),加上商业化进程对人的扭曲,以重建话语为突破点,改变男女两性立场的对抗、隔膜、抵触乃至敌视,非一朝一夕!实践亦告诉女性主义者们:仅仅从性别出发的某些极端的"抗拒阅读"心态,只可能把正在发展的中国女性文学理论建构导入歧途。

四

"幸福"在哪里?

如果我们仔细阅读近几年中国富有代表性的女性写作文本,认真倾听由这些文本这些女性发出的声音,不难发现,其中绝少一例是与世界与异性为恶的作品;女性作家几乎没有一例某男性作家因了一只被成千上万只蚂蚁吞噬的雏雀就从此与整个世界"为恶"的意识和人生观;她们声声呼唤的,是美,是爱,是与世界与异性沟通和谐的愿望,她们以笔墨缓解着似乎与生俱来的与世界与异性的紧张关系,她们追求那种似乎永远无法抵达的幸福的彼岸而倍尝艰辛。她们也会以柔软的手绢窒息行将就木的"对手",并因其不动声色的毒辣而让人毛骨悚然,但你得承认,它是为你所不知的女人世界的女人的"手段",女人与男人,女人与女人之间的战争,在她们那里,因其不流血而笼罩于一片"温情脉脉"之中。她们独有的视角、性别经验告诉人们关于"人"这个亘古之谜长期来不为人知的那一部分,完整着人类对于世界的认识。

比较男女两性文本,同是"偷情",在男作家笔下常成为一次"艳遇"一次"回忆"一次"智力游戏"或"幸运女神的光临",在女作家那里则成为"创痛""黑夜""爱又如何"或者"生存策略";同是"婚姻",在男作家笔下是颠沛流离后的"向往""温暖"和"避难所",在女作家笔下则是"失望""出走"和"懒得离婚",女作家们以她们独有的性别经验向世界报告,她们对表现于"性别鸿沟"的自父权制以来的男性霸权文化的绝望和愤懑,控诉长久以来由男性霸权文化构造的诸多的神话将她们一再引入误区,伤痕累累的惨痛和失败。当她们以貌似冷静的笔触嘲笑"自我",解构"幸福",质疑"婚姻",藐视"权力"的叙事一再面世,这些女性文本对于人类精神所可能面临的巨大危险的昭示,是多么的富有意味和弥足珍贵!

幸福是什么?

所谓幸福的感觉,那种在海洛因刺激下被称为"肽"的物质,正象海洛因可以把这在文学中一生一世追求的刻骨铭心的感觉浓缩为短暂的一瞬,"海洛因"嘲笑和解构了"人"一样,如果不能转变长期以来女性在父权制男性霸权中心文化下的不平等的失语状态,"幸福"对于男女两性都将因了人类另一半的缺席而不具有真实意义:"幸福"将成为仅仅写在纸上存活于口头上,在话语中游荡的字眼和学问。

方方的《暗示》徐坤的《厨房》蒋子丹的《桑烟为谁升起》等一类作品,不仅表达了中国知识女性对其现实境遇的这种清醒认识,而且表现了近乎形而上的女性立场的困顿与思索。因此,她们的女性文本,是置女性在传统男性文化中于进退两难的尴尬处境,从而取否定旧我涅槃再生的救赎之途。

铁凝的《何咪寻爱记》[1]是执于同一视角的别一类叙事。故事流畅如一则寓言:女主人公何咪因了外界的改变和诱惑以及仿佛与生俱来的不安与好奇,她一次又一次离开(或称"背叛")她的恋人,却又一次又一次在现实中受挫、被骗、失败;于是,"出走""归来"成为他们长达数年的情感模式,及至,男人对这模式忍无可忍与另一个女人结婚,也依然未能抵御何咪归来时无遮无拦的彻夜长哭。故事结束,男人的法定配偶如偷了人东西般匆匆逃走,何咪与男人在众目睽睽下紧紧相拥。在这则故事中,一整套传统男性文化关于婚姻、家庭、爱情、廉耻、神圣等等或贬义或褒义的话语秩序土崩瓦解,"没文化"的何咪,因了没有文化的负担,在其追求幸福的人生历程中,之人性的自由,恣意、率真、得心应手。这则女性文本之意义指向十分明显,它跳出女性自怨自艾的窠臼,取"连眼睛也不翻过去""视而不见"的解构策略、女性立场。它以貌似传统叙事文本的抒写,回避了"小女人""私小说""个人化写作"的指称,偷梁换柱般的,在传统男性霸权文化"边缘性"概念下扩张女性的智慧和发现,它以对自然真实人生立场的确认,嘲弄男性文化的尊严和文化女性的忧伤,因此,《何咪寻爱记》对于正在发展的中国女性文本无疑开拓了新的界限与文化视野,有别一番意味。

---

[1] 《何咪寻爱记》,应为《何咪儿寻爱记》;后文中人名"何咪"亦应为"何咪儿"。——编者注

幸福在哪里？

以寻找和重建女性话语体系为突破口,旨在解构颠覆男性霸权文化的文学努力,正着看,方兴未艾,价值非凡;侧着看,步履维艰,几多辛苦;反着看,藐视经典,大逆不道:

——幸福的彼岸,或者就在脚下,身边;或者,遥不可及。……

五

依旧是先进的西方文明,建立在这种文明之上的宽容与理性,给陷入某种困顿僵持不下的中国女性主义以新意和福音。美国著名的女权主义者理安·艾斯勒名为《圣杯与剑》的人类文化学著作,1993 年在中国出版后,至到 1996、1997 年间,终于引起了中国女性主义者们的真实响应。这本发表后在美国及世界各国强烈反响和高度评价的畅销书,以大量令人信服的考据和事实,说明在父权制社会许多年之前的古代社会,东西方都有过一种没有暴力、更富于人道精神、生态更平衡的社会组织形式,作者称它为"给予生命而不是夺取生命,以权力促进别人的发展而不是压迫别人"之"女性特征"的男女平权的伙伴关系社会。

该书的译介者在中文版后记中写道:"作者令人信服地描述了以女神手中的圣杯为象征的伙伴关系文化——社会模式和以男性武士手中的剑为象征的统治关系的文化——社会模式在各方面的差别。有力地证明这五千年发生的种种骇人听闻的暴虐、独裁、专制,以至人类当前面临的各种全球问题,都同男性至上的统治关系的文化——社会模式有关";这本被称为"自达尔文《物种起源》以来最重要的一本书"一再强调,对于史前女神崇拜(而非"母权社会")时期的文化揭示并不是让男女两性互相敌对,而是要建立一个和谐、和睦、合作的新型伙伴关系社会;正如男人能有"女性"行为,诸如非暴力、同情感,女人能有"男性"行为,诸如暴力和战争一样,养育而不是破坏,给予而不是掠夺,和谐而不是压迫,合作而不是统治,等等,女性文化是人类共有的精神财富。

"共同财富"的意义引入女性文学我认为包括几层涵义:第一,正象人类历史上所有有利于人类发展的文化遗产一样,女性文化并不因其是由女性所始发和创造就隶属于女性性别集团或具体某个人,它的基本含义是"共享";第二,女性文学是检索女性文化的一个视角,是人类精神成果的一个部分,是构筑新型话语体系的一个思路和尝试,并且因了其学问的性质而可能是抵达更合理更完满人生境界的文化捷径;第三,女性主义是其文学努力中的一个过程,是一种必须的手段,女性因其自然的性别持有它,仅仅是强调女性在开掘这份人类共同财富的过程中,历史和现实形成的比较充分的话语资格与权力,随着两性真正和谐平等,伙伴文化关系的到来,女性主义将终有一天而归于消亡;第四,对女性文学、女性意识、女性主义的执着和研究,不是女性集团对男性集团,女性对男性的对抗或宣战,她是一种文化行为,是人类能够的智慧向所有尚未破解和抵达的自然奥秘的探索和最后冲击,她的意义不仅是非凡的,而且是深远的,因而是极富前景的。

如许,女作家以人为本执着于人类终极关怀的"超性别意识"写作,就不会再被"误读"为社会行为的"同性恋",女性主义对非人道的男性霸权文化的解构和颠覆,就会多一分清澄和理性,少一分性别的偏执和激情,女性特征理想社会模式的努力和追求,就会变成全社会的自觉自愿的行动……

没有女性体验的历史,是不完整不真实的历史,与生俱来的性别并不决定后天品种的优劣,建立在人类另一半缺席基础上的"幸福"子虚乌有,没有爱情的"婚姻"是不道德的"婚姻";人类的未来不是破坏、污染、压迫、掠夺、统治与被统治的关系,是尊重、和谐、平等、互惠的民主伙伴关系。

女性、男性,在确定女性文化是被忽略的人类共同财富的基础上,重建话语意义群落,天下兴亡,人人有责。

——是的,"或者毁灭我们自己,或者改变我们的观念"。

女性之人生,就是女性之责任的过程。

女性之文学,就是女性协调世界实施责任的方式和途径。

"我美丽,因为我温柔。"

"一个人的价值,完全在它自己。"

1998年夏季,我主持操办第四届中国当代女性文学学术研讨会,与会代表泱泱过百,人员年龄构成年轻,而且多数是女性,其中,相当部分是正在就读学位的硕士、博士;——我提起它是想说明这样几个事实:一是女性文学在中国在现阶段基本上还是女性的事业,因而它是开放的,有待参与和开发的;二是"泱泱过百"和年轻及人员文化素质较高,说明它是发展的,充满希望和活力的;因此,承认它,关注它,爱护它,是文学发展的大趋势;我相信,包括本文,所有的为其正名的言说都将会成为历史。

双调夜行船(节录)

——九十年代的女性写作

徐 坤

　　毋庸讳言,九十年代的中国文坛上最突出的文学现象之一,就是"女性写作"命名的凸起。笔者指的是对这样一种现象的"命名",而非女性作家的写作本身。因为女性作家并非从九十年代才开始写作,历史上自从有了文学这门关于语言文字的艺术那天起,女性就已投身其中,为建立这门艺术的规范而效力,并已取得骄人的成绩。只是,一部男权文明史极力将她们排斥于历史之外,轻描淡写,使她们在历史的景框上淡出。女性写作"作为一种特殊的写作实践",在以往的文学史中,一直被归在其它诸种文学潮流之下予以论述,因而她的特殊部分,她对一部公有的男性文明的别一份性别体验就被压抑在历史地表之下,不得尽情凸显。实际上在各个历史阶段,在各种文学态势中,女性都以她们卓越的艺术才华和深刻的思想而走在时代创作的前列,独领一代风骚。仅就小说领域而言,本世纪从老一代的冰心、丁玲、庐隐、萧红、张爱玲起,到中年的张洁、谌容、宗璞,再到青年的王安忆、铁凝、张抗抗、刘索拉、残雪、池莉、方方、蒋子丹、徐小斌、毕淑敏、张欣及至更年轻的迟子建、陈染、林白、海男等不可尽数的女作家们,她们都以自己的创作实绩表明女性作家与男作家同样卓尔不群的力度,并且在某些关于人性本质描写的优美细腻方面令男性作家也稍逊一筹。只是,在一个固有的男权批评标准的框定下,没人愿意就她们的性别为"女"而发表看法,她们

题解　本文系作者的专著《双调夜行船——九十年代的女性写作》第一章"绪论",山西教育出版社1999年3月版。该书为杨匡汉主编的"九十年代文学观察丛书"之一。作家兼学者的徐坤在书中对九十年代的女性写作作了全面、系统的考察,以"尴尬与自由""断裂与接合""颠覆与皈依",解说女性本文在九十年代的历史文化长河中所处的"双调夜行船"图景,分别从"母亲谱系的梳理与母女关系的重新书写""女性私语与个性化写作""女人书写自己""迷宫与镜像""孤独的叙说""颠覆:作为一种文本策略""男性视阈下女性形象的默变"等几个方面进行了论述,强调以"文化立场"而非"性别立场"考察九十年代的女性写作实践尤为重要。在"结语:从边缘到中心"中作者指出,九十年代中国大陆女性写作既已从对西方理论的借用与反叛、从对传统观念的颠覆与皈依中突起,那么它也必然会在从文化的边缘向中心迂回渗透、在新的文化格局重整重建的过渡时期中获得自己独立的一席之地。

迫于外在的文化压力以及内在的文化忧惧,或许也以被当成无性别或准男性的"中性"作家解析而引以为荣。

自八十年代后期至九十年代以来,情形有了微妙变化。随着中国改革开放程度的进一步加大及西方女权主义理论在中国的深入推介,中国的女性对自己的性别有了更深一层的自觉。女作家们对自己的"女性"不再采取回护姿态,无论是在写作观念上,还是更深一层的艺术处理上,较以前都有了显著变化。女性以女性视角直面人生的书写更有力度,直抒胸臆时更加直白大胆,对商业化社会"游戏规则"的把握也更有穿透力;女性个人与历史对话的姿态更加孤独也更为执着;商业视阈下的女性写作有了更为自由广阔的空间;一些女作家则将女性的性别体验以一种执拗的"私语"化方式描绘出来,渐渐形成一股九十年代新的女性写作态势。这些,都构成了对九十年代女性写作加以专题研究的基点。

女性写作在九十年代的中国当代文学创作中已成为一道颇为靓丽的景观。它的深度理论根源承系于西方的女权主义运动,而它的高潮迸发却是藉于九十年代中期第四次世界妇女大会在中国的召开。九十年代中国计划经济与市场经济并存的整体格局,也给女性写作提供了机遇与挑战并存的外部环境。女性之私与个性化写作,女性躯体对于反抗一部男权文明的执着与迷失、细语与呼喊,空白之页上一部女性史的开掘,女性对于商业化社会中男权游戏规则的颠覆与反叛……这一切都使得九十年代的女性写作变得迷乱而纷杂。本书旨在通过大量详尽的文本分析,探讨女性写作的实践意义,并概括和梳理出诸种现象表层之后的背景渊源及女性写作在九十年代的基本脉络走向和特点。

一、尴尬与自由

要想给女性主义及女性写作下一个明确和完整的定义极其困难,尤其是在女性主义浮出中国历史地表没几日的今天。几乎在每一次有关女性问题的研讨会上都能看到对这个问题的无休无止地争讨,最后结果往往是以各说各话而告终。女智者们在面临"主义"这一重大历史命题时往往不能够达成共识,这与几十年来女权主义在西方的普遍境遇很有些相似。按西方女权主义者的观点,"女性主义"是永远不能够下定义的,一旦定义以后,它便失去了意义。不可言说的言说,必然紧跟着歧义、歪曲、误读和误解。要给女性的写作实践"下定义"是不可能的,因为女性写作"这种实践永远不可能被理论化、被封闭起来、被规范化——而这并不意味着它不存在。然而它将总会胜过那种控制调节菲勒斯中心体系的话语。它正在而且将还在那些从属于哲学理论统治之外的领域中产生。它将只能由潜意识行为的破坏者来构思,由任何权威都无法制服的边缘人物来构思"①。理论的模糊和不可言说一方面给创作带来无法遏制的混乱和犹疑,另一方面,却也正好给创作实践提供了最大程度上的自由。有多少个女性,便会有多少种关于女性写作的解说,便会有多少种关于女性作品的实际创作。若将"女性写作"简单的定义为凡是性别为"女"的女性自然人的写作,那么,女性写作"作为一种特殊的写作实践"的意义也就无从凸显,它就仍将遮蔽于菲勒斯机制观念传统监控之下,关于它的种种批评分析就会容易堕入既定的男权话语里,其反叛意义及性别特质也就无形之中遭到忽略;如若我们再简单地强调其"性别立场",将"女性写作"限定为只是"女"性作者书写其与外部大的社会历史背景相疏离的一己之私生活,那么整个当代文学史上能够提供给我们解析的女性作品少而又少,或许只有九十年代的部分女性私小说才能进入这个批评视阈,而绝大多数女性作家的作品就要被排斥在"女性写作"的范畴之外,这样一来就如例行的男权文化当道一样,女性主义批评者也有陷入女性"性别本质主义"的危险。

并且,由此所言的"女性立场"也大可值得怀疑。当整个社会的价值坐标和审美体系都是一个,或说是千百年来由男权所规定的那一个时,属于女性自己的这一个话语规范又如何确立? 或者,她只是一个大系统中的子目录? 如此,她相对于"总目录"的意义又何在? 在女性没有建立起来自己的一套价值体系(实际上也不可能独立于社会整体价值形态之外去另立)时,那么,她的话语形态,她的思考方式,都是借助于男权既已定好的那些规范,最多是在其中以不再对性别回护的姿态和眼光进行与他们同样的思考。当哲学命题一样,生存困境一样,是非道德标准一样,宗教情境、幽闭途径及其肉身厌世自我割裂撕碎的方式都没有什么超出"被允许"的程度之外时,女性的"自视"实际上仍旧等同于"他窥",女性的"自我"实际上还是"他我"。女性陷进了自我设计的思维之障。究其根本原因,是女人没有自己的语言。而人类,正是藉着语言来进行思考的。

这就是女性在男权统治中的文化宿命。要突破这种两难的文化处境,就必须找到女人表达自己的语言,从而加速地建立起女性自己的诗学。

因此,在考察女性写作实践时,强调其"文化立场"而非"性别立场"就显得

---

① [法]埃莱娜·西苏:《美杜莎的笑声》,《当代女性主义文学批评》,张京媛主编,北京大学出版社 1992年 1 月版。

尤为重要。作为一种"文化立场"的女性主义,"是以女性的独特体验、独特视点去反观男权文化"①。它期冀着在一系列的女性话语的颠覆、反抗过程中,赢得女性在历史中言说的权利,建立起平等的男女文化关系,进而建构女性主义自己的诗学规范。不管是在既定的男权话语内部,还是游离于主流话语的边缘之处,女性或不惮于冒对整个菲勒斯机制忤逆的危险,从文字的游戏和喧哗之中呈现自己的精神反叛;或踽踽独行,于无声处书写沉默千年的女性生命体验,所有这些或许都不失为一种机智的女性文化策略,所有的书写本文或许都不失为是"女性"的。

在对于"女性写作"的认定上,笔者赞同女性主义批评家戴锦华教授的观点,她认为在女性写作当中,"实践"的意义尤为重要,她说:"我自己不太喜欢用'女性文学'、'女性诗歌'这样的字眼……我自己更喜欢用'女性写作'这个概念来谈所有关于女性的文化事件、文学事件。在女性写作中,我非常强调实践的意义。女性写作是一种包含了很多可能性的、具有无限空间的文化的尝试,可以叫做一种文化的探险。这种体现的意义在于,把长期以来没有机会得到表达的女性的经验、视点、对社会的加入、对生活的观察,书写出来。而且我相信这种女性写作还能包含某些传统男性写作所不能达到的空间,具有更多样的可能性。所以我觉得女性写作具有更广阔的空间,具有更多样的可能性,而不是一个特殊的事件,特殊的可以进行界定的文学现象。"② 暂且,在我们所处的九十年代的当下,在它所被认定和接纳的初期,"女性写作"在中国的文学发展史上还不失为一个"事件",一个重要的或者还蔚为壮观的"事件"。显在的事实是,女性的自我性别意识一经确立后,其文化地位便有了与以往大不相同的改观。性别之于女性书写者来说,可能会是一把双刃匕首,它可以合理运用成为一种文化身份上的"僭越",同时又是其攻守进退时的护身甲胄。无论是在性/政治的颠覆策略上,还是女性性别书写/文化反叛的格局中,抑或是在迷宫/镜像的反讽架构上,女性本文以其美学及其诗意上的巨大而鲜明的隐喻性,能动地穿透了当下的生活,仿佛是在明处,又仿佛是在暗中,在九十年代的历史文化长河中形成一幅"双调夜行船"的迷人图景。女性本文既在人们的视野之中,又在人们的言说之外,破译或说解这份图景,既是"我们"的一份自由自愿,间或又是"我们"的一种责无旁贷。

① 戴锦华:《女性主义是什么》,载《北京青年报》1996 年 1 月 16 日。
② 戴锦华:《诗歌的女性视野——关于〈中国女性诗歌文库〉的多边对话》,载《中华读书报》1997 年 12 月 17 日。

二、断裂与接合

1995 年在中国大陆的女性记忆中应该永远记取。1995 年既是中国女性写作的狂欢之年,同时也是反思之年。本年度,在世界妇女运动史上具有重要意义的联合国第四次世界妇女大会在中国北京隆重召开。藉此春风吹助,中国女性与世界各国妇女姐妹联手,在亿万世人瞩目之下经受了一次空前绝后的女性集体狂欢,中国的女性写作同时也经历了一次前所未有的"高潮体验"。1995 年的中国女性创作、研究和女性出版业真可谓异彩纷呈、热闹非凡。各种专题妇女国际研讨会不断举行,女作家个人作品的研讨会接连召开,文学期刊杂志上陆续推出女性文学创作专号,论述女性写作的学术著作竞相在这一年出版,女作家文集、丛书一批又一批大规模集束性问世,女性生活大众性读物成批涌现……所有这一切,似乎标示着一个空前喧闹、纷繁的女性写作新时代的到来。

回溯之一:女性主义代表作异彩纷呈。本年度对女性文学创作影响最大的事件就是四套女性文学丛书的出版。按时间顺序,它们分别是:四川人民出版社出版的"红辣椒"散文丛书,主编陈骏涛,内收有方方、斯妤、张抗抗、蒋子丹、唐敏五位非常有创作实力的女作家的散文代表作;北京华艺出版社出版的"风头正健女才子"小说丛书,主编陈晓明、王朔,内收有王安忆、徐小斌、林白、张欣等七人的作品;河北教育出版社出版的"红罂粟"丛书,主编王蒙,这是一套规模最大、收得最齐全的丛书,共收入了全国二十二位当今活跃文坛的中青年女作家从陈祖芬、叶文玲到池莉、迟子建等的小说集;云南人民出版社出版的"她们"小说、散文丛书,主编程志方、刘存沛,内收有海男、陈染、林白、赵玫等十二人的作品。

这四套丛书的共同特点:主编挂帅者均为男性。

河北教育出版社在推出"红罂粟"国内女作家作品集的同时,又推出了"蓝袜子"外国女作家丛书以及"金蜘蛛"海外华人女作家丛书,每套丛书都有二十本左右。与此同时,各文学期刊也借此机会纷纷推出"女性文学创作专号"。影响较大的有:北京的中国作家协会所属机关刊物《中国作家》和《人民文学》杂志,分别在九月份"世妇会"召开之际推出"女作家作品专号";甘肃省的《飞天》与云南的《大家》杂志也分别于"世妇会"召开前期刊出女作家的专号;北京作协的机关刊物《北京文学》也刊出海外华人女作家散文专号。

同年,女性大众文化杂志热销。冠以"女性"名称的通俗读物,在街头巷尾的书摊上到处都可以见到。陕西的《女友》杂志与北京的《女性研究》杂志,都以其文化品位高、视角新颖而赢得读者人数众多,在销售量上名列各女性杂志榜首。此前,中国的文学刊物,尤其是正宗的纯文学刊物几乎很少为女性专门出一个特刊,出版社也很少会如此大规模集束性推出女性文学作品,除了一些纯粹为商业设计的时装、发型、汽车、挂历等品种的杂志常拿女性做装饰外,很难看见有谁会将"女性"这一话语作为一个十分严肃的话题提出。此次人们对于女性问题关注热情之高,实属有史以来所十分罕见。"阴盛阳衰"一时成为文化界所纷纷议论的话题。

回溯之二:女性研究方兴未艾。遮蔽于阳刚历史之下的女性写作得到挖掘和整理。与女性文学创作丛书风起云涌大规模面世相伴的,是有关女性写作研究专著的积极出版以及各种旗号下的女性写作研讨会的召开。中国直到八十年代中后期,才有学者率先把西方女性主义理论运用于评论中国的女性文学实践。先期的女性主义文学评论著作有:李小江的《女性审美意识探微》(河南人民出版社,1989年),孟悦、戴锦华的《浮出历史地表》(河南人民出版社,1989年)。它们在将西方理论与国内实践结合方面具有成功的示范意义。但囿于当时中国的实际情况,这种文学批评方法并没有获得更大范围的认可和反响。直至1995年,女性写作业已成为一种大趋势时,几位女学者的率先垂范意义才得以真正凸显。从京城到外省,许多此专题的学术研究著作都在这一年里如雨后春笋般的大量问世。其间可以做出索引记录的有,刘慧英:《走出男权传统的樊篱》(北京三联书店,1995年4月);陈顺馨:《中国当代文学的叙事与性别》(北京大学出版社,1995年4月);任一鸣:《女性文学与美学》(新疆人民出版社,1995年7月);王春荣:《新女性文学论纲》(辽宁大学出版社,1995年1月);林丹娅:《当代中国女性文学史论》(厦门大学出版社,1995年8月);林树明(男):《女性主义文学批评在中国》(贵州人民出版社,1995年12月);王绯、孙郁(男)主编:《莱曼女性文化书系》(作家出版社,1995年8月出版)。其中关于女性写作的著作有,王绯:《睁着眼睛的梦——中国女性文学书写召唤之景》,戴锦华:《镜城突围——女性·电影·文学》,鲍晓兰主编:《西方女性主义研究评介》(北京三联书店,1995年5月),张京媛主编:《当代女性主义文学批评》(北京大学出版社,1992年第1版,1995年第2次印刷)。

除了后两种著作是西方女性主义理论的专门译介之外,前几种专著都侧重于女性理论在评介具体文学作品时的操作实践。它们紧随先期的李小江、孟悦、戴锦华的著述之后,在其研究基础上都把问题的探讨向前推进了一步。几本著作对中国从古至今的文学史、中国现当代文学中的著名篇章、中国新时期以来的电影等等都进行了一次女性视角下的重新梳理和审视,得出了与以往男性编撰的文学史和男性视阈下的评论截然不同的结论,对以男权为中心的社会审美机制进行了无畏的诘问和挑战。后两种著作中对西方女性主义理论的全面译介,其工作其实早在八十年代中期就已零星开始,只不过在经过将近十余年的艰苦努力后,在"世妇会"于中国召开的 1995 年,整个女性问题研究已经或多或少成为一种共识时,这种劳作的意义才被烘托得更为明显。

本年度召开的学术研讨会有:由天津社会科学院主持召开的"女性文学国际学术研讨会";北京大学比较文学研究会主办的"女性文学国际研讨会";中国当代文学研究会与河北《女子文学》杂志社联合在首都师范大学举办的"中国当代女性文学研讨会";河北教育出版社召开的"红罂粟"女性文学丛书首发式暨作品研讨会;作家出版社在北京召开的"莱曼女性文化书系"研讨会。

同期,各杂志社、出版社纷纷为女作家召开个人作品研讨会,对她们的个人创作经验进行研究和总结。这些人都是当今中国文坛上相当有实力且非常活跃的作家。一方面她们的创作实绩为严肃文学评论界所首肯和认可;另一方面她们的作品在大众读者群中也非常热销。从她们的作品中能了解到中国大陆当代女性文学创作的概貌。1995 年召开的大陆女作家个人作品研讨会有:徐小斌《敦煌遗梦》研讨会(《中国作家》杂志社主办);林白《守望空心岁月》研讨会(《花城》杂志社主办);王安忆《长恨歌》研讨会(《钟山》杂志社主办);陈染《私人生活》研讨会(《花城》杂志社与作家出版社合办);赵玫作品研讨会(由天津文联主办)。其后还有叶文玲《秋瑾》研讨会(浙江文联主办)和张抗抗作品研讨会(黑龙江作协主办)。

简单的事实回溯之后,不难看出这一年度女性写作(包括创作与评论)的繁荣景观,且先不论这"繁荣"背后究竟是什么样的从性别歧视、压抑到浮出水面、个人与政府合谋以至被商业操纵的事实隐含。

1995 年以来中国女性文学创作、出版和评论表面上的繁荣并没能掩盖它背后所掩藏的深深的矛盾。这样一种完全是外来的、以性别为基准来划分写作类型的趋向,在中国国内的文学视阈内份额究竟能占几何? 是不是只有当需要跟世界接轨时她才被鲜明地提出? 包括女性主义批评家在内的女学者、女作家和女诗人们,她们是否情愿自己所从事的写作活动仅仅被视为是一种"女性写作"? 在中国这样一个有着悠久的男权传统的特殊国度里,偏离了中心话语(父权审美机制)的女性写作理论和实践,其意义和价值又应该如何判断? 对于中国所有从事写作的女性来说,这些问题并未随着"世妇会"的幕揭幕落而得到具体解决,问题的实质也并未因此而显得清晰。相反,女性写作整体与菲勒斯中心主义批评机制的分裂,女性集团内部对于"女性写作"这一问题认识的纷杂不一,每个女性个体内心体验与外在现实之间存有的裂隙等等,这一切都给世纪末的中国女性写作罩上了重重的焦虑与疑惑。尽管许多有识之士(男士)一直不停地在为女性写作的定位与意义而竭力地鼓与呼,但这种呼吁有时却往往不自觉地陷入"他们"看"我们"的窠臼,其实质仍旧是一个站在中心话语上发言的巨大的"男人",在对边缘状态细语的纤小的"女人"放送着启蒙与提携的犹犹疑疑的目光。并且,少数智者的认同和肯定,仍旧不能够扭转绝大多数评论者与读者对女性写作持有的一贯偏见,他们对女性写作仍抱有睥睨蔑视甚而至于是敌视的态度。而当换成由女性自己来为她们的写作进行伸张与辩护时,情形也未显出太大的乐观。绝大多数的女性写作者又会因循起教化的传统,"犹抱琵琶半遮面",惧于男权势力的威慑和强大,不愿意或不敢于承认自己是女性主义者,不愿意或不敢于承认自己的写作是"女性写作"。至少,她们是不甘心自己的写作仅仅被归入"女性写作"名下的。

中国的女作家们一直十分忌讳或者说惧怕自己的女性性别被人特地提起。对她们来说,只要能以无性别的"作家"这一面目出现就已经足够了。任何一种多余的定语尤其是"女"作家这等性别标号,肯定会在她们心里引起强烈的焦虑和不安:因为"女"作家这一称谓,以她们一贯的认知,便意味着要将她们划分到作家的整体集团之外,不配进入社会的中心话语,而只能以一种边缘状态散漫存在。不能进正史,而只能入"偏史"(何况这"偏"还没有形成"史"),这大概有悖于她们的写作初衷,也会令她们心有不甘。她们心里十分清楚,对女性性别的刻意强调,不但不会给她们自身带来任何益处,相反,还会惹出一些不必要的麻烦。在中国,张扬女性写作的最大障碍恰恰来自于女性写作者本身;将一个女作家的作品划分到"女性写作"名下时,最先招致反对的将会是女作家本人。事实上,在相当长的历史阶段内,"花木兰"范式是中国女性写作的惟一版本。绝大多数的中国女作家登场出演时都披挂着这千篇一律的行头。造成这种状况的原因,一方面要归于长期以来男权社会的经久教化之功,完全是她们被迫坚持模拟男性文学大师和崇拜父系英雄神话的水到渠成的自然结果;另一方面是她们虽已意识到自己的"第二性"归属,期望有所表达,但却小心翼翼地对自己的性别采取规避和回护的姿态。因为在一个大环境不具备的条件下,任何一种孤军奋战的女性抒写方式,其结果,要么是文章不得见天日,要么是作品发表以后遭受冷遇或中伤,最好的结局,也不过是落得个自生自灭的下场。

在当代中国文学长廊上,涌现出一批又一批出类拔萃、独领风骚的女性作家,当代中国文学史上一次次大的思潮波动都可以看到她们奔跑在前的矫健身影。可是,一旦要将她们的作品归入严格的西方女性主义理论下来解读时,便显得有些牵强附会,理论和实践互相为彼此制造出诸多的麻烦和障碍(姑且不论她们中的大多数人迄今为止是否认同"女性写作"这种说法,也姑且不论她们在创作中是否故意对自己的性别予以回避,已穿上一层有效保护自身"女性"不受伤害的"中性"或"无性"铠甲或干脆就是"男性"盔甲)。有时能在某位女作家的篇章中不期然解读出一些带有女性意味的因素,但很快作者就迅速地将自己的性别遮饰住,那个"女性"如惊弓之鸟一般慌忙远遁,剩下的全是合乎一般"中性"审美规律的文字表达。要想将大陆女作家的作品纳入纯粹的女性主义理论中解读委实不易,拨开重重假面雾瘴,也难以一睹芳容。在通读中国女作家的作品时,总能让人感觉到,有一个强大的、作为道德坐标的"中性"或是"仿男性"的作者,一个"他者"在窥视、挑唆和审判着一切,女作家们常常都会自觉不自觉地进入这种男权视阈下的写作模式。比方说一些女作家笔下的三角恋爱故事,无不是两个女人为争一个男人而打得头破血流非死即伤,而引起祸端夹在中间的那位男人,除了象征性地受一点良心的谴责之外,几乎就没有什么损失。这种典型的男权社会对于妇女"出位"的惩戒模式,如今已被女作家自己自觉运用,且屡试不爽了。

如此一来,女性写作与女性主义——这样一种新型的对写作进行区分和判定的话语,在其一开始被正规引入中国时便陷入一种尴尬的境地。要消除男权文化强加给女性的忧惧,还要靠全体女性写作从业人员的共同努力。拂掉假面上的化妆油彩,探视一下女性作家们的真正脸孔,正是九十年代的女性研究者们所要精心去做的有意义的工作。

三、颠覆与皈依

在试图对九十年代的女性写作进行评说总结时,我们不能不回想起八十年代那些让我们的心灵和肉体共同产生震颤的名篇:张洁的《爱,是不能忘记的》、《沉重的翅膀》和《方舟》,王安忆的《雨,沙沙沙》、《小鲍庄》和"三恋",铁凝的《玫瑰门》和"三垛"(最后一垛《青草垛》完成于八十年代,却发表于1996年的《钟山》杂志),方方的"三白",池莉的《烦恼人生》系列……那些作品曾经带给我们如许的清新和靓丽,如许的沉重和悲哀,如许无奈的叹息和感慨。当八十年代女性写作不甘于遮蔽在阳刚的历史之下,正在奋勇奔突,既成一股特别激情的力量而即将抽离于"他们"的写作之时,九十年代女性写作这时却以一种令人无法预想的方式降临到中国的历史之上。政治经济和社会文化的剧烈嬗变,都促使了中国作家对前途命运的思考和对自己写作位置的调整。一些作家沉入了历史,一些作家疏离了现实;一些作家倾泻着自我,一些作家拆解着游戏。八十年代的光荣化作了九十年代的梦想。光荣与梦想之间,却奇异地托浮出了女性作家在九十年代创作的坚韧与执着。

在经历了九十年代初期的动荡、中期的狂欢以及随之而来的沉寂这些如火如荼的时代变幻考验后,本世纪末的大陆女性写作,则完全是以女性成熟的个性化姿态出现并展魅力。纷争多义的"个性化写作"命题藉此女性写作得到了良好的诠释。无论是池莉、铁凝《云破处》、《午后悬崖》式的基于女性获救之路描画的性/政治文本的双重策略,还是张洁、王安忆、徐小斌、须兰、斯妤等人的《梦当好处成乌有》、《长恨歌》、《双鱼星座》、《宋朝故事》、《浴室》等等对历史的诠释及女性迷宫/镜像式写作,抑或是迟子健、张欣、毕淑敏、方方的《雾月牛栏》、《伴你到黎明》、《女人之约》、《埋伏》等"现实一种"的书写,还有陈染、林白、海男的《私人生活》、《一个人的战争》、《私奔者》等个人自传体的女性生存经验描述,以及何玉茹、叶弥、周洁茹的《四孩儿和大琴》、《成长如蜕》、《熄灯做伴》等关于"成长"的小说,女作家们都将笔触进一步逼向人性的本质,在实施尖利的质问和无望的叩询中,执意寻找一丝审慎的爱意和自我获救的温暖。其间不乏惨淡,不乏壮烈,而更多的则是悲悯和忧怀。在九十年代频繁迭起的"现实主义冲击波"以及"晚生代"创作的雾瘴喧嚣声中,女作家们的创作独立于各种公众传媒和理论评说之外,沿着一条边缘的路径潜心行走,并进而向文化的中心地带迁曲徐缓渗透,执拗揭秘解说着一部人性的或说是女性的心灵史。

在肯定九十年代取得如许业绩之时,也不能不注意到九十年代的女性写作的另一种"趋时":伴随着女性自我意识的确立,女性的"性别"不再是一个避讳,没有人再谈"女"色变,九十年代女作家公开打出的口号是:"作家还是女作家。"随着女性主义的渐进发展,至九十年代中后期时,言明自己是一个"女性主义者",不但成为女作家、女学者们之间群体呼应的一种简明暗号,也成为她们彼此间进入女性本文和话语范畴、在同一基准上展开对话的"入围"资格和资历。甚至,矫枉过正,九十年代中后期的"女性主义",业已成为某种"时尚"和一种新的时髦。

例如在最为惹人注目的九十年代出现的女性自传或准自传方式的"躯体

写作"趋向而言,九十年代后期女性私人写作泛化热潮中已是夹杂了大众传媒和商业炒作因素,在一哄而起书写女性私人生活的母题下隐含了题材上的投机与风格上的彼此模仿。女性躯体叙事学的兴起源自于西方女性主义的观念,"以血代墨"的女性书写定义得自于埃莱娜·西苏以及玛丽·伊格尔顿的理论。批评家南帆在借用它来论述大陆女性主义创作时说:"女性的躯体呈现为女性写作的一个醒目主题。在这个方面,男性话语的封锁圈被粉碎,以往,文学的男性手腕,诞生于这些手腕之下的女性形象不过是男性为自己的欲望所设计出来的模特儿。在这个意义上,文学同样是男性役使女性的意识形态。女性占领文学的目的之一即是,通过写作放纵躯体生命,冲破传统女性躯体修辞学的种种枷锁,用自己的血肉之躯充当写作所依循的逻辑。"[1] 中国大陆女性对于自己的身体有过三次解放。第一次是五四时期争得男女平等的解放,那是藉于思想解放运动欲从长期的封建专制压迫下,将自己的身体从被役使中解脱出来,争得自由支配的权利。无疑,女性的这种性别意义上的抗争,当其时被遮蔽和划归在"民主"、"平等"、"个性解放"等等社会启蒙宏大的历史主题下,"娜拉出走"只在思想意识上进行了一番搏斗和抗争,而并没有顾及解决"身体"这一问题。第二次解放是在新中国成立以后,靠政府机制和行政律令强制执行的男女平等,在"时代不同了,男女都一样,男同志能办到的事情,女同志也照样能办得到"之口号下,男女的性别差异被刻意泯灭,挑泥担担,开河挖山的"铁姑娘"、"女英雄"成了这种模式下最大的身体受害者。在低下的生产力水平之中,女人柔弱的身体,不得不承受家庭和职业的双重劳役,身体的解放根本无从谈起。第三次解放,即是九十年代女性对自己身体的解放,一个相对平等、进步的社会机制和相对发达的电脑信息化网络的建立,使女性有权利更加自主地选择自己的生存方式,无论是选择婚姻、独居还是离异,也无论是出外做工还是选择滞留家里,不会有体制上的压力和公共道德舆论上的指涉。只有在这个时候,"身体"的问题才会被提到认识层面上来,遭受泯灭的性别才得以复苏,女人对自己身体的认知欲望于是格外强烈。她们不必再如以往一样借男权之眼为镜,在那面哈哈镜中反观自己,而是力图通过女人自己的目光,自己认识自己的躯体,正视并以新奇的目光重新发现和鉴赏自己的身体,重新发现和找回女性丢失和被湮灭的自我。在林白、陈染、徐小斌、海男等等九十年代新一批女作家的作品《一个人的战争》、《私人生活》、《双鱼星座》、《我的情人们》当中,常常可以看到女性揽镜自窥的躯体描述,

---

① 南帆:《躯体修辞学:肖像与性》,载《文艺争鸣》1996 年第 4 期。

其间也不乏自恋以及自慰的描写。她们从母辈和祖母辈的记忆里得出结论,在千百年来动荡不定的存在中,一切都是靠不住的,灵魂的驻所不在天堂,天堂里由男性上帝把持着,它虚无缥缈地、不肯接收也承载不起女性灵魂的重负;也不能把灵魂归附在俗世的男人身上,男性除了欺骗和利用,从来就不会给女人一个好结局。灵魂的驻所只能在躯体之内,珍藏于我们自己的肉身。只有这一具躯体才归属于我们每一个个人。由此,她们便怀着对自己身体的认知,格外爱恋和珍惜自己。

这些具有自传性或准自传性的女性"私小说"形态,都是在以男性为对手、以男人为对立面的情形下出现的,女性视角的展现给她们的写作带来空前的自由和文体上的舒展。这种超出传统意义上的、以女人之眼来关照打量自己、直接描述自己躯体欲望形态的作品,对于整个菲勒斯机制都构成了挑战。一方面它提供了女性"私人化"写作的可能和现实,另一方面也显露出,当她们以一个庞大的男权文化为作战对手,将其当成挑战的把柄和颠覆的目标时,女性并没有显现出快乐,相反却显得忧伤、孤独,以及失望以后的悲愤与绝望。"以血代墨"的代价是极其沉重的。

然而在这之后,当其成为女性书写的一个"群体特征"时,一个庞大芜杂的女子自传写作"症候群"不期然出现了。女性准自传性产品以丛书或套书方式大批量制作生产出笼,其"私人性"和"个性"都因其写作内容上的盲目复制(自我复制或复制她人)而显得贫血而失色,同时也使得刚刚提到认识层面上的女性私人化写作,在类型化的集体狂欢中,面临又一次失去审美独立性的可能。大众传媒的炒作和商业的庸俗以至恶俗包装,某些不怀善意的"窥阴"操纵及个别书写者内在的迎合,也使女性私人写作反而变成对女性性别的一种亵渎和玷污。所有这些都极有可能断送女性写作及写作着的女性们的前程,使她们的颠覆成为变相的献媚或皈依,"逃脱"或"突围"之处再一次成为"落网"[1],女性的"第二性"命运又一次在劫难逃。

作为对世界范围内女权主义思潮在中国之回应的女性写作,能够发展出今日之业绩颇为不易。惟愿业内人士尤其是女性写作者能对自己的奋斗成果特别珍惜。对这一写作趋势的研究整理,不仅能为我们研究九十年代的整体中国社会文化提供一个参照,而且也提供了一个探讨关于文化的一元与多元、边缘与中心的极好视角。

---

[1]　见王干、戴锦华:《女性文学与个人化写作》,载《大家》1996 年第 1 期。

"罗衣"与"诗句"

——新时期女性文学之价值

金燕玉

女性文学的价值问题已经无可回避地摆到我们的面前来了。自从新时期女性文学蓬勃崛起、日益茂盛、渐成气候以来，它一直是中国文坛关注的焦点，投向它的目光非常复杂，其中固然不乏理解、支持和赞赏者，但不理解、误解甚至漠视、歧视者也不少，他们对女性文学的存在及其价值甚表怀疑，仿佛女性文学是一群好事者人为制造出来的，并无独立的必要，亦无存在的价值，甚至会引起文学世界中的性别矛盾和性别对抗。面对着这些目光，我们需要澄清，需要讲话，需要沟通。

上

我认为，女性文学的存在至少有三个原由。

首先，女性文学是文学生态从两性极不平衡走向平衡状态的必然产物。我们中国古代的文学女子早就对女性在文学中的艰难境况有深深的体会和重重的叹息，唐朝女诗人鱼玄机用"自恨罗衣掩诗句"的经典诗句非常形象地概括了这种境况。事实上，古今中外的所有文学史，无一不在显示着男性的富足和女性的贫乏。女性一方面在文学中处于缺席和沉默的状态，另一方面在生命本原中蕴藏着丰富独特的文学创造力，她们并不满意男性的代言，在经历了漫长的"罗衣

题解 本文原载《文艺争鸣》1999 年第 5 期。针对文坛上有人对女性文学的存在及其价值的怀疑，作者以唐朝女诗人鱼玄机的诗句来形容历史上女性在文学中的艰难境况、女性与文学的关系，认为新时期女性文学的存在至少有三个原由。首先，女性文学是文学生态从两性极不平衡走向平衡状态的必然产物，是文学发展的规律；其次，女性文学具有独特的认识价值，能够更好地认识女人、认识人类世界，女性文学把性别视角带进文学，为文学带来了新的话语空间；另外，女性文学是以女性自我认识、自我实现为宗旨的文学，与女性的人生密切相关，对提升妇女的地位起到积极作用，是对以往文学的一个必不可少的补充，一种有利于完善人性的发展。新时期的女性文学宣布了"罗衣掩诗句"的时代真正结束了。

掩诗句"的时代以后,她们终于用自己的声音来诉说自己的心灵,让女人写女人,女人用女人的方式写,这是一种与男性有所差异的文学声音。女性生命因文学而焕发光彩,文学因女性的风格而倍添风姿,从而更加丰富,更加多样起来,而这本来就是文学所追求的目标。只有通过这种方式,才可能改变文学生态的两性不平衡的状态,才可能使女性从文学的贫乏变为文学的富足,才可能使文学多一种方式,多一种个性。女性文学的存在,显然符合生命发展的规律、文学发展的规律,正如伍尔芙所说的那样:"女人几百年来都是坐在屋里的,所以到现在连墙壁都渗透了她们的创造力。这种创造力和男人的创造力大不相同。假使阻止这力量的发展或是浪费了它,那我们可以说是一件十分可惜的事,因为这创造力是数千年来最严厉的规矩换得的,没有别的东西可以代替。假使女人像男人那样写,像男人那样生活,长得像男人,也是十分可惜的事,因为既然两性都不是很完美的,再想想这世界之大,其变化之多,我们要只有一性,怎么能对付呢?"① 在文学中,如果让男性的声音淹没女性的声音,或者让男性的声音代替女性的声音,或者使女性的声音变成男性的声音,都会使文学生态失衡,只有双声合唱,才是理想的文学。

其次,我们还应该看到,女性文学具有独特的认识价值,能够更好地认识女人,从而更好认识人,认识人类世界,因为正是它把性别视角带进了文学,为文学带来新的话语空间。对人来说,性别是最根本、最本质的自然属性,它不可能改变,不可能抹平,人除了是社会的人、个性的人以外,还必然是性别的人。在性别问题上,我们曾经有过性别歧视的强大的文化传统,但是我们缺少公平的、公正的、客观的、科学的性别文化积淀。不平等的两性关系已经存在了几千年,用伍尔芙的话来说,那就是出现了这样的情况:"几千年来,妇女都好像用来作镜子的,有那种不可思议微妙的力量能把男人的影子反射成原来的两倍大。"② 在性别歧视的社会中,在性别歧视文化的影响下所产生的文学,对性别角色的认识和表现,特别是对女性的认识和表现,存在着严重的误区和不少的盲区。女性作为被陪衬的一方,作为被歧视的一方,在文学中往往不能得到真实的、完整的、具体而微的表现,不但"罗衣掩诗句",而且"诗句掩罗衣"。而女性文学浮出历史的地表以后,不仅可以把"诗句"还给"罗衣",还可以把"罗衣"还给"诗句",在"诗句"中见到真实的"罗衣"。

---

① 伍尔芙:《一间自己的屋子》,文化生活出版社 1947 年 6 月版,第 143 页。
② 伍尔芙:《一间自己的屋子》,文化生活出版社 1947 年 6 月版,第 55 页。

女性文学是女性从自身的生命体验出发去从事文学创作，是以女性意识的觉醒和确立为基础的，女性意识包含着人的意识和性别意识，即意识到女性作为人的角色、地位与价值问题。女作家能够在文学中描述自己亲身体验的女性精神、身体的独特的感知领域，女性文学的优势和价值也正在于此。当女性文学把性别视角引进文学时，不仅必须强调女性，也必须强调女性和男性的共同人性以及平等、合作与和谐的关系。女性文学决不排斥和抗拒男性，更不步入另一种性别歧视的泥潭。与其说女性文学把男人作为敌人，不如说女性文学试图让女人和男人都成为更加美好的人。女性文学在同时寻找和表现男女两性的差异和平等，即"在差别上平等"，而文学本来就是以差异为基础并谋求平等的，因此，女性文学既有独特的价值存在，又与文学的普遍本质和精神相一致。

另外，女性文学是以女性自我认识、自我实现为宗旨的文学，与女性的人生密切相关，对提升妇女的地位起到积极作用。妇女地位的提升，既取决于外部环境的改善，也取决于自身素质的提高。而女性文学在解剖这个世界的同时也在解剖自己的身体和灵魂，对女性生存、女性命运的关注和焦虑，是它特有的艺术张力，这种艺术张力使它变得敏锐起来，能够洞察女性生活、经济、历史、文化中的不利地位，在两性关系中的弱势处境，也自我反省女性的种种不真不美不善的行为方式和心灵杂质，去自我发现女性潜在的能力、才干和美质。我们所憧憬的是每个个人（不论是男人还是女人）的生命潜能都可获得发挥的环境，我们所渴望的是男女携手一起成长。女性文学具有提升妇女地位、实现女性自我的独特价值，与人类的价值目标是休戚相关的。

总之，女性文学是对以往文学的一个补充，一个必不可少的补充，也是一种发展，一种有利于完善人性的发展。它所写下的每页都在证明存在的必要，都在体现存在的价值。

下

那么，让我们来翻开中国新时期的女性文学那一页。

从中国女性文学的成长历史来看，这一页至关重要，它宣布"罗衣掩诗句"的时代真正结束了。在本世纪初的"五四"时期，中国女性文学的群体性兴起，已经向这个时代发出了致命的一击，但当时大多数中国妇女依然没有走出封闭的庭院，获得学习和就业的机会，也就不可能结束"罗衣掩诗句"的时代。到了本世纪中期40年代末，随着新中国的成立，妇女解放、男女平等的程度有了很大的提高,但由于文学都被纳入了革命的框架,而女性化被认为与革命化相对立,为革命所不容,是革命的对象,女性的创作也就每每受到批判。此时虽然解决了女性可以写作的问题,却没有解决女性写作的自由问题。只有到了 70 年代末,女性才获得写什么和怎样写的自由,真正结束了"罗衣掩诗句"的时代,迎来了 80 年代到 90 年代持续发展的新时期。因此,中国文学的新时期亦是女性文学的新时期。

倘若没有新时期文学的思想解放、反思批"左"、文化寻根、开放吸收外来思潮,倘若不是新时期文学树起人的旗帜,张扬个性,提倡风格,崇尚艺术,追求创新,那么,女性文学就不可能破土而出,生生不息,欣欣向荣。正因为女性文学是从新时期文学沃土中生长出来的,因此,它必然与新时期文学血肉般地联系在一起,它一开始就加入了新时期文学的大合唱,用丰厚的果实回报生它养它的沃土。这已经是有目共睹的不争的事实,并得到了文坛的承认。然而,从血管里流出来的是血,从罗衣下流出来的诗句天然地具有它的本色,而这种本色在以前是不容许存在的,一旦开禁,就越来越多,越来越浓,越来越重,终于形成一种特色,一种品格,将它自己从文学中独立出来,成为一个具有先锋性的方面军。新时期女性文学的价值既体现于它的合唱性,也体现于它的先锋性。只要检视一下新时期文学发展的轨迹,就不难发现女性文学的先锋作用。

我想,我们至今不会忘记那些蕴含着关于人的新观念的女性文学作品,它们曾经给文坛带来极大的震动和绵绵不绝的影响,在新时期文学回复到人的文学的过程中,女性文学的创造力找到了最佳的爆发点,所释放出来的美学能量是巨大的。我们不难发现,是女作家们率先发出了对人的呼唤(谌容《人到中年》、戴厚英《人啊,人!》),对个性的呼唤(铁凝《没有纽扣的红衬衫》、张抗抗《夏》),对自身的价值的呼唤(张洁《方舟》、张抗抗《淡淡的晨雪》、张辛欣《在同一地平线上》),对智慧和思想的呼唤,对"一个崭新的、可爱的、美好的、因而富有魅力的精神世界"的呼唤(张洁《沉重的翅膀》、刘西鸿《你不可改变我》),对爱情的呼唤(宗璞《三生石》、张洁《爱是不能忘记的》、张抗抗《北极光》),对性爱的呼唤(王安忆《岗上的世纪》、铁凝《玫瑰门》),从而对人性作了多方面的揭示,所到达的社会层次以及心理层次都是前所未有的。女作家们较早觉醒的生命意识又使他们去打开女性生命之门,去探索女性生命的奥秘,去挖掘女性生命的潜质潜能。池莉的《你是一条河》和铁凝的《世界》,分别以最具实感的原生状态的生活和最为虚幻的缥缈梦境,对女性最原始、最自然的生命力——母性作了现代的阐述;谌容的《人到老年》和徐小斌的《迷幻花园》,也分别从现实的生活世界和浪漫的虚构情节中演绎女性生命与岁月、青春、灵魂的故事,叩问生存和选择的人生命题。当陈染把自己的小说用《私人生活》的题目发表时,无疑是一种挑战,也是一种尝试,一种方式,以艺术化的成功表达向长期排斥私人生活的意识挑战,尝试将私人生活公开化来获得文学的话语权,去表现关于人的新的意识,并以新的方式、新的角度去观照在某个时代的个人经历,使未涉及到的私人感情层面被开掘,于是私人生活与时代的关系依稀可见。而林白的《一个人的战争》继《玫瑰门》之后再次直面女性的性生理和性心理,正视女性的身体和感觉,写出了性作为女性根本人性的一面,写出了身体对于女性自我所具有的意义,开启了认识物质人的文学之门。

由此可见,当新时期的文学向人的文学复归的时候,女性文学前行的姿态是领先的,女性文学在不断地扩大写人的文学视野,也在不断地深化对人的洞察。新时期的文学同时也是反思的文学,从对过去时代的反思到对文化传统的反思,始终具有历史的感觉,始终处于超越之中。而女性文学也正是从反思中崛起,在反思中得到深化的,并且有自己独特的运行轨道:历经对社会的反思,对自身的反思,对文化的反思三个层次。

女性文学最初的社会反思是女性意识觉醒的结果,女作家们首先意识到的是女性的存在,就像伊甸园中的夏娃发现自己是个女人一样,恢复了女性的性别意识,能够透过“男女平等”“妇女解放”“劳动改造”等社会口号看到女性气质被失落、女性被雄化的时代悲剧,经过反思,发出了“我在哪儿错过了你”(张辛欣)的沉痛告白,用“做一个女人”(张洁)的宣言开辟了女性寻找真我的新时代。这个新时代是女作家们提出来的,她们对此有明晰的认识,张抗抗曾经如此抒写:“如果扼杀大自然赋予我们的女性美和女人柔韧温婉的天性,无异于扼杀我们的生命。中国几乎经历了一个没有女人的时代。教训沉重而惨痛。而生活在今天这样一个开放时代的妇女,她们比任何时候都要珍视自己的女性性质。她们并不一定非要和男子做同样的事情,而是要以与男子同样的自信和才能,去做适合她们的事情。”(张抗抗《我们需要两个世界》)寻找失落的女性气质和女性美,成为新时期女性文学最早的共同审美倾向,它作为反思过去时代的产物,出现在一系列女作家的作品中,并且至今尚是男作家没有踏进的领域。以此为起点,女性文学继续反思,继续寻找,进入反思女性自身的层次,又一次显示它独特的艺术力。

当女作家们选择自我审视的审美取向,开始反思女性自身的时候,她们表现出了一种清醒的严肃的反思态度,不取性别对抗的姿态,不以性别为价值标准,不作倾斜的价值判断,不惮写出女性的弱点和丑陋,女性沉沦和堕落。她们审丑,但决不是暴露丑,而是审出造成丑的各种生存状态和生活方式,表现丑的后面那压制着或燃烧着的女性蓬蓬勃勃的生命本身的欲望和力量,表现丑的下面那顺从扭曲或挣扎或反抗的灵魂。她们通过自我审视去写女性的生存百态,去写女性个体之间的差异。铁凝自述创作《玫瑰门》的动机时说,要"写出女人的让人反胃的、卑琐的、丑陋的、男人所看不到的那些方方面面",为的是将"女人的魅力真实地展示出来"。于是她的笔下出现了因孤独无偶而心理变态的女性,因婚姻失望而努力去做一个"男人"的女性。在马瑞芳的《蓝眼睛·黑眼睛》中,出现了依赖型的女性,她们过着月亮式的人生,男人陪衬者的人生,失去了独立的自我;还有献媚型的女性,她们利用性角色去谋取名利,其人格的卑下令人不齿。对这些女性形象的解剖,显然潜藏着女作家们对女性生存和女性人格的人文关怀精神,正是这种精神在推动着她们从社会的批判发展到自身的批判,在支撑着她们从发出"做一个女人"的宣言前进到发出"做一个好女人"的心声。如果说第一层次的反思出自对长期以来社会女性意识淡薄的反抗,那么第二层次的反思则源于女性自我成长的内心需求。因此,在反思自省的同时,女作家们开始"寻觅优秀的女人"。毕淑敏在以此为题目的散文中写道:"让我们都来力争做一个优秀的女人吧!为了世界更精彩,为了自身更完美,为了和时间对抗,为了使宇宙永恒。"她认为,"优秀的女人首要该是善良","其次应该是智慧的","需要美丽","美丽的女人首先是和谐的","美丽其次应该是柔和的","美丽的女人应该是持久的"。这样的价值观,这样的女人观,使得女性文学再次出发到达文化的反思。

中国文化博大精深,中国文化根深叶茂,但残枝败叶不少,腐烂老朽的气息亦有,中国文化传统中扼杀女性的篇章太多太多。中国女性倘要自立,不砍断传统文化的绳束不行,中国女性文学倘要前进,也必须走出传统文化的阴影。无论从哪个方面看,文化反思是女性文学必经之路。正因为如此,在新时期文学整体性地向文化寻根走去的时候,女性文学却转向反思。女作家们反思在传统文化中生长出来的无爱的婚姻和在无爱婚姻中苟且生活的文化心态。谌容用《懒得离婚》对此作非常前卫的揭示和非常经典的概括。而铁凝的《玫瑰门》对被性意识禁锢的文化透视亦非常犀利和深刻,谓之"那积攒了好几千年的纯洁,那悲凉的纯洁,那自信得足以对我指手划脚的纯洁正是你惊吓了我,也许每一个女孩子都是一面被惊吓着一面变成女人的"。胡辛在《蔷薇雨》中塑造的刚结婚就守寡的老祖母形象是贞洁文化观的符号,她用一方一方本白织布和"一钵浓墨微臭的金不换墨汁"作为家训的工具,训诫女儿、孙女儿、曾孙女儿要保持清白女儿身,威严阴森,悲凉凄苍。这些文化反思都独具女性的慧眼,都渗透了女性的自身体验和深切的形而上的认识。当女作家们在进行文化反思的时候,她们往往从自身出发,从女性出发,更多地在女人身上寻找传统文化的封建性积淀,作自问式的探索,作母系式的批判,形成一个独特的感知领域。

当然,女性文学并不仅仅沉浸在对历史文化和文化心态的反思之中,对现实的变化着的缤纷世界,亦是关注,亦是倾心投入,在新时期"写现实"的文学潮流中同样独树一帜。

我们的时代变化很快,我们的时代变化太快,开放和商品经济的双轮运转已经把我们带进一个新的现实环境,女性从没有像今天这样面临着很多的选择和很多的诱惑,面临着很多的机遇和很多的失败,面临着很多的幸福和很多的痛苦。但无论如何,女性文学没有对这个时代说"不",而是努力与时代同步前进,努力在时代的洪流中区分清浊,在鱼龙混杂的世界中去发现真情、真善、真美。当女作家们切进现实世界的时候,视角跟踪着变化的女人和女人的变化,并且把女人和变化放在事业和家庭两个层面上展开。在谌容的《人到老年》中,陆文婷式的被动人生已经被"三女办公司"的主动人生所代替,陆文婷式的圆满美好波澜不起只愁物质的家庭已经被离异式、婚外情式的家庭所代替,家庭的新难题和事业的新难题都放在时代女性的面前。池莉的《小姐,你早》与张洁的《方舟》,同样写三个单身女子同舟共济的故事,内涵却绝然不同,此舟已非他舟,三个女子不再以实现自身的价值为共同的方舟,而是用美人计的连环套去敲诈卑劣男子,把金钱作为方舟,虽然已经消尽了《方舟》中的悲哀,女性的气势大长,但人格与道德都大降特降,这篇小说提出了在新的社会条件下女性价值观的选择问题。张欣的"城市女性系列小说",描述了各种走进新的生存方式的职业女性,在城市变奏曲中弹响"真情依旧"的旋律,女性的出色才干的发挥与情感误区的遭遇,都同时得到了新和美的表现,以强烈的当代性征服读者,又保持着没有被污染的不变的善的底色,的确是为时代和女性留下了一幅幅真实的照片。

上述的回顾,足以证明中国新时期女性文学的价值。有价值不等于没有偏颇,有些女性文学作品的确存在着偏颇的性别立场。克服偏颇,才能伟大,还是用伍尔芙的名言来作为参照吧:"在脑子里男女之间一定先要合作,然后创作的艺术才能完成。男女之间先完成一段婚姻。整个的心一定要打开,如果要想明了作家是把他的经验异常完整地传达出来,心一定要有自由,要有和平。"①

----

① 伍尔芙:《一间自己的屋子》,文化生活出版社 1947 年 6 月版,第 170 页。

20 世纪中国女性文学发展的误区

万莲子

一、走出精英主义误区，倡导"女性——公民文学"

"现代性"女性文学是指在中国文学发展的漫长过程中唯有在 20 世纪才生发出的一个簇新的女性审美传统。其文学精神内核迥异于古代女性写作，决不是我国悠悠古代女性文学的简单延续，而是另创了女性的别一审美想象形态，赫然出现在中国文化创造的历史场景中，多维度地显示着女性作为人的现代生存界面：从女性意识的不自觉到自觉、从女性人格的无尊严到自尊、从女性行为的被动到自主、从女性—人身份的怯懦到自信等，话语形式也从男性主流文化威慑下的被动式逐渐过渡到新型的"女性—人"主动式。不论承认与否，新的世纪的女性文学都必将"胎孕"于 20 世纪女性文学的"现代性"种种结果之中。

虽然中国女性文学的现代性在 19 世纪中后叶已初露端倪，如明清之际规模不小的女性群体写作、出版行为本身，就是不乏现代性因素的，再说，历史每前进一步，都是一定的"现代性"的相对胜利。但是，中国女性文学如前所述的审美"现代性"传统的真正成形，主要还是在 20 世纪初国门洞开之后。目前人类正面临着又一个世纪之交，故从一般规律，以世纪为限，本文将论域框架设定在文坛风云多变的 20 世纪，而且，所要强调的是，20 世纪中国女性文学审美"现代性"尽管在文学史、社会、政治、经济等多方面产生了重大影响，使女性的言说开始具备"女性—人"的现代审美特征，但其中也存在着不易察觉的误区——精英

题解　本文原载《湘潭大学社会科学学报》2001 年第 1 期。作者万莲子，又名万莲姣。文章指出，20 世纪中国女性文学存在着精英主义误区，一直仅限于在知识圈子游走、实验，它是不是影响全社会现代"公民"身份的养成，特别是女性—公民身份的养成，圈内圈外并无理性自觉。而女性文学决不仅仅是文学存在，以审美"现代性"方式使人类平等意识施之于一切层面的人的文化使命，要求其创作主体必须克服自身的精英主义，以求得向往文化完形的全民社会认同。因此，中国女性文学在 20 世纪初步呈现"女性—人"雏形之后，21 世纪还需朝着明确的"女性—公民文学"方向努力，塑造"女性—公民"正是女性文学的任务，提倡"女性—公民"意识在中国国情下更具可行性和实现双性理想人格的必要性。

主义,即发生范围仅限于知识圈子,影响所及有限,还没能形成切合各个阶层的人都不难接受的完形文化样态,甚至有引起全社会误读的危机,因而,影响了 20 世纪女性文学更广泛和更纵深的发展格局。为此我们认为:中国"现代性"女性文学在 20 世纪初步呈现"女性—人"雏形之后,21 世纪,还需朝着明确的"女性—公民文学"方向努力,使中国女性审美传统在以文学形式于想象世界中建构一个民主与法治、科学与人文浑然天成的理想社会制度和完形文化价值体系的同时,又以潜移默化的方式影响和反作用于现实世界,尤其是女性现实世界。

当然,适度的精英化是文化发展进程本身所允许的,先觉者往往能于不疑处有疑,发现并打破僵化的历史惯性,但像 20 世纪中国女性文学这一新型文学传统自出现以来一直经意或不经意把精英化视为理所当然,几乎成了集体无意识,则有沦入精英主义之嫌,这是一个影响社会和文化进化特别是女性自身全方位发展的原则问题,对女性文学的存在本身也是莫大的讽刺。

20 世纪以来,女性文学一直仅限于在知识圈子游走、实验,它是不是影响全社会现代"公民"身份的养成,特别是女性—公民身份的养成,圈内圈外并无理性自觉。而女性的悲悯心使她们尤其敏感于消除社会方方面面的不公、性别歧视、阶级压迫、战争罪恶、贫困愚昧等等,因此,女性文学以审美形式使人类平等意识施之于一切层面的人,这种文化使命要求:女性文学决不仅仅是文学存在,其创作主体必须克服精英主义以求得向往文化完形的全民社会认同。

从前女性的非人处境,导致女性文学者一开始就倾向于提倡"女性—人"价值目标,而"女性—人"直指哲学的层面,侧重其形而上的意义。"女性—公民"旨归则规定了具体的运作方向,更强调实践和行动。1993 年曾访问过我国的英国女性玛格丽特·德拉布尔在《今日英国小说家》中说过,"对作家来说,试图去了解帕斯卡尔和安德烈-马尔罗所说的'人类状况'是很重要的,然而,这种普遍的生存状况,对每一个人来说,是植根于具体的特殊的生活道路、特殊童年、特殊文化之中的"。由此来看,至于已被女性文学界普遍认可的"女性—人"状态,这里我们不妨也说,是植根于每一个人特别是女性的公民身份的养成过程中的。这里,"公民"是指具备了这样一些素质的社会成员:尊重人人平等的权利、自尊自律、情操高尚、好学多识、创新进取、国家民族责任感强、关心他人和集体等,他/她既不是极端个人主义者也不是极端集体主义者,而是精妙而完美的社会制度的主动选择者,自由而合理的人际关系追求者。

"杰出的英国小说家都希望从个人的社会经验出发来探索社群共同体的

意义和实质。"① 一出世就背负文化意识形态沉重使命的女性文学更应该这样。而"个人的社会经验"与"社群共同体的意义和实质"之间的契合程度往往决定着作家们书写时的文化创造质量;而在此格外强调"女性—公民"审美意识,则是由于"女性—公民"具体规定了女性创作主体及其创作的价值指向,具有把个人和社群二者联结起来的基本立场。

二、精英主义的表现略陈

1995 年 6 月,天津人民出版社以明敏的学术眼光,推出了盛英主编的《20 世纪中国女性文学史》上下两大卷。对这部历时 9 年而"绣"成的填写文学史空白之作,因其学术价值自有公论,在此不赘。当然,着眼于发展,我们在首肯一切女性文学及其研究实绩的同时,则更倾向于探测其运作中的失察,指出女性文学及其研究同仁们身在女性文学中的浑然不觉的、感性的和情绪化的成分。是到了该纵深发掘"女性文学何为"这类女性文学学科元命题的时候了。

我们说,显然,《20 世纪中国女性文学史》的编撰者们看到了 20 世纪是一个对女性而言的"前所未有的解放的时代",因而欢欣鼓舞,因而撩拨了编著中国女性文学史的兴绪,但是,似乎也忽略了这样一个事实:20 世纪中国文学的发生背景十分复杂,文学的现代性、政治的革命性和文化的包容性表现在新文学运动中,往往错错杂杂,盘根错节,决非小葱拌豆腐那样一清二白。20 世纪中国现代性女性文学就糅合在与之同步进行的新文学运动以及中国新民主主义革命、社会主义文学运动中,既是它们的有机组成部分,也受其主流的、权威的文学思潮遮蔽,长期以来,文学主体们在文化、社会、政治甚至性别身份上都扑朔迷离。问题恰恰集中在这里:仅仅归纳、描述 20 世纪女性文学生发的情形,倒并不是特别困难的事;在中国这个具有超稳定文化结构的现实里,我们要想清晰地确立女性文学精芜杂陈的文化价值和意义,倒是恐怕不那么轻而易举了,而这关系到对女性文学存在的价值认识等学科建设问题。如:

冰心的"爱的哲学",在用内含诸多现代性因素的妇德②摒弃社会中异化人性的同时,又因冰心个人独特而未免狭窄的人生历验而有"躲进小楼成一统"之嫌。至于捆在职业女性身上的事业和家庭两股绳索死结,她清醒地看到了却又

---

① 陆建德:《小说的寿命:超过上帝》,《读书》1998 年第 3 期。
② 刘思谦:《"娜拉"言说:中国现代女作家心路纪程》,上海文艺出版社 1993 年版。

无法解释,只好保持缄默。此外,冰心强烈的女性爱精神,在当时"为奴隶的母亲"和"生人妻"司空见惯的社会背景下,多少也流露出物质和精神生活双重优越者的自炫,客观上认同了并非完形的男性主流文化秩序,成为一种极其复杂的文学现象:既传统又现代。问题的难点在于,这又不是冰心个人所能幸免的,其现代妇德在一定程度上还是对女权运动的消极面——破坏性的反拨,有一些前瞻和纠偏的作用。这种文化、社会性别复杂含糊但自然性别十分鲜明的创作,在20世纪女性写作中屡见不鲜,传统与现代泾渭难分。又譬如:

丁玲及其复杂的文本,因全社会的公民意识并未成为大众自觉的心性,健全的文化还是精英们一种乌托邦想象,于是,丁玲创作的先锋姿态被来自方方面面的因素纠缠,构成了现代文学史及其研究中奇特的"丁玲现象"。如果说冰心的现代妇德隐含着大众文化层面意义上的精英主义成份,那么,丁玲敏感的现实文化审美,则不幸成为女性精英文化层面意义上的精英主义,更是有意味的精英之精英现象。如其《三八节有感》这类在今天看来性别文化意义重大的"惹事"文本,之所以它会"惹是生非",正是因为现代性女性文学发展中,已经不可避免地出现了这样一种情形:因特定历史背景的逼仄,反抗病态的性别文化以自嘲方式出现,往往乏力得很。而现实生活里更宏大的主题会在客观上麻木不明真相的大众神经。丁玲出于对女性悲剧命运的深切同情,写下《三八节有感》,就女性来说,这实在是合情合理的,然而,夹杂在民族、阶级斗争中的个体女性苦难,对还未求得基本生存权的民众来说,在他们看来,太微不足道了,人们众口一词,从上到下都不屑一顾出走后个体的娜拉命运,于是类似丁玲这样的少数几个明白人倒成了"不合时宜"了。这是一种无法回避的"精英主义",作为后来者的我们,在指出这一情形时,竟实在不忍言之过重,以免贻下苛责的口实。受制于时代、民族、阶级等宏大叙事主题的这类精英主义显得尤其无奈。

看来,中国现代性女性文学在发展中矛盾歧出的情形不少,还有待女性文学者去发现和反思。

20世纪中国女性文学发展道路并不平坦,原因是它在不知不觉中走入精英主义的误区,可悲的是,这一误区的生发竟是不管女性文学作家及其研究者承认还是不承认的,它都已成为一种客观存在:女性文学创作及其研究还只是智识圈子内的事,它多少有些远离中国民众文化现状尤其是底层女性的文化真实。用现代汉语书面语言构形的女性审美言说,到底在多大程度上代表了时代大众女性的声音?到底有多少人真正理解女性审美想象中的"女性—人"的需求?从目前世纪之交仍不容乐观的性别文化现状,人们不难体会到现代性女性文学发展的路程漫漫。例如,在现实中,我们看到,男女双性有别,但二者之间的文化关系是平等的、复杂的、相互依存的,此类思想和观念并未扎根人心。就在今天的中国女性中,一方面仍有同工不同酬,在家庭里外不是"人",身心备受折磨的"女性奴隶";另一方面,在一些仅限于接受了一点妇女解放知识皮毛的自私的女性中,又有偏激地理解女性地位的提高而藐视男性的情形,错误地以为,在工作、学习和生活中,只要牢牢地控制男性,女性占上风就是妇女解放的体现。这种矛盾、复杂的现实提醒我们,关于不无现代性意味的"解放"、"文化"等等概念,我们还需思之再三,需有一些冷静的分析以供新世纪的女性文学创作和研究自审。仅以"解放"和"文化"的术语内涵为例试析如下:

"解放" 是一个有着鲜明革命色彩的术语,特别是经过新中国全方位的政治化灌输教育之后,各个阶层的人对此都有十分切肤的感觉。不过,在 20 世纪末来看"解放"一词,似乎它已失去昔日的光辉,"打翻在地,再踏上一只脚",并不意味其施动者真正赢得了胜利。比如"妇女解放",中国知识女性在实在的生活际遇中所碰到的难堪情形:一方面是"这样解放",一方面又是"这样的不解放"①,就一针见血地道出了"解放"的无奈。在我们看来,20 世纪知识女性可以毫无顾忌地从事写作,这是外在身份"解放"给妇女带来的极大好处,但她们写作时的无边主题、多重视角、个人化风格等等,在竭力躲避父权预设时又难逃知识、观念方面的精英圈套,那些远离社会现实场景的碎片般的书面化、隐私化的女性文学话语,除了让人不知所以外,更平添了一道"被看"的风景,步入"解放"的反面。以二例略作说明。

残雪在《辉煌的日子》集子中"随随便便地讲些风马牛的话",在自说自话中玩自欺欺人的文字游戏,这样写出来的所谓女性神话谱系,理所当然地陷入纯粹寓言怪圈,不要说说服还在为温饱而劳碌奔波的大老粗,就是有闲阶层,除了一些学问中人不得不去啃,去费神体味其女性寓言隐喻外,我想大多数恐怕都是无暇搭理这类硬造出来的文字迷宫的,以致残雪文本中女性审美想象本有的生命寓意和文化隐喻,达不到期待中的效果。这样,再好的写作也就只不过是一种纸上的书写,无一例外地成为文坛少数先锋的"被看"。而女性在这类虚空中的观念、文化层次上的"解放",也被大打折扣。

张欣的都市故事,曾一度呈现温馨的双性和解迹象,然而,读多了,我们又发现,她诉说的故事,从表层来看与残雪相反,在好看且好解的背后,又落入"坊间

---

① 陈晓明:《勉强的解放:后新时期女性小说概论》,《当代作家评论》1994 年第 3 期。

机械化制作"平面复制的陷阱,各个作品相类似的"双性和解",几乎成为解除现代人情感、婚姻危机的通道,而白领丽人的成功无一例外地仰承男性欲望化的审视,这同纯粹女性化自恋写作情形一样,摆脱不了残酷现实的"欺骗游戏",作为大众消费品形成另一类的世俗化"被看"。再者,张欣笔下写字楼里的现实氛围,总体来看,不过是一个点缀性的商业化舞台布景,当都市化在中国并未形成主流生活场景时,一经批量生产,则其所指的女性"解放"成为极有限度的"解放",同样浸润着一丝不识人间烟火的气息。

目前的市场化社会中,占绝大多数的底层女性特别是乡村女性言说,正面临被女作家们搁置的危险,这并不正常。非知识女性特别是农村妇女,新中国由上而下赐予了她们"解放"的外在身份,但她们在文化场中被动缺席的角色仍先天注定。在池莉笔下,"河"这类母亲在辛苦劳作背后,是身心双重的耗空。从一定意义上说,享受到"男女都一样"这种"解放"待遇的新中国平民妇女还有更多的难言之隐,竟是说不出的,一方面是她们不善文学表达,一方面是她们没有勇气言说,更可悲的是她们没有具备言说的意识,在那里,默默生息着女性审美的另一巨大空间。

实在有些可惜,20 世纪如丁玲、罗淑之类真正有心注目底层女性的生存苦难的女性作家还太少。限于中上层的生存环境,随着时间的流逝,20 世纪中国女作家大有被文化精英主义无形吞没的危险。不必说,冯沅君后来干脆埋首书斋,杨绛于"万人丛中隐身"等等,连新时期作家中平民意识较强烈的女作家如池莉,也在当今的市场化潮流中难以自持,其新作《小姐你早》①,用女性寓言隐喻精心预设了几个有一定社会身份的女性复仇变心男人的故事,虽从一个方面真实揭露了现代都市社会的一个断面,但仔细想来,这一文本又到底染上了知识女性自恋色彩。单纯的复仇行为,难免大煞风景,既无助于白三改们的自省、王自力们的自惭,更对合理的性别文化建构意义不大,客观上已类同小报故事的绝妙素材或闲人茶余饭后的谈资。艾月的美色糖衣炮弹,与小保姆的行为实质何尝不是如出一辙?唯一不同的是卖身的等级有别罢了。何以前者就值得同情,后者理当为人诟骂?而小保姆如何言说,小说似乎不屑于交待。说到底这还是归因于社会人为划分了女性生存等级的宿命。高贵的城里人与卑贱的乡下人被并不人道的户口制屏障遮挡之后,竟至于使城里人"高贵"和乡下人"卑贱"顺理成章,成为很多中国人心目中的习以为常。女作家也不例外。在女性文学领域,

---

① 　池莉:《小姐你早》,《收获》1998 年第 4 期。

能用文学审美表达世界的,绝大多数是都市知识女性,这是不争的事实,而这一"不争的事实"正是"解放"尚贻留的破绽之一。

至于旧中国社会里的女性,求"解放"还是众多女性第一层的任务,写作只是少数智识精英的事,现代女性意识影响所及极为有限。识文断字的"解放"与咬文嚼字的"解放"根本不是一个档次里的话题,不说也罢。

"文化"一词,广义的解释是指人的一切活动成果的总结,是指人化的自然和自然的人化。也就是说,人类文化样态是丰富多彩的,由此考察女性文学与文化,可知女性文学在其中所扮演的角色,理应是一剂促成人类文化完形的催化剂;人类离不开文学的滋润,文化也离不开文学审美的牵引,现代性女性文学因其对父权传统敏感而尤其致力于审美意义上的理想文化建设。然而,人类发展的历史斑驳陆离,由此导致人类的文化样态也光怪陆离,不乏异化因子。20世纪中国现代性女性文学在揭开人类历史中夹杂在阶级、民族中的性别方面的畸形文化因子之后,接下来应该是如何把握自身发展的文化生态平衡。

然而,文化的历史性滚动,使它的内质如滚雪球一样庞大,再庞大,这样一来,现代性女性文学要求剔除内化其中的不自觉的病态文化定势,难度就极大。诸如张洁女性的"需求的实现",王安忆女性的"欲望的追求"等有一定力度的女性文学运作,依然不足以改写或淡出男性主流文化中心背景;更不用说冰心、冯沅君等人是在世纪初从事社会、文化性别身份还较模糊的女性写作,只是初步表明了20世纪女性写作的一种促成女性参与社会和书面写作的叙述姿态,显示出女性审美之思对男性主流文化规定的女性生存范式不无质疑。

培育文化场中的完全人格的氛围,是现代性女性审美的天然职责。原因是现代性女性文学因尤其敏感于文化、性别发展的不公平,所以更有一种追求健全的人的自觉。目前一边倒的城市化的女性文学把城市和城市女人写到了极致,却有意无意地拱手相让了女性文学天空的另一角——对乡村女人的审美,留下一个与现代性强调平等、公平格格不入的文化暗角。在那里,传统文化中的怪胎因为现代性女性文学的缺漏而将发霉的触须到处伸展,四处蔓延,男性笔下变形的乡村女人形象即其表征。实际上,同在一片蓝天下的乡村女性是有着更酸涩、被动、无奈的历史图景的,30年代的萧红《生死场》等曾有过生动写照。但反而在20世纪中后叶,女性文学竟未出现有力度的、切实的、全面的、有开掘性的成果。徐坤写到乡村生活时就显出弱势,她的《女娲》因作者对农村传统礼节秩序文化根源缺乏感性认识,竟有图解历史和现实的硬造痕迹,有明显的理念化色彩,即有图解女权理论模式之嫌(当然,她的女性知识分子视角反讽男权社会之作,非常精彩,这已为众所公认)。一些下过乡的知青女作家,对乡村生活也有过不少文字,但毕竟她们更像乡村看客,因潜在的城市文化优越在这些城里人身上自觉或不自觉地存在着,由城乡文化的差异导致了人为的城乡社会的不平等,从而蒙住了创作主体本来应该不可缺少的现代审美眼光。

禹燕的《乡村女人与城市女人——女性形象的文化批评》一文敏锐地指出了文学发展中男女作家塑造女人形象时鲜明的城乡差异,只可惜她仅仅将这一奇特现象视为女性文学的胜利,没能进一步反思20世纪中国女性文学自身发展已折翼的悲哀。足见不察女性文学精英主义误区的隐忧所在。

三、精英主义的形成原因

20世纪中国女性文学现实表明:精英主义的形成原因主要在于单纯强调建设女性文化,而这只是女性文学审美"现代性"发展的手段,不是目的。

毋庸置疑,20世纪中国女性文学已经用自己的创作成就确立了迥异于以往的文学身份,诸如发现女性自己,在文学书写中创造现实文化等等,一如众所周知的,盛英等人的工作,已经向人们较为详尽地展示了尘封在20世纪历史中的女性写作情形。但20世纪中国女性文学是否真的是以十分醒目的、健全发展的"现代性"来终结古代女性文学的呢?其"相异于古老传统而确立了自己"是否是一蹴而就的呢?女性文学对于现代汉语特别是现代文化的发展,究竟有何特殊的意义?这些都还不见有人做出有足够说服力的回答。《20世纪中国女性文学史》限于寻绎资料,描述文学现象的史的框架,几乎还无暇涉足这些难题,而结论"研究女性文学,其意在于建设和发展女性文化,谓之'为了女性'",倒似乎有明显的不妥之处。近年来刘思谦等人的努力探索,流露出试图解决这一难题的端倪,如其探询中国女性文学现代性,以此构建中国的女性文学批评理论,用心良苦。可是她的理论基点:女性人文主义理想,则同前述《20世纪中国女性文学史》强调女性文学目的在于建设女性文化的观点一样,也似乎有些偏失,并与其良好的初衷相违。

种种拘于女性性别一隅的女性文学结论,在表面的合理背后都隐含一种二元对立的思维结构,即把女性文化理想化。事实上,女性文化在历史、现实甚至在未来的运动中,它都与男性文化创造一样有其不堪审视的因素,并不值得绝对信赖。应该说,人类社会健康发展的理性蓝图中,"现代性"因其本质即变革,属于永远的未完成,所以,这表明"现代性"女性文学决非意味另树一个所谓的性别文化中心,相反,是以结束和消解以往未免畸形的性别文化权威价值体系为出发点的变革行为,是从女性审美角度锻造现代人的心灵和行为世界,使健全的人的"公民"意识成为现代人的日常自觉,日积月累之后,进入全人类的完形文化良性循环,这才是女性文学的真正目的。对女性文化的审美强调,旨在唤醒历史和现实女性群落中的女性性别文化自信;对女性文化的格外青睐,只是促进女性文学现代性发展的手段,而决不是目的。概要说来:

首先,女性文学最直截的目的不在于单纯地创造女性性别文化,而是唤醒全民注意历史和现实性别文化的残缺,参与全人类合理化生存的文化实践。人类的生存需要是第一位的,也是最基本的,女性文学既为文学,它首先面对的是女性自身的生存文化场景,而女性自身生存文化场景是与大千世界有着千丝万缕的联系的。事实上,女性文学及其批评一旦以倡导女性文化为出发点,为价值目标,就很容易在操作中导致性别意识的片面性和偏激情绪。毕竟,女性久受压抑与长期变形的生存历史,使她们心中郁积了太多的怨怼,以致当20世纪的文化舞台允许她们发出自己的声音时,一度以高声嚷嚷取代平心静气则是完全可以理解的方式。只是作为理论引导,女性主义文学批评必须承担自己更深层更睿智的职责,不能无原则地一味跟在创作实践后面凑趣。中国20世纪女性文学中俯拾即是的女强人和小男人形象,或许就有偏激理论误植的不正常成份。另外,在谋生还是绝大多数人的首要生存选择需要时,文字向来只是少数人的专利,文学这种具备了物质和精神双重构成形态的上层建筑文化,在一定阶段里还决不是民众不可或缺的精神营养。从平民角度来说,文学有时无非是侈谈,"是不人不鬼的语言"。要不,30年代,瞿秋白等人就曾立志创立一种"大众说得出,听得懂,写得来,看得下""把话文的距离缩小到最小甚至零"的新语言,正是基于中国国情,出于文学的可行性与否的考虑。当然,其欲消灭汉字的偏激行为并不可取,但是他们关于现代汉语应该面向民间的思路,在今天仍不无警示意义。我们思考女性文学如何在障碍重重的现实社会中突围,使性别文化乃至所有文化完形,同样得树立一种基于实践的可行立场。

其次,女性文化本身精芜杂陈。尚未实现真正意义上的人的解放之前,单纯的女性解放运动是难有作为的,有时甚至是跛脚的。其所营建的所谓女性文化,因女性作为"公民"的品性还没有打下民间根基,还因为全社会"公民"文化的健全只是一个遥远的梦想,所以从中滋长的女性文化跟男性文化一样,必然良莠不齐。也就是说,女性在文学书写中创造的文化,虽然丰富了人类文化宝库,但由女性所创造的文化,因其免不了要受"传统"怪魔的下意识的作用,从而总是包含一些不健全的因素，一不小心，就会落入男性强势文化历史已经设下的陷阱。比如：现代性女性文学发展的过程中，用"传统"中的"渣滓"来作武器反传统，其间"饥不择食""口不择言""笔不择字"的情形屡见不鲜。冰心独特的"个人化社会经验"就并不见得适合大众女性的实际，她的现代妇德在一定意义上倒是给父权文化中心社会更苛刻地规范女性，提供了一些口实，如有不少人就把"家庭问题""离婚多"等现象发生的根源，全归咎于妇女运动。此外，庐隐的"哲学病"，张爱玲的"婚姻苍凉"等，也无不折射出从父权文化传统中来的不新不旧的特质，其复杂性不言而喻。

最后，人的现代化实现不是一蹴而就的。现代性女性文学的发展是与现代社会打破政治、文化、经济等发展中的不公正，特别是与纠正性别文化发展的不公平、不公正同步进行的，因此，它有极为直截了当的意图：在女性文学的熏陶中养成全民作为健全的人之"公民"意识。原因是："公民"内涵，包含个体和整体多重因素，体现着双性共相的特质，特别是它以消除不公，提倡人人生而平等，人人生而拥有与生俱来的各种权利和义务等现代观念和意识为行动指南，与现代文化价值体系和现代社会制度同途。从这个角度来看，鲁迅的"立人"的立场，在今天依然有着重要的实践意义。遗憾的是，就20世纪而言，人的"公民"意识并没有被全社会接纳并自觉奉行，先觉者关于人的现代化建设的种种努力，大都有鲁迅无物之阵的悲哀。女性人文主义同人文主义一样，其本身立意偏重精英，侧重于形而上，所以只是作为全社会各层面的一种朦胧的理想，谁都可以暂时借用而不具备长效的可操作性。正如90年代一度沸沸扬扬的人文精神讨论，在面临以生存竞争为第一要务的市场时，发生在知识分子圈内的这一动作本身就有堂吉诃德式的讽刺意味。事实上，虚弱的人文良心机制敌不过俗世暴利的诱惑。因此，我们认为现代"公民"责任和利益双重兼顾的约束力倒恰恰是一只无形的大手，可以自动规范现实中人。在21世纪，倡导全社会公民意识的养成，应成为当务之急，它是人的现代化建设实际中不可省略的一个过程。公民正是打造健全的个人最基础的部分。

具体说来，在世纪之交的契机下，女性文学及其批评确立女性人文主义立场，立意自然不错，可是，人文主义侧重在哲学层面影响大众，对于高等教育程度还不高的中国国情民心来说，的确不具备感召力。而对全民提倡"公民"身份的养成，提倡"公民"义务，则使个人接受多方面的素质教育成为自觉的意识和行为，且"公民"一词本身就被很多实实在在的"现代"规范涵括，既有政治、经济、文化等等层面的要求，也蕴含些微理想期待成分。说及"公民"则意味一方面是责任,另一方面是"利益",这是"人"的本质的双重实现。所以,在中国这个特定的社会里,女性文学第一步要做的工作,与其说超越现实奢谈人文主义,不如从揭开民众的现实生存困境之谜切入,从民间现实出发,使人人都于不知不觉中养成现代公民意识,确立作为现代个人的公民身份,不断完善中的公民意识,给一代一代的普通民众带来的将是一个无限开放的感性和理性空间,既批判传统,又活化传统,更创造更新的现代性文化传统。只是,这一过程会十分漫长,也许永无终结之时。但这一过程,因"公民"内涵的人道正义本质,决定其伴随物质和精神文明建设的同步运作,故决不是先觉者在居高临下的训导中即可完成的。可惜,20世纪中国"现代性"女性文学事实上已偏重居高临下的精英一边。

反观历史,我们中国人的日子一向过得十分艰窘,有尊严地好好活着,一直是个体中国人追求的目标。物质与精神上的双重拮据、贫瘠,使普通民众无暇养成良好、优雅的人文氛围,唯有在改革开放后的今天,中国老百姓似乎才稍稍改变了一些困厄的生存状况。有意味的是,一要生存,二要发展,刚刚摆脱了温饱问题的老百姓们,其中就有一些先觉者开始尝到民主议事的"公民"身份甜头,模糊地感到"后现代文化解构立场"(姑且借用这一亦有精英主义嫌疑的术语,说明人们在现时自发产生的文化进步要求)立足于现代性来消解权威,有助于确立人类更合理的生存文明。甚至意识到,在信息共享的社会里,权力、等级必须受到牵制,在消解父权文化权威中心和不平等价值观念体系的同时,人们开始明白生存的真谛,懂得建立更顺乎民意、更合乎人性的公民价值体系确有必要,这是在现时中国养成民众公民身份的好的兆头,好的开端。因此,强调中国"现代性"女性文学审美传统克服精英主义,指向民间,已具备一定的现实基础。

总之,当民众还处在为谋生而挣扎的基本生命形态时,人们对于生命层次的高级要求总是无从主动谈起的。在为生存权而努力的阶段,先觉者振臂一呼之后,接下来所碰到的情形决不是应者云集,相反是漠不关心,甚至有所抵触。当然,借助政治手段,像新中国妇女在新社会里轻而易举地取得了外在的平等,那又另当别论。有讽刺意味的是,政治往往具有人为强加的因素;文化则有"顽固不化"的根性,以松散无序的方式左右人的思想、行为等。在人的发展中的这一悖论面前,人文主义思潮在20世纪中国难成气候的命运,就是因为误入精英主义的羊肠小道之故,或为政治播弄,或为市场裹挟。这已是每一个认真思考着中国人文出路的人都不得不无奈地承认的。基于此,我们认为,改革开放以来的中国变化,诸如"希望工程"、"青年志愿者行动"、"素质教育工程"等等,已经为我们展示了确立公民身份的希望以及一定的现实基础。在这种形势下的21世纪中国女性文学,奉行建设性的文化策略,立足现实,牵引历史与未来两极,则不无可行性。20 世纪 90 年代以来的女性文学中,毕淑敏、池莉、方方等人的创作,从整体上说,将文学"个人的社会经验"和"社群共同体的意义和实质"相结合,既解构历史、现实,又内含健全现实文化的希冀,多少代表了现代性女性文学的未来的发展走向。事实是:在前现代性已被人类自己淘汰,现代性业已暴露出本质上的缺陷时,超越现代性将是必然的和不可迟疑的了。人由征服、统治、摧毁、剥削"对象"的主体,改变成与"对象""关系"中的主体,这无论如何都是人类本身的一大进步,是人性的又一伟大转折和了不起的胜利。基于女性历史身份属于被动的"对象",所以,致力于女性文学的人更应该是文化平等意识的自觉者,并将"公民"意识流注于其女性审美想象中,作完形文化填空。

因此,女性文学及其批评的关键是解构现成文化,参与和充实现实文化的创造,并在不断克服女性文化可能发生的局限性中建构人类连绵不绝的完形文化双性构成传统。

四、精英主义误区的出现表明:20 世纪中国女性文学 "现代性"具有过渡状态的时代特性

女性文学的贵族化是中国古代女性文学的主要趋势,它是与人类的现代性追求格格不入的,如古代才女文学的形成本身就是父权文化对女性规范由单纯的德向德、色、艺俱全的更高期望。女性是根本无所谓人格自由可言的,因而才女们的知书达礼这一幸运,反倒是一种更深沉的悲哀,因为有知有识的女性,受男性文化传统教育的灌输更彻底,受其影响更深刻,她们受封建礼教的毒害的机率也就较平民女性更高。在一定程度上说,古代女性文学传统与平民的隔膜,是在无形中保存了平民女性生命的鲜活成份。相对而言,村妇们是以最具功利目的的生存状态——劳作,为生存本身而拼命劳作,这样有了"人"的些微价值,当然这一丝儿"人"的气息是不自觉的被动的。而高门巨族的才女们呢?虽无衣食之忧,但说白了,她们于不知不觉中受的传统文化流毒更甚,恰似困在笼中的"金丝雀",不用自觅衣食,却有一丝被把玩、点缀的观赏意味。

由此看来,古代女性文学与 20 世纪现代性女性文学都与平民大众或深或浅有所疏离。前者的脱离民众,使平民女性自身还有客观存在的侥幸成份,古代文学审美贵族化众所周知;后者的精英主义误区,则难以察觉,其与平民女性的隔膜无形中造成了相互之间的戕害,既无益于先觉女性生命的升华,也无助于唤醒

庞大的感性生存着的群体女性生命。

现代西方女性文学的发展之所以向着后现代的解构文化的立场转向,恰恰是在有意无意中扭转了它从前较为偏狭的性别政治和自然性别视角,使审美现代性不致成为少数精英的专利而期望更加深入大众社会。关于女性文学内部之间发展的不平衡问题,西方开始有所涉及,如已触及到黑人女性文学、第三世界发展中国家女性文学等边缘女性文学现象。事实上,文化是特别具备了包容性的,它涵括了人的一切所思所为,无所谓高下等级,不所谓好坏差异。而文学的审美要求强调完形文化,这导致了文学审美想象与文化现实样态之间的矛盾,而先觉这一点的自然是智识精英层。但对智识阶层赋予精英角色,这只是文学发展中的一个暂且现象,是在人人都成为书本知识的拥有者这样的社会条件尚不具备之时出现的不公平结果。有意思的是,这里涉及到探讨社会文化发展的不公平问题,而这是一个非常大的论题,是人们在思考知识精英和民间智慧时不可回避的盲点之一。具体涉及到女性文学,当我们思考它时,则必需明确:在知识、权力、话语的分配不公情形中,已有历来如此的惯性,它既出现在性别之间,也发生在阶级、民族之间,甚至发生在性别、阶级、民族内部之间。说到底精英只不过是大众的代言人,而在何种程度上代言,大众是无法把握的,这其中的错位自然导致了精英主义强奸民意的后果。

女性文学为什么在古代只是点缀性的次级文化形态?在其现代性发展过程中,为什么必然要出现精英主义?是谁规定了长期以来纯文学的拥有者只是少数精英?大众女性的文化声音是否真的只是如书写中所言?女性文学"女性—公民"追求如何切近民间,深入各色人群中,以致有朝一日真的无需特别提出"女性"?等等。对人类文化进化中的"天问",激发起我们对女性文学何为的探究热情。正因为有如此多的疑惑,我们必须回到人本,发现女性作为"人"主体,无论如何都是处于"对象""关系"中的,不可孤立存在。"睁了眼看"女性文学,无论种族、制度、阶级等有着什么样的差异,无论女性置身文化的中心抑或边缘,女性文学作为文学的一个维面,无非是要以建设性的文化创造维系着全人类文化完形的目标。

20世纪中国女性文学尽管已经摆脱被束之深闺的命运,在被打上现代性印记后第一次在文学历史上集体亮相,但不幸的是,如前所述,它也恰恰摆脱不了新文学发展中的宿命——精英主义:不论是在"男女不一样"的20世纪上半叶,还是在"男女都一样"的下半叶,占中国人口绝大多数的一般民众,并未实现在文化深层面上的"解放";尤其是中国非知识女性,并未广泛树立全面发展意义上的人的"公民"角色意识。也就是说,包括女性文学在内的中国新文学并未完成思想文化上的"人的解放"或"人的现代化"的任务。这是中国特殊的社会历史情结作用下的必然结果。具体就女性文学而言,原因在于:

首先,运作女性文学的主体自身现代身份不确定,一旦受到来自中外两种文化传统力量的夹击时,势必发生一场旷日持久的交战,结果使她们还无暇自省。历来书本知识的垄断者,都是少数。我们看到:传统文化的负面惯性与随现代教育而来的西方文化两股力量互相较量,已从世纪初持续到世纪末。这其中仍然是知识的拥有者取得了书写甚至改写历史、虚构历史的资格,少数精英把持了社会的文化景观。在民众的受教权、工作权、参政权、自决权等还处于被动赐予的状态时,文字作为语言的替代物,不过是文字,而一旦面向大众,免不了对牛弹琴的悲哀。一方面是精神界精英们在策划如何改变女性受歧视的现状,一方面是女性自己极愿意用捷径换来世俗的幸福;一方面是文化精英们大声疾呼还女性文化创造的权利,一方面女性自己津津乐道于用文字制造空中楼阁,反把女性圈住,成为畸形文化较量中的被看的一方,自己先败下阵来。如《海滨故人》里"知识误我"的哲学病与"读书自苦"的感喟、《旅行》中的"以全车中最尊贵的人自命",直至当代"小女人散文"、美女写作弥漫的贵族气息、知青作品的撒娇诉苦等等。由于女性审美想象主体的社会文化身份不确定,所以,在谋生还是绝大多数女性第一需要时,大众总是难以苟同那些无病呻吟的言情之作、深宅高门的无聊故事的(仅仅是作为娱乐消费)。而具有讽刺意义的是,这类作品与这类文人因早早地抢占了文化显要位置,在金钱和文化权威的指挥棒下,又恰恰是最吃得开的,正遍地开花,这是处在最外围的一层也是最显在的一层文化生产的不公平。

其次,20 世纪现代娜拉出走之后自己的问题成堆,谋生、谋爱的两难困境,致使她们还来不及从容环顾各色层面的女性生存境况。中国人的生存问题向来都是首当其冲的人生大问题,物质财富的极度匮乏使人与人之间的差距极大,而与此同时形成的不同的精神领域,不同的价值取向,按理其间本无所谓高下之分,但由于持有话语权的不是物质贫瘠的民间,因而在文化生产和创造的过程中出现了又一处在中间环节的不公平。"我手写我心",无可非议,但跳出来看,不难发现,女性创作中浪漫的、理性或非理性的知识女性话语及其所代表的社会生存方式,并不见得是真实的女性代言,至少并不十分切合民间女性。然而,女性的众声喧哗中,最卖座的最响亮的还是智识阶层的"雅音"。原因在于她们掌握了话语权。

社会阶层的分化无时无处不在。布劳代尔把人类历史看成是人们为改善生存状态所做的不断突破物质和精神的历史局限性的努力,这是有道理的。杨沐的《千条线一根针》,就用近乎黑色幽默的技法向我们说明了社会生存环境的等级差异导致的文化鸿沟、人生异态、情感冲突。教授的女儿黄茜与来自平民(乡村)尽管经过个人努力也成了知识分子一员的农家子常伟,在意气冲动下结合,但从一开始这就定下了该婚姻平庸的基调,日后的文化分歧在所难免。而华、黄教授夫妇赖于他们的成熟、世俗,早就对女儿婚姻不幸有所预见,这预见实际上正是城乡文化等级秩序从来如此的乔装面世。伴随乡差异而生的、那厚重的挥之不去的"物质和精神的历史局限性"一向公然地笼罩着中国人的生存之网。看来,做一个现代公民,创造一个平等生活的环境,竟是中国社会各个阶层的人都需要努力补的课。《千条线一根针》告诉我们:从教授到目不识丁的农村老太太,从有着不同背景的知识分子到可塑性极强的少年儿童,都是如此。方方的《风景》、池莉的《不谈爱情》等作品也给予了人们类似的启示。

最后,20 世纪女性文学素无自觉的女性主义诗学引导,女性文学何为? 圈内圈外的人恐怕都并不十分了然。这是女性文学发展与文学发展自身存在的不公平。女性文学研究作为一门文学、文化学科,还是为时极短的事,甚至在今天,仍有人怀疑其学科存在的前提,这种不公仍旧像是理所当然。由此可见,女性主义诗学"路漫漫其修远兮!"在这样的背景下,女性文学及其批评所能做的,也仅在于提醒女性,如何在实现了"勉强的解放"之后,以更主动的健康的姿态,纠正现实文化中性别文化的偏差,从而置身于人的现代化的努力中,实现双性彻底的解放。只此一个任务,就足见女性文学不同凡响的使命。

从西方现代性已暴露出致命缺陷的世纪之交来看中国的现代性进程,不难发现,20 世纪中国女性文学只是在政治、文化、性别、社会等方面的夹缝中微露出一缕缕现代性光芒,远没有形成一种真正深入人心的成熟的现代性女性文学传统,更无法像长期的封建强势文化所曾有过的辉煌那样,以强大的文化冲击力来震撼全社会,化入全民的思想意识深处,历久弥深。也就是说,20 世纪中国女性文学的努力,还远没达到足以潜移默化地影响所有层面的人的时候,还处在一种双重过渡状态:既要摆脱前现代性物质和精神生产的愚昧落后因素,追求现代性;又要避免现代性过程中业已出现的弊端——以掠夺、毁灭、对抗为主不计后果的文化生存方式,超越现代性。当然,这么说倒并不意味着苛求 20 世纪的中国女性文学,而只是因时机尚不成熟,过渡状态成了 20 世纪中国女性文学在历史发展长河中的一个必经过程。目前的问题在于,对这样一个过程,人们万万不可掉以轻心,置其潜在的误区——精英主义而不顾。因为,现代性既然作为研究中国女性文学的理论难点,不可回避,且现代性实在也是每一位在世纪之交思考着中国文学的人们不可绕过的难点,那么,毫不奇怪,由于 20 世纪中国民众生存处境和文化变迁的繁复,由 20 世纪中国女性文学透出的现代性,也就自然是十分复杂的和不确定的了。简单一句"女性—人的觉醒"并不足以涵括女性审美现代性的全部。在传统与现代之间,女性创作与研究主体一时扮演着反传统的先锋角色,一时又以传统为依托,像一个未成熟的青年,承受着青春期的躁动压抑,承受着属于中国的现代性逻辑对人的控制和捉弄。在割掉了辫子、扔掉了裹脚布的中国文化生产和创造舞台上,女性所处的位置,竟是既有得也有失。何况,"传统"是一个连续不断的永动的过程,具有不可小视的现实复活功能,并使其现实价值是那么暧昧不清①。政治、革命和文化的发展逻辑就是这样,我们感觉到其中的悖论,但缺乏准确清理它的理性武器。但可以肯定地说,进退两难的现代娜拉们,在饱受尴尬、迷失之苦的同时,也享受到自我角色认识之后的欣喜若狂。

本文强调女性审美想象从"女性—人"的朦胧天国回到"女性—公民"的真实大地,这是现代性女性文学走出精英主义误区的第一步,也是"女性解放"避免被"人的解放"宏大主题遮蔽的文化策略之一。现代娜拉莎菲、梦珂四处碰壁,在梦醒之后无路可走。当代"娜拉"或为异化政治的祭品,如那些政治婚姻者;或为市场社会中的"包二奶"自愿沦为笼中鸟,这类负面情况已经提示我们,到了该理清"人的解放与女性解放"的逻辑思路的时候了,"无产阶级只有解放全人类才能最后解放自己"这句名言道出了谜面,其潜台词应该还有:"没有解放自己和个人的解放也决不会是人类的解放!"21 世纪中国现代性女性文学应该还具备更完善的形态。塑造"女性—公民"正是女性文学的任务。强调女性文学的"女性—人"观念,与突出女性文学的"女性—公民"意识,表面看来是一回事,但在中国国情下,提倡"女性—公民"意识更具可行性和实现双性理想人格的必要性。

五、余 论

当行文至此之际,我们还得补充说明以下几点:(1) 本文的立论有一个前提,那就是肯定 20 世纪女性文学所有创作和研究成就,精英主义误区的出现

---

① 丁伟志:《活着的传统》,《道德与文明》1998 年第 1 期。

只是女性文学的先行者在不知不觉中形成的,我们不可苛责其实际的文化创造意义。(2)为了使20世纪中国现代性女性文学传统更臻完善,使女性文学在人类文化建设中产生更深远的影响,我们又必须及时指出:"以理筑道,以美代德。"女性审美想象对既存文化现实中的畸态说不,但决非简单地说不;女性文学的文化审美立场,应该是潜移默化中进入大众文化规范,而不仅仅是少数精英的惺惺相惜。(3)女性文学现代性传统是一个永动发展的过程,每一时代都会添加新的有活力的时代"现代性"内容,不了解这一点,就无法理解"女性—公民"的开放的实践姿态。(4)本文强调文学的文化研究,而有人正担心文学的文化研究会掉进泛文化批评的陷阱,我以为这是不必要的担忧。文学批评的审美特性是可以保证它决不成为文化的附庸,而只会是忠实地履行其过滤文化的职责的。文学与文化之间的密切关系使二者无法脱节,如同文学与政治的关系一样彼此不会泾渭分明,井水不犯河水,但也决不相互取代,吞没对方。何况,女性文学与生俱来便被打上文化的遗痕,二者关系非同寻常。既然如此,女性文学的文化批评自有其独特的美学格调,舍此则无法使女性文学将"个人的社会经验"与"社群共同体的意义实质"有机统一,实现其人类意识深层面上的人际(自然也包括性际)平等使命。

七十年代以后:"她们"的书写情景与表达方阵

张屏瑾

引言:"她们"的"七十年代后"

不管是否属于女性(主义)文学的范畴,对女作家作品的另眼相看好像总是顺理成章的,从"她们文学丛书"(云南人民出版社 1998 年 3 月版)到"风头正健才女书"(华艺出版社 1996 年 10 月版),强调的是"她们是她们,我们是我们,我们永远不是她们"("她们文学丛书"序言)。这种包装方法与其说是关注,还不如说是另一种形式的搁置,好像"她们"天生就有着一些旁门左道。时值世纪末,在各种各样的喧嚣与骚动中,"她们"又卷土重来,不过这一次是以"文学新人类"、"七十年代出生作家"的身份。《小说界》1996 年起推出"七十年代以后"栏目;《山花》1998 年推出"七十年代小说";《作家》1998 年 7 月号推出"七十年代出生女作家专号";《芙蓉》1997 年第一期推出"七十年代人",1999 年第 4 期又推出"重塑'七十年代后'",《人民文学》、《青年文学》等杂志也纷纷打起了"新人牌"。纵览这期间各种各样的作品、文集和大大小小的主流话语、另类心语以及流言蜚语,这一档新人中无论从人数、作品数量还是影响力来看,女性都要占到绝对优势,男性在各方面均难以与之抗衡,即使有一两位比较突出的男作家,由他们登上文坛的时间和作品的成熟度来看,与"七十年代后"女作家群显然不一致,更不用说那些本不属于 70 年代人,却要被勉强拉来为男作家争一把

题解 本文原载《文艺争鸣》2001 年第 3 期。作者从"70 后"女作家在人数、作品数量及影响力上相对于同代男作家所占的绝对优势这一事实出发,以卫慧、棉棉、周洁茹、朱文颖、魏微等 11 位作家为例进行探讨,认为她们各自发表作品的数量、风格和水准已经有一个基本的公认的高度。她们的小说充斥着大量的无所顾忌的表达,但真正内敛的思考以及对人性中永恒的东西的开掘却不多,表现出雷同和粗浅的叙事手段及创作理念,风格建设虽然已有所成果,艺术观念却普遍地不够清醒、不够品味,尤其需要警惕的是叙事品位的降低,感性的美学有可能再度迎合大众的胃口。新生代作家们要找到自己的路,必将付出更巨大更深层次的努力。

面子的。可以说70年代后出生的作家的集体创作状况在事实上把"她们"置于了前台,因此在论述这一代人的写作时,是无法回避女作家群作为一种现象存在的事实的,这种存在现象可以被视为哄抬或者炒作的前提,但也是取道解读"七十年代后"作家作品的必经之路。如此取向并不包含对作家性别的责难,年龄、性别都不足以成为划分天才的标准,但是在特定的历史时期,当年龄和性别的确为我们提供了某种无法回避的尺度时,便应该花更多的精力到如何公允地运用这样的尺度上。一些尺度不断地衡量出某些文本中的共通性,文学流年中纷至沓来的流派和现象便形成了。"七十年代后"的"她们"作品中虽然常常有浓烈的女性色彩,但那却并非她们着意张扬的唯一角度,也不是她们形成气候的根本原因,"她们"的集合与时代风潮结合得更紧密,意义却散向了多元。无论人们的感觉如何,这新的一代已经成长起来了,并且已经进入了充斥着太多虚虚实实的各类的当代文坛,在这一代男作家相对缺席的情况下,她们将受到前所未有的价值关注,也会遭到更多的误解,她们正从中脱颖而出的是一个主流观念部分地崩离解析的社会,这有助于她们认真地去发挥早就被认定的不一样的气质,她们中的每一个都会由于同他人的联系和区别被加以评说,因为她们以自己的方式连接并书写了历史。

上篇　写作维度:界线上的低吟浅唱

　　70年代后的女作家们的登场并非依照文学史中惯常的套路,虽然她们中的一些人在被包装之前早已发出过声音,但还是通过扯旗舞幡式地集体亮相才得以一夜成名,这鲜亮喧哗并伴有某种可疑的出场方式,首先使她们迅速被各种传媒一锅端地纳入一种既定的轨道。她们的意义,包括写作层面的和非写作层面的,随着她们逐渐为公众所熟悉而不断地朝世俗化的兴味方向靠拢;接着便是来自方方面面的质疑,多数指向她们作品中的某些边缘性的经验及对这些经验的个别极端化的处理,所谓的"时尚女性文学",或是"感官小说"。一时之间杂志要撇清扶植新人与赶时髦的区别,读者觉得文学界的品位出了问题,作家也不知道出了什么事,被一家追踪时尚消费的报纸称为"前卫姐妹"的卫慧与棉棉,一个说"虱多不痒",一个宣称"我要写的正是我反对的"。最后大家都感到受了骗。面对她们良莠不齐的技法和才情,评论者不是先亵渎了自己的胃口便是缺乏足够的耐心,小荷才露尖尖角,早有重帽扣上头。总的说来这是一种基于文本阅读缺省的误解和误导。70年代后的写作者从一开始就是在各种各样的区分中被界定下来的，一条又一条的界线刻画出她们的基本形状，和许多有着重大历史意义或是社会学意义的界线相比，她们在文本中反映出的那一点尚处于生长阶段而难辨真伪的美学变迁便显得微不足道了。虽生于 70 年代但我以为并不能被归入"七十年代后"的陈家桥在给《小说界》"七十年代以后"专栏的创作谈中说："批评界大多从审美断代上下功夫……审美并未发生变化，因为我们仍在贴近同一个主题，深度、广度和痛苦的程度也没有变化，因为生存空间依然如故。"(《"七十年代以后"小说选》P719 上海文艺出版社)这里的后一个审美其实说的是一种狭义的审美，实质是纯小说美学意义上的，即"小说的思考"。而前一个"审美断代"的确落到了考察这一代人与现实社会的关系上，她们的思维向度、世界观、生活方式，以及作为旁证的她们的成长轨迹、教育、性别等等，由于这一代人在这些问题上的确有其特殊性(每一代人都有其特殊性)，也由于她们在小说创作内部尚拿不太准、不够坚决有力的种种观念还难以全面支持能逻辑自圆地解读构架，故而使得"审美断代"的批评旷日持久地延续着，一直未能顺利转化成为文本层面上的细读，而前者是否能真正高屋建瓴地解决"七十年代后"文本内外的问题呢？答案是或能曲折而深刻地抵达她们的写作，或纯粹是大而无当，言不及义。

卫慧、棉棉、周洁茹、朱文颖、魏微、戴来、金仁顺、赵波、侯蓓、赵彦、董懿娜，这是我参考了一些硬件标准后列出的"她们"代表性的名单，这 11 个人基本上都在两家以上的大型文学杂志上发过三篇以上作品，并且她们各自的风格和水准也已经有一个基本的公认的高度。她们的出生时间由 1970 年到 1977 年不等，她们出生在一个历史的生硬的沟堑边上，长大成人时又恰逢翻新了的生活方式开始大行其道，对两次政治事件都没有明确的记忆和足够的认识，或曰：缺乏"警醒积淀"，这使她们与比她们长些岁数的作家相比丢失了一些主题，如对童年记忆的热情度大大降低，即使有时仍照旧被作为性的初度经验提出，也已经剔除了那层漂浮于上的权力阴影的味道，而变成较为纯粹的身体记忆。某种来自于被动卷入历史事件的"集体压抑"在这一代人身上已经淡化了许多，在小说中潜藏压抑感同主体力量搏斗的线索一直被视为新旧现实主义笔法的圭臬，而这在这一代人的作品中开始模糊和消解，转化成为兴高采烈的随波逐流及四处不明其详的碰壁。卫慧在《愈夜愈美丽》中有一段话："她想她已经二十三岁了，对待这世界的态度还是勇气多于技巧，很多事就像没完没了的热身练习发生着，而你却很长时间进入不了社会生活的主题。"看似脱口而出，随意而轻巧，实际上揭开了 70 年代的孩子能够自察到的全部郁闷的盖头。在他们掌握了物质生活的前沿技术,并懂得如何使自己时刻转移注意力而获取快乐的同时,却始终觉得与这个庞杂的世界有一种"隔"。和前几代人一样,他们也有贴近生存内核的愿望,但很难在固定的点上积聚起长足的勇气,信息繁复、枝节旁逸斜出的生活要求生存手段日益快捷,他们被训练做任何事情都要直指关键,在任何场合都要迅速给自己找到准确的定位,这使他们的目光精确却不犀利,无力投射至生存的内幕,他们的躁动源自内心深处又迅速流于表面,离生命根本的"存在的苦闷"还有一定的距离,反倒更像潮流激荡之中缺乏根基的热情所产生的副作用,他们受到了环境的"软压迫",是幸福生活的囚徒,这使"生活在沼泽里的幸福的我"(周洁茹《鱼》)有属于自己的沉痛,也使其小说缺乏一种智性的光泽,流淌的是遍地浅薄的灵气。商品化的时代向来具有反复无常的性格,身处其中的写作者渴望及早出人头地,又渴望自成体系以便自保,目前她们最需要的恐怕并非真理的探寻而是有力的言说,就像卫慧力图成为上海"后花园"的唯一代言人,成为实现了"自主化"的叙事中不言而喻的强者,在小说中寻找艺术与力量的双重梦想,从而"将消极、空洞的现实冶炼成有本质的,有意义的艺术"(《上海宝贝》)。不幸的是被她的小说吸引过来的多数目光仍是基于其中有"消极、空洞的现实",这般抓住小说犹如抓住一根溺水时的稻草,客观地说成功的机会不多,如果想将来不至于被流行抛弃还必须要有别的支撑,棉棉的酒吧、迪厅、戒毒所也是如此。由于个人的能力、理想和选择的不同,每个人身上所具备的一代人的典型性也轻重不一,70年代后半段出生的周洁茹是特征比较强的一个。在她的小说中几乎很难找到集中而诚恳地宣扬某种正面观念的场景,多数情况下都在反复敲打着腐烂的体制、隔膜的情感、不可理喻的人际关系和日常生活。由于具有比较成熟的体验和精准的感觉,她常常能击中要害,但也仅限于击中而已,以后的态度往往流于单调,并没有表现出对可能的生活的思考,这使得她的小说给人悬而未决的感觉,不是悬念,而是落空。"七十年代后"的小说之所以常被冠以另类的名号,除了其中出现了新奇的场面和人群,还有就是因为充斥着大量无所顾忌的表达,但仔细读她们的作品便会发现其中虽然搀杂了足够多的个人情绪,真正内敛的思考以及对人性中玄妙和永恒的东西的开掘却并不多,更多的是点到为止——不是作为策略,而是一种落空的无奈,套用一句被用滥了的话——系"不能承受之轻"。一般说来,如果感到主体力量的匮乏,新生代的作家往往会寻找某种实实在在的经历、理论或榜样作为依靠,70年代后的这一群有什么可以依靠的?意识形态高调和人文精神追问如捂熟的水果一样虚假地甜,还没来得及让她们弄清真相就已经下市了,甚至只会给她们带来羁绊之感。"在写作的时候我常常得忘记一些东西,去用心体验最本能的冲动,最简洁的情感,和一些朴素的哲学"(卫慧《"七十年代以后"小说选》P245,上海文艺出版社)。只有伴随着她们成长而日益壮大的城市对她们显出公平和亲切的特质,于是都市一再成为各种时髦或古雅的故事的不可分割的一部分。许多人在模仿了张爱玲从修辞到格调的各种琐屑之余也接受了她把城市背景拟人化和性格化的手法,上海、南京、苏州等城市的特征被反复渲染,多数是温情脉脉的调子,其中是否有如张爱玲般的深刻和苍凉暂且不论,但看来她们十分愿意陷入这种"城市情结",这难道不值得玩味吗?赵彦在创作谈中写道:"我多么希望在我并不成功的写作中找到自己,找到诗。"(《"七十年代以后"小说选》P556,上海文艺出版社)为此她们更需要有在特定的问题上能够特别与她们灵犀相通的读者,在各种访谈中她们都纷纷表示自己的小说是为特定的一群人写的,当然,说这话的动机不尽相同。

这里还要来看看她们在性别的界线上发出了什么样的声音。魏微在《一个年龄的性意识》(《小说界》1997.5)中写道:"她们是激情的一辈人,虽疲惫、绝望,仍在抗争。我们的文字不好,甚至也是心甘情愿地呆在那儿等死,不愿意尝试耍花招。先锋死了,我们不得不回过头来,老实地走路。"这里的"她们"指的是早10年的一批女性作家,在她们那里,女性主义描写引起的关注曾经遮蔽了作品中其它值得探讨的地方,那是当时的社会情境决定的,而今的"她们"不再需要充当启蒙者,在探讨两性关系时,她们更多地关注自己作为个体的体验,而对群体的集体姿态不再那么感兴趣,在她们看来,每个人的具体感受才是最重要的,无论是异性还是同性都只在"我"的观念和经历中显现意义。有关女性主义命题的书写在小说中脱离了观念先行的模式,显得更为自然真切,也落到了叙事的实处,经过了10年的变迁和酝酿,新一代的女性作者把种种无法自拔的现实看得更清楚,她们已经不再期望单纯强调性别的言说能带来什么特别的痛快,性别成为她们遥望"常人的悲凉"的窗口之一,仅此而已,仅此就够了。

下篇 来年风物隔夜窗——美学思辨

1998年7月号《作家》上一张张生动的新面孔如今已经深入人心,或许是为了炮制一道协调的风景,杂志并没有选择最能反映她们各自的特点和可能的走向的作品。时至今日,急于分开发展一如当日急于抱成一团的她们的确已经显示出了区别。在这时候探究其价值是否就能实现某种冷却后的清醒还很难说,但在年龄的界线上考察了跨世纪的成长环境与她们的写作背景的关系后，关注其写作内部提供的当代文学的审美发展线索就更有必要了。虽然我们很难在单纯的风格层面上给予这一代作家整体性的评论，但却可以在某些技术性的层面上归纳出她们小说创作基本的美学质地，因为小说毕竟还是一门技艺。

如今到大街上走一圈便可以迅速浏览一番属于21世纪的新生事物，新生代们选择或不加选择地以各种手段表达自己的境遇和想法，表达他们倾力营构的自我空间，当文学也被牵扯进来的时候，许多现有的（但不一定是传统的）美学观念的确受到了冲击，"他们不仅用自己的身体思索，更重要的是，他们拥有一个被彻底解放的身体，他们在身体的冥思之外就有了更多身体的实践"（谢有顺《"文学新人类"丛书》序言）。她们真的是"用身体写作"的一代吗？听上去有些耸人听闻，但这确实给我们提供了破译或感知她们写作核心的一条可能的途径。如果多读一点她们的小说，便会知道并非所有的人都只在开掘不为人所知的私人经验，即使拥有面目相似的叙事场景，她们各自的小说最终的指向还是很不一样的，这是她们个人风格化的一面。而她们更为重要的可供通约之处，也就是使她们的小说无论语言风格怎样殊异却始终给人以气味相投的感觉的地方，在于她们比较雷同和粗浅的叙事手段及创作理念。她们中不乏讲故事、营造戏剧冲突的好手，但就"虚构"这种具有丰富层次的艺术手法而言，她们的小说能够达到表层虚构背后深层的美感的却不多，因为所谓"身体的写作"除了引发一些作品中对欲望和感官体验的大肆渲染之外，还会使整个叙事行为的内在动因发生潜在的改变。小说文体特有的形式感与叙事者个体经验的呈现，这两者的完美结合是先锋派以来许多优秀作家孜孜以求的，但却不再为70年代后的写作者所强调。"写小说"行为的意义一度严重偏向于"写"，为了记录一种不一样的生活，讲述一个有意思的故事或是表达一种人生界面上的态度和观念，整个创作过程似乎只为达成个人心性的圆满，并兼容一些好看的文笔，"小说"本身则接近于一种看上去很美的包装，一种过程性的东西而不是一件具有浑然一体的内在结构的艺术品。以"另类体验"著称的卫慧、棉棉、周洁茹等人的小说中某些场景和矛盾循环往复地出现，很容易给人造成她们能写的就这么多了的印象，实际上在任何或广或狭、或新或旧的生活空间都含有绵绵不绝的小说意象，一个作家的写作能力来源于观察之细和转化之妙，而如果叙事者只打算把信心建立在主体感觉上而不是对小说这种艺术形式足够的认识上，那么重复和粗糙便在所难免。卫慧的小说总是需要有一气呵成的激情作为支撑，她的代表作《硬汉不跳舞》、《像卫慧那样疯狂》、《神采飞扬》以及《上海宝贝》等都好似踩着爵士乐的鼓点喷薄而出,但这种节奏感仅仅是故事情节的推移造成的,显得单薄了一点,整个叙事结构却往往缺乏节制,随意性很大。这在那些以数字随意分节的作品如《说吧说吧》、《爱人的房间》等中体现得更为明显。凸现片段似乎能表现断裂和凌乱的美,但是一般说来比较特别的文本架构一旦缺乏内在章法就会由刻意精致走向幼稚失重。卫慧有才气颇丰的文笔和不落窠臼的语言运用,对其作品快速的浏览会给人高潮迭起、乱花迷眼的阅读效果,但是这些仅仅给她的小说创作带来一种表面繁荣的景象,那些新奇和另类的人、事如果终日像快餐一样一成不变地被制造出来,即使再换配几种"不可理喻的沙拉酱"也终会使人倒了胃口。她们的小说常常被很时髦地称为实验,但实验性就体现在吹拉弹唱内心深处每一个动念的无休止的聒噪上吗?棉棉的小说虽然对于以血肉之躯存在于成长边缘的变幻莫测的痛苦作了酣畅淋漓的表述,但大块大块超重的叙述,只能靠小标题进行粗率地分割,偶尔也会用一下两条叙述主线交替出现等毫无新意的方法,仅仅只靠这些手法来表达自己,难免会陷入不可救药的过度表达之中,就像 50 年代的现实主义小说仅仅为观念现实而存在一样。周洁茹羽翼最丰满的小说仍是《鱼》、《飞》、《我们干点什么吧》等几篇以第一人称自述为主的,第一人称能使她们找到良好感觉,换言之即为"入戏",在讲述"别人的故事"时功力和自信便明显不足,这是颇耐人寻味的。对于结构和技巧的忽视或无能为力除了会从一个方面使语言失控、小说的叙事模式发生"异化"外,也不可避免地会造成叙事基调的庸俗化。"七十年代后"的一些小说讲述都市里的言情故事,抛去个人语言能力的高下,内涵便与一些流行歌曲相仿佛,痴男怨女、世相百态层出不穷,这使她们很难超越自己已经熟悉并已获得一部分市场效果的创作模式。与所谓的感官泛滥和性描写的过火相比,叙事品位的降低更值得警惕,因为前者尚可依靠作者整体的艺术修养而抽取出悟性的一面,而后者只会逐步侵蚀小说作为艺术形式的许多基本要义,这种现象并非只集中在几个作者身上,而是基本上在她们每一个人的创作实践中都有或多或少的体现,所以在我看来她们的风格建设虽然已有所成果,艺术观念却普遍地不够清醒,乃至可说是不够品味。在阅读了散布于各书刊杂志的她们的创作谈后,发现她们中只有极个别的人能够真正谈出纯正的对于小说创作的体会,而绝大多数人都在讲述写小说对于自己生活的意义或是搬弄一些情绪,作为创作谈来讲,根本言不及义。而实际上她们的写作都有优点和缺点杂糅一处的现象,倘若缺乏基于对小说技艺的认识基础上的对自己的认识,那么前途便真的堪忧了。金仁顺的短篇有凝练的笔法,但情节刻画的痕迹太重而余味不足,当读一篇和读十篇只得到相似、相同印象的强化,没有审美感受的深入时,是否标志着小说即将落入流俗写作的圈套?由于注重细节和氛围,朱文颖的小说有醇厚的气息,她对于凡俗情怀背后的人情积淀的探寻受到张爱玲和王安忆的影响很大。或许是过于注重局部的缘故,像《迷花园》等小说中一些应该紧凑的地方流于散漫,缺乏必要的张力,在精心装点的比喻与意象群落之中,也常会突兀地出现一些解释性的语句,显得对叙事本身能达到的深刻信心不足似的,而张爱玲可不是这样的。她有一组仿古主题的小说,修辞和意境的运用挺娴熟,但演说历史故事缺乏必要的底气的时候只好以文字的煽情来代替,相比之下,同类题材的周洁茹的《淹城故事》和金仁顺的《谜语》却因插入了现代的感受,反而比较有新意。戴来和赵彦是这一群人中写"他者"写得比较好的,戴来的《鱼说》系列等一些小说提到人在凡尘俗世中的某些宿命的无奈,但是她并不能很好地抓住她感知到的某些东西背后更曲折和隐秘的环节,她把每一事件都做了详尽的交代,并让叙事者的感触接踵而至,而这使主人公在现实面前的滑动仅仅处在世俗境遇的平面上,过于平实的叙述无法达成某些命题的含蓄,倒是她的一些短篇,由于篇幅的天然限制,反倒帮助她实现了某种含蓄。赵彦的小说则脱离了城市、校园、中产阶级,写到了这一代人的作品中难得一见的社会底层庸碌的小市民的俗常情绪。下面要谈到的侯蓓和魏微是我所认为的"七十年代后"的小说作者中比较出色的。魏微在《一个人的写作》中谈到"既然是在写小说,这其中就要涉及小说的品质,也就是说,应该把'小说'做成小说"。从她发表的十余篇作品来看,在小说叙事的层面上,作为叙事者的思考习性和表达欲求合成一种有个性的表现力,把人生的真实处境里的某种无法回避的龃龉以不温不火的延宕的手法展开,并且配合着精悍和沉静的语言。在小说《父亲来访》里,粘着在亲情上的煎熬和负担,以及与社会关系不对等的人与人相互间的无能为力被刻画得恰到好处,小说最后邻居们行为的介入使"等待父亲"最终具有了一种形而上玄思的意味:

> 人们都在等待着小玉父亲的到来。一种远古的、像温开水一样的亲情彻底打动了他们,使他们懂得什么是永恒,什么是人生的必须,什么是等待。这么多年来,这个楼道的人们生活在不幸之中,他们有的死了,有的离婚,有的离家出走从此音讯全无,风吹碎了阳台上的玻璃,太阳光的反光刺伤了婴儿的眼睛……一点点细微末节的痛苦击伤了他们,人生充满着无穷尽的烦恼。直到有一天,他们才知道,这是因为他们没有父亲——他们的父亲有的死了;有的还没有生下来;有的就在本城,有也等于无;有的虽在外地,然而

相见不成为障碍,还可以常常通电话⋯⋯他们没有像小玉那样需要等待的父亲。人生充满着悲哀。(《花城》1999.3)

"在这个亮堂堂的、一切都可以得到解释的现代社会,"她写道,"仍有着不可理喻的个人世界,预示着一种不可能、艰难。"虽然这里头有着贝克特、昆德拉和张爱玲的影子,但她的小说在介入这个"不可理喻的个人世界"时那种细腻的钻研,仍显示出这一代人少有的洞察力和表现力。《十月五日之风雨大作》也讨论了精神的完整性与人的活法的某种关系,体现为最终囚犯与行刑者的换位。她的小说虽然漂浮着一种淡淡的忧伤的调子,充满了70年代人对于理想的有一点做作的漠然,但还是常常将理想作为一种叙事的经典命题加以提出,或许不可为,但时时改变着人们对于日常生活的记忆,小玉的抗拒父亲的到来,也是出于一种对绝望的理想的恐惧,而小说《迷途》昭示生存环境加于人心的归属意义常给人带来如梦似幻的困惑,和理想一般若有若无,触之遽逝,回味同样是纯正的。和同时代的作者一样,她的小说也热衷于描绘成长和爱情(欲)的水乳交融、互通有无,《在明孝岭乘凉》、《从南京始发》和《情感一种》等作品的好处就在于写得有见地外,还颇有节制。她在《重写成语故事》、《乔治和一本书》这两篇作品里表现出了对于技巧性和写作背景的思考。在《重写成语故事》附录里她提出"汉语写作"的意义:"几千年积淀下来的情感和智慧,它应该直接进入我们的小说,或者成为我们小说最强大的背景和依靠。"虽然理论并不新鲜,作品中的实践也略显生涩,但在70年代后的作者里能听到这样的声音还是令人兴奋。侯蓓的作品不多,但《猴岛日记》这个中篇显示出她非同一般的语言能力,和魏微一样,她的作品中技巧和意蕴已显出初步的平衡及相谐相生的魅力,在70年代后的作者群中,她们代表了有必要坚持自我和持续发展的一支。

在提出了特例之后,还是回到对"七十年代后"总体的美学倾向的分析上来。值得注意的是,在评判"七十年代后"的写作时,能否做到感受的收放自如一直是我们的第一标准。很多人都觉得她们的小说"亲历性"和"现场感"很强,由此便常常有着特别的动人之处,但这种动人也是"现场"的和必须"亲历"的,如上所述,她们把自己的意见、情绪、观念等东西填充了虚构背后巨大的空洞,当我们对她们的那些中心意蕴十分熟悉了之后,生出些单调感便很自然。但我们还是不能否认在开始的时候被她们震惊了、打动了,对形式的意义缺乏认识,这似乎是一种传统叙事手段才有的弊病,然而她们小说中那种汪洋恣肆的激情,那种我手写我口的无拘无束,那种随意挥洒的活泼泼的语言和意象,甚至那种忸怩作态的腔调,在世纪更替的今天博得了越来越多的人尤其是年轻人的兴趣,她们成为世纪末当代文坛无法回避的话题。这一群感性的写作者带来的是感性的美学,周洁茹说:"如果说我身陷囹圄,写作就是我从栅栏里伸出的一只手,我等待着它变成一把钥匙。"(《一天到晚散步的鱼》)在依赖数字和符号的、精确的和条分缕析的技术化时代,人们对于技术的熟悉和体认已经深入到了日常化的地步,作为精神生活的"栖居与游牧之地"的文学的技术化(体现为新时期先锋派的小说实践)是否已经走到了头,具有释放和补充功能的感性的美学有可能再度迎合大众的胃口,对文学而言,经典的"戴着镣铐跳舞"的审美或将转变成为"到处乱走"的审美,从这个角度讲,她们才不失为真正创新的一代,即使她们的写作才刚刚开始,也并不算成功。然而,即使打开了这个角度,她们体现出的创新的情势也只是一种情势而已,真正的能够承载新时期内涵更丰富的美学观的写作不应该依靠某种倒退的手法和观念。要找到自己的路,新生代的作家们必将付出更巨大更深层次的努力,毕竟青春带来的声、光、色、影都将稍纵即逝,这最后的一点感想,是同样出生于 70 年代后的我希望与之共勉的。

试论中国女性文学的多元形态

阎纯德

20 世纪中国女性文学从不自觉到自觉,这个过程经历了近百年的历史跋涉。中国女性文学的自觉,标志着它的成长逐渐走上成熟。

中国女性文学肇始于 20 世纪初,"五四"新文化运动使其得到繁荣和发展,并奠定其基础。这个世纪的 30 年代之后,意识形态的分野与抗日战争爆发,使中国文学自然地形成为国统区文学、解放区文学和沦陷区文学三种类型。中国女性文学作为其中的一个组成部分,也没有摆脱时代的无情安排。1949 年前后,由于大陆政权的更迭,留在大陆的国统区的女性作家,如罗洪和赵清阁等人以及游走于国统区与解放区之间的白薇,都在新时代里变得相对沉寂或无所作为;而沦陷区文学的代表作家如张爱玲和梅娘以及苏青等人,前者在 1952 年"出走",后者在留下来的岁月里,基本再没有什么创作。就中国女性文学而言,中国大陆方面,在 20 世纪 70 年代之前成绩不大,有影响和有成就的作家,寥若晨星。而在台湾,由于从大陆飘到那里的一批女作家的辛勤耕耘,却又为中国女性文学的发展创造了一个奇迹。到了 80 年代,女性文学随着大陆政治的变化骤然而起,数以百计的女作家如过江之鲫涌上坛,真正成了中国文学的半边天。但是,不管在哪一个历史时期,女作家的创作总是千差万别的,其主题内容和艺术风格也总是丰富多彩的。

从"五四"新文学的发轫时期起,20 世纪中国女性文学一开始就显示了多元的创作形态。这种迥异的多元创作形态,不仅体现在思想主题方面,更体现在艺术风格方面;这种多元形态,不仅因人而异,即使同一个作家的不同创作时期,

题解 本文原载《洛阳师范学院学报》2005 年第 6 期。作者认为,20 世纪中国女性文学经历了近百年的历史跋涉逐渐走向成熟,到 80 年代随着大陆政治的变化数以百计的女作家涌上文坛,真正成了中国文学的半边天。中国女性文学的核心思想和写作趋势就总体而言呈现出多元状态。在中国文化史和文学史上中国人没有提出"女性主义",但它作为一种思潮不等于就不存在,清末秋瑾的文字中不仅出现了"女权",而且还将其思想变成了口号和行动,直接影响了"五四"时期女性文学的诞生与发展。中国一直潜在着"女权意识"和"女性文学"的思想资源。

甚至是同一时期,创作文本也呈现出多元性。这些,可以说明关于"中国女性文学史"上的一个重要问题,那就是中国有没有"女性文学",何时才有女性文学。

一种思想意识和一种创作风格的产生,可以诞生在不同国家不同的地域和时代,也可以在没有任何接触、彼此不受任何影响的情况下,不同的国家和民族产生大致相似、相仿或相同的思想和艺术。这不仅是可能的,而且是存在的。最明显的例子就是,中国文化与希腊文化,它们有许多相似或相同的地方。其实,文学也是一样,在世界文学史里,这种情况并不少,例如有的中国神话与外国神话,就如出一辙。

作家的创作路数或风格,抑或说是创作形态的变迁,与作家本身在其成长过程中所受社会、思想影响和对于外界文学或文化的接受大有关系。自20世纪初叶以降,在中国女性文学发展史上,大部分女作家在不同时期,其创作实践都有明显的变化,这种变化包括对于思想主题和创作风格的不同追求。

庐隐是一位现实主义作家,她的小说虽有浪漫的因素,但其创作路数相对比较平直。所谓平直就是基本没有很大变化,但也不是没有一点变化。从《海滨故人》到《火焰》,她的小说从抒情而伤感的情调,到悲愤高昂的精神,就是一个变化;这个变化,既是社会变化所使然,也是作家思想变化的自然呈现。再如丁玲,她最初的小说《梦珂》、《莎菲女士的日记》以及《一九三零年春上海》等表现那个时代知识女性的苦闷、彷徨与对光明的求索,虽然前后有差异,但是总体风格相近,都是多些"浪漫",少了些"现实",其笔法呈现出典型的女性主义色彩,成为中国女性文学发展史上较早凸现女性意识的小说文本;而到了《韦护》和《水》,再到《太阳照在桑干河上》等贴近中国现实和命运的作品,她作品里那种强烈的女性意识骤然变成了社群对于社会的抗争,这个跳跃式的不同的创作实践,一方面深受当时读者的称赞,但至今也不断遭遇后人的批评。当然,她的变化是她的思想变化的结果,这是作家的自由,因为作家总是要以自己的作品来表达对社会和民生的关怀并抒发自己的爱憎的。对于丁玲的"变化",可以说是作家不同时期的心灵的不同的"思想表情",也是作家不同时期自在写作的境界。这个结果有的说好,有的说坏,我认为好与坏不能只是一些评论家说了算,最后的发言权还得交给历史。这个历史,正向前延伸和发展,我们健在的人可能看不到,历史的大河会一遍遍地淘洗这些文化遗产,并使之成为金子。

作家创作形态的变化不是个别的,这是一种普遍而自然的文学现象,几乎所有的作家在其创作生涯中,其创作面貌(思想主题和艺术形式)都会有不同程度的变化,一以贯之的几乎没有。凌叔华这位温文尔雅的女作家,从最初的《花之寺》到《小孩》等,她的小说从朦胧到彰显,朦胧的女性意识也是在不知不觉中发生些微变化的。富于反抗精神的白薇,她的从头到尾述说男女至爱之情的诗剧《琳丽》、《打出幽灵塔》到长篇小说《炸弹与征鸟》和剧本《北宁路某站》、《敌同志》和长篇自传《悲剧生涯》,她从表现女性意识强烈的作品,到更具强烈现实感的创作,这种创作思想主题与艺术风格的差异,其实都源于对于社会的深度认识所致的结果,当然,20 世纪二三十年代的女作家创作形态的多元形态不只是表现在上述几位作家的创作里,其他重要作家冯沅君、石评梅、苏雪林、陈学昭等人的创作也都有这种多元形态的存在。稍后,萧红的《生死场》和《呼兰河传》,张爱玲的《倾城之恋》和《茉莉香片》,草明的《原动力》和《火车头》,白朗的《幸福的明天》等人的作品,虽然它们各有特色,但都在更多的层面上再现她们创作上宏大的社会主题思想。

20 世纪五六十年代是中国大陆女性文学相对处于低潮的时期,以两位颇具代表性的女作家茹志鹃和刘真而言,她们那些现实主义而又充满激情的小说创作,到了 70 年代末期和 80 年代,便有了一个新的面貌。茹志鹃早期的小说代表作是《百合花》,而到了“思想解放”之后,当西方的文艺思潮涌入我们家园之后,她便创作出《剪辑错了的故事》、《草原上的小路》等相对新潮的作品,创作风格也从“微笑”走向“沉思”;刘真也一样,她从早年的《长长的流水》、《春大姐》到《英雄的乐章》,再到 20 世纪 80 年代所创作的反思文学佳作《黑旗》,虽然艺术上都是现实主义,但我们发现刘真无论是思想或是艺术都有了不少变化。宗璞一生写的都是燕园里的知识分子的人生道路和命运,这是她一贯的主题追求。上个世纪中期,她创作了《红豆》,但在国家迎来又一个春天之后,她创作了充满了现代气息的《弦上的梦》、《我是谁?》、《三生石》等脍炙人口的作品;在艺术上,她借鉴西方现代小说的某些艺术手法,从现实主义到现代主义和超现代主义,不断以各种艺术手段,锻造其作品的佳境。

我们可以顺手随便指点 20 世纪 70 年代末以来的那些红遍中国文学版图的女作家的创作形态来分析她们的变化,以此来说明作家创作形态的多元性和普遍性。我们不仅可以就她们创作的思想主题大致归为若干类型,还可就艺术形式也分为若干类型。事实上这种划分就其科学性而言也只能是相对的,因为作家的创作常常就像夏天的云彩,不同的风向、不同的环境、不同的心情下其创作往往呈现不同的色彩,因此这种划分只能是相对的或暂时的,而非恒定永久的。

先说思想主题,思想是作家自觉或不自觉地透过作品所呈现的一种观念、感情或情绪,或者说是一种人生观和世界观,而并非就是政治思想或意识形态。

当然,作家自觉地表现一种政治态度,也很正常。我们不是强调政治,而是强调思想,强调意识、感情或情绪,因为作家的作品最终要表现的是思想、观念、意识和情绪。

20 世纪 70 年代末以来的文学(包括 20 世纪的新时期文学和 21 世纪初的文学),至今已经走过将近 30 年的路程,对中国文学来说这是一个翻天覆地的伟大"纪元",是一个里程碑。这一阶段文学历史内容十分丰厚而广阔,艺术上异彩纷呈变幻多姿,成为中国文学史上最为灿烂的一幕。这其间,可以说女性文学就像中国女作家本身那样绚丽妩媚。说它绚丽妩媚,不仅是因为女性作家灿若群星,更是因为她们创作上璀璨斑斓,表现出色。她们不让须眉地参与了创造一个国家的伟大历史文化的进程,并以自己的豪情与多彩之笔为文学写下了灿烂的一页。尽管在历史的长河里这个属于她们的文学瞬间不算太长,但是她们尽到了真诚,付出了汗水。

20 世纪中国女性文学的核心思想和写作趋势,总体而言,显示了多元状态。自上个世纪新文学开篇以来,最具代表性的女作家的创作的重要主题形态,不外乎社会的,母爱的,爱情的,成长的,性爱的,死亡的以及宗教的等等;艺术上也是千人千面,形态各异。而关于社会和爱情这两大永恒的主题,则覆盖着中国女性文学创作版图的各个角落。关注我们社会生活中难以言说的痛楚,书写男女形态万千的爱情,是绝大多数女作家最得心应手和最钟情的创作重心。

20 世纪 80 年代以来,最重要的女作家张洁、谌容、张抗抗、戴厚英、霍达、柳溪、柯岩、叶文玲、王安忆、铁凝、方方、池莉、范小青、王小鹰、竹林、迟子建、毕淑敏、张辛欣、陈染、林白、残雪、徐小斌、海男、蒋子丹、徐坤、张欣和舒婷、伊蕾、翟永明等人的创作,她们作品里所表现的主题思想各有不同,艺术手法也是各不相同。张洁除了她的成名作《爱,是不能忘记的》,还有社会性极强的《沉重的翅膀》和充满激烈女性意识的《方舟》、《红蘑菇》和《无字》等,主题思想不同,艺术追求也不相同。且不说张抗抗的处女作长篇小说《分界线》及早期的代表作《爱的权利》和《夏》,她的创作也是在探索中不断有其变化;她的长篇小说《隐形伴侣》和《情爱画廊》是她的创作在艺术上更臻成熟的标志。王安忆披着清新文雅而纯净的"沙沙沙"的"雨"踏上文坛,到描摹历史与文化反思的《小鲍庄》,再到对人性和"性"进行深层反思的《小城之恋》、《荒山之恋》、《锦绣谷之恋》以及追忆"父系神话"和"母系神话"的《纪实与虚构》、《伤心太平洋》和展示历史变迁的《长恨歌》,再到对于"都市小说"的创造,王安忆以不同的主题思想和艺术技巧,多元地展现自己"心灵世界"和人类社会的丰富性。还有铁凝,她从早期关注农村生存状态的《灶火》和《哦,香雪》,到描写农村妇女深重苦难命运的《麦秸垛》、《棉花垛》、《青草垛》,再到撕开人性丑陋的长篇小说《玫瑰门》和《大浴女》,她对女性的同情与暴露,都是入木三分的。陈染和林白也并非一成不变,她们随着年龄的增长和人生阅历的加深,作品的主题思想和艺术形式也有变化,比如陈染,她写作是"为了寻求精神和情感的出路"。她说:"回忆起青春期时候的状态,觉得有点不可思议,觉得太跟自己过不去了,拿许多人生的重大哲学压榨自己——我是谁?我在哪儿?别人是谁?别人又在哪儿?干吗要和别人一样?别人和我有何关系?我干吗要寻找这种关系?这世界到底是个什么?男人和女人?生还是死?多少岁自杀?用什么方式了结?——太多太多沉重的问题我硬是让 20 岁的敏感多思的神经全部担起,而且一分钟也不放过,这似乎成为我的一种生活乐趣。我的青春期就是这样一路跌跌撞撞、歪歪斜斜、半疯半傻、濒临崩溃地走了过来……偏执的东西太多了。"[1] 她说她走了许多"弯路",但她感谢那些弯路。这就是陈染,那时她接连创作了《无处告别》、《嘴唇里的阳光》、《与往事干杯》、《在禁中守望》和著名的长篇小说《私人生活》,成为 20 世纪中国女性文学史上最早的所谓以"身体写作"的代表作家。但是,她的心理状态和她的小说前后也不尽相同,先前的写作是为了能够活下去,而后来则视写作为一种乐趣。她的创作所以引起国内外读者与研究者的普遍关注,就在于她那些趋于隐蔽,趋于心理、哲学与思想,大胆探索现代人的孤独、性爱和生命的充满了男女性意识的诡秘怪诞的想象和独特叙述方式、独立于当今文坛之外的作品。再如林白,这位 20 世纪 90 年代以来其作品最具有女性文学特质的女作家,也不是一成不变的,从她的《同心爱者不能分手》、《玫瑰过道》和著名长篇小说《一个人的战争》到《玻璃虫》,这位将小说视为"炼丹炉"的林白,能使"假的变成真的,把真的变成假的;真假共生,真与假互为拯救",以其独特的创作风格在中国女性文学史中占据了重要的地位。

以新写实小说驰名文坛的方方和池莉,无论是她们早期的小说《行云流水》、《一唱三叹》、《风景》和《烦恼人生》、《不谈爱情》、《太阳出世》,还是后来的《乌泥湖年谱》和《有了快感你就喊》,虽然她们写的都是芸芸众生的吃喝拉撒睡的生存之道,但是,她们的创作都在不同时期以不同的内容和形式变化着。

中国社会的开放,给文学创作中的个性张扬和艺术创造的释放带来了辽阔的空间。我们不妨提一提卫慧的《上海宝贝》、棉棉的《糖》、九丹的《九头鸟》等

---

[1] 陈染:《走过的路》,《中华读书报》2001 年 5 月 9 日。

作品,作为一种文学现象,它们都有自己一定的生存价值和空间。当然,这种现象并不是中国女性文学潮流中的主流,但是,它们的存在却能说明中国女性文学的丰富性和多元性。

上述女作家的笔下都有以社会人生为主题的深厚之作,而爱情主题是她们创作的灵魂。就爱情而论,她们笔下的"爱情"是不同的,或者说是多元的。铁凝的爱情观是对理想爱情的追寻,王安忆小说的爱情观是对诗性爱情的消解与放逐,方方小说的爱情主题则是凡俗人生上演的爱情悲剧,池莉小说中的爱情往往是残酷的缺席者。陈染和林白的小说以身体写作、欲望化叙事所传达的爱情主题淋漓尽致地显示了"个人化写作"和鲜明的性别立场:女人的成长、恋父与弑父、恋母与恐母,女性意识的觉醒、失落和回归,都是她们小说里骇世惊俗的爱情世界。爱情永远没有穷尽,它所酿造的悲喜剧也永远没完没了,作家笔下的爱情形象也永远不会雷同。这种不同和差异,丰富性和多样性,便注定了文学的生命之树常青。

作家的创作历程与其思想历程息息相关。在小说创作上,王安忆的风格多变是文坛上少有的;而在 20 世纪 30 年代走上文坛的张秀亚,早期的小说集《在大龙河畔》、《皈依》、《幸福的源泉》、《珂萝佐女郎》、《寻梦草》和《七弦琴》中多是对于乡俗民情的怜悯与同情,其风格是现实主义的;而 1949 年后在台湾创作的小说集《感情的花朵》与《儿女行》则将其怜悯与同情隐藏在对于人情世故的冷静解剖里。后者虽然依然具有"京派"小说的笔法,但是主要风格却是更多取法欧美现代派小说的技巧。她的创作从写"平凡、洁净、朴素而诗意化了的人生",到"有意描写生活中的琐碎",希望"自生活的最细微处,反映出颠扑不破的真理",再到笔下所显示的欧美现代派的笔法,这种创作上的差异,都是作家创作上的自然需要和表现。

说到张秀亚,我想起台湾诗人痖弦在谈"张秀亚的意义"时所说的台湾女性文学的问题,他说:张秀亚在中国现代文学史上,特别是对台湾妇女写作运动产生了承上启下的作用,但长期以来很少人注意到她在这方面的贡献。"论者一提到女性文学,总是把(20 世纪)八九十年代西方女性主义文学思潮进入后算作台湾女性写作的开始。其实这个看法是不正确的,不符合文学史发展的事实,不尊重张秀亚和她的同辈女作家对妇女写作的先期建设,就等于忽略了文学史演进的连续性。而从整个台湾现代文学的发展看,因为有了五六十年代妇女写作运动所奠定的基础,才使这一代的女性写作者,在接受、选择性接受或批判性接受之间作出正确判断。"虽然,痖弦说的是台湾女性文学的发展历史,但他的看法令人深思。

　　台湾文学进入20世纪80年代,女性作家笔下出现了不少"女强人"的形象,诸如萧飒的《如梦令》中的于珍,孟瑶的《一心大厦》中的吕真和朱秀娟的《女强人》中的林欣华、廖辉英的《红尘劫》中的黎欣欣、《盲点》中的丁素素等,她们的人生经验大致都是事业成功、婚姻失败的模式,就是说,这些"女强人"的主体意识都是事业上不让须眉、敢与男性一争长短的巾帼英雄,她们凭着自己的意志和毅力不仅建立了自己的庄严人生,也成就了自己显赫的事业,但是,伴随着她们的成就,往往是爱情的失败,婚姻的不幸,家庭的破裂,其代价无一不与痛苦相关联。这种结果,当然是中国文化思想的一种折射,传统文化中的伦理道德和世俗因素不仅作用于大多数的男人和女人的人生观和世界观,也对女作家的创作思想具有根深蒂固的影响力。这类小说的模式往往是"爱情婚姻线索作经,创业追求线索为纬"①,并把事业与爱情的矛盾尖锐对立起来。当然,朱秀娟以《女强人》为代表的大部分长篇小说显示了不同的特色:在她的作品里没有让爱情至上,没有让爱情主宰一切,而表现的或是事业、爱情并重,或是事业重于爱情。朱秀娟以长篇小说创作为主,主要作品及影响都发生在80年代。以题材而言,她是一位非常写实的现实主义作家,但从小说的内在精神看,她又很现代,因为她的女主人公都是正面的主宰者。在她笔下,主人公不仅有商界的女强人,也有女性上班族、留学生、模特儿、梨园艺人、军人和商界显要。她的代表作《女强人》和《大时代》,曾在读者中引起巨大震撼。谈到创作,朱秀娟说:"在《女强人》之前,我写作了十几年,出了十几本小说,带来很大的挫折感——销路不好,知名度不够。仔细检讨,不跟随潮流是致命伤。"但是,朱秀娟强调说:"我写小说,一向不迎合潮流,也不在乎市场,我总觉得一个作家,不能跟着别人走,尤其不能跟着读者走,应该有点儿带动性,我要给读者看什么,而不是读者要看什么。"还说:"写作有反映时代之必要,有不屈服市场之必要。"她的《女强人》就是在这种心态下写成的,主人公林欣华,就是生活里每天都能看到的有血有肉的人,是个一步一步走路、一口一口吃饭的普通女人;由于她的踏实和坚毅精神,以及矢志不渝地追求自我价值的理想,才使她最终改变了自己的命运。以上我们谈到的台湾女性文学中关于"女强人"的诸多小说,其精魂有别于"女性主义"所弘扬的女性意识,因此可以说,女性文学不能把那些更为富有实在的真实性和社会意义的文学作品排除在外。

---

① 黄重添:《不断地超越自己》,《台湾研究集刊》1989年第2期。

　　我们还可以将聂华苓的《失去的金铃子》和《千山外，水长流》作一比较，它们的主题思想和艺术上的差异，也可以看出同一个作者在创作实践上的变化。再就聂华苓与於梨华的创作而言，前者显示了民族主义的精义，而后者，比如她的《考验》所代表的却是女性的自强不息。还有严歌苓，她的《红罗君》写一个两次嫁人的中国女性海云，她从中国的"深宅大院"走进美国，从而也就走进了另一种幽禁的城堡。海云有过五个男人，这五个男人分别是丈夫、"儿子"和情人。但这些男人都只是从身边闪过的人，没有一个真正属于自己。无论是进"城"还是出"城"，对于她都是一种幽禁。海云没有想到，到了"自由"的美国，自己依然没有找到真正的自由和解放。这是一种无法逃避的宿命，是严歌苓小说深刻所在，这与她早期在国内出版的小说相比，俨然成了两个艺术世界。

　　中国女性文学所以拥有多元形态，就在于作家走上文坛的经历、立身背景、学养程度、环境熏染以及对于中外文化的接受和作家本身的精神追求等组成的一个看不见的立体文化网络作用下的结果，这些都促使作家在题材的运用，体裁的把握，主题思想和艺术手段的采纳等方面不断表现出创造的才能。创造精神是作家的艺术生命，创新和变化永远都是作家创作活动中超越自己的不可或缺的一种生命表现，而"停滞"就意味着作家的"沉沦"。如果一个作家满足于停留在原地踏步，留恋自己的已经拥有的那片天地，其创作也就到了"尽头"。作家只有不停地思索和创造，才有望创造文学的奇迹。

　　在我们环顾作家创作文本之后，我们发现了文学艺术生产形态的多元性。文学艺术的多元性是社会生活本身的反映和需求。没有谁愿意永远固守一种文学模式，而这多元的创作形态，永远是我们的理想追求。但是，我们还要说，现实主义依然是人类文学艺术活动中第一大艺术手段。中国和世界文学史一再证明，现实主义永远是一道奔流不息的生命活水。

　　顺着中国女性文学的长河漂流而下，从 20 世纪之初到 21 世纪，近一百年的航程，我们发现中国原有的"女性文学"与西方的"女性主义文学"的历史版本是有别的。在中国文化史和中国文学史上，中国人不仅没有提出"女性主义"，在"主义"层出不穷的近代，也没有提出过任何一个"主义"。但是，作为一种思潮，在中国，没有提出"主义"，不等于就不存在。比如，中国人也没有提出"数学"、"物理"、"化学"等名词，那么，是不是中国文化史上就没有数学、物理、化学呢？当然不是，因为我们中国很早以前便有了《周髀算经》和火药，等等。就女性文学中的女性意识而言，早在清朝末年，秋瑾在她的文字中不仅出现了"女权"，而且还将其思想变成口号和行动：她不仅反对封建礼教对女性肉体和精神的束缚和残害,还时时唤起女性觉醒,主张天地人生、男女均权,进而以身许国,献身革命。在秋瑾的诗文中,随处可见其女权意识之光:"身不得,男儿列,心却比,男儿烈。算平生肝胆,因人常热。俗子胸襟谁识我?英雄末路当磨折。"(《满江红》)"祖国沉沦感不禁,闲来海外觅知音。金瓯已缺总须补,为国牺牲敢惜身。嗟险阻,叹飘零,关山万里作雄行。休言女子非英物,夜夜龙泉壁上鸣!"(《鹧鸪天》)以及她以恢弘之气概在《宝剑歌》和《宝刀歌》中淋漓尽致地抒发了女性的英雄豪情。秋瑾是从古代向现代演进的一位具有承前启后的女诗人,在女性写作上,其精神不仅有别于旧文学,而且直接影响了"五四"时期的女性文学的诞生与发展,那个时期的多数女作家都在思想上受到她的影响。

我们可以说,中国一直潜在着"女权意识"和"女性文学"的思想资源。性别意识,不仅无声地潜藏于民间,也潜藏于历代知识女性的诗文之中。当然,那些明显张扬性别意识的文本记录虽属少数,但在中国妇女文化史、社会史、思想史方面却极具价值,其意义不能低估。从中国百年社会发展史和新文学发展史来看,中国有自己完整的女性文学发展史及其传统,这百年的历史和传统,依然会在 21 世纪引导中国女性文学向前发展。中国女性文学创作的多元形态、丰富而广阔的天空及其包容精神,将催使中国女性文学走上更加繁荣之路。而"女性主义",只是中国女性文学的一翼,它不能涵盖,也不能代表中国女性文学的主体精神。

中国女性文学创作的多元形态,是人类社会生活和人类思维方式的表现,是文学发展史所凝聚的规律。思想主题的多元性和艺术表现形式的多元性,将使中国女性文学成为一座万紫千红的百花园,而女作家则是这座花园的园丁。

性别之声：当代女性写作的流变

朱育颖

　　当代女性写作是一个流动的、不断生长的过程，它以异质性的声音改写了传统的文学成规。她们采取什么样的方式进行言说？说什么？笔者试图从性别的维度，检视"另一种声音"或隐或显、或低或高、起伏有致的流变，反思当代女性写作由变调之声到多重之声、底层之声的话语实践。

　　文学是精神活动的产物，无疑属于整个人类。在具体的文学实践中，创作与性别往往发生一定的关联。性别是与生俱来、自然形成的生理标志，性别差异首先是自然的和生理的，进而，更是社会的和文化的。男女两性的音调之所以不同，是身体结构上的原因，其声带的长度、厚度以及共鸣腔的容量都有所区别。未成年的孩子为了符合男性气质和女性气质说话的规范，有时会有意调节自己的嗓门，以便符合社会性别的规范。英国学者玛丽·塔尔博特指出："人们认为男人应该声音洪亮，而女人的声音应该'温柔、轻微而舒缓'。这些刻板印象都是文化上的变量，在语言内部、在不同语言之间，都存在这些刻板的文化印象。"[①] 声音涉及到社会性别的展示，男性的声音或洪亮或低沉或沙哑，往往被认为代表了人类之声，女性则在想做"人"和女人而不得的情况下不得不保持沉默，一旦开口往往被称为絮叨、啰嗦、瞎扯等。"声音是自然的也是文化的。""发出一种声音意味着是人类。有什么东西要说意味着是一个人。"[②] 声音的表达是生命的需要，在文学场域中，声音构成文本的内蕴和话语方式。

题解　本文原载《河南大学学报》(社会科学版) 2006 年第 2 期。作者从性别声音的角度反思当代女性写作由变调之声到多重之声、底层之声的话语实践，认为女性写作是一个流动的、不断生长的过程，它以异质的声音改写了传统的文学成规。半个多世纪中，女性执着地寻找能发出自己声音的言说方式，性别之声从无到有，时隐时显，时高时低。文章强调，在经济全球化的当下，维护人类两性的生态平衡，构建和谐社会，需要人们共同的努力，我们期盼的是一种双性互补、双向交流、双声共振。

① ［英］玛丽·塔尔博特：《语言与社会性别导论》，华中师范大学出版社 2004 年版，第 33 页。
② ［美］卡罗尔·吉利根：《不同的声音——心理学理论与妇女发展》，中央编译出版社 1999 年版，第 19 页。

文学作为文化生产的一个领域,实际上与性别问题紧密相连。但是父权制文明以来的扭曲和遮蔽使这方面的问题一直处于蒙昧状态。人类社会的发展历来是由男女共同参与的,但是被记录下来的主要是男性的经历和男性的声音。福柯认为,话语也是一种权利。一部人类文化思想史就是一部男性中心话语史,女性处于政治、经济和意识形态的边缘,被剥夺了叙说自己历史和未来的话语权,呈现出无名又无言的失语状态。五四时期女作家从栖身的历史"黑洞"中"浮出地表",第一次作为一个群体呈现出某种"集团性"特点,在"无声的中国"发出自己的声音,写作成为"娜拉的言说"与确认自我价值的方式。在对"国家——民族"宏大叙事的书写中,女性的声音逐渐被纳入到民族集体的历史"大合唱"之中。

性别意识在建国"17年"女作家的创作中是模糊的、萎缩的,其声音是变调的,并未建立起真正表达自己声音的语义系统。女作家布不成阵,承受着"话语权势"的钳制和言说的窘迫。"时代不同了,男女都一样",不仅成为当时社会性别关系的主流话语,也成了新中国女性确立自我身份的标尺。性别的差异被弱化,女性作家与男性作家保持高度一致,尽力削平自己的性别特征,其创作虽是一种"高音量",但却有些变调,难以分辨其发声。由于外部条件的挤压,口腔、声带和呼气都不能适应,喉咙嘶哑,超出自然音域而发出的声音,当然不会有好听的音色,而缺少圆润的光泽。

在新时期里,女性写作群体从沉默中爆发,为无言者立言,在"失声野地"上疾呼,成为创作和言说的主体,发出多重之声。沉默一旦被打破,女性的声音格外洪亮!她们或在困惑中焦虑守望,或在探索中挣扎、突围,或在文化的中心地带寻隙宣战,这是向天网恢恢的旧传统挑战,也是向"男女都一样"的新传统挑战!

以言说打破沉默,摆脱与自身分离的压抑状态,发出自己的声音,是女性重新认识自我、发现自我、书写自我的途径。为什么如此看重女性与声音的联系?苏珊·S.兰瑟指出:"尽管有人对'声音'这一说法提出尖锐的质疑,认为这不过是人文主义的虚妄之说,但是对于那些一直被压抑而寂然无声的群体和个人来说,这个术语已经成为身份和权力的代称。"① 作为当代女性主义者的代表,无论是苏珊·S.兰瑟,还是埃莱娜·西苏,抑或是露丝·伊里格瑞,都把声音作为表达女性话语权力的能指。历史早已在两性之间造成了社会差异和深层的心理

---

① ［美］苏珊·S.兰瑟:《虚构的权威——女性作家与叙述声音》,北京大学出版社2002年版,第3页。

差异,处处能感受到潜在的性别的力量。由于男性始终处于社会主流文化的中心,文化的传统规约了其话语方式,大多数男性作家更关注历史、民族、文化类话题。随着社会的发展,当他们侧身转换视线,试图从文化中重新确立自我时,往往自然地回到人的问题,而不是男性问题。这是由于男性从来就不是问题,"他"堂堂正正地代表人类,而"她"似乎只代表"第二性"。女性作为历史的沉默者边缘化的地位由来已久,一旦有机会发言,她们几乎天然地诉诸于自己,关注自身的诸多命题。女性话语有着独特的兴奋点,爱、生、死、梦、家、身体等都是常说常新的主题话语,其言说方式也有别于男性,敏锐的直觉,生命的体验,琐细散漫的述说,神经质、梦呓般的倾诉,这些都与女性生理声音一样天生和男性作家不同。

真实的女人,既是"人",又是"女",是人的存在与性别存在的统一。20世纪70年代末80年代初,张洁、张辛欣敏锐地把女性的问题独立出来,前者奋力呐喊:"女人不是性,而是人!"后者嘶哑疾呼男女两性"在同一地平线上"!

80年代中期,女作家以一个群体的真实姿态在人们的视野中逐步展示出来,其创作向女性的生命本体回归。生命体验本身是一种潜在的话语,它冲破封锁思维的语境,质疑已成规范的意识符号,倾听来自生命最幽深和宇宙最高远处的声音,并且有勇气和能力说出一切。王安忆、铁凝等带着鲜明的自审意识,对女性的生命流程、生命本体和生命的扭曲予以真实而又细致的述说。她们对女性文化的反省传递着女性自身与人类的多重信息,呈现出女性对整个人类发展的思考。

在90年代多元共存、众声喧哗的语境中,面对"共识的破裂",文学的视线发生了转移,开始重视个体生命的意义和价值,个人话语和性别之声的发出恰逢契机又面临考验。随着商业化大潮的冲击和西方女性主义理论在我国的深入推介,现代女性对自己的性别有了更深一层的认识。她们不愿再扮演花木兰式的女扮男装的角色,在新一茬女作家的潜意识里,性别也许正是其语言的自然生长点和叙事场域,在洪亮喧嚣的公共话语中,开辟个人的空间,一些似乎只能窃窃私语的话题化为诗意的诉说。在《一个人的战争》中,林白以自我反观、自我叩问的叙事话语,书写着心理独白,讲述的不仅是处于边缘状态的女性成长史,也是心灵史,改变了人们心目中定格的淑女形象。陈染的心灵之声打破常规,富有密度和弹性,试图用私人生活的感悟,表述和诠释一个又一个女性文化的难题。林白的独语,陈染的私语,海男的呓语,徐小斌的咒语,带有各自特有的音质,创造了发自血肉之躯的个人心声和跨越"布雷区的舞蹈"。

批评与创作的双栖者徐坤有着跨性别视点与女性内视点的联网,先"反串"男角,"嬉戏诸神",再卸下伪装和铠甲,素面朝天进行智性写作。在世纪末语言狂欢的舞台上,"不光有男性那粗砺、坚硬、喉结上下蠕动翻滚的声音,还有女性那纤柔、细腻、充满弹性与充满质感的声音于无声处坚忍不拔地响着"[1]。而在70年代出生的一些女作家那里,留下的是嘈杂与喧闹,响动的是叛逆、自负、狂热,乃至焦虑、自谑的声音。

如何使声音真正成为一种关系的建构和表达? 如何在文本中建构更为完整的女性主体? 新世纪的女性写作并没有凝固,以平和朴实的姿态开始新一轮的嬗变,性别关怀衍化为民间关怀,笔下传来底层之声。

底层民众虽然为社会创造了大量物质财富,长期以来却被视为没有能力表述自己,苦于有话说不出,或有话无处说,是无法道出自己声音的"沉默的大多数"。由于大多数女作家集中在城市,城市的趣味被强化,对中国底层劳动妇女没有感同身受的体验,乡土经验被疏远,甚至被城市经验所改写,现实生活中真正处于弱势地位的底层劳动妇女的生存境况几乎是90年代女性叙事的盲点。在新世纪里,女作家们打开"自己的房间"的门窗和视野,走出"思"和"言"的旧辙,调整着自身的精神向度,与当下生活初步达成对话。

林白走出精神城堡,从《玻璃虫》到《万物花开》,逐渐转换为一种开放式的写作姿态,到了《妇女闲聊录》,干脆让一个到城里打工的妇女直接开口,由个人经验的叙事走向为沉默的大多数叙事,选择妇女而不是男人来闲聊,这本身就有一种性别意识在里面。木珍是一位口齿伶俐、能说会道的女子,在无所约束的状态下讲述自己的经历和见闻,看似粗糙,东扯葫芦西扯瓢,是未经训练的、粗鄙的乡野之音,实则用意精深。通过女性口述发出沉默者的声音,初步改变底层妇女缺席的处境,闲聊的意义不仅仅在于"让女人说话",更在于让女人成为自己经历的发言人,使人听到来自底层妇女的心声。

在当代女作家中与乡村有着深层联系、同时又能站在城市现代文明的角度探究乡土生活的人实在太少,而孙惠芬却是其中有创作实绩的一个。《歇马山庄的两个女人》通过描写两位农村新媳妇的友谊从建立到破裂的过程,揭示了农村与城市、现代与传统、理想与现实之间的既相互纠结又彼此对立的复杂关系。这里不是莫言式肆意张狂的世界,而是孙惠芬凡俗平静的乡村,小桥流水般的话语构筑了纸上时空,流淌着质朴自然的声音。

---

[1]　徐坤:《因为沉默太久》,《中华读书报》1996年1月10日。

当代女性写作走过半个多世纪的风雨里程,执着地寻找能发出自己声音的言说方式,性别之声从无到有,时隐时显,时高时低。在经济全球化的当下,维护人类两性的"生态平衡",构建和谐社会,需要人们共同的努力,我们期盼的是一种双性互补,是一种双向交流,是一种双声共振!

生命意识：20世纪中国女性文学的理论生长点

郭　力

生命意识是 20 世纪中国女性文学发展的内在生长点,它始终是女作家对人的存在本质的价值关怀。因此,生命意识作为精神现象印证出女性文学一个世纪中存在的思想轨迹。借助"生命意识"诠释女性文学的发生和发展,具有价值现象学的意义。

实际上,回顾和总结 20 世纪中国女性文学创作,对于生命日常存在的文学描述和伦理叙事,已经构成了 20 世纪现代女作家追问女性"存在"意义的精神表征。这足以证明,在世界与自我的整体存在面前,生命意识点亮了女作家自我宇宙的生命之灯,把女性的生命和生存引向知性澄明之境,从"形下"到"形上"揭示出女性的本真存在。

显然,20 世纪中国女性文学的生命意识使女性存在获得了精神提升。这个关乎人的本质的"现代现象",在从"生命"到"精神"的维度上深入和敞开了女性"当下"与"恒常"存在的本质及意义;同时作为女性文学发展的内在生长点,它的不断自我批判自我超越生成创造的辩证意识及现代品格,都使女性文学获得了强大的精神力量,这使它能够以顽强的"生命意识"反抗主流意识形态原则本身抽象的同一性话语,从而呈现出女性写作的思想内涵和审美特征。

一

一个世纪以来的中国女性文学创作,实质上是现代女作家不断追问女性

题解　本文原载《江海学刊》2006 年第 4 期。作者将生命意识作为女性文学的理论"生长点"来阐释和评价 20 世纪中国女性文学,认为它始终是女作家对人的存在本质的价值关怀。一个世纪以来的中国女性文学创作,实质上是现代女作家不断追问女性生命价值的精神历程,女性文学的生命意识的艺术表现与表达,真实而深刻地印证出这个世纪现代女性精神成长的生命轨迹。生命意识着眼点最终落在女性自我意识的主体性上,包含了女性的主体意识与现代意识,它使整个 20 世纪的女性文学不断追问人的存在及其意义,义无反顾地迈上了追求自由和解放的生命之路。生命意识印证出女性文学发展的现代性。

生命价值的精神历程。在此意义上,20世纪现代女性文学发展史首先是一部现代女性精神成长史。女性文学的生命意识的艺术表现与表达,真实而深刻地印证出这个世纪现代女性精神成长的生命轨迹。

生命意识是探讨20世纪中国女性文学和现代女性生命存在的一个重要的思想交汇点。

女性文学的发生发展作为20世纪一个重要的文化事件,其思想意义有目共睹。它的存在本身就是"五四"现代思想启蒙的巨大精神成果,从"人"的发现到"女性"的发现,无不是现代人本观念在生命——生存视域内最为深切的表现。这使女性文学在它发生之初就具有一种自我认识的内在性,具体地指向了女性生命存在的精神深度。因此,"生命意识"从现代女性创作初始就成为女作家体验自我真实的生命内驱力,催发现代知识女性不断以超越意识向精神生命存在领域自我拓进。这在深受"五四"文化精神洗礼的中国第一个现代女作家群的创作中表现得尤为深切,生命意识作为生命价值理念的内核深植在对"人生究竟是什么"的问题意识中。这是"五四"女作家直面生存现实对个人生命偶在性和属己性的生、死、爱、欲等人生问题的自我辩难,明辨答案的渴望表现为带有青春激情的"哲学病",甚至在女性本文中直接表现为庐隐式的"情智冲突"的生命张力,冯沅君式的性爱与母爱不能两全的心理对抗,石评梅式生死之谜的偏执探求,以及冰心"爱的哲学"的救世良方等等。这些困扰"五四"女作家的人生问题,实际上是超时代的也是超个人的,这是思想对历史时间中生命形式的沉思,是关于生命本体存在的女性生命意识的觉醒,它直接触动了现代女性自我意识与主体意识的生命自觉。

由此可见,女性生命意识中自我发展自我实现的内驱力从一开始就使女性文学的叙事主旨进入了价值论与认识论的思想范畴。

但这并不是凌空蹈虚的理论空设,女性文学的价值论与认识论理解直接来自于生存论。女性对自我的认识与实践都来自于生存本身,女作家对女性生命形式与存在意义的思考首先诉诸女性经验,恰是这一点,缘于作家对生存的真实体验。因此,女性文学的价值论与认识论,也同样离不开生存论这个生命本体论的强力支撑。

历史和现实告诉我们,女性的存在并非是自明的。在强大的父权与男权统摄之下,它本身就是一个晦暗不明的事实。正如西蒙娜·德·波伏娃在《第二性》中以"第二性"、"他者"等概念论及女性的存在,其深刻性在于尖锐地指出了女性在历史场景中的命运和处境。中国几千年"吃人"历史的罪恶,其中就有父权制对女性的压制和奴役。而作为父权制意识形态思想根基的男权文化对女性精神的毒害尤为深切,不仅泯灭女性自我与主体,而且还使女性的存在成为空洞的历史符号。女性历史存在之所以可能进行意义追问,是因为女性生存本身作为事实在历史时间中存在并被历史性所规定。而当生命意识切入到女性历史性存在,其价值现象学的意义就将在认识论上引发出对女性存在的本质和意义的形上追问,它使问题直逼究竟什么是生命? 只有这样,女性的存在才能在"五四"女作家群体的生命自觉意识观照下呈现出价值和意义。因此,女性的存在虽然不是自明的,但是,生命意识却使女作家在思考这一问题时点亮了知性澄明的心灯,照亮了女性的生命存在。这是 20 世纪中国女性文学始终不渝的价值关怀,更是对人本身的坚定信念。

二

生命意识把自我与生命联系在一起,它使女性文学更注重自我经验和主体意识,进行生存论与价值论的意义建构。因此,有关生命意识的思考自然获得生命哲学的内涵。在此意义上,生命意识类属于生命哲学的思想范畴。

生命哲学告诉我们,世界的整体存在处于生命的关联中,生命关系是一种具体的存在于世界的形式。女性文学的生命意识描述把生命同文学紧密地联系在一起,作家的想像来自于女性经验对生命和生存的深切体验,生命力和想像力结合在一起传达创作者对自我、艺术与世界的统一体的认识。

因此,生命哲学相对于阐释女性文学的生命意识而言并非是方法论问题,而应该属于认识论范畴。它使我们的认识进入到精神科学中,把生命、文学、哲学、历史等研究对象并置进入到精神现象学和价值现象学的平台上,这些研究对象的概念因为与生命体验连接从而具有了新的意义,如时间性、空间性、日常性、历史性、因果性等等。女性文学的生命意识就是从生存论建构着手分析女性生命存在的意义。

历史是人的历史,自身充满了生命的活力,它不时溢出历史理性所规范的"连续性"的河床。有关历史深层时间结构的不连续性开始把历史的记忆集体无意识所遗忘的零落的、日常性的多种时间记忆浮现出来,这就是个人生命的印迹对历史的补充或者修正。历史理性前提下的全面历史反映的是某种单一形式的世界观或者价值体系,它势必遗漏掉诸如阶级、种族、性别等单位多种记忆存留的不同的时间所刻写的活生生的"历史",而这个"历史"往往是被铁血的历史理性弃置的以生命铭刻的历史。

女性文学的历史叙述由于性别的、个人的及边缘化的立场使之与正史构成了"对话"的关系。而女性在历史中的生命活动方式决定她们将以生命之网编织时间的网络。

女性生命"此在"的本真演历常常是以日常性的时间形态演绎着历史,历史性直接体现为时间性,历史对于女性意味着凸现出在时间中演变的存在者的整体,女性作为个人站在了历史与文化之间,历史的时间性以女性日常的生命意识的流动表现出来。王安忆的《长恨歌》很具代表性。在一定程度上,上海的故事是女主人公王琦瑶的故事,上海的历史和文化在半个世纪中的时间演变全部凝聚在个人的命运变化上,历史在这里是和个人生存的日常性密切相关的。这是正史与边缘史、大历史与小历史之间的探询、反诘和互动。其中,历史以生命此在特有的时间性演历为关键点,人与文化的时间演变以一种内在的历史重建了集体记忆业已失落掉的生命事件,因为谁也不能否认人的此在是历史的首要主体,而不可能是那个看不见生命的眼泪和血迹的历史理性。

对时间性的理解一旦与深切本己的生命体验相关时,体验就会存在化,过去、现在、未来以存在的方式变成生命阶段性的体验。时间与生命并置在一起,使时间这一概念化解在生命本身之中,成为"生命范畴"。"时间性"在生命范畴中出现了意义敞开的一面,让我们窥见了历史时间断裂的豁口,使作家的思想意识挣脱历史理性的束缚,在生命事件多种多样的偶然性和或然性中捕捉新一轮的历史叙述时间,以确证历史本真的可能性的时间所在点。

三

女性文学生命意识的叙述是有关现代性伦理的生命叙事。它以女性个人的生命故事来讲述现代女性的生命感觉问题,通过对女性亲历的生、死、爱、欲等生命现象的道德体验与价值诉求,体现出女性文学基于人本主义立场对关怀伦理理想的建构。

生命叙事不仅是女性文学对个人生命感觉的实践性的伦理构想,而且也是一种生命价值的思维方式。这带来了女性文学关注生存问题的新视野。女性文学有关女性生命意识的叙事是现代意义上的叙事伦理学,它以个人生命的伦理叙事撼动了坚不可摧的历史理性所维护的目的论的合理性,消解经验惯性对历史的匿名和超验主体的轻信,在历史叙事中归还个人的生命的权利。历史的真理形式只有落入时间—生命此在的时间性中,才会以感情方式呈现出偶然性和相对性,人才能真正地成为历史主体,而不再是以"真理"面目出现的历史超验主体的附庸。

因此,生命意识对个体生命存在方式的思考,自然把"经验"与"主体"两个概念引进了女性生存论建构。生命哲学把经验的理论与自我的理论联系在一起,突出了生命的重要性,认为只有通过生命这一媒体才能真正地了解自己认识世界。这与女性文学鲜明的生命意识是精神相通的。它在认识论上扩展了女性文学的思想视野,它使女作家思考女性的本真存在时,能够在生命本体上立足于女性经验,把抽象和形象、思考和感觉结合起来,在生命"此在"的时间性中建构自我主体。

女性文学的生命意识有了生命哲学作为思想基础,就为女性自我实现的主体意识赋予了现代内容,生命哲学和女性生命意识交汇在生命价值的基点上。生命哲学确定了人的主体位置,与女性文学对现代女性主体意识的确证过程有着思想话语的亲和力。这与女性文学关于女性解放的思想目标不谋而合。"生命"这一哲学和艺术的中介,牢牢地把生命哲学与生命意识连结起来,具有了认识论的扩展作用,以生命和自我作为理解世界的认知点,是女性自我从"我思"到达"我在"的必经而真实的思想之桥。

女性文学的生命意识的叙事注重女性日常实存的各种生命感觉,灵/肉、生/死、爱/欲所构成的生命张力与精神冲突以原概念的二元对立关系横陈在存在与身体之间。文学叙事如何处理女性生命存在与意识形态复杂关系,可以作为社会思想文化症候,或隐或显地阐释出文学叙事话语所蕴涵的意识形态取向性。文学实践证明,身体镌刻着生命事件展现着历史印记,甚至与意识形态权力构成了纠结状态。例如光赤式的"革命+恋爱"的陷阱,革命与爱情的关系呈现着相互消长对抗的话语结构,这种思维模式的消极影响一直波及到建国后创作的爱情小说,《红豆》、《女人》、《英雄的乐章》、《青春之歌》等都有这样程度不同的反映。实际上这种社会主义文学形态内部革命与恋爱的矛盾反映的是人民公意伦理与个体自由伦理的冲突,是知识分子作为个人与群体之间的思想分歧。爱本属于每个人自己身体伦理自由,革命道德以牺牲个人自由的身体痛苦为代价,这曾是历史理性所允诺的道德加恐怖的革命暴力的合理性。

但生命的权利伸张的是身体适性的自由。强烈的生命意识总要突破理性的羁绊进入精神的自由王国。所以现代的生命感觉讲述的是现代伦理故事,女性文学生命意识的叙事使晦暗的伦理呈现出生命之光。

女性身体的善/恶道德区分一直是男权文化想像男性灵魂救赎或者沉沦的手段（客体），男性以自己的叙事需要用话语虚构着女性身体的伦理价值，性原罪与性归罪一直是夏娃的肉体罪恶和精神惩罚。可见，两性伦理价值的不平等来自于身体感觉的不平等。女性文学生命意识的伦理叙事就是要从肉体——生命存在的起点处构建平等的身体感觉。不论是男人还是女人，尖锐的身体感觉让他们都看见与生命存在如影相随的沉重的肉身，它以执著的在世欲望言说着现代人的伦理问题。或许，人类从没有像今天这样遭遇到如此艰难的身体悖论。灵与肉的激烈冲突，实则是个人的现实生存矛盾的集中反映。现代小说生命伦理叙事就是要对身体的终极悖论中的矛盾丰富性进行陈述。女性文学生命意识除了关注存在的价值构建外，还体现着对女性身体的伦理关怀，这里，生命存在成为体验的伦理模式，重视个体生命感觉的正当性和多面性是现代性伦理思想的基点也是它的终极，它把灵/肉冲突视为个人生命本身的形态。因此，承认人性的欠缺与生命的有限性，构成了女性文学生命叙事对人认知的基本态度。它相信，唯有在生命中，女性存在真实才向自我呈现。

关于"人是什么？"这一问题，卡西尔有一个间接性的答案：

> 人被宣称为应当是不断探究他自身的存在物——一个他生存的每时每刻都必须查问和审视他的生存状况的存在物。人类生活的真正价值，恰恰就存在于这种审视中，存在于这种对人类生活的批判态度中。[1]

人对自我的认识成为对生存状况的认识，实际上是如何看待自我的生命存在的问题。女性文学对女性生命存在的追问与诠释，表明了文学对现实人生反思的、批判性的而又切己的伦理关怀。女性生命经验中对生命体验的真实与深刻使女作家表现出更强烈的对生命本身的价值关怀。这使女作家有关女性形象的塑造更接近于生命的实存状态，从日常性的女性表现层面走向女性本真的存在。女性文学的女性形象逐渐走出男权文化幻想诸相善恶对垒的"良母"与"祸水"造型模式，而是生命本身与女性自我的丰富表现。

现代女性写作颠覆了把女性神话化的男权文化策略，女性自身打破了母性神话的幻想，人本立场使她们看见了人性的欠缺和生命本身的脆弱，伦理有时担负不了生命自我选择的艰难，这时，道德就表现出相对性。唯有如此，女作家们

---

[1]　卡西尔：《人论》，甘阳译，上海译文出版社1985年版，第8页。

才能于母爱的背面看见母性厌恶。张爱玲《金锁记》、铁凝《玫瑰门》、蒋子丹《等待黄昏》、徐小斌《羽蛇》、陈染《另一只耳朵的敲击声》，等等，都对母性厌恶这一女性生命本身的分裂与对抗进行了揭示，这一现象具有心理学、精神分析学的释义过程，是文学对人的精神世界"无意识"这一生命的"黑匣子"的探索。

在叙事中以强烈的生命意识表达现代伦理思想，使女作家自我主体意识渐趋自觉，改变了她们的叙述立场和视点，逐渐逆转了男/女、主体/客体、自我/他者两性分化对立的二元性所决定的叙事结构与人物之间的不平衡，性别观念的平等意识在女性本文中开始询唤和表现。女性人物不再是男性主体的客体、他者和次要者，女性也不再是具有意识形态文化功能的象征体，女性人物的性别身份在本文中的位置也不可能是传统男性叙述中拯救/被拯救寓言结构的承载者。因此，一个最明显的变化出现在 20 世纪 80 年代的女性主义书写中，有关身体和欲望的叙述作为生命不可规避的实在成为叙事的重要内容，女性"身体"，这个生命存在的自我依据，不再构成善/恶之分的道德的"试金石"。女性主义的现代伦理叙事始自于平等的身体感觉。这使自然欲望的表达获得了平等的权利。

这种现代生命感觉的表达与叙述使女性写作呈现了新意义，女性以身体的实在感确立了在世界中的独立存在和主体位置。以身体的平等意识表达现代人的生命伦理观，不仅是女性主义的书写策略，而且也是以主体"在场"的方式建构有关女性"解放"与"平等"的思想文化观念。这表明尽管人的存在本质不能界定，但是作为"生成着的存在"，"现代女性"以执著的生命意识确立了自己历史主体的身份。这对于女性文学而言具有深远的意义，这是一个在历史与现实场景中从话语"缺席"到"在场"的过程，也是女性的精神主体在感性生命中顽强成长的过程，因为，"精神并不与身体相对立"[①]，生命言说使女性获得了人的本质力量。

四

当我们思考 20 世纪中国女性文学的生命意识与女性文学的关系时，发现"生命意识"这个意义的赋予过程把女性文学引向了理论与实践的新维度。它从生命本体论强调了女性主体是具有主体性的生命"实体"，女性存在是具有时间性的"此在"。很显然，"生命意识"带来了对女性文学的新理解，它在文本

---

① 《蒂利希选集》，上海三联书店 1999 年版，第 1189 页。

开放多元的意义中发现一种特殊的意义——在生存论与价值论上厘定了 20 世纪女性文学发展的精神品质和特征。

我们正是通过"生命意识"的深度阅读在女性本文中发现了可理解性,即以"生命"对形式原则纯粹理念本身的反抗。这构成了 20 世纪中国女性文学的一个突出的精神现象:生命意识从生存论与价值论的向度上粜合了"终极"理论与"当下"感性的生存距离。女性文学正是立足于生命"此在"的实践立场对自我存在不断进行精神的超越。有关"生命意识"的描述与叙事使女性文学在生命与精神嬗变的意义上获得了现代性的表达。"生命意识"使女性真正地成为思维主体、经验主体和言说主体。而女性批评本身的性别立场与性别视角也通过"生命意识"获得认识论与方法论的优先地位。

"生命意识"在本体论上确定了女性文学在生存论与价值论的意义建构,这个文学与存在的"中介",把女性文学推向了一个崭新的时空,突破了文学史按时间顺序划定的阶段性框架,使女性文学以内在生命的动态过程溢出了文学史的时间流程。所谓女性文学的"边缘"状态,并不意味着这一文学形式能够脱离历史语境抑或意识形态的规定性,而是以生命意识的内在性与个体性构成了与主流文学的差异。其中,"团体"、"流派"、"运动"等代表时代精神的划分标准并不能准确概括女性文学的叙事风格,而是需要内部一致性的、合理性的新形式来演绎女性文学的发展。生命意识作为一个理解与解释的层次,分割出有别于"正史"叙述的新的话语书写空间,它思考差异,挑战一切权力话语所赋予文学的"客观性"掩盖下的性别歧视,揭示"历史理性"前提下目的论所隐含的暴力话语的邪恶,尤其是历史暴力与男权合谋加诸于妇女的苦难,都将在生命意识的观照下获得深度的表现。文学史的连续性相对于一个强大的主体意识,它要求人类意识的整体化和同一性,"经典"作品的时间刻度本身就是历史进步论的标志,实践着"国家"这一原主体的叙事要求。所以主流作品的宏大叙事要不断借用生命的隐喻来想像历史目的论的合理性。而女性文学生命意识的叙事却是视生命为有意识的存在,而并非是实证主义意识形态要借助的"客体"和"手段"。它是用"生命"来抗拒意识形态形式原则本身对生命的"异化",它看见的是历史时间中的生命事件,描写时间的偏差和扩散,因此,女性文学的叙述必然以"不连续性"与文学史的"连续性"构成对话互补的关系。它以生命存在本身挑战了历史理性,用实践着的历史感性让我们看见了无数流逝的生命事件。女性文学有关生命意识的叙事,解构或消解了历史理解的同一性和连续性。

女性文学对生命意识的思考,使作家承认了生命偶在的有限性与人性的欠缺,尤其是价值思考对个人伦理选择的艰难,甚至看见了生活终极悖论的深渊,这一切无不指向真理与道德的相对性。

在此一点上,女性文学坚守生命意识表达的现代精神与昆德拉强调的自由主义小说精神有其一致性:

> 小说作为建立在人类事物的相对与模糊性基础上的这一世界的样板,它与专制的世界是不相容的。这一不相容性不仅是政治或道德的,而且也是本体论的。这就是说,建立在唯一的一个真理之上的世界与小说的模糊与相对的世界两者是由完全不同的方式构成的。专制的真理排除相对性、怀疑、疑问,因而它永远不能与我所称为的小说的精神相调合。①

"生命意识"和"自由的精神"都反对专制。而"唯一真理"的世界只会产生"唯一道德"。不可否认的是,历史中这两个"唯一"对女性压迫表现得尤为彻底和深重。有关生命意识的伦理叙事就是要以"生命"本身反抗一切以"唯一"面目出现的绝对化的理念,抛却一切代表同一性的普遍价值的幻想。如果现有的文化实践充斥着男性的欲望和权力,话语代表着他们的逻辑权威与叙事权威,来达到构建社会规则和等级秩序的目的,那么,女性文学就永远是一个特异的存在。前提是,假如她们不想媚俗和放弃有关生命自由的思考。

任何一部文学史都不可能是"客观的",只能是特定历史时期特殊社会中的特定阶级(性别)的价值体现,代表着全面历史的主题,人们相信它代表某一时期的全部文学现象,甚至是时代精神的总和。但全面历史并不是人类的总体历史,国家、地区、种族、阶级、性别等单位构成了一个大的扩散空间,不断调整着有关历史叙述的角度。女性文学边缘性的存在就是针对目前文学史写作的原则和它的整体形式而言。中心/边缘,主体/客体,自我/他者之间的区分,始终是由社会权力(父权或者男权)中心主流话语模式决定的,任何一组概念的二元性与对立性直接构成了社会现实的思想根据,词语的秩序代表了等级的秩序,话语中发挥作用的隶属原则含而不露地转化为性别隶属关系。与此等同,我们在文学史中,随处可以发现权力话语的隐喻形式,这与文学创作中男性叙事风格是一致的。"权力和欲望"构成了他们的话语场。

女性的话语空间只有"生命"及其历史境遇中的"存在"。因为唯有在生命

---

① [捷]米兰·昆德拉:《小说的艺术》,孟湄译,生活·读书·新知三联书店1992年版,第11页。

中,才能表现女性生命的本质真实。

写作乃是一个生命与拯救的问题。写作像影子一样追随着生命,延伸着生命,倾听着生命,铭记着生命。写作是一个终人之一生一刻也不能放弃对生命观照的问题。这是一项无边无际的工作。①

女性文学的历史只能由女性自己来书写,这已经是女性主义批评的共识。其目的是用女性开放的对话思维来改写文学史"独白"式思维形态,以期构成"边缘史"与"正史"的对话关系。因此,女性书写的实质是要抵制差异的等级制度,而不是拒绝"差异"本身;抗拒代表"真理意志"的超验主体,而从不否定女性历史的主体。

将女性文学的生命意识作为一个"生长点"和"线索"来阐释和评价20世纪女性文学创作,我们的着眼点最终落在女性自我意识的主体性上。生命意识从生命本体上奠定了女性主体意识的基础,使主体意识在生存论的时间性的建构中彰显出来,生命成为有意识的存在,人也成为自我的主体。在此意义上,生命意识包含了女性的主体意识与现代意识,它使整个20世纪的女性文学不断追问人的存在及其意义,义无反顾地迈上了追求自由和解放的生命之路。生命意识印证出女性文学发展的现代性。

---

① [法]埃莱娜·西苏:《从潜意识场景到历史场景》,《当代女性主义文学批评》,北京大学出版社1992年版,第218页。

社会性别意识的彰显

——论新世纪女性写作十年[①]

张　莉

　　　　原先我小说中的某种女人消失了,她们曾经古怪、神秘、歇斯底里、自怨自艾,也性感,也优雅,也魅惑,但现在她们不见了。阴雨天的窃窃私语,窗帘掩映的故事,尖叫、呻吟、呼喊,失神的目光,留到最后又剪掉的长发,她们生活在我的纸上,到现在,有十多年了吧? 但她们说不见就不见,就像出了一场太阳,水汽立马就干了……我从房间来到地边,跟牛和南瓜厮混在一起,肌肤相亲,肝脏相连,我就这样成为了万物。

——林白《万物花开》[②]

题解　本文原载《文艺争鸣》2010 年第 8 期,为该刊"新世纪文学研究(2000—2010 十年文学观察·女性文学)"专题文章。作者通过全方位考察,高度评价新世纪十年的女性写作以丰硕的创作实绩为一百年中国现代女性写作开启了一个新的序幕,完成了从"闺房"到"旷野"、从"个人"到"万物"的转变,在"社会性别自觉"与"文学自觉"的双重意义上开始了一个新的格局。王安忆、铁凝、迟子建、孙惠芬们书写出了一批值得尊敬和铭记的作品,也使"不可见的女性和她们的生活"浮出现实地表;金仁顺、叶弥、魏微、盛可以、朱文颖等七十年代出生的女作家看待爱情的方式和对爱情的理解发生了整体的转变;孙惠芬、魏微、鲁敏等对"姐妹情谊"的理解具有了多广度和多向度;周晓枫等书写了别具经验的女性个人史、身体史;严歌苓书写了丰富复杂的女性历史以及女性身体与民族国家之间的纠葛与缠绕。十年间,几乎所有的写作者都不约而同地开始关注人的社会性以及人与社会存在的关系,对底层女性境遇的关注与书写是新世纪女性写作最重要的不可忽视的贡献。新世纪女性写作的转型深刻表明中国女性写作正在重新寻找和继承自己的优良传统,呈现了新的"精神气质"。

①　正如读者所意识到的,本论文使用了"女性写作"而不是"女性文学",因为论者倾向于戴锦华教授的分析,"女性写作""标识着对女性创作的作品及女性写作行为的特殊关注,旨在发现未死方生中的女性文化的浮现与困境,发现女作家作品中时隐时现的女性视点与立场的流露,寻找女性写作者在男权文化及其文本中间或显露或刻蚀出的女性印痕,发掘女性体验在有意无意间撕裂男权文化的华衣美服的时刻或瞬间"。引自戴锦华:《涉渡之舟:新时期中国女性写作与女性文化》,北京大学出版社 2007 年版,第16 页。

②　林白:《万物花开·后记》,人民文学出版社 2003 年版。

内敛的绚烂

在未来时代的女性写作史中,21世纪最初十年的女性写作一定会成为一个令人欣喜和回味的起点,因为它以丰硕的创作实绩为一百年中国现代女性写作开启了一个新的序幕。在文学期刊、报纸副刊、在网络博客上,活跃着不计其数的女性作者群体——中国还没有哪个时代的女性写作者们像今天这样活跃,这样的生机勃勃;女性写作者们不再只是小说、诗歌和散文的创作者,她们开始进入更为艰深的领域,文学评论、艺术评论、时事评论、影视剧编剧,她们中有很多人已成为所从事领域的佼佼者:崔卫平、戴锦华、翟永明、李银河、刘瑜、王海鸰、六六……也是在这十年,中国当代文坛罕有地活跃着从三十年代出生到八十年代出生的五代女性写作者的身影,宗璞、张洁、叶广芩、王安忆、铁凝、方方、万方、范小青、池莉、裘山山、蒋韵、迟子建、孙惠芬、邵丽、须一瓜、徐坤、张抗抗、北北(林那北)、叶弥、葛水平、魏微、金仁顺、朱文颖、盛可以、鲁敏、滕肖澜、姚鄂梅、黄咏梅、吴君、塞壬、郑小琼、张悦然、颜歌、笛安等,这十年的女性写作也因一大批优秀海外华人女作家严歌苓、虹影、张翎等的精彩出演而气象万千。

女性写作者们以勤勉不懈的创作书写出了当代文坛的一大批优秀文学作品,而这些作品在包括茅盾文学奖在内的诸多政府奖和民间奖中屡获肯定——女作家作品在各类文学奖项/选刊选本中所占比例的明显增加,稍加留意鲁迅文学奖获奖者的性别比便会发现,第一届短篇小说奖获奖者的男女比例是4:2,中篇小说是9:1,而到了2004—2006的第三届短篇小说和中篇小说的男女性别比都是2:3,女性获奖者超过50%;另一个例子则是2010年的"中国小说学会奖",从长篇、中篇、短篇到特别奖,四位获奖者严歌苓、方方、范小青、张翎均为女性——并不夸张地说,女性写作无论从质量还是数量上,都真正成为了当代中国文学的"半边天"。

这只是新世纪以来女性写作的显在变化,事实上,女性写作在书写内容、书写视角和书写姿态上的潜在变化更耐人寻味:从《上种红菱下种藕》《富萍》《桃之夭夭》《月色撩人》到《妇女闲聊录》《万物花开》,从《笨花》到《小姨多鹤》,女性写作者们对底层女性命运更为关注,她们更善于从复杂的社会环境生活中书写爱情、身体、性以及婚姻,更善于从民族国家框架下书写个人史,善于在浮世中刻画如浮萍一样的个人运命——新世纪女性写作十年完成了从"闺房"到"旷野",从"个人"到"万物"的转变,这表明新世纪女性写作者以丰富的写作实绩实现了某种转型。

这是写作观念的变化,女性写作远离了以自我为中心的感受世界的方法;这是价值观的坚守,当整个社会只以 GDP 的迅速增长为荣时,她们的写作远离了大众文化的浅薄,她们以书写我们所在的浮世,小镇,乡村,和辛苦的劳动者在一起的方式表明了自己的立场和价值取向——如果说姐妹情谊有多种多样的表现,那么,新世纪十年的女性写作就是通过对贫穷的"不可见阶层"女性生活书写,通过理解他们的艰难、分担他们疾苦的方式表达对另一群姐妹的深切关注,这是对女性群体的重新认知,这是另一种意义上的"姐妹情谊"。这一切都充分表明她们将女性写作与社会现实结合的努力,表明这是一群自觉的社会性别意识写作者。

有必要讨论一下本论文所使用的"社会性别"概念,它避免了女性主义理论的缺点——女性主义理论常常假定妇女因为在生理上相似,所以在利益上也相互一致。而事实上,女性在社会中的共同利益不单取决于生理上的相似性,还取决于她们所从属的阶级地位和民族国家属性。"社会性别"强调性别身份的"社会性"——它关注两性社会关系的复杂构成,认为男性和女性之间的社会性别差异取决于多方面的因素,包括意识形态、历史、宗教、种族、经济和文化的等等,同时,它也关注性别内部的分化,由于阶级、阶层以及民族国家身份的不同导致的女性之间的利益差异。

如果我们把 90 年代以来女性写作中的"个人化写作"和"身体写作"中那种幽闭、封闭和中产阶级趣味的写作,把卫慧等人的"美女写作"视作一个理解背景,那么新世纪女性写作的独有气质:开放性和人文情怀将被发现。如果说九十年代的个人写作和女性写作完成了女性写作阶段必要的"向内转",那么,新世纪女性写作以诸多写作实绩完成的是"向外转",正是这样的宝贵转型,女性写作与社会现实紧密结合在了一起。如果说,"经历了新时期女作家创作的繁荣,90 年代女性写作在性别自觉与文学自觉的双重意义上进入、展现了更为成熟厚重的格局"①,那么新世纪女性写作则是在"社会性别自觉"与"文学自觉"的双重意义上开始了一个新的格局——深具社会性别意识的女性写作姿态和书写样式,是新世纪女性写作的珍贵收获。

---

① 戴锦华:《涉渡之舟:新时期中国女性写作与女性文化》,北京大学出版社 2007 年版,第 378 页。

"可见的"大众女性文化

讨论新世纪女性写作的转型,不能不谈这十年来女性文化的变迁,它牵涉到整个中国十年来社会文化价值观的迁移。对多元女性美的包容和接受似乎是这十年社会文化最大的显在表征。李宇春现象是一个表征。2005年湖南卫视"超级女生"节目将李宇春、周笔畅、黄雅丽等带有中性气质的女性形象推到公众视野,而以女性观众为主的狂热消费群体的集体投票以庞大而令人吃惊的数字方式显示了女性审美观再也今非昔比。但是,这只是事情的一方面。另一方面,2008年以来网络流传的"信春哥,得永生"以及对李宇春形象的诸种调侃也预示着这种审美观在现实接受领域所遭受到的巨大抵抗。

另一个不能忽略的文化现象是张爱玲《小团圆》的出版及对《小团圆》全方位的疯狂娱乐性消费,读者对书中性描写等同于张和胡兰成本人的猜测都在以"天雷滚滚"的方式将文学作品演变为八卦小报,而这本在张本人生前并未准许出版的作品能顺利出版并受到张迷热捧——《小团圆》的文学价值早已被忘记到九霄云外,也不再是关注的核心,"张爱玲不仅变成消费对象,张爱玲式的文学选择也被'孤立化'/'私人化',她与五四以来文学思潮的挑战/呼应的复杂张力完全被忽视了……张爱玲作为写作者与其时代之间的复杂关系完全被其私人的情感经历所遮盖了"①。

十年来女性文化的变迁史其实就是身体价值观的变迁史。整个中国进入了过度消费女性身体和隐私的社会进程:在各大网站的娱乐版面上,女明星们的"暴乳"和"走光"以及"小腹凸起"的标题大肆流行也表明全社会都在毫不羞愧地假娱乐媒体之眼,假男性视角窥视女性的身体。更具象喻意味的小细节或许能戳穿某种多元文化的假象:1米75的林志玲初出道时的"高大"令很多人不适,她当时并不具有娃娃音,所以,她并不为人熟悉和接受。但是,一旦林志玲使用"娃娃音"、"低姿态"、"软身段"时,她便寻到了被社会接纳的方式,寻到了使自己成为"可爱的"法宝,从而成为广告商和电影商争相邀约的红人。

李宇春和林志玲的存在和走红,张爱玲的持续神话和正典化构成了这个社会女性文化的最有意思的征候,它一方面表明这个社会的多元化特征,但另一方面又充分表明这是一个严密不透风的社会,它有着坚硬而强大的以男性为主导

---

① 出自与朋友徐晨亮先生的信件讨论,特此注明,以表谢意。

的社会价值观。一方面,这是"新世纪十年的文化生活表面上看来极为'多元化',但骨子里却极为单一,当人们不假思索地嘲讽春哥们的中性化之时,似乎胸中已经有了'女性应当如何才算女性'的标准答案"①。

以上都是可见的女性际遇和女性文化地形图,但分明还有一种不可见的女性际遇和女性生存。那是在大众传媒的喧嚣之下:在广大的中国南方,是几十万上千万的自动化流水线的女工,她们每天都有可能遇到的是被机器"断指"的命运;而广大的农村,是数以万计的家庭两地分居,空巢空村现象普遍;从南到北的一线二线大城市里,许多人近中年的企业女工面临下岗、失业、失婚和老无所依的命运。

可见的热闹与不可见的艰难深刻表明中国社会文化的价值取向发生了怎样的转变,电视节目"非诚勿扰"中"宁愿在宝马车里哭泣,也不愿在自行车后座上微笑"的宣言并非出于偶然,媒体对于富人生活的渲染和对穷困人的忽略早已表明了一个社会的民间选择,它只不过是经由一个女性在婚姻选择判断时不小心说了出来而已。大众文学领域出现的两个女性人物"杜拉拉"和"海藻"便是这种价值观的必然产物。她们都是苦读学习考上大学的毕业生,一个人的命运是靠职场规则努力打拼获得提升,最终实现月薪4000变成年薪20万的梦想;另一个则是依凭美貌半推半就成为"二奶",进而摆脱贫穷命运。这是两位女性作家李可和六六为当代中国社会提供的镜像,这也是当代中国青年女性的典型命运,无论哪一条路,她们都无可逃离地陷入追求"金钱"的路途中,陷入了只有金钱才可以证明其生存价值和意义的强大逻辑里。

这是并不乐观的文化生存环境背景,只有在此背景下,中国当代女性写作者的精神气质才会获得显现:从她们的作品里,我们看到了那些大众传媒文化中所没有的女性形象,看到了讨生活的劳动者们的疾苦,看到了朴素的人的尊严和价值——王安忆、铁凝、迟子建、孙惠芬们书写出了一批值得尊敬和铭记的作品,也使"不可见的女性和她们的生活"浮出现实地表。

"爱情诗"

新世纪女性写作者对爱情的理解具有复杂性,尤其是七十年代出生的那批作家那里,爱情既非张洁《爱,是不能忘记的》,也不是池莉的《不谈爱情》和《绿水长流》,换言之,爱情既不是无坚不摧的爱情信仰,也不是日复一日的庸常

---

① 出自与朋友徐晨亮先生的信件讨论,特此注明,以表谢意。

人生——爱情在新世纪十年女性写作中是男人与女人之间的情感游戏和情感互动,它并不一定是长久的,可能只是一瞬间的怦然心动。

金仁顺①是新世纪十年中最为注目的以书写爱情见长的小说家,她擅长捕捉男人与女人之间最刹那最灵光的那部分情感。她笔下的爱情荡涤掉了神圣光环,男女间的你来我往的小心思,细密而不失优雅,金仁顺在爱情小说里是克制与冷静的,这使她的写作与那种歇斯底里鱼死网破的"女性写作"保持了距离。她的爱情小说也并不排斥身体,事实上中年男人爱上那个女人多半因为她年轻而羞怯的身体,而女性之所以爱上男人也在于他的经济安稳,性格包容——金仁顺在消解某一种爱情神话时也重写了另一种意义上的爱情。令人印象深刻的是,金仁顺的女性人物,即使一无所有的贫穷,在面对背叛和伤害或者分离时也是有主体性的,而并非不堪一击。这种女性的主体性也是整个"70后"写作的一个特质,在爱情中,她们的女主角绝不扮演或承担那个受伤者,而这种受伤者和控诉者形象在她们的前辈那一代作家那里却时有出现。与其说女性在爱情或婚姻中的地位发生了变化,不如说新一代女性写作者看待爱情的方式和对爱情的理解发生了整体的转变。

叶弥的《桃花渡》书写了一种不同凡俗的爱情,那是一次偶然的相遇,作为经历过许多男人的"80后"的"我"爱上了一位居士,感受到纯粹的美好,但是,之后"我"便听到这位居士已然出家成为"僧人"——他因为遇到了自己梦中的女人而感觉到生命的完满。与撕心裂肺的爱情相比,叶弥书写了佛教意义上刹那即永恒的超拔爱情,以及这种爱情在这个时代的稀缺,这是叶弥与金仁顺在爱情书写上的不同。叶弥是新世纪十年一位独特风格的写作者,她具有女性书写者的某种神秘与空灵,并常常能将这种书写品质发挥到极致,使自己的写作具有某种暧昧之美。

"70后"作家最有代表意义的作家魏微的《化妆》②是一部优秀作品,它将爱情与金钱、身体以及岁月之间"目不忍睹"的关系进行了一次重写。当嘉莉以礼物的价格来揣测男人对她是否爱,多年后又以贫穷女性的姿态再次测试时,魏微其实是狠心地撕下了这个世界关于爱情的所有伪装——她将这个时代人与人之间最本质最势利的关系通过一个女性的情感际遇表达了出来。嘉莉是勇敢的,她可以以一无所有的方式来面对曾经的肌肤相亲者,嘉莉也是执拗的,她偏执地

---

① 金仁顺:《彼此》,山东文艺出版社 2009 年版。
② 魏微:《姐姐和弟弟》,山东文艺出版社 2005 年版。

以这样的方式来戳穿了爱情和性的本来面目。科长和嘉莉之间当年是相爱,还是仅仅对肉体的迷恋,或者只是打发时光,逃脱生活的庸常? 这困扰嘉莉的问题,想必也困扰现时代的诸多女性。如果将当年卫慧因书写性而迅速走红的际遇以及当年诸多"70后"作家被包装成美女作家出现的情景做参照,会发现"70后"作家对爱情的理解包含了与前辈作家非常不同的视点,那么,这种新的更为复杂和透彻的理解,是否得益于当年她们前辈书写者所开拓的个人化写作、身体写作等的潜在影响?

相对而言,戴来①别具风格,她的特点在于你根本无法从她的小说中看到一丁点儿的女性气息。这令许多人惊讶,可正是这样的"看不到",恰是这位女性作家以一种假面的方式对世界关系的重写,戴来小说中罕有地有一个清晰的主题,即百无聊赖的生活和性以及情感,这个执拗的作者仿佛一直都在追问这个世界的本质,追问什么是生活什么是存在。

《缺乏经验的世界》②大约是盛可以近年来最为出色的作品。这是一部关于女性身体欲望的故事,是对男女之间虚妄爱情的讲述。年华不再的女性面对拥有俊美身体的男青年时内心有那么多的内心波折:她渴望与之接近,但又深知自我与他者之间相隔的"千山万水",这部小说的魅力在于盛可以将这两个人的生活背景和社会背景几乎都忽略不计,她使他们相遇在了狭窄的火车上,这纯粹是一场年龄上有所差异的性别相遇。青年男性以一种青春的令人向往的性的欲望形象出现,尽管这样的形象在丁玲《莎菲女士的日记》中就已出现,但是,如果我们能想到张洁或张辛欣对漂亮男人的不屑,想到当年莎菲对自我欲望的鄙视和自责,就会发现新世纪女性面对男性躯体的欣赏和心动是对文本中男性形象的变革性书写。朱文颖③的写作极具南方特点,或者说是类上海化风格,但与上海的喧嚣相比,她的小说又多了些小家碧玉的温婉,令人难忘的是她笔下的男人王莲生,这是有着阴柔的南方之美的男性,聪明而性感,像是生活在当下,但又分明有些民国才子的风范,"他"在《哈瓦那》和《繁华》中复现,成为她作品中的一道独特标识——在新世纪以来的女性写作者那里,男性不再是权威,不再是父权,他们有时只是欲望对象,是性的伴侣,是生活路途中寻找的猎物,有时,也不过是一个社会存在,甚至是不堪一击的存在,比如魏微《化妆》中的科长,比如鲁敏《细细红线》中的男名人。

---

① 戴来:《把门关上》,新世界出版社 2003 年版。

② 盛可以:《缺乏经验的世界》,《大家》2008 年第 1 期。

③ 朱文颖:《龙华的桃花》,山东文艺出版社 2005 年版。

"镜中姐妹"

九十年代女性写作的贡献之一是将一种"幽闭"环境的女性情谊书写到极致,进而形成与男性世界相对立的女性乌托邦;新世纪女性写作的贡献之一则是将"姐妹情谊"放回至"社会关系"的浩大空间里,作家们对女性情谊的理解具有了多广度和多向度,也使我们对这种关系的理解有了更多的可能性和复杂性。

孙惠芬的《歇马山庄的两个女人》①书写了并没有男人参与但女性情谊依然崩坍的事件。海桃和李平因惺惺相惜而成为闺中密友,互相欣赏和互相鼓励,但嫉妒之心使一个惊天秘密泄露,李平也因此断送了一段美好的婚姻。与其说孙惠芬书写的是姐妹情谊的脆弱,不如说是天生的嫉妒之心使一个人内心中对她人的友好,对姐妹的友好成为虚妄。孙惠芬进入了人物内心的肌理,将女性内心的隐秘写得百转千回,这是十年中关于女性情谊书写的收获。

魏微《姊妹》②是典型的书写女性情谊的作品,两个女性因共事一夫而反目,也因同爱一个男人而成为岁月中的"姐妹","她们的相识才是宿命,她们的恨堪称深仇大恨,她们的同情相知如海深,可是她们又从不承认"。魏微写了特殊环境下两个女人之间的既爱又恨,她将这种姐妹情谊书写得复杂而令人深思。

有同样题材模式的小说是《逝者的恩泽》,作为一位勤勉而在诸多写作领域都有所突破被寄予厚望的"70后"小说家,鲁敏③讲述了两个贫苦女性共同分享男人"因公伤而死"换来的抚恤金的故事。与其说那样的关系是一种现实不如说是一种想象,两位女作家以一种远去的故事的方式来映照着当下人与人之间的迁移。母女情谊是女性写作者关注的焦点。鲁敏小说中有一个复杂的母亲形象,尤其是她锱铢必较的暗疾,曾深深折磨着家人。(《暗疾》)物质主义的母亲是一种象征,这使得喜欢追求精神生活的女儿与母亲之间完全不可能建立"母女情谊"。女性之间的互相厌憎显示了鲁敏对于性别体认的复杂性。这不一定不是女性主义的,这样的事实其实也是"性政治"的结果,是集体无意识——当母亲以及姐妹在父亲或别处遭受的歧视在她们本人身上被深层意识化时,她们

---

① 孙惠芬:《城乡之间》,昆仑出版社2004年版。
② 魏微:《姊妹》,《中国作家》2006年第1期。
③ 鲁敏:《取景器》,山东文艺出版社2009年版;《纸醉》,江苏人民出版社2008年版。

便会鄙视自己并相互鄙视。最令人吃惊母女关系出现在鲁敏《白围脖》中，小说里，母亲发现了女儿的婚外情并把它告诉了女婿，从而使女儿的婚姻最终瓦解。一切都基于母亲多年前的受伤害妻子身份。

魏微和鲁敏笔下美好的"姐妹情谊"是典型的"女性主义文本"，但它们是象征层面的，是被抽离于现实的，事实上，这样美好的与一个男人有关的姐妹情谊在现实中已然演变成了一场你死我活的斗争，那是关于"妻子"与"二奶"的斗争——还没有哪个时代像今天这样，婚姻变成最岌岌可危的人际关系。妻子和第三者（"二奶"，情人，"小姐"）之间的斗争在网络、博客、影视剧以及文学作品中不断被书写和被演绎。一如《蜗居》①中海藻与宋思明太太之间。小说的结尾是省吃俭用的妻子看到"二奶"豪华的居所和养尊处优的生活后怒不可遏，她拼命踢打这个侵入她生活的女人，即使这个女人的肚子里怀着她丈夫的骨肉——小说的结尾是海藻失去了孩子和生育孩子的子宫，妻子的受伤者身份及其愤怒情绪也以一种被放大的方式为公众慢慢认知。在此之前，中国电视剧中常常有因妻子的不解风情而介入婚姻的"可爱的第三者"形象，但近年来影视作品中作为"坏女人"的第三者形象却日益增多。事实上，随着《蜗居》中两位女性形象意义变得复杂，大众的天平也慢慢倾斜——尽管观众可能还是同情海藻的，但是，妻子的愤怒情绪藉由这样的结尾获得了最大程度的呈现，妻子的受伤者身份浮出了水面，在这样的斗争中，已近中年的她不仅被掠夺了婚姻、家庭和爱，也被掠夺了金钱、尊严以及年华。

《蜗居》以大众文学的方式来表达现时代婚姻关系的脆弱，潘向黎②《白水青菜》则以更为文学和内敛的表达书写了妻子的反击。妻子每晚都为丈夫熬一种名为"白水青菜"的汤，丈夫因其味道鲜美而念念不忘。但他终于还是出轨，有了年轻的"二奶"。"二奶"也希望能做一道这样的汤，妻子告诉了她的佐料和用料——看似简单的白水青菜之后，是精心的配料与长时间的熬煮，其中包含有年轻女人们所没有的耐心。无论怎样，回到家的丈夫再不会喝到白水青菜汤了，妻子已经走出了家门，她已没有时间和心情等待这个不回家的人。潘向黎有含蓄之美，她将婚姻关系以汤做比，内在地将婚姻与熬汤这件事情结合在一起。《白水青菜》的妻子和《蜗居》中的妻子一起，用不同的方式向社会、向男性表达了自己应有的愤怒和反抗。

---

① 六六：《蜗居》，长江文艺出版社 2007 年版。
② 潘向黎：《白水青菜》，山东文艺出版社 2007 年版。

"你的身体是个仙境"

1996 年,魏微创作了一部短篇小说,叫《一个年龄的性意识》,在那里,这位"70 后"作家对陈染和林白的写作,"乐此不疲地写同性恋、手淫、自恋,带有强烈的女权主义倾向"做了一次颇有针对性的发言,"她们是激情的一辈人,虽疲惫、绝望,仍在抗争。我们的文字不好,甚至也是心甘情愿地呆在那儿等死,不愿意尝试耍花招。先锋死了,我们不得不回过头来,老实地走路"。① 魏微借人物之口表达了自己这一代人在理解性与身体方面与前辈们的不同,这种感受非常敏锐:"她们是女孩子,有着少女不纯洁的心理。表现在性上,仍是激烈的、拼命的。我们反而是女人,死了,老实了。"② 新世纪以来的女性写作中的性与身体,在很大程度上印证了这样的说法。

新世纪女性写作者们书写了别具经验的女性个人史、女性的身体史。成熟的,最有代表性的作家是周晓枫。在散文《你的身体是个仙境》③她书写了女性身体的种种隐秘,初潮,痛经,初恋,生育,性倾向,性恐惧;剖腹产与子宫癌,畸胎瘤,她书写与女性成长有关的疼痛,鲜血、疾病、欲望、丑陋,因爱而带来的甜蜜。事实上林白和陈染也曾经讲述过这样的身体感受,但周晓枫的贡献依然是重要的和不可忽视的,她有可以写作对象的冷静与勇气。作为书写者,周晓枫的个人经验是独特的,她的本领在于将独特的个人疾病经验转化为一种群体经验,深具普泛意义。周晓枫寻找到了一种恰如其分的女性语言,感性、直接,但又节俭和自制,从而也将女性经验控制在了令人深为触动但又绝不自怜自恋处,她为与身体有关的女性写作范式提供了一个高标。

将盛可以的小说视作一部独立成章但又可以联袂阅读的女性身体史并不为过,她书写的都是女性经由身体感受世界,或者是女性身体与世界协商、与世界抗衡、被世界损毁的经历。《青桔子》具有隐喻性。年轻的桔子从交换肉体方面获得利益,她甚至通过勾引自己的公公以获取自己想要获得的。在之前的文学作品中,当一个女性成为主角时,性,以及以性为中心的交换常常是一个女人成功的法宝,这样的际遇不仅仅出现在男性作家的作品,比如苏童、毕飞宇那里,也出现在女性写作中。男女作家共同完成的某一类女性史或许昭示着这个世界上

---

① ② 魏微:《姐姐和弟弟》,山东文艺出版社 2005 年版。
③ 周晓枫:《你的身体是个仙境》,《人民文学》2003 年第 6 期。

的一个普遍"原理",只是,与先前的书写者不同,盛可以身体写作的痛感在下降,即使女性是受害者,脸上依然有某种倔强,很少会看到怨天尤人。

乔叶的《最慢的是活着》中奶奶的形象具有普遍性——她年轻时守寡,活着的目的只是为了使孩子们活下去。她织布,忙碌,深爱自己的儿子,但儿子还是死在她的前面了,儿媳也死在她的前面。奶奶一天一天老去,慢慢和孙女达成了和解……乔叶点点滴滴地记述着一个女人的身体从年轻到苍老的琐屑,正是这些琐屑最终成为了中国普通女人的民间史。"我的祖母已经远去。可我越来越清楚地知道:我和她的真正间距从来就不是太宽。无论年龄,还是生死。如一条河,我在此,她在彼。我们构成了河的两岸。当她堤石坍塌顺流而下的时候,我也已经泅到对岸,自觉地站在了她的旧址上。我的新貌,在某种意义上,就是她的陈颜。我必须在她的根里成长,她必须在我的身体里复现,如同我和我的孩子,我的孩子和我孩子的孩子,所有人的孩子和所有人孩子的孩子。"① 小说有缓慢的美,这使女人的历史和人的历史成了一条生生不息的河,也使整部小说具有了气象。

与乔叶们将女性的历史进行"提纯"进而建构一种独有的女性史不同,另一些女性写作者更注重女性生存的复杂性,注重女性与她们身在世界的互动——如何在体制内寻找哪怕一丝一毫的生存空间与机会,即使那样的梦想和渴望看起来渺小而卑微。范小青《女同志》②书写的是政府机关工作的女人万丽,她书写了她的步步为营,她的升沉浮降,她的纠结和苦痛。尽管范小青已经非常有意识地进行了文学性和理想性的处理,尽管这个女性在升职过程中也并不是以出场肉体为代价,但是,读完整部小说,依然会发现"女同志"升迁的背后隐秘,那分明源于一个叫康季平的男人的出谋划策,鼎力相助。而与女性官员的奋斗史相比,李可风靡一时的《杜拉拉升职记》终究是一部外资企业"女同志"的升迁史,只是与官场规则相比,杜拉拉依靠的是职场规则,比如不能越级申诉,比如如何平衡与上司的关系,比如要慎重群发邮件,比如要和上司勇敢讨论自己的年薪等等。正如康季平是那个背后男人一样,杜拉拉淘得第一桶金时,背后也是有大老总的暗示和支持的。当然,杜拉拉与她的老板之间也并没有"暧昧"的肉体关系——女性奋斗史的表象背后,是卓有意味的两性关系史。

① 乔叶:《最慢的是活着》,万卷出版社2009年版。
② 范小青:《女同志》,春风文艺出版社2007年版。

"一个女人的史诗"

新世纪十年里,王安忆继续以一种勤勉而有品质的作品成为女性写作的最富代表性作家之一。在经历了《纪实与虚构》《长恨歌》后,王安忆的女性写作系列作品发生了隐秘的变化。她喜欢书写社会关系中女性的生存史,确切地说,是劳动女性的个人史。在这十年的写作中,王安忆[1]书写了一大批女性劳动者形象。例如《上种红菱下种藕》《富萍》《桃之夭夭》等。《富萍》是一部令人惊喜的作品,王安忆以一种舒缓的、细密的方式为一位底层讨生活的年轻女性富萍的人生进行了一次浮世绘。富萍的生活并不是大风大浪的,她也不似王琦瑶一样光鲜,富萍是被动的,如一个时代的浮萍一样,王安忆没有给予这个女性以传奇的命运,甚至削去了一切的文艺腔,当富萍生活中的不安定,狭小以及贫困变成背景,当我们进入她的内心世界忧伤地看待这浮荡世界时才发现,其实王安忆以富萍为核心,为我们细密地描述了一个普通女性的渴望、不安以及甜蜜。在这个日益为金钱所主导的时代里,十年来王安忆写作对象的相对固定和集中表明了她对劳动者这一群体的关注,突显了这位优秀女作家值得尊敬的价值取向。

作为新时期以来一直有优秀作品问世的作家,铁凝同样值得尊敬,她的作品具有与王安忆相近的价值取向。她于 2007 年发表的一系列短篇小说,《伊琳娜的礼帽》《风度》《咳嗽天鹅》《内科诊室》和《1956 年的债务》都依然延续着她一直以来的关注小人物和底层生活的悲悯情怀。2006 年长篇小说《笨花》[2]的出版是铁凝写作史上具有里程碑意义的事件,它之于铁凝写作的意义不仅仅是她完成了一部史诗型作品,还在于铁凝因之而摆脱了先前给人的清丽印象,写得从容壮烈,具有朴素和深厚的北方美。《笨花》无法不让人想到当代文学史上另一部优秀长篇小说《白鹿原》。陈忠实在《白鹿原》中以白家的家族史书写了近代以来中国的民族隐秘历史,在《白鹿原》的背景下,铁凝在同类史诗性题材中的不同表现也得以凸现——尽管她也是以一个家族为背景进行叙述,但她的人物没有如陈忠实小说人物那样充满戏剧性的"风云际会",铁凝小说更具日常性。一如《笨花》中小袄子的故事。小袄子出卖了抗日女英雄取灯并最终导致她被日本鬼子奸污至死。小袄子被时令在庄稼地里审问。整个细节耐人寻味处在于他并不是因为

---

① 王安忆:《富萍》,上海文艺出版社 2005 年版;《上种红菱下种藕》,文汇出版社 2006 年版;《桃之夭夭》,上海文艺出版社 2003 年版。

② 铁凝:《笨花》,人民文学出版社 2006 年版。

小袄子对取灯之死负有责任而处决了这个"下贱女人",直接原因是因为小袄子对他的羞辱。小袄子死后,时令并没有因为个人的鲁莽而有丝毫的愧疚,他首先想到的是如何给这个女人寻找一个合理的被处死的理由。在许多研究者看来,铁凝在这个民族话语框架里的小说中没有"越轨"笔触,颇令人遗憾——事实上,铁凝依凭她作为女性的隐秘立场在民族国家话语之下寻找到了性别秩序与民族国家话语之间的冲突或共谋,一如萧红在《生死场》中所做出的贡献一样。这是作为女性的铁凝与作为男性的陈忠实重新梳理我们隐秘的民族史时的重大不同。

严歌苓①是这十年中另一位无法忽视的女性写作者。这是一位擅长讲故事的女性写作者,她书写了诸多以女性为主人公的小说《第九个寡妇》、《一个女人的史诗》等,她小说中的女主角们通常生活坎坷,历尽苦难坚忍生活——严歌苓给予她的女主人公更为宽阔的世界和人生,这些女性经历的世事不再只是一个人的世事,还是一个时代,一个民族的世事。《小姨多鹤》是严歌苓的最新也是新世纪十年最为人称道的作品。中日战争结束后,多浪村(一个在"伪满洲国"的村庄)的村长要求所有的村民共同赴死,瘦弱的日本小姑娘多鹤逃跑了。她以一个有生育能力的身体的名义出售。张俭"买"了多鹤,因为妻子小环没有了生育能力。多鹤成为生育机器,女性的身体,在民族国家的背景中显现出极其无力的一面——她可以逃脱战争,但最终不能逃脱战争的阴影。可是,当多鹤的国家没有失败,惨受蹂躏的便是中国女人。就小说而言,小环肚里的孩子受到惊吓死掉了,之后,这个女人再也没有了生育能力。在当时的中国,像小环这样的经历的女人不计其数,她们被强奸被杀戮,那些鲜活的生命瞬间消失,而活下来的女人们。当然,在听说多鹤的种种际遇后,张俭和多鹤相爱了,爱情让人忽略性别和立场,也忘记国族和身份。严歌苓书写了丰富复杂的女性历史,书写了女性身体与民族国家之间的纠葛与缠绕,她使我们看到了女性生存背景的民族国家性质,她也以中日战争为背景使我们思考女性身体超越国族背景的可能性。

十年间,还有一大批长篇小说在书写着女人、历史和民族国家的复杂关系,例如《歇马山庄》,例如《水在时间之下》,例如《额尔古纳河右岸》,例如《致一九七五》等——几乎所有的写作者都不约而同地开始关注人的社会性,人与社会存在的关系,这是作家个人的选择,但当它们集体呈现时,便也成了一个时代女性写作者的集体选择。

---

① 严歌苓:《第九个寡妇》,作家出版社 2006 年版;《一个女人的史诗》,湖南文艺出版社 2009 年版;《小姨多鹤》,作家出版社 2008 年版。

"世界上所有的夜晚"

对底层女性境遇的关注与书写是新世纪女性写作的最重要的不可忽视的贡献——还没有哪个时代的女性写作像今天这样,对底层女性的生存境况的关注和书写如此真切、丰富和深入,深具社会性别意识、人文情怀,同时也具有深切的文学自觉。

林白的转变具有象征性——如果说林白在《妇女闲聊录》中以一个农村妇女口述史的方式完成着自己创作中最艰难的转型。《一个人的战争》中"我"与世界是对抗的,而在《妇女闲聊录》之后,"我"开始去关注、去凝视世界和他人,这不是一次简单的写作方式的变化,小说家的人生观和价值观都发生了重要的、有意义的调整。与林白的转变同样具有意义的是安妮宝贝,作为一个喜欢书写在安静房间里爱情故事的作者,作为一位被批评为"小资趣味"的写作者,安妮宝贝以《素年锦时》和诸多游历的散文表明了她走出房间,渴望与世界对话的姿态。

在新世纪女性写作十年中,迟子建[1]以一大批优秀作品成为六十年代女作家中首屈一指的代表作家。在她庞大数量的作品中,《世界上所有的夜晚》是闪烁光泽的优秀作品,小说是以经历丧夫之痛的"我"的行程中所见到的人和遇到的事为线,讲述一路上她听到和看到的各种各样的死亡。蒋百嫂的丈夫从煤矿上失踪了,再也没有回来,蒋百嫂害怕黑夜——她酗酒,她哭泣,她常带各种男人到她家里过夜。有一天镇上停电了。

> 蒋百嫂跺着脚哭叫着,我要电! 我要电! 这世道还有没有公平啊,让我一个女人呆在黑暗中! 我要电,我要电啊! 这世上的夜晚怎么这么黑啊!! 蒋百嫂悲痛欲绝,咒骂一个产煤的地方竟然还会经常停电,那些矿工出生入死掘出的煤为什么不让它们发光,送电的人还有没有良心啊。[2]

"我"在蒋百嫂酒醉不醒后来到她的另一个房间。那里有巨大冰柜。冰柜里是戴着矿灯的男人蒋百,他在冰柜里仿佛端坐在冰山脚下。失踪的蒋百若是

---

[1] 迟子建:《额尔古纳河右岸》,北京十月文艺出版社2006年版;《鬼魅丹青》,云南人民出版社2010年版;《世界上所有的夜晚》,上海人民出版社2008年版;《福翩翩》,湖南文艺出版社2008年版。
[2] 迟子建:《世界上所有的夜晚》,《钟山》2005年第3期。

找不到,这次矿难就以未完成的方式不能上报,官员们便没有责任。蒋百嫂获得了一笔钱,她的丈夫在冰柜里则成为永远的冰山……这位卑微的底层女性内心的哀痛将怎样诉说,向谁人诉说?

那些不可见的人们,那黑暗世界里低微的叹息和哭泣,那最底层人民的苦痛、不安都被这位生活在北中国的女性看到听到和感受到了,迟子建具有宝贵的写作自觉:"我经历个人生活变故的那段岁月,中国频频发生重大矿难。看着电视上那一张张悲痛欲绝的寡妇的脸,我在想,她们面对的亲人的死亡,比我经历的要惨痛得多。因为我去过煤矿,知道煤矿的一些黑幕。伤痛确实是有'轻'和'重'的,在那个时刻,我不愿意过分放大自己的痛,我愿意用我的笔去挖掘那些女人心中不能言的'痛'。"①

十年间,迟子建甚为丰富的作品具有共同的特质,她关注独特的群落,她写的是空村,是小镇,是独臂人,是拆迁户,是失业者,农民百姓,是做小买卖者,是被忽略和被忽视的人们,从《鬼魅丹青》、《花牤子的春天》到《福翩翩》,迟子建以令人感喟的悲悯情怀为新世纪以来的女性写作以及新世纪以来的中国当代文学的发展做出了重要的不能忘记的贡献,迟子建是新世纪女性写作十年的骄傲。

孙惠芬《民工》以一位女性特有的敏锐透视到了这个社会最难耐的疼痛,工地上的民工依然为饥饿困扰,生活和基本生存权利毫无保障,而在农村中守候的妻子则在疾病与寂寞中死去。小说的结构精妙,通过奔丧既书写了农民工父子的困窘和穷苦,也书写了那位死去的永远沉默的女性,她的悲苦,她的疾病,她在丈夫和儿子离开村子讨生活后的无助和脆弱。

将目光投向百姓和普通人生的书写不只是以上几位作家,葛水平、叶弥、魏微、鲁敏都有着共同的价值判断和取向——这些女性写作者们将目光投向"底层"生活并不只是写作对象的改变,这还是一次叙述视角和言说声音/方式的变化:她们不再只是如同《妇女闲聊录》那样听木珍们诉说的他者,她们自觉地和写作对象在一起,去感受世界,成为她们其中的一员。

郑小琼②是有力的证明。她的诗歌意象是陌生的:在高温里很快可以融化的铁,无休无止的永远开动的流水作业,黄麻岭,塑料工厂,日益被工业排泄物污染的村庄的小河,长年分居的打工夫妻,城市的拾荒者,躺在医院里受了工伤的工人,在工厂门口等待拿可怜的赔偿金的工友,一张张年轻女性的脸:冯金娥、

---

① 迟子建、王红旗:《捍卫人类灵魂"原乡"的生命史诗》,《爱与梦的讲述》,社会科学文献出版社 2010 年版,第 25 页。

② 郑小琼:《郑小琼诗选》,花城出版社 2008 年版;《散落在机台上的诗》,中国社会出版社 2009 年版。

刘淑芳、李燕、裴斐……在她们的身边是废料筐,是被剪下来的披风胶片,是四轮小车,是黑色的抽手架,是巨大的机台。面对这样的生存,郑小琼有比同龄人更清醒的对社会现实的了解与思索:"注塑车间的机台是不会停下来的,老板需要它不停地运转,为他生产出利润,厂房,轿车,二奶。我不断地感受到塑料颗粒在熔化,分解,流进模具,凝结,被机器手臂推出,让我们拣好,摆在盆、架、筒里,送到五楼,再被我们装配、打包,让一辆辆货柜车运走。一年一年,一件一件。我们也是这样,把自己的青春熔化,分解,流进每个制品之中,让人打包,运走。"① 郑小琼的书写给予劳动者、劳作以及诗歌本身以尊严,她使我们深刻认识这个时代,认识这个被工业化的车轮推动着向前的时代。

另一个有力证明是塞壬。在《下落不明的生活》②中她讲述了一种不断迁移的生活,流浪,游走,从此地到彼地。塞壬是有敏锐痛觉的书写者,她反复书写自己,但她对自我的书写与《一个人的战争》和《私人生活》的最大不同在于,她是通过自我的眼睛看世界,而不是看镜子里的"我",因而,当她书写自己的隐匿,自己的受伤和卑微时,她便将一个独有的飘零的女性形象书写成了一种时代象征,这个四处迁徙讨生活的女性,象征了我们这个时代许多人漂泊无依、没有安全感的运命。

郑小琼和塞壬的写作复活了这个时代独有的疼痛、鲜血和眼泪,这恐怕也是两位同样来自南方的女性写作者之所以作品一经发表就令人无法忘怀的重要原因,这样的写作背后,也是写作者身份的自我调整——无论是郑小琼还是塞壬,她们都不是通常意义上我们所理解的小资书写者,她们本身就是打工者,流离失所者,所以,当"她们"书写"我",当"她们"书写"她们"时,她们就是"我","我"就是"她们","我们"和"她们"就永远地凝结在了一起。一如迟子建所说:"我觉得雄鹰对一座小镇的了解肯定不如一只蚂蚁,雄鹰展翅高飞掠过小镇,看到的不过是一个轮廓;而一只蚂蚁在它千万次的爬行中,却把一座小镇了解得细致入微,它能知道斜阳何时照耀青灰的水泥石墙,知道桥下的流水在什么时令会有飘零的落叶,知道哪种花爱招哪一类蝴蝶,知道哪个男人喜欢喝酒,哪个女人又喜欢歌唱。我羡慕蚂蚁……而我想做这样一只蚂蚁。"③

将自己视作体验人间疾苦的蚂蚁而不是俯瞰世界的雄鹰,充分表明了新世纪以来的女性写作已然躲避了被广为诟病的"中产阶级趣味"的写作,意味着

---

① 郑小琼:《铁·塑料厂》,《人民文学》2007年第5期。
② 塞壬:《下落不明的生活》,花城出版社2008年版。
③ 迟子建:《世界上所有的夜晚》,《钟山》2005年第3期。

新世纪女性写作不再只是有关女性知识分子生活的写作，不再是精英写作，她们摒弃了个人化写作常有的叙述的尖厉、独白、呓语，她们开始把"我"放进了社会现实中。

结语：从"个人"到"万物"

正如贺桂梅所说，"如果说在 1995 年前后，'女性文学'作为一种含混的集体身份尚且能获得文化市场，从而使'女性文学'获得了一种展示的机会，那么……到 90 年代后期，女性文学本身的复杂性逐渐被剥离，'女性文学'的文化构成和生存空间也越来越窄化"[1]。在整体讨论九十年代女性写作时，戴锦华分析过陈染的《私人生活》的问题："她在女性的拒绝姿态与自我放逐之后再度涉及了女性与社会间的定位——那在阳台（私人、个人空间）长得过大的龟背竹是否该移到窗外的世界中去？女性写作是否应走出'私人生活'再度寻找它与社会现实的结合部？"[2] 对于这样的疑问和建议，新世纪女性写作者们以一大批具有强烈社会性别意识的创作实绩进行了一次有意义的回应。

这令人想到中国现代女性写作的历史。1919 年，年轻的女学生冰心因在《晨报》发表了《斯人独憔悴》、《两个家庭》等小说，她因作品中独有的社会关怀而倍受瞩目，从而引领了"五四"时代"问题小说"的写作潮流，也成为中国历史上第一位为全国人民家喻户晓的女作家——在经历新时期、九十年代以来的个人写作和身体写作之后，新世纪女性写作的社会性别意识的凸显令人无法不想到现代女性写作发生期的情景。中国现代女性写作发展到今天已经有 80 余年，在最初写作时，年轻的受过高等教育的女性写作者们"天然地"具有社会人的自觉：自觉自己有书写社会问题的责任，意识到自己不只是一名女性，还是一位公民，一个社会人，一个挣工资者，一个应该对社会发声的人。将女性写作与社会现实紧密结合，是"五四"文学传统给予女性写作的宝贵资源和源点。

今天，新世纪女性写作的转型深刻表明中国女性写作正在重新寻找和继承自己的优良传统，她们将个人写作与社会现实结合的努力呈现了新的"精神气质"，即：为"不可见的"族群言说的勇气，对边缘群体的眷顾和对边缘立场的坚守。她们的劳动使我们重新理解"女性写作"的精神。

---

[1]　贺桂梅：《人文学的想象力》，河南大学出版社 2005 年版，第 206 页。
[2]　戴锦华：《涉渡之舟：新时期中国女性写作与女性文化》，北京大学出版社 2007 年版，第 378 页。

与第一代女性作家们相比,新世纪女性写作者们无论从文学意识和社会性别意识方面比她们的前辈更为成熟,其文学作品无论是在文学品质和思想认识深度方面也都有所超越。只是,我们的所面临的问题似乎更加棘手:在不断恶化的女性文化环境中,在这样一个日益为金钱所主导的文学式微的时代里,写作者们如何能穿越生活的表象,传达整个社会与时代独有的疼痛和不安,如何在一个日益复杂多变的社会文化环境里,书写出既有性别的洞见又有文学品质的作品——这是挑战,是难局,或许,也未尝不是一个契机。

灿烂的民族之花:当代少数民族女性文学的发展概述

黄晓娟　晁正蓉　张淑云

1949 年新中国的成立,各民族同胞共同步入了社会主义的大家庭。各民族文学的繁荣发展,形成了多元化、多民族性,绚丽多彩的中国当代文学。

中国当代文学史包含着 56 个民族的文学,在这个多民族的文学花园里,少数民族女作家的创作,是一道亮丽的风景线。她们用执著的创作构建着本民族文化,肩负着对本民族文化的传承与重塑,成为当代少数民族文学的重要精神守护者。

本论著对于少数民族文学的界定依据来源于两方面,一是:"所谓'民族文学',我们的理解是:第一,作者是这个民族的;第二,作品具有这个民族的民族特点,或是反映的是这个民族的生活。"① 二是:"民族文学的划分,不能以作品是否使用了本民族语言或是否选择了本民族题材为标准,正确的标准只能是作者的民族成分。"② 因而,书中所论及的少数民族女性文学,均以作者的民族身份为标准来划分。③

题解　本文选自黄晓娟主编的《中国当代少数民族女性文学研究》(上海文艺出版社 2014 年版)导论部分,文章分三个时段对当代少数民族女性文学的发展历程及代表作家的作品进行了论述。全书共五章:"女性经验与民族文化传统""女性话语与族群记忆——以满族作家叶广芩为例""多元文化背景下的女性书写——以新疆少数民族女性文学为例""民族身份与作家身份的建构与交融""当代少数民族女性文学的民族性与时代性"。附录有"少数民族当代女性作家资料"。少数民族女性文学作为中国当代女性文学的重要组成部分已引起研究者关注,近年来出版有王冰冰的《跨民族视域中的性别书写与身份建构——新时期以来少数民族女性创作研究》、任一鸣等的《新疆当代少数民族女性文学初探》、魏巍的《中国当代少数民族女性诗歌研究》、田频的《民族身份、女性意识与自我认同——论新时期以来少数民族女作家小说创作的历史流变》、徐琴的《文化身份的建构与书写——当代藏族女性文学研究》、胡沛萍的《当代藏族女性汉语文学史论》、吉狄马加主编的《少数民族女性写作与我们的时代》等论著。

① 毛星:《中国少数民族文学·前言》,湖南人民出版社 1983 年版,第 1 页。

② 李鸿然:《中国当代少数民族文学史论·上》,云南教育出版社 2004 年版,第 13 页。

③ 还有的学者曾提出以作品的题材为标准来划分民族文学,单超在他的文章《试论民族文学及其归属问题》中提出:"既然少数民族文学和一切文学一样,都是社会生活的反映,就可以说,凡反映了某一民族生活的作品,不管是出身于什么民族,使用何种文字,采用什么体裁,都应该是某一民族的文学。"文学作品中的题材多种多样,一部作品也可以涉及好几个民族,以题材为依据很难具有可操作性。

当代少数民族女作家绝大多数是在多元文化的背景中成长的,她们既受到本民族文化的浸染,又接受了汉文化的熏陶,同时也接受了西方文化的影响。对本民族文化的继承,对外来文化的吸收和借鉴是当代少数民族女性文学得以繁荣发展的重要基础。在她们的创作中,有一些女作家是使用本民族语言写作的,绝大多数女作家是用汉语进行创作的。因此,作者的民族身份是本论著将其确定为研究与论述对象的主要依据。

当代少数民族女性文学指的是新中国成立以来,各少数民族女作家所创作的文学,这里面包含着历史的范畴和民族的范畴。

在中国 55 个少数民族当中,超过 30 个是跨境民族,文化和文学的交流是多元化的。同样,当代少数民族女性文学在与各民族文学的交流与对话中,体现出日渐丰富的世界性因素和世界性意义。正如满族女作家叶广芩所说:"文化传承、建构、发展,与文化保守主义是两码事……我们心应该向世界敞开,应该不断地汲取多种文化的精华,为自己的文字注入活力。"①

在当代少数民族女作家的创作历程中,虽然有些作家离开了故土,游移于本民族聚居区外,然而作为民族作家的民族文化根性不但没有丢失,反而在地域上的渐行渐远过程中逐渐加深。从创作的角度来看,游移或许更有益于反观,更能使人从一个超然的角度重新看待人与事,用一种新的认知和方式思考,从而,对于故乡的想象也由此变得更加丰富和繁盛。

"永远以真诚的态度为自己的民族写作,是当代少数民族作家普遍的创作心态和共同的文学追求。当代少数民族作家的内心世界相当丰富,其创作心态和艺术追求作为精神流动体,也是复杂多变的,然而为自己的民族而写作这一点,具有稳定性和恒久性。"②

在当代少数民族女性文学发展的轨迹上,从关注民族发展到关注女性自身的发展,在对自身的观照中,基于独特的女性生命体验,进行深度的人性探析,使当代少数民族女性文学在其发展历程中,突破了单一性的束缚,进入了丰富、深邃的审美空间。当代少数民族女作家的创作展示了本民族的文化传统、文化生态与文化心理,展示了女性生命的欲望与诉求,她们既是本民族文化审视者又是参与者,她们用创作书写着本民族文化历史生生不息的生命力与创造力。

当代少数民族女性文学的发展历程,大体上可以分为三个时期。

---

① 叶广芩:《我对文学文化的理解》,载《文艺报》1999 年 4 月 3 日。
② 李鸿然:《中国当代少数民族文学史论·上》,云南教育出版社 2004 年版,第 133 页。

第一个时期:20 世纪 50—60 年代中期

从新中国成立后到"文化大革命"前的十七年,即 20 世纪 50—60 年代中期,是少数民族文学迅速发展的第一个时期。20 世纪 50—60 年代,出现了一批优秀的少数民族作家,与此同时,各种文学活动也蓬勃发展起来。1955 年,中国作家协会召开了第一次少数民族文学座谈会;1956 年的作家协会理事(扩大)会上,时任作家协会副主席的满族作家老舍作了《关于兄弟民族文学》的报告;1960 年的第三次全国文代会上,老舍又作了《关于少数民族文学》的报告。由于各方面的重视,这一时期的少数民族文学得以繁荣发展。

但是,这一时期各少数民族的女作家寥若晨星。为数不多的少数民族女作家在以男性为主的作家队伍中默默前行,在这些民族的第一代女作家的创作中,在主题思想、艺术风格方面,清晰可见对于民间文学的自觉传承,和逐渐由民间文学向着作家文学创作转化的演变轨迹。浓烈的民族特色、强烈的时代气息,以及日渐成熟的文学审美品质,是这一时期少数民族女作家鲜明的创作特色。

马丽华对于"十七年文学"时期藏族作家创作的总结,也鲜明地反映出这一时期各少数民族文学创作的总体风貌:"那一时代的文学基调是高光的、高调的和高蹈的,是激越的和昂扬的。响应了新中国、新西藏的欢欣鼓舞,写照着这片土地上前所未有的社会变革、人民翻身做主的焕然一新的思想风貌。……这一时期文学所表现的内容,就是这一时代的社会内容:即向着北京的礼赞,对刚刚逝去的旧社会旧制度的控诉和批判,军民团结,民族团结,新人新事新思想新感情,总之这是一个歌唱太阳、歌唱新生的时代。"①

然而,在女性意识觉醒与发展方面,这一时期的少数民族女性文学呈现出与当代女性文学的共同特征。20 世纪 50—60 年代,是一个讲英雄、唱英雄的年代,女性自觉地向男性看齐,以男性的价值与标准为标准。在提倡文艺为政治服务,以阶级斗争为纲的主旋律中,女作家的创作也大都自觉不自觉地倾向于融合在主流意识当中。在她们的笔下,对于国家革命和建设的大事给予极大的关注,女性的意识一再消融在政治化、男性化与集体化当中。这一时期的文学作品中的女性形象,多是集"解放妇女"与"党的女儿"于一身的女英雄模式,如孟祥英、金桂、李双双、吴淑兰等,她们都具有与男性英雄一样的崇高理想、坚韧不屈的

---

① 马丽华:《雪域文化与西藏文学》,湖南教育出版社 1998 年版,第 72—73 页。

精神和不怕吃苦、热爱工作的品格,却遗漏了女性自身的特征和情感。作为女性的革命者,也应该是各式各样的女性,而在这群女性特征单一的女英雄身上,着力突出的是女性的英雄气质。显然,这类女性最迫切的愿望就是成为与男性一样叱咤风云的英雄,女性能和男性一样骄傲地顶起半边天,就是实现了女性解放的目标。这种被过分强化"像男性"的平等意识,曾经使投入文学创作的女作家不约而同地把自己消融在男性为本位的国家政治中,她们主动以排斥和摈弃女性自身的性别特点为女性争取"平等",女性意识消融在主流意识形态当中,从而导致文学作品中的女性形象疏离了现实生活中一个个真实、鲜活的个体,而成为一类群体符号。

在民族特色方面,这一时期少数民族女作家的作品绝大多数都烙下了鲜明的本民族文化的印记,在对民族风情的描写与对民间文学的采用中渲染出浓郁的民族特色。她们的创作在历史的进程和历史的主潮中描写民族的发展与变迁,怀着极大的热情展开对生活变化的描述和对幸福的歌颂。对民族历史的颂歌,对民族精神的颂扬是这一时期作家创作的内驱力。这时少数民族女作家的创作同样体现的是主流意识形态影响下的集体思维、集体意识,在创作中具体体现为集中紧凑地体现在对重大事件的关注,对群体的描写。

这一时期,彝族女作家李纳(1920年出生)是具有代表性的女作家。她曾就读于昆明女子师范,1940年奔赴延安参加革命,先后在中国女子大学和鲁迅艺术学院学习。1948年发表小说处女作《煤》,20世纪50—60年代期间她创作的小说多收录在《煤》、《明净的水》这两部集子里。1963年她的小说集《明净的水》由百花文艺出版社出版。李纳的作品真实地描写了云南少数民族地区的社会生活。她的《撒尼大爹》描绘了新中国成立前撒尼人居住区的阶级关系和民族关系,具有浓厚的民族文化气息和地域特色。

在"十七年文学"时期为数不多的少数民族女作家当中,满族女作家柯岩的创作引人瞩目,她的儿童诗《"小迷糊"阿姨》发表在《人民文学》1960年第4期上。这首为少儿写的朗诵诗,读起来情趣盎然,朗朗上口,让人回味无穷。《"小迷糊"阿姨》叙述了一个做事迷迷糊糊、丢三落四的男孩去儿童剧院观看戏剧,剧中正巧上演一个也是"小迷糊"的儿童的故事。他被剧中的小演员吸引,去后台找到这位演员,原来剧中的"小迷糊"是由一位阿姨扮演的,与她接触后小男孩受到了启迪和教育。柯岩的这首儿童诗运用通俗直白的语言和儿童天真无邪的情感编织出一幅难忘的画卷,显示出不朽的艺术魅力。

第二个时期:20 世纪 70 年代末至 80 年代

20 世纪 70 年代末至 80 年代,少数民族文学迎来了又一个春天。在第四次全国文代会上,成立了中国作家协会民族文学委员会。1980 年 7 月,第一次全国少数民族文学创作会议在北京召开,时任作协副主席的冯牧在会上作了《大力发展和繁荣我国各少数民族的社会主义文学》的报告,由此,少数民族文学创作进入了一个新阶段。

这一时期少数民族女作家大量涌现,民族成分也变得丰富起来。这一时期的女作家们大多有着丰富曲折的人生经历,知识结构也较前一时期的女作家普遍要新,具有比较开阔的视野和开放的眼光。她们对本民族文化和个体生命有着深沉的感受,她们进行着各种体裁的创作,在思想上和艺术表现上大胆开拓,表现出民族性与时代感的紧密结合。与这一时期的当代女性文学主潮相暗合的是,少数民族女作家的创作也充满着浪漫的理想主义的气息,同时又有着面对现实的深沉忧虑。

20 世纪 70 年代末 80 年代初,对于人的尊严的呼唤在社会价值体系中具有强大的凝聚力,时代的使命和民族的命运在沸腾的情感中升腾,形成激扬的文字。这一时期女作家的创作很自然地紧随时代的节拍,体现出社会层面女性意识的重新苏醒,表现出宏伟的历史叙事。在荡气回肠的历史风云中跳动着情感的忧郁伤感,在时代的集体记忆中抒发个人的感悟,透过作品可以读到女作家们丰富的内心世界。

20 世纪 80 年代,文学逐渐打破与政治的紧密联系,在经历了思想启蒙的突破阶段和寻找失落的人性之后,文学在人文的道路上回归,风格迥异的艺术探索风起云涌。塑造英雄的时代被翻过去了,关注精神与价值,继承忧国忧民的情怀占据了时代的主导地位。随着启蒙精神的全面复苏,女性的自觉相应地在人的价值的探寻中复苏。在对平等自由的呼唤和对失落自我的找寻中,女性的价值体现出为“人”的生命意义高歌和对女性主体意识的彰显。女作家们用不同的叙述方式表达着对爱情的憧憬与赞美,表现出对人的主体性的思考、对人性尊严的追求以及在精神与人格上对理想的两性关系的探求等等,在她们的创作中体现着更为深刻、更为丰富的“人”的主题。

这一时期的女性文学,在继承“五四”女性文学的传统和借鉴西方女性主义文学的创作中,呈现重建个人自主性的努力,着意抒写曾经被遗忘的女性内在感觉,从而带来"女性自觉"与"人的自觉"自然地交融。中国当代女性文学不断在女性由"社会自我"向"生命自我"的道路上回归,女性意识有了新的追问和发展。新时期女性文学在与世界文学接轨以后,长期失落了的女性意识得以重现,尤其是在80年代中期以后,随着西方女性主义理论在中国内地的蓬勃发展,女性写作逐渐由社会思想解放而转向自我解放,女性的经验日益浮出历史地表。文学的觉醒、女性意识的觉醒和个人生命内涵的大胆流露,使女性写作获得了前所未有的内在的自由。尤其是部分女作家受西方女性主义的影响,妇女问题以一种更为激进的姿态在她们的文学中呈现,致使这一时期的中国女性文学增添了女性的热忱与批判精神,同样,少数民族女作家的创作在一定层面上也呈现出与西方的第一、第二代女性主义思想的自然契合。

这一时期具有代表性的少数民族女作家作品有:1978年,满族诗人柯岩的诗集《周总理,您在哪里?》(四川人民出版社出版,1979年);彝族作家李纳与菡子合作的电影文学剧本《江南一叶》(广东人民出版社出版)。

1979年在《清明》杂志上连载了李纳的长篇小说《刺绣者的花》,1981年由人民文学出版社出版。小说展示了作为母亲的叶五巧博大而崇高的母爱,这一女性曾被誉为是"中国母亲的灵魂"①。小说在时间跨度上涉及了北伐战争、抗日战争、解放战争,小说刻画了一系列的女性形象,饱含深情地描绘了彝族同胞的民族风情,体现了女作家细腻、饱满的情感。

20世纪80年代初期,白族女作家景宜陆续发表了短篇小说《白菱花手镯》、《骑鱼的女人》、《雨后》、《雪》、《岸上的秋天》和中篇小说《谁有美丽的红指甲》、《古代传说和十四岁的男孩子》等。中篇小说《谁有美丽的红指甲》曾获全国第二届少数民族文学优秀中篇小说一等奖,同名小说集获第四届少数民族文学创作一等奖。她的作品塑造了众多个性鲜明、性格迥异的女性,表现出独特的女性意识。

此外,满族女作家柯岩《癌症≠死亡》获全国报告文学奖。益西卓玛是藏族当代文学中的第一个女作家,她的中篇小说《清晨》和短篇小说《美与丑》在20世纪80年代受到文学界的关注。《美与丑》曾获1980年全国优秀短篇小说奖。少数民族女作家以敏感和敏锐的笔触,书写着对人性与个性的追求,个人化的女性话语在这一时期有依稀的萌芽。

---

① 陈涌先生在他的文章《人性、人道主义和我们》一文中指出:"作者显然有意要在她这部作品里,给我们展示出一个中国母亲的灵魂,一个默默承受着人生的重担,平凡而又高贵的中国母亲的灵魂。"此文刊载于《文艺报》1984年第7期。

在这一时期的少数民族女性文学当中,"性别差异"也为少数民族女作家从性别立场和性别概念上考察、探究妇女获得深层次的个性解放和女性写作的内涵提供了新的研究视角。不少女作家在反身自省中思考社会转型时期女性面对物质冲击所产生的心灵冲击,反映这些富于独立意识和自强精神的知识女性在重新确立生活理想、价值观念时的内心矛盾与困惑,以及对独立的社会姿态及文化品格的追求。

在 20 世纪 80 年代中后期的具有代表性的少数民族女作家霍达的作品中,体现出以强烈的责任感和浓烈的情感关注着民族问题和社会问题。1988 年回族作家霍达的《红尘》获中国作家协会第四届(1985—1986)全国优秀中篇小说奖。同年,霍达的《穆斯林的葬礼》由北京十月文艺出版社出版,小说通过对一个玉器行兴衰变迁的描写,展示了一个穆斯林家族 60 年间三代人——从梁亦清到韩子奇再到韩新月的命运沉浮。三代人的追求既充满着悲剧色彩,又有坚韧执著的精神向度,对回族同胞追求理想的精神作了富有艺术的思考。作品描写了伊斯兰文化与华夏文化的撞击与融合,对于伊斯兰教进行了思考。《穆斯林的葬礼》具有历史叙事的广度和深度,获得茅盾文学奖。"历史,民族,人生。我的思索"①是霍达小说创作的宗旨,体现出深切的人文关怀和深沉的历史理性。

第三个时期:20 世纪 90 年代以来

20 世纪 90 年代以来,女性意识在文化方面觉醒的广度和深度,极大地解放了女作家叙述的禁锢和创作的思维。随着西方女性主义思想资源的大量地注入,在借鉴西方女性主义理论的同时,中国的女性主义文学在本土化的过程当中也呈现出更为丰富的精神追求。从对女性外部世界的观察和剖析到女性自身心理的审视、对女性成长经历的反思和对女性身体的书写,都在更高层次上展示女性作为人的价值的全面实现。个人意识的觉醒和女性话语的突破性建构使 20 世纪 90 年代女性文学呈现出多元、丰富的发展势态。

20 世纪 90 年代,在当代少数民族女性文学发展过程中,引人注目的是在佤族文学历史上出现的第一位书面文学作家董秀英,她的处女作《木鼓声声》被誉为"是佤族文艺写作上敲响的第一声木鼓"②。她的中篇小说《马桑部落的三代

---

① 霍达:《红尘·自序》,花城出版社 1988 年版,第 2 页。
② 彭荆风:《第一声木鼓》,载《滇池》1981 年第 1 期,转引自李鸿然《中国当代少数民族文学史论·下》,云南教育出版社 2004 年版,第 815 页。

女人》描写了马桑部落中三代女人不同的命运,展现了佤族社会的历史变迁,以及佤族女性的生存境遇。长篇小说《摄魂之地》通过对佤族三个部落社会历史变迁的描写,在一系列的民族文化传统习俗中,彰显了佤族的文化精神和民族魂魄。1991年,她的小说集《马桑部落的三代女人》由云南人民出版社出版。

充分的性别意识与性别自觉被认为是20世纪90年代女性写作最为引人瞩目的特征之一。20世纪90年代的少数民族女性文学,对生命和自我的认知更为强烈,对于民族文化的思考多元化,从意识形态的整合实践,明显转向个人化经验的书写。这一时期少数民族女作家作品的构思与作者的人生经历、精神气象丝丝相连,家族史与民族史的交织,是少数民族女作家谋篇布局的两条主脉。这一时期既有不断自我超越的老作家,又有充满灵动和清新气息的新作家。满族女作家叶广芩的中篇小说《梦也何曾到谢桥》、满族女作家赵玫的散文《从这里到永恒》、满族女作家娜夜的诗集《娜夜诗选》分别获得鲁迅文学奖。宽阔的文化视野及浓厚的民族意识自觉地在她们的创作中一再强化,性别立场与文化立场带动她们的创作向着更为广阔的领域扩展和延伸,多元的文化视角使她们的创作展示出丰富流变、奇幻莫测的美学风格,体现出女性意识的深度觉醒,呈现出女性复杂的情感世界与精神图景,个人化的女性话语逐渐形成气候。

20世纪90年代以来少数民族女作家的写作,更为关注的是历史潮流的边际,那些处于历史变迁中的芸芸众生,本民族的传统唯美的爱情故事是自由理想的载体,民间生活和尘世人生更显历史的原发性。在叙事策略上有了很大的转变,创造性意识和创造性思维尤显活跃,在写作的思维和技巧方面有了创新。受女性主义思潮的影响,在这一时期大多数女作家的作品中,历史的重要事件只是背景,女性人物的人生经历才是主潮。

梅卓在20世纪90年代创作的长篇小说《太阳部落》、《月亮营地》和短篇小说《麝香之爱》对藏族女性生活的描述,于不厌其烦的细节中,形成本民族生活质地的特殊的质感,更显生活的实体化,与小说的人物或深或浅的心理互动。作品的力量感和深刻性,对人生终极问题的情怀,在本质上把握本民族的心理方式和精神实质,凸显了藏族女性的生存状态。

1992年满族作家赵玫的长篇小说《我们家族的女人》由春风文艺出版社出版;1993年她的《天国的恋人》由作家出版社出版;1994年她的长篇小说《朗园》由春风文艺出版社出版。赵玫在创作中保持着自己的声音与光彩,"每个民族之民族性之秘密不在于那个民族的服装和烹调,而在于它理解事物的方式"①。

1994 年回族作家霍达的长篇小说《未穿的红嫁衣》由江苏文艺出版社出版。1997 年霍达的长篇小说《补天裂》由北京出版社出版。1998 年《民族文学》与人民出版社、辽宁作协在京召开了满族女作家赵雁的长篇小说《空谷》的研讨会。

回族女作家马瑞芳被称作是学者型作家,她毕业于山东大学,又是山东大学的教授,20 世纪 90 年代出版的长篇系列小说《蓝眼睛·黑眼睛》、《天眼》、《感受四季》,被称为"大学三部曲"。"《蓝眼睛·黑眼睛》主要从中外文化交流视角写 20 世纪 80 年代初期大学生活;1998 年由北京十月文艺出版社出版的长篇小说《天眼》主要从教师视角写 20 世纪 90 年代初期大学生活;《感受四季》则试图横跨二十年,潜入教育界严峻现实和知识分子心灵深处。我希望用三本书描绘 20 世纪最后二十年的大学风云和知识分子心灵深处。"②

回族女作家于秀兰的创作主要描写的是塞外回族女性,她有着强烈的女性意识,正如她在小说集《流逝》的后记中所写:"我是有意地要用我的笔去表现女性,去描写女性、体恤女性、同情女性、歌颂女性。"在她的作品中,她善于从不同年龄、不同身份的女性身上找到可爱之处,用内心深处的柔情与她们对话、交流。她的短篇小说《芹姐》描写的是回族农村妇女芹姐的婚姻生活,小说描写了一个失去自我、缺乏独立人格的女性的反叛与抗争,展示女性独立意识在回族农村女性身上的觉醒。

20 世纪 90 年代以来,少数民族女作家的创作异彩纷呈,霍达思辨性的写作、叶广芩经验性的写作、赵玫想象性的写作等等,不同民族的女作家通过感性的、具体的写作方式,展示家族盛衰史和民族风情史,于日常生活中见历史。民族意识从高度的使命感和责任感逐渐辐射到与血统、家族、文化认同相关联。透过作品展示出作者对本民族文化的深厚情怀,体现出对精神维度和精神高度的追求。受本民族文化的影响,优秀的少数民族女作家的艺术风格各具特色,各有千秋。尽管她们受到了系统的、良好的汉文化的教育和影响,但也阻止不了她们在创作中一次次全方位地向着本民族传统文化回溯,用双重的文化视角进行创作。

20 世纪 90 年代以来,少数民族女作家由个别形成了群体,例如:满族的赵玫、叶广芩、庞天舒、白玉芳、王晓霞等,藏族的格央、央珍、梅卓等,回族的霍达、

---

① ［苏］别林斯基:《别林斯基论文学》,梁真译,上海新文艺出版社 1958 年版,第 86 页。
② 马瑞芳:《感受四季·后记》,北京十月文艺出版社 1999 年版,第 655 页。

马瑞芳、于秀兰、陈玉霞等,蒙古族的席慕蓉、齐·敖特根其木格、萨仁图娅和韩静慧等,维吾尔族的热孜万古丽·玉素甫、祖勒菲娅·阔勒铁肯、阿勒同古丽·热介甫、祖合拉古丽·阿不都瓦依提、巴哈尔古丽·沙吾提等,朝鲜族的李惠善、金仁顺、李善姬等,纳西族的和晓梅、蔡晓龄等,彝族的李纳、阿蕾、黄玲等,苗族的贺晓彤、戴宇立、杨彦华等,土家族的叶梅、陈娅妮、冉冉、覃国平等,布依族的杨打铁、陈世忠、罗莲等,壮族的岑献青、黄琼柳、罗小莹、许雪萍等,瑶族的黄爱平、纪尘、蓝薇薇、林虹等,她们在小说、诗歌和散文创作方面都具有影响。

"一个民族的共同心理,在不同时间、不同场合,可以有深浅强弱的不同。为了要加强团结,一个民族总是要设法巩固其共同心理。它总是要强调一些有别于其他民族的风俗习惯、生活方式的特点,赋予强烈的感情,把它升华为代表这一民族的标志;还常常把从长期共同生活中创造出来的喜闻乐见的风格,加以渲染宣扬,提高成为民族形式,并且进行艺术加工,使人一望而知这是某某民族的东西,也就是所谓民族风格。这些其实都是民族共同心理的表现,并且起着维持和巩固其成为一体的作用。"[1]

在传统文化、民族文化与现代文明的碰撞中,少数民族女性文学日渐呈现出鲜明的、独立的文化自觉意识和文化自信,从而极大地丰富了新世纪以来的多民族文学。

对女性生命自由天性的追寻

在中国女性文学发展的过程中,从"五四"时期"人的发现",到"五四"女作家对女性精神困境与流浪的书写,再到20世纪90年代女作家灵与肉的个体挣扎,女性的内心世界打开了封闭的门窗,坦白地将一个个女性内心最隐秘和真实的愿望以文学形式表现出来。这些活生生的充满欲望的女性形象,彻底地从女性性爱心理、性追求表现的禁区中突围,从人性的外在钳制走向人性的内在超越。它与女性的人生体验、女性的灵魂与欲望紧密相连,从而让人们更为真实地体验到一个个具体的生活着、欲望着、追求着的女性内心的呼叫。

人的发现与觉醒有了清醒的个人意识,才是真正的具体的现代性的人的意识的觉醒,也是人的主体性建构的思想基础。一种鲜明的思想风貌出现在20世纪90年代的女性文学中。女性作家在意识到了人的孤独、必须自己面对自己

---

[1] 费孝通:《关于我国民族的识别问题》,见《费孝通民族研究文集》,民族出版社1988年版,第174页。

承担生存的现实之后,丢掉了一切依附于他人的幻想,从而发出了"我是谁"和"我要成为什么样的人"的价值追问。这种精神气质,展现了女性极为鲜活真实的生存状态及生命本能与现存文化之间的交融与矛盾,是人性完善和人的价值全面实现的理想追求。性别的差异表现,为探究妇女获得深层次的个性解放提供了新的研究视角,这种个人化的书写在很大程度上契合了西方女性主义的第三个阶段的写作特征。

从描写女性对所受压迫的觉醒与反抗,走到探究女性自我的本体需要,再到建构女性独立的意识,当代少数民族女性文学包含了女性意识觉醒的三个层面。

在当代女性文学创作中,满族女作家赵玫、叶广芩、庞天舒擅长通过小说展示女性对历史中个人命运的思考。赵玫在小说《我们家族的女人》中,以女性对于历史独有的感觉方式和对于本民族文化独特的诗性领悟,营造出一种怀旧的情调,并对于历史上的女性的书写似乎达到了某种极致;叶广芩的创作视野越来越开阔,呈现出个人记忆与时代记忆的巧妙融合。叶广芩的小说越写笔法越是精湛,她将满族先人与后辈命运境遇的重叠,对往事的回忆,对现实的穿透力,融为一体,行文如流水,自然洒脱,不仅仅停留在个人经验的自省,女性的视角由内向外敞开,超越经验层面,抵达精神和文化的维度。收集在《采桑子》中的几篇小说,既有对繁华过往的追溯,也有对真实的冷漠现实生存状态的一声叹息,剥离现实中商品社会利欲熏心的虚饰的外表,捕捉到急剧推进的商业化进程中满族贵族子弟的变化,既是家族史,也是民族史,是历史与现实的映照。女童的视角和历尽沧桑后成熟女性的视角相互交织,阅尽人间冷暖,带着岁月所赋予的沧桑感,用一种平和的态度来述说,是叶广芩常用的叙述方式。2001年1月[①]出版的"花非花·历史小说系列"是一套女作家书写的女性历史故事丛书,其中包含满族作家庞天舒的《王昭君·出塞曲》;赵玫的《高阳公主·长歌》、《武则天·女皇》,都是女性用自己的心灵感悟历史,用自己的情感观照历史中的女性,体现了个体生命本位的历史观。

藏族女作家格央、央珍、梅卓她们在诗歌和小说创作方面多有建树。她们的创作体现出受到本民族文化、汉文化和西方文化的多重滋养。

央珍毕业于北京大学中文系,她的长篇小说《无性别的神》曾获全国第五届少数民族长篇小说奖。小说以央吉卓玛坎坷的人生命运为线索,描写了20世纪20—50年代,西藏的社会历史变迁,从中贯穿着作者对藏族文化的深入思考。

---

① 该丛书分两批出版,时间分别为1998年12月与2001年7月。——编者注

作者将这部小说称为"西藏的一段心灵的历史"。"我在写这部小说的时候,力求阐明西藏的形象既不是有些人单一视为的'净土'、'香巴拉'和'梦',也不是单一的'野蛮之地',它的形象的确是独特的,这独特就在于文明与野蛮、信仰与亵渎、皈依与反叛、生灵与自然的交织相融;它的美与丑准确地说不在那块土地,而是在生存于那块土地上的人们的心灵里。"① 藏族文化的神秘与迷人,在于独特的地域风貌,更在于藏族人民本色、纯真的生存状态,这是藏族文化的魅力所在。

母亲谱系的梳理和母女关系的重新书写,被认为是 20 世纪 90 年代女性写作的另一突出特点。少数民族女作家的作品也或深或浅地有所表现。以女性为主人公,注重审视女性的心理和生存境遇。对于母性天然本性的礼赞,和对于母性的社会本性中作为父权意志体现和执行的落后习俗的批判,是这一时期女性写作的重要内容。

当代少数民族女作家的创作在总体上少有封闭的自恋式的写作,多以平实的态度进行写作与思考,有效地避开了自我宣泄和自我欣赏的橱窗式写作方式,既写出自己的声音,又传递出本民族的声音,写出了女性的命运、情感与时代、社会的发展的紧密关联,用女性的视角切入传统文化,带来深厚的历史性。

由于文化影响的多元化,新世纪以来的少数民族女性文学更是绚烂多姿。在女作家的自身文化构成中,民族文化的外在表象与民族文化的精神内核交相存在。在这些女作家当中,有一些女作家使用自己的母语写作,有一些女作家既精通母语,又能用汉语写作,但大多数女作家用汉语写作。随着民族身份自觉或不自觉地投射到文本中,形成的叙述声音、叙述立场,重塑了文本的思想价值。

谈到汉语写作,藏族女作家白玛娜珍有独到的心得体会:

> 多年以后,我渐渐在言语之外,语言之间找到了空隙,找到了自己的天地。于是,我不必像地道的藏族那样,虔诚的心根深蒂固。我可以有更多的怀疑,反思甚至否定;也不会像远道而来的异族人那般,对这片土地有许多惊奇、迷茫或者曲解。很多时候,我就像一个冷静的旁观者,注目于激流和漩涡,但绝不把脚伸进去。而在我的家庭里,我的父母渐渐地接受了如我一般的三个他们看似怪异的孩子。语言在这个家庭中成为名副其实的"工具",只负责运输我们的思维和感情。通常,我们用汉语回答父母的藏语

---

① 央珍:《走进西藏》,载《文艺报》1996 年 2 月 9 日。

问话,又选择最动人的藏语语汇掺杂其间,表达自己。像别的当代藏族青年一样,我们还喜欢说上一点英语,以显示自己的活泼、潇洒和入时。如果我们懂得更多的语言,相信家庭会话会更具特色更精彩。也有很多人把这些视为文化的相互侵犯和混乱。但对于我个人而言,混乱的语言之中,我对语言的选择却是主动的,为我所用。从这一点始,使我自由,也感到了自由中飞翔的愉悦。是呵,一场场关于文字、语言,关于民族、文化的纷争,好比浪涛,也许惊天动地,但水会包容它们,是它们共同的本质。①

对于少数民族作家而言,汉语写作是两种文化的碰撞,身份的错位所带来的新的视角和新的思维,这是一个更为自由开放的境界。她们从注重对外部世界的表述,转向对女性生命本体和命运的关注,述说对干净、纯洁、美好生活的向往,抒写个人的记忆、家族的记忆。这是一种记忆也是一种想象,记忆与想象的背后呼唤的是对现实价值的重新衡量,在宗教的自体感受中达到精神上的自我充实与完满。在对于爱情描写中追求一种自由的境界,达到两性合一。随着意识的进一步开放和观念的更新,少数民族女作家的创作也在一步一步地探索女性的独立意识,形成了一种透视传统的哲学意识和自审意识。

当代少数民族女作家在变动的社会现实中,不断地寻求自我突破、自我超越的途径,追求思想的穿透力,形成一种文学力量。她们笃信宗教所具有的高贵神圣的力量,既带有本民族语言的表达方式和思维特征,又能超越其间的束缚,努力探寻民族文学意识的深层体系,基本上摆脱了政治模式的写作套路。在她们的写作中,本民族的神话传说的叙述中交融着现代意识,在渐行渐远中又一次次精神返乡,20 世纪 90 年代以来的部分少数民族女作家并不追求对本民族文化特性的系统了解,她们的创作既有身在其间的感同身受,又有置身其外有距离的客观审视,在今后的创作中,还需要更为深化对本民族文化和本土生活的体验。

"中国各少数民族的文学正处于加速流变之中,有所失亦有所得。失去的,是文化与文学的某些外在表征及由这些表征带来的隔离保护机制;得到的,则是少数民族文学在更广阔的时空间更自由的发展。"②

受西方女性主义的影响,20 世纪 80 年代以来,女性作为特殊存在引起了广泛的注意,"性别的差异"逐渐成为了中国女性主义批评的焦点,这为从性别

---

① 转引自丹珍草:《藏族当代作家汉语创作论》,民族出版社 2008 年版,第 143—144 页。
② 关纪新:《老舍与满族文化》,辽宁民族出版社 2008 年版,第 316 页。

立场和性别概念上考察、探究妇女获得深层次的个性解放和女性写作的内涵提供了新的研究视角。不少女作家描写了在社会转型时期女性面对物质冲击所产生的心灵激荡,反映了这些富于独立意识和自强精神的知识女性在重新确立生活理想、价值观念时的内心矛盾与困惑。

由于人类生存状态的改变和改善,女性作家所关注的重心放在了对女性自身的精神和心理状态的探究上。人性发展中的心灵困境成为20世纪90年代以来女性文学探索的主题,女性作家把目光转向了更内在的追求,她们极力自持一份女性的自救尊严独立于男性,做自己精神的主人,生命在自我的回归中使自我获得了张扬。在这些独特的私人经验中所展示的生命意义,拓展了另一种精神意识,凸现出了女性独立的文化空间。因而,在这些个人化的写作当中,不少作品通过女性话语的言说,从个体的存在努力升华到一种人类精神状态的层面,反映出人类面临的某种困境,从而表现出了具有审美的"内在尺度"的价值意识。

然而,由于直面自我的"身体写作"只留在少数女性的灵魂自审与自省,身体自恋与自慰,因而忽视了对大多数女性尤其是下层女性的生存现状和真实需求的关注,并且,在再现生命内觉的女性写作中,出现了部分以感官刺激来掩盖精神伤痛和灵魂虚空的形式表达,从而不可避免地使创作流入了女性私人经验商品化的结局。仅仅停留在身体之内的写作,不能达到文学对于超越价值与灵性光辉的向往。女性自我认识和理解,以及自我发展的内在需求,对人性本质的追问,都应追寻一种完整的和完美的人的理想。相形之下,过于留恋个人的心灵隐私、生理体验和躯体的自我欣赏的文字,对人性缺乏德性的熏陶与润泽,便在灵性和冲动中不断重复自己。这样的写作是无法在现实的矛盾中体悟人生,表现人生,从而使自己的作品达至更高、更广泛的审美层次的。无论是对外在世界的描绘,还是对人的内心世界的表现,中国女性作家都需要以极其严肃认真的态度关注人的生存本质,探索现实人生的价值,在发现和体认自身的同时,创造人类的理想世界。

中国当代女性文学经过近二十年的发展,迅速缩短了中西女性文学之间的差异,并呈现出与20世纪西方女性文学发展趋同的态势——由对男女平等权利的追求到女性经验、自我价值的肯定以及女性生命本体的回归。在当前的语境中,中国女性文学显然覆盖着多种意味,承载着多重角色。对女性命运和生存境遇的探讨,应该与对整个人类的命运和生存境遇的探讨紧密相连。因而,女性文学在女性主体性建构与认同方面,任重而道远。女性主义的与非女性主义的,社会文化历史的与个人家庭生活的等等女性写作,都在寻找和争取着属于女性自己的一份生存发展的权利。

"世界发展的趋向显示,人类最大的敌人不在于饥荒、地震、病菌或癌症,而是在于人类本身;因为,就目前而言,我们仍然没有任何适当的方法,来防止比自然灾难更危险的人类心灵疾病的蔓延。"①

文学也许是促进人对自我生存状态的自觉的一种有效方式。在今天,面对永恒的矛盾,人类更加重视自我主体精神的建设,人文关怀所探求的仍是一种完整和完善的人的理想,它必将贯穿于人类历史的整个过程。20世纪以来中国女作家对于女性存在的探索是全方位的,从"人"的发现到"女性"的发现,从关注女性群体命运到对女性个体差异的尊重。人的平等、自由、幸福始终是20世纪中国女性文学关注的焦点,对女性的命运和生存境遇的探讨,是与对整个人类的命运和生存境遇的探讨相连的。21世纪女性文学的价值目标是实现共同人性的发展和人类生存的日趋美好,女性文学中的人文关怀同样落实在对人本身存在状态和意义的关注上、探索和追求人类的终极关怀上。女性文学将以个人独立的思考探索和对人类的深情挚爱,站在21世纪现代性的地平线上。

20世纪中国的女性文学从寻找女性自我到认识并回归女性自我,其视线从外部世界回归到女性本体。中国女作家的女性意识从失落、回归到强化,从无意识到有意识,体现出在父权文化历史中的女性在为寻找她自己真实的身份而奋斗的真实历程。在重新认识女性生命的动态和重建女性文化的过程中,女性文学的文本在审美意识和审美方式上也烙印上越来越强的女性独有的特点,从而逐渐完成了对女性独立的文化人格的塑造。对于爱与和谐的思考与探索体现了作为政治与文学的女性主义强调以人为中心、在现实中认识他人和自我的传统。

---

① [瑞士]荣格:《现代灵魂的自我拯救》,黄奇铭译,工人出版社1987年版,第12页。

新时期军旅女作家代际研究

李美皆

　　一代人有一代人的生活,一个时代有一个时代的文学,不同时代的人会叙写不同的人生经验,会表达不同的情感和诉求。与男性作家比起来,女性作家有着自己的独特性,她们的感觉更敏锐、更细腻,更善于捕捉和描写人物细微的心理活动。由于职业的特殊性和身份的差异性,军旅女作家有着比别的女作家更为特殊的经验内容和精神气质,所以,从代际和性别的角度梳理和研究军旅文学,不仅可以显示时代的变化和社会的变迁,而且可以从一个新的角度考察军旅生活的多样风貌和丰富色彩。本文着重从代际的角度,梳理了军旅女作家的构成以及创作的状况,试图为人们认识和研究这个特殊文学群体,提供一个新的角度和详备的信息。

一

　　新时期军旅女作家群的出现,对于"十七年"军旅女性写作的基本缺失是一个有力的补充。

　　20世纪50年代出生(以下简称"50后")的军旅女作家主要有项小米、马晓丽、裘山山、姜安、王海鸰、烈娃、燕燕、江宛柳、卢晓渤、王霞、赵江、孙晶岩、

题解　本文原载《解放军艺术学院学报》2014年第3期。作者从代际和性别的角度,梳理、研究一个特殊文学群体——军旅女作家的构成及创作状况,认为新时期军旅女作家群的出现,对于"十七年"军旅女性写作的基本缺失是一个有力的补充。其中,"50后"女作家在80年代渐成气候,1990年代已羽翼丰满,新世纪初创作愈见丰厚扎实;"60后"女作家21世纪初风头正健;"70后"女作家的女兵特色减弱,实力也相对薄弱;"80后"女作家队伍更加单薄,学生出身的比例增大。目前,充当主力军的还是"50后"和"60后"。新时期的军旅女性写作与整个军旅文学同步,从与一般女性文学的比较向度来看则没有同步之感,能纳入女性文学范畴去言说的作品很少。但如项小米的《英雄无语》和姜安的《走出硝烟的女神》不仅是典型的革命历史文本,而且是鲜明的女性主义文本。项小米的中篇小说《遥远的三色堇》列入中国当代最优秀女性主义小说都毫无愧色。因此,军旅女性写作若能达到"女性"的一面与"军旅"的一面并重,会更加富有生命张力。

顾保孜、刘宏伟、于劲、丁小琦、白玲玲、成平、常青、毕淑敏、斯妤、严歌苓、张欣等。"50后"军旅女作家在80年代渐成气候。成平的《干杯，女兵们》，刘宏伟的《白云的微笑，和从前一样》，王海鸰的《尘旅》、《她们的路》，丁小琦的《女儿楼》，常青的《白色高楼群》，于劲(笔名肖于)的《绵亘红土地》、《血罂粟》，毕淑敏的《昆仑殇》、《补天石》、《西红柿王》，张欣的《遗落在总谱之外的乐章》、《梧桐，梧桐》、《挽唱》，燕燕的《迷路》，裘山山的《绿色的山洼》、《南屏晚钟》等中短篇小说，严歌苓的《绿血》、《一个女兵的悄悄话》、《雌性的草地》等长篇小说，裘山山的《难以释怀》、常青的《我的白色天使梦》、赵江的《心有灵犀一点通》等散文，卢晓渤的《苦乐太平洋》、赵江的《翠竹千尺》等报告文学，显示"50后"军旅女作家群在文坛已露峥嵘。

1990年代，"50后"军旅女作家群在文坛羽翼丰满，主要作品有：项小米的《英雄无语》、裘山山的《我在天堂等你》、姜安的《走出硝烟的女神》等长篇小说，项小米的《遥远的三色堇》，毕淑敏的《阿里》，裘山山的《男婚女嫁》、《结婚》、《天天都有大月亮》、《寂寞高原》、《骆驼刺》，姜安的《远去的骑士》，燕燕的《寂地》，烈娃《灰白色瞳孔》、《金蝴蝶结儿》等中短篇小说，斯妤的《某年某月》、《爱情是风》，烈娃《当兵的岁月》、《朱米拉，朱米拉》，燕燕的《也算白日梦》、《哭滩》、《青春一触即碎》，卢晓渤的《倾听生活的风铃》，裘山山的《山水在父亲眼中》、《在遥远而又陌生的地方》，常青的《军中无戏言》、《记起那个月光如水的夜晚》，毕淑敏的《信使》、《昆仑山上看电影》等散文，江宛柳的《我在寻找那颗星》、《没有掌声的征途》，王霞的《磨难——西路军女红军团长的传奇》，卢晓渤的《中国水兵在夏威夷》、《紧急下潜》、《永远的军歌》，孙晶岩的《冲出亚洲的坎坷》，赵江的《潮来天地新》等报告文学，燕燕的《女兵连来了个男家属》、《男人兵阵》，王海鸰的《洗礼》、《冲出强气流》等戏剧。

新世纪初，"50后"军旅女作家群创作愈见丰厚扎实，主要作品有：马晓丽的《楚河汉界》、赵江的《王牌班》、燕燕的《去日留痕》和《姨妈的后现代生活》、刘宏伟的《大断裂》和《地产魅影》、王霞的《家国天下》、王海鸰的《大校的女儿》等长篇小说，裘山山的《落花时节》、《正当防卫》、《一条毛毯的阅历》、《意外伤害》，马晓丽的《云端》、《俄罗斯陆军腰带》、《左耳》、《杀猪的女兵》，项小米的《葛定国同志的夕阳红》，烈娃的《渡江》和《老子革命多年》等中短篇小说，马晓丽(与蔡小东合作)的《阅读父亲》、裘山山的《遥远的天堂》、姜安的《三十七孔窑洞与红色中国》等长篇纪实散文，王霞的《生死关头》、卢晓渤的《别样芬芳》和《边陲四季》、孙晶岩的《中国动脉》等报告文学，燕燕的《零号防空洞》、王海鸰的

《成长》等剧作。

60 年代出生(以下简称"60 后")的军旅女作家主要有庞天舒、刘静、曹岩、王瑛、张鹰、张子影、周建、谌虹颖、王凤英、于晓敏、康桥、王秋燕、文清丽、阮晓星、辛茹、尚方、张慧敏、海田、张春燕、唐韵、刘晓珍、刘馨忆、刘雅青、戴默(又名戴墨)、周鸣、胡玉萍、小叶秀子、王曼玲、川妮、杜红(笔名杜离)等。

"60 后"军旅女作家在 90 年代渐成气候,除了个别早慧的作家,如庞天舒在 1980 年代写出《小兵》和《达翰尔小姑娘》,曹岩在 80 年代写出《在小雪覆盖的山坡上》和《棕色雪天》,大多数"60 后"军旅女作家是在 1990 年代成名的。90 年代,庞天舒的《落日之战》、《生命河》等长篇小说,刘静的《父母爱情》、《寻找大爷》,庞天舒的《战争体验》、《蓝旗兵巴图鲁》,王瑛的《四季》、《红山楂》,于晓敏的《一路仰望》,王曼玲的《太阳升起》、《如花似玉》、《爱情时代》、《生命如歌》,王秋燕的《纯金时光》,张慧敏的《困马》、《黄蝴蝶》,周建的《画眉》、《丝瓜架下的雨滴》、《苇墙》,文清丽的《满被飘香》、《豌豆花》、《盼》、《扣儿的梦想》,张子影的《球事》、《妹妹》等中短篇小说,谌虹颖的《开满杜鹃的月亮》、《冬天的情歌》、《爱情的道路》,康桥的《白昼睁开眼睛》、《我们死去的兄弟》、《夜歌就此出发》,辛茹的《岸边的女兵》、《我为什么总被征服》,杜红的《攀登太行山》、《战争三重奏》,阮晓星的《黑马女骑手》,尚方的《女兵方队》、《生日酒》、《头发的故事》,张春燕的《寻觅古道》、《回首胡杨林》,张子影的《往事如歌》、《歌在清明》、《唱歌的乌斯浑》,小叶秀子的《沙漠婴啼》、《这片热土》等诗歌,刘馨忆的《梦里的风筝》、《当兵在亚东》、《音乐里的西藏》,庞天舒的《女人与战场》、《拜谒高原》,唐韵的《又见阳关》、《宁愿残垣断壁》,王秋燕的《女人出海》等散文,周建的《呼啸天疆》和《世界性的爆炸》、谌虹颖的《百战将星——王近山》、曹岩的《幕后之神》等报告文学,彰显出"60 后"军旅女作家群的创作实力。

21 世纪初,"60 后"军旅女作家风头正健,主要作品有:刘静的《戎装女人》和《尉官正年轻》、庞天舒的《白桦林》和《红舞鞋》、王凤英的《雄虓图》、周建的《鹰族》和《太阳掠过桑田》、张慧敏的《回家》和《花腰》、王秋燕的《向天倾诉》、周鸣的《天语》、陈华的《那一曲军校恋歌》和《军校里的那些花儿》、王曼玲的《正午阳光》等长篇小说,文清丽的《面石》、《回望青春》、《足球课》、《我爱桃花》、《假如你是我的战友》、《柔软时光》、《紫藤缠身》,王曼玲的《惊马》、《花园里的姐姐》,川妮的《谁是谁的软肋》、《第十九个》、《我和拉萨有个约会》、《我的爱情与你无关》、《蒲草的天空》,王凤英的《暗雪》、《卫生员》、《深树》、《位置》、《黛色参天》、《梨花满地》、《那塘水》,周建的《心要和你一起飞》、《寻找胡凤娇》、刘雅青的《陌上花开》、刘晓珍的《猜猜我会选什么》、《代理连长》、《幸福向左还是向右》等中短篇小说,康桥的《征途》和《生命的呼吸》、辛茹的《火箭碑》、海田的《雪傲枫红》等长诗,杜红的《红血》、张子影的《一朵云响亮地飘动》、张春燕的《大疆无涯》和《绝对爱情》、阮晓星的《我请求》和《亲近英雄》、刘雅青的《风中的云朵》、王凤英的《枪刺 哨所 月光》和《天路》等诗歌,唐韵的《左岸的黄河》和《一个人的藏地》、文清丽的《渭北一家人》、曹岩的《解读森林》等长篇纪实散文,张鹰的传记小说《五月端阳红》和文学评论《人类困境与军事文学的审美选择》及《世纪之交军事文学的历史进路》等。

70 年代出生(以下简称"70 后")的军旅女作家主要有王甜、黄雪藕、赵雁、文炜、杨新华、戴立、唐荟、纪莹、郑敏、李娟、舒笠桦、潘超、赵宇、弓艳、时晓鸿等。"70 后"军旅女作家基本都是在进入 21 世纪后开始写作,至今,有的已经出道,有的只是姑且称作"军旅女作家"。主要作品有:王甜的《同袍》、黄雪藕的《白云绕家》和《儿女的荣誉》等长篇小说,王甜的《集训》、《昔我往矣》、《芬芳如水》、《作点》、《尖屋顶》、《出走》,黄雪藕的《美丽嘉年华》、《五色丝带》,文炜的《天边的太阳》、《卡锁》,赵雁的《耳朵有泪》、《隆冬里的盛夏》、《蛤蟆的油》、《在"甲流"中甜蜜地生活》、《尹顿的春天》,杨新华的《骆驼草》、《月光寒》、《雨夜》,赵宇的《初次回忆的青春》、《七一向党》、《和你在一起》、《梦里花落知多少》、《飞翔的千纸鹤》,唐荟的《别忘了肖翠翠》、《别说话,微笑吧》,纪莹的《在大海的那一边》、《山尖的云朵》,郑敏的《给我一个梦想》,李娟的《拯救》,时晓鸿的《绿地流年》、《年画》、《静夜思》、《最老的 最坏的》等中短篇小说,潘超的《冬夜的红纱巾》、《携带一生的光明》,戴立的《面海的窗子》、《中国南沙》等诗歌,赵雁的《玻璃窗》、《逝者如斯》,纪莹的《绚丽的毁灭》、《非攻是攻,兼爱非爱》、《可怜晚风,一曲悲歌》,汤宏的《母亲最后的日子》和《母亲的心》、《军中维纳斯》等散文,文炜的《左手礼》、赵雁的《天梯神示》和《铁打的营盘》、戴立的《穿出新军威》和《从容岁月》及《血脉之旅》、汤宏的《枫红如火》和《西部风铃》及《燃烧的青春》等报告文学。

80 年代出生(以下简称"80 后")的军旅女作家主要有董夏青青、李潇潇、孙彤、张虹、吕怡慧、杨小瑞、陈佳妮(笔名军羽)、卢冶、徐艺嘉、张慧等。"80 后"军旅女作家为数不多,真正入行和出道的更少,多半刚刚开始写作,在未来的写作路上能走多远尚未可知,目前称作写作者也许更合适。主要作品有:董夏青青的长篇小说《年年有鱼》,孙彤的长篇小说《红妆·武装》,张虹的长篇小说《嘉年华》,董夏青青的《瞧,这个人》、《立蛋的良辰吉日》、《胆小人日记》、《北京胡同》,李潇潇的《在大海上》、《背对着海》、《追踪紫竹院》,吕怡慧的《女生楼404》、《寒风乍起》、《零下十四度》,杨小瑞的《镏金营盘》,军羽的《骓》等中短篇小说,孙彤的散文集《"彤"言无忌》,董夏青青的电影剧本《毕业生》,吕怡慧的报告文学《巍峨人生》,儿童文学《狮之子》、《狮之殇》、《露西的泪痕》,卢冶、徐艺嘉、康璐的文学评论等。

在军旅女作家的创作中,军旅题材占了较大比重,但并非全部。她们也有一些非军旅题材的创作,比如刘宏伟的《地产魅影》。相反,有一些非军人身份的女作家,却在从事着军旅文学创作,她们是钟晶晶、张艳荣、李燕子、温燕霞。她们写作军事题材较多,主要在《解放军文艺》发表或者在解放军出版社出版,有的还多次获得军队的文学奖项。钟晶晶在20世纪90年代就以战争小说著称,如《战争童谣》、《杞良的信》、《摩萝花》等中短篇小说。近几年,温燕霞的长篇小说《红翻天》,李燕子的长篇小说《寂静的鸭绿江》、《咆哮的鸭绿江》,都是革命历史题材的小说。张艳荣是一位军嫂,几年来,她以《父亲的山高 母亲的水长》、《父亲情深 母亲意浓》、《你和我爱的传说》、《待到山花插满头》、《对峙》等中短篇小说,《跟着团长上战场》、《铁血热土》、《老北风》等长篇小说,成为军旅题材创作领域的多产作家。

二

军旅女作家是军队文化认同最深、军人自觉意识最强的一代,同时,她们也是分化最严重的一代,因为她们经历了社会转型期。骨子里就有军人的血液,十几岁插队务农,然后当兵,或者直接当兵,当兵期间开始写作,然后到解放军艺术学院进修或保送上大学、提干,正式走上创作道路。严歌苓、张欣、斯妤、成平、常青都在成名后离开了部队,离开部队后有的继续写作,但不再是军旅文学,比如张欣身处市场经济前沿的广州,多写商业社会的红尘男女,常青也转向了其他写作,斯妤一直坚持着自己的创作个性,无论在不在军队,她的写作都与军队没有太大关系;有的基本不再写作,比如成平。离开军队后创作提升、影响扩大的是严歌苓。毕淑敏的情况比较特殊,她是离开部队6年后才开始写作的,但她早期的作品基本以自己在阿里当兵的经历为题材,所以,仍然被视为军旅作家。王海鸰没有离开部队,但转向了电视剧领域的剧本创作。有别于普通意义上的商人经商,对于作家来说,写电视剧也是"下海"的一种方式。经历过时代的冲击和队伍的分化,在军队坚持下来的"50后"军旅女作家群,依然是强盛的。

有的女作家在部队已经成名,本来有望在文学上走得更高更远,却在离开部队之后,创作生命未完成就结束了,但也有的人是在离开部队之后文学上完成得更好了,比如严歌苓。在离开部队多年以后,严歌苓突然拿出了中篇小说《拖鞋大队》,写"文革"期间部队大院的一群女孩的生活,比王朔的《动物凶猛》还要凶猛,生活的面纱被撕裂,对惯常的阅读经验和生活想象都是一种挑战和颠覆。令人深思之处不在于这个小说写得多好,而在于一个疑问:如果不离开部队,严歌苓会不会这样来写? 或者更进一步,严歌苓的写作会不会是这个面貌? 离开军队,对严歌苓的写作意味着什么? 这是否也提示着:军队女作家另一种写作的可能?

毕淑敏的写作给人另一种惊异,毕淑敏对西藏女兵生活的深切体会使她写出了撼动人心的《昆仑殇》、《补天石》、《阿里》等小说,《补天石》反映高原军人男女比例严重失调导致的悲剧,《阿里》则对军队做出所有女兵撤离阿里的决定起到了一定的促进作用,这种干预生活的强度和力度,让人对文学的社会功能刮目相看。"背负武器、红十字箱、干粮、行军帐篷,徒步跋涉在无人区,攀越 6000多米高山时,心脏仿佛随着急遽的呼吸而进出胸膛,仰望头上顶峰云雾缭绕,俯视脚下渊薮深不可测,年轻的她第一次想到了死。"——如果没有这样的体验,毕淑敏的写作不会如此力透纸背,从这个意义上讲,军队生活资源成就了毕淑敏,也成就了许多军旅女作家。而今,毕淑敏成了专煲心灵鸡汤的畅销书作家,是否与军队生活资源用完了有关? 这是否又昭示着:军队女作家应该感谢军队生活给她们提供了一种写作的可能?

"60 后"军旅女作家的成长之路与"50 后"大致相同,所不同的是"60 后"军旅女作家(特别是已经成名的)离开军队的较少,可能与她们出道时,时代的剧变已经完成有关。选择离开部队的,也有的是由于现实要求的被动选择。王曼玲、川妮离开军队后仍然在写作,尤其是川妮,在没有组织关注的情况下,依然在进行着非常纯正的文学写作,于晓敏也没有放弃写作。"60 后"新生代军旅女诗人较多,诗歌实力相对雄厚。与"50 后"相比,"60 后"在 21 世纪初的中、短篇小说创作量减少。中、短篇小说对于作家具有练功的作用,停止写作中、短篇小说,一定程度上意味着写作成长的停止。

"70 后"军旅女作家的女兵特色在减弱,同时,队伍明显萎缩,实力也相对薄弱。

"80 后"军旅女作家队伍更加单薄,但与前几代军旅女作家尤其是"50 后"、"60 后"相比,"80 后"的明显特点是学生出身的女作家比例增大,几乎占了全部,"70后"已经开始减弱的女兵特色,在"80后"这里几乎淡化到无;因为文化基因的改变,她们当中从事评论写作者明显增多。

目前,军旅女作家群中充当主力军的还是"50后"和"60后"。"80后"正在成长中,姑且不论,"70后"正当年,应该是成为中坚的时候,"50后"在80年代、"60后"在90年代已经立起来了,但"70后"却不然。原因何在? 固然与整个文学发展的大环境有关,但内部原因也是存在的。"70后"军旅女作家队伍的寥落,与军旅文学整体的变化是同步的,与军队文艺创作专业队伍的变化是一致的。军队专业创作队伍在缩小,从女兵中产生专业作家的希望更小了,即使是女军官,能够在基层部队工作到副团都很难,作为写作者可能尚未成长起来就要面临转业,成为专业的军旅女作家的可能性很小。"50后"、"60后"分别在80年代和90年代就基本进入军队专业创作队伍了,这是她们的写作能够蓬勃的原因之一。失去了组织化、体系化的保障和鼓励,又缺乏有力的补充激励机制,这是"70后"军旅女作家至今不够茁壮的原因之一。

"80后"军旅女作家之所以几乎全部由学生构成,与国民的受教育程度增高有关,也与军队专业作家队伍的生成有关,她们现在几乎都是从院校毕业直接就到创作单位的。"学生军"进入军队的路径与前代作家不同,相应的心态也明显不同,这在军旅女作家的参军小说中可以反映出来。"60后"军旅女作家胡玉萍的中篇小说《想当兵吗? 丫头》,用自己的亲身经历,讲述了丫头们的军营生活。参军,在胡玉萍的笔下可以概括为绿色军营诱惑,但在"70后"军旅女作家王甜的《同袍》中,却多了些与军队磨合以及消泯距离的艰难。同为"70后"军旅女作家,郑敏的《给我一个梦想》中更多了些迷茫与困惑,包括这个参军的选择——参军被当作梦想的时候是美好的,一旦到了梦想之中,则会发现,连梦想是什么都看不清了。王甜和郑敏写的都是地方大学参军的女学生,其中有她们自身的感受。"80后"军旅女作家杨小瑞的中篇小说《镏金营盘》,聚焦于一群刚刚迈出大学校门踏进军营的青年男女,写学生如何变身为军人的过程,突出的也是这种"改造"。"60后"的参军,是拥抱军营的自豪与热情;"70后"与"80后"的参军,则多了一些距离与审视,彼此的文化基因的不同,决定了文化认同程度的不同。当然,这也与时代有关,在社会转型之前,尤其是"上山下乡"时期,"当兵光荣"是一种全民观念。

部队成长起来的专业作家越来越少,军旅文学的兵味正在淡下去,军旅文学的特质不再明显,就文学的普遍意义而言,未必是一种遗憾,但若以军旅文学的特定意义来衡量,也许令人担忧。

　　"70后"、"80后"军旅女性写作的生力军堪忧,反映的是整个军旅文学创作的问题。有一个问题,确实到了不得不思考的时候:未来的军队,由谁来书写?军队不同于一般的社会生活,很难由军队之外的人来书写,像邓一光、都梁、尤凤伟、钟晶晶这样的情况是比较少见的,所以,军队书写的问题,最终还是要由军队来考虑。

　　"50后"、"60后"以及部分"70后"军旅女作家的成长环境一般是医院、卫生队、气象站、宣传队、文工团、通信分队(有线连、无线连、信息中心等),成为专业作家后就进入机关,生活阅历相对单一和狭窄,限制了她们的创作视野和思维空间,她们的作品大多不会是宏大叙事。当然,在以上列举的领域,她们确实"有生活",在书写女兵情感故事和女兵心理刻画方面,也有着得天独厚的优势。年少当兵的女兵文化底色,限制了她们的文化胸怀和追求,限制了她们的创作后劲以及对文学的坚持。许多人是为了成为作家而努力写作的,一旦获得了作家的身份,在文学上尚未完全展开,就写传记、报告文学、回忆录去了。有的人起点不低,出手不凡,最终却成了未完成的作家,有些人本来就是写材料、搞新闻报道的干事出身,文学创作还带着材料和新闻报道的影子,从文学场域撤退或放弃文学的追求不费纠结。写传记、报告文学和回忆录也是军旅作家义不容辞的使命,是为军队作贡献,但如果能够在文学上不留遗憾,对于一个作家来说也是一种成全。

　　"80后"和部分"70后"军旅女作家具备文化上的优势,但又缺少军营的历练,创作上很容易出现"没生活"的弊端,军旅生活的"补课",对于她们来说将是一个长期的任务。

　　长篇小说是文学创作的一个重要衡量指标。"50后"在90年代、"60后"在21世纪初,长篇小说创作已经开始丰收,目前,在21世纪的第二个十年,"70后"军旅女作家尚在期待中,"80后"军旅女作家更任重道远。

<h2 style="text-align:center">三</h2>

　　新时期的军旅女性写作与整个军旅文学是同步的。新时期的军旅作家拓宽生活的视野,深化生活的土壤,从单纯表现战争的外在进程和军队的外在生活,转入到揭示新军事变革时代战场内外军人的深邃复杂的内心世界,塑造出更加立体多面的军人形象,体现出更为人性化的审美追求。新时期的军旅文学的优长之处,军旅女性写作都具备,甚至因为女性作家细腻的内心情致和感性体验而

更见优势,她们以女性的视角、女性的笔触,烘托出日光流年摇曳多姿的军旅生活气息。在宏大叙事领域,她们亦以女性的敏锐思索和审视战争与革命事业,以女性的笔致书写爱国主义与英雄主义精神的史诗,同时又不满足于作正义与非正义、英雄与非英雄的简单裁决和爱国主义的简单弘扬,比如,项小米的《英雄无语》和姜安的《走出硝烟的女神》(虽然略显粗糙),对于历史的反思和追问,达到了一般军旅男作家所达不到的深刻程度。同时,军旅文学创作存在的问题,比如向军旅影视的倾斜、军旅中短篇小说的歉收、军旅现实题材创作的薄弱,在新时期的军旅女性写作中也同样存在。

从军旅女性写作与一般女性文学的比较向度来看,则没有同步之感。军旅女作家的创作属于军旅文学研究的范畴,也属于女性文学研究的范畴,原本可以有一定的交叉性;但若以军旅文学和女性文学的双重视点去观照军旅女作家写作,会发现能够纳入女性文学范畴去言说的军旅女作家作品很少。这也许就是军旅女作家一直属于军旅文学研究的范畴,而很少成为女性文学研究的对象的原因,当然,并非绝对没有,考察项小米的《英雄无语》和姜安的《走出硝烟的女神》可以发现,它们不仅是典型的革命历史文本,而且是鲜明的女性主义文本。项小米的中篇小说《遥远的三色堇》尤为典范,列入中国当代最优秀女性主义小说都毫无愧色。如果说,女性文学包含女性题材和女性意识两个方面的话,军旅女作家作品则大多只能属于女性题材,与男作家的女兵文学没有太大差异,对于女性特殊的感知和体验,军旅女作家并未用自觉的女性意识去挖掘和叩问。参加过北伐战争,被称为"中国第一女兵"及"第一女兵作家"的谢冰莹写出了响当当的《从军日记》,快言快语的上海女作家苏青却说:"我对于一个女作家写的什么'男女平等呀!一起上疆场呀!'就没有好感,要是她们肯老实谈谈月经期内行军的苦处,听来倒是入情入理的。"① 苏青的话虽然直白和俚俗,却说出了她对于军旅女性作家的期待,就是即便身为军人,也要注重女性体验。项小米的《遥远的三色堇》和曹岩的《棕色雪天》,多少写出了苏青宁愿看到的女性体验。来自于女性自然的敏感如果被去除的话,女作家的其他神经也容易钝化,这是一个不可小觑的问题。

军旅女性写作若能达到"女性"的一面与"军旅"的一面并重,会更加富有生命张力。"军旅",经常暗寓着一种政治历史话语;而"女性",则暗寓着丰富多彩的人性。女性主义,是女性作家可以倚重的内在资源,也是军旅女性写作不可

---

① 苏青:《我国的女子教育》,《苏青散文集》,安徽文艺出版社 1997 年版,第 295 页。

忽视的一翼。未必要成为女性主义作家,但作为一种视角、心态和创作思想,女性主义在激发女性作家敏感神经方面的有效性是不可否认的。军旅女作家即便去写女兵的争强好胜,女兵之间为了提干而进行的争斗,女孩无声处见惊雷的内心较量,也大多是在军营文化统摄之下的,很少采取女性主义的视点。女性不是战争的主角,女性经验也不可能成为革命历史的主流,而只能是被遗忘和遮蔽的边缘经验,马晓丽的中篇小说《云端》挖掘的就是这种边缘经验。《云端》并非通俗意义上的女性较量的书写,而是隐藏在革命、正义等政治历史理念下的女性心理和女性本质的触目惊心的展示,虽然略嫌概念化,却在弥合军旅文学与女性文学的审美差异方面作出了探索性的努力。刘静的《飘落》写一群海岛军营的家属,并聚焦于其中一个美丽女人,对人性的微妙与诡谲有着入木三分的观察、体悟和叩问,尖锐地触到了人们最为微末的那根神经——对于女性美的近乎集体无意识的毁灭欲。《飘落》也许是刘静最好的小说,却不被注意。身为军旅作家,那些军旅色彩不强的创作很容易被忽略掉,这是不少军旅作家的遗憾。《飘落》显示了刘静更为深厚的文学潜力和更为可贵的文学素质,但是,刘静本人并不看重自己在女性主义写作方面的潜能,未及挖掘,就沿着更切合军旅主流文化的路子继续走下去了。是不是军旅女作家的不言而喻的身份暗示性地限制和误导了刘静?事实上,不止一位军旅作家令人产生这样的疑问。

有些军旅女作家的作品看起来写得入情入理,徐徐道来,却总是平常,没有发现的欣喜或震动,没有阅读的挑战,也挖不出什么灵魂来。这种知书达理的安全的写作,可以保证在"良好"的水平上滑行,但很难达到"优秀"级别,没有写作的冒险,就没有阅读的惊异。还有一些人有时会陷入某种写作模式,比如聚会模式,通过一个聚会,把人物召集来,在人物的叙述中把主角的故事展开;或者情节推动不下去了,就设置一个聚会,通过参加聚会者之口把自己需要的情节说出来,这实际上是一个偷懒的写作策略。还有一个模式(也可以说思维定式),就是"卑贱者最聪明"。与"卑贱者最聪明"相连的本来是"高贵者最愚蠢",但因为在一些军旅文学作品中,这个思维定式是在塑造理想主义军人形象时出现的,所以就变成了"高贵者最理想"。一些作品中往往会设置这样一个格局:一个将门虎子,是理想主义军人,一个泥腿子或其他下层出身的军人,是不择手段的于连·索黑尔,而且比于连多了些小农气息,最后的结果是在二者的角力中,前者败北,成为失败的英雄,后者取胜,成为得志的准小人。在项小米、徐贵祥等许多军旅作家的作品中,第一代革命队伍里的优秀者就是农民、下层人,因此,这些身为"将门虎子"的理想主义军人,其实正是农民、下层人的后代。逃脱不了只有

"将门虎子"才能成为理想主义军官的"宿命",恰恰正是中国军队的悲哀。这种思想上的局限,会在一定程度上影响作品往更深更广的意旨挺进,这种局限,往往与写作者的出身有关。莫言说:"最早我的小说跟中国过去的文学作品不一样是在于我把好人当作坏人来写,坏人当好人写。"[1] 这个偏方确实很偏,也许不值得信任,但德国作家马丁·瓦尔泽的一个相邻的观点值得琢磨,他说:"作家应该爱他小说里的所有人物,即便是那些读者不喜欢的人物。我们作家要对他们有爱心,不能把读者不太喜欢的人物当作很坏的人,毫不留情地丑化他,而要把他当人来写。"[2] 这个观点对于纠正"卑贱者最聪明"的写作模式,也许会奏效。

---

①② 夏榆、吴瑶:《莫言对话瓦尔泽》,《南方周末》2008 年 11 月 12 日。

网络女性写作的生产与生态

徐艳蕊

  网络女性写作已经成为当代女性阅读活动的重要来源,用户的需求使得女性网络原创网站在近几年获得了迅速发展。据 2014 年 8 月 1 日由 Alexa 官网查询的数据表明,女性文学原创网站中流量最多的是晋江文学城,在世界网站中排名 3179,在国内排名 505。其他几个著名的"女性向"原创网站红袖添香、潇湘书院、起点女生网等也拥有丰富的用户流量。尽管就整体规模、商业化部分的盈利额度而言,"女性向"原创网站与"男性向"原创网站仍有距离——比如起点的流量排名是世界第 2075 位,中国第 254 位[①],但是从空间分布上来讲,"女性向"原创网站的读者群却覆盖面更广,其中晋江文学城海外流量更是达到了 54.9%,来源涵盖了中国台湾、中国澳门与美国、中国香港、日本、韩国、加拿大等多个地区,而起点的海外流量比例则是 27.3%。[②] 在这些大型的女性网络原创网站之

题解 本文原载《北京大学学报》(哲学社会科学版)2015 年第 1 期。作者从网络女性写作内容的生产和生态入手,探讨在商业机制与文学机制的张力场中,网络作者是如何选择她们的创作路径,读者又是如何进行阅读、评价和回馈的;而在这些创作和阅读实践中,性别因素又起到了什么样的作用。作者经过长期的追踪观察和与圈内人士的深入交流,认为尽管商业机制近几年有了较大发展,网络女性写作的原初动力仍然是对文学本身的喜爱和执着。但与精英文学和"男性向"网络文学不同的是,网络女性写作保留了更多社群共享的性质,女性网络文学作品的价值和意义、作者的声望和权力,是由这个绝大多数成员为女性、带有显见的女性视角、关注女性话题的社群共同生产的。由女性主导的网络女性写作,不仅有着非常活跃的文学实践,而且也是草根女性探讨性别议题的重要场域。

① "女性向"一词源于日语,原指针对女性需求设计的文化消费品。在中国的网络原创文学领域,"女性向"一般是指女性作者基于女性视点所展开的书写,表述女性的欲望和诉求,与保留了基本的男性视点、针对男性读者生产的"男性向"网络文学相对。"女尊"和"耽美"可以说是"女性向"网络文学的典型文类,近年来网络言情文类也逐渐脱离了纸媒时代港台言情男强女弱的单一格局,表达出更为复杂、多元的女性想象和诉求。网络的出现为"女性向"文学空间的形成提供了技术支持,出现了晋江、红袖等"女性向"文学网站。相关论述可参考肖映萱:《剽悍的"小粉红":论精英粉丝对晋江"女性向"网络文学的影响》,广东省作协主办《网络文学评论》第 5 辑,花城出版社 2014 年版。

② "男性向"文学原创网站的海外流量比例总体低于"女性向"文学原创网站。前者除起点外,纵横中文网的海外流量比例是 15%,17k 文学网是 6.9%;后者中潇湘书院的海外流量比例是 40.2%,言情小说吧是 42.1%。以上数据来源于 Alexa 官网 8 月 1 日查询结果。

外,还有许多大小不一的"女性向"非商业化写作站点,这些站点也吸引了许多的参与者。

网络女性写作的活跃已经形成了一个"她"的江湖:不仅产生了自己的文坛"领袖"、评论家、策划人、活动组织者,还发展出了许多周边衍生活动:插图、配乐,制作 MV、广播剧,cosplay。这些活动,目前虽然已经有商业资本的介入,但是大部分的劳动并无薪酬,只以同好社群的形式来维系——观念和趣味的共享以及社群成员之间的感情支持。

本文将从网络女性写作内容的生产和生态入手,讨论在商业机制与文学机制的张力场中,作者是如何选择她们的创作路径,读者又是如何进行阅读、评价和回馈的;而在这些创作和阅读实践中,性别因素又起到了什么样的作用。本文认为,尽管商业机制近几年有了较大发展,网络女性写作的原初动力仍然是对文学本身的喜爱和执着。但与精英文学和"男性向"网络文学不同的是,网络女性写作保留了更多社群共享的性质,女性网络文学作品的价值和意义、作者的声望和权力,是由这个绝大多数成员为女性的社群共同生产的。由女性主导的网络女性写作,不仅有着非常活跃的文学实践,而且也是草根女性探讨性别议题的重要场域。

尤其想要强调的是,本文花费了不少篇幅来讨论网络女性写作中读者活动的效用和影响。网络文学的特点之一是读、作者互动,这在网络文学研究领域已经成为一种共识,但是这种互动是如何展开的,又是在哪些层面上发挥效用的,却还没有获得过充分讨论。所以本文重新估量了读者活动的价值:读者的评论、推荐、催文等系列活动不但本身是内容生产的重要组成部分,更是读者以情感回馈的方式向作者支付的报偿。读者的支持和感情投入是作者最重要的文化资本。

一、付费与共享——网络女性文学生产的多重机制

近些年,流量的增加,VIP 付费阅读机制的确立,越来越便利且多样化的阅读端口,与出版、影视和游戏业密切的合作,使得网络文学的商业机制日趋成熟。网络写作的顶级"大神"靠写作赢得了丰厚回报——据华西都市报发布的 2013年"网络作家富豪榜"透露,位居榜单前三名的网络作者年版税收入分别是:唐家三少 2650 万元,天蚕土豆 2000 万元,血红 1450 万元。[①] "网络作家富豪榜"的

---

① 张杰:《中国网络作家富豪榜发布　唐家三少蝉联榜首》,2013 年 12 月 3 日,http://news.qq.com/a/20131203/004237.htm。

绝大多数成员是男性,不过女性作者的战绩也不可小觑,《步步惊心》的作者桐华,年版税可达数百万。[①] 另有传闻流潋紫从《后宫·甄嬛传》中获得的净收入超过千万。[②]

继起点于2003年确立vip收费阅读制度之后,一些女性写作网站如红袖添香、潇湘书院、晋江文学城也陆续启动了vip付费阅读模式,并积极地向出版业、影视业和动漫游戏业寻求合作。正是因为这些商业举措的成功,才造就了上述所说收入百万、千万的"大神"。这些大神的成功,很容易给公众造成网络写作即商业写作的印象。但实际上,在全国数百万网络写手当中,只有少数作者可以依靠写作获得丰厚报偿。[③] 而大多数写手,要么收入非常微薄,要么根本毫无收益。造成这种局面的原因,一方面是因为网络文学门槛较低,入行无须资历审核,业内竞争残酷,加上知识产权保护不力,导致盗版猖獗;而另一方面,是因为网络文学群体,最初是由写作爱好者基于表达、分享的理念聚合而来的,有些作者上网写作不为获利,只为兴趣。而后一点,在网络女性文学领域中,表现得更加突出。

早期知名的"男性向"站点,要么已经收纳整合进商业写作机制中去,要么已经改弦更张,与此不同,一些早期的"女性向"写作网站从建站至今仍然坚持着同好社群的主张,并一直有资深成员持续维护和经营,比如1999年建站的露西弗;虽然不断有同好网站因各种原因关闭,但同时又不断有新的兴趣小站建立起来。甚至在一些大型的商业化写作网站,比如晋江,仍然有相当数量的人气作者选择不加入vip制度。会不会参与商业写作,这里面固然存在是否适应vip制度和商业阅读口味的问题,然而另外一个维度也不可忽视,那就是对网络写作理念理解的差异。商业写作的支持者认为阅读付出的费用能够使作者的劳动有所回报,有助于职业作者的培养,能够使读者看到更为成熟、精彩的故事;另一些人则认为,网络写作的基本理念是自由表达和分享,最理想的状态是你写你想写的东西,与同好一起讨论和欣赏,读者的热情是最好的回报。后一种理念,在耽美(又称BL,以男男恋为基本设定的故事)文类中特别盛行,而耽美文类现在已经成为网络女性写作中的一个重要板块。

作为同好分享性质的写作和阅读,与商业化写作和阅读一起,共同构成了

[①] 张晓洁:《桐华:小女人的快乐事业》,《IT经理世界》2012年第8期。

[②] 《"后宫第一人"流潋紫》,2013年5月7日,http://news.ifeng.com/gundong/detail_2013_05/07/25010260_0.shtml。

[③] 王芳等:《网络作家生存状态揭秘:收入千万者全国50多人》,2013年6月1日,http://news.sina.com.cn/s/2013-06-13/102527385965.shtml。

女性网络写作的整体生态系统。如果不能同时看到这两个方面,就无法对网络女性写作生产和流通机制有全面的理解和把握。甚至,如果要深入解读商业化机制的引入对网络女性写作的影响,也必须先把同好分享写作的因素考虑在内。

从表面上看,商业机制与同好分享似乎是相互矛盾的,因为同好分享的理念和基于这种理念生产的内容,以及打着同好分享性质所进行的盗文活动,都影响到了商业利润的增长。但是,从发展的角度来看,网络写作商业模式的顺利发展,非常依赖自由分享式写作所培养出来的网络作者、读者、阅读趣味和习惯,即便在商业化日益成熟的今天,自由分享式的写作也依然是商业写作的试验田和储备库:许多新的故事类型恰恰是在创作者的写作实验中酝酿出来并开始流行的,比如女尊文(以女尊男卑为基本世界设定)、女强文、变身文(穿越男变女或者女变男)、百合文(又称 GL 文,女女恋)等等。这些文类早期出现的时候都带有浓厚的游戏、实验的性质,是在逐渐得到读者喜欢之后才慢慢变成一个有着相对稳定的基本设定的文类或亚文类。这些文类或亚文类,和耽美文类非常相似,在商业销售中也拥有一定市场,但是至今仍然保留着浓厚的自由书写和社群共享的性质。

二、"有爱"与"有钱"——网络女性写作的动力来源

那么,在这个既带有一定的商业化性质,又兼具兴趣共享气氛的场域中,女性网络作者如何展开写作?

网络女性文学发轫于 20 世纪 90 年代末,最初的两种常见类型是言情文和耽美文,后来又衍生出了女尊文和百合文。写作体制基本采用了章回小说的形式,故事的展开经常以爱情的发展为基线,这样的一种格局,很难得到从精英文学的浸润中成长起来的职业文学评论者的完全接纳。即便在近几年,对网络文学的整体评价已有所提高,对网络女性文学的评论,也常常带有一种下视的姿态。比如研究者唐晴川、李珏君曾这样评价红袖添香旗下小说:"消费时代网络文学女性写作不断在揣摩和迎合读者的需求和审美取向……文学本该具有的艺术担当被世俗的感性愉悦所遮蔽,对人类的伦理道德规范构成了较大的挑战。"[1] 另一位研究者亓丽评价说:"网络言情小说是一种趋向于大众化的审美,

---

[1]　唐晴川、李珏君:《论网络文学女性写作的叙事特征——以盛大公司旗下红袖添香网站为例》,《小说评论》2011 年第 6 期。

它追求世俗化的感官享受,价值取向多表现为休闲娱乐和消遣,其文学本身和社会的价值往往被忽略……但却是女性心理状态和情感需求的最真实最放松的释放,是草根阶层的女性创作者和女性读者共同努力营造的爱情乌托邦。"①

视网络女性写作为感官消费、丧失了文学应有的品格的观点,是一种颇为通行的看法,即便是在一些女性主义者眼中也是如此。但是,从网络女性作者和网文爱好者的眼中看来,这远没有触及全部的现实。

笔者近十年来一直追踪观察网络女性文学的发展,与这一领域的各种活跃力量有过深入交流,并于2011年开始,与合作者杨玲一起正式访谈了39位圈内人士,包括作者、网站站长、版主、出版商、书友俱乐部组织者、资深读者、网络音乐制作人,并对其中的几位进行了长期的追踪访谈。通过这些田野活动所得到的信息,与通常人们对女性网络写作的印象有很大差距:利润的因素在整个圈子的运转中并不能起到决定性作用,而情感投入的作用则远超想象。

起点女频的资深作者希行,代表作《名门医女》(2013年)曾获粉红票榜第一名,完结之后纸质版随即出品,在两岸三地销售,给作者带来不菲的收益。在访谈中被问及为什么写作的时候回答:"写网络小说是从2008年开始,在此之前一直喜欢写作,不是写作,应该说是讲故事……偶然的机会看到了第一本网络小说《回明》,当时就震惊了,天下还有这样好玩的故事! 顿时一发不可收拾,开始看网络小说,看得多了,就觉得我也应该能写,便开始写了。"希行原本以为写作只是工余的兴趣,同时能顺便赚点零花钱,但是在成功之后,她发现和丰厚的写作收益相比,她的本职收入反而成了零头。在被问及喜欢写作和用写作赚钱的关系时,希行认为这两种因素对自己都很重要:"支撑我写下去的是兴趣和金钱,这两者缺一不可,只有兴趣没有利益,食人间烟火的我做不到长期坚持,但只有钱却不是我喜欢写的类型,我也做不到。"希行是商业写作中比较成功的范例,但是她的成功并不是依靠贩卖爱情梦想,而是擅长讲述技术流故事,比如描写身为医生、药师的女主角如何发挥所长,赢得世人的肯定和尊敬:"我觉得女人的生活不该是爱情,还有很多别的事,我希望女子们坚强勇敢快乐自信,没有人依靠的时候我们还有自己,不管什么时候,我们都可以靠自己,用自己的手,吃自己的饭。"②

喜欢写作,并能够从中获得收益,对于草根女性作者来说有着多重意义。

---

① 亓丽:《女性主义视野中的当下网络言情小说》,《文艺评论》2012第1期。
② 来源于2014年7月11日对希行的访谈。

女性网络作家中有不少人是辞了全日制工作的年轻妈妈,在家务、母职还不能计入社会劳动、获得经济报偿的今天,利用育儿、家务间隙进行写作给她们带来的收益使她们觉得活得更有尊严。同时经济收益也给了女性作者合理化的写作理由,就如同一位不愿意透露笔名,有两个孩子的妈妈作者所说的,因为写文有经济回报,才可以有充足理由对孩子的爸爸、奶奶说,给我一点自己的时间,我要写作。

伍尔夫在《一间自己的房间》中曾设想过,如果莎士比亚有一个才华横溢的姐妹,在那个时代会有什么遭遇:醉心艺术的天才女性,被内心的冲动指引离开家门,却不能够像她的兄弟那样获得实践冲动和才华的机会,在被欺凌、哄骗和压榨殆尽之后被埋葬在路边;她的坟冢很快被车马压平,痕迹消失无踪。她认为女性要有一个自己的房间,才能获得实践创作冲动的机会。① 而网络写作则为草根女性提供了一个虚拟的"自己的房间",并提供了从中获得生活保障的可能性。

但是,尽管有些网络女性作者对能够用写作换得报酬感到欣慰,另外一种担忧也不容忽视:这种写作机制很可能会使文学被商业利益绑架,使作者成为码字的民工,使作品成为生产流水线上被批量组装的玩具。如果网络写作是封闭管理、高度体制化的血汗工厂的话,这种担忧可能成为普遍现实,但是网络实际上却是开放的和流动的,一定范围内为作者提供了不同的发展路径:完全投入商业化写作只是其中的一种,根据自己的需求在收益和兴趣之间灵活地进行平衡是另一种,再或者,可以全凭兴趣、不问收益。

在晋江发文的耽美作者阿堵,完全贯彻了兴趣写作的思路。阿堵迄今免费发布了四篇故事《红尘有幸识丹青》《一生孤独掷温柔》《附庸风雅录》和《鱼跃龙门记》。在这四篇故事里,阿堵传达了她对人生的理解:"在我自己心里,《丹青》是关于美的故事,《温柔》是关于善的故事,《风雅》是关于真的故事。下一个,想写个自由自在的故事。于是有了《鱼跃龙门记》。"② 因为是兴趣之作,所以作品里熔铸了许多作者个人的喜好:绘画、书法、金石、篆刻、诗词、文章、科举、职官及士林风尚等等。利用这些要素,阿堵描摹出了一个充满风情雅韵、礼义才情的古典中国。金石丹青、功名文章,甚至家国天下,这些境界在历史上主要由男性创造并阐释——"红袖添香夜读书",读书的是男儿郎,女性的职责是添香。

---

① 吴尔夫:《一间自己的房间》,贾辉丰译,人民文学出版社 2003 年版,第 40—41 页。
② 阿堵(网名):《鱼跃龙门记》后记,2014 年 8 月 1 日,http://www.jjwxc.net/onebook.php? novel-id=1837737&chapterid=163。

但是通过耽美的男男恋设定,女性也可以带入到其中的一方想象自己成为士林表率,与所爱之人携手并肩、齐家治国平天下。所以阿堵的故事虽然用了男男恋的设定,表达的仍然是非常女性化的想象和诉求。阿堵对古典才情、文人风骨的描摹非常受欢迎,书友纷纷要求出版实体书。阿堵将实体书的收益捐赠给了"大爱清尘"公益基金,用于治疗尘肺病人和帮助失学儿童复学,捐助的发票拍照之后在微博上发布。①

由上可见,无论是商业化还是非商业化,这些作者都是在很认真地进行着她们的写作实践。那些我们所熟知的非常具有"文学性"的要素:想象、探索、交流、表达,对人性的解读,对生活的观察,对美好品质的追求,都可以在这里得到体现——以一种通俗的,女性化的视角。非常有趣的是,这些被称作"写手"的作者们常常怀有一种非常理想化的文学信念,深信她们的表达除了娱乐之外,也可以对社会产生积极的影响,这与那些视其为浅薄罗曼司制造者的观点形成了一种奇异的错位。而在这两种不同观点的博弈中,读者往往选择站在作者一方。

三、读者和作者——支持、评价与赋权

网络文学特有的一边写作一边发布、读者可在文下留评随时参与讨论的模式,曾经使文学评论者非常担心:这种模式会不会造成作者盲目迎合读者,使独立的、个人化的文学创作失去了应有的品格。然而不管批评家如何理解,作者对于这些可以直接在文下显现的反馈意见非常珍视,因为这些评论所提供不只是对故事的观感,更重要的是,它们是读者向作者的劳动所支付的情感报偿。

在笔者所做的访谈中,作者无一例外都非常重视读者的反馈。金大是晋江的驻站作者,迄今专栏已被收藏近 11800 次。从 2005 年以来,已经有了 28 篇完结文。长时间的投入写作需要毅力和耐心,当在访谈中被问及为什么会坚持写作的时候,她回答:"完全靠读者的热情支持。"她认为晋江的商业化并不彻底,vip 作者的收入并不理想。但是她仍然很喜欢这种自由的写作氛围,因为自由的

---

① 两次捐助信息发布时间为 2013 年 7 月 4 日,2014 年 3 月 26 日,详见阿堵(网名)的新浪微博,阿堵通宝:http://weibo.com/adutongbao? topnav = 1&wvr = 5&topsug = 1。阿堵微博的签名颇能体现耽美作者的心态:横眉冷对千夫指,一生孤独掷温柔。

氛围造就了非常活跃的读者群体,这个群体给予作者的支持足能抵消收益的不足。① 晋江的新晋作者缘何故,2012 年开始写文,2014 年创作了大热文《重征娱乐圈》,她的看法与金大非常相似,认为自己坚持写作的最大动力就是读者的期待,每天在正职工作结束之后再回家埋头于键盘,觉得非常辛苦,但是想到专栏下面还有很多的读者在等着看故事,就觉得自己有责任努力写下去。同样的,她也比较喜欢晋江的写作气氛,认为保留了比较多的文学梦想,适合有爱好的人。②

2009 年杨玲在她的《粉丝、情感经济与新媒介》一文中援引了"情感经济"的概念,来说明粉丝对偶像的情感支持如何转化成市场购买力。③ 而在网络女性文学领域,读者对所喜爱作者的支持,并不是只有转换成购买力才能生效,情感本身就具有支付功能,可以通过各种形式报偿作者:文下的书评,QQ 群里的鼓励,论坛上的讨论和推荐,建立贴吧,甚至是为作者筹建独立的网站并长期维护,希望借此凝聚更多的同好支持作者,这一切都形成了一种巨大的促进网络文学再生产的力量。

作者在写作过程中不仅非常依赖读者所给予的感情支持,作者在圈子里的声望、地位和影响力,也与读者群的活动有直接关系。与精英文学作者的地位需要权威机构的审核和认证不同,网络写作圈中作者的价值,更多需由读者的反馈来决定,尤其在那些自由分享气氛比较浓厚的社群,情况更是如此。读者回馈的信息量越大,投注的感情越多,作者相应就会有更高的声誉和影响力。在女性网络文学领域,许多被称作"大手"或"大神"的姑娘,其实从写作得来的收入非常有限,但是读者对她们的文字的喜爱和认同度却非常高。

比如说风弄,是网络写作耽美圈中最有影响力的作者。她 2002 年开始在露西弗发文,很快赢得了许多读者的喜爱。写作日趋成熟之后辞去原本的工作,成为台湾威向文化有限公司的专职签约作者。迄今已出版了五十余种著作,其中特别受欢迎的系列小说《凤于九天》,已经出版了 29 册,第 30 册正在酝酿中。而其唯一的一本言情小说《孤芳不自赏》,除了汉语的简体、繁体和漫画版之外,还被翻译销售到波兰、越南等地。风弄在两岸三地,甚至东南亚、欧美都有活跃的粉丝。作为圈中当之无愧的"大手",常有人猜测她如何收入丰厚,但对风弄进行面对面访谈的时候,她坦言写作并没有使她变得富有,她收入的最大部分是

---

① 来源于 2014 年 8 月 7 日对金大的访谈。
② 来源于 2014 年 7 月 3 日对缘何故的访谈。
③ 杨玲:《粉丝、情感经济与新媒介》,《社会科学战线》2009 年第 7 期。

来自投资理财;如果不是投资比较成功,她没有办法坚持这么多年写自己喜欢的东西。风弄的作品主要在中国台湾出版,而台湾市场较小,出版数量非常有限。在大陆,耽美作者处境尴尬,出版和销售受限较多,大多数读者接触的都是网络上的盗版。

写耽美收益微薄,而且要承担更多的舆论压力,这在网络文学圈中已经成为共识。但是风弄仍然觉得她的写作是有价值的。当被问及她的写作动力源自哪里的时候,她说是因为觉得生命太有限、太虚渺,希望能够留下一些更为长久的、美的和有价值的东西,希望自己所想的、所写的,能使读者产生触动和共鸣,哪怕只有那么一点点,也使她觉得自己的努力没有白费。①

借男男恋框架展开情节的耽美,在许多人眼中被目为怪异。而这种文类最具代表性的作者,却有着非常传统的文学价值观,这种鲜明的对比,从另外一个侧面印证了 Hockx 十年前对中国网络文学的观察:尽管被视为"通俗文学",网络写作社群却从来没有放弃参与"崇高"文学的努力。② 面对质疑,风弄认为耽美也是在表达爱、喜欢和愤怒这些人类最基本的情感需求,只不过耽美故事中情侣的双方都可以非常坚强、硬朗,与男女恋情的模式很不相同;耽美通常充满了反抗精神,反抗社会、父母、男人设立的障碍。同时她还觉得喜欢耽美的姑娘通常会有更为独立的人格、个性,较少依附他人。③

而风弄的读者,也持有相近的观点。素素,另外一个 ID 是"弄弄的小跟班",是风弄的资深粉丝。在对素素的访谈中,当问到为什么会喜欢风弄的作品时,她说:"喜欢感人的故事,喜欢故事里人物的善良。尤其喜欢故事里的强受,因为我讨厌女人柔弱,一直认为女人要靠自己努力来实现自身价值,和男人之间的关系应该基于互相欣赏,强受折射出我对女人的期望。"④ 另一位资深粉丝青儿,从 2003 年左右开始看风弄的小说,喜欢这个作者是因为:"文笔流畅不艰涩,故事性好,易读性强,感情描写好。"⑤ 对于网络文学与纯文学之间的关系,读者们也进行过自己的思考:"功利性? 我不知道别人在风弄的文中看到了什么,但我知道我看到了风弄在写作时字斟句酌的艰辛,也正是想着读者、想着感恩的心让风弄的文章吸引了更多的人,也感动了更多的人。……事实上,不管是'纯文

---

① 来源于 2011 年 5 月 24 日对风弄的访谈。
② M. Hockx,"Links with the past:mainland China's online literary communities and their antecedents",*Journal of Contemporary China*,2004,13(38):105 – 127.
③ 来源于 2014 年 2 月 28 日对风弄的访谈。
④ 来源于 2014 年 8 月 3 日对素素的访谈。
⑤ 来源于 2014 年 8 月 4 日对青儿的访谈。

学'论还是'纯学术'论,都让我觉得不可思议。每个人都有自己的价值标准,在看到违背自己标准的行为时,人们总会有这样那样的非难,殊不知此时的自己恰恰成为了世俗偏见的代言人。"①

Radway 在她对罗曼司的研究中,对读者的活动给予了非常积极的评价,认为读者的解读赋予了言情小说更加丰富的内涵。她所研究的读者活动主要是指读者对文本的多向度阅读体验。② 但是在女性网络文学领域中,读者的活动更加主动、多样化,并且有时候,读者的书评、讨论、推荐,本身也成了这个领域中重要的内容生产,许多专注于写评、经营论坛的读者,甚至会成为圈中著名的评论人、组织者,有着不弱于作者的声望。

前文提到过的风弄的粉丝青儿,曾经担任风弄在晋江粉红论坛的版主,所有工作完全是自愿和无薪酬的。粉丝 Moon,曾经在乐趣上建立了风弄的小站"月夜下",除了风弄外,吸引了很多当时刚出道或者已经有一定影响力的作者来发文。这些作者发布故事完全是免费的,而版主、版工对网站的维护也是无偿的。虽然这个小站现在已经关闭,但是从那里成长起来的作者有些已经成为了一些大型原创网站的驻站作者。曾经是月夜下活跃成员的素素,自己出资,与几位同好一起,于 2008 年设计和建立了"风弄无声"风弄官方论坛,论坛的管理层包括了中国和加拿大等地的读者。风弄无声有一个子版块,专门发布读者对风弄作品的评论,到目前总共汇聚了 860 多份长书评。③ 除此之外,风弄还有各种不同的读者群和书友群,在新浪微博的粉丝截至 2014 年 8 月底已达到 34 万余人。风弄每次参加动漫展会的时候,都会有大批粉丝来支持。2014 年 7 月在美国参加 AX 展会的时候④,风弄遇到了许多非华人粉丝,其中包括她小说英文版的网络翻译者⑤,以及讲西班牙语的墨西哥裔粉丝,后者是在网上看了由英语翻译成西班牙语的《凤于九天》而喜欢上风弄的。

或许程度和规模有所不同,风弄所遇到的情境是圈子里许多成名的作者都经历过的。这些作者的声望,正是由这些热心参与写评、讨论、建立论坛、组织

---

① Kristy(网名):《读弄宝宝的〈纯文学〉》,2009 年 5 月 19 日,http://www. fengnong. net/bbs/viewthread. php? tid=18279&extra=page%3D11。

② J. A. Radway, *Reading the Rromance: Women, Patriarchy, and Popular Literature.* Chapel Hill: University of North Carolina Press,1991. pp. 123 - 125.

③ 风弄文章评论感想,"风弄无声"子版块,http://www. fengnong. net/bbs/forumdisplay. php? fid=25&page=1。

④ AX 展会,即 Anime Expo,每年独立日临近的周末在美国举办的动漫展会。

⑤ 风弄小说的英文译文网址 http://sookybabi. livejournal. com/50818. html。

活动的读者赋予的。读者的支持和感情投入,在这个圈子里,是一个作者所能够掌握的最重要的资本。甚至还不止于此,许多读者还会向作者申请授权,为故事配乐,改编成广播剧,将作品传播到更多的领域,以此表达对作家、作品的喜爱。所有的这一切,当然都是无偿的,甚至经常需要制作者自己出资购买或租用设备来完成。①

结　语

如果从时间轴追溯女性网络文学历史发展的沿革,可以发现基于爱好和共享而产生的写作是最初的源起,并直到现在仍然在为网络文学的发展提供灵感和动力,而稍后出现的商业机制则为网络写作注入了新的活力,为培养更成熟的职业作者提供了契机;如果从空间上远眺女性网络文学的整个版图,能够看到主攻商业销售的写作,以及完全基于爱好和分享的写作,都是女性网络写作谱系中不可分割的区划。充分的商业化写作与完全的兴趣式写作,并不是断然割裂的板块,而是如同谱系的两端,被中间大片渐变式的过渡区域紧密联结。而实际上作者在这些区域里是可以不断流动的:可以始终如一坚持职业化发展,可以自由发挥才情想象,也可以在不同的时间段有不同的规划。因此与其把女性网络文学看做是一种文学类型,不如把它看成是一个基于网络平台建立起来的、聚集了不同种类的写作方式的文学实践场域,在这里,那些我们所熟知的、已成为惯例的"文学"要素——想象、探索、交流、表达,对人性的解读,对生活的观察,对美好品质的追求,都可以在这里得到体现,只是使用了与精英文学不同的风格和样式。尤其重要的是,这些包括了写作、阅读、评论和交流的文学实践是非常女性化的,从成长、恋爱、婚姻、育儿、家庭关系,到梦想、野心、情欲,以及女性在社会化过程中所受到的压抑、可能性的解决办法,都可以得到表达和讨论。这种讨论以多种形态呈现,有可能精致,有可能粗糙,有些很世俗,有些则沉重晦涩,但总体而言却非常富于生机和活力:"在这个网络空间中,读者和作者形成了一个积极的、支持性的社群,在这个社群中的活动可以使这些作者与读者免于男性主导的精英文化圈的审查和批评。通过在线的文学生产和消费,中国妇女获得了一种新的言语和叙事形式去超越传统的性别角色,拆解生产—再

---

①　与网络原创音乐圈和自制广播剧圈的联结,女性网络文学比"男性向"网络文学更为密切,而在女性网络文学中,又以耽美圈为最。源自2014年6月9日、2014年8月23日对菊丫头的访谈。菊丫头曾参与网络古风音乐与网络广播剧的制作。

生产性别边界的权力机制;即便现在这种超越和拆解,主要只能在想象的空间中展开,也仍然是意义重大的。"① 因此,女性网络写作不但是非常"文学"的,也是非常"女性"的。对她的认知需要通过更多的田野经验、更灵活的解读方法去丰富和充实。

---

① 徐艳蕊:《媒介与性别:女性魅力、男子气概及媒介性别表达》,浙江大学出版社 2014 年版,第 95 页。

国家出版基金项目
国家"十三五"重点图书出版规划·重大出版工程项目

国家社会科学基金重点项目
"新中国文学传媒史料综合研究与分类编纂"最终成果

山东大学"双一流"建设暨学科高峰计划专项资助项目

国家"十三五"重点图书出版规划项目

国家重大出版工程项目

国家社会科学基金重点项目

国家出版基金项目

NATIONAL PUBLICATION FOUNDATION

新中国文学史料与研究丛书

新中国女性文学史料与研究

李 玲 谢玉娥 主编

卷二

南京师范大学出版社

图书在版编目（CIP）数据

新中国女性文学史料与研究. 卷二 / 李玲，谢玉娥
主编. — 南京：南京师范大学出版社，2023.11
（新中国文学史料与研究丛书 / 黄发有总主编）
ISBN 978 - 7 - 5651 - 5064 - 7

Ⅰ. ①新… Ⅱ. ①李… ②谢… Ⅲ. ①妇女文学—文
学史—中国—当代 Ⅳ. ①I209.7

中国版本图书馆 CIP 数据核字（2021）第 270995 号

丛 书 名　新中国文学史料与研究丛书
总 主 编　黄发有
书　　名　新中国女性文学史料与研究·卷二
主　　编　李　玲　谢玉娥
策划编辑　张　春
责任编辑　陈　晨
出版发行　南京师范大学出版社
地　　址　江苏省南京市玄武区后宰门西村 9 号（邮编：210016）
电　　话　(025)83598919(总编办) 83598319(营销部) 83598332(读者服务部)
网　　址　http://press.njnu.edu.cn
电子信箱　nspzbb@njnu.edu.cn
照　　排　南京凯建文化发展有限公司
印　　刷　南京爱德印刷有限公司
开　　本　710 毫米×1000 毫米　1/16
印　　张　66.5
字　　数　1200 千
版　　次　2023 年 11 月第 1 版
印　　次　2023 年 11 月第 1 次印刷
书　　号　ISBN 978 - 7 - 5651 - 5064 - 7
定　　价　280.00 元（全二卷）

出 版 人　张　鹏

目　录

专题史料与研究

第三辑　女性文学的文体研究

第四辑 作家、作品个案研究与批评

第五辑　女性文学研究及学科建设

专题史料与研究

第三辑
女性文学的文体研究

导语

本辑包括诗歌、小说、散文、戏剧等文体。

20世纪80年代翟永明组诗《女人》的发表被视为中国女性主义诗歌诞生的标志,其序言《黑夜的意识》被称为最早的女性诗学代表作之一。赵树勤考察当代女性诗学的理论建构及其流变,认为90年代以来女性诗学已走向语言诗学。罗振亚认为90年代的女性主义诗歌进入了回归词语本身的语言写作时期。刘思谦等称90年代是中国女性散文的"黄金时代"。周瓒认为,新世纪的女性诗歌已呈现出丰富多样的总体面貌,但需警惕被再次孤立为凝视的客体。对80年代的女性戏剧,苏琼作了重新审视。

对于女性小说,胡辛认为当代女小说家的现代审丑意识是其日臻成熟的标志之一。丁帆以"男性文化视阈的终结"对小说创作中的女权意识和女权主义批评作了评述。艾晓明以"红罂粟丛书"中若干小说作品为例,认为女作家对女性生活史的再现与重构反映了性别意识上前所未有的自觉。陈淑梅的文章对新时期女性小说话语权威的建立作了具体分析。张兵娟认为90年代以来的女性新历史小说使我们能够以一种新的历史视界去重新认识历史、认识女性。沈红芳强调了女性经验和对女性价值的体认对女性叙事的影响与制约。王红旗对21世纪海内外华文女作家长篇小说创作的转型作了论述。

黑夜的意识

翟永明

现在才是我真正强大起来的时刻。或者说我现在才意识到我周围的世界以及我置身其中的涵义。一个个人与宇宙的内在意识——我称之为黑夜意识——使我注定成为女性的思想、信念和情感的承担者,并直接把这种承担注入一种被我视为意识之最的努力之中。这就是诗。

作为人类的一半,女性从诞生起就面对着一个完全不同的世界,她对这世界最初的一瞥必然带着自己的情绪和知觉,甚至某种私下反抗的心理,她是否竭尽全力地投射生命去创造一个黑夜?并在各种危机中把世界变形为一颗巨大的灵魂?事实上,每个女人都面对自己的深渊——不断泯灭不断认可的私心痛楚与经验——远非每一个人都能抗拒这均衡的磨难直到毁灭。这是最初的黑夜,它升起时带领我们进入全新的、一个有着特殊布局和角度的、只属于女性的世界。这不是拯救的过程,而是彻悟的过程。因为女性千变万化的心灵在千变万化的世界中更能容纳一切,同时展示它最富魅力却又永难实现的精神。所以,女性的真正力量就在于既对抗自身命运的暴戾,又服从内心召唤的真实,并在充满矛盾的二者之间建立起黑夜的意识。

说到底,意识是一种素质。女性身体内部总是隐藏着一种与生俱来的毁灭性预感,正是这种预感使我们被各种可能性充满的现实最终纳入某种不可挽回的命定性。正因为如此,女诗人在开拓她的神话世界时,既与诞生的时刻相连,又与死亡的国度沟通,在这越来越模糊的分界线上,保持内心黑夜的真实是你对

题解　本文原载《诗歌报》1986 年 8 月 21 日。《黑夜的意识》是诗人翟永明为她的组诗《女人》写的序言,最早见于油印本《女人》诗集,后由《诗歌报》作为正式出版物转载。本文在诗坛上产生了强烈反响,与组诗一起被视为中国女性主义诗歌诞生的标志和宣言。序言中,作者对"黑夜"这一在中国古老文化中具有女性特征的宇宙本体的形象予以重新界定和理解,对女性的命运存在和精神存在作了全新的表达;指出女人从诞生起就面对着一个完全不同的世界,女性只有意识到自己周围的世界以及置身其中的涵义,才能使自己真正强大起来,成为女性的思想、信念和情感承担者,并直接把这种承担注入意识之最的努力中,这就是诗。1995 年,翟永明在《诗探索》上发表了《再谈"黑夜意识"与"女性诗歌"》。

自己的清醒认识,而透过被本性所包容的痛苦启示去发掘黑夜的意识,才是对自身怯懦的真正的摧毁。因此有人对我说过:"女诗人最强大的对手是自己。"我完全相信这一点,对女性来说,在个人与黑夜本体之间有着一种变幻的直觉。我们从一生下来就与黑夜维系着一种神秘的关系,一种从身体到精神都贯穿着的包容在感觉之内和感觉之外的隐形语言,象天体中凝固的云悬挂在我们内部,随着我们的成长,它也成长着。对于我们来说,它是黑暗,也是无声地燃烧着的欲念。它是人类最初同时也是最后的本性。就是它,周身体现出整个世界的女性美,最终成为全体生命的一个契合。它超过了我们对自己的认识而与另一个高高在上的世界沟通,这最真实也最直接的冲动本身就体现出诗的力量。必须具有这种发现同时必须创造这个过程方能与自己抗衡,并藉此力量达到黑夜中逐渐清晰的一种恐怖的光明。

我认为:女性文学从来就内蕴着三个不同趋向的层次。在不止一个灵魂的自白中,人们依次看到那种裹足不前的女子气的抒情感伤,和那种不加掩饰的女权主义。前者把纯情女子的寂寞、自恋、怀春聚束到支离破碎的情绪中,后者却仅仅将语言梳理成顺理成章的狭隘的观念,一种因果同一的行为。两者在各自的趋向中似乎大相径庭,却又不约而同地在普通人性意义上证明了自己的无足轻重。必须看到,在此之上,只有"女性"的文学才是最高层次。进入人类共同命运之后,真正女性的意识,以及这种意识赖以传达的独有语言和形式,构成了进入诗的真正圣境的永久动力。应当指出:大部份女诗人尚未意识到自身的力量,她们或者还仅仅停留在一个极其狭窄的小圈子里放大个人情感,或者被别人的思想和感受渗透,在并未理解和进入的情况下,成为某些男诗人的模拟和翻版。

至关重要的是:我们必须面对一个真实——哪怕这真实无情到怎样不妥协的地步。在孤独的沉思中领悟自身的残酷。这残酷不是人想象出来,而是人创造出来的(认识这一点并不比认识一种真理更容易)。有些人能够把握这一辉煌的瞬间,并使一切具有先验性神秘快感的直觉升华为经过体验和再造的诗。另一些人却终身站在这个世界之外,仅仅满足于欺骗自己,随时准备为自己一掠即逝的表层发现而欢呼。所以,在"女子气——女权——女性"这样三个高低不同的层次中,真正具有文学价值的是后者。需要认识这一点:诗的智慧必然是一种由个人内心的体验上升到超越了诗人当时当地全神贯注地去搜寻的真实,才得以进入最高领域的智慧。诗人对艺术的追求必然是对代表人类的智慧的追求,成熟的女性应该把握这一点才能面对一切。

我或许并非智者,也不认为自己是女性的典型,但我是我自己的典型,作为诗人我的某些局限性恰恰是自己的特质性。我更热衷于扩张我心灵中那些最朴素、最细微的感觉,亦即我认为的"女性气质",某些偏执使我过分关注内心,黑夜作为一种莫测高深的神秘,将我与赤裸的白昼隔离开,以显示它的感官的发动力和思维的秩序感。黑夜的意识使我把对自身、社会、人类的各种经验剥离到一种纯粹认知的高度,并使我的意志和性格力量在种种对立冲突中发展得更丰富成熟,同时勇敢地袒露它的真实。诗由此作为一种暗示力量灌注我全身,使我得以维系一种经久不散的灵魂的颤栗,从而与自我之外的他物合为一体。站在黑夜的盲目的中心,我的诗将顺从我的意志去发掘在诞生前就潜伏在我身上的一切。

这是一个再度呼应人类和宇宙意识的巨大时刻。女诗人面对当代混乱、焦虑的现实怎样处心积虑地建立自己的黑夜并为诗提供一个均衡的秩序?如果你不是一个囿于现状的人,你总会找到最适当的语言和形式来显示每个人身上必然存在的黑夜,并寻找黑夜深处那唯一的冷静的光明。

一九八五年一月二十四日于成都
一九八五年四月十七日改于成都

当代女小说家的审丑意识

胡 辛

有人说:男子最珍重的品德是"刚强",而女子是"柔弱"。

我认为,柔弱并非女子最珍重的品德,只不过是女子的天性、局限性而已。诚如弗尼吉亚·美尔芙所指出的:"女小说家只有在勇敢地承认了女性的局限性后,才能去追求至善至美。"① 从某种视角看来,局限性即独特性,因而女小说家作品的特色多为柔弱之美。如从"五四"时期中国女小说家以群体面貌形成第一次创作高潮来看,冰心、庐隐、冯阮君、凌淑华、绿漪、白薇乃至稍后的张爱玲、丁玲等,她们的作品从女性世界出发以歌颂母爱童心为主题,表现冲决封建樊篱的挣扎与呼喊,但其审美框架中无不荡漾着淡淡的美丽的哀愁,即便悲愤的呼喊亦为纤弱缱绻的心声,哪怕认定"人世间没有爱"的张爱玲,她的作品尽管充满彻骨冰寒的伤感,却依然隐现出一种柔弱的美感。这一时期女小说家们的作品仍拘泥于闭锁狭隘的女人天地。

建国 17 年女小说家们的创作一度硕果累累。杨沫、茹志鹃、草明、刘真、菡子等把心血笔墨皆泼洒于"外在世界",讴歌工农兵,她们忘却了自身的"内在世界",失落了其女性世界。在她们的洋溢着热情追求希望的作品中,亦潜意识地流泻出女性柔弱的美感。经过半个多世纪的曲折坎坷,历史前行到新时期,女小说家们又一次以春潮汹涌般的群体面貌掀起了第二次创作高潮。探索的主题依旧是爱情、婚姻和人生,却又有别于前一次地终于告别了那个唯爱的封闭世界。她们的视界不再苦苦留恋以往的男性世界而转移到她们自己的事业上,哪怕

题解 本文原载《江西大学学报》(哲学社会科学版) 1988 年第 3 期。作者认为,新时期相当一部分女小说家的现代审丑意识及作品中的审丑现象,一改女性集体无意识中的柔弱天性,能正视人生矛盾对立面的丑恶,并执着地寻求新的审美框架,这正是女小说家们的智慧、成熟、视野更高级、使命感更强烈的表现。开审丑意识先河的当推宗璞的《我是谁?》,残雪的审丑意识则比上一代女小说家强烈得多。作者通过对方方的《风景》、张洁的《他有什么病?》等作品的评述,认为她们不仅超越了自己,也超越了历史。加强审丑意识,是为自己的感性选取了一条多元化发展的方向,是当代女小说家日臻成熟的标志之一。
① 赵玫:《父亲、图腾及幻灭——女人从理想走向现实》,载《文艺评论》1986 年第 3 期。

付出的代价是巨大深重乃至痛苦的！当代女小说家作品之林已引起社会瞩目垂青，其繁茂兴盛之景我无须赘言，我只想浅析相当一部分当代女小说家的现代审丑意识，以及她们作品中的审丑现象。我以为，能正视人生矛盾对立面的丑恶，并执着地寻求新的审美框架，一改女性集体无意识中的柔弱天性，这正是女小说家们的智慧、成熟、视野更高级、使命感更强烈的表现。

西方有丑学。以《恶之花》为代表作的波德莱尔被称为丑艺术的真正宗师。雨果惊叹他"给法国文坛带来了新的战栗"[1]。而卡夫卡则誉为丑小说的鼻祖，他用独创的奇特的反艺术的丑表象，触目惊心地描绘了人世间的丑。此后，"卡夫卡热"经久不衰，"异化"了的荒诞的政治、荒诞的自然、荒诞的家庭、荒诞的人自身！西方丑小说家的反理性的直觉和梦魇般的表象与理性毁灭后的西方社会心理的灰黯是共鸣的，他们把人生和其生存的环境视为阴森、畸型、嘈杂、血腥、混乱、肮脏、苍白、扭曲、孤独、冷寂、荒凉、空虚、变态、怪诞和无聊。

固然，东方不同于西方，当代中国更不能与今日西方混为一谈。但是人类既有共性，丑学也就不只是西方的"专弊"，而且我们这古老文明的土地上也曾有过疯狂的变态的扭曲的梦魇的荒诞的 10 年，用审丑框架似乎更有利于负载这恶的 10 年。况且，只有正视人世间的丑，才可能为人生找到积极的真实支点。因此，正视并重视女作家作品中的审丑意识和审丑表象，便成为当代文学不可回避的一个论题。

我以为开审丑意识先河的当推宗璞的《我是谁?》。极有成就的女教授面对那悬挂在暖气管上的丈夫，她的精神分裂了！她奔出门外，往事历历，时空交错，互不连贯地一幕幕闪过，剪贴出她与丈夫的人生。我是谁？我是谁？……她投身湖内。我变"非我"，这与西方丑小说家所描绘的"异化"了的自我是有所不同的，前者是在非常岁月人格被野蛮摧毁后的失重迷惘导致崩溃，而后者则是现代西方表象世界里日益膨胀的物的世界中人如何失去自我而成为非人。在《我是谁?》中宗璞以冷峻的笔调打开了中国知识分子封闭的内心世界，昔日那个《红豆》的痴情忧伤不乏柔弱之美的故事淡化了，"紫罗兰瀑布"的美感凝止了，只给人极其刺心的痛感，惊怵后的深思内省。

茹志鹃曾以她那支女性特有的细腻秀丽的笔，竟然在枪林弹雨腥风血雨的战地图景上绽开了一片洁丽芬芳的《百合花》。然而《剪辑错了的故事》却犀利深刻、大刀阔斧地对一个荒诞的年代进行反思，那无情的淋漓尽致的揭露，入木

---

[1]　陈敬容译:《图象与花朵》，第 5 页。

三分的剖析,似乎没有百合花的雅致和清香了。但小说中表现出来的审丑现象却使人不能不钦佩这位女小说家先于男作家的勇气、胆识和寻觅新的审美框架的执拗。

残雪的审丑意识则比上一代女小说家强烈得多偏执得多。读残雪的小说,无须讳言令人在毛骨悚然中恶心不已。她象一个野泼的顽童,极其乐于撬开人的心灵和赖以生存的环境的垃圾堆,把它们掀播开来,不仅观见那些五颜六色的肮脏物,还让你嗅到那无法忍受的混合的恶臭。可你掩卷之余,却又不得不承认她的作品不仅刺目刺鼻而且更刺心!残雪用她那颗女性敏感细腻的心为我们展示了那个荒诞时代的丑和恶——没有安全、没有归属、没有光明、没有温暖、没有爱,只有猜忌动乱黑暗冷酷和仇恨。《黄泥街》可以说是残雪审丑意识最强烈的代表作。黄泥街、黄色的尘埃蒙着人影、躺着的乞丐、黑色的烟灰、死尸、乌鸦、臭水塘、猫尸鸟尸、老鼠咬死了一只猫、蟑螂蛐蜒疯狗、吃蝇子、粪便马桶、垃圾堆下的死婴、喉咙里发出一声雄鸡的啼叫、背上流猪油……简直是集丑之大成。灰的色调、怪的形象、丑的感觉、冷的氛围,这就是人赖以生存的环境——畸型的病态的社会。而人呢,人人都缺乏安全感、行动诡谲、神态乖戾、互相戒备、互相撕咬,以至在梦中都惴惴不安,这是一些精神变态失常者吗? 是,又不是。你在惊怵刺心之后,你在震撼于她的夸张荒诞的手法之余,你会说:她写得太真实了。那是我们走过的昨天——疯狂的10年。残雪的作品诚如她这笔名:残雪是孤独的、冷寂的、颤栗的、丑陋的、绝望的。但记住:残雪之后是春天。她没有受囿于传统美学所规定的圈,而偏偏带点恶作剧似地把鼻涕、大便、癞头疮、毛毛虫泼墨于字里行间。残雪笔下的疯狂的10年的描写,其更深层次的象征和隐喻作用,已令伤痕小说不可同日而语。

如果仅仅把审丑意识局限于扭曲的年代,那是不够的。事实上,现实生活中,丑是大于美的,唯美纯美是根本不存在的。而且,有时丑往往反映了事物的本质。正如罗丹所说:"自然中认为丑的,往往要比那认为美的更显露出它的'性格',因为内在真实在愁苦的病容上,在皱蹙秽恶的瘦脸上,在各种畸型与残缺上,比在正常的相貌上更加明显地显现出来。既然只有'性格'的力量才能造成艺术的美,所以常有这样的事:在自然中越是丑的在艺术中越是美。"[①] 毕加索也曾经说过:我从来就不知什么是美,那大概是一个最莫名其妙的东西吧? 艺术与文学是相通的,而文学是人学,人又正如狄德罗所说:"说人是一种力量与

---

① 《罗丹艺术论》。

软弱、光明与盲目、渺小与伟大的复合物,这并不是责难人,而是为人下定义。"①
况且人还是很矫情的。所以审丑意识不能仅仅停留局限于某一时期中。

《情爱论》作者瓦西列夫说:爱情是人类精神的一种最深沉的冲动。费尔巴
哈也指出:爱就是成为一个人。于是,爱情成了文学艺术永恒的主题,无论是明
朗的欢乐还是深沉的痛苦,无论是捧腹的喜剧还是断肠的悲剧,都给人带来永恒
的美的享受。可是王安忆的《小城之恋》、《荒山之恋》并没给人带来美感,尤其
是小城之恋,少男少女的初恋竟描绘得如此丑如此恶心,那聆听《雨,沙沙沙》的
纯情少女已不复再见,开卷便是越练功越肥的"她"与越练功越瘦小的"他",畸
型的肉体产生了畸形的爱恋,这爱这恋赤裸裸完完全全由"性"来纽结,他与她
的懵懂的近乎动物本能的原始的性冲动是炽热迅猛的,他与她渴求、焦虑、自责、
挣扎,却又无法抗拒,于是有了你撕我打的暴力宣泄,有了怨、恨与"爱"的交织,
有了无爱的性欲中最后的平静和沉沦。你在阅读时,感触到一种难以透过气来
的窒息的压迫,而卷尾的宁和又将你的心掏空,只剩下茫茫的荒凉。有人说,
"他"与"她"是"文革"中扭曲了的人性、扭曲了的爱情、扭曲了的人生。是,但不
仅仅是。这无名无姓的"他"与"她"酿成了这出小城之恋的漫漫阴影,不正是
"存天理、灭人欲"的漫漫阴影吗? 不正是生之艰难爱之糊涂的寻觅与徘徊迷惘
吗? 从这一对"异化"了的少男少女身上,我们领悟了人性、爱情和人生的严峻
与苦难。

方方的《风景》,被称之为一篇以武汉三镇为背景的,描写市民底层文化心
理和尘世沧桑的小说。并指出:其"无疑义地使人们明白了改革的必然性和迫
切性"。我却以为其旨意并非如此,至少没有这般直露。我以为她是以审丑意
识写出"异化"的家庭。不是吗,开篇即引波德莱尔诗句:……在浩漫的生存布
景后面/在深渊最黑暗的所在/我清楚地看见那些奇异世界……小说前后照应。
前有:七哥说,生命如同树叶。春日里的萌芽就是为了秋天里的飘落。结尾亦强
调:所有的生长都是为了死亡。殊路却是同归。既然如此,七哥的人生哲学是:
又何必在乎是不是抢了别人的营养而让自己肥绿肥绿的呢? 故事的叙述人
"我"——仅在人世活了 15 天的小八子,埋在他们家板壁屋子的窗下——只是
冷静而恒久地去看山下那变幻无穷的最美丽的风景。《风景》为我们展示的是
怎样的家庭呢? 父亲是有血性的码头工人,专横粗野却又憨直坦白,视"读书"
为大敌却又能在关键时刻见义勇为。母亲淫荡又坚贞。大哥与邻居嫂通奸,

① 刘再复:《性格组合论》。

竟为母亲所炫耀。二哥苦恋失恋最后自杀。三哥对女人持顽固的变态的恨。四哥是哑子。五哥六哥小时一肚坏水曾奸污少女后来成了万元户。小香大香狼狈为奸以折磨七哥为乐事。主人公(如果有的话)七哥在娘胎即受贱视,出生后只能睡在床底下,辱骂作践殴打伴随着他。以后孤零零地下放象鬼影一般。狗屎运叫他被推荐上了北大,他突然悟了:不愿再寂然活着,渴望着叱咤风云,并去寻找和创造这种机会。他"赢"了。赢得了进入上层社会的终南捷径。从体态到心态与前相比都判若两人。家里人对其的嘴脸也起了或巨大或细微的变化。七哥呢,依然感到孤独、畏烦、恶心甚至恐惧。但方方毕竟不是卡夫卡,"卡夫卡给予人的,不是信心,而是灰心;不是陶醉,而是惊怵;不是温暖,而是凄凉;不是满足,而是幻灭;不是进取,而是沉沦……"① 虽然《风景》读来并不轻松,但她终究还给了人温暖、信心、希望和进取。七哥小时和够够的友情,二哥对杨朦一家的崇拜追渴乃至对杨朗的偏执的爱,自杀时留下的最后一句话是:不是死,是爱……在生存的丑态的夸张描绘中,在小八子这阴魂冷漠的叙述中,甚至从"小畜牲对老畜牲的感情"中,我们还是读到对人世间爱的执着追求,对文明的执著的追求,对进取的勃勃追求。尽管作者冷酷地安排了够够被火车碾死,杨朗亦不过是用贞操换职业的并非圣洁的女人。时代在前进,改革在行进,从这一视角来看,作者呼唤心态改革之情的确跃于纸上,在沉重的感喟中有着温抚的同情更有深刻的鞭挞。因此,其"审丑"意识的框架是显而易见的。

至于著名女作家谌容则早就有两手:一手以女性柔弱秀美的笔触描绘《人到中年》,呼唤《永远是春天》,而另一手便是以轻松、戏谑、诙谐、幽默直至荒诞的艺术框架构筑另一类审丑意识强烈的作品,诸如《真真假假》、《太子村的秘密》等,至《减去十岁》已达到炉火纯青。作者用轻松却顶真的口吻描述了一个荒诞而真实的社会现象。是玩世不恭的喜剧? 是瞎胡闹的闹剧? 是刺心的悲剧? 不是以一言能蔽之的。读者亦在审丑想象中进行了再创造,思忖慨叹品味中,不知是酸是涩是苦是辣是麻还是痛? 总应该有点振作吧!

而张洁的《他有什么病》却使人瞠目结舌! 机场医院浴室斗室会场,医生胡立川把钱包扔进痰盂而把烟头装进裤袋,身为医学士者为新娘的处女膜向法院提出诉讼,小木匠请病假不上班却终日为人打家具,为救孙子补鞋匠烧了 100 张大团结,猥琐的"喂"和他的口出狂言的女儿,长期患精神病的被选为省科协主席,提出质疑者竟反被视为神经病……走马灯似的人物来去匆匆,我有病你有病

---

① 《西方的丑学》。

他有病我们大家都有病,正常的反常的,传统道德的逆反的,疯狂的愚钝的,过敏的痴呆的,野蛮的文明的全搅和一起构筑成总体象征的"共时态"的病!夸张变形放大荒诞到给读者以极强的刺激,而作者却是一个冷静的"旁观者",痛定思痛的"局外人"。这样,就更为犀利尖刻冷峻的矛头直指民族的惰性和国民劣根性!而这种劣根性积淀了深重顽固的"惰力",使之视丑陋凶恶荒诞为自然,从而泰然处之麻木不仁!《他有什么病》则如同一针强刺激的清醒剂,令人惊骇恐惧出一身冷汗:是梦幻是现实?是荒诞是严酷?而审丑意识的潜在功效,也正在于此。自然,《从森林里来的孩子》那如泣如诉的长笛声远逝了,那《谁生活得更美好》《含羞草》的纯理想主义色彩黯然了,那《爱,是不能忘记的》优雅之至的抒情生硬了,那《方舟》《祖母绿》的悲壮淡化了,但却让人隐约又分明悟到:沉重的翅膀如何才能腾飞?

无疑,加强审丑意识,是为自己的感性选取了一条多元化发展的方向,是当代女小说家日臻成熟的标志之一。把二元化的世界上的激烈冲突积淀于自身,借此建构充满冲力的主体性,从而坚实地由"2"向"1",由有限向无限上升,少点柔弱,多点刚强,这是女性在苦难中的挣扎、抗争、超脱乃至升华。

对当代女小说家的审丑意识作审慎的思辨,对其作品作追踪式的评述,我以为,她们不仅超越了自己,也超越了历史。这些作品把对人生对情感的深邃的思索上升到哲学的高度,同时又为自己发挥艺术创造力拓宽了视野,在形式和结构上都有所创造,丰富了艺术内涵,为其作品赋予了经久不衰的象征性和寓言性。

罗丹曾感慨道:"在艺术里人们必须克服某一点。人须有勇气,丑的也须创造,因没有这一勇气,人们仍然是停留在墙的这一边。只少数人越过墙到另一边去。"① 没有勇气越过墙到另一边去的小说家们怕只能停留在一元的单向度的唯美的狭圈中孤芳自赏罢了。值得欣慰的是,当代女小说家们正在进行这种大胆而成功的"跨越"。

---

① 《西方文论选》。

男性文化视阈的终结

—— 当前小说创作中的女权意识和女权主义批评断想

丁　帆

A

本世纪六十年代在西方盛起的女权主义文学批评已悄然进入了中国文坛。作为一种全新的文化视阈,这种批评往往给人一种令人悚然的解读结论。无疑,中国的这批女权主义批评家们一开始自身的批评历程就是侧重用心理分析的方式来摧毁着中国几千年形成的以男性文化视阈为核心的牢固建筑体系,从事物的负面,也就是从女性文化的新视点来营造一个伦理道德观念和对世界认知方式的全新体系。以此来达到对事物"本质"真实的认识,与沿袭了几千年的男性文化视阈相抗衡,将文学从古老单一的文化包围圈中突围出来,使她不再蒙受意识被强奸的痛苦,从而昭示出真正女性意识的觉醒。

本文并非想针对女权主义批评妄作评判,只想通过对一些小说作品中的女权意识——也就是一批女作家们为女权主义批评家们所提供的批评文本作一个简略的描述,通过这一现象的发掘,用文学史的眼光来说明它存在的意义和价值。

中国文学几乎从它的开端就是以浓烈的夫权意识来完成"香草美人"或

题解　本文原载《小说评论》1991 年第 4 期。作者认为,中国古典文学中亘古不变的男性视阈已成为一种集体无意识,一种民族文化心理的积淀,新时期张贤亮作品中的男性文化视阈触发了中国一代女作家在背反中的深层思考。八十年代后期一些女作家开始以强烈的反叛意识向男性文化视阈的负面突进。张洁的《他有什么病》是第一次背离《人到中年》中陆文婷那种贤妻良母情结阴影笼罩的尝试,王安忆自"三恋"开始便自觉地用女权意识来营构她的小说世界,铁凝的长篇小说《玫瑰门》充满了女权意识。但中国的女权主义批评家们对当代作家作品文本的探索和解读还停滞在较浅显的层次,作者提出有"女权意识"的批评家须有强烈的自信心和创造性特征,建构起符合中国文学特征的有独立"女权意识"的女权主义批评新体系。

"女人是祸水"的主题阐明的,即便是《红楼梦》《金瓶梅》这样的精品亦逃脱不了这一主题的笼罩。可以断言,中国古典文学没有一部作品是真正站在女性的文化视阈来对自身作品中的形象进行"由内向外"观察的。显然,到达和进入女性意识深层的通道完全被封建的夫权意识所阻隔,男性作家们对于女性形象的描绘至多是一种"俯视"的同情与怜悯,这种亘古不变的男性视阈成为一种集体无意识,一种全民文化的唯一视角,一种民族文化心理的积淀,使得即便是女作家来塑造自身形象时也不得不屈从这一既定视阈,虽然她们是自觉与不自觉的。那么,到了"五四"新文学运动时的情形又是怎样的呢?无疑,受着人文主义启蒙思想的熏陶,先驱者们亦试图打破这种格局,为妇女的解放而呐喊,然而能在作品中真正以女性的视阈来解释社会文化现象,来塑造起有自身独立品格的女性形象尚未出现,就连西人眼中认为当时最擅长描写女性的茅盾,也只是用一种深藏着炽烈情感的"冷峻"外部描写来把女性作为情绪宣泄的对象进行"人生"阐释的,茅盾笔下的女性心理世界完全是男性社会心理的演绎,作者只不过是借女性的心理场来达到人生观注释的终极目的。《自杀》和《一个女性》中的女主人公的心理世界是逼真的,然而,又不能不说她们的心理是经过了"雄化"过程的,也就是经过了男性文化视阈的过滤后,主人公认同了男性认知方式后的心理放射,是男性作家对于社会外力挤压下的"情绪方程式"病态呻吟。正如贾宝玉把女人比作纯净的水,任凭他怎样比喻象征,女人在他的眼里总是一种种属关系的"物质",一种情感宣泄的对应物。冰心的作品以"童心",以"伟大的母爱"来独树一帜,但从另一角度来看,它无形是写取得男性为中心的社会文化认同。丁玲的《莎菲女士的日记》《韦护》可说是女性的"叛逆"形象,女主人公大胆地玩弄男性,几乎就是一篇女权主义的宣言书,它宣告了女性对于自身的把握是合理的,同时这种进攻性的特征成为文学史上女性形象的独特表现,那么如果再深一步考察,你会发现这种病态的反抗只是想获取被传统束缚的太久的爱情能量的释放,是想得到一次自觉的自然本能属性的委婉宣泄。正如曹禺认为《雷雨》中"最雷雨的性格"女性是繁漪一样,作为被封建礼教束缚得"发疯"的女性,她们最终只能用病态方式来完成女人最悲壮的自然属性的欲求,这是向男性文化世界发出的悲哀的呼号。同样,这类形象亦是浸润了对于男性文化世界的某种企求。如果有人把这类形象与《金瓶梅》中那些女性形象等量齐观,则是大错特错了,前者是要求获得情欲的平等权;而后者完全是依附于男性文化世界的满足于男性需求的被动对象,那种对"淫"的张扬,首先是在满足男性文化心理的前提下才能获得的自然。那么,现代文学中女性意识的觉醒程度也就止于新的女性对于爱情的平等要求吧。

新时期文学第一个为男性文化视阈自掘坟墓的作家是张贤亮。非常有趣的是,他的《绿化树》和《男人的一半是女人》曾是以万分虔诚的情感形式来讴歌女性的伟大,是马缨花、黄香久这样充满着自然活力、青春活力的女人拯救了,甚至是重新创造了像章永璘这样的知识分子。但是女权主义的批评家们已清醒地看到:章永璘(当然也包括作家本体)完全是站在一种男性文化的视阈来俯瞰玩味他手中的猎物的,尽管这男人似乎显得十分虔诚,然而廉价的眼泪只能获得一些低层次的被男性文化迷惑得太深而不觉悟的读者。有些人已经看到了必须用"自己的眼光"来重新塑造女性形象的历史的必然性。女作家们再也不堪忍受那种自上而下的"怜爱"目光的鸟瞰,决心重铸新的充满女性意识的形象系列。从某种意义上来说,张贤亮的作品触发了中国一代女性作家在背反中的深层思考。

B

大约是从八十年代后期,一些女性作家便开始用强烈的反叛意识来营造笔下的人物,向男性文化视阈的负面突进,从而对封建伦理道德观念提出了更深刻的诘问,像张洁的《他有什么病》几乎是用主人公丁小丽放大了的处女膜作透视人们病态心理的显微镜,从女性深层思维的角度,网罗和强行制约代表着整个社会文化病态的男性文化视阈。在这样的作品中,男性文化视阈特征的思维方式已被女性视阈的角度切入完全替代。这也是新时期文学作品第一次背离《人到中年》中陆文婷那种贤妻良母情结阴影笼罩的尝试。

在文学作品中最能集中表现女权意识的敏感区域是对于性的描写,无论是西方女权主义批评,抑或中国新近出现的个体女权主义批评者们,都将聚焦对准这个敏感区域,以此来阐述自己的新见解。作为作家,一个充满着跃动着女性思维的女作家,王安忆可以说是第一个自觉地用女权意识来营构她的小说世界的。现代汉语较之于古汉语的进一步,就在于发明了"她"字,然而如果在人群中只要有一个男子,那么就必须用"他们"作指代。这就非常形象地说明了社会对于男性文化视阈的认同。王安忆从"三恋"开始便有意识地抛开男性文化视阈的钳制,用全新的女性感受去塑造人物。这种意识到了《岗上的世纪》则更为清醒和明晰了,这部作品的精彩之处并不在于小说叙述层面上的新意,重要的是它完全以女性心理的性态发展为线索,把两性关系中一直以男性为中心的快感转移到一个女性文化视阈的心理世界的真切感受上,小说中的性对象杨绪国完全丧失了那种以男性为主导地位的情感体验，整个小说就是以李小琴细腻的、蓬勃的，从形而下到形而上的性心理的情感方式和生命体验过程为线索的，这是一个真真切切的女性心理世界，作为对象化的男性世界显得非常猥琐可悲，甚至自觉地趋同于投身于女性文化的制约之中。可以说，王安忆从前的作品是在用趋同于男性文化视阈的态度写作，那么，"三恋"以后的作品则用一个女人的眼睛来观察世界，认识世界了。她的中篇《弟兄们》从题目上来看就表现了作家的一种强烈愿望——将女性文化视阈男性化，让她们和男人一样来主宰民族文化心理的进程，虽然这种美好的愿望终究会淹没在以男性为中心的封建文化体系的汪洋大海之中，但作者毕竟从女性文化的视阈中抛开了以男性为特征的思维方式，成功地描写了女"弟兄们"女权意识的心理流程。这些作品发表之后，人们似乎还不能体察到作者强烈的情感意识，只是被大胆的性描写搞得眼花缭乱，把批评的焦点集中到它的艺术特征和社会特征的阐释上，而没从根本上看到作家在视阈转移中释放出的小说的更新意义。

随着铁凝小说不断对自身的超越，作家终于感悟到了一个全新情感世界的诱惑，作为一个真正的女人，她的情感体验应该是有独立品格的，只有真正把握住这个情感世界，她笔下的人物才能有新的意义。我们且不谈铁凝近期的中短篇小说中女性意识的自觉，就以她的长篇小说《玫瑰门》来说，可以十分明晰地看到作家对于自己笔下充满着女权意识的芸芸众生的塑造是何等的得意。这部长篇同样涉及到性描写，而且局部描写是那样的细腻和夸张，真有点惊心动魄。用一般的评论方式来衡量，这类作品总逃脱不了人→自然→社会的圈套。我不否认小说在这一层面上的意义，但是看不见作品中渗透得快要溢将出来的女权意识——也即从新的女性情感方式中获得对世界新的体验，那么我们就枉读了这部作品。作为女权主义"现在时"的"经典"之作，铁凝把笔下的女主人公们当作自己的外婆、母亲、舅母、姊妹、邻里来研究，绝对从女性视角来观察人物的内心世界（眉眉是一个由童年到成年女人的"成长视角"，她虽然不能与作家划等号，但在某种意义上来说，她代表着作家的本体意识），从外表上来看，作家是从"情感的零度"来写人物，实际上人物形象倾注了作者十分强烈的情感体验。这部作品展现的是女人的世界，主人公从生存的角度来体现自主意识，来展示其存在的价值。司猗纹这个为充分体现自身存在价值的女人，无论在什么时代都有其强烈的表现欲，外部的社会变迁对她来说并不重要，作品首先要展现的是她那种日益增长的强烈的存在价值观，作者没有让她走上"五四"以后林道静的革命历程，而是让她在旧家庭的铁屋子煎熬中分离出那种带有病态的独立人格和自我存在价值观。更为惊心动魄的是"文化大革命"的政治风云变幻使她形成了一套自我生存哲学心理,这种生存哲学竟然使她苟活的何等的有滋有味,她鄙夷姑爸那种操守贞节、气节的活法,她狡诈虚伪,在出卖自家姊妹(虽非同母)后又真诚地去看望;对姑爸的死,她是有一定责任的,然而,她比姑爸这些人更加仇恨她们的新邻居和那个惨无人道的黑暗社会,只不过她能用持久的耐力和韧性来等待复仇的一天。她是一个复仇的女性,报复世间一切敢于阻挡自己道路[的]障碍。她杀戮了丈夫、公公,包括姑爸在内的仇视者,她斗败了自己最强大的敌人——罗大妈她们一家。她的报复手段是那样的毒辣阴狠,使人瞠目结舌,她竟然用夸张的露阴方式去勾引公爹,实际上她的公爹是死于她的阴险毒计之下,似乎在中国近代小说的女性形象描写中没有再比这一幕更惊心动魄的了,她比真枪真刀杀人更阴毒,如果说它是一种性变态,是把爱情的结果当作仇恨的结果,似乎是不能穷尽这个形象意义的。我们只有从这个形象的内心深处来发掘她那种强烈的女权意识,方才能解释她生存和行动的一切行为方式。她有极强的权欲,家庭、财产以及对人的征服成为她一生追求的目标,她耗尽了毕生的精力完成了对丈夫、公婆、姑爸、姊妹、儿媳,甚至最强大邻邦的征服。当然她还千方百计地去征服第三代人,例如她竟不顾七十多岁的高龄穿着时髦地去和年青人爬香山,其心态可见一斑。当然她亦得到儿媳那使她活着忍受心灵重创的报复,含恨而终。但她的心灵世界曝光呈现出的完完全全是和男性化社会目光相对立的叙述视角。作家对她的描写是客观中性的,亵渎和同情中甚而有某种褒扬的韵律,把这个充满着仇恨女人的女权意识得以充分地张扬。作者提供的这一文本的形象带有测不准艺术效应,它的放射性结构足以使批评家们发挥其想象的空间和潜能。至于姑爸、竹西、眉眉都是这部长篇中竭力用心描绘的女人形象,作者试图以形象本身的行为方式和心理历程来呈现有别于男性文化视阈的女性文化特征,尤其是竹西的生活哲学,更使人看到司猗纹血脉的遗传性,当然也可以看到她与司猗纹的迥异之处。苏玮的生活方式也充分展示了新一代女性的文化特征。凡此种种,均可看出铁凝对于女权意识人物形象的有意关注,而这些形象又为当代文坛提供了什么样的价值和意义呢?

C

Feminism"预示了90年代乃至下一世纪人类精神天地中一朵膨胀的星云"!当中国女作家们有意识地转换了文化视阈,为女权主义的批评家们提供了丰富的理论素材。随着中国女权主义批评的势头愈来愈汹涌,一种新的文化价值观念冲击着民族文化心理的稳定结构。但须指出的是女权主义的批评家们至今尚在横移西方女权主义批评理论的范畴中徜徉,即便是对于当代作家作品文本的探索和解读也停滞在比较浅显的层次。譬如,对刘西鸿、赵玫、刘索拉、黄蓓佳等人作品的分析只停留在女性自主意识张扬的层次,只驻足于女性向男性文化世界"企求"和"挑战"的视阈,而没有从根本上确立与男性文化视阈相背的女权意识的地位,也就是说批评家们尚没有从大量充满着女权意识的作家作品中抽象出更有分量的形象结晶,以此来推动中国女权主义批评的发展。无疑,有些理论家看出了王安忆《岗上的世纪》所呈现出的全新意义,但没将这类作品放在历史和同时代同类作品的纵横坐标中来进行总体剖析,就很难辨析出它与同类作品的异质来。同时,作为新的发现,我们的女权主义批评家们还似乎缺乏那种在浩繁的作品中寻觅与自己理论相对应的文本意识。这样就很容易使自身的理论悬于浮泛空洞。说实在的话,有些女权主义批评家本身对文本的体验就缺乏一种本能的"女权意识",而恰恰呈现的是向男性文化视阈趋同的"女奴意识",其理论阐释的视点完全是站在男性文化视阈对于女性和母爱的讴歌之中,殊不知,这种讴歌本身就包孕了男性文化视阈对第二性自上而下的"同情和怜悯",这种悲剧意识非但没有被女权主义批评家们觉察,反而成为她们文章的认同视角,这不能不说是女权主义批评的悲剧。

我想在此不疲地反复强调这样一个事实,即有些批评者将抒写女性文化心理的文本都归入女权主义的解读范畴,这也是一种误读。我以为无论什么人,无论作者本人性别如何,均可进入女权意识的视阈描写范畴,其重要的标志就是作者本人必须真正摆脱男性社会文化阴影的笼罩,自觉走入女性心理世界内部,以女性的生命体验来经验世界,认知世界。如果仅仅把浅层次的女性心理描写与女权意识划等号,那么就很容易把女权主义批评引入庸俗和浅薄的低谷。我们这里所理解的"第二性"应该是与"第一性"并存的"自然人"和"社会人",丝毫不能将视阈移位或是将两性文化特征相中和,从而抹煞和混淆两性视阈的临界点。

我们也非常遗憾地看到:女权主义批评在中国非但没有与男性文化批评并存,也尚没有形成一支庞大的理论批评队伍,仅就其对文本阅读的方式也是较为单一的。我以为借鉴西方女权主义批评的类型,就目前国内的女权主义批评文章而言,大多是囿于"社会女权主义"批评和"心理女权主义"批评的范畴。无疑,这是两个非常重要的领域,它们对于女权主义批评简直就是两个最稳固的支点,有了它们才能完成对于传统文学中单一男性文化视阈的整体爆破。然而,重要的是对于马克思主义女权主义的批评方式我们尚未作全面的、构成体系的探索。这是须得女权主义批评家们引起注意的。当然象"符号学女权主义"的批评方式亦不是不可借鉴,问题是作为一个有"女权意识"的批评家,也须有强烈的自信心和创造性特征,能否根据中国文化的特点,建构起符合中国文学特征的有独立"女权意识"的女权主义批评新体系,以此来打开单一闭锁的文化视阈,使中国的文艺理论批评呈现多元的文化批评视阈。

作为文化视阈的两极,女权主义批评无疑促进了理论的发展,同时也作用于作家的创作。当人们真正认识到在摆脱对被损害被侮辱形象"同情"目光注视后所获得的女权意识的重要性,在这一点上,我们和西方的女权主义批评站在同一起跑线上,正如托瑞尔·莫瓦所言:"英美女性主义批评的主要问题存在于它所代表的女性主义政治与父系家长制美学之间的剧烈矛盾之中。"换句话说,以父系家长制的美学特征已经成为一个很难攻破的文化视阈,而女权主义只有首先从政治上取得与男性的同等权利才能改变这种一成不变的文化视阈。在中国也是如此,假使女人参与政治,那么,吕后、武则天、江青这类"祸水"形象就成为男性文化视阈的正统解释。这种恐惧情结当然也制约着中国作家从正面去塑造带有政治色彩的当代女性形象,尽管女权主义批评家们在理论上鼓吹视阈转移的意义重要,但作家一接触了形象本体,就出现了"阴痿",就自觉认同于"祸水情结"。到目前为止,我们的文学形象序列中尚没有出现一个真正的政治女强人形象(这当然不是和那种皮相的"女改革家"同日而语的),这就是莫瓦所说的文学首先没能进入政治生活,也就谈不上进入美学范畴的本意所在。诸如这样的理论问题,我们的女权主义批评家倘使能够通过文本的解读,促使作家作这一角度的形象思考,或许也就不能不估计到中国女性主义文学在迈向世界文学前列时所作出的贡献。

D

在中国,女权主义在文学领域内逐渐从不自觉进入到自觉的层次。可喜的是,我们不仅拥有女权主义的批评家,同时我们也看到女权意识在一些中国女作家的文库中已变成一种自觉的"话语",不过,我们不能重蹈西方女权主义批评所犯下的致命错误,这就是过分强调性的意识和两性对立,从而忽略了阶级、种族、文化价值等方面的差异和障碍,把性别绝对化。更为重要的是在完全摆脱男性文化视阈束缚后,女性文化视阈成为唯一的视点和中心,将会悄悄地滋长女性中心论的思想。这似乎成为一种"怪圈",其实,任何事物的运动都有潮涨潮落。"矫枉过正"有时是必不可免的,但我们尽可能避免和减少不必要的失误,女权主义的历史重任不仅仅是消除强加于自身的男性文化视阈的影响,更重要的是与男性文化视阈共同担负起摧毁旧封建文化体系的重任。使中国文化通过阴阳两极的不同视阈参照、互补来面对世界文化的挑战。

那么,对于女权主义批评来说,我们不仅仅把阅读文本过程中的女性立场和角度作为理解作家和作品的唯一通道,同时,我们还需要进一步从风格学、主题学、文体学等诸方面对于女性文本的不同角度解读。例如,对一种独特的"话语"的理解有时就很能使我们进入女性的更深心灵世界。像对残雪作品的解读,显然,光依赖于男性文化视阈,往往是会引起一些误读的,只有用一种女权意识中的半癫狂"话语"来解读文本,似乎才能达到一种更深的新解;迟子建的作品光靠视角的理解还是不够的,如果我们的批评不能站在勾勒出作家朦胧的女权意识的高度上认识本体,也是够遗憾的了;方方、池莉的作品只是看到"黑色幽默"和新写实小说的技巧是远远不够的,更要看到的是那种摆脱柔情和高雅时所呈现出的比男性作家还要潇洒动人的放射性"话语"形式和语言的机巧;如果我们不仅仅在林白的作品中看到那奇特的想象力给人带来的新的生命体验感,而且能看到一种迥异于男性体验的超验性感觉的诱惑力,又从洒脱的叙述中看到一种强烈的审母潜意识的流动,那么读这类"有意味的形式"就会更有意味;如果我们在范小青、黄蓓佳的作品中越来越体味到那种超越泛文化的需求,而不能在作家特有的风格"话语"中找到一种对女性世界进行整体把握的象征隐喻功能,也是不能够对女权主义的文本进行深层解剖的。同样,我们在对现代文学作品进行重新解读的时候,如果仅仅局限于用新思维去对历史的"活化石"进行重新衡量和测定,而忽略了女性意识和女性特有的文本内涵的发现,亦同样不能将此项研究推到一个更有深度的境地。

也许,我们在近年来的小说创作中可能看到女性作家所采用的特定视角——在作者→叙述者→主人公之间循环往复地萦绕着一种"自我亵渎"的意识。当然这种"自我亵渎意识"是包容了对整个妇女的灵魂拷问的批判意蕴的,它大胆地用调侃的、谐趣的甚至有些"黑色幽默"意味的笔调咀嚼着女性心灵深处的痛苦。这种敢于直面惨淡人生、敢于将痛苦和悲剧从形而下的境界上升到形而上哲理的勇气,毫不逊色于那些男性批评家们所一再阐扬的以男性文化视阈为基准的所谓"审父意识"(也即自我批判的情感形式)。毫无疑问,作为一种人类的总体文化意识,我们的女作家们已经十分清晰地看到了第二性文化所面临的多重责任:一方面是消除人类中单一的男性文化视阈阴影的全方位笼罩;一方面又要担负与男性文化世界共同改造民族文化精神的重任;另一方面还要面对女性文化世界内结构的自我审视和批判,在自身生命的矛盾运动中求得发展和更新。因此,女性作家和女性批评家们在这艰难的困扰中起飞,必然要付出更多的心血。

女权主义作家亟待强化自身的女性意识。

女权主义批评家亟需建立自身的批评体系。

但愿女权主义批评不要成为"季风",在中国的大地上一刮而过,而留下淡淡的哀愁和遗憾。

我们能否使它成为一个更新的、充满着青春活力的、有着恒久魅力的批评方式呢? 我们清楚地意识到作家提供文本和批评家建构理论是同等重要的前提。

一九九〇年九月十八日于金陵小阁楼上

当代中国女作家的创作关怀和自我想象

——以"红罂粟丛书"中若干小说作品为例

艾晓明

"红罂粟丛书"①是第四届世界妇女大会在中国召开之年国内出版的几套女作家作品系列丛书之一。本文拟以该丛书中若干小说作品为例,根据我所侧重的性别角度从以下四个方面来阐述论题:一、女性生活史的再现与重构;二、女性经验:妇女与生育;三、女性经验:私人空间;四、性别角度与女性意识。

一、女性生活史的再现与重构

在众多的女性小说中,女人的故事作为一个独立的主题、独立的故事形成一个引人注目的景观。把女性的故事从一般的生活故事中突显出来,做集中的观照和展示,反映了女作家在性别意识上的自觉,这种自觉的广泛程度,是前所未有的。

题解　本文原载《广东社会科学》1997 年第 2 期。1995 年 9 月联合国在北京召开了"联合国第四次妇女问题世界会议"(选文中名为"第四届世界妇女大会"或"世妇会"),这一年国内女作家作品、女性文学丛书的出版盛况空前,其中王蒙主编的"红罂粟丛书"推出了当代女作家小说集、散文集共 22 种,本文以该丛书中的若干小说作品为例,侧重从性别角度进行分析,肯定了女作家对女性生活史的再现与重构,反映了性别意识上前所未有的自觉。丛书中妇女的生育经验对于女性的特殊意义也得到关注,还出现了新的取向,即在私人生活、在个人化的情绪体验中书写女性。文章同时指出在若干批评家和女作家那里,对于女性意识有些误解。

① 　"红罂粟丛书",河北教育出版社 1995 年 4 月第一版,书目如下:

　　蒋子丹:《桑烟为谁升起》　黄蓓佳:《玫瑰房间》　王小鹰:《意外死亡》

　　陆星儿:《女人的规则》　胡辛:《四个四十岁的女人》　毕淑敏:《生生不已》

　　叶文玲:《此间风水》　林白:《子弹穿过苹果》　陈祖芬:《让我糊涂一回》

　　迟子建:《向着白夜旅行》　方方:《何处是我家园》　赵玫:《太阳峡谷》

　　陈　染:《潜性逸事》　张欣:《真纯依旧》　池莉:《绿水长流》

　　张抗抗:《永不忏悔》　范小青:《还俗》　徐坤:《女娲》

　　徐小斌:《如影随形》　铁凝:《对面》　王晓玉:《正宫娘娘》

　　残　雪:《辉煌的日子》

"红罂粟丛书"中有一批这类女性故事长篇,就其题材类型和表现手法的不同,这些女性故事还可以再分为:1. 家族故事;2. 乡土传奇;3. 女性寓言;4. 反神话故事。

1. 家族故事

胡辛的《我的奶娘》、王晓玉的《正宫娘娘》、张抗抗的《非仇》、范小青的《顾氏传人》这几部中篇都属于家族故事一类。几篇作品均以家族中的女性成员或与叙事者家族有重要关系的一位女性为主角。与男性作家笔下的家族故事不同的是,这些作品均不以家庭兴衰为聚焦点,它关注的是家族中的女人,她们各自的命运、她们承受的苦难或悲剧、她们独特的性格及心理。

《我的奶娘》以一个知识分子女性为叙事者,叙述了"奶娘"这位劳动妇女的大半生。"奶娘"曾是红军的妻子,她的乳汁,喂养大了烈士的遗孤、书香门第的"我",还喂过伪团长家的少爷。历经四十年代的战乱、五六十年代的饥荒及"文革"劫难,这位奶娘以她的善良、牺牲和坚韧庇护了她的几个不同阶级、不同血缘的后代。《我的奶娘》把奶娘的乳房、乳汁变成了一个政治化的象征,一个母亲的象征,作品以新的母亲神话参与了"文革"后文学对人性的呼吁。

"奶娘"死于她获得"平反"("优抚证"弄到,解除其坏分子家属身份)的时刻,广义地说,当人的价值不必依据某权力机构出具的证明——即得到所谓的"社会承认"时,女性作为人的历史才得以诞生。而在前一种情况下,作品中的女性难免是理念的工具。我的意思是,《我的奶娘》这样的作品,是"样板戏"中男性化的女性形象之终结到新时期文学还原女性以"人"的面目这一过程的一个过渡。今天看来,作品中"奶娘"的神性又表现在,她的正面价值在很大程度上是由男性的成就赋予的,包容一切,承受和奉献一切,是"奶娘"形象呈现出的精神价值,这一价值与中国传统文化中贤良女性应具的美德有内在的统一性。

王晓玉的《正宫娘娘》是九十年代初的又一"妻妾成群"故事。小说似乎以"揭密"的形式,由丈夫向妻子叙述家世家史,实际上却正是正视了其父亲由一个农民之子在城市挣扎、奋斗、发家、破产的过程中与几位女性结为眷属的历史。一个新的视点在于,作者没有把这种一夫多妻现象完全归咎于传统的大家族制度,她把这种事实描写为多种社会因素的综合结果,其中有对家长包办婚姻的不满,有中国社会在由农业社会向工业社会转型时期造成的必不可免的人口流动;这一流动还有战乱等社会动荡同时冲击着一切大大小小的家庭,影响着人物的悲欢离合。一夫多妻带来的情感纠葛和利害冲突是男女双方的悲剧。作者这种不囿于性别的深切同情又使作者在作品中实际上消解了充满父权制等级意味的所谓"正宫娘娘"的含义。三位女性都有资格作为"正宫娘娘",她们都有作为妻子、"正室"受到礼待的理由。却也正是这种各自的合理性中包含了她们作为女性特殊的遭遇、委屈,包括乱伦、被弃置、彼此之间无法调和的名份、妻离子散的境遇。

张抗抗的《非仇》以回忆往事的娓婉风格,叙述了"奶奶"和"外婆"两位女性与家庭后代的恩怨史。人物的独特处在于,两位本属亲家的老人,感情上却格格不入,犹如仇家。她们的性格和行为方式形成强烈对比,作者藉此对比探索了人性中善与恶的对立。两位女性的对照还在于,外婆是所谓"剥削阶级的残渣余孽",奶奶是广东乡下的劳动妇女,她们的为人处事却仿佛与各自的"阶级本性"相悖。张抗抗以这样两个性格创造,完成了一次对历史和人性的反思,她的切入点却是非中心化的。两位家庭妇女,不在政治活动的中心,她们处在历史舞台幕后的小角落,然而,作为女性,她们对家庭成员的物质生活需要和精神生活氛围却起着举足轻重的作用。对女性这种既中心又边缘的地位、影响的理解使张抗抗在女性的所谓的家务事、儿女情中找到通向社会、历史、人性深处的途径。

范小青的《顾氏传人》写的是古城苏州世家望族后人的故事。说到这里,不能不补充说明的是,所有在旧时代家声鼎赫的望族进入中国的新时代无一不土崩瓦解。因为家声所代表的财富、功名或知识文化的积累正是一场杀富济贫的变革所要摧毁的对象。作品中主要写了这个家族的后人——三位小姐、一位痴呆儿子的半世生活。这个家族在一个痴呆儿子这里已经失去传人,这或许是一种偶然,暗合了时代冲击下任何世家都气数已尽。但女人们的命运却处在某种游离状态,无论她们嫁给了革命的一方还是不革命的一方(二小姐的丈夫赴台再娶,这一消息令她半世思念成灰),她们总是无法自主的、为世家的末途殉身的人。范小青很少去做静态的心理描写,相反,她写的尽是些寻常里弄里的日常交往,可悲的却也正是在于,日常的交往邻里之间与世家后代的沟通就困难重重。

2. 乡土传奇

以旧时代的乡村为背景写女性的故事,故事本身多少具有传奇色彩,这方面我想举迟子建、铁凝的作品为例。

迟子建的《秧歌》、《香坊》、《旧时代的磨房》等作品都在写东北乡村民俗风情中断断续续讲述一个或几个女人的故事。一般来说,在她笔下,生活中的乡民农妇都是粗鄙的,带着原始的、本能的疯狂或丑陋。但超拔于日常生活之上,总有一个、两个凝聚天地之精华、至美至情的女性,似乎为女子痴情、男子仗义这种纯朴民风的最佳境界作证一般。但这也是最后的人证。

在迟子建作品中,女性的生存更多地受到本能和欲望的支配,社会性事件(包括战争)被推到边缘。《旧时代的磨房》中打土豪、分浮财的刀光血影已经迫在眉睫,作者似乎不经意地写到,革命者的动机之一是女人。女人是男人的私有财产,女人的被侵犯其意义在于男人的尊严和财产权被侵犯了。四太太不曾拥有她想象中的老爷的痴情,她也不想重新认同那些可能拥有权力、可能使她获得庇护的乡民男性,作者给她的结局似乎只可能是消失得不知所终了。

铁凝的《棉花垛》从乡村男女野合风情的故事说起,然后拉开大幕,把乡村的几位青年男女放在华北抗战的艰难岁月,在政治厮杀的背景下观察他们原本并不复杂的男女之情。有论者指出:"《棉花垛》当是以将人性置放于战争背景中加以考察而建构起小说意义的主体构架的。"① 这种说法的不足之处是忽略了小说中独异的内容:女性的身体作为一个可欲的对象、政治利益的诱饵、正义复仇的目标这样一个产生多重意义的场所。在小说中,乔、小臭子、国之间的感情关系因战争而复杂化。小臭子爱慕虚荣,与敌伪勾搭成奸,乔与国利用小臭子的奸情获得抗日情报。但小臭子迫于日伪压力又出卖了乔。国代表抗日力量击毙了小臭子,而作为男人,他受到女性肉体的吸引,在举枪之前与其交媾。民族战争的大目标和妇女的自觉自主意识之间无疑还存在广大的断层,因而小臭子面对枪口的哆嗦:"不是刚才还好好的,把你好成那样儿!"这一幕使男性对女性身体支配的权力达到一个悲剧的顶点。它是战争中缺乏自觉自主性的女性的悲剧,并非一般意义上"战争与人性的分裂和统一这一丰富博大的主题"②,也并非是和男性可以共通的悲剧。抗日的故事有许多讲法,铁凝的这种讲法侧重了女性生存的某种原始状态和现代悲剧形式。

3. 女性寓言

林白的《回廊之椅》是寓言方式重塑女性形象的一种尝试。林白也设计了若干历史生活场景:土改时期某富绅的庄园、在庄园主人与共产党的工作队员之间的政治交锋、告密、抄家、枪决等血腥场面。但这些场面所占比例不多,给人更强烈印象的是,她那种叙述的方式和对女性形体美的想象方式。这个作品的寓言性在于,作者几乎不断在提示读者它的某种虚实不定的性质,而其中对女性,具体来说,对朱凉这个阁楼上美丽女性的追寻贯注了叙事者自身经历中许多

①② 易光:《非女权主义文学与女权主义批评——兼读铁凝》,原载《当代文坛》(成都)1995 年第 5 期,见"复印报刊资料"《中国现代、当代文学研究》月刊,J3 1995 年第 12 期,中国人民大学书报资料中心(北京),1996 年 1 月 30 日出版,第 206 页。

独特的身体感觉。三太太与七叶之间的同性恋情也围绕着女性的身体魅力,欲望中充满美感。这种超乎寻常的美凌驾于一切有形的历史、政事更迭之上,仿佛是不可战胜的。同样,七叶与三太太那种忠贞不渝与庄园主人兄弟之间的背叛构成另一重尊卑雅俗的对照。这传达出作者某种性别优越感。这是她坦率而深入地表现了女性隐秘的心理经验的一种力量来源。

4. 反神话故事

与林白作品中纯净而雅致的叙述相反,徐坤以辛辣的反讽风格,写出她的女性纪事《女娲》。这是女娲造人神话主题的现代变奏,作品以李玉儿为主线写了这家上下五代人的繁衍。公公与媳妇乱伦,生下傻子;傻子长大后强暴母亲,造成怪胎;怪胎的胎衣被饥荒中的兄弟姐妹分而食之……儿子们互相残杀,媳妇斗婆婆,婆婆对孙子灌输仇视父母的情感。阴暗心理、混乱血缘、极糟的生活质量全都没中断这个顽劣的造人过程,作者毫不留情地把有关母亲的美好神话推翻了。她展现出的是一股腐朽丑恶的生殖意志,是母性中的原始性,生物性,更确切地说是兽性。

这样一种文化批判的意味我们在八十年代的男性作家"寻根"一潮作品中已清晰可见,徐坤的特点在于鲜明的女性自审意识,审视女性作为受虐的一方向施虐者的转换,好媳妇与恶婆婆的界限不复存在。还有一个处理也是耐人寻味的,作品中的压迫形式似乎并非性别压迫,至少性别阵线是混乱的。李玉儿受到的身心迫害主要来自婆婆,公公与丈夫在精神和肉体上都处于劣势。她与公公的乱伦关系里有读书人对弱女子的同情。王晓玉的《正宫娘娘》中也有同样的情形,被弃的儿媳与公公结成盟友,大家庭中婆婆更体现家长的专制性,婆媳关系远比公媳、夫妻关系紧张,压迫也更直接。这或许是中国式的父权制社会造就的又一怪胎:彻底的丧失母亲美德的婆婆形象,父权意志的异性代理。她是一个女性的复仇者,她向自己这一性复仇,在下一代女性身上全面获得报复的快感;报复她作为女性成员在进入男家侍奉公婆、养育儿女过程中受到过的一切伤害。她又是一个父系家族生育意志的强有力推行者,她的意志远比父亲角色本身更执著,因为她自己就洞察一切生育的秘密。《女娲》里描写的媳妇熬成婆的恶性循环是作者对一个不长进的民族、对这个民族愚昧的孕育者们的一声喝问:看看你们生出了些什么东西!

上述几种女性故事类型,反映出当代中国女作家看待女性题材的多重视野。统一的、大写的女性形象为众多性格各异的、被男权文化放逐、被正史遮掩的小女人、恶女人、烈女子或飘泊无依的美女幽灵所取代,女性的历史在文学中显现出一种无中心的离散状态。作家按自己的理解再现、重构女性或作出类似民族寓言的处理,在这种多向的尝试中,中断了几十年的现代女性正视自身的写作传统逐步复活。

二、女性经验:妇女与生育

迟子建的《旧时代的磨坊》、铁凝的《麦秸垛》、陆星儿的《女人的规则》这几篇作品都写到一个共同现象,女性希望以生育来证明自己,证明自己的能力、自己的生命价值,或者以生育作为不成功的爱情、可望不可即的爱情的补偿。人物的动机不尽相同,但生育对于女性的特殊意义得到关注。

在迟子建的故事中,女性对于生养的渴望使她们最终在精神上区别于男性,而男性对待女性的态度则暴露出欺骗性、占有性,具有与物欲相同的性质。作品结局揭开短工与二太太"偷情"的真相:"她让我来只想让我和她生一个孩子。"女性被表现为欲望的主体,在这一欲望中,寄寓着女人发自本性的对健全生命的憧憬。这样一种欲望与作品中男性的欲望、男性所重视的价值显出对立。作品中的磨坊因而具有了象征意味,它曾被女性想象为欢爱之地,是爱的极致的证明,但作品中悬念的解决推翻了这一想象。正如磨坊底下藏满了粮食一样,女人不过是另一种欲望的粮食,即使老爷阶级与雇工阶级在一场变革中已是水火不容,但女人的命运有如粮食,不过是双方同样都希望占有的一笔财产。

铁凝的《麦秸垛》写性禁忌的年代下乡知青的故事,描写了那种盲目的情欲冲动和不成功的恋爱关系,但作品中的视野却不限于知青。她让乡村里农妇、村民的婚育、家庭生活场景与之并行发展,这样,两位不同年龄、不同生活背景的女性:农妇大芝娘与知青沈小凤在某一点上的一致性便令人惊愕:面对无望的婚姻或爱情,她们都要求和对方生一个孩子。生育在这里成为一种绝望的挣扎,"来证明女性性经历的成果,来填补作为女性一生只有一次的处女代价的付出"[①]。在这看似无理性的要求里,作者写出了女性主体性的又一种失落形式,她们无法以别的方式,以精神、意志、理性的行为来处理自己的感情,决定自己的婚姻、爱情。如此彻底的出让身体,显示出巨大的性别差异面前女性的无力、被动。把生命价值寄托于感情的代偿——生育,这种传统观念依然束缚着女性。

---

① 　王绯:《铁凝:欲望与勘测》,《当代作家评论》1994 年第 5 期[转引自易光:《非女权主义文学与女权主义批评——兼读铁凝》,原载《当代文坛》(成都)1995 年第 5 期]。

陆星儿《女人的规则》发展了这样一个情境,女主人公田恬决心生下与一个有妇之夫的孩子,她以为,"这是留住他留住爱情留住生活的最后一个办法"。作品描述了这个单身母亲在怀孕、生产、育婴的全过程独自经历的重重困难。憧憬爱情的浪漫女人穷于应付经济窘迫、时时遭受日常琐事困扰。

把生育的经历处理成夫妻双方精神、感情的全面更新,池莉的小说《太阳出世》因此别开生面。池莉让生育作为积极的生命力量、作为推动人与人之间相互尊重理解和自我完善的力量出现。她以不避俗人俗事、不避粗鄙的态度写了一对浅薄无知的小男女在心理和经验上与为人父母的角色的差距。作品的魅力在于,在怀孕、待产、照顾婴儿等一系列生活琐事带来的麻烦里,意识到作了父母的小夫妇,点点滴滴地改变了自己,新生命的出世重新造就了她(他)们。

在《金手》这篇作品里,池莉也涉及到上述作家所思考的女性处境,作品中有一个情节,女主角在丈夫的压力下,为掩饰男方的性无能,被迫屈从"借种"的风俗。结果提供"种子"的男子对她产生了感情,要求把"借种"的母女变成自己的妻儿。女人是一个出色的妇产科医生,有一双接生的"金手",然而她在家庭之内,在生育活动中,却不能不扮演一个被动的、被男性权力之手操纵、被争夺的角色。

在女作家笔下,生育通向平凡、世俗,然而,世俗小人物也可能在这最普通的居家过日子的经验中创造奇迹。毕淑敏的《生生不已》就写出人物通过顽强、痛苦的生命孕育,完成对疾病、死亡的超越,这里的生育意志是人物性格的写照。作者极写生育的艰险和女性惊人的毅力,表达了她与《预约死亡》相互补充的主旨,理解生死,珍惜生命。

以上论及的作品从不同角度揭示了妇女的生育经验中蕴含的社会、心理内容,显示了这一题材对于考察女性生活和身份处境的丰富潜能。

三、女性经验:私人空间

九十年代表现女性作品一个新的动向在这套丛书中也有体现,陈染、林白的作品代表了这种新的取向,即在私人生活、在个人化的情绪体验中书写女性。

陈染《另一只耳朵的敲击声》主要描写了作为独身者的两代人、母女两人的生活方式和情感状态。从其中,读者可以感觉到中国在告别了一个集体主义的年代之后,女人确定自我、把握自我的重重困难。小说结束于逃离,但逃出母亲爱的监视却不意味着自由,旅居异国的经历甚至加深了灵魂的漂泊无依之感。

逃离与无处可逃在《与往事干杯》、《无处告别》中都是萦绕全篇的主旋律。逃出成规与把握自我是一个目标，但它难于追逐。出走、归家、重新谋职，女主角一次又一次陷入幻象破灭后的虚妄。面对虚妄和孤独，似乎是守住自我的唯一可能。陈染清醒地分析了人物这种自我放逐于孤独的处境。

在反幻象这一点上林白的作品与陈染有着精神上的一致性，新时期文学对人性的呼唤包括呼唤爱情，张洁《爱是不能忘记的》曾风靡一时，而在八十年代中后期作品里，这种爱情偶像不复存在，例如，张欣的《仅有情爱是不能结婚的》和《城市爱情》等作品。林白、陈染的作品深入地探寻了女性作为独立自我的内心状态，情、爱、欲、性在这个自我的内心里呈现出矛盾的扭结。女性的爱情悲剧在这种意识的观照下，成为自我丧失的悲剧。

在林白的作品中，爱是女性的发现自我、认识自我的重要领域，它也是一个危机四伏的领域。《瓶中之水》写两位女性的恋情，林白把这种同性恋写得充满激情，充满性格的张力，充满自我了解和感情交流的喜悦；相比之下，男女恋情肤浅乏味，远远达不到那种强烈的程度。在断断续续的故事里，她实验着表达自我想象的独特方式，表达那种伴随文字想象应召而来的各种情绪体验、意象画，由此形成她特有的叙述文体，带有强烈主观抒情色彩的自叙性文体。

林白与陈染的文字风格不同，陈染的叙述有女性少有的幽默自嘲，显示一种逆反心态的表述，诸如对"寡妇"、"婊子"、"妓女"的议论等，而她们作品的另一相同之处是对自我的不断召唤和质询，她们都着意描述了作者的某种写作状态，并把这种状态表现为可能把握的唯一真实和自由。

四、性别角度与女性意识

由于本文的论述是在上述几个有限的范围进行，所以，还有不少女作家的作品这里没有涉及，她们作品中的女性及表达方式上的尝试也需要更多篇幅讨论，例如残雪、赵玫、蒋子丹的作品等。

以"红罂粟丛书"为例，总体来看，中国女作家里关注的个体生存及独特的性别经验的仍不是主流，在女性题材作品中，一个比较一致的倾向是，通过女性的故事写这一性作为某一阶层的群体的命运，把女性问题作为一个有较多普遍性的社会问题来看待。与之相关的另一共同点是，作家对超越性别这一角度的强调。例如，铁凝谈到她自己的女人故事的创作经验时说："我设想那大约归结于我本人在面对女性题材时，一直力求摆脱纯粹女性的目光。我渴望获得一种双向视角或者叫作'第三性'视角,这样的视角有助于我更准确地把握女性真实的生存景况。……当你落笔女性,只有跳出性别赋予的天然自赏心态,女性的本性和光彩才会更加可信。进而你也才有可能对人性、人的欲望和人的本质开展深层的挖掘。"① 张抗抗也说过同样的意见,"所以在她看来,也许唯有'人'的问题,是男人和女人'性沟'间永远的渡船和桥梁"②。

两位女作家强调的超越性别的视角反映了性别意识在中国的复杂处境。正如西方妇女研究学者所注意到的③,中国极左时期的男女平等理论抹杀性别差异,使女性男性化。新时期批判极左思潮的另一后果是"回到女人去"这一自然性别意识的复苏。但在这一强调女性恢复自然本质的观念里,保留了男女有别一系列男性中心传统观念的内核。它的批判意义在于,反对将男女的自然属性置于任何意识形态的控制下,缺陷则在于,女性仍然被理解为在能力和社会角色上天然低劣于男性的一性。因此,任何关注整个人的问题的女作家都不愿意认同一个简单强调自己的自然性别的女性角度。

但是,另一方面,八十年代以来,西方女性主义理论在中国的介绍和影响,中国社会的变革对女性的冲击,出于直接的生活经验和创作上的相互推动,女作家作品中的性别意识有鲜明的表露。如前所述,见之于各种女性题材的探索。有男性批评家认为:"中国到现在为止还没有成气候的女权主义运动,也就不可能有西方理论家设想的女权主义文学。"④ 但我觉得,更重要的是从中国女作家的作品本身来考察其中的社会性别观念和社会性别关系。在这方面,西方女性主义文学批评给出了有益启示,即注重分析女性作家创作的实际状况,分析作品中的形象与作家性别经验的关系,从中发掘女性写作的涵义和女性写作特质。

从这一角度来看,我认为在若干批评家和若干女作家那里,对于女性意识有些误解。来自批评方面的误解是,把女性意识缩减为独特的女性经验,特别是身体经验和性体验,这样,关注社会问题的女性写作就成为超越女性意识狭隘性的表现。例如,方方的作品被评价为:"更关注那些人类性的和社会性的普遍

---

① 铁凝:《跋》,见《对面》,第374页。

② 张抗抗:《"红罂粟"题解(代跋)》,见《永不忏悔》,第350、351页。

③ 王政:《美国女性主义对中国妇女史研究的新角度》,见鲍晓兰主编《西方女性主义研究评介》,生活·读书·新知三联书店1995年5月第1版,第270、271页。

④ 陈晓明:《勉强的解放:后新时期女性小说概论》,见陈晓明选编《中国女性小说精选》,甘肃人民出版社1994年9月第1版,第2页。

问题,而不限于单纯的女性意识。"① 但这种批评恰恰错过了方方作品中隐蔽的女性意识。以方方的《行为艺术》《埋伏》为例,两个中篇写的都是警察破案,类似侦探故事模式。但方方还赋予她的男性主角多愁善感、热爱艺术、自由散漫等具有"女性化"特点而与男性化的警官职业格格不入的性格特征;在《埋伏》的重大行动中,她让某个偶然因素起到出人意料的关键作用,这些手法对男性侦探故事模式中的性格类型以及严格推理是一个玩笑性的挑战。我觉得,方方这些新意与作家性别意识的联系被论者忽略了。

在有的女作家这一方面,由于对女性的自然性别和社会性别的意识不分明,这样在表现女性生活时,她的感觉是沉重和困惑,不能有力地写出女人作为经验着的主体那种主动的心理活动,没有力量展开情境中包含的性别冲突,或者说没有意识到这种冲突的焦点所在,例如陆星儿的《小凤子》。在一些描写职业妇女的作品里,女人的内心经历显得贫乏。由此而言,西方女性主义对性别的新观点,她们的文化、文学研究中的性别角度,对于中国的女作家和女性文学的研究者,值得认真借鉴。

---

① 陈晓明:《勉强的解放:后新时期女性小说概论》,见陈晓明选编《中国女性小说精选》,甘肃人民出版社 1994 年 9 月第 1 版,第 9 页。

当代女性诗学的理论建构及其流变

赵树勤

几年前,诗人翟永明在一篇叙述友情的文章中这样评价唐亚平,"事实上,这些年来,她那女性的诗学正缓缓地、以女人的和诗意的方式推动着她那被批评家称之为'怀腹的诗学'的写作状态"①。这段话也许是翟永明不经意说出来的,但它一旦出自一位当代最具代表性的女性诗人的笔下,它就预示着一个新的诗学词汇的诞生,这就是"女性诗学"。当然,"女性诗学"这一词汇的诞生并非某个人偶然的、随意的创造,也并不是在翟永明那里才第一次被提到。但是,它作为一种具有女性主义特质的诗学理论,其构架、体系与话语模式却是在近几年来才得以形成的。早在 80 年代中期,当中国诗歌突破了朦胧诗的性别朦胧而凸现出诗歌的性别意识时,一些受到女权主义影响的女性诗人就开始琢磨女性诗歌与女性意识之关系的问题,如翟永明为《女人》组诗所写的序言《黑夜的意识》,可以说是最早的女性诗学的代表作之一。只是由于当时的女性诗人们正在热衷于女性诗歌的创造,热衷于用诗歌来表达自己的女性意识,因而对女性诗歌的理论性阐述还没有得到足够的重视。90 年代以来,在中国当代诗歌整体衰落的大趋势下,女性诗歌创作也在发生着变化。一些女性诗人移情别恋,做起小说与散文来,一些女性诗人则厌倦了女性的徽号,希冀穿越性别之门重归传统。正是

题解 本文原载《文艺研究》2001 年第 2 期。作者通过爬梳、整理当代女性诗人关于女性诗歌的理论观点,认为"女性诗学"作为一种具有女性主义特质的诗学理论,其构架、体系与话语模式在近几年来得以形成,翟永明为《女人》组诗所写的序言《黑夜的意识》可谓最早的女性诗学代表作之一,更多的女性诗人在一种温和的女性主义立场上,多层次多方位地阐述了当代中国女性主义诗歌的本体特征及其意象结构与话语模式。80 年代以来先锋派女性诗人诗学观念的转变标志着中国女性第一次在诗歌领地中对男性中心主义的叛逆与解构,自我独白成为女性诗人最本质的书写方式。从自我躯体出发,当代女性主义诗学找到的第一个真正属于自己的词语是"黑夜",并将其引向形而上的思考;另一个蕴涵深意且被广为使用的词语是"血",血的自觉为女性主义诗歌确立了一种完全属于自己的诗学话语。90 年代以来的女性诗学已走向语言诗学,女性主义诗人从躯体自觉发展到语言自觉,这在女性主义诗学建构方面有着十分重要的意义。

① 翟永明:《纸上建筑》,东方出版中心 1997 年版,第 214 页。

这些变化一方面使女性诗歌的性别意识逐渐淡出,另一方面也从相反的向度构成一股合力,催动着女性诗人反思意识的觉醒。至今风头正健者如翟永明、王小妮、海男、崔卫平、伊蕾、唐亚平等,年长的智者如郑敏等,几乎都用各种书写形式表达过自己对女性诗歌的反观,由于她们大都是中国当代女性主义诗歌的始作俑者,而且在文化素养方面也大都有学院背景,因而她们的反观与思考,既具有当然的亲证性,又具有相当程度的理论建树,在一种温和的女性主义立场上,多层次多方位地阐述了当代中国女性主义诗歌的本体特征及其意象结构与话语模式。不过,这些理论的阐述大都散落在女性诗人的各种序跋与回忆性散文之中。爬梳、整理这些理论观点,为这些理论观点找到一个体系构架,一个相互沟通的灵魂,无疑是诗评界至今仍然没有人做但又确实十分重要的研究课题,它对我们认识中国女性主义诗歌与西方女性主义文学的关系,体认中国女性主义诗歌的困境,把握中国女性主义诗歌的历史及发展流变,都能提供许多有益的启示。

一

中国是一个有着悠久的诗歌文化传统的国度,从纯粹性别角度来看,几千年的诗歌文明经历了从有性别到无性别再到有性别的发展过程。在漫长的封建文明时代,女性诗人虽然寥若晨星,但其性别意识是比较分明的,春闺愁怨,儿女情长,无论是在题材还是在情调意境上都很自觉地把自己定位在女性的立场。但是这种定位乃由父权文化中的男性所赋予,所以,封建文明时代的女性性别意识是只有纯粹生理意义的,在文化本质上女性的立场被严厉地封冻在男性的立场之中。进入 20 世纪以后,中国社会开始了既迅猛而又艰难的现代化转型,这种被封冻的状态才在新文化的怡荡春风中逐渐消解。过去,许多评论家都认为只有 80 年代的女性诗歌受到西方女权主义的影响,这其实是不准确的。早在 20 世纪初年,女权主义思想就已由维新派人士介绍进来,到"五四"新文化运动时,女权主义思想俨然成为新思潮传播的最为重要的一个部分。事实上,当时西方女权运动也还处于争取外在权利如平等、参政等阶段,正是由于受到女权主义思想的影响,20 世纪中国女性在获取职业书写权利的同时,把与男性平等当做女性首先需要解决的问题。这种平等观念反映在诗歌领域,就使得"五四"以来的女性诗人们一方面不约而同地从诗歌意境中驱逐春闺女怨的古典模式,一方面则不遗余力地向男性诗歌的宏大叙事靠拢,尽量抹平男女两性之间的差异。从冰心到舒婷几乎无不如此。20 世纪下半叶,西方以波伏娃为代表的女权主义思想家运用弗洛伊德的无意识理论反抗菲勒斯中心主义对女性的文化压抑与阉割,要求消解男性的阴茎之笔对女性意识与历史的野蛮书写,西方女权运动由此进入争取女性内在权利的阶段。80 年代中期以来,中国女性诗歌的性别觉醒与凸显无疑与这股西方女权主义思潮的传入与大受欢迎有着密切的关系。

作为诗人兼诗学理论家的郑敏对西方女权运动与女性诗歌的关系曾有十分精辟的概括,"在 20 世纪 70 年代,西方女权运动又赋予女性诗歌以显著的时代血液。这类诗歌主要是女权运动的战歌,它呼喊出男性中心文化中妇女的苦闷、寂寞和愤怒,又进一步引出姐妹手足情与情感、心理的联盟。……因此西方今天对女性诗歌的主要概念是女权运动的一种诗歌形式"[1]。中国当代女性诗学对女性诗歌本体特质的界定也是由这一关系入手的。在 20 世纪女性职业书写历史上,如果说"五四"以后几代女性诗人写作的中心观念是为了寻找、显示与男性的平等,因而尽量在各个层次上追求与男性的同一,那么,80 年代以来的先锋派女性诗人写作的中心观念则转变到寻找、显示与男性相区别的女性自我上来。这种诗学观念的转变是意味深长的,首先,它标志着中国的女性第一次在诗歌领地中对男性中心主义的叛逆与解构。叛逆与解构的前提是充分意识到男性中心文化压抑的存在:"那些巨大的鸟从空中向我俯视/带着人类的眼神/在一种秘而不宣的野蛮空气中/冬天起伏着残酷的雄性意识"(翟永明《预感》)。"所有的天空在冷笑/没有任何女人能逃脱/我已习惯在夜里学习月亮的微笑方式"(翟永明《憧憬》)。在朦胧诗的早期,舒婷写过一首著名的《致橡树》,"我如果爱你/绝不学攀援的凌霄花/借你的高枝炫耀自己"。这里表达的只是在男性中心文化笼罩下女性维护独立人格的自我矜持,而翟永明等的诗歌则分明已经是对男性中心文化的尖锐的控诉。于是,"太阳,我在怀疑"(翟永明《臆想》),"父亲,我不干了"(萨玛《父亲》),先锋派女性诗歌纷纷以暗喻的方式表达着女性对解构男性中心文化的渴望与意志。其次,它标志着在中国诗歌领地里女性第一次真正获得了自我身份的确认,这不仅表现在诗歌对于女性自我的真切的呼唤:"我,一个狂想,充满深渊的魅力/偶然被你诞生。泥土和天空/二者合一,你把我叫作女人。"(翟永明《独白》)而且也表现在女性诗人对女性诗歌之所以存在的必然性的确认。翟永明曾说:"我认为女诗人作品中的'女性意识'是与生俱来的,是从我们体内引入我们的诗句中,无论这声音是温柔的,或是尖厉的,是沉重的,或是疯狂的,它都出自女性之喉,我们站在女性的角度感受世间的种种

---

[1]　郑敏:《诗歌与哲学是近邻》,北京大学出版社 1999 年版,第 393 页。

事物,并藉词语表达出来,这就是我们作品中的女性意识。"① 在这里,"我们体内"与"女性角度"两个词是最值得注意的,前者说明女性意识是客观的,浸透在肉体与血液中,后者说明女性意识也是主观的,是女性自己所择定的,女性意识一旦获得客观与主观的双重锁定,女性诗歌的存在就是无可争辩的事实。既然女权运动唤起了女性性别意识的觉醒,而女性自我意识的觉醒又必然促使女性诗歌的崛起,所以,郑敏非常明确地指出:"女性作为独立自我的发展既是女权运动的重要课题,也是女诗人成为出色的诗人的关键。"②

女性诗歌乃是女性自我意识的表现,这一有关女性诗歌本体特质的诗学观念使女性诗人不约而同地将自我独白作为最本质的书写方式。在那些深受女权主义影响的女性诗歌中,自我独白的书写方式包含三个层次的内容:一,女性之"我"始终居于诗歌的中心位置,"我有我的家私/我有我的乐趣/有一间书房兼卧室/我每天在书中起居/和一张白纸悄声细语/我聆听笔的诉泣纸的咆哮/在一个字上呕心沥血"(唐亚平《自白》),而过去在女性诗人所写的爱情诗中那个包含着男女两性的复数"我们"已经分裂成我与你,"请你眯一下眼/然后永远走开/我还要写诗/我是我狭隘房间里的/固执制作者"(王小妮《应该做一个制作者》),这几句诗简直可以看作是女性诗人在自己的诗歌中向男性所下的驱逐令。二,女性的性别感受是诗歌唯一的题材来源,海男曾说,"男人大都为社会的存在而活着,女人则相反,她们正在为自己的感受和历史而活着,所以……我只是用一种女性的对自我及对别人的感受在说话"③。翟永明也宣告,"我更热衷于扩张我心灵中那些最朴素、最细微的感觉,亦即我认为的'女性气质',……同时勇敢地袒露它的真实"④。在封冻得密不透风的男性中心文化中,只有女性的性别感受才是男人性别停止的地方,从女性边缘文化的角度,在男性性别停止的地方继续思考,通过发掘女性性别感受的真实来发出种种独特的声音,这正是先锋派女性诗人解构男性中心文化所使用的一个重要的策略。三,诉说是女性诗歌最常用的语调,翟永明在一次谈到陆忆敏的诗时这样说,"读她的诗总是给我的心重重一击,于是我的心里总似有一道指痕来自于她目光的注视和穿凿。她的力量不是出自呼喊,而是来自磨尖词语的、哽咽在喉式的低声诉说,这诉说并不因了她声音的恬淡而弱化,恰恰相反,她那来自生命内部的紧张、敏感与

---

① 翟永明:《纸上建筑》,东方出版中心 1997 年版,第 240 页。
② 郑敏:《诗歌与哲学是近邻》,北京大学出版社 1999 年版,第 394 页。
③ 海男:《紫色笔记》,陕西师范大学出版社 1998 年版,第 194 页。
④ 翟永明:《黑夜的意识》,见《磁场与魔方》,北京师范大学出版社 1993 年版。

纯粹,从她下意识的深处扶摇上升,超越词语和意象,就像她本人柔而益坚的形象,'用眼睛里面的黑色瞳仁向你微笑'"①。"呼喊"与"诉说"来自于两种不同的心态与精神力量,呼喊是匮乏与有所要求的表现,所以30年代庐隐们向男性呼喊爱,40年代陈敬容们向社会呼喊正义,向黑暗呼喊黎明,而诉说则是充满后的自然流解,觉醒的女性不再将希望寄托于男性的恩赐,她们惊喜地发现只要反观自我的内心,就有一个完整的独特世界。所以她们选择了无所要求的自我诉说,通过对自我的诉说完成自我的解放与救赎。

从诗学观念的借鉴来看,自我独白书写方式的确立无疑得之于美国自白派女诗人普拉斯等人的启示。也许是普拉斯"诗来自被占有与创伤"的思想最容易引起中国当代女性诗人的共鸣,80年代以后,她的影响简直像"强大的风暴刮过中国的原野"。翟永明在回忆自己诗歌创作历程时曾明确指出,她之所以把过去那些小情趣的诗统统扔进字纸篓,突然间转向女性性别立场的写作,完全是因为在一个极其苦恼的时刻与普拉斯等诗人的遇合:"我当时正处于社会和个人的矛盾中,心灵遭遇的重创,使我对一切绝望,当我读到普拉斯'你的身体伤害我,就像世界伤害着上帝'以及洛威尔'我自己就是地狱'的句子时,我感到从头到脚的震惊,那时我受伤的心脏的跳动与他们诗句韵律的跳动合拍,在那以后的写作中我始终没有摆脱自白派诗歌对我产生的深刻影响。"② 陆忆敏还专为普拉斯写了一首诗以表示敬意与亲切:"我想为整个树林致哀/用最轻柔的声音/(布满泪水的声音)/唱她经常的微笑/唱她飘飘洒洒的微笑"(《Sylvia Plath》)。当然,在充分估计到自白派诗歌对中国当代女性诗学建构之影响的同时,也必须注意到这种影响实际上是在逐渐发生变化的。仍以翟永明为例,事实上在写完《死亡的图案》这组诗之后,由于"这组诗彻底清洗了我个人生活中的死亡气息和诗歌中的绝望语调",翟永明也逐渐远离了自白派的影响。这说明中国的女性主义诗歌在走向成熟。不过,我们也应看到,中国的女性主义诗歌虽然逐渐远离自白派的影响,但是她们仍然喜欢使用诗歌的自我独白的书写方式,只是这种自白比过去更加客观与平静罢了。

二

关于中国女性主义文学的特点,评论界意见分歧最为明显的莫过于所谓

---

① 翟永明:《纸上建筑》,东方出版中心1997年版,第212页。
② 翟永明:《纸上建筑》,东方出版中心1997年版,第252页。

"躯体写作"。有的评论家充分肯定躯体写作在女性主义文学发展中的意义,认为女性只有"首先找回自己被放逐和被'他者'化了的躯体,才有可能作为言说者存在"①。有的评论家则责难躯体写作使女性文学走进了误区,不仅使女性文学愈来愈极端地个人化与私语化,而且使有的作品将女人的躯体当作抢占读者市场的廉价广告与招牌。实事求是地来看,对女性文学躯体写作的责难并非空穴来风,近些年来确实有些女性作家在女性躯体以及相关情事的描绘上已经失之琐碎,逾出了审美的界限。不过,我认为这种现象主要是发生在叙事文学中,因为躯体的写作受到了叙事的强力刺激与诱引。而在诗歌创作中,女性的躯体写作则是在一种适度的节制中来完成它的审美使命的。从客观的方面看,这是因为诗歌的言语空间高度浓缩,意象的营构拒绝透明,而从主观的方面看,是因为女性主义诗人的躯体写作建立在一种坚实的女性诗学观念的基础上。这种诗学观念包含三个方面的内容:其一,躯体写作是女性本质力量的显现或对象化。女性的创造力由艺术制造改变到身体再造,这是 20 世纪世界女性主义艺术的一种普遍现象,如邓肯的舞蹈之所以能为女性接受与喜爱,正是因为舞蹈家的身体在舞台上变成了一种器具或一座圣像。许多现代女性主义理论家都认真研究过这一现象,得出来的结论大致是,女性的身体与艺术创造有着天然的联系,这不仅表现在女性身体的曲线拥有美的比例,女性身体的神经质素更适合于艺术创造,而且在于女性身体本来拥有艺术创造所需要的激情。埃莱娜·西苏说:"妇女的身体带着一千零一个通向激情的门槛,一旦她通过粉碎枷锁、摆脱监视而让它明确表达出四通八达贯穿全身的丰富含义时,就将让陈旧的、一成不变的母语以多种语言发出回响。"② 对女性身体的这种本质力量,中国当代女性主义诗人也有清醒的认识并且予以特别的关注。翟永明就曾明确地表示:"作为女性,身体的现在进行时也是她们感悟和体验事物的方式之一,对美的心领神会,对形式感本身的特别敏感,使得女艺术家的参与和制作方式,既是身体的,也是语言的。"③ 其二,躯体写作是女性解构男性中心主义文化强势最有力的突破口。在男性中心文化中,女性被剥夺了一切外在的权利,只有身体似乎还属于自己。但是,女性在自己身体上用尽心计,其目的还是为了取悦于男性,而男性在享用了女性的身体之后,还在用羞辱的语气告诫女性要抹煞身体,将女性的身体视为祸水之源。属于女性自己的身体实际上是女性命运中最突出的一个悖论,是女性

---

① 张清华:《中国当代先锋文学思潮论》,江苏文艺出版社 1997 年版,第 320 页。
② 张京媛主编:《当代女性主义文学批评》,北京大学出版社 1992 年版,第 201 页。
③ 翟永明:《天使在针尖上舞蹈》,《芙蓉》1999 年第 6 期。

生存本质最大的异化。所以,妇女必须通过她们的身体来写作,"只有用我的躯体才能抵御来自幻想中那种记忆和时间的夭折"①,也只有在躯体的写作中才能使躯体获得自由,获得自我申诉的权利。对被剥夺了一切的女性而言,躯体的自由才是最本质的自由,因而躯体的写作也就最醒目地构成了对男性中心话语的反叛。其三,躯体写作是女性诗人建构女性诗学话语最适宜的一种方式。过去,女性的一切甚至包括女性的躯体都是由男性来书写,而这种书写无疑是隔膜的、歪曲的,就像苏珊·格巴所形容的,是阴茎之笔在处女膜的空白之页上的任意涂抹。现代女性写作从开始就面临一片话语空白,"几乎一切关于女性的东西还有待于妇女来写:关于她们的性特征,即它无尽的和变动着的错综复杂性,关于她们的性爱,她们身体中某一微小而又巨大区域的突然骚动"②。所以,女性诗学话语的建构无可选择地必然要从女性的躯体写作开始,在所有的言说空间都充满着男权文化的陈腐气息时,女性唯有在自己的躯体上才能找到建构女性诗学话语体系的第一块基石。

从自我躯体出发,当代女性主义诗学找到的第一个真正属于自己的词语就是"黑夜"。在男性诗学话语中,光明与黑夜是一组经常出现的对立范畴,从诗学渊源来看,光明的喻义与太阳之神阿波罗掌管的理性有着密切关系,它代表着男性所规定的责任、义务、良知等事物,而黑夜则总是被指认为一种异己性形象:"在临产的阵痛之后,/黑夜巨大的子宫/将痉挛地分娩/那更大的血红的日子"(方敬《黑夜》);"黑夜给了我黑色的眼睛/我却用它寻找光明"(顾城《一代人》)。在这些诗里,黑夜的存在只是为光明的出现提供铺垫。当代中国女性主义诗歌将这一传统的对立范畴关系予以彻底的颠覆,具有侵入性与剥夺性的光明意象被女性主义诗人所搁置,而黑色的旋风在女性诗歌的领地中肆无忌惮地冲撞着曾被男性话语幽闭的感性之门。"白昼曾是我身上的一部分,现在被取走","从此我举起一个沉重的天空/把背朝向太阳"。女性们毫不犹豫地宣称着"渴望一个冬天,一个巨大的黑夜",不仅因为"夜使我们学会忍受或是享受",也不仅是因为夜能"树立起一小块黑暗/安慰自己",更重要的是,"为那些原始的岩层种下黑色梦想的根。它们/靠我的血液生长/我目睹了世界/因此,我创造黑夜使人类幸免于难"(以上所引诗句均出自翟永明的组诗《女人》)。在这里,"黑夜"一词显然被女性主义作家们引向形而上的思考,"黑夜使人类幸免于难",

---

① 海男:《紫色笔记》,陕西师范大学出版社1998年版,第27页。
② 张京媛主编:《当代女性主义文学批评》,北京大学出版社1992年版,第200—201页。

这是因为黑夜的本质不仅仅是幽暗,而且是吞没,是包容,它是对女性躯体特征的最富启示意义的一种暗喻,与男性之白昼的光的刺入与赤裸的敞开形成鲜明的对照。人类的生存如果只有理性的白昼,没有感性的幽暗,只有进入与敞开,没有吞没与包容,人类的生命就会没有休憩之地,没有滋润的泉源,就会走向坚硬、枯萎、燥裂。所以,女性主义诗歌对黑夜与黑色的诗语建构,不仅是对女性躯体特征的自我确认,而且是对女性作为人类之另一半对人类生存之不可或缺性的责任的自我承担。翟永明在她著名的诗歌宣言《黑夜的意识》中,曾对黑夜与女性的关系作过诗学高度的阐述:"作为人类的一半,女性从诞生起就面对着一个完全不同的世界,她对这世界最初的一瞥必然带着自己的情绪与知觉……她是否竭尽全力地投射生命去创造一个黑夜?并在各种危机中把世界变形为一颗巨大的灵魂?事实上,每个女人都面对自己的深渊——不断泯灭和不断认可的私心痛楚与经验——并非每一个人都能抗拒这均衡的磨难直到毁灭。这是最初的黑夜,它升起时带领我们进入全新的、一个有着特殊布局和角度的,只属于女性的世界。"在确认了黑夜与女性的同质关系之后,翟永明进一步指出黑夜对于女性的意义:"女性的真正力量就在于既对抗自身命运的暴戾,又服从内心召唤的真实,并在充满矛盾的二者之间建立起黑夜的意识。"对女性而言,"保持内心黑夜的真实是你对自己的清醒认识,而透过被本性所包容的痛苦启示去发掘黑夜的意识,才是对自身怯懦的真正的摧毁"。人们经常认为,中国女性主义诗歌受到西方女权主义的深刻影响,这固然不错,但我们在这里也可以看到一个有趣的对比:西方女权主义认为,在菲勒斯主义文化语境中,女性一直被巨大的压力隐蔽在黑暗之中,女性与女性写作都是一块黑暗的大陆。但是这种黑暗是男性竭尽全力强加给女性的,因而女性的觉醒与解放应该是穿透与打破这片黑暗的大陆。所以,埃莱娜·西苏说:"黑暗大陆既不黑暗也并非无法探索。——它至今还未被开发只是因为我们一直被迫相信它太黑暗了无法开发。"[1] 与之相反,中国当代的女性主义诗人用认同黑夜来标志自己的觉醒,用拥有黑夜来显示女性的本质力量,用建构黑夜意识来摧毁自身的怯懦,来完成女性对人类生命存在与发展的一半职责,这种诗学观念的形成恰恰是与中国传统文化中的阴阳互补思维方式密切联系在一起的。

在当代女性诗学话语的建构中,另一个蕴涵深意且被广为使用的词语是"血"。血对女性而言是一种自然的、不由分说的躯体特征,但是在男性中心

---

[1]　张京媛主编:《当代女性主义文学批评》,北京大学出版社1992年版,第200页。

文化语境中,这一女性躯体特征却被赋予了各种不同的意义。有时它被视为圣洁,因为它是处女贞操的见证,有时它被视为禁忌,因为它是女性原罪的表征。富于悲剧意味的是,无论是圣洁还是禁忌,血都同女性的不幸联系在一起。当被用来作为处女贞操的见证物时,血迹不过是女人的一份有价财产,由父亲传给丈夫为生儿子所用,它是女人作为一种交换的无言象征。当被视为禁忌的时候,血成了女性的屈辱的来源,是女性不如男性的一种生理缺陷。所以,西方一些激进的女权主义者甚至诅咒女性的这一躯体特征。不过,对于女性诗人而言,感受、体验与描写这一躯体特征的方式则更为复杂与微妙。因为诗人面对的毕竟不是思想观念,而是活生生的躯体本身。在女性躯体本身的意义上,经血既带来自卑,同时也赋予女性自我创造力的确证,它的到来伴随着痛苦,但也隐含着女性走向成熟时的神秘欢喜。这种复杂微妙的体验在中国当代女性主义诗人那里是表现得比较充分的:"你是我的母亲,我甚至是你的血液在黎明流出的/血泊中你惊讶地看到你自己,你使我醒来"(翟永明《母亲》),"一次诞生是一种偶然/如一个没有凶手的流血事件/我含着泪水/在褴褛的镜子里/发现了自己的原形"(赵琼《我参与地狱的大合唱》),这两节写生产的诗不约而同地揭示了女性如何在血的流动中确证了自己,但"没有凶手的流血"又透露出女性在创痛的恐惧中无可奈何的悲哀。"我见到爱/第一眼飞溅出/腥红色思想的潜流"(童蔚《夜曲》),"我摊开躯体,蒙头大睡/血的沉沦无边无际/睡成一张白纸一张兽皮"(唐亚平《死亡表演》),"在柿子成熟之前我想到了生/在柿子成熟之后我想到了死/它们和柿子一起烂掉/在我口袋中一片血红"(伊蕾《三月的永生》),"三月里,生命追随着生命/在无尽的纠缠中从生到死/我咬断了最后一根锁链/女人的日子被鲜血涂炭"(伊蕾《三月的永生》),"傍晚最后一道光刺伤我/躺在赤裸的土地上,躺着证明/有一天我的血液将与河流相混"(翟永明《证明》),这一类的诗句对血与女人的关系都有很深刻的体验和揭示,它们标志着当代中国女性诗人的血的自觉。这种自觉是意味深长的,一方面它为女性主义诗歌确立了一种完全属于自己的诗学话语,另一方面它把女性主义诗歌定格在创伤性的记忆与体验之中。苏姗·格巴在分析迪尼森的短篇小说《空白之页》时指出:"女性身体所提供的最基本的,也是最能引起共鸣的隐喻就是血,由此,创造这一文化形式也就被体验为一种痛苦的创伤。……因为女性艺术家体验死(自我、身体)而后生(艺术品)的时刻也正是她们以血作墨的时刻。"[1] 墨水洒在纸上正如血洒在

---

[1] 张京媛主编:《当代女性主义文学批评》,北京大学出版社1992年版,第166页。

床单上,诗来自于被占有与创伤,所以,当女性诗人自信"我天生一张白纸/期待神来之笔/把我书写"(唐亚平《自白》),性别立场也就无可回避地像冰山浮出了男权意识的海面。

三

90年代以来,中国当代女性诗学理论话语的建构有一种明显的发展态势,这就是由躯体冲动到语词冲动、由躯体写作到语词写作的发展。也就是说,80年代中后期中国女性主义诗人更多的是关心自己的躯体如何从男性中心文化禁锢中解放出来,90年代以来的女性主义诗人更多的则是关注如何"握住那些在我们体内燃烧的、呼之欲出的词语,并按照我们各自的敏感,或对美的要求,把它们贯注在我们的诗里"①。所以,80年代中后期的女性主义诗歌面对的是女性的躯体,而90年代以来的女性主义诗歌开始直接面对语词本身,80年代中后期的女性诗学是躯体诗学,90年代以来的女性诗学已走向语言诗学。这种发展态势首先可以追测到理论家兼诗人的郑敏的诗学思考,90年代以来,郑敏的学术活动表现出对诗歌语言建设的极大关注,她一方面尖锐地批评"当代汉语正承受着来自多方面的干扰、污染与挤压。一是来自多年意识形态灌输所形成的套话,一派官腔,内容空洞令人生厌,另一是来自拙劣的翻译语型,以弯弯绕为深奥,另一派是浑身沾满脂粉气的广告、流行歌曲、片头歌的滥美温情的庸俗"②。另一方面她也谆谆告诫诗人们,"语言有一种隐蔽自己的性能。作者必须用他的悟性去发现他和语言间的一种诗的经验,也就是与语言对话,不要害怕思维会妨碍诗寻找它自己的语言"③。也许是受到郑敏诗学理论的启示,90年代以来的女性主义诗人大多表现出对语言本身的敏感与关注。翟永明曾明确地表示:"90年代以来,我对词语本身的兴趣超过了以往任何时期。""来自词语方面的重负(我对自己的某些局限)被逐步摆脱了,一切诗歌的特性,以及这个时代的综合词语都变得极具可能性,我在写作中,力图搅拌和混合,然后铺展它们的本质。"④ 海男也为自己构建了一个词语的乌托邦,"词已经成为我的护身符,使我的生命沉溺于沙漏之盘的每个时刻——再现着我活着的全部词……我的存在是如此

①　翟永明:《面对词语本身》,《作家》1998年第5期。
②　郑敏:《诗歌与哲学是近邻》,北京大学出版社1999年版,第399页。
③　郑敏:《诗歌与哲学是近邻》,北京大学出版社1999年版,第279页。
④　翟永明:《面对词语本身》,《作家》1998年第5期。

宁静,我属于语言与流传之词,属于护身符所预见的另一个词:无限的、稍纵即逝的游戏"①。

毋庸置疑,这是一种语言的自觉。当代女性诗学由躯体的自觉到语言的自觉,这种发展态势的形成绝非任意,也不是偶然,在这一发展态势的背后潜藏着深刻的历史文化因素。在长期的男性中心文化的控制下,女性不仅没有书写的自由,而且也没有自己的话语。无论如何天才的女性总是在男性的话语空间中活动,而男性的话语则无不显现出对女性的遮蔽、歧视与控制,一部民族话语的流变史往往就是女性的屈辱史。所以,西方激进的女权主义者认为,女性在自己的历史中始终被迫缄默,"现在,我们要炸毁这条法律,要开口说话"。"语言包藏着不可战胜的敌人,这没什么可怕。因为那是男人和他们的文法的语言。我们决不能再留给他们一块仅属于他们而不属于我们的地盘了"。女性的反抗应该"横扫句法学","用她自己的牙齿去咬那条舌头,从而为她自己创造出一种嵌进去的语言"②。当然,中国当代女性主义诗人对男性中心文化的语言控制的反应似乎不如西方女权主义者那样激烈,但被遮蔽的失语恐惧与焦虑是深深刻印在她们的诗学思考之中的。"女人用植物的语言/ 写她缺少的东西",这是翟永明在《人生在世》中对女性诗人所面对的话语窘境所发出的深沉的叹息,"我的天堂在一张纸上/我寻求神的声音铺设阶梯/铺平一张又一张白纸/抹去汉字的皱纹/在语言的荆棘中匍伏前行"(唐亚平《自白》),这无疑是所有女性主义诗人面对男性话语的遮蔽都会萌生的一种言说的渴望,抹去汉字的皱纹,实质上就是要打破传统的规范用语与禁锢句法,砸毁男性话语的内在秩序。尤其值得指出的是,中国当代女性主义诗人最初用来横扫男性话语句法与消解男性话语遮蔽的语言武器是从西方引进的女权主义话语模式,这种西方女权主义话语模式虽然在摧毁男性话语遮蔽方面威力无比,但它毕竟植根于另一种不同的文化土壤与政治经济背景,它毕竟不是在自己的生存体验中获得的,所以,对于中国当代的女性主义诗人而言,西方女权主义话语方式是有力的,但却是异己的。这样,中国当代女性主义诗人就不可避免地承受着双重失语的焦虑。一重失语是针对男性中心文化的遮蔽而言,一重失语是针对西方女权主义话语的运用而言。如果说男性话语的遮蔽尚可通过西方女权主义强势话语的引进来消解,那么,当中国女性主义诗人在抗争中赢得了言说的权利,她们开始有了一种自觉意识来

① 海男:《紫色笔记》,陕西师范大学出版社1998年版,第166页。
② 张京媛主编:《当代女性主义文学批评》,北京大学出版社1992年版,第202页。

倾听自己的声音时,却发现自己仍然言说着别人的话语,这一重的失语焦虑在某种程度上比男性话语的遮蔽来得更加猛烈与持久。正是这双重失语的相互交织与相互作用,使得90年代以来的女性主义诗学开始由躯体诗学向语言诗学转变。由此看来,90年代以来女性主义诗人从躯体自觉发展到语言自觉,不仅有着必然的逻辑关系,而且在女性主义诗学建构方面也有着十分重要的意义。

对于女性主义诗人而言,词语的重要性首先在于词语与无意识之间的关系。郑敏曾经指出:"二次大战后,诗的开发一方面走向光怪陆离的现实,包容了那些以往不能入诗的反诗美的素材,另一方面又向人们意识深层开拓,超出了伍尔芙的小说和艾略特《荒原》中的下意识,探索着像黑洞一样存在于人们心灵中的'无意识'。神秘的无意识,没有人能进入它,但又没有人能逃避它的辐射,因为今天语言学已经明确这心灵中的黑洞是语言结构的发源地。19世纪的浪漫主义理论家柯洛瑞奇告诉人们,想象力包括来自先验和作家心灵两方面,而今天的语言学家却指出语言结构的第三空间,这就是无意识。"① 很显然,郑敏在此是把下意识同无意识作了明确的区分的,如果说下意识是被外来力量压抑到了意识深处的观念性的东西,一有触动就会自然地反射,无意识则是人类远古以来就积淀在心灵结构最隐秘的地方的生存本能与生理欲望,它无需触动也在影响着人们的行为。对女性而言,下意识作为一种压抑物,可能更多地与男性强势文化观念有关,而作为生存本能与生理欲望的无意识,则肯定更多地包容着女性躯体的本质能量。所以,当女性主义诗人用躯体写作的方式消解了包裹着自己的男性强势话语,女性的躯体能量获得自由释放的机会的时候,女性主义诗人理所当然地提出了倾听语言的诗学原则。"词语中的秘密与我们内心的理想有关系,对我而言,可以深藏的理想是秘密的,它的秘密在于很多时候把我们自身连同身体都隐现在惟我可以能托的时刻。""我是一名觇觎者并以我自己的方式用词语载动着钥匙,基于此,只有让我生活在词语中,我选择了应该选择的一切,……用一种始终是迷惑不解的预兆等待着一切降临。""倾听自己的声音时我会忘记自己。"② 在无意识包容躯体本能的意义上,倾听语言,实际上就是倾听自己心灵深渊之中的生命的呼喊,而生命的呼喊是永远大于理智的思考的。所以,"在某些时候,当细节在诗中流动和渗透时,语言被怪异地夸大,它表现出对整体的疑惑,对现存的语言的脱节,这时,你不得不敬重那些词语组织中超越你的思想的

---

① 郑敏:《诗歌与哲学是近邻》,北京大学出版社1999年版,第411页。
② 海男:《心灵往事》,见《心灵挽诗》,湖南文艺出版社1998年版。

涵义"①。从失语到言说,这是女性书写的发展史,也是女性生存的发展史。由于女性书写与女性生存在历史发展上的这种同构性,倾听语言这一诗学原则提出的意义就不仅表现在具体的语言操作的层面上,而且具有了女性书写本体论的高度。海男对此有过精辟的论说:"语言除了是一种符号之外,在更为广泛的意义上,语言是在解决生活的问题,语言解决我们说话的问题,语言解决我们活着呼吸的问题,语言解决死亡之前一个充满谎言的世界,语言解决一个已经在混乱中沉溺于太长的心灵世界。"② 语言是存在的寓所,人栖居于语言这寓所中,用语词思索与创作的人们是这个寓所的守护者。过去,女性没有这个寓所,她们被遮蔽在男性话语之中,因而她们在哲学的意义上处于非存在状态。无疑,语言作为存在的寓所,作为生命的回声,语言与存在之间的同构关系对于女性而言其意义尤其重要。正是由于中国当代女性主义诗人意识到了语言与存在之间的同构性,意识到了倾听语言与敞开生命之间的联系,中国当代女性诗学的建构才上升到了一个新的学术高度,并且形成了一个向纵深发展的新的理论契机。

最后要指出的是,近几年来中国女性诗学理论的建构出现了一种普遍的反思倾向,既反思当代女性诗歌创作,也反思女性诗学话语的形成历史。从这种反思倾向中我们可以看到几个值得重视的问题。一是女性诗歌如何解决第二重失语,也就是模仿西方女权主义话语的问题。在这方面,我们既看到了焦虑,如郑敏对中国当代诗歌话语丢掉自己母语的特征,不断在模仿别人的失语现象深感忧虑,甚至将此现象提到了民族素质的高度上来认识,同时我们也能感受到一些女性诗人自我转换的欣慰,如翟永明在谈到她的《咖啡馆之歌》时曾说:"通过写作《咖啡馆之歌》,我完成了久已期待的语言的转换,它带走了我过去写作中受普拉斯影响而强调的自白语调,而带来一种新的细微而平淡的叙说风格。"③ 当然,这并不意味翟永明已经放弃自白的叙说方式,而是像她自己所说的是加大了自白语调"抒情态度上的客观性"。这种转换,既保持了女性诗歌的本体性特征,又体现出诗人寻找个体独异性的努力。二是女性诗歌由女性痛苦与生命的呼喊向日常生活叙说的转换,近年来,王小妮已经把自己定位在同木匠一样的制作者的位置上,"诗写在纸上,誊写清楚了,诗人就消失,回到他的日常生活之中去,做饭或者擦地板,手上沾着淘米的浊水"④。翟永明也明确表示过,她喜欢从

---

① 翟永明:《献给无限的少数人》,《诗探索》1999 年第 1 期。
② 海男:《心灵往事》,见《心灵挽诗》,湖南文艺出版社 1998 年版。
③ 翟永明:《称之为一切》,春风文艺出版社 1997 年版,第 214 页。
④ 王小妮:《木匠致铁匠》,见《现代汉诗:反思与求索》,作家出版社 1998 年版。

日常经验中提取所需的成分,90 年代以来她对词语本身的兴趣主要集中在口语、叙事性语言等方面。过去,提到女性作家总给人以一种身份的特异感觉,以致人们在谈论女性文学时首先想到的不是文学,而是女性。所以,向日常生活叙说的转换不仅涉及到诗语问题,而且也是女性主义诗人对自我身份的一种反思与消解。三是对女性诗歌所追求的性别意识的反思,对此,翟永明近来曾有尖锐的批评:"女性诗歌正在形成新的模式,固定重复的题材,歇斯底里的直白语言,生硬粗糙的词语组合,不讲究内在联系的意象堆砌,毫无美感作外在的性意识倡导,已越来越形成女性诗歌的媚俗倾向。"[①] 郑敏更是敏感地发现了中国当代女性诗歌的"回归"倾向,如寻找真正的男子汉,想做真正的东方女性,寻找一个愿意向阳性退赔若干领土的阴性国度,召唤阳刚之美与阴柔之美等等,所以,郑敏不无忧虑地指出,"当西方的女权运动者唾弃一切传统留给妇女(出于保护她们)的权益,要求受到男子一样的社交待遇时,中国的一些女性反抗却表现在:请将我当一个女性来对待"[②]。从这些反思中,我们不难体会到女性诗歌发展的一个二律背反的课题。"女性作为独立自我的发展既是女权运动的重要课题,也是女性诗人成为出色的诗人的关键。"女性意识是女性诗歌的存在的本体条件,但是女性诗歌也不能仅仅凭借"女性"这一理由在文学史上占据地位,它还必须依靠与人类普泛精神、宇宙整体意识的沟通来达到一种世界意义的精神深度。所以,女性意识与人类意识、性别立场与世界观点的悖反以及这一悖反的消解融合,恰恰是当代中国女性诗学理论建构已经意识到了的、不可回避也无法穷尽的一个永恒话题。

---

① 翟永明:《纸上建筑》,东方出版中心 1997 年版,第 232 页。
② 郑敏:《诗歌与哲学是近邻》,北京大学出版社 1999 年版,第 395 页。

一道奇异的历史风景线

——女性新历史小说及其批评概览

张兵娟

　　兴起于20世纪80年代中后期的新历史小说,既是新时期以来文学创作中历史反思的延续深化,是思想解放、创作自由的高涨的产物,也是当代西方哲学和史学观念尤其是新历史主义思潮相互撞击影响下的结果。这种被评论界命名为"新历史小说"的创作思潮以一种强烈的颠覆精神和叛逆心态,以一种迥异于以往的叙事方法和叙事角度,为我们重新改写并构筑了另一道奇异的"历史风景线"。

　　几乎是在一夜之间,一大批耳熟能详的"新历史小说"作家,如乔良、莫言、苏童、叶兆言、刘震云、余华等的作品,以各自不同的姿态走进读者——进入评论家的视野。他们的作品被众多评论家用各种方式、不同的话语阐释着、评说着。不过,在这些评论中,却很少提及女性新历史小说的创作,与之相关的专题评论也是屈指可数。女性新历史小说,如果从铁凝1989年写的《棉花垛》算起的话,虽然起步稍晚于男性新历史小说(乔良的《灵旗》,1986年),但它却以强劲的发展态势,迅速崭露头角并和男性新历史小说并驾齐驱。一大批女性新历史小说如方方的《祖父在父亲心中》,池莉的《预谋杀人》,王安忆的《叔叔的故事》,赵玫的《我们家族的女人》以及迟子建、须兰、蒋韵、徐小斌等的作品大量涌入当代文坛,显示出别样的历史景观和美学意味。尤其是近一二年项小米、虹影以及《花非花·历史小说系列》的出版,更显示出女性新历史小说创作的强大生命力,它对有的评论者指出的新历史小说创作正走向衰亡的预言不啻是一种矫正和

题解　本文原载《中州学刊》2003年第5期。作者指出,九十年代以来出现的大量女性新历史小说,以其鲜明的女性意识和自觉的历史意识,为我们重塑了一部别样的、新的女性历史。如方方的《祖父在父亲心中》,池莉的《预谋杀人》,王安忆的《叔叔的故事》,赵玫的《我们家族的女人》以及迟子建、须兰、蒋韵、徐小斌等的作品,显示出别样的历史景观和美学意味。尤其是项小米、虹影以及《花非花·历史小说系列》的出版,更显示出女性新历史小说创作的强大生命力。女性新历史小说以女性的生命体验为内在依据,以性别视角为切入点,以合理的虚构、想象为叙事手段,将既往被排斥在历史阐释之外的并始终被传统的历史所遮蔽压抑的女性生存经历与遭际命运写进历史,为我们显现出历史的另一番真实风貌,使我们得以以一种新的历史视界去重新认识历史,认识女性,这正是女性新历史小说写作的意义和价值之所在。

反叛。因此本文拟对女性新历史小说的创作以及相关批评作一扫描式的初步梳理，并借此向人们打开一扇不同于男性的女性新历史小说窗口，从而让更多的人对女性新历史小说有一个正确而又全面的认识和评价。

同样面对历史，女性和男性是不同的。正如美国女权主义批评家朱迪思·劳德·牛顿所指出的："正是由于她们由文化所决定，在心理上已经内在化的边缘地位使她们的经验完全不同于男人，把妇女写进'历史'，也许更多地意味着传统的关于'历史'的定义本身需要改变。"① 的确，女作家对女性历史视域的历史想象和表述既不同于传统正史观视角下的历史"真实"，也不同于苏童、格非等历史小说的历史碎片。虽然新历史小说对主流历史观念进行了大胆地质疑和拆解，但其本身仍表现出极强的男性本位观念和男性中心色彩，而这正是女性主义所要批判颠覆的。女性新历史小说的价值和意义也正在这里。它以女性的生命体验为内在依据，以性别视角为切入点，以合理的虚构、想象为叙事手段，将既往被排斥在历史阐释之外的并始终被传统的历史所遮蔽压抑的女性生存经历与遭际命运写进历史，从而说明了真正的历史"应该"和"怎样"，为我们显现出历史的另一番真实风貌。从而如朱迪思·劳德·牛顿指出的"这样的历史可以制造出比'历史一如既往'更多的东西"。

一、女性想象中的历史

女性以自己的性别想象历史使历史幻化出另一面的真实，拓展了历史叙述的审美空间，表现出一种强劲的历史穿透力。其代表作家作品有铁凝的《棉花垛》、方方的《何处是我家园》、须兰的《宋朝故事》《红檀板》、迟子建的《秧歌》、王安忆的《长恨歌》等。这些女性新历史小说不是正面拆解历史，而是从间接、侧面的边缘视角打量"历史"，从大历史中披文入微，让那些被压抑被扭曲的生存体验闪现出来，向我们展示了奇异沉重而凄美的历史风景，传达出女性丰富细致的时间经验感和历史感。

铁凝发表于1989年的中篇小说《棉花垛》可以称得上是一篇较早也较典型的女性新历史小说。在这篇小说中，铁凝表面是在写抗战，而实质上是写男性世界中女性的生存本相和不可逆转的悲剧命运。在这里，抗战作为历史背景主要

---

① 朱迪思·劳德·牛顿：《历史一如既往？女性主义和新历史主义》，选自张京媛主编《新历史主义与文学批评》，北京大学出版社1993年版，第204页。

为作家全方位展示女性生存状态提供了一个契机。如果说小说中对米子的刻画意在表现传统文化环境下女性靠出卖色相和身体来维持生存的残酷事实的话；那么,乔与小臭子的塑造则意在揭示即使是那场史无前例的民族战争,女性仍逃脱不了"性"的悲剧命运。正如有评论者指出的"这绝不仅仅是方式的偶然相同,在这种先奸后杀的方式背后,体现了男性世界对女性世界的态度。在男性为主体的社会环境下,正义和非正义的两种对立男性集团采用相同的方式毁灭女性;正义与非正义的两种对立女性以同样的方式被毁灭。这使人不能不感受到中国女性在社会动荡中的悲剧充满着宿命意味"①。在这里,女性以自己的历史存在经验和感性生命体验想象历史,为我们提供了对历史进行阐释的多种可能性,从而勾勒出了被人们所忽略的隐性历史,凸现出了被正史和男性经典历史叙述中所遮蔽和扭曲的历史真相。

可以说,女性新历史小说在历史的废墟中寻找的并不是具体的历史事件,而是历史氛围和历史感受。由此,历史在主体的追寻过程中得以重新打开、重新体现。如王安忆的《长恨歌》。正如徐坤指出:王安忆的《长恨歌》"以散文的笔调,以'做旧'的色彩,完成了一次女性历史生命的钩沉。这是一部'被叙述'的历史和女性史,我们过去所熟悉和司空见惯的一种历史方式皆被用王安忆式的叙事、王安忆式的幽情、王安忆式的将感觉诉诸于理念而叙述重写了。这里无关乎革命,无关乎战争,无关乎政治与经济,而只是宿命,是劫,是流年,是女人情爱与心的流程。这里无关乎他人,而只是王安忆心中对历史的感觉,悠长、细腻、婉转、一唱三叹、蜿蜒独行于历史与现实之间"②。

的确,王琦瑶——这个"张爱玲之后"的女人,虽然有着传奇的经历,但却没有传奇的人生,作为一个"大历史"中的"小故事",我们看不到历史的烟云动荡,沧桑变迁,感受不到生活的五光十色,绚烂多彩。我们看到的只是王琦瑶由琐碎人生经验所堆砌而成的不同于男性生活的生命轨迹,听到的似乎是张爱玲笔下那凄清、幽咽而又感伤的琴声。然而这同样是一种"历史",是由偶然、具体、个别和细小精致的碎片组成的历史。当王安忆挪开历史的屏风,向我们展示这种"历史"时,可以说在某种程度上正裂解抑或补白着既定的宏大的历史。正如王安忆在《寻找苏青》中所说:"这城市流失了多少人的经历和变故,虽说都是上不了历史书的,只能是街谈巷议,可缺了它,有些事情就不好解释了。"是的,历史

---

① 董晓宇:《男性世界中女性的生命本相——谈〈棉花垛〉中女性形象的塑造》,《作品与争鸣》1989年第8期。

② 徐坤:《双调夜行船》,山西教育出版社1999年版,第110页。

并不只是教科书所写的那一种,那些"上不了历史书的'历史'大都被人们所忽略和遗忘了,然而正是这种'历史'才呈现出某种真实,成为映照我们生存现实的一幅逼真而又生动的镜像"。

如果说女性那段漫长而又幽暗的历史是被挖掘、被叙述的,那么方方发表于1994年的《何处是我家园》对"秋婆"一生的关照则是靠拼贴和想象完成的。而方方对于讲述这段历史传奇故事则有着明显的自觉自愿。

在这篇小说里,秋月也就是"秋婆"的命运的不确定性,正表达出了作者的某种历史观念:历史是由偶然的许多不期而至的巧合组成的,这些巧合常常改变人的生活道路,因此人的命运恍惚不定,充满非理性的外来的异己力量。的确,在秋月的丫环风儿介入之后,一连串的偶然事件的发生,使得她们的命运在不知不觉中被改变了。作者在感慨女人的命运"就象这只风筝一样只有沉浮之空间而没有归宿之陆地"的同时,也不经意地揭露了男权社会对女性的挤压和倾轧。倘如不是男权社会对"处女"的崇拜和禁忌,女性的命运又何至于这样悲惨?何处是女性的家园?文明的大门何时为女性敞开?作者在叩问历史,揭示其历史原生态的同时,无疑也包含了作者对女性悲剧命运的异常冷静深刻的认识和把握。

女性的生存与经验在历史与现实中一向被男性叙事话语所遗忘和遮蔽,它犹如一串闪亮的碎片被幽禁封存在女性心灵与记忆的深湖之中。当今天女作家将它打捞出来时,展现在我们眼前的是一幅真切、细微、凄婉感伤的历史景象。在迟子建的《秧歌》中,一如萧红《生死场》般的沉重,在艰辛的生活里度日的女萝和传奇女子小梳妆之间,迟子建建构了一种异乎寻常的交织与相遇。小说对"没有感情的男人只有痴情的女子"的传统主题进行了重新演绎,揭示了历史积尘下女性的苦涩与辛酸。而须兰的《纪念乐师良宵》则以一个17岁少女良宵的视点对1937年的南京大屠杀作了零碎而细腻的"报道",不仅对"战争让女人走开"的传统观念和历史叙事观给予了大胆的摒弃,而且在历史叙事中再现了一颗为战争炮火、血腥屠杀震撼的少女之心。

拨开历史的重重迷雾,女性将此在生命体验引入历史,复原了那逝去的久远的丰富而又细微的历史真相,触摸到了女性在男性历史中的心灵变异和惨痛历史。这种被福柯称之为"经验性存在"的历史,是被人们长久所忽略的历史,是传统压抑和扭曲的历史。无疑这种历史虽为虚构却更加真实,它虽是文本化的历史,但却更加合乎人性,更契合女性心灵的历史。也正是从这个意义上,我们同意怀特的观点,他认为,正是这种重叙事结构,重意义想象,重语言阐释的"元历史"才是获得意义之"真"的唯一途径。

二、女性家族中的历史

新时期以来,对历史的书写,一直是作家们取之不尽的题材和激情的来源。不过,历史书写的单位由国家、民族、阶级到村落、家族、民间,其审视历史的视角及内容的转换则是到了新历史小说的出现才明确起来。尤其是对家族史的关照、摹写,出现了一大批有代表性有影响的作家、作品。不过在男作家的笔下,家族作为民族自下而上的一幅镜像,家族命运作为民族历史的一个投影,使得这种男性家族历史的书写仍是虚构大于纪实,观念重于形象,带有浓重的"寓言化"倾向,而女性的家族历史小说则不然。在女性主义者看来,历史是有"性别"的,一部人类文化思想史,实际上是一部"男性中心"话语史,短暂的母系社会以后,女性的历史就被割断了,不再见诸于纪录。女性的生命链条无以追踪和延续,在菲勒斯中心语境中,女性历史的书写成为一片"空白之页"和"空洞能指"。

随着一个"女人写女人"的历史的到来,女性除了重新审视,重新认识自己外,找寻女性自己的历史,进行母系或父系谱系的梳理也逐渐成为必然。其中有代表性的作家作品有赵玫的《我们家族的女人》,方方的《祖父在父亲心中》,张抗抗的《赤彤丹朱》,徐小斌的《羽蛇》,蒋韵的《栎树的囚徒》,王安忆的《纪实与虚构》,项小米的《英雄无语》,虹影的《饥饿的女儿》等,这些作品在对家族血脉渊源的梳理中,完成了一次女性个人与历史的对话,用自己的手和笔撼动了以男性为中心的历史神话链条。

1992年赵玫以满族后裔身份写下了自传体长篇《我们家族的女人》。正如赵玫所说,"这是一部由血缘而造成的家族哀史。这哀史中的不幸者又均为女人……家族是一扇巨大的门,只要你走进来无论你是谁,你都将被笼罩在家庭的命运的阴影下,你们中一个也逃不脱"。在这里,家族在赵玫的笔下,不再作为一个背景,一个文化象征,或是民族的缩写,而仅仅作为一个天命,一个与生俱来的宿命和家族神秘的咒符被继承着。

而被评论家称之为"女性命运的史诗"的《羽蛇》(又名《太阳氏族》)也是以血缘关系追索女人的历史、探讨女人的命运。羽蛇、金乌、若木、云滇……这些往昔历史中有着美好的传说的"太阳氏族",当她们从理想的天空跌落到现实的地面时,就失去了耀眼的光芒,变得暗淡无光了。她们无法掌握自己的命运,只能任其自身黑暗中的炽烈、幽冥间的火焰灼伤自己、灼伤他人;只能任历史的尘风裹挟着她们翻飞却无力抵抗、改变。在这里,作者正是通过对近一个世纪女性历史的梳理,既颠覆了关于女人"母爱天性"的神话,抒写了女人受难的爱的历程,同时对女性那种自恋、自欺乃至根源于女性内在性的那种偏执,有着清晰的理性认识和批判精神。

如果说徐小斌的《羽蛇》偏重神话色彩,那么蒋韵的《栎树的囚徒》则更具象征意蕴。《栎树的囚徒》出版后,即好评如潮。如有评论家所指出的,它"不仅打破了'沉默'由被动而主动,而且是在其女性话语的颠覆消解过程中,首先赢得了女性在历史言说(包括创作主体蒋韵和言说主体范天菊、范苏柳、贺莲东)的权利,使沉默数千年的女性生命体验,不再被埋葬于地表之下,也不单单是'浮出历史地表',而是一个不可低估的颠覆和消解历史的话语力量的存在"①。

除此以外,女性家族历史小说在拓展表现领域,思索女性更深层次命运的问题上,也有了明显的突破,在这方面项小米的《英雄无语》以及虹影的《饥饿的女儿》堪称代表。项小米的《英雄无语》因其内容的丰富性、叙事的新颖性、角度的独特性也引起很大反响。尤其是其中贯穿始终的最主要也是最精彩的线索——追踪"爷爷"的革命历程、探索"奶奶"的苦难命运引起我们的注意和沉思。由于女性视角的倾斜,使得该书在探隐索微地揭示"爷爷"的革命生涯时,总是站在女性的立场上,从"奶奶"的苦难中,暴露和批判作为历史英雄的"爷爷"性格和经历中暗淡无光的一面,倾述在历史的苦难和悲剧中作为女性和儿童们额外承担的那种不为人所知的惨痛的牺牲,从而在建构文本和解读历史的奥秘中,在寻求女性对历史对现实的独特立场上,迈出了重要的一步。

小说中的"爷爷"作为一个英雄,作为一个为革命出生入死,顶天立地的男子汉确实令人敬佩,然而在"爷爷"身上,他的劣根性——中国根深蒂固的歧视女性,视女性为玩物或者生育机器的传统观念,在"爷爷"身上表现得淋漓尽致。不错,他在革命的进程中是一个功臣,但在他的家族中,却是一个没有丝毫温情的霸主,他给众多的女性带来了如此沉重的灾难但到最后也没有觉悟。因此作者禁不住质疑:"爷爷需要感情吗? 爷爷懂得感情吗? 爷爷尽管睿智英武一表人才,但他基本上还是一个农民,一个大山的儿子。大山给了他勇猛、顽强、粗犷,同时也给了他愚昧、粗暴。"其实,革命的政治觉悟和对待女性的态度,二者并没有必然的联系,因此女性的屈辱并没有随着革命的实现而去除。小说中对女性与历史,女性与革命,女性与男性的思考在另一个层面激起我们更深的思考。此外,正如有的评论者指出的,《英雄无语》还在更高的层次上提供了一种

---

① 郭剑卿:《蒋韵近作中的女性意识及其文化意义》,《当代作家评论》2000 年第 6 期。

女性的价值关怀尺度,"《英雄无语》没有一般地解构男性中心历史,而是在考察这种历史的成因中嵌入女性的视野,进而从中发现人性的构成并探索生命的意义"。这种"从历史关怀探入终极关怀"……它们或许就意味着当代女性写作自身解困的能力。① 的确,超越简单的道德批判和意识形态判断,尊重人的价值和人的尊严,这使得项小米笔下的"爷爷"虽然有着在女性主义者看来不可宽恕的"男权思想",但仍不失为人的尊严和英雄的尊严,从而在激起我们感动、崇敬、遗憾、惋惜等种种复杂感受的同时,也使小说显得更加真实感人。

以个人的视角审视历史,以女性的体验言说历史,这正是女性新历史小说的特点之一,从这个意义上说,虹影的《饥饿的女儿》也是一篇颇为典型的女性新历史小说。虽然虹影在《饥饿的女儿》中,通篇都是写"六六"的所经所历,所思所感,讲述的都是"六六"也就是作者自己在那不堪回首的年代中面临双重饥饿艰难困窘的生存经历。但透过女性个人的痛苦与不幸,我们分明看到那段历史的残酷与荒谬,看到那些在"革命"的名义下所从事的种种非人道行为和所造成的非人道劫难。因而这部小说虽写的是女性的个人史却折射出整个民族的悲剧命运;虽是女性一己、一家的不幸遭遇,但却映衬出那段历史的混乱、丑陋与不可理喻。正如谭湘指出的:"在这里我们可以看到中国男权文化的本质,如果说生理的痛苦、疲惫和饥饿都还不足以毁灭一个身体,那么一种文化,建立在这种文化之上的观点、道德、规矩,真的可以扼杀一个人的生命。"② 在这里,作者以深刻的自审和反省精神,贯穿了一种超越时空的对历史和人性的反思,她将个人的和家庭的痛苦化转成历史的痛苦和人性的痛苦,从而超越了女性写作狭隘的叙事天地,使女性写作进入了历史的广阔地平线,从而显示出丰厚的内在底蕴。

家族是人类寻求一种更大力量的渴望和与这强大力量永远结盟在一起的理想,王安忆的长篇小说《纪实与虚构》,将寻根、成长与幻想融在一起,以此作为"创造世界"的一种方式,在她笔下,"移民"的悲哀,"没有家园"的困惑,无法摆脱的流逝感,漂泊感,促使她将目光投向更宏阔更精神层面甚至更为人类的意义上的对"家"的乌托邦式追寻与遥望上。家族,由此超越性别、民族,被视作人类的缩写。在此,女性对母系家族的寻找和找寻自己"根"的渴望置换为现代人的普遍焦虑与生命哲学的基本命题,从而使女性的个人命运不期然同人的命运紧密联系在了一起。

---

① 荒林:《〈英雄无语〉与女性写作的价值关怀》,《百花洲》2001 年第 4 期。
② 谭湘:《〈饥饿的女儿〉——女性的自审或救赎》,《百花洲》2000 年第 6 期。

在对女性家族历史小说进行匆匆的扫描后,还有一篇小说不得不提,这就是方方发表于 1990 年的中篇小说《祖父在父亲心中》,如果说前几部家族历史小说,多是从寻找母系一族进入历史的话,那么这篇带有真实自传色彩的家族历史则是以父亲为主的。不过在这里,这点区分并不重要,重要的是方方在这里提供了一个久被人们忽略的问题,那就是历史是什么?历史和人究竟是一种什么样的关系。

历史并不是冰冷的古籍,僵硬的教科书,而是活生生的生命留下的体温和印记。祖父书生一般地活着,勇士一般地死去的一生一直活在父亲心中,而父亲在历史的长河中无力主宰自我命运的悲哀与无奈,又一直成为我心中挥之不去的一道阴影和一种惨痛的历史记忆。祖父的历史,父亲的历史,成为我心中的历史,这种历史因其血脉相连,因其个人的独特性,不可重复性而显得真实、感人。除此之外,作者在这种历史的书写中,开始重新关注个人在历史践踏中的悲剧性命运,关注对人的尊严的尊重和个人在此世的幸福和价值等;可以说,有生命的个人是历史存在的前提,因此尊重了人也就是尊重历史。当方方以含泪的笔墨记录父亲"学多用少"的悲凉一生和被一次又一次的政治运动销蚀掉的创造才华及生命激情时,我们似乎看到了历史表面上客观、公正实质上则残酷、荒谬的面孔,同时我们也开始明白,既往那种抹杀、扭曲、遮蔽了个人生命的历史,是不真实的虚假的历史,是应予以否定和批判的历史。无疑,这种对于人的尊重和对个人终极价值的深深眷注,是女性新历史小说的特征之所在,也是贯穿在女性历史叙事中的一条主线。

三、女性传记中的历史

按照解释学的观点,一切历史意识的"切片"都是当代阐释的结果,文学阐释是一种人性的共鸣,尽管由于历史的不可逆性和非透明性,不能为文本提供一个"客观"的停泊地,但我们仍能通过文学的符号系统来"复活"那些已逝去的人们和经历过的一切。通过文学的文本密码来揭示那曾遭到压抑和扭曲的自我和历史。从这个意义上说,上海古籍出版社 2001 年出版的《花非花·历史小说系列》无疑为我们提供了一个广阔的阐释空间。

这一系列的"女作家关照演绎女性的历史故事",作者选取的都是历史中实有其人但又颇有争议的一些女性,如王小鹰写的《吕后·宫庭玩偶》、赵玫的《高阳公主·长歌》、石楠的《陈圆圆·红颜恨》、王晓玉的《赛金花·凡尘》等等,这些曾经在历史上留名的女性在男性的视野中,不是被描写为"红颜祸水",就是斥责为"淫乱"、"邪恶",她们的真实面貌被历史的浓雾所笼罩,被话语的脏水所涂抹,被语言的尘土所覆盖,其自身的真相遗落在人们的视野之外,消失在历史的荒原中。为了还原一个女性的真实形象,为了更趋近那一段历史真实,女作家调动起自己的全部生命体验,将自己融入历史,融入传主的生命情感中,用文学的想象的方式为我们联缀、叙述了一部部虽为虚构却更加真实,更加人性化的历史。这无意中正暗含和契合了新历史主义的一个重要命题,即强调历史的深层结构是"诗性"的,充满了虚构与想象。历史也不是铁板一块,而是充满需要阐释的空白点。对此,赵玫在《武则天》的后记——《我们的方式》一文中,明白无误地告诉了我们这一点:"我的方式使我在创作中充满了激情。最最令我兴奋的是历史的话题所带给我的无限创造的空间。我可以在讲述着一个十分古老的故事时,充满了想象力地去探讨一种人性的可能性,心灵的可能性,以及历史人物生存选择的可能性。在历史提供的僵硬的脉络中,填充进鲜活的生命;在一千余年前遗留下来的没有呼吸的骨骼中,填充进我们今天依然可感可触的血和肉。"作者以女性的细腻、激情,以自己独特的方式,为我们重塑了一个"武则天",为我们立体地、全方位、多侧面、多角度地展示了一个复杂而又丰满的既是女皇更是女性的形象。

当我们面对冰冷的过去感知历史的余温,面对无生命的古籍去触摸活生生的灵魂时,我们靠什么去与此对话沟通呢?阐释学认为唯有理解与体验。那么理解又是什么?海德格尔认为,理解的本质就是作为"此在"的人对存在的理解,也就是"此在"的存在方式本身。因此,理解就不是去把握一个事实,而是去理解一种存在的潜在性和可能性。在这一点上,王小鹰在创作《吕后·宫廷玩偶》时就有一种很明确的意识和自觉:面对被埋没在二千多年岁月尘埃深处的吕后,面对被后世修改得面目全非,甚至于司马迁所描述的那个"为人刚毅,佐高祖定天下",执政期间"天下晏然,刑罚罕用,罪人是希,民务稼穑,衣食滋殖"也相去甚远的吕后,王小鹰以自己的惠心和此在的理解找到了一个锲入吕雉生平的一个视角——宫廷玩偶,从而打开了尘封已久的历史大门,为我们复活了一个真实而又鲜活的女性。正如王小鹰所说:"无论这个女人当时曾做过什么,无论她实际的功罪有多少,在历史缓慢而漫长的进程中,她已无可奈何地沦为一具玩偶,男人的玩偶,权力的玩偶,政治的玩偶,甚至还是历史的玩偶。"[1] 因此在

---

① 王小鹰:《吕后·宫廷玩偶》(后记),上海古籍出版社 2001 年版。

面对这样一个幻想用其得到的权力地位去换取人世间的亲情和爱情,但却最终扭曲了自己,而沦为宫廷政治的牺牲品的女性时,王小鹰表达了这样一个心愿,"我不想通过描写吕后这个人物而阐述一个什么观点,我不想再把她当作一具玩偶,我只想尽可能真实可信地将二千多年前的这个女人描写出来"①。在这里,作者并不避讳这个女人曾有的残忍和无情,也没有袒护她人性中所具有的丑陋和肮脏的一面。相反,作者一方面从理性的人性视角对此给予毫不留情的批判,另一方面,从她为帝妻为人母为女皇这几重角色来展开她心灵的挣扎。可以说,在这套大型系列丛书中,女作家对自己的传主都做了各具慧心的个性化的解读和阐释,如庞天舒的《王昭君·出塞曲》、蒋丽萍的《柳如是·柳叶悲风》等,其意义便在于去蔽和质疑,还女性一个真身,同时张扬一种真正的、个性化的本真的生存状态,从而建构一个更人性化的历史。新历史主义认为,有多少种阐释,就有多少种历史,人们只选择自己认同的被阐释过的历史。这种选择往往不是认识论的,而是审美的或是道德的。今天当女性通过自己的理解体验来阐释历史时,其目的不是要回归"大历史",不是去追问历史事件是否真实,而是去探寻历史事件存在的多种可能性,从而通过对历史事件的解读去建立一种重新阐释过的更真实、更人性化的历史,以此张扬其主体性,显示出历史的新颖性,达到重新改写历史,将颠倒的历史重新颠倒过来的目的。因为对女性来说,颠覆就是对权力的挑战,对历史的重新干预,对自我身份的重新界定,而这一切都是通过文学文本体现出来。

　　一位西方女性主义者曾经说过:"妇女必须把自己写进文本;就像通过自己的奋斗嵌入世界历史一样。"的确,文学既是一种话语的实践也是一种历史的实践,它在参与历史时,就唤醒了心灵;在再现历史时,就干预了历史;在言说历史时,就进入了历史。狄尔泰曾经说过:"人是什么,只有历史才能告诉他。"那么女性是什么,也只有女性的历史才能回答。九十年代以来出现的大量女性新历史小说,以其鲜明的女性意识和自觉的历史意识,为我们重塑了一部别样的、新的女性历史。它使我们得以穿越历史和文本的长期欺瞒,发现历史中那些被人们所忽略的、所遮蔽的、所扭曲的历史真相,它使我们得以以一种新的历史视界去重新认识历史,认识女性。我认为这正是女性新历史小说写作的意义和价值之所在。

---

① 王小鹰:《吕后·宫廷玩偶》(后记),上海古籍出版社 2001 年版。

激情同技术遇合

　　——90 年代女性主义诗歌的审美新向度

罗振亚

　　90 年代的诗坛渐呈颓势，每况愈下。诗人头上的贵族光晕日益黯淡，诗歌在生活中已经成为可有可无的点缀，诗歌写作变得愈来愈个人化、边缘化。在诗坛空前的阵痛和逃亡中，招摇的诗写者纷纷走穴出局，男性诗人频频自杀，先锋诗歌步履艰难。然而就在同样一个时段内，女性主义诗歌却相对平静，不但翟永明、伊蕾、唐亚平、陆忆敏、王小妮、张真、林雪、张烨、海男等"老"诗人锐利不减、风头正健，唐丹鸿、李轻松、丁丽英、鲁西西、周瓒、安琪、胡军军、穆青、吕约等"新"诗人更源源不断，繁花似锦，阵营壮观；而且诗人们置身于文化消费性强化的残酷现实中普遍波澜不惊，置身于物质欲望的潮流里一致拒绝其精神掠夺，不向经济大潮投降，也不向大众文学改嫁，而是超然宁静，心怀高远，在寂寞中致力于女性主义立场上的日常生活提升，以精神创造的反消费力量为诗歌"招魂"，在人类灵魂的高地继续为人类灵魂救赎，从而开辟出了更为阔大的驰骋天地，拥有了一份自己的练达和成熟。

　　皮相地看，在从 80 年代到 90 年代的时间位移里，女性主义诗歌是一路直线前行的；但实际上其视角、蕴涵、言说策略和艺术品格上还是经历了本质性的蝉蜕和裂变。记得法国女性主义理论家朱利亚·克里斯蒂娃在《妇女的时间》一书中说，女性的写作要经历三个阶段，即对男性词语世界的认同——对男性词语世界的反叛，即二元对立式的词语立场——回到词语本身，直面词语世界。我以

题解　本文原载《文艺理论研究》2004 年第 2 期。作者通过对 90 年代女性主义诗歌的考察，认为在诗歌写作越来越个人化、边缘化，先锋诗歌步履艰难的同一时段内，女性主义诗歌却相对平静，不但翟永明等"老"诗人锐利不减，一批"新"诗人更源源不断，阵营壮观，在寂寞中致力于女性主义立场上的日常生活提升，拥有了一份自己的练达和成熟。在新时期的女性主义诗歌里，舒婷一代和翟永明、伊蕾、唐亚平一代分别完成了女性写作觉醒、确认的前两个阶段，90 年代的女性主义诗歌则进入了回归词语本身的语言写作时期，在 80 年代关注"说什么"的激情本身基础上，开始关注"怎么说"的技术问题。对 90 年代女性诗歌，董秀丽已出版的博士学位论文《20 世纪 90 年代女性诗歌研究》作了专题论述。

为在新时期的女性主义诗歌里,如果说舒婷一代和翟永明、伊蕾、唐亚平一代分别完成了女性写作觉醒、确认的前两个阶段,那么 90 年代的女性主义诗歌则进入了回归词语本身、直面词语世界的语言写作时期,在 80 年代关注"说什么"的激情本身基础上,又开始关注"怎么说"的技术问题;或者说已经进入了激情和技术的对接混凝时期。

躯体诗学的解体

女性主义诗歌从躯体写作出离,是跨入 90 年代门槛后所做的相应策略调整。这种出离不是偶然凭空的突发事件,更非神秘莫测的"天外来客",在它戏剧性的变化背后隐伏着诸多历史、文学乃至诗人主体心理结构方面的复杂动因。

一是对抗男权话语和西方女权主义话语焦虑的必然选择。一部中华民族的话语流变史说穿了就是一部女性的屈辱史,长期的男权遮蔽和压制激将出女性内在的言说欲;所以借普拉斯等美国自白派诗人的引发与恐吓,翟永明、唐亚平、伊蕾、陆忆敏、小君等女性主义诗人携着强悍的女性意识,于 80 年代呼啸而出,在创造自身"最安静最美好的时光"(小君《关于我》)、"聆听笔的诉泣纸的咆哮"乐趣(唐亚平《自白》),同时,为诗坛带来了一阵奇妙的骚动和颤栗。但是随着进入 90 年代后激情的冷却终结、诗写的日趋平静自觉,诗人们痛苦地发现,她们对女性意识觉醒的呼喊在男性中心根深蒂固的社会面前,充其量不过是墙壁内苍白的声音,微弱的影响力丝毫未逸出女性精英的小圈子,受男性中心文化遮蔽的失语焦虑远远没有消除;并且女性意象和性征在商业广告、传媒中逐渐成为商品化符码,依旧是被窥视把玩的"风景","这种让女人与金钱互相转化的'性炒作',使女性身份进一步性消费化,女性的地位在'解放'的虚名下日渐沉沦"①。尤其是她们发现当初从男性话语的陷阱挣脱时,走进的却是西方女权主义话语遮蔽的另一个陷阱,女权主义话语虽然尖锐遒劲,有力地传达了她们颠覆男权话语的决绝和神勇;但它对于中国女性主义诗人来说却是异己的,诗人们使用多年的话语原来是他者话语的重复模仿,是本质上的失语,这种发现让中国女性主义诗人更为痛苦和焦虑。双重失语焦虑的合力进逼,促使女性主义

---

① 吴思敬:《中国女性诗歌:调整与转型》,《诗学沉思录》,辽宁人民出版社、辽海出版社 2001 年版,第 285 页。

诗人毅然将普拉斯还给普拉斯,告别躯体诗学,希求另寻出路,构筑一种新的诗学言说系统和方式。

二是源于艺术内部运行机制上对前期女性主义诗歌缺陷的定向反拨和矫正。女性主义诗歌正值生命峰巅状态之时已经隐藏着无法救治的危机,随着时光推移,弊端愈加清晰。女性主义诗歌刮起的"黑旋风",在 1986 年至 1988 年间曾经风光绚丽一时,它拆解了男权话语中心,喊出了女性显在以至隐蔽的心理呼求,打开了多种诗写渠道的可能;但它在展示女性形象同时,也在某种程度上扭曲、损害了女性形象,诗人们笔下变态、疯狂、肉欲十足的呼啸颇吓倒了一批读者,喧嚣混乱中女性主义诗歌又被群起效仿为新的"写作模式","固定重复的题材、歇斯底里式的直白语言、不讲究内在联系的意象堆砌,毫无美感,做作外在的'性意识'倡导等,已使'女性诗'出现了媚俗倾向"①,这种心理风暴和自白话语滋生的副产品——媚俗倾向,在新时期想象力和激情过剩的时节,非但保证不了诗歌资源的恒久丰厚,而且严重地减损了诗的艺术质地。所以自女性主义诗歌问世那天起,对它批评的声音就从未间断过,谢冕、郑敏、崔卫平、臧棣等诗歌理论家都贬斥它为与社会脱钩的"自我抚摸"、充满"死亡冲动"、"性意识"泛滥成灾、进入了"自白的误区"②,指责其"强调女性意识并不是要回到父权神话中的封闭的女性内心世界,而应该在一个大的现实背景和时代背景下去展开真实的女性对世界的认识"③。在一浪高过一浪、日趋严厉本质的冲击声讨面前,多数诗人正视到自身的弱点,翟永明就深刻地反省那篇被称为女性主义诗歌宣言的《黑夜的意识》"充满了混乱的激情、矫饰的语言,以及一种不成熟的自信",并预见"女诗人将从一种概念的写作进入更加技术性的写作"④,要"思考一种新的写作形式,一种超越自身局限,超越原有的理想主义,不以男女性别为参照又呈现独立风格的声音"⑤。她在这里所说的"技术性的写作"和"独立风格的声音",当主要指语言意识的自觉和将目光投向人类、历史、未来、理想和终极关怀的超性写作。这无疑表明女性主义诗人已经步入相对的成熟。

三是"语言论转向"的全球化语境和郑敏的诗语探索的共同催生。正如海德格尔所说,语言是存在的家屋,它本身就体现存在就是存在,创作主体面对的

① 翟永明:《"女性诗歌"与诗歌中的女性意识》,《诗刊》1989 年第 6 期。
② 陈旭光:《凝望世纪之交的前夜:"当代女性诗歌:态势与展望"研讨会述要》,《诗探索》1995 年第 3 期。
③ 李小雨:《失却女性》,《诗探索》1995 年第 3 期。
④ 翟永明:《再谈"黑夜意识"与"女性诗歌"》,《诗探索》1995 年第 1 期。
⑤ 翟永明:《"女性诗歌"与诗歌中的女性意识》,《诗刊》1989 年第 6 期。

"第一现实"就是语言;所以一切作家和诗人对语言都怀有天生的敏感,他们的创作困境无不首先表现为语言的痛苦,要摆脱困境也无不首先把聚光点对准语言。在被誉为语言学时代的 20 世纪里,"语言,连同它的问题、秘密和含义,已经成为 20 世纪知识生活的范型与专注的对象"①。80 年代后期,西方哲学领域中从以理性为中心的认识论美学转向的以语言为中心的语言论美学和海德格尔标举语言的诗学理论一道被绍介到中国后,因刺激、触动了中国文学的神经,而使诗界掀起了一股语言热的浪潮,使女性主义诗人也都把创造诗歌理想的无限希望寄托在语言乌托邦上,语言意识高度强化。同时,女性主义诗人们实际上的精神领袖郑敏,自 90 年代开始对诗歌中的语言问题进行了深入的哲学思考,相继写下《语言观念必须革新:重新认识汉语的审美功能与诗意价值》《世纪末的回顾:汉语语言变革与中国新诗创作》《诗歌与文化:诗歌·文化·语言》等一系列关涉诗歌语言的论文,指出语言既被干扰、糟蹋、挤压得伤痕累累面目全非,又潜伏着发现经验和悟性的宝贵资源。她的理论和行为感召,使许多女诗人对躯体的兴趣逐渐转向语言,意识到语言是诗人的故乡,是诗歌存在的居所与形式,唯有从语言切入方能抵达诗歌的本性、本质、本体所在,纷纷表现出回归词语本身的动向。翟永明说"我对词语本身的兴趣超过了以往任何时期"②,"汉语所提供给我的词汇和符号都使我感觉到汉语空间的无穷魅力"③;唐亚平说"语言已成为人类文明的自然。诗是语言的自然。诗人成全了诗,诗成全了语言,语言成全了诗人……我希望我的诗能把语言组织起来,我的语言能把事物组织起来——创造一个世界"④;海男这个"语言魔女"也说"词已经成为我的护身符",渴望构筑语言乌托邦……这种种表述和海德格尔那种视语言为诗的根本问题与归宿,认为不是诗歌创造语言,而是语言创造诗歌的论调何其相似。在这种思想统摄下,一些女性主义诗作甚至把"语言的狂欢"作为基本主题,把写诗衍化成了纯粹的语言学行为。

西方女权主义诗学话语"影响的焦虑"、对前期女性主义诗歌创作缺点的自省和"语言论转向"的全球化语境影响的合力作用,促成了 80 年代女性躯体诗学的最终解体;并使 90 年代的女性诗歌逐渐向新的审美维度归趋。

---

① 伊格尔顿:《二十世纪西方文学理论》,陕西师大出版社 1986 年版,第 121 页。
② 翟永明:《面对词语本身》,《作家》1998 年第 5 期。
③ 翟永明:《纸上建筑·完成之后又怎样》,东方出版中心 1997 年版,第 243 页。
④ 唐亚平:《黑色沙漠》,春风文艺出版社 1997 年版。

指向与形态

性别意识的淡化。

性别意识确立、女性身体的开掘是女性主义诗歌向远方进发并获得成功的依仗；但对它的极端张扬则使女性主义诗歌破绽百出，逼人沉思。"当西方的女权主义运动者唾弃一切传统留给妇女（出于保护她们）的权益，要求受到男子一样的社交待遇时，中国的一些女性反抗却表现在请将我当一个女性来对待"①，这种总想到自己性别的写作显然是低级的。因为真正的诗歌写作要维护一种标准，追求高尚的情感精神、敏锐的观察能力、超群的表达技巧的和谐共振；真正的女性诗歌写作要通过文本自身接近成功的境界，而不能借助和男性文化对抗的性别姿态和资本，否则充其量只能是在肉体和廉价的情感里兜圈子，永远难以获得优秀诗人的称谓；成熟的女性主义诗歌应该具有角色意识又能超越角色意识，打破性别的界限，着眼于女性和全人类的讲话，接通女性视角和人类的普泛精神意识，最终实现双性同体的诗歌理想。明了这一道理后，女性主义诗人在九十年代有针对性地进行了超越性的努力。

一部分女性诗人仍然承继翟永明、唐亚平们开辟的路子，坚守女性写作立场和身份，对女性内在的神秘感受、体验、冥想进行言说。如唐丹鸿的诗歌围绕无所不在的性展开，"红窗帘扭腰站定到角落/白窗帘哗的一声敞开胸襟/扁平透明的玻璃乳房/朝老板和秘书响亮地坦露"（《看不见的玫瑰的袖子拭拂着玻璃窗》），诗表现了性在商品时代比在农业时代更具有诱惑力与伤痛感。李轻松则致力于传达共性时空里女性受孕、生产中复杂而微妙的感受，"最残酷的经历，是自身的桃子/——迸裂并流尽血水"（《被逐的夏娃》），形而下的分娩场景和体验描述，还是来自身体写作资源的开发。贾薇的《掰开苞米》、《老处女》更以情欲与性欲作为诗中心。但是整个女性抒情群落却已从翟永明等人的黑色情思系列跨过，普遍淡化了自赏、自恋和自炫意识，不再受制于性别局限，不再仅仅关照自身；而是积极缓解性别的对抗，不仅言说女性的一切，还以女性和诗人的双重身份，向女性之外的人群、女性问题之外的人类命运与历史文化等广阔认知范围内驰骋神思，做更为博大、普范化命题的超性言说，而且别有洞天。在这一向度上，非但王小妮、虹影、张真、海男、阎月君等先锋代表有意识地转向了宽大的

––––––––––

① 郑敏：《诗歌与哲学是近邻》，北京大学出版社1999年版，第395页。

人文视野，如"现在我想飞着走/我想象我的脚/快得无影无踪"（王小妮《活着·台风》），那对于诗意的不可落实的存在幻想，是人类不满庸俗尘世生活、渴望永恒超越的普泛心理的外化；"隔着一个未知的世界/我们永远不能了解/你梦幻中的故乡/怎样成为我内心伤感的旷野"（翟永明《壁虎和我》），悲悯壁虎的经验，不再是女性独有而成为笼罩全人类的伟大情怀，诗已上升到命运沉痛思索的高度。就是那些90年代崛起的诗人也纷纷尝试，她们相当自觉地表示："女性的写作可能同样是极为广阔的，没有什么'内在'的限制不可突破的。"并在写作中"有意地摒除明显地归属于'女性'的一些特征，尽量使文本显得缺乏直觉和经验的成分，同时又专著于某些'重大'的、所谓'超性别'的题材"①，"思索的对象已经超越了整个人类和整个人类所既定的秩序，面对一个博大的宇宙帝国，用笔与之对话"②，并且创造了一批超性别文本。海男放弃和男性决战的姿态，转到了生存境遇的关注，"硕大，年迈的心，终于想推卸责任。给予他们迟钝昏聩的神态一种慰藉/在盘桓中停下来，在安全中站住"（《在盘桓中》），原谅宽容的声音已被人性的理想洞察所替代，有了对生命更清晰、明达和宽恕的省察。诗人杜涯站在《冬天的树林》，"这时我感到心中有什么在静静流去/我感到冬天里我不会再说出话来/生命象阳光一样流逝"，那种对四季大地的放眼凝眸，那种对时间的体味敏感，谐合了古往今来所有人们的共性感受本质，冷静大气，指向悠远，毫无自恋之狭隘；"我时常想象自己抬起头，从书页上/我想象自己，看到了一片海/有蓝色的液体，游过窗棂/但我所能领受的，只是一小片海域/我告诉自己，那从来就不是/全部的深广，况且/我坐在一个固定的地方/它提醒我，想象也不能是无限的"（周瓒《窗外》），知识的底色和轻灵的感受并驾齐驱，虽然思维、语感和表达方式依旧是女性的，但节制内敛，处处闪现着智慧的辉光，本色的语言流动里寄寓的思考已经远远超越了女性意识，攀缘到了完全可以和男性比肩的感知高度，其价值再也无法仅仅用女性诗歌来甄别和断定。

性别意识淡化后，女性主义诗人们在普遍保持女性的敏感细腻同时，又以少有的冷静与睿智从人性的观照中发现思想的洞见，这样就打破了理性、知识、抽象等存在常常和男性必然联系而和女性互相背离的神话，介入了澄明的哲理境界。"在春天的背面/有些事物简明易懂/类若时间之外的钟/肉体之上的生命/或是你初恋时的第一滴泪/需要谁的手歌唱它们　并把它们叫醒"（陈会玲

---

① 戴锦华、周瓒、穆青：《关于〈翼〉与女性诗歌的对话》，《诗林》2000年第2期。
② 晓音诗集《巫女》跋《我简单而失败的西屋》，文光出版社1992年版。

《有些事物简明易懂》),对生命的思考显然已进入了人类的生存和灵魂深处,说明人类的最高言说都存在于肉体之外。"一段无歌的词寻找它世界的歌手/由暗变白/服丧的钟高处吊挂/我看见七朵落霜的玫瑰/我看见被称作大地的衰老妇女/用血肉喂养蚊虫和诗人"(沙光《灰色副歌》),对人类共同处境的鸟瞰不再依赖性别角色,大地表象后短暂、破碎、不定因素的幽暗本质发现,和吁求拯救的灵魂承担,已有受难的基督徒的苦苦挣扎和上升的神性闪现。还有王小妮的《不要帮我,让我自己乱》中无可奈何的"烦"心理,契合了现代人渗透骨髓的空虚和绝望心理;还有小叶秀子的对《婚姻》存在"就像脚丫子穿鞋/舒不舒服/只有自己清楚"的理性阐释;还有李轻松从死亡意识角度切入的深度人性剖析等等,都呈现了这一状态。即便是延续翟永明、唐亚平们传统的躯体写作,也有了思考成分。如贾薇的《吸毒的赵兵》这样写到,"只是赵兵不能做爱了/那一日吸毒的小丽来了//他们互相对望/双眼有些潮湿/这是怎样的生活啊/赵兵和小丽想做爱/想得要命/像两条黑色的蛇在床上翻滚",欲望化的色情面纱包裹下,裸露的不再仅仅是性的肉麻和下作,而是吸毒和做爱这生命飞翔方式的失败,在吸毒的赵兵这样一个规定情境中,诗分明是要表现生命的虚无、尴尬和脆弱,情色因素仅仅是生命活力、动力的代名词而已,所以它对生命的终极关怀让人感到了生命的沉重。

向日常化与传统的"深入"

性别意识的觉醒使 80 年代的女性主义诗歌实现了"向内转"的革命,写女性内部生活和感受的特征几乎覆盖了她们所有的文本;女性在"自己的屋子"内的生命痛苦呼喊、历史真相的思考和深细处经验的揭示,尤其是对构成人类欲望的性意识的大胆袒露,冲击了传统妇女的文化心理结构,也超越了五四以来女性文学"性恶"的圣洁模式,别具思想高度。但是翟永明、唐亚平、伊蕾等诗人的特立独行、嫉愤孤傲,和广大的女性群体、女性诗人群体相比总显得有些形单影孤,有些贵族化的落寞寡合之感,使她们仿似同普通人的生活、生命隔膜的"异类"。女性主义诗歌也因为过分自恋地瞩目思想感觉的敏感地带,张扬普拉斯似的疯狂情感,在性问题上缠绕,远远无法涵盖女性生理、心理和社会属性的全部特征,不但视野狭窄,缺乏对当下发言的机制,与启蒙主义深度失之交臂;而且只局限于女性个体的生活经验,势必会走向自我重复和欺骗,诗的平面私语化粘连也常常使独到体验的获得失去了可能。

90 年代后,转向冷静的诗人们意识到诗人的优越感、神圣感顿失,自己决不是什么"女神"、"圣女"式的超人,诗人和万千的女性并没有什么根本区别,更年轻者干脆就不把自己当诗人,认为写诗和吃饭、睡觉、性爱、吃零食等生活中的其他事端一样,都是一种生存方式、一种自娱性行为,诗歌并没有陶冶性情、提高道德意识的功能。这种对尘世的认同、平凡心态的恢复,决定她们开始顺应诗歌中宏大叙事衰减、个人化写作深入的潮流,响应理论家们"深入当代"的呼唤,在保持心灵视角的前提下,将目光的触须下移,向"自己的屋子"外的世俗现实人生、生活场景俯就,注意在身边的生活海洋里寻找拾捡诗情的珠贝,使经验日常化。如此间的王小妮就把自己界定为家庭主妇和木匠一样的制作者,认为"诗写在纸上,誊写清楚了,诗人就消失,回到他的日常生活之中去,做饭或者擦地板,手上沾着淘米的浊水"①,很好地谐调了诗与日常生活的关系,置身于生活的琐屑里,仍能在心灵的一角固守独立的精神天地,在家庭平淡庸常背后保持一颗诗心,"一日三餐/理着温顺的菜心/我的手/漂浮在半透明的白瓷盆里。/在我的气息悠远之际/白色的米/被煮成了白色的饭"(《活着》),完全是一个家庭主妇的口吻叙述,琐屑而充实;并且还"不为了什么/只是活着。/像随手打开一缕自来水。/米饭的香气走在家里/只是我试到了/那香里面的险峻不定/有哪一把刀/正划开这世界的表层。//一呼一吸地活着/在我的纸里/永远包藏着我的心"(《活着》),诗对凡人俗事、卑微生活细节的抚摸,已由恬淡平静的顿悟取代了诗人早期诗中的纯真清新之气,蛰伏着"纸里包不住"的理想之火。从黑夜里走出的、80 年代的心灵写作代表翟永明,也表白"我喜欢从日常经验中提取我需要的成分,对此我也不介意人们用自传的眼光来看我的诗"②,"一杯烈酒加冰端在/一些男人的手里   正如/一些烈焰般的言辞   横在/男人的喉咙//他们中间的全部   渴望/成为幻觉的天空   偶尔/浮动、显现、发射出美学的光辉/我满头的银丝/此时着了火似的   反射出/鬓旁的蛇形耳坠和地面的月形刀"(《小酒馆的现场主题》),透过酒馆的灯红酒绿、五光十色,发现的是都市现代人精神的贫乏,无聊、虚夸和在困境中的无望努力。"我拿着高级知识分子的工资/住着 160平米的房子/衣食无忧/吃穿不愁/为什么我的缺憾总是很多/惊喜总是很少"(赵丽华《如果我不在家,就在图书馆》),它是借琐碎而普通生活细节,传达现代女性精神的忧虑、困惑和无奈,漫溢着和生活妥协和解的从容与"达观"。"我是

---

① 王小妮:《木匠致铁匠》,《现代汉诗:反思与求索》,作家出版社 1998 年版,第 361 页。
② 翟永明语,沈苇、武红编:《中国作家访谈录》,新疆青少年出版社 1997 年版,第 331 页。

个平和的女子/能吃开心的食物/我的手指上有绿色的斑点/那是一个日子变的/那是日子好看/并纪念一个杰出的人//我在大街上穿着大摆裙/腰肢纤细/动不动说一句漂亮的英语"(邵薇《过日子》),诗已有及时享受日常生活的味道,大食人间烟火的凡俗取向,几乎就是日常生活的复制。蓝蓝的《让我接受平庸的生活》,海男的《翻开今天的报纸》,林珂《酒这东西》、路也《两个女子谈论法国香水》也都是在日常俗事中寻找诗意的作品。

女性主义诗歌向现实的"深入"不仅指对当下的日常化关涉,还包括对过去的现实即传统题材和精神向度的回归。若说翟永明写赵飞燕、虞姬和杨玉环的《时间美人之歌》,写黄道婆、花木兰和苏慧的《编织行为之歌》,写孟姜女、白素贞和祝英台的《三美人之歌》,分别取材于中国戏曲、小说、民间传说,它们和张烨的《长恨歌》、《大雁塔》,唐亚平的《侠女秋瑾》、《美女西施》,沈杰的《博物馆,与西汉男尸》等一道,在选材上有传统音响的隐约回应,偏重于古典素材、语汇和意象的现代意识烛照与翻新;那么燕窝的《关雎》、张烨《雨夜》、安琪的《灯人》等则侧重于传统人文精神和情调的转化和重铸。如"灯火国度里被我们男子带走的/我饲养过的马匹和蚕/还好吧/一个人打秋千时//幸福的花裙子/飘到天上"(《关雎》),这是燕窝"恋爱中的诗经",含蓄精美;《灯人》让人读着仿佛走进了潇湘馆,"蟋蟀的洞窟里叫我一声的是灯人/没来得及回应梦就开了/天暗、风紧,喧哗缩手/百年前的一个女子持灯杯中/风中物事行迹不定/一小滴水为了月色形容憔悴? 白马带来春天",女诗人心怀高洁又满腹心事的纤弱,犹似林黛玉再现;爱与善构筑的《雨夜》对传统美德的皈依感人至深,"轰轰烈烈地爱过/倒下也是壮丽与凄美"(张烨),为爱情飞蛾扑火的悲壮有复杂的美丽,它谱写的是执着坚贞的理想爱情乐章。在农业背景上成长起来的蓝蓝,与四季相互感应与交谈,她那凝结温暖和忧伤的土地、村庄意境,似陶渊明再生,"夏天就要来了。晌午/两只鹌鹑追逐着/钻入草棵/看麦娘草在田头/守望五月孕穗的小麦/如果有谁停下来看看这些/那就是对我的疼爱"(《在我的村庄》),那份清幽质朴的感恩情怀,那份香色俱佳的宁静画意,那份浸满人间烟火又脱尽人间烟火的天籁生气,都极容易唤醒深深蛰伏在读者心底的遥远记忆。

"技术性的写作"

女性主义诗歌在 80 年代的当务之急是对抗男性中心文化,其自白似乎只是响应情感的呼唤从生命里奔涌而出,根本顾及不到技法的讲究,自然酣畅固然自然酣畅,但是它无法覆盖日常生活和历史因素,时时面临滑向歇斯底里或贫乏单调泥淖的威胁,泛着女性诗写的狭隘性。到了90年代,女性主义诗人们在激情冷却后及时发现了抒情的缺失,并借助张曙光、孙文波男性诗人的叙事性手段和空前提高的语言意识,开始既考虑那些体内燃烧的、呼之欲出的词语本身,又考虑怎样把它们遵循美的标准进行贴切安置组合的技巧问题,努力运用多种手段使技巧更贴近内心;从而转向了"更加技术性的写作",这种技术至少包括语言的叙述性和明澈化转换两个方面。

内省式叙述。一叶知秋,翟永明的经历即透露着女性主义诗歌艺术变化的讯息。绝望矛盾的80年代,内在灵魂的相通使她在精神上认同了普拉斯,从那以后她始终没有摆脱自白派诗歌的艺术影响,直到写祛除死亡气息、绝望情调的《死亡的图案》《咖啡馆之歌》等诗时,她才逐渐"完成了久已期待的语言的转换",带走了"过去写作中受普拉斯影响的自白语调,而带来一种新的细微而平淡的叙述风格"①,即便再使用自白语式也已在保持女性诗歌本体性特征同时,加大了其抒情态度的客观性。也就是说,为消解对抗激情的弊端,90年代的女性主义诗人日渐向日常叙述位移,以口语化的词语本身和叙述联姻介入生活细节,敲击存在的骨髓,这一方面增强了对生活细致入微的观察和分析成分,一方面使日常生活场景大面积地在诗中生长。如"当我容光焕发时/我就将你忘记/我的嘴里含着烈性酒精的香味/黑夜向我下垂/我的双腿迈得更慢"(翟永明《壁虎和我》),借助两个生物的互观,写心灵和文化的隔膜,写在异邦的寂寞孤独,诗已由内心的剖述转为一种对话性的戏剧展开,煞是奇妙。出色的生活观察者丁丽英,将观察由诗歌方法晋升为认知态度,"音乐从高保真的音响里/流出来,仿佛自来水那么流畅。/缓慢而富裕的音乐。/就像栅栏中的一头鹿来回走动。/它的蹄子踢到了自由的极限。/却看不到自身可怜的装饰的纹路"(《一天早晨》),诗是对有限性的体认,但它自身思想的抒发已让位于精到的观察和细节的描绘,自我思想完全被对象化了。对无休止的内心独白感到厌倦的虹影,为开拓诗歌的表现疆土,试图将外部的某些片段、场景和内在的情感、体悟融合,锻造既有外部世界质感又涵纳精神世界的"意象诗",《老窖酒》就由视觉性极强的画面构成,"婚礼正在进行。电视等着转播它的结尾/新娘走了过来/她头顶一罐酒/人们逃走,比水银还快/胜利者从桌下爬了出来,独自关上厚重的铁门",把局外的胜利者预谋破坏婚礼又不出面的活生生的闹剧,写得极具吸引力,画面

---

① 翟永明:《纸上建筑·〈咖啡馆之歌〉及以后》,东方出版中心1997年版,第204页。

后的旨意也颇费思索。吕约则采用了平实客观的口语直接叙述,"姑娘们/不要随便说妇产科医生的坏话/要相信/他们的心情/就像他们指甲间的气味一样复杂/半瓶香水也掩饰不住/像我们一样"(《复杂》),琐屑平淡的生活细节观照,在不无讥讽的语调里承载着对人生、世界的理解与平和。就是海男这个一向在自我的臆想中写作的诗人,也汲纳了叙事成分,"倘若有人现在送我一个石榴/全部的秘密将弥漫着忧郁/喜悦贯穿在眼底,有什么事会发生/是的,有什么事定将在石榴到来之前发生/噢,石榴,石榴,我们的痛苦已经不能叙述"(《敌人》),只是她设定了一个叙述圈套,在幻觉中把自己、想象中的自己的对抗结构成了紧张的张力。

语言的明澈化。海德格尔强调"语言是我们生存的世界","语言不是人所控制的一种工具,而是语言把握着人生存的最高可能性"[1];后朦胧诗人也认为诗歌无所谓对观念世界关涉的所指内涵,它不过是"语言的'在场',澄明"[2]。受中外诗学的双重启迪,进入 90 年代的女性主义诗人感到诗的使命就是对"在"的去蔽和显现,让语言顺利优卓地出场。她们中的鲁西西、安琪、阳子等一些人,仍在男性诗人的导引下坚持语言狂欢的路数,以无所顾忌地释放潜意识自娱,"那是纯洁的燃烧的星期几/穿高统丝袜的交叉的美腿一挺/我吹哨:机关枪新娘,机关枪/你转动了我全身的方向盘/你命令我驶向疯人院//那是东边的火药瞄准西边的头发/那是愤怒的朝霞插入扳机的食指"(唐丹鸿《机关枪新娘》),在这种漫游于想象和词语世界的诗中,词语的魔幻组合、缭绕、调式多变,半是现实半是悬想,新鲜而刺激,有种发泄狂欢的愉悦;但它根本不顾及所指地率性消费语言,搞语感和能指滑动的快感实验,也让一些人不知所云。好在大多数诗人都抵达了语言的自足性化境,实现了语言和诗人的生存、心理状态的同质同构;并且注意能指秩序,尽量避免紊乱和浪费倾向,向规范化、明朗化、澄澈化靠拢。如"推开东窗西窗/我把纤丽光洁的地板拖了十次/任敲门声不迟不早不偏不倚地滑进/任永恒的子夜情人的眼睛到处定格"(叶玉琳《子夜你来看我》),它朴素真诚地揭示对情人的诚挚,高洁动人,既把女性的尊严与细腻表露无遗,又有新奇的流动感,读着它仿佛能听到诗人微微的喘息心跳和灵魂的神秘震颤。海男的诗集《虚构的玫瑰》语言也一改佶屈聱牙的晦涩,语句趋于连续澄明,"爱人,带红色的墙下,我们松开手/一直走到花园的里面才开始亲吻/朗诵黎明到来之前天上的声音/出奇的生长,爱人,你让我学会宽恕"(《花园》第 62 首),生命本色

---

① 海德格尔:《存在与时间》中译本,生活·读书·新知三联书店 1987 年版,第 199 页。
② 于坚:《从隐喻后退》,《作家》1997 年第 3 期。

的激动渐渐退去,理智和语言技艺的贯通,使诗不但具体可感而且优美耐读。翟永明更在诗中大量运用成语、引用或化用古诗名句,如《脸谱生涯》中的"穿云裂帛的一声长啸——做尽喜怒哀乐","穿云裂帛"和"喜怒哀乐"放在此语境里真是贴切至极;《编织行为之歌》中反复运用并贯穿"唧唧复唧唧,木兰当户织",既有十足的古典旨趣,又结实纯净得炉火纯青。也许人们会问,这种转型和韩东、于坚等第三代诗的日常生活处理是否相同? 回答是否定的。抛却它消除 80 年代诗到语言为止实验的激进色彩、进入历尽沧桑后的超脱平静不说,仅仅是其寻找既和生活发生摩擦又符合现代人境遇的表现方法,就和第三代诗无谓的平民化展示,在取向上截然不同;那种更多着眼于生活中高尚、普遍、永恒事物的视点,也和第三代诗的丑的展览、死亡表演有本质区别;至于它接近诗歌的方式,就更和第三代诗的自我包装、商业炒作气息不可同日而语了。

走出"屋子"话得失

对女性主义诗歌从走进"屋子"到走出"屋子"的两极精神互动,人们评价不一,有人攻击它为一种对男权文化的投降,有人盛赞它是一种向成熟境界的趋赴,我以为对之应该辩证地加以认识。

必须承认,90 年代女性主义诗歌兼顾人文性别立场与艺术诗性价值,以人的本质生存处境和诗歌规律技巧的双重关注及综合,结束了 80 年代激情喷涌的单向追索的贫乏历史。首先,其性别意识从自觉、强化到超越淡化后的理性意识苏醒,是对人类文化双性关系的改写,它在显示女性意识艰难嬗变的螺旋式上升轨迹同时,使诗人们得以突破二元对立坐标,摆脱性别限制,在更阔大的视界里从容地去拥抱社会,思考人类命运;并因和人类的永恒性关系的建立而强化了诗歌厚重深刻的生命,告别了躯体写作中的急躁、焦虑和轻浮色彩,由"黑夜"走向了"白昼"。其次,女性主义诗歌经验向日常化和传统的深入,是 80 年代身体写作中个人化因子的顺向延伸,更是一种新气象的拓展;它来自日常境遇并充满焦虑的指向,真实地折射了现代人的生命和生活本质,在加强诗歌介入现实、叙述生活的适应能力和幅面同时,达到了对内自省和向外审视的结合,使诗人对感觉经验的驾驭变得异常自由;原来被人忽视、遗忘的日常细节和经验,被起用为诗人时代、人性对话的载体和契机,"使诗与存在与日常生活统一于一身"①,增添

---

① 唐亚平:《语言》,《诗探索》1995 年第 1 期。

了现实精神的活力,和 80 年代那些不受制于文化传统的"超道德写作"划清了界限,也超越了以往那些大声疾呼的回归现实的诗歌。再次,女性主义诗歌的叙述选择,显然和同时期男性诗人的叙事性追求是声气相应的,它的戏剧感和现场感,使诗性从想象界转为真实界,直面人类生命生活的本真存在;叙述性的口语言说,貌似节制诗情实则使诗情愈加弥漫,为女性主义诗歌创作提供了观察生活和自我的新视角,开辟了更为广阔的前景;深化女性自身的语言探索,回击了女性在商业社会中的身份消费化倾向,使诗歌从沉溺的感情世界走向现代理性观察有了可能。另外,还有一点十分喜人的是,由于诗人们的突围注意了对技术因素、技术因素和情思蕴涵协调的强调,保证了"再不像八十年代诗歌批评所构造的那样单一"[1],那里有虹影式的敏锐而充满激情的超现实营造,有赵丽华式的来自日常生活的通彻表述,有周瓒式的依靠知识积累所获得的智性追踪,有胡军军式的在散漫和犀利之间的批判性精神漫游,有穆青感性又清醒的调侃,有安琪借助自我语言策略对现实、经验和历史的重构等等,这样就建立起了九十年代女性主义诗歌的个人化奇观,使读者的关注目光逐渐从八十年代的舒婷、翟永明、唐亚平等"老"诗人那里,转移到了九十年代崛起的新生代女诗人身上。

　　女性主义诗歌走出"屋子"选择的弊端也不容忽视。立足性别又超越性别,是女性主义诗歌自我拯救的不二法门,但女性主义诗歌也因之付出了感召力减弱的相应代价,不少诗人放弃女性立场后仅仅蜷缩在男权话语的大树下分一块阴凉,也放弃了对男权话语再次覆盖的警惕和反对。而在日常化的深入过程中,因为表现的生活人们过于熟悉,无疑加大了写作难度,使表现存在的深度、走向大气的理想实现起来更加不容易;事实上 90 年代的女性主义诗界也的确貌似热闹实为无序,诗人们普遍缺少博大的襟怀、理想主义的终极追求和高迈伟岸的诗魂支撑,所以震撼人心、留之久远的佳构难觅,读者一致企慕的大诗人就更少见,80 年代还能够看到翟永明、唐亚平、伊蕾、海男这样领潮的重量级人物,到了 90 年代几乎没有再出现过,有不少写作者仅仅是一现的昙花而已。再次女性主义诗歌理论贫乏的老问题,一直未引起诗人们的充分重视,它注定她们的写作难以从感性阶段上升到智性写作高度,对生活材料提炼淘洗不够,组织随意,题材和主题常常互相生发,有重复叠合之嫌;而书写的轻松狂欢和解构传统的迫切心态

[1]　周瓒:《当代中国女性诗歌:自由的期待与可能的飞翔》,黄礼孩、江涛主编《2002 中国女性诗歌大扫描》第 425 页,《诗歌与人》总第四期,2002 年。

更"火上浇油",容易导致诗人滥用话语权利,写作粗糙、仓促,有时作品只具备反诗性的浅白、粗鄙、庸常,却少对生命本质的逼视和承担,叙述和口语在扩大诗意空间的另一面则造成了诗意流失。观照对象对写作的高要求和写作手段的低质量的反差,把 90 年代的一些女性主义诗文本推向了无效写作的灭顶深渊。

近两年的女性主义诗歌,因贾薇、尹丽川、巫昂、吕约、曹疏影、黄春红等 70 年代诗人的介入为之气象一新,虽鱼龙混杂但却活力四溢。我相信随着高学历、有思想的女性知识分子诗人的不断涌现,女性主义诗歌势必会在 21 世纪取得强力突破。

女性散文的黄金时代

刘思谦　郭　力　杨　珺

　　20 世纪 90 年代对于中国女性散文而言可谓是一个黄金时代。短短几年间,女性散文作者一下子从几十人增加到近 200 人:从老一代的冰心、苏雪林、杨绛、杨沫、丁宁、文洁若、梅志到张洁、宗璞、马瑞芳、黄宗英、李天芳、陈慧瑛,再到筱敏、艾云、斯妤、唐敏、苏叶、叶梦、张爱华、张立勤、崔卫平、韩小蕙、蒋子丹、铁凝、王安忆、张抗抗、舒婷、梅洁、高红十、周佩红、王英琦、毕淑敏、迟子建、林白、陈染、丹娅、素素、马莉、黄晓萍等五六十年代出生的作者,还有更年轻的杜丽、唐韵、胡晓梦、周晓枫、冯秋子、元元、黄爱东西、黄茵、周小娅、陈彤等,此外还有海外的小思、张晓风、琦君、林文月、李昂、三毛、席慕容、龙应台、钟怡雯等。四代同堂,海峡两岸,有的专事散文,有的客串散文,既有名家,也有尹慧、小宛这样偶涉散文的作者,她们以各自的优秀作品显示着与男性相比毫不逊色的创造力。大量的女性散文系列丛书、个集、合集出版,据不完全统计,从 1990 年到 1999 年十年间,出版各类女性散文集子 400 余种①,女性散文系列丛书 20 余种,影响较大的如《90 年代女性散文 11 家》、"风头正健才女丛书"、"都市女性随笔"(两种)、"红辣椒文丛"、"金苹果散文系列"、"红樱桃书系"、"莱曼女性文化书系"、"她们文学丛书·散文卷(四辑)"、"野蔷薇文丛"、"金蜘蛛丛书"、"女作家爱心系

题解　本文选自刘思谦、郭力、杨珺合著的《女性生命潮汐——二十世纪九十年代女性散文研究》(河南大学出版社 2005 年版)一书的前言,该书与《女性生命潮汐——二十世纪九十年代女性散文选读》同属于刘思谦主编的"女性生命潮汐"丛书。文章高度评价 20 世纪 90 年代为中国女性散文的黄金时代,它在作者人数、作品数量、丛书出版、思想内容、艺术风格等方面呈现出异彩纷呈的繁荣景象;文章分析了女性散文的繁荣与时代、社会、历史以及与文学文类、女性自身等方面的关联,指出作为女性生命潮汐的一次涌动,女性散文在 90 年代能形成高潮,为我们留下了一系列颇有意味的话题。杨珺的专著《二十世纪九十年代女性散文的主体建构》(河南大学出版社 2009 年版)对有关论题作了探讨。

①　我们参阅了《中国文学年鉴》中所收录的自 1990 年至 1999 年出版的散文集目录,将其中可以肯定为女性散文集子的加以统计,有 310 多本,结合我们所掌握的有关女性散文集子出版的资料,总数达 400 多本。由于《中国文学年鉴》仅是一种部分收录,我们的资料掌握也有限,所以这只是一个大致数据,并不绝对精确。

列"、"心箭丛书"、"海外著名华人女作家新潮散文系列"等,许多刊物、报纸也都增设了专栏,大量刊发女性散文作品。在这些散文中,苦难的历史记忆,深刻的文化反思,生命化的自然体悟,对于日常生活的热爱,对于深层生命意识的发掘,都以女性经验的形式呈现出来。作者们风格各异,有的细腻委婉,有的粗犷豪放,有的古典清雅,有的随意自然,有的沉郁深厚,有的灵动率真,有的以思想见长,有的以文体取胜……共同构成这一时期女性散文生机勃勃、异彩纷呈的繁荣景象。

尽管这种繁荣局面到 1998 年开始渐趋沉默,但是,作为一次女性生命潮汐的涌动,它为我们留下了一系列颇有意味的话题:女性散文为何在 90 年代形成高潮? 它与五四以来的现代女性散文有怎样的内在关联? 女性散文在多大程度上展示了女性生命的涌动和主体精神的成长? 女性散文研究建立在怎样的基点上才能保证其有效性和合理性? 本书正是要通过对大量女性散文文本的分析,来对上述问题作出回答,进而探寻女性散文之于女性自我建构的实践意义。

一

20 世纪 90 年代以来,随着中国在经济、文化领域的一系列转型,主流意识形态在一定程度上失去了曾经无所不在的影响力和控制力,政治环境相对宽松,思想获得了相对自由的言说空间。市场经济的繁荣推动着大众媒介如报纸副刊、杂志等定期出版物的迅速发展,这为思想的传播提供了条件和可能。同时,价值观念的多元使人们骤然感到一种摆脱了主流意识形态束缚的自由与轻松,散文作为一种天然倾心于个人性的自由文体,正契合了人们的这种普遍心理。一些出版机构紧跟这一形势,大量重印二三十年代的散文,梁实秋、林语堂、冰心、庐隐、周作人、张爱玲、苏青等重新进入人们的视线,她(他)们对于个人性灵的抒写,对于日常人生的关注,不但满足了读者的心理需求,也在一定程度上影响了整个 90 年代的散文创作。尤其是张爱玲、苏青对于女性经验的书写在一定程度上启发着 90 年代女作者对于自我的定位与建构。

对于中国女性来说,90 年代最值得铭记的一件事就是 1995 年第四届世界妇女大会的召开。由于 20 世纪中国多灾多难的现实,中国的女性问题一直从属于对社会问题的探讨,女性被许诺的种种与男性平等的社会、经济权利,在很大程度上遮蔽了文化、心理层面的男性中心倾向,这导致在相当长一个时期内女性的声音处于压抑状态。在此意义上,这次世界妇女大会就成了中国女性作为一个性别浮出历史地表的契机,女性问题作为一个独立的问题开始进入人们的视野中。相当多的媒介注意到这一事实,一些出版社开始系统、集中地出版女作者的作品,一些报纸副刊、杂志也为女作者开设专栏,中国女性作者再一次群体性浮出。而且,这批作者的社会身份已发生了重要变化,她们中大部分都是职业女性,经济和人格的双重独立给予她们充分的自信,传统的性别规范对她们已失去了威力。她们不再为自己的性别身份而自卑,相反,面对由女性身份构成的现实处境,她们以普遍的性别自觉,高扬女性的主体性,对女性的生命真相和生存境遇进行揭示,使女性经验在 90 年代得以全方位地进入文学。四代女作者立足于各自不同的生活经历与生命体验,或者反思历史苦难中的个体境遇,或者带着淡淡的时代伤痕走向未来,或者在对女性社会角色和家庭角色的调适中完善自我,或者快乐自信地确认自己的性别主体身份。正是在这样的情况下,女作者们不约而同地找到了散文这一自由的文体。她们置身于 90 年代的多元化语境,以自觉的话语意识,从主流意识形态话语和男性话语的双重遮蔽下浮出,将女性话语与个人话语进行有效结合,使其成为众声喧哗时代中一种不容忽视的声音。

在更深层的意义上,女性散文的繁荣意味着女性主体意识的成熟。当历史进入 90 年代,女性所面对的,已不是对男女不平等的质疑与颠覆,而是要运用追问式思维,发现男性同路人视野的盲点,并力图发掘出其背后的思维模式与观念。这就要求女性必须回到日常生活及与其密切相关的女性经验本身来建构自身的主体性。也正是在这一点上,90 年代女性散文与五四至 40 年代初女性散文相比又增添了新的质素,女性由追求做人、做女人的权利而发展到做独立的个人做自己,这既显示了女性主体意识在不同历史时期的演变,也显示了尊重女性经验、女性生命价值是女性自我成长的题中之义。同时,回到日常生活本身也使女性的自我建构有了踏实的根基,这使得 90 年代在一定程度上摆脱了女性小说的迷惘、压抑与绝望,女性散文洋溢着亮色与温暖。

二

严格说来,真正意义上的女性散文是从五四时期开始的。中国传统散文一向是以"文以载道"为己任的,女性作为无地位、无主体性、无话语权的第二性,自然被排除在散文创作之外。这种情形一直持续到五四时期。伴随着"人的发现"与"女性的发现",女性第一次被视为与男性同等的人,第一次有了自己言说的权利,被压抑、郁积了两千多年的女性生命激情因此有了释放的可能。五四时期大量的以自身经历为内容的散文是女性自我生命的第一次舒展,她们在散文中表达自身的生命要求和这种生命要求在现实环境中的难以实现,表达她们既想要和男性一样奋斗抗争又渴望安稳的矛盾心态,为我们留下了那一时期女性的心灵真实,也由此开启了女性散文的一个重要母题:女性作为受多种关系制约的人,在社会与家庭、个人之间的游移与彷徨。本质上,这是女性对于个体生命完整性的追求,只不过,这种追求在不同的时代不同的环境中有着不同的表现方式。在此意义上,将五四时期至40年代初女性散文视为90年代女性散文的源头大致可以成立。

在五四时期女作者那里,她们在作为"人"奋力疾呼的同时,又分明有一种说不清道不明的悲哀与绝望。庐隐一边大声疾呼"不仅仅作个女人,还要作人",一边又彷徨于对生命的怀疑中而不能自拔;石评梅一边追求以个性解放为核心的爱情,一边又沉溺于殉情式的爱情纪念,有时满心是主宰命运的豪情,有时又沦入无边的悲观绝望;就连一直温婉、平和诉说"爱的哲学"的冰心,也经常感受到"只是忧愁、烦闷和悲伤"。这是女性"梦醒了却又无路可走"的真实的无奈与痛苦,是女性生命的第一次真的袒露。出路究竟在哪里? 谢冰莹选择了革命作为出路。她以自己身为女兵的经历,记下了现代女性由叛逆而追求的心路历程,探讨了女性"和男子站在同一战线上,共同献身革命"的可行性,其《从军日记》因此成为女性追求社会角色完善的一个明证。但投身革命并不必然意味着个体生命的完满,丁玲的《三八节有感》、《风雨中忆萧红》立足于女性自身的经验对投身革命的女性进行了另外一个侧面的观照。在革命者内部并不全然没有性别歧视,有时,革命会造成新的对女性生命的遮蔽。丁玲这种看法的超前性、深刻性在若干年后的现实中得到了证实,但在当时却因此受到了猛烈的批判,《三八节有感》和她写于同期(1942年延安整风前夕)的小说《我在霞村的时候》、《在医院中》等作品成为她的"性别原罪"在建国后历次政治运动中屡遭批判,也为她本人带来了长达二十多年的政治厄运。与丁玲作为革命女性的身份不同,沦陷区的苏青是站在一个普通女人的立场上思考女性问题的。苏青从自己作为一个离家出走的女人的经历出发,强调外部现实,尤其是女性的生存现实是相当残酷的,对家庭角色的彻底背弃只会造成女性新的异化。张爱玲则以对人生"安稳的一面"的强调来显示日常人生作为生命的底子不容忽视。如果说五四时期女作者和谢冰莹等都是着力强调女性如何做和男人一样的人的话,那么,张爱玲和苏青则是在思考女性如何做女人,而国统区的陈敬容思考的是如何做一个独立的有思维能力的个体。她的散文着力于对于诸多人类共同问题如生老病死等的思考,其《昏眩交响乐》强调要在沉重中寻找希望,《夜雨》直接礼赞生命的痛苦与挫折,显示了现代女性对生命的深入思考和充满自信的姿态,从另一侧面构成了对于男权中心文化所塑造的无知软弱的女性形象的解构。

总的看来,从五四时期到40年代初,女作者们从思想到文体为现代散文的发展作出了重要的贡献。正是她们,首先从被言说的对象转为言说的主体,使中国女性混沌昏暗的存在渐渐得到语言的澄明,她们所提出、所揭示的许多问题一直延续到当前,成为后来者思考女性解放和人的解放的重要参照,如女性如何追求生命的完整性,女性日常人生的价值问题、女性经验问题等。也正是她们,在散文的语言、结构、叙述方式等方面作出了一系列的探索,为现代散文这一文体的成熟作出了自己的贡献。

三

到了90年代,女性作者们的观照视域相对五四时期至40年代初而言,无论其深度还是广度都有了一个大的超越,她们审视的目光由历史文化到社会现实和当下的日常生活,笔触直指女性生命深处,特别是对于女性身体经验的开掘充分显示了女性对于自我的探究迈向了一个新的深度。据此,可以将90年代女性散文分为三大类:历史文化散文、社会人生散文和女性生命散文。

80年代以来,对于"文革"及此前一系列政治运动的反思一直是文学的一个重要主题,这种政治反思作为一个公共话题自然也吸引了女性散文的关注。杨绛、黄宗英、梅志、张抗抗、苏叶、王小妮等都是其中的重要作者。杨绛的《干校六记》《丙午丁未年纪事(乌云与金边)》堪称政治反思散文的一个标高。与男性作者相比,女作者们的反思视点,多集中于政治运动的边缘处,她们或者是一个苦难的亲历者,或者是受害者的家属,或者是懵懵懂懂的牺牲品,但恰是这些不在风口浪尖的小人物,旁观的身份使她们更易把捉到深藏其中的生命真实。对于文化的关注与反思也是90年代女性散文的重要方面,马丽华、唐韵、素素、冯秋子等是文化散文中的佼佼者。同是写西藏,马丽华着力展现高原民族坦然面对苦难的强大生命力和悲悯情怀;唐韵极力书写西藏带给她的精神自由与灵魂飞升,思维的触角直指人类的来路与去路;冯秋子写蒙古民族对于苦难生活的超越,豪爽而又不乏沉郁;素素则从一个女人的角度描述东北文化的匪性、霸性,还有母性,使得东北文化的丰富性得以全面展示。相对于此类题材的男性散文而言,女作者的文化散文让人更觉踏实贴己,有一种触手可及的现实感。这其实也从一个侧面显示创作者性别的差异终归会在文本中有所体现。与男性相比，女性更能体味人与自然间的亲近与同一，更能站在生命平等这一基点上来观照自然界的万事万物，这方面用力最强的当属周晓枫了。在周晓枫笔下，无论是动物、植物还是日用器物，都和人类一样，是一个独立的生命，有着存在的理由与价值。如看到苍蝇在玻璃上的挣扎，感叹"生计于它同样艰难"，这是怎样一种赤子之心？它让我们不得不深思，尊重人性是否就必然意味着扼杀物性？本质上，这是一种对于二元对立思维模式的超越，是试图在尊重一切事物的前提下重新建立一种自然与人的关系。

社会人生散文，主要是指女性作者从个体生命的角度，对于社会现实和人生诸问题的思考，意在通过这些思考，为女性乃至整个人类寻求精神的出路。代表性的作者如赵园、筱敏、崔卫平、张抗抗、蒋子丹、斯妤、毕淑敏、赵玫、韩小蕙等，这其中，最能代表女性散文精神探索高度的，当属筱敏。筱敏的散文涉及法国大革命、第二次世界大战、中国"文革"等一些重大事件和现象，她的反思判断既洋溢着激情，又始终有理性智慧的浸润。例如在《群众汪洋》中，作者以对"法西斯"这一语词原初意义的探究而引出对"群众"这一语词的剖析："群众——它作为一个群体出现的时候，是可以不负责任的，因为无论怎样的法庭对它都无从追究。即使它成千上万地集在一起，海潮一样地冲决过什么，吞没过什么，其威力真实得足以让你刻骨铭心。但时过境迁，潮水一夜之间退去，那个实体顷刻就不存在了。你无法寻找它，它似乎从来不曾存在过，面对空空如也的广场，你甚至怀疑自己刻骨铭心的记忆。"这样一种深刻的洞见与鲁迅当年的"无主名杀人团"显然有着深刻的思想承传关系。筱敏同时还有一系列关注女性的散文，她对于女性的思考更多是从女性作为一个个体生命的角度进行的，如《血脉的回想》中经由对外祖母、母亲、"我"三代女人命运的叙述，反思男性、革命乃至时尚对于女性个人价值的剥夺，最终得出结论："天空依然不属于我们，那么，我只得承担畸形生长的命运"，尽管如此，却是要"依凭个人的选择，独立成株"。

客观地说，无论是历史文化散文，还是社会人生散文，体现的都是女性对于社会公共话题的参与，这也是自五四以来中国女性散文的一个基本价值取向，即女性以对社会的参与进行对于自我的建构。这两类散文并未引起什么大的争议，说明社会在相当程度上已经认可了女性对于自身社会角色的塑造与完善，肯定了女性也是有思想有创造性的。当然，还有另外一个原因使得这两类散文未受太大争议，那就是这两类题材基本上是属于所谓的大题材的，这也符合了传统的批评标准。对于文学而言，引起争议也许并不是件坏事，它显示了被争议问题的受关注程度。但若是争议总向着一个方面倾斜，那就不能不引人深思了。女性生命散文所面临的正是这样一种局面。

女性生命散文是指那些潜入女性生命内部，表现出明显的女性心理气质和情感体验的散文，如叶梦、马莉、唐敏、艾云、铁凝、林白、迟子建、杜丽等人的散文及所谓的"小女人散文"等。进入 90 年代以后，主流意识形态在日常生活领域的退场带来了多元价值观念的并存，日常生活浮出，人的各种欲望得以正面言说，这些都必然会在散文中有所体现，也恰是在对日常生活和女性欲望的叙述上，一系列争议发生了。其中，争议最激烈的，要数以叶梦为代表的一批作者对于女性身体经验的袒露和以所谓"小女人散文"为代表的表现女性日常生活经验的一大批都市女性随笔。实际上，当事过境迁，我们回头再来看这些争议，就会发现，争议的焦点其实是女性经验是否具有独立价值。

80 年代前期，叶梦以《羞女山》确立了她个人鲜明的性别意识，以对羞女裸身形象的坦然赞叹打破了几千年来蒙在女性身体上的禁忌。随后，一系列以女性身体经验为表现对象的作品，如《月之吻》、《我不能没有月亮》、《今夜，我是你的新娘》、《紫色暖巢》、《创造系列》等相继发表，有评论者将这种对女人生命历程的书写称为"惊世骇俗"，由此可见叶梦此类散文在当时的影响之大。在中国传统文化中，女性身体一直被视为不洁，视为禁忌，文学中的女性躯体书写也多是以男性为审视、观照主体的。而叶梦冲破了禁忌，以"自看自"的形式完成了对于女性躯体的书写。如果说小说的虚构性为女性的躯体书写提供了一道屏障的话，那么，在散文这样一种非虚构性文体中，作者本人与文本中"我"的合一更增强了袒露自我身体经验的风险和难度。由此，各种议论纷至沓来，有人赞之为"女性本体自我的深层掘进"，而批判者则多视其为隐私文学而予以指责。叶梦因之成了批判"躯体写作"的一个靶子。"躯体写作"，作为西方女性主义批评的一个重要概念，出自埃莱娜·西苏的《美杜莎的笑声》。西苏针对历史中女性生命的缄默状态，提出："妇女必须通过她们的身体来写作，她们必须创造无法攻破的语言，这语言将摧毁隔阂、等级、花言巧语和清规戒律"，"她通过身体将自己的想法物质化了；她用自己的肉体表达自己的思想"。西苏在这里强调的是两方面的内容，一是女性要敢于表达自己的身体经验，二是建构一种女性自己的混沌的、反理性的表达方式。而我们往往将其窄化为内容上对身体经验的书写，忽略了它另外一重甚至更重要的含义，这就是女性要建构自己的语言方式。评价叶梦等散文的意义，必须同时从这两方面入手。一方面，叶梦以对女性身体经验的书写，记下了女性生命历程中特有的生理、心理变化过程，这种经验是属于女性的,只要我们承认女性作为女人存在的合理性,那也就无法否定这种书写的合理性。而且,经由这种书写,女性躯体不再作为男性欲望的对象被观照,而是作为具有创造能力的生命体被展示。这种生命的创造与写作这样一种精神创造互为象征,体现了女性躯体写作的高度。另一方面,叶梦等散文的突破性意义不仅在于内容上冲破了禁忌,更重要的是它为散文写作提供了一种新的表达方式,飘忽神秘,断断续续,即楼肇明所概括的"巫性"。在叶梦之后,不少女性作者都大胆地以反常规的语言书写个人的身体经验,显示了女性作为一个独立个体的感觉的回归,建构起了一个迥异于男性创作的文学世界。

女性经验不仅包括身体经验,同时还包括女性的日常生存经验,它与女性的日常生活密切相关,有时直接体现为生活中某一种感觉,某一种策略、智慧。"小女人散文"正是对女性日常生活经验的一种书写。在这批女作者笔下,家长里短、衣食住行、琐琐碎碎,都被纳入视野,并被表现得热气腾腾、有滋有味。也许是散文中女性的自信悠然触动了那些一贯板面孔皱眉头的男性中坚的某根神经,也许是散文中那种对于日常生活的热爱违背了男性一向所标举的所谓宏大理想高远追求,有评论者将这批散文斥为"女性散文创作的歪风",更有甚者将其提到了"文艺史上的教训"的高度来进行批判,问题似乎严重到了不能再严重的地步。事实真是这样吗? 从女性阅读者的角度,笔者没有感到这些危机,相反,倒是从中看到了现代女性自信洒脱独立的生命姿态。细究起来,这次争论的深层隐含着一个如何看待日常生活价值的问题。也许与中国的多灾多难有关,中国人似乎一向习惯了对于非常态生活,即张爱玲所谓的人生"飞扬的一面"的张扬,而对作为人类生命底子的日常生活,则往往忽略不计。而且还要在这两者之间予以价值等级的区分,前者有价值而后者无价值,这就彻底抹煞了一个个具体生命的根本。人固然不必沉溺于日常生活,但也绝不可能脱离日常生活,有时候,真正能够考验人的生命的,也许不是大事件、大动荡,而是波澜不兴的日常生活。作为一种文体,散文既可以"载道",也可以"言志",既能写忧患,也能抒性灵,文化历史、自然社会固然能让人顿生伟大之感,个人琐事、家长里短更易让人感觉到生的气息,两者同样是生命力的体现,是灵魂的独特声音。从女性自我认同角度来看,这批作者对于女性服装、举止、爱好等关注,实际上正是对于女性性别角色的关注,它显示了一代女性对于自身性别身份的快乐认同。有关"小女人散文"的争论持续了相当长一个时期,它从一个侧面告诉我们,尽管人们表面上都承认了女性的能力与地位,但潜意识中仍然将女性置于次一等的位置,而且,大量的否定性批判也在一定程度上挫伤了女性散文的信心,90 年代女性散文因此而渐渐归于沉默。此后尽管仍有女性散文丛书出现,但洋溢在这批女性散文中的自然悠然却渐趋消失,洋溢其中的对于日常生活的肯定性姿态也由显明而转为潜隐。有论者称这是表明了女性散文在"走向深沉和大气",也许是的,但女性散文那活泼洒脱的率真之气呢?

肖瓦尔特认为,文学创作必然与作者的生命经验相联,女性文学批评是"依靠经验幸存的孤儿",这是在强调女性经验之于女性写作的重要性。对于女性写作而言,女性经验是基础和前提,离开了女性经验,女性写作就成了男性写作的复制,这样的写作就失去了人的生命的丰富多样性,而文学,恰恰是以丰富性、差异性为发展动力的。女性散文本身的发展也证明了这一点。举一个例子,大连的素素是所谓"小女人散文"的重要作者,其《雨中的黑伞》、《天上的玫瑰》、《独自跳舞》等以深厚的感情意蕴和敏锐的感知力征服了一大批读者,同时她又是文化散文的优秀作者,其《绝唱》、《走近瑷珲》以宏大的视野和深刻的立意成为与男性相比也毫不逊色的大散文。这就证明女性经验并不像一些评论者所说的那么狭隘,由女性经验出发同样可以写出堪称经典的散文。女性经验是女性写作批评的基础,并不意味着女性经验是不可超越的。经验是对生活经历的提升,是与个人生命感觉密切相关的。一方面,女性作为女人共同的生理过程决定了其经验的相通性,这种由身体经历提升的身体经验是与男性不同的,也是无法超越的。但另一方面,在由经历而经验的提升过程中,人们必然要受到来自文化、习俗等多方面的影响,这种影响是可以超越的,在此意义上,女性经验中某些如对日常生活的感受等则是男性从个体生命的角度将心比心能够体会的。女性散文所要达到的,就是让女性经验浮出,让经验与经验相遇交流,从而构成有差异的统一。

在对90年代女性散文轮廓进行了粗略勾勒之后,我们不能不再特别提及其中一个重要的现象,那就是对于母女关系的重新书写。无论是反思女性命运《我有这样一个母亲》(李南央)、《血脉的回想》(筱敏),还是书写女性瞬间生命感悟的《我和我母亲之间》(尹慧)、《岁月如圆》(周小娅)、《心念到永远》(丹娅),抑或是感念于生命传承与延续的《母亲的羽衣》(张晓风)、《白发与脐带》(林文月),还有张洁倾诉母女血肉亲情的《世界上最疼我的那个人去了》,以及反省一代女性内心伤与痛的《月正中天》(小宛)、《这一生相厮守,白了的是头,碎了的是心》(胡传永)等,作者们不约而同地站在一个具体的代际家庭角色上,对女人的生命经验进行描述和思考,其间洋溢着深深的温暖与爱意、理解与超越,表达出一种对于女性生命价值的认同与肯定。这种"代"的视角的引入,扩大了女作者们的视野,使她们能够在对女性来路与去路的探究中进一步认识自我。对于每一个具体的女人而言,由女儿而母亲而外婆的角色转变标示着生命的不同阶段,对母亲、外婆的观照与期待很大程度上就是对于自我的观照与期待。在这种书写中,母亲不仅仅是观察反思的客体,同时还是观察主体自身隐秘的不可分割的一部分,因此,这种母女关系,是一种主体与主体间的关系,女性不再是对象性存在,她经由对母亲的理解认同而肯定了女性自身。

90 年代多元化的社会态势使女性散文的繁荣成为可能,并因之将女性对于历史文化,社会人生乃至自我的探究推向一个新的高度。但一个不容回避的问题是,随着女性问题在社会中成为热点,同时也成了卖点,部分商家为了利益进行商业炒作也是事实,这导致一部分散文作者为写散文而写散文,过分沉溺于琐碎无聊之中,将对凡俗人生的描述写成了庸俗人生,这不能不说是女性散文的一个缺失。另一方面,针对批评界对于女性视野狭窄的指责,个别作者为了追求所谓的"阔大",不惜背弃个人的艺术个性,以大而无当的术语、名词的堆砌来进行散文品质的提升,这种失却了生命质感的文字也在损害着女性散文的整体品质。因此,女性散文在 90 年代的辉煌之后,要想再次打破沉寂,思考的也许应该是如何在女性经验的基础上,从散文情的醇厚、思的深广和言的精美三方面提升散文的品位。

四

女性散文在 90 年代的繁荣,归根结底是中国女性的主体意识得以自由的表达,其中包括两个不可分割的方面:女性个体意识的自觉与语言意识的自觉,前者体现为对女性认识的深入,后者体现为特定的语言组织形式。20 世纪中国多灾多难的历史,中国传统文化对于女性的角色定位,形成了中国女性与西方女性不同的生存境遇,中国的女性命运更多地与时代、阶级、革命相互纠结,这决定了中国女性对于自我的建构无法摆脱诸多外在因素的制约,带有时代的印痕。体现在散文中,便是女性散文摆脱了小说中的紧张与压抑,呈现出更多的踏实与温暖。面对这样的事实,女性散文研究不可能沿用西方女性主义那种趋于片面和极端的否定性思维,而应该结合女性散文创作实际以女性自我认同、相互认同的生命价值观作为批评的价值支点,但这一点却恰恰成为女性散文研究的盲区。例如谈到女性散文的主体意识,就是对于女性写作题材(内心情感、身体体验、日常生活)的简单罗列,未能从女性经验之于女性生命的意义的高度予以深入论述。这正说明了女性散文研究尚未确立起自身明确的价值立场和明晰的理论思维。

从散文这一文体本身来看,它的特质是超越所谓的文体规范,保持创作者的个人话语自由,在不停地追新求异中发展。就像南帆在《文类与散文》中所说的:"散文的文类表明,散文的理论即是否定一套严密的文类理论。诗学之中没有散文的位置。散文的文体旨在颠覆文类权威,逸出规则管辖,拆除种种模式,保持个人话语的充分自由"①,"散文拒绝用几项条款限定它的活动范围,这表白了散文的自由天性"②。南帆还强调散文之"法"就在于"法无定法",这也是通常所说的"大体则有,定体则无",这种文体的自由带来了散文理论的相对缺乏。它不像小说、诗歌有自己的一套严密的理论体系,而是在"大体"的基础上根据个体生命表达的需要自由选择恰当的文体形式。那么,这是否意味着散文的阐释可以无边无际,自由随意? 当然不是,散文的自由是相对于创作主体而言的自由,自由的边界即是创作者的主体性。女性本身是长期为各种规范所拘囿的一个群体,打破规范始终是她们潜意识中的一个愿望,散文的自由恰在这一点上与女性的生命要求相契合,这也可视为女性在90年代多元化语境中不约而同走向散文的一个原因。散文理论的缺乏如同一柄双刃剑,一方面便于研究者返回文本本身,从文本本身去寻找理论的生长点,从而避免了以先在的理论去套作品的虚浮;另一方面是散文批评似乎成了最容易进行的工作,任何人只要想凑数了,就要来一篇散文批评,这就导致90年代女性散文研究整体上的滞后与平泛。

在90年代散文批评中,女性散文往往被纳入到其它诸种散文潮流中予以论述,如反思散文、学者散文、文化散文、新散文等,这样女性作者作为一个有性别的群体,其特殊部分尤其是她们的性别经验,或者被批评者淹没,或者被贬抑,仅有的一次女性散文的命名却是颇具贬损意味的"小女人散文"。在这样的批评背后,其实仍是一种二元对立的思维模式。人们在谈到女性/人类、自我/社会、女性经验/社会经验时,往往自觉不自觉地将二者对立起来,而且还潜在地赋予两者以等级的划分,以人类遮蔽女性,以社会抹煞自我,以社会经验否定女性经验。这就将女性散文研究置于一种相当尴尬的境遇中。一方面强调女性散文的主体意识,另一方面又不自觉地以所谓的人类意识否定女性作为有性别的个人的意识,不少有关"小女人散文"的评论就陷入这一误区。另外在一些总体评价

① 南帆:《文学的维度》,上海三联书店1998年版,第287页。
② 南帆:《文学的维度》,上海三联书店1998年版,第278页。

女性散文的文章中也存在这种问题,例如《繁华遮蔽下的贫困——九十年代散文之路》一书中专列一章分析女性散文,该章肯定了女性散文"取得了文学史意义上的,前所未有的好成绩",论述在题材拓展和文体创新两方面展开,但在具体的分析中却明显侧重于对所谓宏大的追求,在一定程度上疏离了文本本身,以至于将女性散文缺陷定为"小家子气",只关注"自己这一朵小花",这就又以所谓社会性否定个人性,陷入了题材决定论的窠臼。由此可见,在女性散文研究中,思维焦点、思维方式的转变是何等重要。

女性散文是女性生命的表达,是女性对于自我、对于世界、对于社会的一种直接发言。女性散文研究就是要倾听这种发言,尊重这种表达,在此基础上去追寻女性自我成长的轨迹。它的思维重点应放在女性散文本身,着力发现、阐释中国女性的个体生命体验和主体精神成长。鉴于此,我们试图从总体上对90年代散文进行把握,从女性作为经验主体、思维主体、话语主体几方面思考女性散文的理论实践意义,本书就是我们的一次尝试。它是在我们多年来持续地大量地阅读女性散文文本的基础上得出的成果。全书以生命哲学观念贯穿始终,将90年代女性散文视为一次女性生命的潮汐,从女性生命的角度阐释中国女性在20世纪90年代这一特定历史语境中对于自我的建构。在研究思维上力求突破二元对立的思维模式,对于西方的女性主义理论予以本土性转换,以女性经验作为阐释的基础,以对女性的自我认同、自我建构为核心确立起一种肯定性思维模式,体现了女性散文研究中一种新的学术思路。

全书分三编,上编《逝者如斯——90年代女性散文代际代属关系中的生命故事》,针对90年代女性散文是一个不同年龄的女作者共时态的横断面结构这一事实,首次将"代"的范畴引入女性散文研究领域,在这一范畴中发现"时间中的女人在具体的不同或相同的历史际遇中如何把握、创造、承担生命的意义,如何在自我认同和相互认同,在生存并且超越中实现这只有一次的生命的价值",为女性散文研究提供了一个新的理论场。中编《女性之思——90年代女性散文主题解读》,从女性对于历史、文化、爱情、婚姻、生老病死等一系列问题的思考入手,反思、讨论女性作为思维主体对于女性经验的关注与提升,彰显90年代女性散文精神探索所能达到的广度和深度。下编《语言的家园——90年代女性散文文体解读》,摆脱单一的形式学研究,强调女性作为话语主体,其话语方式与思维方式的关系。在研究中引入"知性思维"这一概念对女性散文思维方式进行概括,从而取得研究女性散文文体的一个有效切入点。在研究思路上,本书打破了以理论注解文本的套路,而是从散文本身的理论空缺入手,在文本中发现理论的生长点,体现了文学研究的一种新趋向。本书在体例上采用整体概括与个案研究相结合的方式,语言上主要是叙议结合。

任何文学研究都不可能是纯客观的研究,其间必然渗透着研究主体的主观性。出于这样一种体认,我们相信,我们对于 90 年代女性散文的认知判断必然与我们自身的经验相关,是我们作为女性阅读者与女性散文作者在经验层面上的一次交流和对话,它不可能是唯一的,对于本书的读者而言,也必然会经由自己的阅读而完成另一次对话与交流。我们每个人都正是在这样的对话中,在这样的自我认同与相互认同中,思想得以生长,生命得以成熟。

八十年代女性戏剧研究

苏 琼

  二十世纪初一批受过现代教育的知识女性主体意识萌动,在新文学运动中她们运用白话文写作时,也对一种全新的戏剧样式——话剧进行尝试。1918 年 10 月《新青年》五卷四号上,发表了陈衡哲的独幕新剧《老夫妻》。该剧很短,但它比现代戏剧史上公认的第一个正式发表的话剧剧本《终身大事》(1919 年 3 月《新青年》第 6 卷第 3 期)还要早。从没人敢演《终身大事》中离家出走的田亚梅,到戏外的知识女性离家出走,再到离家出走的女性通过戏剧展示她们的离家出走,话剧为五四时期的女作家提供了一种崭新的、切实有效的言说方式。中国现代戏剧一开始就表现出对妇女解放问题的关注,而且它在反映女性意识的觉醒方面较之其它文学类型程度更为激烈。以戏剧而论,此期女性从事话剧创作的重要意义在于,明清女性写作的戏曲即使适合舞台演出也不会有机会与观众见面,而石评梅为女高师一个游艺会的演出写作了《这是谁的罪?》(1922 年)。

  "戏剧是艺术能在其中再创造出人的情境、人与人之间的关系的最具体的形式。"[①] 它表现自我作为独特个人的存在。在二十世纪女作家那里,"整部的过去历史,实际上就是一部两性演串戏的剧本"[②]。戏剧,是她们再现女性生存状态、披露两性之间复杂关系的形式。戏剧角色,是女剧作者的代言人或者化身,角色的自我言说往往是剧作者的自我言说,它们代表女性剧作者的自我与个性的张扬。五四落潮后,女剧作者的数目及其剧作对妇女解放话题的关注有所减弱,但二十世纪下半叶以来女剧作家明显增多,五六十年代她们大多致力于

题解 本文原载《戏剧艺术(上海戏剧学院学报)》2005 年第 4 期,分两部分集中讨论了 20 世纪 80 年代现实题材的女性剧作。第一部分对白峰溪的"女性三部曲"、许雁的《裂变》《哦,女人们》《我是太阳》、北婴的《阖家重聚》等剧情主要在家庭展开的作品作了分析,指出以往的评论认定白峰溪的"女性三部曲""具有鲜明的女性意识",二十年后再看则"发现其局限性很大"。第二部分对沈虹光的《寻找山泉》《搭积木》、伊妮的《郁金香》、徐频莉的《芸香》等"女性境遇剧"作了重点分析。

① 马丁·艾思林:《戏剧剖析》,中国戏剧出版社 1981 年版,第 10 页。

② 谭正璧:《中国女性的文学生活》,光明书局 1930 年版,第 3 页。

儿童剧的创作,七十年代末特别是八十年代以后,出现了不少优秀且具备影响力的女剧作家,写话剧的有田芬、白峰溪、沈虹光、北婴、徐频莉、伊妮、许雁、张莉莉、燕燕……以及现在定居香港的何冀平。

八十年代女剧作家涌现的同时,中青年女性导演大量崛起。就女性主义者对戏剧的期许而言,女导演对戏剧整体的控制力显然比剧作家更彻底。导演以集体的名义讲话,声音更公开,决定剧本最终以怎样的面目呈现于舞台之上,更有权威。在一次访谈中,林荫宇谈到她对戏剧真正产生兴趣,源于1983年她在广州话剧团排《十五桩离婚案的调查剖析》时的一个顿悟:

> 我突然感觉到,我作为导演可以在舞台上有我自己的对生活的看法,我可以用我自己的灯光,用我自己的手法,我把它弄出来,那种快感是以前所没有过的。我感觉到是我自己在说话,而不是在舞台上重复作家的话了,我跟作家的话不一定一样。当我自己在舞台上有发言权,而且能够发言的时候,那是最好的。当我有了这个顿悟以后,我对戏剧就着魔了。①

这一系列使用密集的"我自己",凸显了导演权力赋予她的创造自由,给予她不同于剧作家的话语权,以及传达主体意识的渠道。

脱颖于八十年代的女导演中不乏自主地关注女性生存、心理和体验者。她们一般知道自己想要什么,常常自觉或下意识地选择反映女人命运的剧本,并把自己对人生对女性的理解借助舞台演出表达出来。看女导演对女剧作家创造的两性形象的阐释,如陈颙执导白峰溪的《明月初照人》、林荫宇执导北婴的《捉刀人》、陈薪伊执导沈虹光的《搭积木》,颇有意思。陈颙认为《明月初照人》对伦理道德观念的哲理性探索不够清晰与深邃;剧本把当代妇女塑造成偶像化人物,她也不赞成;女导演与女剧作家的共识,集中在一点上:"我们必须充满感情地反对买卖婚姻,呼吁全社会都来关心妇女的命运。"② 看女导演阐释男剧作家创作的剧本,也富有戏剧性。因女性导演的参与,剧本中所体现出的父权力量,会得到不同程度的削弱,仔细对照姚远的剧本《商鞅》与陈薪伊执导的演出版,便知此言不虚。同是这个陈薪伊,得到剧本《女人的一生》如获至宝,还把以表现奥赛罗的嫉妒为传统的《奥赛罗》,演绎成对苔丝德蒙娜的理想美和爱的塑造。

---

① 魏力新:《做戏——戏剧人说》,文化艺术出版社2003年版,第147—148页。
② 陈颙:《我的艺术舞台》,中国戏剧出版社1999年版,第393页。

在解构与颠覆男性剧作中，女性话语"潜台词"式地呈现于舞台之上。

可以说，二十世纪八十年代女剧作家、女导演的大量出现，让人们对"纯女性戏剧"——女性写、写女性、女性演、女性导，且具备女性意识——有所憧憬。但是"女性意识"这个概念本身很模糊，况且本文认为不该有女性乃至女性戏剧的"标准"版本，女剧作家女导演的创作不见得非要区别于男剧作家男导演——话说回来，在敏锐的眼睛和敏感的心灵那里，一致之处也会有差别。

戏剧艺术的特殊性在于，它需要从两个方面阐释才算完整：文本层面和舞台层面。本文从广义的角度理解女性戏剧，按学院派的传统，从文本层面出发，将女性写作的剧本全纳入考察范围，具体针对二十世纪八十年代女剧作家的创作进行讨论。从题材上看，这十年女剧作家的创作，既有运用各种戏剧手法展示现实社会中普遍存在的女性问题、女性境遇的剧本，如白峰溪的"女性三部曲"、沈虹光的《搭积木》、徐频莉的《芸香》，再如广东三位女剧作家许雁、伊妮和张莉莉此阶段的创作；也有取材于历史、改编自古典文学作品的剧本，如颜海平的《秦王李世民》、霍达的《秦皇父子》、王元美的《秋风秋雨》（《鉴湖女侠》）、北婴的《寒灯夜话》。本文集中讨论现实题材的女性剧作。

一

二十世纪七十年代末八十年代初，许多男剧作家还停留在政治话语的惯性之中时，女剧作家已经将话题转入私人领域，家庭成为她们展开剧情的主要空间。田芬执笔的《她》（林荫宇导演，1979 年演出，《十月》1980 年第 1 期）一反《孔雀东南飞》以来紧张的婆媳关系，塑造了一对截然不同的婆婆与媳妇。剧中，要带上老婆婆、小儿子再嫁的戴影恬，还奢侈地谈"爱情"。通过寡妇戴影恬的再次恋爱，该剧将两个家庭联系起来，情节在两家人之间铺陈，再无枝蔓。谈八十年代戏剧创作不能不提的白峰溪的"女性三部曲"，同样将重重、种种的矛盾暴露在家庭之中。

白峰溪（1934 年生，河北霸县胜芳镇人）的"女性三部曲"，指五幕话剧《明月初照人》（《十月》1981 年 4 期）、四幕话剧《风雨故人来》（《十月》1983 年 5 期）和《不知秋思在谁家》（《十月》1986 年 5 期）。写戏之前，白峰溪已经在舞台上扮演过四十余个时代、经历、个性各不相同的女性。从事编剧工作后，她的创作也集中在女性角色身上，她写道，"也许因为我是个女作者，对于妇女的命运，有着天然的姐妹感情"，"一种激情的催动，我愿为她们的命运呼喊"，"一种使命感,促使我想在妇女问题上进行探索"。① 以往的评论者因剧作家本人的姐妹情谊,及其剧本表现出来的对当代中国妇女命运的思考,认定"女性三部曲"具有鲜明的女性意识。

二十年过去了,再看白峰溪的"女性三部曲",发现其局限性很大。除了导演陈颙当年提出的问题外,这三部以讴歌女性为标榜的剧作塑造女性形象时缺乏信心,并未完全脱离男权崇拜的思维模式。虽然具体的男性在《明月初照人》具体的舞台上缺席,但它骨子里依旧系男性中心主义的,光环聚焦在母亲方若明和大女儿方纬共同爱着的裴光身上:

> 方琳:……裴光教授确实可爱,所以,妈妈一代失掉的,女儿一代又找回来了……
>
> ——《明月初照人》第五幕

剧中未登台的裴光就像《雷雨》中的"雷雨"、《日出》中未出场却掌握陈白露命运的金八。为此,当年个别男性批评者认为白峰溪的爱情观念错误,原因在于她不该把爱情看成一个永恒的"神",爱情应该是会发展变化的,裴光教授"不仅被痴情的袁玮理想化、神化了,也是被作者理想化、神化了"②。类似的情节处理《风雨故人来》中也有,当两个家庭的女人陷入混乱处于"风雨"之中时,莫瑾搬来彭仑当救兵。这位最后一幕才登场的"故人"——弃妻子、女儿多年不管不顾的彭仑一回家,就受到母亲夏之娴、女儿彭银鸽的欢迎,他打着官腔说:

> 古往今来,……人们都要求一位贤妻良母,有几个要求自己做个贤夫良父呢?这不合理呀,不合理嘛!
>
> ——《风雨故人来》第四幕

他主动承担责任,以主人姿态、家长身份快速果断地做出了不容置疑的决定,两位女性家长夏之娴、莫瑾一筹莫展的问题迎刃而解。彭仑在该剧中的作用,如同古希腊戏剧中解结的神,或者中国古典戏曲结局部分的清官和鬼魂。

同样地,《不知秋思在谁家》中已经辞世的男性家长靠他遗留下来的条幅,

---

① 《白峰溪剧作选》,中国戏剧出版社 1988 年版,第 242—243 页。
② 董健:《〈明月初照人〉:女人写女人之爱》,《戏剧通讯》1982 年第 3 期。

展示他在家庭中的核心地位及其对女主人公苏重远不可忽视的控制力：

> 苏重远：……叶翔啊，你说的对，我这瘦弱的肩膀，实在是挑不起儿女们的这付重担了……（失声抽泣）
>
> ——《不知秋思在谁家》第三幕

失去丈夫强有力的支撑，妻子的脆弱一览无余。从这个角度说，白峰溪的"女性三部曲"尽显男性对世界对家庭的主宰力量。夏之娴告诫女儿："月亮虽明，可那是反射了太阳的光。女人，不是月亮，不借别人的光炫耀自己。你自己发光去吧！"（《风雨故人来》第二幕）多好的台词！事实却是，在剧作家的潜意识中，女性仍旧"若明"（如方若明），男性才是"光"（如裴光），她们迫切需要从他们身上汲取光热与力量。

白峰溪笔下的知识女性"既要强，又怕强，强不得，弱不得"（《不知秋思在谁家》第二幕），她们的内心要独立、要自主、要追求自我实现的同时，传统的男性价值取向还残存在灵魂深处。《不知秋思在谁家》中的叶纭，一个三十二岁漂亮能干的知识女性，总碰不到合适的朋友，其根本原因不是没人敢娶她，而是她没遇上一个能把她"镇住"的人。她的男助手秦征一针见血地指出，这是女性心理上的依赖性，"心目中那个偶像，一定要在各方面超过你，从他身上使你得到支撑的力量"。《明月初照人》中的方纬与叶纭殊途同归，她爱上了比她大二十多岁的导师裴光，原因在于："我想，我是再也找不到比他更好的人啦！"赞美依恋力量型男性，许雁八十年代剧作与白峰溪的一脉相承。

许雁（1942年生，安徽宿松人）1985年转业，此前在空军文工团任演员二十余年，主演过话剧和歌剧，还是电影《女飞行员》中女主角林雪征的扮演者。1990年出版的《哦，女人们——许雁剧作选》收录了她八十年代创作的四部话剧：《人与人》（五幕，空军政治部话剧团1982年4月排演）、《裂变》（多场次话剧，《剧本》1985年10月号）、《哦，女人们》（多场次话剧，原以《女人们的事业》之名发表于《十月》1987年6期，1989年由广州话剧团首演）和《我是太阳》（多场次话剧，《剧本》1989年5期），后三部话剧展示出一个驰骋于商场官场中的职业女性世界，它既有别于白峰溪的女性群体，又与之互补；在塑造突破家庭藩篱的女性形象上，两人一致。许雁的成名作是得到曹禺很高评价的《裂变》。

《裂变》的场景也从家庭开始。大幕一拉开，人们见到女主人鲁是洁苦心经营小心维持的家庭，正处于风雨飘摇之中：易北林、鲁是洁的夫妻之情多年前已不复存在,易北林的旧恋人夏雨来到工业区,更增夫妻分道扬镳的危险;鲁是洁一手包办的大女儿易桑的婚姻,面临崩溃;二女儿易然恋爱碰到麻烦之时,事业也发生巨大变化;儿子易非被日本老板炒了鱿鱼。眼看易家已无法按原有轨道运行,易北林、鲁是洁都束手无策,易北林认为"似乎有一种什么东西在推波助澜",个人"无法逆转已经发生或是将要发生的变异","这不是哪一个人的过错,而时代变革的冲击波,是蝉蜕时期的痛苦,谁也无法逃脱"。剧作者的企图很明显,就是要以一场家庭大变革暗示社会秩序的大裂变:

> 夏雨:(激动起来)改革这改革那,我看最需要改革的是那些根深蒂固的旧观念,旧意识,陈规陋习!
>
> 李想:绝妙的见解! 固守着这些旧意识、旧观念最牢固的阵地是家庭。所以,历史上任何一次演变,都是从家庭的分崩离析和重新组合开始的。……现在,我们又处于历史巨变的前夕,家庭一定会对这场变革产生最敏感,也就是最强烈的反馈!
>
> ——第二场

夏雨成为这场变革的先行者,在剧中,作为外来者的她还是一个诱惑者、破坏者,一个不安定因素。她刚瓦解了一个家庭,又以"我已经离婚了"的告白,带给易北林和易家强烈的冲击。这方面,相较于夏雨的"我不怕",易北林有些怯懦。

剧作者对男性的所有幻想或者说理想,集中体现于易北林、李想两个角色的塑造上。李想被定位为"一个为妻子守节的殉道者",尽管妻子去世了,他还是逃避易然的追求,其操守确实符合许多女人的"理(李)想"。男主人公易北林则具备强者风范,他是男人眼中"首屈一指的热血男儿"(第二场),金发的外国女郎"遇到的最潇洒的男人"(第三场),中国女人眼里"一个真正的男子汉"(第四场)。他处处受女人垂青,不必说妻子鲁是洁、恋人夏雨,连保姆苦姐都暗恋他。易北林曾经的未婚妻因为他在新婚之夜逃婚,从"甜妹"变成了"苦姐"。被易北林遗弃后,她继续寻找他,追随他,甘愿在他家里默默地服侍他,恰如她在信中的诉说:"我只要能看到你,能服侍你,就当我没白做一世的女人……"(第六场)有意思的是,被剧作者塑造成石头一样强硬的易北林,居然没成为易家的主宰力量。

剧中,发生在易北林和易家孩子们身上的挫折与不幸,似乎都能追溯到鲁是洁身上。大幕将落时分,易北林像他的儿女们一样,以受害者的面目控诉鲁是洁,说她"太残忍","你把一个女人驱逐得离我那么遥远,又把另一个女人紧紧地捆在我的身边","家?……用权力和封建伦理道德支撑的大厦,早该让它……倒塌了!"(第六场)全都是她的错。于是,鲁是洁被当成旧体制旧秩序的代表,遭全体家人遗弃,莫名其妙地成了千百年来男权社会"用权力和封建伦理道德支撑的"旧家的代罪羊。无论做妻子还是做母亲,鲁是洁彻头彻尾地失败。至于易北林,可以想见,不管世界怎样变革,他都稳操胜券。离了鲁是洁,还有夏雨,仅从名字的设置上:北林—夏雨,就知道这是剧作者认可的一对。新婚姻必定会像新秩序一样得到重新整合。

剧作者对易北林太宽容了,他享受赞美与权力,却不必为一切负责任。由此看来,《裂变》并未脱离男性中心视角,男性立场早已渗透进剧作者的潜意识,充分表现了女性对男性的传统依恋,她随他的指挥棒起舞:

> 夏雨:不不! 以前,我总把你想像成一个圆号手,雄浑、深沉,充满了力度。其实,你更像一个小号手,明亮、高昂,让人沸腾、燃烧、激奋向前! 不不! 都不准确,应该说,你是一个指挥家,指挥棒所到之处,便是一曲响遏行云的乐章。
>
> 易北林:(诚挚地)夏雨,你把我美化了,也把生活美化了。……
>
> ——第二场

这样,剧作者一边建构男性神话,一边又忙着解构它,充满矛盾。她当然知道男性偶像原本只能在理念中抽象地存活。剧本把破旧与立新的冲突,具体化到两个女人夏雨和鲁是洁的一攻一守之间。剧中,推动情节进展的是积极行动着的女人——鲁是洁、夏雨、易然乃至苦姐。至于两个男性角色易北林和李想,相当程度上充当了剧作理念的传声筒。再多的溢美之词亦无法掩饰易北林这个"男子汉"实际上的苍白无力。

在《我是太阳》中,也有"易北林"的一席之地。年轻的男主人公吴浩,认为自己是"山,一座不动的山。托得起天空,也托得起女人!"这位自诩靠激情推动地球旋转的"真正的男人",遇到实际问题却得靠慕容雪儿慷慨解囊。他豪言准备托起的女人帮他解脱困境,未尝不是个讽刺。然而,较之于父亲周泯,吴浩活得算真实坦荡了,他因此有资格嘲笑父亲并要求他:"父亲,挺直脊梁骨顶天立地地活一回吧!"这也正是慕容雪儿的期望。剧中流露出来的对显得不够伟岸与强大的父亲的失望,表面上传达了女性对异性的不满情绪,深层次里体现了女性的集体不自信。恰如《哦,女人们》中的女权主义者杨风说的:"什么女权,什么妇女解放,我们血管里流的仍是几千年被压抑的自卑。女人的真正敌人是女人自己,当有一天女人战胜了自己的软弱和自卑,女人才彻底作为一个真正独立的人,跟男人们站在地球的同一地平线上……"话虽这么说,她们还是要男性爱的许诺以抚慰心灵上的创伤。

《哦,女人们》以一群常人难以企及的职业女性作为描绘对象:副市长沙柳、报社记者杨风、建筑设计师司徒晓月、部长夫人翻译黄绮霞、电影演员绿原、公关小姐司徒贝贝。剧作努力营造了一个女人的世界,一个花的世界。这样一部剧作,却贯穿着一个中年男子无名氏。把他看成陪衬红花的绿叶,起点缀作用,调剂舞台使性别不至太单调,当然也可以。但这个角色一直注视(窥视?)女人们的生活,他像一个先知,预言沙柳等人的生活变化;又像一个启蒙者,教诲她们。跟无名氏的成熟而神秘比起来,副市长沙柳的确太幼稚了,把一个城市交到她的手里,估计除了剧作者外没有人会放心。全剧在无名氏的"女人们,我,真爱你们……"的表白声中结束。比较与之同期的张洁小说《方舟》中女性世界的沉重与苦痛,《哦,女人们》因为来无影去无踪的无名男子缺乏真凭实据的"爱"的口头承诺,消解了批判力度,"他"似乎特地为了抚慰"她们"才出现在舞台之上。

许雁的剧作有过多的理想主义色彩与虚幻的形式,"编"的意识太浓厚。虽然它能满足编剧与女性观众的潜在欲望,靠着移情作用,剧作者与剧中的角色产生了一种虚幻的共鸣。但它同样会使剧作洋溢着过度的激情而变得廉价、虚假,如《我是太阳》结尾时歌手们的狂喊"燃烧! 燃烧!""我是太阳!""我要燃烧!"。包括剧作者对男子汉的塑造,这种男性角色固然能够取悦女性观众,令她们愉悦、产生快感;但是,只要稍微清醒一些,女剧作者便会对这种类似神话的幻想,生出一种叛逆感。所以,在北婴的《阖家重聚》(1987)中,硬汉子努尔阿巴斯从未得到出场的机会,即使如此,剧作者仍不放过他,给他安排了一个死于雪崩的结局。因为,他本来不曾真实地存在过。

北婴(原名李婴宁,1942年生,祖籍山东)是上海青年话剧团编剧,她在八十年代的主要剧作依次有《毋忘我》(七场,殷惟慧、李婴宁,《新剧作》1980年4期)、《寒灯夜话》(二幕七场,《收获》1983年4期)、《放鸽子的少女》(二幕,《新剧作》1985年第2期)、《阖家重聚》(三幕,《新剧本》1987年7月号)。其中,《阖家重聚》用两个家庭的传奇故事,展示一家三代女人的生活和命运:年轻时离家出走的奶奶浦芳、儿媳妇静娴和女儿乌孜牙、跟爷爷奶奶长大的孙女林冰。

该剧情节错综复杂、信息量大、涵盖面广,可以从多个角度进行解释,但有一点很明显,它受到当时文坛反思与寻根文学思潮的影响,以林冰为代表的一代明确提出要寻找自己的根,而她的母亲静娴则在反思自己的生活与婚姻。

《阖家重聚》与其前后发表的《人生不等式》(张莉莉,1985)、《寻找山泉》(沈虹光,1986)、《失落的发明专利》(燕燕,1987)、《梦锁敦煌》(伊妮,1988)等女性剧作——包括雷国华导演的《寻找男子汉》(1986,剧作者:沙叶新,男,1939年生),都有一个寻找模式:寻找理想中的男子汉、寻找失去的过去、寻找民族文化的根、寻找精神家园……为什么要寻找? 如钱理群所言,那是由于不可排解的"失落感"。

1949 以后特别是八十年代以来,女性传统的家庭角色未得到淡化,社会角色的分量却逐渐加重,在女性的性别角色与社会地位发生很大变化,女性固有的心理模式未得到相应调整的情况下,不少女性尤其是知识分子,充分感受到了来自家庭、事业的双重压力。这种重压造成了职业女性的角色紧张与人格分裂,也造成了她们生活与心理的双重缺失。她们要么以离家出走来抗议,如松松妈(沈虹光《搭积木》);要么独身或者离婚以成就事业,如白峰溪剧中的女强人;若想"双丰收",如许雁笔下的素馨(《男儿有泪》,1997),既与丈夫共同创业又兼好妻子好母亲,她就会成为植物人,只能天使似地供人景仰。因此,假若与女性的现实生存状态相联系,那么,女性剧作里的寻找就是对自身出路的一种探讨。寻找,"既是题材,又是结构,更是一种心态、调子"①。

二

与上文提到的许多性格剧、情节剧比较,本文更愿意把《寻找山泉》、《搭积木》、《芸香》、《郁金香》这类带有比喻与象征、反映男人与女人之间的普遍情境、表现女人共同处境的戏剧解读成女性境遇剧。对女性境遇剧而言,重要的是角色的处境或者境遇,角色的具体命名并不重要,也就是说,它不以塑造独特的"这一个"为旨归,所以剧中人是七嫂、"她"、"他"、松松妈、松松爸、葛老太、郁金香、柳芙蓉等,毫无个性色彩可言。七嫂、葛老太、郁金香、柳芙蓉这些所谓的"名字",不过在暗示剧中人的性别,以及她们大致的年龄层次。而观众只要愿意,他们尽可以用毛毛、宝宝、贝贝……任何喜欢的名字替代"松松","松松妈"、

---

① 钱理群等:《二十世纪中国文学三人谈·漫说文化》,北京大学出版社 2004 年版,第 183 页。

"松松爸"不过传达一个信息:他俩是一对有孩子的夫妻。至于"她"、"他",更只能算性别符号了。评论者一般认为,用"她"、"他"指称剧中人的沈虹光具有自觉的女性意识。

沈虹光(1948年生,江苏南通人)任湖北省话剧团编剧之前,在剧团当过多年演员,八十年代主要剧作有《五(二)班日志》(合作,《长江戏剧》1982年6期)、《寻找山泉》(大型话剧,《剧本》1986年8期)、《搭积木》(无场次话剧,《剧本》1988年6月),后两部均都获得全国优秀剧本奖。她写话剧关心"是否挖掘出了人人相通人人心头都有的东西",希望表达人所共有的向往,追求与观众感情上的共鸣。

《搭积木》展示的便是处在婚姻中的男女的普遍境遇。它在舞台的具体时空上显出很大随意性:时间"傍晚到早晨,任何一天均可",地点"人口密度极大的大城市中的一个普通住宅区中的一幢普通楼房的一间普通屋子里",人物是两组三口之家——她、他和毛毛,松松妈、松松爸和松松。看完戏观众会发现,松松爸和松松妈之间的矛盾完全是"她"和"他"之间冲突的翻版。同样的问题,为什么要设置两组人物呢? 因为这样能加强事件的普遍性,剧作者相信"这动荡每天每时都可能在人的内心发生,它使人的内心成为风暴期的海洋。然而表面是平静的,人们吃饭睡觉,匆匆上班,下班料理俗务,平淡无奇司空见惯"。没有第三者,然而"她"和"他"就是无法在一个空间里和睦相处。你得说他俩是好人,但两个好人在一起便彼此折磨,为了面子,为了孩子,婚姻关系又不得不维持。女人走了,再回来,回来了,又想走,她不走,他就要走。这是怎样一种尴尬的关系、尴尬的处境?

> 他:你要真实?
> 她:是的,我要真实。
> 他:那好,我要告诉你,我希望你死!
> (她一怔)
> 他:你一死这个倒霉的婚姻就体面地结束了。

惊心动魄的话语,残酷的心理。处境导致了男人与女人之间关系的异化,她和他相处的空间,已成为禁锢彼此的囚牢和密室,夫妻反目成仇,以至于只有对方死去,自身才能彻底解脱。许多评论者从"她"的出走中看到了娜拉式的反抗,解读若是到此止步,《搭积木》就被理解得过于单纯而肤浅了。

一位男性评论者认为，女剧作家的作品"很少着笔于对历史对社会进行气势宏大的立体性的概括"，但"沈虹光的《寻找山泉》是一个例外"。[①] 且不说论断的前半句是否有些偏颇，仅就《寻找山泉》的阐释，他看到的也和本文的不一样。他言下之意，《寻找山泉》"对历史对社会进行气势宏大的立体性的概括"，指的大概是以往常讲的：剧本选材重大而严肃，正面讴歌了苏区人民及革命老干部。如果分析《寻找山泉》可以分成三个层次，那么这是最表层的，主人公有名有姓叫粟秉山。再进一步，第二个层次：本剧用"山泉"比喻像七嫂那样默默无闻的革命妇女，她们如同山间的清泉自然纯净，涓涓细流却是江河湖泊的源泉，寻找山泉是寻找失落的美好灵魂，是寻根。

该剧巧妙地安排了几位不是七嫂的七嫂，在粟秉山对七嫂（没人知道她的名字）的寻找过程中出场。七嫂们的生活现状，拷问着老干部们：他们兑现了当初对以七嫂为代表的苏区人民的承诺吗？他们对得起无私地献出丈夫、儿子，又默默牺牲自己，却始终处于无名状态的苏区妇女吗？七嫂们守着一个梦：

　　七嫂：秉山，等革命成功了，你给我盖洋楼，真的？我等着，我等着……

一等就是半个世纪，她们贫困依旧。花子坦言："粟秉山，我为你担心哪，我怕再打起仗来，你的队伍没处躲，没人给你送饭哪！"

剧本暗示了革命带给妇女的几种可能命运：1. 无名。如七嫂，身为童养媳的她，得不到革命者七哥的爱，却为丈夫的事业鞠躬尽瘁。丈夫受冤而死后，她只能靠讨饭为生，最后不知所终。2. 无我。如孟佩生，她的婚姻属半自愿，当初粟秉山事先瞄准了她，再让政委找她谈话，"同意得同意，不同意也得同意"。婚后的全部工作就是围着丈夫转，没有了自己。但运气比七嫂究竟要好一些，丈夫功成名就，她从利益方面得到了一定补偿。委屈归委屈，丈夫不能离。3. 被打倒的土豪劣绅家的下层女人，她们与"东西"同质。

　　秦大爹：……土豪劣绅的东西分了，长工、丫头、佣人都解放出来了。我们乡主席说："你要老婆不？去领一个。"我就领了一个——

声称解放包括女人在内的劳苦人民的革命运动中，等待那些无依无靠女人

---

① 《白峰溪剧作选》，北京：中国戏剧出版社 1988 年版。

们的实际命运,是作为胜利一方的战利品,再一次被出卖。这就是革命对女人的真相。日本著名的马克思主义女性主义理论家上野千鹤子说,她原来根本没有性别意识,认为所有的男学生都是我们的同志,但有一天她发现男同志背叛了我们,这时她才明白革命总是背叛女人。《寻找山泉》隐秘地揭露了以男人为主导的革命与女性的关系真相,革命以牺牲女人为代价,男人永远无法或者说不会兑现承诺。女性戏剧看到的真相如此。这是第三个层次。《寻找山泉》1987 年 1 月在首都剧院公演三场后奉命停演,直到四月。据说有一位很尊贵的观众提出了几点意见,剧作者做了辩护。

八十年代的女剧作家中,伊妮善于运用抽象且富于理性的剧作展示女人的生存状况与心理状态,颇具哲理与思辨色彩。伊妮[①](1954 年生,广东花县人)1973 年开始从事专业文艺创作,1981 年考入上海戏剧学院,攻读戏剧理论。失踪前[②]是广州市文艺创作研究所专业作家。主要剧作有:《信念、金钱、美女》(七场风俗剧,1985 年)、《美哉,人间》(五幕荒诞话剧,1986 年)、《寡妇、光棍、流浪汉》(四幕风俗喜剧,1987 年 4 月)、《郁金香》(六幕话剧,1987 年 7 月)、《梦锁敦煌》(无场次话剧,《南粤剧作》1989 年 1 期)。透过这些作品,能感受到她深深地为处于不幸中的女人痛苦。她认为每个女人都有自己的哲学,都有一部辛酸的经历,这经历就是她们的老师。

剧本《郁金香》引言中用了孟德斯鸠的一句话:"妇女在法律上是自由的,但是受着风俗的奴役。"剧作者企图利用该剧表达"对中国妇女命运的也许是极为偏颇的感受"。从这种理念出发,该剧将一角色在舞台上分解为二,即郁金香 A、郁金香 B,以此表现人物心灵层次的差异、分裂和追求。郁金香 A 与郁金香 B 的自由随意的对话,像一个人的两种思想在交锋。郁金香 B 飘忽不定的幻觉感,区别于现实中郁金香 A,她取代了一般情节剧中的画外音、内心独白、音响、饰郁金香 A 的演员个人表演艺术的大展示。A 与 B 配合完成了"当代落难女子"的全部情绪与心理变化,以及剧作者眼中的男女关系。

《郁金香》的话题其实古老而陈旧。因被男人糟蹋过而自杀的郁金香来到地狱,见到了为失贞而死的甜女,她告诉郁金香"凡是因爱贞操而死的女子,都

---

① 非常感谢广东省艺术研究所的胡小云女士为本文作者复印了伊妮的剧本。

② 2000 年 1 月 18 日伊妮住进广州某医院的心理康复区,因为此前她曾有幻觉产生,曾经突然失声,与人交流要靠手写。1 月 20 日她从医院出走,从此下落不明。在留下的信中,她说要去她应该去的地方,希望不要找她。伊妮曾在一篇小说中谈到女主人公对幸福的理解——"自由地把握生命",而不幸是"失去自信心"。

要后悔",古代的贞女烈妇甚至组织了一个"还魂团",提到自己守节的坚贞凤妹"羞煞","地下的痴男怨女,都将它看得一钱不值!"李贞后悔自己的"九烈三贞",在地下,夫君仍然"千年百载在外寻花问柳"。她们感叹"做女人的生生死死都没有指望了"。郁金香于是返回阳世开始了新生活,十年后她成为一个园林学的专家——剧作者将这些一笔带过,倾力于她的婚恋遭遇。

当郁金香打算嫁给柳扶桑做一个"柳家媳妇"时,她过去的梦魇并未离开过她。她失身相救的柳芙蓉污蔑她"自愿送给人家玩";致力于研究孔子伦理学体系的"哲人"、"君子"柳教授,谴责起郁金香来,用词之粗鄙令人震惊。迫于形势,郁金香转而嫁给了对她"一见钟情"的马翰松。新婚之夜,她才明白马翰松的热烈追求,来自他想从郁金香身上榨取灵感,"我真心地爱您。您也爱我吧!看在喜爱我的读者的面子上,拯救我的艺术生命吧!"郁金香断然拒绝,成了一个活寡妇。那么柳扶桑的"爱"呢?它更像一场赎罪,为因他"嗜好处女、贞洁"而死去的甜女。柳扶桑把郁金香形容成他的信念、理想、宗教,致力于"挽救"她,以求为"妇女的自由立法"。林林总总,郁金香无法不感到失败的彻底。

伊妮确实将戏剧作为表达人生与生存体验的一种手段。《郁金香》的问题具体而实在,剧作者意图暴露得十分直白,女人不该为贞操而死,由于男人导致女人毫无意义的死亡,他们应当像柳扶桑那样忏悔、赎罪。结尾处,一个男人的黑影充满了整个大幕,象征着无所不在的男权阴影,而强劲的音乐、急速的舞步,"表现女性灵魂的分裂、探索、追求,以及新生的渴望"。从女性境遇剧来看,不该责备剧本的"人物性格层递变化不大"。

徐频莉的话剧《芸香》(1989 年上演,《上海艺术家》1990 年 1 期)有耸人听闻的离奇故事,一个种了一屋子芸香的老太太用斧头砍死了不忠的丈夫。整出戏诡异、浪漫,还带有暴力、情色成分。然而,本文宁可称它为一出爱的处境剧,它是剧作者对誓言、对爱的切身体验的寓言式表达。剧中的女人叶子、男人阿果代表恋爱中的青年男女,并无具体指向,而葛老太是老去了的叶子,"瞎眼"则是一个隐喻。当叶子坠入爱河,相信阿果"我一辈子和你在一起,不管你怎么样,我爱你!"的誓言时,所有的东西在她眼中都变成了绿色的——她成了色盲,当她嫁给他时,她的眼睛彻底瞎了。瞎了眼的叶子独自沉浸在爱的气氛里老成了葛老太时,惊觉到阿果的不忠及其誓言之虚伪。她果断地将操纵她生命几十年的阿果砍死了,用这种方法报复他,并对自己盲目的几十年作一个交代。当一切结束,她和他分了手,她的眼睛奇迹般地复明了。

　　爱是盲目的,陷入爱情轻信诺言的女人都是瞎子,只有与心爱者分手,她们才能看清真相。剧作者说写《芸香》时,她的个人感情受到了波折,她发现"爱"和"爱人"往往不是一回事。爱人会失去,或者会由"爱"到"不爱",但一个人心中的"爱"却不会因为"爱人"的消失而泯灭,她于是记下了自己的感受。

　　女性自身境遇的悲剧感、思考女人处境的沉重感,所引发的共鸣是传奇的情节、激烈矛盾冲突无法代替的。这方面,沈虹光、徐频莉、伊妮等的体验与思考,显然更深入骨髓。也许,跟剧作者自身的境遇不无关系。沈虹光经历过婚变,她发牢骚说女人难当,就难在让男人满意上。徐频莉的几部话剧作品都有自身痛苦的影子在内,她希望不要有太多的不幸。伊妮来自乡村,她多次谈起青少年时代生活艰难、精神匮乏,屡遭冷眼却自卑而又自信,敏感而又倔犟。白峰溪则不管当女演员还是作编剧,路走得都比较顺利,在她的剧作里有对女性生存状态的困惑,却没有伤痛。她自言进入了一个困惑地带,一个困惑的作者写了一群困惑的女性。

新时期女性小说话语权威的建立

陈淑梅

    80 年代中期以来,女性小说大量采用第一人称叙事是一个显著现象。"第一人称的增多同主体位置的上升存在着微妙的联系"[①]。与第三人称叙事相比,它意味着对一种没有归属然而普遍的话语权威的突破,对女性个体的肯定。不管写作者是否愿意接受,在一般的观念中,第一人称"我"多多少少都会引起对于作者自身的联想与指认,而在创作过程中,第一人称往往也为作者自身留下痕迹提供了方便,它比第三人称更多地关涉到作者的自我。这就使第一人称叙事先天地具有越出文学文本的可能。在某些情况下,写作者所要面对的,往往不仅仅是一个单纯的文学文本的世界,而且包括现实世界的诸种可能反应。第一人称强化了对这种反应的敏感。这样,作者自身就更多地卷入文学语境中,并会采取相应的修辞手法来应对语境。这一切都会在叙事话语中有所表现。通过分析叙事话语,我们可以看到文本与现实世界或显在或潜在的复杂关系。从这一关系,可以进一步对叙述者的主体性加以判断。这最终归结为一个问题,那就是:写作者是否通过叙述者建立起了自己的话语权威,是如何建立的。

    话语权威的概念来自苏珊·S.兰瑟的《虚构的权威》一书。"它指由作品、作家、叙述者、人物或文本行为申明的或被授予的知识名誉、意识形态地位以及美学价值。"[②] 这一概念强调了复杂的不断变化的社会常规对女性叙事的影响,具体到第一人称女性小说,它对于阐明叙事话语、主体性与社会意识形态之间的

题解 本文原载《文学评论》2005 年第 5 期。对 20 世纪 80 年代中期以来女性小说大量采用第一人称叙事的现象,文章进行了分析,认为这同主体位置的上升存在着微妙的联系,分析叙事话语,可以看到文本与现实世界或显在或潜在的复杂关系,由此可进一步对叙述者的主体性加以判断:写作者是否通过叙述者建立起了自己的话语权威,是如何建立的。本文以第一人称女性小说为例,结合《爱,是不能忘记的》《春天的童话》《蓝天绿海》《在劫难逃》等一些在当时有影响或具有一定艺术水准的代表性文本,分析它们在叙事形式上的不同,对女性小说叙事话语的阶段性发展变化,女性叙述人的主体性从畏缩幼稚到成熟自信的过程,以及新时期女性小说话语权威的建构进行了具体、深入的探讨。

①   南帆:《第一人称:叙述者与角色》,《钟山》1993 年第 3 期。

②   [美]苏珊·S.兰瑟:《虚构的权威》,黄必康译,北京大学出版社 2002 年 5 月版,第 5 页。

复杂关系具有重要作用。

一　乔装打扮的叙事话语

新时期初期，不论从哪个方面看，都没有适合于女性小说生长的合适的土壤与充分的发展空间。极为有限的几篇小说可以看作女性小说的萌芽。它们与后来的女性小说相去甚远，但不可否认，它们是特定历史语境中对女性的关注与表达，只不过，它们的关注与表达是谨慎的，曲折的。

张洁的《爱，是不能忘记的》(《北京文艺》1979 年第 11 期)是当时引起广泛讨论的一篇小说。后来的研究者在谈到女性小说的发展历程时都肯定了它的重要地位。但这些研究所注意的大都是小说的内容，对小说的叙述形式甚少涉及。这里的关键问题是，讨论它的叙述形式，不仅是对作品的尊重与理解，也可以让我们更清楚地认识到意识形态如何深刻地影响了叙事话语。

在这篇小说中，女性叙述人"我"根据母亲留下来的笔记和自己的片段的回忆，讲述了已经去世的母亲的一段感情。母亲的故事占了主要篇幅。小说的题目就取自母亲在其中倾诉心事的同名的笔记。在这个笔记中，母亲记下了她的思念，她内心的挣扎，她的遗憾，以及在他死后她的深重的悲哀。

我们首先应该注意的是，这一占据小说主要篇幅的个人的感情世界是被放在一个讨论独身的社会话题的框架中的。从叙事声音的角度看，叙事开始阶段的声音是直率的甚至有点儿粗鲁的。"劣种的牲畜"一词由一个女性叙述人说出，并指涉自身(虽然是猜测人们对自己的看法)无论怎样都让读者感到刺目。这让人对这个叙述人的可靠性产生怀疑。并且从一开始叙述就在两种倾向中摇摆不定。在叙述人的层面上，开头似乎是要讲一个关于爱与不爱，关于什么是真正的爱的故事。再下面的议论则跟独身有关。然后又回到爱与不爱的问题，并试图把爱情和社会、和婚姻家庭中的责任义务结合在一起来讨论。然后就是母亲和"他"之间深深相爱但又不能在一起生活甚至连手也没拉过的故事。而这无疑是这篇作品分量最重的，最感人、最有光彩的部分。这故事所传达出来的情感力度给人留下至深印象。但叙述者对母亲故事的总结似乎只是"让我们耐心地等待着，等着那呼唤我们的人，即使等不到也不要糊里糊涂地结婚!"如果说在讲述母亲故事的过程中，叙述人表现出对母亲心中的爱的理解和感动，那么在讲完这个故事之后，我们却发现她过于粗率地打发了这个故事，有意削弱了这个爱情故事的感人和悲哀之处，而把它跟一个女性独身的社会问题联系在一起。

叙述人的不可靠性再一次浮上我们的心头。与这种感觉相关,最后叙述人希望社会进步的大声疾呼听起来有些勉强。

这样,我们就不难理解,为什么这篇小说在当时引起了那么大的争议。有人指责这种爱情不道德①,有人引经据典证明这种爱情完全合乎道德②,有人从小说开头结尾讨论社会问题的框架来证明其"揭示了严肃的人生课题"③。这是因为小说本身主题就不明确。准确地说,叙述人试图以公众所能接受的话题来掩护女性情感的话题。之所以如此,是因为在"文革"刚刚结束的一段时期内,文学中的主流是回顾历史,揭露"文革"造成的创伤,探讨社会、人生问题,个人——包括个人的琐碎生活、个人隐秘的感情与内心世界——还不能明目张胆地以个人的身份跻身其中。作者主观上迷恋母亲的爱情故事,但在当时的社会语境中,却不能把它当作主题。在作者的主观意图和外在压力之间存在着冲突,这篇小说就是冲突的不完满解决的产物,是各种话语互相妥协的产物。

从这篇小说在当时引起的广泛讨论可以看出女性小说所具有的在伦理道德方面的敏感性。而从叙事话语本身则可以看出对女性情感的关注与表达是一件需要策略、在一定程度上也是需要勇气的事。正是外在的社会语境的压力导致了叙述的曲折谨慎。在叙事话语的断裂之处,我们看到的是叙述主体乔装打扮掩饰自身身份与意图的努力。尽管如此,小说还是引起了批评。毕竟,其中隐含着一些有别于旧的话语系统或者说不能为旧的话语系统所容纳的东西。而这正意味着新的萌芽。

二 "他人中心"的叙述话语

在《爱,是不能忘记的》中,叙述人"我"以故事叙述的方式与女性的感情故事保持着安全的距离,所以只能算是对第一人称女性小说的一种非常有限的试探。遇罗锦《春天的童话》(《花城》1982年第1期)则具有标志性意义。这是新时期第一部勇敢地叙述女性自我情感故事的小说,也是一个问题多多的文本。

这篇小说形式上是"我"在叙述,但这个"我"的主体性是非常可疑的。

小说一开始,面对具有革命资历的作为主编的"他","我"不自觉地处处猜测对方的心思。"我"把小说写完一半以后去交给他看,"这么快?才写一半就

---

① 肖林:《试谈〈爱,是不能忘记的〉的格调问题》,《光明日报》1980年5月14日第4版。
② 戴晴:《不能用一种色彩描绘生活》,《光明日报》1980年5月28日第4版。
③ 田山、王禾:《揭示了严肃的人生课题》,《光明日报》1980年7月2日第4版。

这么多了?""我"从他的话和神情推测道:"哦,他是嫌我办事太急躁?他是担心我写快了,写不出好东西?他干嘛不相信人呢?"当"我"告诉"他"自己曾在小学四年级时在一本书上登过一篇作文时,"'那算什么?'他微微一笑。那神气,就像在对待一个无知而可笑的小孩子"。"无知而可笑的小孩子"的想法不是"他"说出来的,而只是"我"自己的想像,甚至可以认为是"我"的自我暗示,既表现出假幼稚之名而获得豁免权的愿望,更重要的,也表现出叙述人对权威的寻求。

于是,很自然地,"他"对"我"书里的爱情进行的评论:"不由令我打心底里敬服得倒抽一口冷气。难道,他比我自己还认识我,还了解我吗?那宽大的闪闪发亮的额头里,果真藏着许多智慧!""他用那无所不知的目光掠了我一眼。这一眼,仿佛将我那封没有写出的心里的长信,全都看透了。"在这种猜测和惊叹中,"我"拱手把理解自我分析自我的权力移交给了对方。"我"心甘情愿地躲进了权威的阴影中,并且对这种权威充满信赖。

看起来"我"似乎被一种近乎偏执的自我感觉控制住了。但换一个角度看,我们会发现:在这种自我感觉的深处,是对权力的臣服。这里的权力,既与社会等级有关,也与性别有关。"我"在潜意识中对自己的定位是:一个为具有一定社会地位的人提供感情安慰的女人和一个小孩子,无论哪一种都是或者在智力等级上或者在社会关系等级上处于下位的。"我"的想像不自觉地受这种权力关系的制约,同时也未尝不是对这种权力关系中所包含的意识形态的主动配合,它不自觉地复现了这一权力关系,并进一步巩固了这一权力关系。在随处可见的对于"他"的言行的微言大义的猜想论证中,叙述人在叙事话语中的空间完全被"他"占据。"我"的位置是通过诠释"他"来划定的,完全取决于"他",从属于"他"。在不平等的权力关系中,"我"主动地一无所知地出让了自己的精神领地。

所以并不奇怪,"我"常常表现出明显的不自信与自我贬低。"我不相信自己有写作才能,没有任何人像我那么笨拙,像我在写作上花费的功夫那么大"。同时"我"表现出对读者的过于热情的关注,在这种关注之中既有因不自信而产生的焦虑,也有对读者认同的渴望。"读者,也许你们以为我这个人办事太没有原则了,是吗?为什么要签字呢?我承认我有许多软弱处。但是你们可曾了解我久已失去工作的心情,我因为没有工作所付出的代价?我生怕即将到手的工作又会因我的强硬态度不翼而飞。我太知道没有工作、四处求生的苦处了!""敬爱的读者,当故事讲到这里,你们还爱听吗?""哦,读者,请别见笑,我从没为舒鸣避过孕。"

在叙述的过程中，叙述人的声音不时也会高亢庄严起来。比如关于自己的感情，叙述人如是说："他哪一天才能了解，这种最高的爱是自我灵魂的一次革命，是时代的责任感，是文坛上的必然产物，是我们这一代人比他们那一代人的根本的进步？"关于"我"与"他"的未来，叙述人曾经这样想像："长沙发上，厨房里，夜晚的林荫路边，我都可以像个孩子一样抱他，亲他，吻他"，"淘起气、任起性来，能把他气笑了"，似乎想用孩子来将男女之间的亲昵纯洁化。最后在一大段关于两人幸福生活的想象后，却这样结尾："如果我死在他之前，我是多么福气；如果我死在他之后，我相信，再大的悲痛也压不倒我的事业心——不管做什么，无论是大事还是小事，只要对人们有益的，我会一直做到做不动为止。"并不从感情上表现悲哀，而是似乎很突兀地意识到要超越私人的情感，要对"人们"、"事业"表示一下关注。

"灵魂"、"革命"、"时代"、"事业"等宏大话语的引入饶有意味，这可以理解为是社会语境的压力，也可以理解为是针对潜在的道德指责所采取的预先防卫，或者以此来提升人物的精神境界，从而获得社会的支持和认可，增加自我的权威。但不管怎样，因为这种宏大话语并不能整合到叙述人的话语之中，所以实际上这样做的结果就是失去了真实性，"叙述者的权威让位于某种内在的总体叙述声音，并因此而变得凌乱偶然"①。这里的总体叙述声音就是主导意识形态的声音。

总之，这篇小说虽然试图表达对爱情、个人幸福的勇敢追求，但在叙事话语上，叙述人要么将"他"恭迎进来作为自己思想的主宰，要么模仿他人话语（社会主导话语），面对读者，她表现出来的常常是不自信，请读者原谅自己的不坚定，大声为自己辩护。这种在爱情名义下的自我勾销再清楚不过地呈现了一种性别与社会权力关系下的女性的蒙昧，女性主体性的丧失。

另外，是想获得权威，还是仅仅想"真实地"叙述自己的故事？叙述人对这个问题似乎并不是很清楚。叙述人似乎一直执着于讲述"真实"所具有的道德优越感，所以勇敢地暴露自己的盲目、偏执与混乱，似乎从未想过以一种事后的自我嘲讽的语气来叙述自己的故事（当然这与叙述时间与故事时间本来相距甚近有极大关系，但这并不是关键所在）——那样显然更能显示出叙述人自我理解自我超越的能力。

---

① ［美］苏珊·S.兰瑟:《虚构的权威》，黄必康译，北京大学出版社2002年5月版，第205页。

但是事实是叙述人仅仅在开头从当下立场说了一两句话以后，就不见了，完全让位给作为人物的自己。在叙述过程中也极少从叙述时刻出发对之进行评论。这样当然符合表达真实的需要。但对于读者来说，就失去了一个理解、评价作为人物的"我"的可资参照的坐标。读者一直不知道，在叙述的时刻，叙述人"我"的认识成长到怎样的高度，叙述人是从怎样的立场出发来看待过去的自己。但叙述人似乎有意不想让读者知道，她把一切"真实地"交给读者，由读者自己去判断。而这显然是对叙述人不利的，人物的盲目幼稚很容易地被读者认定为叙述人的盲目幼稚。这样就等于在听一个不可靠的叙述人讲故事。结果当然不会导向对人物以及叙述人的理解同情与认可，而是相反。当然，叙述人并非毫无树立权威的意识，但在她想获得权威的地方，她借助的流行的宏大话语恰恰损害了叙述话语的真实性。而在她真实地叙述自我的地方，她的自卑恰恰使她在读者心目中失去了权威感。极少数的既真实又有权威性的时刻在于对过去的回忆和判断，以及平和的具有沉思意味的叙述。但这样的时刻却被淹没在叙述人嘈杂混乱的叙述中，难以辨析。

三 离经叛道的叙事话语

相比之下，在刘索拉的《蓝天绿海》(《上海文学》1985 年第 6 期)中，叙述人"我"的主体性是非常鲜明的。小说一个层面的内容是"我"对自己在录音棚录音的情况的叙述以及种种与唱歌有关的联想和议论，另一个层面的内容则是对女友蛮子的回忆与思念，这一内容贯穿始终。虽然两者以节分开，但即使在第一层面中，也随处可见蛮子的身影。与这种概括性的内容介绍相比，对小说的叙事话语的分析显然更能说明问题。在很多时候，这个叙述人无视文学成规与社会语境，但在另外一些地方，对他人话语又不无考虑。其话语策略与其想树立的自我形象之间同样有复杂而微妙的关系。

小说一开始就出现了脏话："如果你的朋友再喝醉了告诉你，躺在录音棚里听'let it be'跟躺在澡盆里听差不多，你一定要回答他：'去你妈的吧'。"尽管是假设，可是"去你妈的吧"，还是给人以突兀印象。它强制性地把读者带进了一个有点儿陌生的语境中。在回忆蛮子火化那天的情景时，叙述人说："无论是天、楼房、烟，都是非常干净的灰色，真他妈干净。""什么他妈的'我的心属于我'，其实我们谁也没法让心完全不属于别人。"非常触目地破坏了与读者之间的礼貌原则，直接对读者产生了刺激。但放在具体的语境中，它又因为与内心压抑郁闷的真情实感相关而缓和了无礼的印象。但不管怎么说，因为"特定的礼貌习俗体现了——它们的使用也含蓄地认可了——特定的社会权力关系"①，所以这里的无礼用语很明显也是对社会成规的破坏。在另外一处，叙述人对母亲说"屁"表示了极大的惊奇，并且不顾禁忌一再提及，这又是对读者所习惯的接受心理的冒犯，完全不合乎一般所认为的女性的口吻。这意味着，这个叙述人是一个超越常规、有着鲜明的个人风格的叙述人。而这一点，也表现在小说整体上的口语色彩上。"我想这下可真完蛋了，我倒希望真完蛋算了。""从那以后，我再懒得见什么半吊子作曲家了。"以一种随便的表达方式，把个人的意愿、个人的情绪扔在读者面前。在突出了个性的同时，也忽略了读者的感受。

不仅如此，叙述人更进一步标明了自己独特的语义世界。"我敢说那是世界上最好听的重唱之一，因为曾有个老头儿走过我们身边时说了一句：'白痴'。"这句话在形式上公然违反正常的逻辑，但却有着自己内在的逻辑，它以高度的自信表达了对寻常意见的蔑视和反叛。对一些词语叙述人也下了自己的定义："那种难听得近于'下流'的歌曲——我说的'下流'是他的作曲技术太下流——简直无法用任何语言和文字形容。就是那种让你哭也不是、笑也不是的玩意儿。"在这种重新定义中，暗含了与世俗看法背道而驰的思维方式与评价标准。

那么这个蔑视常规的叙述人的形象是怎样的呢？

叙述人这样描述自己的形象："照片上的我嘴巴都咧到耳根去了。""我在他们眼里一定是个大傻瓜蛋了。""我索性咧开笑嘴看着他，一动不动。""我歪了一下嘴，表示笑。""我把镜子盒打开，镜子里面的我就象一头母狮子。我用蓝眼影在眼皮上擦了擦，那双眼睛就像鬼眼睛一样放着光。""我觉得我很脏，因为我年纪太大了，所以越变越脏，洗都洗不干净。""咧嘴"、"歪嘴"、"大傻瓜蛋"、"母狮子"、"鬼眼睛"、"脏"，这些词用来描述一个女人实在并不美妙，貌似客观，实际上充满夸张的丑化。这同样不是传统意义上的女性形象，也不是传统意义上的女性的自我表达方式。但是值得注意的不仅仅是这种丑化本身，还有叙述人自己对这种丑化的无所谓的态度。叙述人很明显知道"我们这种人"与世俗、正统的对立与不相容，但却处之泰然，这不能不说是有意为之。放在整个文本中来看，叙述人一直以无所顾忌的直言不讳的声音表明自己的见解，反对虚伪、世俗，在这样的语境下，丑化就有意无意地成为一种挑战，潜在地表达了对既有标准的

---

① ［英］诺曼·费尔克拉夫：《话语与社会变迁》，殷晓蓉译，华夏出版社 2003 年 7 月版，第 152 页。

不恭,对自我独特性、对自我权威的肯定。这样描写的潜台词就是:"我"对书写陈规与阅读陈规,对读者的期待,对所有那些与女性有关的固有观念毫不在乎。

最经典的堪称最后一节中描写自己衣着的一段:

> 我发现我穿的衣服太少,天还真有点儿凉。我的牛仔裤兜里只装着一点儿零钱和一张擦脸纸。我没涂口红,也没搽胭脂,仅仅在眼睛上涂了些蓝眼影。我的裤腿边缘已经磨得挂布丝了,挂着的布丝上尽是泥土。裤子的膝盖处磨破了,我在里面垫了块布,用缝纫机压出一圈圈黑线的纹路,有人建议我在膝盖破的地方贴个布帆船,我没贴,我打算在上面贴块鲜红的补丁,那一定非常好看。裤子大腿这儿滴了几滴油,什么时候滴的我怎么也想不起来了,我好像用水擦过,当时倒看不出什么来,可一沾土,太阳一照,就闪闪发亮。

在这里,"我"无视读者的接受与反应,对又脏又破的裤子仔细描写,津津乐道,无形之中将读者排除在外,将他人的眼光排除在外。这实际上是在暗示:"我"才是我的标准。叙述人以这种有违常情的自我形象形成了对读者的挑战,对既定行为准则和文学常规的挑战。当这一挑战来自女性时,就显得更另类。

通过以上种种方式,独立特行的叙述人的"自我"从世俗的庸常看法中摆脱出来,得到最大程度的强调。但这个叙述人并非一味地玩世不恭。

也许意识到读者对"我们这一类人"可能的误解,在涉及到自己的艺术的地方,"我"的表达越来越具有正面意义。"母亲认为我的流浪式的演出及演出形式降低了自己和艺术的格调,而我却真是为我这种艺术的'市民气'欣喜若狂。因为我准知道我的听众能跟着我疯。""其实我心里有个秘密的愿望,就是与真正的歌唱家同台演出。不是竞争,而是真正的合作。就象多明戈和丹佛那样。我一点儿也不恨那些大歌唱家,我听了他或她们的演唱如醉如痴,可我经常碰到的情况是这种歌唱家耻于和我同台。我真羡慕歌唱家的长气息,那种使音乐连绵不绝的气息。还有他们处理音乐层次的教养。我经常有意在我的歌曲中用这些方法。除了嗓子是上帝赋予的外,对音乐的崇拜我想人类是一样的。我希望我的歌曲能摆脱那种流行歌曲中的低劣格式,但我嗓子的秉赋恐怕永远得不到某些音乐家的谅解。我的歌曲对象是那些小孩儿和像小孩儿一样的大人。我告诉他们下雪的时候慢点儿走路;告诉他们天上飞的不光是鸟;告诉他们忧愁和快乐;告诉他们我无偿地爱他们……"在这样的地方,叙述人去掉了身上尖锐的棱角,变得真诚柔和,甚至不无诗意。

在涉及到蛮子、与蛮子的友谊时,叙述人的表达都是诚恳的,充满感情的。对于蛮子的死,叙述人以朴素的方式表达了自己的痛心:"我原来以为正统音乐全是天上的事,流行音乐全是地上的事,现在才发觉,流行音乐也全是天上的事。它只讲爱情、忧伤、孤独,它怎么不讲讲受侮辱、打胎和死亡呢? 看来忧伤、孤独和爱情一样其实是一种享受,只有受侮辱、打胎和死亡才是真实的活生生的事。没人去唱,因为那才真正是地狱里的事呢。"没有夸张,没有讽刺,没有反语,相反却有一种激动与不平。在这真情流露的一刻,"我"对女性的痛苦感同身受,为女性发出了抗议,但这样的时刻并不多。

小说的后面有一段想象,出自己死去的女友蛮子之口的叙述。这一段中蛮子对"我"既有责备也有体贴与理解。实际上这里的蛮子承担了一个想象中的善意的读者的功能,她表达了一般读者可能有的对于叙述人反复叙说蛮子的厌倦,也充满同情地对叙述人的内心表示了关注。以此来暗示真实的读者,不要仅仅把叙述人看成一个絮叨乏味的人,而应看成一个想要得到什么但没有明确表达出来的人,一个有着精神上的矛盾与痛苦的人。这样看来,这个叙述人并不是一个绝对的自我中心的叙述人,她同样考虑到读者。这就在一定程度上缓和了文本与读者之间可能有的对立与冲突,有利于读者对叙述人的理解与接受。

总之,在这篇小说中,通过具有鲜明个人风格的话语,叙述人塑造了一个具有绝对权威的、率直的、愤世嫉俗的自我形象。我们当然可以强调其女性身份,但要注意的是,这一形象,这种权威,是与对抗世俗的更大的主题联系在一起的。与这一主题相关的必然要被考虑的问题就是文本与读者的关系的问题。叙述者的话语方式是随意的不合常规的甚至无礼的,在整体上具有挑战性,但是为了树立形象,避免误解,叙述人同样采取了真诚的甚至诗意的表达。这就在无形之中缓和了与读者与文本的可能冲突。另外,对抗世俗是浪漫主义小说的传统,既有的关于浪漫主义小说的阅读成规对于读者的接受也起了一定的促进作用。但是,需要追问的是:读者接受的是一个什么形象? 仅仅是一个一般意义上的对抗世俗的人(不考虑性别),还是一个对抗世俗的女性? 这个问题其实就是:叙述人倾向于呈现什么样的形象? 女性的性别得到了何种程度的表现与强调?

我们可以看到,虽然有同样重要的女性情谊的线索,虽然涉及到女性的怀孕、流产、死亡,但这些只是总体的离经叛道的主题所附带的一个部分,或者说是包含在其中的一个部分,并未上升到小说的主要层面。而且,小说对女性主题的表达不够清晰,未能充分展开与深入。最重要的是,虽然在叙述蛮子时常常流露出温情,但这个女性叙述人的总体话语风格有意背离性别常规,很少传统认为的女性气质。当然,这与反叛的主题有关。可是这里就有一个悖论,我们既可以从正面肯定她对所谓的女性特质的有意颠覆,可是另一方面,也可以把它当作向男性风格的认同,这就大大降低了她作为女性反叛的意义。作为80年代中期逐渐开始肯定个性、主体性的社会语境的产物,这篇小说形象地再现了女性与社会意识形态的依存关系:在对抗世俗、张扬个性的堂而皇之的大旗下、借助男性的话语方式,将一个离经叛道的女性叙述人的形象偷渡进文学领域。

但不管怎么说,虽然女性身份在一定程度上被削弱,但相对于以往的第一人称女性小说,《蓝天绿海》的叙述人毕竟拓展了小说中女性个人叙述声音的空间,以其对常规的蔑视建立了充分的话语权威。由此可以进一步考虑的问题是:如何既赢得话语权威,又避免陷入男性风格的嫌疑? 在树立女性的话语权威方面,除了对抗式的话语之外,还有何种可能性?

四 自我超越的叙事话语

万方《在劫难逃》(《收获》1987年第4期)是非常重要的一个文本。内容是关于女人在情人与母亲两种身份之间的挣扎。在当时的社会环境中,这样的形象,是有悖于传统的。她如何确立自己的权威?

显然,叙述人一开始并没有足够的自我肯定的力量。在叙述与"他"的邂逅时叙述人强调的是命定性。"在这个地方,所有的人都匆匆而去。这是因为他们对于自己前面的一切无知无识。我也是。""一切都由人安排过了,这个人不是你,不是你的同类,你只能顺从地攥紧手中的火车票,一步一步地走向站台。"这可以理解为是叙述人真正相信命运的安排,但从另一方面看,因为涉及到的是婚外情,而且是一个刚刚做了母亲的人的婚外情,所以叙述人对这种"命中注定"的强调也可以理解为是以此方式寻求理解与接受。"当有人提着大包小包找到这儿的时候,事物已经呈现了它本来的面貌。你能懂吗,我说的是本来的,也可以说是天然的,两个相识的人,两个灵魂。"忽然出现了"你",叙述人转向了隐含的读者,既有对读者的信赖,也暗中泄露了叙述人潜在的焦虑,对于可能不被理解的焦虑。但这是整篇小说中绝无仅有的一次。接下来我们马上可以看到,在把这件事放到整个生命过程中来看时,叙述人的语气就明确多了,有力多了:"在我的有生之年,我将记住这个场面,记住火车的隆隆声,记住从车顶倾泻而来的灯光所造成的暗影。他坐在暗影里……记住啤酒那清沁而又苦涩的味道,记住从他的身体里发出的醇厚亲切的声音,使我感到慰藉,感到几近沉醉的快乐,而不是那些语言。"叙述人以一种预言式的话语("我将……")表现出对自己未来的支配和信心。

然后是两人的交往,然后就是某一天的黄昏内心深处燃起的欲望:"星期六,他去朋友家没有回来,儿子沉实的酣睡的身体躺在另一间屋子里。此刻,我不再想到他们,我的耳朵已不再搜寻远方的声音,不再等待。不等待任何人归来。我心中涨满了无限心酸的柔情,这个孤寂静谧之夜对我的馈赠。它引来了幻想,关于男人的,引来了无法抵御的对那个男人的渴念。我闭上眼睛,他就是我期待的样子,毫无保留地呈现在我面前。应该是这样的。并没有激动,也没有疑虑,而是对注定要来临的事物欣慰而平静的迎接。"一系列的否定表达("不再","没有")以不容置疑的肯定语气排除了种种可能的假设,清晰地勾画出自我真实的轮廓,并以一句无人称的"应该是这样的"加强了对所有这些叙事话语的肯定。最后一句非常谦恭:"我不知道会是这样,这世界上本无人知道。"有神秘主义因素,但也未尝不是唤起理解与同情的策略。下一段:"母亲如果还活着,出于对我的爱,她会阻止吗? 但这不是我的决定,我只决定了,由命运来安排。"虽然又一次把决定权交给了命运,但仍突出了个人主观自觉的"决定"。

即便是表现被迫与儿子分离的痛苦的语句,也不是哀告与哭泣的泛滥:

"我就是带着这副泪水潸潸的脸在街上奔走的。理智的面具粉碎时,人就是这副样子。泪水被风吹干,脸上的皮肤绷得紧紧的,是泪水重又使它润泽。"

在呈现了她"泪水潸潸的脸"以后,叙述人并没有进一步渲染悲哀,而是与普遍的情形联系以后下了一个判断:"理智的面具粉碎时,人就是这副样子"。在这总括性的语句之后,才又通过对脸与泪水的简约含蓄的描写强调了悲哀。再下面一段:

"我的生活里再也没有真正的、全身心的快乐。这种压抑感不是那种随着人生的岁月一点点地膨胀起来的那种东西,而是生命本身。恐惧也没有再离开我。我要控告,只要有一次,让我大声地站在原告的位置上讲话。但,这不可能。我的面孔发生了变化,我看着它不可挽救地被忧郁、怨恨与孤寂侵蚀。只有陡然升起的无可名状的怒火使它焕发出生动的力量。"

一开始就以肯定的语气对自己作出了断言("再也没有"),紧接着是一种与人生的岁月与生命相关的沉思与分析("这种压抑感不是……而是……"),再下面几句突显了主观情态,但即便表示控诉欲望的话语也并没有激烈的情绪,最后是有距离地客观地描写忧郁、怨恨、孤寂、愤怒等情绪使自己面孔发生的变化。

总之,对悲哀的表达非常克制,在悲哀之上,覆盖着叙述人的(而非人物的)审视和深思。这样的话语所传达出来的,不是情感的奔涌,也不是无动于衷,而是经过理性与时间过滤的痛苦,因而更有力量,更沉郁。

叙述人对愤怒的表达也同样清晰有力。当"我"要看儿子的要求被无情拒绝以后,"抑压着我的那层东西突然炸开了。我扔下话筒,开始咒骂,眼泪拼命流淌"。"这场大的爆发,在几秒钟内充实了我的生命,一切能够蔑视我的人,他们都会因此而感觉到自己的苟且。他们应该、也必须换一副面孔,不再津津有味地隐藏。即便谁也没有看见这一时刻,但是人们的谬误已经确定了。从来也没有人们所想要制造的那样一个世界,那个虚伪的世界是不堪一击的。当你听从它,按它的意志行事的时候,你就变得像它一样脆弱了。人们所犯的错误也终将消失,肉体并不能管束或支撑它多久。痛苦将留存。愤怒将留存。"这一段话,以"一切……都","应该、也必须","即便","但是","从来也没有"表达着清晰的绝对的判断,并富有不容置疑的预言性("终将"、"将"),最后两句很短,但仍分别以句号标明意思的完整自足。通过这种种话语方式,叙述人表现出独立判断的勇气和高度的自信,叙述人的权威得到极大的张扬。

小说叙述的是过去的故事,涉及到生产的挣扎,育儿的艰辛,爱的激情,还有绝望、愤怒、悲哀,以及宽容、谅解等种种情感,但所有这些都是以一种节制的、平静的、富有沉思意味的、坚定不移的话语方式传达出来的,叙述人成熟的内在力量就在这样的话语中慢慢展开,一个具有一定思想与感悟能力的、有着独立意志的女性叙述人呈现在读者面前。

值得注意的是,在叙述的间隙,如同珍珠一样闪烁的,是自然景物的无与伦比的美。有些时候,这种景物是一种烘托。"我们互相望着,然后又一同朝前走去。太阳正在城市的尽头下沉,黄铜般的余辉使四周的景物显出一种和谐的魅力。""苍茫的暮色像是从大地的深处升腾起来。没有别的人,只有我们两个站在天空下。"景物勾勒渲染出两个人的轮廓,使之具有了一种庄严、诗意的美。

更多的时候,自然的美景引领叙述超越了具体的事件。在发现儿子因灯光而眯起眼睛时,叙述人说:"我心中竟那样感动。这就是那条隐秘的渠道,与大千世界的沟通就这样开始。"紧接着下面一段:

"到了九月,白天,天空亮得耀眼,一切景物的色彩都呈现了最纯净最神奇的自然之色。百里之外,高爽宁静的长天之下,田野优美地起伏着,唰唰地欢唱。那无边的丰饶之海的旋律。"

似乎是从儿子那儿获得感悟,叙述人也向大千世界伸出了触角,忽然不可思议地展现了辽阔的视野,将丰收的自然景象引入叙事之中。从文本中看,这根本不可能是叙述人所见。但是事实上,根本无须说明为谁所见。这一段描写与其说是背景,不如把它理解为一种话语的突显。叙述人轻易地跨越了种种距离,为自己的话语开疆拓土,于是,仅仅是一个婴儿的"眯眼"就与自然与土地息息相关。叙述人就以这样独断专行的方式界定了心灵的宽广与沉醉,扩展了、诠释了女性话语,也扩展了、诠释了"世界"的意味。这样我们所看到的女性就不仅仅是处于人伦关系中的女性,而是居于大地之上,感受着四季变化万物荣衰,与自然息息相关的女性。

"常常,当暴雨淹没大地之后,慈光普照的太阳又把水面照得闪闪发亮。他们面对眼前的景物,小心地急切地依偎在一起。"

我们可以追问:他们的依偎是只有一次,还是"常常"?这个问题看起来无味,但涉及到叙述的重要方法。"常常"当然是不止一次,是一个表示频率的词,意思是暴雨及随后的阳光普照曾多次发生,但这个频率词只作用于前面这个句子。那么,后面的句子当然应该理解为是叙述具体某一次行为。而如果后面是具体的某一次行为,那么按照正常的表达,前面的景物就应该同样以某一次暴雨、雨后阳光这样的形式出现,以作为具体行为的背景。但叙述人并没这样写,频率上的多次与具体的一次、某一时期具普遍性的景象与行为的一个具体的瞬间两者就这样毫无过渡地焊接在一起。这种焊接在叙事效果上是独特的。"常常"呈现了作为背景的时间的广度,使叙事具有了概括与普遍的意味,变得广阔自由,在它的辐射下,紧随其后的具体的行为就因而进入一个时间模糊的领域,从而超越了自身平庸呆板、超越了其在时间链条上的固定性。超越固定,就意味着自由。

这一特点也扩大到时间与生命经验的领域,成为叙事话语具有独特性的标志。

叙述人对于时间的概要叙述同样饶有意味:

夏天,一场大雨之后,暑热开始了。黄昏时分整座城市沐浴在荣华富贵的光辉之中。蚊子从草丛里成群地飞出来,把它们带血的尸体印在墙壁上。夜晚,从敞开的窗口,倾听车轮辗过的沙沙声和其间的寂静。直到秋天来临,然后是烟尘笼罩的冬天。

那些从前的男孩儿而现在恋爱着女人的人,在街上踯躅。那些曾在街头踯躅的人,体面地结了婚,安坐在火炉旁唧唧咕咕地谈笑。从远处传来一声喊叫,但是听不清是呼唤人的名字,还是说再见。

开头对夏天黄昏、蚊子的描写非常具体,让人感觉到叙述人开始叙述的是某一年的夏天的事情,但接下来的一句中让我们感觉到有些不同,"夜晚"的"倾听"无人称,叙述人并不告诉我们谁在倾听,这在我们心中留下了一点模糊的疑问,紧接着的一句时间骤然加速"直到秋天来临,然后是烟尘笼罩的冬天"。于是我们知道,这不是具体的哪一年的夏天,而是无限循环的季节。在这样循环往复的季节中,哪个人在倾听并不重要,重要的是曾经有很多人重复着窗前倾听这一行为,所以无须人称。再下面一段,对生命阶段的叙述既概括("那些"而不是某一个),又具体("踯躅"、"唧唧咕咕地谈笑")。"从远处传来一声喊叫","远处"似乎是一个空间概念,但因为上面两句呈现了生命在时间中的绵延向前,因而又染上了时间久远的颜色。"听不清"可能因为空间距离远,也可能因为时间太久已经成为模糊的记忆。于是让人感到,那一声远处传来的喊叫似乎是具体的,但又因为深陷在时间之中而变得意味深长。

四季轮回,人事自然地变迁,生命悄然向前。在总括的普遍性的叙述中,浮现着具体的场景,对于这些,叙述人既不动声色又满怀眷念。这是一种感念与超然并存的叙述。

所有这些都涉及到这篇小说最突出的一个特点,那就是:叙述人总是把具体的现象与普遍的抽象的东西并置在一起。不仅如此,叙述人的目光还延伸到他人的内心世界,将他人视角纳入叙事之中,因而更有包容性。

小说是叙述人对过去的回顾,基本上是第一人称限知叙述,偶尔使用第三人称"她",也是对自己有距离的观照,但在小说的后面部分,却忽然进入了一种全知叙述。当前夫把再婚的消息告诉她,叙述人描述道:"他感到自己的生活像一艘大船,平稳地朝前行驶,迎面吹来带咸味的风,自由的风。"叙事一下子越过自我的局限,进入他人的世界,像"他"一样感觉到他的自由。而这只有在冷漠与对抗消失以后才有可能。在小说将近结束之时,在心平气和地谈论"我"的儿子和他的父亲的时候,叙述人忽然透过孩子的奶奶看见了她之所见:"她站在那里,忽然看见了另外一个男孩儿。他是突然间出现的,光着头,额头上闪烁着亮晶晶的汗珠,浑身充满了用不完的精力。""她的目光一直注视着那个男孩儿,看着他朝她走来。那是一个永远也不会长大的孩子。永远。"通过孩子奶奶的眼睛看到的,是一个母亲对自己孩子的记忆,此时的"我"获得了一种跨越生命与时间的眼光,真正贴近了一个年老的母亲的心,切身体会到对"永远也不会长大的孩子"的温柔记忆,并为之感动。"我"与孩子的奶奶在"母亲"这一身份上终于达成了谅解。而这在她们为了争夺孩子而彼此仇视的时候是根本不可能的。

从限知到全知,让自己的话语空间向他人敞开,同时也是让自己的内心向他人敞开。这是叙述人对自我局限的超越,也是叙述人话语权威的进一步发展,但这并不是盛气凌人的权威,也不是滴水不入的权威,而是与对他人的接纳、包容与理解同在的权威。

与《春天的童话》中顾此失彼主体性匮乏的自我以及《蓝天绿海》中那种具有挑战性的自我相比,在《在劫难逃》中叙述人展现了一个全面正视自己接受自己、富有内在力量的成熟自我。

不仅如此,通过展现自然的辽阔远景,通过对于普遍生命与时间的总括性叙述,通过限知视角向全知视角的转换,叙述人表现出自我超越的努力。最重要的是,在相关的叙事话语方面,叙述人将具体的瞬间置入宏观的时空背景,使特殊与普遍,具体与概括在叙事话语中直接糅合在一起。这样做的效果就是,既使概括与普遍有血有肉,具有丰富性,又使现实场景与具体细节从时间链条中的固定位置抽离,摆脱确定性的束缚,被提升到抽象的诗情的自由境界。二者就这样彼此辉映,照亮了叙事空间。这是万方在《在劫难逃》中对于对叙事方式的独特贡献。

当然,以上的分析仅仅是个案分析,历史演变的全貌并不如此界限分明。但不可否认的是,正是这些作品的出现带来一些新的元素,标志着女性小说叙事话语发展的新阶段,也标志着女性叙述人的主体性从畏缩幼稚到成熟自信这样一个过程。

女性经验和对女性价值的体认对女性小说叙事的影响与制约

沈红芳

    纵览整个 20 世纪的女性叙事,以女性意识的觉醒开始,又以女性意识的张扬结束。在一个世纪的女性叙事中,贯穿始终的是独特隐秘的女性经验和对女性价值的体认,这才是女性文学内在的精神实质,是现在那些仍然或多或少保留着性别无意识的男性作家们所不可能超越,更不可能"采用"的。在两千多年的父权制文明中,女性被贬为人类的"第二性",女性的生存空间被局限于庭院之间,其生存价值被规定为男性欲望的奴隶和生育的工具。随着社会地位的降低,女性的人生经验也得不到应有的重视。于是,女性、女性经验、女性价值都一起被压抑、被否定,进而沉入了性别无意识的黑暗大陆。男性作家从自己在社会与家庭中的主体地位出发塑造女性形象时,女性不再被视为独立的主体,而是呈现为男性视阈中被看的客体:无论是为母、为妻、为女,她们的情感经验被滤掉了,她们的生活经验被悬置了,女性真实的历史处境被抹煞了,女性形象基本上是按照男性的主观想象来塑造的,它们与女性的真实毫不相干。由于社会地位的差异和性别经验的隔膜,处于父权制文化中心的男性不可能代替女性传达他们所不知道的女性经验。因此,当女性能够作为主体发出自己的声音时,她必然要在自己的文本中传达自己的人生经验,肯定自己的性别价值,打上独属于女性的性别印记。"叙事就是作者通过讲故事的方式把人生经验的本质和意义传示给他

题解　本文节选自沈红芳已出版的博士学位论文《女性叙事的共性与个性——王安忆、铁凝小说创作比较谈》(河南大学出版社 2005 年版)"导言"的第一部分,题目为编者所加。该书通过对王安忆、铁凝两位极具代表性的新时期女作家的作品和相关女性文本及男性文本的细读和比较研究,发现新时期女性小说叙事所具有的共性与个性特征,强调女性经验和对女性价值的体认对女性叙事的影响与制约,认为王安忆、铁凝的小说创作一方面都较为丰富地表现了女性人物的生活经验、社会经验、心理经验、情感经验、欲望经验、审美经验等,另一方面与各自的精神气质相关,又各有侧重:王安忆更倾向于细腻地表现女性人物隐秘的心理经验和欲望经验,铁凝在小说中往往醉心于建构复杂多变的人物关系,多层面、多角度地表现女性的社会经验和情感经验。刘思谦以《细读的魅力》为该书写了序言。

人"①,而"原初的生命经验是作家艺术家想象和虚构的基础"②。在这个意义上,两性叙事的分野首先必然体现为小说中所反映的性别经验的不同。这是由女作家们相对于男作家而言特殊的生存环境和生存状态决定的。东西方的父权制文化都把妇女的人生价值锁定在婚姻家庭的狭小天地里,在这种针对女性性别的社会文化约定下,女性性别经验呈现为一种迥异于男性社会经验的切身性的生命体验,在对女性生命体验的真实表现中,传达出女性作家对于女性价值的不同思考。

但是,费尔曼问:"'以妇女的声音发言',光是一位妇女就够了吗?决定'以妇女的声音发言'的,是某种生理条件还是一种策略的、理论的立场?是解剖学还是文化?"③ 女性书写的、以妇女为中心的小说是否就是真正意义上的女性叙事,还要视其文本中的性别价值立场而定。真正的女性叙事应当在表现女性经验(包括生活经验、社会经验、心理经验、情感经验、审美经验和欲望经验等)的基础上肯定女性作为人的主体的价值追求,力争通向女性的自我实现。仅有女性经验而缺乏对女性价值的体认,就会通过女性的笔发出父权制文化的声音,以达到与主流意识形态的妥协,如《东方女性》(航鹰)、《飞去来》(戴晴)、《一路风尘》(土小鹰)等就是这样的例子。弗吉尼亚·吴尔夫把这种"修正了自己的价值观,迁就他人"的妇女小说称为"瘢痕累累的小苹果"④。女性自觉不自觉地以男性的立场写作,这就更加强化了父权制价值观念而削弱了妇女文学传统;或者如棉棉、卫慧、安妮宝贝等人的身体写作,其中固然充斥着女性独特的另类生活体验,但是,由于缺乏一种昂扬的女性主体精神,"在精神的高尚化、情感的健康化、道德的自觉化方面,存在严重缺陷",充其量只能是"混有杂质、掺有毒素的糖"⑤。"在父权制意识形态中,女性本来就是作为被凝视、被渴望的性对象、性符号而被定位的,女性作家们主观上惊世骇俗的反叛姿态以及客观上对身体与性的暴露性描写,又有可能在事实上恰恰迎合了某些男性读者不健康的窥视欲。"因此,杨莉馨认为:"部分女作家会为了出名、增加商业利润等等功利动机,利用'女性写作'这一口号,迎合市场和男性文化趣味,将身体与性作为卖点。

① [美]浦安迪:《中国叙事学》,北京大学出版社 1996 年版,第 5—6 页。

② 李咏吟:《创作解释学》,广西师大出版社 2004 年 5 月版,第 2 页。

③ 费尔曼:《妇女与疯狂:批评的谬误》《分辨》,5:4,(1975),第 3 页。转引自乔纳森·卡勒:《论解构》,陆扬译,中国社会科学出版社 1998 年 11 月版,第 33 页。

④ [英]弗吉尼亚·吴尔夫:《一间自己的房间及其他》,贾辉丰译,人民文学出版社 2003 年 4 月版,第 65 页。

⑤ 朱青:《中国当代女作家纵论》,中国文联出版社 2001 年 7 月版,第 331 页。

这就从根本上违背了女性主义理论家提出'女性写作'的初衷,女性以建构'主体'之名进一步强化了'客体'之实。"①

女性经验并不仅仅是性别经验所能涵盖的。特别是在当代,随着女性越来越普遍地接受教育,走上广阔的社会舞台;女性社会身份的确立,使得女性人生经验中的相当一部分在一定程度上超越了性别身份的制约,成为一种超越性别的社会人的经验。"妇女解放的第一个先决条件就是一切女性重新回到公共的事业中去。"② 如果说以前在"男主外,女主内"的生活模式中,女性只能在家庭范围内享有她们为女、为妻、为母的狭隘的生活经验,那么在当代,她们作为职业女性,更增添了前所未有的社会经验。她们从庭院走向社会的过程,就是她们超越自己的性别束缚、取得作为主体的人的类身份的过程。这一主体身份的获得,不仅影响到了她们写作的主题和内容,同时也决定了她们写作的立场和价值观,从而使一部分女作家的写作并不仅仅是女性主义的,同时也可以是人本主义的。在后边这一点上,两性作家是可以做到同声相应、同气相求的。所以,性别是有差异的,但这差异并不足以影响到人生的各个层面;两性叙事也是有差异的,但是这差异也并不足以使所有的作品都不可避免地打上性别的烙印,同样也不足以使叙事策略染上性别的色彩。因为叙事策略作为文本结构的工具,本身不具有性别,它们只是被不同性别的作家运用,为他们各自不同的创作意图服务,最终形成截然不同的性别叙事效果。"性别对文学并不构成直接的和必然的关系,它是文学作品的一种非结构因素,并不直接构成文学的结构要素,如人物、情节、环境、语言等。性别与文学的关系通过有性别的(主要是社会性别)作者功能这个媒介来实现。性别不同的男作家或女作家基于不同的性别经验的心理功能,一般来说会将他(她)的性别观念或性别无意识自觉不自觉地投射到文学文本中,在一定程度上影响到文本的结构因素、情节设计、人物形象、话语方式等,构成文学文本中不同的性别内涵。"③

性别作为一种角色认同的社会分类,既从生物性别角度产生了人群的两性划分,也从社会性别角度产生了人类心灵与人格的两性划分。许多女权主义批评家都认为,女人的经验,将会引导她们从与男性不同的角度来估价作品,也就是弗吉尼亚·伍尔芙所说的"观点的不同,标准的不同"④。从文学创作这一

---

① 杨莉馨:《西方女性主义文论研究》,江苏文艺出版社 2002 年 12 月版,第 222 页。
② [德]恩格斯:《家庭、私有制和国家的起源》,人民出版社 1999 年 8 月版,第 76 页。
③ 刘思谦:《性别理论与女性文学研究的学科化》,《文艺理论研究》2003 年第 1 期。
④ 转引自[美]乔纳森·卡勒:《论解构》,陆扬译,中国社会科学出版社 1998 年 11 月版,第 34 页。

角度来说,作为女人的经验,则正是她们在文本中叙事权威的来源。作为一个女人来写作,并不纯然是一种理论上的立场,"因为它求诸被界定为基本要素的性别,且对与这一性别有关的经验格外青睐"①。

女性经验和对女性价值的体认对女性叙事的影响与制约,具体体现在以下几个方面:

1. 女性叙事具有远离主流意识形态的特征,这与女性社会化的过程密切相关。世界上性别差异的一个重要成分是权力的差异,权力直接影响到人们的自我感觉和与他人的关系,因为"在我们的社会文化中,成就期望的差别是一种对终生有重大影响的主要的性别差异"②。对两性成就期望的巨大反差及侧重点的不同,使青春期的男孩子因为自己的体育和学业成绩自豪,而女生则把个人外表和在人群中的受欢迎程度当作自己的资源。对她们来说,战争、航海、政治或商业的任何第一手经验,都是很难获得的。这一差异直接造成女性与意识形态之间的巨大隔膜,这既是父权制教育的初衷,也是这种教育的最终结果。权力的不平等和社会角色的差异深深地影响到女性的自尊心和心理健康,影响了女性对自我价值定位的思考和对实现人生价值目标的追求。女性在社会中的边缘位置决定了女性对权力经验的巨大隔膜,从根本上造成了女性叙事远离主流意识形态的普遍特征。

2. 在女性与历史的关系中,女作家们更倾向于以女性为主体、通过她们的人生际遇来梳理历史的发展脉络,与男性文本的历史叙事对女性生命形态的遮蔽形成鲜明对比。女性作家基于妇女在社会和家庭结构中的女性经验,将她们与男性不同的感知、思考与期望融入了自己文学创作之中,正在成功地补偿一个偏重男角、男性主题、男性幻想、男性价值的传统历史观念,进而热衷于表现女性角色的复杂性和她们在男性价值秩序中的地位。女性通过彰显自己的生存经验参与对历史的言说,把历史的真实与人的真实结合起来,让历史回到人本身,回到女性生动、细腻、本真的生命存在之中,使女性的生命表现出在男性文本中不可能具有的超常的韧性。如上海古籍出版社推出的《花非花·历史小说系列》,在女作家们的生花妙笔之下,"一个个为历代的男子传奇化了的奇女子,又还原成了鲜活的个性各异的女人,一段段历史的长卷在一个个有血有肉的女性心灵

---

① [美]乔纳森·卡勒:《论解构》,陆扬译,中国社会科学出版社 1998 年 11 月版,第 38 页。

② [美]波利·扬-艾森卓:《性别与欲望:不受诅咒的潘多拉》,杨广学译,中国社会科学出版社 2003 年 1 月版,第 61 页。

史中得到了折射,而给人以一种崭新的感受"①。其他一些女作家则通过普通女性的日常生活再现了女性眼中的历史,如《玫瑰门》(铁凝)、《长恨歌》(王安忆)、《栎树的囚徒》(蒋韵)、《英雄无语》(项小米)等。

3. 女性叙事中男性主人公形象往往具有精神孱弱与人格畸形的特征。在父权制文化下的男性文本中,高大的英雄形象往往具有超人的意志和力量,几乎是集中了人类的全部优点。这样的英雄在种种领域以自己百折不挠的毅力历经坎坷、终获成功的成长轨迹成为一代代男性向往的传奇,这是体现着集体的、社会的功利价值观的男性叙事。但是女性作家对于这种人为拔高的形象有自己的独特思考,她们把这些人物放在私人性的家庭生活场景中,揭示其内在的精神孱弱与人格畸形。这是因为,家庭人际关系是一种首属群体关系,由关系密切的人组成的,在日常生活的相处中,往往涉及作为个体的全部人格,共同参与生活的一切方面,使人们具有亲近感。但这种亲近具有同时滋生爱和恨的可能。而社会环境是一种次属群体关系,由于人员之间关系不甚密切,只涉及其人格的某些方面,因此,"在首属群体中产生敌对情感的机会比次属群体要多"②。这样,在次属群体中获得较高评价的男性,由于其对外和对内判若两人的内在的人格分裂,往往在家庭这一首属群体中呈现的是另一种形象,这在项小米的《英雄无语》中的"爷爷"、王安忆的《叔叔的故事》中的"叔叔"身上都有所表现。

4. 女性叙事绝少运用将女性两极化的修辞,使女性形象呈现出复杂的混合特质。在具有强烈的性别色彩的父权制文化中,女性成为男性梦幻、理想与恐惧的客观化对象:她们一方面代表着自然、美丽、纯洁和善良等正面理想,同时也秉承着邪恶、妖冶、堕落和死亡等负面价值。波伏娃曾经指出:由于男性总是将妇女看成"他者",男性塑造出来的女性"具有双重欺骗外表的原因:她是男人梦想的一切,也是他不能获得的一切。……从善到恶,她是所有道德价值的化身,也是反对这些价值的化身。她是行动的主体,也是行动的任何一种障碍,是男人对世界的把握,也是他的挫折。……他把他的向往与恐惧、他的爱和恨全都投射到她身上"③。因此,当男性透过性别偏见的滤光镜来看女性时,往往从她们与男性的关系来审视女性:"她在超凡入圣和堕落不堪这两个极端之间交替轮回——这就是随着一个男性恋人感情的高涨或消沉、成功或不幸,从他眼中所

---

① 赵昌平:《编者的话》,第5页,见庞天舒:《王昭君·出塞》,上海古籍出版社1999年12月版。

② [美]丽莎·斯冈茨尼、约翰·斯冈茨尼:《角色变迁中的男性与女性》,潘建国、王晴波、潘邦顺译,浙江人民出版社1988年8月版,第413页。

③ [法]西蒙娜·德·波伏娃:《第二性》,陶铁柱译,中国书籍出版社1998年2月版,第231页。

看到的女人。"① 但是,两性的价值观念是大不一样的。从女性的视点出发,女作家们在塑造符合大众审美习惯的"仁义"、"奉献"型的女性形象时,往往对男性文本中极力赞扬的"天使"型女性持保留态度;而对被污辱与被损害以至心灵扭曲的女性,也不简单地持批判态度。由于男性作家与文本中的女性关系往往体现为主体与客体的"我—它"关系,肆意地根据自己对于女性(她—它)的主观想象把生命形态的女性人物简单地贴上"天使"或"恶魔"的标签。相反,女性作家作为创作主体,与作品中的女性人物是主体与主体的"我—你"关系,天然地与同性的人物保持着一种亲和力。她们必然要在这些人物身上倾注自己作为女性主体的复杂感受,表现出女作家既要接受父权社会的评判,又有意抵制和拒绝它的双重心态。她们表面上参与了男性文化的合唱,但是使用了自相矛盾、表里不一的叙述策略。正像美国女诗人艾米莉·狄金森的名言:"讲出全部的真相,但要以倾斜的方式",在作品中"突破、修正、解构、重构那些从男性文学承袭下来的女性形象,特别是……那些天使与魔鬼合一的典型的女性形象"②。铁凝在她的《永远有多远》中塑造了白大省这一个非常仁义的"好"女人形象,但是作家对她的态度是非常复杂的,还特别强调了她渴望改变自己而终不可得的痛苦心声。可是在男性作家东西改编的同名电视连续剧中,白大省却变成了"仁义"的活标本被男作家大肆赞扬着。同时,西单小六这一位非常富有生命活力的非常自信的女性在小说中拥有"谜一样不败"的人生,在电视剧中被东西塑造为风骚、放荡、奸诈的恶魔形象,最终受到了父权制文化的严惩。男女两性性别价值定位的不同带来的两性叙事的差异在女性形象的塑造方面得到了淋漓尽致的表现。

5. 女性叙事肯定女性欲望,不做道德批判。欲望本能作为一种生物机制,为种族的延续提供着保障。只有人才把道德带进了两性关系,而且制定了双重标准。男子在对待性的问题上是没有多少约束的,即使是犯了错误也可以得到宽恕,在多数情况下以受了女性的诱惑为借口就可以逃避本应承担的责任。女性则不然,那些逾越了道德规范,尤其是性道德规范的女性,不可避免地会遭受痛苦甚至走向死亡,无论她是受人强迫或是受人欺骗都概莫能外。在张宇的《疼痛与抚摸》中,水家的三代女人由于完全不同的原因都曾与两个或多个男性

---

① [英]弗吉尼亚·伍尔夫:《论小说与小说家》,瞿世镜译,上海译文出版社 2000 年 12 月版,第 141 页。

② 吉尔伯特、苏珊·古芭:《阁楼上的疯女人》,转引自杨莉馨:《西方女性主义文论研究》,江苏文艺出版社 2002 年 12 月版,第 127 页。

发生了性关系。除了水草外都因此遭受了极为严厉的惩罚:她们在被暴打之后又被裸体游街,成为非常典型地描绘了女性悲惨命运的男性文本。此外,传统父权制社会还总是将女性当作欲望化的对象加以观照,在种种将女性物化或欲望化修辞的背后,是对女性欲望的剥夺与否定,从而使她无条件地顺从男性的欲望,以抚慰一个父权极强大的社会里男性社会成员普遍存在的阉割焦虑。① 当女作家们作为主体开始审视双重道德标准背后的性别寓意时,自然会对此表示异议,在自己的文本中对那些在男性文本中被钉在道德的耻辱柱上的女性表示一种无言的同情与理解,不做挞伐之举。例如许多女作家从女性主体的生命感受出发,不仅勇敢地表达女性生活中性的匮乏对生命造成的戕害以及女性对性的美好想象,同时还正面描写了女性在唤醒男性欲望的过程中所起到的重要作用。例如王安忆的《岗上的世纪》中的李小琴不仅自己作为主体充分享受了性的快感,而且还唤醒了杨绪国的欲望,成为男性欲望主体的创造者;铁凝的《无雨之城》和池莉的《来来往往》等小说中也有类似的情节。但是谈论性欲和关注性欲并不必然意味着代表进步。具有色情意味的文学作品常常突出地表现女子性欲的问题,这实际上仍然延续甚至迎合了父权制文化将女性作为性对象的性别价值的思维定式,恰恰与女性叙事强调女性自身的主体精神、主体价值背道而驰,是需要受到批判的创作倾向。

6. 全面展示女性之间相互对抗又相互依存的复杂关系。男性对于女性的家长制权力是人类社会的一种基本权力关系,它不仅体现在经济、政治等公共领域中,同时更多地存在于私人性的家庭生活之中。在男性文本中,女性的关系总是从男性的立场出发被进行简单化的处理。在家庭场景中,由于要强调只有男性(父亲)才能保护她们或者只有男性(丈夫)才能带给她们美满幸福的家庭生活,因此,母亲往往是缺席的或者缺乏力量的。取悦于男子的欲望离间了女性之间的相互关系,她们之间唯有竞争而缺乏友爱:妇女之间的母女亲情、朋友亲情很少被正面表现过,因为父权制文化正是要通过系统性地消解女性之间的深厚而强大的姐妹情谊,进而将她们带入到男性世界成为男性的他者。正如美国心理学家卡罗尔·吉利根所发现的那样,青春期的少女,往往"不得不放弃她们生活于其中并一直深爱的与少女以及其他女性世界的关系,以便进入男性主宰的社会关系之中"②。由于洞察了男权中心文化许诺的永久幸福的欺骗性,露丝·

① 孟悦、戴锦华:《浮出历史地表》,《绪论》,河南人民出版社1989年7月版,第16页。
② 转引自杨莉馨:《西方女性主义文论研究》,江苏文艺出版社2002年12月版,第86页。

依利格瑞在解构父权逻辑和肯定"同性爱文化"的基础上,提出建立"女性谱系"理论,主张重建类似于前俄狄浦斯阶段中的女性联系,恢复一种新型的母女认同而不是俄狄浦斯阶段的恋父情结。如此,女性与女性之间的关系就表现为主体与主体之间的新型关系,而不是父权制文化所设定的为了取悦于男性而产生的竞争的关系。从我国新时期女作家的创作来看,尽管没有像美国黑人女作家那样创作出《紫色》(艾丽斯·沃克)和《苏拉》(托妮·莫里森)等具有较强的女同性恋色彩的文学作品,但是也都根据自己的理解对姐妹情谊从不同角度进行了深入思考,在自己的文本中强调姐妹情谊是一种非常重要的女性经验。她们或者通过自己的作品表现了女性情谊由于男性的关系而破裂这一广泛存在的现象,如徐坤的《相聚梁山泊》和王安忆的《兄弟们》;或者也真诚地表现了女性之间相互支持、共渡难关的"深刻的亲和关系的可能性",这在铁凝等女作家的许多作品中都有所表现。

新世纪中国女性诗歌的发展态势

周　瓒

"女性意识"新的自觉

新世纪以来，"女性诗歌"似乎不再明确地被理解为一种写作思潮或流派，这一方面是因为流派、群体意义上的女性写作现象并不多见；另一方面，采用女性主义批评理论和方法而对女诗人的写作所进行的阅读与评论也未得到深化，女性诗歌研究相对薄弱。但是在实际上，女性诗歌的现状亟需真正意义上的女性主义诗歌批评，以借此澄清女性诗歌中的女性意识、女性想象与女性的社会关怀，肯定女诗人们的创造力；同时，还要借助它不断地与那些试图把女诗人的写作进一步孤立起来并视之为次等写作的父权制观念进行斗争。

不过，较之于相对薄弱的批评与研究，甚至较之于上世纪 80 年代的女性诗歌，新世纪以来的女诗人更加自觉、更加自信，也更积极地投入诗歌写作，她们不仅是因有闲暇而从事写作的女性，而且还是西蒙娜·波伏娃意义上的"对世界有一种深切的责任感"的，视文学为"一种使命"的写作者，她们想要"达到创造力的最高水平"，并"集中精力、专心致志地为这个目标而奋斗"（西蒙娜·波伏娃：《妇女与创造力》，张京媛主编《当代女性主义文学批评》，北京大学出版社，1992）。

2003 年，翟永明、周瓒、鲁西西、穆青、宇向和沈木槿等人曾经在当年的《扬

题解　本文原载《文艺报》2011 年 8 月 24 日，为"新世纪诗歌精神走向"笔谈（七）。文章对新世纪中国的女性诗歌作了深入思考，认为较之于相对薄弱的批评与研究，新世纪以来的女性诗歌呈现出丰富多样的总体面貌。翟永明等女诗人对女性诗歌中最常被提到的"女性意识"进行了非常认真与自觉的思考。"写作即重新命名"，有着自觉的性别意识的女性诗歌本身必须带有批评意识，拥有直面自我的真诚与深入现实的眼界。文章指出男性批评视点下的"新红颜写作"实际上与有抱负的、意识到创造力要求的女性诗歌写作相距甚远，网络时代需要警惕的是女性写作被再次孤立为凝视的客体，成为无关乎更新写作活力的文化消费话语。

子江诗刊》第 6 期发表了题为《诗歌中的女性意识》的对话,结合各自的写作经验,对女性诗歌中最常被提到的"女性意识"进行了非常认真与自觉的思考。比如翟永明就指出:"当一位男诗人称赞女诗人写得好的时候,就说她超越了女诗人的范畴。这些意思都透着表现女性意识的诗歌是次等的诗歌,不像男人的诗就不是好诗。如果女诗人因为这样的称赞沾沾自喜,恐怕是并未真正理解'女性意识'的实质。"而宇向等人却认为:"我个人理解的'女性意识'更多的是在个人写作之外,也许可以这样说:是与个人写作紧密相连的一种关注女性命运和反思男权话语的'意识'"(宇向);"身为女诗人,意味着她拥有着'男诗人'所可能理解但很可能无法感知和表达的女性意识、女性经验"(沈木槿);"每个女性都是一个独特的个体,极而言之,可以说没有什么本质化普遍化的'女性意识',重要的是每个诗人都要对性别问题保持敏感"(穆青)……从性别身份和立场的角度,女诗人们还提出"双性的话语"、"'中性'的诗质"和重视两性间的相互"影响"等说法。这次讨论是来自女诗人群体自身对于女性诗歌的反思与构建,关注女性命运、反思男权话语、肯定女性创造力、挖掘女性经验、探悉性别差异、反对性别本质论等等,这都是她们也是女性诗歌在新世纪为我们所提供的多样化的写作抱负。

而在具体的诗歌写作中,新世纪以来,正如美国女诗人艾德里安娜·里奇所说的:"写一首诗、刻画一个人物或描写一个动作都需将现实进行一个想象丰富的转换,但这种转换绝非消极的。这就需要心灵的自由——就像滑翔机飞行员一样自由地踏进你思想的激流,你知道你的动作将延续,你的注意力不会突然转移。此外,如果想象是为了超越和转换经历,那么它必须对也是你自己的现实生活提出质疑、挑战,考虑到其他的可能性。你必须能灵活运用这样一个概念:即白天也许是黑夜,爱也许是恨;想象力可以将任何东西变成其对立面,或赋予它另一个名称。因为写作即重新命名。"(引自《当我们彻底觉醒的时候:回顾之作》,见《当代女性主义文学批评》)沿着"质疑"和"挑战"自己的"现实生活",并且积极地去思考与探寻其他的"可能性"之路,女诗人们的写作既体现出很多共性,也必然是风格多样,声音各别。

"写作即重新命名"

无论从女诗人群体的构成、写作抱负还是从风格的多样性角度看,新世纪以来的女性诗歌均呈现出丰富多样的总体面貌。不同诗人群落、刊物和网络论坛上都活跃着女诗人们的身影。女诗人、女性诗歌的出版物也相应增多。女性诗歌群体包括围绕《女子诗报年鉴》（1988 年迄今，四川—广东）的诗人群、女性诗刊《翼》诗人群（1998 年迄今，北京）以及"女书诗社"（2007—2010 年，后更名为"桃诗社"）（四川）等。以女性诗歌为主体的出版物有：民间诗歌刊物《诗歌与人》主持人黄礼孩先后与女诗人江涛合编出版的《2002 中国女性诗歌大扫描》《中国女诗人访谈录》《2004 最受读者欢迎的十位女诗人》《2005 俄罗斯当代女诗人诗选》《中国当代少数民族女诗人诗选》等；晓音主持的《女子诗报年鉴》自 2003 年以来，共出版七卷。另有《狂想的旅程：新女性新诗歌》（黄礼孩主编，海天出版社 2002 年）、《新世纪十佳青年女诗人诗选》（时代文艺出版社 2006 年）等女诗人诗歌选本。新世纪以来，相当一部分女诗人如翟永明、王小妮、蓝蓝、小安、郑小琼、杜涯、周瓒、鲁西西、马莉、吕约、倪湛舸、池凌云、李小洛、李成恩等都出版了个人诗集，但相比较上世纪 90 年代有两套女性诗歌丛书出版的盛况，近年女诗人们不被作为群体亮相的方式获得展示的现实，大概也说明女性诗歌群体意识的削弱。尽管如此，大致可以估计，新世纪十年中活跃的女诗人总数超过了 20 世纪后半叶（亦即当代文学 50 年）的女诗人的总数。

"写作即重新命名"，艾德里安娜·里奇的这个说法中包含着一种修正的批评视角，尤其应该成为女性诗歌自身反思的基础。换言之，有着自觉的性别意识的女性诗歌本身必须带有批评意识。这多少与从事写作的女性的处境有关。要获得真正的精神自由，要有与"整个世界抗辩"的勇气、耐心与毅力，要使女性主义这"最漫长的革命"取得成果，就必须拥有直面自我的真诚与深入现实的眼界。这可以从具体的写作案例中观察到。《中国诗人》2003 年第一期以推介女性诗刊《翼》为专题，发表了阿芒、尹丽川、唐丹鸿、翟永明、曹疏影、蓝蓝、燕窝、童蔚、千叶、周瓒、莱耳、宇向等 12 位女诗人的作品。既有如翟永明的《马克白夫人》《雏妓》那样尖锐地关注女性生存现实的叙述，也有如蓝蓝《自波德莱尔以来……》《伏羲陵前》的对存在沉思式的片段。燕窝的《圣保罗的蝴蝶花》《穿越阳光下的大街小巷》，以幻想使日常生活变形为一种带有尖锐穿透力的超现实景观；童蔚在《最初》中，延续了她诗歌语言简练、准确的特点，而在诗歌的境界方面则日趋开阔；唐丹鸿和尹丽川，一个激情四射，一个冷峭锐利，但都一样具有某种极端性；千叶和莱耳，一个诗行显露出紧迫，一个则表现得舒缓。台湾诗人阿芒对于词语音乐性的把握，使她的诗有一种急促而柔韧的张力；更年轻些的诗人，曹疏影和宇向，则以自己的声音找到各自对经验的贴近方式。

2005 年由黄礼孩、江涛主编出版的《中国当代少数民族女诗人诗选》是观察女性诗歌反思特征的另一个例子。在性别身份之外,如果一位女诗人还拥有作为她感受世界、理解生活,也影响其语言的民族身份,那么,这一身份也会使她们的诗歌面貌呈现出另一种形态。《诗歌与人》之《中国当代少数民族女诗人诗选》选录了来自14个民族32位女诗人的作品,包括诗歌、随笔、访谈以及有关评论等等。这些女诗人的作品承载着各自民族的历史、宗教和语言、文化记忆,细加考察,读者甚至可以从诗歌体式的选择和诗歌风格的尝试上,清晰地分辨出诗人的民族背景。尤其是那些对自己出身的民族历史、宗教和文化传统有着强烈的兴趣的诗人,往往通过写作带有叙事性(史诗特征)的长诗,来寻找自己的民族之根。

讨论新世纪以来的女性诗歌,互联网是一个不可忽视的空间和语境。网络既为写作中的女诗人提供了发布作品、批评交流的平台,也为女性诗歌的传播与影响、为女诗人相互之间的写作砥砺起到了积极的作用。网络使中国诗歌场域变得丰富且复杂。主流文学、民间诗歌刊物和网上的诗歌群体(带有同仁刊物色彩的网站)共同构成了相互交叉和渗透的生态场。女性诗歌也在其中扮演了重要角色。2002年5月,"翼·女性诗歌论坛"作为友情论坛在"诗生活网"开通,同时,诗生活网还为纸刊的《翼》做了网上刊物。复刊后的《女子诗报》也于2002年6月在互联网的"千秋文学"网站开设"女子诗报"论坛。互联网技术更新快,信息空间利用的新方式的不断出现,在一定程度上影响了网上诗歌写作的交流。或许,我可以把进入互联网空间的女性诗歌视为女性诗歌进入了一个新时代、新阶段。在互联网时代,全球语境中以汉语写作的女诗人们可以通过论坛、博客、豆瓣、微博等交流平台,随时随地沟通、批评,互联网也缔造了男性批评视点下的"新红颜写作"。

"期待是绝对必要的"

早在上世纪60年代中期,西蒙娜·波伏娃在日本访问时发表过一篇演讲,主题是关于女性与创造力的。波伏娃从这样的发问开始:"纵观历史,显而易见的是妇女在各个领域里的成就——政治、艺术、哲学等等——无论是从数量上还是质量上讲,都不及男人们的成就大。这是为什么呢?"可以说,这个观察与发问迄今仍然有效。而波伏娃以文学为例,讨论了从事写作的女性们的处境并回答了她自己的提问。现代以来,受教育的女性中从事写作的人不在少数,而且她们中有不少人都写得不错,然而,为什么伟大的女作家依然很少?波伏娃尖锐地指出："只是因为没有别的事干而从事写作的妇女是不可能成为一个作家的"，因为"写作是一种使命，它是对一种呼唤的回答，而这个呼唤通常是在一个人小的时候就已经听到"，但是，现实社会对于女性的期许从来就是不利于使她成长为一名作家的。虽然女性大多生活在现实世界的边缘，她们只通过自己的私生活，通过男人们，以一种间接的方式和这个世界保持接触，并且"她们比男人们有更多的由自己支配的时间。她们习惯于做旁观者，而这对于任何一个想写作的人来说都是一种有利的位置"，但是，她们在成长的过程中更多地认同于传统意义上的母亲——一个相对的、附属的存在，缺乏抱负，缺乏与现实的论战与抗争，而创造力的源泉就存在于与现实的论战与抗争之中。

充分理解了这一点之后，我们就能不无同情地体会那被冠之以"新红颜写作"的女诗人们的尴尬处境。据称，"新红颜写作"是第一次对女性诗歌进行命名，概念的提出者李少君认为，这几年出现了许多诗歌个人博客，女性诗人的职业与身份也越来越多样化，她们大体都受过高等教育，具有一定文化素养，职业比较稳定，也有相应的社会地位，很多人在开博客写诗时，还很喜欢贴照片展示形象，真正地实现了"诗与人合一"。这种诗歌写作不妨称作"新红颜写作"，一种产生于网络时代的与以往女性诗歌写作有所不同的现象。虽然我不反感对女诗人们善意的鼓励与批评性的支持，但是，简单地以网络空间概括女诗人群体，以波伏娃意义上的有闲的女性从事写作来命名女性诗歌，实际上，距离有抱负的、意识到创造力要求的女性诗歌写作相距甚远。网络时代需要警惕的，是写作尤其是女性写作被再次孤立为凝视的客体，成为无关乎更新写作活力的文化消费话语。

虽然网络为女诗人们提供了自己的阵地，有了网上讨论、交流的便利，女诗人也越来越多，但是，女诗人出版诗集、获得关注与批评研究的状况其实并无多大改善。人们仍然只能在每年3月份的期刊上看到女诗人专辑，其他处境下，女诗人还只是花瓶与点缀。然而，对这种孤立女性诗歌的状况的批评并不能仅停留在向一个男性为主导的社会结构与出版发行体制寻求女性的空间这样一种讨公道的方式上，在我看来，女诗人们可能需要更自觉也更有准备地单独面对世界，把自己主体化为写作者，思考一切连接自我与世界的问题，不断挑战随时可能固定化的自我。意识到这一点，我感到需要从另外的角度来理解近年的女性诗歌写作，此即个人写作意义上的女性写作进而形成的新的女性诗歌群体力量。总之，借用法国女性主义作家、批评家艾伦娜·西苏的话说，"期待是绝对必要的"。

携带着未来的女性历史缔造

——21 世纪海内外华文女作家长篇小说创作转型研究

王红旗

海内外华文女作家的小说写作,可以说是中国女性文学史脉的两翼。其同根、同源的中华文化之魂,在遥相辉映中展示出世界华文女性文学小说创作的卓越实绩。虽然,海外华文女作家,尤其是上世纪 80 年代出国追寻梦想的新移民女作家,作品大多表现的是在异域文化中的身份危机、生存艰难与心灵困惑。但是,文本故事的具体背景与生活细节、人物心灵深层的道德伦理观念,仍如影随形似的摆脱不了中国文化的颜色,以及写作者身置"母国"时期的生命记忆事件。

"进入 21 世纪海内外华文女作家的小说写作,在经历了 1980 年代承继'五四'新文化运动的精神,反叛男权文化传统,直逼女性现实生存问题;经历了 1990 年代与西方女性主义理论'亲密接触'的精神性融合,即狂飙式的呐喊与集体突围的'性别战争';经历了'私人化'与'躯体化'写作沦为被看的尴尬、媚态低吟的时尚陷阱。"① 如今在多元文化的冲突与融合中,吸收本土与异质文化精髓的养分,从关注"自我"、关注社会与"他者",转向对人类生命本体的思考,积极探索"人—女人—个人"的精神与灵魂成长路径。其携带着人类性别生态未来学意义的理性反思,正在超越"自我"与"他者"的过程中,改变着长期处于男权话语占主导地位的人类精神宝库的单极历史。这不仅表现出海内外华文女

题解 本文原载《中华女子学院学报》2013 年第 3 期。作者认为,21 世纪以来海内外华文女作家的中长篇小说创作不约而同地出现转型,即从现实批判转向历史缔造。21 世纪初,张洁的《无字》、施玮的《世家美眷》和严歌苓的《扶桑》等转向女性血缘、情感史的重构,寻求男女两性互识与互补的人类"心性"同构;21 世纪初期至今,铁凝的《笨花》、林湄的《天望》、张翎的《金山》等走进家国、民族与世界的历史深处,转向人类心灵、经验史的缔造。海内外华文女性文学这种创造性意识的新品质,标志着女作家不仅以女性的个体生命体验批判男权文化伦理观念,还以超越自我性别的姿态在世界文学建构中确立了华文女性文学的位置,这是值得认真研究的。

① 王红旗:《历史重构与"自我"超越——21 世纪女性写作十年回顾》,《山西师大学报》(社会科学版)2009 年第 6 期。

作家性别主体意识的文化自觉,而且,更有利于促进社会文化对女性智慧与力量的认同,彰显出男女两性相互体认与平等共处的未来可能性。

海内外华文女作家不约而同地走进女性血缘史、家族史与社会史的深处,探索男女两性,尤其是女性的个体生命轨迹。从不同时代、不同地域和不同维度中发现女性在历史迷雾里的生命真相,缔造真实的女性生存史与心灵史。在近现代世界历史中,中国蒙罹了太多的内忧外患与战乱。百年中华民族家与国、血与火的个体伤痛记忆,在男作家的宏大历史叙事里,呈现的大多是"革命史"和"男性史",甚至在对西方文化亦步亦趋的复制中显得"平面化",而缺失了自我的历史真实与个体真实。尤其是女性声音与女性形象,不是消失在历史的迷雾中,就是掩埋在历史的尘埃里,而成为在场或不在场的缺席。也许是海内外华文女作家在批判社会现实男权话语时,发现了女性灵魂的走失和被"异化",意识到必须回到历史寻找自我的个体生命经验。因为,只有女性个人历史生活的直接经验书写,才有可能构成对男权社会的权威话语、男性规范的女性形象的消解,真正还魂魄精神于女性。从心理与精神文化的意义上讲,这是一种立足于当前现实之中承接历史与未来的女性精神文化的寻根之旅。

从另一方面讲,在社会历史深处家族兴衰浮沉的海量细节里,凸现其苦难叙事中生命个体的内在精神价值,是海内外华文女作家创造性历史意识的新崛起。尤其拨开历史的迷雾与尘埃,发掘女性作为个体生命主体在漫长的男权社会历史中生生不息的力量,不仅能够厘清男权文化历史观统治之下女性缺席的原因,而且,从现实性别批判转向历史的反思,是从现实的角度去反思历史,历史与现实就构成一种"共时性",将现实的性别批判引向纵深与延续。因此,携带着未来的女性历史缔造是双向延伸性的,而且,既是女性历史的缔造,又是女性缔造的历史,是更真实的人类灵魂的多面历史。

一、转向女性血缘、情感史的重构

21世纪初,以女性血缘维系的家族谱系,或以某个女性形象的生存命运为核心串起的历史故事,成为海内外华文女作家向内转,转向"静水流深",探究女性内在灵魂质地的集体写作实践。这不仅是新世纪女性写作从女性生命的来路认识自我,告别自我,超越自我,重塑自我的开始,而且,是以史为鉴疾呼性别平等观念进入女性爱情婚姻家庭的日常生活现实。因为,无论是历史与现实,男权文化总是以它独特的形式——不仅仅是社会的,更重要的是种族的、家族的、家庭的、亲情的,以"爱"的面纱编制成束缚女性身体与灵魂的罗网①,影响着人们的心理情绪、价值观念与情感方式。张洁的《无字》(2001 年)、施玮的《世家美眷》(2013 年)和严歌苓的《扶桑》(2002 年),通过女性在不同生存环境下爱与性的情感冲突与悖论,凸显出女性生命个体灵魂的伤痛体验。以此达到对女性心灵史的重构。

张洁的三卷本、80 万字的长篇小说《无字》,旅美女作家施玮的《世家美眷》,均为表现一个家族四代女人情感悲剧的历史叙事,是在向倾斜的、从属性的情感关系告别的涅槃过程中孕育新生的女性自我生命史。尤其是她们从审视自己独有的情感经验和内心体验出发,追问男女两性爱情观与婚姻观的本质差异,在对男权文化爱情婚姻观念的睚眦批判里,体现出女性自我反思精神的彻底觉醒,自我主体意识的深度成熟。

张洁在《无字》创作谈里写道,几十年来"把自己的心掏出来在磨盘里磨,把自己的胆汁吐出来蘸着去写"②。张洁以四代女性的情感命运悲剧的沧桑体验,拆解当年自己亲手构筑的爱情圣殿,女性想象的美好爱情婚姻的情感世界被现实生活击得粉碎。她毫不留情地撕破一层层罩在男性身上的种种社会身份的光环,揭开男性欲望、自私与虚伪的内心世界,洞识女性在男性情感世界本来就是一个虚无的幻影。的确,当小说的女主人公吴为能够与梦绕魂牵的爱人——知识分子和革命者胡秉宸,真正相见相爱结婚的时候,生活里一个个难堪与错位的细节,让吴为反思自己所谓的浪漫神性爱情,在她所谓的"爱人"那里是没有丝毫位置的。就像小说中所描写的,在雪野中"他只注意到她奋力向上延展着躯体,长伸着舌头,专心致志地去承接那根本不可能承接住的雪花……"③ 这个经典细节,不仅表现出胡秉宸关注的是吴为的"躯体"、"舌头",更揭示出男权文化永远把女性作为欲望对象的深层心理。

其中,吴为作为女性自我的层层反思发人深省。当她失望地离开"他"时是如此的清醒,但是,一旦看到"他",她就失去理智。吴为就是在与他几十年的情感生活里纠结、痛苦与焦虑致疯而死。吴为对情感绝望的呐喊:"女人自从出生起,就在等待一个白马王子,那是女人与生俱来的本能,直到她们碰得头破血流,

---

①　王红旗:《中美性别文化三人行》,《社会焦点问题报告——中国女性在对话》,中国时代经济出版社2003 年版。

②　张洁:《我的船》,《张洁文集》(第 3 卷),作家出版社 1998 年版,第318 页。

③　张洁:《无字》(第 1 卷),北京十月文艺出版社 2002 年版,第 7 页。

才会明白什么叫痴心妄想。"① 并借其女儿禅月之口,发表女性精神独立宣言:"咱们家的这个咒到我这儿非翻过来不可。"女性被美其名曰的"情人"、"妻子"的身份,无论在爱情婚姻家庭内外的情感关系中,不过就是一个为男性服务的"性角色"。而女性却一厢情愿地认为自己所爱的男性——"伟岸的父"(丈夫、情人)值得托付生命的全部。由此产生从精神到物质的生死依赖,而导致女性独立精神的彻底丧失。这是铸成女性情感悲剧的内在心理原因,绝不仅仅是男性的自私与伪善。正是指向女性内心灵魂的自我反思,《无字》承载了女性心灵史和生命史"向死而生"的救赎意义。但是,更深层的隐喻在作品的《后记》里,张洁超越"爱"之绝望,"继续前行"而"原谅了自己"。② 当然也就意味着宽恕了"他人",而抵达了某种更高的女性文化与性别伦理的哲学层面。

如果说张洁的《无字》是以一位觉醒者的身份对几代女人情感史的反思。那么,施玮的《世家美眷》,却是小说叙述者"我"作为陆家的第四代女人,以一个亲历者的身份,口述陆氏家族四代女性群体(夫人、小姐和丫鬟等等),如何忍受、挣扎与反抗封建男权性政治的强权压迫,而绽放出本源生命之光的生存史。讲述者"我"敢于说出的历史真相,正是这群家族女性被囿于"家"(家族、家庭)而生成的另一种生存智慧。仿佛与"觉醒"没有本质联系。因为,她们虽然经历了近代百年以来诸多改朝换代的社会革命,甚至一次次的女性解放运动。但是,革命仿佛都是男性的革命,女性解放运动也没能给予其经验资源。作为女性自我根本就不存在社会身份,即便在解放后获得了所谓的社会身份,而由于社会意识形态封建男权文化观念的无处不在,封建男权家庭伦理秩序还仍在家族大院里延续着,而且,女性的家庭观念、日常生活方式与情感角色等几乎在"被解放"之下并未真正的觉醒,根本无从改变或摆脱男权文化性政治的歧视、伤害与侵犯。

陆氏家族的第一代女性形象陆夫人,与自己的状元公爹陆老太爷性乱伦生出自己的儿子,而且,她嫉妒、仇恨与凌辱陆府里年轻漂亮的丫鬟秋水,因为陆老太爷对秋水的女色垂涎而横加骚扰。陆夫人最终怀揣对男权文化命定的性角色的坚不可摧的信念与傲慢,走向死亡,走向那个"认命意识"的漫漫长夜。因为,按照封建男权家族的伦理秩序,陆老太爷作为陆家的最高"家长"就是最高统治者,而陆夫人长期在家族里这种本源的、悲惨的性体验心理,已经内化为一种

---

① 张洁:《无字》(第1卷),北京十月文艺出版社2002年版,第119页。
② 张洁:《无字》(第1卷),北京十月文艺出版社2002年版,第453页。

女性的"自我意识",即女人生来就是女人,就是为男人传宗接代、为男人性欲服务的工具。

尤其值得探究的是,施玮对陆家第二代女性陆文荫内心那个不可战胜的自我形象塑造,一种女性本色生命的强大力量令人震撼。她在九十二岁寻找爱情的生命长河里渴望得到男性的真爱,疯狂地与自己爱的男性做爱。但是,所有被她爱过的或恨过的男人都让她尝尽爱与性、灵与肉分裂的耻辱体验。她美丽光华的容颜,风情万种的体韵,燃烧着真诚的性与爱,满足的只是男人的审美欲、性欲与征服欲。她无论如何努力终生也没有被一个男人真正爱过。但是,她有女性独特的生存智慧,无论是对婚姻还是对爱情,她总能主动出击,巧于周旋,从容而退。她品阅社会与家庭情感生活里各种变换身份地位的男人,意识到"因爱而性"只是女性的幻想,男人是靠不住的靠山。因此,她在生命的最后时刻回到陆家大院里她少女时代的绣房中,弥留之际的灵魂放弃一生对所有男性偶像的膜拜,脸上带着不屑与微笑,平静安详地寿终正寝。她朦胧的女性主体意识与她顽强的"本我"生命,超越了人们存活的形式,超越了自我的认知,超越了失败与成功,甚至超越了美与善,存活在时空里,在生活昏暗的悲伤深处保留着纯粹的光明,在死亡漆黑的绝望之上翱翔着永恒的辉煌。而且,这灵魂如同一位女性精神发起者,"像金色的不死鸟,进出于我们的思想"。成就人性的美善、光耀与尊严。这就是人类未来学意义上女性真实的灵魂点亮历史的力量。

旅美女作家严歌苓的女性历史叙事与前两位女作家相比,她的《扶桑》《金陵十三钗》(2011年)是把女性置于极端特殊的生存环境来塑造。从历史空间"最肮脏的、最下贱"的地方,发现女性内在灵魂的"善"义。《扶桑》以一位华人妓女扶桑在美国的生存命运为核心,揭开了女性潜意识里内在的原始力量。以其身份与身体在最肮脏之地被践踏、被侮辱的"微笑"受难,完成作为弱势民族在遭遇西方列强的极端受辱中存活下来的政治隐喻。扶桑虽然是一个未被开"民智"的妓女,却有着如大地"母亲"般能够藏污纳垢的"神性"。这位从美国历史资料里挖掘出来的华人女性人性本真的善与美,对西方文学中对东方女性的妖魔化描写是一种反击。扶桑于19世纪20年代从中国被拐卖到美国,沦落为唐人街的妓女。她先是被"阿妈"多次买卖,是各种肤色男性的泄欲工具,甚至曾被30多个男性轮奸。但是,只要身体能从床榻上起来,脸上就带着憨憨的、真诚的微笑。因为,她不仅没有能力渴求自我身份的认同与尊严,而且,她在"母国"与"异国"作为女性的自我,都是原始意义上的。更何况她的生活处境自己是无可选择的。但是,面对美国青年嫖客克里斯无端的迷恋,她仍然陪着自己的中国男人走向刑场上的婚礼。她发自内心地认为,这个男人原来就是我的男人而已,这是被一个女性最朴素、最自然的情感所驱使。

关于严歌苓作品表现的弱者求生存之道,至今诸多学者有不同的解读,其中对不同层面的"悖论"也各执其词。但是,扶桑作为"神性"的"最高雌性"形象,其价值在于严歌苓以还原历史的方式,以女性对自我身体无意识的屈辱史,隐喻近代中国血雨腥风的屈辱政治史。其双重的历史反思与性别批判隐喻于女性身体政治的叙事之中,是颇有深意的。从另一种角度讲,也是对女性命运多种样态与生命异质性力量的创造性发掘。而严歌苓的近作《金陵十三钗》,更是把女性置于残酷的战争环境,十三位秦淮河上的妓女面对侵略者的血腥屠杀、性强权暴力,为挽救教堂里一群女大学生的生命而舍我,创造了身份卑微的女性在极致境界里凸显出的人性深处"善"的集体仪式。与扶桑相比较,她们不仅有着相似的生存命运,而且还有着相同的女性心灵内质。从某种意义上讲,这种女性内在生命经验的历史写作,不仅是一种女性历史的还原与重塑,更是一种女性自我的反思与救赎。

二、转向人类心灵、经验史的缔造

21世纪中期至今①,海内外华文女作家不仅以女性血缘谱系书写、塑造女性形象为重心。而且,站在更广阔的人类视野,走进家国、民族与世界的历史深处,发现掩隐在"历史褶皱"里的人类向善的同构性。阐释人类共同的内在精神生活与心灵结构,来探索人类现代性的新文明之道,反映出海内外华文女作家由女性意识、性别意识,向家国意识、人类意识的逐步推进。铁凝的《笨花》(2006年),带着一种"原乡"精神,以半个世纪的民国战争风云为背景,重述"笨花村"向氏家族的演变史。旅欧女作家林湄的《天望》(2004年)、张翎的《金山》(2009年)、从中国的江南水乡到西方的欧美大陆,从历史与现实的时空维度追溯华人走向世界的艰难历史。

铁凝的《笨花》,用原始"图腾"的方式,强调在人类文化大融合的现代性进程中本土与民族文化的核心价值。因为,"笨花"的多重象征意义都在说明笨花村人意识里的宗教。虽说种"洋花"可以获得更大利益,"可大数笨花人种洋花时还是不忘种笨花,放弃种笨花,就像忘了祖宗"。笨花人深深懂得坚守自我

---

① "21世纪中期至今",应为"21世纪初期至今"。——编者注

文化观的深刻含义。小说运用复调结构,缔造了一个正在急剧变构中的"笨花","一个小小的'笨花村',居然能容天下之大,单姓与双姓,洋花与笨花,孔孟之道与圣经之道,中医与西医,西洋画与中国画⋯⋯博大包容,容世间万象,藏污纳垢,孕真善美于其中,凝聚'和而不同'"①。这种变构性气象潜伏着新的灾难、挑战与危机。暗喻在"世界体系"里不同主体交流与互动的多重历史行进的艰难,乡村大美与丑恶的较量。

尤其是温润的家庭叙事、海量的日常生活细节,不仅仅揭示出人性复杂与残缺的"众生相"。而且,仿佛现实意义上的"笨花"蕴蓄着一种民族精神潜流,寄托着铁凝内心跨越东西方时空的多元文化互存共荣的乌托邦理想。人们简单的日常生活、朴素的爱与责任,延展着的暖流与希望。其中,乡土文化"父亲"向熹的形象,从农民到将军,从"笨花"走出去又回到"笨花"的粪场,抗战时期为保卫"笨花"而献出生命。他用生命捍卫对乡土、对家庭、对子女朴实的爱与责任。其性格特点体现出"本我"民族灵魂的根性内涵。而《笨花》中塑造的女性形象群,西贝家的女人、向家的女人、"钻窝棚"的女人,还有被人遗忘了的元庆媳妇,都性格丰富鲜活,惟妙惟肖地呈现"笨花"里的女人们中国传统文化意义上生存状况的"本质真实"。她们性格隐忍而不甘,有抗争而不极端,有包容而无奈的,有嫉妒而变态的。其多纬度的人格魅力永远活在"笨花"的时空之上。向家的女人性格的共同特点是"以夫为天"。如向熹媳妇同艾认为"男人娶妻纳妾做女人的无权干涉"。而"钻窝棚"的女人形象群却有着多重的隐喻。如果说"窝棚与女人"的故事是一部原始寓言。深秋的棉花地像一片片的海、一铺铺的炕,海和炕、炕和海连成了片。那黄昏时分,搭载在这海和炕上窝棚里男女的野合,就是原始性图腾的狂欢节,是一种人类爱与生命繁衍的窝巢。但是,现在从外乡来"笨花"、"钻窝棚"的女人,却重视的是"和花主们相互欢愉之后的那些收获"。小说从更深的人类心理结构层面,巧妙指出,无论是"正在进行时"的现代性还是民族性,都应"择善而从"。

小说结尾提出"自东向西"画"笨花",更对人类社会未来发展有着方向性启示。也正像作者铁凝在创作谈里所说的:"文学可能并不承担审判人类的义务,也不具备指点江山的威力,但它始终承载着理解世界和人类的责任,对人类精神的深层关怀。它的魅力在于我们必须有能力不断重新表达对世界的看法和对

---

① 王红旗:《告别性别"战争" 寻找人类精神"原乡"——对"她世纪"中华女性文学发展方向的几点思考》,《名作欣赏》2008 年第 3 期。

生命的追问;必须有勇气反省内心以获得灵魂的提升。"的确,20 世纪的中国百年历史是"自西向东"的。而铁凝书写"笨花"、"自西向东"的近代"乱世",就是对历史的反思,对盲目效仿西方的现实的批判,不仅蕴含着对中国社会由传统向现代转型的隐忧,而且携带着笨花人"自东向西"画"笨花"的未来梦想。

旅欧女作家林湄的《天望》,以一个华人女性微云的异国婚恋故事,引出人类生存风景残相,揭示出人类社会的现实危机与困境。与铁凝的《笨花》相比,两部小说超越"自我"与"他者"的人类意识不言而喻。林湄的《天望》以"全球人"的立场,从人与人的关系层面,对人类情感、精神与灵魂"同构性"进行肯定。小说从华人移民女性微云,和血液里流淌着多样人种基因的弗来得在"异国的初婚之夜"拉开序幕。夫妻分别从遥远的东、西方文化"原乡"里走来,灵魂深处共存的善良与爱心,用生命传播宗教之爱的坎坷真实经验,都在证明不同性别、不同国家、不同语言、不同民族之间,是可以"互补、互识、互用"并平等对话的。尤其是妻子微云,在与丈夫为"传道"而四处流浪的漫长岁月里,在自我情感的孤独、错位、误解、自救、挣扎里,"彼此有意无意地在解读对方的惊奇、赞美、痛苦、快乐、误会和希望"[1]。唤醒其内心的最优秀"自我"人格,生长出一种普世的人生价值观。因为"人类喜怒哀乐的感觉是相同的;对于美好的内心世界共识和渴望崇尚真理的心情是一样的;对于人生中不可自救和无法拯救生命的理解与悲悯心理也是一致的"[2]。

其次,对人类与自然的关系层面,小说以特写的方式,在欧洲大陆上演着令人震撼的自然生态悲剧。原本如世外桃源似的 A 镇,满山的葡萄架变成了僵死的枯藤,人们都患上了"胆大病"、"胆小病"的精神癫狂症。这里"风刮着砂石砾砾作响,乌鸦不知躲到哪里去了,树枝摇摆的摇摆,断裂的断裂,下坠的下坠,半空的电线发出悲戚的呜呜声,一个人影也没有……"[3] 一片劫后死寂的图景。小说在一场燃烧的大火里主人公高喊着:"救人啊!"而结束。一幕幕惊心动魄的场景,要求人类彻底反思人与自然的伦理关系。因为,人类悲惨命运的根源是"人类以其智慧、科技征服自然,也征服自己的同类,同时也被自然与同类征服"[4]。那么,无论从人与人和人与自然的关系而言,人类都应该崇尚自古以来

---

① 林湄:《天望》,长江文艺出版社 2004 年版,第 452 页。

② 林湄:《天望》,长江文艺出版社 2004 年版,第 2 页。

③ 林湄:《天望》,长江文艺出版社 2004 年版,第 381 页。

④ 王红旗:《穿越人类文化与灵魂的多重困境——〈天望〉里的人类生存风景与核心人物形象》,《名作欣赏》2011 年第 5 期,第 381 页。

的真爱,丢弃自我中心主义,重建多元文化的和谐共荣,才是真正的救赎之道。

旅加女作家张翎的《金山》,通过一位男性华工方得法在异国淘金的苦难经历,叙述方氏家族的流变历史。与林湄的《天望》相比,两部小说叙史的特点是双重的,是跨国别、跨文化的。其故事均以发生在中国南方渔村与欧美大陆的都市与乡村之间,讲述的都是中国人如何走向世界的艰辛历程。她们的写作不谋而合地转向世界华人生活的历史深处,在时空交错与复杂的人物关系里,发现"自我"与"他者"文化的冲撞与融合,来塑造新型的中国人形象,寻求人类和谐共荣的新文明之道。

张翎的《金山》,从历史时空上讲,上下百余年,纵横数万里,历史在她的笔下从中国广州开平的乡村,延伸到北美大陆加拿大的温哥华,从长眠了一个世纪的华工墓碑底下,延伸到人类百年历史的腹地深处。中国近现代历史在她创造的"原乡"与"异乡"叙事的"第三岸"处交汇,华人形象跃然在历史与现实的真实里复活而焕发生机。以华工方得法和妻子六指长达半个多世纪的隔洋夫妻情缘,讲述"家"、"家族"与"家国"在中国人内心铸成信仰的重量。方氏家族的百年兴衰历史,以及家族人物群像的生存文化悲惨处境,表现出几代中国人在母国与异国的种种磨难中坚韧的生活姿态与生存智慧。

尤其是对方得法的妻子六指形象的塑造,是值得深思的。六指并不懂爱情婚姻自由的道理,她和方得法结为夫妻更不存在山盟海誓的爱情。她骨子里可以说是传统的、寻常的、"嫁鸡随鸡,嫁狗随狗"的"认命"。但是六指的"留守"与丈夫的"漂流"同样令人震撼。因为,这位坚韧的母亲作为留守在家的顶梁柱,书写了这个五代家族的另一半历史。正像张翎所说:"漂流的故事是一种震撼,留守的故事是另一种震撼。这些男人女人并不都是因为爱情而走在一起,但是却都是因为一个简单的愿望而结成联盟,这个愿望就是如何在黑暗坚硬的生活状态里蚯蚓一样地钻出一条活路。他们的结盟是为了和生活抗争,所以尽管他们的结盟基础薄弱却依然持久。"① 这是在那样的文化生态境遇里,女性用朴素的大爱与责任创造的真实历史。

如果把《天望》里的微云与《金山》里的六指相比较,从女性个体生命灵魂思考的话,这两位中国南方小渔村的女子,微云为了生存"东女西嫁",六指为了生存独自坚守着家庭,她们的婚姻都不是以山盟海誓的爱情为基础的。但是,微云在与丈夫"传道"救世的艰辛漂泊中把更多的爱播撒给世人,而六指在独自侍奉

---

① 张翎:《金山》,北京十月文艺出版社2009年版,第3页。

老人、养育孩子的岁月中把爱付出给家人。虽然她们的生活方式不同、生活时空环境不同，但是，其性格骨子里却同样具有超越自我性别的大爱与责任。与铁凝《笨花》里的笨花村的女性仍有相同的心灵底色。因为，女作家在检视人类历史记忆的写作中，发现了不同文化相连的血脉之根。铁凝以"世上的人原本都出自农村，有人死守着，有人挪动了，太阳却是一个"来解释人类精神"原乡"的同构性。林湄认为，"人类只有一种语言"，那就是真爱。可见海内外华文女作家的历史叙事，就是在东西方文化的碰撞与交融里，在男女两性个体生命灵魂的体验中，孕育创造出的人类共同的善、爱与责任的心灵史、经验史。

目前，在全球化的语境下，海内外华文女作家的历史叙事，从现实批判的性别战争，转向女性血缘、情感史的重构，转向寻求男女两性互识与互补的人类"心性"同构。以"和而不同"的形而上，探索人类的双重人生态文明之道。以共同的中国经验与个性化的女性体验，承担起了人类优秀文化的传播者、历史的缔造者。她们立足现实，思接千载，视通万里，正以穿越于人类虚拟与现实的此岸、彼岸，甚至"第三岸"，在人类多重生存的历史时空，携带着人类的未来缔造历史。因为，女作家们已经从女性主体意识觉醒的现实批判所造成的灵魂黑夜里走出，在审视与反思自我与男性、社会历史与现实的同时，建立起对人性美与善、人类未来希望的自觉信念。而人类个体生命意识多向度的历史缔造，从更深层的心理学意义上讲，在于能构成"共时性"的人类心灵经验，可以改变不同民族的心理结构与价值观念。从某种程度上讲，也许女作家们批判现实、反思历史、指向未来的历史叙事，只是一个理想乌托邦，但是，人性永恒的理想不熄灭，就会如广袤宇宙的点点星辰，导引孤独困惑的人类寻找到走向光明的道路。这就是携带着未来的女性历史缔造的文化精神力量。

第四辑
作家、作品个案研究与批评

导语

本辑以被评论作家的年代、作品的出版或发表时间为序。

对杨沫的《青春之歌》、茹志鹃的《百合花》，陈顺馨、李迎丰、茹志鹃等从不同角度作了分析。

王绯充分肯定了张洁《爱，是不能忘记的》在新时期女性文学史上的意义，李琳对张洁独特的创作道路和情感轨迹作了论述。吴思敬高度评价舒婷新时期的诗歌创作，唐晓渡认为翟永明的组诗《女人》建立起了真正的主体性。田泥认为铁凝《玫瑰门》的问世是女性文学一个划时代的标志。任一鸣认为王安忆《叔叔的故事》是对张贤亮男性中心文化核心文本《绿化树》的"改写"和"游戏"。杨莉馨评价林白小说的最大贡献在于其所持有的女性写作立场。戴锦华指出由个人视角切入历史与时代是陈染小说一个极为引人瞩目的特征。对于徐坤的出现对中国女性主义文学的独特意义，任一鸣作了高度评价。陈思和认为卫慧和棉棉的作品很可能是世纪末的昙花一现。董丽敏将林白的《妇女闲聊录》视为中国女性文学乃至中国当代文学本土言说的开始。

关于茅盾文学奖获奖作品《长恨歌》《额尔古纳河右岸》的两篇访谈，可为研究者提供一个独特的视角。

跨性别的视点：杨沫与孙犁

陈顺馨

从上述两个案例看到，女作家茹志鹃和宗璞在《如愿》、《红豆》等作品主要是以女主人公怎样看待自己的经历、成长和人生道路的选择作为叙述的支撑点，采取的视点可以概括为内部的和以女性人物本位出发的。此外，由于作者通过叙述者对人物投入一份同性之间的认同感和切身感，她们能够表现一种较为真实的女性内心世界。相对而言，男作家赵树理和刘澍德在《孟祥英翻身》、《归家》等作品中则倾向采取外部的和以集体利益出发的视点，叙述者没有认同女性人物的位置，发生在她们身上的故事只是看作外部世界变化的一个不可避免的组成部分，她们失掉了主体性，成为"被看"的对象，我们从这些叙述中所看到的只是女性处身的外部世界。正如前面所说，在视点运用上显示出来的性别差异，在"十七年"这个性别特征被模糊或受忽略的时代里，有时候是难以辨认的。不过，时代毕竟还未步入极端公式化的"文革十年"，作家仍然能够在某些不为人重视的环节中守着一片"自留地"，也许我们不能肯定女作家如茹志鹃、宗璞等是否有意识地要耕这片土地，然而，从她们的话语中流露出来的女性痕迹是较明显的，其他女作家如刘真等也有这种倾向。不过，生理性别并不完全能作为划分视点运用差异界线的标准，部分女作家如杨沫、草明等在叙述中所表现的视点是较接近男性的。与此同时，我们也发现一些男作家在叙述中所表现的视点也不完全男性化，而是倾向认同女性人物本身的。这些"跨性别"的视点运用是"十七年"小说话语另一种形式的性别痕迹。这里，我们选取了杨沫和孙犁作为

题解　本文选自陈顺馨的专著《中国当代文学的叙事与性别》（北京大学出版社 1995 年版）第一编第 3 章中的一节。作者较早地运用社会性别视角和女性主义批评方法分析"十七年"小说，对大陆的女性文学研究与批评产生了很大影响。作者以杨沫和孙犁的作品为例，分析小说话语中存在的"跨性别视点"的运用，认为杨沫《青春之歌》的总体话语性别特征是男性化的，孙犁的《铁木前传》在视点运用上较靠近女性视点，因此，视点中所表现的性别倾向与作者的生理性别并不一定是一致的；指出"十七年"小说叙述话语的性别总体特征呈现为男性的权威和女性的同情，视点中的性别倾向也表现为男性的对集体的强调和女性的对个体的重视。

研究这类"跨性别"叙述视点的例子。

在"十七年"期间只写了唯一的《青春之歌》的杨沫,在叙述林道静的故事时,采用了女作家较为惯用的自传色彩较浓的叙述手法,在多次有关她的个人生活经历和如何走上革命的自述中,不难发现林道静有杨沫的影子,而读者也容易将她们进行对照。但是,从叙事学看来,写《青春之歌》的杨沫、叙述林道静的"她"和林道静不能混为一谈,过于追究作者的生平和身边的人与虚构叙事作品中的故事和人物的关系是没多大意义的。虽然作者并不否认创作中含有她自身的经历,并强调"书中的许多人和事基本上都是真实的,譬如书中篇幅不多的林红就真有其人"(初版后记)。但是,这种投入故事内容的方式并不代表杨沫便会像茹志鹃、宗璞等女作家那样,在叙述她的"影子"人物林道静时采取以女性为本位的视点,相反,林道静是被放在一个被动、被看和被男性"愿望"①的位置。可以说,从一个小资产阶级知识分子转变到无产阶级战士的过程中,林道静假若没有得到那三个男人的拯救、唤醒和肯定,她的"英雄化"道路是没法完成的。余永泽代表的是虚幻的"骑士英雄",他救了林道静肉体的生命,虽然他日后遭到摒弃,无可否认,他是林道静对个体生命的爱与美(相对她家庭给她的恨与丑)的唤醒者;卢嘉川代表的是"精神英雄",他是女主人公集体意识的启蒙者,林道静意识到个人命运必须与群众的命运结合时,便开始渴望有人把她从沉闷的个人生活中拔出来:"我总盼望你——盼望党来救我这快要沉溺的人。"在精神上得到卢嘉川拯救之后,她"心里开始升腾起一种渴望前进的、澎湃的革命热情",那么,这个阶段的道静需要的是一个导航者,江华出现在她身边了。他是与道静共同战斗的"革命英雄",唤醒她的斗争意识,介绍她入党,也使她从对卢嘉川朦胧的爱意中解脱出来,投入他的怀抱。经历了这几次外来的"洗礼",林道静就净化成为一个完美的英雄了。这是《青春之歌》外部视点的一种表现。此外,林道静的形象、思想和需要很多时候是透过男性的权威目光界定和阐释的,例如,叙述者曾经以许宁的眼光描述她的女英雄形象:"她绰约的丰姿虽然依旧炫耀着青春的光彩,可是,从她坚定的步子,从她低沉的声音,以及她那带坚毅神情的眼睛里,他深深感到她已经离开了少女时期的幼稚和狂热……"叙述者亦站在江华的位置看林道静作为女人的需要:"今天,他看出来,她不但是一个坚强的同志,而同时她也是一个温柔的需要感情的慰藉的女人。"

---

① 孟悦在《性别表象与民族神话》一文中指出《青春之歌》呈现了相反的性别—角色设计,这种相反的角色结构确实带来了双重愿望的分布。

总的来说,杨沫在《青春之歌》所表现的视点是有男性化倾向的,叙述者经常直接通过男性人物去"看"女主人公,并且着眼于促进林道静成为无产阶级战士的外在因素,那就是男人/党的拯救和带领,至于她的内心世界所起的变化,并不是叙述焦点之所在。虽然杨沫比其他女作家更认同她笔下的"影子"女主人公,但可能由于她更认同"十七年"的主导男性话语,因此自觉或不自觉地采取了当时男作家较常用的外部和把女性对象化的视点进行叙述。也恰恰是出于较男性化的视点的制约,林道静与其他出于男作家笔下的女英雄形象有不少相似的地方,尽管她某些经历与其他女英雄不同,即她曾经离开要求她当服从、听命和纯洁的乖女儿的家庭,也曾经与被赋予"撒旦"角色的余永泽同居,但她与"父"的决裂只是表面的,她最终寻获的是另一种形式的"父",从"乖女儿"到"党的女儿",林道静始终逃离不了"男性"的眼光,无论是来自人物的或是叙述者的。

孙犁的跨性别视点的叙述则表现在他对女性人物形象比其他男作家多一份感情的投入、理解和男性的自觉。[1] 他与赵树理一样,从四十年代开始写有关农村妇女生活和命运变化的作品,但是,在处理妇女解放和两性关系问题,特别是在对女性的把握方面,他们的视点是不尽相同的。例如在早于1945年完成的名篇《荷花淀》中,叙述者并没有认同水生视女人为落伍分子的态度,"他"肯定水生嫂等妇女的解放意识和主观能动性,"他"看到她们要拿起枪杆子,成立自己的队伍并不仅为打鬼子,还有打破男人的歧视和突破家庭的束缚的意义。因此,对于她们的自我意识的描述,叙述者给予应有的重视,例如当水生嫂她们在议论要把自己组织起来的时候,叙述者这样描述她们的对话:"不然以后还能出门吗?""刚当上兵就小看我们,过二年,更把我们看得一钱不值了,谁比谁落后多少呢!"这反映叙述者意识到一般的农村妇女并不缺乏自信,她们爱护男人但亦批评他们,因此,叙述者能够以妇女的立场看待女性参与社会和斗争的价值——确立主体性,而不像赵树理等男作家那样一贯地把妇女看成为被改造的对象。叙述者对于水生嫂这类女性所表现的感情和乐观精神亦表示认同和投入,正如作者孙犁说:"她们在抗日战争年代,所表现的识大体、乐观主义以及献身精神,使我衷心敬佩到五体投地的程度……我写出了自己的感情,就是写出了所有离家抗日战士的感情,所有送走自己的儿子、丈夫的人们

---

[1] 不少当代评论家也注意到孙犁爱写女性形象和作品有丰富的感情内容,例如《孙犁小说论》(北岳文艺出版社,1988年)作者李永生就将情感视为孙犁的"心灵化"创作心理的本质,但是他们没有从性别视点这个角度进行分析。

的感情。"①

完成于解放前夕的《村歌》的叙述视点则起了较大的变化,孙犁较多着眼于双眉的被改造过程,强调的是协助她翻身的外在因素和男性指引的作用。不过,在这篇小说中,叙述者虽然也表现了对"新女性"的理想,却没有像赵树理的叙述者那样机械地把妇女解放与政治解放完全等同起来,也没有太多说教式的话语。在歌颂党和新生活的同时,孙犁没有忘掉人性和女性个体的感情、生活价值,因此,双眉不像孟祥英、金桂那样立刻变成完美无缺、只懂工作的女劳模、女干部,她身上仍找到人性的弱点(领袖欲)和对生活情趣的追求(对小牛犊的小生命的呵护)。至于落伍分子如小黄犁,叙述者对她有一定的批评,但不"强迫"她成为先进分子,这可能是出于作者敢于承认人性中存在着某些并不能简单与政治、经济等东西等同的成分,而且承认人的精神、意识、习惯有隐藏深处不易改变的因素。这种意识倾向在《铁木前传》的叙述中更为明显。

与赵树理同期的作品相似,《铁木前传》展示了一个二元对立的关系世界。纯洁、进步的九儿与具有诱惑力量、在政治上落伍的满儿是两极女性形象的例子。不过,叙述者在处理"反面"这一极的人物时,态度和感情并不像赵树理的清楚、简单,而是犹豫、复杂的。"他"虽以批判的眼光看满儿,但却不愿意下太多的道德判断。这种犹豫和矛盾,一方面可能表露了叙述者一种隐蔽的、潜意识的审美标准,另方面可能是从改造满儿的失败经验来看,叙述者意识到男人并不能够完全解读女人的内心世界和行为表现,尤其是满儿这类复杂但可爱的女孩。在这样的不过于自信的非男性("非"菲勒斯)视点的影响下,满儿没有被安排跟九儿走上同一条道路,而是巧妙地逃脱了男性干部的监督("父"之法的象征),"在危险的崖岸上回荡着",这与叙述者原来的愿望"希望有一种力量,能够把她引纳人生的正轨上来"是不协调的。这并不是什么"悲剧",② 从某一个意义上看,满儿更具有西方概念的"女英雄"本色,即能逃离"父"的保护,"在危险的崖岸上"寻找自己的道路,哪怕摔个粉身碎骨也是悲壮的。孙犁的跨性别视点亦不等同"女性"视点,他不能完全像女作家如茹志鹃、宗璞等那样转移到女性本位上来,对女性人物的内心世界也没法涉足太深,但他也不会将男性把握的外部世界强加于女性人物身上,要求她们跟着男性的价值标准和行为模式去改造自己,而是尝试从她们的位置考虑解放的另一种意义,尽量摆脱对女性的歧视和

---

① 《关于〈荷花淀〉的写作》,《孙犁文论集》,人民文学出版社 1983 年版,第 518—519 页。
② 李永生认为满儿的结局"不能不说这是悲剧",因为她没有走上男性认为最恰当的解放道路,《孙犁小说论》,第 84 页。

过份自信的言论。基于这种男性的自觉,孙犁才能够较为深入、较为全面地去理解、表现女性的生活和内心世界,这是作者的跨性别视点之所以出现的原因。

从上述三个比较研究案例中,我得出如下的一个结论:视点所表现的性别倾向与作者的生理性别并不一定是一致的,女性视点不仅为女作家作品所有,男性视点也会在一些非出于男作家之手的作品中出现。这里涉及一个女性主义批评经常出现的问题,那就是具有性别特质的文本是否一定出于相同性别作家之手。法国派的论点基本上是持否定态度的,她们认为性别写作只是一种写作效果,而不是本源(较详细的论述请看本书前言部分)。上述的结论可以说与她们的观点相呼应。不过,这里的视点与性别研究,只是性别写作研究的一个侧面,加上所举的案例有限,所作的结论的普遍性有待进一步考证。例如,在辨别《青春之歌》在叙述上的性别特征时,我们可以在视点的运用上看到男性化的倾向,但是,正如前一章所讨论的,在叙述权威的使用方面,叙述者则更靠近女作家的作品的特点,而就女英雄林道静的形象特征而言,又与男性作家所塑造出来的女英雄贴近。不过,我认为《青春之歌》的总体话语性别特征是男性化的。又例如孙犁的《铁木前传》,在叙述位置上他的叙述者较像男作家的那样不完全投入故事,但在视点运用上则较靠近"女性"视点。因此,我们还是可以认同法国派的观点,即无论作家是男是女,均可生产具有某种性别特征的文本。当女性主义批评进入"性别理论"阶段之际,两性写作的比较研究能够帮助我们确定具有不同性别特征的文本的差异在哪里。如果这些文本之间的差异只视作写作效果,那么,我们要进一步探究的就是产生不同性别倾向的写作效果与社会或意识形态的关系。在"十七年"这个强调集体意识形态的年代,表现外在的集体性和统一情感形式的男性写作效果必然较有普遍性和得到肯定,因为无论是男作家或是女作家,都可能像福科所说的只为某种角色或功能服务,那就是生产符合主流意识形态的、具男性写作效果的文本,因此,像杨沫那样汇入主导的男性话语系统的女作家应该是占大多数的。相反,仍然能够表现内在的主体性和保持个别情感形式的女性写作是较罕见的,而明显不过的是,《青春之歌》比《红豆》、《如愿》等作品享有更高的声誉,与"三红一创"等"十七年"经典作品并驾齐驱。那么,像孙犁这样的男作家就更是凤毛麟角了。正如前一章所揭示的,叙述话语的性别总体特征呈现为男性的权威和女性的同情,同样,视点中的性别倾向也表现为男性的对集体的强调和女性的对个体的重视。总的来说,"男性的"适语是属于主流的,权威的和集体的,而"女性的"话语则是边缘的、同情的和个体的,因此前者更能反映"十七年"的话语整体状况。

女性欲望:《青春之歌》中的爱情话语

李迎丰

《青春之歌》是 20 世纪中国 50—70 年代这一特定的历史时段中,女性写作的一次重要收获。在时代的语境里,该作品在整体观念上认同了主流意识形态,在文本中建立了以革命与阶级斗争为主导话语的等级秩序。然而,人们注意到:《青春之歌》是该时期极为罕见的以知识分子为题材的作品,它写了一个女人眼中的世界,一部都市中的个人成长的经历。重要的是,这些独特的因素最终铸成了该作品独特的生命。米歇尔·福柯曾以其精辟的识见提醒人们:所谓"压抑假说"并不真正存在,存在着的是一组组对立模式之间,那些相互抗衡又相互消解的关系。对话语存在方式及其有效权力的指认与辨析,应引起当下阅读中更多的关注。

一、故事中的欲望

《青春之歌》中的爱情话语有一个突出的特征,即它不是关于"男人与女人"的故事,而是关于"女人与男人"的故事,是相对于"男性欲望"的一种反模式,是以"女性欲望"为主的一种女性书写。女性的目光或欲望直接地通过全知视角与女主人公视角双重地投射于文本之中:女人是产生欲望的中心,而且是一个"好女人",是一个"主体"的存在。而男人则是欲望的投射。或许这种过于明显

题解　本文原载《解放军艺术学院学报》2000 年第 3 期。文章从"女性欲望"的角度论述《青春之歌》具有的独特生命力。杨沫的《青春之歌》出版后曾引起轰动,但评论界有较大分歧,《中国青年》曾连续发文展开讨论,茅盾肯定该书"是一部有一定教育意义的优秀作品",1959 年该书被人民文学出版社列入"建国十年来优秀创作",后在"文革"中遭到严厉批判。《青春之歌》主要版本有三个:1958 年 1 月作家出版社初版本、人民文学出版社 1960 年再版本以及 1978 年的版本。十月文艺出版社、北京文艺出版社分别于 1998 年、2004 年出版新版本,侧重对封面、版式、内画、人物肖像等方面的修改。还有一个由茅盾阅读并作点评后保存于中国现代文学馆的"眉批本"。2009 年,《青春之歌》被选入中国社会科学院文学研究所组织编写的《六十年与六十部:共和国文学档案》。《青春之歌》出版后曾多次再版,总发行量逾 500 万册,并被译成近 20 种文字介绍到国外。2019 年,该书入选"新中国 70 年 70 部长篇小说典藏"丛书。

的"套用"的确有落入男权中心"本质论"的陷阱之嫌,但建立与男性主体相对立的女性主体,以此来伸张女性的欲望,始终是女性书写中的一个有力的策略。孟悦曾在其《性别表象与民族神话》一文中,深入地解析了《青春之歌》中国家意识形态话语对个人化、差异性的女性话语的浸淫与同化,她极为精辟地写下了这样的评语:"在国家统一的范畴系统的叙事里,这些文体上的话语差异或差异性话语就像是专门为了被消灭、被同化而出现的,它们不过在知识女性向党归属的道路上制造了些延滞和曲折,不过使最后的'国有化'更其完满。因此,它们的出现,与其意味着某些边缘的、女性或个人的文体可能性的存在,毋宁意味着其最后消亡。"① 然这一批评只是阐发了问题的一个方面,与其谴责《青春之歌》中源自女性的话语与男权意识形态的认同,不如平心静气地读一读,在那个曾被严酷的战争过滤的、男性化或无性化的时代的开端,一个女人怎样抓牢了自己作为女性的生命经验,并将它贮存于"无性语言"的伪装之中。而一旦指认出其"无性语言"的伪装性质,我们便可感受到其中的女性的气息,活泼泼的女人的生命。

三个男人:余永泽、卢嘉川、江华先后出现在女主人公林道静生活经历和生命体验中。文本着意刻划了林道静对爱情的感知,尤其是她的"追求"意识。"追求"与"寻找",是体现在林道静身上重要的行为动机,是作品中的两个信息极强的主题音符。有批评认为,三个男人的出现,其作用是对女主人公的一次次"唤醒"与"拯救",因而小说中描写的爱情故事,其主旋律是对化身为"革命"的父权的拥戴,是对男性领导地位的皈依,是女性意识的隐没。"唤醒"与"拯救"的确存在,尤其"拯救"一词在文本中屡屡闪现:如余永泽在海边拯救了林道静的生命,道静则多次提及卢嘉川与江华对其精神上的拯救。但在"拯救"与"唤醒"中,包含着更深刻的另一面:觉醒。"追求"与"寻找",这两个主动性的词,在林道静的生活与爱情经历中,起着一种"倾向性"的功能。林道静决不是一个被动的女性。作为小说中唯一一个牵引着情节线索的"游动性"的动态人物,推动她行为的动力,有来自生活的逼迫,有革命的召唤,但更大的力量是自由的渴望,来自于她的内心的驱动。经典的例子是写她不安于同余永泽共同去营造一个舒适的小家。她不愿意留在那里,原因之一是她需要有自食其力的生活,需要工作。原因之二与此相关,她与余永泽之间对生活的见解不和。但就在对这段生活的描写中有一个看来不大便于解释的细节,一个逻辑上的空隙:她好不容易找到了一个书店店员的职位,却因忍受不了几个街头阿飞的侮辱而放弃了这份

---

① 孟悦:《性别表象与民族神话》,《二十一世纪》(香港)1991 年第 4 期。

工作。——以林道静倔犟强硬的性格,以她对自食其力的强烈愿望,这里本可以展开一个为生活而抗争、丰富人物形象的出彩的细节,但是作者放弃了。这放弃说明在这里起主要作用的不是刺激——反应的客观逻辑,而是人物精神欲望、内在动力的主观逻辑——对于林道静来说,环境逼迫着她,也"教育"着她。但内在的精神追求更诱惑着她,"引导"着她。面对生活,她原本有多种抗争方式可以选择,作为一个渴求读书又爱好文学的青年,余永泽与她的兴趣相投。但她选择了另一条路,一条超越了现实生活的路。《青春之歌》中的主观倾向、理想主义的因素,"真诚"与"真理"迭合、"情感"与"认知"同步的特征不容忽视,换言之,小说主人公性格中的主观能量不容忽视。我们将林道静的爱情历程,解释为有着情爱渴望、有着主观追求,一个呈现了女性主体意识的、主动探索的精神历程。余永泽作为初恋的情人,不仅将她救出生活的绝境,拯救了她的生命,同时使她第一次体验到爱情的喜悦。初恋的爱情是真诚的、甜蜜的,但林道静的主动性在于:她未曾忘记自身离家出走并非为着爱情,她把握住自己的意愿,不断地清理自己的所求。小说写到她于爱情之中的沉溺,于沉溺之中却又写道:"你信仰的人的每一句话都是有分量的"。"信仰"一词,在这里有着理性的能量,它以清醒的自我意识,划开了"沉迷之爱"的缝隙。接下来在同余永泽的第一次通信中,我们所读到的更多的涉及情感的信息是"忧国忧民":"我心里是多么难过……所以我非常地爱你了。""所以"一词再一次凸现在这个热恋中女人的自我。在北平与余永泽的共同生活中,道静明言:"我的意志不在这上头"、"要独立生活,要到社会上去做一个自由的人"。"这上头",指做一个温顺的妻子,过夫贵妻荣的日子。"意志"和"自由"二词,在此勿须多释,最终二人因此分手,分手是道静的主观愿望对初恋情人的超越。小说还借余永泽的形象直接书写了"性"的冲突与争战,请读这样的文字:"如果我错了,我自己负责;如果因为这个我变坏了或死了,我谁也不怨!""这是我第一次干涉你的行动,可是我必须干涉!""我不叫你干涉!"

接下来的两个男人与女主人公之间的情爱关系的确给女性的主体欲望带来了解释上的困境,即在性爱之上披着浓重的政治的迷雾。卢嘉川以精神拯救的形象、精神皈依的目标,作为"党"的人格化身出现在道静面前,而道静最终在现实中与之结合的江华则是她组织上的入党介绍人。这是一个完整的政治寓言,它在忠实地实践着对主流意识形态神话的建构。在这个神话建构的过程中,仍然包含着一个情爱故事。小说写卢嘉川被捕之后,而道静与余永泽分手之前,她对卢的真切的思念:"失掉了卢嘉川的领导,失掉了党的爱抚,她觉得自己重又变成了一个死水里面的蝌蚪。"——这实在是一段含义多重的话语。男人以党的形象、领导者的形象出现在女人的面前,但女人体味到的却是"爱抚",一种性的渴望。性话语"爱抚"在这里对政治话语"领导"的置换,带着一种切肤的可触可感的激烈的情感冲击力量,实现了某种颠覆:爱情对政治的颠覆、边缘对主流的颠覆、女人欲望对象征性的男权秩序的颠覆。总的看来,卢嘉川在道静的生命中,象征一个永远不可企及的归宿,一种永远的追求。对于林道静,卢嘉川就像是一个似近又远、似远又近的目标,亲近得可以无顾忌地向其展露内心所有的皱折,而不必担心被误解,遥远得即使在咫尺之内,也总无可能将其读懂,将其穷尽。道静所代表的"寻找"的主题,在卢嘉川的身上得到了最充足的展示。而江华之于道静,就道静方面而言,那种含蓄而有分寸的爱,其中欲望的气息似乎不如对她的"卢兄"浓烈,但其间却更强烈地跃动着她的主动性,她的主体选择。有一个细节对道静与江华之间爱情中的理性因素极具颠覆作用,即二人同居、结合的场景,是全书最具性爱力量的篇章! 其实仔细读来,在道静与江华交往中,有许多潜伏的细节在不断播散着爱的信息,贯穿在第二部的首与尾,——占小说三分之二的主要篇幅中。

"追求"是一个主动的概念,是欲望主体的建立。在《青春之歌》中女性是被教育者、被拯救者、被唤醒者,但女人在这里并非完全的被动,而是欲望和追求的主体。批评家孟悦在其评论文章中,曾剖析出《青春之歌》中所呈现的(男/女)双重的欲望分布。文中说:"在《青春之歌》中,这种'相反'的角色结构(指女人取代男人扮演了推动情节的'游动角色'——笔者注)确实带动了双重的愿望分布。首先,遍布林道静成长道路上的各种男性人物都以林道静为'愿望对象',而同时,作为一个游动的动态人物,林道静的拒绝、逃避和追求又在预定着她的愿望对象。"① 即既有女主人公欲望的发送,更有男性欲望经由叙事人和作品中男人的目光向女人的投射。但我以为,假如聚焦于文本中一个女人与三个男人的关系,更多的倾向应是三个男人成为了女人欲望的折射,三种象征性的代码:初恋的朦胧的爱/理想化的、永恒的爱/理性的、现实的爱。"男人的爱"由此而成为一个空洞的能指,在女性欲望与追求的链条上飘浮。相对于三个男女对女主人公的"美丽"和"激情"的"统一认识",林道静投向他们的目光却更为感性化,更富有"肌质"。我们注意到,作品中所出现的每一个个性化的人物都有一定的外形描绘,只是"三个男人"无论是否在出场的第一时间与女主人公相遇,

---

① 孟悦:《性别表象与民族神话》,《二十一世纪》(香港)1991 年第 4 期。

其肖像中的"点睛之笔"都是通过林道静的眼睛被"看"出的：

> 眼睛虽然不大,却亮亮的显着灵活和聪慧。（余永泽）
>
> 仿佛这青年身上带着一股魅力,他可以毫不费力地把人吸在他身边。/ 爽朗的谈吐和潇洒不羁的风姿/那挺秀的中等身材,那聪明英俊的大眼睛, 那浓密的黑发,和那和善的端正的面孔。（卢嘉川）
>
> 高高的、身躯魁伟、面色黎黑的青年,像个朴素的大学生,也像个机关的 小职员。（江华）

这里面,既有"神"的捕撷,更有肢体的语言。

最后,女主人公与三个男人的关系,并非仅止于不断地被唤醒、被拯救,它同 时还体现了不断的超越和永恒的追逐。卢嘉川是道静永恒追求的象征,而江华 对于林道静,并不一定是爱的归宿。事实上在小说的结尾处,在游行队伍的行列 中,林道静对江华有"是否被捕"的担忧——这情感的一闪念,在热烈、亢奋的语 流中突兀而来,暗示了一个开放的结局,它指向另一个可能的"超越",指向永在 的超越。

二、女性欲望的深层印痕

《青春之歌》中一些带有"身体性"倾向的语言,表现出由女性气质出发的对 写作内容的选择,阅读《青春之歌》,我们遇到一件很有趣的事情:文本中的"饥 饿"情结,或言有一个"饥饿主题"作为"追求主题"的一个谐音、一个"变体",跃 动于文本之中。有多处关于饥饿的描写,且这饥饿只出现在林道静、卢嘉川、江 华的身上。最早的描写是卢嘉川,在他出场的不长的篇幅中,有关饥饿,如果再 加上"衣衫褴褛",共有三处描绘,最后的一次最为动人:卢嘉川在极危险的处境 中找到林道静,他需要在道静这里暂避一时,让道静代向党组织通报情况——做 一次"交通"。与道静分手时有炽热又含蓄、曲折动人的情感交流。而道静走 后,"一天还没有任何食物入肚"的卢嘉川只身一人留在房内,才感到了饥饿,他 看见了诱人的馒头,那是在"道静的小食橱"里。他却忍住未动,去写一份紧急 的材料。这写作被余永泽的提前回家所打断,他从容不迫离开那里,走向被捕的 命运。饥饿主题此后交替出现于江华和林道静身上,有关于他们各自的"饥饿 情境"。然林道静在定县为江华买食物,江华在北京又为道静买食品（道静戏称为"还账")两处描写,乃作品中出彩的篇章、撩人之笔,有关于"性"的强烈暗示。"饥饿主题"在文本中,是一个含义丰富、富有质感的情感性的代码,它可以同时指涉革命、人性、爱情。但它更是一个"女性化"的代码。很难判定在杨沫女士的个人经历中,"饥饿"对于她意味着一种怎样的生命体验,然在文本中,饥饿主题给革命者的生活带来一种实体化的效果,一种人情味、生命感。"饥饿"与"追求"互文,与"情爱"同步。显然,这是一次有成效的书写。

女性气质、女性的身体语言的插入,还有如轻信的主题、监狱的主题,亦可视作以触觉感知为特征的转喻性的女性书写。"轻信"是林道静性格中的一个亮点,一种与外界的天然的亲近,或某种无从解释的直觉的厌恶与防备——"轻信"的反模式。经多重着色之后,"轻信"可以不断转换为"率真"、"真诚"、"忠诚"乃至"信仰"、"单纯"等不同的词语闪现于文本的不同层面,而"轻信"是这些词语的"元点",是对道静的性格本色的书写。小说通过江华之口写到:"你的性格当中这一点是好的,无论谁挨着你都会被你这种热情所感动。"然文本中这一强烈的主题音符,不仅塑造了一个美丽的性格,更成为对女性处境的一种描述:女人如一张白纸。因为她们被打入"黑暗大陆",她们没有属于自己的语言,她们是被"抽空"的符号。"填充"自己,是女性潜意识中深刻的想象和欲求。"轻信"主题是对这种"白纸"处境的书写,它将女性的"真相"坦然展露,它暗含着对男权秩序中所谓"神秘女性"这一意识形态定位的颠覆。而这样一次对一个轻信的"傻女人"的极其自信地、坦荡无私地描绘,竟托出了小说文本中最动人的人格力量。"监狱主题"是女性想象力的产物。作者杨沫本人没有监狱的经历,她探望过监狱中的同志,听人讲述过监狱故事。然对"监狱想象"的溯源则不应终止于作者的政治生涯。监狱是一个封闭的空间,它深层地传递着女性的空间感,传递着女性对于"空间"的恐怖与亲近的自我意识,文本中有多处监狱的场面,也有与"监狱意识"有关的地主之家、杨庄学校、小家庭、黑暗社会等封闭空间的场景和意象,多重变音强化着监狱主题,而在"监狱"空间中,书写着女性的成长。当林道静第二次出狱之时,江华对她说道:"根据你在监狱里的表现,道静,你的理想就要实现了。组织上已经同意吸收你入党了!"——这段话,在不同的语境中,读来是如此地充满了歧义和暗示。我相信这是作者——一个革命女人从心底里流出的句子。在后来的"一体化话语"更强的《青春之歌》电影中,这段话被依照鲜明的意图改编了进去,挟带而入的,是关于"成长"的含义。

三、爱情叙事的成就与地位

在《青春之歌》的爱情话语中我们考察了女性的欲望,以及女性欲望渗入文本的深层,用女性身体语言而书写的特殊修辞。《青春之歌》中也有出现这样直白的宣告:"难道中国妇女的出路就只是当太太吗?"然更多的时候,"性话语"依然是被覆盖、被压抑的,而女性书写多以"沉默"的形式,通过转换密码,在文本的缝隙中喧哗,爱情叙事,则是其中最有效的换装形式。等级制的话语秩序使爱情叙事隶属于革命叙事,然爱情叙事则以其深刻的活跃的欲望实现了某种潜越。应当承认,这部完成于 50 年代的作品中的爱情描写,至今读来仍以它清新、朴素、典雅含蓄的格调,在既定的文本语境中,准确无误地传递出情爱的感觉。其描写是真实细腻、大胆撩人的,又是理性的、高雅的,对"性"具有一种知解力的描写,是有深度的知识者的爱情描写。这种具体而可信的性爱定位,尽管语言含蓄而稚拙,依然产生了撼动人心的力量。这里我想引录一段有关道静梦境的一段描写,一段充满着性意味的文字:

> ……但是当她扼住他的脖子的时候,她才看出:这是一个多么英俊而健壮的男子呵,他向她微笑,黑眼多情地充满了魅惑的力量。她放松了手。这时天仿佛也晴了,海水也变成蔚蓝色了,他们默默地对坐着,互相凝视着。这不是卢嘉川吗?她吃了一惊,手中的橹忽然掉到水中,卢嘉川立刻扑通跳到海里去捞橹,可是黑水吞没了他,天又霎时变成浓黑了。她哭着。喊叫着,纵身扑向海水……

梦境是对潜意识的恣意书写,或如弗洛伊德所言,梦是愿望的达成。在上面引录的文字中,有身体的接触,互相凝视的眼睛,海水蓝而又黑的意象,橹入水中的象征……

我们认同这样的评价:《青春之歌》是"一个女人与三个男人"的故事。爱情叙事是这部叙事体作品中最重要的结构因素,是爱情叙事的成功奠定了该作品的成功。在其爱情叙事中,"革命"的确是一个主导性的代码,但它同时也成为一个象征性的代码,一种隐喻。在这隐喻的底层,涌动着充满了活力的女性欲望,和性爱的力量。

我写《百合花》的经过

茹志鹃

我写《百合花》的时候,正是反右派斗争处于紧锣密鼓之际,社会上如此,我家庭也如此。啸平处于岌岌可危之时,我无法救他,只有每天晚上,待孩子睡后,不无悲凉地思念起战时的生活,和那时的同志关系。脑子里象放电影一样,出现了战争时接触到的种种人。战争使人不能有长谈的机会,但是战争却能使人深交。有时仅几十分钟,几分钟,甚至只来得及瞥一眼,便一闪而过,然而人与人之间,就在这个一刹那里,便能够肝胆相照,生死与共。

《百合花》便是这样,在匝匝忧虑之中,缅怀追念时得来的产物。然而产物和我的忧虑并没有直接关系。

《百合花》里的人物,事件,都不是真人真事,也不是依据真人真事来加工的。但是小说里所写的战斗,以及战斗的时间地点都是真的。著名的苏中七战七捷之一,总攻海岸战斗的时间,正是1946年的八月中秋。那时候,我确实是在总攻团的前线包扎所里做战勤工作。我在包扎所的第一个工作,也正是去借被子。入夜以后,月亮越升越高,也越来越亮,战斗打响了。最初下来的,都是新战士,挂的也是轻花。越到战斗激烈,伤员下来的越少,来的却都是重伤员。有时担架刚抬到,伤员就不行了。担架就摆在院子里,皓月当灯,我给他们拭去满脸的硝烟尘土,让他们干干净净的去。我不敢揭开他们身上的被子。光从脸上看

题解 本文原载《青春》1980年第11期。当代著名作家茹志鹃(1925—1998)在文章中详细记述了她当年创作《百合花》的具体经过,它是在"匝匝忧虑之中,缅怀追念时得来的产物",在文艺"向左转"的形势下,她坚持把小通讯员当作一个普通战士来写,在作品中成功地塑造了通讯员、新娘子的艺术形象。短篇小说《百合花》几经曲折艰难面世后,受到了读者的喜爱和专家的好评,茅盾称赞其风格"清新、俊逸",评价它在艺术探索上带有"突破性意义"。作为"十七年"女性文学的一部优秀作品,《百合花》被誉为"一朵永不凋谢的文学之花"而独树一帜,2009年被选入中国社会科学院文学研究所为庆祝中华人民共和国成立六十周年组织编写的"献礼"图书《六十年与六十部:共和国文学档案》(生活·读书·新知三联书店),评论家李建军在评述中称《百合花》承接了古典名著《红楼梦》的文学传统。

去，除了颜色有些灰黄以外，一个个都是熟睡中的小伙子。我要"看见他坐起来，看见他羞涩的笑"。这种感情确乎是在真实的生活中就有的。我就着那天上大个儿的圆月，翻看他们的符号，记录他们的姓名，单位。心里不可遏止地设想着他们的家庭，亲人，朋友，他们生前的种种愿望，在他们尚有些许暖意的胸膛里，可能还藏有秘密的、未了的心事。……此时此地，此情此景，实在用不着小本本，即便有，也是无从落笔。它们就这样刻在我的心里了，直到现在，清晰度仍然很好，毫不受岁月的干扰。

在那三年风风雨雨，没有白昼没有夜晚的解放战争中，象这样值得追述的事迹太多了。在 1958 年春寒料峭的夜里，我把它们都翻了个遍。这里再讲两件和《百合花》不无关系的经历。

记得大概是在莱芜战役吧！不知为了什么事，在一个夜晚，我跟一个通讯员要去最前沿。走之前，那位带路的通讯员告诉我，我们要通过相当长的一段开阔地带，敌人经常向那里打冷炮，要我注意有时要弯腰前进，但不要慌。他不讲倒还好，这一番交待，倒使我有点紧张起来。就打定主意紧跟住他，他猫腰我猫腰，他走多快我走多快。反正绝不在一位战士面前，丢女同志的脸。可是一上了路，他却不愿我傍着他走，要我拉开距离。拉开距离的意思我懂，是为了减少伤亡，这也是军人的常识。但是走在这一片一无庄稼，二无树木，无遮无掩的开阔地里，敌人的炮弹又不时地、呼啸着飞来，我不能自制地要往他旁边靠，在他旁边，就好象有一种安全感。可是他一见我走近，就加紧步子往前跑，他一跑，我就在后紧追。于是在星光之下，在一片不毛之地上，在怪叫的炮弹声当中，我和他两个人，默默无声地展开了一场紧张的竞走比赛。走得两个人都气喘吁吁。不过一旦当我实在喘不过气来，掉了队，落在他的视野之外了，他就会走回头来寻我。这位通讯员的面貌我已记不得了，我为什么要去前沿也不记得了。记忆的筛子啊！把大东西漏了，小东西却剩下了，这本身就注定我成不了写史诗的大作家。奈何！但是这样一次古怪的同行，无声的追逐，却永远是这么色泽鲜明，甚至那野草的摇动，通讯员的喘息，都仿佛还在眼前，响在耳旁。1958 年时如此，现在也如此。

另一次情况也是如此：也不知是什么战斗以后，什么战役之前了。记忆中出现的，已是我和汪岁寒同志来到班里，坐在战士们的地铺上，倾听他们的开会发言（可能是总结吧）。这个班里有一位刚提升的排长，是一位战斗英雄。这位英雄的英勇事迹被时光抹淡了，只记得他很年轻，很怕羞，说说话就脸红。有一次我不知跟他说了一句什么笑话，他红了脸笑着，竟象个苏州小姑娘那样扬起手来,说:"我打你!"当然没有打下来,但他这种略带女孩儿的姿态,和他英雄的称号联在一起,摄入了我的记忆。晚上,在一间小小的堂屋里,有一张门板搭起的高铺,这原是排长的床,因为优待女同志,就让给了我。英雄则和汪岁寒同志在地上打了个统铺。夜里,他们头靠头地在轻轻谈话。我居高临下,可以听得很清楚。于是一边装作睡着的样子,一边就竖起了耳朵。抱着极大的好奇心,小心翼翼地想探入英雄的内心世界。可是听听他们谈的也只不过是些家常话。英雄在谈他的家庭,其中也说到了他还没有结婚,也没有对象之类的内容。他谈得很平常,一点也不神秘。于是我略感失望,就慢慢睡着了。当时虽然有点失望,但后来想想,这倒有好处,起码脑子里印进了一个真实的印象:英雄不也和平常的人一样嘛。

1958年初,那时虽在反右,不过文学上的许多条条框框,还正在制作和诞生中,可能有一些已经降临人间,不过还没有套到我的头上,还没有成为紧箍咒。所以我在翻箱倒柜一番之后,在过去那些质感的怂恿催逼之下,决定要写一个普通的战士,一个年轻的通讯员。我觉得我认识这个人很久了,然而我却一直把他搁在一边,冷落了他。他年轻,质朴,羞涩。羞涩的原因是他的年轻。他还只刚刚开始生活,还没有涉足过爱情的幸福。他在什么情况下会怎么做,我都能推测想象。我当时主要想的就是这些。至于主题是什么,副主题又是什么,主要事件又是什么,我都没有考虑过。

我在确定小通讯员的性格,特点的同时,就出现了一个女性的"我",来串起整个故事。在写的过程中,又生出与小通讯员同乡一节,来补充写出他在家乡做老百姓时期的可爱形象,用中秋的一轮明月,来暗写他儿时的生活情景。当时,我就想得这么简单,干得也很利索,很快就写了出来,连抄带写大概用了一个星期。

现在回想起来,可庆幸的一点,是没有按着那一段真实生活来加以描红。而是在原来的生活感受基础上,重新捏出了一个人物,又根据这个人物的需要,再回头来看过去的生活素材,并改造、综合它们。

我拿来了原生活中与通讯员夜间竞走的一节,但我舍弃了夜间的景色,舍去了炮声的呼啸的紧张气氛;我拿来原生活中通讯员和我拉开距离的情节,但去掉了原因是出于军事行动的需要,代替以性格。这一段路程的同行,对于刻划通讯员的性格来说,是一段重要的过程。我需要走得从容,紧张的战斗还在后面呢。而且有些内容,即使在一个紧张的军事行动中,也无法表现。因此,我把它处理在总攻的前夕,一段平静的间隙时间里。使得"我"与通讯员是在完全正常的环境中同行,致使他和"我"拉开距离,更显得突出,也更能显出性格的矛盾,显出他怕女性的那种特定年龄。同时在这段路程中,要让"我"对通讯员建立起一种比同志、比同乡更为亲切的感情。但它又不是一见钟情的男女间的爱情。"我"带着类似手足之情,带着一种女同志特有的母性,来看待他,牵挂他。这个感情建立得越有说服力,那么,小通讯员这一人物在读者心目中也越具感染力。

总之,没有受原有生活素材的诱惑,而且不客气地把它们打碎,重新加以揉和,综合,创造出另一个似有似无,似生活中又非生活中的形象来,然后再根据这个人物形象的需要,再来选择改造原有素材,而未按真实生活去描红。这是我感到可庆幸的一点。

第二个感到可庆幸的,是当初把这个小通讯员,作为一个小战士,作为一个普通人来写的,一个年轻人,一个刚刚开始生活的人。我写的时候十分放松,毫无负担。写新娘子笑他,给他碰钉子;"我"又如何为难他,他又如何出了一头大汗等等。我写得很自如,一点也不怕会亵渎了英雄形象,会降低了英雄身份。反过来说,如果我当时要把通讯员作为一个英雄来写,或者是把那位英雄排长作为模特儿来写通讯员,那么,尽管英雄在生活中显得如何温和,温和得如何象个姑娘,也无法消除我心头的紧张,笔头的沉重。首先,我当然要考虑写他的英雄事迹,突出他在战场上,如何象个猛虎的一面。而他腼腆的一面,很可能成为一种谦逊的品德。新娘子也许不敢出现,出现了也不敢笑话他。英雄可以有暂时的失败(借不到被子),但是受到嘲笑却是有损形象的。"我"和英雄同行,则可能要不断发现他的优秀品质,成为唱颂歌、受教育的机会。这样写来,结果,这个人能否站立得起来还是一个问题,别说是英雄了。

说一句不该我来说的话,现在《百合花》里的通讯员,够不上英雄的高度,但如细细推敲一下他的为人和救了民工这一点,似乎评个二等功臣还是可以的。不过这一点我很没把握。比较有把握的是:文学上的感染力,是不大受人物功绩大小约束的。就如作品的伟大与渺小,不受作品里人物地位高低的影响一样。这话大致是不会错的。

第三个感到庆幸的是,在当时那种向左转,向左转,再向左转的形势下,我站在原地没有及时动,(后来也动的,怎敢不动!)原因绝对不是自己认识高明,而是出于年轻无知的一种麻木。在那种情况下,我麻里木足地爱上了要有一个新娘子的构思。为什么要新娘子,不要姑娘也不要大嫂子?现在我可以坦白交待,原因是我要写一个正处于爱情的幸福之旋涡中的美神,来反衬这个年轻的,尚未涉足爱情的小战士。当然,我还要那一条象征爱情与纯洁的新被子,这可不是姑娘家或大嫂子可以拿得出来的。

　　这位小通讯员的性格,能向纵深发展,还是在碰到新娘子以后。而且他碰到的,不是一个抽象的新娘子,是一位特殊情况下特殊性格的新娘子。如果换一个觉悟不高,或者脾气急躁的,干脆不借;或者换一个觉悟很高,性情爽朗者,就一口答应。这样一来,一切问题都没有了,性格上的矛盾也没有了,于是两个人物也就没有了。而他碰到的偏偏是这样一位新娘子,又偏偏只有一条新被子。这位新娘子在借不借被子问题上,不露声色地进行了一场内心斗争。当她悄悄改正自己的行为,把被子借出来的时候,又带出了一股顽皮相。假设不是在这么一个严重的战争环境里,又不是要动用她唯一的嫁妆,那她很可能会叫上一声同志弟,然后开一些使人难堪的玩笑。她会到处搜寻同志弟的脏衣服去洗,但又不影响她当众奚落同志弟的衣裳如何脏,补丁又打得如何笨拙等等。但是现在这样的环境,又向她提出了这样一个要求,她着实经过了一番思想斗争以后,肯了。当“我”和通讯员二次去她家时,她就有咬着嘴唇笑的心情了。她想到刚才这位同志弟给她说了多少好话,做了多少工作,自己却给他碰了个钉子。现在自己又借了,少不得又要累他受委曲。她感到自己捉弄了人。如果这时要她出来直白地道歉,一则无味,二则她也不是这样性格的人。她表现得比较含蓄,骨子里倒是更加亲切。她是真的觉得好笑。她忍了一肚子的笑料,不是不好意思的讪笑,而是一种顽皮的笑,亲切的笑。她笑这位同志弟倒霉,正碰上自己没一点思想准备,想不通的时候。但是倒霉就倒霉吧! 也是活该他晦气,谁让他来走这第一遭,开这第一炮的呢……

　　从这个思想脉络推下去,到最后她把新婚被子劈手夺来,盖上通讯员的遗体,这一动作就有了内心依据。在这一严重的、肃穆的时刻,才显露出她对这位同志弟的歉疚,表现了她对子弟兵的真认识,真水平,真感情。就在这个时候,也只有在这个时候,作品的意念,人物的命运,合拢了,完成了,能够打上一个句号了。一位刚刚开始生活的青年,当他献出一切的时候,他也得到了一切。洁白无瑕的爱,晶莹的泪。

　　作品写完以后就寄出去了,但不久就退了回来。在那个时候,难怪有些编辑部不敢用它,它实实在在是一篇没有爱情的爱情牧歌。当然,这些都是我现在的认识,当时要想得简单得多。也许想得太复杂了,就没有《百合花》了,说不定。

　　作品一旦写出,便是一个客观存在的东西,主要还是要听评论家的,我自己只是零零碎碎记述一下当时的情况罢了。

1980. 9. 15

1979 《爱,是不能忘记的》

王 绯

今天的人们很难相信:30 年前,没有谁故意制造热点,可是,万把字的短篇小说《爱,是不能忘记的》(以下简称《爱》),竟会搅起那么多的波澜,进而持久地牵动整个社会的敏感神经,打开无数人的话匣子,引出说不尽的话题……乃至后来,这小说的篇名成了让人不能忘记作者的标志,不仅伴着两鬓斑白的张洁走进了新世纪,还如成语般悄然演化成一个稳固并具有象征意义的经典公共话语,顺理成章地嵌入各色人等的字里行间,或者直接被人用来命名自家的新作,于是,又有了不同时却同名的小说,有了同名且意蕴截然不同的——如歌颂延安大爱的——散文。

爱,是不能忘记的。

如此的爱情,该是一个感天地、泣鬼神的故事吧?

当年的一位评论者这样写道:《爱》就像它的主人公钟雨一样,笼罩着一种"淡淡的,忧郁的神情";作品里的女儿珊珊对她母亲的铭心刻骨的爱情评价是:"这要不是大悲剧就是大笑话"。在我看来,既是大悲剧,也是大笑话。你看他们已经到了垂暮之年,爱情却那么强烈,她为了看一眼他乘坐的小车以及从车子后窗里看一眼他的后脑勺,煞费苦心地计算过他上下班经过那条马路的时间;他送她的那套契诃夫小说选集,就是她精神的寄托,以致使女儿怀疑她是否爱上了契诃夫;她会不管气候怎样恶劣,总要到他们曾经散过步的那条柏油小路慢慢地踱来踱去,"和他的灵魂相会"。他为了看她一眼,天天从小车的小窗里瞧着

题解 本文选自杨匡汉、杨早主编的《六十年与六十部:共和国文学档案》(生活·读书·新知三联书店 2009 年版)。文章对张洁的短篇小说《爱,是不能忘记的》在当年问世时产生的强烈社会反响和争议进行了回顾和评述,指出在这场争论中无论人们的评价观点有多大差异,在对马克思、恩格斯著名论断的理解与遵从上绝无异议,对没有爱情之婚姻是不道德的认同/认可十分相似,只是衡量爱情和道德的标准各有不同。《爱,是不能忘记的》是新时期中国女性文学发展里程中不能忽略的标识,女性文学批评者发现了它当年不曾被看到的好处,也看到了它曾经被肯定的缺失。2018 年,《爱,是不能忘记的》入选"中国改革开放四十周年最有影响力小说"。

马路上流水一样的自行车辆,担心着她的自行车会不会出车祸;他会费尽心机走到她家附近,为的是从她家大院门口经过一趟;他再忙也忘不了翻各种报刊,为的是看一看有没有她的作品。他们爱得那么深,然而甚至不能说一声"我爱你",因为他有自己的家,他们是"患难夫妻","生活得和睦、融洽",不能因为她的爱而去伤害"另一个人的快乐";因为必须"遵从着法律和道义来承担彼此的责任和义务",只得为这"不能摆脱的镣铐"而受苦终身,只有到了"天国"里,才能永远在一起,"再也不必怕影响另一个人的生活而割舍我们自己"。这不是大悲剧么?悲剧的原因,在于爱情和婚姻的分离,在于婚姻受到法律和道义的制约,真正的爱情就只有到"天国"里去寻找了。这一对白发老人的爱情也确有难以索解之处,他们爱得那么真挚,然而两人相处的时间,一生加起来也不足二十四时,甚至"连手也没有握过一次! 更不要说到其他",这种高尚的精神恋爱者的"精神",是很难有切实的体会的;他们毕竟是白发者了,年华不饶人,然而他们那种表达爱情的方式、一片痴情的动荡,恰恰都像初恋中的少男少女,有点不那么真实了;他们都是久经考验的老革命和干部,生活内容应该是丰富多彩的,而且有着较高思想、道德的修养,精神世界应该是广阔的,怎么可能满心贮着的只有爱情的痛苦,而且明明知道这种爱情是与"法律和道义"相抵触的而又偏要折磨自己呢? 他们都是唯物主义者,却"希冀着天国",把希望寄托在虚无之中,像个虔诚的宗教徒,这只有徒然增加现实人生的痛苦。这又岂不是个"大笑话"么?(刘景清《她还缺少些什么——也评张洁的创作》,《当代文学》1982年第 1 期)这些文字,表露了上世纪 80 年代初——即改革开放/思想解放之初,相当一部分老实本分的国人/百姓对爱情婚姻讲求实际的态度;看到悲剧也好,看成笑话也好,一切都与"小布"/"小资"追求的罗曼蒂克无关,更与日后在全国上下膨胀的婚外情欲,以及专门指涉"二奶"/"傍家儿"、"小蜜"/"小三儿"的地下明火或地上暗火无关。

张洁是富有诗情画意的人,在小说/散文之外涂抹出了许多精美的风景油画,足以办个画展。可是,在私人生活和创作中,爱情于她几乎既无诗情也无浪漫,如伊所言:"从《爱,是不能忘记的》以后,我再也写不出一部爱情小说。如果小说里的人物需要写一封情书,我得想半天。我的作品里爱情故事不太多。"(赵为民《和美国回来的张洁聊天》,《海上文坛》1997 年第 6 期)那么,她偏要挤牙膏似地挤干自己今世+前世的柔肠,直挤到"真是一点儿柔情也挤不出来了"(张辛欣《撕碎,撕碎,撕碎了是拼接》,《中国作家》1986 年第 2 期)去叙写一场婚外的黄昏恋,这是为什么呢? 追究起来,此中固然有某种个人经历/经验表达的需要,但更大的驱力是当年英雄式的知识分子推动社会历史进步的自觉与责任——那时候,张洁像许多在新时期文坛冲锋陷阵的作家一样,为自己挑选了思想启蒙者的位置,站在思想解放运动的前列,与时代达成了社会精英的默契,因而多次强调《爱》是一篇探索社会问题的小说,是自己学习马克思、恩格斯著作后试图用文学形式写的读书笔记,她说:

> 即便是在我们这个社会里,人们在感情生活上也是有缺陷的。为什么不承认这个缺陷呢?恩格斯曾经说过:"只有以爱情为基础的婚姻才是合乎道德的。"在我们的生活中,真正以爱情为基础的婚姻有多少呢?而权衡利害的婚姻却随处可见。在《家庭、私有制和国家的起源》这部书中,恩格斯断言:在消灭了资本主义生产和它所造成的财产关系,从而把婚姻中一切经济考虑消除后,建立在真正的爱情基础上的婚姻正是最牢靠的婚姻。这篇小说,就是想用文艺形式表达出我读恩格斯著作——《家庭、私有制和国家的起源》一书的体会。(孙五三《一个普通的人——记女作家张洁同志》,《青春》1980年第7期)

那是一个在许多方面尚处于僵滞状态却开始激情燃烧的时代,或许因为有马克思、恩格斯的照耀,让很多人以为可以大胆地向前走;或许因为焦渴万分的中国太需要雨露滋补,对爱情婚姻的敏感及对文学的关注度超乎寻常;或许因为刚刚在文化禁锢中松绑的男女老少,终于从《爱》里辨认出久违的爱情模样;或许因为张洁真的像个"女巫"(张辛欣)——她骑着大扫帚,一下子就飞进荒芜的社会心灵,叩响了无数人锁闭在内心最隐秘最柔软/脆弱角落的一扇扇小门……无论有多少个"或许"和"因为",都不能不承认,《爱》问世后所激起的强烈社会反响,不啻新时期文学的一个奇迹。

最早力挺《爱》的研究/评论者,大都是现如今公认的德高望重的文学前贤。黄秋耘1980年1月在《文艺报》上发表了《关于张洁作品的断想》,指出:《爱》所写的是人类在感情生活上一种难以弥补的缺陷,作者企图探讨和提出的,并不是什么恋爱观的问题,而是社会学的问题,希望读者认真思索一下为什么"我们的道德、法律、舆论、社会风习""加于我们身上和心灵上的精神枷锁是那么多";谢冕、陈素琰夫妇在1980年第2期的《北京文艺》上撰文,谈到《爱》鞭挞无爱的婚姻,批判交换和买卖的婚姻,在作家的思考还不十分活跃自由——"我们还有许许多多的忌讳,我们还有无穷无尽的忧虑,我们还有着太多的左顾右盼"的国情下,这篇小说在"题材与主题上"作了一番"认真的冲撞"(《在新的生活中思考——评张洁的创作》);唐挚(唐达成)在《文汇增刊》1980年第2期上发表的《读小说〈爱,是不能忘记的〉随感》,发出《爱》是"纯真爱情的呼唤"的盛赞,充分肯定了女主人公"摆脱镌刻着私有制度烙印的一切习惯、情感、规范和传统"的渴求。随着热评热议的涌出,针锋相对的不同意见也不断涌现,形成十分热闹的争鸣局面。此情此景,从当年的权威/主流媒体《文艺报》《关于〈爱,是不能忘记的〉》的"来稿综述"(1980年8月号),可见一斑:

> 张洁的小说……发表后,在读者和评论界引起了热烈的反响和争论。本刊今年一月号发表了黄秋耘的《关于张洁作品的断想》,其中涉及到对《爱》的评价;继之,本刊五月号又发表了李希凡与黄秋耘商榷的文章《倘若真有所谓天国……》和晓立评论张洁作品的文章《深刻细致,但也要宽阔》。《光明日报》也先后发表了盛英、肖林、戴晴等人的文章。围绕着这篇小说的一场争鸣,便热烈地展开了。

> 近来,本刊收到了很多来稿,对这篇小说和上述文章发表了各种意见,涉及的问题比较广泛。但总起来看,少量来稿赞同李希凡、肖林的意见,绝大多数来稿是与这两位作者商榷的。来稿主要围绕着对小说的思想倾向和格调的评价展开争论,具体争论的是怎样评价老干部和钟雨的形象,他们的爱情是否合乎道德,产生他们的爱情悲剧的根源究竟何在等问题。

> 关于《爱》的讨论是一次很有意义的争鸣。它涉及的问题已经远远超出了小说本身,而成了关于爱情、道德等社会学问题的探讨。更难得的是,参加争鸣的同志都能本着同志式的平等待人的态度和实事求是的精神。

《文艺报》的这篇文章,是《爱》发表后九个月间的"来稿综述",表明当年读者反应批评的跟进速度之快,参与人数之多,涉及话题之广,讨论问题之深。如果说,《文艺报》作为文艺批评的重镇赢得此局面并不为奇的话,那么,其他主流、非主流及文学、非文学媒体的情况足可证明这个奇迹:1980年7月2日,《光明日报》刊发曾镇南《爱的美感为什么幻灭——也谈〈爱,是不能忘记的〉》的"编后"说:张洁的《爱》发表以来,"引起广大读者的兴趣和争论。本刊不久前发表了肖林和戴晴同志的两篇持不同意见的评论文章,着重从小说男女主人公的爱情的道德性上评价作品的意义。现在,再选发两篇从文学角度——艺术形象的真实性和美感作用与作品的主题和主题表现上评论小说的文章。自从展开讨论以来,本刊陆续收到不少来信、来稿,对读者的支持,我们深表感谢";《北京文艺》仅1980年就刊登了多篇关于《爱》的评论/争论长文,如李贵仁的《她捧出的是两颗纯洁的心——谈怎样理解〈爱,是不能忘记的〉》(1980年第2期)、石天河的《理想的感情和革命的道德》(1980年第9期);还有《当代文学》,1982年第1期上就发表了三篇有关《爱》的论文;此外,1980—1985年间,不计《读书》、《求是学刊》等重量级大刊、学刊,地方性的杂志如《江淮文艺》、《福建文学》、《四川文学》、《工人创作》、《红岩》(重庆)、《湘潭大学学报》、《浙江师范学院学报》、《徐州师范学院学报》、《衡阳师专学报》、《克山师专学报》等,都不失时机地参与了有关《爱》的评论/争论,推出了一批颇有见地的文章。

除了直接与公共/公开媒体对话外,活跃于民间或私下的读者反应批评,也见证了《爱》所带来的奇迹。比如,一位当年采访张洁的作者谈道:有人对我说,"张洁害了一批人"。他的意思是说,张洁的作品《爱,是不能忘记的》在社会上产生很大影响,使很大一批已准备草草成就的婚姻破裂了。也有人说,"张洁救了一批人"。他们的意思是说,这篇小说使那些青年人能够严肃地认识婚姻问题,也使很多人从那种权衡利害的婚姻中跳出来,重新寻找真正的爱情。在张洁那里,我也看到积压的各种各样的读者来信,有感激的,有求教的,也有咒骂的,甚至还有匿名信。(孙五三:《一个普通的人——记女作家张洁同志》)再有,何满子、耿庸分别写于1980年4月5日和1980年9月8—9日的《关于张洁〈爱,是不能忘记的〉的通信》,1985年1月在《女作家》发表时附"前记"说:"时隔四年之久,将我们两人私下议论张洁《爱,是不能忘记的》这篇小说的两通陈旧的函件公之于世,不是想附庸现时一些作家鱼来雁往,叙交论文、谈笑风生的风雅"——原来,二位对《爱》的私下大讨论,是有感于"几种有影响的报刊上登出了几位评论家的批评文字,大抵是从小说的社会效果来立论的",而他们认为"不触及小说所反映的社会关系中的时代生活的内容,以及作家张洁如何以她特有的艺术性格感受生活并做出她自己的反应,道德观点便只是道德观点";没想到的是,私下里的讨论形成了文字后投寄给公开媒体,竟遭遇多次退稿——而这曾被退稿的通信,不过是"两人意见的一小部分",他们"私下有六七封关于这篇小说的书信往来,似乎也和评论家意见是相左的"。

实际上,在这场争论中,无论人们评价《爱》的个人观点有多大差异,在对马克思、恩格斯著名论断的理解与遵从上绝无异议,这意味着,所有论者都站在了同一起跑线上,大家对没有爱情之婚姻是不道德的认同/认可十分相似——没啥大不同,只是人人衡量爱情和道德的标准或埋在骨子里的尺度,各有各的不同。

所以,李希凡、肖林为代表的一方同样以为"不应否认在今天的社会生活中,在我国已基本消灭私有制的条件下,由于经济尚不发达,由于物质生活的种种限制,也由于旧意识的深远影响,恩格斯所预言的那种最符合道德的婚姻——以爱情为基础的婚姻还没有完全实现"(肖林)。区别在于,李、肖一派看《爱》中老干部和妻子的婚姻,不觉着二位生活在无爱之中——"几十年来,他和她既然生活得那么和睦、融洽,能说相互没有爱情吗?"(李希凡)再说了,"几十年同舟共济的亲密生活,也足以产生亲密的感情了"(肖林),因而才认为这老男人与钟雨的爱情关系是不道德的,是渺小可鄙的;同此立场,讨伐之声也升级到了认定《爱》宣扬男人背弃妻子另觅新欢,女人企图占有有妇之夫,这种爱是应该忘记的。肯定《爱》的众多论者呢,更喜欢钻到作品的字缝里,通过扩展理论依据的范围,生发出各式各样的道德辩护及阐释,或大力赞颂老干部的自我克制、自我牺牲,把快乐给予别人,痛苦留与自己的高尚情操和道德;或将男女主人公视作社会道德的楷模;或提升到共产主义道德的渴求与呼唤。当然,也有力主不折腾的和谐之论者,说:"我认为没有爱情的婚姻是不道德的,但我并不提倡现在没有爱情的夫妇都去离婚(倒是要劝这样的夫妇学习喜旺、李双双'先结婚,后恋爱',建立团结和睦的家庭)。"(秦吉了《有甚于画眉者》,《文艺报》1980年8月)

30年过后回头看,惊觉社会已进入西方学者说的"大叙事崩溃"的时代,昔日结伴于"启蒙叙事"的知识英雄一个个散去——当刘震云《手机》里那个猥琐男严守一,让《爱》的故事不仅着实变成了大笑话,还变成了大傻帽儿,笔者终于明白了维护知识分子现代性自律主体立场的西人,为什么说这个现代型自律/他律的理性主体被"消解"了,成了零度主体。如此,我们还有必要再去追评关于《爱》的那场争论是对还是错?还有必要较真分辨孰优孰劣么?

因为:无论当年的参与者/发言者持有怎样的立场,发出怎样的声响,都已不再那么重要——重要的是,这些曾经作为现代型自律/他律的理性主体,这些知识英雄,共同留下了一个纯粹的姿态,一个执著的手势。这就够了。

如果要记住《爱》,首先应记住的是这个姿势,这个手势。

至于《爱》,在长达数年的争论平息了之后,可谓"已无风雨也无晴"。它被网进了女性的批评视野,随着女性文学批评/研究的崛起和发展,被各路女豪杰更加理性地重新打量,她们发现了它不曾被看到的好处,也看到了它曾经被肯定的缺失。时至今日,几乎所有的女性论者都会一如既往地抓住它不松手,把它视为探究张洁女性意识的重要起点,或者作为女性文学里程中不能忽略的标识。除了硬着头皮撰写正宗文学史的人,至今都不能忘记《爱》的,恐怕大多是女人。

至于张洁,在《爱》之后开始渐变并转型,她不再"人已被撕碎,梦却没破",不再人已到中年"还在像一个小女孩儿一样,眼巴巴地期待着人世从来没有肯真正地、平稳地降临给她的一点点可靠的温存"。(张辛欣)她转向了人性之恶、人性之弱的探源,变得老辣尖酸又刻薄,女狂人般跳将起来恶狠狠地咒诅,或者阴阳怪气地嘲讽;再后来,似乎又回到"原点",经过一番炼狱似的大反省,陷入大绝望,大悲哀。

舒婷：呼唤女性诗歌的春天

吴思敬

虽然也曾流星般划过几位灿烂的女诗人的名字，但漫长的中国诗歌史似乎是男人的世界。古代且不必说，甚至到了"五·四"以后，新诗出现了，男人主宰诗坛的情况也未有根本的改观。这种局面一直延续到新时期到来之前。1979年到1980年之交，舒婷的出现，像一只燕子，预示着女性诗歌春天的到来。

由于女性的生理心理特征和多年来在以男性为中心的社会中形成的女性角色意识，女性诗歌有着有不同于男性诗歌的独特风貌。男性诗人一般情况下不存在对性别的特殊强调。但女性诗人则不然，在男性中心的社会中，女性对自己的地位、处境、生存方式等最为敏感，因而女性诗歌在新时期首先以女性意识的强化的面貌而出现是很自然的。作为一位真诚而本色的女诗人，舒婷自然而然地显示了女性立场，她的诗歌也渗透着一种鲜明的女性意识。

爱情是女性诗人着力开发的一个领域。舒婷也不例外。《赠》中有这样的句子："你没有觉察到／我在你身边的步子／放得多么慢／如果你是火／我愿是炭／想这样安慰你／然而我不敢。""你没有问问／走过你的窗下时／每夜我怎么想／如果你是树／我就是土壤／想这样提醒你／然而我不敢。"这里体现了一种对人的深切理解和关切，其欲说还休，委婉细腻的表情方式全然是女性的。再如《无题》中的句子："'你怕吗？'／我默默转动你胸前的纽扣。／是的，我怕。／但我不告诉你为什么。""'你快乐吗？'／我仰起脸，星星向我蜂拥。／是的，快乐。／但我不告诉你为什么。""'你在爱着。'／我悄悄叹气。／是的，爱着。／但我不告诉你他是谁。"这首诗所表达的就是爱，而这种爱的表情方式偏偏是"我不告诉你"。在诗

题解　本文原载《文艺争鸣》2000年第1期。作者高度评价了诗人舒婷新时期的诗歌创作，认为1979年到1980年之交舒婷的出现，像一只燕子，预示着女性诗歌春天的到来，其诗作渗透着一种鲜明的女性意识，名篇《致橡树》《神女峰》和《惠安女子》对新时期的女性诗歌造成了开拓性的影响。《致橡树》集中体现了舒婷的爱情观，可视作新时期女性人格独立的宣言；《神女峰》则是对要求女性从一而终的封建节烈观的背叛，对传统女性观念的批判；《惠安女子》体现了对中国当代女性命运的深切关怀。舒婷的出现，带来了新时期女性写作的勃兴，在新时期女性文学的发展史上留下了宝贵的脚印。

中,"我不告诉你"成了反复出现的主旋律,抒情主人公的情感深沉、委婉而又略显调皮。"我不告诉你"的表情方式,使诗歌显得朦胧。不过,创作与欣赏是情感的交流,最终还是要告诉的。诗意不是已清楚地暗示出,"他是谁"中的"他"正是诗中的"你"吗?"不告诉",也正是达到更好地"告诉"的一种手段,这体现了舒婷对艺术辩证法的娴熟把握。

《赠》与《无题》充分显示了舒婷诗歌的女性风格。而真正对新时期女性诗歌造成开拓性影响的,当属她的名篇《致橡树》、《神女峰》和《惠安女子》。

在长期的封建社会中,女人被封建的纲常礼教压在最底层,女性的独立人格被极大地扭曲,形成了对男人的根深蒂固的依附心理:相夫教子成为女人的生活内容,夫唱妇随成为女人的生活准则,夫荣妻贵成为女人的生活理想。这种心理即使到了现代社会也仍然有强大的市场。正是在这样的背景下,舒婷发出了振聋发聩的呼唤:

> 我如果爱你——
> 绝不像攀援的凌霄花,
> 借你的高枝炫耀自己;
> 我如果爱你——
> 绝不学痴情的鸟儿,
> 为绿荫重复单纯的歌曲;
> …………
> 我必须是你近旁的一株木棉,
> 做为树的形象和你站在一起。

这首诗集中体现了舒婷的爱情观,也可视作新时期女性人格独立的宣言。诗人用"攀援的凌霄花"和"痴情的鸟儿"来比喻那些缺乏独立人格的女性,对那些利用爱情来抬高自己的身份和甘做丈夫应声虫的做法持坚决的否定态度。在诗人的心目中,真正的爱情应该是:"我必须是你近旁的一株木棉,/作为树的形象和你站在一起。"也就是说,男女双方各自保持自己人格的独立,互相尊重,互相扶持,女性不再是陪衬,不再是附属,而是首先以一个独立的人的身份出现。这无疑体现了女性意识在新时期的觉醒与张扬。

如果说《致橡树》是女性独立人格的骄傲宣言,那么《神女峰》则是对要求女性从一而终的封建节烈观的背叛:

美丽的梦留下美丽的忧伤

人间天上,代代相传

但是,心

真能变成石头吗

为眺望远天的杳鹤

错过无数次春江月明

沿着江岸

金光菊和女贞子的洪流

正煽动新的背叛

　　与其在悬崖上展览千年

　　不如在爱人肩头痛哭一晚

　　神女峰坐落于长江巫峡,一向被历代文人作为女性坚贞的化身而礼赞。但是在舒婷以前,却从未有人从女性生命的角度揭示过这一神话的悲剧性质。诗人航行在巫峡,面对千百年来被人赞颂的神女峰,想起了那代代相传的美丽传说,她发出了深刻的怀疑:"心真能变成石头吗?"在诗人看来,化为石头的神女,错过了"无数次春江月明",为前人赞扬的磐石般的坚贞,不过是"美丽的梦留下美丽的忧伤"。强加在神女峰上的是陈腐的封建道德。实际上,神女峰正是男权社会塑造出来的女性偶像。诗人为神女逝去的青春而无限惋惜。对传统文化中对神女守贞的礼赞,表示不能认同,因而借助江岸"金光菊和女贞子的洪流"而"煽动新的背叛":"与其在悬崖上展览千年/不如在爱人肩头痛哭一晚",这是新时期的女性发出基于生命本真的呼唤。在悬崖上展览千年,虽然可作为封建礼教与男权的祭品而为人礼赞,却永远不可能享受到生命的欢乐。在一个活生生的女性看来,做一个享有真实的生命体验的人,远比做一具受人礼赞的石头偶像要好。舒婷在后来写的一篇散文《女祠的阴影》中进一步发挥了在《神女峰》中显示的批判精神:"去年在安徽歙县牌坊群,参观全国唯一的女性祠堂。里面供奉的无非是贞女节妇,是《烈女传》的注释与续篇罢。……从'五·四'反封建至今,八十年过去了。我们对女性的奉献、牺牲、大义大仁大勇精神除了赞美褒扬之外,是否常常记住还要替她们惋惜、愤怒,并且援助鼓励她们寻找自我的同时,也发扬一下男性自己的民主意识和奉献牺牲精神? 我不是个女权主义者,在我的事业与女人职责中,我根据自己的天性与生活准则比较侧重家庭,我清清楚楚我得到什么,失去什么。我可以损失时间,错过一些机会,在情绪与心境中遭到一些困难。但我不放弃作为一个女人的独立和自尊。"① 对照舒婷的自述，就更不难理解《神女峰》作为女性诗歌文本的价值了。在这首诗中，宣扬礼教的古老神话被解构，洋溢着青春气息的女性生命变得鲜活，在对传统女性观念的叛逆和唾弃中，现代女性意识得以充分的张扬。

舒婷对女性意识的张扬是全方位的。如果说《致橡树》是女性人格独立的宣言，《神女峰》是对传统女性观念的批判，那么《惠安女子》则体现了对中国当代女性命运的深切关怀。在这首诗中，诗人用富有立体感的语言，为惠安女子塑造了一座雕像：

> 野火在远方,远方
> 在你的琥珀色的眼睛里
>
> 以古老部落的银饰
> 约束柔软的腰肢
> 幸福虽不可预期,但少女的梦
> 蒲公英一般徐徐落在海面上
> 呵,浪花无边无际
>
> 天生不爱倾诉苦难
> 并非苦难已经永远绝迹
> 当洞箫和琵琶在晚照中
> 唤醒普遍的忧伤
> 你把头巾一角轻轻咬在嘴里
>
> 这样优美地站在海天之间
> 令人忽略了:你的裸足
> 所踩过的碱滩和礁石
> 于是,在封面和插图中
> 你成为风景,成为传奇

---

① 舒婷:《女祠的阴影》,见《舒婷文集·3》,江苏文艺出版社1997年版,第85—86页。

"琥珀色的眼睛"里燃烧着火一般的期待,"柔软的腰肢"束着古老部落的银饰,"把头巾一角轻轻咬在嘴里"的习惯动作,裸足踩在海天之间的碱滩和礁石上——诗人给惠安女子塑出了一座美丽的雕像。固然这一女子的雕像熠熠生辉,在当代诗歌作品中已不常见,但塑造这一雕像还不是诗人所要达到的目的。诗人要人们关切的是惠安女子的命运:"在封面和插图中/你成为风景,成为传奇。"风景雅致美妙,传奇委婉动人,可惜这只是局外人看到的表象。惠安女子裸足踩过的碱滩和礁石,却令人遗憾地被忽略了。至于惠安女子不愿向人倾诉的苦难和忧伤,就更不会为那些专门欣赏封面和插图的男性所知了。诗人在另一首诗《碧潭水——惠安到崇武公路所见》中,写过这样的场面:"两位黄花斗笠少女/被请去拍彩照/说是为一家旅游杂志/关于要不要擦去颊上的泪痕/他们争论了很久很认真。"由此可以看出,惠安女子,这美丽的外表与深邃的内心巧妙地结合在一起的鲜活的精灵,她们的命运最终成为供男人欣赏的封面和插图中的一道美妙风景,这充分显示了在现代的商业社会,女性真实生命的要求理解与男性的猎奇心理所构成的巨大的反差。数年以后,舒婷在一篇题为《惠安男子》的散文中发出了这样的呼唤:但愿"千百人将猎奇的目光从杂志封面、摄影展览收回……从惠安妇女腕上银镯的叮当声里,倾听被咸涩的海风和潮音所掩盖的年代悠久的颤栗和微语"[1]。可见,舒婷对现代商业社会中女性的命运是始终不渝地予以关切的。

1981年秋天,舒婷创作了长诗《会唱歌的鸢尾花》,深刻揭示了自己作为一个女人,又作为一位诗人,内心存在的种种深刻的矛盾。如果说,在此之前的多数诗作显示了舒婷诗歌的浪漫主义的基调,那么《会唱歌的鸢尾花》则体现了诗人向现代主义的某种转化。长诗的一开始,便可看出诗人的身份已发生了微妙的变化。写《致橡树》等诗的时候,诗中的抒情主人公是爱情的寻求者,她一方面宣称不做攀援的凌霄花,而做与橡树并立的木棉,另一方面,她也在寻找自己的橡树。而到了《会唱歌的鸢尾花》,诗人显然已寻到了自己的橡树,她渴望的爱情已经实现:"在你的胸前/我已变成会唱歌的鸢尾花。"但是,诗人并未沉醉到这种业已实现的爱情中而不能自拔,而是体悟到,爱情在女性生活中虽然占有重要地位,却不是唯一的内容。在诗中,爱与欲,构成诗人情绪流涌动的浪花,理想与使命感则构成诗歌的精神底蕴:"我情感的三角梅啊/你宁可生生灭灭/回到你风风雨雨的山坡/不要在花瓶上摇曳","我天性中的野天鹅啊/你即使负着

---

① 舒婷:《惠安男子》,见《舒婷文集·2》,江苏文艺出版社1997年版,第273页。

枪伤/也要横越无遮拦的冬天/不要留恋带栏杆的春色"。诗人珍惜爱情,但又清醒地意识到她不仅仅属于爱人:"我的名字和我的信念/已同时进入跑道/代表民族的某个单项纪录/我没有权利休息/生命的冲刺/没有终点,只有速度。"舒婷的《祖国啊,我亲爱的祖国》、《风暴过去之后》等作品在浪漫主义的抒情话语中融有丰富的社会性内涵,可称之为"一代人"的心声。到了《会唱歌的鸢尾花》,我们明显地看到舒婷一方面在诗歌中强化了个人经验,另一方面还在努力把个人经验提升到一代人的人生追求上来。诗人在诗歌中展示了爱情与事业、欲望与信念、个人与环境的矛盾以及由此引起的忧伤与痛苦。正是舒婷诗歌中的这种深刻的自我矛盾,以及散点透视的结构和幻梦的引入,使这首诗显示出诗人由浪漫主义向现代主义转化的某种趋向。

《会唱歌的鸢尾花》写出后,诗人想辍笔一段时间,不想这一停就是三年。经过三年的沉默,诗人再度拿起诗笔,其创作的路数又有了新的变化。诗人在此时写的一篇散文《以忧伤的明亮透彻沉默》中说:"如果可能,我确实想做个贤妻良母。……无论在感情上、生活中我都是一个普通女人,我从未想到要当什么作家、诗人,任何最轻量级桂冠对我简单而又简单的思想都过于沉重。我不愿做盆花,做标本,做珍禽异兽,不愿在'悬崖上展览千年'。"① 这表明经过这段时间的思考,诗人已把自己定位成一个普通的女性,因而这阶段所写的,也主要是基于个人人生经验的内容。这一特点在她的第三本个人诗集《始祖鸟》中有鲜明的体现。如果说舒婷的早期作品主要表现了对爱、对人性、对人道的关切,那么到了 80 年代中期以后,除去上述内容外,更突出地表现了对人的生存状态的关切。早期的强烈的社会性、使命感和伦理色彩有所淡化,而基于女性生命本体的体验有所加强。像这首《女朋友的双人房》所描写的:"孩子的眼泪是珍珠的锁链/丈夫的脸色是星云图/家是一个可以挂长途电话的号码/无论心里怎样空旷寂寞/女人的日子总是忙忙碌碌","我们就是心甘情愿的女奴/孩子是怀中的花束/丈夫是暖和舒适的旧衣服/家是炊具、棒针、拖把/和四堵挡风的墙/家是感情的银行/有时投入有时支出"。诗人写的是琐屑的、平凡的人生经验,但不是自然主义的冷漠的展览,而是渗透着一位成熟女性对生命的感悟。尽管这是"立秋年华"的心态,不同于早期的纤细、婉约、忧伤,但是在真诚地展示自己内心的律动上,前后期倒是完全一致的。

在中国新时期女性文学的发展史上,舒婷已留下了宝贵的脚印。一般说来,

---

① 舒婷:《以忧伤的明亮透彻沉默》,见《舒婷文集·2》,江苏文艺出版社 1997 年版,第 225 页。

男性诗人对自己的性别角色远不如女性诗人敏感,男性诗人,尤其是其中的佼佼者,他们写起诗来很自然地是着眼于包括女性在内的整个人类。真正成熟的女性诗人亦应如此,她们应该有鲜明的女性角色意识,但又要超越这种意识。只有当她们也像伟大的男性那样,不仅是着眼于性别,而且是着眼于全人类而讲话的时候,她们才取得了真正意义上与男性诗人平等对话的资格,才在写作上获得了真正意义上的女性解放。换句话说,真正女性诗歌所提供的都应是女性自身的和人类的双重信息,女性诗歌既是女性的,更是全人类的。可以毫不犹豫地说,舒婷的优秀诗篇是做到了这点的。

舒婷的出现,带来了新时期女性写作的勃兴。自此,东西南北中,女性诗人不断涌现,她们摆脱了男性中心的话语模式,以性别意识鲜明的写作,传达了女性觉醒以及对妇女解放的呼唤与期待,引起了阵阵的喧哗与骚动,成为新时期诗坛的重要景观。

张洁论

——蘸着胆汁写出的情感历路

李　琳

在当代女作家中,毋庸置疑,张洁是较早,而且是不离不弃地始终站在女性立场上言说的作家。从《爱,是不能忘记的》开始,到《方舟》、《祖母绿》、《红蘑菇》、《她吸的是带薄荷味儿的烟》、《无字》,张洁接连投笔于婚恋题材,在对人物,尤其是对女性人物在婚恋生活中的地位、命运、气质、追求、痛苦、烦恼以及糊涂的描写中,展现她们的爱,表达她们的恨;抒发她们的快乐,诉说她们的不幸;记录她们的忍耐,刻写她们的反抗。张洁的婚恋小说最为突出的特性,就是她能够从女性意识,特别是从自己独有的情感经验和内心体验出发,在深入审视自己的同时,审视女性的生存状况,发现两性情感生活中的磕磕绊绊,艰难蹒跚,追问爱情、追问婚姻的意义,探寻爱情与婚姻的关系,解析女人和男人对情感理解的差异。这种用生命经验式的写作,使得她一次又一次地将自己人生经历翻出来重新晾晒,反省,其撕扯的痛苦是旁人无法想象的,张洁在散文《我的船》中真真切切地说出了自己几十年的写作情态,"把自己的心掏出来在磨盘里磨,把自己的胆汁吐出来蘸着去写"[①]。而正是这一遍又一遍的煎熬、研磨,使得她逐渐摆脱了模糊混沌,对两性关系的认识日渐分明,情思的清醒在她的作品中也渐次得到了明晰的外现。

题解　本文原载《文艺争鸣》2007 年第 6 期。作者认为,在当代女作家中,张洁是较早且始终站在女性立场上言说的,其婚恋小说最为突出的特点是能够从女性意识,特别是从自己独有的情感经验和内心体验出发,在深入审视自己的同时审视女性的生存状况。对爱情的探问是张洁小说的核心主题,但几十年的追寻让她对两性关系的认识日渐分明,越来越远离了爱情。其成名作《爱,是不能忘记的》赞赏主人公钟雨为爱情而献身;在《祖母绿》中,爱,已不再是女人一生中的唯一;在《无字》中,诗性爱情消失得无影无踪,否定了作者先前追求的神性爱情。文章从三个方面对张洁独特的女性创作道路、情感轨迹进行了论述。
[①] 《我的船》,选自《张洁文集》第三卷,作家出版社 1998 年 3 月版,第 318 页。

一、爱情：追崇神性到怒写卑俗

对爱情的探问，是张洁小说的核心主题。然而，细读她的作品会发现，几十年的追寻，其结果是让张洁越来越远离了爱情。

谁也不会忘记，在《爱，是不能忘记的》中，张洁对钟雨为爱情献身大加赞赏。作品通过钟雨女儿珊珊对年轻、高大、粗犷、英俊求婚者的情感怀疑，引出了母亲被老干部成熟睿智吸引产生的强烈精神爱恋，"他那成熟而坚定的政治头脑，他在动荡的革命年代的出生入死的经历，他活跃的思维，工作的魄力，文学艺术的素养"像一个巨大的磁场，吸附着钟雨的爱慕、崇拜，"二十多年啦，那个人占有着她全部的情感"，为了这个男人，她的心里任什么情感、什么东西都装不进去。从母亲对老干部至真至诚的感情里，珊珊确信世界上有一种能够冲破时空和距离的强大的力量，她把它称作是爱情。她相信，"不管他们变成什么，他们仍然在相爱。尽管没有什么人间的法律和道义把他们拴在一起，尽管他们连一次手也没有握过，他们却完完全全地占有着对方。那是什么也不能分离的。哪怕千百年过去，只要有一朵白云追逐着另一朵白云，一棵青草傍依着另一棵青草，一层浪花拍着另一层浪花，一阵清风紧跟着另一阵清风，我相信，那一定是他们"。当然，这种对浪漫的爱的渴望，与传统文化常态下关于男女情感的表述迥然不同。中国传统的男女情爱是以实用主义为基础的，它注重的是男女在婚姻关系中的道德义务、生活责任，而两性的情感契合被完全丢在一个不为人知的角落。张洁的爱情观与之最大的不同，是以男女感情的融洽契合为标准，认同婚姻之外男人与女人的爱情存在，追求男女占有对方心灵的充实体验。而生活责任和道德义务，包括性体验的感官幸福反在其次。

相信生活中有爱情，是钟雨的追求，也是张洁当时的理想。为此，钟雨是那样的执著，把自己的大半生几乎全部献给了这份爱。为了看一眼老干部"乘的那辆小车，以及从汽车的后窗里看一眼他的后脑勺，她怎样煞费苦心地计算过他上班下班可能经过那条马路的时间"。除此之外，就是她那本"爱，是不能忘记的"笔记本，记录了那份遥想呼唤的苦苦爱恋。临终的钟雨还谆谆地告诫女儿："要是你吃不准自己究竟要的是什么，我看你就是独身下去，也比糊里糊涂地嫁出去要好得多。"①

---

① 此段的引言全部选自《爱，是不能忘记的》，《中国当代作家选集丛书·张洁》，人民文学出版社1993年5月版。

这里等待也好,独身也好,都是对钟雨纯精神化的思恋的肯定。这种肯定挑战的是非人性"从一而终",挑战的是传统的婚姻常态和情感定位,让人情感真实的一面从心里不可言说的角落终于浮现出来。而正是这一振聋发聩的诉说引起的波澜,以及钟雨对爱情的神性的追求,让这篇小说名噪一时,也成为了张洁的成名作。

在《祖母绿》中,尽管依旧是写了女人对男人的爱,但曾令儿的爱与钟雨的苦恋相比,已经发生了很大的变化,对爱情的理解也是那样的不同。钟雨是以一种宗教似的仰视为老干部守情、守身一辈子,忠心耿耿,至死不渝。而曾令儿对左葳的爱,已被曾令儿看做是人生全过程的一幕,仅仅是一幕,并不再会牵扯一个女人的一生。且她与左葳的位置是平等的,不仅不再仰视,在专业方面曾令儿还远远胜出了左葳,左葳的妻子卢北河也说:"在读大学的时候,就看出左葳不行了。"在此男人的光鲜度大大减弱,不再是优于女性的特等人。即便是曾令儿和左葳有过婚前一夜情,那也是曾令儿的主动。曾令儿和左葳的恋爱促就的是曾令儿的成熟清醒。爱,不再是女人一生中的唯一,"一个人的一生中,可能会有一次轰轰烈烈的爱情。然而它不一定是生活中最伟大、最永恒的感情"。女性也还可以有更高远的追求。男女之爱在女主人公的生活中不仅被淡化,她们还把对这种爱的超越看做是胜利,卢北河对曾令儿说:"你已经超脱了,因为你不再爱了。一个人只要不再爱了,他便胜利了。……多少年来,我们争夺着同一个男人的爱,英勇地为他做出一切牺牲,到头来发现,那并不值得。"① 而曾令儿也为自己终于用了二十多年的时间,战胜了自己,不再爱那个不值得爱的男人庆幸。但她还是为年轻时有过的这段体验而满足,爱自己年轻时爱左葳的那颗心。

到《无字》,吴为连这样一种自我的满足与欣赏都没有了。《无字》,可以看做是《爱,是不能忘记的》的续篇。女作家吴为和老干部胡秉宸几十年纠葛引发出的生活段子,依然是一个有关男女之间复杂关系的故事。事隔二十几年,当张洁回到她的老故事和老主题时,早已饱经风霜,历尽了沧桑。昔日钟雨朝思暮想的知识分子和革命者的美好爱情,当它在人间真正实现——两个人有机会见面,能拥抱,能交流,能爱,能结婚,一切却变得面目全非,充满难堪。在吴为和胡秉宸的交往中,浪漫被平凡的日常生活击得粉碎,而且是那样的轻而易举。包括作者对他们一见钟情的描述也显得是那么的不可理喻,"吴为正是惊鸿一瞥地从胡秉宸一个站姿断定,总有一天,他们之间必有一场大戏上演","而胡秉宸的

---

① 此段的引言全部选自《方舟》,《张洁文集》第一卷,作家出版社 1998 年 3 月版。

触点却截然不同。他在对吴为一无所知的情况下,首先认识的是她的舌头",在雪野中"奋力向上延展着躯体,长伸着舌头,专心致志地去承接那根本不可能承接住的雪花"①的女人的舌头。以后每每两人接触,果然总是在之前或之后要生出种种难堪。在此,诗性爱情连边缘位置都不曾占据,就消失得无影无踪了。

生活中少有爱情,少有理想婚姻,这是张洁在《无字》中对自己先前追求神性爱情的否定。在吴为的精神世界里,爱情的幻想转移为经常性的反省,追悔,她一遍又一遍地怪自己总是把男人的职业和他的本人混在一起;恨自己的糊涂,恨自己离开胡秉宸时是那样的清醒,而一旦胡秉宸出现就失去了方寸。这种悔恨情绪浸透在吴为与胡秉宸几十年抻来拽去的情感生活中。最终吴为被逼疯致死的结尾,更是逼迫人们去思考一些原想回避的真实,残酷的真实:在两性情感的交往中,爱情的比重究竟占多大份额? 女性和男性在情感需求上契合点是否存在? 对此,吴为的认识再清晰不过了,男人的最佳人生模式是一手官场得意,一手醇酒美人。② 权力和美女双赢,是男性最为理想的人生状态,而精神健康的女性所需要的尊重、平等、爱情、理解在那里是根本没有位置的。浪漫的情感就这样被张洁戳得粉碎。

从《爱,是不能忘记的》之后,在张洁的小说中不见了无法控制的精神仰慕,不期待相濡以沫的深情,不希冀风雨同舟的慰藉依靠,也很少看到健康的婚姻(像《方舟》中朱局长和夫人的那种优雅和温馨的夫妻关系,在后来的作品中很少见到)。情感一旦着陆于现实,就不可能是真空,就必然要和锅碗瓢盆、卑俗丑陋打交道。就不可能像钟雨那样不与外界有任何冲突,不和其他人物有任何交锋,甚至没有舆论的说三道四,一切的一切只是人物自己心里的来回较量。浪漫要面对的屏障,有来自社会的舆论,也有个人内心唯我的狭隘,本能的冲动,道德的迷失等等。人就是在这种复合的状态下不断抗争,失望,再抗争……这就是生活的本真。

尽管生活中的不完美、苦涩一再让张洁失望,她却从未停止过寻找的脚步。张洁的寻找,已经失却了对理想情感的痴迷,她很明白,也许寻找本身就是徒劳的,"寻找是一个怪圈,最终可能一无所得"③。可执著于寻找,执著于寻找这种似有而虚的飘忽目标的意义在于,"'寻找'的过程,是一个让漂泊之人感到有所

---

① 此段的引言全部选自张洁《无字》第一部,北京十月文艺出版社 2002 年 1 月版,第5—8 页。
② 张洁:《无字》第三部,北京十月文艺出版社 2002 年 1 月版,第 173 页。
③ 张洁:《无字》第一部,北京十月文艺出版社 2002 年 1 月版,第 56 页。

归属的过程"①。人是害怕魂无所依的,也许是因为害怕孤独,张洁不放弃对情感书写执著,但凌驾于现实情感沉重之上的,是一个睿智的女性对生活明晰察见后依旧保持的热情。

二、生存的价值指向:告别女性生命的属他性

人活在世上,有两样东西最为重要,生命和尊严。生命是支撑人格尊严的坚实平台,而尊严又让生命的价值更为充实、有意义。在父权制社会,女性一直被看做是低于男性的族群。社会对男性地位的保护,保证了男尊女卑的合理性,加强了男权的统治权威。而女人只是男人的内助,从属,他者,没有地位,没有尊严。然而,真的是女性生来就软弱,生来就低于男性?法国女性主义者西蒙·波伏瓦提出并不存在先验的"女性气质",她对女性从生物学、心理学、社会学多重的考察证明,两性之间的差异,并不比两个单个人之间的差异更大。在张洁作品的知性女性清单中,钟雨、曹荆华、梁倩、柳泉、曾令儿、卢北河、梦白、老女人(《她吸的是带薄荷味儿的烟》)、吴为的存在,也都证明着现代女性对主体身份的认同和自我价值的重新认定。

首先是面对没有尊严的婚姻,她们不再忍受,大胆选择离弃。张洁的作品,是上个世纪80年代初较早涉及女性离婚策略的。婚姻理应是爱情美满的归宿。然而,两性情感受到政治、经济、文化、职业、性格及命运等多种因素的制约,往往难以实现爱情与婚姻的顺畅合一。在两者不能完满合一时,人们又常常是在浪漫爱情与现实婚姻中,择定务实的婚姻,情感诉求则被排斥在心灵永不言说的角落。爱情和婚姻相分离的悲凉,在生活中并不少见,但在只重责任,不重情感,特别是不重视女性情感文化氛围中,它像一个雷区。张洁从《爱,是不能忘记的》起连续发表的作品,就像块块石子投进死寂的水潭,激起的涟漪,发出的动静让人震惊、思索。

《方舟》中的三个女人——理论工作者曹荆华,翻译柳泉,导演梁倩,都是接受了现代教育的知识女性,在社会上有属于自己的位置,事业上有高远的追求,她们的身份已从过去单一的家庭主妇转换成具有双重身份的现代女性,但她们的职责和价值并没有得到重新的调整。在社会和家庭里,她们的自主性、精神需求、人格尊严仍被淹没在父权文化形成的习俗定规之中,她们依旧被看做是一个传统的

---

① 张洁:《无字》第一部,北京十月文艺出版社2002年1月版,第56页。

女人:曹荆华六七年被拴在生孩子,睡觉,居家过日子老套子里;柳泉婚后几年都只是丈夫的泄欲工具;风流的白复山和梁倩的婚姻,看中的是梁倩有名望的父亲。

随着社会的进步,现代女性的性别意识在觉醒。可悲的是,真正尊重女性的社会习惯和风尚还没有树立,更不要说完善的体制了。正如林语堂先生所说的:"女人所拥有的真的权利还是在她的传统的旧皇座上——家庭的炉边——产生出来的。她在这个皇座上是一位以服役为任务的快乐天使。"① 的确,在很大程度上,女性生存的文化境遇并没有飞跃性的、质的改变。女性还是生活在传统文化规定的框架内,以物化、身体化的状态被承认、被接受、被消费、被呈现。即使是对女性肯定和承认,也往往是从传统、贤惠的女性标准中派生出来。令人欣慰的是,曹荆华三姐妹,不再老老实实、规规矩矩地行闺秀之仪,面对不尊重、非人化、不平等,她们不再忍耐,不再等待,不约而同地采取了勇敢的反抗,或离婚,或逃出囚笼。三个逃离婚姻的独身女人,像读中学的时候一样,重新住在了一起,相互安慰,相互帮助,相互支持。尽管日子过得有些糟糕,但在姐妹三人结成的同盟中,还是让她们聚结了对抗压迫和歧视的勇气和力量。也许这可以算是80年代以来,我们本土上比较早的姐妹同盟吧。而她们出逃的理由,也标示出女性对自己身体、情感掌控的自主和自信。

其次是证明女人确有自立的精神力量。传统文化对女性身份贬低的策略之一,就是把她们的活动空间限定在家庭领域,不给她们在社会公共领域显示的机会。而张洁的作品很少写女性在家庭中怎样贤惠能干,而是重在凸现女性在社会层面的价值,用无可辩驳的事实证明,女人不再是被男人摆布、低于男性的劣等人群。她们坚强、智慧、胸怀宽广,有韧劲,当她们有机会在社会公共领域伸展时,会做出毫不逊色于男性的业绩。曾令儿在数学研究领域取得的令人瞩目的成果、吴为在文坛上的辉煌,都证明了这一点。

像曾令儿,生活对她极不公平,她爱过:为了爱,她冒着生命危险与海浪搏斗,救出了险些被海水吞噬的左葳;为了爱,她勇敢地承接了原本是左葳的"右派"分子的帽子;为了爱,她独自抚养和左葳的儿子;为了爱,她付出了许多许多。然而,她倾心、不计回报的奉献得到的却是:失去了爱人,失去了心爱的儿子,失去了名誉,失去了作为正常人的生存权利,生活无情地把她挤压到一个窘迫的角落里,而苦难还像涨潮时的浪头一个接一个。面对千难万苦,曾令儿不仅没有被压垮,反而更加坚强,她把自己的生命融进了喜爱的研究领域,毫不倦怠

---

① 林语堂:《论性的吸引力》,《女性人生》,陕西师范大学出版社2004年1月版,第93页。

地在数学王国里遨游。为了研制超微型电子计算机,她还跨越了与昔日爱人合作的心理障碍,进入了左葳任组长的课题组,曾令儿身上体现出的强大的精神力量让人赞叹不已。

张洁对现代女性塑造的老到,就是真实地反射出了她们腹背受敌的处境以及她们面对苦难的勇敢。曹荆华三姐妹的遭遇、反抗、逃离、结盟,曾令儿的超脱,吴为的自强自立,显示了当今女性的精神成长。她们对爱情,对婚姻的渴望,已然不是出于经济上的考虑去寻找男人的资助,也不是出于生理本能,去做传宗接代的工具。她们需要爱情,需要婚姻,说得更为明确是需要一种疼爱,是一种"没有任何希求,没有任何企望"的"朴素的疼爱"①;找寻的是一个精神上的对话者。张洁推崇的这种女性观传达出的信息是,中国知识女性的生活方式和价值理念都在发生着变化。她们改变着传统的妻子、母亲的单一角色,自觉追求在社会认可层面的价值。这是进步的妇女观,也是张洁推崇的女性价值观。

当然,张洁作品也通过孤寡女性在生活、事业上遇到的重重阻力,说明女性在现实处境中,要真正实现和男性平等并不是一件容易的事,男性优等意识还会在现实土地上长期衍生蔓延。"你将格外不幸,因为你是女人",这是张洁《方舟》的篇头语,也是对女性解放道路漫长的清醒认识。

三、男性崇拜,男性期待渐而退出叙事中心

在宗法父权制重阳贬阴的两性秩序中,男性对社会的控制包括了政治、经济、文化的方方面面。"在该社会关于观念、思维与行为方式、语言与价值的标准中,女人们失去了她们自己的现实。"② 就文学世界而言,男性的审美、语言、对两性关系的定位都是处在绝对的垄断地位,即使是在女性作家的创作中,也时常会把男性经验潜移默化地带进叙事,自觉不自觉地成为男性权力话语的宣传者、同盟者。

张洁小说价值之一,即她能把对女性身份问题的探讨,深入到对女性的生活品位、生活质量以及生命价值的层面。在呈现被隐藏的、被忽视的女性经验和感受的同时,把女性对男性过高期待拉回真实,而对男性神话的渐次解构和颠覆,也让处于亚文化群女性,以一种自觉不自觉的精神状态,进入到推翻父权制建立

---

① 《拣麦穗》,《中国当代作家选集丛书·张洁》,人民文学出版社1993年5月版,第347页。
② [德]温德尔:《女性主义神学景观:那片流淌着奶和蜜的土地》,刁承俊译,生活·读书·新知三联书店1995年8月版,第7页。

在其性别优势下的政治秩序和价值尺度的过程中。尽管这个参与过程一开始并不十分自觉,但随着她的个人感觉与体验的深刻,艺术审美情趣的转变,渐而鲜明坚决。

在张洁早期的文本中,表现出的是对男性既怀疑、看不起,又崇拜、爱慕的二元立场,且这种二元关系的主次位置是十分明显的:钟雨对整洁、干净、脱俗、睿智、有气派、有地位的成熟的老干部的崇拜、仰慕占叙事的主体位置,而珊珊对高大、粗犷、英俊的年轻求婚者金玉其外、败絮其中的否定则放在次要位置。且这种否定也只是限于对乔林智商的怀疑,"和乔林相处将近两年了,可直到现在我还摸不透他那缄默的习惯到底是不爱讲话,还是因为讲不出什么来?"此时张洁对男性的否定没有人格、人性方面的谴责,感情基调比较温和。在《方舟》中,二元关系还存在,但表述这种关系的话语体系发生了变化,对男性的指涉、质疑、嘲讽占文本主要的位置,男性丑陋的一面被屡屡见光:曹荆华丈夫落后,陈腐;柳泉丈夫狭隘,多疑;梁倩丈夫唯利是图,厚颜无耻。魏经理膨胀的欲望从家庭延伸到单位,自认为既是柳泉的领导,就有权支配柳泉的一切,包括柳泉的身体。而小说中男性的唯一亮点是作者用很少笔墨一带而过的,曾给了柳泉同情、安慰、帮助的温文儒雅的朱局长。在故事的结尾处,曹荆华三个孤独的女人把希望寄托在了柳泉儿子的身上:"等蒙蒙一代人长大,等他们成为真正的男子汉的时候,但愿他们能够懂得:做一个女人,真难!"[①] 到 1984 年 2 月脱稿的《祖母绿》里,二元关系彻底消失了,不过两个为左葳付出了巨大人生代价的女人——曾令儿和卢北河对左葳的共同批评还停留在:表面上风流潇洒,自信,一副硬汉子模样;事实是,虚伪,薄情,学习工作能力差。学习时需要曾令儿的帮助,结婚后在事业上离不开卢北河,是一个需要女人扶植的人。

对男人失望的加重,让张洁对男性批判的立场逐渐明晰。在之后的《红蘑菇》、《她吸的是带薄荷味儿的烟》、《无字》中,二元立场彻底变成对男性批判的一元立场,作者毫不留情地揭去了罩在男人脸上的虚伪尊严,使男性世界的贫瘠无趣味暴露无遗。貌似潇洒的教授吉尔冬,骨子里卑鄙无耻之极。他的高雅、绅士风度全是演给别人看的,人背后,他是一个地道的流氓、无赖:自私、吝啬,居家过日子,从不肯轻易掏腰包,一旦掏了钱,回家就找碴和人吵架;他卑鄙、无耻,当着梦白的面和别的女人调情。他的再婚是相中了女演员梦白的金钱,他甚至用同梦白姐姐的奸情来满足自己占所有人便宜的可耻欲望。短篇小说《她吸的是

---

① 《方舟》,选自《张洁文集》第一卷,作家出版社 1998 年 3 月版,第 340 页。

带薄荷味儿的烟》,也是篇展示男人劣迹的作品。一个 27 岁体魄健壮的男大学生,把自己命运的改变寄托于一个"据说很色情的"迫近 60 的"老女人"身上,连续寄出四封信,挑逗、威逼、死缠烂磨,在信中恬不知耻地说"自己像个街头拉客的男妓,必须用自己的青春侍奉年老色衰的贵妇来做自身命运的敲门砖"①。张洁用这个大学生和他爷爷祖孙两代对同一家人骚扰的可耻行径,暴露的是男人对卑劣、无耻、下流的传承。在《无字》中,昔日那个有身份、有地位,"严谨的、一丝不苟的、脱俗的、明澄得像水晶一样"②的老干部有了自己的名字——胡秉宸,退职的胡秉宸也不再是小汽车来,小汽车去。落地的胡秉宸一旦接上了地气,实实在在的生活一下子就将他身上耀眼的光环风卷得一干二净。无论是政界的权力较量,还是夫妻、情人之间的交往,他都能在最短的时间,非常精到地权衡出对自己的最大利益。虚伪,卑俗,说谎,坑害,情感不专一,出尔反尔,人性中的弱点和丑陋把胡秉宸从神坛上扯下,从神殿赶出。作品通过胡秉宸对吴为情感表白的契机把握,进一步证明,男人并不是什么特殊的人。胡秉宸在十年前那个下雪的日子对吴为有了印象的,可直到知道吴为会写小说并得了一个文学大奖之后,才对吴为的感情有了实质性的变化。就此张洁诘问道:"既然金钱、地位、权力是女人追逐男人的标准,男人又何不可如是?"胡秉宸也正是在和吴为越来越近的情感拉锯战中,表面的超凡被打磨干净,世俗性的一面真实地暴露出来。经过几十年的情感沧桑,吴为深刻而悲凉地认识到:"女人自从出生起,就在等待一个白马王子,那是女人与生俱来的本能,直到她们碰得头破血流,才会明白什么叫痴心妄想。"③

对男人的失望,让男性崇拜淡出了张洁的作品。取而代之的是对女性之间亲密情感的依赖和信任,姐妹情谊,母女情感越来越鲜明地被凸现出来。《方舟》中三个女人共筑的"寡妇俱乐部",《祖母绿》中卢北河与曾令儿坦诚的交流和彼此的理解,《无字》中茹凤对吴为的精神援助,以及在张洁的作品中一贯流露出的母女亲情,都让女性情谊成为了女性汲取生命底蕴的力量来源。或许这种关系,并不是一种积极的关系,因为它也确实没有让女性最终摆脱孤独,但它的非等级性和女性的共命运,让孤独无助的女性暂时获得了安静、理解、平等,也许可以算做是战术性的对策吧。

---

① 《她吸的是带薄荷味儿的烟》,选自《张洁文集》第一卷,作家出版社 1998 年 3 月版,第 591 页。
② 《爱,是不能忘记的》,《中国当代作家选集丛书·张洁》,人民文学出版社 1993 年 5 月版,第 24 页。
③ 张洁:《无字》第一部,北京十月文艺出版社 2002 年 1 月版,第 119 页。

女性诗歌：从黑夜到白昼

——读翟永明的组诗《女人》

唐晓渡

当我想就这部长达二十首的组诗说些什么的时候，我意识到我正在试图谈论所谓"女性诗歌"。

男女肯定不止是一种性别之分。因此，"女性诗歌"所涉及的也决非单纯是性别问题。并不是女性诗人所写的诗歌便是"女性诗歌"；恰恰相反，在一个远非公正而又更多地由男性主宰的世界上，女性诗人似乎更不容易找到自我，或者说，更容易丧失自我。我们已经一再看到这样的女诗人：她们或者固守传统美学为她们划定的某些表面风格，诸如温柔、细腻、委婉、感伤之类；或者竭力摹仿某些已经成名的男诗人；或者在一种激烈的自我反抗中，追逐某种与自己的本性并不契合的男性气质。在所有这些情况下，她们都自觉不自觉地按照某种男性设计的价值法则行事，从而表明自己不能摆脱现实和文化的历史性附庸地位。

女性诗人所先天居于的这种劣势构成了其命运的一部分。而真正的"女性诗歌"正是在反抗和应对这种命运的过程中形成的。追求个性解放以打破传统的女性道德规范，摈弃社会所长期分派的某种既定角色，只是其初步的意识形态；回到和深入女性自身，基于独特的生命体验所获具的人性深度而建立起全面的自主自立意识，才是其充分实现。真正的"女性诗歌"不仅意味着对被男性

题解　本文原载《诗刊》1987 年第 2 期，在新时期文坛首次使用了"女性诗歌"这一概念。作者由翟永明的组诗《女人》论及"女性诗歌"，认为真正的"女性诗歌"不仅意味着对被男性成见所长期遮蔽的别一世界的揭示，而且意味着已成的世界秩序被重新阐释和重新创造的可能，是女性在反抗和应对自身命运劣势的过程中，基于独特的生命体验所获具的人性深度而建立起的全面的自主自立意识。《女人》组诗径直切进了女性的内心深处，"创造黑夜"意味着在更深刻的意义上达到对宇宙和人类本体的亲近，意味着女性在人类永恒的精神历程中可能做出的独特贡献，它在内部精神现实中建立起了真正的主体性，是"女性诗歌"所具有的重要标志。十年后，唐晓渡在《谁是翟永明?》(见唐晓渡编选的翟永明诗集《称之为一切》前言，春风文艺出版社 1997 年 10 月版)一文中，从诗学角度对翟永明的诗歌作了更深入的探讨。2009 年，组诗《女人》入选中国社会科学院文学研究所组织编写的《六十年与六十部：共和国文学档案》，诗歌评论家周瓒对这首诗作了评述。

成见所长期遮蔽的别一世界的揭示,而且意味着已成的世界秩序被重新阐释和重新创造的可能。

在我国,形成"女性诗歌"的可能性是随着"五四"前后民主主义运动的开展而获得的。尽管如此,迄今为止我们很少看到充分意义上的"女性诗歌"。此一现象当然不构成现实生活中女性的政治和经济地位业已得到广泛改善这一基本事实的否定,却反映出她们在精神上获取真正独立的艰难。这里的原因是多方面的。然而归根结底,"女性诗歌"的形成不是一两个人可以孤立创造的文化奇迹,而是一种历史现象。翟永明的这个组诗出现于"文革"后又历经动荡而终于稳步走向开放的 1984—1985 年间,正透露出某种深远的消息。

《女人》中很少那种通常的女性诗人的温情和感伤。而造成这一特色的,与其说是作者的个人性格,不如说是某种命运感的渗透:

> 穿黑裙的女人黄夜而来
> 她秘密的一瞥使我精疲力竭

（《预感》）

温情产生于认同世界的时刻;感伤则出自对理想的软弱的偏执。二者皆烟散于命运的黑衣使者那"秘密的一瞥"。这意味深长的一瞥是如此地富于威慑力,以至"我"刹那间完全被某种毁灭的预感所充满,丧失了一切意志而"精疲力竭"。这里似乎存在着某种残酷的默契。在这种默契中结局已经被事先设定,可供选择的只是达到结局的方式和途径而已。

可以从一个方面把这种现象称之为女性特有的变态心理;另一方面,作者正是经由它折射出女性所曾历史地面临并仍在不断面临的现实命运,尤其是精神上的现实命运。《女人》从一开始就抛开了一切有关自身和命运的美丽幻觉和谎言。这一点使得它几乎是径直切进了女性的内心深处,并且在那里寻求与命运抗争的支点。因此,"精疲力竭"之下决不是无言的恐惧和怯懦;恰恰相反,正因为意识到自己是自身命运的独立的承担者,"我"才"精疲力竭"。而尖锐的对峙和紧张的反抗即已蕴涵其中:

> 默默冷笑,承受鞭打似地/承受这片天空,比肉体更光滑/比金属更冰冷……

（《瞬间》）

这里,无论是对峙还是反抗的方式都足以令人颤栗。这是一种典型的施虐和受虐的方式!"天空"这一在全诗中反复出现的意象,弥漫性地象征着那无从摆脱又高高凌驾的命运压迫(类似的意象还有"一只手",它作为暗中操纵和定夺的最终主宰而给全诗带来了一种强烈的不安全和不稳定感)。于此之下,"承受"似乎成了唯一可能的选择,而"默默冷笑"成了唯一可能的表达。但是,这一笑却赋予了双方的位置以某种微妙的相对性。倾斜的命运天平由于这致命的机枢触动而趋于某种平衡。作者因而有可能获得一个"瞬间"。这是一个被以往"所有的岁月劫持"的瞬间,同时又是一个足以挽回所有被劫持的以往岁月的瞬间。

于是有所谓"黑夜"的创造。使我们诧异的是,在这场独特的东方式的以柔克刚的命运之战中,从一开始就"精疲力竭"的"我",此时竟变得如此自信和强大,以至不但宣称"唯有我/在濒临破晓时听到了滴答声"(《瞬间》),而且宣称"我目睹了世界/因此,我创造黑夜使人类幸免于难"(《世界》)。在这神秘的先知、崇高的母性和妄诞的救世思想混合创造的奇迹之下,是否还隐藏着更深一层的悲哀?阿Q式的不得不诉诸臆想的悲哀?尽管如此,与作者所创造的"黑夜"一起到来的不是虚无,而且充实。有这一点也就足够了。

但事实上作者的本意远为宏大。她并不想仅仅停留于与现实命运作上述微妙的精神游戏。在为组诗撰写的类似自序的短文中,她把所谓"黑夜意识"称之为"一个个人与宇宙的内在意识";她接着从女性独特的角度阐释道:"每个女人都面对自己的深渊——不断泯灭和不断认可的私心痛楚与经验……这是最初的黑夜,它升起时带领我们进入全新的、一个有着特殊布局和角度的、只属于女性的世界。""它是黑暗,也是无声地燃烧着的欲念。它是人类最初也是最后的本性。就是它,周身体现出整个世界的女性美,最终成为全体生命的一个契合"。

因此,"创造黑夜"意味着在更深刻的意义上达到对宇宙和人类本体的亲近,意味着女性在人类永恒的精神历程中可能做出的独特贡献。"以柔克刚"的东方辩证法在这里得到了更高的体现。

> 我是软得象水的白色羽毛体/你把我捧在手上,我就容纳这个世界/穿着肉体凡胎,在阳光下/我是如此眩目,使你难以置信
>
> (《独白》)

在这篇短文中我不打算对作者的上述意图以及《女人》在多大程度上实现

了这一意图进行全面评价,而只希望请读者注意到意图本身。如果说作为与外部的现实命运相抗衡的支点,它不可能不是虚幻的话(说到底,物质的力量只能通过物质来摧毁),那么,在一个远为深邃复杂的内部精神现实中,它却依靠自身建立起了真正的主体性。而在我看来,这正是充分意义上的"女性诗歌"所具有的重要标志。

作为一个完整的精神历程的呈现,《女人》事实上致力于创造一个现代东方女性的神话:以反抗命运始,以包容命运终。"黑夜"的真义亦即在此。黑夜使白昼那过于明晰因而被无情切割和抑制的一切回复到混沌状态,却又不会遗漏任何一个真实的环节,因而更具有整体性;况且对于敏感到多少有点神经质的女性来说,黑夜无疑是更适合于她们灵魂飞翔的所在。毫不奇怪,这黑夜中诞生的有关黑夜的神话更多地是以预感、臆想、渴望、夜境、憧憬乃至噩梦等等作为集合经验的契机和依托的:

> ……我在梦中目空一切/轻轻地走来,受孕于天空/……就这样/世界闯进了我的身体/使我惊慌,使我迷惑,使我感到某种程度的狂喜
>
> (《世界》)

在《母亲》中,作者再次借用有关女性受孕的原始神话,以表达对所来无由的迷茫困惑并暗示命运的代代相袭:

> 那使你受孕的光芒,来得多么遥远,多么可疑,站在生与死/之间,你的眼睛拥有黑暗而进入脚底的阴影何等沉重

而新的女性神话就从这"黑暗"和"阴影"中诞生!《女人》中反复使用某种创世和先知者的口吻,并非出于狂妄和虚荣,而正是出于对这一使命的深刻自觉;某种巫术氛围的笼罩也并非意在故弄玄虚,而正是创造神话的自然产物。

所有这些都不仅造成了这首诗强烈的超现实效果,而且带来了浓重的东方色彩。作者的艺术追求显然很大程度上受到例如塞尔维亚·普拉斯等西方女诗人的启发和影响。诸如《母亲》中那种深挚的沉痛、《独白》中那种刻骨的疯狂和《沉默》中那种不动声色到近乎残忍的死亡礼赞,确也表明女性诗歌作为一种世界现象所可能产生的内在沟通和普遍联系。但是从根本上说,每一个女诗人只能依据于她独特的生存状况和文化背景写作。正因为如此,她们才彼此无可

替代。《噩梦》中的"你整个是充满了堕落颜色的梦/你在早上出现,使天空生了锈/使大地在你脚下卑微地转动"明显参照了普拉斯"我整个是一朵巨大的茶花/生长,来了,去了,红晕衬托着红晕"的诗意和句式,但是,还有比这两节诗更能彰著地标明两种根本不同的生存感受和生存姿态的区别吗?

需要经过细读对《女人》进行更具体的本文分析。而作为总体评价,毋宁说它更多地启示了一种新的诗歌意识。如果说翟永明是通过"创造黑夜"而参与了"女性诗歌"的话,那么可以期待,"女性诗歌"将通过她而进一步从黑夜走向白昼。

一九八六年岁末于北京。

1988 《玫瑰门》

田　泥

　　铁凝从最初的《哦，香雪》，到《玫瑰门》，再到《笨花》等作品，贯穿新时期到转型期再到当下，以自己独特的方式卓立文坛。而回溯她的文学之路，我们看到了铁凝的求索之途，其实是充满诸多变数的。无疑，1988 年的《玫瑰门》是铁凝叙事方式发生重大转变的标志与有效的转身，一改之前的从容、淡定与柔美，以犀利的笔法进入女性生活现实—历史的层面，揭示形形色色的女性，颠覆了把女性神话化的男权文化策略，拆解了母性神话的幻想，直逼女性自身文化痼疾。当然，铁凝从《哦，香雪》"清纯"到《玫瑰门》"世故"，引发了读者群的严重分化与狂热争论。其原因或许跟接受群体的审美定势有关联，似乎社会上普遍对《哦，香雪》认可，但更重要的是《玫瑰门》以奇冷的女性叙事方式构筑了另外的神话，这在当时可谓是"胆大妄为"的"逆转"。

　　早在 1983 年，铁凝就动了写《玫瑰门》的念头，并为此做了诸多笔记与构架的酝酿，经过《麦秸垛》等作品的累积，铁凝笔锋日渐成熟，但大概到了 1986 或 1987 年开始动笔，足以看出她的谨慎而沉稳，持续了三四年之后。1988 年 9 月，长篇小说《玫瑰门》在大型文学期刊《文学四季》创刊号上首发，几个月后，作家出版社又发行了《玫瑰门》单行本。《玫瑰门》一经问世，就给当时的文坛带来了不安和骚动，评论界众说不一。新书出版后的 1989 年 2 月，文艺报社、作家出版社、河北省文联等单位联合在北京召开了《玫瑰门》的研讨会。《文艺报》以

题解　本文选自杨匡汉等主编的《六十年与六十部：共和国文学档案》（生活·读书·新知三联书店 2009 年版）。作者田泥，原名田美莲，"田泥"为笔名。文章回顾、评述了铁凝长篇小说《玫瑰门》面世后引起的反响和争议，指出当年的评论家并没有触及文本最深层次的核心部分进行解读，认为 80 年代《玫瑰门》的问世，走出了张洁小说《方舟》中男女性别对抗的模式，增强了对女性缺陷的自我审视和批判意识。铁凝以空前的胆识切入女性的原欲世界，从性的角度考察女性本体，从而对女性的探究上升到了性心理层次和潜意识层次。这是个划时代的标志。《玫瑰门》塑造了司猗纹这一典型人物形象，定格了铁凝的最佳叙事与表达方式。在与王尧的一次文学对话中，铁凝曾谈到《玫瑰门》的创作中对主人公司猗纹的"培育"，这个形象包容了作者对人生、人性的，也有对女性的认识（见《当代作家评论》2003 年第 6 期）。

《铁凝的〈玫瑰门〉很有嚼头》为题发表了记者绿雪的会议报道，称"与会的40多位作家评论家指出，《玫瑰门》的丰富内蕴、出色的女性心理刻画和新颖耐读等品貌，值得当代文坛认真研讨"，"普遍感到铁凝的探索性实践，冲击了传统的小说叙事模式和鉴赏经验"。在研讨会上，老作家汪曾祺说："铁凝用30多万字和六易其稿完成了一次新探索。这本书的写法对我来说相当陌生，看了四分之三篇幅还感到把握不住，看来是写'人就是这样'或者'女人就是这样'。"（以上均引自《文艺报》1989年3月4日）河北文联的《文论报》则在3月15日和3月25日连续两期整版发表了"《玫瑰门》笔谈"。有人认为《玫瑰门》"冲击了传统的小说叙事模式和鉴赏经验"，汪曾祺还说到："小说的结构特别，让人想起废名的小说。有些语言思维让人怀疑是否用汉语思维。"雷达说："它不是情节小说，不是性格小说，而是耐读、经读、抗拒时间磨损的小说。"蔡葵说："这部小说是心理小说。小说通过人性丑来表现人，表现一个完整的心理流程。"司猗纹人物本身也成为了一些论者的争论点，王春林说，司猗纹最显著的特点就是"自虐与虐人"。（以上均见《文论报》1989年3月15日）而曾镇南在小说出版的当年就评价说："铁凝在司猗纹形象身上，不仅汇聚了'五四'以后中国现代史上某些历史风涛的剪影，而且几乎是汇聚了'文革'这一特殊的历史阶段的极为真实的市民生态景观。小说最有艺术说服力的震撼力的部分，无疑是对'文革'时期市民心理的真实的、冷静的、毫不讳饰的描写。这种描写的功力在揭示司猗纹生存中的矛盾方面达到了令人惊叹的程度。"（《评铁凝的玫瑰门)》，《曾镇南文学论集》，花山文艺出版社，2001）张韧的《为苏眉一辩》，则指出尽管小说有对母性的严厉审视，但同时又有对女性持基本赞美的立场。（《文论报》1989年4月25日）

　　《玫瑰门》本身就包含着许多敏感的话题，同时是一个多层次多涵义的文本，客观地说，由于认识与文化语境等原因，当时评论家并没有触及其最深层次的核心部分进行解读。纵观80年代对《玫瑰门》的研究，批评视野还比较狭窄，只是围绕人物塑造、作品风格方面展开，批评方法也比较单一。注重从作品的文学性诸如个人风格、美学追求上去分析，但大多数文章还是采用了社会学的批评方法，比较注重文学的社会性，未能深入到人性的深处。90年代之后的评论，则多从创作艺术内核及女性主义视角对其进行解读。

　　当然，在铁凝的80年代中期转变的问题上，大家多认为这是铁凝敢于突破自己、超越自己的表现，但对于她的这种转型是否成功，却众说纷纭。丁帆认为，直到铁凝的《玫瑰门》等作品的出现，才宣告一个新的女性文学时代的到来。（谭湘记录整理《"两性对话"——中国女性文学发展前景》，《红岩》1999年第 1 期)有论者认为正因为它未直接提出妇女解放问题,它所传达出的女性必须自我解放的意味才更为激烈和深刻。但也有评论在肯定转型后的成绩时,又指出她的这种蜕变是以牺牲清纯和明丽的美为代价的,从根本上背离了过去的审美意向,将视线投注到丑恶的事物上,失落了令人感觉温馨的美,完全背离了自己的审美个性。

当然在铁凝看来,以上说法自有它的片面性,铁凝自己则认为,"从《哦,香雪》到《玫瑰门》,对人性的探究更深、更广、更丰富……无论是短篇、中篇还是长篇,人物、故事、表达的意思都会有变化,但是有一个精神的核是不变的,不变的是什么呢? 我觉得是对人类和生活永远的爱和体贴,也就是说,还有作为一个写作者一直葆有的那种对生活的情义。这个情,就是情感的'情';义,就是义气的'义'。生活中的不愉快,不满意的地方,甚至表达一些人性当中惊心动魄的残酷的一面,这些东西,不会妨碍你的真正的情义,你给生活的温暖"。(朱育颖《精神的田园——铁凝访谈》,《小说评论》2003 年第 3 期)铁凝本人概括《玫瑰门》为:"书中的主角都是女人,老女人或者小女人。因此,读者似乎有理由认定'玫瑰门'是女性之门,而书中的女人与女人、女人与男人之间一场接一场或隐匿、或赤裸的较量即可称之为'玫瑰战争'了。"(《〈铁凝文集〉自序五章》,《文论报》1995 年 3 月 1 日)

当然,针对铁凝是否持有女性主义或女权主义的旗帜,伸张女性生存,引发了论者的争论,而这种争论持续到新世纪。《玫瑰门》引发的争论不单是铁凝自身创作风格的转变,还在于铁凝创作本身、写作立场是否具有女性意识与女性主义,对此,论者各持己见。

关于铁凝的女性意识的研究,一些人认为她是传统意识的女人,而有些人却认为她是具有强烈现代女性意识的作家。贺绍俊曾经这样说:"《玫瑰门》是一部典型的女性写作的成功之作,而且,是一部真正具有女性觉醒意识的作品;更为重要的是,以女性觉醒意识而言,《玫瑰门》是新时期文学以来的第一部长篇小说。这是《玫瑰门》所具备的最重要的文学史意义。"(贺绍俊《铁凝评传》,郑州大学出版社,2005)于展绥的《从铁凝、陈染到卫慧:女人在路上——80 年代后期当代小说女性意识流变》(《小说评论》2002 年第 1 期)一文,指出铁凝只是一个在现代外衣包裹下的传统女人。

王绯等则一直认为铁凝的创作有着典型的女性主义立场。与之相呼应的艾莲的《中国三代女性写作中的女权思想》(《成都大学学报》2002 年第 2 期),从中国三代女性写作(丁玲、王安忆和铁凝、陈染和林白)的比较中指出铁凝小说中的女权主义思想;有论者认为铁凝是通过司猗纹的故事"去书写历史、质疑历史乃至解构历史"(见荒林、王光明《两性对话——20 世纪中国女性与文学》,中国文联出版社,2001)。谢有顺、丁帆等认为铁凝是非女权主义或女性主义的。谢有顺在 2003 年《铁凝小说的叙事伦理》(《当代作家评论》2003 年第 6 期)一文中指出:

> 叙事既是经验的,也是伦理的,被叙事所处理的现实,应该具有经验与伦理的双重品格,这才是小说中最高的现实。我感觉,铁凝的小说是很注重经营这种双重性的。现实是经验的基础,伦理是现实之上的人性关怀,这二者的结合,保证了铁凝小说中的现实没有成为一种现实事象学,而是成了更具生存意味的现实处境学。

戴锦华的论点则更有意思,她在《涉渡之舟——新时期中国女性写作与女性文化》(北京大学出版社,2007)中指出:

> 这或许在于,铁凝所关注的,不是或不仅是社会的性别歧视与不公正;因为她不曾仰视并期待着男性的崇高与拯救,所以她不必表达对男人的失望与苛求;她所关注的,是女性的自省,是对女性自我的质询。或许在不期然之间,铁凝完成了将女性写作由控诉社会到解构自我的深化。

其实,我们回溯到铁凝的写作背景去看,不难发现,在 80 年代末 90 年代初,铁凝发表长篇《玫瑰门》前后,诸如残雪《山上的小屋》,池莉《你是一条河》,徐坤《女娲》与徐小斌《天籁》,对"母亲神话"进行着颠覆。铁凝以《玫瑰门》对之前《麦秸垛》等母性形象进行了彻底的颠覆,这也正是 80 年代以来女性写作对张爱玲"母性形象"塑造的一个承接与超越。后现代女性主义理论家卢宾的母性理论,即"恋母情结"是"人类性别化"的关键,要推翻男权的性别制度,必须"解决文化的恋母情结"。其实,铁凝要尽可能地展示出女性—母性的内在分裂性。当然,《玫瑰门》聚焦的是司猗纹这个分裂形象。作家将笔触聚焦在母亲司猗纹身上,并通过以司猗纹为代表的庄家几代女性的命运书写,揭示女性生存现状、历史和社会秩序之间的深刻矛盾。司猗纹的一生与中国几个重大历史阶段息息相关,少女时代的司猗纹有着对革命的热望和对爱情的向往,于是革命加恋爱的故事产生了,她爱上了革命者华志远;但在必须顺从的传统体制面前,她牺牲了爱情,无私地将自己的身体奉献给华志远后,嫁到了门当户对的庄家。丈夫庄绍俭在新婚之夜就对司猗纹进行玩弄和凌辱,婚后花天酒地的他带给司猗纹的更是屈辱的性病。司猗纹在这样的折磨下终于对做个好妻子、做个好儿媳的愿望绝望了。一次次将庄家拯救于苦海的司猗纹在这个家庭中并没有得到丝毫尊严,于是她在庄家开始用自己的女性之躯来惩罚男人,以对公公恶作剧般的乱伦来实现她的报复,在爱与性上深受男性权力压迫,作为自我进行报复和发泄的手段,施暴于另外的女性。对儿媳竹西、外孙女苏眉以变态方式进行习惯性虐待。在社会空间里,为了获得生存尊严与安全需要,尤其是在"文革"时期,司猗纹用她的小伎俩骗取革命的罗大妈的信任,寻找一切机会表现自己,渴望能够进入历史舞台,但事与愿违,她的奋斗与嘶喊只能是在历史边缘,最后被历史中心的声音所吞没。

《玫瑰门》是最具出色的文化想象,显然不局限于有论者指出它的"审母意识",而是在传统秩序与现代秩序的间隔中,一家三代女性的命运存在着"母"与"女"的承接与转换,具有无法规避的心灵的麻木、扭曲与无奈。40年代颇具才情的张爱玲对女性悲剧的犀利观察和彻骨感受仅仅表现为一种无奈的揭示;铁凝则不同,历史提供了她对张爱玲做出超越的可能。表面上铁凝只是提供了女性生存与心理图像的构成与横切面,而这种勾勒是从灵魂深处的切入,实质上是在历史—现实的场景中寻找女性的重新定位与归宿。其精神内核极具"女权"色泽,但铁凝对此采取了温和的回避。显然以自己的敏锐与直觉,捕获到女性的困境,甚至是以笔为旗,揭开女性存在的文化心理结构,以行动大于女性主义理论的所有套路。

铁凝持一种冷静,她显然不想纠缠在女性意识里,甚至试图寻找一种超性别意识,在《玫瑰门·写在卷首》中说:

> 我本人在面对女性题材时,一直力求摆脱纯粹女性的目光。我渴望获得一种双向视角,或者叫做"第三性"视角,这样的视角有助于我更准确地把握女性真实的生存境况。在中国,并非大多数女性都有解放自己的明确概念,真正奴役和压抑女性心灵的往往也不是男性,恰是女性自身。当你落笔女性,只有跳出性别赋予的天然的自赏心态,女性的本相和光彩才会更加可靠。进而你也才有可能对人性、人的欲望和人的本质展开深层的挖掘。
> (《铁凝文集》第4卷,江苏文艺出版社,1996)

事实上,铁凝的这种回避不是有意的,也是众多女作家的一种坚持,或许是80年代初期西方女权理论尽管译介,当时并没有获得多数女作家的认同,再者女作家们的创作资源仍然来源于伴随着人的觉醒的主旋律的社会思潮与文化。80年代一些女作家尽管避而不谈女性一词,女性写作中女性追求身份认同,却未能以女性立场对社会现象进行辨析与追问。但这并不妨碍女作家们关心女性题材。张洁、宗璞、谌容等女作家一方面认同于男性写作传统,写作"中性"的"大我",另一方面不可节制地抒写女性的故事。王安忆、张辛欣、张抗抗、铁凝等,身份写作意识上回避性别问题,而写作事实却是以女性为内容,这曾经是80年代前期女性写作所呈现出的一个悖论,即当女作家们受自身经验的驱使将笔触进入到女性题材领域时,只限于宣泄、倾吐心中的块垒,而极少有意识地以女性的眼光、站在女性的立场深究、梳理、探求个中原委。80年代末90年代女作家不仰于"大家风范"的威慑,走出了上述心理悖论的圈子,以更为敏锐、内在、细腻的女性之笔,开始了对女性世界的深入的探索。

可以说,80年代铁凝的《玫瑰门》问世,走出了张洁小说《方舟》中男女性别对抗的模式,增强了对女性缺陷的自我审视和批判意识。与张洁相比,铁凝的意义在于她表现了女性肉体的觉醒,以空前的胆识切入女性的原欲世界,从性的角度考察女性本体,从而对女性的探究也就上升到了性心理层次和潜意识层次。这是个划时代的标志,是女性真正长大成人,面对性别自我,寻找女性出路的标志。因此,《玫瑰门》对20世纪晚期中国女性文学发展的第三阶段的到来,有着不可忽视的意义。此外,《玫瑰门》在女性生存的发展形态上所作的思考和把握,也为实现女性解放的目的提供了有价值的参照,尤其在揭示女性欲望、探讨女性价值方面,为90年代女性文学的发展作了功不可没的铺路作用。

而《玫瑰门》是具有多重意义与文学价值以及社会价值的读本,包含了伦理、女性主义、社会批评等多层面的指向。而《玫瑰门》最重要的成就,是塑造了司猗纹典型人物形象,不仅具有艺术魅力,同时具有丰富的社会内涵与文化价值。铁凝自述创作《玫瑰门》的动机时说,要"写出女人的让人反胃的、卑琐的、丑陋的、男人所看不到的那些方方面面",为的是将"女人的魅力真实地展示出来"。铁凝的《玫瑰门》对被性意识禁锢的文化透视亦非常犀利和深刻,谓之"那积攒了好几千年的纯洁,那悲凉的纯洁,那自信得足以对我指手划脚的纯洁正是你惊吓了我,也许每一个女孩子都是一面被惊吓着一面变成女人的"。其实,司猗纹本身是受虐者,在爱与性上深受男性权力压迫,但作为一个受害者,又是一个迫害者,作为自我进行报复和发泄的手段,施暴于另外的女性。司猗纹的悲剧是个人的悲剧,也是时代与民族的悲剧。

如果说80年代的铁凝以温情誊写、表叙着这个世界,那么90年代的铁凝的作品,无疑都染上了母性色彩与反省,理解、感应着世界,并且将这种气势贯穿到新世纪。相应地,铁凝的叙事逐渐在两个界面展开:一个如从《棉花垛》到《笨花》的走向,从乡野女性到革命的叙事;一个就是《玫瑰门》走向,深入到了女性生命世界最隐秘的角落,从性别的角度展示了人性的复杂及其脉动,对充满鬼魅灵气和变态心理的司猗纹给予了超人格的神奇描述,使文学对女性的透视达到了从未有过的深度。这对于女性文学来说,是一个重要的突破。

有人认为铁凝的《玫瑰门》恰恰是通过"消解"而进入了历史的叙述,作家对历史的体验融化到了历史本真存在的还原之中去了,艺术的想象真正成为历史写实的需要。在笔者看来,无论铁凝是从乡野女性还是城市女性视角切入,关注的却是整个人类的生存状态和人类精神命脉的走向,捍卫的是整个人类的精神健康和心灵的高贵。严格意义上说,从最初的《哦,香雪》到最后的长篇《笨花》,显然,超越一切性别的限制,变成一个叙事者,回到原乡世俗生态的写作与经验叙事,是铁凝的方式。她所关注的不仅仅是社会的性别歧视和不公正,而是探寻女性的命运和内宇宙,为新时期女性小说开辟了一个灵魂自审的领域。铁凝经由《玫瑰门》找到了最有效的叙事方式,深入了女性内心世界与社会关联的暗合与交错,酣畅淋漓地做了一个痛快的表述,更确切地说,文本气韵与作家精神气质是统一的;而延续到《笨花》,更是将笔触深入了深厚文化背景的乡野,触及到了深层的社会底蕴,叙事是在乡村生态景观里展开,但也延展到中国乃至中国人的生存的历史与现实,也将单纯的女性视角视线守住,打量起厚实的华北土地,象征地指涉了一个放大的中国景象。但是《笨花》并没有给大家带来更多的惊奇,因为宏大的历史背景里的女性表述显然没有《玫瑰门》更有色泽。《玫瑰门》定格了铁凝的最佳叙事与表达方式,也定格了她想见证的"女性之门"。

"游戏"男性中心文化核心文本

——解读王安忆《叔叔的故事》

任一鸣

时代的行进一路风尘地将女性读者,确切地说,将女性主义读者带上了新的思考境地。她们认为,现实女人的自我意识不仅被封闭在父权制所规定给女性的现实的社会性别角色中,而且还被禁锢在由男性创造的小说殿堂及艺术迷宫中,传统美的枷锁只轻轻一声便罩住了她们的自我意识,深重地压抑了她们寻找自我的期待视野、完善自我人格的努力和向外开拓的创造性。尽管奉献依附至今仍是一种群体意识,但女性读者已开始认识自己的生存境遇,消除社会造成的性别悲剧的愿望正在付诸行动。正因为如此,女性主义作家,作为读者,在阅读了《绿化树》以及与《绿化树》塑造的女性形象持同样意识的诸多文本之后,再吸收了众多女性读者的阅读反应之后,对作为传统女性形象的固定符码予以解构、对理想主义的男性中心神话予以解构,就成为女性主义阅读者——女作家义不容辞的阅读反馈义务。王安忆的《叔叔的故事》正是具有划时代意义的解构男性中心神话的杰作,是《绿化树》反馈于女性主义读者的产物。

《叔叔的故事》是一个"游戏"男性中心文化核心文本《绿化树》的故事。

《叔叔的故事》是一个"改写"男性中心文化核心文本《绿化树》的故事。

《绿化树》这个男性中心文化核心文本,终被王安忆,一个与"叔叔"相异的性别的叙述者,用一种女性视角,一种特殊的叙述方法予以颠覆与解构。

题解 本文原载《昌吉学院学报》2004 年第 2 期。作者从性别阅读视角解读王安忆的小说《叔叔的故事》,认为它是作为女性主义阅读者的女作家王安忆对男性中心文化核心文本《绿化树》的"改写"和"游戏",以一种与"叔叔"相异的女性的视角、一种特殊的叙述方法,揭破了如《绿化树》般男性叙事的伪装,解构了"叔叔"们在文学中创造的男性中心神话,它的出现意味着男性中心文化视阈唯一局面在文学中的结束。《叔叔的故事》强有力地启迪和影响了《绿化树》作者张贤亮对女性命运的思考,其后来创作的自我解构、改写和超越的《我的菩提树》具有不可多得的历史和人性的认识价值。可以说,《绿化树》是《叔叔的故事》的前文本,《叔叔的故事》是《我的菩提树》的前文本,二者构成了 20 世纪末叶中国文坛上几乎绝无仅有的文学接受的连锁反馈现象。

（一）

王安忆的《叔叔的故事》，仅看篇名，这是再俗套、平常不过的。所讲的"故事"，也无非是被 20 世纪 80 年代的文学讲滥了的关于一个偏僻小镇的女学生爱上了一个摘帽右派的故事；一个摘帽右派、在炼狱般"苦难的历程"中如何完成了灵魂的升华，成为一个著名作家的故事。

但是，当你仔细读下去的时候，尤其是当你从性别的视角阅读的时候，一种从未有过的关于"性别"的思考攫住了你。你便认定这个"故事"及其意义，决不同于 20 世纪女性文学中任何一个"故事"及其意义；也不同于 20 世纪文学中任何一个"故事"及其意义。

"叔叔"的故事，是由作品中的叙述者"我"来讲述的。虽然作家或许有意隐瞒了"我"的性别，但读者仍然可以从"我"的视角中读懂"我"的性别——是与"叔叔"相异的女性性别。

在文学传统里，控制叙述话语的大多是男性。在"叔叔"们讲述的故事中，女性历来不由女性自身，而是由作为男性的"叔叔"们注释的。其典型的文本便是张贤亮的《绿化树》。按照叔叔们的叙述，他们能从历史的灾难中劫后余生，主要原因之一，是受到女性奉献式的爱护与拯救。一如章永璘（《绿化树》中的男主人公）在马缨花（《绿化树》中的女主人公）的"美国饭店"得到额外的物质食粮及精神温暖，挑灯攻读《资本论》那样。

读过《绿化树》的人，无需多么深邃的洞察力，便能识别章永璘被赋予的那种理想主义者的基本面貌，只是现实才把这个几乎是天生的理想主义者投入世俗生活的最底层，仿佛炼狱似的让他过哪怕是最善于同流合污的人也难以忍受的生活。于是，这样一个理想主义者，这样一个不懈的精神追求者，这样一个智识型人物终于不可回避地面临着饥饿的空前威胁。但是，尽管如此，在《绿化树》中肉体受尽折磨的章永璘，精神依然保持着悲剧性的崇高。靠着一部《资本论》，完成了一个理想主义者的追求——因为读者们希望好人有好报，期待着章永璘有理想美好的结果，于是，许许多多的读者愉快地接受了小说给章永璘与马缨花的爱情所施加的诗情画意。

但是，获得众多喝彩的《绿化树》，却被女性主义批评家们当作炫耀男性中心文化的典型"文本"而屡遭挞伐——张贤亮把他的章永璘们塑造为饱经精神磨难的现代笛卡尔。这些"笛卡尔"们之所以能度过历史的劫难而获得灵魂的升华,是由于受到马缨花式的女性奉献和拯救的缘故。《绿化树》中章永璘形象的光辉社会价值和人生意义,马缨花都是付出了重要贡献的。张贤亮的男主人公们的坚强不屈,显然不能来自天赋性格,他们总是非常幸运地遇到漂亮而多情的女性,犹如许灵均之遇到李秀芝(《灵与肉》),章永璘之遇到马缨花。他们总是在她们的关怀体贴下开始成为真正的男子汉,开始意识到"自我"和历史的深度。而马缨花呢?除了奉献于章永璘的现实形式外,除了在章永璘身上寻找意义外,她没有任何独立的自身的价值与意义。她只是章永璘价值的证明者、奉献者。不仅如此,在《绿化树》中,女性沦为客体的意义走得更远。女性在落难男性苦尽甘来东山再起后,还成为他们前进的绊脚石,成为被抛弃者。此后,叔叔们与这些女性的经历(如马缨花、黄香久——《男人的一半是女人》中的女主人公)更可成为他们创作的素材,使他们在东山再起后,写出"许多可歌可泣的诗篇",吸引着下一代的读者,赢得声誉。也就是说,女性又继续成为落难后复出的男们"剩余价值"的提供者。

或许,张贤亮的原意是想拉女性走向"人"的境地,殊不知他与传统文化中对待女性的根深蒂固的同构意识,强有力地影响并支配着他的思考对象和思维方式,驱使他把女性推向了更为深重的"物"与"性"的泥坑。

运用接受美学的理论分析,读者只阅读"文本",而不阅读和揣测作者的"原意",读者只忠实地反馈阅读文本后的思考,而并不忠实于作者"原意"的反馈,即不在乎和很不在乎作者的原意,文本告诉我们,张贤亮与古典文学中男性创作者对女性美德塑造的传统用意殊途同归;他潜意识地迎和和顺从了男性中心社会和文化的需要。

在20世纪80年代初乃至后来,"叔叔"们讲述的故事中,其中的女性,都是作为"参照物"而存在的。"她们是被参照他们而定义的,而不是他(们)被参照她(们)而定义,她(们)是附属的,是相对于本质来说的非本质的……是'另一种'。"[1] 在"叔叔"们讲述的"故事"中,女性或因愚昧,或因落伍成了绊脚石,或因自愿自甘奉献,终久遭到不能与男性为伍的拒斥。"她们都好像用来做镜子的……奇妙的力量能把男人的影子反射成原来的两倍大……"[2]

---

① [法]西蒙·波伏娃:《女人是什么》。
② [英]弗吉尼亚·伍尔芙:《一间自己的屋子》。

（二）

然而,在王安忆透过叙述者"我"所讲述的"叔叔"的故事中,"叔叔"们被"反射成原来的两倍大"的影子不见了。"叔叔的故事"不仅由一个女作家笔下体现的某种女性视角的叙述者"我"来讲述,而且,它还采取一种"女性"的叙述策略去消解男性的光辉形象。"在这个性别的'反控制'层面上,这篇小说是对以往男性视角作者对女性形象以及两性关系的'歪曲'所进行的'改写'。"①

《叔叔的故事》的叙述者,对上述男性叙述进行的第一个解构是,"打碎男性为自己价值实现而创造的女性'洛神'形象"②。叔叔在农村的那个妻子,在他无家可归时收留了他,拯救了他,一如马缨花那样。但是,当叔叔复出成为名作家向她提出离婚的时候,她并非如马缨花那般豪爽、宽容、善解人意。相反,她在发表了"人在危难时,就当拉他一把,人有了高远的去处,则当松开"的"宣言"后,却仍然成为叔叔摆脱不了的梦魇,而久久地纠缠着他。后来则通过她(他)们的儿子大宝得以延续,而形成不仅在实际上的,还是在心理上破坏他优势的一种恒久捆绑的绳索。

有关叔叔落难后的表现以及叔叔在复出后的婚外与另外两个女性——分别代表着灵与肉的大姐和小咪关系的叙述中,隐含着叙述者对男性中心神话的第二次解构。

"我"娓娓的叙述与张贤亮《绿化树》中的叙述截然相反。叔叔在最艰难困苦时,并非像章永璘那样挑灯夜读《资本论》,在认知上寻找出路,而是近乎堕落地自觉放逐自己的灵魂和肉体。由此,"我"揭破了叔叔们所叙述的"章永璘"式的"苦难历程"与高尚操守的虚伪。

一如传统的落难书生的故事模式中,爱情的完美与功名的实现是男性价值实现的两翼一样。旧有婚姻的失败,使叔叔寄希望于他成名之后的婚外与大姐和小咪两位女性的关系。但是,叙述者"我"不断地解构这种男性"优越感"。分别代表灵与肉的大姐与小咪的离去,所包含的反讽意味即是对叔叔那种虚伪性的揭露。大姐只是一种精神慰藉,作为欺骗自己,让自己相信自己是崇高的需要;小咪的离去则表现出叔叔作为一个男性的更深刻的恐惧感。

叙述者"我"对"叔叔"所代表的男性神话的第三次解构,即是宣告叔叔在

---

① ② 陈顺馨:《中国当代文学的叙事与性别》,北京大学出版社 1995 年版。

波罗的海的异国罗曼梦的破碎。这一次，女性的视角更为外露，足以毁灭叔叔作为一个男性多年的优越感。

当叔叔的事业已经从国内发展到国外，成为一个频繁往来于世界各国的"中国专家"时，凭借着他一代中年男性征服中国女性时独有的"苦难的魅力"，也凭借着他所代表的中国文化的魅力，企图"征服"仰慕中国文化，特别是仰慕中国苦难文化的德国女孩。但是，当德国女孩意识到她面对的是男性暴力时，她自卫地予以还击，回敬了他一记响亮的耳光。"在那个德国女孩眼里，叔叔并不是一个活生生的男人，甚至不是一个个体，而是一个富有东方文化魅力的整体象征，是一个符号。同时，叔叔也无法审美地，甚至是平等地审视和对待这个德国女孩，正像他不能审美地而只是功利主义地，不能平等地而深刻自卑地审视他所属的文化一样。"① 就这样，叔叔所代表的男性中心文化的优越、男性权威的"神话"顷刻间被瓦解被粉碎了。从某种程度上说，《叔叔的故事》甚至具有跨越国界，跨越种族的女性主义色彩。德国女孩作为一个女性相对于"叔叔"的性别是处于劣势的。但是，由于德国女孩子具有强烈的性别意识和抵挡"叔叔""性骚扰"的自卫能力，在各方面的权力均衡较量中，德国女孩取得了性别之争的胜利。

这使笔者想起，在参加北京大学第二届国际妇女问题研讨会期间，会议厅有一则英国女作家坎特比的名言："作为一名妇女，我没有自己的国家，我的国家就是世界。"王安忆《叔叔的故事》中作为核心的女性意识，正与坎特比的女性意识殊途同归。说明作为女性文学核心的"女性意识"本质上是跨越种族、历史和国家而存在的。

如果说这个无比黑暗的波罗的海的夜晚对叔叔来说是可怕的和不幸的。那么，故事的结局——经常被女性主义者用作象征反对男权文化秩序的"杀父"场面，则完成了叙述者"我"对"叔叔"们所虚构的"神话"的最终解构。

"叔叔"儿子大宝在整个故事的发展中并没有占据什么位置，有关他的叙述——他的出生，叔叔对他的态度，他的成长等，均是他最后出场的准备，以负起向父权挑战的重要"使命"。

叔叔与儿子大宝之间的父子关系所以紧张，是源于大宝的母亲。她并非一个逆来顺受的女性。她深知自己是牺牲品，但她清醒地认识到，不能让儿子作陪葬品。大宝本身并没有什么力量，是她的母亲把他从幕后推到了台前，上演了一场"杀父"的戏。他拥有的只是一个儿子的身份。但是，正是这个身份，迫使他

---

① 陈顺馨:《中国当代文学的叙事与性别》,北京大学出版社 1995 年版。

要与一个陌生的甚至是要向他一生的不幸负责的父亲共处一室,互相折磨,最后走投无路地拿起刀要杀死这个所谓的父亲。表面看来,"杀父"是父子之争。实际上,真正有力量的,解构了叔叔优越感的力量来自幕后的操纵者——叔叔的妻子、大宝的母亲。儿子只是工具而已。

《叔叔的故事》就是这样以女性"话语"揭破了如《绿化树》般男性叙事的伪装。在这个女性视角叙述的故事中,"叔叔"们被"反射成原来的两倍大"的影子不见了:一个崇高的理想主义的形象被击碎了。"叔叔"的命运完全由王安忆的叙述所造就。叔叔的妻子、大姐、小咪以及德国女孩的近乎联袂行动,共同使叔叔们在文学中所创造的男性中心文化的神话,变成了一个不堪一击的谎言。王安忆在"有意识地重读和复述父权制的核心本文时,可以变被动为主动,她可以游戏文本,在这种游戏式的模仿中,她可以保持区别于男性范畴的某种独立性"①。

(三)

总之,《叔叔的故事》是对以《绿化树》为代表的男性中心文化核心文本的"重读"和"复述";《叔叔的故事》的出现意味着男性中心文化视阈唯一局面在文学中的结束。

诚然,王安忆不愿公开承认自己是女权主义者(即女性主义者),甚至宣称"我不是女权主义作家"。这其中或许有很复杂的原因。她的"否定式"很可能是一种克里斯蒂娃式的"否定式"的幽默,也可能是解构男性中心文化的策略。对于一个作家,宣言并不是最重要的。重要的是艺术创作的实践。是她的创作提供了女性主义的本文。王安忆的创作一向是以现实感受为基础而不是对一种理论的演绎。因此,不管她是否有意自觉地按照女性主义理论进行创作,都能通过自身的体悟达到与女性主义理论的某种程度的契合。

鉴于上述论述,笔者认为,王安忆的《神圣的祭坛》、《弟兄们》、《叔叔的故事》等一系列作品,完全可以构成系列经典女性主义文本;而且,笔者还以为,以王安忆作品为标准的女性主义文学兴起,完全是女性文学自身发展规律现代衍进之"自律性"结果,而决非一种退却的生存策略。王安忆的女性主义文本,向男性话语世界挑战的批判解构的人文精神,所张扬的以欲望为主体的活泼的

---

① 张京媛:《当代女性主义批评的发展趋势》,《上海文论》1992 年第 1 期。

生命力,恰恰给女性主义文学批评带来了好时光。恰是 20 世纪 80—90 年代中国女性文学现代衍进轨迹中,最具突破性的发展。

从某种意义上说,正是张贤亮《绿化树》等作品触发了中国一些女性家试图建立女性文化文本的深层思考。

作为一个读者,笔者猜想张贤亮一定读过王安忆的《叔叔的故事》,而且,笔者敢说,张贤亮读《叔叔的故事》的时候,必然经历了一番灵魂被看穿的深刻的怆痛与反省。否则,我们怎么可能读到一个完全超越了《绿化树》,且不幸被《叔叔的故事》而言中,自我解构的《我的菩提树》呢?

这是一次对被放逐的灵魂的严峻考验。这是一次对"政治犯"人性丑的无情曝光。这是一次真实的一滴血一滴泪的叙述——这是张贤亮后来种下的"菩提树"所结出的与先前种下的"绿化树"完全不同的"果实"。

《我的菩提树》中,张贤亮亲手揭去了曾经是由自己亲手戴上的伪理想主义面具,其笔下的男性人物,一点也不能使读者看到历史上一直受人尊敬的"政治犯"的理性光彩。

《我的菩提树》中的男性,既然人的尊严已被剥夺了,人的情感已被阉割了,自然也就失去了女性无条件为之奉献的价值和可能性。在这部作品中,"马缨花"们彻底消失了,女性基本缺席,女性的命运被回避,目睹劳改犯的丈夫饥饿已极吞咽惨象的妻子顿时昏倒了……比之于《绿化树》,无疑是一次对待女性态度观念的进步。作为读者,笔者认为,王安忆的《叔叔的故事》强有力地启迪影响了张贤亮对女性命运的思考,甚至影响了张贤亮思考女性命运的思维方式。因为无论如何,历史行进到 20 世纪 90 年代,对许多问题认真深刻的反思正成为必然。不仅文学对女性形象的态度需要反思,而且整个民族都需要对我们赖以生存的这块土地的命运作出科学的反思和正确的选择。《我的菩提树》是张贤亮对《绿化树》的一种改写,一种超越,一种自我解构。时代的变革和文学观念变革所造就的真实无伪的《我的菩提树》,带给我们的的确是一种令人震惊的深刻的丰富,一种能看透生与死界限的穿透力,一种不可多得的历史和人性的认识价值。

作为一位女性读者,笔者的结论是:《绿化树》是《叔叔的故事》的前文本;《叔叔的故事》是《我的菩提树》的前文本。笔者既惊叹于王安忆《叔叔的故事》之深刻的洞见和预言,又感喟于张贤亮《我的菩提树》之去掉伪饰、直陈历史、坦露人性真实的自审精神和勇气,更为 20 世纪末叶中国文坛上几乎绝无仅有的文学接受的连锁反馈现象深长思之。

"身体叙事"的历史文化语境与美学特征

——林白、埃莱娜·西苏的对读及其它

杨莉馨

20世纪90年代以来,在中国大陆,一批先锋女作家在关注女性自身体验的基础上,重新探索与解读女性,使"身体叙事"成为女性写作中一道亮丽的风景。她们的文本实践,与西方女性主义理论批评彼此呼应,显示出女性主义理论所倡导的在全球范围内实现"姐妹情谊"(Sisterhood)的可能性。本文试图对读中国典型的女性主义文本——女作家林白的小说与法国"身体叙事"理论的经典之作——埃莱娜·西苏的《美杜莎的笑声》,透视"身体叙事"的历史文化语境,概括"身体叙事"理论的美学特质,并指出其内在的局限性。

一、"身体叙事"的历史文化语境:性别意识由浑沌而彰显

女性主义学者尖锐指出,一部人类的文明史,就是一部性别压迫的历史。性别压迫和阶级压迫一道,构成了人类社会两种最基本的压迫形式。女性被剥夺了包括话语权和自己身体的所有权在内的一切权利。文明社会的历史(history)是"his story"(他的故事),而"母亲"(mother)只不过是主体"我"的"他者"(m'other)。男性的性别、权力和话语呈三位一体的关系,[①] 女性则被迫沉潜于

题解 本文原载《中国比较文学》2002年第1期。林白小说《一个人的战争》被视为20世纪90年代女性写作中"身体叙事"的代表性作品,面世后引起普遍关注和激烈反应。本文作者注意到林白小说与当代西方女性主义文学理论,尤其是法国埃莱娜·西苏的《美杜莎的笑声》有着惊人的暗合之处,从小说文本与理论的对读中总结女性主义写作中"身体叙事"的基本美学特征及其地位,认为林白小说的最大贡献在于其所持有的女性写作立场,作品从女性的躯体入手,记录了女孩多米认识人生、探索世界与自我实现的心灵轨迹,与埃莱娜·西苏提出的女性"身体叙事"逻辑几乎是同步的,堪称一部女性心理的传记,集中从身体的层面对男性话语封锁进行了突围。本文同时指出"身体叙事"理论与文本实践具有明显的局限与缺失。

① 女性主义理论认为,在男性中心社会中,拥有男性身份即意味着拥有权力与话语权,即所谓 penis-power-pen(3P)三位一体的关系。

历史地表之下。在运作至今的"象征性的秩序"①当中,女性始终以男性描摹的对象、审视的客体而存在。即便极少数女性能够从历史的缝隙中浮出,也只能以非常隐晦的方式,通过象征、隐喻等手段,曲折表达自己的愿望。伊莱恩·肖瓦尔特的著作《她们自己的文学》、桑德拉·吉尔伯特和苏珊·古芭的《阁楼上的疯女人》等,已经对此作了有力的阐释。女性在诉说自身、构建文学传统的过程中,亦不得不求同于主流的即男权的价值系统的认可与支持,以获得有限的生存发展的空间。简·斯宾塞的专著《女性小说家的崛起》②表明,英国女性小说传统形成的过程,也是一个不断遭致干扰与扭曲的过程。

在长久受到封建意识钳制的中国,女性被打压的情形更为严重。虽说中国的妇女文学创作可以上溯很早,③但长期以来,女性写作中的性别意识却是被压抑,甚至被泯灭的。直到五四时代,在个性解放的背景下,处在社会底层的妇女才开始说话。她们以或轻淡柔美,或热情奔放的笔触,宣告了自身性别的独特存在。但是,从根本上由于"存天理、灭人欲"的"非性"文化传统的制约,加之中国缺乏声势浩大的女权运动的背景,独立的女性性别特质难以从国家、民族、社会、阶级或人伦宗族中剥离出来而独立呈现。而五四以来动荡的政治环境、宏大的民族解放背景更有可能淹没女性建构自身的声音。从冰心、庐隐、冯沅君、凌叔华、苏雪林到后来的丁玲,甚至40年代的张爱玲、苏青,大都如此。

新中国成立后,"非性"文化在男女平等的大一统旗帜下,更是达到了登峰造极的地步。由于对性别差异的铲除是以对女性性别特质的抹杀为前提的,男性特质反而被提升为抽象、普泛的人性标准。如表现在文学中,便是女性作家积极求同于主流文化,自觉在政治运动的洪流中荡涤与消解女性意识。丁玲从《莎菲女士的日记》到《三八节有感》再到《太阳照在桑干河上》的变化,显示出女性意识从朦胧初显到失落隐匿的典型过程。直到"文革"结束之后,在强劲的人道主义思潮下,部分女性作家才开始将自己身为女人的艰辛体验注入写作,表达出鲜明的性别立场:如张洁的《方舟》、《祖母绿》,张辛欣的《我在哪儿错过了你?》、《在同一地平线上》,王安忆的"三恋",铁凝的《麦秸垛》、《玫瑰门》,残雪的《山上的小屋》、《黄泥街》等。这些作品的共同特征是试图以"分辨"的眼光来

---

① 象征性的秩序(Symbolic Order),语出拉康,意指男性意识形态控制的社会文化系统。

② Spencer, Jane, *The Rise of the Woman Novelists: From Aphra Behn to Jane Austen*, Oxford, Blackwell, 1993.

③ 可参阅严明、樊琪合著《中国女性文学的传统》,台湾洪叶文化事业有限公司1999年6月版,和谭正璧编著《中国女性文学史》,百花文艺出版社2001年7月版。

考察两性在文化中的不同遭遇,妇女解放问题被从人的解放问题中抽离了出来。女性写作渐渐告别了50至70年代以来"非性"与"反性"的立场,对性别事实变得敏感而关切。在这过程中,王安忆的"三恋"因以一种压缩的形式,较早地表现了妇女经验中一向被遮蔽的欲望体验而具有了特殊的意义。它与张洁等的写作一道,从女性欲望、女性价值的角度,为90年代的女性写作铺了路。

90年代以来,随着中国人性解放的要求因社会的转型而深入并内在化,妇女问题的深层发现有了新的机遇。林白、陈染、徐坤、徐小斌、海男等年轻作家的出现,终于使中国的女性写作步入与男性王朝分庭抗礼的时期。女性文学的勃兴,既得力于女性文学传统的积淀、作家在对历史的反思中产生的沉重使命感以及中西女权主义理论与实践的启迪,亦是中国女性文学创作在走出了性别缺失的漫长而黑暗的王国之后,终于峰回路转、柳暗花明的必然结果。其重要成果即是:作家以女性身体的真实体验为基础,理直气壮地将身体纳入了语言叙事范畴。一些别致的女性文本如林白的《一个人的战争》、陈染的《与往事干杯》、《私人生活》、徐小斌的《双鱼星座》等由此诞生。中国女性文学的性别意识渐由混沌而至彰显。其中,林白的长篇小说《一个人的战争》无疑是一个具有革命意义的范例。作品以我行我素的结构方式与多重转换的叙述、关于女性成长的惊世骇俗的描写、关于女性隐秘心理及性感体验的大胆袒露,在文学界引起了强烈的震动。

这里,我们惊喜地注意到:林白的小说,与当代西方女性主义文学理论,尤其是法国的身体写作理论有着惊人的暗合之处。笔者并不否认,20世纪70年代以来,域外女性主义理论话语对中国文坛的浸染,但机械地寻找大陆女作家接受国外理论影响的痕迹,或者将其创作归结为对西方理论亦步亦趋的模仿或者图解,或许都失之片面,也不够公正,倒不如在承认多元共生的后现代文化背景下,总结人类文明史中女性觉醒的历程与走向更能说明问题的本质。林白小说和埃莱娜·西苏《美杜莎的笑声》的暗合,对我们理解女性主义写作中"身体叙事"的基本美学特征及其地位,应当说不无启示。

二、小说文本与理论:林白与埃莱娜·西苏的对读

作为一位来自中国西南边陲、历史上以设有"鬼门关"而著称的北流县的女作家,林白以浓重而清凄的异域风情,展示了在一片瘴气缠绕、毒雾弥漫的土地上,巫风犹存的自然生态形式与现代文明之间的对立,展露出一位无论在文化

上,还是在性别上都与世俗道德文明格格不入的放逐者孤独、幽闭与反叛的心路历程。除了浓郁的异域风情、唯美的艺术技巧及诗意的氛围之外,林白小说的最大贡献在于其所持有的女性写作立场。

翻检古往今来的文学史,我们发现:女性始终处于被凝视、被定义、被规范的地位。男性作家以女性的代言人自诩,表达女性经验的文本司空见惯,从兰陵笑笑生、施耐庵、曹雪芹、鲁迅到曹禺,从莎士比亚、小仲马、托尔斯泰到易卜生,莫不如此。正如埃莱娜·西苏在《美杜莎的笑声》中指出的:"迄今为止,写作一直远比人们以为和承认的更为广泛而专制地被某种性欲和文化的(因而也是政治的、典型男性的)经济所控制。我认为这就是对妇女的压制延续不绝之所在。"[1]隐含着男性趣味与立场的经典文学读本,潜移默化地滋养着一代又一代的女性读者。然而,文学无"性"界。因此,女性能否诉说建立在独特的身体体验与心理体验的基础上的情感与欲望,打破阴茎=权力=话语权的三位一体,夺回自己的发言权,便成为衡量女性文学是否成熟的标志之一。所以埃莱娜·西苏大声疾呼:"妇女必须参加写作,必须写自己,必须写妇女,就如同被驱离她们自己的身体那样,妇女一直被暴虐地驱逐出写作领域,这是由于同样的原因,依据同样的法律,出于同样致命的目的。妇女必须把自己写进本文——就像通过自己的奋斗嵌入世界和历史一样。"[2] 那么,怎样来写自己呢?既然历史与文化对女性的钳制是与对她身体与欲望的钳制紧紧联系在一起的,那么,要使女性获得解放,首先要回归女性自身的身体与心灵体验。埃莱娜·西苏进一步写道:"通过写她自己,女性将返回到自己的身体,这身体曾经被从她身上收缴去,而且更糟的是这身体曾经被变成供陈列的神秘怪异的病态或死亡的陌生形象,这身体常常变成了她的讨厌的同伴,成了她被压制的原因和场所。身体被压制的同时,呼吸和言论也就被抑制了。写你自己,必须让人们听到你的身体。只有到那时,潜意识的巨大源泉才会喷涌。……写作。这一行为将不但'实现'妇女解放对其性特征和女性存在的抑制关系,从而使她得以接近其原本力量;这行为还将归还她的能力与资格、她的欢乐、她的喉舌,以及她那一直被封锁着的巨大的身体领域;……"[3]

---

① [法]埃莱娜·西苏:《美杜莎的笑声》,张京媛主编《当代女性主义文学批评》,北京大学出版社1992年1月版,第192页。

② [法]埃莱娜·西苏:《美杜莎的笑声》,张京媛主编《当代女性主义文学批评》,北京大学出版社1992年1月版,第188页。

③ [法]埃莱娜·西苏:《美杜莎的笑声》,张京媛主编《当代女性主义文学批评》,北京大学出版社1992年1月版,第193—194页。

于是，按照埃莱娜·西苏的见解，妇女可以而且应该通过自己的身体表达思想。由于冲破了传统与文化的禁忌，她们将"自己的经历写进了历史"，开始"飞翔"。①

无独有偶，"飞翔"同样是林白小说中的典型意象。在她的《一个人的战争》《守望空心岁月》等长篇小说中，女性主人公梦中或灵魂出窍般的飞翔比比皆是。在《守望空心岁月》中，作者写道："我们正在飞翔，身轻如燕，气流的摩擦声掠过我们的耳边发出呼呼的响声，我们的头发已被扬起，与我们飞起的身体成平行状态，奇幻的光线在我们脚下哗啦啦地坍塌，整个世界缩小成一粒黄豆。"②她的一部中篇小说，标题就是《致命的飞翔》。小说通过女性叙事人李芮叙述的两个故事，重叠地复现了男性利用权力诱惑女人的委琐事件。为了突出这类事件的普泛性，作家在描述中不断使用"我们"的复数指称，使所有被利用被伤害的女性的仇恨都浓缩在主人公北诺向损害她的阳性权力的象征——秃头男人的复仇行为中。在小说的结局处，北诺在虚幻的木棉花红艳艳的背景下"奋力一跃"，生动地实践了埃莱娜·西苏"用语言飞翔也让身体飞翔"的理想。1996年，在瑞典首都斯德哥尔摩举行的《沟通，面向世界的中国文学》研讨会上，林白更是从理性的层面上阐释了"身体叙事"臻至"飞翔"的境界："对我来说，个人写作建立在个人体验与个人记忆的基础上，通过个人化写作，将包括被集体叙事视为禁忌的个人性经历从受到压抑的记忆中释放出来，我看到它们来回飞翔，它们的身影在民族、国家、政治的集体话语中显得边缘而陌生，正是这种陌生确立了它的独特性。"她继续说："个人化写作是一种真正生命的涌动，是个人的感性与智性、记忆与想象、心灵与身体的飞翔与跳跃，在这种飞翔中真正的、本质的人获得前所未有的解放。"③

林白的《一个人的战争》堪称是一部女性心理的传记。作品从女性的躯体入手，记录了多米认识人生、探索世界与自我实现的心灵轨迹，其由自慰而自恋而飞翔，从而发现和找回女性自我的过程，与埃莱娜·西苏提出的女性"身体叙事"逻辑几乎是同步的。

从多米幼年时代在蚊帐里发现性的差异，到少女时代满怀豪情走向世界，到被诱骗、被强暴、被利用与被背叛的经历中，处处可见男权社会对女性的损害和

---

① ［法］埃莱娜·西苏：《美杜莎的笑声》，张京媛主编《当代女性主义文学批评》，北京大学出版社1992年1月版，第195页。
② 《林白作品自选集·守望空心岁月》，漓江出版社1999年3月版，第392—393页。
③ 《林白作品自选集·守望空心岁月》，漓江出版社1999年3月版，第501页。

拒绝。冰雪聪明、悟性极高的多米并不是一个自觉的女权主义的标本,相反,她曾经对男性主宰的社会采取了卑贱的迎合态度。然而,她企求获得他人认同的过程亦是一个被侮辱与损害的过程,她终于被逼进了一个返回到自我内心深处的封闭性绝境,选择了"逃离",步入了"一个人的战争",经由自身来满足一切欲望并完成自我实现。在其中篇小说《同心爱者不能分手》和《一个人的战争》中,林白对此有过诗意的表达:"一个人的战争意味着一个巴掌自己拍自己,一面墙自己挡住自己,一朵花自己毁灭自己,一个人的战争意味着一个女人自己嫁给自己。"虽然有失败后的无奈,有被迫幽闭的怨艾,有遭遇"一个人的战争"的沉重,但文化上的被拒绝反而促成了主人公自我的回归。埃莱娜·西苏诗意地写道:"我也激情洋溢,我的欲望创造了新的愿望,我的身体懂得前所未闻的歌。……"① 用这段话作为《一个人的战争》的注解,真是再合适不过了。

《一个人的战争》于1994年在《花城》发表后,引起了社会的普遍关注,甚至引发了人们在传统道德意义上的质问。有人措辞激烈地判定该书"准黄色"、"放纵"。其实,林白对女性性行为和性状态的描写,是采取了一种非写实的、唯美的处理的,它并不能满足声讨者们真实的窥视欲望,甚至与 D. H. 劳伦斯《查太莱夫人的情人》之类作品没有可比性。那么,小说面世后遭逢的激烈反应便令人深思。如果说男性对于躯体的审视、其感官欲念与快感体验不仅可以尽情展示,而且可以获得文化学意义上的崇高解读的话,那么,对女性正视自身的生命体验横加讥评,不是菲勒斯中心在作祟又如何解释呢? 在林白、陈染之前或同时,文坛上还有《废都》、《白鹿原》的出现,它们并没有激起同样的轩然大波。批评家南帆评价说:"这样的事实不难发现,传统躯体修辞学的代码表现出明显的男权中心立场,这就是说,躯体社会形象的创造权牢牢把持在男性手中。在形象设计方面,第一性与第二性判然有别。"②

不论话语世界或现实生活中的男性中心主义者承认与否,事实是,他们一直在潜意识里禁止女性表露对自己身体的兴趣。女性作家被固定于纯洁、唯美的位置,她们只应该歌颂爱情,只应该含蓄地、羞涩地表达朦胧的内心活动,只应该"犹抱琵琶半遮面"。语言世界里的这些性禁忌,成为男性秩序最深、最坚固的堡垒,也是男权压迫、控制女性的最隐蔽的方式,因此,女性"身体叙事"的首要贡献与本质特征,就是集中从身体的层面,对男性话语封锁进行了突围。对女性

---

① ［法］埃莱娜·西苏:《美杜莎的笑声》,张京媛主编《当代女性主义文学批评》,北京大学出版社 1992 年 1 月版,第 189 页。

② 南帆:《女性写作与女性躯体》,见《海上文坛》1996 年第 12 期。

作家来说,身体的描写、性的描写与其说带来了小说的"故事",不如说带来了一种挑战性、抗拒性的叙事姿态。埃莱娜·西苏曾这样预言:"女性的文本必将具有极大的破坏性。它像火山般暴烈,一旦写成它就引起旧性质外壳的大动荡,那外壳就是男性投资的载体。"①《一个人的战争》的命运被其不幸而言中。总之,"身体叙事"已成为当代女性文学的一面旗帜。女性以血代墨,让身体说话,用血肉之躯充当写作依据的逻辑,通过写作放纵自己的躯体生命,已成为女性占有文学领地的手段之一。

在《美杜莎的笑声》中,埃莱娜·西苏又强调指出:"几乎一切关于女性的东西还有待于妇女来写:关于她们的性特征,即它无尽的和变动着的错综复杂性,关于她们的性爱,她们身体中某一微小而又巨大区域的突然骚动。不是关于命运,而是关于某种内驱力的奇遇,关于旅行、跨越、跋涉,关于突然的和逐渐的觉醒,关于对一个曾经是畏怯的继而将是率直坦白的领域的发现。妇女的身体带着一千零一个通向激情的门槛,一旦她通过粉碎枷锁,摆脱监视而让它明确表达出四通八达贯穿全身的丰富含义时,就将让陈旧的、一成不变的母语以多种语言发出回响。"② 因此,"身体叙事"的美学特征之二应该是女性的视角与立场。回顾"文革"时代,男性价值被参照并被包装为普遍、抽象而客观的人性,女性成为女扮男装的铁姑娘、铁女人。到了商品时代的大潮下,女性价值却走向另一个极端,被包装成搔首弄姿、待价而沽的特殊商品,其对象性、玩赏性被强调——其实,两种价值在本质上并无二致,皆异曲同工地采用了男性视角——前者是片面肤浅地抄袭男人模式,后者是二元对立依附猛男而成为乞求怜爱与保护的弱势群体。即使是90年代后期的几位以写夜生活、吸毒、滥交等闻名的女作家,表现出类似于"垮掉的一代"那种玩世不恭的叛逆姿态,骨子里依然顾影自怜,将女性打造为妖冶、性感、充满堕落气息、迎合男性趣味的小女人。相比之下,林白的主人公们,对主流文化则大都采取了一种冷眼旁观、特立独行的立场。小说中大量对女性身体的描述,不是孤立的和鉴赏性的,而是饱含了女性对自身身体美的发现、欣赏和自我意识的觉醒。在中篇小说《子弹穿过苹果》中,有一段巫女蓼在丛林中奔跑的景象:蓼"湿漉漉凉滋滋",像"蛇一样"的皮肤和"橄榄色的发亮的乳房",健康地呈现出女性作家对同性身体魅力的骄傲与赞叹。南方女人

---

① ［法］埃莱娜·西苏:《美杜莎的笑声》,张京媛主编《当代女性主义文学批评》,北京大学出版社1992年1月版,第203页。

② ［法］埃莱娜·西苏:《美杜莎的笑声》,张京媛主编《当代女性主义文学批评》,北京大学出版社1992年1月版,第200—201页。

特有的风情和魅力在这幅素描中一览无余。在中篇小说《回廊之椅》中,作家进一步描写了太太朱凉让使女为她洗澡的场景,女性身体之美的表现不仅采用了女性表达情欲的方式,而且完全是用女性自己审美的眼睛进行观照的产物。作家在中篇小说《致命的飞翔》中自陈:"我将以一个女人的目光(我的摄影机也将是一部女性的机器)对着另一个优秀而完美的女性,从我手上出现的人体照片一定去尽了男性的欲望,从而散发出来自女性的真正的美。"① 这句话其实可以被看作林白女性主义小说的宣言。其女性意识的彰显,并不在于表现了人类某些隐秘的感情方式和变态的性爱形态,因为这些因素在男性作家笔下同样是可以表现的。林白的特色在于"去尽了男性的欲望":"她的人物并非毫无欲望,只是在男性一头的绝望使其欲望变成无对象的展示,情色成为一种真正的自娱,在纯粹的意义上完成了女性的自觉。"②

总之,"身体叙事"通过摒弃男性经验、男性视点与男性表达,体现出女性建构自身话语的努力。作家固执地、专注地描写自身,以血代墨,并采取了个人化的叙述或边缘化的写作策略,免使自己陷入男性语境,努力建构包括女性独特的语体、文风、题材、情感、形象、主题、文学传统等各种因素在内的女性话语。

三、"身体叙事"向何处去?

如果说"身体叙事"是女性为拒绝男性话语的压制而采取的一种特殊的叙事策略的话,那么我们又可以进一步追问一系列问题:以血代墨,即打破身体在话语领域内的禁忌,是否就能使女性获得真正意义上的解放?"身体叙事"是否能完全涵盖女性写作范畴?女性写作只能限定为身体写作吗?"身体叙事"理论是否对作家的性别具有严格的要求?虽说这些问题作为女性主义理论界的热点问题依然在不断被探讨与争论着,我们还是可以指出"身体叙事"理论及文本实践的一些明显的缺失之处的。

首先,以血代墨易于使创作主体过于狭隘,人为地使两性陷于战火与硝烟弥漫的对立关系。埃莱娜·西苏说:"我写妇女:妇女必须写妇女,男人则写男人。"③ 那么,是否女性生活只能由女人包揽,男作家无法涉足;男性题材只能由

① 《林白作品自选集·守望空心岁月》,漓江出版社 1999 年 3 月版,第 137—138 页。
② 陈思和:《林白作品自选集·林白论》,漓江出版社 1999 年 3 月版,第 6 页。
③ [法]埃莱娜·西苏:《美杜莎的笑声》,张京媛主编《当代女性主义文学批评》,北京大学出版社 1992 年 1 月版,第 190 页。

男人包揽,女作家也无法染指呢? 如果回答是肯定的,那显然既违背了文学创作的规律,又与文学史上丰富的文学实践成果不符;伊莱恩·肖瓦尔特一针见血地指出:"女性美学也具有严重的弱点。正如许多女性主义批评家尖锐指出的那样,女性美学强调女性生理经验的重要性非常危险地接近性别歧视的本质论。……女性文体或称为女性写作仅仅描述了妇女写作中的先锋派形式,许多女性主义者感到被这种规定的文体排斥在外。"① 因此,女性作家在强调身体体验的同时,不能把其他同样价值非凡的女性文本排斥在视野之外,那样,势必对女性文学整体产生切割而使其面目全非;其次,女性主义批评理论曾抓住弗洛伊德学说中"解剖即命运",即认为女性地位的卑下是由其"劣等"的生物构造决定的观点大加挞伐,但"身体叙事"理论对生理性别与体验的强调却又使其落入了生物决定论的本质主义圈套之中。"身体叙事"理论起源于反对性别歧视的初衷,但将男性作家一概排斥在外,使它走向了另一条偏狭之路。自身是反生物决定论的,却又不由自主地陷入了生物决定论的立场,这也许是相当一部分女性主义者的可悲之处吧。两性的对峙与隔绝,决不是人类文明发展的合理趋势,它是反人性的。女性文学的终极使命应当是通过书写女性自身来颠覆男性中心历史对于妇女的遮蔽和扭曲,从而达成人类双性文化的建构,而不是一种性别对另一种性别的敌视与拒绝;再次,"身体叙事"还应当适当考虑到国情、文化背景与大众接受的因素。在当代中国文坛,文学受到商业化浪潮的裹挟,"性"成为商业利润的驱动因素。既然传统文化使女性成为"性"的符号,商业化炒作便使得林白、陈染们主观上的反叛举动客观上迎合了一些人的窥视欲,使得女性作家公布的私人档案般的个体经验,在男性读者那里演化成了一幅幅极具观赏性的画面。在合法化的窥视中,男性读者的好奇心得到了满足并享受了窥视本身所带来的乐趣。这既是接受者的悲哀,也是写作者的悲哀。作为身处精英阶层的知识女性,林白、陈染们的女性写作缺乏女性读者的呼应。结果变成当女性作品问世时,最先听到的,往往是来自男性世界的喝彩声。在这种喝彩声中,通过身体的女性写作走向了荒诞;最后,如何抵达并表达存在的深度,写出具有震撼力的女性文学作品,使其能透过个人体验,直达集体的生存经验,也是女性文学发展面临的考验之一。表达知识女性细腻感受的私人话语,距现实中纷繁的女性经验还是有相当距离的。作为具有使命感和社会良知的作家,应当把握一己经验与

① [美]埃莱娜·肖瓦尔特:《我们自己的批评:美国黑人和女性主义文学理论中的自主和同化形象》,张京媛主编《当代女性主义文学批评》,北京大学出版社 1992 年 1 月版,第 258 页。

人类经验的共通性,由性的不合理透视生存的不合理,由女性的不幸透视人类的黑暗和宿命,将个人的性别遭遇上升为普泛的性别遭遇,甚至涵盖人类的遭际,承担起女性话语表达者和女性成长启蒙者的使命来,而不是幽闭独处,一味沉浸在"一个人的战争"状态和"私人生活"中浅唱低吟,作向隅的私语或独白。

总之,女性通过自己的身体,让愿望在话语世界中飞扬奔涌的同时,还需要提防多处陷阱,以免重蹈男权中心主义的覆辙。一方面,女性主义不应在反抗一种话语霸权的过程中滋长另一种话语霸权,用一元化的"身体叙事"覆盖多彩多姿的女性文学文本;其对男权菲勒斯的反抗也不能走向另一个极端,陷入另一种本质主义的怪圈之中,从反历史、反文明滑入反人性的泥淖中去。文学乃至现实生活、社会发展,无不依靠男性和女性的相互理解、相互支持与共同努力。只有达成这样的共识,"身体叙事"才能得到健康发展。

我眼中的历史是日常的

——与王安忆谈《长恨歌》

徐春萍　王安忆

《长恨歌》达到了某种极致

　　记　　者：首先祝贺你获得本届茅盾文学奖。《长恨歌》完成于 1995 年上半年，可以说是你在 90 年代的一部倾心之作。几年来，《长恨歌》接连获得殊荣。那么在完成创作 5 年之后，你本人如何评价这部作品，它在你的创作历程中有着什么样的意义？

　　王安忆：《长恨歌》确实写得很用心。当时作家出版社计划出我和贾平凹的自选集，要求其中有一部新长篇。在我开始考虑写什么时，这个题材就在脑海里出现了。应该说，它在我心里其实已沉淀很久了。我个人认为，《长恨歌》的走红带有很大的运气。譬如，当初张爱玲的去世引发了张爱玲热，许多人把我和她往一块儿比，可能因为我们写的都是上海故事，对上海的怀旧时尚客观上推动了读者关注写上海故事的小说。其实我在写作时根本没有什么怀旧感，因为我无"旧"可怀。

题解　本文原载《文学报》2000 年 10 月 26 日，是记者徐春萍对王安忆的一次访谈。1995 年，王安忆的长篇小说《长恨歌》发表后在社会上引起很大反响，2000 年获第五届茅盾文学奖，获奖评语为："体现人间情怀，以委婉有致、从容细腻的笔调，深入上海市民文化的一方天地；从一段易于忽略、被人遗忘的历史出发，涉足东方都市缓缓流淌的生活长河。《长恨歌》的作者用自己独到的叙述方式，抒写了一位四十年代平民出身、美丽、善良而又柔弱的女性的不幸的一生和悲剧的命运。其间，包含着对于由历史和传统所形成的上海'弄堂文化'的思考与开掘，对于那些远离了时代主潮、不能把握自己命运的妇女与弱者的深深的同情。一种具有普遍意义的人间情怀洋溢在字里行间，渐渐地浸润出了那令人难以释怀的艺术的感染力。"王安忆在接受采访时讲《长恨歌》的写作在其创作生涯中达到了某种极致的状态。她认为，历史的面目不是由若干重大事件构成的，历史是日复一日、点点滴滴的生活的演变。《长恨歌》是 20 世纪 90 年代女性文学代表作之一，2009 年被选入《六十年与六十部：共和国文学档案》，2018 年被评为中国改革开放四十周年最有影响力小说，2019 年入选"新中国 70 年 70 部长篇小说典藏"丛书。

事实上,我写《长恨歌》时的心理状态相当清醒。我以前不少作品的写作带有强烈的情绪,但《长恨歌》的写作是一次冷静的操作:风格写实,人物和情节经过严密推理,笔触很细腻,就像国画里的"皴"。可以说,《长恨歌》的写作在我创作生涯中达到了某种极致的状态。

《长恨歌》的叙事方式包括语言都是那种密不透风的,而且要在长篇中把一种韵味自始至终贯穿下来,很难。因为你得把这口气一直坚持到最后,不能懈掉。写完后我确实有种成就感。《长恨歌》之后,我的写作就开始从这种极致的密渐渐转向疏朗,转向平白。这种演变我自己觉得挺好。

记　者:刚才你提到了张爱玲。海外有学者认为,你是继她之后"海派小说的第一传人",《长恨歌》填补了《传奇》之后数十年海派小说的空白。我知道,你认为自己和张爱玲有很大不同。那么你觉得你们笔下的上海故事最大的不同在何处?

王安忆:我觉得张爱玲是个徘徊在两端的人,她的世界很矛盾,要么是非常琐碎的一桌子麻将之类的场景,要么就是又虚又悠远的东西。虚无使她必须抓住生活中琐碎具体的细节,日常生活的点滴触动,但她忽略了现实生活和理想。张爱玲从感觉到虚无,没有现实的依据,而我和我的作品是脚踏在现实的土地上的,我的情感范围要比她大一些,我不能在她的作品中得到满足。人们把我和她往一块儿比,但我与她的经历、感受没有共通之处。

历史是日复一日的生活的演变

记　者:你曾说写上海,最有代表的是上海的女性。《长恨歌》就写了一个四十年代"上海小姐"的一生命运。上海这座城市的社会是由无数个"声"与"色"作底子的,在王琦瑶的传奇故事中蕴含上海这座城市的记忆。《长恨歌》后,你还写了《妹头》以及《富萍》等。有评论家指出,你笔下上海的种种历史变迁都停留在日常状态,这一点你怎么看?

王安忆:上海是座有意思的城市。在这个舞台上上演着无数故事,我还没有写完。有人说我的小说"回避"了许多现实社会中的重大历史事件。我觉得我不是在回避。我个人认为,历史的面目不是由若干重大事件构成的,历史是日复一日、点点滴滴的生活的演变。譬如上海街头妇女着装从各色旗袍变成一式列宁装,我关注的是这样一种历史。因为我是个写小说的,不是历史学家也不是社会学家,我不想在小说里描绘重大历史事件。小说这种艺术形式就应该表现日常生活。我写《我爱彼尔》关心的是现实生活中东西方如何接触的问题,这也是改革开放后我们遇到的问题。我觉得无论多么大的问题,到小说中都应该是真实、具体的日常生活。这个观念我也是逐步形成的。以前写《叔叔的故事》时,我也是把主观想法端出来写的。

记　者:你曾谈过关于小说的理想,所谓的"四不政策":不要特殊环境特殊人物,不要材料太多,不要语言特殊化,不要独特性。这种想法到今天有什么变化? 你觉得一部好小说的因素是什么?

王安忆:没有改变。说一部好小说应该直指人心,那是从灵魂的角度而言的。我比较关心技术的层面,小说还是要写故事,故事还是要在假定的前提下,做真实的推理。情节发展要合乎逻辑,人物要生动,也许现在的年轻人不爱听,觉得这些太老套了,太一般了,但这的确是小说最基本的东西,也是我们最难做好的。

生活经验对一个作家而言很重要。小说里的日常生活,不是直露露的描摹,而是展现一种日常的状态。写实是一种陷在许多规矩限制中的写作。许多经典小说在假定的前提下,按照逻辑精确设计人物和情节,这是作家创作中所获得快感之一,同时也是需要功力的一种劳作。我在年轻时候也容易喜欢一些情绪化、浪漫的东西,现在我真心赞叹那种上乘的写实功力。

我所有的变化都是循序渐进的

记　者:在文坛你的作品一向是以变化而著称,可是这些变化跟文坛的变化似乎并不相干。这种总是要打破自己求新求变的动力是什么? 是不是要寻找一种属于自己的成熟的风格?

王安忆:我是个否定风格的作家。评论家们说我总是在求新求变。其实我觉得我的作品是随着自己的成长而逐渐成熟。老老实实地一步步往前走。如果说有变化那就是逐渐长大逐渐成熟,循序渐进。我并没有像评论家说的那样戏剧性地变化。

记　者:当代生活是如此复杂多变,这对作家而言,既是一种资源也是挑战。你怎么看?

王安忆:当代生活千变万化,给作家的写作提供了很多材料。但这仅仅是表面现象。在我看来,在表面五光十色的生活背后是单调、乏味、格式化。因为许多人没有内心生活。各种时尚、信息啦一大堆,在物质生活丰富的同时,精神世界被大大忽略了。大众永远是被现实生活所吸引的。问题在于知识分子包括作家,他们中不少人也忽略了自己的精神生活。

其实我们每个人所观察的生活是差不多的,而大家写出来的作品不一样,这要看你理性准备有多少。如果你的理性充分,你就深刻,就和别人不一样。

陈染：个人和女性的书写

戴锦华

个案与个人

在她登场之初①时，陈染是一个个案。而在"女性写作"多少成了一种时尚、一种可供选择与指认的文化角色的今天，她仍是一个个案。她始终只是某一个人，经由她个人的心路与身路，经由她绵长而纤柔的作品序列走向我们又远离着我们。以一种并不激烈但执拗的拒绝的姿态，陈染固守着她的"城堡"，一处空荡、迷乱、梦魇萦扰、回声碰撞的城堡，一幢富足且荒芜、密闭且开敞的玻璃屋。那与其说是一处精神家园，不如说只是一处对社会无从认同、无从加入的孤岛。

从某种意义上说，陈染并非一位"小说家"——说书人，她并不试图娓娓动听地讲述故事，这当然不是说她缺乏叙事才能，无论是凄清怪诞的《纸片儿》，哀婉舒曼的《与往事干杯》，诙谐温情的《角色累赘》，还是机智巧妙的《沙漏街卜语》，都证明着她的才情与潜能；她也不是哲学迷或辨析者，然而她又始终在辨析，始终在独白——自我对话与内省间沉迷在意义与语言的迷宫中，但她所辨析的，只是自己的心之旅，只是她自己的丰富而单薄的际遇、梦想、思索与绝望。

题解 本文原载《当代作家评论》1996 年第 3 期，是对 20 世纪 90 年代女性写作的代表作家之一陈染的"个案"分析。作者认为，"个人"或"个人化"——个体经验与体验的探究、表达，由个人视角切入历史与时代，是陈染小说一个极为引人瞩目的特征，其作品具有一种极为明确的性别意识。如果说，新时期，中国女性再次面临着继续花木兰——化妆为男人而追求平等，与要求"做女人"的权力而臣服于传统性别秩序的"二难处境"；那么，陈染的作品序列及"陈染式写作"标示着诸多第三种选择中的一种。她固执并认可自己的性别身份，力不胜任但顽强地撑起一线自己——女人的天空。从某种意义上说，陈染的写作始终是个人的，而她由个人化而女性书写的过程，使她及其作品的位置变得愈加难于指认与辨识。在已颓破但仍巍然伟大的叙事传统面前，类似作品毕竟难免其暧昧与微末之感。这间或是些脆弱的"花朵"，但它或许会在大道阻断的地方成为九十年代的女性写作的路标之一。

① 陈染的小说处女作是《嘿，别那么丧气》，发表于《青年文学》1985 年第 11 期。第一部小说集《纸片儿》，《新星丛书》第五辑，作家出版社 1989 年 2 月第 1 版。

所谓"我从不为心外之事绝望,只有我自己才能把我的精神逼到这种极端孤独与绝望的边缘"①。似乎作为某种"断代"(?)的标识,对于六十年代生长的一代人说来,他(她)们在拒绝意义与传统的写作者的社会使命的同时,写作成了写作行为目的的动因与支撑物。而对于陈染,写作不仅缘于某种不能自已的渴求与驱动,而且出自一种无人倾诉的愿望,一种在迷惘困惑中自我确认的方式与途径。因此,她由直觉而清醒的拒斥寓言,在描述一种自我精神状态的同时,规避对某些似无可规避的社会状态的记叙与描摹。她仅仅在讲述自己,仅仅在记叙着自己不轨而迷茫的心路,仅仅是在面世中逃离:凭借写作,逃离都市的喧嚣、杀机,逃离"稠密的人群"这一"软性杀手"。写作之于她,既是"潜在自杀者的迷失地",又是活着的重要的(如果不说是唯一的)理由,是写作为她营造着一种"需要围墙的绿屋顶",一个中心处的边缘。

或许可以说,八十年代中后期,陈染获得机遇是由于一种必然的指认(误识)方式:陈染由于她选题与书写方式的别致,由于其作品的非道德化的取向而获得指认、赞美或质询。于彼时的社会文化语境中,个人、个人化写作意味着一种无言的、对同心圆式社会建构的反抗,意味着一种"现代社会"、"现代化前景"的先声;而非道德化的故事,不仅伸展着个性解放的自由之翼,而且被潜在地指认为对伦理化的主流话语的颠覆,至少是震动。的确,个人,或曰个人化,是陈染小说序列中一个极为引人瞩目的特征。我们间或可以将陈染的作品,以及围绕着她作品的喧闹与沉寂,视为某种考察中国社会变迁的标示与度量。然而,这种寓言式读解的先在预期,不仅有意、无意地忽略了陈染小说之为个案的丰富性,同时无疑遮蔽陈染小说中从一开始便极为浓重的性别写作色彩。一个个人,但不是一个无性或中性的个人;一个个案,却从一个都市少女的个人体验中伸展出对无语性别群体的及其生存体验的触摸。

复苏的性别

陈染,作为生长于六十年代中的一个,幸运地或不幸地成了"后革命"的一代。尽管"革命之后"的时候,仍会出产寓言家或"后先知",尽管陈染的记忆库中仍会有着"尼克松访华"或"红小兵大队长"之类的片断,但那与其说是大时代的记忆,不如说更像是彼时日常生活的残章;诸如彼时"不卑不亢"的"政治

---

① 陈染:《一封信》,《断片残简》,第 26 页。

口径"只因成了少女时代的自指、自怜之镜而留存在记忆之中。相对于"69届初中生"或"57女儿"①,对于陈染,童年时代的政治与社会底景,远不及父母间的婚变、破败的尼姑庵中的夏日,更为巨大、真切地横亘在她的人生之旅上。相对大时代、社会舞台,陈染所经历的只是某种小世界,某种心的帷幕之内或曰玻璃屋中岁月。在一种别无选择的孤独与自我关注之中,陈染以对写作自身的固恋和某种少女的青春自怜踏上文坛。间或可以视为某种社会症候:尽管包含着误读的因素在其中,陈染式写作获得有保留的接纳,仍意味剧烈的社会变动毕竟呈现一些空间裂隙,一种个人化的写作,已毋须经过意义的放大与社会剧的化妆便可出演。当然,这无疑是某种"小剧场戏剧"。设若我们将"个人化"定义在个体经验与体验的探究、表达,由个人视角切入历史与时代;而不仅是艺术风格。那么,这一久已被视为中国文坛内在匮乏的写作方式,是由一个富于才情的少女,而不是她同时代的才华横溢的男性作家来开始,便无疑成为一个颇为有趣的事实。

从某种意义上说,陈染的作品序列从一开始,便呈现了某种直视自我,背对历史、社会、人群的姿态。或许正是由于这种极度的自我关注与写作行为的个人化,陈染的写作在其起始处便具有一种极为明确的性别意识。作为某种必然或偶合,陈染似乎第一个豁免于新中国女作家难于逃离的性别疑惑:作为一个准男人或"女人"? 抑或作为"人"? 尽管在陈染最初的作品无疑带有《百年孤独》(深刻影响了中国新时期文学写作的若干本翻译作品之一)的印记,但即使在她的"乱流镇"或"罗古镇"传奇中,呈现亦非民族历史或文化寓言,而是某个"古怪女人"故事。如果我们一定要为陈染寻找外国文学的源流,那么它会是尤瑟纳尔、弗吉尼亚·伍尔芙、玛格丽特·杜拉,而不是加西亚·马尔克斯或米兰·昆德拉。作为一个无法,也拒绝认同任何集团、群体的个人,她自己的生命体验无疑成了她最重要的写作思考对象。她无法或不屑于在作品中遮蔽自己的性别身份。似乎十分自然地,陈染作为一个女人而书写女人;作为一个都市、现代女性来书写现代都市女性的故事。几乎她所有重要作品,大都有着第一人称的女性叙事人②,而且大都以当代都市青年女性为主人公。如果说陈染的作品仍是某种人物的假面舞会,那么她披挂的是一张几近透明的面具。裸脸面世,与其说意味某种"暴露",不如说更像一次无遮拦的凝视。不是男人对女人的凝视,不是

---

① 王安忆早期的长篇小说为《69届初中生》,并曾与青年学者陈思和发表名为《两个69届初中生的对话》。铁凝则在其散文中接受了作家古华对她的称谓"57女儿"。

② 在笔者所读到的陈染的作品中,《空心人的诞生》似乎唯一的例外,但仍是一个男孩子的视点中呈现的两个女人的故事。

潜在欲望视域中的窥视；而是有自恋、有自审、有迷惘、有确认。在镜象中迷失，在镜象中穿行，在绝望的碎镜之旅中逃亡。在经历了漫长的历史地表之下的生存，经历了短暂的浮现，以及在平等、取消差异——"男女都一样"的时代于地平线上迷失之后，这是又一次痛楚而柔韧的性别的复苏。如果说，新时期，中国女性再次面临着继续花木兰——化妆为男人而追求平等，与要求"做女人"的权力而臣服于传统的性别秩序的二难处境；那么陈染的作品序列及"陈染式写作"标示着诸多第三种选择中的一种。固执并认可自己的性别身份，力不胜任但顽强地撑起一线自己——女人的天空；逃离男性话语无所不在的网罗，逃离、反思男性文化内在化的阴影，努力地书写或曰记录自己的一份真实，一己体验，一段困窘、纷繁的心路；做女人，同时通过对女性体验的书写，质疑性别秩序、性别规范与道德原则。

始自父亲场景

在陈染的作品序列中，她从那个十六岁时的、胡同深处破败的尼姑庵向我们走来。如同一个鲜红的印记，如同一段复沓回旋的低吟，一个梦魇或一份"不能忘记"的爱。它不断浮现、不断被书写。如果我们加上一原型场景的变奏："九月"或"秃头"或父恋的意象，那么我们极易发现一个鲜明的序列：从《纸片儿》到《与往事干杯》；从《无处告别》、《嘴唇里的阳光》到《私人生活》；从《站在无人的风口》到《巫女与她的梦中之门》、《秃头女走不出来的九月》。经历了八十年代原旨弗洛依德的冲击与教化的人们，不难对其做一次完满的精神分析操练。

事实上，在九十年代的文化语境中，精神分析为陈染的写作提供了一份最为直接而有效的指认方式。人们不难从上述作品序列中，发现一个深刻的创伤性情境：童年——少女时代的家庭的破裂，父亲的匮乏，使她未曾顺利地完成一个女性的成长；不难从中找到一个典型的心理情结：厄勒克特拉情结，或曰女性的俄狄浦斯情结——恋父。一个因创伤、匮乏而产生的某种心理固置：永远迷恋着种种父亲形象，以其成为代偿；不断地在对年长者（父亲形象）、对他人之夫（父亲位置的重视）与男性的权威者（诸如医生）的迷恋中，在寻找心理补偿的同时，下意识地强制重视被弃的创伤情境。事实上，陈染八九十年代之交的写作与其说是提供某种精神分析的素材；不如说是在其作品中进行着某种精神分析的实践；与其说她的作品充满了丰富的潜意识流露，是某种梦或白日梦，不如说那是相当清醒而理智的释梦行为与自我剖析。如果说，她在自己的作品中出演了一个类似少女杜拉的角色,那么她同时扮演自己的医生。事实上,陈染本人确实是"以善于出色的心理描写和精神分析的作家身份,参加国际精神科学协会"①。如果我们将《纸片儿》视为一个原型情景,将忧伤、温婉的《与往事干杯》视为一次原画复现,那么《巫女与她的梦中之门》便是一次自我分析与释梦。篇章中甚至有主人公这样明确的诗句:"父亲们/你挡住了我//……即使/我已一百次长大成人/我的眼睛仍然无法迈过/你那阴影"②。

　　然而,使用精神分析的"套路"无疑可以使分析者获得完整的对陈染叙事的叙事,同时可以陶醉于弗洛依德的无往不利;但在必然的削足适履,会损失一个文化个案的丰富性的同时,精神分析作为一种再经典不过的男性的、关于男性的话语,必然使陈染的"父亲场景"隐含的(此后愈加清晰而强烈)的复杂的女性表述继续成为盲点。不仅在《巫女与她的梦中之门》里,早在《纸片儿》中已存在着双重"父亲"形象:单腿人乌克和祖父。其中所包含的不仅是关于女性欲望的话语,而且潜藏着对父亲——男性权力的直觉表达。在那首给"父亲们"的诗句中,接下来是:"你要我仰起多少次毁掉了的头颅/才能真正看见男人/你要我抬起多少次失去窗棂的目光/才能望见有绿树苍空/你要我走出多少无路可走的路程/才能迈出健康女人的不再鲜血淋漓的脚步"。"父亲"的阻隔,不仅是心理成长意义的,而且是在男性权力的意义上。在陈染的作品序列中,自我精神分析必然地延伸为对性别、对自己的女性身份的思考。如果说陈染曾将某种"恋父情结"书写为心灵的创痛,那么继而它便成了女性自我书写的、自认为异类的红字——一种抗议,一份自决。事实上,一如弗洛依德所无从阐释的母女之情(这无疑是陈染作品中同样丰富的表达之一),在《巫女与她的梦中之门》中,所谓"恋父"的情境,已被一个弗洛依德理论所无法完满的女性的复仇心理与"弑父愿望"所取代;其中那位"替代性的父亲"已堕落为一个性变态者并在叙事情境中为死亡所放逐,而"我"终于充满快感地将一个"光芒四射的耳光"还给了"替代性的父亲"。从某种意义上说,陈染确实曾将精神分析的阐释接受为一种自我指认,极为痛楚地表达着"真正看见男人",成长为一个"健康女人"的渴望。在《嘴唇里的阳光》中,她让她心爱的人物黛二小姐终于找到了一个温情而权威的男人、一位医生的爱,作为"一个驯顺而温存的合作者",她"坦然地承受那只具有象征意义的针头",在拔掉两只坏死的智齿的同时,根除"深匿在久远岁月

---

① 陈染:《没结局·补记》,《断片残简》,第10页。
② 陈染:《巫女与她的梦中之门》,《红罂粟丛书·潜性逸事》,第130页。

之中的隐痛"。但在此前后，在《无处告别》中，她却让黛二的情感旅行、让她无保留地接受一个有权威感的男性之诱导，成就了另一位医生的不无无耻的实验，于是她只能在绝望的想象中"看到多年以后的一个凄凉的清晨场景：上早班的路人围在街角隐蔽处的一株高大苍老、绽满粉红色花朵的榕树旁，人们看到黛二小姐把自己安详地吊挂在树枝上，她那瘦瘦的肢体看上去只剩下裹在身上的黑风衣在晨风里摇摇飘荡……那是最后的充满尊严的逃亡地"①。（当然，我们无疑可以对陈染所谓"反'胡同情结'"②，对胡同、榕树、悬在繁花灿烂的大树上的黛二小姐进行恰如其分的精神分析，但这并非笔者所关注的）。这不仅是在文学创作中常见的作家对同一素材、记忆的二度处理——以其充分发掘其中丰富而彼此悖反的意义；不仅是一种女性经验中的挫败与梦想；不仅是如男性的恋母般的、恋父者爱恨交织的情感；陈染对一己经验的真实写作与理智内省，必然在成就某种分析的叙事的同时，以经验及体验自身的诸多歧义裂解这一男性元话语的权威。

有趣的是，在不断地勾勒又不断地裂解这一"父亲场景"之后，在渐次清晰而有力地获得了女性的立场与表达之后，陈染仍固执地宣称："我热爱父亲般的拥有足够的思想和能力'覆盖'我的男人，这几乎是到目前为止我生命中一个最致命的缺残。我就是想要一个我爱恋的父亲！他拥有与我共通的关于人类普遍事物的思考，我只是他主体上的不同性别延伸，在他的性别停止的地方，我继续思考。"③ 换言之陈染并未被"治愈"，或者说，她拒绝被治愈；因为在女性的"父亲情结"之中，潜藏着的不仅是潜意识、欲望的诡计，而且是女性现实困境与生存困境。一如对"父亲"的憎恶与固恋，本身便是对父权、男权社会的抗议、修订与剪不断理还乱的复杂联系；个案中的父亲场景必然伸延至更为广阔的性别场景中去。

性别场景、拒绝与逃亡

陈染在其作品中的双重角色：精神分析者与分析对象，或曰弗洛依德与少女杜拉，使她实际置身于某种镜式情境——在镜前，或在两面相向而立的镜之间。陈染始终着魔般地凝视着自我，在孤独与挫败中与自己面面相觑，她所书写的

---

① 陈染：《无处告别》，《嘴唇里的阳光》，第113页。
② 陈染散文《反"胡同情结"》提到《无处告别》中自杀想象的原型记忆，《断片残简》，第109页。
③ 陈染、萧钢对话录《另一扇开启的门》。承蒙陈染寄赠初稿。

始终是"私人生活"①。于是,她不得不直面的事实之一是,尽管她难于舍弃于一个理想的、父亲样男人处获救的梦想,而她在现实与文化意义上遭遇到的却只能是失落与挫败。一如萧钢在与陈染的对话《另一扇开启的门》中指出:

> 你的恋父情结和弑父情结在你早期作品里反复表现过,当你认为要信赖和依恋的东西变得大大可疑的时候,一个成熟和孤独的女性的困境就更加清晰可感了。在《麦穗女和守寡人》中你有一句话:"无论在哪儿,我都已经是失去笼子的囚徒了。"失去笼子的囚徒成了所有觉醒女性的新问题。这是一个具有毁灭性和再生的思辨。新的价值观尚在无序状态之中,往前行的摸索像自我一样变化无常,无限伸延。这是特别痛苦的经历。

事实上,在她的尼姑庵故事的多重复沓中,父亲场景已然开始转换为性别场景。到了《站在无人的风口》,已是女人占据了舞台。男人的"表演"成了其中挥之不去的梦魇,"我"与无名老妇间的对视无疑只是她着魔的自我凝望中的一种。两把狰狞的彼此格斗的高背扶手椅的梦魇,红色与白色的两件男人长袍间厮杀的幻像,伴着老妇的注释"男人";并行于"我"必须记熟的英国历史上王位之争的"玫瑰之战",使这一故事成了一个陈染小说中为数不多的寓言:关于性别,关于男性的文明与历史。遍布阴森杀气的历史,被血污所浸染的历史。如同特洛伊之战或"不可见的城市"②。这些因女人而生的争斗,或为女人而建的文明,无视女人的存在,忽略女人的愿望,以女人的"缺席"为前提。在"特例"《沙漏街卜语》中,陈染第一次显现了她的幽默和结构故事的才能。这个类似侦探故事中,陈染涉及了权力的争斗和黑幕、欲望的游戏、个人"推理"与相互揭发;其中不无妙处的是"枉担虚名"的女资料员小花及郎内局长的欲望表演。当故事在一个超现实场景中解决之时,陈染却笔锋一转,以"我"——昔日的受害者、今日的远离权力构造的隐居者的身份揭秘,为这一滑稽模仿的故事赋予了性别色彩:一个女人冷眼中的权力丑剧,一个以牺牲无名女人为背面、为秘密的丑剧。

一个有趣的文化悖论在于,激烈的反叛者常是那些曾将既存秩序深刻内在化的人们,他(她)们常比某些"顺民"更为紧密而痛楚地联系着权力结构;他们在反叛秩序与主流社群的同时,是在与自己厮杀拼搏。如果说,激进的抗议者常

---

① 陈染的最新作品,也是她的第一部长篇名。作家出版社出版。
② 在荷马史诗《伊利亚特》中,特洛伊之战因争夺美女海伦而起。而在意大利作家卡尔维诺的小说《看不见的城市》中,一些男人为了寻找并留住一个梦中的女人,建立了一座城市。

是某种至纯的理想主义者,是形形色色的战风车的堂吉诃德;那么反抗之舞,同时也是镣铐之舞。从某种意义上说,陈染的恋父与弑父故事的复沓,正是由于她比他人更为深刻地将理想之父内在化,并始终生活并挣扎在其硕大阴影之下。不仅是《与往事干杯》等作品系列中的弗洛依德式的恋父,不仅是她在与萧钢对话中直白表露的对理想之父的渴望,而且是《沙漏街卜语》中执掌正义的"上帝"。因此,在陈染的作品中另一个突出的意象群便是逃亡。所谓"我最大的本领就是逃跑,而且此本领有发扬开去的趋势"。"然而每一次我都发现那不是真正的我,我都以逃跑告终。我耗尽了心力与体力。每次逃跑,我都加倍感到我与世界之间的障碍"①,从此地到彼地,从此角色到彼角色,从黑衣到"秃头欲",从孩子气地试图隐遁到"疯人院",到不断徘徊在"潜在自杀者的迷失地",从隐遁在写作之中,到逃入为盲目所庇护的想象里。陈染试图在逃离那阴影笼罩中逃离"不安分"的自我,但一个女人的生命经历必然地使她发现,她不仅无处告别,而且无处可逃。逃亡,是某种无力而有效的拒绝。她必须逃离的角色累赘,不仅是社会的伪善与假面,事实上,她不断逃离的是女性的社会"角色"——一个如果不是"规范、驯顺"的,便是暧昧不明的。然而,她和她的女主角的逃亡之行,同时是某种投奔,在逃离女性的"规范"角色时,也是在逃离一个"不轨"女人的命运。如果说,逃离成就了一个多重拒绝的姿态,但它无疑不能给陈染一处没有角色累赘的纯净处。陈染始终在为自己构想或追寻一个"家",从体验的母亲怀抱的天顶,到对一个理想的父亲的庇护,从"自己的一间屋",到她对姐妹情谊欲行还止的渴求。她始终在逃离与投奔间往复,一如她曾往返于"阿尔小屋"与母亲之家②,于是,陈染渐次用"出走"字样取代了"逃亡"。她说:"也许正是这种离家在外的漂泊感,迎合了我内心始终'无家可归'的感觉。"③ 如果拒绝或不安分于一个传统的女性角色,那么"无家可归"便成为她必然的"宿命"。而在另一层面上,无家可归正是女人——失去或未曾失去笼子的"囚徒"——在男性社会中的文化"宿命"。

母女之情与女性场景

如前所述,为许多陈染的批评者所忽略的,是在陈染前期作品中"恋母"

---

① 陈染:《一封信》,《断片残简》,第29—30页。
② 陈染:《阿尔小屋》、《这个人原来就是那个人》,《断片残简》。
③ 陈染:《写作与逃避》,《断片残简》。

场景,事实上陈染叙事中的父恋与母恋确乎并置同存。人们、甚或精神分析理论娴熟的驾驭者这一有意无意的疏漏,间或显露了弗洛依德学说——男性话语预设的盲点。陈染的母亲场景和父亲场景一样爱恨交织、错综奔突;它间或亲情融融、诙谐幽默,相依为命、休戚与共;间或令人窒息、奔逃无门,犹如又一处微型的萨特式地狱;它间或是一种爱的联结,是亲情、血缘与友谊的融合,多少像《世纪病》中令人会心一笑的"姐妈"关系,像《角色累赘》中那样轻松、温暖,不无默契与戏谑,甚或是某种女人间的同盟或密谋;它间或是一种血缘的枷锁,一份无终了磨难,一如《无处告别》、《另一只耳朵的敲击声》中无休止的情感敲诈与梦魇。这一在陈染作品序列中的母女场景,始终存在的是在温情中对占有之爱的忧惧,是在孤独与爱的祈愿间对情感敲诈的疲惫、厌恶与无奈。陈染小说中这种极端对立的母亲场景,与其说是一种精神分析意义上的症候,不如说是一种女性文化的症候:一边是血缘、性别、命运间的深刻认同,一边是因性别命运的不公与绝望而拒绝认同的张力。在陈染的母女情境中,制造痛苦的不光是下意识的对父子秩序的仿同:权力、控制、代沟与反抗;而且更多的是不再"归属"于男人的女性深刻的自疑与自危感的盲目转移。无法为自己独自生存建立合"法"性与安全感的女人,其生命压力的出口,便可能富于侵犯性与危险的爱。

事实上,始终与陈染对母女关系的书写相伴随的,是她对女性——同性间的姐妹情谊与复杂情感的书写。所谓"我对于男人所产生的病态的恐惧心理,一直使我天性中的亲密之感倾投于女人"①。在她早期的作品《空心人的诞生》中,她便记述了一个试图逃离男人的暴力与蹂躏的女人与另一个女人心心相印、相濡以沫的深情。而多为人们所忽略了的,是陈染最典型、最著名的恋父故事《与往事干杯》是写给一个女性挚友乔琳的。尽管这位文本中读者的出现,多少破坏了小说叙事结构的完满,但它却在第一页便将这定位为女人间的私语,"我"将自己至为惨痛而隐秘的情感经历倾吐给另一个女人。然而,不仅由于陈染在其起始处是一位"父亲的女儿"——她不断书写着同性间的丰厚而繁复情感,又不断地界定它与"性倒错"或"病态""毫不相关"。由于某种真切的经历与体验,她对姐妹情谊的书写呈现出一个清晰而曲折的轨迹,因而成了她作品中另一处丰富的描述。从某种意义上说,在陈染的情感历程之初,她所谓将"天性中的亲密之感倾投于女人",多少像庐隐不断营造而不断失落的女儿国乌托邦。但很快,陈染的作品涉及了女性情谊间更为丰富的层次,同时充满了更为深刻的矛盾

① 陈染:《与往事干杯》,《嘴唇里的阳光》,第10页。

之情与忧惧。但值得注意的是,陈染对同性情谊的忧惧,从不曾与关于男人的争夺与嫉妒相伴行,那始终是对感情伤害与"危险诱惑"的恐惧。"与同性朋友的感情是一种极端危险的力量"①。她细腻地描述了年轻的单身女人间的情感以及在意识到同性情感的疆界时所感的"彻骨的孤独"。它来自于单身女人间的情感何其深刻而脆弱。这固然会在男人介入的时刻溃散;但对于陈染的女主人公说来,同性间的叛卖,带来的与其说是现实的伤害,不如说是远为深刻的心灵的绝望;至少在陈染成熟期的作品中,较之男人,"她"原本对于自己的女友有着更高的希冀与不设防的心灵(《饥饿的口袋》、《潜性逸事》)。

姐妹之邦

而在另一些时候,陈染对于姐妹情谊所发出的慨叹,与其说是信赖感的匮乏,不如说是对其合法性的巨大自疑(《麦穗女与守寡人》)。在《无处告别》中,她记述了黛二的三个"典型梦",其中第三个场面,"就是一两只颜色凄艳的母猫永远不住地绊她的脚。黛二小姐冥冥中感悟到,……那凄厉的艳猫正是危险的友情"②,一如爱之深恨之切,惧之深恰在于欲之甚。恰在《麦穗女与守寡人》、《另一只耳朵的敲击声》、《凡墙都是门》、《破开》这一作品序列中,陈染对于女性和女性情谊的书写充满了丰富的文化症候。事实上,她已在自己的情感与生命旅程中实现了又一次的奔逃与回归。如果说,她曾直觉地将"天性中的亲密之感倾投于女人",而后在初恋中遭遇了"对于男人""'城墙'被击倒、坍塌",因而"懂得了男性的温馨与美好"之后,在又一次经历了对男人、也对女人的失望之后,再一次进入了对姐妹情谊乃至姐妹之邦的触摸与思考。从某种意义上说,在这一作品序列的写作阶段,陈染除了"与假想的心爱者在禁中守望",她的世界渐次成了一个女人的世界。其间有绝望、有温情、有恐惧、有获救的可能,姐妹之邦开始被构想为一个归所,而不是一个少女生涯的过渡,一个庐隐式的停滞或绝望的规避,出现在陈染主人公的视域之中。

一个有趣的情形在于,当陈染的母亲场景温馨平和地封闭了两人的"城堡",那么母亲事实上充当着"我"至亲的女友;而在所谓萨特式的母女"地狱"情境中,则是一个女性的救助者成为"我"获救的希冀。如果说,在《无处告别》的

---

① 陈染:《与往事干杯》,《嘴唇里的阳光》,第93—94页。
② 陈染:《无处告别》,《嘴唇里的阳光》,第116页。

恐怖的想象中，"母亲"以阴森的杀手形象逼近"我"的床头时，"我"所能面对的只是灯亮后的眩目与空洞；那么到《另一只耳朵的敲击声》里，则是那个成熟、迷人而难于索解的、叫伊堕人的女人将"我"从那令人悚然的"爱的试探"中救出。于是，姐妹场景似乎间或成了母女之情的替代与延伸。如果说，《另一只耳朵的敲击声》与《凡墙都是门》正是像一组梦想（梦魇?）与现实场景的参照，那么正是在后一篇中，雨若成了"我"与"母亲"共同的朋友，是她再度带来这一女人世界的温情与和谐，并且支撑着一个美好的女人之家的畅想。在女性写作的意义上，《麦穗女与守寡人》这一可以读作迫害妄想者自述的作品，无疑可以获得另一种读解。在这部作品中，陈染的性别场景与她多重的性别疑惧得到了最为充分的表达。我们可以将它读作一篇关于女性生存现实的寓言，一篇以梦魇的方式出演的女性心理剧。其中"我"——守寡人（在此之前，陈染已多次以"年轻的寡妇"作为她女主人公的身份辨识）和生活幸福、完美女友麦穗女英子之间的关系，既可以视为充满张力与隐秘愿望的女性情谊，又可将其视为陈染女性自我的双重投射。一反其作品女主人公"我"尽管外柔内刚，但毕竟固执而绝望地企盼着来自男人（父亲?）或女人的关怀、柔情、救助与庇护，这一次，"我"以自刚的方式，试图充当另一柔弱而爱娇的女性的庇护者，甚或"诱拐者"。因为"我"更为清醒地意识到男性社会针对女性的威胁、敌意与暴力，而"我"试图在这残暴的现实中庇护至亲的女友。其双重反转的外投之意在于，它间或是对性别秩序的一次僭越："我"所尝试充当的是经典的男性角色；同时它显然成了《另一只耳朵的敲击声》中"我"与伊堕人之间场景的反转，"我"成了主动者与"诱拐者"，这或许意味着一次新的（至少是渐进的）认同与自刚过程。但它同时可以读解为另一个层面上的心理或想象场景，出租车上的恐怖遭遇或许一如"附魂的钉子"一样，只是"我"的想象，而造成这想象的，不是或不仅是所谓的"精神病"——边缘人格或迫害妄想，而是我对于英子的某种强烈而执拗的愿望：在男性世界的暴力（有形的或无形的，非法的或合法的）面前挺身而出使她免遭女人无法豁免的宿命；同时是将她从世俗的幸福中拖出，迫使她介入甚至分担"我"的命运。这是至为无私的愿望，也是令人惊惧的侵犯。一如在《另一只耳朵的敲击声》中，伊堕人于我，既是巨大的感召、呼唤，又是别一种的挤压与情感敲诈，是又一样的诱惑与威胁。尽管在这部作品中，陈染第一次确认了一种对立——"我们——女人，你们——男性的世界"，但这并非简单的黑白、善恶、是非的对立。事实上，这是一部过度表达的作品，每一细部都包含着多重读解的可能。从某种意义上说，陈染经由女性的生命经历与心路再度涉足姐妹情谊这一命题时，她实际上面临着一个她难于或不愿逾越的临界点:或则彻底否定性别秩序,坦然宣告自己对这一秩序的无视与僭越,宣告同性之爱与姐妹之邦的合理性,同时承受一个真正的边缘人与被逐者的命运;或则背负着女人"熟悉的痛苦",继续无名无语的挣扎,这便是所谓"失去笼子的囚徒"。自由,却依然被囚禁,被废止却依然有效的秩序律条所囚禁,同时为内在化秩序阴影所自我囚禁。或许,也可以说《麦穗女与守寡人》是一部颇为"单纯"的作品,内里的一切,只是面临这一临界状态的女性内心恐惧的化装舞会而已。至此,她并未彻底走出"父亲"光焰万丈的阴影。其间抉择的艰难,确乎充满了绝望,乃至狂乱。

这一艰难的心灵历程,在论文《超性别意识与我的创作》和小说《破开》中告一段落。如果说,至此陈染尚未彻底逃离女性的"埃舍尔怪圈";那么这两部相继出现的文本,却无疑指称着九十年代女性写作与女性文化的一种新的姿态。在公开质疑男权秩序并申明自己的女性立场①的同时,陈染再一次尝试从角色累赘中突围,只是这一次,是明确的性别的角色累赘。或许这正是质疑性别秩序与本质主义的性别表述的重要一步。现、当代中国历史充满了众多有趣而浓缩的瞬间,对于女性与女性文化亦如此。曾几何时,"我首先是一个人,然后才是一个女人"是反抗与解放的强音;未几,它便成了某种询唤女人的国家认同的主流话语。从这一新的权力话语及其规范中脱出的努力,使新时期女性的再度浮现伴随着对性别差异的重提并强调。但这性别复苏的过程,很快使中国女性文化面临着新危险与陷阱:做女人,固然意味着某种异己与他者的姿态,同时却难于回避性别本质主义的窠臼。于是,此时此地,超性别意识的重提便别具意味。在《超性别意识与我的创作》中,陈染重复了她的散文《炮仗炸碎冬梦》中的一段话:"一个具有伟大人格力量的人,往往首先是脱离了性别来看待他人的本质……"而在《破开》这个题辞"谨给女人"的小说中,"我"曾与我的朋友殒楠商量"建立一个真正无性别歧视的女人协会",在小说中,她们拒绝以"第二性"作为协会的名称,因为"这无疑是对男人为第一性的既成准则的认同和支持"。她们要把这个"女人协会"叫"破开"。此时,再次重申"我首先是一个人,然后才是一个女人",已不再是基于某种"解放"与"平等"的幻觉,基于某种花木兰式的情境与心境,而是对女性现实情境的清醒与自觉之中。因为她们深知:"有的男人总是把我们的性别挡在他们本人前面,做出一种对女性貌似恭敬不违的样子,

---

① 在《超性别意识与我的创作》一文中,陈染写道:"就整个世界范围而言,目前基本上是男权的世界和规范……"《断片残简》,第120页。

实际上这后面潜藏着把我们女人束之高阁、一边去凉快、不与之一般见识的险恶用心,一种掩藏得格外精心的性别敌视。"她们深知,在男性与女性的性别立场间存在着深深的"沟壑"。

有趣的是,陈染的《破开》和徐坤的新体验小说《从此越来越明亮》①都有着某种文体的杂陈。在小说中大量出现颇有力度的论战式文字——关于女人,关于女性文化。她们同时出演着小说家与批评者的角色。这不仅因为"男人在议论女性作家或艺术家的作品的时候","看到的只不过是她们最女性气的一面,是一种性别立场,他并不在乎她的艺术特质";而且是明确的对话语权的争夺:她们拒绝仅仅被阐释。从小说的意义上说,《破开》并非陈染最优秀的作品,但较之《超性别意识与我的创作》,《破开》更像是一部关于姐妹情谊与姐妹之邦的宣言。但正是在这部中篇里,陈染逃离了(或许是暂且?)不断缠绕她的迷乱与绝望,找回了她早期叙事中那种痛楚、萦回而温馨的叙事语调。似乎是第一次,陈染的女主人公在姐妹情谊,而不只在爱情回忆中找到了一份心灵的富足和宁谧。在梦中的生离死别之时,"我"短暂的天堂之旅遭遇到了一位母亲(在小说中她正是殒楠已故的母亲),或者说是一位女性的上帝。从她那里,"我"得到的是关于姐妹情谊的忠告,不再是在陈染作品中反复出现的意象:"女人像剃下的头发,落地纷乱",而是散落在地下、彼此隔离、互不觉察的石子,一旦穿起,便成为珍贵闪光的珠串。——老妇人的馈赠,无疑是一个关于姐妹之邦的启示和象征。第一次,不是在人生、伤害、背叛、友谊的脆弱的意义上,而是在为男性社会所分散、所间隔的意义上,陈染书写女性情谊。似乎从庐隐而陈染,经历了近一个世纪的步履,再度出现的姐妹之邦的书写,不再仅仅是一个提供命运延宕与规避的乌托邦,而是直面严酷现实之后的女性社会理想。终于,陈染让她的人性迈出了徘徊、忌惮已久的一步:"我"面对着如同"虚构"的现代城市的迷宫,"大声地"对"我的朋友殒楠"说"我要你同我一起回家!我需要家乡的感觉,需要有人和我一起面对世界"。如果说,这毕竟是决绝的一步,但陈染并未因此而表达出单纯的希望与乐观。继而出现的情景,不仅是我感到朋友伸出的手(事实上陈染使用的是伸出的"衣袖")如同"溺水中的稻草",同时伴着"我"的"某种预感"那天国中老妇人赠与晶莹的珠串在"我"的慌乱中散落一地。故事的结尾不是"嘴唇里的阳光",而是"我的舌头僵在嘴唇里像一块呆掉的瓦片"。

舒婷曾写下这样的诗句:"大道扭动触手高声叫嚷:不能通过/泉水纵横的

---

① 　徐坤:《从此越来越明亮》,刊于《北京文学》1996 年第 1 期。

土地却把路标交给了花朵"①。从某种意义上说,陈染的写作始终是个人的,而她由个人化而女性书写的过程,使她及其作品的位置变得愈加难于指认与辨识。在已颓破但仍巍然伟大的叙事传统面前,类似作品毕竟难免其暧昧与微末之感。这间或是些脆弱的"花朵",但它或许会在大道阻断的地方成为九十年代的女性写作的路标之一。

---

① 舒婷:《会唱歌的鸢尾花》,《舒婷的诗》,人民文学出版社 1994 年 11 月第 1 版,第 86 页。

解构神话

——徐坤的意义之一

任一鸣

20 世纪 90 年代是中国女性文学及其批评的黄金时代。作为女性文学世界中一个深层文化意义层面和美学意义层面,女性主义文学无疑是一道亮丽的景观。它开辟了文学想象与表现的空间,解构、颠覆着男性中心文化的壁垒,甚至风起云涌地重构女性史,表现出颇具气势的抗争抗辩姿态。尤其进入 20 世纪 90 年代中后期,中国女性主义文学群落之生成已是不争的事实。女作家们已经清醒地意识到第二性文化所面临的多重使命。她们不仅对男性中心文化的语言主体和表述本身提出挑战,承担起解构男性中心文化的重任;而且,相当多的女性作家已清醒地认识到,女性还要面对女性文化内结构的自我审视与批判。前者是一种解构的策略,后者则蕴含着建构的真诚。——王安忆、徐坤、徐小斌、铁凝、方方、池莉在自己的女性写作中,均有着解构男性中心文化的勇力和建构女性文化、女性独立健康人格的希冀。而其中最具代表性的作家则非徐坤莫属。

徐坤的出现,对 20 世纪末叶中国女性主义文学及其衍进,有着非同寻常的意义。

如果说王安忆在 20 世纪 90 年代初,以其《叔叔的故事》打破了男性中心文化视阈唯一局面在文学中的垄断地位,从叙事学、文体学、语言学诸方面,尤其从社会性别角度创造了女性主义文学及其批评对于世界对于历史认知方式新体系的尝试,掀开了女性主义文学的第一页;如果说陈染、林白开女性"个人化"写作

题解　本文原载《艺术广角》2003 年第 5 期,是对 20 世纪 90 年代女性写作的代表作家之一徐坤的个案分析。作者认为,徐坤的出现,对 20 世纪末叶中国女性主义文学及其衍进,有着非同寻常的意义。徐坤以一位女作家与女学者的双重身份,不仅在创作中解构男女平等的神话,消解男性知识精英权威形象,而且质疑女性现实文化处境,审视女性自身;不仅以其创作,而且以其理论,对 20 世纪末叶中国的女性主义文学寄于建构的希望与整合的尝试;她的《狗日的足球》《厨房》《相聚梁山伯》《白话》《游行》《出走》《春天的二十二个夜晚》等系列文本,于中国女性主义文学的现代衍进和健康发展之前景,均有着其他任何女性作家都不能替代的独特意义。

之先河,通过对女性生命经验与女性身体欲望的开掘,以诗性的沉思与欲望主体的独白来张扬女性主义意识;如果说徐小斌的创作超越了女性"个人化"写作,实践着女性心理与外部世界的对接,显现了女性与中国文化、中国历史、中国神话深远关系的丰富异质,是浸透了中国特色的女性主义;那么徐坤则以一位女作家与女学者的双重身份,不仅在创作中解构男女平等的神话,消解男性知识精英权威形象,而且质疑女性现实文化处境,审视女性自身;不仅以其创作,而且以其理论,对 20 世纪末叶中国的女性主义文学寄于建构的希望与整合的尝试;她的《狗日的足球》《厨房》《相聚梁山伯》《白话》《游行》《出走》《春天的二十二个夜晚》等系列文本,于中国女性主义文学的现代衍进,于中国女性主义文学健康发展之前景,均有着其它任何女性作家都不能替代的独特意义。

本文是论述徐坤意义的四篇系列文章中——徐坤的意义之一。

(一)

徐坤不是陈染,不是林白。她不是那样一种极度"个人化"的女性讲述者。她不进入女性细秘的内心和神秘的身体,她也不把自己痛楚地撕成一块一块的碎片。她葆有理智与完整。

徐坤与徐小斌也不同。她不在"出世"与"入世"之间奔波。她更多地关注当下的社会文化,关注当下现实的危机,关注女性群体的现实文化处境。她直接介入"外部"世界。表现强烈抗议男性中心文化语言暴力的文本《狗日的足球》,就是从现实生活中千万人为之注目、为之狂热、为之失去理性的足球赛开始的。

《狗日的足球》中的女主人公柳莺是个平常女人。她不像黛二、多米那样具有强烈的形而上追问意蕴,执着于内心体验乃至自恋导致精神分裂。她只是形而下的,很家常地过着日子。在去看足球之前,并未有丝毫性别的自觉。她之所以爱好足球也并非出于自我的主动的独立选择,而是被动地出于男友的影响。就是这样一位普通女性,在一次足球赛中为千万人铺天盖地使用污损女性性别的语言所震惊,而愤怒。柳莺的潜藏的自尊使她无法认同这种千百年来已深入国民骨髓的"国骂",无法认同千百万年来已经因其"先在"而习以为常被男性也被女性默认的"男性话语"。徐坤借柳莺的发现与思考披露了,在男性中心文化语境中女性并没有话语权这一国人司空见惯而习焉不察的真相,对文化传统中无所不在的男性语言暴力发出了前所未有的掷地有声、义正词严的抗议:

"但是,当她鼓起勇气,想表示自己的愤怒,想对他们的侮辱进行回击时,却发现这个世界根本没有供她使用的语言!没有。所有的语言都是由他们发明来供给侮辱第二性的。所有的语言都被他们垄断了。"

"她感到自己的反抗力量正在一点一点地被耗尽,被广大的、虚无的男权铁壁消耗殆尽。在尖利的号声中她听到自己的嗓音断裂了,皮肤断裂了,性别断裂了,一颗优柔善感的心,也最后断裂了。"

这真应验了德尔·施德班在《男人创造语言》一书中所指出,男性优越的神话是父权社会的规则创造的。而其中,语言无疑是最主要的一个。几乎所有的语种,男性都是规范标准。换言之,无论国度、历史变迁,男性话语一直是语言本身。[①] 徐坤在千百年来人们习以为常的"国骂"中,洞见了——中国男性中心文化的霸权已经变成社会成员的集体无意识,积淀于民族文化的深层,长期并将继续践踏所有女性——这样一个事实,有效地拆解了男女平等的神话。正像徐坤以最为典型的"国骂"场景与最为雄辩的语言所表明的,"男权价值标准男权意识在生活中在文学作品中的表现真是数不胜数、触目惊心!却原来,作为一种深层次的文化意识,实现男女平等与妇女解放是那么困难,比在法律上制度上社会保障上解决妇女问题困难得多!"(王蒙语)[②]

而且,柳莺深陷语言的牢笼本身,不仅是对现实文化中男女平等之神话的解构,而且隐喻着女性作家写作异乎寻常的艰难性。从某种意义上说,女性写作本身就是一场"突围表演"。这场突围表演使女性写作呈现出多种多样的姿态。"嗓音断裂了,皮肤断裂了,裙子断裂了,心也断裂了。"焉能不是陈染、林白文本中大段大段的梦境、呓语、对话、妄语的拼贴之形象注解?从这个意义上说,徐坤的《狗日的足球》,不仅是关于现代女性生存与文化困境的寓言,也是现代女性写作困境的寓言。

(二)

然而,徐坤给人最大的冲击,还不仅仅在于她对女性"失语"状态的揭示,对于无所不在的男性语言暴力所做的义正辞严的抗议,而且还在于以最为游戏化

---

① 转引自王侃:《"女性文学"的内涵和视野》,《文学评论》1998 年第 6 期。

② 刘慧英:《走出男权传统的樊篱》,生活·读书·新知三联书店 1995 年 4 月版;引自王蒙为该书所作序言。

的调侃方式揭示社会转型中知识精英的"失语"状态。一如中性的精英文化事实上是以男性知识精英为代表的,徐坤那些关于当下知识精英处境和关于生存的思考,实际上是对男性精英文化权威形象的消解。而且她是作为一个女性写作者的"僭越"姿态,以一种轻松自如、游刃有余的写作姿态,表达了一份性别写作的冷静、从容与机智。

当急剧的社会变动把以往作为社会中坚的男性知识精英抛到社会的边缘,失去导师和启蒙者优越的主体地位的男性知识精英在陡然而来的震落中,在大众文化无所不在的喧嚣笼罩下,竟难以有足够的勇气和话语返躬自身的意识和处境。一如市民文化代言人王朔所调侃的:"他们那无孔不入的优越感,他们控制着全部社会价值系统……商品大潮兴起后危机感最强的就是他们,比任何社会阶层都失落。他们的经济地位已然丧失了……所以他们要保住尊严,唯一固守着的就是文化上的优势地位。现在在大众文化、通俗小说、流行歌曲的冲击下,文化上优势感也荡然无存。"①

《白话》就显示出知识精英群体最基本的话语在时代的变迁中所面临的某种濒临消解的危险局面。作品以社科院的硕士、博士生们下放农村为叙事线索,并以这样一个场面和问题开头:一大群下乡接受再教育的社科院硕士、博士们,一本正经地坐下来讨论,如何与当地群众"打成一片"。正当无计可施时,搞语言的小林似乎心有灵犀地悟出了问题的症结,找到了解决问题的绝招。他说,知识分子和工农大众常常结合不好,关键在于双方使用的语言不同,一方是书面语,一方是白话,两者格格不入;知识分子欲和工农大众结合,关键是必须要放弃书面语而改用白话。一言既出,全体茅塞顿开。这群硕士、博士们当即决定要像"五四"那样"掀起一场白话运动"。这样的表述似是恣意的嬉戏调侃,事实上却是通过话语逼向知识分子在新的历史处境下的真实存在。知识分子作为一种社会存在,它的最基本的标志或许就在于具有通过话语——一定的话语组织起来价值系统并由此作用于社会、影响于社会。这里,"书面语"不过是一种假代的说法。作为以话语为存在标志存在价值的知识分子,一旦他放弃特有的话语方式,放弃话语权力,他又将以何种方式存在呢?他的意义他的价值不也就消解了吗?

出于"无语""失语"状态的男性知识精英的窘境,在徐坤的另一些文本中,却反其道而行之,是以对词语恣意妄为的流淌方式出现的。《梵歌》中王晓明

---

① 《王朔自白》,《文艺争鸣》1993 年第 1 期。

博士一边写着历史电视剧,一边振振有词地说:"历史,历史是什么?历史就是卢舍那大佛咀里的两颗虎牙,我想安就安,说拔就拔。"而在《先锋》中,傻旦(撒旦)们除了在名字上"独特"外,并没有得到西方现代精神的真谛。其所做所为不过是对西方现代艺术的生吞活剥、拙劣模仿而已。而拾西方牙慧,不仅是"傻旦"们也正是为他们"撑腰"的"理论家"和其时作为一个群体的精英文化的一种生存状态。那个"傻蛋"自供"连上帝的毛还没有摸着",却狂吠着"我要以我断代的形式,撰写一部美术编年史",而他"载入史册"的空画框,最终被"有眼不识金镶玉"的芸芸百姓改造成"洗衣机的托架"。徐坤就这样在嬉笑调侃中"亵渎"了男性知识精英的形象。

更有甚者,如果说在精英文化的鼎盛时代,精英们各执一词,那么在经历了震落的调整"适应"后,他们则变得能够讲述多种话语,成为急功近利的"变色龙":

> 他说我们的确应当在国人当中提倡一些俄底浦斯杀父娶母情结,是时候了……江浙一带的小帅哥才子们的破破烂烂的童年回忆录里,已经可以榨挤出不少"伊狗"、"里比多"、"杀父娶母"意识了,要赶紧组织评论……
>
> (记录这些话时林格暗暗为他捏着一把汗,她注意到座下两位老先生的脸色已经开始变白了。在我们这样一个历史悠久的国度里,谁敢不忠不孝而且还要娶他妈妈,这不是存心不想活了吗?……)
>
> 林格没有想到,自己的担心纯属是多余的,黑戌倡导够了俄底浦斯后,话题一转,马上就变到弘扬国学方面去了。"我们应当想法给孔子和耶稣两位老人家对调一下工作。"他说。
>
> ……
>
> "古人说半部《论语》治天下,依我看连半部都用不了,有一两句就足够了,绝对是打遍江湖无敌手。"黑戌满怀信心地憧憬着。"如果21世纪全体北美和欧州人民都信奉起孔子教来,……"
>
> "哗——"
>
> 林格:你到底想要说什么?你到底想担当几种角色?
>
> 黑戌:我想到了什么就说什么,多有几重人格面具有什么不好的?

在短暂的"失语"后,多重话语又重新成为一部分知识者赖以生存的方式,知识精英"主体"的话语似乎从来没有像这一刻那样"分裂"和"多元",他们力图通过多重话语的"建构"重新积聚起存在的合理性。然而多重话语便是无话语，多重人格便是没有独立的人格；无话语无独立人格便意味着主体的丧失。徐坤通过林格对"诗的""散文的"和"摇滚"的爱情体验过程，表达了对男性知识精英权威最为酣畅淋漓的消解。

此外，徐坤还对知识精英在铺天盖地的商品大潮的挤压下，很快地投靠到商业文化中去，向消费者文化寻找"灵感"的丑行，给予了"恣意的调侃"。《热狗》中，一向清高为人导师为人指点迷津的"理论家"陈维高春心萌动。为了欲望的满足，抑或不如说为了自己对自己也为了对别人验证一下"廉颇老矣，尚能'爱'否"，毅然地在晚报上为女演员小鹅儿的写真集写评论，以此换来了平生的第一宗艳遇。然而其结果，不过是扮演了一回失去把握能力的老唐璜角色，被小鹅儿"玩了一把"而已。荒唐可笑中透出几许悲凉与无奈。

徐坤不仅以嬉笑怒骂的调侃方式消解了男性精英文化的权威形象，还以冷静和机智解构了经典的爱情故事——《复活》。《轮回》正是这样。与其说是聂赫留道夫是在对马斯洛娃的"拯救"中灵魂复活，毋宁说他是以贵族的权力身份和男性的暴力先"诱奸"了纯洁少女马斯洛娃，然后始乱终弃，最终又以救赎者的形象出现在伦理道德的审判席上。徐坤是重在从文化政治的角度发掘"性政治"的虚伪性与欺骗性。徐坤的这些女性主义文本，对男性中心文化的解构既有思想的深度，又有着学者的准确度，还有嬉戏的力度，是 20 世纪 90 年代中后期中国女性主义文学群落解构男性中心文化的中坚力量。

（三）

如果说 20 世纪 90 年代初王安忆《叔叔的故事》，是以性别书写的立场对男性历史叙事的核心文本进行改写，那么，20 世纪 90 年代以来徐坤的文本《热狗》《先锋》《游行》等等，则是以性别书写的立场，不仅对历史，而且对现实进行迥异于男性叙事惯例的书写。所不同的是，《叔叔的故事》的叙述者"我"，既是一个在"代"的意义上的"晚辈"，又是一个在性别意义上的女性。而徐坤的某些文本中，叙述者则是一个化妆为男性的"花木兰"。如此，徐坤的调侃与反讽则与 20 世纪 90 年代的一些极端女性化的性别想象惯例大相径庭，迥然不同于陈染、林白始终不肯更换的极端女性化视角与立场，显得十分"男性化"。然而，徐坤虽反串花木兰，但此花木兰已非彼花木兰，今日花木兰已非古代花木兰。今日花木兰不再是仰视的、虔诚地按照男性标准模仿男性，穿男人衣服，作男人的事,操男性话语的旧时花木兰,而是以理性驾驭的、对男性俯视性的、游戏性模仿的"花木兰"。此处的"模仿"是一种"化妆"从"内部"窥破的叙事策略。"是在男权话语中心的社会里,作着女性争取话语权利的突围表演。"①

徐坤的基本叙事策略似乎就是反串男角。在她的大多数文本中,尤其是前期的《呓语》《白话》《梵歌》等中,都有着一个男性第一人称的全知或旁知的叙事人。其基本的叙事场景也是关乎男性,尤其是男性知识精英的社会处境与窘境。就此而言,徐坤与男性世界具有明显的"僭越"成分乃至"侵犯性"的。"她不仅'袭用'他们的语言,'侵占'他们的'专利',并不无嬉戏地嘲讽他们的复杂心境和处境","更有意味的是,她往往正是通过男性'自己的'话语对男性的本位世界进行着重述和拆解"②。

徐坤对女性主义审美领域的开拓,恰恰是一种"反女性"的风格。一如看多了琐细边缘的女性生存与女性身体经验的个人化写作,人们不仅惊诧:"原以为恣意调侃是男性的特权,不想徐坤也如此","徐坤虽为女流,堪称大'砍',虽然年轻,实为老辣,虽为学人,直把学问玩弄股掌之上。虽为新秀,写起来满不论,抡起来云山雾罩、天昏地暗,如入无人之境"。③ 这一男性权威话语的评价,既道出徐坤对于既往的传统语义与既定叙事"分工"的"僭越"与"越轨",也道出徐坤对女性主义审美领域的开拓。

或许应了"当局者迷,旁观者清"的古训,又暗合了王国维所言的"入乎其内,故能写之","出乎其外,故能观止"的优势,前者使徐坤与王朔相区别,后者使徐坤与男性知识精英拉开了距离。

徐坤的性别批判,是以语言游戏的言说方式出现的性别批判,作为后现代语言游戏的言说方式,是一种智者的存在。是 20 世纪 90 年代文坛一种较为普遍的言说方式,王朔选择了这一方式。徐坤也选择了这一方式。所以有人把徐坤称为"女王朔"。诚然,在感知时代巨变,拆解虚幻的道德体系方面,在审美格调的反讽、调侃等方面,徐坤与王朔等有异曲同工之处。但是,仔细品来,徐坤的后现代特色的调侃,与王朔等的后现代是有质的不同的。

王朔等使用嬉戏、调侃、幽默的话语,戏弄人们心中的象牙塔,躲避崇高,解构传统,亵渎现存的"神圣"与"永恒";以一种虚无主义的态度来表现世界,否定

---

① 徐坤:《从此越来越明亮》,《北京文学》1995 年第 1 期,《最新西方文论选》,转引自马相武《佞语的批判》,《北京社会科学》1998 年第 4 期。

② 黎慧:《徐坤:性别与僭越》,《当代作家评论》1997 年第 1 期。

③ 王蒙语,见《文汇读书周报》1995 年 12 月 2 日。

人们对人性、对生存信仰和终极价值规范的确认,消释人心中一切乌托邦式的理想。而徐坤则与王朔等不同。徐坤并非如王朔那样摧毁一切价值,解构一切,而只是解构现实、历史与性别境遇中她认为应当解构的东西。其在调侃的后现代喜剧外壳下所蕴含的内核,恰恰是王朔等所不具备的知识分子的责任感、使命感。不仅在《热狗》、《白话》等文本中有所蕴涵,尤其在《春天的二十二个夜晚》中,有充分的体现。徐坤是有所解构而又有所不解构的。徐坤始终不能解构、不能泯灭的就是对人与人之间信任、诚实、纯真、无私等品格的坚执与希冀。(在《徐坤的意义之三》中将专述)

西蒙·波伏娃说过:"真正伟大的作品是那些和整个世界抗辩的作品。……但是要和整个世界抗辩就需要对世界有一种深切的责任感。这是一个男人的世界,在这个程度上来说妇女是不负责任的。"① 对世界的介入,对世界责任的承担,是女性对历史的进入,是对由话语给定的"后缀与从属"位置的一种反动。因此徐坤的女性写作体现着知识分子的责任感和使命感,这恰恰是王朔所不具备的。徐坤在"介入"式的女性写作中,其系列文本中的荒诞、嬉戏、反讽、幽默等均是一种工具,一种叙述策略。徐坤所表现的后现代从这个意义上说是"伪"后现代,其真正的内核则是充分体现女性写作使命感的现实主义精神。这是徐坤的后现代与王朔后现代的质的区别。

由此可见,徐坤文本,显著的美学形态是化妆为男性进入历史,"嬉戏诸神",呈现出后现代特色的喜剧外壳与现实主义精神的内核相融和新的审美形态的开拓,这正是徐坤文本所爆发出来的自由的美的创造力量所在。也正是徐坤式解构主义的意义之一。

徐坤正是以知识女性、女学者的背景和立场,方能出乎其"内"地有距离,有意识地审视男性知识精英的"失语"与"失落"状态,并将女性的视点植入叙事过程中,投射在男性知识精英形象上。而终能有异于王朔地勘得庐山真面目,只因"身"在此山中,"心"在此山外。尽管徐坤扮演的是一个"男性"之"身"或中性之"身"的叙事者,但我们依然可以穿透其"身",看出隐藏很深的女性之"心"来。因此,从解构男性中心神话的意义上说,徐坤的这些"嬉戏诸神"的文本与王安忆的《叔叔的故事》有着深刻的精神潜联,正是 20 世纪 90 年代中国女性主义文学的现代衍进轨迹之一。

---

① 西蒙·波伏娃:《第二性——女人》,湖南人民出版社 1989 年版。

附：

其他系列文章为：

《质疑女性主体 建构女性健康人格——徐坤的意义之二》

《建构双性和谐的绿色之思——徐坤的意义之三》

《女性主义的建构与整合——徐坤的意义之四》

现代都市社会的"欲望"文本

—— 以卫慧和棉棉的创作为例

陈思和

在编选第六卷《逼近世纪末小说选》的过程中,我们收入了两位上海的青年女作家——卫慧与棉棉的作品。关于她们,以及新近涌现出来的一批与她们的年龄相近的青年人的创作,已经是近年来批评领域引人注目的话题。从所谓"新生代"作家的"断裂"争论到更年轻的作家的涌现,九十年代文学创作群体出现了令人眼花缭乱的格局。但对于那一群被称为"七十年代出生"的作家群体究竟有多大程度的共同背景,我还是持怀疑的态度。在前几卷的《小说选》里,我们虽然也注意到较为年轻的作家的崛起,如入选过丁天、李凡等人的作品,但一直没有将"七十年代出生"有意识地视为一个作家群体。这次我们决定入选这两位作家的作品时,也仅仅是考虑她们生活和写作的背景来自九十年代的上海,在一定程度上反映了上海被当作一个国际大都市型的模式在建设与发展过程中所形成的某些文化上的典型现象。在这一点上也许她们有某种相同的地方,但是在表达个体与现实境遇的关系上,同样活跃在上海都市文化领域里的卫慧与棉棉还是有相当大的差异。本文仅以她们俩的部分创作为例,来探讨当代文学创作中存在的一种文化现象:如何表现现代都市社会的"欲望"。

评论界把"七十年代出生"看作一种文化上的界定,大约是包含了这样一个事实:在她们生长的年代里,中国社会的主流意识正发生了一个由极端压抑人的

题解 本文原载《小说界》2000 年第 3 期,系作者在上海文艺出版社与上海市作家协会、文学报于 2000 年 3 月 11 日联合召开的"'七十年代以后'小说研讨会"上的书面发言。文章以卫慧、棉棉的创作为例,结合社会主流意识的变化、个人生活和写作背景、各自不同的经历和独特体验,分析她们之间存在的某种相同的地方和相当大的差异,对评论界所关注的"七十年代出生"的作家群体、对当代文学如何表现现代都市社会的"欲望"的文化现象作了深入探讨。文章认为卫慧最好的作品是《蝴蝶的尖叫》,棉棉的《糖》是一本当代中国"怪异"青年集大成的小说,而这些无法将另类精神升华为较普遍的审美经验的现代都市社会的"欲望"文本,在世纪末的中国文坛上很可能是昙花一现。

本能欲望的政治乌托邦理想逐步过渡到人的欲望被释放、追逐,并在商品经济的发展中被渲染成为全民族追求象征的过程,这种变化起先是隐藏在经济政策开放、建设现代化大都市、与国际接轨等一系列的现代化的话语系统中悄然生长,最终则成为这一切目标的根本动机和最终目的。以卫慧和棉棉的作品为例,她们笔下的男孩女孩大多有一个不愉快的家庭背景:父母离异,或者在"文革"中饱经摧残,甚至有的是在劳改营里出生,等等,而如今在日益膨胀的社会消费面前,他们被煽起了强烈的做"人"欲望,却由于社会地位的渺小与无助,不可能成为社会的既得利益者。他们对社会的疏离正是由此而来。十多年以后,有些饱经感情风霜的主人公又如同狄更斯小说里的人物那样会遭遇一些海外遗产或大款资助的奇遇(如卫慧的《艾夏》、《蝴蝶的尖叫》等和棉棉的《啦啦啦》里的男女主人公),但是这些迟到的补偿再也无法唤回她们心中早已失落的对社会"正常规范"的信任与依赖,(所谓"正常规范",包括市民阶层津津乐道的中产阶级的理想、伦理、信念以及生活方式,也是当前传媒主要营造的一种新的意识形态。)这是欲望膨胀而带来的悖论,当然我们没有必要把卫慧棉棉的故事完全视为近十多年来社会发展的索引,艺术总是或深或浅地隐藏了个人的隐痛与独特的体验,但是像那种"被遗弃——获遗产"的人生模式里,却包含了她们没有写出来的上一代人在欲望刺激下如何追逐财富的故事。这本来是一群来历暧昧面目可疑的家伙,谁也无法说清楚他们是如何一夜暴富、突然成为当代社会中的富人阶级的,而那些正在被编造的"新富人"的故事,却成了九十年代传记作家和传媒记者大肆渲染的成功经验,卫慧笔下那些小 PUNK 充满恶作剧的撒野(如艾夏与黑人的乱交,朱迪的堕落),棉棉的《糖》里问题男孩和问题女孩一再为其父母制造的麻烦,似乎是为这道精心制作的甜点上撒了令人不快的胡椒,因为这些"问题孩子"所面临的生存环境,正是这十多年来致富阶级形成过程中无法回避的精神空白与欲望泛滥所造成的。

所以我不太同意有的评论者认为这些新涌现于小说领域的文本会导致对知识分子所标举的人文精神话语的颠覆与瓦解。这里涉及到知识分子的话语系统的自我调整问题,即在从八十年代到九十年代的社会转型过程中,知识分子话语也相应发生了一个价值观念的转化。八十年代知识分子的启蒙话语不断抨击残存于社会主义模式中的封建专制的孑遗,为的是推动市场经济的发展以及与此相联系的社会政治的民主化运动,这就必然要批判所谓"存天理,去人欲"的理学传统,要必然地为人的欲望的合理性辩护。应该看到,这样一种旨在经济与道德双重革命的知识分子思想运动在今天只是部分地对实践产生意义,经济领域的市场化运动一方面获得了很大的成功,但另一方面由于缺失了民主机制的批判性制约,又变本加厉地恶化了中国普通人的生存环境。当前思想领域引发的论争多半是知识界对社会矛盾与改革困境的反应。知识分子如果看不到中国封建专制残余以及五十年代开始形成的极左思潮的顽固性以致放松了对它的警惕和思想斗争,把中国特殊国情下的市场经济的特殊问题简单地归结为资本主义国家里的一般问题,是危险的,在这个意义上说中国知识分子在八十年代的思想批判任务还远未完成;反之,固守八十年代的启蒙话语,在一心一意鼓励和推动市场经济的同时却无视新经济体制所带来的负面效应,看不到致富阶级在财富分配中的权力意识及其新的意识形态的作用,那同样是危险的。九十年代以来中国知识界所开展的一系列寻思人文精神的运动,正是企图从这两种话语系统中摆脱出来,寻求一种特立独行的思想途径,从中国自己的问题出发,从分析批判新的致富阶级的成功之路及其相应的意识形态,来揭示权力在其运作过程中的隐蔽性的作用。有了这样的超越性的立场,才有可能从纠缠不清的话语陷阱里摆脱出来。这里不能不涉及到人文学科与文学创作的关系,我觉得人文学科与文学创作之间存在的根本区别,则是学术界的知识分子习惯于从思想立场出发思考问题和发现对立面,而作家习惯于在生活的变化中寻找自己的位置及其对立面,两者之间的错位非常容易发生。八十年代中期王朔等人在小说中以痞子口吻揭露传统理想的虚伪性时,由于知识分子一度与这种虚伪的意识形态合谋而遭到嘲讽,却无视有更多的知识分子已经从这种合谋关系中摆脱出来,形成了新的批判力量。同样,现在权力与传媒的合谋中逐渐形成的新富阶级的意识形态,虽然与八十年代知识分子启蒙话语存在某种非逻辑的关连,也不能简单地将新一代的道德反叛与挑战视为是知识分子人文精神遭遇的障碍。我一直以为,人文精神是一种实践中的运动过程,它旨在不断改善人的生存环境,反对各种形式对人性的压抑与迫害,因此也应该反对任何形式的将道德理想凝固起来的企图,人文精神的终极性的理想价值只能通过人在各种具体历史环境下追求解放的形态体现出来,它可以或包容或吸引各种形态各种程度的反体制的批判思潮,并对任何具体历史环境下的思潮进行超越。所以在卫慧、棉棉等人的小说里,我们在一种比较"另类"的声音下,依然能够感受到年轻一代体制反叛者的恍惚而真实的心境。

就在这些男孩女孩的成长过程中,中国社会的主流意识发生了深刻的变化。乌托邦理想的崩溃使她们在精神方面变得极为匮乏,但是八十年代知识分子对传统体制的批判以及对西方各种现代反叛思潮的引进还是在她们的头脑里留下了模糊印象,或者说,西方自波德莱尔以来以反现代工业社会为旨趣的现代主义文化思潮(尤其是玛格丽达·杜拉、亨利·密勒、莫拉维亚等人对西方文明社会批判的文学作品,超现实主义艺术与摇滚乐等),成为她们此时此刻反抗社会既成秩序的思想资源。但问题又同时产生:她们究竟想反抗什么样的社会秩序?又是以何种形式来表现这种反抗? 九十年代她们开始面对社会时,刚刚崛起的社会"成功人士"已经在"国际接轨"的旗帜下引进了一整套以西方现代享乐主义为核心的新道德诠释,重新规定了财富、荣誉、体面、上流甚至是享乐的内涵与定义,当人们兴高采烈地夸张享乐主义和消费至上时,享乐的欲望也已经转换成特定诠释下的某种场景、形式、游戏内容及其规则。尤其是当权力阶层介入了这个新富人的阶级,这种种关于现代消费的观念逐渐被解释成全民族共同富裕、走向世界的目标,先是在传媒广告、影视作品里被虚拟宣传,渐渐的,也真实地出现在我们所居住的城市里。小说所描写的那些从小城镇来到大都市或者从大都市来到小城市的女孩子们不可能对生活中被制造出来的物质享受符号没有虚荣的欲望,即使她的头脑里已经接受了反现代的遗传密码,也只能在严酷的现实生活中碰壁以后才会慢慢记忆起来。

卫慧笔下的女孩大都经历了这个现代社会的奇遇,她们面对的男子,似乎处于社会"成功人士"的边缘,虽然还不富裕,但显然已全盘接受了那套新富人的享乐主义的游戏规则,正在踌躇满志地步入这个令人垂涎的阶层:律师(《梦无痕》的明)、文化经纪人(《像卫慧那样疯狂》的马格)、白领(《床上的月亮》的马儿)、即将成功的歌手(《蝴蝶的尖叫》的小鱼)等等,他们大都有一个美丽富有的妻子或者准备有一个类似传统意义上的妻子,但同时又需要一个能够消费现代人性激素的女孩子,这种现代人的幸福格局是被预设的,如《梦无痕》里大学生琼意识到的:"我和明之间似乎已经不需要男女相嬉相诱时那种扑朔迷离,与令人费心的花招样式。我想明已经向我提出了一个游戏建议,同时附带了一些游戏规则。……这种尝试对于我是从未有过的,显得新鲜,我的神经不免为之一振。"让我感兴趣的是最后一句话,因为揭露中产阶级虚伪的家庭道德与感情原则,以前有过许多文学表现,即使在恩格斯的年代里已经是个老而又老的题目了,而卫慧则以新的姿态来挑战这一话题:作为性游戏的一方,女孩不再扮演纯情而虚荣的受害者的传统角色,她一开始就看清了游戏的结果,并自愿遵守这些规则,使自己在这场游戏中游刃有余。我注意到卫慧在小说里编写了各种迷人的床笫游戏节目,男女主人公们矢口不提心灵的感受,没有爱也没有激情,更没有发自生命深处的呼唤与相知,所以读这些片段不可能激动人心,甚至连性的挑逗的力量也没有,充斥于字缝行间的只能是一片肉的快感与欲的宣泄。其实很难说这样一种情人关系是否真实,很难想象离开了激情与爱的性事会是怎样一种尴尬状态,但是我想,卫慧是有意回避了可能随性高潮而来的情绪反应和心理波澜的描写,或者说正是为了有意回避对性爱的深度内涵的体验与探讨,她笔下的每一个男女仿佛都是在西方灵丹妙药伟哥的刺激下从事一场职业的性表演。《像卫慧那样疯狂》最典型地表现了卫慧对现代情人关系的理解,不断出现在床笫间的是"私人表演""艳画""体操游戏"等字眼,使性爱离开了私人隐秘的生命勃发与辉煌,而成为纯粹生理动作的观赏与表演。小说为了强调这种动物性功能,特意设计了一场动物园里斑马交媾的描写,只要有一点欧洲文学修养的人都能回忆起法国作家左拉笔下牛的交媾的疯狂与激情,但在卫慧的笔下正相反,马的性事"一切进行得像吃饭睡觉那么寻常,像民政局里给你盖结婚证章的办事员一样冷漠平淡,公事公办",这句话出于小说里一个白领女孩阿碧之口,这位姑娘与主人公阿慧的不同之处是她一直处于浪漫爱情的激情漩涡之中,她虽然漂亮而多情,但总是扮演着一场接一场的悲剧角色,显然这位姑娘在"成功人士"的性游戏中犯了规,所以才会在动物的性事中获得对某类人种的启示。阿慧之"慧"就在于她早熟地看穿了这种游戏的实质,她毫不迟疑地利用了这种游戏规则来获取自己的需要。当她与文化经纪人马格初次做爱时,马格还想发一通莎士比亚式的赞词,她却打断他,"请求他不要再说,让他喜欢干什么现在就可以动手干起来。他需要的也就是这些"。这种赤裸裸的描写有时使多情的读者感到难堪,抱怨卫慧的叙事风格过于冷酷,但我想应该把这看作是另一种形式的挑战,她用她的"酷"挑开了所谓致富阶级(成功人士)温情脉脉的伦理规范,还原出这种关系中不可救药的生命力衰退以及贯穿其中的金钱与权力的实质。

但是,许多评论家虽然都谈到过卫慧创作中的反叛性,似乎没有注意这种反叛意味与以往学术界对"反叛"的理解不太一样。也许可以说,这批女孩子是与大都市所滋生的享乐欲望同时成长起来,她们个人的成长经验里很难排除对欲望的向往和迷醉。现代城市的物质欲望过早摧毁了年轻人的纯真与浪漫,他们从父母、家庭、社会方面受到的第一教育就直接与追逐享乐的欲望有关,一切都变得赤裸而无耻。因此,当这些女孩子用同样无耻的形式来表达她们暧昧而绝望的反叛时,我们在其比较陌生的姿态中,依然可以感受一种来自逐渐主流化的享乐主义话语的巨大压力。商品经济的意识形态与传统意识形态不一样的地方是它并不刻意制造对立,而是以表面的"金钱面前人人平等"的形态来掩盖事实利益分配的不平等,它不拒绝任何人对物质享乐的欲望,并鼓励你积极参与到社会享乐的机制里来,这就给人造成一种机会不遇的自艾自怨。卫慧小说里的年轻人典型地反映了这种自艾自怨的情绪,她们的撒野与胡闹,甚至个体与社会之间所展示的紧张关系,都渗透了对物质享乐的不可遏制的欲望。我读到一篇很有才气的批评文章,在比较卫慧一群作家与朱文一群作家的创作时,指出了前者的小说里缺乏一种发自内心焦虑感:"在个体和现实境遇相分离或对立的紧张关系中,焦虑是一道刺眼的裂隙,只要那种个体与现实之间的紧张存在,它是无法在文字中得到消释的,但假使焦虑随时可被轻易、顺畅地消解,或完全不存在,就只能归因于它所内含的个体与现实境遇的分离或对立并非如显示的那样绝对,而是从根子上就伴随着退却的准备。"① 这是我读到所有评论中最中肯也是最有分量的批评,我想沿着这一思路继续往下思考,妨碍这一代人焦虑感的增长不正是九十年代意识形态的主要特征么?

朱文一代的作家的成长经历横跨了八十年代与九十年代两个历史阶段,他们的思想历程里有一道谁也迈不过去也回避不了的历史门槛,这导致了九十年代自觉处于边缘状态的个人立场的写作内含着强大的政治情结,他们几乎用反讽的态度描写了欲望在社会中的增长以及个人穷光蛋的恶作剧,人欲的放纵仍然是理性支配下的刻意渲染,表达出一种知识分子的苦闷与反叛,所以,贯穿在他们作品中的焦虑感显然与过于强大的现实压力有直接的关系。而卫慧一代轻易而顺畅的表达正是她们心中失去了这道历史门槛,在九十年代的新的意识形态话语笼罩下,全民性的追逐财富的假象掩盖了个体与现实的严重对立,欲望似乎是共同的社会追求。不能说卫慧她们没有焦虑,但那是另一种意义上的焦虑。如《像卫慧那样疯狂》里一再提示的她们面临的困境是:过去的已过去,现在的还不属于自己,未来的却更不可知。欲望越追求越遥远而生出耻辱与虚无的痛感,以致对自身的无归属感产生无穷无尽的焦虑。我们不能为作家预设如何的焦虑才有意义,作家也只能从自己与生俱来的痛感出发才能找到自己的个性。小说中阿慧的这种无归属感的焦虑,以夸张的语言和句式弥漫在小说文本中。也许在世俗中最不习惯甚至难以容忍的艺术表现中,体现了其焦虑的可怕与尖锐。比如对成长或成熟的变态渴望,对生命欲求的拔苗助长式的自戕。谁都不

---

① 引自宋明炜:《终止焦虑与长大成人——关于七十年代出生作家的笔记》,载《上海文学》1999 年第 9 期。

会喜欢小说里女孩为了证明自己成熟竟用自虐的方式来破坏处女膜（卫慧不止在一篇小说里写过类似的细节）——关于这种心理如果要深入探讨会扯得很远，我这里只能说一点感性的想法——读到这个细节时我首先想到的是五十年代革命经典《钢铁是怎样炼成的》里的一个故事：少年保尔被关进监狱，遇到一个第二天就要被大兵蹂躏的姑娘，那位姑娘用乞求的口气要求保尔结束她的处女时代，因为她不想把自己最宝贵的东西交给惨无人性的大兵。年轻的保尔拒绝了那位姑娘的请求。我读这篇故事时的年龄与书中的保尔差不多，对于"处女"的知识近于无知，现在回想起来，如果用女性主义的男/女二元对立的思维方式来分析"初夜权"的原始文化心理，这里也许有一个野蛮而无奈的悖论：那位姑娘在监狱里无法逃避和反抗被侮辱的命运时，她挑选保尔来做她的初夜的执行人仍然充满了被动和受辱：她必须依靠一个男人，而这个男人仅仅是同监的犯人才获得这个权利，她别无选择。再回到卫慧的小说细节而言，女孩的自戕行为是为了证明她已经有了追求欲望的权力，这证明恰恰是通过自己的手和自己的血来获得的：从一开始她就摆脱了女性对男性最原始也是最自然的依赖，如果我们把正在主流化的享乐主义和中产阶级的社会"正常规范"及其伦理标准视为一种男性特有的权益与欲望的话语系统的话，那么，不难看到同样在男性话语诠释下的欲望刺激下成长起来的女性反叛者在心理上依然存在着深度的异化与对立。又比如小说中充斥了粗鄙刺激的比喻和遣词造句，同样反映了作家个体与这个日益精致化贵族化的都市文化趣味相对立的焦虑。主人公自称是："我有一张柔和和天真的脸，一颗铁石包里的心，以及所有孜孜以求的梦想，这些构成了我的气质，老于世故与热情浪漫。"我们不能将卫慧笔下的孜孜追求财富欲望的年轻人与传统西方小说里拉斯蒂涅式的都市野心家混为一谈，甚至与邱华栋等六十年代出生的作家笔下体现出来的物质欲望也不能混淆。邱华栋式的欲望是外乡人被排斥在现代都市经济体制以外而生出的流氓无产阶级的仇恨，有一种力度是卫慧所没有的，卫慧还有棉棉等作家笔下的人物对财富没有仇恨，只是活跃在财富的边缘上，用调侃和撒娇来发泄着穷光蛋的虚荣和机智。刺激和亵渎的用语仅仅是这种奇怪的焦虑心态在美学上的放肆表达。

卫慧是从小城镇来到上海大都市，并受过现代教育——这是为现代都市的白领阶层提供后备军的场所——的训练，因此很容易被容纳到现代都市的文化体制中去。缺乏理性批判能力，放任身体的生理反应与强调感官对世界的把握自然都不可能产生强有力的力量，以抗衡现代文明所造成的人性异化。更进一步说，把身体/感性的语言作为价值取向本身有两种可能的形式，一种是将自己放逐到被现代文明所遮蔽的另一种文明中去,以生命的直接经验来感受文明的多元本质,以求人性丰富多姿态的存在;另一种是这身体/感性仍然被置于现代都市文明的主流模式中,它所能感受的依然是单质的现代享乐主义的文化消费方式,这样的感性虽然一定程度上能够对都市文化的主流(即中产阶级的伦理道德与游戏规则)产生某种消解力,但从本质上说,与资本主义市场的刺激消费需求是同步的,不可能再生出新的文化生命。毋须讳言,卫慧的文学创作中的"欲望"因素,正是依据了后一种的生存形式而被诠释。所以,向现实境遇妥协是其实现欲望的必然归宿。《像卫慧那样疯狂》写了三个同时毕业的大学生的欲海沉浮:在大城市长大的阿碧怀着浪漫情怀进入白领阶层生活,但在一次次的追求与遗弃的悲喜剧中最终屈服于新富人阶级的游戏规则,悄然嫁为富翁妇;出身农村的媚眼儿渴望感官享乐与西方模式的现代生活,不惜出卖男身争宠于洋婆,最终丧了性命。只剩下阿慧,巧妙地利用自己的青春与智慧来诈骗和捣乱这个繁华与腐烂同在的现实世界,但是她没有,也不可能有新的价值取向来支持自己的特立独行。然而,这已经是对卫慧式反抗的预言了。至少至今为止我们看到的卫慧还是在这个充满欲望的世界上保持了波希米亚色彩的个人追求。这也是卫慧的可贵之处,我注意到她笔下的人物总是有两种不同性格的对照。趋于中产阶级趣味的白领与坚持向现代西方文明模式挑战的小 PUNK,《床上的月亮》中是张猫与小米,《像卫慧那样疯狂》中阿碧与阿慧,《蝴蝶的尖叫》中阿慧(同名不同人)与朱迪,在这种对照中有力地突出了后者的生存处境。卫慧最好的作品是《蝴蝶的尖叫》,在讨论入选《逼近世纪末小说选》的篇目时,我一直在它与《像卫慧那样疯狂》之间犹豫,我觉得朱迪的形象更加单纯更加尖锐,在她身上混合着浪漫主义的激情与理想主义的不妥协,因此也更加可爱。虽然在表现现代反叛性格的复杂性方面她不如《像卫慧那样疯狂》的主人公具有更多的可阐释性,但她的无路可走的痛苦以及以血相报的烈性已经彻底打破了享乐主义的温情假象。

棉棉的经历似乎与卫慧相反,她是出生在大城市,受过正常的中学教育,在经济起飞的时代里她怀着朦胧的反抗意识来到南方经济特区,但在充满活力又缺乏章法的经济环境中,她没有进入制造"欲望"的主流社会,却一头扎进社会的阴影里,在主流文化所排斥的"怪异"环境下品尝了"人欲"酿成的直接苦果——这种生命经验,是正规而平庸的现代教育所无法想象和闻所未闻的。棉棉笔下的女孩与卫慧小说的人物不一样。卫慧的女孩狡黠而老到,棉棉的女孩戆直而单纯,她缺乏卫慧笔下的灵气,却毫无遮掩地表达出对社会人生的异端态度。如果我们研究当代中国"问题青年"的怪异(Queer,在台湾被译作"怪胎")文化现象,棉棉的小说是不可缺少的文本。《糖》是一本当代中国"怪异"青年集大成的小说,摇滚、卖淫、滥交、吸毒、同性恋、双性恋等等令人感到不安的文化现象充斥了小说的主要场景,与当年王朔笔下那些只会耍嘴皮只说不练的痞子相比,与当今卫慧笔下那些摹仿西方反叛者的矫情女孩相比,棉棉与主流文化对立的尖锐性和惨烈性被有力展示出来,从而开拓与丰富了人性中被压抑的黑暗世界内涵。小说中的男女青年主人公不约而同地拒绝父亲给自己安排的前途:一个对蒙娜丽莎感到害怕;一个从学提琴转向弹吉他。请注意:他们所拒绝的恰恰是西方文艺复兴以来的现代文化传统,而这也正是八十年代中国知识分子文化的主流。一种反现代化的现代立场突现在小说叙事中。男孩赛宁从英国回来,不是衣锦还乡却带了一颗千疮百孔的心,似乎也证明了西方传统教育的失败。但是棉棉笔下的女孩子始终没有放弃对真情的追寻,她因为赛宁的多次背信弃义而自我沉沦,表达了她内心深处对爱的执着和痛苦,而不是像有些评论家故意夸大的什么"无爱之性"。只要将《糖》与《像卫慧那样疯狂》中有关性事描写部分作一比较,就可看出棉棉笔下女孩对性事完全不带展览意味,相反,她总是执着地问何为"高潮"? 在污浊的现实环境下,这种风情不解的询问就仿佛是古代文化中的"天问",是对男女间何为性爱的本质的追问。读者只要多诵读几遍棉棉小说中那些颤抖冗长的句子,我想不难体会到作家对失去心灵中的伊甸园所产生的刻骨铭心的痛苦。她的自杀、吸毒、酗酒甚至滥交,每一次的自戕行为都与赛宁的背叛有关,也就是说,所有以往正统教育施舍给她的温情脉脉的理想面纱都在现实欲望的烈焰中一片片地化作灰烬,她的生命最后以赤裸的姿态面对着烧不尽的"欲望"。

棉棉的小说叙事里,不自觉地体现出前面所说的把身体/感性的语言作为价值取向的另一种形式:将自己放逐到被现代文明样式所遮蔽的另一种文明中去,以生命的直接经验来感受到文明的多元本质,以求人性丰富多姿态的存在。棉棉笔下的酒吧与摇滚,仿佛是欲火烈焰中的地狱——我说的地狱并不是"水深火热"的那种,而是指它直接构成了大都市现代文明的对立面——一种对现代文明直接对抗的个人、感性、异端的另类世界。这个所谓的"另类世界"在全球化阴云笼罩下的上海的现实环境下,其实是非常庸俗无聊的富裕阶层的消遣场所,但在棉棉笔下却体现出难得的反抗立场。在《糖》里,女主人公发现心爱的赛宁在一个小镇上当了庸俗的"歌星"时,她勃然大怒,立刻把他拉了回来,指责他背叛了摇滚精神,这是她无所顾忌的性格中真正值得敬畏的一面。如果从所谓"正常"的社会道德立场来看,棉棉笔下活跃的只能是一批需要拯救的不良少年,社会渣滓,种种犯罪的欲望都如怨鬼紧紧缠身,很难从他们身上得到正面意义的解说,他们或者被鄙视地描绘成渣滓,或者作为社会分析的一个注释,而没有自己独立的生命价值。但在棉棉的叙事立场上,这里却呈现了生气勃勃的世界:在这个充满污秽的世界里仍然闪亮的人性的温馨,藏污纳垢,破碎的生命仍然是生命并且应该得到尊重。小说里有一段写到男女主人公一个吸毒一个酗酒的沉沦过程,使我们不仅窥探到道德边缘上的生命体验,也看到了生命边缘上的道德再生。当欲望与生命本体的意义紧紧拥抱在一起的时候,即产生了美学上的魅力。棉棉在她的书前题词说,要把这本书送给所有失踪的朋友。我理解"失踪"这个词的意义,不仅仅是指逃离现实秩序的人,似乎还应该包含了在现实的道德范畴里我们视而不见的人,这一些心灵里装满了困惑与伤害的人,正在用巨大的代价探索着自己的未来,寻找自己灵魂的寄放处。这也许是棉棉自己所说的:必须把所有的恐惧和垃圾都吃下去,并把他们都变成糖的写作宗旨。

我无法预测像卫慧、棉棉那样的作家,在这条自己选定的、与她们的人生道路相吻合的写作道路上能走多远。棉棉说,她写作当作医生的使命存在。那么,一旦写作带给作家巨大的成功以致疾病消除,写作是否对她还有意义? 我之所以这样提出问题,是因为我阅读她们小说后有一种强烈的感觉,即这很可能是世纪末中国文坛上昙花一现的事情,不仅仅社会主流道德的强大无法容忍这种异端文化的泛滥,同时是这些作家仅仅凭个体的感性的经验也无法将另类精神升华为较普遍的审美经验。我想起不久前我所阅读的台湾女作家洪凌的吸血鬼系列小说。洪凌也是个另类作家,她在英国读过硕士学位,对西方另类文化有过全面的研究。她回到台湾后一再用小说表达人类的异端化情绪,从同性恋到吸血鬼,写的都是人类文化边缘上的孤魂野鬼。但有意思的是,她最后把吸血鬼的根底联系到欧洲的无政府主义,因为永远的边缘,与主流对立,正是现时安那其的理想旗帜。法国作家圣·热内(SAINT GENET)做过小偷,入过狱,吸过毒,后来写出了著名的《偷儿日记》等作品,法国著名作家萨特为他写过传记,声称在这本书里他把他所理解的"自由"一词解释得最清楚。洪凌翻译过圣·热内的书,并把自己也置于自觉的另类阵营,但这种自觉,决不是生活所逼迫或在西方阴影下的时髦行为。如果联系不到人类文化的精神源头,那么,任何感性的反抗与撒野都只能是昙花一现。这一点我把它提出来,只是对卫慧和棉棉这样一种文化的思考和期望。

1999 年 11 月 4 日初写于黑水斋

2000 年 3 月 6 日修改定稿

个人言说、底层经验与女性叙事

——以林白为个案

董丽敏

　　林白曾经被公认为是个人化写作的代表性作家,她定格在读者头脑中的印象是一位沉迷于自恋中的坦荡女性,她呵护自我的情感世界和自我的女性躯体,情感和性,构成了她的小说世界的基本元素,她把情感和性精心扎成唯美的花朵,这种花朵封闭在她的自恋的精神堡垒里,也许过于脆弱,外面世界的风会把它吹得凌乱不堪。……然而自恋中的林白也在悄悄发生变化①。

　　作为上世纪90年代有代表性的女性小说家,2004年林白发表了一部形态奇特的小说《妇女闲聊录》。该小说浓重的民间文学气息使得其无论是叙事、立场还是表现,都与林白之前特别散发出强烈个人色彩的作品迥异。而文学评论界对此变化的态度也颇为耐人寻味:一向对女性文学或者对林白之前的创作颇有微词、颇为不屑的男性主流批评家一致对此表示肯定,或者认为其代表了陷入困境的当下文学的某种突围②,或者意味着林白已经走出了女性叙事的狭隘天地③。与此相对应的是,将林白当作女性文学宠儿的女性文学研究者们,对此也表示了某种意味深长的冷落甚至缄默,这暗示着质疑、失望还是无法定位的艰难?

题解　本文原载《社会科学》2006年第5期。通过对林白的《妇女闲聊录》的解读,作者认为这部独特的与作家之前作品迥异的小说的出现,一定程度上触及了中国女性文学某些一直在回避在遮盖的关键问题。长期以来中国女性文学与底层世界之间一直存在着一种错位的关系,女性"个人言说"潜在的危机正伴随着其蔚为大观而逐渐显露出来,这促使林白开始重视起"别人的声音",对自己早期的个人化立场有了相当明晰的反思和批判,转而探索属于中国底层女性的言说方式,这标识着其女性立场的深化,成为中国女性文学乃至中国当代文学本土言说的开始。林白创作的转型引起文坛的普遍关注,在《低于大地——关于〈妇女闲聊录〉》的创作谈中,林白称《妇女闲聊录》是她所有作品中最朴素、最具现实感、最口语、与人世的痛痒最有关联,并且也最有趣味的一部作品(见《当代作家评论》2005年第1期)。

①　贺绍俊:《叙事革命中的民间世界观》,搜狐网·视觉阅读。

②　施战军:《让他者的声息切近我们的心灵生活》,《当代作家评论》2005年第1期。

③　陈晓明:《不说,写作和飞翔》,《当代作家评论》2005年第1期。

很显然,这一系列现象烘托出了《妇女闲聊录》的独特性。尽管这种独特性在目前可能还未能清晰地被解读出来,但搁置在当代文学特别是女性文学的发展历程中,我们还是能够感觉到其间蕴含的挑战意味——从女性文学的角度如何来把握《妇女闲聊录》,怎么来评价其种种令人困惑的叙事表现,甚至怎么来看待不同的性别阵营对其作出的不同评价?

在《妇女闲聊录》的解读过程中,我越来越意识到,它的出现,一定程度上触及到了中国女性文学的某些一直在回避在遮盖的关键问题。

一、个人言说:有问题的女性书写

> 多年来我把自己隔绝在世界之外,内心黑暗阴冷,充满焦虑和不安,对他人强烈不信任。我和世界之间的通道就这样被我关闭了。许多年来,我只热爱纸上的生活,对许多东西视而不见。对我而言,写作就是一切,世界是不存在的。
>
> ——林白:《低于大地》①

如果了解林白在上个世纪八九十年代创作的基本情形,就会惊讶于林白上述的表白。在这篇为《妇女闲聊录》所写的创作谈中,林白很坦率地总结了自己创作的某些经验教训,而这种"隔绝于世界之外"的写作,其针对性不言而喻——作为90年代女性写作的标志性人物之一,林白向来以"个人化"写作著称;而在眼前的这篇创作谈中,林白显然对自己早期的个人化立场有了相当明晰的反思和批判,前后的断裂是显而易见的。那么,到底是哪些因素促使林白有了今天的转变,这样的转变到底又意味着什么呢?

也许应该先梳理一下个人言说与女性书写之间的渊源。20世纪中国女性文学史,在我看来,某种程度上可以称之为女性个人的书写史。从庐隐、丁玲、萧红、张爱玲一直到90年代的陈染、林白,一代又一代的女性文学书写者,都在孜孜不倦地呈现着独特的女性个人,因而,带着明显自传色彩的个人言说似乎成为中国女性文学最重要的存在形态之一。

女性文学意义上的所谓"个人言说",其包含的内容可以说是相当宽泛的。既是指其在题材选择上,对个人性内容的情有独钟,特别是带着小说家亲身经历

---

① 《当代作家评论》2005年第1期。

痕迹的题材几乎成为作者最为热衷的描写对象；也是指作者在处理这些题材的时候旁若无人的个人立场，对主流历史、文化及宏大事件的有意回避；还指作者在表述上也具有明显的排他性，大量的个人记忆、梦魇、意识、隐喻等充斥叙事表层，对他人明显构成一种距离感、疏离感。

而这样的"个人言说"，其核心，是小说家对"女性个人"的发现和肯定。

我们可以理解中国女性文学的这一选择。毕竟，在一个男权文化极其强大、女性传统过于微弱的国度中，女性书写的资源是相当匮乏的。个人言说作为"五四"新文化革命引进的西方资源之一，在反抗与颠覆传统伦理道德、旧的文化结构方面，显得相当锐利，自然也就成为女性书写的重要借鉴。从中国妇女运动的发展来看，由于其一直未能以强有力的独立姿态进入社会并影响历史，因而表现在文学中，相对孤立的个人化的女性命运探索，也就成为女性文学较为集中的主题。

但这样的女性个人言说是否就没有问题呢？

以林白的创作为例，可以较为完整地看出，女性"个人言说"潜在的危机正伴随着其蔚为大观而逐渐显露出来。从《子弹穿过苹果》等早期作品开始，林白就表现出对于个人言说的某种依赖。不过，此时的个人言说，很大程度上体现为文学书写者对文学独立性的向往，因而在书写前提上，有着较为明确的对于宏大叙事的回避及背叛。《子弹穿过苹果》这一系列作品正是在这一前提下确立了自己的写作原点，东南亚风味的背景设置显然有着对主流的中原汉族文化的逃离，宿命般的人物命运也正在挑战着光明、热烈、进步的当代文学传统，而其情节安排的断裂和反逻辑性，则更容易让人看出其与1985年以来先锋文学之间的渊源关系。很大程度上，早期的林白对个人言说的迷恋，应该还不是一种个人的很明确、很自觉的追求，它更多是小说家对于当时小说书写潮流的一种回应，是借鉴了当时颇为壮观的个人化先锋写作模式的结果，因而它更多是一种小说叙事行为，而不太涉及到女性作家之于世界与生命的深切体验，其提供给人的解读空间并不是太丰富。

将"个人言说"打上林白作为女性作家的烙印，在我看来，要到其上世纪90年代的创作中。《瓶中之水》、《回廊之椅》、《青苔》等作品特别是《一个人的战争》的发表，意味着林白在个人言说的行程中发掘出了属于个人的小径。

这一时期的女性个人言说，对于林白来讲，首先是建立在女性个人欲望的体验前提下的。《一个人的战争》一开始，林白就让主人公多米通过对女性自身欲望的发现，感觉到了自己的存在：

> 灯一黑,墙就变得厚厚的,谁都看不见了。放心地把自己变成水,把手变成鱼,鱼在滑动,鸟在飞……①

按照西方女性主义的理论,女性对自己被压抑的欲望的发现,不仅意味着觉醒与反抗的开始,而且也标志着女性开始创造全新的自我,埃莱娜·西苏就认为:

> 我曾不止一次地惊叹一位妇女向我描述的一个完全属于她自己的世界,从童年时代她就暗暗地被这世界所萦绕……,它以对身体功能的系统体验为基础,以对她自己的色情质热烈而精确的质问为基础。这种极丰富并有独创性的活动,尤其是有关手淫方面的,发展延伸了,或者伴随着各种形式的产生,一种真正的美学活动。②

童年时代的多米通过黑夜、蚊帐的遮盖,成功地发掘出了自己的欲望,这就注定了她自己的世界的分裂:一方面,她很清楚那个外在的有道德感、羞耻感的现实世界对她的挤压和修改;另一方面,她又坚持回到自己的身体以及欲望这个令人兴奋的狭小世界作最后的守望。显然,后者才是其个体性降落的地方。多米在以后漫长的人生中,不断地用本能和欲望来决定自己的行为,甚至以此来标榜自己的"这一个"的独特性,也正说明作者对于欲望与女性个人之间对应关系的某种信赖。

可以理解这样的女性个人其明显的挑战性。当性或欲望更多地被当作男性独占的领域,当理性造就的现有人类话语系统处处打上了男性的烙印,当觉醒了的女性发现自己无路可走甚至无法用现有语词来表达自己以至于失语的时候,回到身体、回到欲望、回到前体验,似乎也就成为女性先行者们唯一的选择。从这个意义上说,从性到女性个人,再到女性言说,其逻辑关系是相当清楚的。

问题在于,仅仅是"性",或者如西苏所说的性象征的女性美学活动,是否能够成为建构女性个人(特别是中国女性个人)的核心内容?

对欲望的肯定应该是西方现代性的重要内容之一。对于有着浓厚的天主教氛围的西方国家来说,至少在文艺复兴之前,对人的理解还是停留在对人的本能的严酷压制上的,"性"、"情爱"等个人性的内容,总是被宗教精神所扼杀和

---

① 林白:《一个人的战争》,江苏文艺出版社 1997 年版,第4—5页。
② 埃莱娜·西苏:《美杜莎的笑声》,载张京媛主编:《当代女性主义文学批评》,北京大学出版社 1992 年版,第 189 页。

取消。在这样的语境中,以个人主义为核心的人本主义思潮就选择了"性"作为突破口,向天主教提出了挑战。由于人本主义体现了打破封建等级观念、肯定人的世俗幸福等一系列历史的合理要求,因而成为正在迅速崛起的资产阶级意识形态的基础。就这一点而言,西方式的"个人"的确首先是和"性"连接在一起的。

但值得注意的是,"个人"也好,"性"也好,并没有成为人们可以任意放纵的无边际的概念。马克斯·韦伯在经典之作《新教伦理与资本主义精神》一书中,对此就已经论述得很明白,经过宗教改革后的神学精神是如何有效参与到资本主义发展进程中去的,日益膨胀的个人主义又是如何将神学精神资源纳入自己的体系,从而有力地规避自己走向极端的反面的[①]。在这样的层面上,也许更应该说,受理性限制的"个人"和"性"才是能在现代社会中发挥出自己应有的作用。

西方早期的女性主义很大程度上,亦是在这样的意识形态滋养下逐渐成形的。其对于女性被湮没、被忽视的历史与现实的抨击、对理想女性的设计,无论在思路还是在资源上,与人本主义是一脉相承的。像埃莱娜·西苏这样的激进女性主义者尽管其姿态较为彻底,彻底到将欲望当作女性得以呈现的最后浮标,但在其背后隐现的规约"性"、"个人"的文化底线,依然是我们不能忽视的。事实上,女性对"性"与"个人"的强调,只有与理性主义文化传统有机地勾连在一起,并将后者作为言说与定位的有效文化结构,其意义和价值才能凸现出来,而并不是说,以"性"全盘颠覆和取消理性主义,回到前文明时期,就是女性主义追求的最终目标。

相形之下,搁置在中国的语境中,个人、性与女性这三者的关系问题,就要复杂很多,我们似乎还不能用西方女性主义的相关论述来加以套用。尽管中国有着数千年冗长的封建王朝,有着比西方更强烈的群体伦理道德对于个体的遏制,但这并不意味着在设计个人的时候,我们就只要简单地将思路设定为反群体、反伦理、反道德,设定为让个人的欲望喷薄而出,就可以了。事实上,缺少了对彼岸世界的敬畏,缺少了宗教精神的规约,甚至在没有悠久的理性文化传统的支撑下,一味地放纵"性"以及建立在此基础上的"个人",不仅无助于超越封建主义的禁锢,相反,还会使个人沦为生物性的存在,为欲望所奴役;甚至成为一种因为脱离了自己的文化结构因而可以被无限诠释的"奇观",走向它的对立面。

林白的创作恰好印证了这一点。《一个人的战争》作为一部女性成长史,

---

① 参见马克斯·韦伯:《新教伦理与资本主义精神》,生活·读书·新知三联书店 1987 年版。

原本是为了抽丝剥茧地分离出女性的欲望到底是如何参与到女性个体的建构的隐秘途径,但多米对自身欲望的守望,显然并没有达到作者预设的初衷,相反,它却是在不经意间勾勒了多米迷失自我的轨迹——验证自我价值的冲动与少女的虚荣心的混合,使多米坠入了"抄袭事件";对欲望反道德的看法,让多米与意欲强暴自己的青年结为朋友;一意孤行地行走在寻找爱情的旅途中,却发现自己只是更快地沦为男性骗子的玩物。在自身欲望的辉映下,多米的确显得与众不同,她是叛逆的,她是比较清醒地意识到个人的存在的,但是,仅仅听凭欲望的召唤,放纵感觉行事,多米的叛逆很大程度上还是无的放矢的,其对女性个人的建构其实还是相当表层化的,不仅无力与现实世界形成真正的对抗,而且还可能被强大的现实所改造、所吸纳。所以,我很赞同林白自己对此的认识——在《一个人的战争》的题记中,她就写道:"一个人的战争意味着……一面墙自己挡住自己。"对她的创作来说,这堵墙显然就是女性的欲望,就是建立在这种欲望信赖之上的对个人的过分放纵。这堵墙的存在,很大程度上,妨碍了林白对女性命运的书写,影响了她对中国女性个体如何脱颖而出的问题的思考。

林白之后,女性个人言说在上世纪90年代的遭遇在更广泛的层面上论证了这一点。当个人言说以其对性与欲望的极度关注演变为"身体写作",当女性作家对自己内心隐私的挖掘泛滥得毫无边界的时候,女性个人言说在"七十年代出生"的女性小说家手中,已经蜕变为一面商业号召的旗帜,一种更迅速更便捷的成为男性与商业文化玩物的途径。女性个人言说的困境可以说展露无遗。

二、底层经验:待发掘的女性书写

忽然有一天我会听见别人的声音,人世的一切会从这个声音中汹涌而来,带着世俗人生的全部声色和热闹,它把我席卷而去,把我带到一个辽阔光明的世界,使我重新感到山河日月,千湖浩荡。

——林白:《低于大地》①

在解释《妇女闲聊录》的创作动因的时候,我注意到林白用了一个很新颖的词,"别人的声音"。的确,在林白的语词系统中,"别人的声音"一向是缺席的。而现在,"别人的声音"恰恰成为一种令人豁然开朗的存在,成为纾解个人言说

① 《当代作家评论》2005年第1期。

所引起"不安和焦虑"的一种有效途径。那么,是什么促使林白开始重视起"别人的声音",它又是如何表现在作品中的呢?

应该说,在《妇女闲聊录》中,林白对"别人的声音"的接纳是相当彻底的。首先,就题材选择而言,林白无疑在进行一种冒险,湖北王榨农妇木珍的生活无论从社会环境还是从地域文化来说,都是她所不熟悉甚至是隔膜的。更为冒险的是,在讲述木珍故事的时候,林白全然放弃了自己的立场,完全用木珍的第一人称叙事来展开情节,而且从句式到词汇还比较完整地保留了方言特色,林白本人的知识背景、价值观念、美学风格等,几乎荡然无存。

很明显,林白有意识地弃绝了自己早期擅长的个人言说。

这样做的一个结果就是,林白(包括大多数的女性作家)向来所漠视的底层世界,以一种无比强悍的姿态出现在人们面前。在这个世界中,一切都是陌生而遥远的。从价值立场来看,王榨所拥有的是一种典型的民间伦理道德体系,它混沌未开却有着强大的生命力,既不同于主流意识形态,也不同于知识分子立场,有着适应乡土社会的很强的操作性。《妇女闲聊录》所呈现的价值空间显然是以前的林白难以想象的,她原本已经很明晰的女性书写者的形象也在这样的混沌中受到了挑战,变得难以归类:

> 木匠的妈妈心疼钱,当着大儿子、二儿子媳妇对三儿子媳妇喜儿说,你大哥跟别人好还要花钱,不如跟你好算了,你闲着也是闲着,他大哥也不用给别人钱。

如果单列出来,类似于上述的话语显然可以被归入反女性文化的行列,那个将儿媳视为性工具的婆婆,自然也是男权文化的象征——要作出这样的判断是相当容易的。问题在于,这样的判断对于大多数"王榨女性"的实际生活来说,到底有什么意义?

之所以有这样的发问,是因为多少年来,女性文学本身就面临着这样的困境,一个女性言说与女性实际生存相脱节所造成的困境。从"五四"以来,女性文学在反映女性生存困境、展现女性觉醒程度方面,是激进的、独立的、前卫的。但这种激进或者前卫,很大程度上是相当个人的,往往演变为一种对某一群落人群(如女性知识分子)的特殊关怀,而散发出自恋的气息。女性书写者以外的世界特别是底层世界,很自然地被排除在外。其结果就是,女性文学尽管担当了女性主义运动的先锋,但其影响却是相当有限的,更多地被局限在知识精英的范围之内。

　　造成这种困境的缘由,从一般意义上说,当然首先是基于"五四"新文化运动以来的知识界对于底层世界的基本判断。在启蒙文学的观念下,底层世界已经被先验地判定为一个前文明、愚昧落后的世界,它和作为先知先觉者的知识精英之间,是对立而隔膜的。女性文学作为"五四"新文化运动的重要组成部分,在这一点上是与启蒙文学主流之间一脉相承的。表现为,"五四"时期的女性文学中,基本上看不到底层妇女的影子——尽管这其中有着书写者(像冰心、庐隐等)自己生活经历的局限所造成的底层经验的匮乏,但也不无对于底层世界的偏见与蔑视。上世纪30年代以后,尽管女性文学开始涉及底层,但底层要么像《水》、《田家冲》、《生人妻》那样染上革命的光彩而被理想化,要么像《生死场》、《在医院中》那样被继续搁置在启蒙的砧板上拷打,而呈现出依然如故的晦暗色泽。因而,女性文学与底层世界之间,一直存在着一种错位的关系,某种意义上,可以说,女性书写者没有真正进入底层,而底层也从来没有被真正认识过、理解过。

　　女性主义对宏大叙事的规避,从另一个方面造成了女性文学与底层世界之间的隔膜。由于女性长久以来一直被排斥在主流历史与文化之外,因而女性主义自它诞生之日起,就有着一种对于主流历史与文化的反省与警惕。而20世纪中国社会的大变动,很大程度上,是和底层的觉醒与暴动联系在一起的。"底层",某种程度上,成为"革命"、"战争"、"共和国"等宏大之物的最大驱动者与支撑者。而女性在宏大之物中的弱势地位以及宏大之物对她的排挤与压抑,决定了她会以一种相当偏激的态度来肢解、消解底层,如同丁玲在《三八节有感》中做的那样。

　　诚然,女性文学似乎有充足的理由来回避底层、排斥底层,但它显然不得不面对这样的漏洞:如何来处理底层中的女性群体?是取消她的性别意义,毫无区别地将她当作底层的一部分,还是仍然要坚持性别立场,将其区分开来,从而拥有新的角度来重新定位底层?

　　林白的《妇女闲聊录》的意义也许可以放在这样的思路下来进行考察。从林白所选择的"他人的声音"的呈现方式来看,她并无意坚持早期的先验的女性主义价值判断,而是让底层特别是底层的女性直接发出了声音。尽管这种声音是陌生的,晦暗不明的,大多数时候甚至是颠覆和消解已有的女性主义价值观念的,但至少,它是比以往在观念先行的情形下所描绘的底层生活更为真实的。而这一点,应该是发掘和建构中国的女性主义所需要的重要前提——当你只是用现成的启蒙文学观念或西方女性主义的理论来覆盖中国女性生存的时候,当你甚至不敢面对在这样现成的理论观照下变得千疮百孔的中国女性生存状态的时候,中国的女性文学永远只能是一种高蹈的不接地气的人云亦云的文学。

所以,林白放弃自己原先比较鲜明的女性主义者形象,在我看来,恰恰是她的聪明之处,这不仅不能说意味着其女性书写者姿态的退化,相反,可能还标识着其女性立场的深化。至少,她开始让有可能蕴蓄着中国本土经验的女性生存状态无拘无束地呈现出来,在此基础上,探索属于中国女性主义的言说方式。也许这种探索还是稚嫩的,但探索本身就是有意义的。

正是在这样的层面上,当我们回过头来看《妇女闲聊录》所呈现的底层妇女的生存状态的时候,会发现有一些新的想法产生出来——对前面"木匠妈妈"这些女性形象的判断,不能够简单地将其抽离出具体的语境,从而搁置在纯粹的理论背景下加以衡量;更为重要的,是应该去追问:她为什么会变成这样,她这样说对具体的语境而言有什么意味……对这些问题的探讨,才能使我们回到中国本土的女性问题上来。很显然,"木匠妈妈"这样的人物有着明显的针对性——她不同于建国以来意识形态所塑造的"革命妈妈"形象,她是鲜活的、泼辣的、自私的,并没有被革命意志清洗掉其身上属于世俗社会的烟火气;她也不同于上世纪80年代以来被西方话语所充斥的知识女性形象,她是为生存问题所焦虑,根本无暇考虑其他诸如女性问题的。这样一来,木匠妈妈就很自然地颠覆了之前被各种理论扭曲的中国女性形象,而以一种本真的更难以归类的姿态出现。她让我们意识到,原来底层女性的思维方式、行事逻辑是这样的,既拒绝意识形态,也远离女性主义,更多体现为一种赤裸裸的实用主义,以及在此基础上,将各种观念肢解成碎片为我所用的思维方式。

当这种实用主义完全植根在生存艰难的体验上时,的确,任何外在于这种生存艰难体验的理论评价都显得软弱无力。这也是我反对用现成的女性主义理论对其加以简单评判的理由之一,因为简单的评判除了使自己远离大地之外,根本不会产生什么效应。但这么说,也并不是要下"凡是存在的都是合理的"这样的认同现实的断语,并不是认为木匠妈妈的一言一行都是理直气壮的,不容置疑的;而是说,要想对类似于木匠妈妈的生存状态与思想状态作出能够产生现实效应的评判,我们恰恰应该置身于其话语得以产生的具体文化结构中去,去梳理并挖掘能够为我们所用的资源。

事实上,《妇女闲聊录》中已经蕴蓄着这种本土女性主义的可能。当先锋的女性主义者依然要为自己的性解放寻找种种理由,承受来自各方面的非议与毁谤的时候,《妇女闲聊录》中那种较为混乱的两性关系,婚外情,多角情,甚至是带有商业意味的性交易,已经在一定程度上揭示,乡村妇女已经在实际状态中,实现了女性主义所强调的那种女性对于性的自主性。尽管这种自主性更多可能是本能状态的，处在无意识情形之下的，并没有和女性个体的建构挂起钩来，但可以说，它仍然是弥足珍贵的——不仅因为它带有明显的本土特色，而且因为它其实还蕴蓄着对于现存的社会结构、家庭结构乃至两性结构挑战意味，焉知它不可能蜕变为西苏所呼唤的那种可以诞生真正女性的源泉？

所以，对于《妇女闲聊录》的解读，重要的不是对木匠妈妈这样的人物形象下一个简单的西方女性主义层面上的价值判断，去反思和清理那些和中国女性生存息息相关的东西——诸如民间文化、传统伦理道德、转型特有的社会心理状态等，是如何叠加在一起，形成中国女性的生存结构和价值体系的；它们又是如何释放同时也是制约女性脱颖而出的……其实是更为关键的。只有在梳理这些问题的进程中，像木匠妈妈这样的妇女其可怜、可悲、可恨但同时蕴含着的那种可以毫无顾忌挑战一切的力量才会被指认出来，她的真实性、她的复杂性才会构成一个有意味的女性生存个案，一定程度上修正上世纪 90 年代几乎已经被定型化了的中国女性经验。

就这个层面而言，假如说《妇女闲聊录》开辟了女性书写的新空间的话，在我看来，不是在于它提供了某种新的结论，而在于它探寻了一种思路：个人言说、知识分子观念乃至宏大叙事，这些原本被言之凿凿地看作是女性文学书写特色或者是与女性文学背道而驰的东西，现在有了被重新定位的可能。这种可能性包括，原本立足于"个人言说"的"现代性话语"前提下的中国女性文学，有了挣脱并反思这种西方意味十足的话语的意识，尽管这种意识可能在林白这里还是模糊的，未成形的，但这种意识本身，应该包含着中国女性文学未来的本土的发展路径或写作资源在里面。在此前提下，中国女性文学的写作立场、叙事方式乃至评价体系等，应该也有可能发生相应的调整。上个世纪以来的"现代知识分子"观念以及由此出发产生的中国女性文学建立在自我书写基础上的自恋乃至自我封闭的倾向，应该也会在这样的反思意识下，得到某种程度的清算。这种清算，其意义可能是多方面的——不仅对女性文学而言，亦是对整个中国当代文学而言；可能都意味着一种转向，一次在直面当代中国现实基础上的对知识分子自身价值使命的重新设定。由此，那些被西方的"现代文学"与"女性文学"所排斥、所贬斥的"民族"、"革命"等第三世界国家所特有的宏大叙事，才有可能被正视并真正成为中国文学的有机组成部分。因此，尽管《妇女闲聊录》在当下的语境中是充满争议的，其基本追求还是显得相当模糊的，但我宁愿认为，这正是中国女性文学乃至中国当代文学本土言说的开始。

人类文明进程的尴尬、悲哀与无奈

——与迟子建谈长篇新作《额尔古纳河右岸》

迟子建　胡殷红

胡殷红：从《伪满洲国》到《额尔古纳河右岸》，你始终实践着"用小人物说大历史"这一创作理念。这两部作品的气息有相通之处，又有不同之处，能谈谈你的看法吗？

迟子建：从《伪满洲国》到《额尔古纳河右岸》都浸透着我对历史的思考，当然这种对历史的思考不是孤立和割裂的，它与现实还是有着很大的关联。我总觉得仅仅凭吊历史是没有多大意义的。能把历史作为"现实"来看待，作品才会有力量。在我眼中，真正的历史在民间，编织历史的大都是小人物；因为只有从他们身上，才能体现最日常的生活图景。而历史是由无数的日常生活画面连缀而成的。所以，在这两部作品中，出现在舞台上的大都是我们熟知的带着人间烟火气息的可感可触的小人物，他们的举手投足，无不折射着大的时代的影子。这是它们之间的相通之处。不同的是，《伪满洲国》大约有 70 万字的篇幅，写的是 14 年的历史，以战争中的人性为切入点，演绎的是那段沦陷期岁月中的故事。我为《伪满洲国》搭建了多座舞台，比如奉天的当铺、新京的杂货铺、哈尔滨的餐馆等等。而《额尔古纳河右岸》虽然只有 20 多万字的篇幅，但我在里面讲述的却是鄂温克的一个部落近 100 年的历史，而且舞台只有一座，那就是额尔古纳河右岸的森林，写作的难度也就更大一些。

胡殷红：《额尔古纳河右岸》的主题是一个世界性话题，是关系到人类文化

题解　本文原载《艺术广角》2006 年第 2 期。迟子建的长篇小说《额尔古纳河右岸》面世后得到很高评价，被誉为"一支苍凉的世纪绝唱""捍卫人类灵魂'原乡'的生命史诗"，表达了"独特而宽厚的人文伤怀"，荣获第七届茅盾文学奖，评语称"小说具有史诗般的品格和文化人类学的思想厚度，是一部风格鲜明、意境深远、思想性和艺术性俱佳的上乘之作"。2012 年 4 月 29 日—30 日，凤凰卫视《名人面对面》栏目播出迟子建就《额尔古纳河右岸》讲述其故乡情结与文学创作的专题访谈节目。2019 年该书被列入人民文学出版社等联合推出的"新中国 70 年 70 部长篇小说典藏"丛书。在本篇访谈中，就这部讲述鄂温克部落近百年历史的小说，迟子建再次阐述了自己的历史观、文明观及故乡和大自然对她创作的深刻影响。

学的问题。你在追逐这个行将消失的鄂温克部落、面对其文化正在逐渐消失的现状时是怎样的心情？

迟子建：可以用"悲凉"二字形容我目睹了这支部落的生存现状时的心情。人类文明的进程，总是以一些原始生活的永久消失和民间艺术的流失做代价的。从这点看，无论是发达的第一世界还是不大发达的第三世界，在对待这个问题上，其态度是惊人相似的。好像不这样的话，就是不进步、不文明的表现，这种共性的心理定式和思维是非常可怕的。我们为了心目中理想的文明生活，对我们认为落伍的生活方式大加鞭挞。现代人就像一个执拗的园丁，要把所有的树都修剪成一个模式，其结果是，一些树因过度的修剪而枯萎和死亡。其实，真正的文明是没有新旧之别的，不能说我们加快了物质生活的进程，文明也跟着日新月异了。诚然，一些古老的生活方式需要改变，但我们在付诸行动的时候，一定不要采取连根拔起、生拉硬拽的方式。我们不要以"大众"力量，把某一类人给"边缘化"，并且做出要挽救人于危崖的姿态，居高临下地摆布他们的生活。如果一支部落消失了，我希望它完全是自然的因素，而不是人为的因素。大自然是美好的，也是残忍的。就像《自然与权利》一书中引用的一位印第安酋长的那句名言一样："我们赖以为生的肉食动物都用四条腿奔跑，而追赶四条腿的我们却只有两条腿。"我相信有了这样感慨的他们，一定会在这美好与残忍中自己找到生存的出路，比如能恰当地解决动物的驯化等等面临的问题。我向往"天人合一"的生活方式，因为那才是真正的文明之境。

胡殷红：读过你的很多中短篇小说，"对温情生活的辛酸表达"是你的风格。你往往是从一个小的方面入手，从乡村中的寻常百姓身上寻找美好的感情，而且把自己也融入其中。而《额尔古纳河右岸》是从大的方面入手，艺术风格与以往的创作有所不同。你是否有意识在追求历史、文化的厚重感？

迟子建：我不会刻意追求一部作品的厚重感，因为"深刻"是求不来的，只能是自然而然地呈现。《额尔古纳河右岸》其实是我的中短篇小说在艺术上的一个延伸，不同的是，写作这部长篇时激情更为饱满，大概触动了我灵魂深处的一些东西。其实写它是有难度的，首先我要把自己变成一个鄂温克老女人，其次，我要在一天中把近百年的故事讲完。好在我熟悉那片山林，也了解鄂温克与鄂伦春族的生活习性，写起来没有吃力的感觉。我其实想借助那片广袤的山林和游猎在山林中的这支以饲养驯鹿为生的部落，写出人类文明进程中所遇到的尴尬、悲哀和无奈。这其实是一个非常严酷的现实问题。当然，其中浸润着我对那片土地挥之不去的深深的依恋之情和对流逝的诗意生活的拾取。如果说它与我的中短篇有什么不同的话,我觉得它在气象上更为苍茫些。

胡殷红:你在《额尔古纳河右岸》中写了两位具有传奇色彩的萨满,有过调查还是更多地发挥了想象,他们在作品中起着怎样的作用?

迟子建:萨满教是一种原始宗教,有学者认为,它产生于青铜器时代的西伯利亚。我写的这支鄂温克部落,就是从贝加尔湖迁移过来的(当然,史学界对他们来自哪里也有不同的见解,但我个人比较倾向来自贝加尔湖这个学说)。萨满教盛行于北方的少数民族,萨满是沟通天和地的通灵人。在狩猎文化中,最突出的便是"万物有灵"论,而萨满用他们身上神灵所赋予的能力,出色地演绎了"万物有灵"。在他们眼里,大自然中的一花一草、一石一木都是有生命和有灵魂的,这种宗教因为切近自然而呈现着浑厚、大气的特征。我在写作《伪满洲国》的时候,就做过萨满教的调查。萨满身上所发生的神奇的法力,比如说能在跳神时让病入膏肓的人起死回生等等事例,已经屡见不鲜。既然大自然中有很多我们未探知的奥秘,我们就不能把萨满的存在看成一种"虚妄"。我在作品中塑造的两个萨满,贯穿了整部长篇。尼都萨满和妮浩萨满的命运都是悲壮的。我觉得身为萨满,他就是宗教的使者,他们要勇于牺牲个人身上的"小爱",获得人类的"大爱",这也是世界上任何一种宗教身上所体现的最鲜明的一个特征。他们在我的作品中是这百年历史的见证人,缺一不可。他们在面临着瘟疫、疾病、死亡中所体现的那种镇定、从容和义无反顾,是这支以放养驯鹿为生的鄂温克人身上最典型的特征。写他们的时候,想象肯定是苍白的,因为从我掌握的资料来看,他们本身的经历就是一段连着一段的传奇。

胡殷红:从你的作品和你的生活经历中,可以看出你对大自然的热爱和浓郁的故土情结,能谈谈大自然和故乡对你文学世界的影响吗?

迟子建:没有大自然的滋养,没有我的故乡,也就不会有我的文学。我的文学启蒙于故乡漫长的冬夜里外祖母所讲述的神话故事和四季风云骤然变幻带给人的伤感。一个作家,心中最好是装有一片土地,这样不管你流浪到哪里,疲惫的心都会有一个可以休憩的地方。在众声喧哗的文坛,你也可以因为听了更多大自然的流水之音而不至于心浮气躁。有了故土,如同树有了根;而有了大自然,这树就会发芽了。只要你用心耕耘,生机一定会出现在眼前。如果没有对大自然深深的依恋,我也就不会对行将退出山林的鄂温克的这支部落有特别的同情,也不可能写出《额尔古纳河右岸》。对我而言,故乡和大自然是我文学世界的太阳和月亮,它们照亮和温暖了我的写作和生活。

胡殷红:谈一下你的近况和未来写作计划。

迟子建：去年，我在完成了中篇《世界上所有的夜晚》后，就开始了《额尔古纳河右岸》的写作。从初稿到最后修改完毕，前后大约用了半年时间。之后，我去了美国爱荷华国际写作中心，在那里住了三个月，主要是休息，也写了一部中篇，刚刚修改完毕，给了《当代》。现在是 2006 年了，春节的脚步近了，我马上要回故乡陪母亲过年了。《额尔古纳河右岸》是我刚唱完的一支苍凉的长歌，我还是感觉出了体力的透支，所以今年想放慢一点节奏，多读些书，以中短篇的写作为主。当然，这只是我暂时的想法。

第五辑
女性文学研究及学科建设

导语

本辑前两篇以被评介著作的出版时间为序,其他以文章发表时间为序。

新时期以来女性文学研究取得了丰硕成果。其中,孟悦、戴锦华的《浮出历史地表》被誉为中国现代女性文学研究史上具有里程碑意义的著作,日本学者秋山洋子评价该书是中国女性文学研究学科的一块基石。刘思谦的《"娜拉"言说——中国现代女作家心路纪程》被誉为女作家的"心灵史",陈柏林以"视角的凯旋"作了高度评价。

1995年中国当代文学研究会女性文学委员会成立,之后主办了多届学术研讨会。其中1998年9月在北京、承德两地举行的"第四届中国当代女性文学学术研讨会暨首届中国当代女性文学颁奖"具有开创意义,采薇的文章对此作了评述。在当代女性文学研究与批评实践中形成的中国(大陆)三代女学人群体,陈骏涛予以热情关注和中肯的评说。王富仁对女性文学研究作了深入思考,提出"从本质主义的走向发生学的"理论见解。董丽敏的文章提出了女性文学研究的话语重构和理论创新问题。

女性文学的学科建设一直受到研究者关注,乔以钢、屈雅君对此作了全面论述。2007年,由乔以钢、林丹娅主编的《女性文学教程》出版,对学科建设的这一重要收获,吴玉杰作了及时、恰切的评介。

从女性主义立场出发的现代文学史

——评孟悦、戴锦华的《浮出历史地表》

[日]秋山洋子著　刘晴译

　　70 年代在以美国为首的西方国家诞生的女性学 80 年代后期开始在中国得到广泛传播。在中国提倡女性学的大多是通过研究社会学和外国文学与国外女性学发生接触的年轻研究者,其中郑州大学的李小江颇为引人注目,1987 年她在郑大创立中国最早的女性研究中心,1988 年又发起编辑妇女研究丛书。

　　《浮出历史地表》是那套妇女研究丛书第一辑中的一本。据丛书的目录,该书与康正果的《风骚与艳情——中国古典诗词的女性研究》、乐铄的《迟到的潮流——新时期妇女创作研究》合在一起构成"中国女性文学史三部曲"。本应将这三本书并读之后再作介绍,但因后两册尚未见到,所以这里只介绍以现代中国女性文学史为研究对象的《浮出历史地表》。

　　本书副标题为"中国现代女性文学研究"[①],但"女性文学"的定义却十分难下。同样的问题也存在于有关"女性史"、"女性学"之类概念的界定之中。究竟是研究对象为女性,还是研究主体为女性,或者是站在女性立场上、从女权主义视角出发进行研究,目前尚无定论。在中国,就文学而言,"由女性作家创作、以女性生活为题材是'女性文学'的内涵(李小江的观点),以女性生活为题材是'女性文学'的外延(张抗抗的观点)"[②]似乎成为讨论的焦点并且为多数人接受。不过,关于女性学的研究主体,李小江提出了"不分男女"的主张,并且把这

题解　本文原载《中国现代文学研究丛刊》1996 年第 2 期。1989 年由河南人民出版社出版的"妇女研究丛书"之一《浮出历史地表》深深地影响着当代学人,尤其是女性/性别文学研究者,被评价为中国现代女性文学研究史上具有里程碑意义的著作。这篇由日本学者撰写的书评称该书"最值得称道"的地方在于著者从女性立场、女性主义视角出发重构中国现代文学史,是"再现所有的批评都未曾顾及的另一半的历史真实"的尝试,是中国女性文学研究这门学科的一块基石。

① 　本书副标题为"现代妇女文学研究"。——编者注
② 　曲霏:《关于北京女性理论研究情报交流会》,载《季刊中国研究》19 号(1991 年)。

一主张贯彻到她担任主编的妇女研究丛书的编辑方针之中。①

《浮出历史地表》以"五四"至中华人民共和国成立这段时间的女性作家及其作品为批评对象,因此可以说它研究的是狭义的女性文学,但这并不等于说它的特征就是只研究女性作家。本书最值得称道的地方,并不是简单地把诸多女性作家并而论之、用"女性的纤细"、"母爱"之类人们习以为常的词句分析她们的作品,而在于著者从女性立场、女性主义视角出发重构中国现代文学史。"女性主义批评并不仅仅是'另一种批评方法',而是'再现所有的批评都未曾顾及的另一半的历史真实'的尝试"②。确实如此,本书正是试图发掘被中国现代文学史所遗漏的另一半,并由此重写文学史。

中国的各类文学史大都是立足于马克思列宁主义立场而写作。就现代部分而言,贯串其中的只有一条线——即中国共产党领导的"革命路线"。所有文学作品与文学运动都被置于与这条线的距离之中来进行考察、评价。因此,那些生存、写作方式与革命运动没有关系的作家以及离开大陆去台湾或国外的作家,在很长的时间里不被文学史提及。对这类作家的再发现成为80年代文学研究界的一个重要趋势,而《浮出历史地表》则超越了那种个别性的再评价工作,试图把现代文学的发展过程作为一个整体来把握。

与这种企图相对应,被著者作为理论武器的不再是马列主义,而是源于法国心理学家拉康(Jacques Lacan)、以朱莉亚·克里斯蒂娃和Luce Irigaray 露丝依利格瑞等人为代表、被统称为"女性写作"的女性主义文学批评方法。该学派中法国女权主义者的理论较难理解,笔者不敢说已完全把握。仅就自己的理解简而言之,其基本观点是:由文化与语言构成的象征秩序历史性地被置于男性的支配之下,女性被置于该象征秩序的边缘地带或对立面。处于边缘地带的女性怎样获得表现自我的语言? 在这种表现过程中与既存的象征秩序发生怎样的冲突? ——这是该学派中女性主义批评的焦点所在。在《浮出历史地表》中,这种语言象征秩序被称作"主导意识"。与主导意识相对,不同历史阶段的女性文学处于怎样的位置? ——对这一问题的阐释构成了《浮出历史地表》的基本内容。

本书把研究对象大致划分为三个时代:1917—1927 年的五四时代;1927—1937 年的都市资本主义发展与地方内战时代;1937—1949 年的抗日战争、解放

---

① 李小江主编:《华夏女性之谜》,生活·读书·新知三联书店 1990 年版。
② 织田元子:《女性主义批评——以理论化为目标》,劲草书房 1988 年版。

战争时代。就基本结构而言,长篇序论与短小的结语之间分为三个部分,每一部分又采取先综论时代背景然后分别进行作家论的形式。下面主要依据综论部分,对该书最具特征性的见解略作评述。

首先,著者把五四时代定义为"弑父时代"——即数千年间居于统治地位的"崇父文化"开始被"子"颠覆的时代。由此,作为叛逆者的"子"掌握了时代的主导意识。与掌握时代主导意识的"子"(男性)同一时代的女作家们,则被著者称之为"父亲的女儿"。"实际上,女儿,父亲的叛逆之女,母亲的不孝之女,新文化的精神之女,是五四作家创作中隐在的共同自我形象"(15 页)。"女儿"具有双重局限性:其一,与其说她们是独立的主体,不如说她们是逆子的他性投影。她们在五四时代"男女平等"、"个性解放"等口号的鼓舞下拿起笔来进行创作,但一旦进入具体创作过程,她们作为个人的(或曰"女性的")独特经验便淹没在诸如爱、人生意义、情感与理性的冲突之类的中性时代语汇中。"在五四女作家的创作中常常可以看到一种困窘:女性的经验要求被本文化,而一旦它们进入本文,又消失于本文中"(29 页)。其二,她们是"女儿",却没有成为成熟的女性。"五四作家的创作象'女儿'这一字眼所标志的人生阶段一样,充满了青春、骚乱、幻想、脆弱、幼稚和肤浅,不具备成人那种老辣坚定的目光"(17 页)。著者认为,五四时代的"女儿"们获得作为女性的独立,只能等待十年之后丁玲的登场。

与把五四时代看作"父"与"子"对立、逆子掌握主导意识的时代相对应,著者把继之而来的时代定义为"政父"与"大众之神"对立的时代,认为社会主导意识向大众一方移位。由于这种时代的变化,女性反而从时代主导意识中疏离出来,并由这种自觉的疏离确立了新的自我。"随着叛逆的女儿们脱离了认同逆子的阶级,获得在黑暗中的异己感,中国现代文学的女性传统已经有意无意地向前跨出了意义重大的一步,女性开始作为一个被压抑的但却是独立的性别群体出现在时代舞台,尽管是出现在边缘"(110 页)。这里使用的"黑暗中"一词,显然是取自收录了《莎菲女士的日记》等作品的丁玲第一本小说集的名字。

这一时代的女作家们(著者举出丁玲与萧红作为代表)经由这种异己感养成了敏锐的批判力。其批判的矛头一是指向商品化的都市生活,一是指向"主导意识形态"。关于思想、爱情、性等所有的东西被商品化,在今天的日本无须再作说明。但在那时的中国确实是新出现的现象,并且是初次由女作家进行了深入的批判。关于后一个问题,这里引用原文作说明:"同样,当大众之神被高高举起,群体——总体君临个性与差异,大批知识分子在民族危机中真诚地相信着光明的历史明天时,似乎只有个把女性作家以及那些坚持异己立场的少数人还在重申历史的吃人与滞重,重申着大众的麻木冷漠,重申着'革命队伍中的小生产习气'问题,重申着封建势力的根深蒂固与反封建的迫切性,当然也就证明着神话的'神话性'。《三八节有感》、《呼兰河传》正是以女性那柄异己的反神话的标尺,衡量出现代以来历史及生产方式的原封未动。而这一份反神话的批判内涵,直到极象'五四'的今天才重新被人发现"(111页)。虽然这段话中并没有出现"中国共产党"、"马列主义"之类的概念,但对中国现代史稍有常识的人都不难明白著者的意图。

实际上,在中国现代文学作品中,丁玲写于解放区、为女性生存状况而呼吁的《三八节有感》和在战火中流离失所、客死香港的萧红以故乡小镇、小镇上人们的生死忧乐为题材而创作、充满乡愁的《呼兰河传》最为我所喜欢,或者说最吸引我的注意力。它们也是我读研究生时以此为批评对象写作硕士论文之后常常进行再认识的作品。不过,当时我并不能与把中国文学的主流看作"正确革命路线"的所谓"主导意识"认同,而是常常把自己与那两部作品的共鸣归之于个人的趣味。能够准确地给那种"共鸣"定位,是接触女性主义文学批评之后的事。借用《浮出历史地表》中的话来说,就是:"这种异己感和这一份异己的、边缘的传统,应该说是女性这个历史规定的性别群体的一种与生俱来的文化、意识形态特征"(111页)。

关于个别的作家作品论这里暂略,立足于上面的观点,在历来的文学史中被较高评价的丁玲左联时期的作品——即所谓摆脱小资产阶级习气、站到革命立场上之后创作的作品,以及取材于土地革命的《太阳照在桑干河上》等作品,都受到了批判:"她转向主流意识形态,解决了她的创作困境,但也就此剥夺了她只有站在女性的历史地位才会获得的那种异己感和批判性"(117页)。比较一下丁玲的"革命作品"与"非革命作品",后者显然更具文学魅力,这是每一位阅读丁玲作品的人都不难体会的。怎样分析这一现象? 过去人们总是尽力使用"革命性与艺术性的冲突"这种两面讨好、左右逢源的套话来含糊其词。只有从女性主义批评的视角出发,才能对此作出概括性的阐释。

第三个时代,即被著者称作"分立的世界"的40年代,历来的文学史很少论及。此时的中国被分为解放区、国统区、沦陷区,大部分地区都处于战争状态。这显然是一个于文学艺术生产十分不利的时代,而且无论是解放区还是在国统区,"爱国"与"抗战"成为社会主导意识,性别意义上的"女性"被置于边缘地带。但著者认为,恰恰是在敌占区,却神话般地存在着相反的情形。由于日本的军事侵入,"社会革命"、"抗日爱国"等中国人的主导意识被强制性地抹杀,于是出现了奇特的"真空地带"。"对于30年代以来一直处于边缘,而抗战爆发后又逐渐消失于缄默的女性自我来说,这一文化侵略带来的偶然的话语缝隙确实是一种牢狱中的自由"(219页)。这样,张爱玲、苏青等女作家确立了作为女性的、独特的思考方式与表达方式。这样形成的敌占区女性文学长期以来都被许多文学史所排斥,近期才被重新评价。这并不是简单的"文学上的怀旧",而是必须承认这些女性们所建立的文学世界的真实性。

在最后简短的结束语中,著者把论题由现代引向当代。与那种流传至今的所谓随着中国人民的解放中国妇女也同时自动地获得解放这种"大团圆"式的观点不同,著者通过对一部作品的分析重新认识这种革命的性质。这部作品就是关心中国的人大都知道、作为中国妇女解放的象征性故事获得广泛认同的《白毛女》。

首先,著者把女性解放故事分为由女性自身来讲述的与由他人来讲述的两种,把《白毛女》划归后一种,然后给主人公喜儿下定义:"从女性原型上看,喜儿与睡美人、灰姑娘那些由男性赋予价值和生命的原型相类,她与她们都在一个深藏、隐密、洞穴式的神秘空间中等待,直到某一天王子来到,将她发现、唤醒、由鬼变成人,由贱者变为尊者。喜儿的翻身解放就这样在对童话故事的沿用中,带着全副男性中心的文化传统信息,成为当代妇女解放神话的一部分"(265页)。只是在这个童话中救主已经不是特定的男性,而是象征意义上的父亲的化身——共产党、八路军。在这里,喜儿确立了作为跟随父亲的女儿的"精神性别身份"。"'党的女儿'——这一活跃近30年之久的正面女性文学形象,规定了'新中国'女性不可超越的精神性别身份"(267页)。

著者认为,被党发现、被党拯救的喜儿并不是党的平等伴侣,而是始终展示出"女儿"的特征。她可以看作1949年中国女性的解放是依靠上级的力量,因此女性并未获得真正意义上的自立的象征。

这本在中国女性文学史的处女地上以女权主义为工具劈荆斩棘、辛勤耕耘的著作,弥漫着开拓者的热情。就其论及的作家作品而言,不同的研究者也许会从不同的立场提出不同的见解,从女性主义立场出发的批评方法也不止一种。但对于中国女性文学研究这门学科来说,它是一块基石、一块必须有人来放置的基石。文学研究者之外的女性史研究者,从这种站在女性立场上分析时代意识的研究方法中也会得到不少教益。

视角的凯旋:娜拉也是女人

——评刘思谦《"娜拉"言说——中国现代女作家心路纪程》

陈柏林

尽管对中国现代女作家群的研究已历时颇久,但成果却与此不甚谐调,由于文化的深潜性和历史惯性,研究者们无意识层的男性中心意识或"无性姿态"与对象心灵结构的错位使相当一部分研究拘泥在共性化的层次,对身处于历史、文化转型期的现代女作家的多层次、多向度的呈立体架构的心灵世界的揣摩与分析则往往陷入隔靴搔痒的尴尬,有时甚至失之偏颇。刘思谦的新著《"娜拉"言说——中国现代女作家心路纪程》则使这一局面大为改观。在对那些发自她们血肉之躯的体验和声音的认真阅读和倾听的基础上,深刻的心理剖析,设身处地将心比心的揣摩以及灵动隽逸却又不乏犀利的文字使她们的心路历程得到了淋漓尽致的展示,她们也终于摆脱了"纸样剪影"的厄运而成为活生生的女人,我们仿佛听见了她们怦怦的心跳。

笔者以为,这主要得力于作者不同于以往女性文学研究的独特的研究视点。她说:"研究女性文学,顿悟于一句大实话:女人也是人。然而,这作为人的女人又是什么呢?我仍然说不出,也许就是我,就是你,就是她,就是这里写到的一个一个的女人!"作者认为,自从父权制社会以来,男性掌握着全部话语符号的创造权和解释权,女人必须朝着男人的价值期望标准来要求自己塑造自己,变成了所谓的"女人",即人类的"第二性"或曰"次性"。但是,"女人不是天生的",她

题解　本文原载《中国图书评论》1995 年第 1 期。文章原副标题为《评〈刘思谦"娜拉"的言说——中国现代女作家心路纪程〉》,此处标题根据书名修改。《"娜拉"言说——中国现代女作家心路纪程》(上海文艺出版社 1993 年版)是当代著名评论家刘思谦教授"学术转型"之后的第一本女性文学研究专著,其对女作家创作心理的深刻透视和对女性文本的细腻分析得到研究者的赞赏,被誉为女作家的"心灵史"。本文作者以"视角的凯旋"作了高度评价,认为该著作的出现使以往男性中心意识下的主流学界对现代女作家群的研究中因与研究对象心灵结构的错位而出现的隔靴搔痒的尴尬局面大为改观,著者独特的"人—女性"视角和同为女人的心灵相通性使女作家的心路历程得到了淋漓尽致的展示,达到了前所未有的深度,因此该著作可被视为"娜拉"在当代的言说。

是与男人一样有着七情六欲的人,女性文学的出现标志着她们作为人的女性意识的觉醒。正是这种对"人——女性"视角的深刻理解和作者与她们同为女性的心灵相通性从根本上保证了研究者与对象的贴合性,架起了通往现代女作家们心路历程的桥,并使作者对她们心灵世界的探寻达到了前所未有的深度。

这首先表现于本书对现代女作家们的心理景观的整体性特征的界定上。作者认为,尽管古代女作家与现代女作家之间在表层上存在着许多共同的话题如爱情、命运等,但内在的作为人的女性主体意识觉醒与否却显示了它们之间质的分野。这种质的分野在作者对袁昌英改写的《孔雀东南飞》和张爱玲改写的《霸王别姬》的新旧作的对比分析中得到了更为鲜明形象的凸现。古代的英雄美人模式在张爱玲笔下变成了太阳和月亮的象征模式,虞姬不再是为英雄殉情而是不满于自己的月亮角色毅然拔剑自刎,"霸王别姬"在这里变成了"姬别霸王"。鲜明的女性主体意识主宰着文本的建构。现代女作家心路历程的整体性特征在这种质的分野中被清晰地显示出来,这从宏观上把本书对她们心灵的探寻导向了深刻准确的航道。"人——女性"视角在这里初露锋芒。

如果说这一视角的犀利在宏观界定上还只是崭露头角,那么在对现代娜拉们言说的细心倾听中它便大展身手了。

第一,在文本解读方面,凭借着独特的"人——女人"视角和对艺术的敏感,作者对文本的解读新意丛生,深入细致地把握了文本内部脉搏的跳动,甚至将现代娜拉们的无意识层面的心灵奥秘也破译了出来。以本书对冯[沅]君小说的分析为例。作者认为,经常出现的复数主人公"我们"是作为叛逆之爱的精神同盟的显性表现,以至"我们"必须以牺牲性别意识和现实具体性、排斥性关系的圣洁的爱情来作为内心的依持,这是男女主人公以"我们"出现的心理和文化潜因,然而这种蕴含新质的两性关系却是旧有的表示两性关系的词语如"夫妻"等所无法照亮的,于是作家便陷入了语言的尴尬,只好留出话语空缺,尽管如此,圣化的爱情这道防线却是虚假的。姑且不论这种灵肉分裂的爱情是残缺不全的,以排斥性关系的圣洁的爱来抵抗可畏的人言即传统道德规范,以不作人言所非的事来证明自己的是(纯洁)这一对抗本身即隐含着一种顺向的心理逻辑,那就是深层心理上对传统的认同屈从。

第二,在生平身世的分析方面,凭着同为女性的心灵相通性,作者对现代女作家生平身世背后的心路历程也作了深入细致的分析。如对于石评梅拒绝活着的高君宇的爱,在他死后却又挚爱着他这一人生之谜,作者在对石评梅的"殉尸"之梦和各种有关资料的分析后指出,生前不爱,是因为潜意识中的处女禁忌和强大的道德禁忌的制约;死后挚爱,一是由于负疚心理的补偿,二是将爱的对象——高君宇审美化了,这的确不失为切中肯綮之言。很难想象,如果作者不以"人——女性"为视点对她们进行细致入微的揣摩,现代女作家们的生平身世会这么富于生命感。

如果说以解读文本来探寻心灵呈现为一种点性横向拓展的话,那么对生平身世背后的心路历程的分析则呈现为一种线性纵向延伸。在那些两者相谐的作家那里,单独的心灵世界的强度被进一步凸现;在那些两者处于不同意识或价值层面或者两者之间存在矛盾的作家那里,主体性的心灵架构又得以完整呈现,点线纵横的结合使本书对现代女作家们的心路历程的纪录获得了一种多层次多向度富于流动感的鲜活品格。她们是人,更是女人,这"女"字无疑是作者凭借独特的"人——女性"视角和同为女人的心灵相通性经过艰难的跋涉来凸现出来的。

这本身莫不也是娜拉在当代的又一番言说?!

女性文学研究与大文化视野

——第四届中国当代女性文学学术研讨会侧写

采　薇

由中国当代女性文学委员会、中华文学基金会、中国作协创研部共同主办的"第四届中国当代女性文学学术研讨会暨首届中国当代女性文学颁奖"于1998年9月19日—9月23日在北京、承德两地召开。与历届学术研讨会不同的是,这次会议体现出主办者一种新的创意——引进与推出。即在女性文学研究中打开一扇窗,让知识经济、国内外女性研究新成果与女性文学研究对话,同时把女作家与女性文学研究作为一项事业推向社会,吸引社会各界对于中国当代女性文学创作与研究的参与与关注。因此,在会议规模规格上、文化视野开拓上、新话题设置上、多重角度探讨上、女性文学出版上,齐头并进皆获不小的成功。在研讨会上,女性作家的"女性观"与女性文学研究者的学术发言,共同创建一片女性文学发展的理想天地——在"女性文学"建构上,创作者与研究者都呈现出主动话语姿态,在自觉地做着一件互相砥砺的事情。

一、大背景下的女性文学研究

在当前"知识经济与人类未来"话题中,袁正光认为,在体能时代女性是弱

题解　本文原载《文艺评论》1999年第2期,采薇是郭淑梅的笔名。文章记述了第四届中国当代女性文学学术研讨会的概况,另有盛英的《拓展视野,推进女性文学持续发展》(《妇女研究论丛》1998第4期)对本次研讨会作了评述。1998年9月在北京、承德两地举行的"第四届中国当代女性文学学术研讨会暨首届中国当代女性文学颁奖"展现了中国当代女性文学创作和研究的实力,推动了女性文学研究的持续发展。首届"中国当代女性文学奖"分设"创作奖"和"建设奖"。其中,"创作奖"颁发给当代尤其是近二十年来比较活跃的大陆女性作家,"建设奖"颁发给当代尤其是近年来在女性文学理论建构、译介和组织推动中国女性文学研究工作方面成绩突出者。获首届奖者共四十余人。来自全国近150位女性作家、女性文学研究专家出席了会议及颁奖仪式,在学界产生了很大反响。会后,由谭湘、荒林主编的"首届中国女性文学奖获奖作品精品卷"《花雨·飞天卷》《花雨·飞鸟卷》《花雨·飞云卷》三卷本由花山文艺出版社出版。"第四届中国当代女性文学学术研讨会暨首届中国当代女性文学颁奖"在中国女性文学史上具有开创意义,时任女性文学委员会副主任委员和秘书长的谭湘女士为主持操办本届会议作出了不可磨灭的功绩。

于男性的。当体能退居次要位置时女性优势就会显示出来。下个世纪是生物世纪，为女性进一步解放提供了物质基础，而人的观念也会加速转变。90 年代以来信息革命遍及全球，把人类带入一个崭新的知识经济时代。可现在看到的许多文艺作品寻求农业经济时代的题材，中国已有了工业时代，反映工业时代的作品却极少。与会学者认为，知识经济的确为女性文学研究打开了一扇窗子，在女性文学的建构上要有一种科学的态度，不断地创造、追问，理论要不断地推陈出新。科学就是规律，"当一种理论不能预测未来时，就应该把它送走"。女性文学研究应该建立在一种全新开放变动不居的观念上。

戴锦华从女性主义发展角度，深入具体地比较了大陆与台湾女性在当代社会生活中角色价值上的差异，以及造成这些差异的具体文化背景。由于台湾女性在法律中被剥夺了很多基本的与男人平等的权利，她们进行了长达 20 年之久的女权运动，实际上就是在意识形态领域里寻求法律上的平等地位，诸如寻求继承权以及对家庭财产的支配权等等。而大陆女性则不同，在意识形态领域里具有了一种先天的优势，从新中国成立以来，大陆女性就天然地具有了一种与男人平等的权利。也就是说从妇女运动妇女解放的角度来说，大陆女性主义起点很高。所以，从表现方式上，台湾女权主义从民间立场出发，在争取平等权利上较为激烈。大陆女性主义则对于文化形态的平等进行了不停的追问，也就是说向一种虚假的平等提出挑战。与会学者认为，中国女性文学女性主义发展在与外部世界交汇和撞击时，不仅具有鲜明的个性化特征，而且就其国际化立场来看，其拓展领域与发掘层次不失为一种新的尝试与经验。

李小江就国内外当前妇女状况研究，提出了一些看法。主要是围绕着中国女性主义文学、文学批评与中国女性生存状态的关系来展开的。中国的女性主义文学批评只是对女作家创作和文学方面，和妇女生存现状是一种什么关系？李小江认为文本给予的天地是有限的。而生存状态在妇女研究中，包括从史学、民俗学等角度是可以体现出来的。例如中国妇女口述史，口述史的提出不单是为女人找回一部历史，还在于让沉默的人群发言。在文本中，可以看到男女平等大团圆，可生活中确实女人的话语被剥夺了。关注女性的生存状态与存在方式不仅是突破有限的历史阶段中的话语空间，同时也突破我们自身。当前女性小说中的"私"与"性"，反映了女作家作为一个女人一个人的生存状态，她的生命和体验。她这种体验说明了什么？我们以前总是写社会。写私写性与其说女作家在创作上的突围不如说在我们目前现存的社会空间上突围。另一方面，性为什么在女作家中这样写，确实说明性在我们这个国家是不能写的。性在西方和中国文化中具有完全不同的语境、不同的文化背景。今天我们理解的性解放性小说私小说要放在这样的背景上考虑。女性文学最重要的是"文本","文本"只是一个层面,不是一个空间。谁能写"文本"?女作家即使再普通也掌握了文字,第二文字长期被男人控制着。比如当代女性文学研讨会,台上坐着清一色全是男性,这种安排是对女性意识的不敏感。在文学与文学批评空间中有些东西有自觉的意识问题。

上述观点涉及到女性文学的存在及立场等问题,引起与会者热烈反响。

谭湘认为,女性文学研讨会上边坐一排男性是最好的现象。因为女性文化是人类共同的财富。不是因其是女性始发和创造就隶属于女性性别集团或具体某个人,它的基本含义是共享。其二,女性文学是检索女性文化的一个视角,是人类精神成果的一部分。其三,女性主义是其文学努力中的一个过程,是一种必须的手段,女性因自然性别持有它,只是强调女性在开掘这份人类共同财富过程中,历史与现实形成比较充分的话语资格与权力,当两性真正和谐平等伙伴关系到来时,女性主义将归于消亡。其四,对女性文学女性意识女性主义的执著和研究,不是女性集团对男性集团、女性对男性的对抗或宣战。是一种文化行为,是人类的智慧向所有尚未破解和抵达的自然奥秘的探索和冲击。女性与男性在确定女性文化是被忽略的人类财富的基础上,重建话语意义群落,是一种共同的责任。如果在这个会上有更多的男性参与进来说明社会的进步。有时形式本身是有意味的。几千年的文化发展不论对女性还是对男性都有侵害,《圣杯与剑》中所说的原初的美好的东西存在于两性身上,我们应该通过各种各样的方式认识它挖掘它,共享人类文化财富。

就女性"文本"研究的重要性,与会学者有一致的看法。女性"文本"代表了一种具有自觉意识的女性的发言,其中一些写作女性就其观念而言是处于社会前沿的,文本提供给我们的是一种经过加工浓缩的东西,是一种艺术范畴的人类的精神产品。对中国女性进行人类学、史学、民俗学研究,进行一种切实的具有科学性质的调查取证工作固然重要,而"艺术则是通过事物的特殊规律揭示事物的普遍规律",作为艺术的"文本"在任何时候任何情况下都具有重要价值。刘思谦认为文本很重要,女性文学研究必须依据文本,突破从文本到文本的研究,走向田野更广大的被遮蔽的更深的妇女的生存,对绝大多数作家评论家难以做到。要写文本,但文本怎样被写出来,社会含量要广要深不要使自己的生活方式太封闭,应该和社会上更广更低层的妇女接触。荒林认为,我们讲的不是对于沉默者的研究,而是指对发言者的研究。发言者是一种自觉的女性,研究她们写什么怎么写,表示自觉的解放了的知识女性做出了怎样的想象。同时,任何文本的问题都涉及到文本之外的问题。胡辛认为,女性文学不能包揽妇女运动妇女解放,女性文学是妇女解放的一部分而且相对层次较高的东西。文学是人学,不管写什么都是一种女性书写,文本意义是不能否定的。

二、女性文学的具体研究与学科建构

在学术研讨会上以大文化视野为背景女性文学研究呈现出多层次多角度态势。从具体文本研究到学科化建构,从当代文本到古代文本,从国内作家到海外华人作家,从具体文化现象到大文化中的女性视角,都有程度不同的探讨和论述。归纳如下:1. 关于新时期女性文学文本。朱育颖在《人·女人·个人》一文中指出,新时期女性文学在走进人的世界后,发现自身的全面失落,在争取"爱的权利"中表现出对人的主体位置和人生价值的追求。80年代中后期女性文学从"人的自觉"转向"女人的自觉",王安忆、铁凝扩展了张洁、张辛欣的书写领域,把女性肉体的觉醒带入文本。90年代女性个人化写作成为引人注目的文学现象,林白、陈染等女作家关注女性的个体,以个体生存体验表达女性集体的生存经验,从社会生活空间走向私人生活空间,从类走向个人是个人意识的觉醒。但女性写作采取极端个人化的叙事策略。自身与作品人物贴得太近,易产生误读。万莲子从"公民意识"的角度提出了在女性文学中,研究关注了多少现实社会中人民大众的生存状态? 女性文学与平民百姓的生活存在着什么样的距离?她的"公民意识"渗透了很强的"悲悯"情怀,对于苍生对于处在最下层的女性人生,女性文学要注入更多的人文关怀。万燕在《解构"典故"》中就王安忆小说《长恨歌》解构典故的手法,指出在小人物小日子小目标的前提下,上海女人瓦解了史诗,王安忆的整部小说和历史无关,而和上海这个城市有关。2. 古代女性创作与文本。刘淑丽在《古代女性创作的忧患意识》中认为,女性忧患意识在女性生活中是千年不绝的感知生活的主要方式。而爱情忧患意识几乎弥漫于女性忧患的各个角落。女性世界的一再被忽视会导致女性忧患意识的一同被抹杀,进而导致人们对研究女性文学的更大疏离。鲍震培在《论樊梨花》中认为,古代战争小说中"女英雄"形象多是一种思想幻象。中国小说从才子佳人到侠男烈女到英雄女将,体现了儿女与英雄结合的趋势。从观念上反映出从女人是祸水到妻子有用这样一种带有功利主义色彩的进步。3. 海外女性文学创作与文本。王敏在《龙应台创作的文化视野(提纲)》中指出,龙应台创作中面对现代世界的焦虑思索与对男权价值体系对抗质询形成了她的创作特点。既有对社会历史文化的反思，又有女性个体真实的生命体验，体现了在开阔的文化视野中女性创作的丰富内涵和多样化表现。鲁曼华在《"逃不了"——聂华苓〈桑青与桃红〉中女性的困局》中运用客体关系理论，探讨小说中女性特有的困境。认为男性在自我意识中重要的是成为独立个体，而女性自我意识建基于与别人的联系，女性比男性更需要与别人接触，在人际关系中界定自我。桑青渴望与异性接触建立密切的关系，最终却往往一无所有。4. 在文化视野中的女性文学。谢玉娥在《"小女人散文"：一个颇具意味的文化现象》中指出，对女性文学和女性文学研究来讲，"小女人散文"是一个绕不开的话题，对具体的个案批评的人可见仁见智，但对"小女人散文"这一批评术语的使用要严肃审慎。它的笼统概括既有随意性，也有本质主义的文化、文学性别界定的话语局限。从女性角度看，具有明显的性别歧视色彩。实质还是男女两元性别等级思维定势在文学批评上的表现，是以男性为中心为正面价值的男权批评话语。荒林在《论性别虚构》中认为，在人类选择了一种文化——虚构了有性别、性差的历史过程，虚构的权力，或者说使虚构原则贯彻下去的主人是男人们。女人的存在，女人沉默的或叫空白之页的方式，成了女性文化在男性中心文化中唯一存身之道。某种意义上，在女人那里一直保存了延伸了更早的人类文化即自然文化。在80年代初中期，性别对抗情境中的女性意识，以反抗男性中心和男权统治为主要特色，具有"同一地平线上"的紧张和"方舟"倾晃的焦灼，到了90年代中期，多元文化语境确立，女性的自我反省、自我批判意识明显增强，像《甜蜜的拍打》《长恨歌》所体现对女性自身缺陷"拍打"和"长恨"的意识已很深刻。而近时段女性文学作品，以西西、徐坤写作为例，带来了女性写作新的激情。"性别虚构意识"大有取代"女性意识"的趋势，很可能带来女性文学面貌巨大变化。采薇在《女性视角：一种女性研究与女性"文本"的契合》中认为，女性研究与女性文本创作在90年代进入了外表上色彩纷呈内里极具女性意识女性立场的阶段，整个贯穿了对男性主流文化的批判态度，不再单纯停留在对女性角色的困惑上。走过了颠覆主流文化的道路之后，女性研究与女性文本找到了一种共同把握世界的方法——女性视角，从传统表现方式与立场上突围出来。80年代女性文本从群体范畴上揭示出女性自身的自卑与困惑，在获取功名过程中女性的挣扎进而与男性价值体系的认同。文本中的女性"雄化"现象是男性中心话语的产物。90年代在众多男性批评者"失语"的时候，女性文学研究者精心地构筑女性研究的理论框架，女性文本的范围扩大出现了具有内省意识的女性经验小说，其特点是采取女性本位的描述态度,与权力话语对抗。5. 女性文学的学科化建设。乔以钢在发言中从三个方面就学科化建设进行了探索。其一,进一步开拓研究视野,不仅关系到研究的广度还关系到学科深层建构的合理性框架科学性问题。如对古代女性文学研究,涉及到文化资源的挖掘整理,重新认识女性写作的历史。妇女文学创作的传统应该纳入妇女文学史。其二,进一步丰富研究方法。很长时间,以阶级分析政治标准忽略文学本体性取消真正意义上的批评付出了很大代价。提倡学理上的探讨争鸣,任何一方都不谋求话语霸权,形成一种平等交流相互包容的学术空气。其三,学科的基础理论建设关系到研究深度。否则会停留在表面热闹。问题如女性文学研究的主体是谁,仅仅是那些有主体精神用一定的理论武装起来的女性研究者,还是自觉地以学术态度致力于女性文学研究的人,包括男性。误解在于,女性研究仿佛是女性的事,这会影响到学科建设。男性视野中的女性文学也是女性文学研究中重要的角度,不可或缺。

此次研讨会还设立了"'自然·女性·儿童'及其它女性文学新话题","台港澳女性文学前景与现状"专题讨论,限于篇幅这里暂且不做归纳。但仅从题目设置上,也可看出当代女性文学学术研讨会在研究上具有的全方位意识。在大文化视野中的女性文学研究,在此次研讨中无疑打开了自身,必然会使女性文学研究站在更高层次上,审视女性文学以及女性文学与当前发展变化着的社会形态的关系包括与现实中女性存在的关系,从而引发更多的理论与实践上的思考。

关于女性主义文学批评学科建设的若干问题

屈雅君

我的题目规定了我所要探讨的对象:女性主义文学批评。本文将沿着以下有关女性主义文学批评学科建设的重要环节展开讨论:1. 方法论问题:它试图为女性文学批评实践提供具有相对普遍意义的理论框架;2. 研究对象或曰范围:涉及到了女性文学批评与文学、艺术及文化之间的相互关系及对其已经产生和可能产生的影响力;3. 相关概念的清理:粗略考察 20 世纪中国女性文学研究的轨迹以及与各发展阶段相对应的几个重要概念。

一、女性主义文学批评方法论问题

1. 将无立场作为一种立场

在当代,理论的模棱两可带给批评家越来越多的困惑。凡介入后殖民主义论争的学者,其立场往往在"民族主义"与"世界主义"之间跳跃,同样,与此问题处于异质同构关系的妇女学研究,也常常在"女人的"与"全人类的"之间跳跃。就我们讨论的问题而言,首先需要思考的是,女性文学批评对于整个文学批评学这一学科是否具有理论建设意义。如果有,则说明的确存在着某些超越于女性主义文学批评同时也适于这种批评的普遍有效原则。那么,我们怎样才能小心翼翼地绕过本质主义的雷区而获得某种相对的普遍性? 反之,我们如果出于彻底颠覆男权话语以及这些话语赖以确立的"科学"体系而拒绝将女性主义文学批评原则纳入更宏阔的理论框架之中,那么女性主义在确立这种反叛姿态的

题解 本文原载《学术月刊》1999 年第 5 期。文章从女性主义文学批评方法论、女性主义文学批评的对象、中国女性主义文学批评的相关概念等方面,对女性主义文学批评学科建设问题进行了探讨,认为西方女性主义理论从其植入中国的那一天起就已经不再是西方的了,它与本土的文化传统、女性生存现状、女性文学实践和文学批评实践结合在一起,生成了一种新的批评。作者将这种我们所置身于其中的、当代中国的、与中国女性生存现实和整个世界妇女运动相伴共存的"关于女性的文学批评"命名为"中国女性主义文学批评"。

同时会不会在妇女解放的道路上将自己孤立起来？会不会切断穿越那条"妇女解放"走向"人的解放"的道路，以至于使"妇女解放"成为永远的乌托邦？

两难之间，女性主义不得不采取它特殊的立场——一种没有立场的"立场"，或者说，一种不断地在两种立场中间跳跃的立场。当女人已然作为一个影象折射在男权中心社会时，这种立场的缺失就可能是一个合理的存在。当然，所谓无立场的立场不应从折中意义上来理解，因为它不是削弱矛盾的两极，而是同时增加两个方向的强度，它也不是诡辩术，而应该是一种具有方法论背景的、自觉采取的研究立场和姿态。一方面，必须承认，只要是一种理论，就一定具有某种概括力。"反本质主义"并不取消"本质"这一概念，在维特根斯坦的理论中，原有的"本质"一词就被赋予以下三种新意：① 本质是有限对象的共有特征，② 本质是大部分对象相似的特征，③ 本质是对象的核心特征。① 依照这种观点，女性主义文学批评作为一门学科，不仅可以被抽象出来研究，而且这种研究可以具有某种普泛的意义，虽然这种普遍性是相对的，是需要加以限定的。但另一方面，本文也决不放弃多元立场、边缘意识以及个案研究。这种立场不仅由笔者作为研究主体的身份所决定，同时也是一种方法论的积极尝试。

2. "否定"是另一种意义上的"肯定"

这种提法显然暗含了对"肯定"的肯定。但是，如果我们承认社会历史无论在空间上如何膨胀，都循着不可逆转的线性时间走向发展，那么就等于承认了描述世界的肯定形式，承认了文化上的理想主义，建设性和方向感，同样也就承认了两性平等的理想主义和妇女解放的线性过程。但是，文化的历史走入后现代主义语境后，肯定的说话方式就受到前所未有的挑战。西方解构主义的女性主义旗帜鲜明地将"否定"确定为女性主义的基本姿态，举例来说，女性写作赖以进行的基本材料——语言，已经被历史地烙上男性中心的痕迹，因此女性在写作中寻求既成的净化过的语言显然是徒劳的，她只能在她自己无法拒绝的、无法摆脱的，被"污染过的"，带有性别痕迹的语言中进行选择。因此，她唯一能够采取的方法是对现存的语言进行不断地反叛，不断地颠覆，把语言的净化本身交付给不断冲撞、不断否定的过程，而且更重要的是将这个过程的结果不断向后推移或者干脆不再追问，从而彻底放弃对正面结论的承诺。这就是为什么法国当代女性主义理论家朱莉亚·克里斯多娃那句著名的"这个不是""那个也不是"在

---

① 参见张志林、陈少明：《反本质主义与知识问题——维特根斯坦后期哲学的扩展研究》，广东人民出版社 1995 年版，第 49 页。

消解男性中心主义的实践中成为女性主义最锋利的武器。的确,当我们试图以严密的理论的形式,而不是仅仅以口号的形式完成"什么是真正的现代女性","什么是真正的两性平等","什么是真正意义上的女性文学","什么是真正的中国当代女性主义文学批评"时,会感到十分的困难,因为,任何一种肯定回答都有可能掉进本质主义的陷阱之中。如果我们放弃对"肯定"的,即说"是"的积习,探讨"什么不是真正的现代女性""什么不是两性平等""什么不是女性文学""什么不是中国的女性主义文学批评",会发现这些问题的回答反而不至流于空洞。但是,否定本身有它进行的方向吗? 否定能够担当世界的意义吗? 这一悖论是女性主义无可逃遁的难题。那么,如何"处理"这一悖论则取决于我们如何认识"否定"这一表述方式进入人类思想文化发展进程的合法性。在女性主义者看来,人类的历史俨然是一张男权中心的巨网,而女性主义总是不断地从这张网上起跳,徒劳地撞击这张网,而最后又总是无可奈何地重新落入巨网之中,这一无法逃遁的事实迫使女性主义始终执着于解构、破坏而似乎永远与"建设"无缘。但是,我们应该看到,女性主义的每一次起跳和每一次落下都会不可避免地触动这张网,而每一次触动都将迫使这张网朝着有益于两性和谐发展的方向进行自我整合(甚至完全可以理解为男性社会的自我完善)。而事实上,上述情形在女性主义的理论和实践中无处不在。而承认"否定"的积极意义就在于,承认"破坏"是另一种意义上的"建设",承认在一个中心边缘化,多元共生的世界里,思想文化的建构在形式上具有多种选择的可能性。

　　3. "策略"也是方法

　　虽然"策略"一词在当代常常被理论家挂在嘴边,但"方法"却始终被认为更科学、更严整、更能够接近真理的理论工具。方法,作为研究和解决问题的途径,它寻求客观规律性和普遍有效性,而策略,作为人们为达到某种目的而采取的手段,则带有很大的随机性和个案性;方法尊重客观事实,而策略忠实于主观目的;方法行不通时其价值并不因之衰减,策略受阻时就不再是策略而且不再有意义;方法重在正面研究问题,而策略则迂回解决问题。在中国当代女性主义文学批评中,策略研究应该正式纳入方法论研究的范围。原因有二:第一,由于文明史已经造就了两性不平等的事实,因此,无论是女性主义文学批评,还是整个妇女学,或是妇女自身,都已经在现实中丧失了许多与男性平等参与世界的条件。也就是说,即使是当今世界给予两性以同等选择生活的机遇,这种机遇也只能是一种建立在"不平等"基础上的"平等"选择,是一种被选择过了的选择。面对这种现实,妇女通过何种途径才能相对地超越这种先在的被动去参与世界,发出自己的声音,也是一个十分重要的妇女政治策略问题,值得我们认真去研究。第二,女性研究是一种"身份研究",中国的女性主义文学批评尤其如此,它带有不可重复的个案性,一切现成的方法都可能会在批评实践中走样,中国的女性批评家不仅需要研究哪一种具体批评手法(无论是东方的还是西方的)更科学,更好,而且需要研究哪一种方法更适应于当代中国,更有可能介入主流话语,从而更深刻地影响中国社会生活中的两性现实关系。这样的"策略"问题应该被置于与研究方法同等重要的地位来加以探讨。

二、女性主义文学批评的对象

1. 女性主义文学批评作为文学批评

毫无疑问,"女性主义文学批评"不是一个仅仅与"女性文学"和"女性主义文学"相呼应的概念。但在中国高等院校中,虽然"女性文学"、"妇女文学"作为文学课程体系中的一个细小分支,已受到越来越普遍的关注。但是,以理论形态出现的"女性主义文学批评"却还没有大范围地从学者书斋走进课堂。在中国文学界乃至高校文学学科中,一般极容易将"女性主义文学批评"误解为"关于女性的文学批评"或者"关于女性主义文学的批评"。因此,对中国高校文学专业学生来说,重申女性主义文学批评的基本内涵是必要的。

美国著名女性主义批评家爱莲·肖沃尔特(Elaine Showalter)曾就女性主义文学批评的研究对象或曰女性主义文学批评的任务作过经典性的概括。她将其分为两大类,其一是女性主义评论(feminist critique)。它将女人作为读者进行观照,是一种以历史为根据的探索,它探究文学现象的种种意识形态的假设,这种研究也可以称之为"女性阅读"研究。其二是"女性批评家"(gynocritics)。它涉及到作为作家的女性,即作为制造本文意义的女性。这种研究也是"女性写作"的研究。①

"女性阅读"研究可以概括为对迄今为止的全部文学史进行女性主义清理。具体而言,它包括:1. 阐述女性主义的批评原则;2. 文学的主题或曰意旨系统的性别研究;3. 文学体裁类别的中心/边缘结构的性别研究;4. 文学题材区分与性别之关系研究;5. 文学的叙述者、叙述视角、叙述方法的性别分析等等。在这些

---

① 爱莲·肖瓦尔特:《走向女性主义诗学》,《新女性主义批评》(肖瓦尔特编选,纽约,1985年),转引自康正果《女权主义与文学》,中国社会科学出版社 1994 年 2 月第 1 版,第 84 页。

具体研究中,现存文学批评学科中所有的关于"本文"与"价值"的基本分析方法都是女性主义文学批评可资借鉴的方法。

"女性写作"的研究可以概括为探索和发掘一个被人遗忘的女性文学史,从而使整个人类文学的历史变得更加全面和完整。它具体包括:1. 对于历史上女性文学的发掘和清理;2. 女性创作能力的心理动力学;3. 语言学和女性语言的研究;4. 女作家群研究和作家作品的个案研究等等。同样,无论是对文学史料的整理,还是在作家作品研究中对"史"与"论"之关系的处理,都不应是随意的、无章可寻的,女性主义应该在冲破男性文化中带有性别歧视的学术规范的批评实践中,逐渐建立起一套新的学术规范,这些规范或曰原则应该成为一些崭新的科学坐标,它们的存在应该使文学批评学这门学科在性别视角的调整过程中逐渐变得更加完整、更加科学。

2. 女性主义文学批评作为艺术批评

在中国,无论是在学术界、教科书里,还是在人们的日常生活中,一向是"文学艺术"并提。并且在广义的艺术分类上,也向来将文学作为诸多艺术门类之一种——语言艺术。因而从逻辑上讲,"文学"与"艺术"(此处的"艺术"指狭义的艺术,即文学以外的其他艺术门类)应该具有平等地位。但是,无论是在西方还是在当代中国文艺理论界,"文学中心论"的观点影响深远。归结起来,有以下几种理论依据:第一,文学是承载思想内容能力最强的艺术。车尔尼雪夫斯基将诗(文学)的特性概括为最适于思想、最偏重于内容的艺术。因而文学按其内容"无限地高于其他艺术"。桑原武夫也说文学"比其他艺术种类远为明确、有力地左右读者的态度,必然是具有教育(宣传)作用的艺术样式。这也是文学独有的力量。"第二,文学是艺术发展的最后阶段。谢林和黑格尔都对此作过重要的论述:"艺术类型发展到了最后阶段,艺术就不再局限于某一类型的特殊表现方式,而是超然于一切特殊类型之上。在各门艺术之中,只有诗才有可能这样向多方面发展。"因此,"诗比任何其他艺术的创作方式更涉及艺术的普遍原则,因此,对艺术的科学研究似应从诗开始,然后才转到其他各门艺术根据感性材料的特点而分化成的特殊支派"①。第三,文学是各类艺术的灵魂。不少论者认为,文学性或所谓的诗意精神是其他所有艺术的共同因素,任何种类的艺术如果缺乏文学性,就不能称之为真正的艺术。这实际上是把文学性看作所有艺术的生命、灵魂或真髓了。法国现代哲学家马利坦就持这种观点:"谈到艺术,我指的

---

① 黑格尔:《美学》第三卷(下),商务印书馆 1981 年版。

是人类精神创造性的或创作的、产生作品的活动。谈到诗,我指的不是存在于书面诗行中特定的艺术,而是一个更普遍更原始的过程,即事物的内部存在与人类自身的内部存在之间的相互联系,这种相互联系就是一种预言。在这一意义上,诗是所有艺术的神秘生命。"① 第四,文学是各类艺术的基础。一方面,一些综合性艺术样式如戏剧、曲艺、电影、电视往往都离不开文学脚本这一"基础";另一方面,各种艺术的思维、构思、创作以及对它们的理解、阐释、评价都离不开文学特别是文学的语言这一基础。②

"文学中心论"也普遍反映在高校教学活动中,目前,艺术专业使用的艺术理论教科书,基本上脱胎于文学理论教材,只是在论及艺术的材料和介质时,才顾及到各类艺术的特性。

应该说,"文学中心论"与女性主义消解二元对立的基本思维方法是相矛盾的,女性主义从她诞生的那一天起就作为一种边缘力量不断地与各种各样的"中心"作战。但是必须承认,"文学中心论"在文学批评学的理论和实践中的确是已然存在的事实,因此,承认这个事实并以此为基础确立女性主义文学批评的特殊使命与站在女性立场批判审视这一事实可以同时进行并且具有同等重要的意义。事实上,在批评实践中,正如文学批评的许多基本原则大多适用于其他艺术门类一样,女性主义文学批评的一些基本原则,如对于音乐、舞蹈、美术、影视等艺术作品的主题、题材、人物等的性别分析也具有相当广阔的覆盖面和适用性。即使是偏重于形式材料的分析,女性主义文学批评理论也能够以它无可替代的概括力和深度为其他艺术研究提供某些方法论的启示。

3. 女性主义文学批评作为文化批评

从批评形态上看,女性文学批评最显著的特征是对文学艺术的外部研究或曰社会学研究。它所关心的不只是妇女在艺术中的地位,更重要的是通过她们在文学中的地位来透视她们现实的社会地位和作用,并通过文学批评实践与整个女性主义政治运动相连接。在中国,由于马克思主义的阶级分析和社会解放理论对于女性文学批评的发展和建设起到了不同寻常的影响,因此,这种从文学艺术出发而指向文学艺术以外的倾向更加明显,加之以中国古老的"文以载道"的民族文艺理论传统,格外强调文学艺术的道德价值和社会功能。在这样的现实背景下,中国的女性主义文学批评不仅可以是女性主义理论在文学领域,进而

---

① 马利坦:《艺术与诗中的创造性直觉》,生活·读书·新知三联书店1991年版,第15页。
② 以上"文学中心说"的观点和引文参见李心峰:《文学:作为一种艺术》,《文艺研究》1997年第4期。

在艺术领域中的延伸,同时也应被视为一种能够对整个社会的性别观念和性别意识施加影响的力量。女性主义文学批评所独有的优势在于,它的基本原则不仅可以运用于其他艺术批评,而且可以运用于社会批评和文化批评。比如,对于既存的流行时尚及公众审美标准的探讨和评判,对于大众传播媒介(如新闻、公益宣传、广告以及从幼儿教育到大学教育中使用的教材等)的性别分析和研究,由于这些传媒中的内容普遍地涉及到思想倾向、审美趣味、内容/形式、语言风格、人物、叙述模式等专门性问题,因此,对它们的分析不应是情绪化的阅读反应,不应是纯道德的声讨,不应是独断的政治说教,也不应该仅仅是一般社会学方法的借用或套用,而需要依据强有力的思想文化理论作为背景资源。女性主义文学批评的产生本身就是对那种拘泥于纯美学思考的形式主义批评理论(如新批评等)的突破和发展。作为后结构主义批评思潮的一个分支,它与西方当代文化思潮特别是后现代主义文化思潮一同生长发育,它借助语言哲学、文化人类学、精神分析学、现代阐释学、符号学等一系列学科作为理论背景。因此,女性主义文学批评有能力也有责任承当女性主义文化批评的使命。

女性主义文学批评的另一使命是参与女性文化的建设与发展。比如,对被男性文化所埋没、忽略和轻视的民间妇女文化(织物、绣品、手工艺品)的发掘、整理和研究,这种研究不应只是肤浅的介绍、展示与说明,而应该是被女性主义文学批评方法论所照亮的,具有一定思想穿透力和理论高度的,充分融入了历史主义和人文主义的对于整个世界的全新解释。

三、中国女性主义文学批评的相关概念

任何一门学科,其核心内容都由一些关键问题所构成。同时,研究任何文学文本、关注任何文学现象的过程中所生成的意义,也必然要依赖一定的思想框架,因此,批评从来不是也不可能是对所谓"原意"的真正追寻,而只能是"误读"。女性主义文学批评一方面可以看作是一种女性经验的自我表达,另一方面也是女性通过语言中的性别建构来重新阐释自己的过程。因此,自觉的女性文学批评不是认同某种经过框范的女性"本质"或者重复体验一种被赋予女性经验,而是根据她自身被某种思想照亮的经验和这些经验与阅读对象之间的遇合、离间、撞击去生成新的经验。因此,西方女性主义批评与中国的女性、与中国的文学现实相遇后生成的文学批评,其文化积淀、现实处境、具体目标与西方都不尽相同,因而它们在批评实践中所需要特别给予关注的问题也是一些具体的、

特殊的问题。

1. "女性"与"妇女"、"女人"与"人"

已有学者注意到了在中国女性文学批评视域中的几个十分关键的概念——女性文学、妇女文学、女性主义文学。刘思谦认为：妇女文学与女性主义文学都是在不同的历史条件、话语环境下由女性文学衍生出来的两个分支。由于"女性"一词是中国现代文学中一个超越于传统父权制意识形态对女人社会角色定位的一个革命性符号，因此与之相应的"女性文学"必然指称着"五四"和新时期大量出现的反叛传统、忠实于女性自身经验、呼唤女性主体意识的文学。而由于"妇女"在传统话语中指传统女人，在无产阶级革命运动中，逐渐被赋予了社会的、政治的、国家的、意识形态的意义而沿用至今。与此相关，妇女文学虽然是基于女性权利和价值实现的现代化进程的产物，但它的思想资源却是社会主义的妇女观，即主张妇女投身社会革命和民族斗争，在阶级集团的解放中解放自己，因此，与之相应的"妇女文学"则多立足于社会底层的女性，呼吁知识女性向工农兵学习，改造世界观等等，这类作品的主人公也多为各种女英雄。而中国的"女性主义文学"应指 80 年代中期以后以西方女性主义文学理论为思想的资源的文学实践。①

将"妇女"的概念从"女性"概念中剥离出来，暗含着一个"女人"与"人"的问题。在中国，研究女性是不能绕过"人"的问题的。一位男性批评家曾以他自身的性别立场出发道出了很有启发力的见解：数千年的文化传统将中国男人造就成为极其特殊的一群，作为个体的男性，他们已经被民族文化先验地阉割了。当代中国文学中的男女的对立与其说是对立不如说是断裂，因为它们之间加入了第三者——父权制度的极端化而形成的绝对的道德律令。②

这是一种发自中国男性世界的声音。值得中国女性深思的是，这同样是一种以被"压抑"者的痛苦声音述说的"第一性"的，女性很难深切体验到的经验。而从本质上说，这是以中国式的性别角色体验到的，主体的"人"缺失现象。

在西方，从文艺复兴到启蒙运动，"人"——明确一点说，是具体的，个体的，与权力社会和传统伦理秩序相对的"人"——始终是一面高扬的旗帜。而在中国，由"五四"运动唤醒的"人权"自觉，很快被民族精神所替换。伴随出现的妇女解放思潮，本质上并不代表女性向男性社会挑战，而是从女性角度代表一种

---

① 参见刘思谦：《中国女性文学的现代性》，《文艺研究》1998 年第 1 期。
② 陈晓明：《反抗与逃避：女性意识及其对女性的意识》，《文论月刊》1991 年第 11 期。

新生力量向那个业已死亡的旧势力提出挑战(请注意"五四"女性最初的反抗,大多是反对封建的婚姻制度)。而当作为社会主体的男人从"个体的人"走向"民族的人"的时候,中国自"五四"时期被自由民主思想所照亮的、与"人的解放"一同出现的"女性"概念也在逐渐地被替换为从"社会解放"思路自然衍生出来的"妇女"的概念。特别是在建国后到"文革"这段时期里,中国女性以"妇女"的名义被置于一种人所共知的尴尬境地。一方面,社会主义使她们毫不费力地得到了西方女性历经数十年才争取到的诸多权力,她们一下子被推到一个民族文化还来不及适应的位置上;另一方面,整个意识形态对个人(首先是男人)权力的侵蚀和剥夺构成了"五四"以来对"五四"有限的人权精神内涵的全面反动。到了"文革"后期,这种倒退已发展到了无以复加的地步。那个已局部地获得了解放的"人"(男人),又一次被纳入了代表着唯一的男人的意志的巨大群体意识之中。在这样的语境中,"妇女"这一称谓是不可能真正承担起与另一性别力量相抗衡的独立的社会集团利益的。

由此可见,中国女性批评家只有对中国"人"概念有了透彻的领悟,才有可能真正认识中国的"男人"和"女人",只有更深入地剖析中国"人"的传统价值系统以及现今社会秩序下所能够实践的行为条件,才有可能更深刻地了解作为男人的"他者"的中国女性已有的和可能具有的权力范围。因而在女性阅读的研究中,女性批评家不仅要向公然呈现于社会生活中的男权话语进行直面挑战,同时,还要认真地将自身的女性主体从政治意识形态强加给女性的种种堂而皇之的性别角色中剥离出来。更重要的是,这种剥离必须是谨慎小心的、注重实践性的剥离。

但是,我们还应该看到复杂问题的另一面。当个体的女性主体在群体的"妇女"之中迷失的同时,"妇女"作为女性整体也在一定程度上实现了与男性世界的某种分离(尽管这种所谓的"分离"需要加以限定),当她们通过自身将意识形态的"阉割力"间接地辐射到男性个体身上时,她们也同时被"绝对的父权"赋予了某种女性应有的同男性抗衡的权力。因此,在中国,无论是现在还是将来,只要意识形态权力话语中有"妇女"的地位,被有条件地赋予了的某种权力的妇女就应该也能够运用这种权力去亲手为自己争取更多的权力。这是中国妇女运动,包括女性主义文学批评在进行过程中的一个值得特别重视的策略问题。

2."女性文学研究"、"女性文学批评"和"女性主义文学批评"

如所周知,西方女性主义文学批评从产生的一天起,就是一支目标单纯、旗帜鲜明的社会批判力量,它最显著的特点是先"破"后"立"。它的先行者们最初的工作就是将男性中心社会所创造的整个文学世界作为观照对象。她们从性别入手重新阅读和评论文本,将文学和读者个人生活相联系起来,激烈地批判传统文学,尤其是男性作家的作品中的对女性的刻画以及男性评论家对女性作品带有性别偏见的评论,从而揭示出文学作品中女性居从属地位的历史、社会和文化根源。只是到了70年代中叶以后,女性批评家才将注意力转向了集中挖掘、分析整理并创立妇女文学史及妇女美学的体系。这种先"破"后"立"的运动轨迹,决定了西方女性主义文学批评对男性文学史惊人的批判力度,同时也决定了她们在建立女性美学体系的时候必然立场坚定、目标清晰、阵线分明。顺理成章的是,在此基础上产生的"关于女性文学的研究",也不折不扣地成为"女性主义文学批评"的一个重要组成部分。

中国的情形恰恰相反,在民族革命中,作为解放"对象"的妇女是作为与社会中的进步男性站在一起的肯定力量来反对旧的父权社会,而不是作为一支独立的力量反对整个男权社会。反映在文学研究方面,学者们(无论男女)更容易从文学中看到女性融入(男权)社会对于历史的正面意义,却不易看到女性文化自身对于历史的正面意义,更难以看到男权文化对于整个历史的不完全的书写。如果根据我们上面引述的爱莲·肖沃尔特的界定,即把挖掘、整理历史上妇女作家的创作作为女性批评的一个重要方面,那么与此相类似的工作在中国"五四"前后就已经有人在做。1916年,谢无量出版了他的《中国妇女文学史》,30年代以后,又有相当一批关于女性文学的研究成果问世。如谭正璧的《中国女性的文学生活》、梁乙真的《中国妇女文学史纲》、黄英的《现代中国女作家》、草野的《现代中国女作家》、黄人影的《当代中国女作家论》、贺玉波的《中国现代女作家》等。许多报刊杂志刊登了以女性作家创作为研究对象的专门性论文。值得注意的是,中国早期妇女文学研究是由学术界在改造社会(而不仅仅是改变妇女地位)的需要下发起的。研究者也大多是男性,像郭沫若、茅盾等著名作家都曾就女作家的创作写过大量文学评论。作为男性作家或批评家,他们不可能从完全的女性经验和女性立场出发来观照文学史,因此这些工作与西方女性主义70年代以后对女性美学的重建不能同日而语。但是,这种将目光投向女性的、反映着现代意识的、在学术界寻求新的两性角色定位的尝试,应该说,是地地道道的"关于女性文学的研究"。

到了新时期,从"立"到"破"的路程就清晰可见了。严格地说,中国文坛受西方女性主义文学批评的牵引是80年代中期以后。据目前掌握的资料,最早向中国介绍西方女性主义文学批评的文章出现于 1986 年。① 但是新时期妇女文学研究却从 80 年代初期就开始了。与"五四"时期相同,它在客观上又一次体现了中国本土女性思想文化发展的内在需求。当时一批女作家从爱情题材和"伤痕文学"中崭露头角,批评家们迅速将目光聚集在她们身上。值得注意的是,这时期与现代文学史中的女性文学研究最大的不同是,女性批评家占据了绝大多数并站在了最前沿,而且都带有明确的女性意识。这个行动较之西方女权主义文学批评正式进入中国学术圈要早三至四年左右。80 年代中后期,当西方女性富于震撼力和颠覆性的文学批评文本迅速在我国传播开来时,中国的女性文学批评才真正从建构妇女文学世界转到了以女性质疑的、批判的目光审视整个文学世界和文学史的阶段上来。

由于上述原因,中国女性文学批评呈现出积极的、肯定的、建设性的姿态,而它的否定的、解构的、破坏性的一面则是在西方女性主义文学批评的诱发下产生的,因此它在总体上表现得较为冷静温和。与这一特点相联系,中国的批评家更容易关注"作为作者的妇女",而对于"作为读者的妇女"相对来说研究得较弱,即使是到了 80 年代中期以后,虽然女性批评的面貌开始因外力的作用而改观,一批激烈地批判男性文学的著作和论文相继问世,但是无论从数量上还是从被重视的程度上来看,女性美学的建立、女性文学历史的梳理都是中国女性文学批评的主流。

鉴于上述复杂情况,中国学术圈约定俗成的术语中,一般并不把"女性文学研究"、"女性文学批评"和"女性主义文学批评"混为一谈。这种区分有它合理的一面。因为与"主义"相关的女性批评应该是一种建立在理论自觉基础上的、有目标、有旗帜、有宗旨的批评,因而中国的"女性主义文学批评"更适合指称 80 年代中期以后,借鉴西方女性主义批评方法研究文学的批评实践。而"女性文学研究"和"女性文学批评"的差别暗含着"客体"与"主体"的区分。具体一点说,女性文学研究是一种以女性文学为客体的批评,它对于批评家的生理性别、性别观念、性别立场和性别经验并不做特别的界定。而"女性文学批评"则是一种女性主体的批评,社会性别视角和女性立场是它的基本出发点。因此,从本世纪初开始的,由相当一批男性作家学者参与的,以关注女性文学活动为特征的批评实践,叫做"女性文学研究"较为合适。而 80 年代初由本土自发产生的、主要

---

① 见《南京大学学报》1986 年增刊谭大立《"理论风暴中的一个经验孤儿"——西方女权主义批评的产生和发展》。此处依据的资料是谢玉娥编辑的《女性文学研究教学参考资料》后所列的索引,河南大学出版社 1990 年 8 月版。

以具有相当女性意识的女批评家为主体的,与新时期女作家相伴而生的,对于现、当代女性文学的批评实践,更适合于"女性文学批评"的名称。

但需要特别指明的是,在整个 20 世纪,无论是在"五四"时期还是在新时期,也无论是对本土女性文学的研究还是对西方女性批评的翻译介绍,都有大量男性学者的积极参与。它使得中国这项批评实践独具特色,同时也使它的内容十分复杂。

更复杂的是,如果我们不盲目地寻求女性主义的"西方坐标",不截然割裂"女性文学研究"、"女性文学批评"和"女性主义文学批评"之间错综复杂的、千丝万缕的联系,那么就应承认,西方女性主义理论从其植入中国的那一天起,就已经不再是西方的了,它与本土的文化传统、女性生存现状、女性文学实践和文学批评实践结合在一起,生成了一种新的批评,它"是什么"远比"叫什么"更为重要。如果出于学术上的考虑需要为其命名,我更愿意把我们所置身于其中的,当代中国的,与中国女性生存现实和整个世界妇女运动相伴共存的"关于女性的文学批评"叫做"中国女性主义文学批评"。

当代中国(大陆)三代女学人评说

陈骏涛

小　引

关于本文的"女学人",有必要作如下说明:一、专指其批评研究活动指涉到女性文学或文化者,凡未指涉到女性文学或文化者,皆不在此列;二、它并不等同于"女性主义学人",但包括"女性主义学人","女学人"仅就其从事批评主体的性别而言,而"女性主义学人"则还要有对于女性主义[①]理论的认同、鉴取、运用和提倡。

新中国成立之前,几乎就没有出现过什么有影响的女性学人。最早出现的有关中国女性文学史的著述,差不多都是由男性包办的,关于女性作家论的著述,也大多出自男性作者之手。新中国成立之后,女性的境遇虽然有所改善,但比起男性来,女性学人依然是一个"弱势群体"。

女性学人之形成一个群体,并在文坛上(主要是在女性批评和研究领域)起着举足轻重的作用,是在 20 世纪 80~90 年代之后。80~90 年代以来,大陆女性学人之所以能够形成群体,并在文学界和文化界产生一定的冲击力,主要是由于以下几个方面的原因:70 年代末到 80 年代的思想解放潮流的冲击,人的解放

题解　本文原载《文艺争鸣》2002 年第 5 期,是作者参加在香港举办的"性别与当代文学"学术研讨会提交的论文。作者关注女性文学,关注女性批评的主体——大陆当代女学人群体的形成与发展,认为以李子云、朱虹、刘思谦、盛英等为代表的第一代女学人对中国女性文学和女性主义文学批评起着筚路蓝缕的作用,其批评活动特别注重中国女性文学发展实际;以李小江、孟悦、戴锦华等为代表的第二代女学人作为承先启后的中坚力量,人数甚众,最具活力和创造力,并以各自的著述和对女性文学、文化活动的组织和倡导影响于文坛;崛起于 20 世纪 90 年代的以徐坤、荒林、万莲子、贺桂梅等为代表的第三代最年轻的女学人,对新知的敏锐接纳和宽阔的文化视野,使她们有可能成为女性文学和文化批评的一支生力军。作者同时指出了中国女性主义批评面临着建立自己的批评标准和进行思维、策略的调整两个迫切问题。
① 目前学界对 feminism 的译法存在着异议,有"女权主义"、"女性主义"和"女权/女性主义"几种,还有主张译为"妇女解放思想"的。本文采取"女性主义",但也兼容其他诸说。

问题的重新被提出,妇女的性别问题也随之引起重视;改革开放之后对西方种种思潮的接纳,特别是西方性别理论,又尤其是女性主义(女权主义)理论的大量引进;80年代中期以后中国社会从计划经济体制向市场经济体制的转型,有了一个比较宽松的外部环境,给理论思维活动提供了比较自由的、广大的空间;90年代中期第四次世界妇女大会在北京的召开,其对中国女性文学发展的催动。——所有这些,都大大激发了女性学人的主体意识,特别是她们的女性意识,开拓了她们的学术视野,引发了她们的创造性思维。

现在,在中国大陆,已经形成了三代同堂的女学人群体。这里所说的"代",主要是指80~90年代以来在文坛上所形成的女学人的代际,而并非历史上沿袭的代际。以年龄作为代际的界线,这绝不是说它们是截然分立的,不同代的人有彼此相通的地方,同一代人之间有时差异甚至很大,然而就总体而言,不同代的人确实有一些不尽相同的特点。

第一代

第一代女学人大都出生于20世纪30年代,个别人可能出生于20年代末或40年代初。较早出现的是李子云、朱虹等人,她们在"文革"之前就已崭露头角,继之则为刘思谦、盛英等人。这一代女学人虽然人数不多,但她们对于中国女性文学和女性主义文学批评起着筚路蓝缕的作用,批评活动又特别注重中国女性文学的发展实际,其影响是不容忽视的。

在近现代历史上,中国并没有出现过独立的妇女解放运动,中国的妇女解放问题从来是与整个民族解放、社会解放的问题紧密相连的,它是整个民族解放、社会解放问题的一个组成部分。中国的女性文学自然无法自外于时代,因此它不具备如同西方女性主义(女权主义)那样的有着独立的妇女解放运动背景的、以鲜明的女性性别特征为标志的女性文学,也因此,中国并没有自己的女性主义文学理论。中国的女性主义文学理论是从西方引进的,这种引进固然萌芽于"五四"时期,但真正自觉地、较大规模地引进还是在80~90年代。在这方面,第一代女学人,特别是朱虹等人,起着先行的作用。

80年代初,朱虹在《美国女作家作品选·序》①和《美国女作家短篇小说

---

① 《世界文学》1981年第4期。

选·编选者序》①中,就站在女权立场上,向中国大陆读者详细介绍了美国自 60 年代后期兴起的女权运动,以及随着女权运动的发展而发展起来的妇女文学的热潮。她特别着重介绍了作为女权主义中心观念的"妇女意识"(即"女性意识"——引者按)的提出和发展过程,认为这是一个跨越国界、种族和社会存在的概念,妇女文学的研究评论要形成体系、要构成一门独立的学科必得建立理论和批评标准,这标准也就是"妇女意识"。她认为,以"妇女意识"为中心的文艺观,最早是英国现代女作家弗吉尼亚·伍尔夫在其著名的演说《自己的一间屋》中提出来的,她虽然没有用"妇女意识"这个词,但她第一个指出,妇女的特殊生活条件决定了她在观察世界和分析性格方面的特点,而这种特点又决定了她在创作中最适合采用的体裁,和创造一种女性的文风。除了弗吉尼亚·伍尔夫,她还介绍了贝蒂·弗里丹的《女性之谜》(又译为《女性的奥秘》),凯特·米莱特的《性的权术》(又译为《性政治》),西蒙·德·波伏娃的《第二性》等许多女权主义的重要著述,介绍了具有女权主义色彩的美国三代 22 位女作家的代表作品 29 篇,并附"作者简介"。在 80 年代初,在国人对女权主义所知甚少的情况下,朱虹的这些推介,对推进国人了解和认识女权运动和女权主义文学,无疑是具有启蒙意义的。

很显然,朱虹等人对西方女权主义的翻译介绍,还只是一种横向的移植,她还没有着手中国自己的女性主义文学理论的建构,这个任务历史地落在了以刘思谦为代表的一批现当代女性文学研究者身上,作为这方面的代表性著作是刘思谦所著《"娜拉"言说——中国现代女作家心路纪程》②和盛英主编的《20 世纪中国女性文学史》③。

《"娜拉"言说》以女性文学在"五四"以来中国现代文学史上的发展为经,以女性作家的创作活动为纬,重点论述了自冯沅君始至张爱玲止的 12 位女作家的生活经历、创作活动和创作特色,突出了她们的作品所反映的作家的"心路纪程"。这是一部既有文学史脉络,又有作家论框架,把作家创作与作家"心路纪程"紧密结合起来的著述。《"娜拉"言说》当然不是一部立意于建构中国女性主义的著述,但它对中国女性主义的建构有一种探路的意义。一方面,作者对西方女性主义的理论有所借鉴,另一方面,作者对中国女性文学的研究又有自己的坐标系,这个坐标系就是中国女性文学发展的实际。作者认为,与西方不同,中国

---

① 中国社会科学出版社 1983 年版。
② 上海文艺出版社 1993 年版。
③ 天津人民出版社 1995 年版。此书的副主编是乔以钢。

女性文学发生、发展的特点是以较大的社会革命、思想文化革命与历史际遇而悄然出现悄然运行的。正由于作者有这样的认识,因此,她的研究从一开始就没有脱离中国女性文学发展的实际,也因此,她从来不把自己从 90 年代开始的这项研究称为"女性主义文学研究",而是定名为"女性文学研究"。

《"娜拉"言说》虽然具有文学史的脉络,但还不是真正意义上的文学史,在中国大陆,真正意义上的首部中国现代女性文学史是《20 世纪中国女性文学史》。它同样借鉴了西方女性主义,特别是参照了西方女性主义按照女性意识发展变化对女性文学历史进行分期的意见,将 20 世纪中国女性文学分为 5 个时期。从分期来看,编者基本上还是根据中国女性文学发展的实际,特别是它与新文学共体的基本事实,认同"20 世纪中国文学"的整体观念。由此看来,它与西方的女性主义还是有很大区别的。主编盛英也自称她对女性文学的研究带有某种"土著性",实际上就是指比较注重中国女性文学发展的实际。这部史著尽管还存在着一些不尽如人意之处,但它对编著 20 世纪中国女性文学史无疑起了探路的作用。

无论是刘思谦还是盛英,她们所操持的依然是社会—历史的批评,或者说美学—历史的批评。一些第一代女性批评家正是努力这样做的。她们以一种女性的视角和眼光,以女性特有的细腻、富于感情和文采的笔墨,评述批评对象,撰写了一批现当代女作家的研究评论著述和关于她们的传记。这些著述和传记比较接近中国传统的"知人论世"的批评和鉴赏的批评,在 80~90 年代的大陆文坛上产生过一定的影响。其代表者有李子云、吴宗蕙、卓如、肖凤、王淑秧、汤淑敏、陈素琰等人。特别是李子云,这位被认为是资深的、富有胆识的女批评家,对女性文学倾注了极大的热情和关怀,先后出版有《净化人的心灵》[①]和《当代女作家散论》等书。她的评论涉及到现代和当代的一些重要的女作家,如丁玲、萧红、张爱玲、宗璞、张洁、张辛欣、王安忆等。将宏观考察和微观分析相结合,在理性的分析中特别注入了女性批评家的性别观照和感情色彩,是李子云批评活动的特点。

第二代

第二代女学人大多出生于 20 世纪 50 年代,个别也有出生于 40 年代中后期

①　生活·读书·新知三联书店 1984 年版。

者。这一代女学人人数甚多,是当今大陆女性文学和女性主义文学批评研究的中坚力量,是最有创造力和最具活力的女性批评研究群体。这些人是"文革"以后,主要是80年代以后崛起的,其批评活动起着承先启后的作用。

如果说,第一代女学人的批评活动由于比较注重中国女性文学发展的实际,而表现出她们的特点和优势,然而,由于受到知识资源背景的限制,除少数者外,多数人都难以突破学科的界域,那么,第二代女学人在这方面却表现出她们的优势:她们的知识结构较上一代女学人普遍要新,因而能够以跨学科的研究视野对女性文学的历史和现状进行多角度、多方位的研究考察,促成女性文学批评向跨学科的文化批评领域推进。

这方面成就比较突出者首推李小江。被称为女性文学研究的先行者的李小江,是"性别倾向"最早的倡导者之一。她于80年代后半期首先发难,策划主编了中国大陆第一套"妇女研究丛书"。李小江对女性文学和文化的观察具有多学科的视野,但她本人的研究却基本上坚持社会学的方向。这是源于她对女性文学研究的一种认识,即她是把这项研究作为妇女研究的一个专题、一个重要的"阵地"来看待的,也就是说研究女性文学是为了认识妇女,为了妇女的真正意义上的解放。她后来把自己这些年的学术道路概括为"走向女人"。为了"走向女人",自90年代起,她就走出书斋、走出校门,足迹遍及国内外的一些发达和不发达的地区,实地考察她们的生存状况,倾听生活在社会底层的"沉默的大多数"的心声。李小江论著颇丰,前有《夏娃的探索》、《女人——一个悠远美丽的传说》、《女性审美意识探微》①等,近有《关于女人的答问》、《解读女人》、《女性?主义》②等多种。

孟悦、戴锦华因《浮出历史地表——现代妇女文学研究》③的出版而"浮出历史地表"。这是大陆最早运用西方女性主义(女权主义)和解构主义理论对中国现代女性文学进行研究的文本,同时又将话语理论、叙事学、精神分析学与上述理论融为一炉,"在现代文学史上第一次全面地向男性文学传统提出诘难,探究女性文学的特殊性,表现出浓烈的女性主义批判精神。因为有了这本书,中国大陆的女性主义批评才名符其实"④。尽管这本书的观念和研究结论未必能得到人们的普遍认同,有些结论可能下得过于决断,但它突破了先前的研究视野和

① 河南人民出版社1988年版;上海人民出版社1989年版;河南人民出版社1989年版。
② 江苏人民出版社1998年版;江苏人民出版社1999年版;江苏人民出版社2000年版。
③ 河南人民出版社1989年版。
④ 林树明:《新时期女性主义文学批评述评》,《上海文论》1992年第4期。

格局,对陈陈相因的研究结论和方法,来了一次前所未有的冲决,在中国女性文学史上是具有开创意义的。本书对后来的许多女性主义著述产生了深远的影响,其中的一些观点常为人所引用,"浮出历史地表"也几乎成了女性文学和文化批评的常用语。

第二代女学人崛起的年代正是中国改革开放的年代,这使她们有可能以一种比较开阔的视野和开放的眼光,尝试着从各种不同的视角来观照中国女性文学,特别是中国现当代女性文学,表现出她们的创造性意识和创造性思维。若以其批评建构的取向来说,大体可分为"女性主义的"和"女性意识的"两个系列。前者指具有鲜明的女性主义立场,并不同程度地运用了叙事学、话语研究、性别分析理论、原型批评、解构主义批评于自己的研究对象中,表现出比较激进的、前卫的姿态;后者则并不以女性主义相张扬,而以女性意识或女性视角作为观察点,以一种比较平和的姿态研究女性文学史和女性文学问题。当然,如果按照朱虹关于女性主义的中心观念就是女性意识的意见,那么,上述两个系列就并非截然分立,而是有所交错的。

这方面的著作颇多,比较有代表性的,以其出版时间的先后,前者有陈顺馨的《中国当代文学的叙事与性别》①、林丹娅的《当代中国女性文学史论》②、陈惠芬的《神话的窥破——当代中国女性写作研究》③等;后者有于青的《苦难的升华》④、王春荣的《新女性文学论纲》⑤、任一鸣的《中国女性文学的现代衍进》⑥、乔以钢的《低吟高歌——20世纪中国女性文学论》⑦、赵树勤的《找寻夏娃——中国当代女性文学透视》⑧等。仅以林丹娅的《史论》和赵树勤的《找寻夏娃》为例。林著虽曰"当代",但却远溯古代,从远古的神话传说起始考索女性的"空白之页"。作者运用原型批评和解构主义批评于自古至今的女性历史的考察,描叙了女性之被书写—抵制书写—自我书写的清晰的脉络,显示出作者的宽阔的文化视野和丰厚的文学史知识。赵著是距今最近的一部新著。此书着重研究80~90年代的中国女性文学,认为这是中国女性文学的真正成熟期。对当代

① 北京大学出版社 1995 年版。
② 厦门大学出版社 1995 年版。
③ 上海社会科学院出版社 1996 年版。
④ 安徽文艺出版社 1992 年版。
⑤ 辽宁大学出版社 1995 年版。
⑥ 香港青文书屋 1997 年版。
⑦ 南开大学出版社 1998 年版。
⑧ 湖南师范大学出版社 2001 年版。

女性文学的整体观照和特殊视角的结合,构成了这部著作的显著特色。对女性创作中的主题话语、语言特征、理论建构以及中国女性文学与西方文化的关系等问题,本书展开了较深入的探讨,对有些问题(如对女性创作中性爱、死亡、逃离、爱欲、孕育、言说等6个方面的主题话语)的探讨,既有独到的视角,分析也达到一定的深度。

在第二代女学人中,表现出比较激进的女性主义倾向的,除了上述的陈顺馨、林丹娅、陈惠芬等人外,还应该特别提到的是刘慧英和王绯。刘、王对自古至今的男权中心意识进行了尖锐的批判,进入90年代,则特别注重批判在商业化语境下的男性主义中心意识,——在这两个方向上,都表现出作者的一种决不妥协的姿态。

刘慧英著有《走出男权传统的樊篱——文学中男权意识的批判》①。作者认为,古今中外文学作品对女性的描写不外三种程式:才子佳人程式,诱奸故事程式,社会解放程式,每一种程式都体现了男权中心意识。作者的《90年代文学话语中的欲望对象化——对女性形象的肆意歪曲和践踏》②一文则是对商业化语境下的男性中心意识的尖锐批判。与刘慧英具有同样鲜明的女性主义意识的是王绯。她于90年代出版的《女性与阅读期待》、《睁着眼睛的梦》和《画在沙滩上的面孔》③,反映了她的女性主义文学思想的发展演变轨迹:从一个温和的女性主义者而到一个"女权主义或女性主义者"④。近期的《女性文学与商品市场》⑤,与刘慧英的上文同一指向:对商业化语境下的男性中心意识的尖锐批判。

第二代女学人在对西方女性主义(女权主义)理论的译介方面,也是卓有成效的,表现出比上一代女学人更自觉、更有系统的特点。这方面的工作当然有男性学人的策划和参与,但主要力量是出自女性。这些译介著述颇多,大致可分为两类:第一类是属于妇女学或性别理论的译介,从哲学、历史学、社会学、人类学、心理学甚至医学等多种角度论述妇女及其相关问题的论文,涉及到妇女学或性别理论的各个学科,如鲍晓兰主编的《西方女性主义研究评介》⑥,李银河主编的《妇女:最漫长的革命——当代西方女权主义理论精选》⑦,王政、杜芳琴主编的

---

① 生活·读书·新知三联书店1995年版。
② 《中国女性文化》第1辑,中国文联出版社2000年10月版。
③ 陕西人民教育出版社1991年版;作家出版社1995年版;山西教育出版社1999年版。
④ 参看《睁着眼睛的梦·后记》。
⑤ 《百花洲》2001年第3期。
⑥ 生活·读书·新知三联书店1995年版。
⑦ 生活·读书·新知三联书店1997年版。

《社会性别研究选译》①等。这些译著多产生在 1995 年第四次世界妇女大会前后,反映了这个时期中国妇女学理论研究的热潮,它虽然未必指涉女性文学,但也关系到女性文学和女性文学理论的发展。第二类则侧重于女性文学批评和女性主义文学批评的译介和评介,如张京媛主编的《当代女性主义文学批评》②,郑伊编选的《女智者共谋——西方三代女性主义理论回展》③等。

其中,影响最大的当首推张京媛的《批评》一书。把西方女性主义文学批评的代表性论文作为一个整体作比较系统、全面的译介,此书在中国大陆是第一部,它主要译介了英美学派和法国学派的 19 篇较有影响的论文,其中绝大部分是 80 年代以后发表的,基本上可以反映西方女性主义晚近的研究成果。在《前言》中编者分析了英美学派和法国学派的不同特点和主要代表者的理论观点,特别是第三代女性主义批评家的理论主张,并指出二者近期有互相融合的倾向。《前言》还特别提出以"女性主义"代替先前的"女权主义",认为"女权主义和女性主义代表了妇女争取解放运动的两个时期"④。此后,"女性主义"概念在中国大陆就盛行起来。《批评》一书在中国大陆影响深远,兹后的许多女性文学批评著述,其理论资源大部分是来自于该书,特别是第三代女性主义者朱莉亚·克里斯多娃、埃莱娜·西苏(以上为法国)、伊莱恩·肖瓦尔特、桑德拉·吉尔伯特、苏姗·格巴(以上为美国)的观点,曾被广泛引用。

第二代女学人人数甚众,出类拔萃者也多。除上述者外,应该提及的还有钱荫愉、金燕玉、吴黛英、艾晓明、季红真、陈志红、董之林、谭湘、崔卫平、谢玉娥、屈雅君、郭淑梅、钱虹、禹燕诸人。她们也以各自的著述和对女性文学、文化活动的组织和倡导而影响于文坛。有的虽未必专事研究女性文学,但由于有较深厚的学识功底,但凡涉及此一领域,常表现出独到见地。

第三代

第三代女学人是最年轻的女性批评群体,出生于 20 世纪 60~70 年代,崛起于 90 年代中期以后,尽管目前涌现出的出类拔萃的人物还不多,著作也较少,还没有形成一股像第二代女学人那样的强势力量,但她们的潜力和前景却不可

---

① 生活·读书·新知三联书店 1998 年版。
② 北京大学出版社 1992 年版。
③ 作家出版社 1995 年版,"莱曼女性文化书系"之一。
④ 参见该书《前言》第 1—4 页。

忽视。对新知的敏锐接纳和宽阔的文化视野,使她们有可能成为女性文学和文化批评的一支生力军。

这一代女学人成长的年代,正是知识结构大幅度转型,新学科、新知识大量传入的年代。她们对知识结构的转型具有天然的适应力,对新学科、新知识的接受比较快,视域比较开阔。她们考察和研究女性文学或女性主义文学,不只是把它当作文学现象,而是当作一种文化现象。她们更强调的是一种"文化立场",或者说是把"文化立场"和"性别立场"统一起来加以考察的。例如,兼有学人身份的女作家徐坤,在她的《双调夜行船——九十年代的女性写作》①一书中这样讲道:在考察女性写作实践时,强调"文化立场"而非"性别立场"显得尤为重要。荒林在与王光明合作的《两性对话》②这本书中也强调说,他们的"对话试图贯彻文学批评和文化批评二合一的标准",这一标准"能为探讨如何在文学中建立更合理的两性关系、塑造更美好的女性形象和男性形象提供相对合理的策略"。

正是由于她们具有这样一种立场,因此,她们在从事女性文学研究时,并不拘泥于女性文学本身,而是以女性文学为中心向其他领域,特别是向广阔的女性文化领域扩展和延伸。比如荒林,她原是搞文学出身的,但在即将跨入新千年的时候,她却将自己定位于"文化"。她试图选择一条与她的前辈们不同的、更开阔的路子。由她和王红旗联名主编的《中国女性文化》③在新千年前夕正式出版。把这本连续性的出版物定属为文化读物,正是基于这样一种感悟:妇女研究,实际上是一门跨学科研究的学问,它必然要指涉广阔的文化领域。将文学与文化自觉地连接起来,将专业性与多样性结合起来,把文学纳入到大的文化框架中研究,这就是她们的思路。

跟某些具有鲜明激进的女性主义意识的第二代女学人不同,第三代女学人在这方面似乎要显得平和一些。她们一开始接受的就是西方女性主义的熏染,因此,不可能不具有自觉的性别意识。只是她们并不强调性别对抗,而更强调"性别对话",提倡所谓"双性同体"或"双性和谐"④,用一种双性的或者说第三性的眼光来观照文学,观照文化的历史和现状。这种双性眼光也可以说就是一种超性别眼光。从徐坤的《双调夜行船》来看,把她归入女性主义的行列是恰当

---

① 山西教育出版社 1999 年版。

② 中国文联出版社 2001 年版。

③ 中国文联出版社 2000 年 10 月第 1 辑,2001 年 9 月第 2 辑。

④ 关于"双性和谐"、"双性同体",目前学界尚有争议,有的赞成前者,有的赞成后者。笔者以为,两种提法并无根本区别,不妨均予保留。只是后者易于忽略性别差异,在还需要强调性别差异的情况下,"双性和谐"比"双性同体"的提法也许更为妥切。

的。但是她的文学创作却不以女性主义的面目出现,而是以"反串男性角色"的姿态出现,以达到对男性权力中心的瓦解。万莲子《关于女性文学的沉思》①一书则采取了另一种策略。她提倡以所谓"完形文化"为逻辑起点的女性主义诗学,目标就是要使双性各自成为对方的主体,消除性别政治的偏见。于是,"平等"、"双性和谐"、"民主政治"、"完形文化"这几个概念,就成了她的女性文学研究的关键词。

在介绍西方女性主义文论方面,第三代女学人也表现出与前两代女学人不尽相同的特点。前两代女学人重视译介,而少做评释。而第三代女学人在译介的同时,也重视评述和诠释。这也许说明了她们对西方女性主义文论的理解和接受较她们的前辈已更为自如了?试以张岩冰的《女权主义文论》②和陈晓兰的《女性主义批评与文学诠释》③为例,加以论述。

张著《文论》对女权主义在西方的发生发展情况,英美、法两大学派的异同及对一些具体问题诸如女性政治、女性文学传统、女性写作、女性文学语言的情况,进行了细致的研究和梳理,探讨了女权主义文论与马克思主义、精神分析、解构主义等文论的关系。在此基础上,作者还分析了中国女权主义文学批评的现状,并提出了"我们自己的女权主义文论"④这一命题。陈晓兰写作《女性主义批评》的"初衷原在于显示西方女性主义的多元局面,介绍西方女性主义批评在文本分析方面的实绩",但实际上,书里面却包含了作者本人"从女性主义的角度和立场对文学中某些问题和现象的一种思考"。其中包含对西方理论引入中国之后的思考,提出了"中国的女性主义批评必须建立中国的妇女诗学"⑤这一命题,与张岩冰的"我们自己的女权主义文论"的命题不谋而合。

还应该提到的第三代女学人尚有万燕、张慧敏、孟晖、贺桂梅、周瓒诸人。

余 论

经过三代人的努力,中国大陆的女性主义批评,已经从"浮出历史地表"而到渐趋成熟壮大。女性人生的生命活力得到如此蓬勃的发展,这是近百年中国

---

① 山西古籍出版社 2001 年版。
② 山东教育出版社 1998 年版。
③ 敦煌文艺出版社 1999 年版。
④ 见该书第 216 页。
⑤ 见该书第 97 页。

妇女运动史上未曾有过的。三代女学人虽然有一些不同的特点,但年龄的差异并不影响她们在一些基本问题上的共识。不过差异却是根本的,即使在同代女批评家当中。它不以年龄的差异聚合,而以对批评的不同取向分野。以年龄作为划分代际的界限,只是一种研究方法,无论如何都不能代替对具体问题(对象)的具体分析。中国的女性主义文学批评发展到今天,有一些重要的问题摆在女性学人的面前。我以为有这样两个问题可能是比较迫切的。一个问题是:中国的女性主义文学是不是有必要建立自己的批评标准或坐标系?

如上所述,中国大陆的女性主义文学批评之所以能在 80~90 年代呈蓬勃之势,一个重要原因就是由于大量引进了西方女性主义(女权主义)的理论。中国自己并没有像西方那样独立的女权运动,也没有独立的女性主义理论,包括女性主义的文学批评理论,因此它很自然地要向"西"看。但是,"西方女性主义是在西方特定的文化、历史、政治、经济以及社会背景中产生和发展起来的。它是西方国情的产物,自然也具有浓厚的本土性。……西方女性主义的本土性决定了它的局限性:它不是放之四海而皆准的真理"①。中国的文化传统和中国女性文学的发展实际与西方有很大的不同,完全搬用西方的一套来观照中国女性文学,显然会发生许多错位。因此,中国的女性主义文学必须建立自己的批评标准或坐标系。这个坐标系当然需要对西方女性主义理论的吸取和借鉴,但又必须切合中国妇女、中国社会和中国女性文学的发展实际。

我想举一个例子,也许有助于理解上述的立论。比如关于对丁玲和萧红的评价。一个很长的时期,由于以国家民族意识和社会意识来抑制个体意识和女性意识,从而遮蔽了丁玲和萧红创作中的个性主义意识和女性意识,这显然是有偏颇的,是宏大叙事对个体叙事的挤压,反映了女性文学批评中的男权中心观念。但是,如果反过来,为了反遮蔽、反挤压,而用西方女性主义的标准,竭力夸大丁玲和萧红创作中的个性主义意识和女性意识,并以此抑制其国家民族意识和社会意识,那又走到了另一个极端。中国文化传统与西方有很大的不同,西方文化传统强调个性主义,个体的位置是至高无上的,而中国文化传统强调集体主义,在中国文化里,个人、家庭和国家是三位一体的,国家民族意识和社会意识在中国文化传统中一直居于主导的地位。因此,对于像丁玲和萧红这样的优秀女性,在她们的创作中具有一种国家民族意识和社会意识是一点也不奇怪的。批评的任务是还其本来面目,而不是厚此薄彼或扬此抑彼。完全搬用西方女

---

① 鲍晓兰主编:《西方女性主义研究评介·前言》,生活·读书·新知三联书店 1995 年版,第 5 页。

主义的一套来评析丁玲和萧红的创作乃至于中国的女性文学,是此路不通的。

第二个问题:关于女性主义批评思维和策略的调整。

从世界范围来说,从前女权主义发展到后女权主义,在思维和策略上已经有了很大的改变。如果说,前女权主义者有比较强烈的性别对抗意识,甚至有过一些过激的言论和行动的话(这也是可以理解的),那么,后女权主义则放弃了前女权主义的偏颇、激进,政治倾向上趋于温和性。它主张通过教育来普及和提高女性的社会性别意识,增强女性的社会性别觉悟,循序渐进地提高女性的社会地位。"前者代表的是一种自上而下的变革,主张激烈的变革,通过颠覆和消解男权来达到自己的目的;而后者代表的是一种自下而上的改革,通过提高全体女性的社会性别意识和觉悟来实现自己的目标。"① 其实,在更早一些时候,法国的第三代女性主义者朱莉娅·克莉斯多娃就讲过,在后现代社会中,男人和女人之间对立的二分法只具有形而上学的意义,两性之间的差异依然存在,但两性之间的截然对立或"死战"已明显降温,而将斗争纳入到社会契约全力运作的领域,通过个体的努力而达到对核心的瓦解。② 因此,朱莉娅·克莉斯多娃从来不宣称自己是女性主义者。这就是一种思维和策略的改变。

中国的女性主义姗姗来迟,因此在某些方面不可避免地要补西方前女权主义的课,但是,由于中国的女性主义是降生在整个世界范围的后女权时代,再加上受中庸、平和的中国传统文化的影响,从整体上说它不具有前女权主义者的那种激烈和偏颇,而带有某种温和性。但是整体不等同于个体。在中国女性主义者内部,还是有一些并未完全改变其思维和策略的,至少是缺乏某种改变的自觉意识。因此,提出女性主义批评思维和策略的调整,对于中国的女性主义者来说,也许依然是适时的。

(按:本文原题《关于当代中国(大陆)三代女批评家的笔记》,全文23000余字,是作者参加2001年12月香港"性别与当代文学"学术研讨会的论文。这里发表的是作者改定的删节稿,题目也经作者作了改定。)

---

① 参阅《从女权主义到后女权主义》,《中华读书报》2001年7月18日第22版。
② 朱莉娅·克莉斯多娃:《妇女的时间》,见张京媛主编《当代女性主义文学批评》,第368—369页。

论女性文学的学科建设

乔以钢

　　近年来,女性文学的学科建设开始为学人所关注。应当说,这一命题提出的本身,即是中国女性文学研究发展到一定阶段的产物。本文拟在梳理女性文学研究学科化进程历史脉络的基础上,探讨学科化的必要性、可能性及其建设目标,思考学科化的途径与标志,同时就学科建设中的一些问题谈一点看法。

一、从学科意识的萌发到学科理念的形成

　　女性文学研究的学科意识由模糊到清晰,由不自觉到自觉,经历了近 20 年的实践过程。"女性文学"这一范畴的浮现始于新时期初年。当时,在生机勃勃的时代氛围中,一批女性创作者竞相涌现于文坛,不少女作家(如谌容、张洁、宗璞、张辛欣、王安忆、铁凝、舒婷等)以自己的创作赢得了广泛的社会影响,她们的文学实绩自然而然地进入了当代文学的研究视野。不过,此期女性创作的性别意识并未凸显,她们的作品也尚未成为在性别文化意义上具有独特价值的研究对象。当时有关女性文学创作的研究往往还只是将其作为丰富多彩的新时期文学现象之一,即使多少注意到作者性别给作品艺术表现所带来的影响,也基本局限于对"女性风格"、"女性特质"等的传统理解。

　　女性文学学科意识的悄然孕育,与 20 世纪 80 年代学界对西方女性主义文学批评理论的翻译、介绍有着密切关联。1981 年,朱虹撰文介绍了带有女性

题解　本文原载《南开学报》(哲学社会科学版)2003 年第 2 期。中国女性文学研究从学科意识的萌发到学科理念的形成,经历了近 20 年的实践过程。本文作者长期关注女性文学研究和学科建设问题,认为现阶段积极推进学科化进程,不仅有利于学科自身的发展,也有利于争取在尽可能高的程度上实现女性文学研究的人文价值。文章对当前学科建设的途径和标志等问题进行了探讨,指出女性文学学科作为人文科学的一个分支,与人类性别问题密切相关,它的建设有赖于全社会,首先是学界性别观念的更新,有赖于整个社会性别观念的进步和文化环境的改善,因此,要充分认识学科建设的长期性和艰巨性,付出脚踏实地的、坚持不懈的努力。

主义色彩的美国"妇女文学"①;1983年,她编选并写有"序言"、附有作者简介的《美国女作家短篇小说选》由中国社会科学出版社出版。在该书"序言"中,朱虹评述美国六十年代后期的女权运动,宣扬文学中的"妇女意识",介绍了《第二性》、《阁楼上的疯女人》等女性主义批评经典和历史上被埋没的女作家。选集所收作品实质上属于女性主义文学。此书的问世标志着国内开始了对西方女性主义文学理论比较系统的译介以及对女性文学范畴加以学科意义上的思考。80年代中期,省部级社会科学研究规划项目中开始出现女性文学研究方面的课题,部分学人所进行的20世纪中国女性文学史的编撰工作由此起步②。80年代末,对国外女性主义批评的译介愈加活跃,逐渐形成浓郁的理论氛围③。胡敏等人翻译的《女权主义文学理论》作为国内面世的第一部西方女性文学批评文集也于此时由湖南文艺出版社出版。正是在这一过程中,女性文学的学科意识初步萌生,有关这一学科范畴的一些基本理论问题被提出来加以研讨(例如关于女性文学、女性意识、女性主义等基本概念的内涵及其特点和价值等)。与新时期初年相比,此时对女性文学进行探讨的学术意味明显增强。女性文学创作不再仅仅作为一般意义上的文学现象被加以观照,而是于其间引入了富于性别文化意味的探询,从而开始具有"女性学"研究的内涵;对出自女性作家之手的创作,也不再只是沿用以往的尺度,在"女性风格"、"女性气质"的传统批评框架内给予评价,而是开始注意到创作主体的性别意识及其创作中与女性的性别体验密切相关的文学审美表现形态④。进入90年代以后,女性文学的学科意识进一步趋于自觉。这一时期对西方女性主义理论的批评介绍更为系统化、专门化,内容也更为深入,同时更加注重学科性、可操作性,西方女性主义批评所包含的对自身缺陷的反思以及对未来的展望在译介中得到反映⑤。特别是在结合中国文学实际运用女性主义话语进行批评实践和理论探讨方面,取得了引人瞩目的进展。具体可分为三个层面:一是阐发性别理论的哲学基础和产生发展的现实依据,

---

① 朱虹:《美国女作家作品选序》,《世界文学》1981年第4期。
② 例如,盛英主编的《二十世纪中国女性文学史》作为天津市"八五"社会科学规划重点项目,于1986年起步,至1995年完成,同年由天津人民出版社出版。
③ 参见陈厚诚、王宁主编:《西方当代文学批评在中国》第十章,百花文艺出版社2000年版。该章作者林树明所提供的粗略统计数据表明,八十年代女性主义文学批评方面的译介数量呈逐年成倍增长态势,至1989年已达30余篇。此外,一些著名刊物及报刊(如《文学评论》《外国文学研究》《上海文论》《文艺理论研究》以及《文艺报》等)也加强了对女性主义批评的介绍。
④ 谢玉娥编:《女性文学研究教学参考资料》,河南大学出版社1990年版。
⑤ 影响较大者如张京媛主编的《当代女性主义文学批评》,北京大学出版社1992年版。

探讨女性文学学科的理论基点;二是批判文学中的男性中心主义,揭示其压抑女性的真实面目,呈露女性在现实生活与文学话语中的艰难处境;三是追溯女性的文学传统,探索女性意识及女性文学的特殊性,界定女性主义文学批评①。90年代中期,在迎接和召开联合国第四次世界妇女代表大会前后,性别研究获得了前所未有的发展契机,女性文学的学科意识得以形成。其主要标志是:第一,女性文学被视为具有独特价值的学术考察对象,对其所进行的研究不再仅限于文学作品的一般评论,而是已推进到对相关理论体系的探询和基本理论问题的探讨。一些女性文学研究者已经能够更为切近实际地从多方面审视西方女性主义批评对我国女性文学批评的意义,明确意识到需要在"拿来"和借鉴的基础上,逐步建立和完善中国的女性文学批评和研究,并在此思想指导下进行理论探讨和研究实践。第二,越来越多的学者基于各自的理论认知和研究方式对女性文学给予了程度不同的关注,一批令人耳目一新的女性文学研究成果以专著或论文的形式出版、发表,初步展现了女性文学研究这一新兴学科的学术生机和创造力。其中一部分在学界产生了较大影响,如孟悦、戴锦华《浮出历史地表》、刘思谦《"娜拉"言说——中国现代女作家心路纪程》、陈顺馨《中国当代文学的叙事与性别》、刘慧英《走出男权传统的樊篱——文学中男权意识的批判》、林丹娅《当代中国女性文学史论》、陈惠芬《神话的窥破——当代中国女性写作研究》等。第三,女性文学研究初步形成了比较开阔的学术视野和比较合理的研究格局。具体表现在:既有立足于世界女性文学发展潮流的宏观考察,也有紧密结合中国女性文学实际的具体分析;既有古代妇女文学传统的发现与整理,也有现当代女性创作风貌的探索与追寻;既有创作主体的研究、创作现象的分析,也有对社会文化、读者心理的剖示;既有女性创作群体特色的开掘,也有女性作家个性特征的揭示;既有台港女性文学的地域性研究,也有大陆女性创作与之联系和区别的比较研究,等等。研究者尝试吸收当代各种批评流派的成果,引进和运用心理学、符号学、叙事学、读者接受理论、新批评、结构主义批评以及解构主义理论等各种方法,从不同角度展开探讨。在批评方法的综合运用方面进行了初步的实践。第四,正是在这一时期,中国妇联成立了妇女研究所,中国当代文学研究会建立了女性文学委员会,一批高校相继出现妇女研究中心,许多高校在本科生和研究生中开设了女性学和女性文学方面的专题课。各种形式的学术交流活动十分活跃,女性文学研讨会在多处举办,女性文学作品的出版形成高潮。可以说,

---

① 　陈厚诚、王宁主编:《西方当代文学批评在中国》,百花文艺出版社2000年版,第十章。

经过多年的努力开拓,女性文学的学科雏形至此轮廓初现。

20世纪90年代后期到新世纪初,学科理念得到进一步发展。除研究队伍逐步扩大,学术研究成果日渐丰富、不断有新的积累,一些成果获得各种层次的学术奖励外,女性文学学科建设这一问题本身开始成为一些研究者自觉关注的专门课题①。在1997年承德召开的第四届中国当代女性文学研讨会、2001年北京举办的首届中国女性文学与文化高级研讨班以及2002年在上海召开的社会性别/女性文学文化理论研讨会上,女性文学学科建设问题均列入会议议题。与此同时,特别能够显示学科建设发展进入新阶段的是,继部分高校正式招收女性文学研究方向的硕士生之后,近年已有高校开始在相关专业招收和培养女性文学研究方向的博士生②。由此,女性文学已作为相关专业本科生的选修课以及硕士生、博士生的主攻方向之一进入国内部分高等院校的教学体系。

综上,经过近20年的努力,女性文学研究由不自觉到自觉,逐步迈入学科化的历史进程,并在实践中产生了一定影响,取得了初步的成绩。正是这些努力,为我们今天进一步探讨学科化问题奠定了基础。

二、女性文学学科建设的意义及目标

就实践层面来看,女性文学学科建设的意义何在? 这是一个需要认真思考的问题。联系我国现行学术管理体系运行机制的实际,可以说,学科化即意味着在很大程度上进入国家社会科学的学术管理体系,在这一体系的框架中获得一种具有"正规"色彩的学术身份;作为社会科学研究的一个组成部分,拥有明确的学术位置。对女性文学学科来说,学科化意味着女性文学能够作为文学研究的一个分支,进入国家科研管理系统"文学"门类下的相应层次,被视为一个有着特定的内涵、范畴和价值的主题领域和研究对象;研究者在此领域中运用一定的理论和方法对其所进行的探讨,在学术意义上得到承认。那么,既然女性文学创作,特别是女性主义文学批评对历史文化语境中的男性中心传统以及现今两性关系格局中存在的种种问题具有鲜明的批判性和挑战性,甚至以此为其存在

---

① 参见拙文:《关于中国女性文学研究学科建设的思考》,《南开学报》1999年第2期;屈雅君:《关于女性主义文学批评学科建设的若干问题》,《学术月刊》1999年第5期;荒林、李爱云:《探索中国女性文学与文化学科建设:观点综述》,《妇女研究论丛》2001年第6期。

② 河南大学中国现当代文学专业和南开大学中国现当代文学专业分别自1999年、2001年开始招收现当代女性文学研究方向的博士研究生。

的基本特征,既然目前的学科管理机制在实际运作中难以完全避免男性中心色彩,女性文学研究者为什么还要在这样的背景和条件下寻求学科意义上的承认?还要进行学科建设、走学科化之路呢?笔者认为,这主要是在承认任何特定时空中的个人或群体,主观能动性的实现都不可能完全摆脱历史规定性这一前提下,谋求通过更深程度地介入当下社会历史的现实,来更为有效地促使人类有关性别与文学的认知逐步趋于全面、系统、深入,促使研究者的主体性得到更为充分的发挥,从而切实推进女性文学研究自身的发展;与此同时,也是为了促使有关研究成果产生更为广泛的影响,从而有利于争取在尽可能高的程度上实现研究工作本身的人文价值。

应当明确,女性文学研究进行学科建设所欲寻求的"承认",并不是指向对某些具体理论观点、学术主张的认同,而首先是在如下方面寻求肯定:从性别角度出发考察历史文化、文学创作是必要而合理的;女性文学的创作、批评和理论研究者就此以多样的方式提出问题是具有特定的社会科学研究价值的。而我们在这个意义上寻求承认实际上也是力求使更多的人意识到:人类历史发展至今,社会上的性别观念以及对女性文学创作的认识仍然存在着重大缺欠;女性文学创作者和研究者以超越传统思维的方式质疑、批判文学的历史与现实,构建新的女性文学创作风貌和理论框架,不仅有益于文学事业的健康发展,而且具有文化建设的积极意义。因此,我们在学科建设方面付诸努力,并不意味着放弃对以传统文化为基石建立起来的性别观念以及文学领域存在的性别问题的质疑立场和批判精神,而是试图充分利用现代学术管理制度中所可能争取到的空间,创造对女性文学研究更为有利的外部环境和条件,推动学科发展,扩大事业影响。

具体来说,学科化进程对女性文学有利的方面主要表现在如下几点:一是有利于推动女性文学研究自身的建设,特别是基础理论建设的发展,促进理论的系统化、体系化。应该看到,近十多年来女性文学研究在理论建设方面尽管已做了很大的努力,但仍存在明显不足。而致力于学科化的过程,正是推动人们对这些基本问题进行深入研究的过程。任何一个学科的基础建设势必涵盖对本学科基本概念、基本范畴的探讨、规范,对学科理论资源和有关资料的搜集、整理,对本学科基本文献目录的确认以及研究方法的探讨等,这将是一个充满学术创造的空间。二是学科建设的过程可以促进学人性别观念的更新,焕发学术创新精神,吸引更多的学人深入理解在文学研究中引入性别视角的合理性与必要性;客观上有助于女性文学研究在学术圈内产生更大的影响,争取得到更多学者的支持和关注。三是推进学科建设有利于进一步促进与其他学科研究相互间的交流借鉴,更充分地展示跨学科研究的特色。四是实现学科化有利于扩大本领域在社会上的影响,从而赢得更为广泛的关注,并在此基础上争取更多的实际支持。同时,也无疑有利于吸引更多年轻学子,引导其较早开始关注和尝试进入这一研究领域。此外,学科化的存在方式还有利于在研究经费、研究人员编制、活动基地和设备等方面争取尽可能多的支持。

当然,凡事有利就有弊,就女性文学研究这样一个对传统文化具有一定挑战性的学科来说更是如此。其间最大的问题可能在于,一旦以学科的形式纳入或寻求纳入现行的管理运行机制,势必就会在一定程度上受到学科管理体制观念和现状的制约。这种制约可能是有形的,也可能是无形的,但肯定会对事业的发展产生这样那样的作用。比如,传统性别观念很可能会影响到一部分人对女性文学作为一门文学研究"子学科"的正确理解;女性文学研究者为在体制内求得认同,获得发展,某些时候可能会自觉不自觉地部分迎合男性中心思维,从而销蚀研究的锐气和锋芒等。尽管如此,就中国的实际情况来讲,学科化对女性文学研究事业的发展从总体上看,应当还是利大于弊。我们要做的是,尽可能最大限度地趋利避弊,以求更为有效地在学术领域为女性争取应有的空间。一方面,我们要在现存学术制度中建设和发展自身,无疑须遵守既定的学术规范和操作流程,在研究中增强学理色彩,力避简单化、情绪化的判断;另一方面,则必须时刻保持清醒的头脑,警惕在为适应体制内的生存而调整自己时,不自觉地蹈入男性中心的思维框架,给研究带来负面影响。

就这一学科的建设目标来说,当是力求做到紧密结合中国实际,创造多层次、开放型、宽视野,有自己明确的研究范畴和研究方向,能够充分吸收多学科成果,包容多样化研究方法的学科体系。进而在学术管理体制内,充分展现自身的学术前景和生命活力,从一个特定的方面促进整个文学研究事业的发展,同时也为本学科的成长创造更为广阔的空间和更为有利的内部环境;在学术管理体制外,争取为更多的普通民众所了解,尽己所能地推动整个社会性别观念的进步和文明程度的提高。

三、女性文学研究学科化的途径与标志

从学理上讲,女性文学无疑当属"女性学"研究的一个方面。但鉴于女性学本身的跨学科性质,在相当长的时期内,它不可能像文学、历史学、社会学等等那样成为一个相对独立的研究门类,进而整合起各领域中与性别相关的研究。在

这种情况下,从各个不同侧面对女性所进行的研究势必分别渗透于不同的领域,同时又会出现相互交叉的情况。例如,在历史学研究中,包含着对传统女性文学创作的研究;在文化研究特别是大众文化研究中,当代女性文本考察是一个重要的方面;在应用语言学研究领域,对日常语言现象的分析包括文学作品语言中的性别差异等。然而,仅此显然是不够的。尽管在这些学科所进行的研究中,对女性文学从不同角度有所涉及,但其出发点和归宿点主要都并不在文学自身,而女性文学也不可能从中寻找到适合自己进行学科化建设的立足之所。

在目前的情况下,如果设想在较短的时间里突破现有的科研门类划分,在科研体系中专设"女性学"这一门类或一级学科,显然是不现实的。在一个相当长的时期里,比较有可行性的或许是:一方面尝试宏观研究、整体把握,即在女性学的意义上,整合多学科的研究成果,对具体课题进行探讨;另一方面,努力将女性学研究的各个侧面分别纳入现行人文社科研究分类中的"文学""历史学""社会学""心理学"等各学科的研究之中,从多方面逐步积累相关的研究成果。在这些领域开展与性别相关的研究的过程中,可以首先在本学科门类的框架中努力实现性别研究/女性学研究某一分支的学科化。本文所谈到的关于女性文学学科建设的设想,也正是循此途径进行。

事实上,女性文学研究一直深受社会学、历史学、文化学、语言学以及其他社会科学研究的影响,而这也正是当代学术不断有所开拓,多学科研究相互交叉渗透这一趋势的自然体现。无论如何,女性文学学科化终当是植根于文学研究领域的学科化。也就是说,首先须明确女性文学研究的"文学"属性,在此基础上又并不孤立地看待它,而是将其置于社会历史、经济、政治、文化等多方面的联系中,加以跨学科的综合把握。女性文学研究的基本性质应当是文学的、审美的,而不是其他;它同时又是融合性别视角的,区别于一般文学研究所取的中性的(实际上往往是男性中心的)眼光。但其具体研究的表现形态自当无限丰富,对性别视角的运用方式和程度也尽可不拘一格。

目前学科的管理运行体制,包括不同的层次。其中"文学"门类所属一组学科"中国语言文学"又包括若干二级学科。经过多年努力,目前女性文学研究在一些高等院校初步实现了在二级学科下以"准学科"的形式存在。其主要表现是:若干高校在"中国古代文学"、"中国现当代文学"、"比较文学与世界文学"等二级学科下,自设了相关范畴的女性文学研究方向,进行硕士或博士研究生的招生和培养。可以预见,在今后相当长的时间内,女性文学研究在高等教育体系运行中所能做到的,仍是以此形式作为学科存在的一个重要标志。一个起步时间不长、尚未完全成型的学科,而今能够迈出这一步,应当说是已经取得了相当可喜的成绩。然而,学科建设毕竟是一项十分艰巨、任重道远的事业,要真正建立起一个比较成熟的学科,还有许多工作要做;而这些方面工作所达到的水平,又将成为检验学科化程度高低的重要标志。以下仅从若干方面就此问题谈一点看法。

首先,逐步确立本学科研究的基本范畴,在研究对象、研究方法等基本问题上形成相对稳定的共识,积极探索建立具有中国本土特色的女性文学理论。一门学科课题的建立,总须以特定的研究对象为前提。女性文学学科的研究对象应当具有丰富性和包容性。尽管就研究者个人来说,完全可以也应该有自己的主攻方向,但就整体研究格局来讲,则理当全面覆盖有关女性文学命题的各主要方面,包括创作、批评、文学史研究和理论探讨等。在此,具有开阔的学术视野十分重要。我们不宜轻易将大量非典型女性视角的作品排斥在外,不宜片面推重女性主义批评研究模式而轻率否定其他方式方法在多角度认识研究对象方面的价值。事实上,多样研究方法的适当整合、灵活运用,恰恰应当是女性文学研究赖以赢得良好发展前景和生命活力之所在。而在这之中特别需要继续付出极大努力的,是结合中国女性文学的实际,在借鉴西方女性主义文学理论的基础上,建立起富于中国特色的女性文学理论体系。

与此相应,要保证学科研究的顺利发展和不断深入,无疑还须确立基本的学术规范和学术活动运作方式,这一点与社会科学研究的其他学科是一致的。然而对起步不久的女性文学研究来说,如何更好地将日常审美经验上升到学理层面;如何进一步加强严格的学术训练,建立起研究者广泛认同并自觉遵守的学术规则,在学科起步之始即充分注意形成注重学术道德的良好风气,这个问题值得重视。在这方面做得如何,对一个新兴学科能否健康发展必定会产生重要影响。

其次,充分的学术积累和学术影响。这是学科建设最为关键的一环。学科建设归根结底靠的是实力,而高质量、高水平的学术积累才是实力的核心。学术积累固然需要一定的成果数量来保证,但更重要的是讲求质量和品位。特别在现阶段,质量问题尤当引起高度重视。只有靠高质量所赢得的学术影响、学术地位,才能为女性文学学科建设打下坚实、牢靠的根基。

一个学科的学术积累应当是多层次、多层面而又自成体系的。也就是说,要能够逐步形成体现本学科基本特色的知识谱系、学术平台。在学科内部,对各研究课题的探讨既是微观、具体、深入,从各不同方面、以不同方式方法进行的,合起来又能够构成一个富于本学科特征的宏观系统。其研究成果既有基础性的,也有专题性的;既有思想文化角度的探询,也有艺术审美角度的思考;既有严格意义上属于本学科范围的,也有具边缘色彩和跨学科性质的等等。当然,学术积累要达到如此丰富厚重的程度绝不是短期内可以一蹴而就的,也不可能仅靠少数人的策划和努力实现,而是必须依靠众多学人的共同奋斗,依靠踏踏实实的长期努力。

第三,要形成一个富于自身特色的学科,理所当然需要有一批从事本学科研究的学术带头人和学术骨干不断成长,以自己创造性的研究获得学界较为普遍的认可,并因其成就的突出获得相应的学术地位。经过长时间的学术实践,这些人中的一部分应当有可能在更高的学术管理层中发挥作用,从而有助于在更大的范围里有力地推动学科建设。学术带头人或学术骨干的出现,固然离不开客观条件的支持,而更重要的终是有赖于研究者自身为学界奉献坚实而富于学术创新价值的科研成果。任何学者其学术影响力的形成均须经历一个时间的过程,其成果的意义和价值均须由实践检验。此间起主要作用的无疑是研究者学养的深厚、治学的严谨和在研究方面所取得的创新实绩。就女性文学研究队伍的现状来说,目前在这方面显而易见还存在相当大的差距,这也正是制约学科化进程的一个重要原因。特别值得一提的是,女性文学研究若欲深入,势必需要进行带有一定跨学科性质的研究,势必会程度不同地涉及历史学、政治学、人类学、文化学、心理学、语言学等方方面面的知识,这就对研究主体提出了很高的要求,于是研究队伍的学术素质这一问题也便越发显得突出。对此,一些女性文学研究者正在进行认真的反思。可以说,女性文学研究者学术素养、学术功力的提高,直接决定着女性文学的研究水平,对学科建设逐步走向成熟可谓关系重大。

第四,在国家高等教育体系中获得承认。由于高等教育在国家发展战略和公民心目中所占有的重要地位和实际影响力,由于从事女性文学研究的重要力量相对集中在高校,由于高等教育的对象是将影响国家未来的年轻一代,因而,寻求女性文学学科在国家高等教育体系中获得承认,不能不成为学科化建设的重要方面。这里所谓获得承认,具体体现在诸多方面,例如:女性文学研究在学科门类所划分的适当层次中占有一席之地;条件具备的学校能够在本科开设女性文学研究方面的专题课程,能够将这一方向列入研究生招生培养计划;有关方面的科研课题能够与其他方面课题的研究一样,获得申报科研立项、科研资助的机会;女性文学方面的科研成果能够得到学术意义上的认可和公正的评价;从事有关研究的人员能够与其他学科的研究者一样有条件在国内外进行多种形式的学术交流;等等。目前各高校在这方面的发展状况还很不平衡。

近些年,在国内不少高校,一些教师在女性文学的教学和科研方面切实做了许多工作,部分高校已初步具备了进一步发展女性文学学科建设的基础。然而,如果从整体上看,女性文学研究在高校的影响面还相当有限,很难谈到形成了一定的规模。特别是一些国内知名高校在这方面尚处于近乎空白的状态,这对女性文学研究在学术界产生更为广泛的影响是不利的。而即使那些经过努力已开设了女性文学研究课程的高校,在教学、科研、师资培养等方面也还面临不少困难,存在许多需要解决的实际问题。所以,这方面还有大量工作要做。

第五,加强学术交流,不断扩大学科内外部的联系。在高科技飞速发展的今天,学术信息的共享,学术思想的交流,学术联系网络的建立,对学科建设来说有着非同寻常的意义。为了更好地扩大视野,拓展思路,进行学术创新,在女性文学研究方面进一步加强学术交流势在必行。开展学术交流、学术联系的方式可以多种多样,也完全可以在不同的层次上进行,包括召开研讨会,合作开展专题学术活动,一定范围里共同承担研究课题,合力办好本学科有影响力的刊物乃至女性网站等等。事实上,在过去十多年中,正是由于一批热心女性文学事业的学人克服重重困难,积极为本领域学术交流创造条件,做出了实实在在的努力,才使女性文学研究界能够在一定程度上形成相互交流、共同奋斗的局面。但总的来说,学科内部的交流还须向更为广泛、深入的方向发展。与此同时,在与其他学科的交流方面,女性文学研究者不宜画地为牢,而应在为其他相关的人文学科研究提供例证的同时,更为积极地把握自身的学科性质,主动借鉴多学科成果,吸取多学科营养。在研究中重视文学研究的本体性,特别是其审美特质;重视传统批评方式中的合理部分;重视女性文学研究的哲学依据、理论根基。总之,正由于目前研究基础还相当薄弱,就更需要女性文学研究者以积极的态度主动寻求多方面的理解、合作,以适当的方式加强与社会的联系,扩大女性文学研究的影响,努力创造有利于研究事业发展的氛围,争取得到尽可能多的支持。

经过一个时期的不懈努力,如果在上述诸方面做得比较好的话,女性文学研究就可望获得更多的理解和支持,而这对学科化初步实现以后在学科管理体制内的生存、发展显然也是必要而有益的。

四、充分认识学科建设的长期性和艰巨性

任何学科的建设都是一个长期的过程,女性文学学科自不例外。不仅如此,由于其内涵所具有的特殊性,它的建设更是注定要经历许多艰难曲折。因此,

我们一方面怀着热切的期盼,另一方面也不能不始终保持清醒的认识。

从一定意义上说,女性文学的学科建设有赖于全社会,首先是学界性别观念的更新。这是因为,这一学科作为人文科学的一个分支,与人类性别问题密切相关,具有十分浓重的文化色彩,它不可能是传统意义上比较纯粹的文学研究。正因为如此,学科建设所要面对的问题就可能来自方方面面。因而,与其他一些近20年来逐步发展起来的学科相比,女性文学研究的发展在某些方面是更有难度的。唯其如此,更须具有脚踏实地、坚韧不拔的精神。对从事这一事业的研究者来说,更多的是要从自身做起,不畏艰难,在勇敢地面对社会、面对研究对象的同时,同样能够勇敢地面对自身的弱点,在扎扎实实的创造中前进、积累。在此过程中,文学领域其他学科的建设经验或可在某些方面给我们以启发。这里不妨以比较文学与世界文学的学科发展为例。

就这一学科的研究活动而言,早在20世纪30年代就有学者涉足,并取得初步成就。尽管当时出于种种原因,影响并非很大,但为后来这个学科的兴起准备了一代学人(如钱钟书、杨周翰、季羡林、贾植芳等),打下了良好的基础。"文革"结束后,正是他们成为推动比较文学复兴的第一代学人。1981年,北京大学建立比较文学研究中心,1985年改建为实体性的研究所,由美国哈佛大学博士后出站的乐黛云教授任所长。此后第二代学人很快成长起来。十多年来,这个学科的建设取得了重大进展:在大陆高校包括重点院校已普遍建立起比较文学硕士→博士→博士后的完整的人才培养体系,并已培养出一批有较强实力和良好发展前景的年轻学子;该领域的学术著作所研讨的内容涵盖了学科的各个层面,特别是已经比较成功地突破了"法国学派""美国学派"的藩篱,显示了以中国文化为教养的文化精神、文化观念和方法论特征。这一领域的中国学者已开始具备了捕捉国际学术新趋势、回应各种学术文化新挑战的能力;其研究著作不仅进入中国高校有关课程的课堂,而且已在国际上被一些大学确定为比较文学或比较文化课程的必读参考书,并在国际性出版物评比中获得"学术类金奖"等;该领域的中国学者不仅积极参加国际比较文学界的几乎所有重大学术活动,并且成为其中重要的组织者;中国学者的声音在与国际学术的对话中受到重视。

不难看出,这样一个学科成长的过程意味着怎样的艰辛和创造,对研究者自身及其学术积累又有着多么高的要求。而就女性文学的学科建设来说,除了同样需要在长期实践中加强理论建设、学术交流,提高研究人员学术素质和科研水准外,还有具一定特殊性的问题或许需要引起注意,这就是如何对待参与这一学科建设者的性别。长期以来,女性文学研究者主要来自高等院校、科研单位、作家协会和传媒机构。从具体人员的构成来看,突出的特点是女性占绝大多数。应该说,就女性文学这样的与女性性别问题直接相关的学科而言,在发展的初始阶段出现这种状况有其自然、合理的一面;不过若从学科长远发展和高水平建设要求的角度考虑,还是有必要自觉避免某种认识上的偏颇。笔者认为,在科学研究的任何领域,男女主体所进行的研究都应当是共存的、互补的。任何学科如果只由一种性别的研究者支撑都不健全。种种与女性有关的问题,并不能也不应尽由女性回答。在女性文学研究事业中,男性既不是居高临下的指路人,也不应是旁观者、局外人,而理当是平等的参与者。女性文学研究者须防止自我封闭,局限自己。不可将女性文学研究视为某一性别的"专利",无形中缩减和削弱研究队伍和研究力量。在女性文学研究中,男女双方均当出之以自然的、相互尊重的态度。即使难免有一些性别偏见掺杂其间,也可以寻求在相互交流中加以纠正和改造。性别因素固然会在一定程度上影响到研究者对文本和问题的看法有所不同,但这种出自不同性别主体的感受的丰富性,对认识和理解女性文学的内涵和意义,增进不同性别之间的相互沟通,是必要而有益的,同时也会对创造良好的学科发展环境和氛围产生积极影响。事实上也只有在这样的氛围中,学科建设的步伐才能够迈得更为坚实而矫健,其建设目标也才可望趋于实现。

综上,女性文学研究学科建设的道路充满艰辛,充满挑战,也充满希望。它需要长期坚持不懈脚踏实地的努力,需要众多有志于此的学人齐心协力的合作,同时也有赖于整个社会性别观念的进步和文化环境的改善。而作为研究者个人,培养自己具有严谨的学风,清醒的认识,勇于自省的精神以及能够听得进不同声音,平和面对多样化理解,善于从中汲取各方面营养的博大学术襟怀,对从事女性文学研究这样充满活力、充满批判意识和挑战精神的事业来说或许是尤为重要的。

女性文学学科建设的重要收获

——评乔以钢、林丹娅主编的《女性文学教程》

吴玉杰

1980 年代以来的中国女性文学研究在多年的发展中产生了重要影响,与之相关的课程也越来越多地进入了各高等院校教学体系。经过多年建设,女性文学的教学和研究已全面覆盖了从本科到硕士、博士研究生以及博士后研究的各个层次。然而,长期以来,一直缺乏系统、适用的教材。在此背景下,经过多方努力,乔以钢、林丹娅主编的"十一五"规划教材《女性文学教程》(河北教育出版社,2007)出版发行,填补了这方面的空白,实现了众多研究者和高校教师长期以来的愿望,并已经产生良好的社会反响。在新近召开的"中国新时期文学三十年国际学术研讨会暨当代文学研究会第十五届年会"上,该书作为近年来的优秀成果之一获得表彰。

《女性文学教程》具有鲜明的创新性。它以开阔的视野、审慎的态度阐述女性文学相关概念、女性文学的基本内涵以及女性文学研究的主要理论和方法,介绍古今中外女性文学创作的基本状况,梳理女性文学批评和研究的探索和实践,分析女性文学面临的问题以及发展前景,启发读者对性别与文学关系问题的敏感和反思,推动了女性文学研究的深入和学科的发展。

一 学术视野的时空延展

《女性文学教程》(以下简称《教程》)的内容涉及古今中外。它在立体的

题解 本文原载《海南师范大学学报》(社会科学版)2008 年第 6 期,作者对《女性文学教程》在学术视野、行文风格、学科体系构建等方面的特点和鲜明的创新性作了具体评介。2007 年《女性文学教程》的出版是女性文学学科建设上的一件大事,标志着中国女性文学研究与批评进入了一个新的阶段,它实现了众多研究者和高校教师长期以来的愿望,产生了良好的社会反响,推动了女性文学研究的深入和学科建设的持续发展。

参照中评介女性文学的创作实践和理论批评,其时空的延展、内涵的丰富给人以深刻印象,显示出编著者所具有的开阔的学术胸襟和学术视野。

以往人们对女性文学的关注主要侧重于中国女性文学以及西方女性主义文学理论,而《教程》则前所未有地在世界女性文学的总体格局中展示其基本面貌。具体内容不仅涉及中国大陆以及台湾、香港、澳门地区的女性创作,而且将海外华文和欧美、亚非拉女性文学也纳入进来,进而分别进行了历时性的梳理和重点作家作品的述论;与此同时,对中外相关理论批评也做了简明、全面的介绍。在此过程中,为读者提供了世界女性文学的多元景观,也为思考中国女性文学的特殊性提供了对比与参照的可能。仅就这一点来说,较之以往的女性文学研究便有明显的突破。例如,中国女性文学创作和批评与国外女性文学的发展状况在《教程》中客观上构成对照,其间既隐含时空的差异,也透露出内质方面的一些不同。而在结合具体文本分析男女作家在同类题材和文体的创作中的异同时,也体现出对其叙事角度和性别姿态的自觉把握。再者,《教程》没有拘泥于某一两种文体,而是根据实际情况,分别处理不同地域、不同历史阶段女性创作涉及的各类文体,其间也无形中构成了一种对照。

《教程》学术视野的延展还体现在把女性文学及其研究放在复杂的文化背景中加以论述。无论是现代意义上女性文学的诞生与"五四"新文化运动之间的关系,还是女性文学批评和西方文化的关系,《教程》观照的视点都并非仅限于女性及其创作自身,而是将其置于时代社会和思想文化语境的视阈中进行考察,由此获得了研究的深厚度。例如,其间对"文化视野中的性别研究"进行的论述触及消费文化、时尚文化、身体文化、媒介文化与性别研究之间的联系与差异,等等。

特别值得肯定的是,编著者能够清醒地把握《教程》的文学研究特质,没有使其成为泛文化研究或社会学研究之一种,而是很好地坚持了作为"文学研究"之一种的内在规定性;在客观表述女性文学批评和西方理论之间密切联系的同时,避免了对西方理论批评的生搬硬套,没有削足适履的牵强阐释。

二 深入浅出、客观平实的行文风格

《教程》的行文风格深入浅出、客观平实,为适应多种类型读者的需要提供了可能。若从教材的角度说,则是较好地实现了规范化和特色性相结合。正如该书《前言》所述,当前女性文学研究方兴未艾,许多问题尚处于积极探索阶段。

为此,《教程》注重的是科学性、实用性和启发性的结合:"在概念的介绍、知识的阐释方面,力求做到客观平实,在尽可能高的程度上反映研究界的共识。在各章节具体内容的组织安排上,强调材料充实,信息丰富,联系实际。对一些在学术领域尚存在不同看法的问题,不轻易下结论作判断,而注重启发和活跃思维,促进相关方面的思考。"这样的指导思想,在全书得到了切实的贯彻。

例如,《教程》在将女性文学创作和研究的代表性成果介绍给读者时,观点鲜明,简明扼要,表达平实。初入门者从中可对女性文学的相关知识体系建立起基本的了解;而有一定研究基础者则可通过"女性文学研究的理论方法"、"中国女性文学研究实践"、"女性文学面临的问题及有关研究动态"等部分的内容接触学术前沿,得到进一步的启发。《教程》各章结束后设置的思考题以及提供的参考书目,有助于引导读者的深度阅读和思考。

《教程》作为集体劳动的结晶,较好地处理了主编个人风格与总体风格的关系。可以看出,主编在统稿过程中注意采用相对达成共识的观点,对理论术语的采用取慎重态度,不盲目追新,不哗众取宠,注意避免轻易而武断地做出判断,但一定程度上又有个性的发挥。关于这方面的特点,正如著名评论家陈骏涛教授所指出,《教程》做到了"将先锋性和平实性结合起来,既摒弃男性中心主义,又不采取两性对立论,其指导思想和立论,均显稳健"①,较好地处理了反映共识和知识创新之间的关系。

三 学科体系的精心构建

这里所说学科体系的精心构建主要是指两个方面:一是《教程》本身即是女性文学学科建设取得进展的重要标志;二是其内部构成也体现出学科体系构建的系统性。

我们知道,女性文学的学科意识由模糊到清晰,由不自觉到自觉,在中国大陆经历了20多年的实践过程。1980年代中期以后女性文学学科意识的孕育,与西方女性主义文学批评理论的翻译、介绍有着密切联系。进入1990年代以后,学科意识进一步趋于自觉,女性文学研究成果日益丰富,许多高校相继开设女性文学课程。1995年,中国当代文学研究会设立了女性文学委员会,为加强女性文学研究方面的学术交流创造了条件。1999年后,一些高校开始招收女性

---

① 陈骏涛:《成长的足迹》,祝亚峰:《性别视阈与当代文学叙事·序》,安徽大学出版社2008年版。

文学研究方向的博士生。而今,《教程》的出版进一步体现了这一新兴学科的影响。或许可以说,它在女性文学的学科建设中具有里程碑的意义。

从内部构成看,《教程》也在精心构建本学科的体系。从章节的设置看,第一章"女性文学概念及基本内涵"可以说是进入女性文学缤纷世界的向导;第二章至第九章,全面系统地展现了古今中外女性文学的多元景观,其间又以近百年来的中国女性文学为重点。至此,应该说内容已经相当充实、全面。但《教程》并没有就此满足,而是在其后设置了有关中外相关理论和批评实践等方面内容的三章。其中第十章("女性文学研究的理论方法")为对此有兴趣的读者提供了进入研究该领域的基础知识;第十一章("中国女性文学研究实践")则就中国女性文学研究的实践进行了归纳总结;第十二章("女性文学面临的问题及有关研究动态")分别就女性文学创作及研究面临的问题、文化研究视野中的性别研究以及女性文学的学科建设几个方面进行了分析和讨论。如此搭建的整体框架,超越了一般化的平面叙述,做到了将创作、批评和理论融为一体。

在章节的具体论述中同样注重体系的构建。虽然《教程》不是文学史,但它适当地将史的脉络穿插其中,在分别介绍中国、海外华文、欧美、亚非拉的女性文学的同时,对每一板块的女性文学进行了历时性的梳理和概括。例如关于大陆女性文学,书中分别就古代、现代初兴期、20 世纪 30 年代至 70 年代、20 世纪 80 年代以来等阶段的女性文学创作进行了论述。中国女性文学的历史流变及其基本特点从中得到显现。其中对"文革"时期女性创作的开掘尤富新意。同时,《教程》妥善处理了点和面的关系。在相关章节中首先概述历史文化语境中女性文学总的特点,然后重点介绍代表性作家作品的主要特征,同时顾及其他。在冷静的审视中既肯定成绩又揭示不足,具体阐述中不乏思辨色彩。这种内在体系的构建使《教程》内涵深广,价值自现。

综上,学术视野的时空延展、深入浅出平实客观的行文风格以及对学科体系的精心构建,构成了这本著作的突出特色。正如舒芜先生在《读书随想录》一文中所说:这部《教程》"编得不错,有理论,有实际,经纬交织,不只是一部好教材,普通读者读此一部,对古今中外女性文学也可以观其大略,知其大意"①。它对女性文学的学科建设将起到重要作用。

---

① 舒芜:《读书随想录》,《南方都市报》2008 年 4 月 25 日。

从本质主义的走向发生学的

——女性文学研究之我见

王富仁

一

不容讳言，中国近现代文化几乎所有重大的变化，最初都是受到西方文化的影响的。对于我们，这几乎是毫无办法的事情；中国古代的社会，是一个家国同构的社会，所有的文化，都是在这个家国同构的社会结构之中得到感受和理解的，西方则较之我们更早地进入了现代的社会，文化也是在这样一个社会上得到感受和理解的。两种文化一接触，中国文化不变不行了，西方文化对中国文化的压迫就大了起来。什么都是先从西方拿来，我们既不熟悉，又不适应，不变又不行，总有一种无可奈何之感。无奈守旧的文人一讲中国文化，还是中国古代的那一套，还是《四书》和《五经》，还是忠孝节义、仁义礼智信。这些话讲了两千多年，对于现实存在的具体问题不想说个明白，玩的是"空手道"，涉世未深的青年人或许还觉得有些新鲜，一接触到实际的社会问题，这些文人就"王顾左右而言他"了，还是不管用。

中国的女性问题也是这样。要是没有西方文化的"压迫"，中国的文人才不会提什么女性问题哩。在中国，国是皇帝的，家里那几亩地是父亲的，女性只能老老实实地"嫁鸡随鸡，嫁狗随狗"。要是和现在一样，老婆一不高兴，就可以和男人离婚，一离，就带走一半家产。如果家里统共只有四十亩地，离上三次婚，

题解　本文原载《南开学报》（哲学社会科学版）2010 年第 2 期，是著名学者王富仁先生（1941—2017）为张莉出版的博士论文《浮出历史地表之前——中国现代女性写作的发生》写的序言。1987 年，在为钱虹编的《庐隐外集》作序时王富仁就发表了他对女性文学的看法，这篇文章对女性文学及其研究作了更深入的思考，提出"从本质主义的走向发生学的"理论见解，认为"浮出历史地表之前"这一命题的提出和展开，意味着在发生学的意义上对中国近现代女性文学进行考察，是换一种眼光看待中国女性文学的发展，换一种中国女性文学的研究思路。由于家国同构的社会结构、社会关系及文化理念，中国女性解放运动和中国女性文学的发展道路与西方有着根本不同的路向和特征，因此，中国的女性文学研究不能仅仅依靠西方女权主义文学理论的本质主义的规定的，而必须回到中国的社会现实和文化现实中来。

这个男人就得喝西北风去,天底下哪有这么傻的男人? 再说,即使女人离婚不带走财产,一个男人娶上个老婆也不容易,特别是穷人家,你一走,他就得打一辈子光棍,"断子绝孙",能允许你自由离婚? 所以,在家国同构的中国古代社会里,是不能给女性以自由的。中国女性没有离婚的自由,也就更没有恋爱的自由。国是皇帝的,家是父亲的,这个国,这个家,自然都是讲血缘关系的。你在婚前"乱搞",与这个男的生了几个儿子,与那个男的生了几个儿子,一结婚,把这些"杂种"都带到了丈夫家里,与丈夫的亲生儿子一样分田地,分财产,谁乐意? 所以,中国的女性不能随随便便接触男性,除了与自己的丈夫能有肉体接触之外,与任何男人都不能有这样的接触,"男女授受不亲"。恋爱是非法的,结婚当然就得靠"父母之命、媒妁之言",不仅女性没有婚姻的自由,即使青年男子也没有这种自由。女人被娶到了男人家,人家是"父子兄弟"一大家子,只有你是孤零零一个人来到人家家里,对谁都得赔着小心,你要是想在这个家里过下去,就得一心一意地侍候好你的老公,假若连老公都不疼爱你,你这一辈子可就完蛋了。可是,你老公就能全心全意地疼爱你吗? 也不能! 即使他还不是那么嫌弃你,他不是还有父母兄弟吗? 对父母要尽"孝",对弟兄要讲"悌",不能把你放在最前边。这样熬啊,熬啊,熬上一辈子,才能熬上一个婆婆的地位。在这个地位上,你还是得依靠欺负另外一个女性(儿媳妇)过日子,其他人你还是得罪不起的……

西方人打到中国来了,中国不变不行了,几个明白事理的知识分子才提倡学外国,学外国的科学技术,学外国的教育,不办私塾了,不搞科举了,办"洋学堂"。而西方的女子是有受教育的权利的,是可以和男人交际的,是可以自由恋爱的,是婚姻自主的,是男女平等的,自然学外国,这些也得学;不学,就显出中国的落后来了。但是,学自然要学,要说心里那么舒服,那么熨帖,却也未必,因为到底从小受的是传统的教育,整个社会还是像过去一样,别人都不"解放",只有自己"解放",如果连自己的老婆都"解放"了,还是不那么情愿的。所以,中国近现代女性的解放,是西方文化压迫的结果,没有这个压迫,仅仅依靠自己的自觉自愿,恐怕是很难的。

在某种意义上,这种被迫解放的性质,不仅是对于中国男性而言的,同时也是对于中国女性而言的。在中国古代的社会里,女性尽管是受压迫的,但几千年来都是如此,连社会的价值观念都是按照这个标准制定的,大家都这样,也就感觉不出什么来了。倒是那些首先"解放"的,不但男人看不惯,就是多数女人看着也不顺眼。以前是姊妹妯娌们都一样,现在你一个人,像是在鸡群里站出来一只鹤,连别人看你的眼光都变得与以前不一样了。以前虽然受压迫,但到底是个

"正经女人"，在社会上还能享受一个"正经女人"所能够享受到的尊重，现在你连个"正经女人"也不算了，你受到的压迫不但没有减轻，反而更加严重了。用中国老百姓的一句话来说，就叫"偷鸡不成反蚀一把米"。所以，在中国，聪明的女人是不会要求妇女解放的；要解放，也得有个人陪着。具体说来，就是要有一个男人爱自己，这个男人希望自己冲破旧家庭的束缚，两个人一块儿解放。中国女性的解放是和中国的男性解放一块儿进行的，是从自由恋爱、自由结婚开始的。这不但不等同于离开自己的丈夫独自出走的娜拉（易卜生《玩偶之家》），甚至也不等同于独自在这个世界上奔波求生的简·爱（夏洛蒂·勃朗特《简·爱》）。严格说来，自由恋爱、自由结婚还算不上女性解放，因为这是两个人的事，两性的事，而不是一个人的事，女性的事。这在中国古代也是有的，开始当然得有很多的波折，但只要搞成了，并且结婚之后两个人安安稳稳地过上一辈子，不但可以不以违背伦理道德论处，还会传为美谈，编成戏剧或小说，弘扬一番，真不必争什么西方的女性解放、男女平等的理论。

中国女性解放的这种"被解放"的性质，在文化的表现上，就是中国女性从来都是依照外国的"理"来讲自己的解放的。在"理"上讲得头头是道，但到了实际生活中，这些"理"并不管用，因为多数人并不信你那些"理"，人家信的还是中国的老规矩。你尽管讲你的"理"，但到了实际上，人家还是按照人家的规矩办，你有什么"咒"念？"五四"时期的女性解放运动是这样，"文化大革命"结束之后的女性解放运动也是这样。女权主义理论仍然是人家外国女性在外国现实条件下提出来的。既然是人家外国人先提出来的，所以中国的女性主义者首先介绍的是理论，首先讲的是女权主义理论的本质特征，也用这种体现其本质特征的理论研究中国的文学。但在这里，也就出现了一个问题。影响中国女性解放的现实社会条件及其价值观念体系本身就是不一样的，我们能否仅仅用西方女权主义理论的本质性规定说清中国女性解放的问题呢？我们能否对中国女性文学的发展和演变做出一个令人信服的合理阐释呢？西方的马克思主义到了中国，就成了毛泽东思想，这说明中国的革命虽然受到西方马克思主义的影响，但到了中国，中国人就有了主动性，不是西方文化中的马克思主义了。我认为，中国的女性解放，也得这样，也得理出中国女性解放的一个头绪来，不能像王明那样只将西方的马克思主义理论讲得天花乱坠，一到实际问题上，不但解决不了问题，反而把问题越弄越复杂，越弄越不利于自己。在这时，我认为，暂时离开女权主义文化理论和女性文学的本质主义规定，而回到对中国女性解放运动和女性文学发生、发展情况的具体考察中来，就是十分必要的了。

张莉的《浮出历史地表之前——中国现代女性写作的发生》①，就是在发生学的意义上对中国近现代女性文学的考察。它较之那些用西方女权主义文学理论直接阐释和分析中国现代文学作品的女性文学研究，更多地离开了本质主义的考察，而进入到中国现代女性文学自身生成与发展的历史性的描述之中来。但在这里，她几乎本能般地从中国女性文学的发展史上揪出了一个带有本质性的文学现象——中国近现代女性文学首先是在女学生中间发生的，因而中国近现代女性解放运动和中国近现代女性文学，特别是在开始阶段，也带有鲜明的女学生的文化特征。

我认为，张莉在这里似乎说的是尽人皆知的一个简单的历史事实，但对于中国女性文学研究乃至中国的女性解放理论却是一个非常重要的发现。我这里用"重要"这个词，一点也不感到牵强。因为在我看来，女性之受到男权主义的压迫，是西方女权主义理论早就揭示出来的一个本质主义的命题，不过一旦将问题转向中国女性解放和中国女性文学的发展，首要的问题就应当是这个发生学的问题，这个中国女性解放理论和中国女性文学的发源地的问题。

如上所述，中国古代是一个家国同构的社会，中国女性的命运是在这个家国同构的社会结构中先天地被注定了的。也就是说，只要中国社会还是一个家国同构的社会，任何女性的个人命运的改善都是个别的、偶然的、随时都可以发生逆转的文化现象，而女性受到男权主义的压迫则是一个普遍的、绝对的、不可逆转的铁的历史事实。在中国古代，也有像吕后、武则天、慈禧太后这样的女性政治家，像蔡文姬、李清照这样的女性文学家，甚至也有像妈祖这样被广大社会群众供奉的女性神灵，但只要家国同构的社会结构没有发生根本性质的变化，她们在其本质上都是借助男性的权力而实现个人命运的改善的，而并不意味着中国女性的真正解放和中国女性社会地位的真正提高。在这里，也就有了一个中国真正的女性解放的社会空间的问题。在这个社会空间中，家国同构的社会关系开始发生根本的变化，男女两性的关系不是在家庭经济关系和国家政治关系的基础上建立起来的，而是在真正意义上的男女两性的平等关系中建立起来的，尽管这种关系还会带有传统社会的传统思想的严重影响，甚至也无法完全摆脱外部社会的控制和制约，但在其内部孕育和生长着的却是真正意义上的男女两性的关系，而在这种关系中也就孕育着真正意义上的女性解放的思想，在其文学表现上也就有真正意义上的女性文学的因素。那么，在中国近现代社会的演变和

---

① 　张莉：《浮出历史地表之前——中国现代女性写作的发生》，南开大学出版社 2010 年版。

发展中,这样的文化空间在哪里呢?不就是学校教育空间吗?在其中体现女性解放的愿望和曲折地表达出这种愿望的,不就是女学生的文学吗?

二

直到现在,中国的学校还是够复杂的,在学校教书的教员和学生也是五花八门的,并且它确实既不像中国古代的学校那样高雅,也不像西方的学校那样纯洁,什么乌七八糟的东西都可能在中国学校之内发生。但与此同时,我们也必须看到,中国现代文化中的一切新因素,也都是在中国现代学校中萌芽的。为什么呢?因为在从家国同构的中国古代社会向中国现代社会过渡的过程中,学校几乎是唯一依照现代社会的基本原则建构起来的一个准社会空间。我们说它是"准"社会空间,是因为它还不是一个完整形态的社会空间,学生也还不是一个完整意义上的社会成员,社会上无法避免的政治、经济的权力关系还无法完全进入到学校教育和大学生的现实生活之中去。但也正是因为如此,在其中也孕育和发展着一种新的社会关系,适应中国古代家国同构的社会形态建构起来的忠孝节义等一整套的思想原则在这个社会空间已经不具有关键的意义,只要摆脱掉从外部社会带来的等级观念,在同学与同学之间自然建立起来的关系是平等的,而在这种平等的关系中自然孕育着的则是一种新的人的观念。中国现代学校与中国古代的私塾教育在其本质上就有两个根本的差别:其一,中国古代的私塾教育在其本质的意义上完成的就是将学生由"家"向"国"的转运任务,因而其教育的内容也是将家庭的自然伦理关系转化为国家意识形态的政治伦理关系,与家国同构的中国古代社会有着高度的适应性,而中国现代教育则是为"社会"输送可以承担特定社会责任的"个人",其观念是在"社会—个人"的复杂多变的关系中建构起来的;其二,中国古代私塾是一个单性的(男性的)社会群体,而中国现代学校则是男女两性共同构成的社会空间。男女两性的关系在这个社会空间中是趋于平等的。不难看出,这同时也是孕育女性解放思想和女性文学的一个社会空间。

当张莉将中国近现代早期的女性文学定义为女学生文学,我们几乎在本能上就感觉到了中国近现代女性文学与西方女性文学的根本性的差异。这种差异就是"本质区别",就是"特征"。我们看到,当张莉将中国近现代早期的女性文学定义为女学生文学的时候,我们是不会产生多么大的异议的,但我们却绝对不能将西方早期的女性文学也定义为女学生文学。在这里,就看出二者的差别来了。显而易见,这种差别,首先不在于中国现代女性与西方现代女性所倡导的思想理论有什么不同,而在于中国古代文化与西方古代文化以及所造就的人与人的具体社会关系本身就是不同的。在这时,也只有在这时,我们才能看到,中国的女性文学研究是不能仅仅依靠西方女权主义文学理论的本质主义的规定的,而必须回到中国的社会现实和文化现实中来,必须在中国社会现实和文化现实的基础上感受和理解中国女性的解放之路,必须在中国社会现实和文化现实的基础上感受、理解和阐释中国的女性文学作品。没有西方化就没有中国女性文学和女性文学研究的发生,所以我们不能从根本上否定西方文化对中国文化的影响,但与此同时,我们也不能只有西方化而没有中国化,没有中国化的西方化起到的只是圣化西方的作用,只是将西方文化当成包治百病的灵丹妙药而顶礼膜拜的作用,而不是促进中国文化和中国社会的具体发展的作用。

毫无疑义,中国古代文化和西方古代文化都是男权主义的文化,在这种文化中女性是没有与男性的平等权利的,是受压迫的,但套在女性脖子上的绳索在西方与在中国却是不同的。西方文化从古希腊时代起就是一种社会性质的文化,而不是在家国同构的社会中以家庭伦理为基础生成和发展起来的政治伦理文化。西方女性在西方社会上的地位是随同西方社会观念的整体变化而逐渐变化的,并且是与西方女性自身的挣扎与反抗紧密联系在一起的。而在家国同构的社会上,在以血缘亲情关系为基本联系纽带的中国社会里,女性是不可能仅仅依靠自身的力量而挣得自己的自由和解放的,她必须依靠与男性的合作,首先挣脱这种以血缘亲情关系为基本联系纽带的伦理道德观念的束缚,而后才能够在现代社会的联系中取得自己独立反抗的力量。这里的道理是不难理解的,如果一个男人杀死自己"红杏出墙"的妻子不但不会受到社会的制裁反而会受到社会的鼓励和赞扬的话,这个女性是无论如何也无法为自己争取到自由的权利的。在这时,首先需要的是包括男性在内的全部社会成员承认在法律面前男女平等的权利,而后才有女性为自己争取更大社会权益的可能。不难看到,这种真正意义上的男女平等的观念,在中国,最初几乎只有在现代学校的同学之间的关系中才能自然地生长起来。只有在这种关系中,女性才是一个独立的个人,男女两性的联系才是个人与个人之间的平等联系,在此基础上发生的恋爱关系则是两个独立的个人的情爱联系,由此导致的婚姻至少在最初的阶段是平等的,而不是男性对女性的占有和压迫。

在西方,女性也是受压迫的,但这种受压迫的地位主要是由于其在社会政治关系和社会生产关系中的地位所决定的,女性没有公民权,不能直接参加社会的管理,在生产关系中也处于被动的地位,女性的声音在整个社会文化中是极其微弱的,但男女两性的爱情关系(即使是婚外的爱情关系)在西方文化中是得到更多的承认的,西方文学也为西方女性留下了更大一些的社会文化空间。在古希腊,萨福是一个女性诗人,同时也是古希腊一个最杰出的抒情诗人;在中世纪,西方文学的枯萎是男女两性文学的同时枯萎,其原因是神学对人文的压迫,而不主要是男性对女性的压迫。而在中世纪宗教神学里,由亚当与夏娃所暗示的两性关系,尽管夏娃处于从属的地位,但整个人类却是由男女两性共同构成的,这较之中国传统儒家文化以父子为主导的社会关系模式到底为女性留下了更高的社会地位,两性爱情也是作为整个人类的主要联系纽带而得到重视和肯定的;文艺复兴之后,女性的形象就以十分显赫的地位出现在男性的文学中,像彼特拉克这样的桂冠诗人几乎都是爱情诗人,这种传统一直持续到西方的浪漫主义时代。我认为,西方的启蒙主义时代实际是西方女性正式进入社会文化领域的时代,尽管在法国启蒙运动中活动在前台的是伏尔泰、狄德罗、卢梭这样一些男性的启蒙思想家,但在其背后主持着当时文化沙龙的却是一些贵族夫人,一些贵族女性。不难看出,这些贵族女性正是西方女性文学作家的前身。法国的斯台尔夫人、乔治·桑这些贵族女性成了西方最早的一批女性文学作家。直到 19 世纪,作为个人而言的西方女性作家的艺术成就已经达到了与男性作家可以并肩比美的高度,夏洛蒂·勃朗特的《简·爱》、艾米莉·勃朗特的《呼啸山庄》、奥斯汀的《傲慢与偏见》,同当时最优秀的男性作家的作品一起,成了西方文学史上的经典。所有这些西方女性作家,都不是作为女学生而进入西方文坛的,她们的作品都有一个十分广阔的社会背景,她们作品的女主人公的命运都是在这个十分广阔的社会背景上被铸定的,而其中也不难看到她们自己的独立挣扎和反抗……也就是说,在西方的文学史上,没有任何一个历史阶段的女性文学主要由女学生文学构成,这与中国近现代的女性文学是不同的。

只要意识到中国早期的女性解放运动实际上只是中国女学生的思想解放运动,中国早期的女性文学,实际上只是中国女学生的文学,我们就能够看到,迄今为止的中国女性解放运动和中国女性文学的发展道路与西方的女性解放运动和西方女性文学的发展道路是有根本不同的路向和特征的。如果说西方女性文学在整体上自始至终都是沿着一条"向自我"、"向女性"的道路发展的话,迄今为止的中国女性文学则是沿着一条"向他者"、"向社会"的道路发展的。我认为,这种不同也是不难理解的:在西方,女性开始时不是"政治人",不是"经济人",但至少在观念上还是一个"社会人"。西方女性这种"社会人"的性质是通过与男性的爱情关系得到观念上的认可的。在西方的爱情关系中，男女两性都是独立的个人，其中任何一方都有爱或不爱对方的权利，整个社会则是由这种各自具有爱与不爱的独立性的两性共同构成的。西方女性之受压迫，不是在爱情关系本身就不平等，而是在社会的政治、经济关系中是不平等的。这种不平等也严重影响到男女两性婚姻关系的不平等，但在观念上的两性爱情关系中女性还是作为一个独立的社会人而存在的，也是得到整个社会的承认的。我认为，正是西方女性这种"社会人"的资格，使其在西方启蒙运动"自由、平等、博爱"的思想旗帜之下，获得了在观念上与男性完全平等的权利，西方女性也越来越多地进入一向被男性所独占的各个不同的社会领域。在这时，她们首先关心的已经主要不是自己自由恋爱的权利，而是在这样一个一向由男性独占的社会上女性自身的生存和发展的问题。她们必须在这样一个社会上为自己找到生存和发展的空间，从而也越来越感到自己与男性社会成员的不同，越来越感到自我在这个一向由男性独占的社会上的举步维艰。不难看出，西方当代女权主义文化理论与西方当代女性主义文学就是在这个基础上发展起来的，它所提出的已经不是女性与男性在社会关系中的平等权利问题，而是在这种平等权利背后的不平等的问题，这种不平等已经不是男女两性共同感知的理性上的不平等，而是只有"姐妹们"才能共同感受和体验到的不平等。

在这个意义上，迄今为止的西方女性解放运动和西方女性文学在西方社会历史上经历了三个历史发展阶段，而女权主义理论和当代女性主义文学则标志着它的第三个历史阶段的开始。在第一个历史阶段，西方女性除了在与男性的爱情关系中享有观念上的独立性之外，在所有其它的社会关系中，都没有自己的独立地位，少量的女性文学作品也没有表现出对社会政治、经济、文化现实状况的整体关怀；启蒙运动之后是西方女性正式进入西方社会及其文化的历史阶段，这个历史阶段是西方女性争取与男性平等的社会权利的阶段，其文学作品也像男性文学一样具有了整体的社会性质，其内部和外部的社会空间都得到了与男性文学同等规模的开拓。西方当代女权主义文化理论与女性主义文学是在西方女性广泛进入西方社会、在观念上已经获得了与男性完全平等的权利之后生成与发展起来的。在这个历史阶段，西方女性从上个历史阶段的女性个人主义逐渐走向女性集体主义，标志着西方女性已经明确地作为一个独立的社会弱势群体走上了西方文化的历史舞台。它所提出的问题，已经不是个别女性自身的前途和命运的问题，而是女性文化在整个人类文化中的地位和作用的问题。西方女性解放运动和西方女性文学的发展道路，从整体上来说，走的是一条不断回归自我、回归女性的道路,并且越来越强化了依靠自身的努力以实现自我的独立追求目标的性别特征。中国现当代女性解放与女性文学的发展道路则与此不同,这种不同在很大程度上是由于它是从女学生文化开其端的。

三

在中国古代家国同构的社会关系中,女性在理念上就是作为一个有生殖能力的"自然人"而被看待的,不论从任何角度都不具有"社会人"的性质。中国现代女学生标志着中国女性从"自然人"向"社会人"的转变,但这种转变还不是整体意义上的转变,女学生的文学也不是整体意义上的社会文学。从西方输入的所有妇女解放的理论,对于这些女学生而言,除了恋爱自由、婚姻自主的主张具有严格的现实性之外,其余的一切还都停留在社会理想的层面上,而不是在其亲身的人生经历和人生体验基础上形成的相对稳定的世界观念和人生观念。如果说我们从《简·爱》《呼啸山庄》《傲慢与偏见》等作品中,感受到的是这些西方女性作者的"入世后"的丰满;我们从20世纪20年代的陈衡哲、冰心、庐隐、冯沅君、凌叔华等中国女性作者的作品里,感受到的则是她们"入世前"的单纯。显而易见,此后的中国女性文学,实际是在这种女学生文学的基础上逐渐向外浸润的,但从学校教育空间向任何一个方向的扩散,遇到的都是在家国同构的中国社会中生成和发展起来的伦理道德观念的挤压和封堵。对于中国女性的独立意识而言,现代学校教育仅仅是一个规模狭小的温室,并且只能在这个温室中度过极为短暂的时间。当中国女性一旦脱离开这个温室,所介入的实际社会关系都不能不是在家国同构的社会上所早已构成的各种不同形式的社会关系,这些女学生本人所感到的,也不再是逐渐强化自己的独立意识的需要,而是如何适应中国现实社会条件,并在这种条件下求得自身生存和发展的需要。在这时,中国的女性与中国的女性文学实际是沿着向他者、向社会的方向发展的。理解他者、迁就他者,理解社会、迁就社会,实际是这个发展阶段的总趋势。

到了20世纪30年代,丁玲、萧红等女性作家仍然表现着从女学生向社会女性转化的特征。丁玲的《梦珂》《莎菲女士的日记》,萧红的《生死场》《呼兰河传》之所以表现出某种程度的融情入理、情理交融的特征,不是因为她们已经具有了包法利夫人(福楼拜《包法利夫人》)、简·爱(夏洛蒂·勃朗特《简·爱》)、安娜·卡列尼娜(列夫·托尔斯泰《安娜·卡列尼娜》)这些西方女性的独立承担能力,而是因为她们仍然是睁大着女学生的好奇的眼睛而观看着这个由男性独占的现实世界的,她们在校门内所体验到的令自我感到鼓舞、奋发的独立性(女性),现在则成了她们悲剧感受乃至悲剧命运的根源,她们面对这个家国同构的现实社会是束手无策、无所作为的。丁玲的创作道路向我们揭示的是,一个中国现代女学生如果不安于自己的无所作为,就必须走出自己、走出女性,而在一向由男性独占的现实世界上找到自己的位置,找到自己存在和发展的空间。但在这里,我们看到,丁玲实际是在男性意识和女性意识之间穿来穿去的:她要在现实世界里获得自己的一席合法的地位,就必须放弃自己已有的女性的独立立场而以她所隶属的社会整体的要求阐释世界和表现世界,而这个整体的立场是不能容纳她作为一个女性的独立立场的。这使她后来的作品失去了完全统一的思想脉络和艺术脉络,失去了统一的风格特征。始终保持了自己的艺术风格的统一性的是 20 世纪 40 年代走上文坛的张爱玲。但张爱玲描写的恰恰不是一些在现实社会谋求自身存在和发展的社会女性,而是一些停留在自然人阶段的小市民女性。这些女性像中国古代的女性一样,没有自己独立的政治、经济、文化的地位,必须接受男权社会的保护和豢养。张爱玲站在现代女学生的思想高度俯瞰这些女性,表现出了游刃有余的气度,但她自己却也停留在一个现代女学生的思想高度上。当代张爱玲研究者常常称张爱玲为"才女",而这个"才女"的称号恰恰将其从女性中独立出来,而与男性的"才子"结成了一个有机整体。实际上,如果仔细体味,"才女"其实就是毕业后的"聪明的女学生","才子"则是毕业后的"聪明的男学生"。在学校里,"聪明的女学生"相对于"聪明的男学生"是有完全的独立性的,甚至是有身份上的优越感的;但到了社会上,"才女"就成了"才子"的附庸。"才子"向来是以占有"才女"为荣的,而"才女"则是在"才子"的这种强烈的占有欲望面前感到卑屈和无奈的。《小团圆》的出版,将张爱玲与胡兰成的这种微妙的两性关系暴露无遗——张爱玲较之丁玲走的更是一条屈从于现实社会、屈从于男性文化的道路。

中国现代女性这种整体上"被解放"的性质,我们完全可以从这样一个事实得到证明:在中国现代文学史上,最丰满的社会女性形象,不是由女性作家塑造出来的,而是由那些关心女性解放的男性作家塑造出来的。20 世纪 20 年代的子君(鲁迅《伤逝》)、女娲(鲁迅《补天》),20 世纪三四十年代的繁漪(曹禺《雷雨》)、陈白露(曹禺《日出》)、金子(曹禺《原野》)、瑞芳(曹禺《北京人》)、蔡大嫂(李劼人《死水微澜》)、春桃(许地山《春桃》)等等女性形象,之所以较之中国现代女性作家笔下的女性形象更加光彩照人,显而易见,主要不是由于作家的性别关系,而是因为女学生的人生观念带有更加明显的温室效应,并不足以承担两千年家国同构的中国社会加在中国女性身上的沉重压力,它需要的同样是切切实实的挣扎和努力。1949 年以后的中国社会,在提高女性社会地位方面所做的工作可以说是最多的,这一方面表现在学校教育规模的迅速扩大和女学生比例的迅速提高,另一方面则表现在男女平等观念的广泛宣传和普及,但所有这些都没有体现在中国女性文学创作的真正繁荣中。这里的原因是十分明显的,因为在这种"被解放"的形式下,真正的女性意识是无法得到切实的提高和实质性的发展的。我们看到,中国女性解放和中国女性文学在"文化大革命"结束之后的再一次起飞,仍然是在本质上属于后女学生文化的女知青文化的基础上实现的,而本质上同样属于后学生文化的研究生文化,则从西方女权主义文化理论和女性主义文学理论中,为这个时期的中国女性解放和中国女性文学的发展找到了理论上的说明。但是,我们必须看到,从 20 世纪 90 年代开始的中国女性解放和中国女性文学,除了少数的例外,走的仍然不是向自我、向女性的发展道路,而是适应中国现实社会条件的向他者、向社会的发展道路。在中国女性文化理论和中国女性文学迅速发展的同时,底层社会妇女的生存状态不但没有得到更大的改善,反而呈现出极度恶化的状态,这是不能不引起中国女性作家的注意的。

总之,我认为,张莉《浮出历史地表之前——中国现代女性写作的发生》这一论著所提出的问题是至关重要的,它使我们换一种眼光看待中国女性文学的发展,换一种中国女性文学的研究思路。至于它的写作本身,我认为,也呈现出一种切实而不浮夸的特色,资料的工作做得是很到家的,用事实说话,而不流于"婆说婆有理,公说公有理"的花样翻新。

女性文学研究

——话语重构及其向度

董丽敏

中国女性文学在学科和话语体系的重构与创新中,需要考虑纵向的历史维度和横向的全球跨度。当代中国妇女研究的主流范式在很大程度上源于 20 世纪 80 年代开风气之先的女性文学研究。而女性文学研究在当代中国的兴起,在今天看来,不只是作为"女性文学"这一 20 世纪 80 年代文学新生事物的伴生物而出现,更应被视为肇始于 20 世纪 70 年代后期的社会转型表现在知识生产上的一种结果——一方面,深植于新中国妇女解放的历史实践经验,女性文学研究尽管在兴起之初关注女工文学、工作妇女等,在一定程度上承袭了马克思主义妇女解放学说的气质,然而对两个"三十年"关系处理的无力及由此产生的简单"断裂"思维,使得女性文学研究其后与当代中国历史实践及其独特经验渐行渐远;另一方面,基于"拨乱反正"的特殊历史语境,在知识界强烈的"新启蒙"意识下,欧美发达资本主义国家的女性主义特别是自由主义女性主义裹挟在"改革开放"的"现代化"大潮中长驱直入,在"去历史""去政治"乃至"去国家"的策略下逐渐获得了存在合法性[①]。

20 世纪 90 年代之后,这种话语争夺更是演化为一场看似一边倒的西学

题解 本文原载《妇女研究论丛》2016 年第 4 期,是该刊编辑部组织的"学习习近平总书记哲学社会科学工作座谈会重要讲话专家笔谈"文章,提出了中国女性文学理论话语体系的重构和创新问题。文章认为女性文学研究需要摆脱自居边缘的亚文化心态,以介入主流知识生产的开放姿态,处理好自身与中国本土妇女运动传统特别是与新中国社会主义妇女解放实践之间的关系,处理好与全球新自由主义思潮之间的关系,清理基于原子化"个人"的社会性别话语及由此产生的以"中产阶级女性"为核心的性别利益诉求产生的问题,以重建"劳动妇女"为主导力量的新的"妇女共同体"作为出发点,在强调"女性解放"阶级性的逻辑起点上,重新定位女性书写以及女性主义的主攻方向,摆脱从理论到理论的话语建构思路,直面中国的妇女解放实践经验,探寻出具有生产性与影响力的新概念、新思想与新话语,实现自身话语系统的有效重构并真正取得话语领导权。

① 宋少鹏:《资本主义、社会主义和妇女——为什么中国需要重建马克思主义女权主义批判》,《开放时代》2012 年第 12 期。

东渐过程:藉由与新自由主义互为支撑的全球经济一体化浪潮,借助第四届世界妇女大会在中国召开的契机,欧美发达资本主义国家的女性主义更是通过全球旅行似乎成了一种毋庸置疑的"常识性"存在,进入中国知识生产的方方面面,其中,新自由主义女性主义更是当仁不让地成为了最受瞩目的理论流派。体现在女性文学研究领域,就是"女性主体""身体写作""姐妹情谊"等一系列由新自由主义思潮推演出来的立足于原子化"个人"的社会性别话语概念风靡一时,使得建筑于其上的女性文学研究日益成为了一种背离历史语境同时又与主流文化相脱节的自娱自乐的亚文化式的存在①。

可以说,最近30多年来,女性文学研究经历了域外女性主义话语大规模植入的过程,这种"西风压倒东风"的所谓话语转型,既是脱离本土妇女解放经验而走向空洞化的过程,也是欧美发达资本主义国家的女性主义作为"地方经验"仰仗全球资本主义的力量似乎毫无阻滞地"普适化"过程。因而,作为当代学术话语生产的一种缩影,当前中国的女性文学研究对内很难与主流学界有效对话而真正建构学科价值,对外也往往被指认为是欧美发达资本主义国家女性主义的简单复制而处于"有理说不出、说了传不开的境地"②。中国女性文学研究的这一尴尬处境,在很大程度上印证了习总书记在哲学社会科学工作座谈会上的讲话中所批评的问题:"哲学社会科学发展战略还不十分明确,学科体系、学术体系、话语体系建设水平总体不高,学术原创能力还不强。"③ 这无疑是值得进一步深思的。

女性文学研究领域所存在的失语、失声与失效问题,表面上看,是自身知识生产的问题,然而,从深层次说,其实是20世纪80年代之后整个中国人文社科领域知识生产丧失话语权的一种表现。因而,要想很好地处理这一问题,正如习总书记讲话中所指出的,"要围绕我国和世界发展面临的重大问题,着力提出能够体现中国立场、中国智慧、中国价值的理念、主张、方案"④。立足于这样的格局,显然,不仅仅是要回到女性文学研究内部,还需要放在更为开阔的政治经济学分析格局中,女性文学研究才能看清楚自身面临的困境及其症结所在,进而寻找到话语重构的突破口。

正是在这样的前提下,中国女性文学研究如何在文化自觉的意义上重构

---

① 董丽敏:《"政治化"性别:走向"公民社会"? ——以"后社会主义"中国为场域的考察》,《开放时代》2016年第1期。

②③④ 习近平:《在哲学社会科学工作座谈会上的讲话》,新华网,http://www.xinhuanet.com/politics/2016-05/18/c_1118891128.htm,2016年5月18日。

理论话语体系,重塑自己在特定历史情境中的主体位置,就成为当务之急。从推动当代中国社会良性发展的角度来说,这种主体位置的获得,不只是需要通过推动女性文学重构与当代中国社会发展之间的回应关系,来有效应对中国社会转型之于公正的两性关系想象乃至社会公平理论再造的重大需求;更为重要的是,女性文学研究需要藉此来推动当代中国妇女研究实现自身从失语、跟跑到对话再到领跑的角色身份转变,通过回归本土妇女解放历史实践来消除国际学界在"后冷战"心态下对其的有意误读甚至污名化,在重建存在合法性的基础上探寻其可被"普遍化"的空间,才能参与国际话语权的有力争夺。

而要做到这一点,中国女性文学研究显然需要摆脱自居边缘的亚文化心态,而要以介入主流知识生产的开放姿态,处理好以下两个关键问题:

其一,需要处理好自身与中国的本土妇女运动传统特别是与新中国成立后社会主义妇女解放实践之间的关系。如果认识到女性文学研究乃至"女性主义"话语在今天所面临的理论困境,首先就是因为其与中国本土妇女解放运动以及中国社会历史实践之间存在明显"断裂"的话,那么,如何重建两者之间的"关联",就成为势之必然。而这种重建,不只是需要将"女性"从抽象的理论概念重新还原到具体的历史语境中去,使之从被狭隘的"女性主义"单一化为只有"女性意识"的"扁平角色"重新肉身化为具有"阶级""族群""国家"等多重身份的"圆形人物",从而推动女性文学研究重新接通地气;更为重要的是,我们可以借助这样的女性文学研究,打开讨论中国本土妇女运动传统特别是新中国成立后社会主义妇女解放实践的新空间——诸如可以在"国家在场"(而非西方"国家—社会"二元对立模式)的前提下来讨论女性主体构成的复杂性,从社会主义对于民间资源的征用与改造的层面上讨论中国妇女解放的独特性与有效性,等等,从而为打通"两个三十年"提供特定个案,为探索推动"社会主义中国"成为整全性概念贡献力量。只有这样,女性文学研究才能实现与当代中国的主流研究相互贯通、互为支撑。

其二,需要"以中国为方法"处理好女性文学研究以及"女性主义"话语与全球新自由主义思潮之间的关系。如果认识到最近 30 年中国女性文学研究乃至"女性主义"所使用的概念其实都来源于全球新自由主义逻辑框架,而这种框架其实正是制造全球不平等的经济分工/性别分工的渊薮的话,那么,局限在这一框架内,显然不可能真正找到改变不平等性别秩序的途径。由此,如何在全球新自由主义逻辑框架之外,发明可以对抗甚至超越这一框架的更有力量的概念工具,就成为激活中国女性文学研究以及"女性主义"内在能量的必由之路。对当下的女性文学研究而言,需要首先清理基于原子化"个人"的社会性别话语,以及由此产生的以"中产阶级女性"为核心的性别利益诉求产生的问题,以重建"劳动妇女"为主导力量的新的"妇女共同体"作为出发点,在强调"妇女解放"阶级性的逻辑起点上,重新定位女性书写以及女性主义的主攻方向;需要警惕全球新自由主义之于"地方"而非"国家"的询唤需求,突破欧美发达资本主义国家的女性主义将"国家"简单归入"父权制"文化的思路,借助记忆、情感、经验等文学作品特有的呈现社会历史的方式,通过对"公共生产""集体化""男女平等""妇联"等实践/概念的"历史化"再解读,寻求激活社会主义国家作为体制性力量之于"底层妇女"解放以及打破不平等的性别体制所曾经产生的意义,才能推动以此为基础的"社会主义女性主义"不仅是"中国的",而且是"世界的"。

中国特色的妇女研究显然是"具有重要现实意义的新兴学科和交叉学科"①,需要汲取多学科成果才能回应现实社会的急剧变迁;而作为其中重要组成部分的女性文学研究未来能走多远,很大程度上取决于其能否在当下错综复杂的知识生产格局中找准定位、找准担当、找准资源。只有摆脱从理论到理论的话语建构思路,直面中国的妇女解放实践经验,女性文学研究才能探寻出具有生产性与影响力的新概念、新思想与新话语,实现自身话语系统的有效重构并真正取得话语领导权。

---

① 习近平:《在哲学社会科学工作座谈会上的讲话》,新华网,http://www.xinhuanet.com/politics/2016-05/18/c_1118891128.htm,2016年5月18日。

编年简史

1949 年

2 月,白朗的小说集《牛四的故事》由光华书店出版。

3 月,陈学昭的长篇小说《工作着是美丽的》(上卷)由新中国书局出版,1979 年 10 月由浙江人民出版社出版了上下卷合集,1982 年 9 月出版续集。

4 月,郑敏的《诗集 1942—1947》由文化生活出版社出版。草明的报告文学集《解放区散记》由东北书店出版。

5 月,袁静、孔厥的长篇小说《新儿女英雄传》在《人民日报》下旬开始连载,9 月由海燕书店出版。根据小说改编的同名电影于 1951 年 3 月 8 日上映。

同月,草明的小说《原动力》由苏北新华书店出版。

7 月,丁玲在全国第一次文代会上做《从群众中来,到群众中去》的专题发言。丁玲等被推选为中华全国文学艺术界联合会全国委员会委员。

同月,葛琴的小说集《结亲》由群益出版社刊行。

8 月,曾克的小说《战地婚筵》在《文艺劳动》第 4 期上发表。

9 月 11 日,柳溪的小说《挑对象》在《人民日报》上发表,1950 年 5 月由大众书店出版同名小说集。

9 月 25 日,《文艺报》正式创刊,丁玲等任主编。

10 月 10 日,袁静的《〈新儿女英雄传〉的创作经验》在《光明日报》上发表。

10 月,丁玲的《太阳照在桑干河上》被译为俄文在苏联《旗帜》上发表。草明的小说集《遗失的笑》由上海文化工作社出版。

12 月 10 日—16 日,由颜一烟编剧的电影《中华女儿》为亚洲妇女代表会议献映。该片是新中国成立后拍摄的第一部抗战题材影片和获国际奖的影片。

本年,李伯钊的纪实小说《女共产党员》由大连新华书店出版。

1950 年

2 月 10 日,《文艺报》第 1 卷第 10 期发表了丁玲的《谈文学修养》。

3 月 25 日,张爱玲(署名梁京)的长篇小说《十八春》在上海《亦报》上开始连载,引起轰动,至 1951 年 2 月 11 日止。

4 月,宋庆龄在上海发起、创办《儿童时代》并亲自撰写创刊词。

6 月 1 日,《河北文艺》自第 8 期开始至 11 月 1 日第 13 期(第 2 卷第 1 期)刊载柳溪的《试谈写小说》及续篇(一至五)。

7 月 1 日,《人民文学》第 2 卷第 3 期发表了陈学昭对读者意见的回复《关于〈工作着是美丽的〉》。

7 月 24 日,张爱玲应邀出席上海市文学艺术工作者代表大会。

7月,杨沫的小说《苇塘纪事》由生活·读书·新知三联书店出版。

8月25日,《文艺报》第2卷第11期发表了丁玲的《跨到新的时代来》。

8月31日,茹志鹃的小说《何栋梁和金凤》在《文汇报》上连载。

9月10日,《文艺报》第2卷第12期发表了柳溪的小说《一个花生搓子》。

10月1日,《人民文学》第2卷第6期发表了草明的《写〈原动力〉经过》。

10月25日,《文艺报》第3卷第1期发表了丁玲的《创作与生活》。

11月,草明的长篇小说《火车头》由工人出版社出版。

本年,柳溪的小说《刘寡妇结婚》由东北新华书店出版,并获河北省1950年作品评奖小说甲等奖。张爱玲的小说《色·戒》《浮花浪蕊》《相见欢》写就,后收入《惘然记》。

1951年

1月,安娥的报告文学集《苏联大嫂》由劳动出版社出版。

同月,葛琴的电影剧本《女司机》由文光书店出版,由葛琴编剧的同名电影《女司机》由上海电影制片厂制作并于本年上映。

2月1日,李纳的小说《爱》在《人民文学》第3卷第2期上发表。

2月,袁静、孔厥的小说《生死缘》(又名《中朝儿女》)由海燕书店出版。柳溪的理论集《试谈写小说》由东北人民出版社出版。

3月,关露的儿童文学作品《苹果园》由工人出版社印行。

5月,安娥的报告文学集《从朝鲜归来》由劳动出版社出版。

6月,丁玲的散文集《欧行散记》由人民文学出版社出版。

7月,丁玲的散文集《跨到新的时代来》、白朗的小说《为了幸福的明天》由人民文学出版社出版。

8月,北京人民艺术剧院上演三幕九场原创歌剧《长征》,李伯钊为编剧、导演之一。

10月,安娥的报告文学《一个劳动英雄的成长》由劳动出版社出版。

11月4日,上海《亦报》开始连载张爱玲(署名梁京)的小说《小艾》,至1952年1月24日止。

11月10日,《文艺报》第5卷第2期发表了丁玲的《我读〈收获〉》。

11月,张爱玲的长篇小说《十八春》由上海亦报社出版。

12月1日,刘真的小说《好大娘》在《东北文艺》第4卷第5期上发表。

1952年

3月,丁玲的《太阳照在桑干河上》获苏联斯大林文学奖金二等奖,4月由人民文学出版社出版单行本。

4月1日,丁玲开始任《人民文学》副主编,至1953年8月。

4 月,草明的散文集《在和平的国家里》由东北青年出版社出版。

5 月 25 日,《文艺报》第 10 号发表了冯雪峰的《〈太阳照在桑干河上〉在我们文学发展上的意义》。

11 月,黄宗英的散文集《爱的故事》由上杂出版社出版。

本年,草明的小说《原动力》被翻译成捷克文,由捷克号角出版社出版。

1953 年

1 月 30 日,《文艺报》第 2 号发表了菡子 1952 年冬写于朝鲜前线的散文《在崭新的生活里:写给祖国的人们》。

2 月 1 日,菡子的散文《我从上甘岭来》在《人民文学》2 月号上发表。

2 月,陈学昭的小说《土地》、草明的《原动力》第 2 版由人民文学出版社出版。

5 月,于雁军的歌剧剧本《锁不住的人》由河北人民出版社出版。

7 月 15 日,菡子的小说《和平博物馆》在《文艺月报》7 月号上发表。

10 月 4 日,丁玲等任中国作家协会理事会副主席。

11 月 20 日,丁玲的散文《粮秣主任》在《人民日报》上发表。

1954 年

元旦至 7 月 1 日,张爱玲的长篇小说《秧歌》在香港《今日世界》上连载,7 月由香港今日世界出版社出版。

1 月,呆向真的小说《小胖和小松》、葛琴的电影文学剧本《三年》在《人民文学》1 月号上发表。

4 月 17 日,丁玲的散文《记游桃花坪》在《人民日报》上发表。

4 月,菡子的散文《松树下》在《人民文学》4 月号上发表。

5 月,逯斐的小说《小大夫》在《人民文学》5 月号上发表。

6 月,菡子的散文特写集《和平博物馆》由新文艺出版社出版。

7 月,陈学昭的长篇小说《工作着是美丽的》由作家出版社再版。丁玲在黄山开始创作《在严寒的日子里》。

8 月,刘真的小说《春大姐》在《人民文学》8 月号上发表。

9 月,陈学昭的新诗集《纪念的日子》由文化生活出版社出版。

10 月,草明的小说《诞生》、柳溪的"责任事故"在《人民文学》10 月号上发表。张爱玲的小说《赤地之恋》由香港天风出版社出版。

本年,丁玲的论文集《到群众中去落户》由作家出版社出版。

1951—1954 年,草明任东北文协副主席、东三省作协分会副主席。

1955 年

1月,舒慧的独幕剧《黄花岭》在《辽宁文艺》第3期上发表,6月又刊载于《剧本》6月号。

3月6日,茹志鹃的小说《妯娌》在《解放日报》上发表。

3月,丁玲的《生活、思想与人物》在《人民文学》3月号上发表。

4月,建筑学家、诗人、作家林徽因在北京病逝,享年51岁。

5月,刘真的小说集《春大姐》由中国青年出版社出版。

6月,刘真的小说《我和小荣》在《人民文学》6月号上发表。茹志鹃的三幕话剧《不带枪的战士》由文化生活出版社出版。

7月,林蓝的长篇儿童小说《杨永丽和江林》由少年儿童出版社出版。

同月,茹志鹃从南京军区转业到上海,任《文艺月报》编辑,1960年起转入专业创作。

10月8日,白朗的小说《在轨道上前进》在《人民文学》10月号上发表。

10月,茹志鹃的小说集《关大妈》由中国青年出版社出版。

10月—12月,冰心回故乡福建考察,其间开始写作《还乡杂记》。

11月,陈桂珍的独幕讽刺剧《家务事》在《黑龙江文艺》第21期上发表。

12月,柯岩的《儿童诗三首》在《人民文学》12月号上发表。

本年,刘畅园的长诗《雁来红的故事》由黑龙江人民出版社出版。

1956 年

2月,葛翠琳的童话《野葡萄》在《人民文学》2月号上发表。

3月,葛翠琳的童话集《野葡萄》由北京大众出版社出版。

5月,柳溪(耿简)的小说《爬在旗杆上的人》、季康的《蒙帕在幻想》在《人民文学》5月号上发表。安旗的《不能没有自由讨论》在《文艺报》第10号上发表。冰心的儿童文学《陶奇的暑期日记》由少年儿童出版社出版。郁茹的《曾大惠和周小荔》由广东人民出版社出版。

同月,林艺的电影剧本《马兰花开》由艺术出版社出版,由林艺编剧的同名电影由长春电影制片厂制作并于本年上映。

6月,冰心的散文《还乡杂记》、柯岩的诗《爸爸的眼镜》《小红花》在《人民文学》6月号上发表。草明的小说《爱情》在《中国妇女》6月号上发表。白朗的长篇小说《在轨道上前进》由人民文学出版社出版。

9月,韦君宜的小说《阿姨的心事》在《文艺月报》9月号上发表。

10月,丁玲的长篇小说《在严寒的日子里》前八章在《人民文学》10月号上发表。

11月,袁静、孔厥的长篇小说《新儿女英雄传》由人民文学出版社出版。

12月,逯斐的特写《森林里的女战士们》在《人民文学》12月号上发表。李纳的小说《姑母》在《新港》12月号(第6期)上发表。草明的小说集《爱情》由工人出版社出版。

1957年

1月31日,冰心的散文《小橘灯》在《中国少年报》上发表。

1月,柳溪的小说集《爬在旗杆上的人》由中国青年出版社出版。

2月,杨星火的长诗《波萝达娃》在《人民文学》2月号上发表。韦君宜的小说《女人》在《新港》2月号上发表。

3月2日,柳溪的文章《大胆的干预生活吧!》在《文汇报》上发表。

3月,柯岩的诗歌《小红马的遭遇》在《人民文学》3月号上发表。

4月,李纳的小说《女婿》在《人民文学》4月号上发表。杨星火的诗集《雪松》由新文艺出版社出版。杲向真的儿童文学《节日的礼物》由天津人民出版社出版。

6月23日,《文艺报》第12号发表了记者冯钟璞的综述《打开通向世界文学的大门》。

6月,冰心的《西郊短简》在《诗刊》6月号上发表。冰心等的儿童文学作品《小橘灯》由北京出版社出版。

7月,宗璞的诗歌《相思》在《文艺月报》"诗歌专号"7月号上发表。

同月,宗璞的短篇小说《红豆》在《人民文学》7月号上发表,引起广泛关注,在之后及"文革"中遭到批判。

同月,赵清阁的五幕话剧《贾宝玉与林黛玉》由新文艺出版社出版。

8月,陈学昭的长篇小说《春茶》(上卷)由作家出版社出版,部分章节曾在《东海》第3、4期上发表,浙江人民出版社1979年6月出版上下卷合集。

9月,刘真的小说集《林中路》由作家出版社出版。

11月,冯钟璞的童话《寻月记》由中国少年儿童出版社出版。

本年,柳溪的短篇小说《我的爱人》在《人民文学》第C1期上刊载。

柳溪到中国作家协会天津分会任专业作家,同年被错划为"右派",1979年改正后恢复工作。

1958年

1月,《文艺报》第2期发表了张光年的《莎菲女士在延安——谈丁玲的小说〈在医院中〉》。

同月,杨沫的长篇小说《青春之歌》由作家出版社出版,这是"十七年"文学的重要收获之一。

2月5日,茹志鹃的小说《在果树园里》在《文艺月报》2月号上发表。

3月5日,茹志鹃的短篇小说《百合花》在《延河》3月号上发表,这是作者的成名作。

3月18日,冰心的系列通讯《再寄小读者》开始在《人民日报》上分期刊载。

3月,姚文元的《莎菲女士们的自由王国——丁玲部分早期作品批判,并论丁玲创作思想和创作倾向发展的一个线索》在《收获》第2期上发表。

4月,《文艺月报》4月号发表了巴人的评论《谈小说〈青春之歌〉》。

5月,菡子的散文集《幼雏集》由中国青年出版社出版。袁静的《小黑马的故事》、曾克的散文集《遥寄祖国的孩子们》由中国少年儿童出版社出版。

6月,《人民文学》6月号刊载了茹志鹃的小说《百合花》;同期发表了茅盾的评论《谈最近的短篇小说》,对《百合花》给予高度评价。

同月,柯岩的话剧剧本《相亲记》由中国戏剧出版社出版。

7月28日,北京大学中文系海燕文学社文学评论组召开小说座谈会,配合当时的"反右",对宗璞的小说《红豆》进行批判。

9月,茹志鹃等的小说集《百合花》由人民文学出版社出版。

10月,王永生的《谈小说"青春之歌"》由上海文艺出版社出版。

本年,林子写下一组情诗《给他》。

1959年

1月5日,杨沫的《谈谈〈青春之歌〉里的人物和创作》在《文学青年》第1期上发表。

1月16日,《中国青年》第2期发表了郭开的文章,批评《青春之歌》"充满了小资产阶级情绪"。

1月26日,《文艺报》第2期开辟"讨论《青春之歌》"专栏,持续了三个月。

2月16日,《中国青年》第4期发表了茅盾的《怎样评价〈青春之歌〉?》,肯定"《青春之歌》是一部有教育意义的优秀作品"。

2月26日,《文艺报》第4期发表了郭开再评《青春之歌》的文章;同期又发表了余飘、刘茵等人的文章,指出郭开文章有不切合实际的评价。

3月1日,《中国青年》第5期发表了何其芳的《〈青春之歌〉不可否定》。

3月24日,茹志鹃的小说《高高的白杨树》在《收获》第2期上发表。

3月,黄庆云的儿童文学《不朽的向秀丽》由中国少年儿童出版社出版。

5月11日,《文艺报》第9期发表了马铁丁的《论〈青春之歌〉及其论争》,文章认为《青春之歌》是一部优秀作品,郭开的错误是小资产阶级"左"倾幼稚病的表现。

5月15日,茹志鹃的小说《如愿》在《文艺月报》5月号上发表。

5月,逯斐的小说集《森林在歌唱》由作家出版社出版。

7月8日,茹志鹃的小说《澄河边上》、杨沫的文章《谈谈林道静的形象》在《人民文学》7月号上发表。

8月8日,茹志鹃的小说《如愿》、草明的小说《姑奶奶》在《人民文学》8月号上发表。

8 月,季康与公浦合著的电影文学剧本《五朵金花》在《电影文学》第 8 期上发表,由长春电影制片厂摄制的影片《五朵金花》于国庆时在全国公映。

9 月 11 日,魏金枝的评论《茹志鹃作品中的妇女形象》在《文艺报》第 17 期上发表。

9 月,草明的长篇小说《乘风破浪》、杨沫的《青春之歌》修改稿中增写的七章《林道静在农村》在《收获》第 5 期上发表。《乘风破浪》由作家出版社出版。

同月,菡子的散文集《前线的颂歌》由人民文学出版社出版,茹志鹃的小说集《高高的白杨树》由上海文艺出版社出版。杨沫的《青春之歌》、菡子的《前线的颂歌》、袁静的《小黑马的故事》被列入人民文学出版社“建国十年来优秀创作”目录。

10 月,茹志鹃的小说《春暖时节》在《人民文学》10 月号上发表。

11 月,茹志鹃的小说《里程》在《上海文学》11 月号上发表。

12 月,《蜜蜂》杂志第 24 期附发了刘真的小说《英雄的乐章》。这本是作者应《人民日报》约稿,为新中国成立十周年而写,但还未公开发表就受到批判。

本年,由杨沫改编其同名小说,北京电影制片厂出品的电影《青春之歌》上映。

1960 年

1 月,冰心的散文《像蜜蜂一样劳动的人们》在《北京文艺》1 月号上发表。草明的小说《姑娘的心事》在《文艺红旗》1 月号上发表,《人民文学》2 月号刊载。冰心的散文集《我们把春天吵醒了》由百花文艺出版社出版。

2 月,杲向真的儿童文学集《小胖和小松》由作家出版社出版。

3 月 11 日,《文艺报》第 5 期发表了陈默的评论《红色女战士的光辉历程——几部新影片中的妇女形象》。

3 月,杨沫的《青春之歌》修改本由人民文学出版社出版。

4 月,冰心的小说散文集《小橘灯》、柯岩的儿童文学《“小迷糊”阿姨》由作家出版社出版。

6 月,茹志鹃的小说《静静的产院里》在《人民文学》6 月号上发表。

11 月,宗璞的小说《桃园女儿嫁窝谷》在《北京文艺》11 月号上发表。

12 月 14 日,冰心的评论《“一定要站在前面”——读茹志鹃的〈静静的产院里〉》在《人民日报》上发表。

本年,《蜜蜂》杂志、《文艺报》、《解放军文艺》分别发文批判刘真的小说《英雄的乐章》。

1961 年

1 月 5 日,茹志鹃的小说《三走严庄》在《上海文学》1 月号上发表。

3 月,侯金镜的评论《创作个性和艺术特色——读茹志鹃小说有感》在《文艺报》

第 3 期上发表。

5 月 10 日,陈敬容的诗《芭蕾舞素描》在《诗刊》第 3 期上发表。

5 月 20 日,冰心的散文《忆日本的女作家们》在《世界文学》5 月号上发表。

5 月,许广平的《鲁迅回忆录》由作家出版社出版,该书曾在《新观察》1960 年第 3 期到第 13 期上连载。

6 月 20 日,许广平的散文《仙台漫笔》在《人民日报》上发表。

6 月 25 日,宗璞的童话《湖底山村》在《人民日报》上发表。

6 月,茹志鹃的小说《同志之间》在《上海文学》6 月号上发表。冰心的散文《樱花赞》、茹志鹃的小说《阿舒》、菡子的小说《万妞》在《人民文学》6 月号上发表。

7 月,《文艺报》第 7 期发表了细言在一个座谈会上的发言《有关茹志鹃作品的几个问题》。

8 月 12 日,宗璞的散文《西湖漫笔》在《光明日报》上发表。

9 月,陈敬容的诗《假日后送女儿返学》在《人民文学》9 月号上发表。

12 月,魏金枝的《也来谈谈茹志鹃的小说》在《文艺报》第 12 期上发表。

1959 年至 1961 年,围绕茹志鹃的作品,文坛展开了一场风格题材问题的大讨论。

1962 年

2 月,冰心等出席在开罗举行的第二届亚非作家会议。

3 月 1 日,茹志鹃的小说《给我一支枪》在《解放军文艺》第 3 期上发表。

5 月 17 日,茹志鹃在上海市第二次文代大会上的发言《今年春天》在《解放日报》上发表。

5 月,菡子的散文集《初晴集》由上海文艺出版社出版。

7 月,冰心的散文《一只木屐》在《上海文学》7 月号上发表。宗璞的小说《不沉的湖》、李纳的小说《撒尼大爹》在《人民文学》7 月号上发表。

7 月 28 日—8 月 4 日,李建彤的长篇小说《刘志丹》上卷第二部在《工人日报》上连载。《刘志丹》后被诬为"反党小说"。

8 月,茹志鹃的小说集《静静的产院》由中国青年出版社出版。

10 月 4 日,韦君宜的小说《月夜清歌》在《北京文艺》10 月号上发表。

10 月,刘真的小说《长长的流水》在《人民文学》10 月号上发表。

11 月 11 日,黄宗英的影评《喜看〈李双双〉》在《文艺报》第 11 期上发表。

11 月,冰心的散文集《樱花赞》由百花文艺出版社出版。

1963 年

2 月,李纳的小说集《明净的水》由百花文艺出版社出版。

7月23日,黄宗英、张久荣的报告文学《特别的姑娘》在《人民日报》上发表。

8月,刘真的小说集《长长的流水》由作家出版社出版。柯岩的儿童诗集《我对雷锋叔叔说》由中国少年儿童出版社出版。

12月,益西卓玛的小说《清晨》在《儿童文学》第2期上发表,是其后出版的长篇小说《清晨》的一个片段。

1964 年

1月11日,黄宗英的《生活的主人,舞台的主人——大演现代剧目随想》在《文艺报》第1期上发表。

1月25日,茹志鹃的小说《回头卒》在《收获》第1期上发表。

2月23日,黄宗英的报告文学《新泮伯》在《解放日报》上发表。

3月10日,杨沫的小说《红红的山丹花》在《北方文学》3月号上发表。

3月,冰心的散文集《拾穗小札》由作家出版社出版。

6月12日,黄宗英的报告文学《小丫扛大旗》、冰心的《咱们的五个孩子》在《人民文学》6月号上发表。

7月11日,《文艺报》第7期发表了刘之淇的评论《读黄宗英的报告文学三篇——〈特别的姑娘〉〈小丫扛大旗〉〈新泮伯〉》。

1965 年

8月27日,《北京日报》发表了杨沫为纪念抗日战争胜利20周年而作的散文《素不相识的大娘》。

本年,张烨写下《牵牛花》《追求》《给安娜·卡列尼娜》等诗篇。

1966 年

8月23日,张爱玲的小说《怨女》开始在香港《星岛晚报》上连载,至10月26日结束。

本年,张烨写下了《你别这样恐惧》《迷惘之日》《逍遥?》《血城》等诗。

1967 年

本年,张烨写下了《丙午红魔》等诗。

1968 年

3月3日,作家、鲁迅先生的夫人许广平在北京病逝,享年70岁。

5月8日,作家施济美逝世,享年48岁。

7月10日,张爱玲的小说《怨女》由台北皇冠出版社出版。

7月,作家、翻译家、研究家彭慧逝世,享年61岁。

本年,台北皇冠出版社出版了《张爱玲全集》(第一套),1991年出版第二套,共15本。

1969年

3月,张爱玲由《十八春》改写的小说《半生缘》由台湾皇冠杂志社出版。

4月,"白洋淀诗群"女诗人赵哲写下了隐喻女知青命运的小诗《丁香》。

1970年

7月,杨绛被下放到钱锺书所在的河南罗山中国科学院哲学社会科学部的"五七"干校,至1972年同回北京。

本年,王安忆到安徽省农村插队,至1972年回上海。

1971年

5月,舒婷作诗《寄杭城》,这是作者现存的创作时间最早的诗歌。

本年,张烨写下诗《寓言》。赵哲写下诗《无题》,表现"从睡梦中警醒"的迷惘孤独的生命体验。

1972年

3月,刘青峰(笔名靳凡)的《公开的情书》完成第一稿,小说在《十月》1980年第1期上发表。

本年,杨沫开始创作长篇小说《东方欲晓》。

灰娃开始诗歌写作,有《路》《不要玫瑰》等作品。

1973年

2月2日,舒婷作诗《致大海》。

4月28日,作家、教育家袁昌英逝世,享年79岁。

6月,李小雨的《推土机手》《采药行》被收入铁道兵政治部编的《大地飞彩虹——铁道兵诗选》,由人民文学出版社出版。

本年,灰娃写下诗《墓铭》。作家张爱玲定居美国洛杉矶。

1974年

3月,演员、作家王莹逝世,享年61岁。

6月,作家、学者、教育家冯沅君病逝,享年74岁。

11月,陈若曦的小说《尹县长》在香港《明报月刊》11月号上发表,1985年在内地《收获》第5期上刊出。

12月,张烨写下诗《撒旦之歌》。

本年,铁凝写下第一篇小说《会飞的镰刀》,后被收入儿童文学集《盖红印章的考卷》(人民出版社1975年版)。

1975年

3月,《河北文艺》第3期"女作者诗页"发表了女工孙桂珍的《妇女架线队》等诗。陆星儿的小说《牛角》在《黑龙江文艺》第3期上发表。

4月,张烨写下诗《怀念——给已故情人》。

5月,张烨写下诗《彗星》。

6月,舒婷作诗《船》。

8月,舒婷作诗《呵,母亲》,后收入舒婷诗集《双桅船》。

11月,舒婷作诗《赠》《秋夜送友》《春夜》,后收入诗集《双桅船》。

1976年

1月7日,作家、中国第一位女教授陈衡哲去世,享年86岁。

1月13日,舒婷作诗《人心的法则》。

8月,剧作家、作词家、诗人、社会活动家安娥去世,享年71岁。

本年,张爱玲的自传体小说《小团圆》定稿后寄给香港的朋友宋淇夫妇。30多年后,原稿由台北皇冠文化出版有限公司于2009年3月出版,北京十月文艺出版社4月出版。

舒婷写下了《当你从我窗下走过》《心愿》等诗。

张烨写下了《一句话——怀念叔叔》等诗("文革"中,张烨得以保存下来的诗篇有100多首,其中有大量的爱情诗)。

70年代初,女知青周陲写有《情思(片段)》、长诗《幻灭——希望》。灰娃写下《我额头青枝绿叶》《穿过废墟穿过深渊》《只有一只鸟儿还在唱》等诗篇。

1972年至1976年,杨沫创作了长篇小说《东方欲晓》,并在"文革"后对其进行了重大修改定稿。

1977年

1月8日,周恩来总理辞世一周年之际,《人民日报》发表了柯岩的诗歌《周总理,你在哪里?》,引起千万人共鸣。

2月,杨沫的小说《在燃烧的大地上》(长篇小说《东方欲晓》选载)在《人民文学》第2

期上发表。

3月，叶文玲的小说《丹梅》在《人民文学》第3期上发表。

4月20日，德吉措姆的小说《骏马飞奔》在《西藏文艺》第2期上发表。

7月，舒婷创作了答北岛的诗《这也是一切》。

10月，茹志鹃的小说《出山》在《上海文艺》创刊号上发表。

同月，茹志鹃、韦君宜、叶文玲等参加了《人民文学》在北京召开的短篇小说创作座谈会。

11月，刘真的散文《知耕鸟》在《解放军文艺》11月号上发表。陆星儿的《北大荒人物速写》在《人民文学》第11期上发表。

12月，冰心、草明、韦君宜、柯岩等应邀参加《人民文学》编辑部召开的在京文学工作者座谈会。

1978年

1月20日，茹志鹃的小说《冰灯》在《人民文学》第1期上发表。

4月20日，柯岩的报告文学《奇异的书简》在《人民文学》第4期上发表。

5月20日，铁凝的小说《夜路》在《上海文艺》5月号上发表。

6月10日，柯岩的《科学大会诗稿》在《诗刊》6月号上发表。

6月，黄宗英的报告文学《美丽的眼睛》在《上海文艺》6月号上发表。宗璞的童话《花的话》在《人民文学》第6期上发表。

7月，冰心的散文《老舍和孩子们》在《人民戏剧》第7期上发表。张洁的小说《从森林里来的孩子》在《北京文艺》第7期上发表。谌容的长篇小说《光明与黑暗》由人民文学出版社出版。

9月17日，茹志鹃的《时代的足迹——〈百合花〉后记》在《光明日报》上发表。

9月，黄宗英的散文《星》在《人民文学》第9期上发表。茹志鹃的小说集《百合花》由人民文学出版社出版。杨沫的小说集《红红的山丹花》由北京出版社出版。

10月，王安忆的小说《平原上》、茹志鹃的评论《读铁凝的〈夜路〉以后》在《河北文艺》第10期上发表。李纳的小说《涓涓流水》在《人民文学》第10期上发表。

11月，张洁的散文《哪里去了，放风筝的姑娘》、张辛欣的小说《在静静的病房里》在《北京文艺》第11期上发表。已故作家冯伊湄的传记文学《未完成的画》由人民文学出版社出版。

12月10日—11日，陶斯亮的《一封终于发出的信——给我的爸爸陶铸》在《人民日报》上发表。

12月20日，宗璞的小说《弦上的梦》在《人民文学》第12期上发表。

12月23日，舒婷的诗《致橡树》在《今天》创刊号上发表。

12 月,菡子的散文小说集《万妞》由江苏人民出版社出版。

1979 年

2 月,茹志鹃的小说《剪辑错了的故事》在《人民文学》第 2 期上发表。

3 月,刘真的小说《黑旗》在《上海文学》3 月号上发表,张抗抗的小说《爱的权利》在《收获》第 2 期上发表。

4 月,舒婷的《致橡树》在《诗刊》4 月号"爱情诗"题目下发表,黄宗英的报告文学《大雁情》在《十月》第 1 期上发表。

5 月,茹志鹃的小说《草原上的小路》在《收获》第 3 期上发表。

7 月 15 日,张洁的小说《谁生活得更美好》在《工人日报》上发表。

7 月,舒婷的诗《祖国呵,我亲爱的祖国》在《诗刊》7 月号上发表,丁玲的小说《杜晚香》和《在严寒的日子里》(长篇小说连载)分别在《人民文学》第 7 期和《清明》创刊号上发表。

8 月,邵长青的小说《八月》在《北方文学》第 8 期上发表。竹林的长篇小说《生活的路》由人民文学出版社出版。

9 月,李甜芬的短诗《写在弹坑上》在《解放军文艺》9 月号上发表,丁玲的散文《"牛棚"小品》(三章)在《十月》第 3 期上发表。

10 月,李纳的长篇小说《刺绣者的花》在《清明》第 2 期上连载。李建彤的《刘志丹》由工人出版社出版。

11 月 20 日,柯岩的报告文学《船长》在《人民文学》第 11 期上发表。

11 月 25 日,戴晴的小说《盼》在《光明日报》上发表,12 月 2 日续完。

11 月,陈敬容的诗《老去的是时间》在《诗刊》11 月号上发表。张洁的小说《爱,是不能忘记的》在《北京文艺》第 11 期上发表,引起热烈反响和争论。

同月,丁玲等当选为中国作家协会第三次会员代表大会副主席。

12 月 16 日,张洁的散文《拣麦穗》在《光明日报》上发表。

12 月,宗璞的小说《我是谁?》在《长春》12 月号上发表。

本年,丁玲获得平反后回到北京,重新开始发表作品。

1980 年

1 月,林子的组诗《给他》在《诗刊》1 月号上发表。田芬(执笔)、钱曼兰的话剧《她》在《十月》第 1 期上发表。刘真的小说《英雄的乐章——献给十月》在《河北文艺》第 1 期上发表。茹志鹃的《儿女情》在《上海文学》1 月号上发表。龚巧明的《思念你,桦林》在《四川文学》第 1 期上发表。

同月,谌容的小说《人到中年》在《收获》第 1 期上发表,后被改编为同名电影上映,引起强烈反响。

2月，丁玲的散文《我所认识的瞿秋白同志》在《文汇增刊》第2期上发表。李玲修的报告文学《笼鹰志》在《人民文学》第2期上发表。韦君宜的小说集《女人集》由四川人民出版社出版。叶文玲的小说集《无花果》由上海文艺出版社出版。

同月，《福建文艺》自第2期开辟专栏，围绕舒婷诗作，就"新诗创作问题"进行讨论。

3月，陈敬容的诗《天空的明澈的眼睛》在《十月》第2期上发表。李惠薪的小说《老处女》在《北京文艺》第3期"女作家作品专辑"上发表。茹志鹃的《家务事》、冰心的《空巢》在《北方文学》第3期"女作家专号"（上卷）上发表。

4月26日，柯岩的报告文学《特邀代表》在《人民日报》上发表。

5月，舒婷的诗《双桅船》在《上海文学》5月号上发表。张抗抗的小说《夏》和《淡淡的晨雾》分别在《人民文学》第5期和《收获》第3期上发表，其短篇小说集《夏》由黑龙江人民出版社于1981年11月出版。宗璞的小说《三生石》在《十月》第3期上发表。

6月，叶文玲的小说《心香》在《当代》第2期上发表，其同名小说集由百花文艺出版社于1981年出版。益希卓玛的《美与丑》在《人民文学》第6期上发表。王安忆的成名作《雨，沙沙沙》在《北京文艺》第6期上发表，其同名小说集由百花文艺出版社于1981年出版。

9月，陈敬容的诗《黎明，一片薄光里》、冰心写于1936年的《一句话》在《诗刊》9月号上发表。王小妮的《假日·湖畔·随想》在《长春》9月号上发表。张辛欣的小说《我在哪儿错过了你?》在《收获》第5期上发表。遇罗锦的长篇小说《一个冬天的童话》在《当代》第3期上发表，引发激烈争论。

10月，马瑞芳的散文《煎饼花儿》在《散文》第10期上发表。新凤霞的《新凤霞回忆录》由百花文艺出版社出版。

11月，茹志鹃的《我写〈百合花〉的经过》在《青春》11月号"女作者专号"上发表。戴厚英的长篇小说《人啊，人!》由广东人民出版社出版。

12月，肖凤的《萧红传》由百花文艺出版社出版。

1981年

1月，郑玲的《小人鱼的歌》在《诗刊》1月号上发表。

2月，宗璞的小说《蜗居》、颜海平的十幕历史话剧《秦王李世民》在《钟山》第1期上发表。

同月，韦君宜任人民文学出版社总编辑。

3月，王海鸰的小说《她们的路》在《解放军文艺》3月号"女作者专辑"上发表。

4月，航鹰的小说《金鹿儿》在《新港》第4期上发表。舒婷写诗《惠安女子》，后收入《舒婷、顾城抒情诗选》。

5 月,张抗抗的小说《北极光》在《收获》第 3 期上发表。

6 月,乔雪竹的小说《遗忘在病床上的日记》在《安徽文学》第 6 期上发表,并在之后被改编为电影《十六号病房》上映。

7 月,白峰溪的五幕话剧《明月初照人》、张洁的长篇小说《沉重的翅膀》(连载)在《十月》第 4 期上发表。杨绛的散文集《干校六记》由生活・读书・新知三联书店出版,并由香港《广角镜》于 4 月号上刊载。

8 月,田芬的三幕十二场话剧《金子》在《剧本》8 月号上发表,并由中国戏剧出版社于 1982 年 3 月出版。晓钢的长诗《铜像》由山东人民出版社出版。益西卓玛的长篇儿童文学《清晨》由中国少年儿童出版社出版。朱虹的《美国当前的"妇女文学"——〈美国女作家作品选〉序》在《世界文学》第 4 期上发表。

10 月,王元美的八场话剧《秋风秋雨》(又名《鉴湖女侠》)在《新剧作》第 5 期上发表。

同月,王安忆的小说《本次列车终点》在《上海文学》10 月号上发表。傅天琳的诗集《绿色的音符》由四川人民出版社出版。

11 月,张辛欣的中篇小说《在同一地平线上》在《收获》第 6 期上发表,引起广泛关注和激烈讨论。

12 月 24 日,李天芳的散文《种一片太阳花》在《人民日报》上发表。

12 月,丁宁的散文《霜叶》在《上海文学》12 月号上发表。王安忆的小说《金灿灿的落叶》在《青春》12 月号上发表,引起关注和讨论。张洁的《沉重的翅膀》由人民文学出版社出版并引起强烈反响和争议。

本年,杨沫应邀出席在美国威斯理大学举行的"世界女作家讨论会"。丁玲、陈明应邀赴美参加"国际写作计划"活动。

1982 年

1 月,舒婷的诗《神女峰》在《绿洲》第 1 期上发表。航鹰的小说《明姑娘》在《青年文学》第 1 期上发表,并在之后被改编为同名电影上映。冰心的回忆录《记事珠》由人民文学出版社出版。

2 月,舒婷的诗《会唱歌的鸢尾花》在《诗刊》2 月号上发表。喻杉的小说《女大学生宿舍》在《芳草》第 2 期上发表,并在之后被改编为同名电影上映。方方的小说《"大篷车"上》在《长江文艺》第 2 期上发表。韦君宜的《洗礼》在《当代》第 1 期上发表。遇罗锦的小说《春天的童话》在《花城》第 1 期上发表,引发很大争议和批评。舒婷的诗集《双桅船》由上海文艺出版社出版。

同月,中国作协公布发展新会员 170 余名,其中女性 17 名。

3 月,张洁的小说《方舟》、陆星儿的《呵,青鸟》在《收获》第 2 期上发表。戴厚英的长篇小说《诗人之死》由福建人民出版社出版。阎纯德主编的《台港和海外华人女作家作品选》由福建人民出版社出版。

4月,问彬的小说《心祭》在《当代》第2期上发表。

5月,宗璞的小说《核桃树的悲剧》在《钟山》第3期上发表。

6月,张曼菱的小说《有一个美丽的地方》在《当代》第3期上发表。

7月,宗璞的散文《紫藤萝瀑布》在《福建文学》第7期上发表。柯岩的报告文学《癌症≠死亡》在《北京文学》第7期上发表。黄宗英的《橘》在《人民文学》第7期上发表。茹志鹃的自传体小说《她从那条路上来》、张辛欣的小说《我们这个年纪的梦》在《收获》第4期上发表。张抗抗的《张抗抗中篇小说集》由中国青年出版社出版。

8月,乔雪竹的小说《北国红豆也相思》在《花城》第4期上发表,其同名小说集由福建人民出版社于1983年11月出版,由小说改编的电影《北国红豆》于1984年上映。廖静文的传记文学《徐悲鸿一生》由中国青年出版社出版。方令孺的《方令孺散文选集》由上海文艺出版社出版。

9月,铁凝的成名作——短篇小说《哦,香雪》在《青年文学》第5期上发表,并在之后被改编为同名电影上映。王中忱、尚侠的《丁玲生活与文学的道路》由吉林人民出版社出版。

同月,张维安的《在文艺新潮中崛起的中国女作家群》在《当代文艺思潮》第3期上发表。

10月,舒婷、顾城的《舒婷、顾城抒情诗选》由福建人民出版社出版。

11月,王安忆的小说《流逝》在《钟山》第6期上发表。石楠的传记小说《张玉良传》在《清明》第4期上发表,并由人民文学出版社1983年7月以《画魂——张玉良传》为题出版,之后被改编为电影《画魂》上映。

12月,沈虹光(合作)的话剧剧本《五(2)班日志》在《长江戏剧》第6期上发表。

同月,作家关露逝世,享年75岁。作家苏青病逝,享年69岁。

1983 年

2月,唐敏的散文《怀念黄昏》在《青春》2月号上发表。

3月,陈慧瑛的散文《参星与商星》在《福建文学》第3期上发表。铁凝的小说《没有纽扣的红衬衫》在《十月》第2期上发表,并在之后被改编为电影《红衣少女》上映。

4月,朱虹选编的《美国女作家短篇小说选》由中国社会科学出版社出版。

5月,黄宗英的报告文学《小木屋》在《文汇月刊》第5期上发表。成平的小说《干杯,女兵们》在《昆仑》第3期上发表。

6月,陈敬容的《陈敬容选集》由四川人民出版社出版。王安忆的《王安忆中短篇小说集》由中国青年出版社出版。阎纯德主编的《中国现代女作家》由黑龙江人民出版社出版。

7月,程乃珊的小说《蓝屋》在《钟山》第4期上发表。

同月,吴黛英的《新时期"女性文学"漫谈》在《当代文艺思潮》第4期上发表。

8月,谌容的小说《杨月月与萨特之研究》在《人民文学》第8期上发表。

同月,石评梅著、杨扬编的《石评梅作品集(散文)》由书目文献出版社出版。《石评梅作品集(诗歌、小说)》与《石评梅作品集(戏剧、游记、书信)》分别于1984年2月与1985年2月出版,被选入"中国作家研究资料丛书"。

同月,茹志鹃等应邀赴美参加"爱荷华国际写作计划"活动,王安忆应邀随访。

9月,吴丽嫦的散文《枇杷树下》在《散文》第9期上发表。苏叶的散文《告别老屋》在《昆仑》第5期上发表。王英琦的散文《河,就是海?》、白峰溪的四幕话剧《风雨故人来》在《十月》第5期上发表(《风雨故人来》与作者1981年的《明月初照人》、1986年的《不知秋思在谁家》被并称为"女性三部曲")。张洁的小说《条件尚未成熟》在《北京文学》第9期上发表。徐小斌的《河两岸是生命之树》在《收获》第5期上发表。筱敏的诗集《米色花》由花城出版社出版。刘真的《刘真短篇小说选》由花山文艺出版社出版。

10月,景宜的小说《谁有美丽的红指甲》在《民族文学》第10期上发表。黄虹坚的《桔红色的校徽》在《花城》第5期上发表,其同名小说集由花城出版社于1989年出版。柯岩的《寻找回来的世界》在《长篇小说》第1期上发表,并在之后被改编为同名电视剧播出。陈敬容的诗集《老去的是时间》由黑龙江人民出版社出版。

同月,韦君宜任人民文学出版社社长。

11月,胡辛的小说《四个四十岁的女人》在《百花洲》第6期上发表。丁小琦的《女儿楼》在《昆仑》第6期上发表。董秀英的《最后的微笑》在《青春》11月号上发表。

12月,叶梦的散文《羞女山》在《青春》12月号上发表。

本年,翟永明开始写组诗《女人》,至1984年11月完稿。

1983—1986年,《白朗文集》(五卷,共四册)由春风文艺出版社出版,1994年出版第六卷。

1983—1995年,丁玲的《丁玲文集》(一至十卷)由湖南人民出版社、湖南文艺出版社陆续推出。

1984年

1月,边玲玲的小说《丹顶鹤的故事》在《民族文学》第1期上发表。

2月,铁凝的小说《六月的话题》在《花溪》第2期上发表。李子云的《净化人的心灵:当代女作家论》由生活·读书·新知三联书店出版。

3月,谌容的小说《错,错,错!》在《收获》第2期上发表。

4月,彭子冈的《子冈作品选》由新华出版社出版。阎纯德主编的《她们的抒情诗》由福建人民出版社出版。

5月,张洁的小说《祖母绿》在《花城》第 3 期上发表。王安忆的长篇小说《69 届初中生》在《收获》第 3 期上发表、第 4 期连载。陈素琰的《论宗璞》在《文学评论》第 3 期上发表。

6月,石尚竹的短诗《竹叶声声》在《山花》第 6 期上发表。

7月,钟文选编的《中国当代女诗人诗选》由贵州人民出版社出版。张洁的《沉重的翅膀》第 2 版修订本由人民文学出版社出版。

8月,马丽华的诗《我的太阳》在《诗刊》8 月号上发表。

9月,刘西鸿的小说《月亮,摇晃着前进》在《花城》第 5 期上发表。郁风的散文集《我的故乡》由百花文艺出版社出版。

11月,斯妤的散文《小窗日记》在《散文》第 11 期上发表。

12 月 27 日,顾骧的书评《她是她们的知音——读李子云的"当代女作家论"》在《光明日报》上发表。

12 月,中国作协第四次会员代表大会代表共 815 名,其中女性占 8%。

1985 年

1月,残雪的小说《污水上的肥皂泡》在《新创作》第 1 期上发表。

同月,老木编选的《新诗潮诗集》由北京大学五四文学社印行,其中选有舒婷的《致大海》等 36 首、王小妮的《印象二首》等 9 首、陆忆敏的《美国妇女杂志》等 2 首、杨榴红的《白沙岛》、翟永明的《女人》组诗及张真、马丽华、谢烨等人的诗作。

同月,丁玲等当选为中国作协第四届理事会副主席。

2月,张辛欣的《最后的停泊地》在《中国作家》创刊号上发表,方方的小说《十八岁进行曲》在《青年文学》第 2 期上发表。陈慧瑛的散文集《无名的星》由福建人民出版社出版。

3月,迟子建的小说《沉睡的大固其固》在《北方文学》第 3 期"青年女作者专辑"上发表。刘索拉的小说《你别无选择》在《人民文学》第 3 期上发表,其同名小说集被选入"文学新星丛书",并由作家出版社于 1986 年 3 月出版。

同月,罗飞主编的《女作家》(季刊)在银川创刊,王安忆等 16 人为编委。1987 年终刊,共出 12 期。

同月,《女子文学》(月刊)在石家庄创刊,由刘章主编,石家庄市文联主办。后主编更换。90 年代末《女子文学》全面改版走向市场,2004 年 3 月改为《女子文摘》。

4 月 19 日,逯斐的散文《潜水鸟之歌》在《人民日报》上发表。

4月,张烨的组诗《"大女"的心律》在《诗刊》4 月号上发表。王安忆的小说《小鲍庄》在《中国作家》第 2 期上发表。

同月,戏剧教育家、作家李伯钊在北京病逝,享年 74 岁。

5月,吴宗蕙的《小说中的女性形象》由湖南人民出版社出版。

6月,张莉莉的四场话剧《人生不等式》在《新剧作》第3期上发表。刘索拉的小说《蓝天绿海》在《上海文学》6月号上发表。傅天琳的诗集《音乐岛》由人民文学出版社出版。

同月,张抗抗在西柏林举行的国际女作家会议上作了《我们需要两个世界》的演讲。

7月,蒋子丹的小说《昨天已经古老》在《人民文学》第7期上发表,其同名小说集被选入"文学新星丛书",由作家出版社于1987年2月出版。董秀英的《马桑部落的三代女人》在《大西南文学》第7期上发表。谢望新的《女性小说家论》在《黄河》第3期上发表。

8月,残雪的小说《山上的小屋》在《人民文学》第8期上发表。林子的诗集《给他》由上海文艺出版社出版。

9月,作家龚巧明在西藏林芝的采访途中不幸遇难,年仅37岁。

10月,张烨的诗《红舞鞋》在《诗刊》10月号上发表。许雁的六场话剧《裂变》在《剧本》第10期上发表。阎纯德主编的《新时期女作家百人作品选》由海峡文艺出版社出版。

11月,蒋子丹的小说《黑颜色》在《上海文学》11月号上发表。徐小斌的《对一个精神病患者的调查》在《北京文学》第11期上发表,并在之后被改编为电影《孤光》。刘登翰的《会唱歌的鸢尾花:论舒婷》在《文学评论》第6期上发表。李小雨的诗集《红纱巾》由四川文艺出版社出版。

12月,韦君宜的长篇小说《母与子》由上海文艺出版社出版。

同月,张洁的《沉重的翅膀》(1984年修订本)获第二届茅盾文学奖。

本年,张辛欣与桑晔在《上海文学》《作家》《收获》《钟山》等杂志推出了系列口述实录文学《北京人》,引起社会普遍关注。

王小妮写出了组诗《告别》,迁居深圳。

翟永明完成了组诗《静安庄》,并油印出20本诗集《女人》分送友人。《女人》共20首,分四辑,前有序言性质的文章《黑夜的意识》。

1986年

1月,张烨的组诗《妙龄时光》在《上海文学》1月号上发表。

2月,迟子建的小说《北极村童话》、谌容的《减去十岁》在《人民文学》第2期上发表。郑玲的诗集《小人鱼之歌》和《郑玲诗选》分别由湖南文艺出版社和花城出版社出版。严歌苓的长篇小说《绿血》由解放军文艺出版社出版并在《昆仑》增刊第S1期刊载。

同月,丁玲被选为美国文学艺术院荣誉院士。

同月,中国作协公布一年来发展新会员316名,其中女性33名。

3月,王小鹰的小说《一路风尘》在《收获》第2期上发表。顾亚维的《时代的女性文学》在《文艺评论》第2期上发表。

同月,作家丁玲在北京病逝,享年 82 岁。

4 月,刘西鸿的小说《我与你同行》在《文汇月刊》第 4 期上发表。

5 月,残雪的小说《苍老的浮云》在《中国》第 5 期上发表。霍达的小说《红尘》、刘西鸿的《自己的天空》在《花城》第 3 期上发表。郑敏的诗集《寻觅集》由四川文艺出版社出版。杨沫的长篇小说《芳菲之歌》由花城出版社出版。王绯的《张辛欣小说的内心视境与外在视界——兼论当代女性文学的两个世界》在《文学评论》第 3 期上发表。金燕玉的《论女作家群》在《当代作家评论》第 3 期上发表。

6 月 6 日,翟永明的组诗《女人》(四首)、唐亚平的组诗《黑色沙漠》(七首)在《诗歌报》"崛起的诗群"专版上推出,引起轰动。

6 月,灰娃的《野土》(六首)在《人民文学》第 6 期上发表。央珍的小说《卍字的边缘》在《西藏文学》第 6 期上发表。赵玫的《流星》在《中国》第 6 期上发表。残雪的《阿梅在一个太阳天里的愁思》在《天津文学》第 6 期上发表。胡辛的小说集《这里有泉水》、丁小琦的《女儿楼》被选入"文学新星丛书"由作家出版社出版。

同月,中国丁玲研究会在长沙正式成立,会长为严家炎。会址设在湖南常德。

7 月,唐敏的散文《女孩子的花》在《福建文学》第 7 期上发表。宗璞的《霞落燕园》在《中国作家》第 4 期上发表。王安忆的小说《荒山之恋》在《十月》第 4 期上发表。张洁的《他有什么病?》在《钟山》第 4 期上发表。陈染的《世纪病》、张抗抗的长篇小说《隐形伴侣》(连载)在《收获》第 4 期上发表,《隐形伴侣》由作家出版社于同年出版。萨仁图娅的诗集《当暮色渐蓝》由春风文艺出版社出版。

同月,孙绍先的《文学创作中妇女地位问题的反思》在《当代文艺思潮》第 4 期上发表,引发反响和争议。该刊 1987 年第 2 期发表了钱荫愉等人的回应文章。

8 月 21 日,翟永明为《女人》组诗写的序言《黑夜的意识》在《诗歌报》上发表,被称为中国女性主义诗歌宣言。

8 月,沈虹光的九场话剧《寻找山泉》在《剧本》8 月号上发表。王安忆的小说《小城之恋》、残雪的《旷野里》在《上海文学》8 月号上发表。方方的《白梦》在《中国》第 8 期上发表。傅天琳的诗集《红草莓》、梅绍静的《她就是那个梅》由作家出版社出版。

9 月,翟永明的《女人》(六首)在《诗刊》第 9 期上发表。孟晓云的报告文学《多思的年华——中学生心理学》在《十月》第 5 期上发表。王安忆的散文《男人和女人,女人和城市》在《当代作家评论》第 5 期上发表,其同名散文集由云南人民出版社于 2000 年出版。刘西鸿的小说《你不可改变我》在《人民文学》第 9 期上发表,其同名小说集被选入"文学新星丛书"由作家出版社于 1987 年 10 月出版。杜梅的《木垛上的童话》在《民族文学》第 9 期上发表。铁凝的《麦秸垛》在《收获》第 5 期上发表。

10 月,舒婷的诗集《会唱歌的鸢尾花》由四川文艺出版社出版。茹志鹃、王安忆的日记体散文《母女漫游美利坚》由上海文艺出版社出版。张抗抗的短篇小说集《红罂粟》由北方文艺出版社出版。

同月,杨绛获西班牙"智慧国王阿方索十世勋章"。

11月,铁凝的散文《女人的白夜》在《散文》第11期上发表。杨绛的《丙午丁未纪事》在《收获》第6期上发表。残雪的小说《黄泥街》在《中国》第11期上发表。残雪的《我在那个世界里的事情》、陈洁的《牌坊》在《人民文学》第11期上发表。胡辛的《我的奶娘》在《百花洲》第6期上发表。吴宗蕙的《新时期文学中的女性悲剧》在《文艺评论》第6期上发表。吴宗蕙编选的《妇女小说选》由宁夏人民出版社出版。

12月,霍达的报告文学《万家忧乐》在《当代》第6期上发表。张烨的诗集《诗人之恋》由花城出版社出版。曹明华的散文《一个女大学生的手记》由上海文化出版社出版。法国作家西蒙·波娃著、桑竹影等译的《第二性——女人》由湖南文艺出版社出版。

同月,第三次全国青年作家创作会议在北京召开,参会作家代表共370名,其中女性70名。

1987年

1月,伊蕾的组诗《独身女人的卧室》在《人民文学》第1—2期合刊上发表并引起诗坛震撼和招来非议。谌容的小说《献上一束夜来香》在《花城》第1期上发表。王安忆的《锦绣谷之恋》(与《小城之恋》《荒山之恋》并称"三恋")在《钟山》第1期上发表,引起文坛震惊和争议。李小江的《当代妇女文学中职业妇女问题》在《文艺评论》第1期上发表。

2月10日,唐晓渡的《女性诗歌:从黑夜到白昼——读翟永明的组诗〈女人〉》在《诗刊》第2期上发表。

2月15日,冰心的散文《霞》在《人民日报》上发表。

3月,谢望新的《中年女性评论家论》在《女作家》第1期上发表。陈惠芬的《找回失落的那半:"认识你自己"》在《当代文艺思潮》第2期上发表。谢冕的《在诗歌的十字架上——论舒婷》在《文艺评论》第2期上发表。

同月,以作家丁玲命名的跨地区文学奖"丁玲文学奖",由中共湖南省常德地委设立。

4月,李小雨的诗集《东方之光》由作家出版社出版。宗璞的散文集《丁香结》由百花文艺出版社出版。

5月,刘西鸿的小说《黑森林》在《小说界》第3期上发表。黄虹坚的《竹篱笆》在《花城》第3期上发表。庞天舒的《少女的白桦林》、蝌蚪的《无以诉说》在《中国作家》第3期上发表。阿凤的《咳,女人》在《民族作家》第3期上发表。陈素琰的《文学广角中的一个世界——新时期女性文学论纲》在《艺术广角》第3期上发表。杨绛的散文集《将饮茶》由生活·读书·新知三联书店出版。

6月,唐亚平的诗集《荒蛮月亮》由贵州人民出版社出版。陆星儿的《留给世纪的吻》在《长篇小说》总第14期上刊载。李玲修的长篇小说《姑娘跑向罗马》在《当代》增刊第

9 期上发表。

7 月,毕淑敏的小说《昆仑殇》在《昆仑》第 4 期上发表,其同名小说集被选入"文学新星丛书"由作家出版社于 1991 年 9 月出版。万方的小说《在劫难逃》在《收获》第 4 期上发表。杨刚生前创作的自传体长篇小说《挑战》在《小说界》第 4 期上发表。丁玲的回忆录《魍魉世界》由湖南人民出版社出版。伊妮创作了六幕话剧《郁金香》。李婴宁的三幕话剧《阖家重聚》在《新剧本》7 月号上发表。

8 月,斯好的散文《凝眸》在《当代》第 4 期上发表。方方的小说《白雾》在《人民文学》第 8 期上发表。池莉的中篇小说《烦恼人生》在《上海文学》第 8 期上发表,被称为"新写实"小说的代表作。凌力的长篇历史小说《少年天子》由北京十月文艺出版社出版。严歌苓的《一个女兵的悄悄话》由解放军出版社出版。

同月,作家白薇在北京病逝,享年 95 岁。

9 月,伊蕾的诗《情舞》在《中外文学》第 5 期上发表。丁玲的遗作《风雪人间》由厦门大学出版社出版。孙绍先的《从女性文学到女性主义文学》在《当代文艺思潮》第 5 期上发表。孙绍先的专著《女性主义文学》由辽宁大学出版社出版。

10 月 24 日,陈敬容的《成果与展望:谈当代青年女诗人创作》在《文艺报》上发表。

10 月,方方的《风景》在《当代作家》第 5 期上发表,被称为"新写实"小说的代表作。

11 月,灰娃的诗歌《山鬼故家》在《人民文学》第 11 期上发表。许雁的多场次话剧《女人们的事业》在《十月》第 6 期上发表,并由广州话剧团于 1989 年以《哦,女人们》为名首演。残雪的小说《种在走廊上的苹果树》在《钟山》第 6 期上发表。李子云的《女作家在当代文学史所起的先锋作用》在《当代作家评论》第 6 期上发表。

同月,梅志的《往事如烟:记胡风》由生活·读书·新知三联书店出版。

12 月,伊蕾的诗歌《女性年龄》在《诗刊》第 12 期上发表。

本年,霍达的《穆斯林的葬礼》在《长篇小说》总第 16 期和 1988 年 2 月总第 17 期上连载。

由黄蜀芹等编剧、黄蜀芹导演的《人·鬼·情》由上海电影制片厂出品,被称作一部真正的"女性电影"。

1988 年

1 月,张烨的组诗《姐妹坡》在《诗刊》第 1 期上发表。

同月,记者、作家彭子冈在北京病逝,享年 74 年。

2 月,海男的组诗《女人》(11 首)在《人民文学》第 2 期上发表。郭良原编的《中国当代女青年诗人诗选》由长江文艺出版社出版。

3 月,斯好的散文《女儿梦》在《福建文学》第 3 期上发表。戴晴和洛恪的"中国女性系列"纪实文学在《十月》《钟山》《收获》的第 2 期上发表。宗璞的长篇小说《南渡记》在

《海内外文学》第 2 期上发表,并于本年 9 月由人民文学出版社出版。吴黛英的《女性文学"雄化"之我见》在《文艺评论》第 2 期上发表。翟永明的诗集《女人》由漓江出版社出版。残雪的作品集《天堂里的对话》由作家出版社出版。

4 月,翟永明的组诗《静安庄》在《人民文学》第 4 期上发表。苏叶的散文《殉马坑前的颤慄》在《萌芽》第 4 期上发表。徐棻、胡成德新编的川剧《田姐与庄周》(创作于 1984 年)在《剧本》4 月号上发表。王安忆的《流水三十章》、残雪的《突围表演》在《小说界·长篇小说专辑》第 1 期上发表。

同月,作家、翻译家沉樱在美国病逝,享年 81 岁。

5 月,央珍的小说《无性别的神》在《西藏文学》5 月号上发表。王安忆的《逐鹿中街》在《收获》第 3 期上发表。任一鸣的《女性文学的现代性衍进》在《小说评论》第 3 期上发表。何冀平创作的三幕话剧《天下第一楼》在《十月》第 3 期上发表,并于 6 月在北京人民艺术剧院首演获得成功。李小江的《夏娃的探索:妇女研究论稿》由河南人民出版社出版。

6 月,沈虹光的无场次话剧《搭积木》在《剧本》6 月号上发表。霍达的报告文学《国殇》在《当代》第 3 期上发表。赵玫的小说《紫丁香园》在《作家》第 6 期上发表。谌容的《懒得离婚》在《解放军文艺》6 月号上发表。

同月,中国作协公布发展新会员 357 人,其中女性 41 人。

7 月,斯妤的散文集《女儿梦》由百花文艺出版社出版。

8 月,伊蕾的诗《流浪的恒星》在《当代》第 4 期上发表。方方的小说《黑洞》在《芳草》第 8 期上发表。舒婷的散文集《心烟》由上海文艺出版社出版。

9 月,叶梦的散文《月之吻》在《湖南文学》9 月号上发表。铁凝的长篇小说《玫瑰门》在《文学四季》创刊号上发表,并由作家出版社于 1989 年 6 月出版,产生极大反响。胡辛的《当代女小说家的审丑意识》在《江西大学学报》(哲学社会科学版)第 3 期上发表。马丽华的诗集《我的太阳》由人民文学出版社出版。

10 月,查建英的小说《到美国去! 到美国去!》在《文汇月刊》第 10 期上发表,其同名小说集被选入"文学新星丛书"由作家出版社于 1991 年 3 月出版。毕淑敏的小说《补天石》在《当代》第 5 期上发表。陈素琰的《文学广角的女性视野》由花城出版社出版。宗诚的《风雨人生:丁玲传》由中国文联出版公司出版。佘树森编的《二十世纪中国女子美文选》由百花文艺出版社出版。

11 月 27 日,叶文玲的散文《乌篷摇梦到春江》在《人民日报》上发表。

11 月,王安忆的随笔《女作家的自我》在《文学角》第 6 期上发表。查建英的小说《丛林下的冰河》在《人民文学》第 11 期上发表。

12 月,张洁的长篇小说《只有一个太阳》在《文学四季》(冬之卷)上发表。伊蕾的诗集《独身女人的卧室》由漓江出版社出版。晓钢的诗集《柠檬杯·红玫瑰》由花城出版社出版。徐小斌的长篇小说《海火》由中国青年出版社出版。霍达的长篇小说《穆斯林的葬礼》由北京十月文艺出版社出版,并在之后被改编为电影《月落玉长河》上映。陆文采、张杰的《中国现代女作家论——女性美的探索者》由山东文艺出版社出版。

同月,民刊《女子诗报》在四川西昌市创刊,以"女人写、女人编"为办刊宗旨,主编晓音。

本年,杨绛的长篇小说《洗澡》由香港、北京生活·读书·新知三联书店分别出版。

沈虹光应邀赴美国出席国际女剧作家会议,会议期间上演了由她编剧的《寻找山泉》。

1989 年

1 月,王安忆的小说《岗上的世纪》在《钟山》第 1 期上发表。池莉的小说《不谈爱情》在《上海文学》第 1 期上发表。迟子建的小说集《北极村童话》由作家出版社出版。

2 月,铁凝的小说《棉花垛》、迟子建的《重温草莓》在《人民文学》第 2 期上发表。严歌苓的长篇小说《雌性的草地》由解放军文艺出版社出版。英国作家弗吉尼亚·伍尔夫著、王还译的《一间自己的屋子》由生活·读书·新知三联书店出版。英国学者玛丽·伊格尔顿编、胡敏等译的《女权主义文学理论》由湖南文艺出版社出版。

同月,文艺报社、作家出版社、河北省文联等单位联合在北京召开了《玫瑰门》研讨会,《文艺报》3 月 4 日以《铁凝的〈玫瑰门〉很有嚼头》为题发表了记者绿雪的会议报道,《文论报》在 3 月 15 日、25 日连续两期整版发表了"《玫瑰门》笔谈"。

3 月,王安忆的小说《神圣祭坛》在《北京文学》第 3 期上发表。

同月,张烨的诗集《彩色世界》由华夏出版社出版;其长诗《鬼男》写出初稿,1991 年 2 月定稿。

同月,《上海文论》第 2 期"'女权主义'文学批评专辑"刊发了孟悦的《两千年:女性作为历史的盲点》、施国英的《颠倒的世界——试论张贤亮创作中的两性关系》和钱荫愉、王友琴、朱虹、王绯、吕红等人的文章。

4 月,张梅的小说《酒后的爱情观》在《萌芽》第 4 期上发表。灰娃的诗集《野土》由陕西人民教育出版社出版。

5 月,许雁的多场次话剧《我是太阳》在《剧本》第 5 期上发表。王安忆的小说《弟兄们》在《收获》第 3 期上发表。景宜的小说集《谁有美丽的红指甲》由文化艺术出版社出版。庐隐著、钱虹编的《庐隐集外集(1920—1934)》由书目文献出版社出版,为"中国作家研究资料丛书"之一。

6 月,《诗刊》第 6 期"女性诗歌专号"发表了郑敏等人的"女性诗歌"笔谈和女作者的诗作。阎月君的诗集《月的中国》由春风文艺出版社出版。

7 月,叶梦的散文《今夜,我是你的新娘》在《湖南文学》7 月号上发表。王英琦的《被

"造成的"女人》在《中国作家》第 4 期上发表。马丽华的长篇散文《藏北游历》在《西北军事文学》第 4 期上发表。范小青的小说《顾氏传人》在《钟山》第 4 期上发表。王鲁湘的《野土的祭典——灰娃和她的〈野土〉》在《文学评论》第 4 期上发表。荒煤的《关于女性文学的思考》、吕文幸与王巧凤的《悲剧性别:女人——论男性作家所塑造的女性形象》在《批评家》第 4 期上发表。刘敏的《天使与妖女:生命的束缚与反叛——对王安忆小说的女权主义批评》在《文学自由谈》第 4 期上发表。

同月,王小妮的《我的诗选》由时代文艺出版社出版。乐铄的《迟到的潮流:新时期妇女创作研究》、孟悦与戴锦华的对中国女性文学研究与批评产生了深远影响的《浮出历史地表:现代妇女文学研究》由河南人民出版社出版。庞天舒的小说集《少女眼中的战争》(丁玲代序)由作家出版社出版。朱虹、文美惠主编的《外国妇女文学词典》由漓江出版社出版。

9 月,叶梦的散文《晕海的"蜜月之轮"》在《人民文学》第 9 期上发表。

10 月,林白的小说《同心爱者不能分手》在《上海文学》第 10 期上发表。程乃珊的《望尽天涯路》、竹林的《女性——人!》在《小说界·长篇小说专辑》总第 14 期上发表。季红真的《女性主义——近十年中国女作家创作的基本倾向》在《萌芽》第 10 期上发表。

11 月,王英琦的散文集《我遗失了什么》由作家出版社出版。李小江的《寻找自我:当代女性创作的基本母题》在《文学自由谈》第 6 期上发表。

同月,诗人、散文家和翻译家陈敬容在北京病逝,享年 72 岁。

12 月,顾艳的诗集《火的雕像》由香港天马图书出版社出版。李小江的《女性审美意识探微》由河南人民出版社出版。

本年,伊妮的《伊妮剧作集》、沈虹光的《沈虹光剧作选》由中国戏剧出版社出版。池莉的小说集《烦恼人生》、陈染的《纸片儿》、韩春旭的《背对命运的独白》、赵玫的《流星》、张聂尔的《上流风情》等入选"文学新星丛书"并由作家出版社出版。

1990 年

1 月,徐频莉的无场次实验话剧《芸香》在《上海艺术家》第 1 期上发表(曾于 1989 年成功首演于上海戏剧学院)。

同月,苏叶的散文集《总是难忘》由百花文艺出版社出版。

2 月,郑敏的诗《你已经走完秋天的林径——悼念敬容》在《诗刊》2 月号上发表。

3 月,卓如的《冰心传》由上海文艺出版社出版。

同月,中国作协公布 1990 年首批发展新会员 191 名,其中女性 19 名。

4 月,方方的小说《祖父在父亲心中》在《上海文学》第 4 期上发表。伊蕾的《伊蕾爱情诗》由作家出版社出版。

5 月,竹林的小说《女性——人!》修订后易名为《呜咽的澜沧江》,由台北智燕出版社出版,同年被选定为"两岸文学互论"丛书第一集长篇小说互论中的大陆作品。

同月,筱敏的论著《女性的天空》由花城出版社出版。残雪的长篇小说《突围表演》由上海文艺出版社出版。

同月,"冰心儿童图书奖"在北京设立。后来发展为包括图书、新作、艺术等奖项的综合性大奖,又称"冰心奖"。

同月,作家凌叔华在北京病逝,享年90岁。

7月,池莉的小说《太阳出世》、林白的《子弹穿过苹果》、范小青的《杨湾故事》在《钟山》第4期上发表。林树明的《评当代我国的女权主义文学批评》在《文学评论》第4期上发表。

8月,铁凝的散文《河之女》在《青年文学》第8期上发表。许雁的剧作选《哦,女人们》由花城出版社出版。伊蕾的诗集《女性年龄》由人民文学出版社出版。谢玉娥编的《女性文学研究教学参考资料》由河南大学出版社出版。

同月,作家张洁获意大利1989年度玛拉帕尔蒂国际文学奖。

9月,边玲玲的长篇小说《女性没有地平线》由作家出版社出版。陈志红的评论集《自由的缪斯》由花城出版社出版。

10月,赵玫的长篇小说《世纪末的情人们》在《当代作家》第5期上发表。伊蕾的《叛逆的手》、梅绍静的《女娲的天空》、傅天琳的《太阳的情人》等"夏娃诗丛"由北方文艺出版社出版。杨沫的长篇小说《英华之歌》由花城出版社出版。

11月,王安忆的中篇小说《叔叔的故事》在《收获》第6期上发表。李虹的《女性"自我"的复归与生长——新时期女性散文创作的流变》在《文学评论》第6期上发表。

12月,胡辛的长篇小说《蔷薇雨》由百花洲文艺出版社出版。

1991年

1月,许雁的多场次话剧《情结》在《剧本》第1期上发表。池莉的小说《热也好冷也好活着就好》在《小说林》第1—2期合刊上发表。高红十的散文集《我的歌》("红玫瑰散文丛书"之一)由百花文艺出版社出版。

2月,郑敏的诗集《心象》由人民文学出版社出版。林丹娅的散文集《人生的花季》由福建人民出版社出版。

3月,《女子文学》杂志社主办了"首届中国女子诗歌大奖赛"。

同月,陈晓兰的《女性:作为话语的主体——从〈莎菲女士的日记〉与〈紫色〉看女性日记体、书信体小说》在《上海文论》第2期上发表。

4月,迟子建的小说《白雪的墓园》在《春风》第4期上发表。

5月,冯秋子的散文《婴儿诞生》在《中国作家》第3期上发表。陈丹燕的小说《吧女琳达》在《作家》5月号上发表。王安忆的长篇小说《米尼》在《芙蓉》第3期上发表。

张海迪的长篇小说《轮椅上的梦》由中国青年出版社出版。

同月,第四次全国青年作家创作会议在北京召开,参会代表共 323 名,其中女性 75 名。

同月,《萧红全集》(上、下卷)由哈尔滨出版社出版,1998 年又出版《萧红全集》(全 三卷)。

6 月,池莉的小说《你是一条河》在《小说家》第 3 期上发表。霍达的报告文学集《万 家忧乐》由人民文学出版社出版。梅志的童话集《听来的童话》由中国少年儿童出版社出 版。董秀英的小说集《马桑部落的三代女人》由云南人民出版社出版。王绯的《女性与阅 读期待》由陕西人民出版社出版。

7 月,张欣的《真纯依旧》、项小米的《遥远的三色槿》在《昆仑》第 4 期上发表。丁帆 的《男性文化视阈的终结》在《小说评论》第 4 期上发表。郑敏的诗集《早晨,我在雨里采 花》由香港突破出版社出版。铁凝的散文集《草戒指》("红玫瑰散文丛书"之一)由百花 文艺出版社出版。林树明的《文学阅读的多维视野》由贵州教育出版社出版。

8 月,迟子建的小说《旧时代的磨房》在《小说家》第 4 期上发表。方方的小说《桃花 灿烂》在《长江文艺》第 8 期上发表。

9 月,叶梦的散文《创造系列》和《创造系列》(之二)分别在《十月》第 5 期和《芙蓉》 第 5 期上发表。王安忆的小说《乌托邦诗篇》、陈染的《与往事干杯》、张洁的《上火》在 《钟山》第 5 期"女作家小辑"上发表。张欣的《绝非偶然》在《小说界》第 5 期上发表。张 洁的《红蘑菇》在《时代文学》第 5 期上发表。殷慧芬的《欲望的舞蹈》在《上海文学》9 月 号上发表。

同月,李琦的诗集《天籁》、郑玲的诗集《风暴蝴蝶》由重庆出版社出版。黄梅的评论 集《女人和小说》由浙江文艺出版社出版。

10 月,张烨的诗《东方之墟》在《诗刊》10 月号上发表。唐敏的散文《霜降柿子红》在 《散文》第 10 期上发表。竹林的长篇小说《女巫》(下卷)在《当代》第 5 期上发表。娜夜 的诗集《回味爱情》由北方文艺出版社出版。张立勤的散文集《痛苦的飘落》由百花文艺 出版社出版。许言郁的《张洁的小说世界》由人民文学出版社出版。

同月,作家陈学昭在杭州病逝,享年 85 岁。

11 月,方方的小说《行云流水》在《小说界》第 6 期上发表。艾云的《论女性批评家》 在《花城》第 6 期上发表。程玮的长篇儿童小说《少女的红发卡》由江苏少年儿童出版社 出版。

本年,安徽文艺出版社的"心路历程·当代女作家散文丛书"推出黑孩的《夕阳又在 西逝》、赵玫的《以爱心 以沉静》、周佩红的《一抹心痕》等作品。

1992 年

1 月,叶梦的散文《我不能没有月亮》在《湖南文学》第 1 期上发表。张抗抗的散文

《牡丹的拒绝》、迟子建的小说《秧歌》在《收获》第 1 期上发表。周励的自传体小说《曼哈顿的中国女人》在《十月》第 1 期上选载、由北京出版社同年出版，引起较大反响和争议。铁凝的散文集《女人的白夜》由上海文艺出版社出版。张京媛主编的《当代女性主义文学批评》由北京大学出版社出版。

2 月，陈染的小说《无处告别》在《小说家》第 1 期上发表。蒋子丹的《贞操游戏》在《珠海》第 1 期上发表。杨绛的散文集《干校六记》(校定本)由中国社会科学出版社出版。

同月，张洁入选美国文学艺术院荣誉院士。

3 月 8 日，由中华全国妇女联合会主管、全国妇联妇女研究所主办的国内外公开发行的妇女学术理论刊物《妇女研究论丛》创刊号于妇女节出版，刊有陈慕华和雷洁琼的题词。1999 年该刊物成为中国妇女研究会会刊。

3 月，《中国作家》第 2 期女作家小说、散文专辑刊载了叶梅的《撒忧的龙船河》、铁凝的《孕妇和牛》、韦君宜的《女诫》、苏叶的《月照西窗》、王英琦的《重返外婆的家园》等作品。

同月，筱敏的散文集《喑哑群山》由作家出版社出版。

4 月，叶梦的散文集《湘西寻梦》由广西民族出版社出版。

同月，未凡主编的"中国当代女诗人抒情诗丛"推出张烨的《绿色皇冠》、傅天琳的《另外的预言》、李小雨的《玫瑰谷》、翟永明的《在一切玫瑰之上》、李琦的《守在你梦的边缘》、海男的《风琴与女人》、唐亚平的《月亮的表情》等共 12 部诗集，由沈阳出版社出版。

5 月，斯妤的散文《冥想黄昏》在《西北军事文学》第 3 期上发表。哈依霞·塔巴热克的小说《魂在人间》在《民族作家》第 3 期上发表。须兰的《仿佛》在《小说界》第 3 期上发表。赵玫的长篇小说《我们家族的女人》由春风文艺出版社出版。于青的《苦难的升华：女性文学论集》由安徽文艺出版社出版。

6 月，舒婷的诗集《始祖鸟》由海峡文艺出版社出版。张莉莉的《张莉莉剧作选》由中国戏剧出版社出版。盛英的《中国新时期女作家论》由百花文艺出版社出版。

7 月，斯妤的散文《心的形式》、唐敏的《等雪》在《西北军事文学》第 4—5 期合刊上发表。林白的小说《随风闪烁》在《收获》第 4 期上发表。程俊英与蒋丽萍(执笔)的长篇小说《落英缤纷——"五四"四女性肖像》(上卷)在《小说界》第 4 期上发表。王春容的《也是女性文学，也有鲜明特色——"十七年"女性文学论》在《辽宁大学学报》(哲学社会科学版)第 4 期上发表。金宏达、于青编的《张爱玲文集》(全四卷)由安徽文艺出版社出版。

8 月，毕淑敏的小说《女人之约》在《青年文学》第 8 期上发表。

9 月，陈染的小说《站在无人的风口》和《嘴唇里的阳光》分别在《花城》第 5 期和《收获》第 5 期上发表。

同月，《当代作家评论》第 5 期在郑敏创作生涯 50 周年时开设了"郑敏评论小辑"。

10 月，韩小蕙的散文《有话对你说》在《美文》第 2 号上发表。林白的小说《安魂沙街》在《北京文学》第 10 期上发表。王晓玉的《正宫娘娘》在《当代》第 5 期上发表。草明的《草明文集》(六卷本)由光明日报出版社出版。

11 月,王周生的长篇小说《陪读夫人》(上卷)在《小说界》第 6 期上发表。唐敏的散文集《女孩子的花》("红玫瑰散文丛书"之一)由百花文艺出版社出版。龙超云主编的《中国少数民族女诗人诗选》由贵州民族出版社出版。

12 月,冰心研究会在福州正式成立,巴金任会长。

本年,冰心的散文《我的家在哪里》在《中国文化》第 6 期上发表。

1992—1994 年,《杨沫文集》(七卷本)由北京十月文艺出版社出版。

1993 年

1 月,张洁的小说《她吸的是带薄荷味儿的烟》在《椰城》第 1 期上发表。徐坤的《白话》在《中国作家》第 1 期上发表。须兰的《宋朝故事》、王周生的《陪读夫人》(下卷)在《小说界》第 1 期上发表。

2 月,叶梦的散文《紫色暖巢》在《峨眉》第 1 期上发表。陈丹燕的长篇小说《心动如水》由上海文艺出版社出版。周良沛的《丁玲传》由北京十月文艺出版社出版。

3 月,张欣的小说《冬至》在《钟山》第 2 期上发表。王安忆的长篇小说《纪实和虚构》在《收获》第 2 期上发表。刘思谦的《关于中国女性文学》在《文学评论》第 2 期上发表。王剑冰选编的散文集《女性的坦白》由湖南文艺出版社出版。斯妤的《斯妤散文精选》由百花文艺出版社出版。林杉的《一代才女林徽因》由作家出版社出版。

4 月,徐坤的小说《呓语》、曾明了的《风暴眼》在《当代》第 2 期上发表。竹林的长篇小说《女巫》、冰心的散文集《关于女人和男人》由人民文学出版社出版。

5 月,张欣的小说《伴你到黎明》在《中国作家》第 3 期上发表。陈染的《潜性逸事》在《收获》第 3 期上发表。叶梦的散文集《月亮·女人》由漓江出版社出版,《灵魂的劫数》由安徽文艺出版社出版。

6 月,铁凝的小说《对面》在《小说家》第 3 期上发表。梅卓的长篇小说《太阳部落》在《青海湖》第 6 期上选载。陈染的小说集《无处告别》由时代文艺出版社出版。

7 月,林白的小说《回廊之椅》《瓶中之水》在《钟山》第 4 期上发表。马瑞芳的长篇小说《蓝眼睛·黑眼睛》由中国文联出版社出版。赵玫的《天国的恋人》由作家出版社出版。

8 月,王安忆的小说《香港的情与爱》在《上海文学》8 月号上发表。池莉的《绿水长流》在《小说家》第 5 期上发表。王晓玉的长篇小说《紫藤花园》由花山文艺出版社出版。叶梦的散文集《月亮·生命·创造》由北京十月文艺出版社出版。蓝棣之主编的"当代女性文学书系"12 册由春风文艺出版社出版,并于 1995 年 7 月印行。

9 月,郑敏的诗《心中的声音》在《诗刊》9 月号上发表。宗璞的散文《花朝节的纪念》在《中华散文》创刊号上发表。陈染的小说《巫女与她的梦中之门》在《花城》第 5 期上发表。盛英的《大陆新时期女作家的崛起和女性文学的发展》在《理论与创作》第 5 期上发表。周乐诗的《换装：在边缘和中心之间》在《文艺争鸣》第 5 期上发表。石楠的《石楠女性传记小说选》由军事谊文出版社出版。

10 月，崔卫平选编的《苹果上的豹——女性诗卷》由北京师范大学出版社出版，该书序言《当代女性主义诗歌》在《文艺争鸣》第 5 期上发表。

11 月，张烨的长诗《世纪末的玫瑰》在《诗刊》11 月号上发表。张洁的长篇散文《世界上最疼我的那个人去了》在《十月》第 6 期上发表、于 1994 年第 1 期连载，并在之后被改编为同名电影上映。张欣的小说《首席》在《上海文学》11 月号上发表。曾明了的《生死界》在《小说》第 6 期上发表。

12 月，毕淑敏的小说《生生不已》在《当代》第 6 期上发表。

同月，刘思谦的《"娜拉"言说——中国现代女作家心路纪程》由上海文艺出版社出版。

同月，《女子诗报》与中国诗歌协会在北京联合举办了中国首届"女诗人作品研讨会"。

1994 年

1 月，郑敏的长诗《诗人之死》、霍达的小说《未穿的红嫁衣》在《人民文学》第 1 期上发表。李子云的《女性话语的消失和复归》在《作家》第 1 期上发表。陈染的小说《饥饿的口袋》、迟子建的《回溯七侠镇》在《大家》第 1 期上发表。蒋子丹的小说《桑烟为谁升起》、须兰的《红檀板》、迟子建的《向着白夜旅行》在《收获》第 1 期上发表。吕锦华的散文集《何时入梦》由人民文学出版社出版。铁凝的长篇小说《无雨之城》由春风文艺出版社出版。

2 月，斯妤的《给梦一把梯子》（"散文家自述"）在《散文选刊》2 月号上发表。须兰、赵玫的长篇小说《武则天》由开明出版社出版。曾明了的小说集《风暴眼》被选入"文学新星丛书"并由作家出版社出版。

同月，作家白朗在北京病逝，享年 81 岁。

3 月，毕淑敏的小说《预约死亡》在《北京文学》第 3 期"女作家专号"上发表。须兰的《樱桃红》在《小说界》第 2 期上发表。徐小斌的长篇小说《敦煌遗梦》在《中国作家》第 2 期上发表。林白的长篇小说《一个人的战争》在《花城》第 2 期上发表并被视为 90 年代女性个人化写作的代表性作品。赵玫的《朗园》由春风文艺出版社出版。

同月，筱敏的《悠闲的意义》、韩小蕙的《有话对你说》、铁凝的《共享好时光》、唐敏的《青春缘》等入选"当代青年女作家散文精粹丛书"，由群众出版社出版。

4 月，蒋子丹的小说《左手》在《上海文学》4 月号上发表。戴厚英的《性格—命运—我的故事》由太白文艺出版社出版。

同月,刘思谦主编的"九十年代女性散文11家"丛书推出叶梦的《风里的女人》、郭淑敏的《一日佛门》、筱敏的《理想的荒凉》、王英琦的《乡关何处》、铁凝的《女性之一种》、斯妤的《给梦一把梯子》、李佩芝的《家的感觉》、宗璞的《燕园拾痕》等散文集,由中原农民出版社出版。

5月,海男的散文《空中花园》、陈染的小说《与假想心爱者在禁中守望》在《花城》第3期上发表。程俊英、蒋丽萍(执笔)的《落英缤纷——"五四"四女性肖像》(下卷)在《小说界》第3期上发表。陈晓明的《勉强的解放:后新时期女性小说概论》在《当代作家评论》第3期上发表。铁凝的散文集《河之女》由春风文艺出版社出版。

6月,徐坤的小说《先锋》在《人民文学》第6期上发表。张欣的《亲情六处》在《青年文学》第6期上发表。韦君宜的自传体长篇小说《露沙的路》由人民文学出版社出版,其曾在《当代》第2期上选载。于青等编的《苏青文集》由上海书店出版社出版。

7月,冯秋子的散文《太阳升起来》在《西藏文学》第4期上发表。蒋韵的小说《大雪满弓刀》、徐小斌的《迷幻花园》在《收获》第4期上发表。须兰的《捕快》在《花城》第4期上发表。张抗抗的《非仇》在《钟山》第4期上发表。戴锦华的《世纪的终结:重读张洁》在《文艺争鸣》第4期上发表。何卓琼的散文集《美神》由广东人民出版社出版。素素的《女人书简》由四川文艺出版社出版。赵玫的《一本打开的书》由春风文艺出版社出版。

8月,灰娃的组诗《野土》第一至四章在《人民文学》第8期上发表。蒋子丹的小说《绝响》《从此以后》在《作家》第8期上发表。天涯的散文诗集《无题的恋歌》由四川民族出版社出版。海男的长篇小说《我的情人们》由中国文联出版公司出版。

9月,迟子建的小说《逝川》在《收获》第5期上发表。方方的《何处是我家园》在《花城》第5期上发表。戴锦华的《真淳者的质询——重读铁凝》在《文学评论》第5期上发表。

同月,蒋启倩的小说集《花园深处》、袁敏的小说集《深深的大草甸》、先燕云的散文集《黑白人生》、萌娘的散文集《秋天的钟》入选"21世纪文学之星丛书·1994年卷",由百花文艺出版社出版。

同月,作家逯斐在北京病逝,享年77岁。

10月,张欣的小说《爱又如何》在《上海文学》10月号上发表。徐坤的《热狗》在《当代》第5期上发表。刘静的《父母爱情》在《解放军文艺》第10期上发表。迟子建的长篇小说《晨钟响彻黄昏》在《小说家》第5期上发表。

11月,海男的小说《私奔者》、陈染在牛津大学等地的讲稿《超性别意识与我的创作》在《钟山》第6期上发表。舒婷的《舒婷的诗》由人民文学出版社出版。韩春旭的散文集《女性的极地》由解放军文艺出版社出版。张爱华的散文集《女人的佛》由百花文艺出版社出版。

12月,徐坤的小说《梵歌》、顾艳的《无家可归》在《人民文学》第12期上发表。

翟永明的《翟永明诗集》由成都出版社出版。梁琴的散文集《回眸》由百花文艺出版社出版。马丽华的纪实散文合集《走过西藏》由作家出版社出版。庞天舒的长篇小说《落日之战》由人民文学出版社出版。央珍的《无性别的神》由中国青年出版社出版。秦文君的《男生贾里》由中国少年儿童出版社出版。卓如编的《冰心全集》(全九卷)由海峡文艺出版社出版。

本年,叶文玲的长篇小说《无梦谷》在《江南》《山花》《当代》上选载,并由人民文学出版社于8月出版。

梅卓的长篇小说《太阳部落》在《西藏文学》第1期、第4期上选载。成平等策划的"女作家爱心系列"推出张洁的《何必当初》、舒婷的《硬骨凌霄》、斯妤的《爱情是风》《竖琴的影子》《出售哈欠的女人》、池莉的《怎么爱你也不够》等作品,由珠海出版社1994—1996年出版。

1995 年

1月4日,毕淑敏的散文《素面朝天》在《中国妇女报》上发表后引起反响,该报为此开设了"容貌的意义"讨论专栏,持续至7月。

1月,张抗抗的小说《银河(上篇:都市男人)》在《作家》第1期上发表。张欣的《仅有情爱是不能结婚的》在《小说家》第1期上发表。林白的《致命的飞翔》、陈染的《凡墙都是门》在《花城》第1期上发表。池莉的《你以为你是谁》和《心比身先老》分别在《中国作家》第1期和《百花洲》第1期上发表。日本汉学家近藤直子著、廖金球译的《残雪——黑夜的讲述者》在《文学评论》第1期上发表。陈柏林的《视角的凯旋:娜拉也是女人——评刘思谦的〈"娜拉"言说——中国现代女作家心路纪程〉》在《中国图书评论》第1期上发表。王蒙的《说〈走出男权传统的樊篱〉》在《读书》第1期上发表。王春荣的《新女性文学论纲》由辽宁大学出版社出版。

同月,作家葛琴在北京病逝,享年87岁。

2月,筱敏的散文《无家的宿命》在《山东文学》第2期上发表。梅卓的长篇小说《太阳部落》由中国文联出版公司出版。张雅文等的长篇小说《趟过男人河的女人》由人民文学出版社出版。饶芃子的文学评论选集《心影》由花城出版社出版。

3月,沈虹光的小剧场话剧《同船过渡》在《剧本》3月号上发表。张抗抗的散文集《牡丹的拒绝》由春风文艺出版社出版。冰心的随笔集《我的家在哪里》由陕西人民出版社出版。

同月,《大家》第2期"女性文学专号"刊载徐小斌的《双鱼星座》、张欣的《岁月无敌》、严歌苓的《红罗裙》等小说,同期还刊载了毕淑敏的散文《性别按钮》、赵玫的《从这里走向永恒》等作品。

同月,《诗探索》第1辑"女性诗歌研究"专栏刊载荒林的《女性诗歌神话:翟永明诗歌及其意义》、张建建的《女性的诗学——唐亚平论》、刘群伟的《论伊蕾》、翟永明的《再谈"黑夜意识"与"女性诗歌"》等文。

同月,冰心被授予黎巴嫩国家级雪松骑士勋章。

4月,王芫的小说《旗袍》在《当代》第2期上发表。郑玲的散文集《灯光是门》由花城出版社出版。韩小蕙的散文集《悠悠心会》由中国文联出版公司出版。陈顺馨的《中国当代文学的叙事与性别》由北京大学出版社出版。刘慧英的《走出男权传统的樊篱——文学中男权意识的批判》由生活·读书·新知三联书店出版。

5月,徐坤的小说《遭遇爱情》在《山花》(上半月)第5期上发表。须兰的《思凡》在《小说界》第3期上发表。宗璞的长篇小说《东藏记》(第一、二章)在《收获》第3期上发表。季红真编的《当代女性散文精选》由北京十月文艺出版社出版。王英琦的《王英琦散文自选集》由百花文艺出版社出版。王小妮的传记小说《人鸟低飞:萧红流离的一生》由长春出版社出版。张抗抗的长篇小说《赤彤丹朱》由人民文学出版社出版。荒林的《新潮女性文学导引》由湖南文艺出版社出版。鲍晓兰主编的《西方女性主义研究评介》由生活·读书·新知三联书店出版。

6月,迟子建的小说《亲亲土豆》在《作家》第6期上发表。斯妤、李虹主编的《当代女性散文随笔精粹》由中国青年出版社出版。盛英主编的《二十世纪中国女性文学史》由天津人民出版社出版。

同月,陈骏涛主编的"红辣椒女性文丛"推出斯妤的《两种生活》、唐敏的《纯净的落叶》等散文集,由四川人民出版社出版。

同月,女子文学杂志社和特区农渔杂志社在珠海市联合主办了全国女作家创作笔会。北大中外妇女文学研究学会等在北京共同举办了第一届"妇女与文学"国际研讨会。

同月,天津社科院在天津主办了"联合国第四次妇女问题世界会议"非政府组织论坛之一"妇女与中国文学"的会前会——"中外女性文学国际学术研讨会",研讨会文选《论女性文学》由中国妇女出版社于8月出版。

7月,甘肃省妇联与文联联袂在《飞天》第7期推出献给北京妇女问题世界会议的作品"女作家专号"。

同月,张欣的小说《掘金时代》在《收获》第4期上发表。王旭烽的长篇小说《南方有嘉木》在《江南》第4期上发表,并由浙江文艺出版社于12月出版。林白的《守望空心岁月》在《花城》第4期上发表。梅卓的《月亮营地》在《青海湖》第7期上选载。陈虹的《中国当代文学:女性主义·女性写作·女性本文》在《文艺评论》第4期上发表。柯岩的《柯岩文集》(全六卷)由青岛出版社出版。任一鸣的《女性文学与美学》由新疆人民出版社出版。

同月,中国作协公布1995年上半年发展的新会员共176名,其中女性26名。

8月,丹娅的散文《遥望祖母之名》在《福建文学》第8期上发表。斯妤的小说《出售哈欠的女人》在《作家》第 8 期上发表。严歌苓的小说《少女小渔》在《四川文学》第 8 期上发表。林丹娅的《当代中国女性文学史论》由厦门大学出版社出版,并于 2003 年出第 2 版。

同月,王绯与孙郁主编的"莱曼女性文化书系"推出戴锦华的《镜城突围》、王绯的《睁着眼睛的梦》等著作,由作家出版社出版。

同月,中国当代文学研究会、《女子文学》杂志社、首都师范大学当代中国文学研究中心在北京联合主办了中国当代女性文学研讨会(后被认作第一届研讨会),主题为"女性文学的性质及其在中国当代文坛的定位"。会后,中国当代文学研究会女性文学委员会获批准成立,张炯任主任委员,金燕玉、吴思敬、谭湘、林丹娅任副主任委员,秘书长谭湘(兼),荒林为副秘书长。

8 月 30 日至 9 月 8 日,'95 北京非政府组织妇女论坛在北京怀柔举行,有来自世界各地的 3 万多名妇女参加。中国作家赵玫、铁凝等参加了会议。

9 月,《作家报》开设了"女性文学评论专版",持续到 1997 年 1 月,共 34 期。《诗刊》9 月号集中推出女性诗歌。《诗探索》第 3 辑设立"女性诗歌研究"栏目。《中国作家》第 5 期设"女性题材小说特辑",并刊载了徐坤的《女娲》等作品。

同月,陈染的小说《破开》在《花城》第 5 期上发表。须兰的《纪念乐师良宵——"南京大屠杀"惨案五十八年祭》在《小说界》第 5 期上发表。林筱芳的《人在边缘——杨绛创作论》在《文学评论》第 5 期上发表。阎纯德主编的《二十世纪中国著名女作家传》由中国文联出版公司出版。

同月,作家张爱玲在美国洛杉矶寓所中谢世,享年 75 岁。

10 月,殷慧芬的小说《纪念》在《上海文学》10 月号上发表。娜夜的诗集《冰唇》由百花文艺出版社出版。

11 月,迟子建的散文《阿央白》在《美文》第 11 期上发表。徐坤的小说《游行》在《钟山》第 6 期上发表。戴锦华的《池莉:神圣的烦恼人生》在《文学评论》第 6 期上发表。荒林、忞敏、宣儿的《女性独白》由时代文艺出版社出版。吴宗蕙的《女作家笔下的女性世界》由首都师范大学出版社出版。

12 月,朱子庆编选的散文集《夕阳下的小女人》由花城出版社出版。黄薇的小说集《生活像条河》、赵翼如的散文集《倾斜的风景》、辛茹的诗集《寻觅光荣》入选"21 世纪文学之星丛书·1995 年卷",由百花文艺出版社出版。

同月,林树明的《女性主义文学批评在中国》由贵州人民出版社出版。

同月,作家杨沫在北京病逝,享年 81 岁。

本年,王安忆的长篇小说《长恨歌》在《钟山》第 2、3、4 期连载并由作家出版社于同年出版单行本。2003 年 4 月,根据小说改编的话剧《长恨歌》首次被上海话剧艺术中心搬上舞台并引发热议。2005 年,被改编为同名电影上映。

池莉的《池莉文集》(七卷本)由江苏文艺出版社陆续推出,并于 2006 年出版修订版。严歌苓的长篇小说《扶桑》在台湾发表并获联合报文学奖长篇小说评审奖。

王蒙主编的"红罂粟丛书"推出当代女作家小说集、散文集共 22 种。陶洁、钱满素总策划的"蓝袜子丛书"推出外国女性文学作品集 10 卷。戴小华主编的"金蜘蛛丛书"推出的 22 位港台及海外华文女作家的小说集、散文集,分别由河北教育出版社出版。程志方总策划的"她们文学丛书"收入当代女作家小说集、散文集共 53 种,并由云南人民出版社于 1995 年、1996 年、1998 年、2000 年分批推出。"都市女性随笔"丛书、"风头正健才女书"、"20 世纪华夏女性文学经典文库"、"金苹果散文系列"、"海外中国女作家丛书"、《二十世纪中国女作家散文精品》等分别出版。

叶文玲获颁纽约国际文化艺术中心"中国文学创作杰出成就奖"。

1996 年

1 月 10 日,徐坤的《因为沉默太久》在《中华读书报》上发表,回应该报之前发表的丁来先《女性文学及其他》一文中的观点。

1 月,方方的小说《暗示》在《天涯》第 1 期上发表。铁凝的《何咪儿寻爱记》在《长城》第 1 期上发表。王安忆的《我爱比尔》在《收获》第 1 期上发表。卫慧的《爱情幻觉》在《小说界》第 1 期上发表。王干、戴锦华的对话录《女性文学与个人化写作》在《大家》第 1 期上发表。宗璞的《宗璞文集》(四卷本)由华艺出版社出版。张爱玲的《张爱玲全集》(全 16 册)由大连出版社出版。

2 月,严歌苓的长篇小说《扶桑》由中国华侨出版社出版。王安忆的《王安忆自选集》(六卷本)由作家出版社出版。

3 月,《广州文艺》第 3 期"女人的都市专号"刊载了宋晓琪等的"小女人散文特辑"和艾晓明等的"小女人散文笔谈"。"小女人散文"话题引起文坛关注,《艺术广角》第 5 期刊登了谢冕等人的"小女人散文"评论专题。

同月,李佩芝的散文《守望灵魂》在《散文》第 3 期上发表。周晓枫的《它们》在《十月》第 2 期上发表。叶梦的散文《遍地巫风》、张抗抗的长篇小说《情爱画廊》在《芙蓉》第 2 期上发表。迟子建的小说《白银那》在《大家》第 2 期上发表。陈染的长篇小说《私人生活》在《花城》第 2 期上发表、由作家出版社于 5 月出版,并被视为 90 年代女性个人化写作的代表性作品。黎慧的《个人、性别、种族:九十年代女性写作》在《上海文化》第 2 期上发表。贺晓彤的小说集《爱的折磨》由广西民族出版社出版。

4 月,王安忆的小说《姊妹们》在《上海文学》4 月号上发表,其同名小说集由华夏出版社于 12 月出版。马瑞芳的长篇小说《天眼》由北京十月文艺出版社出版。苏雪林的《苏雪林文集》(全四卷)由安徽文艺出版社出版。

5 月,铁凝的小说《青草垛》、徐小斌的《蓝毗尼城》在《钟山》第 3 期上发表。戴锦华的《陈染:个人和女性的书写》等"陈染评论小辑"在《当代作家评论》第 3 期上发表。日本学者秋山洋子著、刘晴译的《从女性主义立场出发的现代文学史——评孟悦、戴锦华的〈浮出历史地表〉》在《中国现代文学研究丛刊》第 2 期上发表。

6 月,张抗抗的《张抗抗自选集》由贵州人民出版社出版。

7 月,迟子建的小说《日落碗窑》在《中国作家》第 4 期上发表。卫慧的《纸戒指》在《小说界》第 4 期上发表。

8 月,九丹的长篇小说《爱殇》由花城出版社出版。

同月,作家戴厚英于寓所不幸被害,享年 58 岁。

同月,散文家李佩芝病逝,享年 51 岁。

9 月,赵翼如的散文《祝福生命》在《芙蓉》第 5 期上发表。迟子建的小说《雾月牛栏》在《收获》第 5 期上发表。蒋韵的长篇小说《栎树的囚徒》、林白的创作随笔《记忆与个人化写作》在《花城》第 5 期上发表,其中《栎树的囚徒》由花城出版社于 11 月出版。戴锦华的《奇遇与突围——九十年代的女性写作》在《文学评论》第 5 期上发表。毕光明的《"小女人散文"的文学意义》在《艺术广角》第 5 期上发表。赵玫的长篇小说《高阳公主》由中国青年出版社出版。铁凝的《铁凝文集》(五卷本)由江苏文艺出版社出版。

10 月,徐坤的小说《狗日的足球》在《山花》(上半月)第 10 期上发表。郁秀的长篇小说《花季·雨季》由海天出版社出版,并在之后被改编为同名电影上映。禄琴的诗集《面向阳光》由贵州民族出版社出版。

同月,文汇出版社推出"海派女作家文丛"14 册,包括黄宗英的《我公然老了》、王小鹰的《前巷深　后巷深》、南妮的《花如情人》、王周生的《笑过的印记》、殷慧芬的《纪念》、周佩红的《你的名字是什么》、陈丹燕的《遥远地方的音乐声》、陆星儿的《一撩一捺的人》、秦文君的《老祖母的小房子》、茹志鹃的《儿女情》、竹林的《年年岁岁花相似》、王安忆的《人世的沉浮》、须兰的《思凡》、王晓玉的《我要去远方》等散文、小说集。

同月,中国当代文学研究会女性文学委员会、江苏省当代文学研究会在南京联合主办了中国当代女性文学第二届学术研讨会,研讨会主题为"回顾与重建"。

11 月,筱敏的散文《血脉的回想》在《中国作家》第 6 期上发表。燕燕的多场地次话剧《女兵连来了个男家属》在《新剧本》第 6 期上发表。贺桂梅的《有性别的文学——90 年代的女性话语的诗学实践》在《北京文学》第 11 期上发表。徐小斌评论小辑在《当代作家评论》第 6 期上发表。唐亚平的《唐亚平诗选》由贵州人民出版社出版。陈惠芬的《神话的窥破:当代中国女性写作研究》由上海社会科学院出版社出版。

12 月,叶玉琳的诗集《大地的女儿》、路也的诗集《风生来就没有家》、何向阳的评论集《朝圣的故事或在路上》入选"21 世纪文学之星丛书·1996 年卷",由百花文艺出版社出版。

同月,毕淑敏的散文集《素面朝天》由海南出版社出版。叶文玲的长篇历史小说

《秋瑾》由浙江文艺出版社出版。李华珍的《中国新时期女性散文研究》由安徽大学出版社出版。陈染的《陈染文集》(四卷本)由江苏文艺出版社出版。

同月,铁凝等当选为中国作协第五次全国代表大会副主席,冰心为名誉主席。中国作协第五次代表大会代表名单共854人,其中女性111人。

同月,作家董秀英病逝,享年47岁。

本年,吴惠玲的诗集《玫瑰和一朵玫瑰》由西北大学出版社出版。姝娟的诗集《冰月亮》由作家出版社出版。方方的《方方文集》(五卷本)由江苏文艺出版社出版。郑晓方策划的"红樱桃书系"由上海书店出版社出版。

徐小斌应邀赴美进行为期三个月的讲学、访问,举办了题为"中国女性文学的呼喊与细语""逃离意识与我的创作"的文学讲座。

由岭南学院中文系等主办,海峡两岸暨港澳地区学者参加的"女性主义文学国际研讨会"在香港召开。

1997 年

1月,铁凝的小说《秀色》在《人民文学》第1期上发表。池莉的《云破处》在《花城》第1期上发表。棉棉的《一个矫揉造作的晚上》、卫慧的《艾夏》在《小说界》第1期上发表。毕淑敏的长篇小说《红处方》在《大家》第1期上发表。韩小蕙的随笔集《体验自卑》由东方出版中心出版。

2月,菡子的《重逢日记》在《当代》第1期上发表。钟晶晶的小说《战争童谣》在《解放军文艺》第2期上发表。范小青的《错误路线》在《青年文学》第2期上发表。邵建的《herstory:陈染的〈私人生活〉》在《作家》第2期上发表。

3月,张欣的小说《今生有约》在《收获》第2期上发表。翟永明的诗选《黑夜里的素歌》由改革出版社出版。曾利君的《20世纪中国女性文学论稿》由西南师范大学出版社出版。

4月,艾晓明的《当代中国女作家的创作关怀和自我想象》在《广东社会科学》第2期上发表。叶梦的散文集《遍地巫风》由湖南文艺出版社出版。

同月,陈丹燕的长篇小说《一个女孩》德译本《九生》获联合国全球青少年文学奖。

5月,王小妮的组诗《重新做一个诗人》、王安忆的小说《屋顶上的童话》在《天涯》第3期上发表。殷慧芬的小说《屋檐下的河流》在《小说界》第3期上发表。王小鹰的长篇小说《丹青引》在《收获》第3期上发表。林白的长篇小说《说吧,房间》在《花城》第3期上发表。张海迪的散文集《生命的追问》由作家出版社出版。虹影的长篇小说《饥饿的女儿》由台北尔雅出版社有限公司出版。霍达的长篇小说《补天裂》在《特区文学》第3期上选载,并由北京出版社于同月出版全书。林白的《林白文集》(全四册)由江苏文艺出版社出版。李银河主编的《妇女:最漫长的革命——当代西方女权主义理论精选》由生活·读书·新知三联书店出版。

6月,徐敬亚的《王小妮的光晕》在《诗探索》第2辑上发表。任一鸣的《中国女性文学的现代衍进》由香港青文书屋出版。

7月,王小妮的散文《放逐深圳》在《人民文学》第7期上发表。唐韵的《我们的蜗居和飞鸟》在《西南军事文学》第4期上发表。卫慧的小说《床上的月亮》在《芙蓉》第4期上发表。池莉的《来来往往》在《十月》第4期上发表。叶弥的《成长如蜕》在《钟山》第4期上发表。铁凝的《午后悬崖》在《大家》第4期上发表。棉棉的《啦啦啦》在《小说界》第4期上发表,并由香港新世纪出版社于本年出版同名小说集。陈染的"短文小辑"之一《我的"个人化"》在《作家》第7期上发表。刘纳的《诗人张烨论》在《文学评论》第4期上发表。灰娃的诗集《山鬼故家》由人民文学出版社出版,在诗坛引起强烈反响。王小妮的随笔集《手执一枝黄花》、翟永明的《纸上建筑》由东方出版中心出版。迟子建的《迟子建文集》(共四册)、范小青的《范小青文集》(共三册)由江苏文艺出版社出版。张毓茂、阎志宏编的《萧红文集》(全三册)由安徽文艺出版社出版。

8月,徐坤的小说《厨房》在《作家》第8期上发表。舒婷的《舒婷文集》(共三册)由江苏文艺出版社出版。季红真的散文集《世纪性别》由时代文艺出版社出版。谭湘的散文集《布衣》由河北人民出版社出版。林树明的《性别与文学》由重庆大学出版社出版。

9月,魏微的小说《一个年龄的性意识》在《小说界》第5期上发表。赵玫的《女皇之死》在《当代作家》第5期上发表。王光明、荒林的《两性对话:中国女性文学十五年》、降红燕的《关于"超性别意识"的思考》在《文艺争鸣》第5期上发表。李洁非的《"她们"的小说》在《当代作家评论》第5期上发表。刘萌的《"自我"的窗口 "心灵"的声音——当代女性散文创作论》在《文艺评论》第5期上发表。

10月,周洁茹的小说《熄灯做伴》在《作家》第10期上发表。铁凝的《安德烈的晚上》在《青年文学》第10期上发表。

同月,谢冕主编的"中国女性诗歌文库"第一辑推出傅天琳的《结束与诞生》、翟永明的《称之为一切》、唐亚平的《黑色沙漠》、王小妮的《我的纸里包着我的火》、海男的《是什么在背后》、林雪的《在诗歌那边》、阎月君的《忧伤与造句》、蓝蓝的《内心生活》,由春风文艺出版社出版。

11月,卫慧的小说《黑夜温柔》在《小说界》第6期上发表。残雪的《鱼人》在《钟山》第6期上发表。戴锦华的学术随笔《没有屋顶的房间》在《莽原》第6期上发表。

同月,中国当代文学研究会女性文学委员会、中华文学基金会、厦门大学中文系、福建师大中文系、福建省文联、《台港文学选刊》杂志社在厦门联合举办了中国当代女性文学第三届学术研讨会,研讨会议题为"女性文学本体特征研究"。

12月17日,程光炜的《女性诗歌:廿年路程》在《中华读书报》上发表。

12月,季红真的散文集《女性启示录》由珠海出版社出版。范小青的长篇小说《百日阳光》由江苏文艺出版社出版。王安忆的小说讲稿《心灵世界》由复旦大学出版社出版。

本年,王小妮的系列散文《目击疼痛》在《作家》第4—10期、12期上发表。杜拉尔·梅的散文集《在北方丢失的童话》由内蒙古人民出版社出版。阿蕾的小说集《嫂子》由四川人民出版社出版。

李晶、李盈的长篇小说《沉雪》由台北联经出版事业公司出版,获第十九届联合报文学奖长篇小说评审奖。作家出版社于1998年出版。

1998 年

1月,韩小蕙的散文《欢喜佛境界》、萨娜的小说《你脸上有把刀》在《十月》第1期上发表。周洁茹的小说《我们干点什么吧》《抒情时代》在《人民文学》第1期上发表。严歌苓的长篇小说《人寰》在《小说界》第1期上发表。迟子建的小说《朋友们来看雪吧》、戴锦华的评论《迟子建:极地之女》在《山花》第1期上发表。刘思谦的《中国女性文学的现代性》在《文艺研究》第1期上发表。马瑞芳的长篇小说《感受四季》由北京十月文艺出版社出版。张慧敏编的《二十世纪中国女性主义文学精粹》由北岳文艺出版社出版。

2月,素素的散文《走进瑷珲》在《人民文学》第2期上发表。

同月,张翎的长篇小说《望月》由作家出版社出版。戴锦华编选的当代女性小说《世纪之门》由社会科学文献出版社出版。法国作家西蒙娜·德·波伏娃著、陶铁柱译的《第二性》(全译本)由中国书籍出版社出版。

同月,傅光明主编的"中国现代才女经典文丛"收入冰心、庐隐、石评梅、凌叔华、苏雪林、萧红、丁玲、谢冰莹等作家的著作,由北京燕山出版社出版,2007年出第2版。

3月,王小妮的小说《1966·两个姑娘进城去看电影》在《作家》第3期上发表。棉棉的小说《告诉我通向下一个威士忌酒吧的路》和《九个目标的欲望》分别在《作家》第3期和《小说界》第2期上发表。卫慧的《像卫慧那样疯狂》在《钟山》第2期上发表。乔以钢的《20世纪中国女性文学研究的回顾与思考》在《天津社会科学》第2期上发表。张洁的《张洁文集》(全四册)由作家出版社出版。

同月,湖南文艺出版社推出张烨、林雪、梅绍静、宣儿、梦如等人的"百合文丛:女诗人美文系列"。

4月,刘静的小说《飘落》在《当代》第2期上发表。韩小蕙的《论90年代女性散文》在《创作评谭》第2期上发表。赵雁的长篇小说《空谷》由人民文学出版社出版。顾艳的《杭州女人》由作家出版社出版。

同月,评剧表演艺术家、作家新凤霞在常州病逝,享年71岁。

5月,由翟永明、周瓒发起的女性诗刊《翼》在北京创刊,首期编辑为周瓒、穆青和张宇凌(与邻)。创刊号刊登了翟永明、周瓒、穆青、张宇凌、吕约等人的诗歌,以及一些译诗、评论和对谈等,周瓒的《创刊号前言》明确了诗刊的女性主义立场。

同月,王安忆的小说《忧伤的年代》、周洁茹的《飞》在《花城》第 3 期上发表。张洁的长篇小说《无字》第一部在《小说界》第 3 期发表、第 4 期连载,并由上海文艺出版社于 12 月出版。陈思和的《林白论》在《作家》第 5 期上发表。孙绍振的《在历史机遇的中心和边缘——舒婷的诗和散文在当代文学史上的地位》在《当代作家评论》第 3 期上发表。韦君宜的《思痛录》由北京十月文艺出版社出版。安顿的《绝对隐私》由新世界出版社出版。残雪的《残雪文集》(四卷本)由湖南文艺出版社出版。乔以钢的《低吟高歌——20 世纪中国女性文学论》由南开大学出版社出版。

6 月,海男的长篇小说《蝴蝶是怎样变成标本的》由南海出版公司出版。

7 月,《作家》第 7 期"七十年代出生的女作家小说专号"推出魏微的《从南京始发》、卫慧的《蝴蝶的尖叫》、周洁茹的《回忆作一个问题少女的时代》、棉棉的《香港情人》、朱文颖的《广场》、金仁顺的《月光啊月光》、戴来的《请呼 3338》等短篇小说,同时配发了作家的创作谈、照片和评论家点评。

同月,卫慧的小说《水中的处女》在《山花》第 7 期上发表。周洁茹的《鱼》在《江南》第 4 期上发表。池莉的《小姐你早》在《收获》第 4 期上发表。徐坤的《双调夜行船——九十年代的女性写作》在《小说界》第 4 期上发表。阿凤的小说集《木轮悠悠》由内蒙古大学出版社出版。罗莲的诗集《另一种禅悟》由贵州民族出版社出版。筱敏的散文集《风中行走》、钱满素的《飞出笼子去唱》由作家出版社出版。

同月,谢冕主编的"中国女性诗歌文库"第二辑推出张真的《梦中楼阁》、李琦的《最初的天空》、张烨的《生命路上的歌》、李小雨的《声音的雕像》、林珂的《在夜的眼皮上独舞》、杜涯的《风用它明亮的翅膀》、虹影的《白色海岸》,由春风文艺出版社出版。

8 月,迟子建的小说《清水洗尘》在《青年文学》第 8 期上发表。棉棉的《每个好孩子都有糖吃》在《上海文学》8 月号上发表。王旭烽的长篇小说《不夜之侯》由浙江文艺出版社出版。王政、杜芳琴主编的《社会性别研究选译》由生活·读书·新知三联书店出版。

同月,首届中国当代女性文学奖结果揭晓,方方、王安忆、池莉等共 30 位女性作家获"创作奖",林丹娅、荒林、谭湘等共 15 位女性文学研究专家、评论家获"建设奖"。

9 月 17 日,谭湘的《理性与激情——对近年中国女性文学的几点思考》在《作家报》上发表。

9 月,刘烈娃的小说《金蝴蝶结儿》在《解放军文艺》第 9 期上发表,并在之后被改编为同名电影上映。卫慧的小说《欲望手枪》在《芙蓉》第 5 期上发表。严歌苓的《白蛇》在《十月》第 5 期上发表。魏微的《乔治和一本书》在《小说界》第 5 期上发表。徐小斌的长篇小说《羽蛇》在《花城》第 5 期上发表。陈惠芬主编的《繁华与落寞》、艾晓明主编的《火焰或碎银》、郭红主编的《另一种唯美》等"都市女性散文"丛书由湖南文艺出版社出版。"王小妮散文随笔系列"的《目击疼痛》《谁负责给我们好心情》《我们是害虫》《派什么人去受难》等四册由湖南文艺出版社出版。

同月,中国当代文学研究会女性文学委员会、中华文学基金会、中国作协创研部在北京—承德共同主办了第四届中国当代女性文学学术研讨会暨首届中国当代女性文学颁奖大会,研讨会主题为"大文化视野中的女性文学研究"。

10 月,池莉的小说《致无尽岁月》在《当代》第 5 期上发表。魏微的《在明孝陵乘凉》在《北京文学》第 10 期上发表。叶广芩的散文集《没有日记的罗敷河》由吉林人民出版社出版。徐小斌的《徐小斌文集》(五卷本)由华艺出版社出版。"严歌苓作品系列"由春风文艺出版社出版。白峰溪的《白峰溪剧作选》由中国戏剧出版社出版。

同月,作家茹志鹃在上海病逝,享年 73 岁。

11 月,徐坤的小说《相聚梁山泊》在《山花》第 11 期上发表。崔卫平的《我是女性,但不主义》在《文艺争鸣》第 6 期上发表。王侃的《"女性文学"的内涵和视野》在《文学评论》第 6 期上发表。梅卓的《梅卓散文诗选》由贵州人民出版社出版。张抗抗的散文集《鹦鹉流浪汉》由重庆出版社出版。

同月,艾苓的散文集《领着自己回家》入选"21 世纪文学之星丛书·1997—1998 年卷",由百花文艺出版社出版。

同月,中国当代文学研究会女性文学委员会秘书长谭湘在重庆主持了"新中国文学五十年学术研讨会"的"会中会"——"两性对话:中国女性文学发展前景",谢冕、张慧敏、丁帆、吴思敬、陈骏涛、董瑾、贺桂梅、潘延、朱青、赵树勤、樊洛平等二十多人与会发言,由谭湘记录整理的《"两性对话"——中国女性文学发展前景》在《红岩》1999 年第 1 期上发表。

同月,何冀平创作的话剧《德龄与慈禧》由香港话剧团首演,杨世彭导演,2008 年 7 月在北京国家大剧院上演。

12 月,唐韵的散文集《我们的蜗居和飞鸟》由中国青年出版社出版。姜安的长篇小说《走出硝烟的女神》由解放军文艺出版社出版,并在之后被改编为同名电影上映。崔卫平的随笔集《带伤的黎明》由青岛出版社出版。赵玫的《赵玫文集》(全四册)由江苏文艺出版社出版。陈学勇编的《凌叔华文存》由四川文艺出版社出版。张岩冰的《女权主义文论》由山东教育出版社出版。

同月,上海古籍出版社的"花非花·历史小说系列"推出赵玫的《武则天·女皇》、王晓玉的《赛金花·凡尘》、庞天舒的《王昭君·出塞曲》、石楠的《陈圆圆·红颜恨》。

本年,安妮宝贝开始在网络上写作小说《告别薇安》并迅速走红,于无意中为网络时代的女性写作开启了一扇大门。

叶文玲的《叶文玲文集》第 1—8 卷由作家出版社出版,2010 年出版第 9—16 卷,2017 年第 1—16 卷重新整理出版。

1999 年

1 月,严歌苓的小说《青柠檬色的鸟》在《北京文学》第 1 期上发表。魏微的《十月五日之风雨大作》在《芙蓉》第 1 期上发表。铁凝的《永远有多远》和《寂寞嫦娥》分别在《十月》第 1 期和《中国作家》第 1 期上发表。卫慧的《神采飞扬》、金仁顺的《玻璃咖啡馆》在《钟山》第 1 期上发表。戴锦华的《自我缠绕的迷幻花园——阅读徐小斌》在《当代作家评论》第 1 期上发表。林树明的《世妇会的契机:90 年代中期以降的女性主义文学批评》在《贵州师范大学学报》第 1 期上发表。韩小蕙的《韩小蕙散文》由华夏出版社出版。韩小蕙主编的《欲说还休:当代中国女作家随笔新作》(上下卷)由南开大学出版社出版。陆星儿的长篇小说《我儿我女》由上海文艺出版社出版。王绯的《自己的一张桌:二十世纪末中国当代女小说家典范论》由河北教育出版社出版。

2 月,朱文颖的小说《重瞳》、叶广芩的《谁翻乐府凄凉曲》在《人民文学》第 2 期上发表。温燕霞的长篇小说《夜如年》由中国文联出版社出版,并在之后被改编为电视剧《围屋里的女人》。郑敏的《诗歌与哲学是近邻——结构—解构诗论》由北京大学出版社出版。

同月,作家、"世纪老人"冰心在北京逝世,享年 99 岁。

3 月,卫慧的小说《硬汉不跳舞》在《上海文学》3 月号上发表。李晶的《朱颜在一九六六年》在《北京文学》第 3 期上发表。金仁顺的《冷气流》在《大家》第 2 期上发表。采薇的《女性文学研究与大文化视野——第四届中国当代女性文学学术研讨会侧写》在《文艺评论》第 2 期上发表。张红萍的《论迟子建的小说创作》在《文学评论》第 2 期上发表。项小米的长篇小说《英雄无语》由作家出版社出版,并在之后被改编为同名电影上映。徐坤的《双调夜行船——九十年代的女性写作》由山西教育出版社出版。

4 月,王海鸰的长篇小说《牵手》由人民文学出版社出版。梁从诫编的《林徽因文集·文学卷》由百花文艺出版社出版。

5 月,周晓枫的散文《鸟群》在《十月》第 3 期上发表。王安忆的小说《喜宴》在《上海文学》5 月号上发表。方方的小说《在我的开始是我的结束》、宣儿的长篇小说《城市记忆》在《大家》第 3 期上发表。魏微的小说《父亲来访》在《花城》第 3 期上发表。方方的长篇小说《乌泥湖年谱》在《钟山》第 3 期上发表并于第 4 期连载。屈雅君的《关于女性主义文学批评学科建设的若干问题》在《学术月刊》第 5 期上发表。吴宗蕙的散文集《秋色人生》由陕西人民教育出版社出版。韩小蕙的散文集《欢喜佛境界》由现代出版社出版。王旭烽的长篇小说《筑草为城》由浙江文艺出版社出版。

同月,《翼》总第 2 期出版。本期编辑为张宇凌(与邻)、穆青。本期分为"诗选""译诗""随笔"和"评论"四个栏目,在"译诗"栏目中,推介了美国诗人伊丽莎白·毕肖普,加拿大诗人、作家玛格丽特·阿特伍德和奥地利诗人英博珂·芭赫曼的诗。

6 月,李南央的散文《我有这样一个母亲》在《书屋》第 3 期上发表。程青的小说《今晚吃烧烤》在《青年文学》第 6 期上发表。魏微的《情感一种》在《文学报》第 1080 期月末版"大众阅读·都市小说"栏上发表,并于《青年文学》第 7 期上刊载。戴锦华的《犹在镜中:戴锦华访谈录》由知识出版社出版。

同月,根据萧红同名小说改编的话剧《生死场》由中央实验话剧院在北京首演,引发轰动、热议。该剧由田沁鑫编剧、导演,剧本在《新剧本》第 6 期上刊载,2004 年此剧二度上演,2015 年 7 月复排上演,观众反响热烈。

同月,由廖一梅编剧、孟京辉导演的话剧《恋爱的犀牛》演出获得成功,剧本收入《先锋戏剧档案》(孟京辉编),由作家出版社 2000 年出版。

7 月,刘燕燕的小说《阴柔之花》在《大家》第 4 期上发表。棉棉的《一个病人》在《芙蓉》第 4 期上发表。

同月,中国作协公布发展新会员 246 人,其中女性 35 人。

同月,"中国作家协会诗人访问团"赴台湾进行了为期 9 天的"两岸女性诗歌学术研讨会"访问和交流活动。

同月,作家袁静病逝,享年 85 岁。

8 月,海男的长篇小说《女人传》由安徽文艺出版社出版。

同月,洪子诚的《中国当代文学史》(修订本)由北京大学出版社出版,该书"下编"第二十三章专列"女作家的创作"。

9 月,赵玫的散文《诗人与爱》在《散文天地》第 5 期上发表。周洁茹的《一天到晚散步的鱼》在《长江文艺》第 9 期上发表。金仁顺的小说《恰同学少年》在《小说界》第 5 期上发表。叶广芩的《梦也何曾到谢桥》在《十月》第 5 期上发表。孙惠芬的长篇小说《歇马山庄》在《当代》第 5 期上选载,单行本由人民文学出版社 2000 年出版。吕进的《女性诗歌的三种文本》在《当代文坛》第 5 期上发表。金燕玉的《"罗衣"与"诗句"——新时期女性文学之价值》在《文艺争鸣》第 5 期上发表。张抗抗的随笔集《女人说话》由江苏人民出版社出版。林丹娅的散文集《用脚趾思想》由上海人民出版社出版。陈染编选的《女性体验小说》、韩小蕙编选的《女性散文》由北京师范大学出版社出版。盛英的《中国女性文学新探》由中国文联出版社出版。周芳芸的《中国现代文学悲剧女性形象研究》由天地出版社出版。卫慧的长篇小说《上海宝贝》由春风文艺出版社出版并引发争议。

同月,卫慧的小说集《像卫慧那样疯狂》、周洁茹的《我们干点什么吧》、金仁顺的《爱情冷气流》、朱文颖的《迷花园》被列入"文学新人类"丛书,由珠海出版社出版。

同月,陈思和主编的《中国当代文学史教程》由复旦大学出版社出版,该书对《百合花》《红豆》等众多女作家作品作了重点评介。叶舒宪主编的《性别诗学》由社会科学文献出版社出版。

10 月,叶广芩的长篇小说《采桑子》由北京十月文艺出版社出版。金燕玉的《写在文学的边缘》由中央民族大学出版社出版。

11 月,魏微的小说《姐姐和弟弟》在《作家》第 11 期上发表。梅洁的长篇报告文学《创世纪情愫》由河北教育出版社出版。

同月,作家、编辑家、画家赵清阁在上海病逝,享年85岁。

12月,丁丽英的小说《我们干些什么吧》在《上海文学》12月号上发表。金仁顺的《高丽往事》在《长江文艺》第12期上发表。解放军文艺出版社的"军旅女作家长篇小说丛书"推出裘山山的《我在天堂等你》等作品。陈晓兰的《女性主义批评与文学诠释》由敦煌文艺出版社出版。屈雅君的《执着与背叛——女性主义文学批评理论与实践》由中国文联出版社出版。

2000 年

1月,徐棻根据莎士比亚的《马克白》改编的川剧《马克白夫人》在《四川戏剧》第1期上发表,并于1999年由四川省青年川剧团首演。万方的小说《空镜子》在《十月》第1期上发表。王芫的长篇小说《什么都有代价》在《当代》第1期上发表。吴思敬的《舒婷:呼唤女性诗歌的春天》在《文艺争鸣》第1期上发表。崔卫平的随笔集《看不见的声音》由浙江人民出版社出版。九丹的长篇小说《漂泊女人》由人民文学出版社出版。王安忆的《妹头》由南海出版公司出版。安妮宝贝的小说集《告别薇安》由中国社会科学出版社出版。阎纯德的《二十世纪中国女作家研究》由北京语言文化大学出版社出版。于青等主编的"旅美华文女作家精品书系"由太白文艺出版社出版。

同月,棉棉的长篇小说《糖》在《收获》第1期上发表,由中国戏剧出版社于同月出版,引发关注和争议。2001年法国两家出版社也先后出版了此书。

同月,广州剧作家伊妮从医院出走,从此下落不明,时年46岁。

2月,林树明的《性别诗学:意会与构想》在《中国文化研究》第1期上发表。王巧凤的评论集《精神的围城》由中国文联出版社出版。

3月,和晓梅的小说《深深古井巷》在《边疆文学》第3期上发表。张欣的小说《谁可相倚》在《大家》第2期上发表。须兰的长篇小说《千里走单骑》在《收获》第2期上发表。季红真的随笔《发出自己的声音》在《文学自由谈》第2期上发表。铁凝的长篇小说《大浴女》由春风文艺出版社出版。李琳的《新时期女性文学的回巡与思考》由国际炎黄文化出版社出版。

4月,棉棉的小说集《盐酸情人》由上海三联书店出版。虹影的长篇小说《饥饿的女儿》由四川文艺出版社出版,并于2005年获意大利"罗马文学奖"。

同月,《翼》总第3期出版,本期编辑为周瓒、张宇凌(与邻),在"对话"栏目下,刊登了戴锦华、周瓒、穆青与贺雷关于《翼》的对话《女性诗歌:可能的飞翔》。

5月,魏微的小说《寻父记》在《大家》第3期上发表。迟子建的长篇小说《满洲国》在《钟山》第3至4期上连载。须兰的长篇小说《奔马》(上部)、陈思和的《现代都市社会的"欲望"文本——以卫慧和棉棉的创作为例》在《小说界》第3期上发表。陈染的日记体散文《声声断断》由作家出版社出版。李惠善著、李玉花译的长篇小说《红蝴蝶》由民族出版社出版。戴来的长篇小说《我们都是有病的人》由昆仑出版社出版。戴锦华的《雾中风景：中国电影 1978—1998》由北京大学出版社出版，并于 2006 年出版第 2 版。

同月，卫慧的《上海宝贝》被定为"腐朽堕落和受西方文化毒害"的典型而在全国被禁。

6 月 27 日，于文秀的《仿制的贫困——对"文学新人类"的写作批评》在《文艺报》上发表。

6 月，陈千里的《论十七年女性文学的"准女性"特色》在《天津师大学报》（社会科学版）第 3 期上发表。残雪的文学笔记《解读博尔赫斯》（"猫头鹰学术文丛"之一）由人民文学出版社出版。

7 月，梅洁的报告文学《西部的倾诉——中国西部女性生存现状忧思录》在《报告文学》第 7 期上发表。魏微的小说《到远方去》在《作家》第 7 期上发表。严歌苓的《谁家有女初养成》在《当代》第 4 期上发表。王安忆的长篇小说《富萍》在《收获》第 4 期上发表并由湖南文艺出版社于 9 月出版。须兰的《奔马》（下部）在《小说界》第 4 期上发表。荒林的《时间感，或存在的承担与言说——王小妮写作的女性诗学意义》在《文艺争鸣》第 4 期上发表。

同月，《百花洲》自第 4 期起改版为大型女性文学双月刊，主编洪安南，特约主编谭湘。该期刊发了"女性文学笔谈二十一家"专题，同期发表了虹影、崔卫平的对话《将一种黑暗带到光亮之中——关于〈饥饿的女儿〉》。2009 年，《百花洲》回归综合纯文学双月刊。

同月，冰心的《繁星》和《寄小读者》、丁玲的《在黑暗中》、萧红的《呼兰河传》、张爱玲的《传奇》、杨沫的《青春之歌》、林海音的《城南旧事》、茹志鹃的《百合花》、杨绛的《干校六记》、宗璞的《南渡记》、舒婷的《舒婷的诗歌》入选"百年百种优秀中国文学图书"，由人民文学出版社等多家出版社重新出版。

8 月，殷健灵的儿童成长小说《纸人》由二十一世纪出版社出版。杨红樱的长篇小说《女生日记》、苏莉的随笔集《旧屋》由作家出版社出版。热孜莞古丽·玉苏甫的小说集《红遍乡村》（维吾尔文）由新疆人民出版社出版。万燕主编的"当代女学人文丛"10 册，由百花洲文艺出版社出版。

同月，叶弥的小说集《成长如蜕》、王静怡的《忧伤》、马忠静的《夏天，没有诱惑》入选"21 世纪文学之星丛书·1999—2000 年卷"，由华夏出版社出版。

9 月，池莉的小说《生活秀》在《十月》第 5 期上发表。戴锦华的《残雪：梦魇萦绕的小屋》在《南方文坛》第 5 期上发表。金文野的《女性主义文学论略》在《文艺评论》第 5 期上发表。李迎丰的《女性欲望：〈青春之歌〉中的爱情话语》在《解放军艺术学院学报》第 3 期上发表。王春林的《荡涤那复杂而幽深的灵魂——评铁凝长篇小说〈大浴女〉》在《小说评论》第 5 期上发表。陈丹燕的传记小说《上海的红颜遗事》由作家出版社出版。王周生的

长篇小说《性别:女》由上海文艺出版社出版。季红真的《萧红传》由北京十月文艺出版社
出版。

同月,中国当代文学研究会女性文学委员会、贵州师范大学中文系、《山花》杂志社在
贵阳联合主办了第五届中国当代女性文学学术研讨会,会议主题为"中外女性文学比较、
女性主义批评及当代著名作家作品研究"。会上宣布郭淑梅、谢玉娥为女性文学委员会
副秘书长。

10月26日,徐春萍、王安忆(访谈)的《我眼中的历史是日常的——与王安忆谈〈长
恨歌〉》在《文学报》上发表。

10月,迟子建的长篇小说《伪满洲国》由作家出版社出版。许雁的剧作选《男儿有
泪》由中国文联出版社出版。荒林、王红旗主编的《中国女性文化(NO.1)》(连续出版物)
由中国文联出版社出版(2003年自NO.3起由王红旗主编)。

同月,王安忆的《长恨歌》、王旭烽的《茶人三部曲》(第一、二部)获第五届茅盾
文学奖。

同月,台湾妇女写作协会组团参加了在青岛和上海召开的"两岸女性文学研讨会"
"两岸女性创作空间之展望"综合座谈会。

同月,诗人杨星火在成都病逝,享年75岁。

11月,叶广芩的长篇小说《全家福》在《十月》第6期上发表。宗璞的《东藏记》第三
章至第九章在《收获》第6期上发表。董之林的《女性写作与历史场景》、王一川的《探访
人的隐秘心灵——读铁凝的长篇小说〈大浴女〉》在《文学评论》第6期上发表。

12月,虹影的长篇小说《K》在《作家》第12期上发表(1999年在台湾首发)。郑敏的
《郑敏诗集(1979—1999)》由人民文学出版社出版。

本年,冉冉的诗集《从秋天到冬天》由中国三峡出版社出版。

何镇邦主编的"当代女作家情感世界"丛书推出徐小斌的《缪斯的困惑》、斯妤的《感
觉与经历》等共10册,由辽宁人民出版社出版。

自本年起,《湘潭大学学报》(哲社版)特辟"女性主义批评暨中外女性文学研究"不
定期栏目,由万莲子主持。专栏后来改名为"女性主义文学/性别研究",内容范围更广,
产生了较大的学术影响。

2001年

1月,魏微的小说《储小宝》在《人民文学》第1期上发表。池莉的《怀念声名狼藉的
日子》在《收获》第1期上发表。

同月,素素的散文集《独语东北》由百花文艺出版社出版。张抗抗的《张抗抗散文》由
解放军出版社出版。筱敏的《成年礼》由太白文艺出版社出版。吕锦华的《空谷佛音》由
沈阳出版社出版。乌仁高娃的《天痕》(蒙古文)由内蒙古人民出版社出版。赵玫的长篇

小说《上官婉儿》由长江文艺出版社出版。孟晖的《盂兰变》由作家出版社出版。梅卓的《月亮营地》由中国文联出版社出版。丁丽英的《时钟里的女人》由上海文艺出版社出版。蓝棣之主编的《中国先锋小说 20 家　女作家卷》由解放军文艺出版社出版。谭湘、荒林主编的中国首届女性文学奖获奖作品精品卷《花雨》(飞鸟卷、飞云卷、飞天卷)由花山文艺出版社出版。

2 月,万莲子的《20 世纪中国女性文学发展的误区》在《湘潭大学社会科学学报》第 1 期上发表。万莲子的《关于女性文学的沉思》由山西古籍出版社出版。

3 月,赵树勤的《当代女性诗学的理论建构及其流变》在《文艺研究》第 2 期上发表。陈染的《陈染文集》(六卷本)由作家出版社出版。

4 月,冯秋子的散文《我跳舞,因为我悲伤》在《人民文学》第 4 期上发表。宗璞的长篇小说《东藏记》由人民文学出版社出版。赵树勤的《找寻夏娃——中国当代女性文学透视》由湖南师范大学出版社出版,并于 2004 年第 2 次印刷。

同月,《翼》总第 4 期出版,本期编辑为翟永明、周瓒,翟永明发表《前言·关于〈翼〉的几句话》。

同月,第五次全国青年作家创作会议在北京召开,参会代表共 206 名,其中女性 50 名。

5 月,阿毛的长诗《女人辞典》在《大家》第 3 期上发表。艾云的散文《手工作坊》在《时代文学》第 3 期上发表。张屏瑾的《七十年代以后:"她们"的书写情景与表达方阵》在《文艺争鸣》第 3 期上发表。尹丽川的诗文选《再舒服一些》由中国青年出版社出版。张念的《不咬人的女权主义》由陕西师范大学出版社出版。

6 月,朱文颖的长篇小说《高跟鞋》在《作家》第 6 期上发表。荒林、王光明的《两性对话:20 世纪中国女性与文学》由中国文联出版社出版。徐频莉的《徐频莉剧作选》第一、二册由中国戏剧出版社出版,并于 2002 年 6 月出版第三册。

7 月,迟子建的小说《疯人院的小磨盘》在《大家》第 4 期上发表。朱青的《中国当代女作家纵论》由中国文联出版社出版。朱育颖的《生命的潮汐——90 年代女作家长篇小说论稿》由南方出版社出版。

同月,上海古籍出版社"花非花·历史小说系列"推出赵玫的《高阳公主·长歌》、王小鹰的《吕后·宫廷玩偶》、蒋丽萍的《柳如是·柳叶悲风》等作品。

9 月,魏微的小说《乡村、穷亲戚和爱情》在《花城》第 5 期上发表。方方的《奔跑的火光》在《收获》第 5 期上发表。

同月,张抗抗、方方、池莉、迟子建、林白、陈染、残雪、徐坤等参加了在北京召开的中日女作家会议。

同月,白烨主编的"中日女作家新作大系·中国方阵"推出中国当代女作家新作共 10 册,由中国文联出版社出版。

同月,陈学昭的《延安访问记》作为"走进延安丛书"之一由广东人民出版社出版,2003年1月由中国国际广播出版社作为"书海钩沉·延安纪实"丛书之一再版。

11月,潘婧的长篇小说《抒情年代》在《收获》第6期上发表。

12月,项小米的小说《葛定国同志的夕阳红》在《解放军文艺》第12期上发表。郑玲的《郑玲短诗选》由银河出版社出版。李伶伶的《梅兰芳全传》由中国青年出版社出版。路也的小说集《我是你的芳邻》由山东文艺出版社出版。徐棻的《徐棻戏剧作品选》由四川人民出版社出版。王吉鹏等编著的《百年中国女性文学批评》由吉林人民出版社出版。张炯主编的《丁玲全集》(十二卷本)由河北人民出版社出版。

同月,王安忆获马来西亚第六届"花踪"世界华文文学奖2001年"最杰出的华文作家"奖。

同月,中国作协第六次全国代表大会代表名单共947名,其中女性131名。铁凝当选为中国作协第六届全国委员会主席团副主席。

同月,中国当代文学研究会女性文学委员会组团赴港参加由香港中文大学和香港浸会大学共同主办的"性别与当代文学"研讨会。

本年,魏微的长篇小说《一个人的微湖闸》在《收获》长篇小说增刊上发表。

2002年

1月,中日女作家会议作家谈、张抗抗的随笔《打开自己那间屋的门窗》在《百花洲》第1期上发表。孙惠芬的小说《歇马山庄的两个女人》在《人民文学》第1期上发表。王安忆的长篇小说《上种红菱下种藕》在《十月》第1期上发表。杨莉馨的《"身体叙事"的历史文化语境与美学特征——林白、埃莱娜·西苏的对读及其它》在《中国比较文学》第1期上发表。宗璞的《风庐散文选》由上海社会科学院出版社出版。徐坤的长篇小说《春天的二十二个夜晚》、朱文颖的《水姻缘》由春风文艺出版社出版。王海鸰的《大校的女儿》由人民文学出版社出版。张洁的长篇小说《无字》(共三部)由北京十月文艺出版社出版。郭力的《"北极光"的遥想者——张抗抗论》由黑龙江人民出版社出版。

同月,谭湘主编的"女学人文化随笔"丛书推出刘思谦的《女人的船和岸》、谭湘的《城市徜徉》、丹娅的《女性景深》、戴锦华的《印痕》等共8册,由河北教育出版社出版。

同月,作家、编辑家韦君宜在北京病逝,享年85岁。

2月3日,白烨在中国现代文学馆作了"透析女性写作热"的义务演讲。

2月,黄礼孩、江涛主编的《诗歌与人:2002年中国女性诗歌大扫描》在广州印行。朱虹、周欣编的《嬉雪:中国当代女性散文选》(汉英对照本)由辽宁教育出版社出版。

同月,作家草明在北京病逝,享年89岁。

3月,阿毛的诗《当哥哥有了外遇》("阿毛诗选")在《诗歌月刊》第3期上发表,后入选多种诗歌选本,引起强烈反响和争议。

同月,鲁敏的小说《白围脖》在《人民文学》第 3 期上发表。马晓丽的长篇小说《楚河汉界》由解放军文艺出版社出版。陈志红的《反抗与困境——女性主义文学批评在中国》由中国美术学院出版社出版。

同月,"翼·女性诗歌论坛"在"诗生活"网站上线。

4 月,叶弥的小说《天鹅绒》在《人民文学》第 4 期上发表。迟子建的《花瓣饭》在《青年文学》第 4 期上发表。张海迪的长篇小说《绝顶》由人民文学出版社出版。孙晶岩的报告文学《中国女子监狱调查手记》由作家出版社出版。戴锦华的《涉渡之舟——新时期中国女性写作与女性文化》由陕西人民教育出版社出版,北京大学出版社于 2007 年再版。徐岱的《边缘叙事:20 世纪中国女性小说个案批评》由学林出版社出版。

5 月,《翼》网络版并"女性诗歌论坛"隆重推出。

同月,黄柏刚的《女性文学回归现实的新变信号——评方方新作〈奔跑的火光〉》在《当代文坛》第 3 期上发表。姝娟的长篇小说《摇曳的教堂》由作家出版社出版。陈谦的《爱在无爱的硅谷》由上海文艺出版社出版。春树的《北京娃娃》由远方出版社出版并被称作"残酷青春小说"。

同月,《北京文学》月刊社和《北京日报》文艺部在北京共同举办了"她世纪"与女性写作研讨会。

6 月,复刊后的《女子诗报》在互联网开设了"女子诗报"论坛,本年改为年度优秀女性诗歌选本《女子诗报年鉴》。

同月,素素的散文《模仿的大连》在《山花》第 6 期上发表。张抗抗的长篇小说《作女》由华艺出版社出版。王春荣的《女性生存与女性文化诗学》由辽宁大学出版社出版。

同月,中国第一座综合性的妇女文化博物馆经过近五年的试展后在陕西师范大学正式揭牌、对外开放,9 月迁入长安新校区。

7 月 27 日,王春荣的《现代女性文论对中国文论建设的特殊意义》在《光明日报》上发表。

7 月,荒林主编的《女性生存笔述》由山西人民出版社出版。懿翎的长篇小说《把绵羊和山羊分开》、萨仁托娅的《静静的艾敏河》由人民文学出版社出版。朱小平的《二十世纪湖南女性文学发展史》由海南出版社出版。

8 月,筱敏的散文《捕蝶者》在《人民文学》第 8 期上发表。翟永明的诗集《终于使我周转不灵》由河北教育出版社出版。安妮宝贝的散文集《蔷薇岛屿》由作家出版社出版。残雪的长篇小说《五香街》(《突围表演》)由海峡文艺出版社出版。白玛娜珍的长篇小说《拉萨红尘》由西藏人民出版社出版。黄礼孩编的《狂想的旅程:新女性新诗歌》由海风出版社出版。

同月,"发展妇女和社会性别在文学文化中的学科建设项目组"在上海社科院主办了"社会性别与文化文学学科建设"学术研讨会。

9月,朱文颖的小说《哈瓦那》在《作家》第9期上发表。陈骏涛的《当代中国(大陆)三代女学人评说》在《文艺争鸣》第5期上发表。

10月,刘敏的长篇小说《后殖民女人》由漓江出版社出版。戴来的《练习生活练习爱》由作家出版社出版。张燕玲的《广西当代作家丛书·张燕玲卷》由漓江出版社出版。李玲的《中国现代文学的性别意识》由人民文学出版社出版。李小江等的《文学、艺术与性别》由江苏人民出版社出版。

11月,铁凝的散文《怀念孙犁先生》在《人民文学》第11期上发表。方方的小说《有爱无爱都铭心刻骨》在《小说界》第6期上发表。叶弥的长篇小说《美哉少年》在《钟山》第6期上发表。王兆胜的《超越与局限——论80年代以来中国女性散文》在《文学评论》第6期上发表。

12月,萨仁图娅的长篇传记《尹湛纳希》由辽宁民族出版社出版。郭力的《二十世纪中国女性文学的生命意识》由黑龙江教育出版社出版。杨莉馨的《西方女性主义文论研究》由江苏文艺出版社出版。

同月,《翼》总第5期出版,本期编辑为唐丹鸿、周瓒。

同月,虹影的小说《K》引发的"侵犯先人名誉"案经法院一审判决,《K》被禁售,引起各方媒体关注。虹影不服、上诉,一些评论家、作家纷纷发表看法。最终纠纷达成和解。2003年7月经法院最终裁决,容许《K》改名为《英国情人》,并将"无意巧合原告先人的名字身份"等修改后还可出版。

本年,盛可以的《水乳》在《收获·长篇专号》(秋冬卷)上刊载。《文艺研究》出版了《2002年专刊·石评梅研究》。

由《中国女性主义》北京编辑部主办的两性视野学术网站开通,设有"学术动态""男性批判""女性批判""传媒观察""学术之窗""教授演讲""生存笔述""讨论区""女性主义文学""女性主义在行动""《中国女性主义》沙龙""福特项目"等板块。

2003 年

1月,《中国诗人》第1期专题推介了女性诗刊《翼》,发表了翟永明的《马克白夫人》《雏妓》,蓝蓝的《自波德莱尔以来……》《伏羲陵前》,燕窝的《圣保罗的蝴蝶花》《穿越阳光下的大街小巷》等12位女诗人的作品。

同月,须一瓜的小说《雨把烟打湿了》在《福建文学》第1期上发表。迟子建的《一匹马两个人》在《收获》第1期上发表。北北的小说《寻找妻子古菜花》、池莉的《有了快感你就喊》在《人民文学》第1期上发表。林白的长篇小说《万物花开》在《花城》第1期上发表。张新颖的《知道我是谁——漫谈魏微的小说》在《当代作家评论》第1期上发表。刘思谦的《性别理论与女性文学研究的学科化》在《文艺理论研究》第1期上发表。李娟的散文集《九篇雪》由新疆人民出版社出版。荒林的诗选《与第三者交谈》由山西人民出版社出版。成幼殊的诗集《幸存的一粟》由山东画报出版社出版。萨娜的小说集《你脸上有把刀》由大众文艺出版社出版。金仁顺的长篇小说《绿茶》由北京出版社出版。虹影的《孔雀的叫喊》由知识出版社出版。张欣的《泪珠儿》由人民文学出版社出版。毛尖的《非常罪,非常美:电影笔记》由广西师范大学出版社出版,并于2010年出增订版。"严歌苓文集"系列由当代世界出版社出版。乔以钢的《多彩的旋律——中国女性文学主题研究》由南开大学出版社出版。

同月,李丹的散文集《天堂鸟》、桂苓的《吹灭读书灯》入选"21世纪文学之星丛书·2002年卷",由作家出版社出版。

同月,王蒙、张洁分别获"2002年度中华文学人物"评选中的"文学先生"与"文学女士"称号。

2月,潘向黎的小说《奇迹乘着雪橇来》在《作家》第2期上发表。

同月,荒林主编的《两性视野》由知识出版社出版,收有荒林的《谁是我们的自我——残雪访谈》、盛英的《女性批判:中国男作家的男权话语》、顾艳的《女性主义者宣言》等文章。

3月4日,屈雅君的《女性文学批评的本土化》在《文艺报》上发表。

3月,迟子建的长篇小说《越过云层的晴朗》在《钟山》第2期上发表。葛水平的散文集《河水带走两岸》由北岳文艺出版社出版。王宇的《男性文本:女性主义批评不该忘却的话语场地》在《文艺评论》第2期上发表。乔以钢的《论女性文学的学科建设》和《多姿的飞翔——论20世纪90年代女性写作》分别在《南开学报》第2期和《天津社会科学》第2期上发表。

4月,胡传永的报告文学《血泪打工妹》在《北京文学·精彩阅读》第4期上发表。魏微的小说《大老郑的女人》在《人民文学》第4期上发表。

同月,迟子建获得澳大利亚"悬念句子文学奖"。

5月,迟子建的散文《雪山的长夜》和小说《门镜外的楼道》分别在《香港文学》第5期和《作家》第5期上发表。叶弥的小说《明月寺》在《钟山》第3期上发表。须一瓜的《淡绿色的月亮》在《收获》第3期上发表,并在之后被改编为电影《夜色撩人》。

6月,曲兰的报告文学《老年悲歌》在《北京文学·精彩阅读》第6期上发表。周晓枫的散文《你的身体是个仙境》、戴来的小说《茄子》在《人民文学》第6期上发表。张悦然的小说《葵花走失在1890》在《萌芽》第6期上发表。毕淑敏的长篇小说《拯救乳房》由人民文学出版社出版。娜朵的《母枪》由民族出版社出版。

同月,作家菡子在上海病逝,享年83岁。

7月,王小妮的《十支水莲》(六首)在《诗歌月刊》第7期上发表。王安忆的小说《发廊情话》在《上海文学》7月号上发表。鲁敏的《镜中姐妹》在《十月》第4期上发表。程青的《十周岁》在《当代》第4期上发表。

同月,杨绛的散文集《我们仨》由生活·读书·新知三联书店出版。盛琼的长篇小说《生命中的几个关键词》由作家出版社出版。

8月,娜夜的《娜夜诗选》由甘肃文化出版社出版。黄礼孩、布咏涛主编的《诗歌与人:中国女诗人访谈录》在广州印行。张立勤的散文集《树中的女人》由百花文艺出版社出版。残雪的《为了报仇写小说——残雪访谈录》由湖南文艺出版社出版。西慧玲的《西方女性主义与中国女作家批评》由上海社会科学院出版社出版。

9月,严歌苓的小说《拖鞋大队》在《上海文学》9月号上发表。朱文颖的《变形》在《人民文学》第9期上发表。魏微的小说《化妆》在《花城》第5期上发表。王安忆的长篇小说《桃之夭夭》在《收获》第5期上发表,并由上海文艺出版社于12月出版。张兵娟的《一道奇异的历史风景线——女性新历史小说及其批评概览》在《中州学刊》第5期上发表。任一鸣的《解构神话——徐坤的意义之一》在《艺术广角》第5期上发表。

10月,马丽华的散文《然乌湖之旅》、张欣的小说《有些人你永远不必等》在《北京文学·精彩阅读》第10期上发表。陆星儿的生命日记《用力呼吸》由江苏文艺出版社出版。崔卫平的《积极生活》由中国人民大学出版社出版。张爱玲的《张爱玲典藏全集》(全14册)由哈尔滨出版社出版。田沁鑫的话剧剧本集《我做戏,因为我悲伤》由作家出版社出版。

11月,方方的小说《树树皆秋色》在《北京文学·精彩阅读》第11期上发表。须一瓜的《第三棵树是和平》在《十月》第6期上发表。迟子建的《踏着月光的行板》、笛安的《姐姐的丛林》在《收获》第6期上发表。翟永明、周瓒、鲁西西、穆青、宇向等的对话《诗歌中的女性意识》在《扬子江诗刊》第6期上发表。贺桂梅的《当代女性文学批评的三种资源》在《文艺研究》第6期上发表。谢有顺的《铁凝小说的叙事伦理》在《当代作家评论》第6期上发表。艾云的评论集《用身体思想》由江苏人民出版社出版。

同月,中国作协公布2003年新增会员329人,其中女性66人。

12月,韩小蕙的散文自选集《在个性的天空下自言自语》由山东文艺出版社出版。王春荣、吴玉杰主编的《女性声音的诗学》由辽宁大学出版社出版。

同月,中国作家协会理论批评委员会、中国当代文学研究会女性文学委员会、中国版协妇女读物研究委员会、黑龙江省社科院在哈尔滨市联合主办了第六届中国当代女性文学学术研讨会暨第二届中国女性文学奖(莱蒂菲杯)颁奖会。王周生的长篇小说《性别:女》、张洁的《无字》等四大类59部(套)作品获奖,另有特别奖、荣誉奖、组织奖、入围奖。本次研讨会主题为"21世纪女性文学发展态势"。

本年,邵丽的《我的生活质量》在《小说选刊》长篇小说增刊下半年号上发表。盛可以的长篇小说《活下去》在《钟山·新生代长篇小说特大号》(秋冬卷)上发表,并被改名为《北妹》于2004年4月由长江文艺出版社出版单行本。

2004 年

1 月,张欣的长篇小说《深喉》在《收获》第 1 期上发表。林丹娅的《女性话语的文学境遇》在《东南学术》第 1 期上发表。张悦然的长篇小说《樱桃之远》由春风文艺出版社出版。范小青的《城市表情》由作家出版社出版。邵丽的《我的生活质量》由人民文学出版社出版。

同月,巴金、杨绛分别获"2003 年度中华文学人物"评选中的"文学先生"与"文学女士"称号。

2 月,潘向黎的小说《白水青菜》在《作家》第 2 期上发表。盛可以的小说《取暖运动》在《芙蓉》第 2 期上发表。安琪的诗集《像杜拉斯一样生活》由作家出版社出版。筱敏的随笔集《记忆的形式》由百花文艺出版社出版。

3 月,《诗刊》3 月号下半月刊"诗歌圆桌"栏目以"一首诗引发的争议"为题刊登了有关文章,就阿毛的《当哥哥有了外遇》展开新诗大讨论。

同月,罗振亚的《激情同技术遇合——90 年代女性主义诗歌的审美新向度》在《文艺理论研究》第 2 期上发表。王艳芳的《身体认同模式下的文化建构——论 90 年代女性写作》在《浙江学刊》第 2 期上发表。何冀平的《天下第一楼:何冀平剧本选》由北京十月文艺出版社出版。荒林主编的《中国女性主义》(创刊卷)由广西师范大学出版社出版,并于2011 年 7 月出版到第 12 卷。

4 月,徐坤的长篇小说《爱你两周半》在《十月·长篇小说》(谷雨卷)上发表。朱文颖的《戴女士与蓝》在《收获·长篇专号》(春夏卷)上发表。乔叶的《我是真的热爱你》由长江文艺出版社出版。

5 月,李小洛的组诗《孤独书》在《花城》第 3 期上发表。盛可以的小说《青桔子》在《天涯》第 3 期上发表。孙惠芬的长篇小说《上塘书》在《当代》第 3 期上发表。何向阳的评论集《夏娃备案》由山东文艺出版社出版。毛尖的随笔集《当世界向右的时候》由广西师范大学出版社出版。王正军的长篇小说《哈佛之恋》由中国华侨出版社出版。林树明的《多维视野中的女性主义文学批评》由中国社会科学出版社出版。

同月,杨绛的《杨绛文集》(八卷本)由人民文学出版社出版,2009 年该社将杨绛作品分为创作和译作两部分出版。《杨绛文集》(八卷本,修订本)于 2013 年面世。

同月,广东"五月诗社"、《女子诗报》等在广东清新县联合主办了"五月清新·中国第二届女诗人作品研讨会"。

同月,王小妮等获首届"新诗界国际诗歌奖""启明星奖"。

6 月,哈丽黛·伊斯拉依勒著、苏永成译的小说《沙漠之梦》在《民族文学》第 6 期上发表。任一鸣的《"游戏"男性中心文化核心文本——解读王安忆〈叔叔的故事〉》在《昌吉学院学报》第 2 期上发表。杨打铁的小说集《碎麦草》由贵州人民出版社出版。

7月,须一瓜的小说《穿过欲望的洒水车》在《收获》第4期上发表。雪漪的散文诗集《我的心对你说》由内蒙古人民出版社出版。张悦然的小说集《十爱》由作家出版社出版。张欣的长篇小说《浮华城市》、孙惠芬的《上塘书》由人民文学出版社出版。孟悦、戴锦华的《浮出历史地表》由中国人民大学出版社出版。王绯的《空前之迹——1851—1930：中国妇女思想与文学发展史论》由商务印书馆出版。

同月,"发展妇女和社会性别在文学文化中的学科建设项目组"在陕西师范大学主办了"女性文学与文化学科建设"国际学术研讨会。

8月,路也的组诗《一个异乡人的江南》在《诗刊》8月号下半月刊上发表。毕淑敏的中篇小说《女工》在《北京文学·精彩阅读》第8期上发表。吴君的长篇小说《我们不是一个人类》由作家出版社出版。张华的《中国女性文学爱情叙事研究》由新疆人民出版社出版。

同月,柳营的小说集《窗口的男人》、川妮的《平安夜》入选"21世纪文学之星丛书·2003年卷",由作家出版社出版。

9月,池莉的小说《托尔斯泰围巾》在《收获》第5期上发表。林湄的长篇小说《天望》由长江文艺出版社出版。王海鸰的《中国式离婚》由北京出版社出版。

同月,作家陆星儿在上海病逝,享年55岁。

10月,映川的小说《不能掉头》、魏微的《异乡》在《人民文学》第10期上发表。林白的《妇女闲聊录》在《十月·长篇小说》(寒露卷)上发表,并被视为其个人化写作突破与超越的"转型"之作。姝娟的长篇小说《红尘芬芳》由作家出版社出版。黄礼孩主编的《诗歌与人：最受读者欢迎的10位女诗人》在广州印行。

同月,荒林主编的《中国女性主义学术论丛》(共12册)由九州出版社出版,有盛英的《中国女性主义文学纵横谈》、禹建湘的《徘徊在边缘的女性主义叙事》、荒林的《花朵的勇气》、任一鸣的《抗争与超越》《解构与建构》、姜云飞的《失笼的囚徒》等著作。

同月,张烨应邀赴爱尔兰都柏林参加了《鬼男》的首发式。

同月,王安忆根据张爱玲同名小说改编的话剧《金锁记》(导演黄蜀芹)在第六届中国上海国际艺术节参演。

同月,作家梅志在北京病逝,享年90岁。

11月,葛水平的小说《喊山》、戴来的《关系》在《人民文学》第11期上发表。邵丽的《明惠的圣诞》在《十月》第6期上发表。飞花的《卖米》在《当代》第6期上发表。叶梅的小说集《五月飞蛾》由中国文联出版社出版。许雁的《许雁剧作选》(电影文学剧本卷、话剧·电视剧卷)由中国文联出版社出版。

12月,刘虹的《刘虹的诗》由重庆出版社出版。罗婷等的《女性主义文学批评在西方与中国》由中国社会科学出版社出版。陈骏涛主编的《精神之旅——当代作家访谈录》由广西师范大学出版社出版。

本年,路也写出江心洲系列组诗。笛安的《告别天堂》在《收获·长篇专号》(秋冬卷)上刊载。

崔卫平的《水木年华》、韩小蕙的《我在我思》、姜华的《情感思辨》、张燕玲的《此岸,彼岸》、季红真的《寻求者的梦魇》、何向阳的《镜中水未逝》等入选"知识女性文丛",由河南文艺出版社出版。

2005 年

1月,王华的长篇小说《桥溪庄》在《当代》第1期上发表,并在之后改名为《雪豆》出版。林白的《低于大地——关于〈妇女闲聊录〉》、施战军的《让他者的声息切近我们的心灵生活——林白〈妇女闲聊录〉与今日文学的一种路向》在《当代作家评论》第1期上发表。唐晓渡的《谁是翟永明?》在《诗选刊》第1期上发表。鲁西西的《鲁西西诗歌选》由光明日报出版社出版。王小妮的诗集《半个我正在疼痛》由华艺出版社出版。张悦然的长篇小说《水仙已乘鲤鱼去》由作家出版社出版。马小淘的《飞走的是树,留下的是鸟》由时代文艺出版社出版。盛琼的《我的东方》由人民文学出版社出版。毛尖的《慢慢微笑:毛尖自选集》由辽宁教育出版社出版。贺绍俊的《铁凝评传》由郑州大学出版社出版。李小江的《女性/性别的学术问题》由山东人民出版社出版。

2月,罗露西的散文集《下午茶:露西的浪漫英伦》由安徽教育出版社出版。樊洛平的《当代台湾女性小说史论》由河南人民出版社出版。

同月,作家李建彤在北京病逝,享年86岁。

3月,蒋子丹的散文《那天晚上》在《天涯》第2期上发表。张翎的小说《雁过藻溪》在《十月》第2期上发表。须一瓜的《有一种树春天叶儿红》在《收获》第2期上发表。刘思谦的《女性文学这个概念》在《南开学报》第2期上发表。顾艳的长篇小说《灵魂的舞蹈》由作家出版社出版。

4月,路也的组诗《我和你的江心洲》在《山花》第4期(A版)上发表。《翼》总第6期及《心灵寻找她的社群——女性诗歌专场朗诵会作品集》出版。严歌苓的长篇小说《穗子物语》由广西师范大学出版社出版。

同月,张洁的《无字》、宗璞的《东藏记》获第六届茅盾文学奖。

5月,第三届华文青年诗人奖获奖诗人路也的《路也诗选(二十首)》在《诗刊》5月号下半月刊上刊载。盛可以的小说《惜红衣》在《人民文学》第5期上发表。迟子建的《世界上所有的夜晚》在《钟山》第3期上发表。范小青的长篇小说《女同志》在《小说月报·原创版》第3期上发表,并由春风文艺出版社出版。蒋韵的长篇小说《隐秘盛开》由北京十月文艺出版社出版。林丹娅主编的"女缘丛书"由厦门大学出版社出版。李有亮的《给男人命名——20世纪女性文学中男权批判意识的流变》由社会科学文献出版社出版。

6月,吕红的随笔集《女人的白宫》由花城出版社出版。刘思谦、郭力、杨珺的《女性生命潮汐——二十世纪九十年代女性散文研究》由河南大学出版社出版。

同月，已故文学家冰心获亚非作家协会授予的"妇女——不断创新与奉献的力量"亚非杰出女性奖。

7月，张虹的小说《小芹的郎河》在《特区文学》第 4 期上发表。林丹娅的《妇女/性别研究主流化问题刍议——从女性文学研究进入高校学科体系谈起》在《妇女研究论丛》第 4 期上发表。邵燕君的《"美女文学"现象研究》由广西师范大学出版社出版。秦林芳的《丁玲的最后 37 年》由中国文史出版社出版。

8月，苏琼的《八十年代女性戏剧研究》在《戏剧艺术》第 4 期上发表。黄礼孩、江涛主编的《诗歌与人》总第 11 期——《中国当代少数民族女诗人诗选》出版。刘剑梅的散文集《狂欢的女神》由台湾九歌出版社出版，并由北京生活·读书·新知三联书店于 2007 年出版。

9月，钟晶晶的小说《我的左手》在《十月》第 5 期上发表。朱文颖的《繁华》在《收获》第 5 期上发表。鲍尔金娜的《紫茗红菱》在《布老虎青春文学》第 5 期上发表。残雪的长篇小说《最后的情人》由花城出版社出版。陈淑梅的《新时期女性小说话语权威的建立》在《文学评论》第 5 期上发表。荒林、张洁的《存在与性别，写作与超越——张洁访谈录》在《文艺争鸣》第 5 期上发表。荣荣的诗集《看见》由宁波出版社出版。刘思谦主编的《女性生命潮汐——二十世纪九十年代女性散文选读》由河南大学出版社出版。朱青的《中国当代女作家述评》由兰州大学出版社出版。

10月，周晓枫的散文集《你的身体是个仙境》由二十一世纪出版社出版。杨莉馨的《异域性与本土化：女性主义诗学在中国的流变与影响》由北京大学出版社出版。田泥的《走出塔的女人——20 世纪晚期中国女性文学的分裂意识》由中国社会科学出版社出版。朱小平的《现代湖南女性文学史》由湖南师范大学出版社出版，并分别于 2006 年、2019 年出版第 2 版、第 3 版。

同月，中国当代文学研究会女性文学委员会、河南大学文学院和洛阳师范学院文学院在开封—洛阳主办了第七届中国女性文学学术研讨会暨中国当代文学研究会女性文学委员会成立十周年纪念会，研讨会主题为"中国现当代文学与性别"。

同月，在由中国传记文学学会等联合主办的"风雅颂杯·中国当代优秀传记文学作家"评选活动中，石楠、胡辛等获选。

11月，徐坤的小说《午夜广场最后的探戈》在《北京文学·精彩阅读》第 11 期上发表。张翎的《空巢》在《人民文学》第 11 期上发表。严歌苓的小说《金陵十三钗》在《小说月报·原创版》第 6 期上发表，并在之后被改编为同名电影上映。张抗抗的《干涸》、迟子建的长篇小说《额尔古纳河右岸》在《收获》第 6 期上发表，其中《额尔古纳河右岸》由北京十月文艺出版社于 12 月出版。陈晓明、王尧、谢有顺等的"范小青评论专辑"在《当代作家评论》第 6 期上刊载。万莲子的《性别：一种可能的审美维度——全球化视域里的中国性别诗学研究导论(1985—2005 大陆)》在《湘潭大学学报》第 6 期上连载。满妹的《思念依然无尽——回忆父亲胡耀邦》由北京出版社出版。

同月,王妍丁的诗集《手挽手的温暖》入选"21 世纪文学之星丛书·2004 年卷",由作家出版社出版。

12 月,马金莲的小说《掌灯猴》在《回族文学》第 6 期上发表。刘思谦的《性别:女性文学研究的关键词》、阎纯德的《试论中国女性文学的多元形态》在《洛阳师范学院学报》第 6 期上发表。辛茹的抒情长诗《火箭碑》由解放军文艺出版社出版。魏微的小说集《姐姐和弟弟》、朱文颖的《龙华的桃花》由山东文艺出版社出版。刘红林的《台湾女性主义文学新论》由台海出版社出版。沈红芳的《女性叙事的共性与个性——王安忆、铁凝小说创作比较谈》由河南大学出版社出版。

本年,以乔以钢教授为首席专家的教育部哲学社会科学研究重大课题攻关项目"性别视角下的中国文学与文化"获审批通过。《南开学报》特邀乔以钢主持、开设了"专题研究:性别与中国文学、文化"专栏,次年更名为"性别视角下的中国文学与文化",每年 3 期定时刊出,至 2022 年已发论文 160 余篇,产生了广泛的学术影响。

刘俊、蔡晓妮主编的"跨区域华文女作家精品文库"由花城出版社出版。

2006 年

1 月,周晓枫的散文《桃花烧》在《散文》第 1 期上发表。乔叶的小说《打火机》在《人民文学》第 1 期上发表。魏微的小说《姊妹》在《中国作家·小说》第 1 期上发表。范小青的《城乡简史》在《山花》第 1 期(A 版)上发表。黄咏梅的《单双》在《钟山》第 1 期上发表。张洁的长篇小说《知在》在《收获》第 1 期上发表。铁凝的《笨花》在《当代》第 1 期上发表,并由人民文学出版社于同月出版。阿毛的诗集《我的时光俪歌》由武汉出版社出版。阿拉旦·淖尔的散文集《萨日朗》由人民文学出版社出版。张念的《持不同性见者》由东方出版中心出版。燕燕的长篇小说《姨妈的后现代生活》由昆仑出版社出版。张抗抗的小说集《北极光》由人民文学出版社出版。

同月,习习的散文集《浮现》、舟卉的小说集《好好活着》入选"21 世纪文学之星丛书·2005 年卷",由作家出版社出版。李向东、王增如的《丁玲年谱长编 1904—1986》(上、下卷)由天津人民出版社出版。

2 月,舒婷的散文《老房子的前世今生》在《人民文学》第 2 期上发表。钱虹的《关于女性学课程的思考及女性文学教学实践》在《中华女子学院学报》第 1 期上发表。赖妙宽的长篇传记小说《天堂没有路标》由鹭江出版社出版。

3 月,傅天琳的诗歌《六片落叶》在《人民文学》第 3 期上发表。方方的小说《春天来到昙华林》在《小说月报·原创版》第 2 期上发表。苏瓷瓷的小说《李丽妮,快跑!》在《花城》第 2 期上发表。张惠雯的《水晶孩童》在《收获》第 2 期上发表。严歌苓的长篇小说

《第九位寡妇》在《当代》第 2 期上发表,并由作家出版社以书名《第九个寡妇》于同月出版。安妮宝贝的《莲花》在《收获·长篇专号》(春夏卷)上刊载,并由作家出版社于同月出版。迟子建、胡殷红的访谈《与迟子建谈长篇新作〈额尔古纳河右岸〉》在《艺术广角》第 2 期上发表。吴思敬的《从黑夜走向白昼——21 世纪初的中国女性诗歌》在《南开学报》第 2 期上发表。朱育颖的《性别之声:当代女性写作的流变》、王巧凤的《"十七年"文学中"文学父权"神话解构》在《河南大学学报》第 2 期上发表。王喜绒等的《20 世纪中国女性文学批评》由中国社会科学出版社出版。王宇的《性别表述与现代认同》由上海三联书店出版并获全国妇联/中国妇女研究会首届"妇女与性别研究优秀博士论文"一等奖。

同月,中国作协创研部、中国社会科学院民族文学研究所等在上海联合举办了"中国少数民族女性文学论坛暨《神妻》作品研讨会"。

4 月,沈虹光的小剧场话剧《临时病房》在《剧本》第 4 期上发表。盛可以的小说《淡黄柳》在《作家》第 4 期上发表。滕肖澜的《蓝宝石戒指》在《人民文学》第 4 期上发表。蔡丽双的散文诗集《温泉心絮》由妙韵出版社出版。马丽华的长篇小说《如意高地》由北京十月文艺出版社出版。张清华主编、毕文君等编选的《中国新时期女性文学研究资料》由山东文艺出版社出版。

5 月,潘向黎的散文《我不识见曾梦见》在《山花》第 5 期(A 版)上发表。蒋韵的小说《心爱的树》在《北京文学·精彩阅读》第 5 期上发表。葛水平的《连翘》在新版双月刊《芳草》创刊号上发表。铁凝、王干关于《笨花》的对话《花非花 人是人 小说是小说》在《南方文坛》第 3 期上发表。荒林的《重构自我与历史:1995 年以后中国女性主义写作的诗学贡献——论〈无字〉、〈长恨歌〉、〈妇女闲聊录〉》、王宇的《新时期之初的"男子汉"话语》、张凌江的《物化:消费文化语境中女性写作的新症候》在《文艺研究》第 5 期上发表。董丽敏的《个人言说、底层经验与女性叙事——以林白为个案》在《社会科学》第 5 期上发表。林树明的《论当前中国女性主义文学批评的问题》在《湘潭大学学报》第 3 期上发表。王旭烽的长篇纪实文学《让我们敲希望的钟啊》由宁波出版社出版。严歌苓的长篇小说《一个女人的史诗》由湖南文艺出版社出版。王艳芳的《女性写作与自我认同》由中国社会科学出版社出版。

同月,由中国作协诗刊社、中国妇女报等联合举办的"新世纪十佳青年女诗人"评选活动中,蓝蓝、路也、娜夜、鲁西西、杜涯、李小洛、海男、安琪、荣荣、林雪获选。《新世纪十佳青年女诗人诗选》由时代文艺出版社出版。

同月,《芳草》杂志社设立汉语文学女评委大奖,评委由在海峡两岸暨港澳地区主要专业媒体从业的资深女性组成。

6 月,翟永明的散文《轻伤的人,重伤的城市》在《人民文学》第 6 期上发表。裘山山的散文集《遥远的天堂》由解放军文艺出版社出版。叶尔克西·胡尔曼别克的小说集《黑马归去》由新疆青少年出版社出版。汪洋的长篇小说《在疼痛中奔跑》由北京十月文艺出版社出版。

同月,应《长篇小说选刊》邀请,中澳女作家在北京举行了女性文学对话。

7月,马晓丽的小说《云端》在《十月》第4期上发表。"迟子建评论专辑"在《当代作家评论》第4期上刊载。叶弥的《小男人》在《收获》第4期上发表。郭力的《生命意识:20世纪中国女性文学的理论生长点》在《江海学刊》第4期上发表。武新军的《近年来女性文学研究思路批判》在《学术月刊》7月号上发表。吕红的长篇小说《美国情人》由中国华侨出版社出版。

8月,乔叶的小说《锈锄头》在《人民文学》第8期上发表。叶文玲的长篇小说《三生爱》由上海文艺出版社出版。

同月,《翼》总第7期出版,本期编辑为朴韵(孙怡)、周瓒,封面、内文插图的设计者为艺术家、诗人陈鱼。

9月,范小青的小说《我就是我想象中的那个人》、王海鸰的长篇小说《新结婚时代》在《当代》第5期上发表。魏微的小说《家道》在《收获》第5期上发表。南帆、韩春燕、胡传吉、陈超等的"铁凝评论专辑"在《当代作家评论》第5期上刊载。李美皆的评论集《容易被搅浑的是我们的心》由人民文学出版社出版。周乐诗的《笔尖的舞蹈——女性文学和女性批评策略》由上海外语教育出版社出版。

10月,陈染的《我究竟在这艘人世之船上浮想什么——僻室笔记系列》在《人民文学》第10期上发表。林雪的诗集《大地葵花》由春风文艺出版社出版。聂力的传记文学《山高水长:回忆父亲聂荣臻》由上海文艺出版社出版。王毅的小说集《栀子花开》由解放军文艺出版社出版。雪静的长篇小说《旗袍》由作家出版社出版。

11月,张悦然的长篇小说《誓鸟》在《收获》第6期上发表,并由光明日报出版社于同月出版。

同月,中国作协第七次全国代表大会代表名单共953名,其中女性145名。铁凝当选为第七届中国作家协会主席,王安忆、张抗抗等为副主席。

12月,雷子的诗集《雪灼》由中央文献出版社出版。石楠的《石楠文集》(全14卷)由中国戏剧出版社出版。"铁凝作品系列"(九卷本)由人民文学出版社出版。乔以钢的《中国当代女性文学的文化探析》由北京大学出版社出版。

本年,谭湘代表中国当代文学研究会女性文学委员会及河北教育出版社邀请乔以钢、林丹娅主持,女性文学委员会部分成员共同参与编写的面向普通高校专业基础课的女性文学教材,正式获准列入"十一五"国家级教材规划。编写组在石家庄召开了高校女性文学教材编写研讨会。教材成书《女性文学教程》于2007年10月出版,学术顾问为刘思谦。

由徐坤编剧、任鸣导演的以当代都市婚姻家庭为题材的小剧场话剧《性情男女》由北京人民艺术剧院上演,并于2022年7月再次上演。

2007 年

1 月,翟永明的诗歌《老家(外二首)》在《文学界》(专辑版)第 1 期上发表。舒婷的散文《沉睡的谷粒醒来》在《意林》第 2 期上发表。迟子建的小说《福翩翩》、张翎的《余震》在《人民文学》第 1 期上发表,《余震》后被改编为电影《唐山大地震》上映。叶弥的《消失在布达拉宫的一头鹰》在《中国作家·小说》第 1 期上发表。叶广芩的《逍遥津》在《北京文学·精彩阅读》第 1 期上发表。范小青的长篇小说《赤脚医生万泉和》在《西部·华语文学》第 1 期上连载,并由人民文学出版社于 7 月出版。盛可以的长篇小说《道德颂》在《收获》第 1 期上发表,并由上海文艺出版社于同月出版。李玲的《以女性风情阉割女性主体性——对王安忆〈长恨歌〉叙事立场的反思》在《扬州大学学报》第 1 期上发表。宋晓杰的诗集《宋:诗一百首》由北方文艺出版社出版。刘静的长篇小说《戎装女人》由解放军文艺出版社出版。叶广芩的长篇小说《青木川》由太白文艺出版社出版。

同月,《女子诗报》开通博客。

2 月,迟子建的小说《花牤子的春天》在《佛山文艺》第 3 期上发表。鲁敏的小说《颠倒的时光》在《中国作家·小说》第 2 期上发表。陈惠芬、马元曦主编的《当代中国女性文学文化批评文选》由广西师范大学出版社出版。

3 月,郑敏的诗《我的春天的到来》("人生二题"之一)在《人民文学》第 3 期(诗特大号)上发表。蒋巍、雪扬的纪实文学《红花·血花——延安时代的女人们》在《中国作家·纪实》第 3 期上发表。鲁敏的小说《逝者的恩泽》在《芳草·文学杂志》第 2 期上发表。盛琼的《老弟的盛宴》在《十月》第 2 期上发表。金仁顺的《彼此》、王安忆的长篇小说《启蒙时代》在《收获》第 2 期上发表。乔以钢的《性别:文学研究的一个有效范畴》在《文史哲》第 2 期上发表。次仁央吉的小说选《山峰云朵》(藏文)由西藏人民出版社出版。谢玉娥编的《女性文学研究与批评论著目录总汇(1978—2004)》由河南大学出版社出版。

4 月,胡传永的纪实文学《篱下沧桑——安徽保姆采访手记》在《北京文学·精彩阅读》第 4 期上发表。赵树勤的《误区与出路:当代女性文学创作及批评的反思》在《中国文学研究》第 2 期上发表。格致的散文集《从容起舞》由时代文艺出版社出版。姚园的散文诗集《穿越岁月的激流》由美国天涯文艺出版社出版。毕淑敏的长篇小说《女心理师》由重庆出版社出版。

同月,散文家、画家郁风在北京病逝,享年 91 岁。

5 月,周晓枫的散文《琥珀》、郑小琼的《铁·塑料厂》在《人民文学》第 5 期上发表。范小青的小说《蜜蜂圆舞曲》在《作家》5 月号上发表。方方的《万箭穿心》在《北京文学·精彩阅读》第 5 期上发表,并在之后被改编为同名电影上映。鲁敏的《取景器》在《花城》第 3 期上发表。陈淑梅的《叙述主体的张扬——90 年代女性小说叙事话语特征》在《文学评论》第 3 期上发表。程光炜、王尧、陈思和、南帆、谢有顺、陈晓明、郭冰茹等的"王安忆研究专辑"在《当代作家评论》第 3 期上发表。陈顺馨的《中国当代文学的叙事与性别》（增订版）由北京大学出版社出版。邓利的《新时期女性主义文学批评的发展轨迹》、寿静心的《女性文学的革命——中国当代女性主义文学研究》由中国社会科学出版社出版。周瓒的《透过诗歌写作的潜望镜》由社会科学文献出版社出版。

同月，刘海燕的评论集《理智之年的叙事》、侯倩的小说集《玻璃火焰》、梁静秋的长篇小说《有多少爱可以重来》入选"21 世纪文学之星丛书·2006 年卷"，由作家出版社出版。

6 月，阮梅的纪实文学《农村留守孩子，中国跨世纪之痛》在《北京文学·精彩阅读》第 6 期上发表。李琳的《张洁论——蘸着胆汁写出的情感历路》在《文艺争鸣》第 6 期上发表。宓月的散文诗集《人在他乡》由大众文艺出版社出版。

7 月，舒婷的散文《真水无香》在《十月》第 4 期上发表，并由作家出版社于 10 月出版同名散文集。林白的《水冲的农事——1975 年，在时事之外，片断》在《天涯》第 4 期上发表。纪尘的小说《第三支牙刷》在《青年文学》第 7 期上发表。乔叶的《像天堂在放小小的焰火》、戴来的《向黄昏》在《收获》第 4 期上发表。李玲的《女性文学主体性论纲》在《南开学报》第 4 期上发表。马春花的《论"十七年"女性文学中底层劳动妇女"解放"模式》在《理论与创作》第 4 期上发表。马莉的诗集《金色十四行》由太白文艺出版社出版。其曼古丽·阿吾提的《其曼古丽诗选》（维吾尔文）由民族出版社出版。艾傈木诺的《以我命名》由云南民族出版社出版。唐韵的长篇散文《一个人的藏地》由青海人民出版社出版。

同月，翟永明获由中坤诗歌发展基金设立、帕米尔文化艺术研究院主办的首届中坤国际诗歌奖 A 奖。

8 月，鲁敏的小说《思无邪》在《人民文学》第 8 期上发表。裘山山的《野草疯长》在《作家》8 月号上发表。罗露西的诗集《浪迹天涯》由中国文联出版社出版。杨绛的散文集《走到人生边上——自问自答》由商务印书馆出版。张清平的《林徽因传》由百花文艺出版社出版。黄玲的《高原女性的精神咏叹——云南当代女性文学综论》由云南人民出版社出版。林丹娅的《中国女性与中国散文》由云南人民出版社出版。

9 月，王华的小说《后坡是片柏树林》在《中国作家·小说》第 9 期上发表。金仁顺的《云雀》、黄咏梅的《开发区》在《花城》第 5 期上发表。迟子建的《起舞》、蒋韵《红色娘子军》在《收获》第 5 期上发表。北北的长篇小说《发生在浦之上》在《芳草·文学杂志》第 5 期上发表。郑玲的诗集《过自己的独木桥》由花城出版社出版。安妮宝贝的散文小说集《素年锦时》由作家出版社出版。李可的长篇小说《杜拉拉升职记》由陕西师范大学出版社出版。刘思谦的《"娜拉"言说——中国现代女作家心路纪程》由河南大学出版社出版。

同月，荣维毅、荒林主编的"海峡两岸女性主义学术论丛"共 15 册由九州出版社出版，收有张京的《女性主义与残雪小说中的"自我"》等著作。

10 月，金仁顺的小说《桔梗谣》在《作家》10 月号上发表。林白的长篇小说《致一九七五》在《西部·华语文学》第 10 期上发表。陈惠芬的《空间、性别与认同——女性写作的

"地理学"转向》在《社会科学》第 10 期上发表。刘传霞的《被建构的女性——中国现代文学社会性别研究》由齐鲁书社出版。马春花的《叙事中国——文化研究视野中的王安忆小说》由中国海洋大学出版社出版。

同月,中国当代文学研究会女性文学委员会和太原师范学院文学院在山西省太原市主办了第八届中国女性文学学术研讨会暨高校女性文学教材建设研讨会。

同月,乔以钢、林丹娅主编的《女性文学教程》(普通高等教育"十一五"国家级规划教材)由河北教育出版社出版。该书由中国当代文学研究会女性文学委员会与河北教育出版社策划,刘思谦为学术顾问。

11 月 13 日,《文艺报》公布了纪念中国散文诗 90 年获奖者名单,王尔碑获"中国当代优秀散文诗作"奖,梅卓、楚楚、蔡丽双、雪漪、宓月、天涯、姚园等人的散文诗集获"中国当代优秀散文诗作品集"奖。

11 月 13 日—16 日,第六次全国青年作家创作会议在北京召开,参会代表共 317 名,其中女性 97 名。

11 月 29 日,中国当代文学研究会女性文学委员会组织机构作了如下调整:张炯、刘思谦、金燕玉、吴思敬任名誉会长,谭湘任会长(主任委员),林丹娅、乔以钢、林树明任副会长(副主任委员),秘书长为谭湘(兼),荒林、谢玉娥、采薇(郭淑梅)、李建华为副秘书长。

11 月,乔叶的小说《指甲花开》在《上海文学》11 月号上发表。梁静秋的长篇小说《恋爱课》在《中国作家·小说》第 11 期上发表。周瓒的诗集《松开》由作家出版社出版。王春荣、吴玉杰主编的《文学史话语权威的确立与发展》由辽宁人民出版社出版。

12 月,张雅文的报告文学《生命的呐喊》由新华出版社出版。六六的长篇小说《蜗居》由长江文艺出版社出版。残雪的《边疆》在《西部·华语文学》第 12 期上发表,并由上海文艺出版社、湖南文艺出版社同在 2008 年 1 月出版。袁智中的报告文学集《佤文化探秘之旅——远古部落的访问》、玛波的长篇小说《罗孔札定》(景颇文)由云南民族出版社出版。晓风编的《梅志文集》(全四册)由宁夏人民出版社出版。

同月,由中国作家协会《民族文学》杂志社和莫力达瓦达旗旗委、旗政府联合举办的"达斡尔族女作家作品研讨会"在北京举行。

本年,蓝蓝编的《中国当代女诗人爱情诗选》《中国当代女诗人随笔选》由中国华侨出版社出版。

2007—2010 年,以小安、刘涛、杨萍、陈小繁等为核心的女性诗人写作群体在四川成都成立"女书诗社"并举行了系列诗歌活动,后诗社更名为"桃诗社"。

2008 年

1 月,塞壬的散文《转身》、鲁敏的小说《纸醉》、姚鄂梅的《秘密通道》在《人民文学》

第 1 期上发表。鲁敏的《墙上的父亲》在《钟山》第 1 期上发表。王安忆的《骄傲的皮匠》在《收获》第 1 期上发表。盛可以的《缺乏经验的世界》在《大家》第 1 期上发表。温燕霞的长篇小说《红翻天》由解放军文艺出版社出版。韩春燕的《在街与道之间徘徊——解析孙惠芬乡土小说的文化生态》在《当代文坛》第 1 期上发表。残雪的随笔集《趋光运动——回溯童年的精神图景》由上海文艺出版社出版，"残雪文学笔记"系列由华东师范大学出版社出版。肖凤的《庐隐评传》由中国社会出版社出版。马春花的《被缚与反抗——中国当代女性文学思潮论》由齐鲁书社出版。

2 月，张悦然的散文《月圆之夜及其他》《私奔》以及马秋芬的小说《朱大琴，请与本台联系》、乔叶的《良宵》在《人民文学》第 2 期上发表。

3 月 8 日，叶多多的《那时的爱情》在《文艺报》"纪念三八国际妇女节特稿"上发表。

3 月，筱敏的散文《圣火》在《随笔》第 2 期上发表。张惠雯的小说《"我们埋葬了它"》在《中国作家·小说》第 3 期上发表。叶广芩的《豆汁记》在《十月》第 2 期上发表。陈谦的《特蕾莎的流氓犯》在《收获》第 2 期上发表。严歌苓的长篇小说《小姨多鹤》在《人民文学》第 3 期上发表，并由作家出版社于 4 月出版。翟永明的诗文录《最委婉的词》由东方出版社出版。郁雯的诗集《炙热的谜》由上海文艺出版社出版。廖一梅的话剧剧本《琥珀·恋爱的犀牛》由新星出版社出版。徐艳蕊的《当代中国女性主义文学批评二十年》由广西师范大学出版社出版。

4 月，李轻松的诗《爱上打铁这门手艺》在《诗刊》4 月号下半月刊上发表。宗璞的小说《恍惚小说》在《中国作家·小说》第 4 期上发表。丁晓原的《周晓枫：穿行于感觉与冥想的曲径》在《文艺争鸣》第 4 期上发表。郑小琼的《郑小琼诗选》、杜涯的《杜涯诗选》由花城出版社出版。

同月，袁远的小说集《一墙之隔》、东紫的《天涯近》、杨怡芬的《披肩》入选"21 世纪文学之星丛书·2008 年卷"，由作家出版社于 2009 年出版。

5 月，迟子建的小说《一坛猪油》在《西部·华语文学》第 9 期上发表。鲁敏的《超人中国造》在《中国作家·小说》第 5 期上发表。乔叶的《最慢的是活着》、金仁顺的长篇小说《春香》在《收获》第 3 期上发表。祝亚峰的《性别视阈与当代文学叙事》由安徽大学出版社出版。

6 月，郑玲的诗《幸存者》在《星星》下半月刊第 6 期上发表。马小淘的小说《你让我难过》在《中国作家·小说》第 6 期上发表。颜歌的《五月女王》在《作家杂志·长篇小说夏季号》上刊载，并由重庆出版社于本年 7 月出版。林贤治的《漂泊者萧红》在《作家杂志·长篇小说夏季号》上刊载，并由人民文学出版社于 2009 年 1 月出版。李兰妮的《旷野无人：一个抑郁症患者的精神档案》由人民文学出版社出版。刘艳的《女性视阈中历史与人性的双重书写——以王安忆〈长恨歌〉与严歌苓〈一个女人的史诗〉为例》在《文艺争鸣》第 6 期上发表。张悦然主编的《鲤》主题书系列由江苏文艺出版社出版。

同月,中国当代文学研究会女性文学委员会网站建立,曾先后由河北教育出版社、南开大学、厦门大学、贵州师范大学、广西民族大学、洛阳师范学院、长春师范大学、上海大学、济南大学、北京语言大学等理事单位轮值管理、维护更新。2018 年,网站进行了改版和更新,分为"概况""科研成果""学人风采""拓展阅读"几个板块,有章程、组织架构、会议信息、学术动态、学科资料、著作、论文、历届年会等栏目。

7 月,海男的组诗《亲爱的琥珀》在《十月》第 4 期上发表。张抗抗的散文《我是公民》在《随笔》第 4 期上发表。戴来的小说《之间》在《作家》7 月号上发表。

同月,中国作协公布 2008 年发展新会员 393 名,其中女性 91 名。

8 月,林那北的小说《今天有鱼》在《作家》8 月号上发表。计文君的《天河》在《人民文学》第 8 期上发表。迟子建的《布基兰小站的腊八夜》在《中国作家·小说》第 8 期上发表。叶多多的散文集《我的心在高原》由花城出版社出版。陈学勇的传记文学《莲灯微光里的梦:林徽因的一生》由人民文学出版社出版。吴玲瑶、吕红主编的《新世纪海外华文女性文学奖作品精选》由河北教育出版社出版。严蓉仙的《冯沅君传》由人民文学出版社出版。

9 月,阿袁的《郑袖的梨园》在《小说月报·原创版》第 5 期上发表。王安忆的小说《月色撩人》在《收获》第 5 期上发表。张辛欣的小说《在同一地平线上》在《收获·长篇专号》(秋冬卷)上重新刊出。《当代作家评论》第 5 期"诗人讲坛"栏目推出王小妮专题。融融、陈瑞琳主编的《一代飞鸿》由中国文联出版社出版。

同月,《翼》诗刊发行了"大翼如此"诗丛,包括阿芒的《没有爹》、旋覆的《假如我呼喊》、伊索尔(孙怡)的《徒步者的腹语》等诗集 3 种。

同月,由谭湘率领的中国当代文学研究会女性文学委员会代表团应邀赴美参加在拉斯维加斯举行的海外华文女作家协会第十届大会暨女性文学研究专题研讨会。

10 月,周晓枫的散文《夏至》在《中国作家·小说》第 10 期上发表。李琦的诗集《李琦近作选》由时代文艺出版社出版。杨菁的长篇小说《在埃及说分手》由文化艺术出版社出版。吴学昭的《听杨绛谈往事》(杨绛唯一授权认可的自传)由生活·读书·新知三联书店出版,并于 2017 年 5 月出增补版。

同月,迟子建的《额尔古纳河右岸》获第七届茅盾文学奖。

11 月,热孜万古丽·王素甫著、晁正蓉译的小说《红光弥漫的村庄》在《西部·新世纪文学》第 22 期上发表。方方的长篇小说《水在时间之下》在《收获》第 6 期上发表。王春荣、吴玉杰的《反思、调整与超越:21 世纪初的女性文学批评》在《文学评论》第 6 期上发表。郭冰茹的《女性主义批评中国化之反思》在《当代作家评论》第 6 期上发表。吴玉杰的《女性文学学科建设的重要收获——评乔以钢、林丹娅主编的〈女性文学教程〉》在《海南师范大学学报》(社会科学版)第 6 期上发表。王宇的《百年文学民族身份建构中的性别象征隐喻》在《南开学报》第 6 期上发表。

同月,和晓梅的小说集《女人是"蜜"》、王华的《天上没有云朵》、沙爽的散文集

《手语》入选"21 世纪文学之星丛书·2007 年卷",由作家出版社出版。

12 月 18 日,田泥的《从边缘处走向繁华——当代少数民族女性文学 30 年回顾与展望》在《文艺报》上发表。

12 月,袁劲梅的小说《罗坎村》在《人民文学》第 12 期上发表。塞壬的散文集《下落不明的生活》由花城出版社出版。卓今的《残雪评传》由湖南文艺出版社出版。张晓红的《互文视野中的女性诗歌》、王侃的《历史·语言·欲望:1990 年代中国女性小说主题与叙事》由广西师范大学出版社出版。

本年,虹影的《饥饿的女儿》获美国伊利诺伊大学年度图书奖。

在《中国妇女》杂志社举办的 2007 年度"海内外有影响力的《中国妇女》时代人物"的评选中,郑小琼获选。

小说《杜拉拉升职记》在图书市场火爆,根据小说改编的同名话剧、电影、电视剧在 2009 年、2010 年播出。

2008—2012 年,"严歌苓作品集"系列由陕西师范大学出版社推出。

2009 年

1 月,铁凝的散文《文学是灯》在《人民文学》第 1 期上发表。迟子建的小说《解冻》在《作家》1 月号上发表。鲁敏的《伴宴》在《中国作家·文学》第 1 期上发表。申霞艳的《写作十年——摆脱"70 后"的 70 年代出生的写作群体》、齐红的《蝴蝶的尖叫——"70 后"女作家写作的历史意味》在《南方文坛》第 1 期上发表。王小鹰的长篇小说《长街行》由上海文艺出版社出版。王安忆的《王安忆短篇小说编年》(四卷本)由人民文学出版社出版。陕西师范大学出版社推出"虹影文集·珍藏书系"。刘剑梅著、郭冰茹译的《革命与情爱——二十世纪中国小说史中的女性身体与主题重述》由上海三联书店出版。

3 月,铁凝的小说《咳嗽天鹅》和《伊琳娜的礼帽》分别在《北京文学·精彩阅读》第 3 期和《人民文学》第 3 期上发表。川妮的《谁是谁的软肋》在《芒种》第 3 期上发表。崔曼莉的长篇小说《琉璃时代》由作家出版社出版。笛安的"龙城三部曲"之首部《西决》由长江文艺出版社出版。

4 月,塞壬的散文《消失》、叶弥的小说《桃花渡》、张翎的长篇小说《金山》(连载)在《人民文学》第 4 期上发表,其中《金山》单行本由北京十月文艺出版社于 7 月出版。金仁顺的小说集《彼此》由山东文艺出版社出版。张爱玲的长篇小说《小团圆》由北京十月文艺出版社出版。杨珺的《二十世纪九十年代女性散文的主体建构》由河南大学出版社出版。李掖平的《二十世纪中国女性文学专题研究十六讲》由山东文艺出版社出版。

同月,计文君的小说集《天河》、徐颖的诗集《面包课》、杨方的《像白云一样生活》、麦阁的散文集《再见,少女时光》、刘颋的评论集《文学的表情》、赵允芳的《寻根·拔根·扎根——90 年代以来乡土小说的流变》入选"21 世纪文学之星丛书·2009 年卷",由作家出版社于 11 月出版。

5 月,铁凝的小说《风度》在《长城》第 3 期上发表。方方的《琴断口》在《十月》第 3 期上发表。王彬彬的《鲁敏小说论》在《文学评论》第 3 期上发表。王雪莹的诗集《我的灵魂写在脸上》由中国文联出版社出版。灰娃的《灰娃的诗》由作家出版社出版。宗璞的长篇小说《西征记》由人民文学出版社出版。曾明了的《百年莞香》由中国文联出版社出版。

6 月,徐坤的小说《通天河》在《人民文学》第 6 期上发表。靳晓静的诗集《我的时间简史》由四川文艺出版社出版。张兵娟的《电视剧叙事:传播与性别》由河南大学出版社出版。任一鸣的《中国当代女性文学简史》由广西师范大学出版社出版。

同月,陈思和主编的《中国新文学大系 1976—2000　第二集 文学理论卷二》"女性文学"专题选入陈惠芬、李子云、林白、陈染、戴锦华、崔卫平的文章。

同月,以现代著名女作家萧红命名的文学奖项"萧红文学奖"在黑龙江省设立。

同月,中国作协公布 2009 年发展新会员 408 人,其中女性 94 人。

同月,文艺评论家李子云在上海病逝,享年 79 岁。

7 月,东紫的小说《春茶》在《人民文学》第 7 期上发表。迟子建的《鬼魅丹青》在《收获》第 4 期上发表。张晓红的《"内视"和"外视"中的"身体写作"》在《文学评论》第 4 期上发表。黄玲君的诗集《微蓝》由合肥工业大学出版社出版。叶丽隽的诗集《在黑夜里经过万家灯火》由重庆大学出版社出版。柯岩的《柯岩文集》(全十卷)由四川文艺出版社出版,作家出版社于 2014 年出版了《柯岩文集续集》(上、下卷)。

同月,"张翎小说精选"由华东师范大学出版社出版,包含《邮购新娘》《余震》《望月》《雁过藻溪》《交错的彼岸》《金山》等作品。

同月,黑龙江省萧红研究会在哈尔滨市正式成立。

8 月,虹影的长篇小说《好儿女花》在《中国作家·文学》第 8 期上发表,并获《亚洲周刊》全球中文十大小说奖。残雪的《黑暗灵魂的舞蹈:残雪美文自选集》由文汇出版社出版。

9 月,王小妮的散文《2008 上课记》在《人民文学》第 9 期上发表。陶丽群的小说《起舞的蝴蝶》在《民族文学》第 9 期上发表。铁凝的小说《内科诊室》在《钟山》第 5 期上发表。艾玛的《浮生记》在《黄河文学》第 9 期上发表。李小洛的诗集《偏爱》由南方出版社出版。陈瑞琳的散文集《家住墨西哥湾》由河北教育出版社出版。茹志鹃的《茹志鹃小说选》由江苏文艺出版社出版。李蓉的《中国现代文学的身体阐释》由中国社会科学出版社出版。

同月,宗璞的《红豆》、杨沫的《青春之歌》、茹志鹃的《百合花》、张洁的《爱,是不能忘记的》、杨绛的《干校六记》、翟永明的《女人》(组诗)、铁凝的《玫瑰门》、龙应台的《野火集》、严歌苓的《少女小渔》、王安忆的《长恨歌》、廖一梅的《恋爱的犀牛》、张爱玲的《小团圆》被选入杨匡汉、杨早主编的《六十年与六十部:共和国文学档案》(生活·读书·新知三联书店出版)。

10月,付秀莹的小说《爱情到处流传》在《红豆》第10期上发表。肖勤的《丹砂的味道》在《山花》第10期(B版)上发表。徐小斌的长篇小说《炼狱之花》在《中国作家·文学》第10期上发表。郑小琼的诗集《散落在机台上的诗》由中国社会出版社出版。扶桑的《扶桑诗选》由长江文艺出版社出版。卢文丽的《我对美看得太久:西湖印象诗100》由浙江文艺出版社出版。李美皆的评论集《为一只金苹果所击穿》由江苏文艺出版社出版。郭淑梅的《女性文学景观与文本批评》由黑龙江人民出版社出版并于2013年再版。

同月,由中国版协妇女读物委员会、中国作协理论批评委员会、中国当代文学研究会女性文学委员会共同主办的第三届中国女性文学奖(长城汽车杯)评奖活动在北京揭晓获奖结果。铁凝的《笨花》,乔以钢、林丹娅主编的《女性文学教程》,王光美的《我与少奇》,顾秀莲主编的《20世纪中国妇女运动史》等60余种图书分获创作、理论批评及荣誉奖项,作家出版社、上海文艺出版社获组织奖。

11月,赵翼如的散文《静夜里的独幕剧》在《上海文学》第11期上发表。张洁的小说《一生太长了》在《人民文学》第11期上发表。东紫的《乐乐》在《中国作家·文学》第11期上发表。王艳峰、吴炫的《我国性别诗学的兴起原因与存在的问题》在《湘潭大学学报》(哲学社会科学版)第6期上发表。娜夜的诗集《娜夜的诗》由敦煌文艺出版社出版。王艳峰的《从依附到自觉——当代女性主义文学批评研究》由上海交通大学出版社出版。

同月,中国当代文学研究会女性文学委员会和云南大学人文学院在云南昆明共同主办了第九届中国女性文学国际学术研讨会暨第三届中国女性文学奖(长城汽车杯)颁奖大会,研讨会总主题为"中国女性写作的拓展与深化"。颁奖会上有60余种作品获奖。

12月,陈谦的小说《望断南飞雁》在《人民文学》第12期上发表。冯晏的诗集《纷繁的秩序》由重庆大学出版社出版。傅天琳的诗集《柠檬叶子》由上海文艺出版社出版。李轻松的《无限河山》由春风文艺出版社出版。裘山山的散文集《从往事门前走过》由西藏人民出版社出版。齐红的《世纪之交的女性写作》由安徽大学出版社出版。

同月,黄宗英的《大雁情》、柯岩的《船长》、孟晓云的《胡杨泪》、曲兰的《老年悲歌》等获中国报告文学学会举办的"新中国六十年优秀中短篇报告文学奖"。

同月,作家曾克在北京病逝,享年93岁。

本年,由乔以钢主编的"性别视角下的中国文学与文化丛书"10册由南开大学出版社于2009—2016年陆续推出,为教育部哲学社会科学研究重大课题攻关项目成果。

止庵主编的《张爱玲全集》(全13册)由北京十月文艺出版社出版。

2010年

1月,张翎的小说《阿喜上学》在《江南》第1期上发表。须一瓜的长篇小说《太阳黑子》在《收获》第1期上发表。梅丽的《中西视野下女性小说的两性关系建构》在《文学评论》第 1 期上发表。陈骏涛的《沉潜中的行进——2003—2008 女性文学理论批评若干著作的笔记》在《南方文坛》第 1 期上发表。伊蕾的《伊蕾诗选》由百花文艺出版社出版。池凌云的《池凌云诗选》由长江文艺出版社出版。

3 月,胡茗茗的诗歌《地道》在《诗刊》3 月号上半月刊上发表。潘向黎的《穿心莲》在《钟山·长篇小说》A 卷上发表且 4 月由人民文学出版社出版。叶弥的小说《香炉山》、盛可以的《白草地》、林白的《长江为何如此远》在《收获》第 2 期上发表。王富仁的《从本质主义的走向发生学的——女性文学研究之我见》在《南开学报》第 2 期上发表。曾繁仁的《生态美学视域中的迟子建小说》在《文学评论》第 2 期上发表。荒林、刘冰主编的“新生代女性主义学术论丛”共 15 册由九州出版社出版。王红旗的《爱与梦的讲述——著名女作家心灵对话》由社会科学文献出版社出版。田沁鑫的《田沁鑫的戏剧本》由北京大学出版社出版。

4 月,刘思谦、屈雅君等的《性别研究:理论背景与文学文化阐释》由南开大学出版社出版。

同月,杨帆的小说集《瞿紫的阳台》、娜仁琪琪格的诗集《在时光的鳞片上》、林莉的诗集《在尘埃之上》入选“21 世纪文学之星丛书·2010 年卷”,由作家出版社于 2011 年出版。

同月,盛大文学和文艺报在北京联合主办了国内首次针对网络女性写作的中国网络文学女作家研讨会。

5 月,陆梅的散文《像自由一样美丽——谨以此文献给二战中遇害的所有犹太儿童》在《北京文学·精彩阅读》第 5 期上发表。铁凝的小说《1956 年的债务》在《上海文学》第 5 期上发表。方方的《刀锋上的蚂蚁》在《中国作家·文学》第 5 期上发表。滕肖澜的《美丽的日子》在《人民文学》第 5 期上发表。高小弘的《话语权威的艰难建构——20 世纪 90 年代女性成长小说的叙述声音分析》在《理论与创作》第 3 期上发表。范小青的《范小青短篇小说精选集》(1980—2009 年,全四辑)由人民文学出版社出版。

同月,张莉的《浮出历史地表之前——中国现代女性写作的发生》由南开大学出版社出版,该书为作者的同名博士论文,获全国妇联/中国妇女研究会第三届妇女/性别研究优秀博士学位论文二等奖,2020 年北京十月文艺出版社再版时改用作者最初设定的题目《中国现代女性写作的发生(1898—1925)》。

6 月,计文君的小说《此岸芦苇》在《中国作家·文学》第 6 期上发表。阿毛的诗集《变奏》、笛安的长篇小说《东霓》由长江文艺出版社出版。薛媛媛的长篇小说《湘绣女》由人民文学出版社出版。魏天真的《自反性超越:女性小说的非女性主义解读》由华中师范大学出版社出版。毕新伟的《暗夜行路:晚清至民国的女性解放与文学精神》由暨南大学出版社出版。

同月,残雪的《玫瑰水晶球》、翟永明的《女儿墙》、筱敏的《成年礼》、素素的《独自跳舞》、洁尘的《流年》、马莉的《黑夜与呼吸》、周佩红的《仍在远处》、桂苓的《好好》等入选"中国散文档案·她世界"丛书,由鹭江出版社出版。

同月,李少君、张德明的《海边对话:关于"新红颜写作"》在《文艺争鸣》6月号(上半月)上发表,"新红颜写作"的提法受到关注和质疑。

同月,中国作协公布2010年发展新会员378人,其中女性83人。

7月,叶尔克西·胡尔曼别克的散文《新娘》在《民族文学》第7期上发表。魏微的《沿河村纪事》在《收获》第4期上发表。朱文颖的长篇小说《莉莉姨妈的细小南方》在《人民文学》第7期上发表。李蓉的《论"十七年文学"中的跨性别写作现象》在《南开学报》第4期上发表。李娟的散文集《我的阿勒泰》由云南人民出版社出版。周雪花的《永远的瞬间:铁凝小说叙事研究》由北京出版社出版。王红旗主编的《中国女性文学2009》由社会科学文献出版社出版。

同月,首都师范大学中国女性文化研究中心在北京举行了"中国女性文化研究基地启动仪式暨中国女性文学论坛"。

同月,北京师范大学中国当代新诗研究中心与海南省诗歌创作委员会在北京联合举办了"中国当代女性诗歌研讨会"。

同月,作家蒋丽萍在上海病逝,享年56岁。

8月,魏微的小说《姐姐》在《作家》8月号上发表。迟子建的长篇小说《白雪乌鸦》在《人民文学》第8期上发表,并由人民文学出版社于同月出版。灰娃的《我额头青枝绿叶:灰娃自述》由人民文学出版社出版。张莉的《社会性别意识的彰显——论新世纪女性写作十年》、申霞艳的《秋水共长天一色——新世纪女性写作考察》、王侃的《新的批判动向及其危机——新世纪网络女性写作之检讨》在《文艺争鸣》8月号(上半月)上发表。肖敏的《凸现、转换和见证——方方新世纪创作的转型与当代小说的几个重要话题》在《理论月刊》第8期上发表。

同月,中国作协创研部和湖北省作协联合在北京举办了"湖北女作家群创作研讨会"。

9月,《人民文学》第9期"非虚构"专栏发表了梁鸿的《梁庄》,单行本书名为《中国在梁庄》,由江苏人民出版社于11月出版。

同月,李红梅的纪实文学《乌审草原札记》在《中国作家·纪实》第9期上发表。蒋韵的小说《行走的年代》在《小说界》第5期上发表。孙桂荣的《消费时代的中国女性主义与文学》由中国社会科学出版社出版。

10月,乔叶的小说《妊娠纹》在《北京文学·精彩阅读》第10期上发表。东紫的《白猫》在《人民文学》第10期上发表。孙蕙芬的长篇小说《秉德女人》在《十月·长篇小说》第5期上发表。傅书华的《女性文学研究的困境与出路》在《文艺争鸣》10月号(上半月)上发表。吕红的小说集《午夜兰桂坊》由长江文艺出版社出版。

11月,李娟的"非虚构"作品《羊道·春牧场》在《人民文学》第11期上发表。林丹娅的《作为性别的符号:从"女人"说起》在《南开学报》第 6 期上发表。崔卫平的随笔集《思想与乡愁》由北京航空航天大学出版社出版。

同月,《当代作家评论》第 6 期"诗人讲坛"栏目推出翟永明专题。

同月末,《南方都市报·大家版》发表了打工者出身的诗人郑小琼的组诗《女工记》,引起社会广泛关注。

12 月,贺捷生的散文随笔集《索玛开花的时节》由商务印书馆国际有限公司出版。任亚荣的《20 世纪 90 年代女性小说身体话语》由上海大学出版社出版。

同月,诗人马雁在上海病逝,年仅 31 岁。

本年,王海鸰的《成长》在《收获·长篇专号》(秋冬卷)上刊载。

晓音、唐果主编的《女子诗报年鉴·2009 年卷》自助出版,《女子诗报年鉴·2010 年卷》由香港新译中文出版社出版。

"池莉经典文集"共 9 册由北京十月文艺出版社陆续推出。

2011 年

1 月,雪小禅的散文《风中的鸟巢》在《北京文学·精彩阅读》第 1 期上发表。金仁顺的小说《梧桐》在《民族文学》第 1 期上发表。池莉的《她的城》在《中国作家·文学》第 1 期上发表。苏兰朵的《寻找艾薇儿》在《鸭绿江》第 1 期上发表。王安忆的长篇小说《天香》在《收获》第 1 期上连载,并由人民文学出版社于 5 月出版。罗露西的《伦敦街的温柔夜》由作家出版社出版。童蔚的《嗜梦者的制裁:童蔚诗选》由中国铁道出版社出版。葛浩文的《萧红传》由复旦大学出版社出版。

2 月,李娟的《羊道·夏牧场(之一)》在《人民文学》第 2 期"非虚构"栏目上发表。潘向黎的散文集《茶可道》由生活·读书·新知三联书店出版。

3 月,文珍的小说《安翔路情事》在《当代》第 2 期上发表。方方的长篇小说《武昌城》在《人民文学》第 3 期上发表。贺捷生的散文《父亲的天山,母亲的伊犁》、葛水平的《裸地》(长篇小说连载)在《中国作家·文学》第 3 期上发表。杨艳选编的《郁风散文精选》由人民文学出版社出版。王安忆的文学评论集《故事和讲故事》由复旦大学出版社出版。魏天真、梅兰的《女性主义文学批评导论》由华中师范大学出版社出版。王增如的《丁玲办〈中国〉》由人民文学出版社出版。

4 月,姚鄂梅的小说《你们》、李娟的"非虚构"作品《羊道·夏牧场(之二)》在《人民文学》第 4 期上发表。金文野的《中国现当代女性主义文学论纲》由中国社会科学出版社出版。

同月,作家吴紫风在广州病逝,享年 93 岁。

5 月,王小妮的组诗《致另一个世界》、张莉的散文《刹那萧红,永在人间》、计文君的小说《剔红》在《人民文学》第 5 期上发表。季红真的《呼兰河的女儿:萧红全传》由现代出版社出版。于文胜主编的"五朵雪莲花丛书"推出何英、萧云、叶尔克西·胡尔曼别克、李颖超、陈颖的散文作品集并由新疆美术摄影出版社出版。

同月，由中共黑龙江省委宣传部、人民日报出版社、黑龙江省作家协会共同主办的首届萧红文学奖评奖活动中，史铁生的《我的丁一之旅》、韩少功的《赶马的老三》、阿成的《白狼镇》获萧红小说奖，王安忆的《启蒙时代》、叶广芩的《逍遥津》、叶弥的《消失在布达拉宫的一头鹰》获萧红女性文学奖，葛浩文的《萧红传》、季红真的《对着人类的愚昧》、叶君的《从异乡到异乡》获萧红研究奖。萧红的《萧红全集》(全四册)由黑龙江大学出版社出版。

6月，乔叶的"非虚构"小说《盖楼记》在《人民文学》第6期上发表。付秀莹的小说《三月三》在《中国作家·文学》第6期上发表。王旭烽的长篇纪实文学《主义之花》由浙江摄影出版社出版。天下归元(卢菁)的网络小说《扶摇皇后》由江苏文艺出版社出版。须一瓜的长篇小说《保姆大人》由译林出版社出版。山飒的长篇小说《柳的四生》由上海书店出版社出版。高小弘的《成长如蜕——二十世纪九十年代女性成长小说研究》由人民出版社出版。颜海平著、季剑青译的《中国现代女性作家与中国革命，1905—1948》由北京大学出版社出版。

同月，中共黑龙江省委宣传部、黑龙江省社科院在哈尔滨联合主办了"纪念萧红诞辰百年国际学术研讨会"。

同月，中国作协公布2011年发展新会员348人，其中女性88人。

7月，毕淑敏的散文《马萨达永不再陷落》在《北京文学·精彩阅读》第7期上发表。黄虹坚的长篇小说《和谁在阳台看日落》由香港天地图书有限公司出版。残雪的《吕芳诗小姐》由上海文艺出版社出版。陈淑梅的《声音与姿态：中国女性小说叙事形式演变》由中山大学出版社出版。申霞艳的《消费、记忆与叙事——新世纪文学研究》由中国社会科学出版社出版。

8月24日，周瓒的《新世纪中国女性诗歌的发展态势》在《文艺报》上发表。

8月，邵丽的小说《挂职笔记》在《人民文学》第8期上发表。林那北的长篇小说《我的唐山》在《中国作家·文学》第8期上发表。申霞艳的《当神性遇见现代性——迟子建论》在《文艺争鸣》8月号上发表。

同月，方方的《水在时间之下》、范小青的《赤脚医生万泉和》、叶广芩的《青木川》入选第八届茅盾文学奖提名作品。

同月，儿童文学作家呆向真在北京病逝，享年91岁。

9月，林雪的组诗《未完成的生活》在《诗刊》9月号上半月刊上发表。塞壬的散文《托养所手记》在《百花洲》第5期上发表。乔叶的"非虚构"小说《拆楼记》在《人民文学》第9期上发表。铁凝的《告别语》在《芳草·文学杂志》第5期上发表。盛可以的长篇小说《死亡赋格》在《江南》第5期上发表。韩国学者李贞玉的《论诗与诗人的自我疗救——

以灰娃、张烨、舒婷1966—1978年的创作为主》在《文学评论》第5期上发表。法国作家西蒙娜·德·波伏瓦著、郑克鲁译的《第二性》(全二册)由上海译文出版社出版。

10月,路也的诗《心脏内科》在《人民文学》第10期上发表。严歌苓的长篇小说《陆犯焉识》由作家出版社出版,并在之后被改编为电影《归来》上映。林树明的《迈向性别诗学》由中国社会科学出版社出版。赖翅萍的《未竟的审美之旅——论新时期女性小说对日常生活的诗性探寻》由河南大学出版社出版。

11月,李娟的"非虚构"作品《羊道·冬牧场》在《人民文学》第11期上发表。李娟的散文集《走夜路请放声歌唱》由湖南文艺出版社出版。

同月,横行胭脂的诗集《这一刻美而坚韧》、肖勤的小说集《丹砂》、付秀莹的《爱情到处流传》、娜语的《薄如蝉翼》入选"21世纪文学之星丛书·2011年卷",由作家出版社出版。

同月,中国作协第八次全国代表大会代表名单共977名,其中女性186名。铁凝当选为第八届中国作家协会主席,王安忆、张抗抗等为副主席。

12月,王小妮的散文集《上课记》由中国华侨出版社出版,并在2013年出版了《上课记2》。陈亚珍的长篇小说《羊哭了,猪笑了,蚂蚁病了》由北京燕山出版社出版。许连顺的长篇小说《无根花》(朝鲜文)由延边人民出版社出版。赵彬的《中国九十年代女性诗歌写作研究》由光明日报出版社出版。晓音、唐果主编的《女子诗报年鉴·2011年卷》由香港新译中文出版社出版。

同月,由中国当代文学研究会女性文学委员会、厦门大学人文学院中文系主办,贵州师范大学文学院协办的中国女性文学第十届国际学术研讨会在厦门召开。主要议题为21世纪以来中国女性文学与文论发展研究、中国性别/女性文学教学实践与问题研究、海外华文女性文学发展态势等。

同月,诗人、作家柯岩在北京病逝,享年82岁。

本年,王安忆获曼布克国际文学奖提名。

娜夜的诗集《起风了》由《诗歌EMS》周刊出版。

施雨的长篇小说《下城急诊室》《刀锋下的盲点》由中国华侨出版社出版。

新疆作家李娟自2011年起开始大型系列散文作品《羊道》的创作,其《九篇雪》《我的阿勒泰》《走夜路请放声歌唱》等引起文坛广泛瞩目。

本年起,"王安忆长篇小说"系列由人民文学出版社陆续出版。

2012 年

1月,郑小琼的组诗《珠三角女工生活史》和《女工记》分别在《天涯》第1期和《人民文学》第1期"非虚构"栏目上发表。王甜的长篇小说《同袍》由解放军文艺出版社出版。笛安的《南音》由长江文艺出版社出版。雪静的《天墨》由作家出版社出版。和晓梅的小说集《呼喊到达的距离》由云南人民出版社出版。乐黛云的自述《清溪水慢慢流》由东方出版中心出版。董丽敏的《性别、语境与书写的政治》由人民文学出版社出版。

2月，阿毛的诗歌《多么爱》在《中国诗歌》第2期上发表。周晓枫的散文《巨鲸歌唱》在《中国作家·文学》第2期上发表。叶多多的报告文学《一个人的滇池保卫战》在《北京文学·精彩阅读》第2期上发表。杜文鹃的长篇纪实文学《阿里　阿里》在《中国作家·纪实》第2期上发表。姚鄂梅的小说《狡猾的父亲》在《人民文学》第2期上发表。

3月，马晓丽的小说《俄罗斯陆军腰带》在《西南军事文学》第2期上发表。鲁敏的长篇小说《六人晚餐》在《人民文学》第3期上发表，后由北京十月文艺出版社于6月出版，并被改编为同名电影上映。荒林的《日常生活价值重构——女性主义经验批评的中国诗学定位》在《文艺研究》第3期上发表。刘莉的《玫瑰门中的中国女人——铁凝与当代女性作家的性别认同》由北京师范大学出版社出版。

同月，中国当代文学研究会女性文学委员会主办的2011年度优秀女性文学奖评选活动揭晓。创作类获奖作品有方方的《武昌城》、王安忆的《天香》、严歌苓的《陆犯焉识》、王旭烽的《主义之花》、季红真的《呼兰河的女儿：萧红全传》、雪静的《天墨》、葛水平的《裸地》、天下归元的《扶摇皇后》、须一瓜的《保姆大人》。研究类获奖著作为董丽敏的《性别、语境与书写的政治》。另有"21世纪小说馆"丛书获特别推荐奖，天下归元的《扶摇皇后》获年度新人奖。

4月，冷霜编选的《马雁诗集》、秦晓宇编选的《马雁散文集》由新星出版社出版。翟永明的《翟永明的诗》、张洁的《张洁文集》（全11卷）由人民文学出版社出版。章燕主编的《郑敏文集》（诗歌卷上、下，文论卷上、中、下，译诗卷）由北京师范大学出版社出版。

5月，孙频的小说《菩提阱》在《人民文学》第5期上发表。伊蒙红木的报告文学《最后的秘境——佤族山寨的文化生存报告》由云南科技出版社出版。卓如编的《冰心全集》（第3版，套装共10册）由海峡文艺出版社出版。

6月，艾玛的小说《井水豆腐》在《中国作家·文学》第6期上发表。何静、胡辛的《中国女性文学焦点透视》由中国社会科学出版社出版。乔以钢等的《中国现代文学文化现象与性别》由南开大学出版社出版。从容的诗集《隐秘的莲花》由长江文艺出版社出版。

同月，中国作协公布2012年发展新会员385人，其中女性91人。

7月，盛可以的小说《捕鱼者说》在《人民文学》第7期上发表。李美皆的《由对待丁玲历史问题的态度看周扬晚年的性别观念局限》在《南方文坛》第4期上发表。斯妤的《斯妤文集》（四卷本）由人民文学出版社出版。

8月，范小青的《高楼万丈平地起》在《中国作家·文学》第8期上发表。和晓梅的小说《连长的耳朵》在《人民文学》第8期上发表。潇潇的诗集《踮起脚尖的时间》由作家出版社出版。廖一梅的剧作集《柔软》由中信出版社出版。毛尖的《永远和三秒半——毛尖精选集》由华东师范大学出版社出版。陆薇主编的《女性文学》由西南交通大学出版社出版。

9月,韩小蕙的散文《面对庐山》在《北京文学·精彩阅读》第9期上发表。吴纯的小说《驯虎》在《创作与评论》第9期上发表并获台湾联合报文学奖。颜歌的长篇小说《段逸兴的一家》在《收获》第5期上发表,并由浙江文艺出版社于2013年5月以书名《我们家》出版。林白的长篇小说《北往》在《十月》第5期上连载(单行本中改名为《北去来辞》)。张莉的《非虚构女性写作:一种新的女性叙事范式的生成》在《南方文坛》第5期上发表。阿毛的《阿毛诗选》由环球文化出版社出版。金仁顺的小说集《松树镇》由新星出版社出版。荒林、鄢冬编写的《中国女作家名篇选读》由中国民主法制出版社出版。曹新伟、顾玮、张宗蓝的《20世纪中国女性文学史》由北京大学出版社出版。

10月,陈谦的小说《繁枝》在《人民文学》第10期上发表。肖勤的《暖》在《民族文学》第10期上发表。林那北的长篇小说《剑问》在《十月·长篇小说》第5期上发表。黄伟林、刘铁群主编的《背景——独秀女作家作品集》由广西师范大学出版社出版。王澄霞的《女性主义与中国当代文化》由社会科学文献出版社出版。

11月,孙惠芬的长篇小说《生死十日谈》在《人民文学》第11期上发表。残雪的《新世纪爱情故事》在《花城》第6期上发表。宇向的《宇向诗选》由长江文艺出版社出版。

同月,谈雅丽的诗集《鱼水之上的星空》、喻之之的小说集《十一分爱》、方如的《看大王》、李燕蓉的《那与那之间》、王小王的《第四个苹果》入选"21世纪文学之星丛书·2012年卷",由作家出版社出版。

同月,南开大学文学院在天津主办了"性别视角与文学文化研究"学术论坛。

12月,梁鸿的"非虚构"作品《梁庄在中国》在《人民文学》第12期上发表。王妹英的小说《一千个夜晚》、曹明霞的长篇小说《日落呼兰》在《中国作家·文学》第12期上发表。郑小琼的诗集《女工记》由花城出版社出版。寒烟的《月亮向西》由漓江出版社出版。路也的《地球的芳心》由长江文艺出版社出版。卓今的《残雪研究》由湖南文艺出版社出版。王春荣的《并非另类:女性文学批评》由辽宁大学出版社出版。

本年,滕肖澜的《双生花》、周嘉宁的《荒芜城》分别在《收获·长篇专号》春夏卷、秋冬卷上刊载。

"徐小斌小说精荟"八卷本由作家出版社出版。

黄梅的《码字的女人》、董之林的《余情别叙》、夏晓虹的《珍藏生命》、朱虹的《爱玛的想象》、李小江的《家国女人》、赵园的《阅读人世》等入选"郁金香书系",由南京师范大学出版社出版。

翟永明获意大利Ceppo Pistoia国际文学奖、第三十一届美国北加州图书奖翻译类图书奖。

2013年

1月,傅天琳的诗歌《爱情天梯》在《中国作家·文学》第1期上发表。春树的诗集

《春树的诗》、翟永明的《行间距:诗集 2008—2012》由重庆大学出版社出版。张翎的长篇小说《唐山大地震》在《江南》第 1 期上发表,并由花城出版社于同月出版。林白的长篇小说《北去来辞》、项小米的《记忆洪荒》由北京出版社出版。韦君宜的《思痛录》(增订、纪念版)由人民文学出版社出版。

2 月,塞壬的散文《悲迕》在《人民文学》第 2 期上发表。降红燕的《家务与星空:文学与性别研究》由中国社会科学出版社出版。

3 月,金仁顺的小说《喷泉》在《民族文学》第 3 期上发表。王华的长篇小说《花河》在《当代》第 2 期上发表。王宇的《新世纪女性乡土叙事潮流的崛起及其意义》在《南开学报》(哲学社会科学版)第 2 期上发表。刘传霞的《论〈废都〉〈白鹿原〉性叙述中的性别政治》在《山东师范大学学报》(人文社会科学版)第 2 期上发表。"中国 80 后诗系"之一的罗雨的诗集《空心人》由阳光出版社出版。丁燕的纪实作品《工厂女孩》由外文出版社出版。梁鸿的"非虚构"作品《出梁庄记》由花城出版社出版。格致的散文体长篇小说《婚姻流水》由作家出版社出版。郭冰茹的《20 世纪中国小说史中的性别建构》由华东师范大学出版社出版。刘慧英的《女权、启蒙与民族国家话语》由人民文学出版社出版。

同月,女性诗刊《翼》电子版于"豆瓣阅读"整体上线。

同月,洪子诚、程光炜主编的《中国新诗百年大典》(1—30 卷)由长江文艺出版社出版,入选诗人共三百余人,其中女性有冰心、林徽因、陈敬容、郑敏、林泠、舒婷、王小妮、灰娃、傅天琳、席慕蓉、张烨、伊蕾、翟永明、陆忆敏、林雪、蓝蓝等共五十余人。

4 月,贺捷生的"非虚构"作品《父亲的雪山,母亲的草地》在《人民文学》第 4 期上发表。

同月,作家程乃珊在上海病逝,享年 67 岁。

5 月,翟永明的长诗《随黄公望游富春山》(选章)在《十月》第 3 期上刊载,全诗由中信出版社于 2015 年 11 月出版,由周瓒改编、陈思安执导的同名诗剧于 2014 年 9 月国际青年戏剧节在北京首演。

同月,陈谦的小说《莲露》在《长江文艺》第 5 期上发表。乔叶的长篇小说《认罪书》在《人民文学》第 5 期上发表。鲁娟的诗集《好时光》由四川文艺出版社出版。安琪的《极地之境》由长江文艺出版社出版。宋晓杰的《忽然之间》由现代出版社出版。

同月,作家梅娘在北京病逝,享年 92 岁。

6 月,周晓枫的散文《素描簿》在《散文》第 6 期上发表。山飒的长篇小说《裸琴》在《中国作家·文学》第 6 期上发表,并由人民文学出版社于 2015 年出版单行本。王红旗的《携带着未来的女性历史缔造——21 世纪海内外华文女作家长篇小说创作转型研究》在《中华女子学院学报》第 3 期上发表。三色堇的《三色堇诗选》由沈阳出版社出版。陈瑞琳的散文集《他乡望月》由中国社会出版社出版。徐小斌的长篇小说《天鹅》、残雪的《新世纪爱情故事》由作家出版社出版。吕怡慧的《女生楼 404》由解放军文艺出版社出版。李美皆的评论集《说吧,女人》由东方出版中心出版。

同月,蔡东的小说集《木兰辞》、孙频的《菩提阱》、周李立的《孤岛遗忘症》、杨玉梅的评论集《民族文学的坚守与超越》入选"21世纪文学之星丛书·2013年卷",由作家出版社于2013—2014年出版。

7月,荣荣的组诗《声声慢》、周晓枫的散文《齿痕》在《人民文学》第7期上发表。铁凝的小说《火锅子》在《北京文学·精彩阅读》第7期上发表。鲁敏的《荷尔蒙夜谈》在《收获》第4期上发表。萨娜的长篇小说《多布库尔河》由文化艺术出版社出版。曹霞的《"妇女"想象与社会主义美学的规约——论"十七年"文学批评中的性别视角及其功能》在《南开学报》(哲学社会科学版)第4期上发表。

同月,中国作协公布2013年发展新会员473人,其中女性135人。

8月,蒋韵的小说《朗霞的西街》在《北京文学·精彩阅读》第8期上发表。宋小词的《血盆经》在《山花》第8期(B版)上发表。曹书文的《〈青春之歌〉:阶级话语与性别话语的有机融合》在《文艺争鸣》8月号上发表。荒林的《日常生活价值重构:当代中国女性主义文学思潮研究》由北京大学出版社出版。

同月,王安忆获法国文化部颁发的"法国文化艺术功劳勋章骑士奖"。

9月,舒婷的诗《归梦》在《诗刊》9月号上半月刊上发表。马金莲的小说《长河》在《民族文学》第9期上发表。马娜的报告文学《滴血的乳汁》由作家出版社出版。王小妮的诗选《致另一个世界》由台北秀威资讯科技股份有限公司出版。陈惠芬的《现代性的姿容——性别视角下的上海都市文化》由南开大学出版社出版。

同月,第七次全国青年作家创作会议在北京召开,参会代表共297名,其中女性99名。

同月,散文家张立勤病逝,享年58岁。

10月,林那北的小说《前面是五凤派出所》在《作家》10月号上发表。贺捷生的散文集《父亲的雪山 母亲的草地》由解放军文艺出版社出版。叶梅的散文集《穿过拉梦的河流》由作家出版社出版。姜淑梅的随笔集《乱时候,穷时候》由浙江人民出版社出版。施玮的长篇小说《世家美眷》由九州出版社出版。陈千里的《因性而别——中国现代文学家庭书写新论》由南开大学出版社出版。

11月,黄咏梅的小说《小姨》在《十月》第6期上发表。付秀莹的《曼啊曼》在《芳草·文学杂志》第6期上发表。陆卓宁的《近年海外华文女性文学研究观察与思考》在《南方文坛》第6期上发表。余艳的长篇纪实文学《杨开慧》由湖南文艺出版社出版。孟小书的长篇小说《走钢丝的女孩》由作家出版社出版。于文秀等的《70后、80后女作家研究》由中国社会科学出版社出版。

同月,"翼女性出版"微信公众号建立,开始推送国内外最新女性诗作、评论、讯息、声音及视频资料。

同月,中国当代文学研究会女性文学委员会与广西民族大学共同举办了第十一届中国女性文学学术研讨会,围绕传媒时代的女性文学与文化理论研究、中国女性文学作家作品研究、少数民族女性文学及文化研究评论等议题进行了研讨。会议通过了增补董丽敏、王侃、李玲为女性文学委员会副主任委员的决定。

同月,诗人郑玲在株洲病逝,享年 82 岁。

12 月,朱文颖的小说《凝视玛丽娜》在《人民文学》第 12 期上发表。海男的诗集《忧伤的黑麂鹿》、黄玲的《妖娆异类——海男评传》由云南人民出版社出版。赵春秀的《山西新时期女性作家小说创作综论》由山西人民出版社出版。荒林、苏红军主编的《中国女性文学读本》由广西师范大学出版社出版。

本年,七堇年的《平生欢》在《收获·长篇专号》(秋冬卷)上刊载。"王安忆中篇小说系列"(八卷)由上海文艺出版社出版。

自本年始,娜仁琪琪格主编的女性诗歌专刊"诗歌风赏"系列由长江文艺出版社推出。

《女子诗报年鉴》改版,单年卷为网络版,双年卷为纸质图书出版。

乔以钢的《近百年中国古代文学的性别研究》(《中国社会科学》2008 年第 3 期)获教育部第六届高等学校科学研究优秀成果奖(人文社科)论文奖三等奖。

2014 年

1 月,周晓枫的散文《独唱》在《十月》第 1 期上发表。方格子的纪实文学《留守女人——乡村留守妇女生存境遇》在《江南》第 1 期上发表。黄咏梅的小说《父亲的后视镜》在《钟山》第 1 期上发表。严歌苓的长篇小说《妈阁是座城》在《人民文学》第 1 期上发表、由人民文学出版社于同月出版,并在之后被改编同名电影上映。吕约的诗集《回到呼吸》由北岳文艺出版社出版。陈瑞琳的文学评论选《海外星星数不清》由九州出版社出版。王小妮的短篇小说集《1966 年》由东方出版社出版。"迟子建长篇小说系列"由人民文学出版社出版。

2 月,邵丽的小说《第四十圈》在《人民文学》第 2 期上发表。郝景芳的《北京折叠》在《文艺风赏》第 2 期上发表(原作于 2012 年底完成且发表于清华大学学生网络论坛上)。张念的《性别政治与国家——论中国妇女解放》由商务印书馆出版。

3 月,严英秀的小说《雪候鸟》在《民族文学》第 3 期上发表。孙频的《同体》在《钟山》第 2 期上发表。方方的《惟妙惟肖的爱情》在《花城》第 2 期上发表。须一瓜的《老闺蜜》、张惠雯的《岁暮》在《收获》第 2 期上发表。贺桂梅的《"个人的"如何是"政治的"——我的性别研究反思》在《南开学报》(哲学社会科学版)第 2 期上发表。张翎的长篇小说《阵痛》由作家出版社出版。贺桂梅的《女性文学与性别政治的变迁》由北京大学出版社出版。张念的《女人的理想国》由新星出版社出版。

同月,作家柳溪在天津病逝,享年 90 岁。

4 月,王妹英的长篇小说《山川记》在《中国作家·文学》第 4 期上发表。娜仁琪琪格主编的《诗歌风赏:中国当代少数民族女诗人作品选》由长江文艺出版社出版。

同月,《翼》总第 8 期出版,本期主编为翟永明、周瓒,执行主编为陈思安。

5 月,周李立的小说《如何通过四元桥》《八道门》在《芳草·文学杂志》第 3 期上发表。叶弥的长篇小说《风流图卷》在《收获》第 3 期上发表。孙晶岩的报告文学《西望胡杨》由北京十月文艺出版社出版。张莉的《姐妹镜像:21 世纪女性写作与女性文化》由中国社会科学出版社出版。毛尖的电影评论集《我们不懂电影》《有一只老虎在浴室》由海豚出版社出版。王红旗主编的《21 世纪中国女性文学批评理论与实践文选集成(2001—2012)》由现代出版社出版。黄晓娟主编的《中国当代少数民族女性文学研究》由上海文艺出版社出版。刘洁主编的《甘肃当代女性写作史稿》由敦煌文艺出版社出版。

同月,《翼》电子版于拇指阅读上线。

6 月 15 日,《翼》创刊十六周年之际,在北京单向空间举行"向诗歌借一双翅膀:翟永明、唐晓渡、周瓒对谈当代女性诗歌"文学沙龙。

6 月 23 日,《文艺报》刊登了"经典作家"专刊之杨沫篇。

6 月,樊洛平、王萌的《海峡两岸女性小说的历史流脉与创作比较》由人民出版社出版。

7 月,帕蒂古丽的散文《被语言争夺的舌头》在《人民文学》第 7 期上发表。娜夜的诗《诗人之心》、塞壬的散文《耻》、叶广芩的小说《月亮门》在《十月》第 4 期上发表。李美皆的《孕妇备忘录》在《山花》第 7 期(A 版)上发表。李美皆的《新时期军旅女作家代际研究》在《解放军艺术学院学报》第 3 期上发表。张春燕的报告文学《向东找太阳:寻访西路军最后的女战士》由解放军文艺出版社出版。严歌苓的长篇小说《老师好美》由天津人民出版社出版。徐艳蕊的《媒介与性别:女性魅力、男子气概及媒介性别表达》由浙江大学出版社出版。

同月,中国作协公布 2014 年发展新会员 509 人,其中女性 153 人。

8 月,马金莲的小说《1987 年的浆水和酸菜》在《长江文艺》第 8 期上发表。王甜的《毕业式》在《人民文学》第 8 期上发表。盛可以的长篇小说《野蛮生长》在《十月·长篇小说》第 4 期上发表,并由北京十月文艺出版社于 2015 年 1 月出版。杨绛的长篇小说《洗澡之后》由人民文学出版社出版。程黛眉的《红岸止》由作家出版社出版。陈宁的《女性身体观念与当代文学批评》由南开大学出版社出版。张光芒、王冬梅编著的《铁凝文学年谱》由复旦大学出版社出版。

同月,散文家吕锦华在加拿大病逝,享年 63 岁。

9 月,余秀华的诗《在打谷场上赶鸡》九首及创作谈《摇摇晃晃的人间》在《诗刊》9 月号下半月刊上发表。

10月,雨燕的长篇小说《盐大路》由作家出版社出版。王纯菲等的《中国性别理论与女性文学批评》由社会科学文献出版社出版。王桂荣的《中国现当代女性文学与文化研究》由知识产权出版社出版。

同月,谢小青的诗集《起风了》、梁文昆的诗集《平衡艺术》、邓瑞芳的小说集《茱萸》、岳雯的评论集《沉默所在》入选"21世纪文学之星丛书·2014年卷",由作家出版社出版。

11月,叶广芩的长篇散文《秦岭动物札记》在《江南》第6期上发表。蒋韵的《晚祷》在《小说月报·原创版》第11期上发表。宋小词的《呐喊的尘埃》在《创作与评论》11月号上半月刊上发表。孙惠芬的长篇小说《后上塘书》在《人民文学》第11期上发表,并由上海文艺出版社于2015年3月出版。文珍的小说集《我们夜里在美术馆谈恋爱》由中信出版社出版。宋安娜的长篇小说《十城记》、马金莲的小说集《长河》由作家出版社出版。林湄的长篇小说《天外》由新世界出版社出版。韦君宜的《露沙的路》由人民文学出版社再版并被称作"小说版《思痛录》"。毕淑敏的《毕淑敏文集》(全12卷精装典藏本)由湖南文艺出版社出版。"王安忆经典小说集"(六册)由北京联合出版公司推出。

12月,戴潍娜的组诗《回声女郎》在《诗刊》12月号上半月刊上发表。潇潇的《痛和一缕死亡的青烟》在《诗刊》12月号下半月刊上发表。滕肖澜的小说《又见雷雨》在《人民文学》第12期上发表。帕蒂古丽的长篇小说《百年血脉》由北京时代华文书局出版。王宇的《国族、乡土与性别》、刘传霞的《中国当代文学身体政治研究》由中国社会科学出版社出版。

同月,何英主编的"五朵雪莲花丛书"第3辑推出《女性视角下的村》《女性视角下的发现》《女性视角下的自然》《女性视角下的城》《女性视角下的人生》,由新疆美术摄影出版社出版,2015年印刷。

同月,由厦门市作协组织的大陆作家交流团应邀赴台参加了第二届海峡两岸文学笔会暨两岸女性文学发展与交流研讨会。

本年,笛安的小说《南方有令秧》、周嘉宁的《密林中》在《收获·长篇专号》(秋冬卷)上发表,《南方有令秧》由长江文艺出版社于11月出版。

"方方长篇小说系列"、"迟子建中篇小说编年系列"(八卷)及"迟子建长篇小说系列"由人民文学出版社出版。

严歌苓的《妈阁是座城》获亚洲周刊全球十大华语小说、中国图书世界馆藏率第一等奖项。徐小斌入选美国国会图书馆评选的"亚洲著名女作家"。

翟永明参加韩国首尔外国语大学"第七届中华名作家国际文学论坛",其间举行了"翟永明与中国当代诗歌、女性文学研究"专题会议。

作家益西卓玛病逝,享年89岁。

2015年

1月,陶丽群的小说《母亲的岛》在《野草》第1期上发表。陈谦的《无穷镜》在《人民文学》第1期上发表。迟子建的长篇小说《群山之巅》在《收获》第1期上发表,并由人民文学出版社于同月出版。徐艳蕊的《网络女性写作的生产与生态》在《北京大学学报》(哲学社会科学版)第1期上发表。杨恩芳的长篇小说《女人百年》由重庆出版社出版。"方方中篇小说系列"(七册)由人民文学出版社出版。徐坤的《徐坤文集》(五卷本)由安徽文艺出版社出版。戴锦华的电影评论自选集《昨日之岛》由北京大学出版社出版。胡亮编的《出梅入夏:陆忆敏诗集 1981—2010》由北岳文艺出版社出版。

2月,余秀华的诗集《月光落在左手上》由广西师范大学出版社出版。

同月,文学评论家刘茵在北京病逝,享年80岁。

同月,诗人、诗刊社原常务副主编、中国诗歌学会副会长李小雨在北京病逝,享年64岁。

3月,李彦的"非虚构"作品《尺素天涯——白求恩最后的情书》在《人民文学》第3期上发表,其作品集《尺素天涯:白求恩最后的情书及其他》由商务印书馆国际有限公司于同年出版。王华的长篇小说《花村》在《当代》第2期上发表。和晓梅的《宾玛拉焚烧的心》在《作家》第3期(长篇小说春季号)上发表。严歌苓的《护士万红》在《收获》第2期上发表(单行本改名为《床畔》)。林树明的《论20世纪80年代我国文学评论中的性别意识》在《南开学报》(哲学社会科学版)第2期上发表。荒林的诗集《北京,仁慈的城》由九州出版社出版。蒋晓云的小说集《掉伞天》由新星出版社出版。林丹娅主编的《台湾女性文学史》由厦门大学出版社出版。

4月,宇向的诗集《向他们涌来》由重庆大学出版社出版。

5月,王小妮的诗《月光》在《诗刊》5月号上半月刊上发表。李轻松的《李轻松的诗》在《扬子江诗刊》第3期上发表。李向东、王增如的《丁玲传》由中国大百科全书出版社出版,并被认为是迄今为止最翔实、最有深度的丁玲传记。

同月,王颖的评论集《谜面与谜底》、季亚娅的《文学的行间距》入选"21世纪文学之星丛书·2015年卷",由作家出版社于11月出版。

同月,铁凝在北京获法国文学艺术骑士勋章。

同月,评论家、南方日报出版社原社长陈志红在广州病逝,享年57岁。

6月,李轻松的诗《铁水与花枝》在《诗刊》6月号上半月刊上发表。李琦的诗《伶仃之美》、叶广芩的小说《鬼子坟》在《人民文学》第6期上发表。温燕霞的长篇小说《磷火》由上海文艺出版社出版。

同月,由作家出版社策划,"80后"女作者杨则纬、姜晓彤、晶达、孟小书、顾文艳、苏笑嫣、沈诗棋、徐艺嘉、程琳、吴瑜、王璐琪、小柯创作的"星座角·都市言情系列"12册全部面世(2013年推出6册)。

同月,首都师范大学中国女性文化研究中心等在北京联合主办了第五届中国女性文化研究学术研讨会暨国际女性文学论坛。

7月，颜梅玖的诗《守口如瓶》、须一瓜的长篇小说《别人》在《人民文学》第7期上发表。周李立的小说《透视》在《广州文艺》第7期上发表。范小青的《碎片》在《作家》第7期上发表。林白的《西北偏北之二三》、尹学芸的《士别十年》在《收获》第4期上发表。刘艳的《童年经验与边地人生的女性书写——萧红、迟子建创作比照探讨》在《文学评论》第4期上发表。蔡东的小说集《我想要的一天》由花城出版社出版。薛燕平的长篇小说《作茧》由北京时代华文书局出版。

同月，由中国当代文学研究会女性文学委员会和《职大学报》编辑部主办，呼和浩特职业学院、南开大学文学院、上海大学文学院联合承办的纪念中国当代文学研究会女性文学委员会成立20周年暨中国女性文学第十二届国际学术研讨会，在内蒙古呼和浩特市举行，主要议题为"女性文学研究反思及学科建设"。会上颁发了第四届中国女性文学研究成果表彰奖，刘慧英、张莉等10位作者获优秀科研成果奖。会上选举产生了新一届女性文学委员会组织机构，乔以钢任主任委员，林丹娅、林树明、董丽敏、李玲、王侃任副主任委员，董丽敏兼任秘书长，郭淑梅、刘传霞、黄晓娟任副秘书长。

同月，中国作协公布2015年发展新会员431人，其中女性119人。

8月13日，张抗抗的散文《赵一曼归来》在《人民日报》上发表。

8月，张欣的小说《狐步杀》在《北京文学·精彩阅读》第8期上发表。谢络绎的《旧新堤》、张翎的长篇小说《流年物语》在《中国作家·文学》第8期上发表。何向阳的诗集《青衿》由上海人民出版社出版。雍措的散文集《凹村》由作家出版社出版。中国青年出版社的"中国好诗·第一季"推出路也的《山中信札》、宇向的《女巫师》、杜绿绿的《我们来谈谈合适的火苗》等诗集。何平编著的《范小青文学年谱》由复旦大学出版社出版。

同月，林白的《北去来辞》获第九届茅盾文学奖提名奖。

9月，金仁顺的小说《纪念我的朋友金枝》在《人民文学》第9期上发表。孙未的《夜行人》在《中国作家·文学》第9期上发表。祁媛的《我准备不发疯》在《收获》第5期上发表。周瑄璞的长篇小说《多湾》在《作家》第9期（长篇小说秋季号）上发表。王晖的《别样的在场与书写——论近年女性非虚构文学写作》在《文学评论》第5期上发表。翟永明的《大街上传来的旋律:翟永明短诗精选》由江苏凤凰文艺出版社出版。张爱玲的长篇小说《少帅》由北京十月文艺出版社出版。静心的《大沙河畔》由中国文联出版社出版。

10月，翟永明的组诗《弗里达的秘密衣柜》在《诗刊》10月号上半月刊上发表。黄蓓佳的小说《万家亲友团》在《北京文学·精彩阅读》第10期上发表。周李立的《火山》在《芒种》10月上半月刊上发表。李燕蓉的长篇小说《出口》在《中国作家·文学》第10期上发表。乐黛云的《乐黛云散文集》由译林出版社出版。任晓雯的长篇小说《生活，如此而已》由北京十月文艺出版社出版。严歌苓的《扶桑》出版20周年纪念版由人民文学出版社推出。李美皆等著的《新时期军旅女作家研究》由解放军文艺出版社出版。

11月，付秀莹的小说《找小瑞》在《芳草·文学杂志》第6期上发表。王华的《生计以外》在《民族文学》第 11 期上发表。袁劲梅的长篇小说《疯狂的榛子》在《人民文学》第 11 期上发表。严歌苓的《上海舞男》在《花城》第 6 期上发表,并在单行本中改名为《舞男》。迟子建的长篇小说《群山之巅》评论小辑在《当代作家评论》第 6 期上刊载。

同月,中国当代文学研究会女性文学委员会和上海大学妇女研究中心在上海联合举办了女性文学研究青年论坛,会议主题为"跨媒体视野中的新世纪女性文学"。

12 月,丁燕的散文《东天山手记》在《中国作家·文学》第 12 期上发表。黄咏梅的小说《病鱼》在《人民文学》第 12 期上发表。陶丽群的《寻暖》在《青年文学》第 12 期上发表。李美皆的长篇小说《产妇备忘录》在《作家》第 12 期(长篇小说冬季号)上发表。刘钊的《中国女性文学理论建构的范畴与方法》在《社会科学战线》第 12 期上发表。"王安忆短篇小说系列"八册由上海文艺出版社出版。残雪的长篇小说《黑暗地母的礼物(上)》由湖南文艺出版社出版,并于 2017 年出版下卷。

同月,广东省作协、深圳市文联等在深圳主办了 2015 中国女性作家峰会。

本年,叶广芩的《叶广芩文集》(共九册)由北京十月文艺出版社出版。"范小青文集"系列由山东人民出版社出版。蒋胜男的网络作品《芈月传》(全六册)由浙江文艺出版社出版。

董丽敏的《性别、语境与书写的政治》(人民文学出版社 2012 年版)获教育部第七届高等学校科学研究优秀成果奖(人文社科)著作奖二等奖。

《南方文坛》"今日批评家"栏目自 1998 年至 2015 年共推出优秀批评家 96 名,其中女性有戴锦华、何向阳、贺桂梅、张念、李美皆、邵燕君、李静、李丹梦、张莉、申霞艳、梁鸿、毛尖、胡传吉、郭艳、刘铁群、何英、郭冰茹、岳雯、罗小凤等。

2016 年

1 月,海男的组诗《我身体中的原始森林》在《诗刊》1 月号上半月刊上发表。周李立的小说《东海,东海》在《芒种》第 1 期上发表。尹学芸的《李海叔叔》在《收获》第 1 期上发表。申霞艳、项静的对话笔记《女性主义、文体意识、先锋精神——谈谈当代文学批评中的某些问题》在《南方文坛》第 1 期上发表。杜涯的诗集《落日与朝霞》由北岳文艺出版社出版。王华的长篇报告文学《海雀,海雀》由贵州人民出版社出版。梁鸿虚构与非虚构相结合的文本《神圣家族》由中信出版社出版。陈谦的长篇小说《无穷镜》由江苏凤凰文艺出版社出版。

2 月 4 日,荒林、陈瑞琳的对话《全球视野下的汉语女性文学》在《文学报》上发表。

2 月,任一鸣等的《新疆当代少数民族女性文学初探》由新疆人民出版社出版。方铭主编的《苏青文集》(六卷本)由安徽文艺出版社出版。

3 月,张悦然的长篇小说《茧》在《收获》第 2 期上发表。梁盼盼的《重读铁凝:女性"本真"的洞见与未见》在《文学评论》第 2 期上发表。王小妮的短诗选集《出门种葵花》

由江苏文艺出版社出版。张翎的小说集《每个人站起来的方式,千姿百态》由长江文艺出版社出版。邵燕君、庄庸主编的《2015 中国年度网络文学(女频卷)》由漓江出版社出版。张红萍的《女性:从传统到现代》由北京时代华文书局出版。

4 月,《翼》诗刊出版了徐贞敏的《突然起舞》、李琬的《瞬间和决定》、方李靖的《我的年代,我的铁马掌》等诗集 3 种。

同月,付秀莹的长篇小说《陌上》在《十月·长篇小说》第 2 期上刊载,并由北京十月文艺出版社于 10 月出版。虹影的长篇小说《米米朵拉》由人民文学出版社出版。魏巍的《中国当代少数民族女性诗歌研究》由人民出版社出版。

5 月,余秀华的诗集《我们爱过又忘记》由新星出版社出版。叶浅韵的散文集《把生活过成最美的诗句》由煤炭工业出版社出版。谢络绎的小说集《到歇马河那边去》、戴厚英的《高的是秫秫,矮的是芝麻》由花城出版社出版。苏琼的《跨语境中的女性戏剧》由学苑出版社出版。

同月,作家、翻译家、中国社会科学院荣誉学部委员、外国文学研究所研究员杨绛在北京逝世,享年 105 岁。

6 月,池莉的《池莉诗集·69》由湖南文艺出版社出版。黄蓓佳的长篇小说《童眸》由江苏少年儿童出版社出版。张浩的《跨越时空的对话——域外影响与中国现当代女作家研究》由知识产权出版社出版。中国青年出版社的"中国好诗·第二季"推出郑玲的《让我背负你的忧郁》、娜夜的《个人简历》、冯娜的《无数灯火选中的夜》、桑子的《栖真之地》等诗集。

同月,中国当代文学研究会女性文学委员会、湖南师范大学文学院在长沙举办了女性文学教材建设研讨会,启动已出版近十年的《女性文学教程》的修订工作(该书于 2017 年由高等教育出版社重新出版)。

7 月,孙频的小说《万兽之夜》在《钟山》第 4 期上发表。孙惠芬的长篇小说《寻找张展》在《人民文学》第 7 期上发表。姚鄂梅的《1958:陈情书》由上海文艺出版社出版。董丽敏的笔谈文章《女性文学研究——话语重构及其向度》在《妇女研究论丛》第 4 期"热点问题研究"栏目的笔谈专题上发表。

同月,陈思和、周明全主编的"'70 后'批评家文丛"推出李丹梦的《李丹梦卷》、张莉的《张莉卷》、梁鸿的《梁鸿卷》,由云南人民出版社出版。

同月,中国作协公布 2016 年发展新会员 454 人,其中女性 112 人。

8 月,迟子建的小说《空色林澡屋》在《北京文学·精彩阅读》第 8 期上发表。范小青的长篇小说《桂香街传奇》在《中国作家·文学》第 8 期上发表,并由江苏凤凰文艺出版社于同月出版单行本《桂香街》。张悦然的《茧》由人民文学出版社出版。李美皆的散文集《爱你备受摧残的容颜》由高等教育出版社出版。凌叔华的《凌叔华文集》(包括《女人》《花之寺》《红了的冬青》《爱山庐梦影》《古韵》)由天津人民出版社出版。

同月,郝景芳的《北京折叠》获 2016 年雨果奖最佳中短篇小说奖。

同月,中国当代文学研究会女性文学专业委员会名誉主任、河北教育出版社原副总编辑谭湘在石家庄病逝,享年 58 岁。

9 月,王海霞的报告文学《疼痛的农村——"越南媳妇"出逃背后调查》在《北京文学·精彩阅读》第 9 期上发表。马娜的《小布的风声》在《人民文学》第 9 期上发表。唐颖的长篇小说《上东城晚宴》在《收获》第 5 期上发表。王妹英的《得城记》在《中国作家·文学》第 9 期上发表。曹霞的《"异域"与"历史"书写:讲述"中国"的方法——论严歌苓的小说及其创作转变》在《文学评论》第 5 期上发表。

10 月,"范小青长篇小说系列"由人民文学出版社出版。

11 月,宋小词的小说《直立行走》在《当代》第 6 期上发表。唐亚平的《唐亚平诗集》由上海人民出版社出版。孙桂荣编的《变动时代的性别表达——新时期女性文学与文化研究文献史料辑》由人民出版社出版。

同月,中国作协第九次全国代表大会代表名单共 987 名,其中女性 222 名。

同月,徐广慧的小说集《小鲶鱼》、祁媛的《我准备不发疯》、杨莎妮的《七月的凤仙花》、臧海英的诗歌集《出城记》入选"21 世纪文学之星丛书·2016 年卷",由作家出版社出版。

12 月,灰娃的诗集《灰娃七章》由北京大学出版社出版。郑小琼的《玫瑰庄园》由花城出版社出版。王艳芳的《大众传媒视域中的女性文学》由中国戏剧出版社出版。

同月,铁凝当选为第九届中国作协主席,王安忆、张抗抗等为副主席。

本年,李凤群的《大风》在《收获·长篇专号》(春夏卷)上刊载。

《职大学报》开始在封二、封三开辟专栏,陆续介绍女性文学研究领域有影响的学者。

2016—2017 年,曾晓文的《爱不动了》、江岚的《合欢牡丹》、陈谦的《谁是眉立》、刘瑛的《不一样的太阳》、张纯瑛的《古月今尘万里路》、王海伦的《枫叶为谁红》、方丽娜的《蓝色乡愁》、顾月华的《走出前世》、陈瑞琳的《去意大利:那些我最爱的地方》、虔谦的《玲玲玉声》、施玮的《日食·风动》、朵拉的《那日有雾》等入选"新世纪海外华文女作家"丛书,由鹭江出版社出版。

2017 年

1 月,张欣的小说《黎曼猜想》在《小说月报·原创版》第 1 期上发表。孙频的《光辉岁月》在《当代》第 1 期上发表。王安忆的《向西,向西,向南》在《钟山》第 1 期上发表。蓝蓝的诗集《唱吧,悲伤》由江苏凤凰文艺出版社出版。晓音、唐果主编的《女子诗报年鉴(2015—2016)》由香港新译中文出版社出版。黄宗英的《黄宗英文集》(第 1—4 册)由海天出版社出版。

同月,方丽娜的《蝴蝶飞过的村庄》、曾晓文的《重瓣女人花》、周洁茹的《到香港去》、王芫的《路线图》、陈谦的《我是欧文太太》等入选"中国文学新力量·海外华文女作家"丛书,由太白文艺出版社出版。

2月,周晓枫的散文《有如候鸟》在《人民文学》第2期上发表。林漱砚的小说《另一面》在《青年文学》第2期上发表。万方的《冬之旅:万方剧本精选集》由北京十月文艺出版社出版。杨帆的长篇小说《锦绣的城》由作家出版社出版。

同月,王安忆任中国作协第九届小说委员会主任,迟子建等为副主任。

同月,中国文坛最年长的女作家罗洪在上海逝世,享年107岁。

3月,安琪的长诗《凉山行》刊于长江文艺出版社出版的《读诗·暗物质指南》第一卷。刘云芳的散文《父亲跟我去打工》在《长城》第2期上发表。张悦然的小说《大乔小乔》、张翎的长篇小说《劳燕》在《收获》第2期上发表,其中《劳燕》单行本由人民文学出版社于7月出版。帕蒂古丽的《最后的王》在《江南》第2期上发表。邵燕君主编的《2016中国年度网络文学(女频卷)》由漓江出版社出版。

同月,叶梅、景宜等任中国作家协会第九届少数民族文学委员会副主任,张抗抗等任中国作家协会作家权益保障委员会副主任。

4月,鲁敏的长篇小说《奔月》在《作家》第4期上发表,并由人民文学出版社于10月出版。任晓雯的《好人宋没用》在《十月·长篇小说》第2期上发表,并由北京十月文艺出版社于8月出版。《害怕:王小妮集1988—2015》由作家出版社出版。《红纱巾——李小雨诗选》由作家出版社出版,并成为迄今为止作者诗作收录最全的诗集。于宏、胡沛萍的《当代藏族小说中的女性形象研究》由四川大学出版社出版。

5月,周晓枫的散文《离歌》、迟子建的小说《最短的白日》、严歌苓的《你触碰了我》在《十月》第3期上发表(《你触碰了我》单行本改名为《芳华》,已由人民文学出版社4月出版,由小说改编的同名电影于本年12月上映)。东紫的小说《芝麻花开》在《人民文学》第5期上发表。杜文娟的长篇小说《红雪莲》在《芳草·文学杂志》第3期和《红豆》第5期上发表。贺桂梅的《三个女性形象与当代中国社会性别制度的变迁》在《中国现代文学研究丛刊》第5期上发表。乔以钢、林丹娅主编的《女性文学教程》(普通高等教育"十一五"国家级规划教材)由高等教育出版社出版。

同月,王蒙、陈布文的小说集《女神》由四川文艺出版社出版,收入王蒙的《女神》,陈布文的《假日》《离婚》《黑妞》。

6月,方格子的报告文学《我在人间一百年——麻风病人口述实录》在《北京文学·精彩阅读》第6期上发表。周艳丽的《衣被天下中国棉》在《时代报告(中国报告文学)》第6期上发表。李小洛的诗集《孤独书》由太白文艺出版社出版。李美皆的长篇小说《说吧,身体》由漓江出版社出版。陆梅的《像蝴蝶一样自由》由明天出版社出版。李惠善的小说集《飘落的绿叶》(朝鲜文)由延边人民出版社出版。

同月,中国当代文学研究会女性文学委员会、长春师范大学文学院、《妇女研究论丛》

和《社会科学战线》杂志社等在长春共同主办了第十三届中国女性文学学术研讨会。会议就女性文学理论与批评研究、女性文学叙事与社会伦理、中国现当代文学文本的性别内涵、跨媒体语境中的女性写作、地域民族文化与性别研究等主题进行了探讨。

同月，江苏省作协与中国作协诗歌委员会在扬州联合主办了"中国新诗百年论坛"第19场："缪斯与玫瑰——中国女性新诗创作研讨"。

同月，郑敏获第六届中坤国际诗歌奖中国诗人奖。

7月24日，《文艺报》刊登了"经典作家"专刊之草明篇。

7月，孙频的小说《松林夜宴图》在《收获》第4期上发表。刘慧英的《张洁的女性化写作与宏大叙事》在《文艺研究》第7期上发表。

8月，玉珍的诗歌《在我手中的鲜花》（九首）在《长江文艺》（8月上·原创）上发表。王安忆的散文《纽约四重奏》在《北京文学·精彩阅读》第8期上连载。乔叶的长篇小说《藏珠记》由作家出版社出版。残雪的《残雪文学回忆录》由广东人民出版社出版。黄静等的《二十世纪中国女性文学研究》由安徽师范大学出版社出版。杨晶的《从革命女性到女性革命：现代女性革命小说的话语流变》由中国社会科学出版社出版。

同月，中国作协公布2017年发展新会员507人，其中女性148人。

9月，文珍的小说《暗红色的云藏在黑暗里》在《十月》第5期上发表。张悦然的《天鹅旅馆》在《收获》第5期上发表。梁鸿的长篇小说《梁光正的光荣梦想》在《当代》第5期上发表。周晓枫的散文集《有如候鸟》由新星出版社出版。苏兰朵的小说集《白熊》由现代出版社出版。田泥的《博弈：女性文学与生态——20世纪80年代以来女作家生态写作》由中国社会科学出版社出版。

同月，庞羽的小说集《我们驰骋的悲伤》、曹潇的小说集《卡农曲》、潘菊艳的诗集《去见见你的仇人》、汪雨萌的评论集《年轻的思想》入选"21世纪文学之星丛书·2017年卷"，由作家出版社于2018—2019年出版。

10月，计文君的小说《化城》在《人民文学》第10期上发表。糖匪的《无名盛宴》在《上海文学》第10期上发表。须一瓜的《夜梦吉祥》在《长江文艺》（10月上·原创）上发表。梁鸿的长篇小说《梁光正的光》由人民文学出版社出版。张悦然的小说集《我循着火光而来》由北京联合出版公司出版。黄晓娟编选的《中国当代少数民族女性文学作品选》由上海文艺出版社出版。

同月，何向阳、张莉主编的"中国当代著名女作家大系·小说卷"推出付秀莹、鲁敏、金仁顺、邵丽、林白、阿袁、孙惠芬、葛水平、叶广芩、蒋韵、张抗抗、方方、乔叶、滕肖澜等女作家小说自选集，由太白文艺出版社出版。

同月，日本学者平石淑子著，崔莉、梁艳萍译的《萧红传》由中国人民大学出版社出版。

同月，乔以钢等的《性别视角下的中国文学与文化》由经济科学出版社出版，为"性别视角下的中国文学与文化"项目最终成果,2020 年获教育部第七届高等学校科学研究优秀成果奖(人文社科)著作奖二等奖。

同月,作家央珍在北京病逝,享年 54 岁。

11 月,方方的小说《时于此间》在《长江文艺》(11 月上·原创)上发表。王占黑的《空响炮》在《芙蓉》第 6 期上发表。七堇年的《黑刃》、须一瓜的长篇小说《双眼台风》在《收获》第 6 期上发表。白亮的《80 年代初的"遇罗锦风波"》在《文艺争鸣》11 月号上发表。李娟的散文集《遥远的向日葵地》由花城出版社出版。郝景芳的小说集《人之彼岸》由中信出版社出版。何英的《批评的"纯真之眼"》由作家出版社出版。徐琴的《文化身份的建构与书写——当代藏族女性文学研究》由中山大学出版社出版。吴玉杰、刘巍等著的《中国现代女作家的女性文学意识》由社会科学文献出版社出版。

同月,西南大学中国新诗研究所等联合主办的"中国新诗百年"全球华语诗人诗作评选活动中,冰心、陈敬容、林徽因、柯岩等获评"终身成就奖",舒婷、郑敏、席慕蓉、傅天琳、李琦、李小雨、成幼殊等获评"杰出贡献奖",辛茹、林雪、海田、海男、娜夜、荣荣、蔡丽双、张烨、王尔碑、郑玲等获评"百位最具影响力诗人",康桥、赵丽华、匡文留、余秀华、冉冉、翟永明、叶玉琳、萨仁图娅、金铃子、张春燕、张子影、丫丫、安琪、王妍丁、潇潇、爱菲尔、黄殿琴、谌虹颖、三色堇等获评"百位最具实力诗人"。

12 月,宗璞的长篇小说《北归记》(前五章)在《人民文学》第 12 期上发表。叶梅的散文集《根河之恋》由江苏凤凰文艺出版社出版。

同月,祁媛、任晓雯等获第二届"茅盾文学新人奖",天下归元、希行等获首届"茅盾文学新人奖·网络文学新人奖"。

同月,王安忆获俄克拉荷马大学第五届纽曼华语文学奖。

本年,何向阳的《锦瑟》、李南的《妥协之歌》、褚佩荣的《隔空对火》等入选"中国好诗·第三季",由中国青年出版社出版。

孙惠芬的《孙惠芬文集》(七卷本)由上海文艺出版社出版。霍达的《霍达文集》(共十卷)由北京十月文艺出版社出版。唐颖的"双城系列"三部曲由浙江文艺出版社出版。"残雪作品典藏版"由湖南文艺出版社陆续出版。

由南开大学乔以钢教授担任首席专家的 2017 年度国家社科基金重大项目"《中国女性文学大系》(先秦至今)及女性文学史研究"获批立项。

2018 年

1 月,周嘉宁的小说《基本美》在《收获》第 1 期上发表。苏兰朵的《诗经》在《当代》第 1 期上发表。邵燕君主编的《2017 中国年度网络文学(女频卷)》由漓江出版社出版。

2 月,薛舒的小说《相遇》在《人民文学》第 2 期上发表。张念的《性别之伤与存在之痛》由东方出版社出版。

3月,周洁茹的小说《读书会》在《上海文学》第3期上发表。宋凯琳的《黄金标准》在《北京文学·精彩阅读》第3期上发表。薛舒的《张某花》在《飞天》3月号上发表。阿袁的《婚姻生活》在《长江文艺》(3月上·原创)上发表。孙频的《在阳台上》在《广西文学》第3期上发表。须一瓜的《会有一条叫王新大的鱼》和《甜蜜点》分别在《青年作家》第3期和《当代》第2期上发表。张天翼的《地之血》、张怡微的《步步娇》在《小说界》第2期上发表。迟子建的《候鸟的勇敢》、余秀华的《且在人间》在《收获》第2期上发表。残雪的长篇小说《一种快要消失的职业》在《花城》第2期上发表。王占黑的小说集《空响炮》由上海文艺出版社出版,并于9月获首届"宝珀·理想国文学奖"。娜仁琪琪格主编的《诗歌风赏:中国当代女诗人亲情诗选》由长江文艺出版社出版。

同月,由中国诗歌网、中国新诗研究所、中国诗学研究中心等共同举办的"首届中国十佳当代诗人"评选活动中,傅天琳、海男、林雪、王芳闻等获选。

4月,肖勤的小说《亲爱的树》在《民族文学》第4期上发表。范小青的长篇小说《灭籍记》在《作家》第4期上发表。孟远编的《女性文学研究资料》由百花洲文艺出版社出版。田泥的《激情的样式——20世纪80年代女性写作》由中国社会科学出版社出版。

5月,鱼禾的散文《界限》、李彦的"非虚构"作品《何处不青山》、裘山山的小说《曹德万出门去找爱情》在《人民文学》第5期上发表。任晓雯的小说《换肾记》在《当代》第3期上发表。盛可以的《偶发艺术》在《花城》第3期上发表。章泥的《悬浮的清晨》在《钟山》第3期上发表。尹学芸的《天堂向左》在《北京文学·精彩阅读》第5期上发表。刘艳的《严歌苓论》由作家出版社出版。海男、施施然主编的《中国女诗人诗选·2017年卷》由长江文艺出版社出版。翟永明的随笔集《以白夜为坐标》由中信出版社出版。

6月25日,《文艺报》刊登了"经典作家"专刊之茹志鹃篇。

6月,颜梅玖的诗歌《最好的时光》在《作家》第6期上发表。王占黑的小说《小花旦的故事》在《山西文学》第6期上发表。莫笑愚的诗集《穿过那片发光的海》由百花洲文艺出版社出版。胡沛萍的《当代藏族女性汉语文学史论》由中央民族大学出版社出版。

同月,《翼》出版第九期暨20周年纪念特刊《新一代:1998—2018》,发表了方李靖、李娜、吴丹鸿、苏晗、李琬、樊星、康宇辰、钟芝红、袁梦颖、陈思安等"80后""90后"女诗人的作品。

同月,中国作协公布2018年发展新会员524人,其中女性172人。

7月,付秀莹的小说《春暮》在《大家》第4期上发表。苏兰朵的《雪凤图》在《北京文学·精彩阅读》第7期上发表。马金莲的《低处的父亲》在《长江文艺》(7月上·原创)上发表。陶丽群的《白》在《青年文学》第7期上发表。朱文颖的《有人将至》在《钟山》第4期上发表。张翎的《胭脂》、任晓雯的《朱三小姐的一生》在《十月》第4期上发表。郭爽的《九重葛》在《收获》第4期上发表。

同月,诗人伊蕾在冰岛病逝,享年67岁。

同月,作家、中国人民大学清史研究所研究员、教授凌力在北京病逝,享年76岁。

8月,黄昱宁的小说集《八部半》由浙江文艺出版社出版,并于2019年获第二届"宝珀·理想国文学奖"。许连顺的长篇小说《舞动的木偶》(朝鲜文)由延边人民出版社出版。海男的《海男文集》(五卷本)由云南人民出版社出版。顾艳、解芳合著的作家印象记《早安,写作》由江苏凤凰文艺出版社出版。

9月,路侬宁的组诗《每一寸光阴都值得热爱》在《星星》诗刊9月上旬刊上发表。叶浅韵的散文《生生之门》、计文君的小说《婴之未孩》在《十月》第5期上发表。周晓枫的散文《野猫记》、张天翼的小说《辛德瑞拉之舞》在《钟山》第5期上发表。盛可以的长篇小说《息壤》在《收获》第5期上发表,并由人民文学出版社于2019年1月出版、由台湾九歌出版社用书名《子宫》于同年4月出版。王安忆的《考工记》在《花城》第5期上发表,并由花城出版社于同月出版。魏微的小说集《魏微十三篇》由北京十月文艺出版社出版。萧红纪念馆编的《萧红全集》(全五册)由北方文艺出版社出版。

同月,绿窗的散文集《击壤书》、严英秀的散文集《就连河流都不能带她回家》、姚笛的长篇小说《相爱不畏伤》、乌兰其木格的评论集《喧哗中的谛听》入选"中国少数民族文学之星丛书·2018年卷",由作家出版社于2019年1月出版。

同月,王安忆的《长恨歌》、张洁的《沉重的翅膀》、铁凝的《笨花》、方方的《风景》、刘索拉的《你别无选择》、迟子建的《世界上所有的夜晚》、谌容的《人到中年》、张洁的《爱,是不能忘记的》、铁凝的《哦,香雪》等在中国作协《小说选刊》杂志社、中国小说学会、人民日报海外网主办的"中国改革开放四十周年最有影响力小说"评选中获选。

同月,第八次全国青年作家创作会议在北京召开,参会代表共316名,其中女性123名。

同月,中国当代文学研究会女性文学委员会、陕西师范大学女性研究中心在西安共同主办了2018年"女性文学青年论坛",主题包括性别视野中的文学现象及代际经验、古今之变中的女作家及其创作、跨文化跨媒体语境中的性别议题。

同月,首都师范大学中国诗歌研究中心和日本城西国际大学在北京联合主办了首届中日女诗人交流活动"灵魂的自由与女性的天空"。

同月,《少男少女》杂志社原主编、作家黄庆云在香港病逝,享年98岁。

10月,李凤群的长篇小说《大野》在《人民文学》第10期上发表。

11月,《青年文学》第11期"改革开放四十周年"专题特邀栏目集束发表了张莉对34位中国当代新锐女作家的同题调查回答实录《她们与我们时代的女性写作》。董夏青青的小说《费丽尔》在《小说界》第6期上发表。肖勤的《去巴林找一棵树》在《十月》第6期上发表。笛安的长篇小说《景恒街》在《人民文学》第11期上发表。黄晓娟的《当代少数民族女性文学的中华民族共同体意识——以获"骏马奖"的女作家作品为例》在《南开学报》(哲学社会科学版)第6期上发表。马金莲的小说集《河南女人》由作家出版社出版。

计文君的长篇小说《化城喻》由广西师范大学出版社出版。迟子建的长篇小说《伪满洲国》(精装修订版)由译林出版社出版。央珍的长篇小说《无性别的神》由浙江文艺出版社再版且被称作"当代西藏文学的里程碑"。

同月,王小妮的《落在海里的雪》、舒丹丹的《镜中》、巫昂的《我不想大张旗鼓地进入你的生命之中》等诗集入选"中国好诗·第四季",由中国青年出版社出版。

同月,陕西师范大学在长安校区教育博物馆举行了女性/性别研究文献资料馆揭牌仪式。

12月,柳营的长篇小说《姐姐》在《十月·长篇小说》第6期上发表,并由北京十月文艺出版社于2019年1月出版。陈晓明主编的《女性小说》(属"改革开放40年文学丛书"系列)由作家出版社出版。李美皆的《晚年丁玲形象研究》由台北秋雨文化事业股份有限公司出版。

同月,中国诗歌学会等单位在广东四会主办了"玉润四会——首届女性诗歌周",同时举行了"女性诗歌写作基地"揭牌仪式,颁发了首届女性诗歌奖。郑敏获终身成就奖,舒婷、傅天琳、蓝蓝获杰出贡献奖,孙晓娅获评论奖,郑小琼获优秀青年女诗人奖,艾莉森·库克获优秀外国女诗人奖。

同月,王占黑名列2018年中国"90后"作家排行榜第二名。

本年,张燕玲的散文随笔集《好水如风》、黄咏梅的《锦上添叶》、杨映川的小说集《不能掉头》入选"独秀女作家文丛",由广西师范大学出版社出版。

2019 年

1月,姚鄂梅的小说《基因的秘密》在《上海文学》第1期上发表。孙频的《天体之诗》在《北京文学·精彩阅读》第1期上发表。迟子建的《炖马靴》在《钟山》第1期上发表。淡豹的《女儿》在《小说界》第1期上发表。修新羽的《城北急救中》在《花城》第1期上发表。孙频的小说《鲛在水中央》、庆山的长篇小说《夏摩山谷》在《收获》第1期上发表。《夏摩山谷》由江苏凤凰文艺出版社出版。入选"常春藤诗丛"的吕约的《吕约诗选》、王小妮的《王小妮诗选》、周瓒的《周瓒诗选》由太白文艺出版社出版。安宁的散文集《迁徙记》由作家出版社出版。张抗抗的《张抗抗文学回忆录》由广东人民出版社出版。薛燕平的长篇小说《宽街》由春风文艺出版社出版。王小妮、翟永明、蓝蓝、周瓒、海男的《女性五人诗》由人民文学出版社出版。周文慧的《70后女作家群创作小说研究(1996—2010)》由华龄出版社出版。韩敏的《浮出社会地表:"十七年"女性媒介形象研究》由中国社会科学出版社出版。"大家读经典文丛"第一辑——残雪六卷本读书笔记由作家出版社推出。

2月,王姝蕲的小说《比特圈》在《人民文学》第2期上发表。宗璞的多卷本长篇小说《野葫芦引》由人民文学出版社出版。残雪的长篇小说《赤脚医生》由湖南文艺出版社出版。

3 月 29 日,贺桂梅等就张莉有关调查所进行的讨论《作家的性别观会长久地影响未来的读者》在《文艺报》上刊登。

3 月,海男的散文《论母亲》在《散文》第 3 期上发表。冯娜的诗歌《出生地》、杨咏(阿舍)的散文《像风一样》、法蒂玛·白羽的《刻在卵石上的小羊》在《民族文学》第 3 期上发表。蔡东的小说《伶仃》在《青年文学》第 3 期上发表。王海雪的《夏多布里昂对话》在《青年作家》第 3 期上发表。李静睿的《木星时刻》在《小说界》第 2 期上发表。张欣的长篇小说《千万与春住》在《花城》第 2 期上发表。虹影的《燕燕的罗马婚礼》在《作品》第 3 期上发表。海男、施施然主编的《中国女诗人诗选·2018 年》由长江文艺出版社出版。《诗探索·13 作品卷》(2019 年第 1 辑)"诗坛峰会"栏目刊载了"新锐女诗人二十家"作品选。"孙惠芬长篇小说系列"由人民文学出版社出版。

同月,闫美娜(闫语)的散文集《你自己就是每个人》、张雪云的《蓝渡》、林晓秋(林漱砚)的小说集《另一面》、蒋在的《街区那头》、唐诗云的《白雪皑皑》入选"21 世纪文学之星丛书·2018 年卷",由作家出版社于本年出版。

同月,杨咏(阿舍)的散文集《我不知道我是谁》、钟秀华(朝颜)的《陪审员手记》、娜仁高娃的小说集《七角羊》入选"中国少数民族文学之星丛书·2019 年卷",由作家出版社于本年出版。

同月,残雪以长篇小说《新世纪爱情故事》入围 2019 年国际布克奖。

同月,八一电影制片厂编剧、作家刘静病逝,享年 58 岁。

4 月,张惠雯的小说《雪从南方来》在《人民文学》第 4 期上发表。付秀莹的长篇小说《他乡》、周瑄璞的《日近长安远》在《十月·长篇小说》第 2 期上发表,并分别由北京十月文艺出版社于本年出版。阿微木依萝的散文集《檐上的月亮》由广西师范大学出版社出版。林幸谦的《张爱玲书信与〈小团圆〉身体书写——档案学视角的解读》在《中国现代文学研究丛刊》第 4 期上发表。

同月,作家李纳在北京逝世,享年 99 岁。

5 月,走走的小说《死守》在《山花》第 5 期上发表。赵依的《密林》在《中国作家·文学》第 5 期上发表。草白的《一次远行》在《十月》第 3 期上发表。尹学芸的《青霉素》、邵丽的《天台上的父亲》、唐颖的《隔离带》在《收获》第 3 期上发表。黄昱宁的《十三不靠》、默音的《尾随者》、马金莲的长篇小说《孤独树》在《花城》第 3 期上发表。任晓雯的小说集《浮生二十一章》由北京十月文艺出版社出版。池莉的长篇小说《大树小虫》由江苏凤凰文艺出版社出版。

6 月,崔君的小说《椿树上的人》在《山西文学》第 6 期上发表。姚鄂梅的长篇小说《衣物语》在《收获·长篇专号》(夏卷)上刊载。塞壬的散文集《沉默、坚硬,还有悲伤》由百花洲文艺出版社出版。

同月,灯灯的诗集《余音》、李琦的《山顶》、余幼幼的《不能的风》、胡茗茗的《爆破音》

入选"中国好诗·第五季",由中国青年出版社出版。

7月,乔叶的小说《头条故事》在《北京文学·精彩阅读》第 7 期上发表。周瑄璞的《砂糖橘》在《清明》第 4 期上发表。张怡微的《缕缕金》在《小说界》第 4 期上发表。蒋韵的长篇小说《你好,安娜》在《花城》第 4 期上发表。王侃瑜的小说《语膜》、万方的"非虚构"作品《你和我》在《收获》第 4 期上发表。唱燕的散文集《心途》由中译出版社出版。程青的长篇小说《湖边》由北京十月文艺出版社出版。

同月,中国作协公布 2019 年发展新会员 615 人,其中女性 171 人。

同月,中国当代文学研究会女性文学委员会、湖南女子学院、湖南省湖湘女性文化研究基地在湖南长沙联合举办了第十四届中国女性文学学术研讨会,围绕百年"五四"与中国女性文学的现代演进、性别视角下的中国当代文学等议题进行了研讨。

8月,文清丽的小说《女兵们,正步走》在《中国作家·文学》第 8 期上发表。董夏青青的《在阿吾斯奇》在《人民文学》第 8 期上发表。方丽娜的小说集《夜蝴蝶》由作家出版社出版。计文君的《问津变》由广西师范大学出版社出版。

同月,铁凝任第十届茅盾文学奖评奖委员会主任。

同月,孙惠芬的《寻找张展》入围第十届茅盾文学奖提名作品。

9月,二湘的小说《马兰花开》在《长江文艺》(9 月上·原创)上发表。二湘的长篇小说《暗涌》由北京十月文艺出版社出版。虹影的长篇小说《罗马》由重庆出版社出版。王安忆的随笔集《成长初始革命年》由译林出版社出版。王红旗的《灵魂在场——世界华文女作家与文本研究》由现代出版社出版。董秀丽的《20 世纪 90 年代女性诗歌研究》由中国社会科学出版社出版。

同月,杨沫的《青春之歌》、张洁的《沉重的翅膀》、霍达的《穆斯林的葬礼》、王安忆的《长恨歌》、王旭烽的《茶人三部曲》、宗璞的《东藏记》、迟子建的《额尔古纳河右岸》、铁凝的《笨花》入选"新中国 70 年 70 部长篇小说典藏"丛书。

10月,朱文颖的小说《生命伴侣》、林那北的《两个半月》在《作家》第 10 期上发表。刘传霞的《1950—1960 年代女作家对新中国男性气质的建构》在《百家评论》第 5 期上发表。

同月,郝景芳获第十届全球华语科幻星云(特等)功勋章。

11月,"徐小斌经典书系"(共 14 卷)由作家出版社在新书分享会上推出,这是徐小斌迄今为止最全的一套文集。冉冉的诗歌《祝福的姿势》在《民族文学》第 11 期上发表。马小淘的小说《骨肉》在《收获》第 6 期上发表。盛可以的长篇小说《女工家记》在《江南》第 6 期上发表。梅卓的长篇小说《神授·魔岭记》由青海人民出版社出版。赵树勤等著的《中外文心的碰撞与交流——中国当代女作家与世界文学》由湖南师范大学出版社出版。

12月,方方的《是无等等》在《十月·长篇小说》第 6 期上发表。《名作欣赏》(上旬)

第 12 期推出该期"主笔"刘思谦的《新时期以来的女性文学创作与女性文学研究》,"刘思谦小辑"刊载了乔以钢、林丹娅、李玲、郭力对刘思谦及其学术研究的回顾、总结与评介文章。《名作欣赏·别册》推出由沈红芳组稿的《澄明之境:刘思谦画传》。韩小蕙的纪实文学《协和大院》由人民文学出版社出版。刘钊的《启蒙视野下的现代中国女性写作》由人民出版社出版。屈雅君任总主编的"性别批评丛书"(包括《性别理论的中西两地视野》《性别书写历史与本文讲述》《女作家作者身份焦虑空间性阐释》《从"反再现"到"承认的政治":女性身份认同研究》等共十册)由中国社会科学出版社出版。

同月,滕肖澜、孙频、文珍等获第三届"茅盾文学新人奖"。

同月,匪我思存、蒋离子等获第二届"茅盾文学新人奖·网络文学新人奖"。

本年,周洁茹的小说《油麻地》在《花城》"粤港澳大湾区文学特刊"上发表。

潇潇的诗集《忧伤的速度》韩语版在韩国出版,2020 年获第 11 届昌原 KC 国际文学奖特别奖。

由女性文学委员会常务理事、厦门大学教授王宇担任首席专家的 2019 年度国家社科基金重大项目"百年中国文学女性形象谱系与现代中华文化建构整体研究"获批立项。

附

录

中国现当代女性文学研究与批评著作目录辑要(1979—2019)^①

① 因资料搜集有一定困难,该辑要未收入同一时期内在香港、澳门和台湾地区出版的同类著作,内地(大陆)出版的著作虽经多种途径检索查找且反复核对,难免仍有遗漏,期望将来修订时再加以完善。——编者注

第一部分 理论及综合研究

（按出版时间为序）

阎纯德主编,《中国现代女作家》,黑龙江人民出版社,1983 年 6 月。

李子云著,《净化人的心灵:当代女作家论》,生活·读书·新知三联书店,1984 年 2 月。

吴宗蕙著,《小说中的女性形象》,湖南人民出版社,1985 年 5 月。

白舒荣著,《十位女作家》,群众出版社,1986 年 4 月。

季红真著,《文明与愚昧的冲突》,浙江文艺出版社,1986 年 11 月;华东师范大学出版社,2014 年 11 月再版。

古继堂编,《台湾女诗人三十家》,湖南文艺出版社,1987 年 2 月。

古继堂著,《柔美的爱情:台湾女诗人十四家》,春风文艺出版社,1987 年 6 月。

河北人民出版社编,《女人的自爱与尊严——女作家的婚恋观》,河北人民出版社,1987 年 7 月。

孙绍先著,《女性主义文学》,辽宁大学出版社,1987 年 9 月。

陆文采著,《中国现代文学女性形象初探》,辽宁大学出版社,1987 年 11 月。

李小江著,《夏娃的探索:妇女研究论稿》（“妇女研究丛书”之一）,河南人民出版社,1988 年 5 月。

陈素琰著,《文学广角的女性视野》,花城出版社,1988 年 10 月。

龚富忠主编,《河北女作家论》,花山文艺出版社,1988 年 12 月。

陆文采、张杰著,《中国现代女作家论——女性美的探索者》,山东文艺出版社,1988 年 12 月。

乐铄著,《迟到的潮流:新时期妇女创作研究》("妇女研究丛书"之一),河南人民出版社,1989 年 7 月。

孟悦、戴锦华著,《浮出历史地表:现代妇女文学研究》("妇女研究丛书"之一),河南人民出版社,1989 年 7 月;中国人民大学出版社,2004 年 7 月。

李小江著,《女性审美意识探微》("妇女研究丛书"之一),河南人民出版社,1989 年 12 月。

魏玉传著,《中国现当代女作家传》,中国妇女出版社,1990 年 3 月。

吕晴飞主编,《中国当代青年女作家评传》,中国妇女出版社,1990 年 6 月。

谢玉娥编,《女性文学研究教学参考资料》,河南大学出版社,1990 年 8 月。

殷国明、陈志红著,《中国现当代小说中的知识女性》,广东高等教育出版社,1990 年 8 月。

陈志红著,《自由的缪斯》,花城出版社,1990 年 9 月。

王红著,《女人写女人》,河南省妇女干部学校妇女学教研室,1991 年 2 月。

王绯著,《女性与阅读期待》,陕西人民教育出版社,1991 年 6 月第 1 版,1998 年 9 月第 2 版。

林树明著,《文学阅读的多维视野》,贵州教育出版社,1991 年 7 月。

陈美兰著,《中国当代长篇小说创作论》,上海文艺出版社,1991 年 10 月。

李子云著,《昨日风景》,浙江文艺出版社,1991 年 12 月。

王家伦著,《中国现代女作家论稿》,中国妇女出版社,1992 年 1 月。

于青著,《苦难的升华:女性文学论集》,安徽文艺出版社,1992 年 5 月。

盛英著,《中国新时期女作家论》,百花文艺出版社,1992 年 6 月。

季红真著,《忧郁的灵魂》,时代文艺出版社,1992 年 9 月。

陈才生、周艳丽著,《缪斯钟情的女儿们——女性作者写作的奥秘》,河南大学出版社,1992 年 12 月。

陆文采、王建中著,《时代女性论稿》,沈阳出版社,1993 年 1 月。

潘亚暾著,《世界华文女作家素描》,暨南大学出版社,1993 年 3 月。

李郁编选,《殉葬:女性写真文学》,春风文艺出版社,1993 年 8 月。

乔以钢著,《中国女性的文学世界》,湖北教育出版社,1993 年 10 月。

刘思谦著,《"娜拉"言说——中国现代女作家心路纪程》,上海文艺出版社,1993 年 12 月第 1 版;河南大学出版社,2007 年 9 月再版。

梦花著,《海外文坛星辰》,南京大学出版社,1993 年 12 月。

王震亚著,《台湾小说二十家》,北京出版社,1993 年 12 月。

韩健敏著,《神秘的空间:女性写作心理探索》,四川文艺出版社,1994 年 4 月。

刘思谦著,《文学梦寻》,河南大学出版社,1994 年 6 月。

庄若江、杨大中著,《台湾女作家散文论稿》,北方文艺出版社,1994 年 6 月。

王春荣著,《新女性文学论纲》,辽宁大学出版社,1995 年 1 月。

饶芃子著,《心影——饶芃子文学评论选集》,花城出版社,1995 年 2 月。

陈顺馨著,《中国当代文学的叙事与性别》,北京大学出版社,1995 年 4 月第 1 版, 2007 年 5 月第 2 版。

刘慧英著,《走出男权传统的樊篱:文学中男权意识的批判》,生活·读书·新知三联书店,1995 年 4 月。

荒林著,《新潮女性文学导引》,湖南文艺出版社,1995 年 5 月。

盛英主编,《二十世纪中国女性文学史》(上、下卷),天津人民出版社,1995 年 6 月。

游友基著,《中国现代女性文学审美论》,福建教育出版社,1995 年 6 月。

任一鸣著,《女性文学与美学》,新疆人民出版社,1995 年 7 月。

戴锦华著,《镜城突围——女性·电影·文学》,作家出版社,1995 年 8 月。

高琳主编,《论女性文学——中外女性文学国际研讨会文选》,中国妇女出版社, 1995 年 8 月。

金戈主编,《红硕的花朵——新时期女性小说论》,民族出版社,1995 年 8 月。

林丹娅著,《当代中国女性文学史论》,厦门大学出版社,1995 年 8 月第 1 版,2003 年 3 月第 2 版。

刘纳著,《颠踬窄路行——世纪初:女性的处境与写作》,作家出版社,1995 年 8 月。

王绯著,《睁着眼睛的梦:中国女性文学书写召唤之景》,作家出版社,1995 年 8 月。

阎纯德主编,《二十世纪中国著名女作家传》(上、下卷),中国文联出版公司,1995 年 9 月。

吴宗蕙著,《女作家笔下的女性世界》,首都师范大学出版社,1995 年 11 月。

林树明著,《女性主义文学批评在中国》,贵州人民出版社,1995 年 12 月。

张燕玲著,《感觉与立论》,接力出版社,1996 年 1 月。

季红真著,《众神的肖像》,人民文学出版社,1996 年 5 月。

李军著,《"家"的寓言——当代文艺的身份与性别》,作家出版社,1996 年 7 月。

陈骏涛著,《文坛感应录》,解放军文艺出版社,1996 年 10 月。

陈惠芬著,《神话的窥破——当代中国女性写作研究》,上海社会科学院出版社, 1996 年 11 月。

何向阳著,《朝圣的故事或在路上》("21 世纪文学之星丛书·1996 年卷"之一),百花文艺出版社,1996 年 12 月。

李华珍著,《中国新时期女性散文研究》,安徽大学出版社,1996 年 12 月。

曾利君著,《20 世纪中国女性文学论稿》,西南师范大学出版社,1997 年 3 月。

樊洛平著,《台湾女作家的大陆冲击波:琼瑶、三毛、席慕蓉创作论》,远方出版社,

1997 年 3 月。

季红真著,《世纪性别》,时代文艺出版社,1997 年 8 月。

林树明著,《性别与文学》,重庆大学出版社,1997 年 8 月。

李晓虹著,《中国当代散文审美建构》,海天出版社,1997 年 10 月。

屈雅君主编,《新时期文学批评模式研究》,陕西人民教育出版社,1997 年 11 月。

乐黛云著,《透过历史的烟尘》,北京大学出版社,1997 年 11 月。

张红萍著,《情有独钟——古今中外女作家的生活与创作》,北岳文艺出版社,1997 年 11 月。

李少群著,《追寻与创建——现代女性文学研究》,山东教育出版社,1997 年 12 月。

乔以钢著,《低吟高歌——20 世纪中国女性文学论》,南开大学出版社,1998 年 5 月。

刘纳著,《嬗变——辛亥革命时期至五四时期的中国文学》,中国社会科学出版社,1998 年 9 月第 1 版;中国人民大学出版社,2010 年 4 月修订版。

王绯著,《自己的一张桌:二十世纪末中国当代女小说家典范论》,河北教育出版社,1999 年 1 月。

郑敏著,《诗歌与哲学是近邻——结构—解构诗论》,北京大学出版社,1999 年 2 月。

戴锦华著,《拼图游戏》,泰山出版社,1999 年 2 月。

徐坤著,《双调夜行船——九十年代的女性写作》,山西教育出版社,1999 年 3 月。

王绯著,《画在沙滩上的面孔——九十年代—世纪末文学的报告》,山西教育出版社,1999 年 3 月。

戴锦华著,《犹在镜中:戴锦华访谈录》,知识出版社,1999 年 6 月。

叶舒宪主编,《性别诗学》,社会科学文献出版社,1999 年 9 月。

戴锦华著,《隐形书写——90 年代中国文化研究》,江苏人民出版社,1999 年 9 月。

盛英著,《中国女性文学新探》,中国文联出版社,1999 年 9 月。

周芳芸著,《中国现代文学悲剧女性形象研究》,天地出版社,1999 年 9 月。

邓光东、陈公仲主编,《世界著名华文女作家传》(台湾卷、港澳与东南亚卷、欧美卷),百花洲文艺出版社,1999 年 9 月。

饶芃子著,《文心丝语》,广东高等教育出版社,1999 年 9 月。

齐红著,《心灵的炼狱——新时期女性文学专论》,中国文联出版社,1999 年 10 月。

金燕玉著,《写在文学的边缘》,中央民族大学出版社,1999 年 10 月。

刘禾著,《语际书写——现代思想史写作批判纲要》,上海三联书店,1999 年 10 月。

陈晓兰著,《女性主义批评与文学诠释》,敦煌文艺出版社,1999 年 12 月。

屈雅君著,《执着与背叛——女性主义文学批评理论与实践》,中国文联出版社,1999 年 12 月。

崔卫平著,《看不见的声音》,浙江人民出版社,2000 年 1 月。

阎纯德著，《二十世纪中国女作家研究》，北京语言文化大学出版社，2000 年 1 月。

王巧凤著，《精神的围城》，中国文联出版社，2000 年 2 月。

周力、丁月玲、张容著，《女性与文学艺术》，辽宁画报出版社，2000 年 2 月。

李琳著，《新时期女性文学的回巡与思考》，国际炎黄文化出版社，2000 年 3 月。

张岩冰著，《审视第二性》，山东文艺出版社，2000 年 3 月。

戴锦华著，《雾中风景：中国电影 1978—1998》，北京大学出版社，2000 年 5 月第 1 版，2006 年 2 月第 2 版。

荒林、王红旗主编，《中国女性文化 NO.1》（连续出版物），中国文联出版社，2000 年 10 月。

李静、李玲、苏琼著，《"打出幽灵塔"——五四女性文学研究》，南方出版社，2000 年 12 月。

谭湘、荒林主编，《花雨》（飞鸟卷），花山文艺出版社，2001 年 1 月。

万莲子著，《关于女性文学的沉思》，山西古籍出版社，2001 年 2 月。

赵树勤著，《找寻夏娃——中国当代女性文学透视》，湖南师范大学出版社，2001 年 4 月。

张念著，《不咬人的女权主义》，陕西师范大学出版社，2001 年 5 月。

荒林、王光明著，《两性对话：20 世纪中国女性与文学》，中国文联出版社，2001 年 6 月。

范川凤著，《女性文学创作批评》，中国文史出版社，2001 年 6 月。

李迎丰著，《通向"呼啸山庄"之路》，陕西人民出版社，2001 年 7 月。

朱青著，《中国当代女作家纵论》，中国文联出版社，2001 年 7 月。

朱育颖著，《生命的潮汐：90 年代女作家长篇小说论稿》，南方出版社，2001 年 7 月。

王吉鹏、马琳、赵欣编著，《百年中国女性文学批评》，吉林人民出版社，2001 年 12 月。

宋桂珍、姜波主编，《中国现当代女性文学研究》，黑龙江人民出版社，2002 年 1 月。

陈志红著，《反抗与困境：女性主义文学批评在中国》，中国美术学院出版社，2002 年 3 月。

戴锦华著，《涉渡之舟——新时期中国女性写作与女性文化》，陕西人民教育出版社，2002 年 4 月。

林祁著，《风骨与物哀——二十世纪中日女性叙述比较》，陕西人民教育出版社，2002 年 4 月。

徐岱著，《边缘叙事：20 世纪中国女性小说个案批评》，学林出版社，2002 年 4 月。

张衍云著，《春花秋叶：中国五四女作家》，人民文学出版社，2002 年 5 月。

王春荣著，《女性生存与女性文化诗学》，辽宁大学出版社，2002 年 6 月。

乐铄著，《中国现代女性创作及其社会性别》，郑州大学出版社，2002 年 6 月。

朱小平著,《二十世纪湖南女性文学发展史》,海南出版社,2002年7月。

陈骏涛著,《世纪末的回声》,长江文艺出版社,2002年8月。

李玲著,《中国现代文学的性别意识》,人民文学出版社,2002年10月初版,2003年7月再版。

李晓峰著,《体认与追寻——20世纪中国女性文学论》,西安出版社,2002年10月。

李小江等著,《文学、艺术与性别》,江苏人民出版社,2002年10月。

[韩]陈铉美著,《困惑与冲突——当代中韩女性小说之比较》,百花洲文艺出版社,2002年12月。

郭力著,《二十世纪中国女性文学的生命意识》,黑龙江教育出版社,2002年12月。

阎纯德著,《20世纪末的中国文学论稿》,中国文联出版社,2003年1月。

乔以钢著,《多彩的旋律——中国女性文学主题研究》,南开大学出版社,2003年1月。

荒林主编,《两性视野》,知识出版社,2003年2月。

王红旗主编,《中国女性文化 NO.3》(连续出版物),中国文联出版社,2003年3月。

唐兵著,《儿童文学中的女性主义声音》,湖北少年儿童出版社,2003年4月。

白薇著,《对苦难的精神超越——现代作家笔下女性世界的女性主义解读》,民族出版社,2003年6月。

王红旗主编,"中国女性文化大系丛书",中国时代经济出版社,2003年6月。

西慧玲著,《西方女性主义与中国女作家批评》,上海社会科学出版社,2003年8月。

薛中军著,《所谓伊人——女性创作传播的"语境"阐释》,上海大学出版社,2003年10月。

邵燕君著,《倾斜的文学场——当代文学生产机制的市场化转型》,江苏人民出版社,2003年10月。

于青、王芳著,《黑夜的潜流——女性文学新论》,陕西人民教育出版社,2003年11月。

艾云著,《用身体思想》,江苏人民出版社,2003年11月。

王春荣、吴玉杰主编,《女性声音的诗学》,辽宁大学出版社,2003年12月。

贺桂梅著,《转折的时代——40~50年代作家研究》,山东教育出版社,2003年12月。

程海鹰著,《西方女性主义与中国女性文学》,武汉大学人事部,2004年。

王周生著,《关于性别的追问》,学林出版社,2004年1月。

吴家凡编著,《民国三才女》,中国妇女出版社,2004年2月。

刘思谦等著,《文学研究:理论方法与实践》,河南大学出版社,2004年2月。

荒林主编,《中国女性主义》(创刊卷),广西师范大学出版社,2004年3月。

郭可慈、郭谦编著,《现代作家亲缘录——震撼百年文坛的夫妇作家》(上、下卷),德宏民族出版社,2004 年 3 月。

王春荣、吴玉杰主编,《她们的声音——现代女性文化诗学》,辽宁大学出版社,2004 年
4 月。

何向阳著,《夏娃备案》,山东文艺出版社,2004 年 5 月。

林树明著,《多维视野中的女性主义文学批评》,中国社会科学出版社,2004 年 5 月。

张红萍著,《民国四女子》,中国人民公安大学出版社,2004 年 5 月。

张玉秀著,《性别遮蔽下的艰难跋涉——20 世纪中国部分女性作家论》,南方出版社,
2004 年 6 月。

姚玳玫著,《想像女性:海派小说(1892—1949)的叙事》,中国社会科学出版社,2004 年
7 月。

王绯著,《空前之迹——1851—1930:中国妇女思想与文学发展史论》,商务印书馆,
2004 年 7 月。

张华著,《寻寻觅觅:中国女性文学爱情叙事研究》,新疆人民出版社,2004 年 8 月。

王蒙、张洁等著,艾真编,《演技:中国著名作家访谈录》,百花洲文艺出版社,2004 年
8 月。

梁巧娜著,《性别意识与女性形象》,中央民族大学出版社,2004 年 8 月。

刘爱华著,《孤独的舞蹈:东北沦陷时期女性作家群体小说论》,北方妇女儿童出版
社,2004 年 8 月。

郑敏著,《思维·文化·诗学》,河南人民出版社,2004 年 8 月。

乔以钢著,《中国女性与文学——乔以钢自选集》,南开大学出版社,2004 年 10 月。

任一鸣著,《抗争与超越——中国女性文学与美学衍论》(中国女性主义学术论丛
之一),九州出版社,2004 年 10 月。

任一鸣著,《解构与建构——中国女性文学与美学衍论》(中国女性主义学术论丛
之一),九州出版社,2004 年 10 月。

许苗苗著,《性别视野中的网络文学》(中国女性主义学术论丛之一),九州出版社,
2004 年 10 月。

荒林著,《花朵的勇气——中国当代文学文化的女性主义批评》(中国女性主义学术
论丛之一),九州出版社,2004 年 10 月。

禹建湘著,《徘徊在边缘的女性主义叙事》(中国女性主义学术论丛之一),九州出版
社,2004 年 10 月。

姜云飞著,《失笼的囚徒》(中国女性主义学术论丛之一),九州出版社,2004 年 10 月。

盛英著,《中国女性主义文学纵横谈》(中国女性主义学术论丛之一),九州出版社,
2004 年 10 月。

张红萍著,《女人,做自己》(中国女性主义学术论丛之一),九州出版社,2004 年

10 月。

周海波、孙婧著,《寻找失去的天空——中国现代女性文学论》,中国社会科学出版社,2004 年 12 月。

任玲玲著,《20 世纪中国女作家的创作道路》,成都时代出版社,2004 年 12 月。

石白著,《中国才女的红尘旧梦》,哈尔滨出版社,2004 年 12 月。

刘传霞著,《女性·历史·叙事:新文学女性历史人物研究》,中国戏剧出版社,2004 年 12 月。

董之林著,《旧梦新知:"十七年"小说论稿》,广西师范大学出版社,2004 年 12 月。

陈骏涛主编,《精神之旅——当代作家访谈录》,广西师范大学出版社,2004 年 12 月。

罗婷等著,《女性主义文学批评在西方与中国》,中国社会科学出版社,2004 年 12 月。

文洁华著,《美学与性别冲突:女性主义审美革命的中国境遇》,北京大学出版社,2005 年 1 月。

刘慧英编著,《遭遇解放:1890—1930 年代的中国女性》,中央编译出版社,2005 年 1 月。

李小江著,《女性/性别的学术问题》,山东人民出版社,2005 年 1 月。

樊洛平著,《当代台湾女性小说史论》,河南人民出版社,2005 年 2 月。

白烨著,《热读与时评:90 年代以来的长篇小说》,中国社会科学出版社,2005 年 3 月。

吴玉杰著,《新历史主义与历史剧的艺术建构》,中国社会科学出版社,2005 年 4 月。

李有亮著,《给男人命名:20 世纪女性文学中男权批判意识的流变》,社会科学文献出版社,2005 年 5 月。

傅光明主编,《女性的心灵地图》,新世界出版社,2005 年 5 月。

他爱著,《十美女作家批判书》,华龄出版社,2005 年 5 月。

肖薇著,《异质文化语境下的女性书写——海外华人女性写作比较研究》,巴蜀书社,2005 年 6 月。

刘思谦、郭力、杨珺著,《女性生命潮汐——二十世纪九十年代女性散文研究》,河南大学出版社,2005 年 6 月。

庄园著,《重构女性话语》,汕头大学出版社,2005 年 6 月。

邵燕君著,《"美女文学"现象研究:从"70 后"到"80 后"》,广西师范大学出版社,2005 年 7 月。

孙海芳著,《现代文化语境下的中英女性文学——二十世纪中英女性文学比较研究》,河南人民出版社,2005 年 9 月。

朱青著,《中国当代女作家述评》,兰州大学出版社,2005 年 9 月。

朱小平著,《现代湖南女性文学史》,湖南师范大学出版社,2005 年 10 月第 1 版,

2006 年 12 月第 2 版,2019 年 9 月第 3 版。

杨莉馨著,《异域性与本土化:女性主义诗学在中国的流变与影响》,北京大学出版社,2005 年 10 月。

田泥著,《走出塔的女人:20 世纪晚期中国女性文学的分裂意识》,中国社会科学出版社出版,2005 年 10 月。

贺桂梅著,《人文学的想象力——当代中国思想文化与文学问题》,河南大学出版社,2005 年 12 月。

屈雅红著,《她叙事——现代女作家论》,中国文联出版社,2005 年 12 月。

刘红林著,《台湾女性主义文学新论》,台海出版社,2005 年 12 月。

张念著,《持不同性见者》,东方出版中心,2006 年 1 月。

魏兰著,《挤过缝隙的魂灵——60 年代女作家小说印象》,宁夏人民出版社,2006 年 1 月第 1 版,2010 年 5 月第 2 版。

戴锦华著,《沙漏之痕》,山东友谊出版社,2006 年 1 月。

王宇著,《性别表述与现代认同:索解 20 世纪后半叶中国的叙事文本》,上海三联书店,2006 年 3 月。

王喜绒等著,《20 世纪中国女性文学批评》,中国社会科学出版社,2006 年 3 月。

张清华主编,毕文君、王士强、杨林编选,《中国新时期女性文学研究资料》("中国新时期文学研究资料汇编丛书"之一),山东文艺出版社,2006 年 4 月。

卢云峰著,《中国现代女性文学专题研究》,辽宁大学出版社,2006 年 4 月。

蒋晓丽著,《女人的飞翔》,大众文艺出版社,2006 年 5 月。

降红燕著,《20 世纪西方文学批评理论与中国当代文学批评管窥》,四川大学出版社,2006 年 5 月。

王艳芳著,《女性写作与自我认同》,中国社会科学出版社,2006 年 5 月。

李枫主编,《中国二十世纪女性文学研究》,北方文艺出版社,2006 年 5 月。

宫东红著,《她们的言说——二十世纪女性作家创作述评》,华龄出版社,2006 年 6 月。

赵树勤主编,《女性文化学》,广西师范大学出版社,2006 年 6 月。

王瑞华著,《殖民与先锋:中国痛苦——三位女性对香港的文学解读》,社会科学文献出版社,2006 年 7 月。

李奇志著,《清末民初思想和文学中的"英雌"话语》,湖北教育出版社,2006 年 8 月。

张莲波著,《中国近代妇女解放思想历程》,河南大学出版社,2006 年 8 月。

李美皆著,《容易被搅浑的是我们的心》,人民文学出版社,2006 年 9 月。

周乐诗著,《笔尖的舞蹈——女性文学和女性批评策略》,上海外语教育出版社,2006 年 9 月。

程国君著,《从乡愁言说到性别抗争:台湾当代女性散文创作论》,中国社会科学出版社,2006 年 9 月。

沐金华著,《40 年代战争背景下的女性小说研究》,大众文艺出版社,2006 年 9 月。

谢景芝著,《全球化语境下的女性主义文学批评》,河南人民出版社,2006 年 9 月。

于东晔著,《女性视域:西方女性主义与中国文学女性话语》,中国社会科学出版社,2006 年 9 月。

张利红、马宇飞、修磊著,《女性叙述:走出自己的房间——论徐坤、迟子建、铁凝的小说创作》,黑龙江人民出版社,2006 年 10 月。

陈惠芬著,《想象上海的 N 种方法:20 世纪 90 年代"文学上海"与城市文化身份建构》,上海人民出版社,2006 年 10 月。

徐敏著,《女性主义的中国道路:五四女性思潮中的周作人女性思想》,中国社会科学出版社,2006 年 10 月。

张浩著,《书写与重塑:20 世纪中国女性文学的精神分析阐释》,北京语言大学出版社,2006 年 12 月。

龙长吟著,《两性对立的女人:中国新文学女性形象衍论》,珠海出版社,2006 年 12 月。

郭亚明著,《心灵的守望与诗性的飞翔——新时期女性小说论稿》,中国社会科学出版社,2006 年 12 月。

王纯菲等著,《火凤冰栖:中国文学女性主义伦理批评》,辽宁人民出版社,2006 年 12 月。

乔以钢著,《中国当代女性文学的文化探析》,北京大学出版社,2006 年 12 月。

朱旭晨著,《秋水斜阳芳菲度——中国现代女作家传记研究》,人民日报出版社,2006 年 12 月。

吴毓鸣著,《女性视野下的文学批评》,海峡文艺出版社,2006 年 12 月。

陈骏涛著,《这一片人文风景》,河北教育出版社,2007 年 1 月。

李丹梦著,《欲望的语言实践》,郑州大学出版社,2007 年 1 月。

陈惠芬、马元曦主编,《当代中国女性文学文化批评文选》,广西师范大学出版社,2007 年 2 月。

谢玉娥编,《女性文学研究与批评论著目录总汇(1978—2004)》,河南大学出版社,2007 年 3 月。

王春荣著,《意义的生成与阐释——新时期文学的主题学研究》,辽宁人民出版社,2007 年 3 月。

刘剑梅著,《狂欢的女神》,生活·读书·新知三联书店,2007 年 4 月。

张英进著,秦立彦译,《中国现代文学与电影中的城市:空间、时间与性别构形》,江苏人民出版社,2007 年 4 月。

邓利著,《新时期女性主义文学批评的发展轨迹》,中国社会科学出版社,2007 年 5 月。

刘海燕著,《理智之年的叙事》("21 世纪文学之星丛书·2006 年卷"之一),作家出版社,2007 年 5 月。

寿静心著,《女性文学的革命——中国当代女性主义文学研究》,中国社会科学出版社,2007 年 5 月。

周瓒著,《透过诗歌写作的潜望镜》,社会科学文献出版社,2007 年 5 月。

王翠艳著,《女子高等教育与中国现代女性文学的发生》,文化艺术出版社,2007 年 6 月。

郭冰茹著,《十七年小说(1949—1966)的叙事张力》,岳麓书社,2007 年 6 月。

黄玲著,《高原女性的精神咏叹:云南当代女性文学综论》,云南人民出版社,2007 年 8 月。

林丹娅著,《中国女性与中国散文》,云南人民出版社,2007 年 8 月。

张岚著,《本土视阈下的百年中国女性文学》,中国社会科学出版社,2007 年 8 月。

史挥戈著,《中国现当代作家新论》,山东文艺出版社,2007 年 8 月。

刘涵华著,《一树繁华——女性·新潮散文研究》,中原农民出版社,2007 年 8 月。

荒林等著,《微笑的话语行动》,九州出版社,2007 年 9 月。

何京敏著,《何处家园——当代女性文学批评探微》,长江文艺出版社,2007 年 9 月。

樊青美著,《振翅的蝴蝶——二十世纪中国女作家个案研究》,中国文联出版社,2007 年 10 月。

刘传霞著,《被建构的女性:中国现代文学社会性别研究》,齐鲁书社,2007 年 10 月。

乔以钢、林丹娅主编,《女性文学教程》(普通高等教育"十一五"国家级规划教材),河北教育出版社,2007 年 10 月。

李彦萍著,《中国现当代女作家研究》,中国文联出版社,2007 年 10 月。

王春荣、吴玉杰主编,《文学史话语权威的确立与发展》,辽宁人民出版社,2007 年 11 月。

常彬著,《中国女性文学话语流变 1898—1949》,人民出版社,2007 年 12 月。

马春花著,《被缚与反抗——中国当代女性文学思潮论》,齐鲁书社,2008 年 1 月。

艾晓明主编,《20 世纪文学与中国妇女》,天津人民出版社,2008 年 1 月。

徐艳蕊著,《当代中国女性主义文学批评二十年》,广西师范大学出版社,2008 年 3 月。

林莹著,《中国现当代女性文学鉴赏》,东华大学出版社,2008 年 3 月。

钱虹著,《文学与性别研究》,同济大学出版社,2008 年 4 月。

傅书华著,《边缘处的言说》,北岳文艺出版社,2008年4月。

祝亚峰著,《性别视阈与当代文学叙事》,安徽大学出版社,2008年5月。

[美]周蕾著,《妇女与中国现代性:西方与东方之间的阅读政治》,上海三联书店,2008年8月。

罗列著,《女性形象与女权话语:20世纪初叶中国西方文学女性形象译介研究》,四川辞书出版社,2008年8月。

程箐著,《消费镜像:20世纪90年代女性都市小说与消费主义文化研究》,中国社会科学出版社,2008年9月。

于晓风著,《浮世繁花:论中国近现代通俗小说中的女性形象》,青岛出版社,2008年11月。

刘洁著,《中国女性写作文化思维嬗变史论》,中国社会科学出版社,2008年12月。

刘巍著,《中国女性文学精神》,学林出版社,2008年12月。

张晓红著,《互文视野中的女性诗歌》,广西师范大学出版社,2008年12月。

王侃著,《历史·语言·欲望:1990年代中国女性小说主题与叙事》,广西师范大学出版社,2008年12月。

董之林著,《热风时节——当代中国"十七年"小说史论(1949—1966)》,上海书店出版社,2008年12月。

尚静宏、王振军、王凤玲等著,《与普世价值同行:探析中国女性文学之1840—2000年代》,现代教育出版社,2008年12月。

叶细细著,《民国女子:此情可待成追忆》,广西师范大学出版社,2009年1月。

[美]刘剑梅著,郭冰茹译,《革命与情爱:二十世纪中国小说史中的女性身体与主题重述》,上海三联书店,2009年1月。

方雪梅著,《盛开在边缘的花朵——中国女性诗歌研究》,天津社会科学院出版社,2009年2月。

李自芬著,《现代性体验与身份认同——中国现代小说的身体叙事研究》,巴蜀书社,2009年3月。

杨珺著,《二十世纪九十年代女性散文的主体建构》(娜拉言说书系之一),河南大学出版社,2009年4月。

李掖平著,《二十世纪中国女性文学专题研究十六讲》,山东文艺出版社,2009年4月。

孙桂荣著,《中国当代文学思潮研究十六讲》,山东文艺出版社,2009年4月。

王萌著,《禁锢的灵魂与挣扎的慧心——晚明至民国女性创作主体意识研究》(娜拉言说书系之一),河南大学出版社,2009年4月。

李晓峰主编,《陕西当代女性文学论》,陕西人民出版社,2009年5月。

吴新云著,《双重声音　双重语意——译介学视角下的中国女性主义文学批评》,经济科学出版社,2009 年 5 月。

刘铁群著,《桂林文化城散文研究》,中国社会科学出版社,2009 年 6 月。

张兵娟著,《电视剧叙事:传播与性别》(娜拉言说书系之一),河南大学出版社,2009 年 6 月。

梁鸿著,《"灵光"的消逝——当代文学叙事美学的嬗变》,文化艺术出版社,2009 年 6 月。

柯倩婷著,《身体、创伤与性别——中国新时期小说的身体书写》,广东人民出版社,2009 年 6 月。

董之林著,《盈尺集——当代文学思辨与随想》,河南大学出版社,2009 年 6 月。

任一鸣著,《中国当代女性文学简史》,广西师范大学出版社,2009 年 6 月。

何向阳著,《立虹为记》,作家出版社,2009 年 7 月。

孙桂荣著,《自我表达的激情与焦虑》,上海大学出版社,2009 年 8 月。

黄晓娟、张淑云、吴晓芬著,《多元文化背景下的边缘书写——东南亚女性文学与中国少数民族女性文学的比较研究》,民族出版社,2009 年 9 月。

马蓼著,《视觉文化下的女性身体叙事》,四川大学出版社,2009 年 9 月。

李蓉著,《中国现代文学的身体阐释》,中国社会科学出版社,2009 年 9 月。

郭淑梅著,《女性文学景观与文本批评》,黑龙江人民出版社,2009 年 10 月第 1 版,2013 年 12 月再版。

李美皆著,《为一只金苹果所击穿》,江苏文艺出版社,2009 年 10 月。

刘颋著,《文学的表情》("21 世纪文学之星丛书·2009 年卷"之一),作家出版社,2009 年 11 月。

赵允芳著,《90 年代以来乡土小说的流变》("21 世纪文学之星丛书·2009 年卷"之一),作家出版社,2009 年 11 月。

文红霞著,《落在胸口的玫瑰——20 世纪中国女性写作》,南京大学出版社,2009 年 11 月。

何向阳著,《彼黍》,河南大学出版社,2009 年 11 月。

王艳峰著,《从依附到自觉:当代女性主义文学批评研究》,上海交通大学出版社,2009 年 11 月。

王澄霞著,《扬州女性文学形象百年回眸》,社会科学文献出版社,2009 年 11 月。

齐红著,《世纪之交的女性写作》,安徽大学出版社,2009 年 12 月。

张燕玲著,《批评的本色》,广西师范大学出版社,2009 年 12 月。

尚静宏、王振军、王凤玲等著,《中国女性文学教程》,现代教育出版社,2010 年 2 月。

王红旗著,《爱与梦的讲述——著名女作家心灵对话》,社会科学文献出版社,2010 年

3 月。

刘思谦、屈雅君等著,《性别研究:理论背景与文学文化阐释》("性别视角下的中国文学与文化丛书"之一),南开大学出版社,2010 年 4 月。

王琳著,《真理缝隙中的生存:当代文学中的女性形象》,中国社会科学出版社,2010 年 4 月。

张莉著,《浮出历史地表之前——中国现代女性写作的发生》("性别视角下的中国文学与文化丛书"之一),南开大学出版社,2010 年 5 月。

毕新伟著,《暗夜行路:晚清至民国的女性解放与文学精神》,暨南大学出版社,2010 年 6 月。

魏天真著,《自反性超越:女性小说的非女性主义解读》,华中师范大学出版社,2010 年 6 月。

林宋瑜著,《文学妇女:角色与声音》,广西师范大学出版社,2010 年 6 月。

朱文洁著,《民国才女书影知见录》,上海远东出版社,2010 年 7 月。

王红旗主编,《中国女性文学 2009》,社会科学文献出版社,2010 年 7 月。

傅建安著,《20 世纪都市女性形象与都市文化》,湖南师范大学出版社,2010 年 8 月。

周颖菁著,《近三十年中国大陆背景女作家的跨文化写作》,武汉大学出版社,2010 年 9 月。

孙桂荣著,《消费时代的中国女性主义与文学》,中国社会科学出版社,2010 年 9 月。

刘媛媛著,《她视界:现当代中国女性文学探析》,山西人民出版社,2010 年 12 月。

任亚荣著,《20 世纪 90 年代女性小说身体话语》,上海大学出版社,2010 年 12 月。

李丹梦著,《文学返乡之路》,现代出版社,2011 年 1 月。

魏天真、梅兰著,《女性主义文学批评导论》,华中师范大学出版社,2011 年 3 月。

金文野著,《中国现当代女性主义文学论纲》,中国社会科学出版社,2011 年 4 月。

邵燕君著,《新世纪文学脉象》,安徽教育出版社,2011 年 4 月。

吴玉杰著,《中韩家庭剧创作比较》,中国戏剧出版社,2011 年 4 月。

钱谷融等著,《一朵雅云:深情怀念李子云》,上海文艺出版社,2011 年 5 月。

桑妮著,《民国女子:她们谋生亦谋爱》,商务印书馆国际有限公司,2011 年 6 月。

颜海平著,季剑青译,《中国现代女性作家与中国革命,1905—1948》,北京大学出版社,2011 年 6 月。

高小弘著,《成长如蜕——二十世纪九十年代女性成长小说研究》,人民出版社,2011 年 6 月。

陈淑梅著,《声音与姿态:中国女性小说叙事形式演变》,中山大学出版社,2011 年 7 月。

申霞艳著,《消费、记忆与叙事——新世纪文学研究》,中国社会科学出版社,2011 年

7月。

孙桂荣著,《性别诉求的多重表达——中国当代文学的女性话语研究》,人民文学出版社,2011年7月。

林树明著,《迈向性别诗学》,中国社会科学出版社,2011年10月。

赖翅萍著,《未竟的审美之旅——论新时期女性小说对日常生活的诗性探寻》(娜拉言说书系之一),河南大学出版社,2011年10月。

林晓云著,《第二性的权力话语:中国当代女性主义文学批评形态特征论》,中国市场出版社,2011年11月。

赵彬著,《断裂、转型与深化——中国九十年代女性诗歌写作研究》,光明日报出版社,2011年12月。

陈美兰著,《我的思考——在当代文学研究路上》,武汉出版社,2011年12月。

金燕玉著,《文学风景》,凤凰出版社,2011年12月。

季红真著,《历史莽原中的这一半与另一半》(娜拉言说书系之一),河南大学出版社,2011年12月。

董丽敏著,《性别、语境与书写的政治》,人民文学出版社,2012年1月。

王宁著,《二十世纪九十年代小说的婚恋书写——性别视角下的考察》,知识产权出版社,2012年3月。

[美]汤尼·白露著,沈齐齐译,李小江审校,《中国女性主义思想史中的妇女问题》,上海人民出版社,2012年3月。

张丽、雷玉梅、邵百艳著,《中国现代女性文学发展审视》,吉林大学出版社,2012年4月。

姜丽静著,《历史的背影:一代女知识分子的教育记忆》,教育科学出版社,2012年5月。

何静、胡辛著,《长河荒凉却温暖的灯光——中国女性文学焦点透视》,中国社会科学出版社,2012年6月。

乔以钢等著,《中国现代文学文化现象与性别》("性别视角下的中国文学与文化丛书"之一),南开大学出版社,2012年6月。

庄园著,《女性主义专题研究》,中山大学出版社,2012年8月。

陆衡主编,《女性文学》,西南交通大学出版社,2012年8月。

古力加马力·买买提明著,《维吾尔女性文学》,新疆大学出版社,2012年8月。

曹新伟、顾玮、张宗蓝著,《20世纪中国女性文学史》,北京大学出版社,2012年9月。

饶芃子著,《世界文坛的奇葩:饶芃子选集》,花城出版社,2012年10月。

王澄霞著,《女性主义与中国当代文化》,社会科学文献出版社,2012年10月。

盛英著,《女神　女性　女性文学》,南开大学出版社,2012年11月。

陈力文主编,林丹娅执行主编,《厦门大学妇女/性别研究学术文选》,厦门大学出版社,2012 年 11 月。

陈力文主编,蒋月执行主编,《厦门大学妇女理论研讨会论文选集(1997—2010)》,厦门大学出版社,2012 年 11 月。

王春荣著,《并非另类:女性文学批评》,辽宁大学出版社,2012 年 12 月。

刘思谦著,《学理与激情:刘思谦自选集》,河南大学出版社,2012 年 12 月。

陈莉著,《中国儿童文学中的女性主体意识》,海燕出版社,2012 年 12 月。

郭艳著,《像鸟儿一样轻,而不是羽毛:80 后青年写作与代际考察》,文化艺术出版社,2012 年 12 月。

周艳丽著,《多彩的女性文学世界》,新华出版社,2013 年 1 月。

杨秀芝、田美丽著,《身体·性别·欲望——20 世纪八九十年代小说中的女性身体叙事》,武汉大学出版社,2013 年 2 月。

降红燕著,《家务与星空:文学与性别研究》,中国社会科学出版社,2013 年 2 月。

谢玉娥编,《智慧的出场:当代人文女学者侧影》,河南大学出版社,2013 年 2 月。

郭冰茹著,《20 世纪中国小说史中的性别建构》,华东师范大学出版社,2013 年 3 月。

刘慧英著,《女权、启蒙与民族国家话语》,人民文学出版社,2013 年 3 月。

王明丽著,《生态女性主义与现代中国文学女性形象》,中国书籍出版社,2013 年 4 月。

周宁主编,《人文国际 第 6 辑:女性文学专辑》,厦门大学出版社,2013 年 4 月。

雷水莲著,《中国现当代女性文学的整合审视》,中国社会科学出版社,2013 年 5 月。

姜云飞著,《20 世纪上半叶女性文学与时尚文化》,河南人民出版社,2013 年 6 月。

张莉著,《魅力所在:中国当代文学片论》,北京大学出版社,2013 年 6 月。

荒林著,《日常生活价值重构:中国当代女性主义文学思潮研究》,北京大学出版社,2013 年 8 月。

陈惠芬著,《现代性的姿容——性别视角下的上海都市文化》("性别视角下的中国文学与文化丛书"之一),南开大学出版社,2013 年 9 月。

陈千里著,《因性而别——中国现代文学家庭书写新论》("性别视角下的中国文学与文化丛书"之一),南开大学出版社,2013 年 10 月。

张文娟著,《五四文学中的女子问题叙事研究——以同期女性思潮和史实为参照》,山东人民出版社,2013 年 11 月。

于文秀等著,《物化时代的文学生存——70 后、80 后女作家研究》,中国社会科学出版社,2013 年 11 月。

徐丽萍主编,《女性与文学——女性主义文学批评与经典重读》("女大学生素质教育系列丛书"之一),科学出版社,2013 年 12 月。

赵春秀著，《山西新时期女性作家小说创作综论》，山西人民出版社，2013 年 12 月。

李焕龙主编，《安康女作家作品评介》，三秦出版社，2013 年 12 月。

黄淑娴著，《女性书写：文学、电影与生活》，浙江大学出版社，2013 年 12 月。

荒林、苏红军主编，《中国女性文学读本》（上、下卷），广西师范大学出版社，2013 年 12 月。

杨玉梅著，《民族文学的坚守与超越》（"21 世纪文学之星丛书·2013 年卷"之一），作家出版社，2013 年 12 月。

宫红英著，《燕赵女性文学史》，新华出版社，2013 年 12 月。

吕晓菲著，《女性文学·翻译·文化》，山西人民出版社，2013 年 12 月。

陈才生著，《才女之路——女性写作的成功奥秘》，新华出版社，2013 年 12 月。

［美］陈瑞琳编著，《海外星星数不清：陈瑞琳文学评论选》，九州出版社，2014 年 1 月。

张念著，《性别政治与国家——论中国妇女解放》，商务印书馆，2014 年 2 月。

张念著，《女人的理想国》，新星出版社，2014 年 3 月。

贺桂梅著，《女性文学与性别政治的变迁》，北京大学出版社，2014 年 3 月。

郑颖著，《伪满洲国的女性文学》，吉林大学出版社，2014 年 3 月。

罗列著，《性别视角下的译者规范——20 世纪初叶中国首个本土女性译者群体研究》，北京师范大学出版社，2014 年 3 月。

秦晓晓著，《念你如初：民国才女最美的情事》，湘潭大学出版社，2014 年 3 月。

翟兴娥著，《上海沦陷区女作家服饰书写研究》，中国社会科学出版社，2014 年 4 月。

贺桂梅著，《思想中国：批判的当代视野》，广东人民出版社，2014 年 4 月。

王红旗主编，《21 世纪中国女性文学批评理论与实践文选集成（2001—2012）》，现代出版社，2014 年 5 月。

黄晓娟主编，黄晓娟、晁正蓉、张淑云著，《中国当代少数民族女性文学研究》，上海文艺出版社，2014 年 5 月。

刘洁主编，《甘肃当代女性写作史稿》（上、中、下卷），敦煌文艺出版社，2014 年 5 月。

张莉著，《姐妹镜像：21 世纪女性写作与女性文化》，中国社会科学出版社，2014 年 5 月。

李静著，《必须冒犯观众》，新星出版社，2014 年 5 月。

屈雅君等著，《中国文学：关于女性的叙事》，人民出版社，2014 年 5 月。

樊洛平、王萌著，《海峡两岸女性小说的历史流脉与创作比较》，人民出版社，2014 年 6 月。

刘艳琳著，《20 世纪中国文学女性生命体验的性别书写》，湖南师范大学出版社，2014 年 7 月。

李志杰著，《男权意识下女性人生的文学书写与反思》，辽宁大学出版社，2014 年

7月。

徐艳蕊著,《媒介与性别:女性魅力、男子气概及媒介性别表达》,浙江大学出版社, 2014年7月。

陈晓兰著,《性别·城市·异邦——文学主题的跨文化阐释》,复旦大学出版社, 2014年8月。

陈宁著,《女性身体观念与当代文学批评》("性别视角下的中国文学与文化丛书" 之一),南开大学出版社,2014年8月。

乔春雷著,《中国现代(1919—1949)小说中的革命女性》,九州出版社,2014年9月。

朱凯著,《品读女性文学》,东北大学出版社,2014年10月。

岳雯著,《沉默所在》("21世纪文学之星丛书·2014年卷"之一),作家出版社,2014年 10月。

王纯菲等著,《中国性别理论与女性文学批评》,社会科学文献出版社,2014年10月。

王桂荣著,《中国现当代女性文学与文化研究》,知识产权出版社,2014年10月。

罗婷等著,《比较视域下的湖湘女性文学研究》,中国社会科学出版社,2014年10月。

王宏民、金涛著,《中国现代小说中的女性美研究》,中国文联出版社,2014年12月。

刘传霞著,《中国当代文学身体政治研究》,中国社会科学出版社,2014年12月。

王宇著,《国族、乡土与性别》,中国社会科学出版社,2014年12月。

刘涛著,《心香:当代诗歌访谈》,重庆大学出版社,2014年12月。

王艳芳著,《异度时空下的身份书写——香港女性小说研究》,中国社会科学出版社, 2015年1月。

吴思敬著,《中国当代诗人论》,社会科学文献出版社,2015年2月。

林丹娅主编,《台湾女性文学史》,厦门大学出版社,2015年3月。

曹霞著,《中国当代文学批评研究(1949—1976)》,南开大学出版社,2015年4月。

曹霞著,《文化研究与叙事阐释——当代小说史观察的若干视角》,南开大学出版社, 2015年4月。

李群编著,《邵丽、乔叶、计文君研究》,河南大学出版社,2015年4月。

王璐著,《特定历史文化场域中的精神诉求——1990年代中国女性文学研究》,时代 文艺出版社,2015年7月。

贾敏著,《新时期女性作家"超性别意识"小说研究》,黑龙江人民出版社,2015年 8月。

戴锦华著,《未名之匙》,复旦大学出版社,2015年8月。

刘瑜著,《想象、追随和质疑:中国现代女性小说中的男性形象解读》,重庆出版社, 2015年9月。

林丹娅著,《书写之辨》,福建人民出版社,2015年9月。

段继红著,《清及民国长三角地区文化家族中之女性文学研究》,上海社会科学院出版社,2015 年 9 月。

李美皆等著,《新时期军旅女作家研究》,解放军文艺出版社,2015 年 10 月。

付文慧著,《中国女作家作品英译(1979—2010)研究》,对外经济贸易大学出版社,2015 年 10 月。

梁小娟著,《近三十年中国女性成长小说研究》,湖南人民出版社,2015 年 10 月。

周梦焱著,《多元文化视域下的中国女性文学研究》,光明日报出版社,2015 年 11 月。

饶芃子著,《饶芃子自选集》,中山大学出版社,2015 年 11 月。

毛海莹著,《江南女性民俗的文学展演研究》,中国社会科学出版社,2015 年 11 月。

王颖著,《谜面与谜底》("21 世纪文学之星丛书·2015 年卷"之一),作家出版社,2015 年 11 月。

季亚娅著,《文学的行间距》("21 世纪文学之星丛书·2015 年卷"之一),作家出版社,2015 年 12 月。

薛海燕著,《民初女性小说作家研究》,中国社会科学出版社,2015 年 12 月。

王冰冰著,《跨民族视域中的性别书写与身份建构——新时期以来少数民族女性创作研究》,浙江工商大学出版社,2015 年 12 月。

邵燕君著,《网络时代的文学引渡》,广西师范大学出版社,2015 年 12 月。

王红旗主编,《中国女性文化　第 19 辑》(连续出版物),现代出版社,2015 年 12 月。

张莉著,《来自陌生人的美意》,当代中国出版社,2016 年 1 月。

乐黛云著,张锦编,《师道师说·乐黛云卷》,东方出版社,2016 年 1 月。

夏晓虹著,《晚清女子国民常识的建构》,北京大学出版社,2016 年 1 月。

任一鸣等著,《新疆当代少数民族女性文学初探》,新疆人民出版社,2016 年 2 月。

张红萍著,《女性:从传统到现代》,北京时代华文书局,2016 年 3 月。

魏巍著,《中国当代少数民族女性诗歌研究》,人民出版社,2016 年 4 月。

杨联芬著,《浪漫的中国:性别视角下激进主义思潮与文学(1890—1940)》,人民文学出版社,2016 年 4 月。

苏琼著,《跨语境中的女性戏剧》,学苑出版社,2016 年 5 月。

张莉著,《持微火者:当代文学的二十五张面孔》,百花文艺出版社,2016 年 5 月。

[美]魏爱莲(Ellen Widmer)著,赵颖之译,《晚明以降才女的书写、阅读与旅行》,复旦大学出版社,2016 年 5 月。

姜燕著,《中国现当代女性作家作品研究》,吉林人民出版社,2016 年 6 月。

赵欣若著,《20 世纪中国女性写作的发展研究》,吉林大学出版社,2016 年 6 月。

钱娟编著,《她们的故事:女性主义小说研究》,中国书籍出版社,2016 年 6 月。

邹璐著,《本土文化的召唤:百年中国女性文学》,广东世界图书出版有限公司,2016 年

6月。

张浩著，《跨越时空的对话：域外影响与中国现当代女作家研究》，知识产权出版社，2016年6月。

[韩]李贞玉著，《清末民初的"善女子"想象》（"性别视角下的中国文学与文化丛书"之一），南开大学出版社，2016年6月。

王宝琴著，《青海女性作家作品研究》，上海大学出版社，2016年7月。

郭延礼、郭蓁著，《中国女性文学研究（1900—1919）》，山东教育出版社，2016年7月。

尚静宏、李智伟、褚慧敏著，《中国女性文学演进历程初探》，新华出版社，2016年7月。

李丹梦著，《李丹梦卷》（"'70后'批评家文丛"之一），云南人民出版社，2016年7月。

梁鸿著，《梁鸿卷》（"'70后'批评家文丛"之一），云南人民出版社，2016年7月。

张莉著，《张莉卷》（"'70后'批评家文丛"之一），云南人民出版社，2016年7月。

李莉勤著，《女性视角的中国现当代文学研究》，光明日报出版社，2016年8月。

王春荣、吴玉杰等著，《地理·文化·性别与审美——辽宁女作家创作与批评研究》，春风文艺出版社，2016年8月。

李萱著，《现代中国女性小说的梦幻书写》，人民出版社，2016年9月。

孙桂荣著，《新世纪"80后"青春文学研究》，人民出版社，2016年9月。

马勤勤著，《隐蔽的风景：清末民初女性小说创作研究》（"性别视角下的中国文学与文化丛书"之一），南开大学出版社，2016年10月。

宋剑华著，《"娜拉现象"的中国言说》，人民文学出版社，2016年11月。

孙桂荣编，《变动时代的性别表达——新时期女性文学与文化研究文献史料辑》，人民出版社，2016年11月。

刘颖慧著，《新时期以来东北女作家小说创作的文化考察》，中国社会科学出版社，2016年12月。

王颖怡著，《当代文学的女性意识研究》，江西科学技术出版社，2016年12月。

王艳芳著，《大众传媒视域中的女性文学》，中国戏剧出版社，2016年12月。

[加]诺曼·史密斯著，李冉译，《反抗"满洲国"——伪满洲国女作家研究》，北方文艺出版社，2017年1月。

谭梅著，《性别文化与现代中国男作家叙事中的女性书写》，羊城晚报出版社，2017年1月。

胡传吉著，《文学的不忍之心》，北岳文艺出版社，2017年1月。

郭艳著，《边地想象与地域言说——鲁院文学现场批评小集》，作家出版社，2017年2月。

郝莉著,《中国现当代女作家作品英译史研究》,首都经济贸易大学出版社,2017 年 3 月。

耿宝强著,《穿越盲区:九位现代中国女作家论略》,九州出版社,2017 年 3 月。

谢田芳著,《生态文学视角下的中西女性文学解读》,地质出版社,2017 年 3 月。

洪何苗著,《淮河流域女作家研究》,合肥工业大学出版社,2017 年 3 月。

郑敏著,《文化·语言·诗学——郑敏文论选》,福建人民出版社,2017 年 3 月。

郭冰茹著,《传统的光影》("身份共同体·70 后作家大系"文学评论卷之一),山东文艺出版社,2017 年 4 月。

李丹梦著,《危机时刻的文化抉择》("身份共同体·70 后作家大系"文学评论卷之一),山东文艺出版社,2017 年 4 月。

贺桂梅著,《打开文学的视野》("身份共同体·70 后作家大系"文学评论卷之一),山东文艺出版社,2017 年 4 月。

张莉著,《野生的力量》("身份共同体·70 后作家大系"文学评论卷之一),山东文艺出版社,2017 年 4 月。

梁鸿著,《重回语文学——地方、空间、词语与当代文学》("身份共同体·70 后作家大系"文学评论卷之一),山东文艺出版社,2017 年 4 月。

于宏、胡沛萍著,《当代藏族小说中的女性形象研究》,四川大学出版社,2017 年 4 月。

刘云兰著,《新时期中国女性文学叙事发展与嬗变》,江西人民出版社,2017 年 4 月。

田频著,《民族身份、女性意识与自我认同——论新时期以来少数民族女作家小说创作的历史流变》,西南交通大学出版社,2017 年 4 月。

乔以钢、林丹娅主编,《女性文学教程》(普通高等教育"十一五"国家级规划教材),高等教育出版社,2017 年 5 月。

金燕玉著,《文学独奏:金燕玉自选集》,青岛出版社,2017 年 5 月。

李冬梅著,《地域文化视野中的 20 世纪 90 年代女性都市小说》,吉林文史出版社,2017 年 5 月。

马姝著,《时代镜像中的性别之思》,中国经济出版社,2017 年 6 月。

魏颖著,《性别视角中的女性形象与文化语境》,中国社会科学出版社,2017 年 6 月。

张莉著,《众声独语:"70 后"一代人的文学图谱》,上海文艺出版社,2017 年 7 月。

董之林著,《大事小情》,上海人民出版社,2017 年 7 月。

岳雯著,《抒情的张力:20 世纪 80 年代初期的四位小说家》,上海文艺出版社,2017 年 7 月。

黄静等著,《二十世纪中国女性文学研究》,安徽师范大学出版社,2017 年 8 月。

杨晶著,《从革命女性到女性革命:现代女性革命小说的话语流变》,中国社会科学出版社,2017 年 8 月。

张毅蕾、张晓阳、纪明红主编,《女性视角的现当代文学艺术研究》,吉林美术出版社,2017 年 8 月。

田泥著,《博弈:女性文学与生态——20 世纪 80 年代以来女作家生态写作》,中国社会科学出版社,2017 年 9 月。

杨联芬主编,《性别与中国文化现代转型》,东方出版社,2017 年 10 月。

马英著,《新时期以来湖北女作家与地域文化研究》,华中师范大学出版社,2017 年 10 月。

司方维著,《认同与解构:台湾外省第二代女作家研究》,中国社会科学出版社,2017 年 10 月。

乔以钢等著,《性别视角下的中国文学与文化》,经济科学出版社,2017 年 10 月。

池沫树著,《词语的色彩:当代女性诗歌散论》,长江文艺出版社,2017 年 11 月。

徐琴著,《文化身份的建构与书写——当代藏族女性文学研究》,中山大学出版社,2017 年 11 月。

李美皆著,《文学批评的平常心》,作家出版社,2017 年 11 月。

吴玉杰等著,《中国现代女作家的女性文学意识》,社会科学文献出版社,2017 年 11 月。

何英著,《批评的"纯真之眼"》,作家出版社,2017 年 11 月。

刘钊、朱立春、谷颖著,《满族说部的民族与性别》,吉林人民出版社,2017 年 11 月。

吴敏著,《当代多元文化语境中的女性文学与叙事》,北京燕山出版社,2017 年 12 月。

李宁著,《20 世纪国内女性文学与英美女性文学比较研究》,吉林大学出版社,2017 年 12 月。

王昭晖著,《女性文学发展与研究》,西北工业大学出版社,2017 年 12 月。

胡传吉著,《中国文化思想录:2004—2015 年人文期刊观察》,河南文艺出版社,2018 年 2 月。

程光炜主编,孟远编,《女性文学研究资料》("中国当代文学史资料丛书"之一),百花洲文艺出版社,2018 年 4 月。

朱育颖著,《眺望家园——赴台皖籍作家论稿》,黄山书社,2018 年 4 月。

田泥著,《激情的样式——20 世纪 80 年代女性写作》,中国社会科学出版社,2018 年 4 月。

胡沛萍著,《当代藏族女性汉语文学史论》,中央民族大学出版社,2018 年 6 月。

张燕玲著,《有我之境》,作家出版社,2018 年 6 月。

乐黛云著,《朝向"人类命运共同体"——乐黛云文选》,贵州人民出版社,2018 年 6 月。

刘立香著,《20 世纪初至 60 年代闽籍女作家翻译语言研究——基于语料库的考察》,

厦门大学出版社,2018 年 7 月。

王纯菲、王影君、李静著,《中西性别理论与女性文学比较研究》,人民出版社,2018 年 8 月。

项静著,《在结束的地方开始》("述而批评丛书"之一),上海人民出版社,2018 年 8 月。

张屏瑾著,《追随巨大的灵魂》("述而批评丛书"之一),上海人民出版社,2018 年 8 月。

来颖燕著,《感受即命名》("述而批评丛书"之一),上海人民出版社,2018 年 8 月。

余醴著,《女性文学与性别意识》,中国商务出版社,2018 年 8 月。

孟文彬著,《中国女性文学形象与叙事》,山东人民出版社,2018 年 9 月。

黄晓娟著,《文学风景线》,南开大学出版社,2018 年 9 月。

王冬梅著,《女性主义文论与文本批评研究》,武汉大学出版社,2018 年 10 月。

崔锋娟著,《中国现代女性作家及作品研究》,当代世界出版社,2018 年 11 月。

刘艳著,《批评的智慧与担当》,武汉大学出版社,2018 年 12 月。

刘艳著,《抒情传统与现当代文学》,广东高等教育出版社,2018 年 12 月。

杨骥著,《沉溺·背叛·超越》,四川民族出版社,2018 年 12 月。

汪雨萌著,《年轻的思想》("21 世纪文学之星丛书·2017 年卷"之一),作家出版社,2018 年 12 月。

吉狄马加主编,《少数民族女性写作与我们的时代》,四川民族出版社,2018 年 12 月。

周文慧著,《70 后女作家群创作小说研究(1996—2010)》,华龄出版社,2019 年 1 月。

乌兰其木格著,《喧哗中的谛听》("中国少数民族文学之星丛书·2018 年卷"之一),作家出版社,2019 年 1 月。

韩敏著,《浮出社会地表:"十七年"女性媒介形象研究》,中国社会科学出版社,2019 年 1 月。

陈美兰著,《陈美兰文集》(全三册),武汉大学出版社,2019 年 2 月。

王东、王荣珍著,《当代东北女性文学研究》,北方妇女儿童出版社,2019 年 3 月。

张锦贻著,《女性文学与儿童文学浅论》,内蒙古人民出版社,2019 年 3 月。

李新东著,《中韩女性文学比较研究》,延边大学出版社,2019 年 5 月。

王爱红著,《生命叙事的三重奏——中国新文学中的乡土、海洋及女性书写研究》,天津人民出版社,2019 年 5 月。

郭艳著,《在场的词语——鲁院文学批评小集》,作家出版社,2019 年 5 月。

孙绍荣著,《新媒介场域下女性文学的转向研究》,吉林出版集团股份有限公司,2019 年 5 月。

胡传吉著,《未完成的现代性》,中山大学出版社,2019 年 6 月。

　　李玲著,《李玲现当代文学研究文集》,北京语言大学出版社,2019 年 6 月。

　　郭淑梅著,《满通古斯语民族民间口述资源的女性研究》,商务印书馆,2019 年 7 月。

　　李有亮著,《文学语境视域下的女性主体性建构》,复旦大学出版社,2019 年 8 月。

　　沈潇著,《女作家作者身份焦虑空间性阐释》,中国社会科学出版社,2019 年 9 月。

　　王红旗著,《灵魂在场——世界华文女作家与文本研究》,现代出版社,2019 年 9 月。

　　董秀丽著,《20 世纪 90 年代女性诗歌研究》,中国社会科学出版社,2019 年 9 月。

　　赵树勤等著,《中外文心的碰撞与交流——中国当代女作家与世界文学》,湖南师范大学出版社,2019 年 11 月。

　　于文秀著,《诗意的沉思与守望》(“龙江文学批评书系”之一),黑龙江人民出版社,2019 年 11 月。

　　郭力著,《沃土繁华》(“龙江文学批评书系”之一),黑龙江人民出版社,2019 年 11 月。

　　任雪梅著,《踱步》(“龙江文学批评书系”之一),黑龙江人民出版社,2019 年 11 月。

　　郭淑梅著,《月光女神的歌吟艺术》(“龙江文学批评书系”之一),黑龙江人民出版社,2019 年 11 月。

　　郭冰茹著,《中国现代小说文体的发生》,广东高等教育出版社,2019 年 12 月。

　　唐晶、李静著,《生态女性主义文学研究》,中国社会科学出版社,2019 年 12 月。

　　杜若松主编,《中国现当代女作家作品研读》,吉林人民出版社,2019 年 12 月。

　　刘钊著,《启蒙视野下的现代中国女性写作》,人民出版社,2019 年 12 月。

　　屈雅君总主编,“性别批评丛书”(共十册),中国社会科学出版社,2019 年 12 月。

第二部分　作家及作品研究

（按作家出生年代为序,研究同一作家的著作按出版时间排列）

陈衡哲（1890—1976）

　　陈衡哲著,《陈衡哲早年自传》,安徽教育出版社,2006 年 8 月。

　　抢救民间家书项目组委会编,《任鸿隽陈衡哲家书》,商务印书馆,2007 年 7 月。

　　江森著,《陈衡哲传》,上海远东出版社,2010 年 5 月。

　　史建国著,《陈衡哲传:“造命”人生的歌者》(“伊人丛书”之一),上海远东出版社,2010 年 5 月。

　　王玉琴著,《一日西风吹雨点:陈衡哲传》,中国书籍出版社,2015 年 1 月。

　　李火秀著,《过渡时代的“造桥”者:陈衡哲评传》,中国社会科学出版社,2019 年 5 月。

白　薇（1893—1987）

　　白舒荣、何由著,《白薇评传》,湖南人民出版社,1983 年 11 月。

袁昌英（1894—1973）

杨静远编选，《飞回的孔雀——袁昌英》（"漫忆女作家丛书"之一），人民文学出版社，2002 年 1 月。

黄绍纯著，《醴陵的孔雀——袁昌英》，湖南人民出版社，2014 年 10 月。

罗惜春著，《袁昌英评传》，湘潭大学出版社，2015 年 9 月。

苏雪林（1897—1999）

苏雪林著，《苏雪林自传》，江苏文艺出版社，1996 年 12 月。

沈晖编选，《绿天雪林》（"漫忆女作家丛书"之一），人民文学出版社，2001 年 1 月。

石楠著，《另类才女苏雪林》，东方出版社，2004 年 8 月。

范震威著，《世纪才女——苏雪林传》，河北教育出版社，2006 年 1 月。

方维保著，《苏雪林:荆棘花冠》，广西师范大学出版社，2006 年 7 月。

陈朝曙著，《苏雪林与她的徽商家族》，安徽教育出版社，2008 年 5 月。

左志英编，《一个真实的苏雪林》，东方出版社，2008 年 6 月。

陈国恩主编，《苏雪林面面观——2010 年海峡两岸苏雪林学术研讨会论文集》，黑龙江人民出版社，2011 年 12 月。

左志英编著，《冰雪梅林:苏雪林》，民主与建设出版社，2012 年 1 月。

丁增武著，《苏雪林与中国现代文学》，安徽大学出版社，2013 年 12 月。

苏雪林著，《苏雪林自述自画》，中国青年出版社，2013 年 12 月。

刘旭东著，《从启蒙主义到古典主义:苏雪林文学思想论》，中国社会科学出版社，2015 年 6 月。

沈晖编著，《苏雪林年谱长编》，安徽文艺出版社，2017 年 1 月。

何玲华著，《她被唤作"瑞奴"时:苏雪林清末浙地县署上房生活考探（1897—1911）》，中国社会科学出版社，2019 年 3 月。

庐　隐（1898—1934）

肖凤著，《庐隐传》，北京师范大学出版社，1982 年 2 月。

卢启元、徐志超著，《庐隐　冯沅君　绿漪　凌叔华作品欣赏》，广西教育出版社，1988 年 7 月。

肖凤著，《庐隐　李唯建》（"名人情结丛书"之一），中国青年出版社，1995 年 1 月。

卢君著，《庐隐:惊世骇俗才女情》，四川文艺出版社，1995 年 3 月。

林伟民编选，《海滨故人庐隐》（"漫忆女作家丛书"之一），人民文学出版社，2001 年 1 月。

肖凤著，《庐隐评传》，中国社会出版社，2008 年 1 月。

庐隐著,《庐隐自传》,云南人民出版社,2011年5月。

庐隐著,文明国编,《庐隐自述》,安徽文艺出版社,2014年7月。

魏雨童著,《隐去庐山自从容:庐隐传》,民主与建设出版社,2014年11月。

冯沅君(1900—1974)

许志杰著,《陆侃如和冯沅君》,山东画报出版社,2006年5月。

严蓉仙著,《冯沅君传》,人民文学出版社,2008年8月。

赵海菱、张汉东、岳鹏著,《冯沅君传》,学苑出版社,2012年9月。

凌叔华(1900—1990)

傅光明著,《凌叔华:古韵精魂》,大象出版社,2004年11月。

林杉著,《秀韵天成凌叔华》,作家出版社,2008年1月。

凌叔华著,陈学勇编撰,《中国儿女——凌叔华佚作·年谱》,上海书店出版社,2008年6月。

宋生贵编,《凌叔华的古韵梦影》,东方出版社,2008年8月。

[美]魏淑凌著,张林杰译,李娟校译,《家国梦影:凌叔华与凌淑浩》,百花文艺出版社,2008年10月。

陈学勇著,《高门巨族的兰花:凌叔华的一生》,人民文学出版社,2010年12月。

朱映晓著,《凌叔华传:一个中国闺秀的野心与激情》,江苏文艺出版社,2012年3月。

凌叔华著,《凌叔华自述自画》,中国青年出版社,2013年12月。

林杉著,《凌叔华:中国的曼殊斐儿》,中国言实出版社,2014年10月。

林晓霞著,《凌叔华与世界文学》,中国社会科学出版社,2019年7月。

冰　心(1900—1999)

冰心著,《记事珠》,人民文学出版社,1982年1月。

卢启元著,《冰心作品欣赏》,广西人民出版社,1982年8月。

范伯群、曾华鹏著,《冰心评传》,人民文学出版社,1983年4月。

范伯群编,《冰心研究资料》,北京出版社,1984年12月。

肖凤著,《冰心传》,北京十月文艺出版社,1987年9月。

杨昌江著,《冰心散文论》,华中师范大学出版社,1989年7月。

卓如著,《冰心传》,上海文艺出版社,1990年3月。

卓如编,《冰心和儿童文学》,少年儿童出版社,1990年9月。

王炳根著,《永远的爱心——冰心》,山东画报出版社,1994年10月。

冰心著,《冰心自传》,江苏文艺出版社,1995年9月。

卓如著,《冰心传》,海峡文艺出版社,1998 年 1 月。

张锦贻著,《冰心评传》,希望出版社,1998 年 12 月。

冰心著,《世纪之忆——冰心回想录》,南海出版公司,1999 年 4 月。

卓如编著,《冰心年谱》,海峡文艺出版社,1999 年 9 月。

王炳根著,《世纪情缘·冰心与吴文藻》,安徽人民出版社,1999 年 10 月。

李朝全、凌玮清主编,《世纪之爱:冰心》,团结出版社,1999 年 10 月。

林德冠、章武、王炳根主编,《冰心玫瑰》("冰心研究丛书"之一),海峡文艺出版社,2000 年 10 月。

万平近、汪文顶著,《冰心评传》,重庆出版社,2000 年 10 月。

卓如著,《冰心传》,海峡文艺出版社,2000 年 10 月。

林德冠、章武、王炳根主编,《冰心论集》(上、下集,"冰心研究丛书"之一),海峡文艺出版社,2000 年 10 月。

卓如编选,《一片冰心》("漫忆女作家丛书"之一),人民文学出版社,2002 年 1 月。

卓如著,《冰心全传》(上、下卷),河北教育出版社,2002 年 1 月。

张卫著,《海天之星——冰心》,华艺出版社,2002 年 4 月。

王炳根著,《冰心:爱是一切》,大象出版社,2003 年 2 月。

卓如著,《冰心》,四川人民出版社,2003 年 8 月。

王炳根著,《冰心:非文本解读》,海峡文艺出版社,2003 年 10 月。

陈国勇主编,《冰心与长乐》,海峡文艺出版社,2004 年 10 月。

王炳根主编,黄水英选编,《冰心论集 3》("冰心研究丛书"之一),海峡文艺出版社,2004 年 11 月。

肖凤著,《冰心图传》,广东教育出版社,2005 年 1 月。

冰心著,《冰心自述》,大象出版社,2005 年 7 月。

段慕元编,《一个真实的冰心》,东方出版社,2006 年 3 月。

肖凤著,《冰心评传》,中国社会出版社,2006 年 10 月。

王炳根著,《冰心:非文本解读(续)》,中国文联出版社,2006 年 12 月。

乐敏编,《一片冰心在玉壶:冰心与吴文藻的情爱世界》,东方出版社,2008 年 4 月。

傅德岷主编,《冰心散文精品鉴赏》,武汉出版社,2008 年 9 月。

范伯群编,《冰心研究资料》,知识产权出版社,2009 年 4 月。

王炳根、傅光明主编,《聆听大家:永远的冰心》,安徽文艺出版社,2010 年 1 月。

冰心著,陈恕、周明编,《冰心书信全集》,人民文学出版社,2010 年 10 月。

萧乾、文洁若著,《冰心与萧乾》,上海三联书店,2010 年 11 月。

王炳根主编,《冰心论集 5》,海峡文艺出版社,2011 年 8 月。

陈恕著,《冰心全传》,中国青年出版社,2011 年 8 月。

王炳根著,《王炳根说冰心》,海峡文艺出版社,2011 年 12 月。

冰心著,《冰心自述》,福建人民出版社,2012 年 4 月。

肖凤著,《一片冰心在玉壶》,天津教育出版社,2013 年 1 月。

王炳根主编,《冰心论集(2012)》("冰心研究丛书"之一),上海交通大学出版社,2013 年 6 月。

卓如著,《冰心:世界上爱是最可贵的》("女作家的情感世界"丛书之一),河南文艺出版社,2014 年 12 月。

鲁普文编,《冰心研究资料索引》,海峡书局,2014 年 12 月。

熊飞宇编著,《重庆时期冰心的创作与活动研究》,广西师范大学出版社,2015 年 8 月。

王炳根著,《爱是一切——冰心传》,作家出版社,2016 年 10 月。

盖琳著,《爱的守望者:冰心传》,长春出版社,2017 年 1 月。

王炳根著,《玫瑰的盛开与凋谢:冰心吴文藻合传》(上、下卷),福建教育出版社,2017 年 9 月。

刘东方主编,《冰心论集(2016)》(上、下卷,"冰心研究丛书"之一),海峡文艺出版社,2017 年 10 月。

冰心著,《记事珠》,商务印书馆,2018 年 4 月。

刘东方主编,《冰心论集 6》("冰心研究丛书"之一),中国华侨出版社,2019 年 7 月。

王炳根编著,《冰心年谱长编》(上、下卷),上海交通大学出版社,2019 年 10 月。

程俊英(1901—1993)

朱杰人、戴从喜编,《程俊英教授纪念文集》,华东师范大学出版社,2004 年 12 月。

石评梅(1902—1928)

都钟秀著,《石评梅传:春风青冢》,北岳文艺出版社,1986 年 6 月第 1 版,1994 年 12 月第 2 版。

李庆祥著,《评梅女士年谱长编》,文津出版社,1990 年 6 月。

柯兴著,《高君宇　石评梅》("名人情结丛书"之一),中国青年出版社,1995 年 1 月。

柯兴著,《风流才女——石评梅传》,群众出版社,1999 年 3 月。

卫建民编选,《魂归陶然亭——石评梅》("漫忆女作家丛书"之一),人民文学出版社,2002 年 1 月。

山西省平定县文学艺术界联合会、山西省平定县教育局编,《平定有枝永开的梅:纪念石评梅诞辰一百周年》,山西省平定县文学艺术界联合会、山西省平定县教育局,2002 年 9 月。

柯兴著,《石评梅传》,花山文艺出版社,2007年3月。

徐丹著,《石评梅传:生如夏花》,中国华侨出版社,2017年1月。

白瑾萱著,《悠悠相思与谁弹——石评梅传》,北京工业大学出版社,2017年4月。

罗　淑(1903—1938)

艾以、沈辉、卫竹兰等编,《罗淑罗洪研究资料》,北京十月文艺出版社,1990年4月。

艾以、沈辉、卫竹兰等编,《罗淑研究资料》,知识产权出版社,2010年1月。

陆小曼(1903—1965)

曾庆瑞、赵遐秋著,《徐志摩　陆小曼》("名人情结丛书"之一),中国青年出版社,1995年1月。

柴草著,《陆小曼传》,百花文艺出版社,2002年5月。

韩石山著,《徐志摩与陆小曼》,团结出版社,2004年1月。

张红萍著,《陆小曼画传:为爱战斗的一生》,二十一世纪出版社,2005年6月。

刘思慧编,《美丽与哀愁:一个真实的陆小曼》,东方出版社,2006年6月。

丁言昭著,《悲情陆小曼》,上海人民出版社,2008年3月。

林徽因(1904—1955)

林杉著,《一代才女林徽因》,作家出版社,1993年3月。

[美]费慰梅著,曲莹璞、关超等译,《梁思成与林徽因:一对探索中国建筑史的伴侣》,中国文联出版公司,1997年9月。

林杉著,《林徽因传:一代才女的心路历程》,九洲图书出版社,1998年10月。

黄杨著,《一世情缘:梁思成与林徽因》,安徽人民出版社,2000年1月。

刘炎生著,《绝代才女林徽因》,广州出版社,2000年9月。

刘小沁编选,《窗子内外忆徽因》("漫忆女作家丛书"之一),人民文学出版社,2001年1月。

陈学勇著,《才女的世界》,昆仑出版社,2001年5月。

韩石山著,《寻访林徽因》,人民文学出版社,2001年10月。

丁言昭著,《骄傲的女神——林徽因》,上海书店出版社,2002年1月。

张清平著,《林徽因》,百花文艺出版社,2002年1月。

陈新华著,《百年家族:林徽因　林长民　林孝恂》,河北教育出版社,2003年1月。

[美]费慰梅著,成寒译,《中国建筑之魂——一个外国学者眼中的梁思成林徽因夫妇》,上海文艺出版社,2003年10月。

田时雨编,《美丽与哀愁:一个真实的林徽因》,东方出版社,2004年2月。

杨永生编,《记忆中的林徽因》,陕西师范大学出版社,2004 年 5 月。

林洙著,《梁思成、林徽因与我》,清华大学出版社,2004 年 6 月。

清华大学建筑学院编,《建筑师林徽因》,清华大学出版社,2004 年 6 月。

陈学勇著,《林徽因寻真——林徽因生平创作丛考》,中华书局,2004 年 11 月。

龙倩著,《林徽因画传》,哈尔滨出版社,2005 年 1 月。

林杉著,《一代才女林徽因》,作家出版社,2005 年 1 月。

张红萍著,《林徽因画传—— 一个纯美主义的激情》,二十一世纪出版社,2005 年 6 月。

刘炎生著,《中国第一才女林徽因》,湖北人民出版社,2006 年 6 月。

张清平著,《林徽因传》,百花文艺出版社,2007 年 8 月。

陈学勇著,《莲灯微光里的梦:林徽因的一生》,人民文学出版社,2008 年 8 月。

白落梅著,《你若安好,便是晴天:林徽因传》,中国华侨出版社,2011 年 9 月。

张红萍著,《我的心是一朵莲花——林徽因传》,国际文化出版公司,2011 年 11 月。

林杉著,《你若安好,便是晴天:林徽因传》,国际文化出版公司,2014 年 7 月。

张荔著,《林徽因:谁曾温柔了我的时光》("女作家的情感世界"丛书之一),河南文艺出版社,2014 年 12 月。

王宇著,《林徽因的女人天堂》,中国商业出版社,2015 年 1 月。

赵一编著,《林徽因:不慌不忙的坚强》,哈尔滨出版社,2015 年 12 月。

姜雯漪著,《在时光中盛开的女子:林徽因传》,中国华侨出版社,2018 年 1 月。

丁　玲(1904—1986)

中忱、凌源编,《丁玲作品系年》,吉林师大学报编辑部,1980 年 4 月。

袁良骏编,《丁玲研究资料》,天津人民出版社,1982 年 3 月。

王中忱、尚侠著,《丁玲生活与文学的道路》,吉林人民出版社,1982 年 9 月。

丁玲著,《我的生平与创作》,四川人民出版社,1982 年 12 月。

杨桂欣著,《丁玲创作纵横谈》,湖南人民出版社,1984 年 7 月。

龚明德著,《〈太阳照在桑干河上〉修改笺评》,湖南人民出版社,1984 年 7 月。

黄一心编,《丁玲写作生涯》,百花文艺出版社,1984 年 8 月。

冯夏熊等著,《丁玲作品评论集》,中国文联出版公司,1984 年 10 月。

孙瑞珍、王中忱编,《丁玲研究在国外》,湖南人民出版社,1985 年 3 月。

丁玲著,陈明编,《丁玲论创作》,上海文艺出版社,1985 年 3 月。

郭成、陈宗敏著,《丁玲作品欣赏》,广西人民出版社,1986 年 1 月。

丁玲创作讨论会专集编选小组编,《丁玲创作独特性面面观——全国首次丁玲创作讨论会专集》,湖南文艺出版社,1986 年 3 月。

《中国》编辑部编,《丁玲纪念集》,湖南人民出版社,1987年7月。

王淑秧著,《展翅高飞的鸟——丁玲的青年时代》,河北人民出版社,1987年7月。

张炯、王淑秧著,《朴素·真诚·美——丁玲创作论》,人民文学出版社,1988年2月。

丁玲创作六十周年学术讨论会编选小组编,《丁玲与中国新文学——丁玲创作六十周年学术讨论会专集》,厦门大学出版社,1988年6月。

宗诚著,《风雨人生——丁玲传》,中国文联出版公司,1988年10月第1版,1998年第2版。

孙伟、彭其芳著,《丁玲在故乡》,中国文联出版公司,1989年1月。

宋建元著,《丁玲评传》,陕西人民出版社,1989年3月。

郑笑枫著,《丁玲在北大荒》,湖北人民出版社,1989年6月。

袁良骏著,《丁玲研究五十年》,天津教育出版社,1990年10月

许华斌著,《丁玲小说研究》,复旦大学出版社,1990年12月。

左克诚著,《生命倔强的回声——丁玲小说创作论》,内蒙古人民出版社,1991年2月。

李达轩著,《丁玲与莎菲系列形象》,湖南文艺出版社,1991年3月。

彭漱芬著,《丁玲小说的嬗变》,湖南文艺出版社,1991年4月。

中国丁玲研究会编,《丁玲研究》,湖南师范大学出版社,1992年7月。

[美]梅仪慈著,沈昭铿、严锵译,《丁玲的小说》,厦门大学出版社,1992年11月。

李辉著,《恩怨沧桑——沈从文与丁玲》,百花文艺出版社,1992年11月。

沈从文著,《记丁玲》,岳麓书社,1992年12月。

周良沛著,《丁玲传》,北京十月文艺出版社,1993年2月。

厦军著,《丁玲新时期散文天地》,厦门大学出版社,1993年2月。

《丁玲文学创作国际研讨会文集》编选小组编,《中国现当代文学一颗耀眼的巨星——丁玲文学创作国际研讨会文集》,湖南文艺出版社,1994年6月。

王一心著,《丁玲外传》,黑龙江人民出版社,1995年2月。

丁玲著,《丁玲自传》,江苏文艺出版社,1996年7月。

王周生著,《丁玲年谱》,上海社会科学院出版社,1997年7月。

丁玲著,王增如、李燕平编,《丁玲自叙》,团结出版社,1998年1月。

《丁玲与中国女性文学》编选小组编,《丁玲与中国女性文学——第七次全国丁玲学术研讨会文集》,湖南文艺出版社,1998年7月。

丁言昭著,《在男人的世界里:丁玲传》,上海文艺出版社,1998年11月。

王周生著,《丁玲:飞蛾扑火》,上海教育出版社,1999年10月。

宗诚著,《丁玲》,中国华侨出版社,1999年10月。

郜元宝、孙洁编,《三八节有感——关于丁玲》,北京广播学院出版社,2000年1月。

丁言昭编选,《别了,莎菲》("漫忆女作家丛书"之一),人民文学出版社,2001 年 1 月。

杨桂欣著,《丁玲评传》,重庆出版社,2001 年 2 月第 1 版,2001 年 10 月第 2 版。

《丁玲与延安》选编小组,《丁玲与延安——第八次丁玲文学创作国际研讨会论文集》,陕西人民教育出版社,2001 年 5 月。

杨桂欣编,《观察丁玲》,大众文艺出版社,2001 年 5 月。

赵国春著,《一个女作家的遭遇:丁玲在北大荒》,哈尔滨出版社,2002 年 1 月。

汪洪编,《左右说丁玲》,中国工人出版社,2002 年 1 月。

张卫著,《飞蛾扑火——丁玲》,华艺出版社,2002 年 4 月。

邢小群著,《丁玲与文学研究所的兴衰》,山东画报出版社,2003 年 1 月。

王增如著,《无奈的涅槃——丁玲最后的日子》,上海书店出版社,2003 年 1 月。

蒋祖林、李灵源著,《我的母亲丁玲》,辽宁人民出版社,2004 年 2 月。

中国丁玲研究会编,《丁玲纪念集》,湖南文艺出版社,2004 年 8 月。

陈明著,《我说丁玲》,湖南文艺出版社,2004 年 8 月。

杨桂欣著,《我所接触的暮年丁玲》,中国广播电视出版社,2004 年 9 月。

张永泉著,《个性主义的悲剧——解读丁玲》,中国社会科学出版社,2005 年 3 月。

秦林芳著,《丁玲的最后 37 年》,中国文史出版社,2005 年 7 月第 1 版,2006 年 12 月第 2 版。

李向东、王增如编著,《丁玲年谱长编(1904—1986)》(上、下卷),天津人民出版社,2006 年 1 月。

李向东、王增如著,《丁陈反党集团冤案始末》,湖北人民出版社,2006 年 1 月。

杨桂欣著,《丁玲与周杨的恩怨》,湖北人民出版社,2006 年 1 月。

中国丁玲研究会编,《二十世纪中国社会变革的多彩画卷——丁玲百年诞辰国际学术研讨会论文集》,湖南文艺出版社,2006 年 3 月。

[美]丁淑芳著,范宝慈译,《丁玲和她的母亲:人文心理学研究》,厦门大学出版社,2006 年 3 月。

刘瑜著,《丁玲小说女性意识解读——1927—1948 年间丁玲小说中心话语走向论析》,四川文艺出版社,2006 年 4 月。

丁玲著,《丁玲自述》,大象出版社,2006 年 5 月。

杨桂欣著,《情爱丁玲:惊世女子骇俗恋》,文化艺术出版社,2006 年 6 月。

魏颖著,《历史漩涡中的身份嬗变——丁玲小说创作研究》,中南大学出版社,2008 年 5 月。

郑笑枫著,《丁玲在北大荒》,中共党史出版社,2008 年 10 月。

《新气象 新开拓》选编小组编,《新气象 新开拓:第十次丁玲国际学术研讨会文集》,同济大学出版社,2009 年 5 月。

陈明口述,查振科、李向东整理,《我与丁玲五十年——陈明回忆录》,中国大百科全书出版社,2010 年 1 月。

任显楷著,《跨学界比较实践中美学界的丁玲研究》,四川文艺出版社,2010 年 9 月。

丁言昭著,《丁玲传》,复旦大学出版社,2011 年 1 月。

王增如著,《丁玲办〈中国〉》,人民文学出版社,2011 年 3 月。

袁良骏编,《丁玲研究资料》,知识产权出版社,2011 年 4 月。

中国丁玲研究会选编小组编,《丁玲与中国当代文学——第十一次(国际)丁玲学术研讨会论文集》,厦门大学出版社,2012 年 1 月。

秦林芳著,《丁玲评传》,南京大学出版社,2012 年 12 月。

邢小群著,《丁玲与文学研究所的兴衰》,河南文艺出版社,2013 年 1 月。

高媛著,《解读丁玲文学中的边缘化问题:知识女性・女同性恋・战时性暴力受害者》,江苏科学技术出版社,2014 年 7 月。

蔡震著,《丁玲:情若初春火焰》("女作家的情感世界"丛书之一),河南文艺出版社,2014 年 12 月。

李向东、王增如著,《丁玲传》(上、下卷),中国大百科全书出版社,2015 年 5 月。

中国丁玲研究会主编,《二十世纪中国革命与丁玲精神史:第十二次国际丁玲学术研讨会论文集》,清华大学出版社,2017 年 3 月。

陈漱渝著,《扑火的飞蛾:丁玲情感往事》,北方文艺出版社,2017 年 10 月。

阎浩岗著,《茅盾丁玲小说研究》,人民出版社,2018 年 9 月。

李婍著,《丁玲:一曲华美的奏鸣曲》,北京燕山出版社,2019 年 1 月。

杨　刚(1905—1957)

吴德才著,《金箭女神——杨刚传记》,中共党史出版社,1992 年 12 月。

安　娥(1905—1976)

丁言昭著,《安娥传》,中国青年出版社,2013 年 1 月。

陈学昭(1906—1991)

陈学昭著,《天涯归客》,浙江人民出版社,1980 年 12 月。

丁茂远编,《陈学昭研究专集》,浙江文艺出版社,1983 年 12 月。

钟桂松著,《天涯归客——陈学昭》,河南人民出版社,2000 年 5 月。

海宁市政协文史资料委员会编,《陈学昭纪念文集》,海宁市政协文史资料委员会,2001 年 9 月。

陈亚男著,《陈学昭》,河北教育出版社,2001年11月。

陈亚男著,《我的母亲陈学昭》,文汇出版社,2006年4月。

上海鲁迅纪念馆编,《陈学昭纪念集》,上海文艺出版社,2006年4月。

单元、万国庆著,《突围与陷落——陈学昭传论》,光明日报出版社,2008年1月。

谢冰莹(1906—2000)

阎纯德主编,《中国现代女作家·谢冰莹》,黑龙江人民出版社,1983年6月。

谢冰莹著,《女兵自传》,中国华侨出版社,1994年9月。

阎纯德、李瑞腾编选,《女兵谢冰莹》("漫忆女作家丛书"之一),人民文学出版社,2002年1月。

李夫泽著,《从"女兵"到教授——谢冰莹传》,湖南人民出版社,2004年5月。

崔家瑜著,《谢冰莹及其作品研究》,文史哲出版社,2008年3月。

石楠著,《中国第一女兵:谢冰莹全传》,江苏文艺出版社,2008年5月。

彭　慧(1907—1968)

吴泽霖、邹红主编,《彭慧先生百年诞辰纪念文集》,北京师范大学出版社,2009年3月。

关　露(1907—1982)

萧阳、广群著,《一个女作家的遭遇:记关露的一生》,北方文艺出版社,1988年5月。

柯兴著,《魂归京都——关露传》,群众出版社,1999年3月。

丁言昭编选,《关露啊关露》("漫忆女作家丛书"之一),人民文学出版社,2001年1月。

周文杰编著,《文坛四才女:旷世凄美的关露、潘柳黛、张爱玲、苏青》,黑龙江人民出版社,2005年1月。

陆晶清(1907—1993)

王士权、王世欣著,《爱国女作家陆晶清传》,江西人民出版社,2002年6月。

葛　琴(1907—1995)

小鹰著,《追忆与思考——纪念我的父母荃麟和葛琴》,内部资料,2007年7月。

张伟、马莉、邹勤南编,《葛琴研究资料》,知识产权出版社,2009年9月。

沈祖棻(1909—1977)

巩本栋编,《程千帆沈祖棻学记》,贵州人民出版社,1997 年 10 月。

王留芳主编,《沈祖棻研究文论集》,2009 年。

徐有富著,《程千帆沈祖棻年谱长编》,南京大学出版社,2013 年 9 月。

黄阿莎著,《沈祖棻词作与词学研究》,华中师范大学出版社,2016 年 1 月。

罗　洪(1910—2017)

艾以、沈辉、卫竹兰等编,《罗洪研究资料》,知识产权出版社,2010 年 1 月。

萧　红(1911—1942)

肖凤著,《萧红传》,百花文艺出版社,1980 年 12 月。

萧军著,《萧红书简辑存注释录》,黑龙江出版社,1981 年 1 月。

骆宾基著,《萧红小传》,黑龙江人民出版社,1981 年 11 月。

哈尔滨师范大学北方论丛编辑部编,《萧红研究》,哈尔滨师范大学北方论丛编辑部,1983 年。

王观泉编,《怀念肖红》,黑龙江人民出版社,1981 年 2 月第 1 版,1984 年 11 月第 2 版。

杜一白、张毓茂著,《萧红作品欣赏》,广西人民出版社,1985 年 3 月;广西教育出版社,1985 年 3 月。

[美]葛浩文著,《萧红评传》,北方文艺出版社,1985 年 3 月。

庐湘著,《萧军萧红外传》,北方妇女儿童出版社,1986 年 11 月。

骆宾基著,《萧红小传》,北方文艺出版社,1987 年 6 月。

铁峰著,《萧红文学之路》,哈尔滨出版社,1991 年 5 月。

李重华主编,《呼兰学人说萧红》,哈尔滨出版社,1991 年 6 月。

孙延林、姜莹编著,《怀念你——萧红》,哈尔滨出版社,1991 年 6 月。

皇甫晓涛著,《萧红现象:兼谈中国现代文化思想的几个困惑点》,天津人民出版社,1991 年 8 月。

铁峰著,《萧红传》,北方文艺出版社,1993 年 8 月。

丁言昭著,《萧红传》,江苏文艺出版社,1993 年 9 月。

李重华著,《只有香如故——萧红大特写》,哈尔滨出版社,1993 年 9 月。

孙延林主编,《萧红研究》(第一辑、第二辑),哈尔滨出版社,1993 年 9 月。

钟汝霖著,《萧红新传与十论萧红》,黑龙江人民出版社,1994 年 4 月。

姜志军著,《鲁迅与萧红研究论稿》,黑龙江人民出版社,1994 年 5 月。

肖凤著,《萧红　萧军》("名人情结丛书"之一),中国青年出版社,1995 年 1 月。

丁言昭著,《萧红:萧萧落红情依依》,四川文艺出版社,1995 年 3 月。

王小妮著,《人鸟低飞——萧红流离的一生》,长春出版社,1995年5月。

萧红著,《萧红自传》,江苏文艺出版社,1996年10月。

金承泽、王一兵著,《萧红生平与著述浅识》,黑龙江人民出版社,1998年。

钟耀群著,《端木与萧红》,中国文联出版公司,1998年1月。

梁晴著,《萧红1911—1942》,江苏文艺出版社,1999年5月。

秋石著,《萧红与萧军》,学林出版社,1999年12月。

季红真著,《萧红传》,北京十月文艺出版社,2000年9月。

曹革成主编,《端木蕻良和萧红在香港》,白山出版社,2000年12月。

季红真编选,《萧萧落红》("漫忆女作家丛书"之一),人民文学出版社,2001年1月。

曹革成著,《跋涉生死场的女人萧红》,华艺出版社,2002年3月。

刘乃翘、王雅茹著,《萧红评传:走出黑土地的女作家》,哈尔滨出版社,2002年7月。

单元著,《走进萧红世界》,湖北人民出版社,2002年8月。

萧耘、王建中编著,《萧军与萧红》,团结出版社,2003年7月。

黄晓娟著,《雪中芭蕉:萧红创作论》,中央编译出版社,2003年11月。

肖凤著,《悲情女作家萧红》,文化艺术出版社,2004年1月。

萧红著,《萧红自述》,大象出版社,2004年12月。

曹革成著,《我的婶婶萧红》,时代文艺出版社,2005年1月;江苏文艺出版社,2010年3月。

王炳根著,《雪里萧红——亲聆作家故居》,福建教育出版社,2007年4月。

李大为著,《女性化的写作姿态:萧红论》,吉林大学出版社,2008年8月。

林贤治著,《漂泊者萧红》,人民文学出版社,2009年1月第1版,2014年2月修订版。

郭玉斌著,《萧红评传》,中国社会出版社,2009年6月。

刘艳萍著,《姜敬爱与萧红小说创作之比较研究》,延边大学出版社,2010年4月。

葛浩文著,《萧红传》,复旦大学出版社,2011年1月。

晓川、彭放主编,《萧红研究七十年:1911年—2011年》(上、中、下卷),北方文艺出版社,2011年3月。

彭放、晓川著,《百年诞辰忆萧红》,北方文艺出版社,2011年3月。

王观泉编,《怀念萧红》,东方出版社,2011年5月。

李汉平著,《一个真实的萧红》,东方出版社,2011年5月。

袁权著,《萧红全传》,中国青年出版社,2011年5月。

季红真著,《萧红全传:呼兰河的女儿》,现代出版社,2011年5月第1版,2012年1月修订版,2016年1月修订版。

萧军著,《为了爱的缘故:萧红书简辑存注释录》,金城出版社,2011年8月。

章海宁主编,"萧红印象丛书"(共六册:《萧红印象·研究》《萧红印象·记忆》《萧红印象・序跋》《萧红印象・书衣》《萧红印象・故家》《萧红印象・影像》），黑龙江大学出版社，2011 年 12 月至 2014 年。

秋石著，《呼兰河的女儿——献给萧红百年》，百花洲文艺出版社，2011 年 12 月。

郭淑梅著，《寻找与考证：萧红居地安葬地及纪实作品研究》，黑龙江人民出版社，2012 年 12 月。

任雪梅主编，《百年视阈论萧红》，黑龙江人民出版社，2013 年 2 月。

张珊珊、林幸谦著，《萧红文本研究》，黑龙江人民出版社，2014 年 8 月。

钟耀群著，《端木与萧红》，华文出版社，2014 年 10 月。

袁权著，《萧红与鲁迅》，华文出版社，2014 年 10 月。

叶君著，《萧红与生命中的他们》，中国社会科学出版社，2015 年 4 月。

叶君编著，《鲁迅与萧红》，北方文艺出版社，2016 年 7 月。

王天臣著，《念想・萧红》，作家出版社，2016 年 7 月。

［日］平石淑子著，崔莉、梁艳萍译，《萧红传》，中国人民大学出版社，2017 年 10 月。

高路著，《萧红与张爱玲》，中国国际广播出版社，2018 年 1 月。

阮莉萍著，《一钩新月天如水——现代作家萧红的三维品鉴》，吉林文史出版社，2018 年 2 月。

端木赐香著，《悲咒如斯：萧红和她的时代》，东方出版社，2018 年 7 月。

［美］葛浩文著，《萧红评传》，北方文艺出版社，2019 年 1 月。

袁培力著，《萧红年谱长编》，陕西人民出版社，2019 年 4 月。

魏丽著，《萧红研究述评》，中国社会科学出版社，2019 年 10 月。

杨　绛（1911—2016）

田蕙兰、马光裕、陈轲玉选编，《钱钟书杨绛研究资料集》，华中师范大学出版社，1990 年 11 月第 1 版，1997 年 1 月第 2 版。

孔庆茂著，《杨绛评传》，华夏出版社，1998 年 1 月。

罗银胜著，《杨绛传》，文化艺术出版社，2005 年 1 月。

吴学昭著，《听杨绛谈往事》，生活・读书・新知三联书店，2008 年 10 月第 1 版，2016 年 6 月再版，2017 年 5 月增补版。

杨国良编，《杨绛年谱》，线装书局，2008 年 12 月。

火源著，《智慧的张力：从哲学到风格——关于杨绛的多向度思考》，中国文联出版社，2016 年 1 月。

桑妮著，《且以优雅过一生：杨绛传》，湖南文艺出版社，2016 年 9 月。

周绚隆主编，《杨绛：永远的女先生》，人民文学出版社，2016 年 12 月。

吴义勤主编，刘婧婧选编，《杨绛研究资料》，百花洲文艺出版社，2019 年 1 月。

白　朗（1912—1990）

金玉良著，《落英无声：忆父亲母亲罗烽、白朗》，文化艺术出版社，2009 年 9 月。

草　明（1913—2002）

辽宁大学中文系编，《中国当代文学研究资料：草明专集》，1979 年 4 月。

余仁凯、张伟、马莉等编，《草明葛琴研究资料》，北京十月文艺出版社，1991 年 12 月。

中华全国总工会宣教部、中国作家协会创研部编，《纪念草明》，中国作家出版社，2003 年 8 月。

余仁凯编，《草明研究资料》，知识产权出版社，2009 年 4 月。

苏　青（1914—1982）

静思编，《张爱玲与苏青》，安徽文艺出版社，1994 年 6 月。

王一心著，《苏青传》，学林出版社，1999 年 1 月。

李伟著，《乱世佳人——苏青》，上海书店出版社，2001 年 6 月。

毛海莹著，《寻访苏青》，上海文化出版社，2005 年 12 月。

王一心著，《他们仨：张爱玲·苏青·胡兰成》，东方出版中心，2008 年 6 月。

毛海莹著，《苏青评传》，中国社会科学出版社，2010 年 11 月。

王一心著，《海上花开——民国上海四才女之苏青传》，安徽文艺出版社，2011 年 2 月。

林杉著，《有个文人叫苏青》，人民日报出版社，2012 年 3 月。

黄恽著，《缘来如此：胡兰成、张爱玲、苏青及其他》，福建教育出版社，2014 年 8 月。

杨　沫（1914—1995）

沈阳师范学院中文系编，《中国当代文学研究资料：杨沫专集》，沈阳师范学院中文系，1979 年 7 月。

王永生著，《小说〈青春之歌〉评析》，上海教育出版社出版，1980 年 7 月。

杨沫、徐然著，《爱也温柔　爱也冷酷——〈青春之歌〉背后的杨沫》，辽宁人民出版社，2000 年 8 月。

聂中林著，《杨沫之路》，内蒙古人民出版社，1988 年 5 月；军事科学出版社，2003 年 1 月。

老鬼著，《母亲杨沫》，长江文艺出版社，2005 年 8 月。

老鬼著，《我的母亲杨沫》，同心出版社，2012 年 1 月。

徐然、青柯、青波著，《永远的〈青春之歌〉——杨沫百年纪念图文》，同心出版社，2014 年 8 月。

赵清阁(1914—1999)

张彦林著,《锦心秀女赵清阁》,河南人民出版社,2005 年 6 月。

傅光明著,《书信世界里的赵清阁与老舍》,复旦大学出版社,2012 年 3 月。

田　琳(1916—1989)

[加拿大]诺曼·史密斯、陈实主编,《田琳作品及其研究》,上海交通大学出版社,
2018 年 5 月。

韦君宜(1917—2002)

邢小群、孙珉编,《回应韦君宜》,大众文艺出版社,2001 年 3 月第 1 版,2006 年 6 月第
2 版。

于光远等著,《韦君宜纪念集》,人民文学出版社,2003 年 12 月。

蒋芝芸著,《韦君宜小说简论》,华中师范大学出版社,2018 年 11 月。

林海音(1918—2001)

傅光明、童仁编,《城南旧影——林海音自传》,江苏文艺出版社,2000 年 1 月。

舒乙、傅光明主编,《林海音研究论文集》,台海出版社,2001 年 5 月。

傅光明著,《林海音:城南依稀寻梦》,大象出版社,2002 年 11 月。

夏祖丽著,《从城南走来——林海音传》,生活·读书·新知三联书店,2003 年 1 月第
1 版,2013 年 3 月再版。

周玉宁著,《林海音评传》,作家出版社,2006 年 7 月。

施济美(1920—1968)

王羽著,《施济美传——凤仪园的寻梦人》("伊人丛书"之一),上海远东出版社,
2009 年 6 月。

张爱玲(1920—1995)

于青著,《张爱玲传略》,安徽文艺出版社,1992 年。

于青著,《天才奇女——张爱玲》,花山文艺出版社,1992 年 7 月;中国青年出版社,
1994 年 11 月;复旦大学出版社,2000 年 1 月。

王一心著,《惊世才女张爱玲》,四川文艺出版社,1992 年 8 月。

阿川著,《乱世才女张爱玲》,陕西人民出版社,1993 年 3 月。

于青著,《张爱玲传》,世界书局,1993 年 9 月。

余斌著,《张爱玲传》,海南出版社,1993 年 12 月第 1 版,1995 年 10 月修订版;人民

文学出版社,2013 年 4 月。

于青、金宏达编,《张爱玲研究资料》,海峡文艺出版社,1994 年 1 月。

李振声、张新颖著,《张爱玲作品欣赏》,广西教育出版社,1994 年 3 月。

静思编,《张爱玲与苏青》,安徽文艺出版社,1994 年 6 月。

萧南著,《贵族才女张爱玲》,四川文艺出版社,1995 年 5 月。

胡辛著,《最后的贵族张爱玲》,21 世纪出版社,1995 年 9 月。

陈子善编,《私语张爱玲》,浙江文艺出版社,1995 年 11 月。

于青编著,《寻找张爱玲》,中国友谊出版公司,1995 年 12 月。

于青著,《奇才逸女张爱玲》,山东画报出版社,1995 年 12 月。

季季、关鸿编,《永远的张爱玲——弟弟、丈夫、亲友笔下的传奇》,学林出版社,1996 年 1 月。

陈子善编,《作别张爱玲》,文汇出版社,1996 年 2 月。

胡辛著,《张爱玲传》,作家出版社,1996 年 5 月。

司马新著,徐斯、司马新译,《张爱玲在美国——婚姻与晚年》,上海文艺出版社,1996 年 7 月。

孔庆茂著,《魂归何处——张爱玲传》,海南国际新闻出版中心,1996 年 8 月。

万燕著,《海上花开又花落——读解张爱玲》,百花洲文艺出版社,1996 年 8 月。

费勇著,《张爱玲传奇》,广东人民出版社,1996 年 10 月第 1 版,2000 年 1 月再版。

张子静著,《我的姊姊张爱玲》,学林出版社,1997 年 1 月。

司美娟著,《张爱玲情事》,时代文艺出版社,1997 年 11 月。

邵迎建著,《传奇文学与流言人生:张爱玲的文学》,生活·读书·新知三联书店,1998 年 6 月第 1 版,2018 年 10 月增订本(更名为《张爱玲的传奇文学与流言人生》)。

宋明炜著,《浮世的悲哀:张爱玲传》,上海文艺出版社,1998 年 11 月。

罗玛编,《重现的玫瑰——张爱玲相册》,光明日报出版社,1999 年 5 月。

冯祖贻著,《张爱玲》,河北教育出版社,1999 年第 1 版,2000 年 12 月第 2 版。

刘川鄂著,《张爱玲传》,北京十月文艺出版社,2000 年 1 月第 1 版,2003 年 10 月第 2 版。

宋家宏著,《走进荒凉——张爱玲的精神家园》,花城出版社,2000 年 10 月。

张均著,《月光下的悲凉——张爱玲传》,花城出版社,2001 年 1 月。

子通、亦清主编,《张爱玲评说六十年》,中国华侨出版社,2001 年 8 月。

王一心著,《张爱玲与胡兰成》,北方文艺出版社,2001 年 9 月。

余彬著,《张爱玲传》,广西师范大学出版社,2001 年 10 月。

于青著,《最后一炉香》,花城出版社,2002 年 1 月。

关鸿编选,《金锁沉香张爱玲》("漫忆女作家丛书"之一),人民文学出版社,2002 年

1 月。

葛涛编选,《网络张爱玲》,人民文学出版社,2002 年 5 月。

金宏达主编,《回望张爱玲》(全套三册,《昨夜月色》《华丽影沉》《镜像缤纷》),文化艺术出版社,2003 年 1 月。

周芬伶著,《艳异:张爱玲与中国文学》,中国华侨出版社,2003 年 5 月。

杨泽编,《阅读张爱玲》,广西师范大学出版社,2003 年 9 月。

胡兰成著,《今生今世:我的情感历程》,中国社会科学出版社,2003 年 9 月。

"情迷张爱玲"丛书(全套四册):张子静、季季著,《我的姊姊张爱玲》,文汇出版社,2003 年 9 月;李岩炜著,《张爱玲的上海舞台》,文汇出版社,2003 年 9 月;张爱玲、胡兰成著,《张爱胡说》,文汇出版社,2003 年 9 月;魏可风著,《张爱玲的广告世界》,文汇出版社,2003 年 9 月。

止庵、万燕著,《张爱玲画话》,天津社会科学院出版社,2003 年 10 月。

林幸谦著,《荒野中的女体:张爱玲女性主义批评Ⅰ》,广西师范大学出版社,2003 年 12 月。

林幸谦著,《女性主体的祭奠:张爱玲女性主义批评Ⅱ》,广西师范大学出版社,2003 年 12 月。

张盛寅编,《一个真实的张爱玲》,东方出版社,2003 年 12 月第 1 版,2005 年 1 月第 2 版。

陈晖著,《张爱玲与现代主义》,新世纪出版社,2004 年 2 月。

蔡登山著,《传奇未完:张爱玲》,云南人民出版社,2004 年 4 月。

王蕙玲著,《她从海上来:张爱玲传奇》,作家出版社,2004 年 4 月。

罗玛著,《凝视张爱玲》,广西师范大学出版社,2004 年 4 月。

刘绍铭、梁秉钧、许子东编,《再读张爱玲》(阅读张爱玲书系之一),山东画报出版社,2004 年 5 月。

水晶著,《替张爱玲补妆》(阅读张爱玲书系之二),山东画报出版社,2004 年 5 月。

王德威著,《落地的麦子不死——张爱玲与"张派"传人》(阅读张爱玲书系之三),山东画报出版社,2004 年 5 月。

陈子善编,《张爱玲的风气——1949 年前张爱玲评说》(阅读张爱玲书系之四),山东画报出版社,2004 年 5 月。

刘锋杰著,《想像张爱玲——关于张爱玲的阅读研究》,安徽教育出版社,2004 年 6 月。

刘琅、桂苓编,《女性的张爱玲》,中国友谊出版公司,2005 年 6 月。

金宏达著,《平视张爱玲》,文化艺术出版社,2005 年 7 月。

于青著,《张爱玲 1920—1995》,江苏文艺出版社,2005 年 7 月。

陈子善编,《记忆张爱玲》(阅读张爱玲书系之五),山东画报出版社,2006年3月。

王进著,《魅影下的"上海"书写——从"抗战"中张爱玲到"文革"后王安忆》,广西师范大学出版社,2006年4月。

刘锋杰、薛雯、黄玉蓉著,《张爱玲的意象世界》,宁夏人民出版社,2006年6月。

淳子著,《在这里:张爱玲城市地图》,人民出版社,2006年11月。

刘川鄂著,《张爱玲之谜》,中国书店,2007年1月。

夏世清著,《色·戒:张爱玲与胡兰成的前世今生》,陕西师范大学出版社,2007年7月。

王一心著,《色·戒不了》,中国广播电视出版社,2008年1月。

万燕著,《女性的精神——有关或无关乎张爱玲》,同济大学出版社,2008年3月。

刘川鄂著,《传奇未完:张爱玲1920—1995》,北京十月文艺出版社,2008年6月。

李欧梵著,《苍凉与世故》,上海三联书店,2008年6月;人民文学出版社,2010年2月。

李欧梵、夏志清、刘绍铭等著,陈子善编,《重读张爱玲》,上海书店出版社,2008年12月。

肖进编著,《旧闻新知张爱玲》,华东师范大学出版社,2009年6月。

刘锋杰主编,《小团圆的前世今生》,安徽文艺出版社,2009年9月。

王一心著,《〈小团圆〉对照记:张爱玲人际谱系》,文汇出版社,2009年11月。

邓如冰著,《人与衣:张爱玲〈传奇〉的服饰描写研究》,广西师范大学出版社,2009年12月。

袁良骏著,《张爱玲论》,华龄出版社,2010年2月。

何清著,《分离之殇——张爱玲创作心理再审视》,西南交通大学出版社,2010年8月。

庄超颖著,《苍凉与华美——张爱玲述论》,福建教育出版社,2010年12月。

[美]黄心村著,胡静译,《乱世书写:张爱玲与沦陷时期上海文学及通俗文化》,上海三联书店,2010年12月。

张爱玲、宋淇、宋邝文美著,宋以朗编,《张爱玲私语录》,北京十月文艺出版社,2011年6月。

冯祖贻著,《张爱玲家族》,安徽文艺出版社,2011年7月。

张均著,《张爱玲十五讲》,文化艺术出版社,2012年1月。

邵江天著,《风华绝代——民国上海四才女之张爱玲传》,安徽文艺出版社,2012年1月。

杨鋆莹著,《苍凉与疯狂——玛格丽特·杜拉斯和张爱玲:童年,家族小说,女性写作》,吉林人民出版社,2012年12月。

张向荣著,《跨越空间的对话:波伏娃与张爱玲文学的女性意识之比较研究》,暨南大学出版社,2013 年 6 月。

孔庆茂著,《流言与传奇——张爱玲评传》,商务印书馆,2013 年 8 月。

李梅著,《张爱玲日常叙事的现代性》,世界图书出版广东有限公司,2014 年 7 月。

刘聪著,《张爱玲:在这里,遇见你》("女作家的情感世界"丛书之一),河南文艺出版社,2014 年 12 月。

王宇著,《张爱玲的女人世界》,中国商业出版社,2015 年 1 月。

高全之著,《张爱玲学》,漓江文艺出版社,2015 年 6 月。

王艳芳著,《千山独行——张爱玲的情感与交往》,人民出版社,2016 年 1 月。

刘绍铭著,《爱玲说》,广东人民出版社,2016 年 1 月。

柳星著,《英语世界的张爱玲研究》("中外女性文学研究丛书"之一),中国社会科学出版社,2016 年 4 月。

冯祖贻著,《煊赫旧家声:张爱玲家族》,新星出版社,2017 年 1 月。

万燕著,《解读张爱玲》,中华书局,2018 年 1 月。

祝宇红著,《无双的自我:张爱玲的个人主义文学建构》,上海书店出版社,2018 年 1 月。

陈理慧著,《张爱玲论稿》,陕西人民教育出版社,2018 年 9 月。

赵秀敏著,《张爱玲电影剧本研究》,中国社会科学出版社,2018 年 12 月

周洁琼、韦振华著,《张爱玲与英美文学研究》,北京工业大学出版社,2019 年 8 月。

潘柳黛（1920—2001）

周文杰著,《柳黛传奇——民国上海四才女之潘柳黛传》,安徽文艺出版社,2011 年 1 月。

梅　娘（1920—2013）

陈晓帆编选,《又见梅娘》("漫忆女作家丛书"之一),人民文学出版社,2002 年 2 月。

柳青、侯健飞编,《再见梅娘》,人民文学出版社,2014 年 5 月。

郑　敏（1920—2022）

吴思敬、宋晓冬编,《郑敏诗歌研究论集》,学苑出版社,2011 年 1 月。

周礼红著,《郑敏创作思想研究:兼及 1940 年代以降中国新诗发展动向的考察》,中央编译出版社,2014 年 5 月。

茹志鹃（1925—1998）

扬州师范学院中文系编，《中国当代文学研究资料：茹志鹃专集》，扬州师范学院中文系，1979年4月。

孙露茜、王凤伯编，《茹志鹃研究专集》，浙江人民出版社，1982年7月。

茹志鹃著，《漫谈我的创作经历》（"作家谈创作丛书"之一），湖南人民出版社，1983年11月。

翁光宇、谭志图著，《茹志鹃作品欣赏》，广西教育出版社，1987年3月。

茹志鹃著，王安忆整理，《茹志鹃日记（1947—1965）》，大象出版社，2006年8月。

陈香梅（1925—2018）

胡辛著，《陈香梅传》，作家出版社，1995年12月；花山文艺出版社，1999年8月。

庄文永著，《非凡女性：陈香梅的人生与写作》，花城出版社，2010年5月。

聂华苓（1925—　）

梦花编，《最美丽的颜色——聂华苓自传》，江苏文艺出版社，2000年1月。

聂华苓著，《三生影像》，生活·读书·新知三联书店，2008年6月第1版，2012年9月出增订本。

黄宗英（1925—2020）

姜金城著，《雁南飞——黄宗英传》，上海文艺出版社，1996年9月。

黄宗英著，《黄宗英自述》，大象出版社，2004年2月。

黄宗英著，《黄宗英》，古吴轩出版社，2004年8月。

姜金城著，《黄宗英画传——属云的人》，浙江文艺出版社，2005年8月。

黄宗英著，《贫女的嫁妆》，江苏文艺出版社，2011年8月。

贺抒玉（1928—2019）

贺抒玉主编，《三秦大地的生命之歌——贺抒玉创作评论集》，中国文史出版社，2011年12月。

宗　璞（1928—　）

先燕云著，《三千里地九霄云——宗璞与云南》，云南教育出版社，2000年7月。

赵金忠著，《霞散成绮：冯友兰家族文化史》，长江文艺出版社，2000年9月。

人民文学出版社编，《宗璞文学创作评论集》，人民文学出版社，2003年10月。

常莉著，《宗璞：铁箫声里玉精神》，大象出版社，2007年10月。

赵金钟著,《倚树听流泉——唐河冯氏家族文化评传》,郑州大学出版社,2013 年12 月。

徐洪军编著,《宗璞研究》,河南大学出版社,2017 年 7 月。

柯　岩(1929—2011)

李泱编,《柯岩研究专集》,少年儿童出版社,1990 年 8 月。

陈昌本、张锲主编,《柯岩研究文集》,中国文联出版公司,1998 年 2 月。

柏文猛著,《柯岩创作论》,新华出版社,2002 年 10 月。

李泱著,《柯岩创作论》,首都师范大学出版社,2006 年 9 月。

中国作家出版集团编,《蓦然回首:柯岩创作 60 周年座谈会文集》,作家出版社,2011 年7 月。

贺小风、贺小雷编,《永远的柯岩:悼念柯岩专集》(上、下卷),作家出版社,2012 年11 月。

郭久麟著,《柯岩传》,山西人民出版社,2012 年 11 月。

杨娟、陆华编,《柯岩研究文集续编》,作家出版社,2014 年 11 月。

丁七玲著,《人民的歌者——柯岩传》,江苏人民出版社,2015 年 2 月。

於梨华(1931—2020)

哈迎飞、吕若菡编,《人在旅途——於梨华自传》,江苏文艺出版社,2000 年 1 月。

赵淑侠(1931—　)

庐湘著,《海外文星——瑞士籍华人著名女作家赵淑侠的路》,北方妇女儿童出版社,1988 年 5 月。

赵淑侠作品国际研讨会组委员会编,《赵淑侠作品国际研讨会论文集》,作家出版社,1996 年 7 月。

刘俊峰著,《赵淑侠的文学世界》,中国文联出版社,2000 年 9 月。

徐　棻(1933—　)

羽军选编,《徐棻剧作研究论文集萃》,四川文艺出版社,2010 年 9 月。

谌　容(1936—　)

何火任编,《谌容研究专集》,贵州人民出版社,1984 年 5 月。

张　洁（1937—2022）

何火任编,《张洁研究专集》,贵州人民出版社,1991 年 2 月。

许文郁著,《张洁的小说世界》,人民文学出版社,1991 年 10 月。

王昭晖著,《张洁创作散论》,九州出版社,2012 年 12 月。

周志雄著,《生存境遇的追问:张洁论》,人民文学出版社,2012 年 12 月。

张建伟著,《张洁小说创作的心路历程》,光明日报出版社,2015 年 1 月。

吴义勤主编,李莉选编,《张洁研究资料》,百花洲文艺出版社,2019 年 1 月。

温小钰（1938—1993）

孙玉石、谢冕、孙绍振编,《远方的星:温小钰纪念文集》,团结出版社,1994 年 8 月。

戴厚英（1938—1996）

戴厚英著,《性格—命运—我的故事》,太白文艺出版社,1994 年 4 月。

戴厚英遗著,《心中的坟——致友人的信》,复旦大学出版社,1996 年 11 月。

吴中杰、高云主编,《戴厚英啊戴厚英》,海南国际新闻出版中心,1997 年 1 月。

陈若曦（1938—　）

梁若梅著,《陈若曦创作论》,中国华侨出版社,1992 年。

汤淑敏著,《陈若曦:自愿背十字架的人》,作家出版社,2006 年 7 月。

尤作勇著,《"现代文学"的歧路——白先勇、陈若曦小说创作比较研究》,知识产权出版社,2014 年 11 月。

阮温凌著,《海峡子规——陈若曦研究与对话》,上海三联书店,2015 年 9 月。

琼　瑶（1938—　）

鲍杰著,《柔情的琼瑶》,中国文联出版社,1986 年 11 月。

琼瑶著,《琼瑶自传》,作家出版社,1990 年 3 月。

姜晓著,《情之世界:琼瑶小说赏读》,中国国际广播出版社,1992 年 8 月。

张毅主编,《琼瑶的旋想:琼瑶作品赏析》,作家出版社,1993 年 4 月。

覃贤茂著,《琼瑶传奇》,四川人民出版社,1999 年 9 月。

曲振海主编,陈东林、张景然、凉源著,《毒品·艺术:琼瑶作品批判》,时代文艺出版社,2000 年 10 月。

杜素娟著,《烟雨愁人:琼瑶传》,江苏文艺出版社,2001 年 3 月。

史玉根编著,《一个真实的琼瑶》,东方出版社,2008 年 4 月。

邵卯仙著,《琼瑶小说语言风格研究》,山西人民出版社,2016 年 5 月。

叶文玲（1942—　）

陈坚、吴秀明主编，《叶文玲论集》，杭州大学出版社，1999 年 6 月。

三　毛（1943—1991）

三毛著，《三毛昨日、今日、明日》，中国友谊出版公司，1988 年 1 月。

杨子、杨钟旭、刘玉兰等编，《撒哈拉的太阳——三毛作品精华赏评》，大连出版社，1991 年 4 月。

古继堂著，《评说三毛》，知识出版社，1991 年 6 月。

沈国亮编著，《三毛和她的大陆亲友们》，山东文艺出版社，1991 年 9 月。

李东著，《风中飘逝的女人——三毛的人生与艺术》，学林出版社，1992 年 4 月。

张瑞德、陈爱璞著，《三毛传奇》，广东人民出版社，1996 年 10 月。

［美］马中欣著，《三毛真相》，西苑出版社，1998 年 9 月。

张景然著，《诡话——破析马中欣与三毛真相》，广州出版社，1999 年 1 月。

徐静波编著，《三毛·撒哈拉之恋》，东方出版社，2001 年 1 月。

刘克敌、梁君梅著，《永远流浪：三毛传》，江苏文艺出版社，2001 年 3 月。

师永刚、陈文芬、冯昭等著，《三毛私家相册》，中信出版社，2005 年 4 月。

崔建飞、赵珺著，《凄美的欢颜——三毛》，作家出版社，2005 年 8 月。

刘兰芳著，《一个真实的三毛》，东方出版社，2006 年 3 月。

吕美云、陈芳著，《三毛研究》，中国社会出版社，2010 年 10 月。

随园散人著，《我为过客，你是天涯：三毛遇见张爱玲》，江苏凤凰文艺出版社，2018 年 1 月。

沈念著，《三毛传：活着就是要纵情绽放》，台海出版社，2018 年 9 月。

林燕妮（1943—2018）

费勇著，《林燕妮传奇》，广东人民出版社，1996 年 10 月第 1 版，2000 年 1 月第 2 版。

陈祖芬（1943—　）

陈祖芬著，徐虹赏析，《陈祖芬散文精品赏析》（"女人坊——中国当代著名女作家散文精品赏析丛书"之一），学林出版社，2006 年 12 月。

张雅文（1944—　）

吴井泉、王秀臣著，《以生命作抵押——张雅文论》，黑龙江人民出版社，2002 年 1 月。

施叔青(1945—)

白舒荣著,《自我完成 自我挑战——施叔青评传》,作家出版社,2006 年 7 月。

亦 舒(1946—)

钟晓毅著,《亦舒传奇》,广东人民出版社,1996 年 10 月第 1 版,2000 年 1 月第 2 版。

汪义生著,《文苑香雪海——亦舒传》,团结出版社,2001 年 1 月。

王小鹰(1947—)

来颖燕编选,《非人磨墨墨磨人:王小鹰创作评论研究集》,华东师范大学出版社,2018 年 4 月。

叶广芩(1948—)

叶广芩著,《没有日记的罗敷河》,吉林人民出版社,1998 年 10 月第 1 版,2005 年 7 月第 2 版。

李伯钧主编,《叶广芩研究》,陕西师范大学出版总社有限公司,2014 年 8 月。

代娜新著,《叶广芩与张爱玲家族小说比较研究》,东北师范大学出版社,2015 年 8 月。

竹 林(1949—)

史挥戈著,《竹林文学创作论》,江苏大学出版社,2014 年 11 月。

萨仁图娅(1949—)

罗庆春编著,《萨仁图娅、栗原小荻短诗艺术研究》,重庆出版社,2003 年 12 月。

内蒙古师范大学、中国少数民族作家研究中心编,《萨仁图娅研究专集》,中央民族大学出版社,2005 年 8 月。

梁凤仪(1949—)

程乃珊、周清霖编,《上海人眼中的梁凤仪——梁凤仪作品评论集》,学林出版社,1993 年 2 月。

易明善、张承志、廖安厚等著,《梁凤仪财经小说论析》,成都科技大学出版社,1993 年 9 月。

覃贤茂著,《梁凤仪传》,四川人民出版社,1997 年 8 月。

梁凤仪著,《空山雨声——梁凤仪自传》,漓江出版社,2003 年 3 月。

张抗抗（1950—　　）

张抗抗著，《小说创作与艺术感觉》，百花文艺出版社，1985 年 6 月。

骆寒超、胡志毅主编，《张抗抗作品评论集》，春风文艺出版社，1999 年 1 月。

张抗抗著，《女人说话》，江苏人民出版社，1999 年 9 月。

郭力著，《"北极光"的遥想者——张抗抗论》，黑龙江人民出版社，2002 年 1 月。

张抗抗编著，《你是先锋吗？——张抗抗访谈录：女性身体写作及其他》，文汇出版社，2002 年 7 月。

张抗抗著，洪烛赏析，《张抗抗散文精品赏析》（"女人坊——中国当代著名女作家散文精品赏析丛书"之一），学林出版社，2006 年 12 月。

张抗抗著，《张抗抗自述人生》，时代文艺出版社，2010 年 1 月。

张抗抗著，《张抗抗文学回忆录》，广东人民出版社，2019 年 1 月。

吕锦华（1951—2014）

苏州市吴江区文学艺术界联合会、苏州市吴江区作家协会编，《总想为你唱支歌——纪念吕锦华女士诗文作品集》，苏州市吴江区文学艺术界联合会、苏州市吴江区作家协会，2014 年 9 月。

李小雨（1951—2015）

中国诗歌学会编，《润物细无声——悼念与追思诗人李小雨》，中国诗歌学会，2015 年 6 月。

舒　婷（1952—　　）

福建文学编辑部编，《新诗创作问题讨论集（附舒婷〈心歌集〉）》，福建文学编辑部印，1980 年。

姚家华编，《朦胧诗论争集》，学苑出版社，1989 年 7 月。

王辉著，《舒婷诗文研究》，三晋出版社，2016 年 3 月。

毕淑敏（1952—　　）

刘俐俐著，《颓败与拯救——毕淑敏与一类文学主题》，华夏出版社，2000 年 3 月。

毕淑敏著，《我敬畏生命的过程》，花山文艺出版社，2006 年 9 月。

毕淑敏著，李冰赏析，《毕淑敏散文精品赏析》（"女人坊——中国当代著名女作家散文精品赏析丛书"之一），学林出版社，2006 年 12 月。

毕淑敏著，《毕淑敏自述人生》，时代文艺出版社，2010 年 1 月。

陈善珍著，《天使的力量：毕淑敏作品评论集》，四川科学技术出版社，2010 年 5 月。

温奉桥主编,《文学的医心——毕淑敏作品研究及其他》,中国海洋大学出版社,2011 年 10 月。

胡因梦(1953—)

胡因梦著,《生命的不可思议:胡因梦自传》,东方出版中心,2006 年 8 月。

残　雪(1953—)

萧元编,《圣殿的倾圮——残雪之谜》,贵州人民出版社,1993 年 6 月。

[日]近滕直子著,廖金球译,《有狼的风景——读八十年代的中国文学》,人民文学出版社,2001 年 5 月。

残雪著,《为了报仇写小说——残雪访谈录》,湖南文艺出版社,2003 年 8 月。

罗璠著,《残雪与卡夫卡小说比较研究》,人民文学出版社,2006 年 8 月。

残雪著,《残雪文学观》,广西师范大学出版社,2007 年 6 月。

残雪著,《我的人生笔记:把生活变成艺术》,时代文艺出版社,2007 年 8 月。

张京著,《女性主义与残雪小说中的"自我"》,九州出版社,2007 年 9 月。

残雪著,《趋光运动——回溯童年的精神图景》,上海文艺出版社,2008 年 1 月。

卓今著,《残雪评传》,湖南文艺出版社,2008 年 12 月。

栗丹著,《荒漠中的独行者》,辽宁大学出版社,2010 年 11 月。

卓今著,《残雪研究》,湖南文艺出版社,2012 年 12 月。

马福成著,《巫文化视域下残雪小说研究》,浙江大学出版社,2013 年 5 月。

残雪著,《残雪文学回忆录》,广东人民出版社,2017 年 8 月。

残雪著,《沙漏与青铜——残雪评论汇集》,作家出版社,2019 年 1 月。

王安忆(1954—)

王安忆著,《重建象牙塔》,上海远东出版社,1997 年 9 月。

王安忆著,《心灵世界——王安忆小说讲稿》,复旦大学出版社,1997 年 12 月。

王安忆著,《男人和女人,女人和城市》,云南人民出版社,2000 年 5 月。

王安忆著,《我读我看》,上海人民出版社,2001 年 4 月。

刘芳著,《智慧的献祭:王安忆》,广东人民出版社,2003 年 4 月。

王安忆著,《王安忆说》,湖南文艺出版社,2003 年 9 月。

王安忆著,《小说家的十三堂课》,上海文艺出版社、文汇出版社,2005 年 6 月。

沈红芳著,《女性叙事的共性与个性——王安忆、铁凝小说创作比较谈》,河南大学出版社,2005 年 12 月。

吴义勤主编,王志华、胡健玲编选,《王安忆研究资料》,山东文艺出版社,2006 年

5 月。

王安忆著,《王安忆导修报告》,新星出版社,2007 年 1 月。

王安忆著,《王安忆读书笔记》,新星出版社,2007 年 1 月。

陈德才著,《王安忆小说文本特征》,大众文艺出版社,2007 年 9 月。

马春花著,《叙事中国——文化研究视野中的王安忆小说》,中国海洋大学出版社,
2007 年 10 月。

李淑霞著,《王安忆小说创作研究》,中国海洋大学出版社,2008 年 5 月。

王安忆、张新颖著,《谈话录》,广西师范大学出版社,2008 年 6 月。

王安忆等著,《万千气象:中国著名文学家访谈录》,人民文学出版社,2008 年 11 月。

张新颖、金理编,《王安忆研究资料》(上、下卷),天津人民出版社,2009 年 7 月。

华霄颖著,《市民文化与都市想象——王安忆上海书写研究》,上海文化出版社,
2009 年 10 月。

吴芸茜著,《论王安忆》,华东师范大学出版社,2010 年 1 月。

裴艳艳著,《王安忆小说主题研究》,中国戏剧出版社,2010 年 12 月。

王安忆、张新颖著,《谈话录(新版)》,人民文学出版社,2011 年 1 月。

王安忆著,《雅致的结构》,上海书店出版社,2011 年 1 月。

王安忆著,《故事和讲故事》,复旦大学出版社,2011 年 3 月。

李晶著,《站立与行走——从王安忆和虹影的作品看女性写作的双重向度》,线装书
局,2011 年 3 月。

王安忆著,《小说课堂》,商务印书馆,2012 年 5 月。

滕朝军、母华敏著,《王安忆创作简论》,内蒙古人民出版社,2012 年 5 月。

王娇著,《王安忆小说的叙事美学》,吉林出版集团股份有限公司,2017 年 5 月。

张新颖著,《斜行线:王安忆的"大故事"》,商务印书馆,2017 年 7 月。

王安忆著,《小说与我》,广西师范大学出版社,2017 年 8 月。

杨子叶著,《子叶手记:一个人的长恨歌》,花山文艺出版社,2018 年 7 月。

王安忆著,《小说课堂》,人民文学出版社,2018 年 8 月。

王安忆著,《成长初始革命年》,译林出版社,2019 年 9 月。

张　欣(1954—　　)

张　梅(1958—　　)

张欣、张梅编,《张欣、张梅文学作品评论集》,羊城晚报出版社,2016 年 9 月。

方　方(1955—　　)

李俊国著,《在绝望中涅槃:方方论》,湖北人民出版社,2000 年 11 月。

吴义勤主编,张元珂选编,《方方研究资料》,百花洲文艺出版社,2019 年 1 月。

范小青(1955—)

范小青著,《走不远的昨天》,吉林人民出版社,1998 年 10 月第 1 版,2005 年 7 月第 2 版。

秦雯、邹启凤编著,《范小青卷》,复旦大学出版社,2008 年 9 月。

张德明著,《范小青小说创作论》,四川大学出版社,2010 年 7 月。

何平编著,《范小青文学年谱》["《东吴学术》年谱丛书(甲种:当代著名作家系列)"之一],复旦大学出版社,2015 年 8 月。

晓华编,《范小青研究资料》,人民文学出版社,2016 年 10 月。

李 琦(1956—)

罗振亚著,《雪夜风灯——李琦论》,黑龙江人民出版社,2002 年 1 月。

池 莉(1957—)

刘川鄂著,《小市民,名作家:池莉论》,湖北人民出版社,2000 年 11 月。

苍狼、李建军、朱大可等著,《与魔鬼下棋——五作家批判书:池莉 王安忆 莫言 贾平凹 二月河》,中国工人出版社,2004 年 3 月。

孙桂荣著,《大众表述与文化认同:池莉小说及其当代评价研究》,吉林文史出版社,2009 年 7 月。

濮方竹著,《池莉小说的城市呈现》,现代出版社,2015 年 10 月。

刘川鄂著,《批评家的左手和右手》,作家出版社,2017 年 11 月。

铁 凝(1957—)

陈映实著,《铁凝及其小说艺术》,河北人民出版社,1990 年 8 月。

贺绍俊著,《铁凝评传》,郑州大学出版社,2005 年 1 月。

范川凤著,《美人鱼的鱼网从哪里来:铁凝小说研究》,中国文史出版社,2005 年 4 月。

马云著,《铁凝小说与绘画、音乐、舞蹈——兼谈西方现代艺术对中国文学的影响》,河北人民出版社,2006 年 10 月。

铁凝著,红孩赏析,《铁凝散文精品赏析》("女人坊——中国当代著名女作家散文精品赏析丛书"之一),学林出版社,2006 年 12 月。

梁惠娟、汪素芳、李素珍著,《冷峻的暖色——铁凝创作研究》,花山文艺出版社,2007 年 9 月。

贺绍俊著,《作家铁凝》,昆仑出版社,2008 年 7 月。

吴义勤主编,房伟、胡健玲编选,《铁凝研究资料》,山东文艺出版社,2009 年 4 月。

周雪花著,《永远的瞬间——铁凝小说叙事研究》,北京出版社,2010 年 7 月。

闫红著,《铁凝与新时期文学》,中国戏剧出版社,2010 年 7 月。

刘莉著,《玫瑰门中的中国女人——铁凝与当代女性作家的性别认同》,北京师范大学出版社,2012 年 3 月。

张光芒、王冬梅编著,《铁凝文学年谱》["《东吴学术》年谱丛书(甲种:当代著名作家系列)"之一],复旦大学出版社,2014 年 8 月。

王志华著,《灵魂之魅与中和之美——铁凝小说论》,中国社会科学出版社,2015 年 9 月。

许庆胜著,《铁凝小说艺术论》,中国文史出版社,2016 年 5 月。

叶　梅(1958—　　)

内蒙古师范大学中国少数民族作家研究中心编,《叶梅研究专辑》,中央民族大学出版社,2007 年 3 月。

严歌苓(1958—　　)

庄园编,《女作家严歌苓研究》,汕头大学出版社,2006 年 4 月。

李燕著,《跨文化视野下的严歌苓小说与影视文学研究》,暨南大学出版社,2014 年 8 月。

杨利娟著,《传媒时代的文学存在——以严歌苓的创作为例》,红旗出版社,2017 年 7 月。

周航著,《严歌苓小说叙事三元素研究》,暨南大学出版社,2017 年 10 月。

刘艳著,《严歌苓论》,作家出版社,2018 年 5 月。

董娜著,《严歌苓小说的叙事伦理》,中国社会科学出版社,2018 年 5 月。

海　男(1962—　　)

黄玲著,《妖娆异类——海男评传》,云南人民出版社,2013 年 12 月。

迟子建(1964—　　)

方守金著,《北国的精灵——迟子建论》,黑龙江人民出版社,2002 年 1 月。

管怀国著,《迟子建艺术世界中的关键词》,中南大学出版社,2006 年 6 月。

迟子建著,顾艳赏析,《迟子建散文精品赏析》("女人坊——中国当代著名女作家散文精品赏析丛书"之一),学林出版社,2006 年 12 月。

刘春玲著,《迟子建文学研究》,吉林大学出版社,2013 年 2 月。

丛琳著,《生命向着诗性敞开——迟子建小说的诗学品质》,吉林人民出版社,2016 年 6 月。

宋秋云著,《极地·远方:迟子建文学创作论》,光明日报出版社,2017 年 9 月。

李会君著,《迟子建的乡土世界与叙事精神》,武汉大学出版社,2017 年 12 月。

张良丛著,《地方性知识的文学表征:迟子建小说的文化维度阐释》,黑龙江人民出版社,2018 年 5 月。

华中科技大学中国当代写作研究中心编,《苍凉与诗意——2016 秋讲·迟子建 戴锦华卷》,华中科技大学出版社,2018 年 11 月。

葛水平(1966—   )

吴亚琼著,《太行深处:葛水平小说论》,中国书籍出版社,2016 年 1 月。

杜文娟(1967—   )

李焕龙主编,《杜文娟作品赏析》,三秦出版社,2014 年 2 月。

金仁顺(1970—   )

赵继红著,《金仁顺〈春香〉人物论》,黑龙江朝鲜民族出版社,2019 年 12 月。

朱文颖(1970—   )

宋桂友、宋平编著,《苏州作家研究:朱文颖卷》,复旦大学出版社,2008 年 9 月。

编后记

　　《新中国女性文学史料与研究》的编纂工作自 2018 年春开始,至今已经数年。在"新中国文学史料与研究丛书"编委会的具体指导下,经过一遍遍的篇目遴选、类目修改、选文调换,其间还经历了由新冠疫情带来的查找资料的困难,今天终于"竣工",让人欣慰。作为"新中国文学史料与研究丛书"的一种,《新中国女性文学史料与研究》展示了新中国女性群体可观的文学力量和学术建树。

　　本书两位主编密切合作,工作又各有侧重。导言和关键词部分主要由李玲负责,专题史料与研究、编年简史、附录部分由谢玉娥负责。

　　导论和关键词部分,涉及如何界定女性文学的内涵和外延。对于这个关键的理论问题,学界有过深入的讨论。本卷采取较为宽泛的标准,认为女作家作为审美主体表达她们对男性世界、对宏大历史独特看法的一类作品,恰好展示了女性强大的理解能力,因而也是女性文学的组成部分。所以,导论就从女性文学对女性自我的阐释、对男性世界的理解、对宏大社会历史的关怀这三个维度总结了70 年女性文学的发展历程。关键词部分则遵循"历史与美学相结合"的原则,着意遴选经典作品,学界众多专家朋友都义无反顾地承担起了自己所擅长的词条的写作,这保证了本部分内容的学术可靠性。在统稿阶段,上官惠东女士做了大量核对工作。对此,编者由衷致谢!

　　专题史料与研究、编年简史、附录部分,由谢玉娥在多年积累原始资料和编纂《女性文学研究教学参考资料》《女性文学研究与批评论著目录总汇(1978—2004)》等文献的基础上,重新搜集、整理、核对,查阅了《中国新文学大系》《中国文学年鉴》《中国新诗百年大典》等大型文献典籍,《文艺报》《文学评论》《文艺争鸣》《文艺研究》《当代作家评论》等专业报刊,《诗刊》《人民文学》《收获》《十月》《当代》《中国作家》等文学原创刊物,以及《小说月报》《小说选刊》《中篇小说选刊》《北京文学·中篇小说月报》等选刊,检索了图书馆电子资源数据库和其他网络信息资源,参考了《二十世纪中国女性文学史》(盛英主编)、《女性文学教程》(乔以钢、林丹娅主编)、《中国当代女性文学简史》(任一鸣编著)、《中国女性文学读本》(荒林、苏红军主编)、《中国当代文学史》(洪子诚著)、《中国当代文学史教程》(陈思和主编)、《中国当代文学编年史》(张健主编)等论著,参看了历届"茅盾文学奖""鲁迅文学奖"等全国性文学评奖获奖作品目录,最后慎重选录。其中,关于中国当代文学研究会女性文学委员会的史料、女性诗刊的史料,分别请有关专家乔以钢老师和周瓒老师过目并补充了一些内容,特此致谢!

感谢南京师范大学出版社编辑老师们认真、耐心的"督导",感谢众多女作家、女性文学研究者的创造性劳动,感谢并铭记为该书的完成提供了各种帮助的诸多同行、同事和朋友。对该书可能存在的一些疏漏和错误,编者负有责任并心存遗憾。

编　者
2023 年 9 月